# 中国民间文学史

上册

高 有鹏 著

山西出版传媒集团　山西教育出版社

图书在版编目（CIP）数据

中国民间文学史 ／ 高有鹏著. — 太原：山西教育出版社，2024.3
（中国分类文学史 ／ 张炯，郎樱，仲呈祥主编）
ISBN 978-7-5703-1865-0

Ⅰ.①中… Ⅱ.①高… Ⅲ.①民间文学—文学史—中国 Ⅳ.①I207.709

中国版本图书馆 CIP 数据核字（2021）第 175653 号

## 中国民间文学史
ZHONGGUO MINJIAN WENXUE SHI

| 责任编辑 | 赵　娇　康　健 |
| --- | --- |
| 复　　审 | 彭琼梅 |
| 终　　审 | 杨　文 |
| 装帧设计 | 王春声　薛　菲 |
| 印装监制 | 蔡　洁 |

| 出版发行 | 山西出版传媒集团·山西教育出版社 |
| --- | --- |
|  | （地址：太原市水西门街馒头巷 7 号　电话：0351-4729801　邮编：030002） |
| 印　　装 | 山西人民印刷有限责任公司 |
| 开　　本 | 720×1020　1/16 |
| 印　　张 | 41.5 |
| 字　　数 | 701 千字 |
| 版　　次 | 2024 年 3 月第 1 版　2024 年 3 月山西第 1 次印刷 |
| 书　　号 | ISBN 978-7-5703-1865-0 |
| 定　　价 | 170.00 元（上、下册） |

如发现印装质量问题，影响阅读，请与印刷厂联系调换。电话：0358-7641044。

# 总　　序

中国文学史的编撰已有百多年的历史，先后出版著作多种。那么现在为什么还要主持编撰一套十卷的"中国分类文学史"丛书呢？应该说，这与文学艺术理论中的类型学有关，也与我国文学史编撰的现状有关。

文学艺术类型实际指的是文艺的样态及其本质的区别。西方从古希腊即对文艺有类型的划分，如古希腊神话有关九位缪斯女神掌管九种艺术的传说，其缪斯体系即包含音乐、诗、舞蹈（以及悲剧、喜剧——它们当时是诗下面的两种体裁）等划分。后来雅典的智者派提出了一种艺术分类方法，即以有益或产生快感为标准，将艺术划分为有益的艺术与产生快感的艺术。柏拉图关于艺术的分类涉及多种不同的标准和视角，影响较大的一种，是他在《理想国》中的如下划分："我说关于每件东西都有三种技艺：应用，制造，摹仿。"在《智者篇》对话里，柏拉图则把技艺（艺术）分为"厚生学"和"创造学"，前者指"利用自然中存在之物的技艺"，后者则指"创造自然中不存在之物的艺术"。这种分类，大体以艺术对事物的关系为原则。而在《智者篇》中，柏拉图又把艺术分成创造事物的和创造影像的两大类，并进一步把创造影像的艺术再分为二：一类是再现原物外貌，保持适当的色彩和比例；另一类是不管原物的外貌，依靠虚构、变形、幻觉改变它的比例和颜色。此外，柏拉图还提出过其他一些艺术分类的主张，如他把艺术分为基于计算的艺术（如音乐）和基于普通经验的艺术。他对诗（泛指文学）的次一级的体裁划分也进行了开创性的探讨，如他在《理想国》中就划分了诗的三种体裁：单纯叙述、模仿以及这二者的结合。这为后世文学的三分法（抒情诗、戏剧诗、叙事诗）打下了基础。

后来，亚里士多德总结了古希腊的艺术理论，认为艺术作为人类的一种活动，与自然相区别。人类的活动有三种，即认识、实践行动和创造。艺术乃创造。创造不同于认识和实践，在于它能生产产品。另外，亚里士多德也并不认为一切创造都是艺术，而只有"自觉的和以知识为基础的创造"才是艺术。这样就把那些基于本能、一般经验和技能的生产从艺术中区分出来。当然，亚里士多德所谓的艺术，仍是广义的技艺，不是近代所谓的艺术。不过，亚里士多德提出一个实质上已非常接近于近代"美的艺术"的概念，即所谓"模仿的艺术"：包括绘画、雕刻，也包括音乐、诗以及悲剧、喜剧等等。在艺术分类上，亚里士多德沿用了柏拉图的原则，即以艺术对自然的关系为原则，划分为补充自然的艺术和模仿自然的艺术。另外，亚里士多德在《诗学》第一章中，从"模仿所用的媒介不同、所取的对象不同、所采的方式不同"来给"诗的艺术"进行再划分。他的艺术分类学说实际包含三个不同的标准：第一，媒介或材料的标准；第二，对象或题材的标准；第三，叙述、模仿的方式标准（即把诗区分为叙事、抒情、戏剧三大类别）。西方文艺理论家后来还有时间的艺术（如诗歌、小说）和空间的艺术（如雕塑、绘画、戏剧、舞蹈）等不同视角为标准的划分。

我国古代的文艺理论家对当时的文学也有不同标准的分类，如《毛诗序》对古代诗歌的"风""雅""颂"的分类标准，做如下解释："上以风化下，下以风刺上。主文而谲谏，言之者无罪，闻之者足以戒，故曰风。至于王道衰，礼义废，政教失，国异政，家殊俗，而变风、变雅作矣。国史明乎得失之迹，伤人伦之废，哀刑政之苛，吟咏情性，以风其上，达于事变而怀其旧俗者也。故变风发乎情，止乎礼义。发乎情，民之性也；止乎礼义，先王之泽也。是以一国之事，系一人之本，谓之风。言天下之事，形四方之风，谓之雅。雅者，正也，言王政之所由废兴也。政有小大，故有小雅焉、有大雅焉。颂者，美盛德之形容，以其成功告于神明者也。"它主要从作品的内容来划分诗类。陆机的《文赋》则这样论述其时的义体:"诗缘情而绮靡,赋体物而浏亮,碑披文以相质,诔缠绵而凄怆,铭博约而温润,箴顿挫而清壮,颂优游以彬蔚,论精微而朗畅,奏平彻以闲雅,说炜晔而谲诳。"他的分类虽兼及作品内容,却主要基于作品风格。刘勰的《文心雕龙》把那时的文类分为诗、乐府、赋、颂赞、祝盟、铭箴、诔碑、哀吊、杂文、谐䜩、史传、诸子、论说、诏策、檄移、封禅、章表、奏启、议对、书记等二十类。他的分类标准显然不一,但已分得非常细致。现代新文学产生后,以审美的特质来划分文学与非文学,历史上的许多文体便不再被认为是文学了。可见文学艺术的分类由来已久,体现了不同时代人们对文学艺术的样态及其本质的认识。文学艺术由于构成要素的差异和结构方式的不同,产生的功能也不一样,不同类型艺术的产生和发展、消亡都与一定的历史时代的条件相联系,因而,文艺理论家基于自己时代的认识,根据不同的标准原则加以不同的分类,也是很自然的。

回顾我国文学发展的历史,不难发现,我国文类的划分也从简到繁。从最早的神话、传说和歌谣,后来分离出叙事体的历史记载和各种散文、各种诗歌和赋体,逐渐又产生了小说,后来出现戏剧。到了今天,文学的样态更加多样了。诗歌就分为旧体诗(涵盖唐诗、宋词、元曲)和新体诗(包括自由体和格律体);既有叙事诗,还有抒情诗(包括政治抒情诗、生活抒情诗)以及哲理诗、寓言诗、儿歌等等。小说不但有长篇小说、中篇小说、短篇小说和微型小说(小小说)的划分,还有政治小说、推理小说、言情小说、科幻小说、武侠小说、历史小说与历史穿越小说等的区别。散文也分化为叙事、抒情,还分为政治散文、文化散文、杂文和随笔、小品、报告文学、文学传记、回忆录等等。戏剧不仅有传统戏曲,还有话剧、歌剧、哑剧、小品和舞剧,以及新出现的发展快速的电影和电视剧等综合艺术。分类文学史的学术意义,我以为在于文学样态的发展既体现为反映内容的差异,也表现为艺术形式的不同,根本上则是基于历史渊源和时代原因而导致的作品构成要素、结构方式与产生功能的差异。故而文学史研究的深入,对不同文学样态类型的历史发展进行更细致的考察,便成为学术发展的必然。

我国文学史研究界早已有中国小说史、诗歌史、散文史、戏剧史的分野和著作出版，如今更出现了辞赋史、杂文史、新诗史、笔记小说史、戏曲史、儿童文学史、民族文学史、地区文学史、海外华文文学史等新的著作，还出现了对网络文学等新的媒体特色的研究，因而编撰一套分类文学史，促使文学史研究更加全面和深入，乃属势所必然。山西教育出版社恰好提出这样的出版规划，委托我牵头敦请有关的专家、学者分工协作，编著一套"中国分类文学史"丛书。我便慨然应承，并得到各位分卷主编和执笔专家的热情支持。其间，葛志强同志协助做了诸多组织联络工作，不幸书稿尚未收齐，他便遽然去世。好在山西教育出版社各位领导的执着和负责这套丛书的杨文同志以及各卷责编的努力，终使这套丛书各卷先后完成。

现在出版的"中国分类文学史"丛书十卷，包括诗歌、小说、散文、戏剧、影视、网络文学、民间文学、少数民族文学、华文文学和文论等分卷，分类的视角与标准虽不尽一致，但各有自己研究的范围和学术价值。我希望这套分类文学史著作能够对广大读者了解我国文学各种样态和类型的历史发展有所帮助。当然，本丛书会有欠缺和不足之处，期望能够得到读者和专家的指正、批评。

是为序。

张　炯

# 目 录

（上册）

第一章　中国民间文学作为历史 ·············································· 001
第二章　中国神话时代 ································································ 013
　　第一节　盘古时代 ································································ 015
　　第二节　女娲时代 ································································ 017
　　第三节　伏羲时代 ································································ 020
　　第四节　炎帝神农时代 ························································ 022
　　第五节　黄帝时代 ································································ 027
　　　　一、神话战争 ···································································· 029
　　　　二、治世神话 ···································································· 032
　　　　三、发明创造神话 ···························································· 034
　　第六节　颛顼帝喾时代 ························································ 038
　　第七节　尧舜时代 ································································ 040
　　第八节　大禹时代 ································································ 048

第三章　远古歌谣 ········································································ 062
第四章　商周时代的传说、故事和歌谣 ·································· 065
　　第一节　历史著作中的民间传说 ········································ 066

第二节　诸子著作中的民间传说 …………………………… 072

　　第三节　商周时代的民间故事 ……………………………… 078

　　第四节　商周时代的民间歌谣 ……………………………… 084

　　第五节　关于《诗经》中的民间歌谣问题 ………………… 089

第五章　秦汉间俗说 ……………………………………………… 099

第六章　魏晋风度 ………………………………………………… 104

　　第一节　魏晋南北朝时期的民间传说和民间故事 ………… 105

　　第二节　魏晋南北朝时期的民间歌谣和谚语 ……………… 119

　　　　一、魏晋歌谣的时政意识 ……………………………… 120

　　　　二、南朝乐府民歌 ……………………………………… 122

　　　　三、北朝乐府民歌 ……………………………………… 132

　　　　四、魏晋南北朝时期民间谚语的保存 ………………… 138

第七章　隋唐新声 ………………………………………………… 143

　　第一节　隋代民间文学的创新 ……………………………… 143

　　第二节　唐代民间文学的发展 ……………………………… 152

　　　　一、《大唐西域记》与民间传说 ……………………… 155

　　　　二、《酉阳杂俎》和唐代民间传说故事的保存 ……… 162

　　　　三、敦煌变文与曲子词 ………………………………… 177

　　　　四、唐传奇与民间文学 ………………………………… 179

　　　　五、诗妖：民间歌谣与谚语 …………………………… 188

第八章　清明上河图：宋代民间文学的大繁荣 ………………… 195

　　第一节　宋代民间歌谣和谚语 ……………………………… 197

　　第二节　《突厥语大词典》与《福乐智慧》 ……………… 204

　　第三节　笔记小说与民间传说故事 ………………………… 211

　　第四节　宋代的"说话"与民间文学 ……………………… 219

第五节　宋代民间戏曲 ·················································· 229

# 第九章　"石人一只眼"：元代民间文学 ·································· 238
　　第一节　元杂剧与民间文学 ·········································· 239
　　第二节　"说话"与笔记中的民间传说和民间故事 ·············· 244

# 第十章　天机自动：明代民间文学 ·········································· 255
　　第一节　民歌和民间叙事诗 ·········································· 256
　　第二节　别具特色的明代民间谚语 ································ 266
　　第三节　明代民间传说与民间故事 ································ 271
　　　　一、传奇小说与笔记中的民间传说和民间故事 ········· 273
　　　　二、历史传奇与历史传说 ······································ 277
　　　　三、民间笑话和寓言故事 ······································ 283

# 第十一章　最后一声叹息：清代民间文学 ································ 287
　　第一节　民间歌谣和谚语 ············································· 288
　　　　一、民间情歌 ························································ 289
　　　　二、民间儿童歌谣 ················································ 296
　　第二节　清代民间长诗与少数民族歌谣集 ······················ 301
　　　　一、民间长诗 ························································ 301
　　　　二、少数民族歌谣集《盘王歌》 ····························· 304
　　第三节　清代民间弹词与鼓词 ······································· 307
　　第四节　清代民间传说与民间故事的多元构成 ················ 315
　　　　一、新旧传说的交织与并存 ··································· 316
　　　　二、清代民间故事 ················································ 325
　　　　三、民间笑话和民间寓言 ······································ 331

# 第一章　中国民间文学作为历史

民间文学就是民间社会的口头语言艺术。

民间是社会分层的产物，所以，并不是所有的口头创作都是民间文学。同时，民间文学也是社会认同的产物。社会大众是民间社会的主体，以口头语言形式表达他们的情感、意志、信仰和审美，形成口头性、传承性、变异性、地域性、民族性、形制化等特征。所谓民间，由于种种原因，常常形成与官方的对立、对峙，但是，他们在许多时候并不是完全剑拔弩张，充满矛盾，而是表现出相同或相通的联系。民间社会与上层社会是相对的，况且，分层充满流动变换，上层社会也并不是一直保持不变的，社会群体构成因为时代等因素的变化而形成财富、权力等资源的角色转换，如诗所言，"旧时王谢堂前燕，飞入寻常百姓家"。中国家国社会的文化传统，形成宗族崇拜等文化形态，融入民间文学的传承与传播机制。民间文学的基本标志是主要由底层社会群体创作与传播的口头艺术。它是底层社会对社会文化存在和发展包括他们自己生活想象与叙述的形象表达。它因为口头传播而形成自己鲜明的个性，即它的创作过程就是它的传播过程，它的传播进行过程就是它的创作体现过程。它的文化归属权利属于一定时代和地域的社会群体。它的叙事方式、抒情方式、语言表达方式与审美表现方式，特别是它的传播方式，如相对稳定的传承性、不同时代与地域的变异性，以及民族性、社会世俗生活的实用性等方面都体现出自己的特色，所以，其具有匿名的特征，任何人都不能作为民间文学的权利人。

应该强调的是，民间文学的口头性不仅仅是一种标志，而且包含着非常丰富的功能与价值。尤其是口头语言中的信仰、巫术、图腾等内容，更充分表现出民间文学的生活属性与文化特征。在相当长的一段时期里，民间文学更多地被称为"劳动人民口头创作",即劳动者群体的语言文学,它主要是针对在漫长的社会发展中那些体现个人意志并以个人名义公开(出版、发表)于世的人文现象,而表现出的社会底层民众的集体创作的"口头文本"。一般说来,劳动人民就是不识字的体力劳动者,他们的口头创作才能被称为"民间文学"。但是我们又不得不承认,仅仅强调体力劳动作为阶级属性而排斥其他群体,还是存在很大偏颇。因为许多民间文学作品并不是完全由那些不识字的体力劳动者创作的,还应该包括底层社会的知识分子等群体,在相当多的场所,这些人甚至成为民间文学的重要创作主体与传播主体。民间文学的创作与传播的主体是多元的,并不仅仅在不识字的体力劳动者中存在。比如神话,它是全民共享的,那些原始社会已经存在的民族祖先神,像炎帝、黄帝、大禹,受到全社会的敬祀,尽管民间社会与上层社会的表达方式存在一定差异。有许多笑话,在上流社会与底层社会都有流传。事实上,识字与不识字并不重要,重要的是它是否以口头形式广泛流传。当然,我们应该指出,并不是所有的口头文学都是民间文学。与书面文学分庭抗礼的"民间文学"作为文学的存在,并不仅仅局限于社会的底层,它有时也会得到上层社会的认同,如李白、刘禹锡对于民间文学的运用,更不用说段成式等人对于民间文学内容的具体记录;但它的流传并不是无界限的,它与上层社会的对立与冲突是非常重要的内容。一般说来,民间即底层,民间文学的主要流传范围是在社会底层。没有底层社会的具体流传,民间文学就不存在。民间信仰包括原始信仰,是民间文学的存在基础,它可以跨越时空而存在。民间文学自身以多种形式存在与发展,不同体裁、不同内容、不同风格在不同场域中其功能与价值也是不同的。底层与上层并不是完全对立的,它们也有可以共享的文化空间,有共同的资源与利益。民间文学的文化价值与审美功能是以多种形式体现出来的,孔子所说的"兴、观、群、怨"是相当准确的概括总结。民间文学、官方主流文学等文学类别的划分,是在文化多元整体的基础上进行的,它们之间的冲突,主要是文化属性的差异,在历史上以对立的方式表现得更为普遍。这就是我们所说的社会上层作为管理者应该不断地、尽量地满足社会成员最基本的物质文化需求,否则就会形成社会发展的不平衡,就会出现社会动荡。民间文学是在社会发展不平衡,特别是社会动荡中产生的。不识字的体力劳动者更便利于民间文学的口头创作,他们创作的口头文学表现出社会底层最直接的人民性是我们研究民间文学应该特别注意的内容。在社会历史发展中,文化资源的分配与使用是非常不合理的。体力劳动者不识字是一种普遍现象；而同时，口头传播又有着自己的便利，所以我们应该多方面理解民间文学的发生与发展。现在我们常常把语言看作文学的存在基础，从语言的区别来看，它们之间的对比就如同人们通常所说的，一个是下里巴人原生态的艺术创作，是"俗"；另一个则是阳春白雪的精雕细刻，是"雅"。"俗"与"雅"之间存在着许多冲突，有时甚至很尖锐。但它们并不是绝对的对立，有时可以转化，"大俗"可以成为"大雅"。在相当长的历史时期内，封建士大夫蔑视民间文学，视之为"粗俗"，认为它不登大雅之堂。这在事实上构成了一种强大的文化传统，形成相当普遍的文化价值观。当然，也有一些有识之士对民间文学给予高度评价，而且这些人还都是优秀的作家和学者，他们大胆提出"礼失求诸野"的重要主张。但他们毕竟没有取得文坛的统治权，没有形成社会文化发展的主导力量，像屈原、李白、杜甫、刘禹锡、李梦阳、李调元、曹雪芹等，他们在社会上是不为统治者所容的，但是他们的文化思想仍然是属于上层社会的，常常表现出一厢情愿的热情与向往。如李白高唱"仰天大笑出门去，我辈岂是蓬蒿人"，杜甫高唱"致君尧舜上，再使风俗淳"。他们颠沛流离于民间社会，虽然身在朝廷之外，但他们的作品却怎么也不能称为民间文学，他们名在千秋而不为官场所容。这也体现出一种文学规律，即优秀的作家，总是与人民保持着血肉相连的联系，总是关注着民间文学这一文化现象，自觉地学习、运用民间文学的语言与思想，使自己的作品表现出特殊的感染力和震撼力。这种情况不独在我国有，从塞万提斯、莎士比亚到歌德、巴尔扎克、托尔斯泰，所有的文学巨匠都与民间文学有着千丝万缕的联系。虽然有联系，但民间文学毕竟不同于作家文学，也不同于通俗文学，在文化认同与文化识别上民间文学保持着独特的思想情感表达方式与审美表现方式，这一特点首先体现在口头传播的文化发展机制上。

我们研究民间文学，应该有面向民间社会的科学态度与公允的价值立场，同样应该有宽阔的视野与切实而有效的方法。

从历史发展的长河中认识和理解民间文学，我们可以更全面准确地把握社会文化发展规律及其实质、价值与意义。珍视民间文学的历史，是建构民间文学理论体系的重要基石。

一

中国民间文学的保存，一般有三种基本形式，即文献（文字）的、文物（实物）的、口头（生活）的。这三者我们应该看作一个相互联系的整体，尤其不能忽视文献的内容。口头性固然是它极其重要的特征，但作为文本的存在它不得不借助文字以便更长久地保藏、保存。由于历史的原因，我国古代典籍中对民间文学的记录多出自封建文人之手，除了认识上的狭隘及有妄作篡改的现象外，更多的是支离破碎，仅提供了一些大致的内容。但我们也不能因此而摒弃它，从历史的角度考察民间文学，还必须以古代典籍的材料为主要依据，它是必备的参照系。

古代典籍对民间文学的记载因人因时而异，有的仅仅提及很少的片段，诸如一些史书和仪典，像司马迁的《史记·陈涉世家》曾提到"大楚兴，陈胜王"那样的歌谣；有的保留得稍多一些，如诸子著作和后世的一些笔记、方志，但较多的是作为文人的论据，仍然缺乏自觉的态度。保存民间文学内容较多的典籍情况也不尽相同，如《诗经》中保存较多，《尚书》《易经》中，去掉一些卜辞，也可看到一些歌谣，而《山海经》《淮南子》《搜神记》《神异记》《乐府诗集》《太平广记》《路史·后纪》《帝王世纪》《世本》等典籍就不同了，越往后世，专门记述民间文学作品的就越多。明清之后形成了特别关注民间文学的文化思潮和文化传统[①]，民国大规模运用白话记述民间文学，使许多传统民间文学的记录保持了原汁原味，如五四歌谣学运动中《歌谣周刊》等报刊，刊载民间文学，甚至影响到整个白话文运动、新文学运动发展，更不用说新中国成立后的民间文学搜集整理工作的巨大成就及其非凡的价值与意义了。

---

① 如明代出现胡文焕编《山海经图》，格致丛书本，万历二十一年刻本；广陵蒋应镐武临父绘图《山海经（图绘全像）》18卷，聚锦堂刊本，万历二十五年刻本；王崇庆释义、蒋一葵校刻《山海经释义》18卷，万历四十七年刻本等。清代出现吴任臣注《山海经广注》，康熙六年刻本；吴任臣《增补绘像山海经广注》，金闾书业堂藏版，乾隆五十一年刻本；汪绂《山海经存》，光绪二十一年立雪斋印本；郝懿行《山海经笺疏》，光绪壬辰十八年石印本等。

从文献上去钩沉、整理民间文学是一项十分艰辛的工作。我国文明历史悠久，文献典籍浩如烟海，任何一位学者都难以穷尽它，只能努力开掘。我们要按图索骥，尽量挑选出典型的内容，勾勒出基本轮廓，理出其嬗变轨迹及其发生背景。

民间文学在古代典籍中的保存与作家文学有着显著不同。作家的存在依赖于具体的文学作品，而这些作品作为文本的存在一般是固定不变的；即使有变化，那也是少量的版本上的差别，而且相当有限。最为著名的如《西厢记》有"董西厢""王西厢"等差别，《水浒传》版本更多，《红楼梦》还有许多续书。这在今天还牵涉着作权保护问题，若有大量抄袭、剽窃，就会受到法律和道德的双重制约。民间文学的生命恰恰就在于类似内容的传播，其匿名性特征与作家文学的著作权观念形成鲜明对照——民间文学的传播过程，既是其存在基础，又是其创作过程。在全社会、全世界范围内，民间文学作为文化遗产首先属于具体的保护主体，国家保护、社会保护、民族保护、学术和知识保护、教育保护、家庭保护、部门保护等保护形式与方式，都是为了使民间文学得到更好地传承与传播，可以为更多的人所共享。没有更多的人共享其文化精神，即民间文学失去了更广泛的传播，失去了更持久的传承，它在文化发展中的价值与意义就会减弱。这与我们提出保护民间文化知识产权并不矛盾。民间文学的归属权属于一定地域、一定民族的大众，它虽然没有著作人姓名，但任何人都不能随意据为己有。更重要的是它是有具体的文化权利和文化尊严作为存在基础的。它的艺术魅力是无穷的，被有识之士称作"天籁""国风"。民间文学的经典作品是一代又一代人民大众共同创造的，它的记录、整理，在今天成为我们必不可少的研究依据。它的版本形成是相当复杂的，几乎同一类作品在每一个时代和每一个地区都是不同的。如著名的四大民间传说"牛郎织女""孟姜女""梁山伯与祝英台""白蛇传"，它们的发生过程、嬗变轨迹就是一个典型。那么，应该如何从史的角度来描述这种现象呢？千百年来，这些民间传说的传播经久不息，我们只能从一个方面去记述它。论述民间文学史不仅要看到它的影响范围，更重要的是要看到它的原型形成和变化过程，选取典型的内容进行考察、分析。事实上，民间文学史写作就是为他人提供一个尽可能准确的路标。

民间文学的发生与记述并不是完全对等对应的。民间文学产生的土壤是社会现实生活，而任何时代的社会现实生活都离不开对于前代社会历史文化的继承；同样，文化需要传播与传承，民间文学是文化发展的一部分，传播与传承在某种程度上可以看作民间文学的生命。每一个时代都会产生丰富的民间文学，而被记述的民间文学作品却是极其有限的。但是，浩如烟海的民间文学并没有因为不被记述而停止传播与传承，它作为口头遗产仍然川流不息。历史上这样的事例很多，它告诉我们，写作民间文学史不能仅仅看它被记述的时代，更重要的是从它的具体内容上去分析研究。如盘古神话，它的记录，最直接的材料是三国时吴人徐整的《三五历纪》和《五运历年纪》，而这两部著作，后来也散佚了，只零星存在于其他的一些典籍中。那么是否在三国时代才有盘古神话的发生与流传呢？这显然是不可能的。从其内容来看，它应该是我国最为古老的神话，《山海经》中的钟山之神就有其原型。从世界上许多古老神话来看，描述天地起源的神话产生时代最早，许多民间故事更是这样。这种现象在民间歌谣中最为突出，如《伊耆氏蜡辞》"土反其宅，水归其，昆虫毋作，草木归其泽"，它见于《礼记》，而在《山海经》和一些甲骨卜辞中也能见到类似内容①。再如《弹歌》和《昔葛天氏之作乐》见诸《吕氏春秋》等文献，其产生时代可以有充分的理由判断为原始时代。这就是说，写作民间文学史离不开古代典籍的文献材料，更离不开作品的实际内容。当然，我们首先要依据文献，然后才能进行具体的分析判断。

在古代典籍中还有这样一种现象，关于同一个历史人物或事件，在不同的典籍中记述的具体内容相异。如鲧禹治水神话，《山海经·海内经》中有"洪水滔天，鲧窃帝之息壤以堙洪水，不待帝命；帝令祝融杀鲧于羽郊。鲧复生禹。帝乃命禹卒布土以定九州"的记载；而在《国语·晋语八》中，则记为"昔者鲧违帝命，殛之于羽山；化为黄熊，以入于羽渊"；在《楚辞·天问》中有"鸱龟曳衔，鲧何听焉？顺欲成功，帝何刑焉？永遏在羽山，夫何三年不施？伯禹愎鲧，夫何以变化？纂就前绪，遂成考功。何续初继业，而厥谋不同？洪泉极深，何以窴之？地方九则，何以坟之？河海应龙？何尽何历"等一系列发问；在《淮南子·地形训》中又有"凡鸿水渊薮，自三百仞以上，二亿三万三千五百五十里，有九渊。禹乃以息土填洪水以为名山"的记述；另见《汉书·武帝纪》颜师古注引《淮南子》，今无；又见《绎史》十二引《随巢子》等，都有类似内容，还加入"禹治鸿水，通辕辕山化为熊"而"涂山氏往，见禹方作熊，惭而去，至嵩高山下化为石，方生启"的情节。这就要求我们在"史"的描述形式

---

① 参见郭沫若：《卜辞通纂》，《郭沫若全集》，科学出版社 1983 年版。

上汇聚尽可能详备的典籍来整体把握民间文学某系统，并勾勒出各种民间文学作品之间的复杂联系。

中国文化典籍博大精深，汗牛充栋，琳琅满目，任何个人都难以通览，但关于民间文学的典籍我们是可以择其要而完成总体把握的，当然，这绝非一时片刻所能奏效。民间文学的典籍整理工作现在已经取得阶段性成果，这就为我们提供了方便，使我们得以在前人的肩上站得更高，看得更远。新文化运动以来，结束了民间文学无单体史、通史的局面，特别是在相关的古籍整理、文献资料的钩沉方面取得了可喜的成就。这些学者通过艰辛的努力，为我们汇总了相关的文献资料。可以说，靠几代学人的辛苦努力，我们已经具备了相当充分的中国民间文学史写作的学术环境。

## 二

民间文学的实质在于它是形成于传统社会中的文化生活，既是审美愉悦、情感和意志的表达，又是信仰的体现。

民间文学的存在形式可以是口头语言，也可以是实物形成语言转换。文物的史学意义主要表现在它以实物的形式向人们展示了历史的原貌，考古的方法实际上就是面对历史的遗留物所进行的一种复杂的鉴别。在通常意义上，文物的概念我们多局限于出土的实物，而那些存留在民间的物品和典籍中的图片这种丰富的有形物品则不被重视。民间文学的存在方式是多元的，文物是一种具体的民间文学观念的体现——它以直接的、生动的典型形象映现出一定的审美观、价值观、人生观，无论是书面语言还是口头语言的描述，都无法替代这种特殊的效果。

民间文学的文物表现，主要体现为这样一些基本形式：

一、出土文物。主要包括一些器皿花纹或实物具形（有些系民间文学作品情节的图绘，有些系民间文学人物或动物的典型形象），多集中在墓葬的发掘。这也是考古工作的重点。

二、岩画。它主要集中在相对偏僻的山区或边区，最为典型的如连云港将军崖岩画、内蒙古阴山岩画、云南沧源崖岩画。这应该是最原始的记录。

三、民间木刻、版画、编织、装饰和古玩等图案。其典型体现为具有规模意义的制作，如天津杨柳青、苏州桃花坞、河南朱仙镇等传统版画。这些作品色彩鲜艳，造型突出，使民间文学的具体形象栩栩如生地展现在世人眼前。这部分文物最为丰富。

四、壁画。它通常选取一些传说故事的片段或系列，而且较多地与宗教艺术掺杂在一起。如敦煌壁画和神庙中的水陆道场画，以洞窟、宫殿为存在背景，场面相对广阔，是全景式的展现。

文物即实物，是无言的故事，它不仅是民间文学的载体，更重要的是它还体现出民间文学的存在环境及具体的功能。许多文物所表现的民间文学内容并不仅仅为了记载一定的传说故事或歌谣、戏曲，而是服务于一定的节庆、仪式等社会性的生活需要，具有实用性特征。汉画像石中的神话情景，是古人为逝者设置的美好、理想的天国，表达希望和祝愿；古庙会上的古玩具，像布老虎、泥泥狗等物品是服务于傩的内容，即驱邪、避灾、逐疫、纳祥；民间剪纸更是为了突出喜庆的内容，而且包含着求子（高禖）和图腾等古老的信仰。无论出于何种目的，它们在事实上保存了具体形象的民间文学的艺术图案，成为我们认识和理解民间文学的感性材料。出土文物、岩画、壁画、民间木刻、版画、编织、装饰等图案和古玩，这些都是物化的民间文学，是一系列丰富多彩的民间文化符号，它们在不同的时代被不同身份、不同知识背景的人所阐释、叙述、传播，成为五彩斑斓的口头文学。千百年来，它们无时无刻不影响着我们的历史发展，作用于我们民族文化传统的具体形成。在这些文物中，有许多异常珍贵的文化遗产，将它们的具体内容与古代典籍文献资料相结合来看，一些复杂的问题就会迎刃而解。近代著名学者王国维在这一方面做出了艰苦卓绝的努力和贡献，他的《殷卜辞中所见先公先王考》等论著即是利用文物资料研究历史，成为"新史学的开山"。鲁迅治文学史，念念不忘请人帮助搜集汉画像石资料，陈梦家、张光直等学者从青铜器图案研究古文化史，常任侠、孙作云通过石刻研究文化艺术史和图腾史，闻一多的《伏羲考》等被后世学者概括为神话考古方法，这些都为我们提供了借鉴。利用文物研究文化，是新史学的重要成就。值得一提的是郑振铎的《插图本中国文学史》，如他在"例言"中所讲，插图的作用除了"增高读者的兴趣"，另一种更重要的原因是"在那些可靠的来源的插图里，意外的可以使我们得见各时代的真实的社会的生活的情态"。这些插图是意义更为特殊的文物——而当前的民间文学史著在数量上很少，像这样附有丰富插图的更少。缺少了图像的民间文学史将失去它应有的重量，因为相对于实物（图案）而言，任何语言的表述效果都是极其有限的；换句话说，图案的显示效果是任何语言都难以替代的。

## 三

中国民间文学通史作为一种特殊的文学史，如果仅仅局限于古代典籍，它将失去自己的学术生命。典籍作为文献是有限的，而以口头的形式仍然存在于民间的民间文学是无限的——尽管我们必须以文献为基本线索去认识民间文学的嬗变轨迹。在这一方面，文化人类学、社会学、口述史学、民俗学等学科已经有成功的范例为我们提供借鉴，尤其是以布罗代尔为代表的口述史学实践的成功经验应该为我们所重视。它告诉我们，文献的历史是极其有限的，口述的历史更趋于完整和真实。中国现代民间文艺学的进程以大量的事实证明了这一方法的科学性。特别是近年来被誉为中国民间文化四大发现的中原神话、纳西族祭天古歌、沧源岩画、防风神话，几乎都是以口述史学的基本方法为线索发掘出来的。更不用说《中国民间文学三大集成》在事实上就是口述史学的一种自觉实践，田野作业的科学考察方法成为我国民间文艺学事业开拓、发展的最为有效的手段。

口述的记录整理取得成就最为显著的当数中原神话和我国少数民族史诗，其以鲜活的形态与中外民间文学典籍形成对照，前者被海内外学者称为人类文化史上的"奇迹"[1]，后者显示出我国民族民间文学的灿烂无比，它们用铁的事实表明中华民族卓越的聪明才智及其所创造的文明是整个世界文化不可忽视和不可缺少的一页。神话的概念在明代汤显祖等人评点《虞初志》中曾经出现，而作为人文科学概念，是近代由蒋观云等人较早提出的。神话在原始社会就存在而且成为民族文化的重要组成部分。但是，由于多种多样的原因，国际上一些别有用心的学者如英国的威登等殖民主义分子，大肆叫嚣"中国人缺乏创造神话的智慧"[2]。20世纪三四十

---

[1] 钟敬文：《中原古典神话流变论考》"序"，上海文艺出版社1991年版。
[2] 参见马昌仪：《人类学派与中国近代神话学》，《民间文艺集刊》第一集，上海文艺出版社1981年版。

年代，我国神话学取得重要进展，闻一多等学者在边疆少数民族地区发掘出许多珍贵的神话，但这对于反击威登之流的妄言、证明中华民族神话的完整性和系统性仍然是不够的。今天就不同了，我们在进行全国范围的民间文学集成调查、进行地毯式的非物质文化遗产抢救与保护时，发现越来越多的地区存在着大量的神话和具有史诗色彩的长歌等。我们不仅仅证明了我们民族具有创造神话的能力，而且感受到我们古老的民间文学特别是古典神话将为人类文明做出更大贡献。事实上，不走进民间社会，我们很难真正理解民间文学，更不用说去发现民间文学的深刻与厚重。

这里不是在宣扬民族主义、鼓吹民粹，而是告诉人们应该注意一个民族的文化权利与文化尊严，守护自己的文化资源，发扬光大民族文化精神。同样，文学史不应该缺少这些内容而不加修改与补充，因为失去了异常珍贵的内容就会形成严重的残缺与失重。民间文学研究离不开文献解读与文物阐释，更离不开深入民间社会，在民间文化生活中具体而细致地感受和理解民间文学极其丰富的价值与功能。

我国少数民族民间文学更是如此。

少数民族地区的民间文学蕴藏最为丰富的是史诗和歌谣，特别是民族史诗，它具有非凡的意义和价值。闻名世界的三大英雄史诗——藏族的《格萨尔》、柯尔克孜族的《玛纳斯》、蒙古族的《江格尔》，还有新发现的苗族史诗《亚鲁王》，都是长期在民间以口头形式流传而成为民族神圣的经典的。其他还有蒙古族的《勇士谷诺干》《喜热图莫尔根汗》，达斡尔族的《阿拉坦噶乐布尔特》，赫哲族《满斗莫日根》《什尔大鲁莫日根》《大竹林》，维吾尔族的《乌古斯传》，柯尔克孜族的《英雄扎西吐克》，哈萨克族的《英雄托斯提克》，乌孜别克族的《阿勒帕米西》，彝族的《梅葛》《查姆》《勒俄特依》《阿细的先基》，哈尼族的《奥色秘色》，佤族的《西岗里》，纳西族的《崇班图》《黑白战争》《哈斯战争》，白族的《开天辟地》，拉祜族的《牡帕密帕》，土家族的《摆手歌》，独龙族的《创世纪》，壮族的《姆六甲》《布洛陀》《布伯》《郎正射日》，布依族的《赛胡细妹造人烟》《造万物歌》《十二个太阳》，侗族的《祖源》《祖先落寨歌》，黎族的《姐弟》，水族的《开天立地》，傣族的《变扎戛帕》，苗族的《古歌》，瑶族的《密洛陀》，畲族的《高皇歌》等。这些史诗的保存都是以口传为主要形式，有的由专业歌手演唱，有的成为巫觋的经书。它们或以整齐的歌句组成，或以说唱为主要形式，千姿百态，在民族文化中都有着不可替代的崇高的地位。这些史诗一般容量丰富，有宏大的跨度，可称为各个民族的百科全书；其想象奇特，手法多样，集古老的神话和优美的歌句为一体，堪称世界文化的瑰宝。这些史诗的发现，又大都依据各个民族的口传——没有口头的作品整理，这些瑰宝将一直为尘埃所封锁。民间文学的实质性特征也正在于口头性。关注到这一特征就意味着打开了一条新的通道，让我们走向更为广阔的天地。

民间文学史的写作是一个系统的工程，它不仅仅要描写、论述、阐释某种民间文学作品的存在及其意义和价值，还要指出其具体状态的历史条件和生活背景。也就是说，民间文学不是单纯的个体存在，而是融入了民间文化的整体之中，时刻为人民所运用；同时，它在具体形成和发展变化中，常常同作家文学等人文现象发生复杂的联系，又保持着自身的独立性特征，从而共同影响着人们的社会生活、精神世界。这里最为复杂的就是民间文学普遍同民间信仰发生密切联系，而民间信仰又同图腾、宗教等内容相融合。揭示出这些内容的具体成因，同样是民间文学史不应该回避的使命。民间文学归根结底是属于人民大众、为人民大众所创作和运用的，它既有历史的积淀，又有鲜明的时代性。从宏观来看，民间文学在历史的长河中作为民间文化，同人文等文化形态共处于一个空间。

民间文学史还应该包括两个重要方面，一个是搜集整理和改旧编新，一个是不同时代的民间文学思想理论。前者从我国文学史上可以相当普遍地看到，如魏晋时代干宝的《搜神记》等志怪小说、唐代段成式的《酉阳杂俎》等笔记小说，以及明清时期冯梦龙、李调元和蒲松龄等人的作品，不时闪烁着民间文学的奇光异彩。但这些作品虽然保存了一些民间文学作品，却并不是纯粹的民间文学，它们包含着作者的审美评判、道德观念。后者是一些学者在注疏、论述、引用民间文学作品时表现出来的思想文化观念，即民间文学思想理论，从古至今构成了一部容纳百家的民间文学思想史，这是中国文化思想史的重要组成部分。如屈原的神话观、孔子的不语怪力乱神论、宋代朱熹的神话理论，以及近世鲁迅、茅盾、胡适、顾颉刚、刘半农、钟敬文、江绍原等不同身份的人物所表现出来的具体的民间文学思想理论，同样是民间文学史应该注意的内容。

今天，中国民间文学史的写作不论是资料搜集上还是写作手段的运用上，都面临着难得的机遇，但也面临着许多挑战。特别是现代民间文艺学建设积累了丰富的经验教训，我们有了前人铺下的基石，也有了新的利器，可以冷静地把握历史，进行理性的分析、审视和总结。中国民间文学与其他民族的文学一样，不仅仅属于自己，而且属于全人类。我们的先人有自己的哲学思想，有自己的理论方法，有许多问题我们还没有真正弄清楚，这就需要我们理性地把握民间文学的历史。面对世界，发出有力的声音。我们不但要懂得他人的语言，更要懂得自己的历史，这样才能形成文化自信。参天大树能够仰望天空，抗击风雨雷电而不倒，是因为它有深植于大地的根系。古人云，欲灭其国，先毁其史。我们要发展，离不开继承，而继承并发扬光大，就必须懂得历史。不懂得历史，不懂得自己宝贵的财富与精神，怎么可能真正懂得自己的立场、责任、使命、前途和权利！

# 第二章　中国神话时代

神话是被建构的。所谓神话时代，是按照神话的具体内容所呈现出的社会性质相对划分的。无论这种时代是否在历史上实际存在过，作为对人类进步的足迹所形成的折射，神话是值得我们重视的。古人把神话时代的那些帝王概括为三皇五帝①，而对三皇和五帝又有不同的理解。今天，在我们明白了神话和历史的分野时，我们会很容易地避开历史化的误区，但前人划分的依据是我们不应该忽视的。当然，所谓的三皇五帝与我们所说的神话时代是有着重要区别的。关于这一点，吕思勉的《中国民族史》、徐旭生的《中国古史的传说时代》等著作，都进行了详尽的讨论。我在这里所提出的神话时代及其划分的方法，既有像吕思勉、徐旭生等学者那样依据古文献并进行相应的神话内容分析，又有更为重要的田野作业即科学考察所发现的意义显示。我们可以把整个中国神话时代划分为这样几个阶段：一、盘古时代。这是中国古典神话的开端，标志着天地的生成。二、女娲时代。它是人类诞生的文化阐释，生育成为这一时期的母题内蕴。三、伏羲时代。它的主要内容是文化（文明）初创，包括渔猎文明的发生。四、炎帝神农时代。这是农耕文明的开创时代。五、黄帝时代。这是中国神话的一个重要转折时期，它一方面是原始文明的集大成，一方面第一次以无比辉煌的神性业绩筑构成庞大的神系集团，对中华民族的形成起到至关重要的作用。六、颛顼帝喾时代。其神性业绩主要在于绝地天通，这一时代的文化内核是巫成为社会精神的主体。七、尧舜时代。这是关于政治理想的神话，以禅让为核心。八、大禹时代。洪水神话成为大禹神性

---

①"三皇五帝"的概念始见于《吕氏春秋》。此前《孟子》《荀子》中已有"三王五霸"，这不是原始神话，而是政治神话。

业绩的基本背景；同时，这一时代也意味着中国神话时代的终结。我这样勾勒中国神话时代，以古典文明为划分依据，并不排斥少数民族的神话时代与神话系统。也就是说，这样论述并不意味着与中华民族的文化整体观念相悖，而是说各民族在历史进程中相互交融，各自创造了绚丽多彩的神话。在古典文化中所展现的中国神话时代和神话系统，与各少数民族中的神话内容，都来自记忆中的口头描述。从许多少数民族的神话中，我们可以十分清楚地看到各族人民的密切联系；而且，我们也可以看到，即使是汉民族的神话，也同样包融着许多非汉民族的文化成分；若没有民族的交融与联系，就没有今天的中华民族。

原始神话的主角无疑是原始大神，而这些原始大神或者是氏族部落的酋长，或者是人们总结自己的经验所想象出来的祖先；在每一尊神像的背后，都闪射出远古人民智慧的光辉。正由于这种原因，我把整个中国神话时代划分为这样几个阶段。在每一个阶段里，神性的构成不尽相同，这是因为不同的神话时代在人们的精神世界中所处的位置不同。如，黄帝时代之前，包括盘古神话、女娲神话、伏羲神话在内，一般是单体神性，即使有一个以上的，也被描述成兄妹婚姻中的夫妇，而到黄帝时代，这种局面就被打破了。实际上，这种局面在炎帝神农时代就已经出现，其内容是在炎黄战争中具体表现出来的。黄帝在中华民族的形成中具有非凡的意义，许多神性角色与他有联系，这一方面说明历史上以他为首的政治集团统一了诸多部落，另一方面说明在神话发展变化中存在着一个非常普遍的依附性规律。特别是后者，对于我们划分中国神话时代具有非常重要的意义，使我们能把许多表面看来凌乱的神性角色联系在一起，大致勾勒出漫长的远古时代历史渐进的轨迹。

在中华民族漫长的史前时代，神话曲折地映现出各个历史时期的不同特征。中国神话时代的划分是相对的，我们视野中的古典神话资料，大部分都可以在这里找到相应的时期，但由于中华民族独特而曲折的发展历史背景，我所使用的材料多限于古文献和文物图案等，论述的神话时代也就以汉民族为主。关于少数民族的神话，在一些章节中有专门论述。许多少数民族在社会发展中或者没有文字，或者文字出现得很晚，这就给神话时代的划分造成了不便。

## 第二章 中国神话时代

### 第一节 盘古时代

盘古神话的主要内涵是天地开辟，这是原始人民对自己的生存背景进行探寻所作的遐想。这个时代其实就是天地形成的阶段，在全世界各民族的神话传说中几乎都有体现。我国的盘古神话显示出自己的文化个性，即中华民族的自然发生观念及朴素而生动的原始审美观念。

盘古这个词在我国古代典籍中出现的时代较晚，初见于三国时吴人徐整的《三五历纪》和《五运历年纪》中，但盘古神话的形成时期肯定是非常久远的。在先秦典籍中，盘古神话的雏形就已经显现出来，如《庄子》和《山海经》所提到的"倏""忽""烛龙"等神性人物概念。这里应该提出的一个现象是，在各民族文化发展中关于神话的记忆及描述，普遍存在着一个规律，即越是离我们久远的时代被描述得越晚，而且描述的内容越详细。盘古神话的出现正是这样。在三国时代才出现的盘古神话，绝不意味着在三国时代才发生，而是这时才被具体记述。在这之前盘古神话肯定已有广泛的流传，只是由于记述手段的欠缺，才出现得如此迟晚。如屈原在《天问》中就提出过这样一些问题："遂古之初，谁传道之？上下未形，何由考之？冥昭瞢暗，谁能极之？冯翼惟像，何以识之？明明暗暗，惟时何为？阴阳三合，何本何化？圜则九重，孰营度之？惟兹何功，孰初作之？斡维焉系？天极焉加？……九州安错？川谷何洿？东流不溢，孰知其故？东西南北，其修孰多？南北顺椭，其衍几何？"虽然这时已进入相对发达的文明阶段，已超越了神话产生的原始思维阶段，但原始思维结构的审美思维形式仍然存在，神话记忆也就自然通过言语载体等媒介而表现出来，形成了具体的神话传说。神话是人类童年的智慧，阐释性特征就构成了神话在民间流传并成为人们认识周围世界的重要因素。于是，《三五历纪》和《五运历年纪》就有了具体解答。如，"天地混沌如鸡子，盘古生其中，万八千岁。天地开辟，阳清为天，阴浊为地。盘古在其中，一日九变，神于天，圣于地。天日高一丈，地日厚一丈，盘古日长一丈。如此万八千岁，天数极高，地数极深，盘古极长。""盘古之君，龙首蛇身。""首生盘古，垂死化身：气成风云，声为雷霆，左眼为日，右眼为月，四肢五体为四极五岳，血液为江河，筋脉为地理，肌肉为田土，发髭为星辰，皮毛为草木，齿骨为金石，精髓为珠玉，汗流为雨泽，身之诸虫因风所感化为黎氓。"在后来的《述异记》等典籍中也有许多类似的阐释性内容。如，"秦汉间俗说，盘古氏头为东岳，腹为中岳，左臂为南岳，右臂为北岳，足为西岳……盘古氏泣为江河，气为风，声为雷，目瞳为电。古说盘古氏喜为晴怒为阴。""昔盘古氏之死也，头为四岳，目为日月，脂膏为江海，毛发为草木。""盘古氏，天地万物之祖也，然则生物始于盘古。"在神话世界中的盘古氏被描绘成如此豪迈、博大、辽阔的巨人形象，显现出古代人民非凡的气派和胸怀。

神话时代有历史的影子，但它却不能等同于人类发展的具体时期。关于这一点，列维-斯特劳斯在他的《结构神话学》中有详细的论述。他认为神话的语言结构存在着一个很重要的置换原则，这就是神话的传承性描述问题。也就是说，中国的神话时代以盘古氏为创始标志并非偶然，它有广泛的心理基础并以"历史文化遗留物"的形式表现出来，其最为典型的标志就是在我国广大地区分布着传说中的盘古"遗迹"。从文献上看，盘古"遗迹"主要分布在我国南方。如，《述异记》中讲到"南海中有盘古国，今人皆以盘古为姓，则盘古亦自有种落"。在少数民族地区，盘古信仰非常深广，如瑶族《过天榜》中说："昔时上古天地不分，世界混沌，乾坤不正，无日月阴阳，不分黑白昼夜，是时无生。五彩云生下盘古圣皇，凿开天地，造阴阳，置人民。"《粤西琐谈》中说："盘古本为苗人之祖，原为盘瓠之转。"白族《打歌》也有关于盘古的记载。《两般秋雨庵随笔》中有"荆州以十月十六日为盘古生辰""始兴县南十三里有盘古之墓""郴州有盘古仓，会昌有盘古山，湘乡有盘古堡，零都有盘古庙"等记载，《路史》提到"广陵有盘古冢、庙""成都、淮南、京兆皆有庙祀"，《述异记》记有"广都县有盘古三郎庙，颇有灵应"，《元史·祭祀志》有"至元十五年四月修会川县盘古祠祀"，《明史·锡兰传》有"侧有大山，高出云汉，有巨人足迹入石，深二丈，长八尺，云是盘古遗迹"等，都是讲盘古信仰的物化形式。在这里，盘古崇拜同自然崇拜、祖先崇拜等信仰联系在一起。在《天下郡国利病书》等文献中提到祭祀盘古的场景，如"衡人赛盘古，重病及仇怨皆祷祀""巫有帛，长二三丈，画盘古而下以至三皇，无所不有……谓之盘黑鼓"，其至地方农民起义也以盘古为号，召令人民起来斗争。南方是盘古神话流传的密集区域，所以闻一多等学者即断言盘古为南方民族的神祇。近年来这种局面被打破，不独在南方有盘古神话，北方尤其是中原也有，如河南省桐柏县的盘古山每年三月三有庙会，应合于我国古代的上祀节；中原腹地河南省西华县也发现盘古遗迹"盘古城"；太行山济源等地的盘古庙至今奉有香火。盘古之神在各地都赢得开辟天地的赞颂，这说明盘古神话在我国神话传说中占有相当重要的地位，体现出浓郁的民族感情。我们把这些内容概括为"盘古时代"，可以更清晰地看到浩如烟海的神话传说之间复杂而又具体的联系，看到中华民族亿万子孙在历史发展中血肉相连的深情厚谊，以及中华民族敢于开拓、敢于牺牲的大无畏精神。盘古神话代表着我们古老的民族精神。

盘古时代是我国神话时代的第一个阶段，它的出现标志着我国神话系统的形成。一系列的神话时代不仅从古代文献典籍上可以看到，而且能从浩如烟海的民间传说即活的口头作品中看到，这是我们中华民族的光荣和自豪。

## 第二节　女娲时代

女娲是传说中的民族母亲神，其主要业绩在于补天和造人，还进行了琴瑟等文化创造活动。如果说盘古时代是一个开辟时代，那么女娲时代就是创制时代的开始，在其后还有伏羲、神农等作为后继，可以说女娲时代奏响了一个无比辉煌灿烂的创制时代的序曲。

女娲神话集中了我们中华民族最神圣也最亲切的情感。补天，是我们生存的基础；造人，是我们生命的起源。

女娲的出现不仅久远，而且相当频繁，这在我国古代文献典籍中是个奇特的现象。她最早出现的面目是"化生"，如《山海经·大荒西经》记载："有神十人，名曰女娲之肠，化为神，处栗广之野，横道而处。"屈原在其《天问》中也有一句看似没头没脑的话："女娲有体，孰制匠之？"显然，里面包含着女娲造人的神话。王逸在注释时也说她"一日七十化"。"化"就是变，含着生育主题。补天的情节在《淮南子》中被详细描述："往古之时，四极废，九州裂，天不兼覆，地不周载；火爁炎而不灭，水浩洋而不息，猛兽食颛民，鸷鸟攫老弱。于是，女娲炼五色石以补苍天，断鳌足以立四极，杀黑龙以济冀州，积芦灰以止淫水。苍天补，四极正，淫水涸，冀州平，狡虫死，颛民生，背方州，抱圆天……乘雷车，服应龙，骖青虬，援绝瑞，席萝图，络黄云，前白螭，后奔蛇，浮游消摇，道鬼神，登九天。"显然这是神仙化后的景致，虽然保存了原始神话，但已发生了变异，被宗教情绪所感染。《山海经》和《淮南子》都是我国神话传说史上不可忽视的重要典籍，在一定程度上是我国上古神话传说的集大成者，对后世的民间文学产生了相当重要的影响。女娲神话在这些典籍中被详述不是偶然的，而是有着深厚的文化基础作为传播的背景。它在神话时代中处于一个极其重要的承前启后的地位，即以补天与盘古神话中的开辟天地相衔接，而以造人与后世的创造性神话相联系。

类似补天的神话在我国少数民族中也有流传，如苗族的《龙牙颗颗钉满天》、阿昌族的《遮帕麻与遮米麻》、高山族的《蜜蜂》等，其中都有补天大神，体现出不同民族的天时观。在白族神话中，传说龙王导致大洪水，天地崩溃，盘古、盘生兄弟杀死龙王后变成天和地，并分别用云和水加以补造。彝族神话中称，天地开辟后，天神要检查天地的坚固程度，就打雷试试天，震地试试地，待天地损坏，就用云和地公叶子分别补天、补地。在布依族神话中，传说力戛用手举起了天，但若一松手天就要塌下，他就拔下自己的牙齿把天钉起来，于是牙齿就变成了一颗颗明亮的星星。这些神话都充满了神奇的想象。女娲神话和这些神话一样，是远古人民对天体认识的艺术表现。

天地构造在我国古代文化中是方圆形状，即天圆地方，人们依据这种形状又把天地分为数重，天人合一是当时一种普遍的信仰，如果天穹发生了奇异景观，那就意味着人间就要招致不幸。如《太平御览》就曾转述过许多"天裂"现象："天开西北，长二十余丈，广十丈"（《汉志》），"天裂，广一丈，长五十余丈"（《十六国春秋》）。人们普遍以为"天裂人见，兵起国亡；天开见光，血流滂滂"（《京氏易妖占》）。在这种观念的基础之上，女娲补天的信仰也就自然为社会所广泛接受。于是，补天的神话传说不仅存在于人们的口头上，而且体现在民间节日和"文化遗迹"上。杨慎《词品》中称"宋以前以正月二十三日为天穿节。相传云：女娲氏以是日补天，俗以煎饼置屋上，名曰补天穿"（卷五）。《古今事文类聚》中称"江东俗，正月二十日为天穿，以红缕系煎饼饵置屋上，谓之补天穿"（《癸巳存稿》卷十一引）。《风俗》称"正月十九日，广州谓为天穿日，作馎饦祷神，曰补天穿"（《癸巳存稿》卷十一引）。《路史·后纪》提到古人把太行山称作"女娲山"，传说女娲"于此炼石补天"。至今，陕西骊山六月十六日为补天节，人们会在民间庙会中朝拜女娲宫。在桂林叠彩山明月峰和江苏连云港的花果山,都有传说中的"仙石"即女娲补天后遗留的石头。在河北涉县有娲皇山,在河南西华有女娲城、女娲陵、女娲庙,民间百姓举办庙会祭祀其补天"伟业"。四川成都、云南元谋、甘肃天水等地,都有女娲神话遗迹。这说明补天信仰在我们明白了宇宙构造的现代社会仍然存在,只是以神话传说的形式给人们以审美的精神愉悦。

造人的神话传说看起来晚于"补天",但若按神话发生理论推究,当早于"补天"。造人是人们对生命起源的探询。记载女娲造人最为详细的材料,当数汉应劭的《风俗通义》:"天地开辟,未有人民。女娲抟黄土作人,剧务,力不暇供,乃引绳絙于泥中,举以为人。"造人主题在后世文学作品中也屡屡出现,如李白《上云乐》中有"女娲戏黄土,团作愚下人。散在六合间,濛濛若沙尘"之句,皮日休《偶书》也提到"女娲掉绳索,絙泥成下人"。女娲造出的人是贫贱还是富贵并不重要,重要的是对于人的生命起源所作的神话阐释体现了神话的审美思维。类似女娲这样抟土造人的神话,有的少数民族称是其他神或用泥、或用雪、或用神树造就了人,尽管内容不尽相同,但都反映出劳动创造世界也创造人自身的文化母题。瑶族的《密洛陀》、彝族的《梅葛》、布依族的《安王与祖王》以及纳西族的《天女织锦缎》等,都提到或捏制、或纺织、或雕凿出人的情节。有的学者将此解释为与一定的生产力发展相适应,这样的观点违背了神话发生的一般规律。比如有的神话提到神人能飞,那么是否意味着那时也有高度发达的航天业呢?不言而喻,神话是原始人民的想象,尽管这种想象的心理机制要受制于客观条件。

女娲神话的生育主题在发生变异时转换成了对婚姻起源的阐释。这是女娲神话时代重要的标志性内容,是"化生"主题的延续和变异,其中包含着两层内容,一是《风俗通义》中所提及的"为女婚姻,置行媒,自此始",一是唐卢仝《与马异结交》中所提到的"女娲本是伏羲妇",女娲神话与伏羲神话相联系的纽带正在于此。女娲与伏羲结为婚姻存在着一个前提,那就是兄妹婚。春秋时期的《世本》曾记述"天皇(伏羲)封娣娲于汝水之阳"。《路史·后纪》注引《风俗通》中提到"女娲,伏希(羲)之妹"。《独异志》讲得更详细:"昔宇宙初开之时,有女娲兄妹二人在昆仑山,而天下未有人民。议以为夫妻,又自羞耻。兄即与其妹上昆仑山,咒曰:'天若遣我二人为夫妻,而烟悉合;若不,使烟散。'于烟即合,其妹即来就兄,乃结草为扇,以障其面。"女娲为生育女神,其婚姻形态从个体走向合体,应该是从群婚向对偶婚的转化痕迹。类似的神话情节相当多，如彝族的《阿细人的先歌》、独龙族的《嘎美嘎莎造人》、瑶族的《插田鸟》等，都是反映合作创造人类。《插田鸟》的变异成分更多，讲到女娲与盘古相结合生下人，这和女娲与伏羲相结合的意义实质上是一样的。直接提到女娲与伏羲相结合生育人类的还有水族的《空心竹》、仡佬族的《伏羲兄妹制人烟》、土家族的《兄妹开亲》、瑶族的《伏羲兄妹》等，而且又增加了洪水神话的内容，使情节更为繁复。如，有的说兄妹为躲避洪水钻进葫芦中，由此我们也可以管窥到葫芦在原始思维中的信仰意义。与《魏书·临淮王传》中所提"夫妇之始，王化所先，共食合瓢，足以成礼"相联系，我们可以想象到葫芦、洪水等内容与生殖、性崇拜之间的关系。它告诉我们，生育主题在民俗生活中的重要位置早在远古时期就已形成，今天我们生活中的许多民俗符号与女娲神话及其信仰崇拜是分不开的。

女娲遗迹在我国分布相当广，如《路史·后纪》所举"任城县东南七十里"的承匡山女娲庙，以及骊山女娲谷、峨眉女娲洞、赵城女娲墓等，其神话传说在口头上的流传更广，遍布长江和黄河流域，甚至远在越南等地也有流传，苏联科学院院士李福清在他的著述中很详细地列举并论述了这个问题。我们不能将女娲神话时代简单比照于历史上具体的女权时代，但应该看到其悠远绵长的存在意义，特别是它所体现的异常丰富的信仰意义。这个时代标志着中华民族对生命起源问题的辛勤探索，它让我们看到了中华民族凝聚力的形成与神话传说母题流传之间的联系。

## 第三节　伏羲时代

伏羲神话的主要内容在于开辟文明。这个神话时代的意义在于上承盘古对天地的开辟、女娲对人生命的创造，而赋予人以文明的面目，从而使人与动物相区别。伏羲的神性角色是文明开创大神。《风俗通义》中的《皇霸》引《春秋运斗枢》说："伏羲、女娲、神农，是三皇也。"我国古代文化讲究至尊的地位，这样把伏羲列为"三皇"之首，正是对其开创文明的功业的推崇。其意思为，伏羲对文明的开辟创造和女娲造就人类、神农造就耕作从而告别茹毛饮血的蒙昧时代有着同样重要的意义。

伏羲的神性角色最早在《易》中得到详尽的描述。如《易·爻辞下》："古者庖牺氏之王天下也，仰则观象于天，俯则观法于地，观鸟兽之文与地之宜，近取诸身，远取诸物，于是始作八卦，以通神明之德，以类万物之情。""作结绳而为网罟，以佃以渔。"《路史》中记述其开创的业绩更多，如"豢育牺牲，服牛乘马，草鞋皮蒙，引重致远，以利天下，而下服度"（《后纪一》），"伏羲化蚕"（《后纪五》注引），"聚天下之铜仰观俯视，以为棘币"（《后纪一》），"伏羲推策作甲子"（《后纪一》注引），"古者庖羲立周天历度"（《后纪一》注引），"正姓氏，通媒妁，以重万民之利，丽皮荐之以严其礼"（《后纪一》），"爰兴神鼎，制郊禅"（《后纪一》）等。《拾遗记》中提到伏羲的"春皇"，记载了他"去巢穴之居""丝桑为瑟，均土为坝""规天为圆，矩地取法，视五星之文，分晷景之度，使鬼神以致群祠，审地势以定山岳""立礼教以导文，造干戈以饰武"等传说。《广韵》注引《河图挺佐辅》中称伏羲"钻木取火"。《太平御览》引《序命历》说伏羲"始名物虫鸟兽之名"，并引《帝王世纪》说伏羲"尝味百药而制九针，以拯夭枉焉"。《孔丛子·连丛子下》称"伏羲始尝草木可食者，一日而遇七十二毒，然后五谷乃形"。《绎史》称其"冶金成器，教民炮食""因居方而置城郭"。《新论》称"伏羲制杵臼，万民以济"。《管子》称其"作九九之数，以合天道，而天下化之"。《史记·太史公自序》和《艺文类聚》引《古史考》等文献也说伏羲开制八卦，使人类进入一个新阶段。在这些文献中，我们所看到的伏羲不仅是一个非凡的文化英雄，而且是一位无与伦比的科技领袖，科学、文化、艺术、冶金、历法、婚姻礼仪等，所有的文明都沐浴过他的神性的光辉。从另一个方面我们可以假想，若没有伏羲氏如此艰辛而伟大的创造，我们的世界将是一片洪荒。所以《文选·东都赋》由衷赞叹道："且夫建武之元，天地革命，四海之内，更造夫妇，肇有父子，君臣初建，人伦实始，斯乃伏牺氏之所以基皇德也。"我们称伏羲为科学大神、文化大神、哲学大神、音乐大神、宗教大神。历史表明，伏羲氏不是别人，他是千百万劳动者的智慧和勇敢的化身，他代表着中华民族为全人类做出卓越的贡献。

伏羲还体现出我们中华民族的图腾，即民族的徽帜。《文选·鲁灵光殿赋》中曾提到伏羲"龙身""鳞身"，《艺文类聚》引《帝王世纪》中说他"蛇身人首"。这都是龙图腾在伏羲身上的典型体现。还有一些文献把伏羲同太昊连在一起，按一般道理讲，太昊是东夷大神，代表着太阳图腾，为何与伏羲这位"生于成纪"，即西戎之地的龙神相糅合呢？有学者称其风马牛不相及，其实，这正是伏羲神话的演变规律，也是其存在意义的集中体现。太昊伏羲之称的典型在河南省淮阳县伏羲陵庙会。淮阳古称宛都，是中原腹地，那么，东夷集团和西戎集团在这里融合为一体是很正常的事。《路史·后纪一》"今宛丘北一里有伏羲庙、八卦坛。《寰宇记》云：伏羲于蔡水得龟，因画八卦之坛。……《九域志》：陈、蔡俱有八卦坛"，即指此。中原地区不但是中华民族的文化发祥地，而且是重要的文化汇聚地，伏羲神话在这里的密集分布不是偶然的，这个神话时代的具体形成和中原地区的开发较早有着密切关系。古代文献把伏羲描绘成神异形象，其根据就在于这个无比辉煌的神话时代。《艺文类聚》卷十一引《帝王世纪》说："燧人之世，有巨人迹出于雷泽，华胥以足履之，生庖羲氏于成纪也。"《拾遗记》中说："华胥之州，神母游其上，有青虹绕神母，久而方灭，既觉有娠，历十二年而生庖羲。"这些文献是民间神话的记载，深刻地影响着后世的神话传说。我们民族文化的传承也是与此分不开的，即既有典籍文献以文字作为载体，又有口头传说以言语口语作为载体，还有相关的民俗生活构成文化行为，使伏羲神话时代更完整地保存在人们的记忆中。最典型的当数每年农历二月二到三月三的河南淮阳太昊陵庙会，人们把伏羲称作"人祖爷"，把二月十五作为他的神诞日，并举行大规模的祭祀活动。这个庙会与其他地方庙会的不同是保存了许多活化石般的"古文化"，有传说源自"龙配"即伏羲、女娲相交的花篮舞，有带有生殖崇拜、性崇拜和祖先崇拜色彩的各类泥泥狗，有古埙的泥玩具以及进香的民间斋公手持的龙旗等。淮阳当地民间传说中的伏羲、女娲相结合，并加进了洪水神话的背景，保持了独立而完整的神话系统。在家祭中，人们把伏羲和玉皇一般敬祀，作为生育万物的"人祖"供奉。在西北、西南、东南的广大地区，尤其是大西南地区的少数民族中，伏羲也受到广泛的崇拜，其神话传说与中原地区大致相同。还有人强调伏羲作卦影响了后世二进制的电脑，这更说明中华民族为全人类所做的杰出贡献。

## 第四节　炎帝神农时代

炎帝与神农应该是两个神祇，而在神话的流传中却合为一体。《世本》

称："炎帝，神农氏。"二者相混为一。炎帝神农的神话时代，是伏羲神话时代之后渔猎文明向农耕文明过渡的一个重要转折时代，其中火神、太阳神、农神三位一体的神性融合，宣告着中国神话时代进入了一个新阶段。

炎帝神农神话时代第一次出现庞大的神性力量集团，在某种意义上讲，它寓意着国家的雏形。国家雏形的徽帜，无疑就是太阳，或者称为太阳崇拜。《白虎通·五行》："炎帝者，太阳也。"《左传·哀公九年》："炎帝为火师。"所讲的都是这种意思。太阳崇拜自神话时代开端就已存在，盘古神话中日月起源的阐释、女娲神话中的补天和伏羲神话中的"仰则观象于天"，都蕴含有这种信仰崇拜，但只有在炎帝神农时代，作为太阳神的炎帝的神职才第一次明朗化。这说明在农耕文明的发展过程中，太阳崇拜具有十分独特的意义。

关于炎帝神农氏的出生，《水经注》卷十八《渭水》引晋皇甫谧的《帝王世纪》说其"姜姓"，其母"女登"在"游华阳"时"感神而生炎帝"。《太平御览》卷七八引《帝王世纪》云："神农氏，姜姓也。母曰任姒，有蟜氏之女，名女登，为少典妃。游于华阳，有神龙首，感女登于常羊，生炎帝。"在《三皇本纪》中有同样的描述，只是将炎帝神农之母述为"有娲氏之女"。《国语·晋语四》："昔少典娶于有蟜氏，生黄帝、炎帝。黄帝以姬水成，炎帝以姜水成。成而异德，故黄帝为姬，炎帝为姜。"在《新书·益壤》中，也提到黄帝为炎帝之兄。《太平御览》卷七九引《帝王世纪》云："黄帝，有熊氏，少典之子，姬姓也。母曰附宝，其先即炎帝母家有蟜氏之女，世与少典氏婚。"少典为炎帝、黄帝共同的先人，这一命题的提出暗示着炎帝神农时代从伏羲神话时代向黄帝神话时代漫长的过渡。

《管子·轻重戊》："炎帝作，钻燧生火，以熟荤臊，民食之，无兹胃之病，而天下化之。"《路史·后纪三》："于是修火之利，范金排货，以利国用，因时变燥，以抑时疾，以炮以燔，以为醴酪。"《论衡·祭意》："炎帝作火，死而为灶。"《左传·昭公十七年》："炎帝氏以火纪，故为火师而火名。"显然，炎帝最初的神性面目是火神，那么，他又是如何具有了农神的神性呢？《国语·鲁语上》说得很明白："昔烈山氏之有天下也，其子曰柱，能植百谷百蔬。"烈山氏即炎帝，《路史·后纪三》讲"肇迹列山，故又以烈山、厉山为氏"，即指此。从许多不发达民族的耕作中我们可以看到，火在农业生产中具有非同寻常的作用，以此相推，炎帝在使用火的同时对开拓农业做出了巨大贡献，其道理不难理解。

在史籍的记载中，火神并不仅炎帝一人，如韦昭注说《国语·周语》中提到"回禄，火神也"，《左传·昭公十八年》提到"禳火于回禄"，其"疏"中说"吴回为祝融"。祝融与炎帝是何关系？《山海经·海内经》载："炎帝之妻赤水之子听訞生炎居，炎居生节并，节并生戏器，戏器生祝融。"祝融当为炎帝的后代。祝融是南方神祇，后来被列为颛顼之后，这同样是神话融合的产物。其他还有"舜使益掌火"等，这些都说明火在史前社会所具有的特殊意义，没有火的运用，农耕文明是不可能产生的。

炎帝神农开拓了农业，替代伏羲氏时代的渔猎生产方式，在古代文献典籍中记载的材料更多。"炎帝居姜水以为姓"，"人身牛首"（见《帝王世纪》《三皇本纪》和《鹿门隐书》等），这一方面表明牛图腾的存在，另一方面说明牛在农耕文明中具有重要作用。炎帝神农时代以农耕构成自己的基本特色。《庄子·盗跖》中称"神农之世，民知其母，不知其父，耕而食"。《管子·形势解》称"神农教耕生谷，以致民利"。《管子·轻重戊》称"神农作树五谷淇山之阳，九州之民乃知谷食，而天下化之"。诚如《礼记·曲礼·正义》引《帝王世纪》所言："神农始教天下种谷，故人号曰神农。"这个时代不仅改变了人们获取食物的生产方式，而且改变了人们的生存方式，在某种程度上讲，它是自盘古、女娲至伏羲时代的一个总结，是一次突破和飞跃，也是黄帝神话时代叙说的必要铺垫。

炎帝也好，神农也好，作为农耕文明的开拓者，其神性的光辉被不断张扬，标志着中国神话时代进入了又一个新的创造巅峰。《艺文类聚》卷十一引《周书》："神农时，天雨粟，神农遂耕而种之。"《淮南子·修务训》："古者民茹草饮水，采树木之实，食蠃蚘之肉，时多疾病毒伤之害。于是神农乃教民播种五谷，相土地宜，燥湿、肥硗、高下，尝百草之滋味、水泉之甘苦，令民知所辟就。当此之时，一日而遇七十毒。"《新语·道基》："民人食肉、饮血、衣皮毛，至于神农，以为行虫走兽难以养民，乃求可食之物，尝百草之实，察酸苦之味，教民食五谷。"《白虎通·号》："古之人民，皆食禽兽肉。至于神农，人民众多，禽兽不足。于是神农因天之时，分地之利，制耒耜，教民耕作，神而化之，使民宜之，故谓之神农也。"《淮南子·主术训》："昔者神农之治天下也……甘雨时降，五谷繁殖。"《太平御览》卷十引《尸子》："神农理天下，欲雨则雨，五日为行雨，旬为谷雨，旬五日为时雨，万物咸利，故谓之神雨。"炎帝神农的业绩在这里被描绘成一座辉煌的里程碑。也就是说，在盘古神话中，我们看到了天地的开辟；在女娲神话中，我们看到了人类的诞生；在伏羲神话中,我们不仅看到了渔猎生产的起始,而且看到了文明的曙光即卦的创造;而在神农神话中,我们则看到人类赖以生存发展的最重要的基础——农耕不仅保障人类健康发展,使人告别了茹毛饮血的蒙昧阶段,而且使人自身发展到了一个崭新的时代,即依靠自身不断发展壮大起来。在更多的文献中,这种自身发展被具体描绘为农业技术和农业工具的发明创造。如《论衡·感虚》:"神农之揉木为耒,教民耕耨,民始食谷,谷始播种,耕田以为土,凿地以为井。"《论衡·商虫》:"(神农)藏种之方,煮马尿以汁渍种者,令禾不虫。"《艺文类聚》卷七二引《古史考》:"神农时,民食谷,释米加烧石上而食之。"《艺文类聚》卷九一引《周书》:"(神农)作陶冶斤斧,为耜锄耨,以垦草莽。然后五谷兴,以助果蓏实。"《艺文类聚》卷五引《物理论》:"畴昔神农始作农功,正节气,审寒温,以为早晚之期,故立历日。"《三皇本纪》:"(神农)作五弦之瑟,教人日中为市,交易而退,各得其所,遂重八卦为六十四爻。"《路史·后纪》卷三注引《锦带书》:"神农甄四海。"《绎史》卷四引《春秋命历序》:"神农始立地形,甄度四海,远近山川,林薮所至,东西九十万里,南北八十三万里。"《太平御览》卷三六引《春秋元命苞》:"神农世怪兽生白阜,图地形脉道。""白阜为神农图水道之画,地形通脉,使不拥塞也。"《水经注·漻水》:"神农既诞,九井自穿。"《路史·后纪三》:"教之桑麻,以为布帛。"总之,神农之神奇在于开辟了农耕时代,教会了人民生产、生活,在工具的制作、种子的保存、历日的制定,图画水道、甄度四海及做瑟、制卦爻、制衣帛等一系列劳动创造中,显现出卓越的智慧和非凡的功勋。

农耕时代改变了人类的生存方式,其重要标志就是劳动技术的提高与劳动工具的发明创造。神农即农神,其意义就在于此。在我国神话时代中,农耕火神不独炎帝,或不仅有此神农,还有稷、叔均、柱等神话人物。他们之间是否有血缘上的联系,是否同处于一个时代呢?《太平御览》卷五三二引《礼记外传》:"稷者,百谷之神也。"《诗经·鲁颂·閟宫》和《诗经·大雅·生民》以及《世本》中都称姜嫄生下了后稷,《山海经·海内经》中则称"帝俊生后稷"。从《尚书·吕刑》《瑞应图》《国语》《孟子》《新语》《淮南子》《史记》《汉书》《越绝书》等典籍所记述的稷的业绩中,可知稷与神农在许多地方是一样的。其不同之处在于,炎帝神农生于姜水,活动地点多在南方,而稷在《史记·周本纪》中明确提到"周后稷"。神农的"遗迹"分布点,有"漻水"(《水经注》卷三二)、"荆州"(《初学记》卷七引述)、"淮阳"(《三皇本纪》)、"长沙"或"茶陵"(《路史·后纪三》)、"上党羊头山"(《路史·后纪三》)、"河北昭德百谷岭"(《水浒》第九十六回引传说)等处,而后稷"广利天下",其"遗迹"分布点有"雍州武功城西南二十二里古邰国"(《史记·周本纪》正义引《括地志》)、"绛郡"(《太平御览》卷四五引《隋图经》)和山西稷山等。①《左传·昭公二十九年》载:"有烈山氏之子曰柱,为稷。"《礼记·祭法》:"厉山氏之有天下也,其子曰农,能殖百谷。"《国语·鲁语》则称:"昔烈山氏之有天下也,其子曰柱,能殖百谷百蔬。"《山海经·海内经》:"稷之孙曰叔均,是始作牛耕。"不论是否真正如前所说神农与后稷有血缘关系,我们都可以看到,在中国神话中,神农与稷大致是同时代的,其中发生着不同地域文化间的交流,尤其是神话的融合与渗透,因此后稷神话当属炎帝神农时代。

炎帝神农神话不仅在汉民族中广泛流传,而且也在一些少数民族中流传。如苗族神话中说,神农时的西方恩国有谷种,神农曾告示天下,若有人取回谷种,便可娶其公主。结果神农家的狗翼洛取回了谷种,娶了公主。公主生下血球,血球中跳出七男七女苗汉两家。苗族神话还涉及蚩尤神话。同类的神话还有许多,在各民族的发展中,农耕和农神崇拜是一个具有普遍意义的话题。

炎帝神农除融合了火神、太阳神、农神之外,还有一个更为复杂的神性角色,即战神,其表现就是他在与黄帝的争斗中作为一个失败的英雄神而存在。炎帝与黄帝是中华民族不可分割的两位神话人物。同时,炎帝神农还是一位医药之神,是民间百姓的生命保护神。《淮南子·本经训》中说他"尝百草之滋味、水泉之甘苦,令民知所避就。当此之时,一日而遇七十毒"。《搜神记》卷一载:"神农以赭鞭鞭百草,尽知其平毒寒温之性,臭味所主。"其他如《太平御览》卷七二一引《帝王世纪》《文选·蜀都赋》《事物纪原》《梦粱录》《弘明集》等典籍中,都载有类似的叙说。今天,许多地方还敬祀炎帝神农,如河南商丘火星台即阏伯台附近有神农墓,是把神农作为火神敬祀的;在我国南方广大地区特别是江南地区,一些草药行也曾供奉神农。相比黄帝神话及其信仰而言,神农神话的流传和信仰更多地存在于下层百姓之中,将其视作保护神。

炎帝神农神话所包含的神性集团因为炎黄之战而显得非常模糊。但究

---

①《晋书》卷九二《文苑传·伏滔》述炎帝生于"黔中之地",炎帝又号"连山氏",所以,有学者称湖南会同为炎帝的故里。

索文献，我们依然可以从中管窥到诸多痕迹，有许多神话我们依据其内容可以大致判断其所处的时代。如著名的"精卫填海"，《山海经·北山经》中提到"（精卫）是炎帝之少女"，那么，我们就可以把精卫列入炎帝神农时代；还有前面曾提到《山海经·海内经》记载"炎帝生祝融"，我们可以把祝融所属的时代，也大致定在炎帝神农时代；尤其是著名的"夸父逐日"的神话故事，我们同样可以将其归入这样一个时代，因为这个神话的核心在于太阳崇拜，与炎帝神话中的火神、太阳神相应，而且夸父神话的遗迹也基本处于炎帝神农神话流传分布的区域，所以我们可作此推测，当然也只限于推测①。

## 第五节　黄帝时代

在中国神话时代中，黄帝时代达到了辉煌的峰巅。较早提到黄帝时代的是司马迁，他在《史记·五帝本纪》中说："轩辕之时，神农氏世衰。诸侯相侵伐，暴虐百姓，而神农氏弗能征。于是，轩辕乃习用干戈，以征不享；诸侯咸来宾从，而蚩尤最为暴，莫能伐。炎帝欲侵陵诸侯，诸侯咸归轩辕。轩辕乃修德振兵，治五气，艺五种，抚万民，度四方，教熊罴貔貅貙虎，以与炎帝战于阪泉之野。三战，然后得其志。"黄帝神话在古代文献中出现得最为频繁，其活动的区域大致相当于今天的黄河中下游地区。征伐四方、治理世界和发明创造，成为黄帝神话的核心内容。

轩辕黄帝之前的神话多为单体，其神性集团的标志意义在于国家的形成，是中华民族大统一时代的重要开端。黄帝神话的出现，标志着中国神话系统的完备。与古希腊神话相比较，黄帝神话系统的形成，就相当于宙斯率众神居于奥林匹斯山的意义。任何人在描述中国古代神话或历史的时候，都无法绕开黄帝时代。

详细记述上古帝王即神话时代的文献，当数《竹书纪年》，其记述黄帝时代称："黄帝轩辕氏，元年帝即位，居有熊。"《史记·五帝本纪》中也提到"黄帝居轩辕之丘，而娶于西陵之女，是为嫘祖；嫘祖为黄帝正

---

①《山海经·大荒经》有"应龙处南极，杀蚩尤与夸父"句，说明蚩尤与夸父、炎帝同属一个时代。

妃，生二子，其后皆有天下"。晋代皇甫谧在《帝王世纪》中说："黄帝，有熊氏，少典之子，姬姓也。母曰附宝，其先即炎帝母家有蟜氏之女，世与少典氏婚。故《国语》兼称焉"；（黄帝）"受国于有熊，居轩辕之丘①，故因以为名，又以为号"。《白虎通·号》："黄者，中和之色，自然之性也，万世不易。黄帝始作制度，得其中和，万世常存，故称黄帝也。"《白虎通·圣人》："黄帝龙颜，得天匡阳，上法中宿，取象文昌。"《史记·天官书》："轩辕，黄龙体。"《尸子》："黄帝四面。"《论衡·吉验》："传言黄帝妊二十月而生，生而神灵，弱而能言。"《太平御览》卷六引《天文录》："阴阳交感，震为雷，激为电，和为雨，怒为风，乱为雾，凝为霜，散为露，聚为云，气立为虹、霓，离为背、矞，分为抱、珥：此十四变皆轩辕主之。"《山海经·海内经》中提到轩辕之国，说其"人面蛇身，尾交首上"。《离骚》洪承畴补引《春秋合诚图》说："轩辕，主雷雨之神。"这些记述中的黄帝形象既鲜明又丰富。《淮南子·说林训》高诱注："黄帝，古天神也，始造人时，化生阴阳。"这样一个大神，以威而震慑天下，如《路史·发挥二》所引《程子》云："黄帝之治天下也，百神出而受职于明堂之庭。"《列仙传》说："黄帝者号曰轩辕，能劾百神，朝而使之，弱而能言，圣而预知，知物之纪。"这里的黄帝活脱脱是一个指点江山的盖世英雄大神。

黄帝的功绩首推铸鼎。

鼎在我国历史上是最高权力的象征物。《史记·封禅书》："黄帝作宝鼎三，象天、地、人。"《云笈七签》卷一〇〇《轩辕本纪》云："轩辕采首山之铜，将铸九鼎于荆山之下，以象太一于雍州。是鼎神质文精也，知吉知凶，知存知亡，能轻能重，能息能行，不灼而沸，不汲自满，中生五味，真神物也。"梁虞荔《鼎录》："金华山，黄帝作一鼎，高一丈三尺，大如石瓮，象龙腾云，百神螭兽满其中。"《太平御览》卷六六五引《东乡序》："轩辕采百山之铜以铸鼎，虎豹百禽为之视火参炉。"

鼎是权力的符号，铸鼎就是立国、治世。《国语·晋语》："凡黄帝之子，二十五宗，其得姓者十四人，为十二姓：姬、酉、祁、己、滕、葴、任、荀、僖、姞、儇、依是也。"在《史记·五帝本纪》和《路史·国名记甲》等文献中，记载颇详。《山海经》中所述黄帝谱系更加详细，其后

---

① 关于黄帝生地，目前可知河南新郑为其故里。山东寿丘说，有学者以为乃孔安国作伪。

可分为五大系，一是禹虢、禹京系，二是昌意、韩流、颛顼系，三是骆明、白马系，四是苗龙、融吾、弄明、白犬系，五是始均、北狄系。其中，昌意、韩流、颛顼系最为旺盛，内分伯服系、淑士系、老童系、三面系、叔歜系、骥兜与苗民系；老童一系又分祝融—太子长琴系、重系、黎—噎系。其次数骆明、白马系为旺盛，白马即鲧，其内分炎融—骥兜系、禹—均国—役采—修鞈—绰人系。戴德《大戴礼记·帝系》云："少典产轩辕是为黄帝。黄帝产玄嚣，玄嚣产蛴极，蛴极产高辛，是为帝喾；帝喾产放勋，是为帝尧。黄帝产昌意，昌意产高阳，是为帝颛顼；颛顼产穷蝉，穷蝉产敬康，敬康产句芒，句芒产蛴牛，蛴牛产瞽瞍，瞽瞍产重华，是为帝舜，及产象敖；颛顼产鲧，鲧产文命，是为禹。"李延寿在《北史·魏本纪》中称"魏之先祖出自黄帝轩辕氏"，司马迁在《史记·匈奴传》中指出匈奴出自夏后氏，房玄龄在《晋书·载记十六》中也提到羌人为有虞氏舜之后（今藏族为羌之后，亦当为黄帝苗裔）。《春秋命历序》对黄帝时代进行总结，说："黄帝传十世，一千五百二十岁。"轩辕黄帝是时代久远的象征，也是威望崇高的象征，如《庄子·盗跖》中所言："世之所高，莫若黄帝。"

在铸鼎的背后，我们可以看到黄帝对中华民族形成的奠基意义，这对中华民族的发展有着极其深远的影响。铸鼎就是立国，昭告天下，而在立国的同时，我们不能忽视的是前面所提到的三件大事，即统一战争的神话、治理世界的神话和发明创造的神话，所显现的中华民族曲折而艰难的壮大历程。黄帝神话的流传，实际上构成了悠远而丰富的民间阐释系统，其核心内容即在于述说黄帝神圣的业绩对于中华民族形成和发展的意义。

一、神话战争

黄帝政治集团的形成决定了由黄帝统一各部落。《邓析子·无厚》："百战百胜，黄帝之师。"《艺文类聚》卷十一引《帝王世纪》："凡五十二战，而天下大服。"《太平御览》卷七九引《万机论》："黄帝之初，养性爱民，不好战伐，而四帝各以方色称号，交共谋之。边城日惊，介胄不释。黄帝叹曰：'夫君危于上，民安于下，主失于国，其臣再嫁。厥病之由，非养寇耶？今处民萌之上，而四盗亢衡，递震于师。'于是遂即营垒，以灭四帝。"不论《万机论》是否在为黄帝发动战争作合理性解说，我们都可以清楚地看到，战争神话表现出黄帝政治集团日益强大后统一天下的必然趋势。

神话战争的描述主要有两种，一是黄帝与炎帝争夺帝位，一是黄帝对蚩尤的平伐。前者是黄帝"代神农氏而立"的具体描述，后者是黄帝为稳固政权而做出的艰苦努力。

炎黄之争的战场有两处，一是阪泉，一是涿鹿。《国语·晋语》《吕氏春秋·孟秋纪·荡兵》和《淮南子·兵略训》用炎帝为火与黄帝相异德来解释战争的起源。《论衡·率性》中直接指明"黄帝与炎帝争为天子"。《大戴礼·五帝德》："（轩辕）教熊罴貔虎以与赤帝战于阪泉之野，三战，然后得行其志。"《太平御览》卷七九引《帝王世纪》："神农氏衰，黄帝修德化民，诸侯归之。黄帝于是乃扰驯猛兽，与神农氏战于阪泉之野，三战而克之。"《史记·五帝本纪》："炎帝欲侵陵诸侯，诸侯咸归轩辕。轩辕……教熊罴貔貅䝙虎，以与炎帝战于阪泉之野，三战，然后得其志。"《列子·黄帝》："黄帝与炎帝战于阪泉之野，帅熊、罴、狼、豹、䝙、虎为前驱，雕、鹖、鹰、鸢为旗帜。"阪泉，《晋太康地志》说即河北涿鹿，《梦溪笔谈》说在山西运城。阪泉与涿鹿二者地域分布是不同的，炎黄之争的战场当为多处，才符合实际。最早明确指出战场在涿鹿之野的是《新书·益壤》："黄帝者，炎帝之兄也。炎帝无道，黄帝伐之涿鹿之野，血流漂杵，诛炎帝而兼其地，天下乃治。"《新书·制不定》："炎帝者，黄帝同父母弟也，各有天下之半。黄帝行道，而炎帝不听，故战涿鹿之野，血流漂杵。"两处战争神话，后者突出的是"道"与"无道"之争，而前者突出的是以动物为标志的黄帝军事联盟力量与炎帝力量的悬殊对比，在"三战，然后得其志"中隐现着残酷的争斗，即其间曾经过多次搏杀。

与黄帝相抗衡的另一支力量是蚩尤族。这则战争神话在文献中的描述更为出色，其实是炎黄战争的继续。《路史·后纪》中罗泌注引《龙鱼河图》："黄帝之初，有蚩尤氏，兄弟七十二人。"《竹书纪年》沈约注："属于蚩尤之各族，有熊氏、罴氏、虎氏、豹氏。"由此可知，蚩尤集团作为军事力量应当是异常强大的，很可能构成对黄帝集团的威胁。《太平御览》卷七四引《龙鱼河图》："蚩尤兄弟八十一人，并铜头铁额，食沙石。"《管子·地数》："葛庐之山发而出水，金从之，蚩尤受而知之，以为剑、铠、矛、戟，是岁相兼者诸侯九；雍狐之山发而出水，金从之，蚩尤受而制之，以为雍狐之戟、芮戈，是岁相兼者诸侯十二。"《太平御览》卷三三九引《兵书》："蚩尤之时，烁金为兵，割革为甲，始制五兵。"《路史·后纪四》罗泌注引《龙鱼河图》："制五兵之器，变化云雾。"蚩尤集团不但人员众多，与轩辕黄帝分庭抗礼，而且掌握了较为先进的军事技术，黄帝欲统一天下，就必须平伐蚩尤。更重要的是，蚩尤是"九黎之君"，《逸周书·尝麦解》称，昔天之初"命蚩尤宇于少昊，以临四方"；在《初学记》卷九所引《归藏·启筮》中，说他"八肱、八趾、疏首"；《述异记》说他"能作云雾""人身、牛蹄、四目、六首""齿长二寸，坚不可碎"；《管子·五行》称蚩尤"明乎天道"；《文选·西京赋》称"蚩尤秉钺，奋鬣被般，禁御不若，以知神奸，魑魅魍魉，莫能逢旃。"在这些材料中，我们并未见到他引起黄帝征伐的直接原因。在《国语·楚语》中，我们看到了战争引发的踪影，即"九黎乱德"；《大戴礼·用兵》说他"昏欲而无厌"，这就颇有点"何患无辞"了。在《鹖冠子·世兵》中，我们看到"黄帝百战，蚩尤七十二（战）"。《逸周书·尝麦解》说："蚩尤乃逐帝，争于涿鹿之阿，九隅无遗。"《路史·后纪四》："阪泉氏蚩尤，姜姓，炎帝之裔也，好兵而喜乱，逐帝而居于涿鹿。"《太平御览》卷五六引《帝王世纪》："蚩尤氏强，与榆罔争王于涿鹿之阿。"于是，才有《庄子·盗跖》中的"榆罔与黄帝合谋"和《逸周书·尝麦解》中的"赤帝大慑，乃说于黄帝"。应该说，这才是黄帝讨伐蚩尤的直接原因。蚩尤是不屈不挠的抗争英雄，《述异记·上》说："蚩尤氏耳鬓如剑戟，头有角，与轩辕斗，以角抵人，人不能向。"《太平御览》卷十五引《黄帝元女战法》："黄帝与蚩尤九战九不胜。"由此可见战争的激烈。《帝王世纪》说："（黄帝）征师诸侯，使力牧、神皇直讨蚩尤氏。"在《黄帝内传》和《事物纪原》等文献中又有黄帝采首阳之金"铸为鸣鸿刀""制甲胄以备身""设八阵之形""教熊罴貔貅貙虎，制阵法，设五旗五麾""铸钲、铙以拟雹击之声""弦木为弧，剡木为矢"，甚至"使歧伯所作以扬德建武"，两军"战涿鹿之野，流血百里"。尽管如此，黄帝一时还是不能制服蚩尤。《山海经·大荒北经》所作的一段描述最为生动："蚩尤作兵伐黄帝，黄帝乃令应龙攻之冀州之野，应龙畜水。蚩尤请风伯雨师纵大风雨。黄帝乃下天女曰魃，雨止，遂杀蚩尤。"《山海经·大荒北经》吴任臣注引《广成子传》："蚩尤铜头啖石，飞空走险。（黄帝）以夒牛皮为鼓，九击止之。尤不能飞走，遂杀之。"《太平御览》卷十五引《志林》："黄帝与蚩尤战于涿鹿之野，蚩尤作大雾，弥三日，军人皆惑。黄帝乃令风后斗机作指南车以别四方，遂擒蚩尤。"《通典·乐典》："蚩尤氏帅魑魅以与黄帝战于涿鹿。帝令吹角作龙吟以御之。"最后，黄帝征服了蚩尤，《山海经·大荒南经》郭璞注："蚩尤为黄帝所得，械而杀之，已摘弃其械，化而为树也。"《事类注》卷十一引《帝王世纪》："黄帝杀蚩尤，以其皮为鼓，声闻百里。"蚩尤被黄帝杀了，他的血变成了"解州盐泽"，人称这"卤色正赤"

的血为"蚩尤血"(《梦溪笔谈》三)。但蚩尤并没有完全销声匿迹,九黎苗裔仍在尊崇他,《史记·封禅书》中的"祠蚩尤"、《史记·天官书》中的"蚩尤之旗"和《述异记》中的"蚩尤戏",以及《东国岁时记》中的"蚩尤之神"赤符,还有《刀剑录》中的"蚩尤剑"等,都承载着人们对蚩尤的怀念。《艺文类聚》卷十一引《龙鱼河图》:"制服蚩尤,帝因使之主兵,以制八方。蚩尤没后,天下复扰乱。黄帝遂画蚩尤形象以威天下。天下咸谓蚩尤不死,八方万邦皆为弭服。"《韩非子·十过》:"昔者黄帝合鬼神于西泰山之上,驾象车而六蛟龙,毕方并辖,蚩尤居前,风伯进扫,雨师洒道,虎狼在前,鬼神在后,腾蛇伏地,凤凰覆上。大合鬼神,作为《清角》。"《拾遗记》:"轩辕去蚩尤之凶,迁其民善者于邹屠之地,迁恶者于有北之乡。"总之,完成了对蚩尤族或蚩尤集团的平伐,黄帝集团的地位才得以从根本上确立和巩固。同时,这也标志着黄帝集团统一天下的宏伟大业终于完成。

### 二、治世神话

黄帝统一大业完成后,最重要的任务是延揽四方贤能之士,保持国家的长治久安。《太平御览》卷三七引《帝王世纪》:"黄帝梦大风,吹天下尘垢皆去。又梦人执千钧之弩,驱羊数万群。帝叹曰:'风为号令垢去土,后在也。岂有姓风名后者哉?千钧之弩,异力;能远驱羊数万群,牧民为善。天下岂有姓力名牧者哉?'得风后于海隅,得力牧于大泽。"姓名制度的出现是更晚的事情,显然,这是后人借黄帝寻贤能所抒发的政治情怀。在黄帝神话中,力牧、常鸿、大隗、风后等能臣的延揽,确实表现了原始先民的政治观念。访寻贤能是后世政治家的理想行为,黄帝作为理想中的政治大神,他头顶上的光环更为夺目。《路史·发挥二》引《程子》"黄帝之治天下也,百神出而受职于明堂之廷",就是指此。《庄子·徐无鬼》:"黄帝将见大隗乎具茨之山,方明为御,昌寓骖乘,张若、谐朋前马,昆阍、滑稽后车。至于襄城之野,七圣皆迷,无所问途。适遇牧马童子,问途焉,曰:'若知具茨之?'曰:'然。''若知大隗之所存乎?'曰:'然。'黄帝曰:'异哉小童!非徒知具茨之山,又知大隗之所存,请问为天下。'小童曰:'夫为天下者,亦若此而已矣,又奚事焉!予少而自游于六合之内,余适有瞀病,有长者教予曰:若乘日之车而游于襄城之野。今余病少痊,予又且复游于六合之外。夫为天下亦若此而已,予又奚事焉!'黄帝曰:'夫为天下事,则诚非吾子之事。虽然,请问为天下。'小童辞,黄帝又问。小童曰:'夫为天下者,亦奚以异乎牧马者哉!亦去其害马者而已矣。'黄帝再拜稽首，称天师而退。"《庄子·在宥》："黄帝立为天子十九年。令行天下，闻广成子在于空同之山，故往见之。曰：'我闻吾子达于至道，敢问至道之精。吾欲取天地之精以佐五谷，以养民人。吾又欲官阴阳以遂群生，为之奈何？'广成子曰：'而所欲问者，物之质也；而所欲官者，物之残也。自而治天下，云气不待族而雨，草木不待黄而落，日月之光益以荒矣。而佞人之心翦翦者，又奚足以语至道！'黄帝退，捐天下，筑特室，席白茅，闲居三月，复往邀之。广成子南首而卧，黄帝顺下风膝行而进，再拜，稽首而问曰：'闻吾子达于至道，敢问：治身奈何而可以长久？'广成子蹶然而起，曰：'善哉问乎。来！吾语女至道。'"这两段传说是历来为政治家所推崇的政治神话。这里所叙说的是黄帝治世的神话，是与黄帝"四面"相一致的。《太平御览》卷七九引《帝王世纪》："力牧、常先、大鸿、神农、皇直、封钜、大镇、大山、稽鬼、臾区、封胡、孔甲等，或以为师，或以为将，分掌四方，各如己亲，故号曰'黄帝四面'。"它所传达的黄帝擢用贤能表现出古代政治理想的神话信息。在此种政治神话的传播中，黄帝的神性面目越来越黯淡，如黄帝"苍色，大肩"（《云笈七签·轩辕本纪》），"身逾九尺，附函挺朵，修髯花瘤"（《路史·后纪五》），"河目而隆颡"（《孔丛子·嘉言》），"兑颐"（《河图》）等，一副帝王打扮。黄帝神话的治世立国主题，更多地为世俗性诠释所隐没。如《开元占经》卷一一六引《瑞应图》："黄帝巡于东海，白泽出，能言语，达知万物之情，以戒于民，为除灾害。"《绎史》卷五引《易林》："黄帝出游，乘龙驾风，东上太山，南游齐鲁，邦国咸喜。"《云笈七签》卷一〇〇《轩辕本纪》："有巨蛇害人，黄帝以雄黄却逐之。"《抱朴子·登涉第十七》："昔圆丘多大蛇，又生好药。黄帝将登焉，广成子教之佩雄黄，而众蛇皆去。"《绎史》卷五引《新书》："故黄帝……济东海，入江内，取绿图而济积石，涉流沙，登于昆仑，于是还归中国，以平天下。"对黄帝治世立国业绩做出全面评价的，是《淮南子·览冥训》："昔者黄帝治天下，而力牧、太山稽辅之。以治日月之行律，治阴阳之气，节四时之度，正律历之数，别男女，异雌雄，明上下，等贵贱，使强不掩弱，众不暴寡。人民保命而不夭，岁时孰而不凶，百官正而无私，上下调而无尤，法令明而不暗，辅佐公而不阿。田者不侵畔，渔者不争隈，道不拾遗，市不豫贾，城郭不关，邑无盗贼，鄙旅之人相让以财，狗彘吐菽粟于路，而无忿争之心。于是日月精明，星辰不失其行，风雨时节，五谷登孰，虎狼不妄噬，鸷鸟不妄搏，凤皇翔于庭，麒麟游于郊，青龙进驾，飞黄伏阜，诸北、儋耳之国，莫不献其贡职。"

黄帝治世的神话，除了以上所提及的铸鼎和寻贤能之人而用外，还有一些典籍所描述的黄帝对各种制度的确立。如《路史·后纪五》罗泌注引《晋志》："黄帝作律，以玉为珩，长尺六寸，为十二月。"《隋志》："黄帝观漏水制器，取则以分昼夜。"《续汉书·天文志》注："黄帝分星野，凡中外宫常明者五百二十四，名者三百二十，微星万一千五百二十。""星官之书，自黄帝始。"《世本》注："黄帝始制嫁娶。"《帝王世纪》："帝吹律定姓。"《路史·后纪一》罗泌注："黄帝始分土建国。"《尚书大传·略说》："黄帝始……礼文法度，兴事创业。"《通典·礼》："黄帝始制法度，得道之中，万代不易。"在《轩辕本纪》中，黄帝"定百物之名""定药性之善恶""作八卦之说"。《通鉴外纪》卷一讲得更详细："（黄帝）经土设井，以塞争端；立步制亩，以防不足。使八家分井，并开四道而分八宅，凿井于中，一则不泄地气，二则不赞一家，三则同风俗，四则齐巧拙，五则通财货，六则存亡更守，七则出入相司，八则嫁娶相媒，九则有无相贷，十则疾病相救，是以情性可得而视，生产可得而均，欺陵之路塞，斗讼之心弭。井一为邻，邻三为朋，朋三为里，里五为邑，邑十为都，都十为师，师十为州。"《汉书·王莽传》："黄帝定天下，将兵为上将军，建华盖，立斗献。"《事物纪原》卷七"伎术医卜"中说："凡伎术皆自轩辕始。"

总之，黄帝创造了以制度为表征的国家，使一切都井然有序，是社会稳定与可持续发展的重要保障。这些内容尽管包含着许多附会，我们却不能不说其中有更多的神话的本来面目，它在总体上体现出原始先民的政治观、国家观、伦理观。

### 三、发明创造神话

黄帝不但统一了各部落，建立了国家，而且发明创造了许多物质文明，这是黄帝神话的另一个更为重要的主题。这种发明创造共有两种类型，一是以黄帝为名所列，一是以黄帝之臣或黄帝之族为名所列，二者从总体上显示出黄帝时代物质文明的灿烂辉煌。

首先是黄帝发明创造了衣食住行所依赖的生活用具和生活方式。民以食为天，饮食的方式标志着社会发展的变迁。《太平御览》卷八四七引《古史考》："始有燔炙，人裹肉烧之，曰炮，故食取名焉。及神农时，民食谷，释米，加于烧石之上而食。及黄帝始有釜甑，火食之道成。"其卷中所引《周书》载有"黄帝始蒸谷为饭"和"黄帝始烹谷为粥"，这都表明黄帝时代饮食方式所发生的重大变化,即彻底告别了茹毛饮血的蒙昧阶段。《云笈七签》卷一〇〇《轩辕本纪》"帝作灶",即指此种意义。《管子·轻重戊》:"黄帝作,钻燧生火,以熟荤臊。民食之,无兹胃之病,而天下化之。"《世本》:"黄帝造火食。"这些记载都是在述说同一种意思。接着是房屋和衣服的制造,《风俗通义·皇霸》:"黄帝始制冠冕,垂衣裳,上栋下宇,以避风雨。"《新语》:"天下人民野居穴处,未有室屋,则与禽兽同域。于是,黄帝乃伐木构材,筑作宫室,上栋下宇,以避风雨。"《尚书大传·略说》和《春秋内事》也都提及"上栋下宇,以避风雨"之事。《史记·五帝本纪·正义》:"黄帝之前,未有衣裳屋宇;及黄帝造屋宇,制衣服,营殡葬,万民故免存亡之难。"食、住、衣是日常生活的最基本的需要,行作为神话表现的方式,所描述的内容在这里是车和船的发明创造。《周易·系辞下》:"(黄帝)刳木为舟,刻木为楫,舟楫之利以济不通,致远以利天下……服牛乘马,引重致远,以利天下。"《路史·前纪七》:"轩辕氏作于空桑之北,绍物开智,见转风之蓬不已者,于是作制乘车,柜轮璞较,横木为轩,直木为辕,以尊太上,故号曰轩辕氏。"《文选·东都赋》:"作舟舆,造器械,斯乃轩辕氏之所以开帝功也。"至此,衣食住行的神话在黄帝时代全部展现出与现代文明无异的内容。这是一个根本上改变了生活方式的转折时代,是人类从蒙昧、野蛮走向文明的一个分水岭。

黄帝不但教会人民避开风雨、广泛获取食物、免除步行劳苦,而且教会了人民享受生活,创造更多的欢乐和文明,使生活日益丰富多彩起来。《世本》:"黄帝作旃。"《路史·后纪五》:"黄帝造车服为之屏蔽也。""(黄帝)制金刀,立五币,设九棘之利,而为轻重之法。""黄帝受地形,象天文以制官,盖至是名位乃具。""棺椁之作自黄帝始。""黄帝作律,以玉为琯,长尺六寸,为十二月。""(黄帝)迎日推策,造六十神历。"《事物纪原》卷一:"黄帝立子丑十二辰以名月,又以十二名兽后之。""黄帝造星历,正闰除。"《事物纪原》卷七:"几创始自黄帝也。""占岁起于黄帝。"《后汉书·郡国志》注引《帝王世纪》:"黄帝推分星次,以守律度。""凡天有十二次,日月之所躔也;地有十二分,王侯之所国也。"其他还有"蹴鞠者,传言黄帝所作,或曰起战国之时。蹋鞠,兵势也,所以练武。士知有材也,皆因嬉戏而讲练之。蹋徒猎反,鞠求六反"(《别录》),"镜始于轩辕"(《黄帝内传》),"黄帝以其缓急作五声以政五钟","五声既调,然后作立五行以正天时,五官以正人位;人与天调,然后天地之美行"(《管子·五行》),"黄帝始作陶""黄帝始傩""黄帝作《归藏》"(《路史·后纪三》)等,都展现出黄帝时代的盛景。值得注意的还有《绎史》卷五引《黄帝内传》所述:"帝既与王母会于王屋,乃铸大镜十二面,随月用之。"在黄帝的周围,各种创造发明伴随着众多的神系,使这个时代空前地耀眼烁目。

黄帝时代的文明不独为黄帝所创造。嫘祖在传说中是黄帝的"元妃",她作为蚕神受到后世祭祀。《史记·五帝本纪》:"黄帝居轩辕之丘,而娶于西陵之女,是为嫘祖。"《通鉴外纪》卷一:"西陵氏之女嫘祖,为黄帝元妃,始教民育蚕,治丝茧以供衣服,后世祀为先蚕。"《后汉书·礼仪志上》中提到,每年的三月,人们"祠先蚕,礼以少牢",祭祀这位女神。又如仓颉造字,在古籍中也颇多记载。《论衡·骨相》:"仓颉四目,为黄帝史。"《路史·前纪六》:"(仓颉)创文字,形位成,文声具,以相生为字;以正君臣之分,以严父子之义,以肃尊卑之序;法度以出,礼乐以兴,刑罚以著;为政立教,领事办官,一成不外,于是而天地之蕴尽矣。天为雨粟,鬼为夜哭,龙乃潜藏。"仓颉的形象在神话中被描述为"四目",在《荀子》《淮南子》《春秋演孔图》《春秋元命苞》和《世本》所引汉代《仓颉庙碑》等文献中,都极力张扬仓颉"四目灵光""通于神明"的神性形象。在《论衡》《说文》中,都述说仓颉"依类象形"而"创字"。《文脉》说:"仓颉制字,泄太极之秘,六书象形居多。"《封氏闻见记·文字》:"仓颉观鸟兽之迹以作文字。"《援神契》:"仓颉视龟而作书。"《春秋元命苞》中说:"(仓颉)穷天地之变,仰观奎星圆曲之势,俯察龟文、鸟羽、山川、指掌而创文字。"这颇类似《易·爻辞》中关于伏羲作卦的神话描述。诚然,此类神话都表明我们的祖先经历了漫长的岁月,他们业绩的获得是何等艰辛。像仓颉造字这样"天雨粟,鬼夜哭",表现出"通神明之德"的情结,都反映了后世子孙对祖先的崇仰和怀念。在黄帝时代,不但有仓颉和嫘祖创造了光辉的业绩,而且有更多的贤能之士以"黄帝臣"的名义进行了惊世的发明创造,他们聚集在黄帝周围,形成众星拱月的壮丽景观。如《云笈七签》卷一〇〇《轩辕本纪》载:黄帝时"有臣胡曹造衣,臣伯余造裳""有共鼓、化狄二臣助作舟楫""有臣胲作服牛以用之""有臣雍父始作舂""有臣挥始作弓,臣夷牟作矢""臣伶伦作权量""有臣史王造画""扁鹊、俞附二臣定脉理,疗万姓""有宁子作陶正""令孔甲始作盘盂,以代凹尊坏饮之朴""令风后演河图法而式用之,创十八局,名曰遁甲,以椎客胜负之说"。《辨正论》注一载:"黄帝佐官有七人：仓颉造文字，大桡造甲子，隶首造算数，容成造日历，岐伯造医方，鬼臾区占侯，奚仲造车作律，管兴堙坛礼也。"《世本》载："黄帝使羲和作占日，常仪作占月，臾区占星气，伶伦造律吕""后益作占岁"。《吕氏春秋·仲夏纪·古乐》载："黄帝又令伶伦与荣将，铸十二钟以和五音，以施英韶。"《路史·后纪五》载："（黄帝）令竖亥通道理，正里候。"这些记载将所有的霞彩都涂抹作黄帝身后的屏障，从而让后人仰望到黄帝时代空前的众神狂欢的场景。这是中国神话时代最耀眼的篇章，令无数黄帝的子孙深深地感到自豪和光荣。从此，中国神话时代步入了一个又一个新阶段，但从未有任何一个神话时代能与黄帝时代相媲美。

黄帝神话绚丽多彩，几乎包含了中国文化的全部内容，受到天下众多人群的爱戴和仰慕。所以，他作为文化大神，被后世的方家术士所钟情，他们极力借助黄帝编造成仙、炼丹、封禅的谎言以蛊惑人心，这也形成中华民族信仰的一个重要内容。在我们的神州大地上，迄今仍保存着许多关于黄帝的神话遗址，表现出华夏子孙对自己祖先的崇仰之情。如陕西黄陵县的黄帝陵，每年清明时节都有海内外华人来此拜谒；甘肃天水有黄帝出生的轩辕谷；河北涿鹿有传说黄帝战炎帝、战蚩尤的黄帝城、黄帝泉；河南有新郑黄帝故里、黄帝岭以及新密风后岭、大隗山和黄帝宫；《路史·后纪五》罗泌注引张氏《土地记》说："东阳永康南四里石碱山上有石城，黄帝游此；而黄山、皖公、缙云、衡山、衡之云阳山，皆有黄帝踪迹焉。"更有数不清的地方保存着丰富的黄帝神话传说，民间百姓把家乡的山山水水、一草一木都同黄帝联系在一起。特别是河南的中西部地区新郑、新密、登封、临汝、灵宝和陕西东部的潼关一带，分布着相当密集的黄帝神话遗址。另外，陕西白水有仓颉造字台，河南的开封、内黄、虞城也有仓颉神话遗址，如仓颉墓、仓颉造字台、仓颉城等，许多地方还有庙会敬祀仓颉，甚至把仓颉作家仙，祈求这位传说中的黄帝大臣保佑一方平安。一些姓氏如侯氏、仓氏、夷门氏奉仓颉为自己的祖先。黄帝神话迄今仍然系统、完整地保存在民间，这绝不是偶然的。

## 第六节 颛顼帝喾时代

　　颛顼和帝喾处于同一个时代，他们的神性特征没有太大的差别。从文献中可知，他们有着同样的血统。《史记·五帝本纪》："帝喾高辛者，黄帝之曾孙也。高辛父曰蟜极，蟜极父曰玄嚣，玄嚣父曰黄帝。""颛顼崩，而玄嚣之孙高辛立，是为帝喾。"《国语·周语下》："星与辰之位，皆在北维，颛顼之所建也，帝喾受之。"《山海经·海内经》："黄帝妻雷（嫘）祖，生昌意；昌意降处若水，生韩流；韩流擢首、谨耳、人面、豕喙、麟身、渠股、豚止，取淖子曰阿女，生帝颛顼。"他们都是黄帝的子孙，因为"星辰之位"而发生帝位的继承。真正使他们联系成为一体的是两件事，一是与共工的战争，一是与重、黎的关系。正是这两件事，构成了这个神话时代的重要特色。也就是说，与共工的战争，表明他们两位帝君氏族利益上的一致，而他们与重和黎的联系，则包含着绝地天通这样一个文化主题。

　　从《山海经》中我们可以看到，颛顼之国事实上就是颛顼之族。《山海经·大荒南经》："有国曰颛顼，生伯服，食黍。"在《大荒南经》和《大荒北经》中，颛顼之子为"季禺之国""淑士之国""叔歜之国""中辅之国"等，《大荒西经》中还有一个三面一臂的"不死"之子。这些颛顼之子共同构成了庞大的颛顼氏族这样一个神性集团。颛顼是黄帝的子孙，这是一个大背景，而他的出生则涂上了相当丰富而神秘的色彩。如《大戴礼·帝系》："昌意娶于蜀山氏之子，谓之昌僕氏，产颛顼。""昌意降居若水。"《吕氏春秋·仲夏纪·古乐》："帝颛顼生自弱水，实处空桑，乃登为帝，惟天之合。"《竹书纪年》沈约注："母曰女枢，见瑶光之星，贯月如虹，感己于幽房之宫，生颛顼于若水。"《太平御览》卷七九引《河图》："瑶光之星，如霓贯月，正月感女枢幽房之宫，生黑帝颛顼。"颛顼"仗万灵以信顺，监众神以导物，设御百气，召致雷电"（《绎史》卷七引《真诰》）。他"首戴干戈"（《帝王世纪》），"渠头骈斡，通眉带干"（《路史·后纪八》），"有曳影之剑，腾空而舒。若四方有兵，此剑则飞起指其方，则克伐。未用之时，常于匣里如龙虎之吟"（《拾遗记》一），"上法日月，参集成纪，以理阴阳"（《春秋元命苞》），所以"共工为水害"，这位"戴干""骈斡"的高阳帝轻而易举就诛杀了他。当然,共工亦非等闲之辈。《管子·揆度》:"(共工)乘天势以隘制天下。"《韩非子·五蠹》:"共工之战,铁铦短者及乎敌,铠甲不坚者伤乎体。"最能撼人者,是《列子·汤问》中的"共工氏与颛顼争为帝",其"怒而触不周之山,折天柱,绝地维",使天地都发生了变化。《史记·律书》:"颛顼有共工之阵,以平水害。"《太平御览》卷九〇八引《琐语》:"昔共工之卿曰浮游,既败于颛顼,自没沉淮之渊。"打败共工和共工氏族的,不独为颛顼自己,而且有"伯夷父""老彭"和"大款、赤民、柏亮父";此外,还有天下之民谓之"八恺"的"高阳氏才子八人",即"齐、圣、广、渊、明、允、笃、诚"(《左传·文公十八年》)。《大唐新语》:"九夷乱德,颛顼征之。"《大戴礼·五帝德》:"(高阳)乘龙而至四海,北至于幽陵,南至于交趾,西济于流沙,东至于蟠木,动静之物,小大之神,日月所照,莫不砥属。"不惟如此,颛顼"死即复苏"(《山海经·大荒西经》),他"以孟春正月为元,其时正月朔旦立春,五星会于天历营室,冰冻始泮,蛰虫始振,鸡始三号,天曰作时,地曰作倡,人曰作乐,鸟兽万物莫不应和"(《绎史》卷七引《古史考》)。他还"作浑仪""作《六茎》""购名冈,倮大泽,制十等之币,以通有亡"(《路史·后纪八》)。最后,他完成了使重与黎"绝地天通"(《尚书·吕刑》)的莫大业绩。他命重、黎绝地天通,使"重献上天",使"黎邛下地"(《山海经·大荒西经》)。《国语·楚语下》:"古者民神不杂。""及少昊之衰也,九黎乱德,民神杂糅,不可方物。""祸灾荐臻,莫尽其气。""颛顼受之,乃命南正重司天以属神,命火正黎司地以属民,使复旧常,无相侵渎,是谓绝地天通。"绝地天通的背后是人与神的分野,是巫的角色在颛顼神话中的集中体现。在《山海经》中,有群巫所从上下的"登葆山"、太帝所居的"昆仑之丘"和众帝所自上下的"建木""肇山",颛顼所维持的正是这些登天之途为神所专用,那么他自己这位"其佐玄冥,执权而治冬"的北方水帝(《淮南子·天文训》)也就是当然的最大的巫——正由他开始,中国神话时代进入了又一个新的阶段,即神性角色的巫的成分逐渐加重,从而改变了以往神话角色高居于天庭的局面。在颛顼身上,神性愈来愈淡,以巫为表征的人性成分日益浓重。

帝喾的神性业绩与颛顼大同小异。《大戴礼·五帝德》中的高阳帝"乘龙而至四海",同书中的高辛氏则"春夏乘龙";《左传·文公十八年》中,高阳帝"有才子八人",其天下谓之"八恺";高辛氏同样有才子八人，其天下谓之"八元"。所不同者在于"共工氏作乱，帝喾使重、黎诛之而不尽，帝乃以庚寅日诛重黎"（《史记·楚世家》）。《事物纪原》卷二引《通历》："帝喾平共工之乱，作鼗、鼓、控、揭、埙、篪。"《竹书纪年》沈约注："（帝喾）使瞽人拊鞞鼓，击钟磬，凤凰鼓翼而舞。"由此可见，帝喾对颛顼的继承在神话中异常自然。他们的神性角色日益淡化，为巫或为人所替代，这不仅由于他们共同接受了绝地天通的文化背景，而且在关于他们后代的描述中，他们的身影不再像他们的前辈那样保持着辉煌的神性。他们的子孙既有"八恺""八元"，更有许多不祥的后代，使人愈来愈失去心中的景仰之情。如《论衡·解除》："昔颛顼氏有三子，生而皆亡。一居江水为疟鬼，一居若水为魍魉，一居区隅之间主疫病人。"《后汉书·礼仪志中》注引《汉旧仪》："颛顼氏有三子，生而亡去为疫鬼。一居江水，是为虎，一居若水，是为魍魉蜮鬼，一居人宫室区隅沤庾，善惊人小儿。"《左传·昭公元年》："昔高辛氏有二子，伯曰阏伯，季曰实沈，居于旷林，不相能也，日寻干戈，以相征讨。后帝不臧，迁阏伯于商丘，主辰，商人是因，故辰为商星；迁实沈于大夏，主参，唐人是因，以服事夏、商。"人、鬼之变对人、神之变的文化替代，意味着巫作为神话中的文化主体，其意义更复杂，也更丰富。世俗化以此为契机，迅速地向后世的神话系统蔓延开去。

在神话传说的流传和分布上，我们一方面可以看到高辛氏在南方少数民族中广受崇拜，另一方面则是在北方河南濮阳一带，在传说中的附禺之山，颛顼与帝喾渐渐合为二帝，成为民间记忆中的述说对象。颛顼的神性角色除了在屈原的诗篇中展现外，越来越暗淡，濮阳、内黄二帝陵的香火也越来越让人迷惘。

## 第七节　尧舜时代

　　神话是在历史文化的建构中形成的。尧舜时代是中国古典神话中的理想政治时代，它很自然地使我们想起"致君尧舜上，再使风俗淳"的诗句，几乎所有文士都把这个时代看作其评判时政的理想模式。显然，尧舜时代的文化精神即神话意蕴，自先秦时代至今，一直是人们对政治理想向往的最重要的述说方式。特别是其中的禅让，构成了尧舜神话的实质内容，从而也成为千古文人投身政治所期待的明君标准，化作"学而优则仕"以济天下的情结。在民间百姓的视野中，尧舜不但是贤明的君主，而且是横贯人寰的道德和人格理想的典范；"人皆可成尧舜"成为理想社会人人自律、修身养性的崇高境界。与此前神话发生背景的不同之处，是尧舜神话在春秋时期为儒墨文士所盛传。如《墨子》中称赞"尧舜禹汤文武之道"，《孟子》《论语》等典籍也称赞"尧、舜、禹、汤、文王"，《战国策·赵策》把尧、舜二人列于五帝之中，《管子·封禅篇》把尧、舜列为"封泰山、禅梁父"中七十二家中的二家，《吕氏春秋·古乐篇》所列帝王十三家其中也有尧与舜。在他们的渲染下，尧舜神话几乎成为理想政治时代的代名词。在神话的流传中，尧舜不但在政治上相承接而形成一体，而且有着血缘上的联系，甚至葬在一处，共同受到后人敬祀。如《易·系辞》："神农氏没，黄帝尧舜氏作，通其变，使民不倦，神而化之，使民宜之。"《史记·秦始皇本纪》中提到"尧女，舜之妻"。《列女传》："有虞二妃者，帝尧之二女也，长娥皇，次女英。"《山海经·大荒南经》："帝尧、帝喾、帝舜葬于岳山，爰有文贝、离俞、久、鹰、延维、视肉、熊、罴、虎、豹；朱木、赤枝、青华、玄实。"尧舜时代是中国神话继黄帝、颛顼和帝喾之后神话特色尤为突出的一个时代，在以禅让为表征的文化背景下，具有民主色彩的古典理想政治在神话传说中得到热情的颂扬，对于中华民族文化性格的生成、培养和发展，有着不同寻常的意义。在神话传说中，尧和舜不仅是为天下民众的安康而奔走不辞劳苦的帝王或领袖，而且是令人钦佩的文化英雄。爱情神话在这里第一次被淋漓尽致地展现，成为中国神话时代难得的情歌。

毋庸赘述，尧和舜在血缘上与黄帝都有着直接的关系[①]，而作为一个新神话时代，他们各自呈现出不同的神性业绩。但是，并不是所有的文献都把尧舜作为歌颂开明政治的对象。如《竹书纪年》曾记述："昔尧德衰，为舜所囚。舜囚尧，复偃塞丹朱，使不与父相见也。"这是在讲述大舜清理了所谓的四凶，即帝鸿氏的浑敦、少暤氏的穷奇、颛顼氏的梼杌、缙云氏的饕餮，反过头来颠覆了尧。在文化的长河中，这段历史被遮蔽、修

---

[①] 从《大戴礼·帝系篇》中可以看到，尧生于放勋，再生于帝喾，而帝喾出自蟜极，源于玄嚣一系。帝舜生于瞽叟，源于穷蝉，穷蝉出自颛顼，颛顼出自昌意一系。尧与舜皆出自黄帝，分为两系。

饰，演绎为禅让的盛景。

　　《史记·五帝本纪》载"帝尧为陶唐"，又提到帝尧以唐为号。《世本》："帝尧为陶唐氏。"《左传·哀公六年》："惟彼陶唐，帅彼天常，有此冀方。"《说文》曾解释："尧者，高电，从垚，在兀上，高远也。"《汉书·高帝纪下》颜师古注引许慎《说文解字》云："陶，丘再成也，在济阴。"《夏书》曰："东至陶丘。陶丘有尧城，尧尝居之，后居于唐，故尧号陶唐氏。"《国语·晋语》："昔匄之祖，自虞以上为陶唐氏。"显然，尧是与以土为图腾的文化密切相关的。人们在描述黄帝的图腾时曾提到"中央，土也"，从这里我们可以看到尧与黄帝在图腾上的相近或一致。尧的活动范围，从《左传》《国语》《汉书》和《诗谱》等文献来看，主要分布在黄河中下游地区，如山西、河南、山东一带，与黄帝活动区域大致相当，特别是山西省的汾水流域，尧在民间信仰中地位甚高。郑康成在《诗谱》中称："唐者帝尧旧都，今日太原晋阳，是尧始居此，后乃迁河东平阳。"郦道元《水经·汾水注》："汾水又南，迳平阳县故城东，应劭曰：县在平河之阳，尧舜并都之也。"其称："水侧有尧庙，庙前有碑。《魏土地记》曰：'平阳城东十里，汾水东原上，有小台，台上有尧神屋石碑'。"张守节《正义》引《括地志》云："故唐城在绛州翼城县西二十里，即尧裔子所封。"在黄河中下游地区，迄今仍密集地分布着尧庙等神话传说中的"文化遗址"，这绝不是偶然的现象。但我们并不能以此便断定尧是陶的制造开创者，因为神话是民间记忆，而记忆仅是对历史的追述及一定地域某种情绪的表达，这样讲也丝毫不影响尧作为文化英雄的地位。有举贤禅让这一件业绩，尧的神话就已经流传不息了。如《墨子·尚贤中》说："古者舜耕历山陶河滨，渔雷泽；尧得之服泽之阳，举以为天子，与接天下之政，治天下之民。"在今天，尧的神话嬗变为《尧王访贤》之类的民间戏曲或传说，成为帝尧神话的主要内容。在禅让神话的辉映下，尧的业绩还有许多，构成塑造其成为文化英雄的重要内容。如《春秋纬·文耀钩》："唐尧即位，羲和象仪。"仪即浑天仪。民间传说把浑天仪的创制追溯至远古神话时代，附会在尧的身上。《易纬·乾凿度（佚文）》："尧以甲子天元为推述。"《尚书纬·中候》："陶唐氏尚白，以十二月为正，荐玉以白缯。"《礼纬·稽命征》："唐虞五庙，亲庙四，始祖庙一。"《尚书纬·璇玑钤》："帝尧炳焕，隆兴可观，曰载，曰车，曰轩，曰冠，曰冕。

作此车服以赐有功。"① 尧的时代在神话传说中一片祥和，孔子感叹道："唯天为大，唯尧则之。"这一方面是对尧的神话业绩及尧的人格、道德力量的赞扬，一方面是对尧的时代的向往。《述异记·卷上》："尧为仁君，一日十瑞。"十瑞乃"宫中刍化为禾，凤凰止于庭，神龙见于宫沼，历草生阶，宫禽五色，鸟化百神，木生莲，萐莆生厨，景星耀于天，甘露降于地。"《博物志·异草木》说得更神："尧时有屈佚草生于庭。佞人入朝，则屈而指之。"《绎史》卷九引《田俅子》："尧为天子，蓂荚生于庭，为帝成历。"而这一切无疑都是为了衬托尧时的政治清明。在尧的时代，夔、皋陶等一批能臣，或"击石拊石，百兽率舞"（《尚书·尧典》），或"决狱明白，察于人情"（《白虎通·圣人》）。《论衡·是应篇》："角圭角虒者，一角之羊也，性知有罪。皋陶治狱，其罪疑者，令羊触之，有罪则触，无罪则不触。故皋陶敬羊，起坐事之。"《说苑·君道》："当尧之时，舜为司徒，契为司马，禹为司空，后稷为田畴，夔为乐正，倕为工师，伯夷为秩宗，皋陶为大理。"几乎所有的能臣都聚集在尧的麾下，形成尧时代政治清明的盛景。

然而，这并不是尧神话时代的全部内容。在神话传说中，尧时曾有洪水，曾有大旱，曾有战争，这说明在禅让政治的背后，同样包含、隐藏着无数的血腥。《韩非子·外储》说："（尧）举兵而诛共工于幽州之都。"《逸周书·史记解》："久空重位者危。昔有共工自贤，自以无臣，久空大官，下官交乱，民无所附，唐氏伐之，共工以亡。"《淮南子·本经训》中有尧使羿的一段："逮至尧之时，十日并出，焦禾稼，杀草木，而民无所食。猰貐、凿齿、九婴、大风、封豨、修蛇皆为民害。尧乃使羿诛凿齿于畴华之野，杀九婴于凶水之上，缴大风于青丘之泽，上射十日而下杀猰貐，断修蛇于洞庭，禽封豨于桑林。"应该说，"为民害"者都是与尧相抗衡的部落，待战争平息后，始有"万民皆喜，置尧以为天子"的局面。尧的形象在这里和黄帝平蚩尤当是同样的，然而，为文献典籍所推重的却不是这些，而是帝尧统治下的繁荣和太平②。所幸的是，在民间流传的神话

---

①《路史·后纪十》中有尧制弈棋等神话传说，与其他神话时代相比，禅让成为文化主题，这些神话则明显处于弱势。

②在神话传说中，还有尧诛丹朱等内容，其实丹朱并非尧子，当是其他部落首领。后人为推崇尧让贤不让子，才附会成"尧取散宜氏之子""生丹朱"（《世本》张澍稡集补注本）。

传说中更多的是这些内容，表现出尧受人民大众喜爱和拥戴的最珍贵的民族情结。也就是说，尧神话的流传被割裂在三种层面之中：一是上层统治者自比于尧的知人善任，以尧时的莺歌凤舞来掩饰自己的内荏；一是中间层的知识分子，他们期待着自己被重用以施展抱负，因而常把尧比作当政者，甚至一厢情愿地吟诵着自己所编造的谄媚之辞；一是下层民众，他们借尧的神话来讴歌自己心中的审美理想，激励自己为美好的未来而奋斗，尧也因而千百年来一直为千千万万的民众所喜爱。所以，《尚书纬·中候》中所说的"尧即政七十载，景云出翼，凤凰止庭，朱草生郊，甘露润泽，醴泉出山，荣光出河，休气四塞"，与《春秋纬·合诚图》中所说的"出观河之首，常若有神随之者""赤帝起诚天下宝"相合成一幅神人政治的图画，在流传中同作为民间保护神的"尧王"传说并行不悖。

联结尧与舜成一体的神话内容，是我们一再述说的禅让主题。在《尚书纬·中候》中，有"尧即政七十年，仲月甲日至于稷，沉璧于河。青云起，回风摇落，龙马衔甲，赤文绿色，自河而出，临坛而止，吐甲回遁"之类的描写，与黄帝时"河图洛书"故事如出一辙，其时"尧德清平，比隆伏羲""万民和乐"。《龙鱼河图》称："尧时与群臣贤智到翠妫之渊，大龟负图出授尧。尧敕臣下写取吉瑞，写毕，龟还水中。"待尧得舜"举以为天子"时，文献上出现两种景观：一种是《山海经·海外南经》郭璞注："昔尧以天下让舜，三苗之君非之，帝杀之。有苗之民叛入南海，为三苗国。"另一种是《黄氏逸书考》中的《尚书纬·中候》所载："尧归功于舜，将以天下禅之，乃结斋修坛于河洛之间。择良日，率舜等升首山，遵河渚，有五老游焉，盖五星之精也，相谓曰：'河图将来告帝以期，知我者重瞳黄姚。'五老因飞为流星上入昴。"这两种景观的出现，后一种类似的情况太多，而前一种表明所谓的禅让绝不是轻而易举的，战争在尧的时代从来都没有停止过。后人还把这种禅让神话加上尧曾让位于许由，而许由逃入箕山颍水洗耳的内容（《高士传》）。《孟子·万章上》中又强调"天命"，他说："舜相尧二十有八载，非人之所能为也，天也。尧崩，三年之丧毕，舜避尧之子于南河之南。天下诸侯朝觐者不之尧之子而之舜，讼狱者不之尧之子而之舜，讴歌者不讴歌尧之子而讴歌舜。故曰天也。夫然后之中国，践天子位焉。"这同样是在为尧和舜作掩饰。其实，这里面所隐没的内容还有很多，禅让的礼坛绝不会如此风平浪静。舜的强大表明，政柄必须归于"龙颜重瞳"（《孝经纬·搔神契》）的舜才能慑服天下。

第二章 中国神话时代

舜作为尧的继位者,并没有使自己淹没在尧的光辉之中。他以贤能和宽容成为古典政治理想的楷模,并作为道德、人格的典范赢得了广泛尊敬。舜与尧政治利益上的一致,使舜成为帝位的候选人,而更重要的还是舜在政治斗争中有力地帮助尧巩固了帝位,这见于《史记·五帝本纪》中"舜归而言于帝"的一段:"(舜)请流共工于幽陵,以变北狄;放驩兜于崇山,以变南蛮;迁三苗于三危,以变西戎;殛鲧于羽山,以变东夷。"但仅此还不够,还不足以保证舜继承或替代尧,更重要的还是舜作为部落英雄的出众的胆识、能力和品格所赢得的广泛拥戴。这首先表现在他耕于历山的与象相处的生活。《史记·五帝本纪》:"舜耕历山,历山之人皆让畔;渔雷泽,雷泽之人皆让居;陶河滨,河滨器皆不苦窳。一年而所居成聚,二年成邑,三年成都。"相关的材料是同书的另一类内容:"舜父瞽叟盲,而舜母死,瞽叟更娶妻而生象,象傲。瞽叟爱后妻子,常欲杀舜。"对这两条材料进行联系或诠释的记载在文献中很少见到,而在民间流传的神话中,却讲述了舜耕历山的工具是象。民间神话的保存,是使古典神话得以修复或还原的关键。舜所耕的历山在今黄河、长江的中下游,从考古材料来看,这一带确实有许多象群出现。在舜的活动范围内,象应该是一支能与他相抗衡的巨大部族力量,而舜坚决地制服了这支力量,保证了这一地区的基本稳定。这种情况在神话史上是一种普遍现象,即象作为部族的图腾,他们与舜部族的斗争被"瞽叟爱后妻子,常欲杀舜"所掩盖。尤其是这种现象被后人的教化功利所运用,神话的色彩就更加黯淡了。"舜姓虞"(《潜夫论·志氏姓》),而"虞"义在于"即鹿无虞①,惟入于林中"(《易·屯》),意即为猎。《论衡·偶会》:"舜葬苍梧,象为之耕。"《墨子》中也有同样记载。《帝王世纪》:"舜葬苍梧九嶷山之阳,是为零陵,谓之纪市,在今营道下,有群象为之耕。"长期以来,唯理学说极大地限制了我们对古代神话的理解,迄今仍有许多人仅仅把象理解为某个人而忽视了"群象"所指涉的内容。《楚辞·天问》洪兴祖补注时说"舜德足以服象",就是把象作为人来理解的。其实,我们翻阅《史记·五帝本纪·正义》所引《括地志》,即可明白此意,其述曰:"鼻神亭,在营道县北六十里。故老传云,舜葬九嶷,象来至此。后人立祠,名鼻神亭。"鼻神,无疑出自象的神话。

其次,在有关舜的神话中,诸神的爱情第一次得到张扬,这就是舜与

---

① 许慎《说文》:"虞,驺虞也,白虎黑文,尾长于身。"

尧之二女娥皇、女英的情爱。《列女传·有虞二妃》："有虞二妃，帝尧二女也，长娥皇，次女英。"《山海经·中山经》："（洞庭之山）帝之二女居之，是常游于江渊。澧、沅之风，交潇湘之渊，是在九江之间，出入必以飘风暴雨。"舜与尧之二女的爱情故事，是舜神话的组成部分，虽然文献中描述较略，但内容是非常感人的，民间神话热烈赞扬它，是很自然的现象。《述异记·卷上》："昔舜南巡，而葬于苍梧之野。尧之二女娥皇、女英追之不及，相与恸哭，泪下沾竹，竹上文为之斑斑然。"娥皇、女英与舜的爱情被神话的迷雾所缭绕，其感人的内容应该是相当丰富的。《史记·五帝本纪》："舜年二十以孝闻。三十而帝尧问可用者。四岳咸荐虞舜曰可。于是尧乃以二女妻舜，以观其内；使九男与处，以观其外。舜居妫汭，内行弥谨。尧二女不敢以贵骄，事舜亲戚，甚有妇道。尧九男皆益笃。……尧乃赐舜絺衣与琴，为筑仓廪，予牛羊。"由此可见，尧之二女与舜的结合绝不是平平淡淡地相互厮守。描述舜与二女历经患难的是《楚辞·天问》洪兴祖补引的《列女传》所记："瞽叟与象谋杀舜，使涂廪。舜告二女，二女曰：'时惟其戕汝，时惟其焚汝。鹊如汝裳，衣鸟工往。'舜既治廪，戕旋阶，瞽叟焚廪，舜往飞。复使浚井，舜告二女，二女曰：'时亦惟其戕汝，时其掩汝！汝去裳，衣龙工往。'舜往浚井，格其人出，从掩，舜潜出。"在《孟子·万章上》和《史记·五帝本纪》中有类似的情节，却无"舜告二女"而得到二女帮助的内容。舜与二女的情谊，应该是在这样的环境中不断升华的，这才会有斑竹泪的感人故事。《列女传·有虞二妃》："瞽叟又速舜饮酒，醉，将杀之。二女乃与舜药浴汪，遂往，舜终日饮酒不醉。舜之女弟系怜之，与二嫂谐。"可见二女时刻都在关爱舜，不断助其渡过难关。在《山海经·海内北经》中，舜的妻子变成了"登比氏"，有"二女之灵能照此所方百里"，这是同一神话的演绎或另一种述说方式。总之，舜与娥皇、女英的爱情被颂扬表现，这在神话时代的发展中是一个了不起的飞跃。因为此前的神话系统中虽然也有夫妻一类的内容，诸如伏羲兄妹、黄帝妻嫘祖等，但都没有这种有关爱情的表述。伏羲与女娲结合时，还要议婚、验婚，掩面而交；黄帝妻嫘祖，也仅仅是得到一位能纺织锦绣的巧工女神，像娥皇、女英这样挥泪斑竹以念帝舜的神话，在中国神话时代确实是第一次出现。

舜作为神话中的文化英雄，不仅以宽容即后人所理解的孝而闻名，还以文明的创造而著称。《吕氏春秋·古乐篇》："舜立，命延乃拌瞽叟之所为瑟，益之八弦，以为二十三弦之瑟。帝舜乃令质修《九招》《六列》

《六英》，以明帝德。"又如《绎史》卷十所引《尸子》："帝舜弹五弦之琴，以歌《南风》。其诗曰：南风之薰兮，可以解吾民之愠兮；南风之时兮，可以阜吾民之财兮。"这使我们联想起《山海经》中提到的深渊中有舜幼时所弃琴瑟的故事，可见舜时代的文化创造与其他神话时代一样，同样是灿烂辉煌的。《尚书纬·中候》中渲染这种内容，我们可窥其一斑："（舜）在位十有四年，奏锺石笙莞，未罢而天大雷雨，疾风，发屋伐木，桴鼓摇地，锺磬乱行，舞人顿伏，乐正狂走。舜乃抟衡而笑曰：'明哉，天下非一人之天下也，亦乃见于锺石笙莞乎！'乃荐禹于天，行天子事……百工相和而歌庆云，帝乃倡之曰：'庆云烂兮，纠缦缦兮；日月光华，旦复旦兮。'群臣咸进稽首曰：'明明上天，烂然星陈；日月光华，弘予一人。'帝乃载歌曰：'日月有常，星辰有行；四时从经，百姓允诚。于予论乐，配天之灵；迁于圣贤，莫不咸听。'……舜乃设坛于河，如尧所行，至于下稷，容光休至，黄龙龟图，长三十二尺，置于坛畔，赤文绿错，其文曰：禅于夏后，天下康昌。"舜在歌舞升平中走上神坛，又亲手把禹推向神权的宝座，从而使中国神话时代走进一个新的阶段。诚然，在这种歌舞升平的世界背后，同样包藏着部族间激战的硝烟，如《尚书·尧典》中的"（舜）流共工于幽州"即一例。

值得我们注意的是，舜神话在流传中融入了更多的"后母型故事"，消解了神性的张扬和恣肆；特别是把象这一图腾族徽淡化为普通人，使舜神话渐渐蜕变为历史传说。尧的神话也存在着同类现象。这是神话世俗化的普遍性表现。事实上，在尧舜神话中，禅让的文化主题并非原型，其为后世附加的痕迹更多。这使我们看到，自黄帝时代之后，巫成为颛顼和帝喾的神话主题，它和禅让成为尧舜神话的主题一样，神性色彩愈来愈淡，可见神话时代正日益走向历史化、世俗化。待禹的时代来临时，这种趋势几乎达到了极致，禹时代的结束，也就是神话时代的终结；汤的出现，成为历史明朗化的标志。也就是说，当尧舜神话的主题从部族间的争斗和爱情的颂扬为孝所替代转换时，中国神话时代就基本上完成了述说历史的任务，而转向了对先秦诸子的"道"的阐释性表达。这也正是中国古典神话的基本走向，是神话时代在人文与民间双重话语述说中所体现的重要特色。

## 第八节　大禹时代

　　大禹时代是中国神话时代最后的强音。它以治水为中心内容，标志着中国神话时代自此结束，代之而起的是历史传说故事。当文明进入商周阶段时，开始出现文字，卜辞和铭文成为史迹的证明，因此，也就有许多学者据此而把商周之前的历史整个称为中国历史的传说时代，或称口传时代。自大禹神话在这个时代的末尾登台亮相，就意味着中国神话时代的消解。当然，神话时代结束了，神话却没有消亡，而且被不断建构，使得中国古典神话日益丰富和生动。我们可以看到，在大禹时代，几乎聚拢了中国神话体系所有的母题。

　　大禹神话在某种意义上讲，成了中国神话类型的集大成者。特别是禹与尧舜在政治禅让上成为一个神话连体，在神话性质上标志着禅让时代的彻底结束——夏王朝的覆灭，形成远古人民最后的神话记忆。

　　大禹是黄帝的子孙，《山海经·海内经》说："黄帝生骆明，骆明生白马，白马是为鲧。"《世本》中说："黄帝生昌意，昌意生颛顼，颛顼生鲧。"无论如何说都离不开黄帝之后鲧生的血缘主题，那么，鲧腹生禹，禹当然是黄帝的后代，在原始信仰图腾崇拜中，禹化为熊等现象也就是自然而然的事情了。但我们还能看到，这种血缘的承继并不是简单的薪火传递，而是在大禹神话系统的形成中本身就融入许多黄帝之外的神性氏族的神话内容。如《尚书·帝命验》中说："禹身长九尺有余，虎鼻、河目、骈齿、鸟喙、耳三漏。"我们若用今天的文化人类学理论来理解这种现象，那就可以看到在禹的体质构成上是有着多种血缘的痕迹的。也就是说，禹的神话背景有两种具体表现内容，一是洪水事件，一是鲧神性集团。洪水神话不独在大禹时代出现，如《太平御览》卷八八八引《蜀王本纪》说到"时玉山大水，若尧之洪水"。显然，尧时大洪水是原始先民异常深刻的记忆。问题在于鲧、禹之前洪水虽然存在，甚至也很严重，但都未能成为引发时代变迁的重大契机，而在鲧禹集团登场时，洪水便成为一种特殊的生活背景，构成意义特殊的神话叙事。它意味着其中存在着非常复杂而激烈的各神性集团之间的拼杀，尽管后世有许多人力图用禅让来掩盖这些神话内容。《吴越春秋·越王无余外传》中说鲧"家于西羌"，就是这种内容的具体表现，成为我们理解缘何出现鲧为天帝所杀的重要依据。作为禹的父辈，鲧曾经是一位杰出的神性英雄，如《墨子·尚贤》中说"昔者伯鲧，帝之元子"，作者极力地把鲧拉在"帝"的麾下，以便更自然地张扬鲧的神性业绩。《世本》中有"鲧作耒耜""鲧服牛""鲧作城廓"等记述，我们可以看到这种创造的辉煌——对农耕文明的杰出贡献和对城廓建造的重要影响。其他还有《楚辞·天问》中提到的"咸播秬黍，莆藿是营"等内容。《尚书·洪范》和《国语·鲁语上》中都提到"鲧障（堙）洪水"，《山海经·海内经》郭璞注引《归藏》说得颇为详细："滔滔洪水，无所止极，伯鲧乃以息石、息壤以填洪水。"《楚辞·天问》中有"鸱龟曳衔，鲧何听焉"之句，透露出鸱、龟帮助鲧治理洪水的无比壮美的场面。《尚书·尧典》中有一段内容对此描绘得更详细也更生动："帝曰：'咨，四岳！汤汤洪水方割，荡荡怀山襄陵，浩浩滔天。下民其咨，有能乂？'佥曰：'於，鲧哉！'"从许多文献材料中我们可以看到，在治理洪水的事业中，鲧不但成功过，而且做出了非常大的贡献。《山海经·海内经》中讲到"鲧是始布土，均定九州"。《初学记》卷二四引《吴越春秋》说道"鲧曰：'帝遭天灾，厥黎不康。'乃筑城建廓，以为固国"。《楚辞·九章·惜诵》说他"婞直而不豫"。在《路史·后纪十二》罗泌、罗萍注解神话时，提到黎阳、安阳一带有鲧治洪水留下的"鲧堤"①，甚至说"古长城即尧遭洪水命鲧筑之者"。因而，刘献庭在《广阳杂记》中感叹道："鲧之功德远矣广！"这样，围绕着鲧之死，在古代典籍文献中就展开了不同的述说，从而构成神话悲剧的具体描述。《尚书·洪范》："鲧埋洪水，汨陈其五行。帝乃震怒，不畀洪范九畴，彝伦攸斁。鲧则殛死。"《国语·周语下》："其在有虞，有崇伯鲧，播其淫心，称遂共工之过。尧用殛之于羽山。"《墨子·尚贤中》："废帝之德庸，既乃刑之于羽之郊，乃热照无有及也。"《淮南子·原道训》："昔者夏鲧作三仞之城，诸侯背之，海外有狡心。"《吕氏春秋·恃君览》中说得更清楚："尧以天下让舜，鲧为诸侯，怒于尧曰：'得天之道者为帝，得地之道者为三公。今我得地之道而不以我为三公！'以尧为失论，欲得三公，怒甚猛兽，欲以为乱，比兽之角能以为城，举其尾能以为旌。召之不来，仿佯于野，以患帝舜。于是，殛之于羽山，付之以吴刀。"所有的证据都反映了一种事实，即鲧对帝尧集团

---

①《路史·后纪十二》："鲧障水，故有鲧堤，在相之安阳县。鲧筑之以捍孟门，今谓三仞城。"

的蔑视，因而尧才"殛之于羽山"。但是，作为神话叙事，它又显得异常空泛。屈原曾经为鲧被殛的悲剧命运而愤怒呐喊："顺欲成功，帝何刑焉"（《楚辞·天问》）。《尚书·尧典》说鲧治水"九载"而"绩用弗成"；《国语·晋语》说"昔者鲧违帝命，殛之于羽山。化为黄熊，以入于羽渊""舜之刑也殛鲧"；《左传·昭公七年》说"昔尧殛鲧于羽山，其神化为黄熊，以入羽渊"；《山海经·海内经》说"洪水滔天，鲧窃帝之息壤以堙洪水，不待帝命。帝令祝融杀鲧于羽郊。鲧腹生禹。帝乃命禹卒布土，以定九州"。从这些纷纭的述说中我们可以看到两方面的内容，一是鲧不待帝命而被殛，一是化为黄熊"入于羽渊"，为"羽渊之神"。对此作出应答的是禹，他在后来治水事业成功后，把一切微词都扫荡在鲧禹神性业绩之外，这就是文献中一再强调的"鲧腹生禹"。而事实上不独在于他生了禹，在尤为丰富的神话传说中，鲧相当普遍地受到世人的尊敬。如《路史·后纪十二》罗注云："有渊，水常清，牛羊不敢饮，曰羽渊。渊上多细柳，鸟兽不敢践。"《太平御览》卷四二所引《郡国志》中也提到类似内容；《述异记》中提到浙江会稽人祭禹时不用"黄熊"；《拾遗记》中提到民间百姓对鲧"四时以致祭祀"；《国语·鲁语上》提到夏后氏"郊鲧而宗禹"；《左传·昭公七年》中则载其"实为夏郊，三代祀之"。应该说，在民间信仰世界中，鲧的神圣面目显得更为真实。《归藏·启筮》中说"鲧死三岁不腐"，为吴刀所剖，"化为黄龙""是用出禹"。禹在《说文》中被释作"虫"，闻一多考证这种现象时说，虫即龙，禹即龙[1]。禹使自己的父亲所蒙的"冤"得到了昭雪，依靠自己的实力战胜了大大小小的敌对力量。

　　《论衡》《吴越春秋》《史记·夏本纪》和《世本》等文献中，都提到禹出于"西羌"，《太平御览》卷八二引《帝王世纪》中说禹"长于西羌，夷人"，《晋书·地道记》还提到陇西有纪念"禹所出"的"禹庙"，也有文献提到大禹生于"东夷"。无论如何，禹是夷人的身份表明，夏王朝的建立同样经历了无数的腥风血雨，之后才有神性的光辉普照大地，所以《诗经·商颂·长发》《诗经·大雅·文王有声》和《诗经·小雅·信南山》等篇章都热烈地颂扬这个王朝的胜利。这不仅是出自西羌的夷人凭借实力对中原部落的胜利，而且是中华民族大交流、大融合、大凝聚的标

---

[1] 闻一多：《从人首蛇身谈到龙与图腾》，《人文科学学报》1942年第1卷第2期；《闻一多全集》第一卷，三联书店1982年版，第52页。

志。千百年来，我们中华民族以大禹的品德作为教育子孙的楷模，崇尚智慧、勇敢和无私。大禹神话的流传过程，事实上就是中华民族大发展的过程——大禹的神性英雄形象就是在世世代代神话传说的讲述中构成的民族美德、精神、品格的光辉典型。

禹出生在哪里并不重要，重要的是作为神性英雄的禹所具有的功绩，他以他的具体活动为中国神话时代构成又一生动的篇章。总体来看，禹神话的核心内容可分为三个方面，一是对江河湖海的浚导、挖凿，对水怪的镇除，这是禹神话的主体；二是禹与涂山氏的联系，包含着桑林之会即野合、狂欢等内容；三是禹铸九鼎、伐三苗、治理世界，呈现出夏王朝最灿烂的神性光辉。治水，是大禹神话的主要内容，但不是唯一的内容。

大禹治理洪水，充满着艰辛，《尚书·禹贡》中记述得最为详细。《史记·河渠书》说："然河菑衍溢，害中国也尤甚，唯是为务，故道河自积石，历龙门，南到华阴，东下砥柱，及孟津、雒汭，至于大伾。于是，禹以为河所从来者高，水湍悍，难以行平地，数为败。乃厮二渠以引其河，北载之高地，过降水，至于大陆，播为九河，同为逆河，入于渤海。"神州大地，到处都有禹神圣的足迹。《庄子·天下》说："昔者禹之堙洪水，决江河，而通四夷九州也，名川三百，支川三千，小者无数。""禹亲操橐耜，而九杂天下之川，腓无胈，胫无毛，沐甚雨，栉疾风，置万国。"《吴越春秋·越王无余外传》说他"伤父功不成"，而"循江诉河，尽济甄淮。乃劳身焦思，七年闻乐不听，过门不入，冠挂不顾，履遗不蹑"。《新书·修政语上》说："禹尝昼不暇食，夜不暇寝矣，方是时也，忧务故也。"大禹制服了洪水，"万民皆宁性"（《淮南子·本经训》），"自生民以来，未之有也"（《通鉴外纪》卷二）。对此，人们称赞道："美哉禹功，明德远矣！微禹，吾其鱼乎！"（《左传·昭公元年》）

在大禹的周围聚拢着无数杰出的治水英雄，使得他的治水事业如此成功。《吴越春秋·越王无余外传》称："（禹）遂巡行四渎，与益、夔共谋。行至名山大川，召其神而问之山川脉理、金玉所有、鸟兽昆虫之类，及八方之民俗、殊国异域、土地里数。"同样，治水事业并非一蹴而就，个中的艰苦卓绝除了他的"禹步""足无爪，胫无毛，生偏枯之疾，步不能过"（《尸子·广泽》）外，更为险恶的是他同敌对力量的斗争和搏杀。首先是治水神话中大禹与共工集团的正面交锋。《论衡·吉验》说："洪水滔天，蛇龙为害，尧使禹治水，驱蛇龙，水始东流，蛇龙潜处。"可见禹治水是"奉帝命"，这是为其名正言顺而设置背景。洪水在禹之前曾多次为患，至禹时更为严重，如先秦诸子的著作《墨子·七患》引《夏书》所云"七年"，《庄子·秋水》所云"十年九潦"，《管子·山权数》所云"五年水"。《孟子·滕文公上》："洪水横流，泛滥于天下，草木畅茂，禽兽繁殖，五谷不登，禽兽逼人，兽蹄鸟迹之道交于中国。"洪水为害甚重，但洪水为何而生这一神话中的重要内容，孟子并没有揭示，揭示这一关键性内容的是《淮南子·本经训》："共工振滔洪水，以薄空桑。龙门未开，吕梁未发，江淮通流，四海溟涬，民皆上丘陵，赴树木。"可见洪水之害来自共工，或来自共工集团，包括共工之臣在内。《山海经·大荒西经》载"西北海之外""有禹攻共工国山"，隐约显示出这些内容。《神异经·西北荒经》载："西北荒有人焉，人面，朱发，蛇身，人手足，而食五谷，禽兽愚顽，名曰共工。"《山海经·大荒北经》载："共工之臣名相繇，九首，蛇身，自环，食于九土。其所欤所尼，即为源泽，不辛乃苦，百兽莫能处。"在《山海经·海外北经》中所述的"相柳氏"，其情况与此大致一样，只不过换了一句"相柳氏之所抵，厥为泽溪"。《荀子·成相》说："禹有功，抑下鸿，辟除民害逐共工。"《山海经·大荒北经》曰："禹湮洪水，杀相繇；其血腥臭，不可生谷，其地多水，不可居也。禹湮之，三仞三沮，乃以为池。群帝因是以为台。在昆仑之北，有岳之山，寻竹生焉。"诛杀共工之族不单单是为了平息洪水，在这里也就不言而喻了。

获拿无支祁是治水神话的另一重要内容。

《太平广记》卷四六七引《戎幕闲谈·李汤》所载："禹理水，三至桐柏山，惊风走雷，石号木鸣，五伯拥川，天老肃兵，功不能兴。禹怒，召集百灵，授令夔龙。桐柏等山君长稽首请命。禹因囚鸿蒙氏、商章氏、兜卢氏、犁娄氏，乃获淮、涡水神。名无支祁，善应对言语，辨江淮之浅深，原湿之远近。形若猿猴，缩鼻高额，青躯白首，金目雪牙，颈伸百尺，力逾九象，搏击、腾踔、疾奔，轻利倏忽，闻视不可久。禹授之童律，不能制；授之乌木由，不能制；授之庚辰，能制。鸱脾、桓胡、木魅、水灵、山妖、石怪，奔号聚绕，以数千载。庚辰以戟逐去。颈锁大索，鼻穿金铃，徙淮阴之龟山之足下，俾淮水永安流注海也。"同书中又载："永泰中，李汤任楚州刺史。时有渔人夜钓于龟山之下，其钓因物所致，不复出。渔者健水，疾沉于下五十丈，见大铁镦，盘绕山足，寻不知极，遂告汤。汤命渔人及能水者数十，获其镦，力莫能制；加以牛五十余头，镦乃振动，稍稍就岸。时无风涛，惊浪翻涌，观者大骇。镦之末，见一兽，状有如猿，白首长鬐，雪牙金爪，闯然上岸，高五丈许，蹲踞之状若猿猴,但两目不能开,兀若昏昧,目鼻水流如泉,涎沫腥秽,人不可近。久乃引颈伸欠,双目忽开,光彩若电,顾视人焉,欲发狂怒,观者奔走。"这是旁证,述说无支祁永不为水患,从中我们同样可以看到禹与无支祁也不单单是能力的较量,其中包含着大量氏族部落间复杂的搏杀。这种氏族间的争斗主要表现在无支祁的形状描绘上。李公佐所记李汤遇渔者见水怪之事,应当是普遍流行的具有原始色彩的神话记忆,水怪的猿猴形象的来源就是夔。韦昭注《国语》曰:"夔一足,越人谓之山缫(猱),人面猴身能言。"同类的神话传说中也有记述为神牛的,这与远古时代关于夔一足、牛首的神话描述相一致(如刘敬叔《异苑》卷二所载"晋康帝建元中,有渔父垂钓,得一金锁,引锁尽,见金牛;急挽出,牛断,犹得锁长二尺")。夔氏族的牛图腾与蚩尤氏族的牛图腾在信仰存在意义上是相同的,都是黄帝族的敌对方,而禹被看作黄帝的子孙,龙氏族与牛氏族的矛盾也就自然在神话传说中表现出来。

大禹诛杀防风氏是治水神话中异常特殊的一章。

防风神话是东南地区流传的具有特殊意义的民间文化现象。鲁迅《会稽郡故事杂集》所辑《会稽记》说:"防风氏身长三丈,刑者不及,乃筑高塘临之,名曰刑塘。"防风神话悲剧的具体发生是与会稽山大禹聚会群神有直接联系的。《越绝书·外传记地》载:"禹始也,忧民救水,到大越,上茅山大会计,爵有德,封有功,更名茅山曰会稽。"《国语·鲁语下》中记述孔子所言:"昔禹致群神于会稽之山,防风氏后至,禹杀而戮之,其骨节专车,此为大矣。"这里叙说禹诛杀防风氏的原因,但这并不能令人信服。难道"后至"就一定被"杀而戮之"吗?显然,这里隐藏着许多未被言说的内容。迄今,浙江等地流传许多关于防风氏的神话传说,向我们揭示出这一谜底,即禹所代表的中原部落对百越部落的杀伐、征讨,才是导致防风神话悲剧最重要的原因。防风氏巨人族的被诛杀,蕴含着神话传播中的普遍现象——在征讨中获胜者的神话总是占据主流地位。自20世纪80年代中期以来,民间文学集成工作在各地展开,与防风神话相关的材料被越来越多地发掘出来,大禹诛杀防风氏的谜底被更多地揭示、展现在世人面前。应该说,这种现象我们不能忽视,更不能回避。防风神话作为中国神话时代与大禹神话同时期的文化现象,值得我们深思。在地方传说中①,有尧封防风国的情节:共工撞倒不周之山,引发洪水,

---

① 此材料参见姚宝瑄:《防风神话复原》,《民间文学论坛》1992年第4期。

不周之风造就了防风巨神。防风以青泥造山，受尧之命助鲧治水，而鲧善游，得到防风与玄龟的帮助取到天庭青泥。青泥遇风而长，顶住上天，鲧因而为尧处死。防风造就了山和地之后，这里被尧封为防风国。在禹访防风的传说中，先是有防风在天地崩陷时将自己的八十一个兄弟藏起，造山造湖的情节；后有大禹出世，防风将大禹捧到伏羲面前，得到伏羲画卦指教，防风率八十一个兄弟跟随大禹去治水。防风神话还有一个值得我们注意的情节，即禹诛杀防风之后，防风的头颈中冒出了不尽的洪水。与孔子答吴国使者的话语不同，防风是百越民族心目中的圣人，是创世的英雄神。这些神话传说故事，至今仍在当地广泛流传。这使我们想起《神异经·东南荒经》中关于朴父的记述："东南隅大荒之中有朴父焉，夫妇并高千里，腹围自辅。天初立时，使其夫妻导开百川，懒不用意。谪之并立东南，男露其势，女露其牝；不饮不食，不畏寒暑，唯饮天露……古者初立，此人开导河，河或深或浅，或隘或塞，故禹更治，使其水不壅。天责其夫妻倚而立之。"这里的朴父就有着防风的身影。防风神话中有两个系统，一个是禹诛杀防风以示严明、威震群神，一个是防风作为东南巨人或巨人族首领，在与大禹集团的斗争中失利。这两个系统的流传表明中国神话嬗变的普遍性规律：主流文化的功能在于对秩序的维护，所以就极力述说、宣扬大禹的贤能、宽厚、正直；而非主流文化特别是民间文化的功能是多元的，更注重于情感的自然宣泄，因而也就更真实。防风神话更多地倾向于后一个系统，既讴歌了大禹"使其水不壅"，又保存了防风巨人型神话的独立意义[1]。

在以治水为表层次的话语述说方式中，大禹战胜了诸多神怪，杀伐共工、无支祁和巨人防风，事实上都包含着部落战争，是神话战争的叙说。只不过是大禹集团取得了全面的胜利，述说的内容就成了大禹治水无比辉煌的功勋。

大禹神话的第二个内容是与涂山氏之女的结合。

大禹神话中涂山氏的出现，其意义更为特殊。治水固然是大禹神话的主体性内容，而以婚姻为外表的神话内涵即氏族联姻所表现出的神性集团的融合，同样值得我们重视。也就是说，在涂山氏的背后，我们可以看到鲧禹集团之外尤其是以狐（九尾狐）为图腾内容的部族对治水事业的贡

---

[1] 另见《述异记》："今南中有姓防风氏，即其后也，皆长大。越俗祭防风之神，奏防风古乐，截竹长三尺，吹之如嘷，三人披发而舞。"

献。与其他神话时代相比,大禹神话中的情爱主体,其意义更为复杂。黄帝与嫘祖的联姻、舜与尧之二女(娥皇、女英)的联姻,在叙述方式上都较为平淡,即使是娥皇、女英沉溺湘江、泪染斑竹,也都是对神性光辉的赞颂、铺垫。而涂山氏就不同了,其中包含的除了部族间的聚合之外,还寓意着它的解体,隐喻着战争或其他因素在神话中的具体作用,同时,狐图腾的显示在神话中具有更丰富的文化内涵。《孟子·滕文公》:"禹八年于外,三过其门而不入。"《尸子》:"禹于是疏河决江,十年未阚其家。"《史记·河渠书》:"禹抑洪水十三年,过家不入门。"八年、十年、十三年,在神话中都蕴含着惊天动地的治水壮举和艰辛,对家的割舍显示出大禹非凡的品格。禹和涂山氏之女的结合应该有许多美丽而广阔的空间,在神话中却被其他内容掩盖。《吴越春秋·越王无余外传》:"禹三十未娶,恐时之暮,失其制度,乃辞云:'吾娶也,必有应矣。'乃有九尾白狐,造于禹。"《吕氏春秋·季夏纪·音初》:"禹行功,见涂山之女。禹未之遇,而巡省南土。涂山氏之女乃令其妾候禹于涂山之阳。女乃作歌,歌曰:'候人兮猗!'实始作为南音。"《天问》对此大加感慨道:

  禹之力献功,
  降省下土四方;
  焉得彼涂山女,
  而通之于台桑?

《吴越春秋·越王无余外传》中提到"禹因娶涂山,谓之女娇。娶辛、壬、癸、甲,禹行。十月,女娇生子启。启生不见父,昼夕呱呱啼泣",《水经注·涑水》中提到"禹娶涂山女,思恋本国,筑台以望之",洪兴祖在注《天问》时引《吕氏春秋》提到"禹娶涂山氏女,不以私害公。自辛至甲四日,复往治水。故江淮之俗,以辛、壬、癸、甲为嫁娶日也",并没有述说情爱悲剧的内容。颜师古注《汉书·武帝纪》引古本《淮南子》时详细述说了大禹神话的情爱悲剧:"禹治鸿水,通轩辕山,化为熊。谓涂山氏曰:欲饷,闻鼓声乃来。禹跳石,误中鼓。涂山氏往,见禹方作熊,惭而去。至嵩高山下,化为石,方生启。禹曰:归我子!石破北方而生启。"洪兴祖在《楚辞补注》中所引古本《淮南子》与此同。《绎史》卷十二所引《隋巢子》略有不同:"禹娶涂山,治鸿水,通轩辕山,化为熊。涂山氏见之,惭而去,至嵩高山下化为石。禹曰:归我子!石破北方而生启。"关键之处在涂山氏之"惭"。若我们以人兽之别来理解涂山氏的脆弱心理，离神话的原意无疑会相去甚远；若我们把"惭"的内容置于熊图腾与狐图腾之间的联系或神话性格上的冲突，那么，许多问题就较易解决。"石破北方而生启"的内容，使人想起《山海经·大荒西经》中提到的"有神十人名曰女娲之肠"，从石生到尸生，"惭"的本义为羞愧，当为狂欢的引申，其意义就显而易见并非今天的惭愧之意。《说文》中说"娲，古之神圣女，化万物者也"，与在《太平御览》卷一三五所引《帝王世纪》中的一段相合："禹始纳涂山氏女，曰女娲①，合婚于台桑，有白狐九尾之瑞，至是为攸女。"台桑之合，就是桑林之会，就是上巳节高禖崇拜的"盛会"。由此，我们可以看到大禹集团与涂山氏集团之间融合、渗透、聚合、分离、摩擦等一系列交往内容。应该说，这才是大禹与涂山氏神话的真正内涵。九尾之狐的神话原貌在这里若隐若现，更多地被治水传说所掩盖，而透过其字里行间，我们分明能感受到大禹与涂山氏之女载歌载舞，欢庆启的诞生这壮美、热烈的情景。如《吴越春秋·越王无余外传》所云："绥绥白狐，九尾庞庞。我家嘉夷，来宾为王。成家成室，我造彼昌。天人之际，于兹则行。"依此我们可以想象，大禹时代，以熊（龙）为外妆的大禹与以九尾白狐为外妆的涂山氏之女，他们或许有过群婚，在桑林之会中尽情地狂欢，对性与生殖的崇拜成为他们狂欢的主题——而在神话的嬗变中，这种狂欢主题渐渐地被淡化、被世俗衍化。屈原在《天问》中这样问道：

> 闵妃匹合，
> 厥身是继；
> 胡维嗜不同味，
> 而快朝饱？

其实，大禹与涂山氏两情相悦，他们之间并没有出现多么深的误会，只是这种诉说衷肠的场面被"归我子"的说法所掩盖，其中的涂山氏化成石也是原始人民特有的情结（另如各地的望夫石传说）。在原始人民看来，生命的野合是神圣而充满自由和欢乐的，化石是生命存在的另一种形式，在禹和涂山氏之女中间，应该有野合即桑林之会的内容。启母石是大禹与

---

① 另见《索引》引《世本》："禹娶涂山氏女，名女娲，生启。"

涂山氏之女桑林之会的见证，是他们情爱的纪念碑。这并不是情爱的悲剧，而应该是野性狂欢的神圣赞歌，只是无情的岁月给这个传说蒙上了太多的尘垢。我们应该注意到，涂山氏"候人兮猗"的歌声一直在世间回响着。如《华阳国志·巴志》中载："江州县郡治涂山，有禹王祠及涂后祠。"《列女传》说："涂山氏独明教训而致其化焉。及启长，化其德而从其教，卒致令名。"关于涂山的位置，有多种说法，唐代苏鹗《苏氏演义》说："今涂山有四：一者会稽；二者渝州，即巴南旧江州是也，亦置禹庙于其间；三者濠州，亦置禹庙……《左传》注云涂山在寿春东北，即此是也，其山有鲧、禹、启三庙……四者。《文字音义》云，涂山，古之国名，夏禹娶之，今宣州当涂县是也。"我们并不能因为至今在河南省登封嵩山还有启母石，就否认其他地方有涂山氏后裔之遗迹。天下处处有泰山（即东岳庙），和这道理是一样的。《左传·哀公七年》提到"禹会诸侯于涂山，执玉帛者万国"；《竹书纪年》提到"禹会诸侯于涂山，杀防风氏"；《博物志·外国》提到"（禹）至南海，经防风。防风之神二臣，以涂山之戮，见禹使，怒而射之"；《爱日斋丛钞》提到"禹会涂山之夕，大风雷震，有甲步卒千余人，其不被甲者以红绡帕抹其额，自此遂为军容之服"。这里涂山既是山，又是人，是涂山氏神性集团与大禹神性集团相联系的见证。今天各地所流传的大禹与涂山氏的爱情悲剧故事，是对禹神话桑林之会意义的消解。当然，这也是原始神话在嬗变中所出现的普遍现象。

大禹治水成为中华民族历史上的一座丰碑，其铸鼎、征伐和治世的业绩同样灿烂辉煌，成为民族千古传颂的佳话。

铸鼎意味着对天地四方鬼神的告慰，也是对过去岁月的纪念。伏羲和黄帝都曾经铸过鼎，大禹铸鼎有着更特殊的意义。《史记·封禅书》说："禹收九牧之金，铸九鼎。"《左传·宣公三年》载："昔夏之方有德也，远方图物，贡金九牧，铸鼎象物，百物而为之备，使民知神奸。故民入川泽山林，不逢不若，魑魅魍魉，莫能逢之。用能协于上下，以承天休。"《论衡·乱龙》："禹铸金鼎象百物，以入山林，亦辟凶殃。"《拾遗记》卷二："禹铸九鼎，五者以应阳法，四者以象阴数。使工师以雌金为阴鼎，以雄金为阳鼎。鼎中常满，以占气象之休否。"《帝王世纪》中曾提到"禹铸鼎于荆山"。这些论述其意都在于对治水事业的总结。诚如范文澜所说："汉族一向有禹治水的神话，正反映着统一治河的共同要求，这种要求可以成为促进国家统一的因素。"① 禹铸鼎的意义正在于顺应了这一历史潮流。不仅如此,《天问》中曾提到"禹播降",《述异记》中提到"夏禹时,天雨金三日""天雨稻",《越绝书·外传纪·越地传》中说:"禹始也,忧民救水,到大越,上茅山,大会计,爵有德,封有功,更名茅山曰会稽。"禹还曾经"命皋陶作为夏龠九成,以昭其功"(《吕氏春秋·仲夏纪·古乐篇》)。封爵也好,作"夏龠九成"也好,都是为了巩固自己的政权。《十洲记》载:"禹经诸五岳,使工刻石,识其里数高下。其字科斗书。""不但刻劂五岳,诸名山亦然,刻山之独高处尔。"铸鼎与刻山的意义相同。当然,铸鼎者也有失败者,如《墨子·耕柱》所载:"昔者夏后开使蜚廉采金于山川,而陶铸之于昆吾。九鼎既成,迁于三国。"只有具有功德者才有资格铸鼎,铸鼎成为神话中权利与品德并举的创造活动。《太平御览》卷七五六所引的《晋中兴书》说:"神鼎者,神器也,能轻能重,能息能行,不炊而沸,不汲自盈,氤氲之气自然而生也。乱则藏于深山,文明应运而至。故禹铸鼎以拟之。"

征伐三苗在大禹神话中具有重要位置。三苗与共工、相柳、无支祁和防风氏等神性角色不同,它是大禹在治水事业完成之后所出现的"乱神"。尧和舜都曾经征伐过三苗。如《吕氏春秋·恃君览·召类》载:"尧战于丹水之浦,以服南蛮。""舜却苗民,更易其俗。"《尚书·尧典》和《淮南子·修务训》都提到尧和舜"窜三苗于三危"。三苗是我国南方一个古老的民族或部落,它曾经在西北地区居住。《后汉书·西羌传》中提到"西羌之本出自三苗";《山海经·海外南经》说:"三苗国在赤水东,其为人相随。一曰三毛国。"《神异经·西荒经》载:"有人面目手足皆人形,而胳下有翼,不能飞。为人饕餮,淫逸无理,名曰苗民,《春秋》所谓三苗。"其形状颇为怪异,"鬣首"(《淮南子·齐俗训》),"长齿,上下相冒"(《路史·后纪六》罗泌、罗萍注引《述异记》)。《史记·吴起列传》载:"昔三苗氏,左洞庭,右彭蠡。"《史记·五帝本纪》载:"三苗在江、淮、荆州,数为乱。"《太平御览》卷二引《金匮》:"三苗之时,三月不见日。"《战国策·魏策》:"三苗之居,左有彭蠡之波,右有洞庭之水,文山在其南,而衡山在其北。"其"恃此险也,为政不善"。《尚书·吕刑》说:"惟时苗民匪察于狱之丽,罔择吉人,观于五刑之中。惟时庶威夺虎,断制五刑以乱无辜。"显然,这是在强词夺理,为大禹奉天命行道制造前

---

① 范文澜:《中国通史简编》第一编,人民出版社 1978 年版,第 51 页。

提。而事实上,尧和舜都曾为了统一事业征伐过三苗,但都遭到了其顽强抵抗。如《淮南子·修务训》中提到"舜南征有苗"而"道死苍梧";《韩非子·五蠹》《吕氏春秋·离俗览·尚德》和《韩诗外传》等处,也都提到"禹将伐之"而"舜曰不可"。征伐三苗是一项艰难的事业,禹对它的征伐是完成天下统一的重要举措。《墨子·兼爱下》说:"禹之征有苗也,非以求重富贵、干福禄、乐耳目也,以求兴天下之利,除天下之害。"《墨子·非攻下》载:"日妖宵出,雨血三朝,龙生于庙,犬哭于市;夏冰,地坼及泉,五谷变化,民乃大震。高阳乃命(禹于)玄宫,禹亲把天之瑞令,以征有苗。雷电勃震,有神人面兽身,若瑾以持,搢矢有苗之将,苗师大乱,后乃遂几。禹既克有三苗焉,历为山川,别物上下,卿制四极,而神民不违,天下乃静。"显然,这样的述说具有神话战争的意味,其争斗是相当残酷的。照《尚书·吕刑》所言,就是"上帝不蠲,降咎于苗。苗民无辞于罚,乃绝厥世"。大禹对三苗的征伐,是依靠着众多部族的配合完成的,《路史·后纪六》罗泌、罗萍注引《隋巢子》曰:"有神人面鸟身,降而辅之:司禄益食而人不饥,司金益富而国家实,司命益年而民不夭。四方归禹,乃克有苗,而神人不违。"《淮南子·主术训》:"故禹执干戚,舞于两阶之间,而三苗服。"当然,其中也并非完全得到其他部族的帮助。如《战国策·魏策》:"禹攻三苗,而东夷之民不赴。"禹不仅为了统一大业征伐了三苗,而且征伐了其他部族。如《庄子·人间世》说:"禹攻有扈,国为虚厉。"《说苑·正理》曰:"昔禹与有扈氏战,三阵而不服。禹于是修教一年,而有扈氏请服。"《淮南子·齐俗训》中提到"昔有扈氏为义而亡"。高诱对此作注曰:"有扈,夏启之庶兄也;以尧、舜举贤,禹独与子,故伐启。启亡之。"有扈氏居于西北,三苗居于南方,大禹多方出击,可见其建立统一的夏王朝有多么艰难。其他如《吕氏春秋·恃君览·召类》中所举"禹攻曹、魏、屈骜、有扈,以行其教",曹、魏当是东夷地区的部落,这表明夏王朝建立后天下并不太平,部族间的争斗一直没有停止,禹伐三苗只是征伐他乡的一个典型。他不仅是一位治水英雄,而且是一位邦国领袖,更是一位宗教神,统摄着人神两个世界,时刻秉持着天帝的使命去征伐异类。

  大禹是一位治世的仁君,从生到死都是世间的楷模,备受后人称赞。无疑,这里附会了许多人文传说,但它同样不乏民间百姓的希望和期待。首先是大禹在行动上严格要求自己,如《尚书·大禹谟》:"克勤于邦,克勤于家,不自满假。"《战国策·魏策》:"帝女令仪狄作酒而美,进之禹。

禹饮而甘之；遂疏仪狄，绝旨酒，曰：后世必有以酒亡其国者。"《新语·术事》："禹捐珠玉于五湖之渊，将以杜淫邪之欲，绝琦玮之情。"大禹克勤克俭，而且凡事有度，是环境保护的模范。如《逸周书》所载："禹之禁，春三月，山林不登斧，以成草木之长；夏三月，川泽不入网罟，以成鱼鳖之长；且以并农力，执成男女之功。"又如在《吴越春秋·越王无余外传》中，禹"纳言听谏，安民治室，居靡山，伐木为邑，画作印，横木为门，调权衡，平斗斛，造井示民，以为法度"。大禹治世的重要内容在于求贤用能。如《孟子·公孙丑上》："禹闻善言则拜。"《太平御览》卷八二引《鬻子》："禹之治天下也，五声听，门悬鼓、钟、铎、磬，而置鼗于簨虡，曰，教寡人以道者击鼓，教寡人以义者击钟，教寡人以事者振铎，语寡人以忧者击磬，语寡人以狱讼者挥鼗。此之谓五声。是以禹尝据馈而七起，日中不暇食。于是，四海之士皆至。"《汉书·晁错传》："昔者大禹勤求贤士，施及方外，四极之内，舟车所至，人迹所及，靡不闻命，以辅其不逮；近者献其明，远者通厥聪，比善戮力，以翼天子。是以大禹能无失德，夏以长茂。"《墨子·节葬下》："禹东教乎九夷，道死，葬会稽之山，衣衾三领，桐棺三寸，葛以缄之，绞之不合，通之不埳；土地之深，下毋及泉，上毋通臭。既葬，收余壤其上，垄若参耕之亩，则止矣。"总之，大禹是道德的化身，在他身上集中了中华民族所有的美德，堪称原始神话中不落的太阳。

大禹从治水到治世，其神性的光辉不但温煦，而且令人感到亲切。他建立了夏王朝，他的子孙启曾经秉承了他的光辉①，同时，也是启渐渐熄灭了远古神庙的最后一盏神灯，毁坏了他的大夏王朝②。到了夏桀王，礼崩乐坏，时人愤怒地喊道：

  桀，
  曷日亡！
  吾与汝偕亡！

在殷商王朝取代大禹夏王朝时，文字更清晰地记述着人们的足迹，中

---

①《山海经·大荒西经》："开（启）上三嫔于天，得《九辩》与《九歌》以下，此天穆之野，高二千仞，开（启）焉得始歌《九招》。"
②《墨子·非乐》："启乃淫溢康乐……万舞翼翼，章闻于天，天弗用式。"

国神话时代就全然消失了。当然，更重要的原因是，随着生产技术的迅速提高，特别是人们认识世界的能力迅速增强，神话的存在只限于记忆的阶段，其新生的土壤更多被历史传说所替代，大禹时代作为远古人民的精神成果不可阻挡地消失了它繁衍的温床，中国古典神话时代也至此结束了。应该指出的是，历史的巫术化仍然存在着。神话思维并没有终结，它还残存着，甚至在某时空范围内曾经闪放出绚丽的光芒，而它毕竟已退居到次要地位，代之而起的是新的人文艺术。古典神话的传承与传播，形成广泛的文化认同，在被历史化、哲学化、审美化的同时，走进了世俗化，弥漫在一代又一代人的生活中。无疑，古典神话是我们的文化瑰宝，也是我们神圣的信仰。但是，我们曾经把神话简单化，粗暴地将其归之于所谓的封建迷信，被自己的狭隘束缚住了手脚。神话传说与原始文明息息相关，在民间文化生活中仍然振动着有力的双翼，当我们在文献典籍中渐渐模糊了对它的观感时，在民间文化生活的野性天地中却格外清晰地看到了它多彩的身影。特别令人欣喜的是，在我们的神州大地上，我国古典神话以古庙会为背景，展现出一个个完整而清晰、刚健而清新的神话时代，与之交相辉映的是少数民族丰富多彩的神话传说。

# 第三章　远古歌谣

歌谣与神话一样，是原始先民口头创作的文学作品，或诵，或唱，或伴以乐舞。对于歌谣的存在形式，至今我们多以《吕氏春秋·古乐篇》中的"昔葛天氏之乐，三人操牛尾投足以歌八阕"为例，说明其实用性特征。远古时代的生产方式和生活方式，决定了远古人民的思维方式和审美表现方式，因而也决定了远古歌谣的存在方式。但对于其具体存在方式及其认定判断，我们更多的只是限于推测，因为歌谣自其产生之日就是口耳相传，而文字的出现及其对歌谣的具体记载，又同样是十分有限的。整个远古时代都是传说时代，那么，这个时代的歌谣，又怎么可能不是后人追忆所保存的呢？当然，后人的记忆及其表述中不乏伪托之作，但在我们没有足够的证据认定其伪托时，我们只好沿袭旧说。对于这一点，学者们众说纷纭，莫衷一是。如，梁启超以为，最古的歌谣在经书中被记述的当数《尚书·皋陶谟》[1]，其辞为：

　　股肱喜哉，
　　元首起哉，
　　百工熙哉。

　　元首明哉，
　　股肱良哉，
　　庶事康哉。

---

[1] 参见梁启超：《先秦政治思想史》，商务印书馆2012年版。

## 第三章　远古歌谣

元首丛脞哉，
股肱惰哉，
万事堕哉。

他以为这是君臣间对话之作，没有太多的艺术价值。显然，他是受清代学者杜文澜辑《古谣谚》的影响。《宋书·谢灵运传》中曾提到，"虞夏之前，遗文未睹"。如《击壤歌》较早见诸文献的是在皇甫谧的《帝王世纪》中，传说它是尧时八十老人所歌。又如《卿云歌》《南风歌》传说为舜所歌，见诸文献也较晚。朱自清在《古诗歌笺释三种·古逸歌谣集说》①中对此作过考辨，但同样不能令人完全信服。因为歌谣的记述和神话的记述一样，并非是同步实录。如三国时期吴人徐整所记盘古神话，是否就不是原始神话呢？当然，古人所记，未必尽信。这里，我们姑且从其内容上做出大致判断，而我们的主要依据同样是文献。较早的文献除了"有典有册"②者，还有一些甲骨刻辞和青铜铭，即《墨子·明鬼下》中所述"琢之盘盂，镂之金石以重之"者。甲骨文和青铜铭文中不乏远古歌谣，其记述功能和《山海经》中所记夏后启上天庭取得《九招》《吕氏春秋·古乐》中所载"帝尧立，乃命质为乐；质乃效山林溪谷之音以歌"是一样的。如鲁迅所言，"人类在未有文字之前，就有了创作的，可惜没有人记下，也没有法子记下。我们的祖先的原始人，原是连话也不会说的，为了共同劳作，必须发表意见，才渐渐地练出复杂的声音来。假如那时大家抬木头，都觉得吃力了，却想不到发表，其中有一个叫道'杭育杭育'，那么，这就是创作""倘若用什么记号留存了下来，这就是文学"③。同样，"杭育杭育"之声，就是较早的民间文学。从现存的典籍来看，远古歌谣保存最为丰富者，当首推《周易》，其他像《尚书》《礼记》和后来的《吴越春秋》等典籍，记述也颇多。此外，《山海经》中许多语句，我们也可看作歌谣，如其《大荒北经》载，"令曰：神，北行！先除水道，决通沟渎"，就是最典型的歌谣④。中国古代诗文的吟唱方式，具有典型的音乐

---

① 朱自清：《古诗歌笺释三种》，上海古籍出版社1981年版。
② 《尚书·多士》："殷先人有典有册。"
③ 华圉（鲁迅）：《门外文谈》，《申报·自由谈》，1934年8月24日—9月10日。
④ 笔者曾论述《山海经》是上古史诗，详见拙作：《神话之源——山海经与中国文化》，河南大学出版社2001年版。

性，具有歌唱的传统，从另一个方面表现出远古歌谣作为重要的文化生活方式，对中国文化发展形成重要影响。在甲骨卜辞和青铜铭文中，我们也可辨析出一些远古歌谣。如郭沫若《卜辞通纂》所记"癸丑卜，今日雨？其西来雨？其东来雨？其北来雨？其南来雨"在句式上就明显属于歌谣。远古歌谣是远古人民生活的忠实记录和真实体现，透过字里行间，我们能深切感受到历史隧道中幽暗的烛光，那明明灭灭中，分明是我们远古祖先沉重的叹息和他们炽热的情爱。正是这烛光，开启了浩如烟海的中华民族文明，哺育了无数的华夏子孙。

# 第四章　商周时代的传说、故事和歌谣

大禹神话标志着中国神话时代的终结。夏王朝的建立，目前来说是可以确认其年代的。一般来讲，有文字可考的历史是从殷商时期开始的，学者们依据这个时代即商周时期青铜器的发掘，称之为"青铜时代"。这个时代在我国历史上有着独特的意义，这一时期的传说、故事和歌谣正是这种意义的具体体现。当秦帝国崛起，结束了诸侯争霸的历史时，这个时代也就相应终结，代之而起的是国家的大一统。高度的中央集权政治深刻影响着新的时代和新的文化。但是，和历史上其他王朝的更迭一样，商周时期的民间文学生生息息，无论是什么样的长刀都割不断这条流自远古的长河。

传说这一概念，在民间文学史上具有特定的意义。它和神话有联系，和故事也有联系。鲁迅曾在《中国小说史略》中提到，传说是由神话演进而来的："传说之所道，或为神性之人，或为古英雄，其奇才异能神勇为凡人所不及，而由于天授，或有天相者。"[1] 王国维在《古史新证·总论》中说："上古之事，传说与史实混而不分，史实之中固不免有所缘饰，与传说无异，而传说之中亦往往有事实之素地。"[2] 在民间文学研究者看来，民间传说是一种具有一定真实背景的叙事性文学，这种真实性背景或者是历史上的真人、真事，或者是实际存在的山川风物，或者是影响着人们实

---

[1] 鲁迅：《中国小说史略》，《鲁迅全集》第9卷，人民文学出版社1981年版，第18页。
[2] 王国维：《古史新证》，清华大学出版社1994年版，第1页。

际生活的民俗节日、禁忌、信仰等事项①。因为它和历史联系最为密切，所以，历史传说包括历史人物传说备受人们关注。当年的《古史辨》学派甚至把夏之前的历史看作传说，是虚无的历史；历史学家徐旭生的《中国古史的传说时代》把夏商时期称作"古史的传说时代"。我们这里所指的商周传说更多的是指商周历史的传说，包括相关文献中关于商周社会历史及商周历史人物的传说等材料。

神话、传说、故事三者之间的联系非常复杂，但它们相互之间并非浑然不可分，其区别的关键就在于叙述重点即中心所指。商周传说的保存，主要依赖于当世的一些文献，如《尚书》《逸周书》《左传》《国语》《战国策》《公羊传》《汲冢琐语》《竹书纪年》等历史类著作和《论语》《孟子》《庄子》《荀子》《韩非子》《晏子春秋》《吕氏春秋》《墨子》《管子》《尸子》等诸子著作。

## 第一节　历史著作中的民间传说

民间传说与社会历史发展有着密切联系，与神话一样，它也充满被建构的成分。这里首先应提到的是《春秋》和《尚书》。班固在《汉书·艺文志》中说："左史记言，右史记事。事为春秋，言为尚书。""春秋"是一种文体，用来记录历史。春秋战国时代各国都曾有自己的"春秋"。今人所见《春秋》，应为《鲁国春秋》，相传孔子曾经修改过②。它记载的历史传说条理清晰、言简意赅，成为其他历史传说的重要参照。《尚书》所记述的传说更为丰富。《尚书》的流传经过了曲折的过程，有《古文尚书》和《今文尚书》。今存《尚书》五十八篇，除三十三篇为今古两《尚书》所共有，余为东晋时人伪造。但无论如何，它们都保存了丰富的民间传说这一点是无疑的。《尚书》即"上古之书"，古称"书经"，法国学者马伯

---

① 参见钟敬文主编：《民间文学概论》第八章"神话和民间传说"，上海文艺出版社1980年版。其中举例阐释"民间传说的产生是伴随着历史的"，如"随着人类社会发展，神话产生的基础削弱了，而社会生活日趋纷繁和复杂……引起了人们传颂自己历史的要求"，黄帝与蚩尤之战、夏禹治水，"就既有神话，也有传说"。

② 《史记·孔子世家》："为春秋，笔则笔，削则削，子夏之徒不能赞一辞。"

乐曾著有《书经中的神话》，已经注意到其中的民间传说等内容。《尚书》中有《商书》和《周书》等篇，传说原有百篇之多，孔子曾经纂辑过这部典籍。其中的《尧典》，开题即述"曰若稽古"，即根据传说写成。应该说，《尚书》具有明确的传说辑录意识，而且如实地记述了商周时期的各种历史传说。如《尧典》和《皋陶谟》中对尧、舜、禹、皋陶等神话人物故事在商周时期流传情景的记述，既有神话，又有传说。尤其是《禹贡》所记述的大禹治水从神话到传说的"事迹"，异常丰富。在《西伯勘黎》中，纣王自认受命在天而为所欲为的形象非常生动，显然具有传说色彩。《尚书》记述历史传说最生动者，当数《金縢》①。它记述了周公从辅佐武王到蒙冤受屈后又复出辅佐成王的一段历史传说。它先讲述了武王克殷之后病重，周公祈祷神灵保佑武王痊愈，申明自己情愿替武王去死，从而感动神灵，武王病愈，周公依然活着。史官把这件事和祷告辞一同记录下来，置放于金柜中。待武王去世，周成王执政，管叔等人散布流言，使周公被迫避位。周公的避位使国家发生了变异，天象出现异常。周成王和群臣打开金縢之书时，终于真相大白，为周公的忠心所感动，亲自到郊外迎接周公回到朝中继续辅佐成王。这时，"禾则尽起""岁则大熟"，一片欢喜。

  《尚书》中的民间传说在整个中国民间文学史上具有独特的地位，一方面它与古典神话联系在一起，表现出浓郁的巫风，另一方面它在叙事手段上影响了此后的民间传说。这种承前启后的意义是和它所处的时代密切联系在一起的。把历史传说纳入对历史事件的叙述之中，这种方式对于我国后世历史著作的文化传统有着相当重要的影响。在后来的《左传》和《史记》等典籍中，我们都可以看到这些内容。当然，在叙述形态上，《尚书》基本上保持着甲骨卜辞和金铭文的特色。与之相连的还有一部据说是孔子删定《尚书》时所剩余的《汲冢周书》，也称《周书》，文学史家称《逸周书》。这部著作记述周代的政治思想观念，其中保存了一些历史传说。在一些篇章的开头，它也有"曰若稽古"的字样。如《王会解》《殷祝解》和《太子晋解》等篇，明显地掺杂着一些神话传说。最典型的例子就是《太子晋解》，太子晋虽然只有十五岁，但他反应机敏，见识非凡，若后世多才多智的神童。

---

①这则传说在后世流传甚广，民国时期河南、湖北、山东、河北一带的地方戏曲中有《金縢记》，即取材于此。

对商、周历史时期的民间传说进行保存的著作，我们不能不提"春秋三传"，即《公羊传》《穀梁传》《左传》。尤其是《左传》中的历史传说，对后世民间文学发展的影响格外深远。如唐代史学家刘知几《史通·杂说上》所说："左氏之叙事也，述行师则簿领盈视，咙咀沸腾；论备火则区分在目，修饰峻整……若斯才者，殆将工侔造化，思涉鬼神，著述罕闻，古今卓绝。"历史事件成为民间传说的述说内容，包含着民间文化所特有的情感、信仰与审美。也就是说，并不是所有的历史事实都能成为民间传说，民间传说包含着对历史发展的认同与选择，是历史事实的再叙事。

《左传》的原名是《春秋左氏传》，又名《左氏春秋》。长期以来，人们对《左传》的作者到底是谁争论不休；同时，也有许多学者对这部著作进行注疏、训释，使它的影响日益广大。作为一部历史著作，它的民本思想表现得非常突出，这和民间文学具有最直接的人民性是一致的，所以，它也易于为后世民间文学所关注、吸收、运用。若我们把后世的民间传说整理成一定的典册，不难发现有一套口述的《左传》，即《左传》的故事渗透进后世的民间文学之中。再者是《左传》中有许多关于占卜、鬼神、灾祥、禁忌、祭祀、节令、星象、历法、婚丧习俗等内容的记述，具有神秘意蕴和传奇色彩①。这和民间文学所具有的神秘性、传奇性特征相一致，因而就很容易形成史实、历史传闻（说）、神话、故事相融合的叙事特点，诸如作品中的石头说话、雄鸡断尾、降神和报应等奇闻，每一种奇闻在事实上都构成了民间传说故事。

重视口述历史，广泛采撷民间传说，这种史著撰写方法不仅使作品更加生动传神，而且为后世保存了珍贵的民间传说资料。在某种意义上讲，《左传》中的民间传说具有原型、母题意义，它在民俗学、神话学、传说学等方面具有重要的文献价值。如著名的《孟姜女》这个家喻户晓的民间传说，其源头我们在《左传·襄公二十三年》中可以见到：

  齐侯还自晋，不入，遂袭莒，门于且于，伤股而退。明日，将复战，期于寿舒。杞殖、华还载甲，夜入且于之隧，宿于莒郊。明日，

---

① 《左传》中有许多幽灵传说，如"庄公八年"中的齐侯杀彭生，彭生后来化为豕"人立而啼"；"宜公十五年"中的杜回被草结绊倒，应魏颗之梦；"僖公二十八年"中的晋文公梦与楚子争斗，以及"庄公十四年""昭公二十九年"中的龙传说，都是典型的民间传说。

先遇莒子于蒲侯氏。莒子重赂之，使无死，曰："请有盟。"华周对曰："贪货弃命，亦君所恶也。昏而受命，日未中而弃之，何以事君！"莒子亲鼓之，从而伐之，获杞梁，莒人行成。

齐侯归，遇杞梁之妻于郊，使吊之。辞曰："殖之有罪，何辱命焉？若免于罪，犹有先人之敝庐在，下妾不得与郊吊。"齐侯吊诸其室。

虽然有人不同意齐侯郊吊是孟姜女传说的最早的形态，但我们在认真考察文献之间的联系时，就有更多理由认为顾颉刚先生当年的见解是有力的[①]。当然，《左传》的重要意义表现在它是我国第一部完备的编年史，民间传说的采用和保存只是其中的一个方面，关键是它开创了把民间传说即口述史纳入史籍传统的先河。这种方法表现了作者非凡的胆识，使后世史传文学中人物的表现效果更加传神。我们可以看到，《左传》中所记录的历史人物约有1400多个，既有社会上层的天子、士大夫、王公诸侯，又有商贾、倡优、役人、盗贼等社会下层人物，而其中最传神者，是这些社会底层的人物。要达到这种效果，作者若不走进民间去遍访那些口述的历史，又怎能产生如冯李骅《左绣·读左卮言》所说的"读其文，连性情、心术、声音、笑貌，千载如生"的功效呢？

民间传说的基本功能还表现在对历史事件或生活现象的阐释上。《左传》在阐释功能的表现上既集中又生动，有许多篇章或在当世、或在后世就已经成为人们广泛接受的传说。

风物传说是我国传说中的重要类型，其流传范围之广是一般传说所不及的。《左传》在表现这类传说时，有的是明确揭示出传说发生的具体根据，有的则是指示或显示某种传说的渊源。如前面所举到的孟姜女与齐侯郊吊的联系，就是对孟姜女传说渊源的原型揭示。再如，历史上关于介之推与寒食节的联系，最早介绍以禁火纪念介之推的并不是《左传》，而是汉代蔡邕的《琴操》；晋代陆翙的《邺中记》和《后汉书·周举传》才把禁火与寒食连接起来。真正揭示这风俗渊源即传说原型的是《左传》。这里虽然没有直接显示禁火的内容，但它却把晋文公对介之推的追随出亡无所赏赐，导致介之推退隐而亡的重要原因点明——晋文公之悔成为这一传

---

[①] 参见顾颉刚、钟敬文等：《孟姜女故事论文集》，中国民间文艺出版社1984年版。

说发生的最重要的背景。《左传·僖公二十四年》：

> 晋侯赏从亡者，介之推不言禄，禄亦弗及。推曰："献公之子九人，惟君在矣。惠、怀无亲，外内弃之。天未绝晋，必将有主；主晋祀者，非君而谁？天实置之，而二三子以为己力，不亦诬乎？窃人之财，犹谓之盗，况贪天之功以为己力乎？下义其罪，上赏其奸，上下相蒙，难与处矣。"其母曰："盍亦求之，以死谁怼？"对曰："尤而效之，罪又甚焉，且出怨言，不食其食。"其母曰："亦使知之，若何？"对曰："言，身之文也；身将隐，焉用文之？是求显也。"其母曰："能如是乎？与汝偕隐。"遂隐而死。晋侯求之不获，以绵上为之田，曰："以志吾过，且旌善人。"

《左传》的表现方法在许多方面具有浓郁的民间文学叙事色彩，这说明了《左传》同民间文学的复杂联系，即它们之间相互影响。有人说，《左传》对文学发展的影响"正如荷马史诗之于西方文学"[1]，这是很有道理的。

《国语》中的民间传说多短小精悍。这是它的叙事方式以记言为主所决定的。司马迁曾在《史记·太史公自序》中说："左丘失明，厥有《国语》。"意谓《国语》乃左丘明所著。今天的《国语》在版本上肯定经过多人加工，共分21卷，记述了周、鲁、齐、晋、郑、楚、吴、越八个国家的历史。有人做过统计，《国语》中的故事总计有240多个。这些故事之间没有密切的联系，相对独立，有许多就是民间传说的记述，或者掺杂着民间传说的内容。特别是《国语》对各国历史的叙述，在某些程度上，我们可以把它看作不同地区的民间传说汇编。如在《楚语》中就提到有别于史官笔录的文体"语"，用以教育太子，其实这"语"就是口头传说。在《国语》中有许多通俗化、口语化的语言，就是明证。

《国语》中对各国历史的记述，在篇幅上并不一致。其记述晋国的最为详细，传说也最为丰富，其次是鲁国和周国的，楚国记述了楚灵王和楚昭王，越国记述了越王勾践，吴国记述了吴王夫差，齐国只记述了齐桓公与管仲的谈话。书中的传说故事有许多不是直接叙述，而是通过不同人物的议论、相互间的对话来讲述的，这是《国语》保存民间传说的一个重要

---

[1] 褚斌杰、谭家健主编：《先秦文学史》，人民文学出版社1998年版，第209页。

特色。

进入商周之后,神话被传说所替代,对远古神话的阐释和对梦占的阐释一样,都成为民间传说的表现内容。《国语·鲁语》中记述了孔子答吴子使的一段话,显然也属于当世的民间传说:

> 吴伐越,堕会稽,获骨焉,节专车。吴子使来好聘,且问之仲尼……曰:"敢问骨何为大?"仲尼曰:"丘闻之,昔禹致群神于会稽之山,防风氏后至,禹杀而戮之,其骨节专车,此为大矣。"客曰:"敢问谁守为神?"仲尼曰:"山川之灵足以纪纲天下者,其守为神……"客曰:"防风氏何守也?"仲尼曰:"汪芒氏之君也,守封隅之山者也,为漆姓。在虞夏商为汪芒氏,于周为长狄,今为大人。"客曰:"人长之极几何?"仲尼曰:"僬侥氏长三尺,短之至也;长者不过十之,数之极也。"

《国语》对这类传说的记述,一方面为理解远古神话提供了重要的参考证据,另一方面为理解从神话到传说的嬗变及传说的发生规律提供了珍贵资料。和《左传》一样,《国语》中的民间传说,可以看作我国古代史传文学发展中口述史采录的实践。

《战国策》也具有语录体的特点,保存了很多民间故事。刘向在《战国策叙录》中说,其"或曰国策,或曰国事,或曰短长,或曰事语,或曰长书,或曰修书";杨公骥也称其"可能是战国时策论、传说的汇编"[1]。今传《战国策》共三十三篇,所记史料包括东西周和秦、赵、魏、齐、燕、宋、卫、中山、楚诸国。记苏秦说秦,前后对比十分明显:前曾"归至家,妻不下纴,嫂不为炊,父母不与言",于是发愤读书,"读书欲睡,引锥自刺其股,血流至足"。而后成功,"父母闻之,清宫除道,张乐设饮,郊迎三十里。妻侧目而视,倾耳而听。嫂蛇行匍匐,四拜自跪而谢"。在这里不仅可以看到"头悬梁,锥刺股"的原型,而且让人感受到"贫穷则父母不子,富贵则亲戚畏惧"的社会众生相。其他像颜周愿"晚食以当肉,安步以当车,无罪以当贵"的威武不屈的正直形象,以及孟尝君纳士、毛遂自荐、蔺相如胸怀大度、荆轲义无反顾刺秦除暴等,都成为我国民间文学中的经典性内容。这些内容不但保存在民间传说中,而且被戏

---

[1] 杨公骥:《中国文学》第一分册,吉林人民出版社1980年版,第431页。

曲、小说等艺术所选用，深刻地影响着我们民族道德情操的陶铸和审美趣味的冶炼。

商周时期民间传说的保存，还应该提到《汲冢琐语》和《竹书纪年》等文献。《汲冢琐语》记述历史，夹杂传说故事，因出于汲郡墓中而得名，其谈说梦验祥妖、预言吉凶，有许多鬼神故事引人入胜。《晋书·束皙传》中称它为"诸国卜梦妖怪相书也"。它保存的民间传说颇为生动，对后世有重要影响。

## 第二节　诸子著作中的民间传说

相比于历史著作对民间传说的采录采用，诸子著作则有了较为清醒的区分态度与区分意识，如孔子即倡言"不语怪力乱神"。那么，在诸子著作中是否就没有民间传说的保存呢？有学者认为："春秋战国是诸子竞出、百家争鸣的时代，所以子书的种类和数量很多。由于子书的内容多是阐发个人或学派的学术观点，与史传的专于记事不同，所以其中包含传说的情况也与史传有异。有的子书，如著名的《老子》，又名《道德经》，纯属哲学论著，其中自无传说可寻。又如《论语》《孟子》，记事写人的分量也很轻，像《论语》中的'楚狂接舆过孔子''长沮、桀溺耦而耕''子路遇荷蓧丈人'等篇，多少有一点传说的意味，但只是片断，不够完整。至于《孟子》中的'齐人有一妻一妾'，更只是民间故事或文人创作的寓言。《庄子》虽然文学性很强，但本质仍是哲学著作，它里边多的是作者为阐明哲理而作的设譬和寓言，即使有时牵出尧、舜、许由、老子、孔子、梁惠王、惠施这样的历史人物，也只是把他们当作对话的伙伴或说理的工具，并未提供有关他们的传说故事。倒是后人从《庄子》中受到启发，把有些篇章编成故事和戏剧，这种故事和戏剧被看作有关庄子的传说，例如庄子的梦中化蝶（《齐物论》）和他妻死之后的鼓盆而歌（《至乐》）。""《墨子》中的《公输》篇所记的墨子救宋故事，因有真实的人物墨子、公输盘（鲁班），能与历史记载和其他著作相印证（见《战国策·宋策》

《吕氏春秋·爱类》），但又不全合于史实，所以是典型的传说。"① 问题在于"片断"和"典型"。"片断"和"典型"一样重要，都是对民间传说的记录保存，它们之间的差别只是对传说记述和运用的具体方式不同。不论是"片断"还是"典型"，都是民间传说。有些当时未必很典型而只在后世才日益明确化的情节，我们同样可以把它看作民间传说，可以看作是民间传说的"原型"或"母题"。对于诸子保存的民间传说，我们应该从历史实际出发，从整个民间文学发展的角度来看待。也就是说，先秦诸子著作中的民间传说被记述得怎么样并不十分重要，重要的是曾经记述过。我们需要历史发展中的"蛛丝马迹"，因为在文化发展中，不同的艺术形态其自身也存在着不均衡状态。我们对前人在记述和运用民间传说时所能体现的"典型"程度，不能过于苛求。若严格按照我们今天所概括的"定义"对前人的著作进行观照对比，有许多真正的民间传说会被我们忽视。当然，我们在甄别时还应尽量以"典型"的标准来要求、审视，而在寻找民间传说时则宜宽泛而不宜苛刻，因为在我国的历史上，像今天这样清醒而自觉的成熟的民间文学记述，基本上不存在，更多的人是在无意识、不自觉中记述了民间文学作品②。如《山海经》保存了那么丰富的神话传说，它也只是一部被后人看作"巫书"的著作或资料汇编，而且至今还有许多学者并不把它仅看作神话典籍，见仁见智者甚为众多。

诸子著作与前面所举历史类著作明显存在着差异，即历史类著作在某种意义上来说，其本身就是民间传说尤其是历史传说的重要源头，而诸子著作重在阐述道理，其保存民间传说多处于不自觉状态。如《老子》是一部哲学著作，在民间传说的保存上无意之间提到了"虽有甲兵，无所陈之，使民复结绳而用之"（《老子》第八十章），"结绳"就是民间传说，只不过像这样未免过于简单了一些——但它毕竟保存了民间传说。当然，这样说好像有些牵强，而事实确实如此。在历史上，这样的现象并不少。《论语》《孟子》和《庄子》等典籍就不一样了。

---

①程蔷、祁连休、吕微主编：《中华民间文学史》，河北教育出版社1999年版，第204、205页。

②在今天的民间文学田野考察中，我们记述某些民间传说，更多的只是记述到只言片语，所以，我们不得不"捕风捉影"，沿循着一定的线索去寻找那些民间文化生活中的"瑰宝"。有人说，这是民间传说流传的形态，其产生之初，应该具有相对完整的形态，但是在流传中形成支离破碎的现象。语言的变异，是民间文学的重要特征。

在《论语》中，虽然我们也可以看到孔子所"曰"及孔子与他人的对话，但许多地方已经显示出民间传说的原型或雏形。如前面引文中所举到的"楚狂接舆过孔子""长沮、桀溺耦而耕""子路遇荷蓧丈人"等，虽然是片断，但也应看作民间传说，何况《论语》本身就是经过口头传播后形成典籍的。在《八佾》中的"孔子谓季氏八佾舞于庭，是可忍也，孰不可忍也""管仲之器小哉……邦君树塞门，管氏亦树塞门；邦君为两君之好，有反坫，管氏亦有反坫。管氏而知礼，孰不知礼"，在《公冶长》中的"臧文仲居蔡，山节藻棁，何如其知也""伯夷、叔齐不念旧恶，怨是用希"，在《泰伯》中的"巍巍乎，舜、禹之有天下也，而不与焉""大哉，尧之为君也""舜有臣五人而天下治""禹，吾无间然矣！菲饮食而致孝乎鬼神，恶衣服而致美乎黻冕，卑宫室而尽力乎沟洫"，在《微子》中的"微子去之，箕子为之奴，比干谏而死。孔子曰：'殷有三仁焉'""逸民伯夷、叔齐、虞仲、夷逸、朱张、柳下惠、少连。子曰：'不降其志，不辱其身，伯夷、叔齐与！'""谓柳下惠、少连，降志辱身矣，言中伦，行中虑，其斯而已矣""谓虞仲、夷逸，隐居放言，身中清，废中权；我则异于是，无可无不可"，在《子张》中的"子贡曰：'纣之不善，不如是之甚也。是以君子恶居下流，天下之恶皆归焉'"，在《尧曰》中的"尧曰：'咨，尔舜！天之历数在尔躬，允执其中。四海困穷，天禄永终。'舜亦以命禹"，等等，这些内容都包含着民间传说，或者其本身就是传说。在这里，我们不但看到了民间传说的嬗变形态，而且还可以从中窥见孔子等人的民间文学思想理论。

《孟子》也是经过多人整理而成书的。孟子有辩才，在论辩中他广征博闻，运用了许多民间文学作品，包括当时所流传的民间传说。如《梁惠王（下）》中，他针对人所言汤逐桀、武王伐纣为"以臣弑君"，说"贼仁者谓之贼，贼义者谓之残；残贼之人，谓之一夫。闻诛一夫纣矣，未闻弑君也"；在《告子（下）》中他提到"人皆可以为尧舜"；针对人所言禹之声高于文王之声，禹所传钟为人所喜爱而连纽都快被弄断，他不以为然，以为是年月久远的缘故。在《孟子》中，我们可以看到许多地方表现出民本思想，他所举的例子包括那些民间传说，都体现出他的基本态度。如"三代得天下也，以仁；其失天下也，以不仁。国之所以废兴存亡者亦然""桀、纣之失天下也，失其民也；失其民者，失其心也""尧舜之道，孝悌而已""舜视弃天下，犹弃敝屣也！窃负而逃，遵海滨而处，终身欣然，乐而忘天下"（《孟子·尽心（上）》）等，表现出他独特的民间文学观。再如《梁惠王》中，孟子对齐宣王"王政可得闻与"的问题，他回答"昔者文王之治岐也，耕者九一，仕者世禄，关市讥而不征，泽梁无禁，罪人不孥。老而无妻曰鳏，老而无夫曰寡，老而无子曰独，幼而无父曰孤。此四者，天下之穷民而无告者。文王发政施仁，必先斯四者"，及"昔者公刘好货"等，既是孟子对当世关于周文王传说的转述，又表明了他的政治理想。

在《庄子》中，我们能够感受到"穷闾陋巷，困窘织屦，槁项黄馘"的庄周，其"宁游戏污渎之中自快，无为有国者所羁"这种崇尚自由自在的民间文化心态。和《孟子》相同的是，民间传说在其中都成为对话或述说某种道理的工具，没有表现出独立的故事形态，但这并不影响其保存民间传说的意义。庄周继承了老子的哲学思想，着重阐释和述说"道""万物一齐"等哲学概念，宣扬"绝圣弃智""使民无知无欲""小国寡民"，所采用的民间传说大都具有神话色彩，即远离现实。如《天道》中说"夫天地者，古之所大也，而黄帝尧舜之所共美也"；在《逍遥游》中，我们看到鲲鹏之大的传说；在《应帝王》中，可以看到南海之帝倏、北海之帝忽对中央之帝浑沌谋报而"日凿一窍，七日而浑沌死"的传说（许多学者以为此为盘古神话形成的雏形，另议）；在《胠箧》中，可以看到"昔者容成氏、大庭氏、伯皇氏、中央氏、栗陆氏、骊畜氏、轩辕氏、赫胥氏、尊卢氏、祝融氏、伏羲氏、神农氏，当是时也，民结绳而用之，甘其食，美其服，乐其俗，安其居，邻国相望，鸡犬之音相闻，民至老死而不相往来"的传说；在《在宥》中，可以看到"昔者黄帝始以仁义撄人之心，尧舜于是乎股无胈，胫无毛，以养天下之形"，和"尧于是放讙兜于崇山，投三苗于三危，流共工于幽都"的传说；在《山木》中，可以看到"舜之将死，直令禹曰：'汝戒之哉！形莫若缘，情莫若率；缘则不离，率则不劳；不离不劳，则不求文以待形；不求文以待形，固而待物'"等传说；在《知北游》中，"知问黄帝曰""黄帝曰"与"舜问乎丞曰"等，显然已非原始神话，而是神话衍生的传说。不论这些传说流传在哪个层面，我们都可以看到庄周对传说的保存，在事实上给我们提供了研究先秦传说的珍贵资料。另外，像《齐物论》中的梦中化蝶和《至乐》中的鼓盆而歌，我们同样可以看作庄周传说的一些原型。当然，《庄子》对民间文学更大的贡献是对民间寓言的保存。

《墨子》一书是墨子门人后学编撰成书的，其中也保存了不少民间传说，如著名的墨子救宋，见于《公输》，是我们研究鲁班传说的重要文献。

在《所染》中，我们看到染丝的比喻所联系到的帝王治国传说，如舜、禹、汤、武染于贤臣，所以才能"王天下"而"功名蔽天地"，桀、纣、幽、厉则染于佞人，所以"国残身死，为天下僇"。诸侯兴亡也是同样的道理，其中的兴亡故事即民间传说。

其他如《管子》是齐国学者根据管仲的事迹和传说等材料编成的，其中一些文章如《大匡》保存了齐桓公重用管仲而成霸业的历史传说，《小称》保存了"桓公、管仲、鲍叔牙、宁戚四人饮"和管仲临终劝桓公远奸佞小人的历史传说。在《小问》中，管仲因桓公所使求宁戚，不明白宁戚所说"浩浩乎"的用意，结果婢女为其解谜团，并转述了百里奚贩牛而相秦等传说。这则传说应被看作后世巧女故事的雏形。《尸子》是晋人尸佼在商鞅被刑之后逃往蜀地所撰，其中保存了一些民间传说。如《贵言》中以"范献子游于河"的传说为题，通过舟人清涓所答，讲述了"若不修晋国之政，内不得大夫，而外失百姓"的道理。在《晏子春秋》中，我们看到受人敬重的齐国著名政治家晏婴的传说故事。这部书又叫《晏子》，也可看作诸子之作，也可看作史传文学。书中的晏子睿智、正直、善良、勇敢，传说形象栩栩如生。如《内篇杂（下）》表现晏子使楚，以使狗国人狗门、橘生淮南为橘而生淮北为枳屡胜楚王。在《内篇谏（上）》中，晏婴借对圉人的诘问劝阻了齐景公滥杀无辜。晏子品格高尚，躬行节俭，忠于职守，爱护人民，成为民间传说颂扬的人物。《内篇杂（上）》记崔杼弑杀齐庄公，面对崔杼的利诱和威胁，晏子泰然自若。在《内篇杂（下）》中，齐景公屡次嘉奖晏子，都被他谢绝，从而"父之党无不乘车者，母之党无不足于衣食者，妻之党无冻馁者，国之简士待臣而后举火者数百家"。这些传说可以看作后世民间传说中机智人物故事的原型。

最后特别应该提到的是《吕氏春秋》对民间传说的保存。《吕氏春秋》是吕不韦主编的类书。司马迁在《史记·吕不韦列传》中说："当是时，魏有信陵君，楚有春申君，赵有平原君，齐有孟尝君，皆下士，喜宾客，以相倾。吕不韦以秦之强，羞不如，亦招致士，厚遇之，至食客三千人。是时，诸侯多辩士，如荀卿之徒，著书布天下。吕不韦乃使其客人人著所闻，集论以为八览、六论、十二纪，二十余万言。"在某种意义上讲，这部类书内容之丰富，堪称先秦时期的一部百科全书，是对整个先秦时期思想文化的总结。编者的主导思想在于参考"治乱存亡""寿夭吉凶"而使人成为治国之"智公"。内中所保存的民间传说，也多是历史传说。如《名类》中，从黄帝、禹、汤、文王等帝王传说来谈金木水火土五行与帝

第四章 商周时代的传说、故事和歌谣

王事业的联系：

> 黄帝之时，天先见大螾大蝼，黄帝曰土气胜；土气胜，故其色尚黄，其事则土。及禹之时，天先见草木秋冬不杀，禹曰木气胜；木气胜，故其色尚青，其事则木。及汤之时，天先见金刃生于水，汤曰金气胜；金气胜，故其色尚白，其事则金。及文王之时，天先见火，赤乌衔丹书集于周社，文王曰火气胜；火气胜，故其色尚赤，其事则火。

《吕氏春秋》对民间传说的保存不像《晏子春秋》那样集中谈论人物的传说，而是博采百家杂书，许多传说是从其他典籍中摘取的，但它同样对保存民间传说做出了重要贡献①。尤其是它对音乐艺术起源传说的记述，为我们研究艺术起源提供了珍贵的资料。如在《古乐》篇中，记述了"昔葛天氏之乐，三人操牛尾，投足，以歌八阕"，还记述了"黄帝令伶伦作为律"：

> 昔黄帝令伶伦作为律。伶伦自大夏之西，乃之阮隃之阴，取竹于嶰谿之谷，以生空窍厚均者，断两节间，其长三寸九分，而吹之以为黄钟之宫，名曰含少。次制十二筒，以之阮隃之下，听凤凰之鸣，以别十二律。其雄鸣为六，雌鸣亦六，以比黄钟之宫，适合黄钟之宫皆可以生之。故曰：黄钟之宫，律吕之本。黄帝又令伶伦与荣将铸十二钟，以和五音，以施英韶，以仲春之月、乙卯之日，日在奎，始奏之，命之曰咸池。

其他还有"昔朱襄氏之治天下也，多风而阳气畜积，万物散解，果实不成。故士达作为五弦瑟，以来阴气，以定群生""帝颛顼生自若水，实处空桑，乃登为帝，惟天之后，正风乃行。其音若熙熙、凄凄、锵锵。帝颛顼好其音，乃令飞龙作效八风之音，命之曰承云""夔乃效山林谿谷之

---

① 在《吕氏春秋·本味》中曾记述："有侁氏女子采桑得婴儿于空桑之中"，即"伊尹生空桑"故事，并在其中记述了"白出水而东走，母顾"及"身固化为空桑"的情节。丁乃通将此类故事列于825A型，标明其为洪水故事。其实，这是一篇异常珍贵的殷商祖先传说。《天问》中也曾保存此内容。

音以歌，乃以麋鞈置缶而鼓之，乃拊石击石，以象上帝玉磬之音，以致舞百兽"等从神话演变而成的传说。在《音初》篇，还记述了有娀氏之二女与北音起源的传说。《吕氏春秋》对民间传说的记述十分广泛，而其目的性也很明确，即偏重于教化。如《求人》篇中对大禹辛苦为民、四处奔波跋涉，"不有懈堕，忧其黔首，颜色黧黑，窍藏不通，步不相过，以求贤人，欲尽地利，至劳也"的记述，这是从神话走向传说的典型。其他还有一些当世民间传说的记述，如《慎小》中吴起夜置表于南门之外而取信，具有教化意义。这也是诸子著作中的普遍现象。

《韩非子》《列子》和《荀子》等先秦诸子著作中也有不少民间传说的具体记述，其侧重不同，若繁星闪烁，内容浩瀚，这里不再一一举例。民间传说除了在历史著作和诸子著作之中有大量保存之外，在一些典册如《礼记》等文献中也有许多保存，更不用说像《诗经》《楚辞》等诗歌典籍中的保存了。

## 第三节　商周时代的民间故事

民间故事包括幻想故事、生活故事、民间寓言和民间笑话，它的产生与神话、传说有密切的联系。作为一种成熟的民间文学形态，它在春秋战国时期才形成和发展起来。这是因为民间故事的思维形式相对于神话和传说来说，属于更高级的一个阶段；尤其在审美表现上，民间故事对人们社会生活的同步表现显然有了飞跃性的发展。当然，要完全区分民间故事和神话、传说之间的差别，也是非常困难的。若从其发生历史上进行考察，就会发现，民间故事在某种程度上讲，是从神话、传说之中孕育出来的，问题在于如何理解民间故事的具体特征。《庄子·逍遥游》中曾提到"齐谐者，志怪者也"，并举到"谐之言曰"的例子。西方一位学者说："故事在远古时代就已经出现。可以追溯到新石器时代，以至旧石器时代。从当时尼安特人的头骨形状，便可判断他已听讲故事了。"[1] 另有学者说："当我们的考察以自己的西方世界为限时，大约在三四千年前，故事讲述者的

---

[1]［英］福斯特：《小说面面观》，冯涛译，花城出版社1994年版，第23页。

技艺就已经在社会的各个阶层培养出来。"① 在我国,情形也大致相同。最典型者就是先秦时期著作中的"语"体,有《国语》,有《论语》。其中最典型的民间故事是在诸子著作中首先出现的,这和先秦诸子对口述文体传统的创造有直接联系。先秦诸子著作中保存的民间故事最集中的内容是民间寓言,这也是我国民间故事发展史上的一个重要特色,它在一开始就对我们提出了如何理解民间故事的原始形态保存与文人化创作及运用的棘手问题。先秦寓言故事是否都属于民间文学的范畴呢?有许多学者对此是肯定的。如一位学者所述:"据史籍所载,先秦诸子大量收集、加工和改造民间故事作寓言,已成为当时的一种社会风习。先秦史籍中保存下来的大量寓言,绝大部分可以看作是在民间故事基础上的再创造。"② 但应该指出的是,明确记载先秦诸子如何"改造"而成为"社会风习"的史料,至今所见并不太多。倒是寓言故事与民间寓言相互转换,及其在文体上的区别,应该引起我们的思索。民间寓言属于民间文学的一种,而寓言故事则难免有作家的创作。要十分清晰地辨别二者,也是非常困难的。当然,我们辨别的依据是有条件的,其一在于所述内容的基本语态,其二则在于作为文本是否为后世的历史所验证、认可。同时,我们也因此可以看到后世民间故事的迅速发展及更进一步的成熟,其中一个很重要的原因是文人参与。对于这一点,我们受苏联民间文学理论"劳动人民的口头创作"这一概念的阐释和范畴界定的限制,把民间知识分子这个阶层从民间文学发生的主体层中剔除出去,这是非常狭隘的。美国学者阿兰·邓迪斯关于"民间"概念的论述,更值得我们思索。即使在今天我们考察民间故事的发生状态时,也可以看到民间知识分子在民间文学传播(包括创作形成)中的重要作用。这样说并不是要抹杀文人创作寓言故事和民间寓言之间的差别,而是提出如何理解"民间化"的问题。若没有文人即民间知识分子的参与,民间文学包括大量的民间传说、民间故事在保存上肯定会受到许多限制;在某些时候,民间知识分子因为更熟悉民间生活,他们提供的传说和故事的文本,更宜于为民间百姓所接受,因而也易于被演绎成民间文学。

诸子著作中民间寓言的保存,应该和诸子的生活阅历及其哲学取向有

---

① [美] 斯蒂·汤普森:《世界民间故事分类学》,郑海等译,上海文艺出版社1991年版,第2页。
② 公木:《先秦寓言概论》,齐鲁书社1984年版,第53页。

关。如诸子中的庄周,《史记·老庄申韩列传》中有其史迹。这位才思驰骋八方的哲学家生在中原,曾经做过漆园小吏,还曾编卖草鞋,甚至以贷粟度日,生活相当贫困。《庄子·列御寇》描述其"穷闾陋巷,困窘织屦,槁项黄馘",但他的哲学思想却异常丰富。他接受了老子关于天道自然无为的哲学思想,兼收杨朱、田骈等人的哲学思想,从而进一步提出"万物一齐"等新的哲学思想。在《庄子·大宗师》中,他提出"神鬼神帝,生天生地;在太极之先而不为高,在六极之下而不为深,先天地生而不为久,长于上古而不为老"。他把"道"的内涵与民间文化的内容相糅合。他以为,"安之若命"(《人间世》)才是至高的道德境界。在他看来,"窃钩者诛,窃国者为诸侯;诸侯之门,而仁义存焉"(《胠箧》),"夫尧畜畜然仁"而"其后世人与人相食与"(《徐无鬼》)。他所向往的理想世界是"民之常性",即"冬日衣皮毛,夏日衣葛絺;春耕种,形足以劳动;秋收敛,身足以休息;日出而作,日入而息,逍遥于天地之间而心意自得"(《让王》)。所以,他著作中的"谬悠之说,荒唐之言,无端崖之辞"(《天下》),更接近民间百姓,"卮言为曼衍,以重言为真,以寓言为广"(《天下》),也更易为民间百姓所接受。在先秦诸子中,庄周的寓言创作成就最大,其对民间寓言的保存同样最为突出。《庄子》中的民间寓言不论是在当世还是在后世,都具有重要影响。诸如《秋水》中的"坎井之蛙",《外物》中的"辙中有鲋",《养生主》中的"庖丁解牛",《山木》中的"恶贵美贱",《列御寇》中的"舐痔者得车五乘",《让王》中的"捉衿而肘见",《人间世》中的"不材之木"以及《外篇·至乐》中的"鼓盆而歌"等,多成为后世传诵的成语,或被作为文学创作的素材,流传深广,家喻户晓。《庄子》中的民间寓言,也为其他典籍共同运用。如《养生主》中的"庖丁解牛",还见之于《管子·制分》和《吕氏春秋·精通》;《山木》中的"恶贵美贱",还见之于《列子·黄帝》和《韩非子·说林上》;《达生》中的"纪渻子养斗鸡",还见之于《列子·黄帝》。《庄子》中体现出庄周对自由的真诚向往,表现出鲜明的神话思维特征。如他在《逍遥游》中所举的长生木、藐姑射之山神人,和他在《齐物论》中所表现的梦境等,都具有神话色彩。判断神话、传说与民间寓言的区别,关键在于其寓意所在。如《逍遥游》:

> 楚之南有冥灵者,以五百岁为春,五百岁为秋。上古有大椿者,以八千岁为春,八千岁为秋。而彭祖乃今以久特闻,众人匹之,不亦

悲乎！

这里所显示的是对生命有涯而短暂的认识。很明显，这种广大、悠远的艺术境界来自于对神话世界的向往，是神话思维的传承。这既是庄周哲学思想的文化风格的表现，也是《庄子》中民间寓言的艺术特点的表现。再如《达生》：

> 桓公曰："然则有鬼乎？"曰："有。沉有履，灶有髻，户内之烦壤，雷霆处之；东北方之下者，倍阿，鲑蠪跃之；西北方之下者，则泆阳处之。水有罔象，丘有莘，山有夔，野有彷徨，泽有委蛇。"公曰："请问委蛇之状何如？"皇子曰："委蛇，其大如毂，其长如辕，紫衣而朱冠。其为物也，恶闻雷车之声，则捧其首而立，见之者殆乎霸。"桓公辴然而笑曰："此寡人之所见者也。"于是，正衣冠与之坐，不终日而不知病之去也。

这里的故事既有传说的痕迹，又有民间故事的神思，同时，它表现出浓郁的民间信仰色彩，即泛鬼神意识。与《孟子》《韩非子》《墨子》等诸子著作相比，民间寓言在《庄子》中所表现的民间故事特点更为突出。也就是说，他人更多的是把民间寓言作为对话所使用的工具，而《庄子》更多的是展示民间故事即民间寓言的独立而完整的艺术形态。

《孟子》运用民间故事阐发其哲学思想，在先秦诸子中也是很突出的。据统计，《孟子》全书共260章，而比喻的使用就有160多处，其中的民间故事篇幅不长，其深刻的讽喻性和鲜明的思辨色彩尤为犀利。最突出的是《离娄下》中的"齐人"吹嘘自己"餍酒肉而后反"的一段：

> 齐人有一妻一妾而处室者，其良人出，则必餍酒肉而后反。其妻问所与饮食者，则尽富贵也。其妻告其妾曰："良人出，则必餍酒肉而后反，问其所与饮食者，尽富贵也，而未尝有显者来，吾将瞯良人之所之也。"蚤起，施从良人之所之，遍国中无与立谈者。卒之东郭墦间，之祭者乞其余，不足，又顾而之他。此其为餍足之道也。其妻归，告其妾曰："良人者，所仰望而终身也，今若此！"与其妾讪其良人，而相泣于中庭，而良人未之知也，施施从外来，骄其妻妾。

这是一则民间故事，也可以看作一篇民间寓言，其影响相当深远，明传奇《东郭记》、清蒲松龄《东郭萧鼓儿词》等作品都化用了它。孟子的哲学思想中，民本意识具有突出的体现。他主张"民为贵，社稷次之，君为轻"，所用的民间故事尤其是民间寓言，也多表现为对所谓"君子""贵人"辈自大、无聊、无耻心理的无情揭示。"齐人有一妻一妾者"是这样，"今有人日攘其邻之鸡者"也是这样。

孟子是一位杰出的哲学家，对孔子的仁义思想继承并发扬光大。考察他的经历，我们可以看到，他也曾周游列国，后"退而与万章之徒序《诗》《书》，述仲尼之意，作《孟子》七篇"（《史记·孟子荀卿列传》）。正因为他有这样的经历，胸怀非凡的抱负而不远离人民，所以他被后世尊为"亚圣"——这虽然包含有统治者的用心，而又怎能不包含着民间百姓的道德判断与选择！

韩非子是一位杰出的政治理论家，是先秦法家学说的集大成者。传说他口吃，但擅长于著文，曾和李斯共同受业于荀卿；后来，韩非不能为韩王所用，于是发愤著《韩非子》，为秦王所喜爱。正当秦王欲用韩非时，韩非却被李斯等人陷害而服毒自杀。《韩非子》中保存了许多民间故事，在民间故事的基本类型上非常全备，如民间幻想故事、民间生活故事、民间寓言、民间笑话等，在《韩非子》中都有集中体现，这在先秦诸子中是不多见的。

民间故事在《韩非子》中集中保存在《内储说》《外储说》《说林》《五蠹》《喻老》《十过》等篇章中，诸如"滥竽充数""画犬马最难""守株待兔""郑人买履""买椟还珠""自相矛盾"等故事，不但在民间广泛传播，而且成为人们常用的俗谚、成语。民间故事在《韩非子》中是用来作为说理论据的，而韩非的目的性很明确，集中了商鞅的"明法"、申不害的"任术"、慎到的"乘势"与老子的"道"等思想，强调实用性、质朴性。这些故事生动而完整，寓意深邃，文本也就更为珍贵。

《韩非子》中的民间寓言流传甚广，其中有许多已经成为后世常用的成语。应该指出的是，与其他先秦作家不同，韩非所运用的民间寓言有着鲜明的倾向性，即对保守现象的集中抨击。《五蠹》[1]中的"守株待兔"

---

[1]《五蠹》之名，是仿照《商君书·靳令》中"六虱"而来，意在抨击时尚的"法古"，把空谈的学者（儒）、只谈而不做的纵横家、带剑的游侠、逃避兵役的人和唯利是图的工商之民称为五蠹，宣称变革才是出路。

抨击的是"守",是坐以待毙的空想、懒惰;《外储说左(上)》中的"郑人买履"抨击的是墨守成规;《解老》中的"秦伯嫁女"写主人因为妾美而爱妾,"楚人卖珠"写郑人因为椟华丽而买椟还珠,抨击只讲究形式而不论质美者;《外储说左(上)》中的"画犬马最难画鬼最易"抨击了躲避现实、沉溺空想者;《说林(上)》中的善织者鲁国夫妇欲到异乡谋生却不知异乡实情,抨击不从实际出发者;《外储说左(上)》中的"滥竽充数"者、教燕王学不死之道而学生未到先生已死的假神仙,以及自称能在棘木顶端雕刻成母猴却没有雕刻工具的骗子,都是抨击不学无术而招摇撞骗者;《喻老》中的"扁鹊见蔡桓公"抨击不听良言以至于病入膏肓的不可救药者;《势难》中的"自相矛盾"抨击说谎而贪婪的无耻者;《喻老》中的"纣为象箸"抨击了欲无止境而不知防微杜渐者;《喻老》中的"赵襄主学御于王子于期"抨击了那些求胜心切而意在防止他人超越自己者,等等。这里几乎包容了所有不利于社会健康发展的邪恶现象。作为热爱变法事业的学者,韩非倡言的是切实而有效的变法。他在《难一》中先举了韩献子斩人而郄献子救人的传说,提出"救罪人,法之所以败也"。他以为,既要变法,又要面对现实,更要严格守法,保证变革的彻底而有序、有效。在他看来,营私舞弊、以势压人、嫉贤妒能、自欺欺人的"当涂之人"(《孤愤》),是变法的大敌。其文激昂慷慨,热情澎湃,洋溢着一位具有卓越才情的学者的赤诚,难怪秦王读后叹道:"嗟乎,寡人得见此人与之游,死不恨矣!"

  文人阶层的文化叙说对于民间文学的形成具有重要意义。我们曾经非常看重民间文学对文人阶层的影响,而相对忽略了文人阶层对民间社会口头语言艺术的影响。当然,二者之间的相互转换也是非常复杂的。一个相当普遍的现象是文化共用、共生,即文人阶层与民间社会共同使用一个传说故事。如《列子》,其作者传说是郑人列御寇,其中也保存了一些民间故事。《汤问》中的《愚公移山》,就是一篇具有神话色彩的民间寓言故事,强调了持之以恒的追求。这在先秦民间故事中具有典型意义。诚如一位学者所说:"在寓言文学发展的最初阶段,寓言往往就是神话传说和故事。"[①] 又如《列子·说符》中的《亡铁者》,揭示了主观和持成见者的畸形心理。其他还有《战国策》中的"三人成虎"(另见于《韩非子》和《吕氏春秋》)、"狐假虎威"(另见于《尹文子》)、《吕氏春秋》中的"枯

---

[①] 杨公骥:《中国文学》第一分册,吉林人民出版社1980年版,第446页。

梧不祥"（另见于《列子》）、"宣王好射"（另见于《尹文子》）等，都成为影响深广的俗语、熟语、成语，这显示出先秦民间寓言的独特魅力。

总的来看，先秦时期的民间故事中，民间寓言被记述、保存得最丰富，幻想故事、生活故事也有一些记录，笑话被记述得较少。这是因为在商周社会中，诸子百家争鸣，游说之风盛行，人们一方面要很好地表达自己的思想和情感，另一方面则要借用广泛传播的民间故事来增强表达效果，所以很自然地选择了民间寓言故事这种文体。笑话的发展相对于其他故事形态来说，要求的艺术表现能力更强，所以它被记述得少是一方面，在当时产生得少也应当是很重要的因素。也就是说，民间故事各种形态的发生和发展，与其他民间文学形态一样，都有一定的背景，都需要相应的发生机制、嬗变机制。当神话走出远古时代，它就自然地终结了，代替它的是具有神话色彩的传说故事。而当民间文学走进一个更新的时代，它必须与一定的社会需要相吻合，才能生存和发展。在任何一个时代，民间文学都没有消失过，所不同的是各类文体（形态）之间的不均衡现象。

## 第四节　商周时代的民间歌谣

中国是一个善于歌唱的国度，民间歌唱有着古老的历史。

商周时代民间歌谣的保存基本上有两种情况，即：一、先秦典籍的保存，其中又有零星保存和集中保存之别；二、后世典籍文献的保存（包括后人追忆）。从现存典籍的整体情况来看，以先秦典籍的保存为主，并集中在《诗经》与《楚辞》中，分别表现了北方与南方两地民间歌谣的基本状况。当然，在历史著作和诸子著作中，也保存有丰富的材料。其他还有卜辞和金铭文所保存的远古歌谣。这里，为了便于集中论述商周时期的歌谣，我们先从零星保存的方面来管窥其原貌。

歌谣在先秦典籍中的保存，零星者居多，如《尚书》《左传》《国语》《战国策》《晏子春秋》《论语》《孟子》《荀子》《韩非子》《吕氏春秋》《庄子》和《列子》等，都不同程度地记述、保存了商周时期的民间歌谣。其中，《左传》中保存的民间歌谣数量最多，类型也最全。

《左传》的目的在于记事，在"记"即描述（叙述）中引用了一些民间歌谣，其类型以时政歌谣和儿童歌谣居多，有些谚语也可以看作歌谣。时政歌谣是民间歌谣中反映社会生活最及时的歌谣，如载于《左传·宣公二年》的《宋城者讴》：

> 郑公子生受命于楚，伐宋。宋华元、乐吕御之。二月壬子，战于大棘，宋师败绩，囚华元……宋人以兵车百乘、文马百驷以赎华元于郑。半入，华元逃归……宋城。华元为植，巡功。城者讴曰：
> "睅其目，
> 皤其腹，
> 弃甲而复。
> 于思于思，
> 弃甲复来！"
> （华元）使其骖乘谓之曰：
> "牛则有皮，
> 犀兕尚多，
> 弃甲则那？"
> 役人曰：
> "从其有皮，
> 丹漆若何？"
> 华元曰："去之，夫其口众我寡。"

从这里我们可以看到华元的无耻被役人揭示得淋漓尽致。同时，我们也可以看到，华元所曰"其口众我寡"的效果。像这样不仅描绘其歌唱内容，又描述其歌唱环境者，在先秦典籍中是很有代表性的。

民间歌谣是社会政治的晴雨表，时政歌最直接地传达了人民的心声，体现出人民的爱憎。在民间歌谣中，所有的丑恶都不能被掩饰。如《左传·定公十四年》中的"宋野人歌"：

> 卫侯为夫人南子召宋朝，会于洮。太子蒯聩献盂于齐，过宋野。野人歌之曰：
> "既定尔娄猪，
> 盍归吾艾豭！"

与时政歌谣对社会历史的直接表现相比，民间儿童歌谣对社会政治的反映有着更复杂的内容。如《左传·僖公五年》：

八月甲午，晋侯围上阳。问于卜偃曰："吾其济乎？"对曰："克之。"公曰："何时？"对曰："童谣云：
丙之晨，
龙尾伏辰，
均服振振，
取虢之旂。
鹑之贲贲，
天策焞焞，
火中成军，
虢公其奔。
其九月、十月之交乎？丙子旦，日在尾，月在策，鹑火中，必是时也。"
冬十二月丙子朔，晋灭虢。

这种现象即以童谣为谶语的"验证"，在《左传》中颇不少见，其中包含着典型的神秘文化的意蕴。特别是星占与时政的联系，体现出先秦时代社会文化发展的基本特点。

《国语》中所保存的民间歌谣也不少，其中不少歌谣成为后世广泛流传的谚语、成语，如《周语》中的"众心成城，众口铄金""从善如登，从恶如崩"等名句，直到今天还为我们所运用。《国语》中的时政歌谣也好，儿童歌谣也好，其保存都具有一定的环境，即具有阐释性内容，述说其发生背景。

以歌谣预示天下大事，作为一种文化传统，我们在后世的谶书中时有所见，在一些文学作品中也可以看到。这些歌谣已不单单是一种民间歌唱的载体，而且包含了许多人对未来世事的分析与预见，如《烧饼歌》。

在先秦典籍如诸子著作中，歌谣成为另一种意义的述说表现方式，显示出诸子对社会、历史、人生等问题的思索。如《论语·子路》中的"人而无恒，不可以作巫医"；又如《论语·微子》中的"楚狂接舆歌"：

凤兮，凤兮！

何德之衰？
往者不可谏，
来者犹可追。
已而，已而！
今之从政者殆而！

《孟子·离娄（上）》载"孺子歌"：

有孺子歌曰：
"沧浪之水清兮，
可以濯我缨；
沧浪之水浊兮，
可以濯我足。"

《庄子》中也引用了一些民间歌谣，如在《论语·微子》中曾被引用过的"楚狂接舆歌"；所不同者，是其加上了"天下有道，圣人成焉；天下无道，圣人生焉"。在《大宗师》中，有所谓"孟子反、子琴张歌"：

子桑户、孟子反、子琴张三人相与友，而子桑户死，未葬。孔子闻之，使子贡往侍事焉。或编曲，或鼓琴，相和而歌曰：
"嗟来桑户乎！
嗟来桑户乎！
而已反其真，
而我犹为人猗！"

《韩非子》所引用民间歌谣也是比较多的。如《说林篇下》：

管仲、鲍叔相谓曰："不寿君乱甚矣，必失国。齐国之诸公子其可辅者，非公子纠则小白也，与子人事一人焉，先达者相收。"管仲乃从公子纠，鲍叔从小白。国人果弑君。小白先入为君，鲁人拘管仲而效之，鲍叔言而相之。故谚曰：
"巫咸虽善祝，
不能自祓也。

087

秦医虽善除，
不能自弹也。"

其他如《难二》中的"公胡不复遗冠"等，以及《外储说右上》中的"晏子述周秦民歌"等，都并非单纯为了述说歌谣，而是借以抒发自己渴望社会变革的情怀。

在《荀子》中也是这样。值得说明的是，荀子这位先秦时期的哲学家自觉地采用民间说唱的艺术形式，其《成相》篇可看作民间歌谣体的长卷。"相"作为一种民间文学体裁，类似于现在民间流行的鼓书，在字句上有明显的节拍。如《尚书·皋陶谟》中所言"拊拊琴瑟以咏"，"拊拊"即"相"，即郑玄在注中所言"拊拊以韦为之，装之以糠，形如小鼓，所以节乐，一名相"。所谓"成"，即"奏"。《成相》共有五十六节，每节为五句，第一句、第二句都是三字，第三句是七字，第四句是四字，第五句还是七字。这种句式给人以特殊的韵律美感，恰与今日中原地区流行的大鼓书相一致。当然，大鼓书未必荀子时代就有，而民间曲艺的流传形式，应该与荀子相关。《成相》中的基本内容为：先叙说对贤与奸的任用不同而出现了治与乱两种效果，然后举出历史事实包括大量民间传说和民间故事，进一步阐述用奸佞之人所产生的危害，最后再提出自己的具体主张。《成相》篇应该是荀子终老于楚时所作[①]。在楚国，他曾经为春申君所用，但由于政治旋涡将他推出政坛，所以他空有壮志而不得实现，便走进民间，借此歌谣体诉说自己的万千胸臆。我们不能肯定地说《成相》就是民间歌谣，但可以肯定其中保存有不少民间歌谣。荀子在晚年目睹社会政治的全面腐败，借用民间文艺形式来抒怀，为我们保存了当世民间歌谣等民间文艺文体，这是他非凡的贡献。

《尚书》《礼记》等先秦典籍中，也保存了不少传说为这个时期的一些歌谣，如《伊尹歌》《麦秀歌》《曳杖歌》《登木歌》等。此外还有《琴操》中所举的《猗兰操》《龟山操》《岐山操》《箕山操》《舜思亲操》等。又如《吴越春秋》所举的《渔父歌》《伍子胥引河上歌》《越王夫人歌》《采葛妇歌》等。《史记》《风俗通义》《后汉书》和《韩诗外传》等

---

[①] 1975年，湖北云梦睡虎地秦墓发现大批竹简，其中有《为吏之道》，后面附八首韵文，其格式与《荀子·成相篇》同。见《湖北云梦睡虎地十一座秦墓发掘简报》，《文物》1976年第9期。

典籍所引传说中的歌谣，其辨伪非常困难。我们不能一概而论其皆伪或皆真，但至少可以说，这是与先秦典籍的影响分不开的。通过其中的句式，我们可以管窥商周时代或远古时代歌谣之一斑。这种情况与相传为尧时代的《击壤歌》《康衢童谣》相差无几，我们只能把它们看作传说。

先秦时期的民间歌谣，最集中的保存当推《诗经》与《楚辞》。这两部诗歌总集，分别体现出北方和南方民间歌谣的基本风格。

## 第五节 关于《诗经》中的民间歌谣问题

我们可以从《诗经》中看到先秦时期以河洛为中心，东到齐、西到渭、北到燕、南到江汉这样一个大致相当于今天黄河中下游地区、淮河流域（即河南、河北、山西、陕西和山东的全部及湖北、安徽的一部分）的民间歌谣保存状况。从《诗经》中，我们能够看到先民们丰富多彩的文化生活，尤其是民间文艺和禁忌、图腾、巫术等信仰崇拜在民俗事项中的具体表现。

综观《诗经》中"国风"和"小雅"中的民间歌谣，我们可以看到，表现内容最突出的是情爱主题和婚姻生活。在这部分内容中，我们可以看到男欢女爱的尽情张扬，而这正是民间文化生活的主流，即封建卫道士所指斥的"淫"。如《关雎》诗，开篇即以"关关雎鸠，在河之洲。窈窕淑女，君子好逑"来指明年轻的心对恋情的投入，其暗示的内容则应该是关于"野合"的民俗生活。其后的"参差荇菜，左右流之"和"参差荇菜，左右采之""参差荇菜，左右芼之"，并不是指具体的劳动动作，而是"野合"的欢爱情景；最后的"钟鼓乐之"，则应是对仲春之月桑林之会的胜景的想象。也就是说，我们理解《诗经》中的民间歌谣，应该结合当时的民俗生活，而如《周礼》《礼记》等典籍中所述的民间盛会，正是《关雎》这类作品的具体背景。《周礼》中所述的"仲春之月，令会男女，于是时也，奔者不禁"，《礼记·月令》中所述的"是月也，玄鸟至。至之日，以太牢祠于高禖，天子亲往，后妃帅九嫔御。乃礼天子所御，带以弓韣，授以弓矢，于高禖之前"，指的都是仲春之会及高禖崇拜，这在《诗经》形成的时代应该是广为流行的民俗生活。更重要的是"关关雎鸠"在河洲上所示的意义。朱熹在《诗集传》中对此解释为"雌雄相应之和声也",但他却又来了一句"生有定偶而不相乱,偶常并游而不相狎"来喻《关雎》为颂"后妃之德"(《诗集传》卷一)。清人王先谦作了更详细的考证,他举《史记·佞幸传索引》中的"关,通也",称《尚书大传》中的"虽禽兽之声,犹悉关于律",《太玄·玄测都序》注"关"为"交","鸟之情意通,则鸣声往复相交,故曰关"(《诗三家义集疏》卷一)。鸟之交,实际上就是人之交。仲春之会中男女相交相欢相爱,在鸟相交的图画中自然显示出来。诗中所谓"参差荇菜",即俗称的黄花菜,《唐本草》称"蕚菜",《本草纲目》中称为"金莲子",在古代既可作药,又可食用,还可供观赏,其疗效与洗濯意义相连,给人以特殊的美感。由此,我们联系到乡村民俗生活中以鸟喻男根,以黄花喻少女,可以想见这仲春之会中男女间热烈欢爱的动人情景——而这在当时丝毫没有淫的色彩,一切都顺乎自然。由此,我们再看《邶风·静女》中的"静女其姝,俟我于城隅"和《郑风·溱洧》《召南·野有死麕》《王风·采葛》《鄘风·桑中》等作品,也就不难想见其中的情爱世界了。

　　人常以为《郑风》"淫"。"淫"其实就是无拘无束的情爱。《郑风》有《缁衣》《将仲子》《叔于田》《大叔于田》《清人》《羔裘》《遵大路》《女曰鸡鸣》《有女同车》《山有扶苏》《萚兮》《狡童》《褰裳》《丰》《东门之墠》《风雨》《子衿》《扬之水》《出其东门》《野有蔓草》《溱洧》,共21首诗。除了《缁衣》被释为"郑武公好贤"、《清人》被释为"刺郑文公"、《羔裘》被释为"赞美郑国大夫"之外,其余诸篇都是表现男女情爱的。《将仲子》中的"无逾""无折"及"亦可畏也"所形成的复沓结构,体现出一对男女相爱相欢的情形。《遵大路》二章每章四句,每章的前两句都是"遵大路兮,掺执子之袪(或手)兮",使我们联想起流传至今的西北民歌《走西口》,其中"走路要走大路"和"紧拉着妹妹(哥哥)的手",其意境与意蕴是惊人的一致。在《萚兮》和《狡童》《褰裳》《山有扶苏》中,我们同样可以看到仲春之会的狂欢,"狂且""狂童""狡童"和"叔兮伯兮"是当时最亲昵的称呼。在《出其东门》中,我们看到"有女如云""有女如荼",在《野有蔓草》中,我们看到"零露溥兮""零露瀼瀼"与"邂逅相遇",其中都流露出野合的痕迹。最突出也最典型的野合情景表现在《溱洧》,它集中体现了溱洧之滨,男男女女踏青修禊,以除不祥,其"维士与女,伊其相谑,赠之以芍药"更直接更具体地描绘了上巳节男欢女爱的恣肆。而这些内容,正是腐儒们克己勿视勿闻的，因此，也就难怪口口诬其为"淫声"了。

《齐风》中也不乏"淫声"，如《还》《著》《东方之日》等篇，描绘情爱间的交流与相悦。《还》曾被认为"刺荒"即讽刺田猎之事，事实上其中的"遭我乎峱之间兮"与"并驱从两肩兮"，和后世民歌中的"雌雄傍地走"意义相同，是男女在野外追逐嬉戏的情景。《齐风》中的《南山》《敝笱》《载驱》《猗嗟》，表面上连成一体，可看作是讽刺齐襄公与其妹文姜淫乱的故事，其实其主题意旨已被民间衍化为男女情爱的歌唱，失去了讽刺的意义。其中的"匪斧不克""其鱼唯唯""敝笱在梁"和"汶水汤汤""汶水滔滔""美目扬兮"，都包含着炽热的情爱。这里的兄妹相媾并不是什么伤天害理的丑恶行为，而是正常的男女相悦，只不过后世腐儒不愿接受这种事实，也就不能理解其存在的合理性了。但我们从唐代诗歌中"女娲本是伏羲妻"等神话传说的嬗变形态中，还可以寻找到其踪迹。也就是说，《诗经》中的传说虽源于历史，但已经不是真实的历史记述，而是再创造成包含新的意蕴的历史。这种现象在《陈风》中也有所表现。如《宛丘》，有人以为"刺幽公也，淫荒昏乱，游荡而无度焉"（《诗序》），但我们通读全篇之后并没有这种感觉，看到的却是宛丘之上成群的男女自由自在、载歌载舞、尽情欢娱的景象。与之相近的是《东门之枌》，也有人说它是"刺女巫盛行之诗"（《诗序》）。其实《东门之枌》和《宛丘》一样，都是再现了高禖崇拜、桑林之会、仲春之会等具有原始信仰包括生殖崇拜、性崇拜内容的集体狂欢。还有《株林》，有人以为其"刺灵公也，淫乎夏姬，驱驰而往，朝夕不休息焉"（《诗序》）。其中的"胡为乎株林""朝食于株"同样是表现仲春野合的内容，这里的夏南也并不是指夏姬的儿子，而应是泛指美貌女子，若说有《诗序》所讲的灵公故事（《左传·宣公九年》载），也只是说明仲春之会中不分男女、不分尊卑的集体行为。甚至可以说，在《国风》中，只有情爱即纯朴的男欢女爱的内容，并不存在对所谓"淫乱"的指斥。这是由当时社会生活的具体内容决定的。后世学者根据主流文化即统治者巩固社会秩序的需要，强调《诗经》的教化功能，极力扼杀《诗经》之中所张扬的欢爱内容。相反，在民间文艺的发展中，最动人的内容恰恰正是这一部分表现男女情感世界的作品所体现的"淫荡"。在这里根本没有什么无耻、卑鄙、下流、淫乱，更多的是火辣辣的情感表达与抒发，是对美好、幸福、愉快、欢乐等境界的真切向往。《诗经》中的"国风"和"小雅"中的民间歌谣是"淫荡"之源、幸福之本、真情之根。可以说，若没有这些内容，"国风"将失去其绚丽的姿色,整个《诗经》也将同其他先秦典籍一样被束之高阁,不会像现在这样在民间文化、民俗生活中为大众传播所青睐。当然,爱与欢乐是美丽的,其中也不乏忧伤,《诗经》中有不少民间歌谣直接表现了这种痛苦、无奈和焦渴。如《桧风》中《羔裘》所唱的"岂不尔思,我心忧伤",《素冠》中所唱的"棘人栾栾兮""我心伤悲兮",还有《曹风》中《蜉蝣》所唱的"心之忧矣",《候人》中所唱的"不遂其媾"与"季女斯饥"。

《诗经》中所保存的民歌,还集中反映了劳动生活、人生苦难与忧愁等内容。在《诗经》形成的时代,农耕技术已经得到相当充分的发展,社会分工带给民间百姓许多欢乐,也带来许多烦恼和仇恨、不满。人们通过这些民歌的诵唱,得到情感的宣泄,获得慰藉。另一方面,人们也把这些民歌作为生产知识和生活经验的教材,甚至是他们的百科全书,通过传唱教育、培养后代。同时,也陶冶着一代又一代人的性情和操守。这类作品最典型的当数《豳风》中的《七月》。"七月流火,九月授衣""四月秀葽,五月鸣蜩,八月其获,十月陨萚""九月筑场圃,十月纳禾稼""二之日凿冰冲冲,三之日纳入凌阴,四之日其蚤,献羔祭韭"等时令的描述,具体表现了于耜、举趾、执筐(采桑、采蒿)、条桑、载绩、狩猎、熏鼠、春酒、食瓜、断壶、叔苴、索绹、乘屋、飨宴、祭祀、祈祷等民俗生活。在后世的民间歌曲中普遍流行《十二月》之歌,即把一年的农事和主要生活事项,包括民间节日,都通过歌谣表现出来,《七月》就是这类歌曲的最原始的类型。我们的先人热爱生活,同样也热爱劳动,在劳动中歌唱快乐。如在《周南·芣苢》中,每个诗句之前都有"采采芣苢"作为复沓章句,描述劳动中的欢乐。又如《召南·驺虞》和《齐风·还》中对猎手的称赞,可看作较早的狩猎歌。在劳动歌谣中,《诗经》中一些作品还表现了唱和的效果,除了《周南·芣苢》外,突出的典型如《魏风·十亩之间》:

十亩之间兮,
桑者闲闲兮。
行与子还兮!

十亩之外兮,
桑音泄泄兮。

行与子逝兮!

但并不是所有的劳动都充满了欢乐,当过重的劳役给人民带来苦痛时,民歌就多了一些咒骂、指斥和憎恨。如《唐风·鸨羽》中"悠悠苍天,曷其有常"的发问,充满了悲苦和凄凉。最典型的同类作品是《魏风·硕鼠》和《魏风·伐檀》,人们把那些欺压人的人比作"硕鼠",发出"逝将去汝"的呐喊,对"不狩不猎"的"彼君子兮"提出质问。还有一些民歌表现了对征战的厌恶。周代连年征战,给人民带来不尽的哀伤和痛苦,如《豳风·东山》成为这种苦情倾诉的典型。在《东山》中,每章前几句都是"我徂东山,慆慆不归。我来自东,零雨其濛",展现了厌战、思乡、怀旧的心态。《小雅·采薇》《卫风·伯兮》《邶风·击鼓》等,也是这类歌谣的代表。

原始信仰和祖先崇拜是《诗经》民歌中的重要内容。有些学者虽然也承认其中有丰富的民间歌谣,但作具体阐释时总是依照文人诗来理解,有意无意地忽略其中的原始信仰和祖先崇拜。一些人片面强调《诗经》所具有的人民性,以为其基本价值就在于揭露黑暗、嘲讽丑恶、歌颂正义,这样理解《诗经》是相当偏颇的。《诗经》源自特殊的时代,它虽然具有表现社会现实的意义,但无论如何都摆脱不了特殊时代所赋予的文化特征,即它首先属于生活,其次才属于艺术。《诗经》的诵唱,曾经是先秦时期文艺生活的重要内容,如《左传·文公十三年》:

> 郑伯与公宴于棐。子家赋《鸿雁》,季文子曰:"寡君未免于此。"文子赋《四月》。子家赋《载驰》之四章。文子赋《采薇》之四章。郑伯拜,公答拜。

在《诗经》中,《诗序》说"风,风也,教也""雅者,正也""颂者,美盛德之形容,以其成功告于神明者也"。郑樵在《诗辨妄》中说:"乡土之音曰风,朝廷之音曰雅,宗庙之音曰颂。"

原始信仰和祖先崇拜作为《诗经》民歌的重要内容,在各篇章中以不同的程度存在着。如,原始信仰中的生殖崇拜、性崇拜、动物崇拜等通过"鸟兽草木之名"展现出来,有时伴之以野合的描绘、高禖崇拜的表现,像我们在前面所举到的例子。巫术崇拜、自然崇拜、灵魂崇拜在许多篇章中更是有普遍性表现。尤为突出的是星辰崇拜及其伴随的民间传说,成为

《诗经》中原始信仰的动人表现。如《小雅·大东》中所列的织女星、牵牛星、启明星、长庚星、天毕星、箕星、斗星，每一颗星辰后面，都有相关的传说作为诗句，融成一体：

> 维天有汉，
> 监亦有光。
> 跂彼织女，
> 终日七襄。
> 虽则七襄，
> 不成报章。
> 睆彼牵牛，
> 不以服箱。
> 东有启明，
> 西有长庚。
> 有捄天毕，
> 载施之行。
> 维南有箕，
> 不可以簸扬。
> 维北有斗，
> 不可以挹酒浆。
> 维南有箕，
> 载翕其舌。
> 维北有斗，
> 西柄之揭。

这应该是先秦文献中最早提到"牛郎织女"的神话传说材料。我们考察这则民间传说，《大东》是一个重要的起点（原型）。其他像许多篇章中提到的祭祀、祈祷、诅咒性内容，与原始信仰有着密切的联系。如《小雅·桑扈》中的"兕觥其觩，旨酒思柔；彼交匪敖，万福来求"等，我们可以看作继远古歌谣之后重要的仪式歌谣，直接影响着后世的民间仪式歌谣的形成和变化。在"国风"中也有并非纯属民间歌谣的作品，如《鄘风·载驰》，有人考证即为许穆夫人所作①。在"颂"中，也未必没有民间歌谣的存在，只是我们通常不把一些民间仪式歌谣作为民间歌谣看待。如"商颂"中的《那》《烈祖》《玄鸟》《长发》和《殷武》，是祭祀祖先、先王的"乐歌"，而此时周已经灭商，商的子孙还在传唱、怀念自己的祖先和先王，内容和语句都与那些民歌无异，又为何不能作祭祀时所唱的民间歌谣呢？"商颂"所保存的被征服民族的"乐歌"，其实就是正在民间流传的歌谣。《周颂·载芟》在《诗序》中被释为"春籍田而祈社稷也"，即春耕祀神的乐歌；《周颂·良耜》是秋收后祀神的乐歌。它们都是集体活动中演唱的"乐歌"，也可以被看作民间仪式歌谣。在某种意义上讲，在整部《诗经》中，处处都可以看到集体性的意义，而集体性正是民间歌谣存在的基础；那么，一部《诗经》被看作先秦时期或商周时期的民间歌谣总集，并不为过。特别是《商颂·玄鸟》，可以被看作最早保存的民间叙事诗。正因为许多学者在文化研究中长期固守于偏狭的"民间"概念，即一味强调下层体力劳动者对口头创作的贡献，才人为地抹杀了全民性的重要内容，这是一种偏见。

  祖先崇拜在《诗经》中主要保存在《大雅》和《颂》中。《大雅》中所表现的是周民族的几代祖先神，《商颂》中所表现的是殷商民族的祖先神。在信仰成分与表现方式上，它们和西方学者所论述的"史诗"（epic）的具体概念，并无太大的差异。《生民》和《玄鸟》这几篇作品被看作先秦时期所保存的史诗，是有道理的。《大雅》之意即"大事"，即郑樵在《诗辨妄》中所述"朝廷之音"。如《生民》从姜嫄生育后稷开始，述说后稷在周民族发展史上的事迹：

    厥初生民，
    时维姜嫄。
    生民如何，
    克禋克祀，
    以弗无子。
    履帝武敏歆，
    攸介攸止，

---

① 见褚斌杰、谭家健主编：《先秦文学史》第二编第四章，人民文学出版社1998年版。

>载震载夙,
>载生载育,
>时维后稷。

它详细地述说了周始祖诞生的神话传说,并以农耕仪礼等形式来表达后人对祖先的怀念。这是周民族第一代祖先的颂歌。《公刘》描述了周民族的第二代英雄祖先公刘对周国家建立及创业的艰辛历史,反复咏叹"笃公刘",讴歌其"乃场乃疆""爰方启行""瞻彼溥原""于京斯依""既景乃冈,相其阴阳""于豳斯馆",而"涉渭为乱,取厉取锻,止基乃理,爰众爰有"。在《绵》中又描述了周民族第三代英雄祖先神古公亶父(即王季之父、文王之祖,后称太王)由豳迁往岐下建立周国家的历程:

>绵绵瓜瓞,
>民之初生,
>自土沮漆。
>古公亶父,
>陶复陶穴,
>未有家室。

诗中还描述了"周原膴膴,堇荼如饴。爰始爰谋,爰契我龟"的内容。古公亶父领导周民族在岐下这片土地上"乃慰乃止,乃左乃右;乃疆乃理,乃宣乃亩""乃立皋门""乃立应门""乃立冢土",而后才有"文王蹶厥生"以及疏附、先后、奔奏、御侮的强大阵容。在《大雅·思齐》中,文王齐家治国,他"不显亦临,无射亦保",全心全意为人民服务,而且"肆成人有德,小子有造",周王朝的人民无限幸福、光荣和自豪,而这和《生民》《公刘》《绵》都是一脉相承的。同样,在这三篇史诗性的作品中,从内容到形式都是经过许多人共同创造才完成的。

《商颂》的情况更为特殊,因为这里的商民族已经失去了统治者的地位而被周民族所征服。但我们可以看到,在《商颂》中,诸如《玄鸟》这类作品,不会是在短时间内由个别人创作完成的,而是经过了相当长时间的集体传播,在这一时期被整理、保存。如《长发》,先述"濬哲维商,长发其祥",然后以"洪水芒芒,禹敷下土方,外大国是疆",引出"有娀方将,帝立子生商",讴歌契、相、成汤等商民族的英雄神。它还赞颂了

"实维阿衡（即伊尹），实左右商王"，一点也看不出沮丧的情绪，显然是周灭商之前的作品。在《玄鸟》中，以"天命玄鸟，降而生商"引题，在揭示商民族的图腾"玄鸟"的同时，铺叙"武汤""正域彼四方"而"方命厥后，奄有九有"，再述说孙子"武丁""肇域彼四海，四海来假"的昌盛景象。显然，这也是商灭亡之前的作品。武王灭纣而封微子启于宋，商的子孙在宋这片土地上继续传唱着他们的先人留下的史诗。和《大雅》中的《生民》《公刘》《绵》一样，这些"乐歌"应该被看作民间歌谣或民间叙事诗、史诗。

《诗经》是我国第一部诗歌总集，这是在把文人诗和民间诗同等看待条件下的论断，但它也是继《周易》之后的又一部民歌总集，尤其是《大雅》和《颂》中，保存了包括民间仪式歌、民间史诗或民间叙事诗在内的作品，特别是后者，应该为我们重新认识和深入思索。

《楚辞》与《诗经》一样，既是对历史的真实记述，又包含了许多民间歌曲、民间歌谣和民间传说等内容。当年楚人所包容的"九夷八蛮"，即南方越、苗、氐、羌、巴等民族的文化，与中原文化相汇聚，一同在楚古歌中表现出来。楚古歌包括《楚辞》在内，是楚文化的一部分，构成其自身的特点；而在楚文化的具体构成中，民俗生活起到了非常重要的"底色"作用。如《汉书·地理志》所说：

> 楚有江汉川泽山林之饶。江南地广，或火耕水耨；民食鱼稻，以渔猎山伐为业，果蓏蠃蛤，食物常足。故呰窳媮生，而亡积聚，饮食还给，不忧冻饿，亦亡千金之家。信巫鬼，重淫祀。而汉中淫失枝柱，与巴蜀同俗。
>
> 巴蜀广南本南夷，秦并以为郡，土地肥美，有江水沃野，山林竹木，疏食果实之饶。南贾滇、僰僮，西近邛、筰马、旄牛。民食稻鱼，亡凶年忧，俗不愁苦而轻易淫泆，柔弱褊陿。

这种文化包括民间信仰在内的民俗生活等因素，决定了《楚辞》和楚古歌的基本内容与个性。王逸在《楚辞章句·九歌·序》中说：

> 昔楚国南郢之邑，沅湘之间，其俗信鬼而好祠。其祠必作歌乐、鼓舞，以乐诸神。屈原放逐，窜伏其域，怀忧苦毒，愁思沸郁，出见俗人祭祀之礼、歌舞之乐，其词鄙陋，因为作《九歌》之曲。

朱熹在《楚辞集注辨证》中说："昔楚南郢之邑，沅湘之间，其俗信鬼而好祀。其祀必使巫觋作乐、歌舞以娱神。蛮荆陋俗，词既鄙俚，而阴阳神鬼之间，又或不能无亵慢淫荒之杂。"王逸强调《九歌》原为楚地沅湘之间的民间祭歌即民间仪式歌，屈原曾经因"其词鄙陋"而重作。他们一味强调的"其词鄙陋"，正是楚古歌的重要特色。

# 第五章　秦汉间俗说

西周之前，文字作为文化权利，被上层统治者垄断。春秋战国时期，教育体制发生重要变化，文字与社会大众的联系改变了社会文化格局。民间文学发展到秦统一中国时，发生了更进一步的变化。秦始皇进行的一系列文化政策的革新与创制，既是对先秦时代民间文学的总结与继承，又深刻地影响着后世。如秦代最早设置了"乐府"，有"奉常"和"少府"二署。班固《汉书·百官公卿表》曾记载"奉常"和"少府"所属官职情况，其中有"少府，秦官，掌山海池泽之税，以给供养，有六丞。属官有尚书、符节、太医、太官、汤官、导官、乐府、若卢、考工室、左弋、居室、甘泉居室、左右司空、东织、西织、东园匠十六官令、丞"的详细记载。后来，唐代杜佑的《通典》、宋代郑樵的《通志》、元代马端临的《文献通考》等典籍，都提及"太常卿""太乐署"。1977年，考古工作者在陕西秦始皇陵附近发掘出一件重要文物秦错金甬钟，钟的柄上镌刻着篆书"乐府"二字①。应该说，这是最有力的证据。在《史记·李斯列传》中，我们可以看到秦代的俗乐颇为繁盛，如其所引《谏逐客书》：

夫击瓮叩缶弹筝搏髀，而歌呼呜呜快耳目者，真秦之声也。《郑》《卫》《桑间》《昭》《虞》《武》《象》者，异国之乐也。今弃击瓮叩缶而就《郑》《卫》，退弹筝而取《昭》《虞》，若是者何也？快意当前，适观而已矣。

---

① 陕西省考古研究所始皇陵秦俑坑考古发掘队：《秦始皇陵兵马俑坑一号坑发掘报告 1974—1984》，文物出版社 1988 年版。

秦王朝统治者曾经焚书坑儒，但它并没有消灭文化，而且在吸收与改造民间文艺上取得了一些令后人瞩目的成就。如它曾经把战国时代的"讲武之礼"改名为"角觝"。任昉在其《述异记》中特意提到这个著名的民间文艺现象：

> 秦汉间说，蚩尤氏耳鬓如剑戟，头有角，与轩辕斗，以角觝人，人不能向。今冀州有乐，名蚩尤戏，其民两两三三，头戴牛角以相觝，汉造角觝戏，盖其遗制也。

同是在《史记·李斯列传》中，也提到"是时二世在甘泉，方作觳抵优俳之观"，即此"角觝戏"。秦之前，吴国的吹籁、燕国的击筑、齐国的弹唱都颇盛行，俗乐的影响超过了雅乐。《史记·秦始皇本纪》中提到"所得诸侯美人钟鼓，以充入之"。刘向在《说苑·反质》中说："关中离宫三百所，关外四百所，皆钟鼓帷帐，妇女倡优。"可见乐府的设立及其影响在秦代非常普遍和深入。但是，由于秦王朝的苛政给天下百姓带来无尽灾难，强制劳役和沉重的赋税，加上焚书坑儒，终于把其罪恶推向了极点。"大楚兴，陈胜王"的呼声，为秦帝国敲响了丧钟。这个朝代留下了太多的控诉，在后世文献中保存着，诸如《史记》《汉书》、南朝刘敬叔《异苑》和任昉《述异记》、宋人郭茂倩《乐府诗集》、明代杨慎《升庵诗话》和杨泉《物理论》等，都或载、或记、或引，记述这些作品。如刘敬叔《异苑》中所载的《秦世谣》：

> 秦始皇，
> 何强梁！
> 开吾户，
> 据吾床，
> 饮吾酒，
> 唾吾浆，
> 餐吾饭，
> 以为粮，
> 张吾弓，
> 射东墙。
> 前至沙丘当灭亡！

在《物理论》中记述了秦始皇使蒙恬北筑长城而死者相属的事：

> 生男慎勿举，
> 生女哺用脯。
> 不见长城下，
> 尸骨相支柱。

对沉重的徭役给人民带来的灾难进行控诉，成为秦代歌谣的主题。与此相关的还有许多关于秦始皇出巡、求仙的传说，尤其是他派徐市率童男童女渡海求仙的故事，也被《史记》等典籍所记载，成为后世同类主题传说的原型。秦代历史短暂，却在后世民间传说中屡屡被演绎成一幕幕惊心动魄的故事；秦始皇成为中国历史上为数不多的暴君的典型，几乎所有的专制罪恶都在他的身上集中。这并不是因为千百万人民认识不到秦始皇对统一国家所做的巨大贡献，而是由于令人不堪忍受的劳役和残酷的迫害为人民所憎恨，那些好大喜功、草菅人命、飞扬跋扈的丑恶行径，必然受到唾弃和诅咒。秦代歌谣和秦代传说在后世广为流传，而秦始皇命秦博士所作的《仙真人诗》、杂赋等时文，都化作了历史的灰烬。如鲁迅所说，"由现存者而言，秦之文章，李斯一人而已"[1]。那些被秦始皇所焚烧的典籍，有许多被人们口述，到汉代整理成文，重见天日。秦代文献被保留完整者，当数李斯在秦始皇巡游时所撰的碑文即"刻石"，如《泰山刻石》《琅琊刻石》《芝罘刻石》《会稽刻石》和《峄山刻石》，"政暴而文泽"（刘勰《文心雕龙·箴铭》）。其他如唐代初年发现的石鼓文（如《霝雨》《而师》《作原》《吾水》《车工》《田车》《马荐》《吴人》）、宋代初年发现的"诅楚文"（如《大沈厥湫文》等"三石"之作），以及后来秦代墓中所发现的竹简，更多地被锁在学识渊博的学者们的书斋中。只有那些歌谣和传说，作为秦代的风，至今还飘荡着。当然，相伴的还有战火硝烟中灭秦兴汉的一曲曲战地歌谣，如《史记·陈涉世家》中所举的"大楚兴，陈胜王"，《史记·项羽本纪》中的"力拔山兮气盖世，时不利兮骓不逝。骓不逝兮可奈何？虞兮虞兮奈若何"，以及《史记·高祖本纪》中的"大

---

[1] 鲁迅《汉文学史纲要》，见《鲁迅全集》第9卷，人民文学出版社1981年版，第382页。

风起兮云飞扬，威加海内兮归故乡，安得猛士兮守四方"①。

汉王朝建立后，统治者吸取了秦帝国灭亡的教训，也汲取了往昔统治者的经验，在政治、经济、文化等方面进行了政策的调整与革新，建立了新的社会秩序。特别是著名的文景之治，朝廷倡导休养生息、发展生产，强调孝道在社会道德中的作用，出现了繁荣景象。汉代文化政策重视乐府制度的建设，重视对前人文化遗产的整理，重视文人和方士在文化生活中的支配作用，这些都深刻影响着汉代民间文学的具体构成和发展，从而使汉代民间文学形成了一个全新的文化格局：

一、汉乐府民歌成为汉代民间文学的重要内容。长篇民间叙事诗的出现，标志着汉代民间文学的成熟发展。音乐艺术出现了新的变化。

二、以《史记》和《汉书》为代表的历史著作，把民间文学作为有价值的历史资料，保存了丰富的民间文学。

三、《说苑》《淮南子》《风俗通义》《论衡》以及《四民月令》等著作，详细记述民俗、民间文学事项，出现了集中表现民俗生活和民间文学内容的典籍。

四、对以经学为代表的先秦典籍的整理和注释，重视对历史上出现的神话传说等民间文学内容的阐释，使民间文学的钩沉与发微得到空前的发展，并成为后世民间文学研究的重要依据。

五、纬书盛行，重视鬼神信仰的文化阐释，特别是其中的天文占、五行占、史事谶，对民间文学整理工作及其社会政治影响产生了重要作用。神仙、精怪、佛事开始成为影响民间文学内容的重要元素。

六、神庙大肆修建，画像石刻广泛流行，宗教文化生活对民间信仰产生重要影响，这些民间文学的物化具形在文化生活和文化发展中都具有重要意义。

七、杂技、幻术繁荣，中国戏曲艺术呈现雏形，对后世的戏曲艺术产生重要影响。

八、岁时节日等社会风俗生活影响汉代民间文学的形式与内容变化，神话传说与民间传说的仙话化成为汉代民间文学的重要特征。

九、中外文化的交流、中原文化与西域文化等文化之间的交流进一步

---

①任昉：《文章缘起》："汉祖大风歌汪洋自恣，不必三百篇遗音，实开汉一代气象，实为汉后诗开创。若武帝《瓠子》《秋风》《柏梁》诸作，从《湘累》脱化，有词人本色也。"

密集化，影响汉代民间文学的发展变化。

十、罢黜百家，独尊儒术，同样影响到汉代民间文学。

这种格局不仅影响到当世，而且影响到后世。汉代民间文学因此而成为继战国时代之后又一次文化高潮的主体。在某种意义上讲，汉代民间文学在类型和主题上，是秦之前各种民间文学的集大成，具有重要的集散意义。可以说，全面理解了汉代民间文学，差不多就理解了整个中国古典民间文学。因为这个时期的民间文学意味着对先秦以来历史文化的吸收、整理与再创造，从而具有全新的意义；它同样成为后世文学的"元典"。当然，汉代民间文学的保存，在某些方面仍然离不开其他文献，其丰富性、完整性明显超过了它之前的时代，典籍的众多，使我们能够多角度、多层次地认识到其具体存在的情形。

汉代社会是中国民间文学史上非常特殊的一页，它是中国历史文化的重要转折，尤其是道教社会、佛教社会等民间文化，在这里形成重要的转折。

在中国民间文学史发展史上，汉代历史文献具有独特的价值意义，或称为先秦之后的文化复兴。首先是司马迁《史记·五帝本纪》系统论述神话时代、神话系统，其中的缙绅先生所言，就是对民间文学的表达。班固《汉书》继而广之，神话传说更系统化。其次是刘安《淮南子》把老庄为主体的神话传说表现得系统而灿烂辉煌，形成神话文明的第一个峰巅。再其次就是王充《论衡》和董仲舒《春秋繁露》等表现出相对系统的神话思想，拓展民间文学思想理论。最后就是许慎《说文解文》等语言文字学说，系统总结和阐述神话传说的文化传承意义。汉代更为典型的是应劭《风俗通义》，从民俗与文化视野论述历史与现实中的民间文学及其价值意义，这是人类文明的典型性民间文学思想理论。当然，更多的是汉代巫术文献以及后来发现的汉画像石和马王堆汉墓帛画等，体现出汉代文化复兴。同样值得重视的是乐府民歌等民间文学形态，经后人整理，更为特殊。尤其是汉代历史文献，显示社会上流行不同戏曲艺术，这是中国民间文学发展史上形成创造性转化与创新性发展的体现。汉代社会的资料并不仅仅局限于文字，它还包括后人整理发掘的各种考据，特别是今天考古学的研究发现等，通过综合考察，才能揭示文明变化的实质与规律。

# 第六章　魏晋风度

黄老之学、谶纬之学、儒学与各种社会思潮交相辉映，形成汉代社会的文化大繁荣，也形成社会文化的大碰撞。汉代社会经济基础发生变化，影响到上层建筑的变化，上层建筑自然影响到民间文学。黄巾起义，点燃了化东汉王朝为灰烬的熊熊烈火，三国魏晋南北朝时期的历史文化形成了簇新的格局。宗教文化、异族文化、外域文化和传统的文人生活相结合，融入民俗生活之中，民间文学因此发生新的变化。诚如鲁迅所比喻的那样，"药"与"酒"成为这个时代文化变异的重要内容[1]，民间文学也因此而具有独特的文化风度。民间文学的保存，在这一个时期主要体现在几种不同内容的典籍之中，如出现了以民俗志为主要内容的典籍，像晋周处的《风土记》、宗懔的《荆楚岁时记》；以志怪、志人（志异）为主要内容的民间文化典籍更如雨后春笋，层出不穷，形成汉至隋唐间一个新的文化高潮，如三国时期魏国邯郸淳的《笑林》、曹丕的《列异传》，晋代郭璞的《玄中记》、干宝的《搜神记》、戴祚的《甄异传》、葛洪的《抱朴子》、张华的《博物志》、王嘉的《拾遗记》、陶潜的《搜神后记》、无名氏的《录异传》、祖台之的《志怪》、荀氏的《录鬼志》、孔约的《孔氏志怪》，以及南北朝时期宋人刘义庆的《世说新语》《幽明录》《宣验记》、刘敬叔的《异苑》、东阳无疑的《齐谐记》，齐人王琰的《冥祥记》、祖冲之的《述异记》，梁人吴均的《续齐谐记》、任昉的《述异记》，北齐颜之推的《冤魂志》等；经典注释出现了郭璞的《山海经注》和郦道远的《水经注》，在注释材料中保存大量民间文学；专门的农书等典籍，如北魏贾思

---

[1] 鲁迅：《魏晋风度及文章与药及酒之关系》，《北新》半月刊第2卷第2号，1927年11月16日。

勰的《齐民要术》中，保存了许多农耕谚语；"家训"体裁的文体，如北齐颜之推的《颜氏家训》等，保存了相当丰富的生活谚语；北魏时人杨衒之的《洛阳伽蓝记》专门记述了佛教宗教生活等民俗现象；邺下文人集团的作品、梁昭明太子萧统主持编纂的《文选》、刘勰所撰写的《文心雕龙》以及陶渊明等人的文学作品，也保存了一些民间文学。南朝民歌和北朝民歌，是这一历史时期民间文学的奇葩，《木兰辞》的出现，代表着南北朝民歌成就的高峰。同时，这一时期的民间曲艺也取得了一定的成就，为唐宋时期民间戏曲的繁荣奠定了基础，成为其文化和思想上的准备。此外，在《三国志》等史籍中，也保存了丰富的民间文学史料。《后汉书》中所保留的古代少数民族神话传说，在我国文化史、文学史包括民间文学史上，都具有很重要的价值和意义。中国古代少数民族文学史的写作，迄今仍相当缺乏，而在《后汉书》《华阳国志》等典籍，乃至更早的《史记》《汉书》《哀牢传》等史籍中就有许多少数民族神话传说的记载，这种现象值得我们重视。像著名的古夜郎族源神话初见于《华阳国志》，竹王神话至今还在彝族民间流传。佛教经典文化的传入，使中国民间文化的格局发生重要变化，也应引起我们的重视。如南朝梁代僧旻和宝唱等人奉梁武帝之命在公元5世纪修撰成的《经律异相》，这是一部相当完备的佛经故事集成，包含印度民间故事、神怪传说和动物故事等内容，对六朝和隋唐民间传说有着重要影响。总之，这是一个社会大动荡、民族大融合、文化大发展大交流大繁荣的非凡时代，民间文学作为口述史，成为这个时代最为真实的记录，从中我们也可以看到民间文学与当时作家文学之间异常复杂而独特的联系。

## 第一节　魏晋南北朝时期的民间传说和民间故事

　　民间传说和民间故事的基本区别，在于民间传说有一定的具有真实意义的背景作为依据，而民间故事则更多地体现出幻想性特征。关于这种差别，我们在前面已经作过描述。魏晋南北朝时期的民间传说和民间故事，具有十分鲜明的时代特征，即神怪主题普遍存在。这种神怪主题的形成和发展变化，与魏晋南北朝时期特殊的文化心理密切相关，其中一个非常突出的现象就是谶言和纬书曾经被禁止，但它的影响还在，人们越来越多地习惯于从非常广阔的背景上来观察世界。这种认识和观察方式常受到两方面的影响，一是秦汉间流传甚广的神巫经典《山海经》的影响，二是《史记》和《汉书》等历史典籍的影响，这两种影响的效果具体表现为不同的文化风格。其一可看作是《山海经》的遗音，其二是纪实性较强的故事，主要以风物传说和历史人物传说为表现对象。在更多的时候，这两种文化风格又相互交织。有许多典籍既存在民间传说，又存在民间故事，要完全断定一部典籍到底是民间传说的汇集还是民间故事的汇集，几乎是徒劳的。因为这些典籍的形成及其文化功能，通常与具体的文化生活需要相联系，综合性成为其普遍的文化特性，在一定程度上具有百科全书的意义。

《山海经》作为神巫之书，可视为后世神怪典籍的先声。魏晋南北朝时期，道教文化与世俗文化相结合，神仙作为一种人生境界被民间文学所接受，神怪文学也因此繁盛于世，其中保存了许多民间传说和民间故事。如托名东方朔的《神异经》《十洲记》、张华的《博物志》、曹丕的《列异传》、葛洪的《神仙传》、任昉的《述异记》、王嘉的《拾遗记》等，在这些典籍中，我们经常感受到《山海经》的遗音。其中所记述的民间传说和民间故事，至今还有一些在百姓中以鲜活的语言存在着。

神异，即中国古代神话的概念，在这个时代出现并不是偶然的。所谓"神"，就是超越自然与现实；所谓"异"，就是与日常有极大不同。其中的鬼神信仰等内容被进一步放大，形成新的文化叙说。

《神异经》今存一卷五十八则，分"八荒"及"中荒"等九篇，从结构到语言都刻意模仿《山海经》，如它所标的"西荒经""西北荒经""西南荒经""东南荒经"等，在故事语言及叙述方式上先说"××有兽（或人）焉"，然后再详细描述，其所述故事，也多与《山海经》中的神奇现象相联系。这种状况可以看作神话传说的变异。如《神异经·西北荒经》：

> 西北有兽焉，状似虎，有翼能飞，便剿食人。知人言语。闻人斗，辄食直者；闻人忠信，辄食其鼻；闻人恶逆不善，辄杀兽往馈之。名曰穷奇。亦食诸禽兽也。

在《山海经·海内北经》中有"穷奇状如虎，有翼，食人从首始"的内容，《山海经·西山经》也提到"穷奇"居于"邽山"，"其状如牛，猬毛""音如獆狗，是食人"。穷奇形象丑陋，性格乖戾，是恶的典型。《左传·文公十八年》中提到"少暤氏有子不才，天下之民谓之穷奇"。

又如饕餮。《吕氏春秋·先识》中提到它"有首无身，食人未咽，害及其身"，是"缙云氏不才子"。《左传·文公十八年》中说它"贪于饮食，冒于货贿，侵欲崇侈，不可盈厌；聚敛积实，不知纪极；不分孤寡，不恤穷匮。天下之民以比三凶，谓之饕餮"。《神异经·西南荒经》对其描述曰：

> 西南方有人焉，身多毛，头上戴豕，贪如狼恶，好自积财，而不食人谷。强者夺老弱者，畏群而击单，名曰饕餮……一名贪婪，一名强夺，一名凌弱。此国人皆如此也。

在《神异经·西荒经》中，还有以饕餮为"苗民"的记载，如"有人，面目手足皆人形，而胳下有翼，不能飞。为人饕餮，淫逸无理，名曰苗民，《春秋》所谓三苗"。显然，饕餮成为凶猛无道的代称，具有明显的倾向性。

在《神异经·西荒经》中，记述了"山臊"之类的精怪故事，如：

> 西方深山中有人焉，身长尺余，袒身捕虾蟹，性不畏人。见人止宿，暮依其火以炙虾蟹，伺人不在而盗人盐以食虾蟹。名曰山臊，其音自叫。人尝以竹著火中，爆烞而出，臊皆惊惮。犯之令人寒热。此虽人形而变化，然亦鬼魅之类。今所在山中皆有之。

《神异经·西南荒经》记述了"讹兽"之类的精怪故事：

> 西南荒中出讹兽，其状若菟，人面能言，常欺人，言东而西，言恶而善。其肉美，食之，言不真矣。一名诞。

使人害病者固然可憎，使人说谎者，又何尝不令人憎恨？《神异经·南荒经》记述了另一种"多则伤人，少则谷不消"的精怪传说：

> 南方有𦼮蔗之林，其高百丈，围三尺八寸，促节，多汁，甜如蜜。咋啮其汁，令人润泽，可以节蚘虫。人腹中蚘虫，其状如蚓，此消谷

虫也，多则伤人，少则谷不消。是扞撼能灭多益少，凡撼亦然。

精怪传说是与神话联系尤为密切的故事形式。在《神异经》中还有许多记载，如《神异经·中荒经》所记"北方有兽焉，其状如狮子，食虎食人，吹人则病，名曰獏。恒近人村里，入人屋舍，百姓患苦。天帝徙之北方荒中"；《神异经·南荒经》中记有"南方有人，长二三尺，袒身，而目在顶上，走行如风，名曰魃。所（见）之国大旱，一名格子。善行市朝众中。遇之者投著厕中，乃死，旱灾消""或曰生捕得杀之，祸去福来"；《神异经·东南荒经》中记有"东南方有人焉，周行天下，身长七丈，腹围如其长。头戴鸡父魌头，朱衣缟带，以赤蛇绕额，尾合于头。不饮不食，朝吞恶鬼三千，暮吞三百。此人以鬼为饭，以露为浆，名曰尺郭，一名食邪，道师云吞邪鬼，一名赤黄父。今世有黄父鬼"。《神异经》记述了大量神话传说，有些出自《山海经》，有些则采自民间，记述了当世的民间传说。如西王母神话，在《山海经》中西王母是昆仑神山上的司天及五残之厉的女神，其"虎齿，豹尾，善啸"，虽"戴胜几杖"，仍是野性十足的形象；而在《神异经·中荒经》中，西王母"岁登翼上，会东王公也"，这里的昆仑之山更壮观，"有铜柱焉，其高入天"，一根"天柱"竟围三千里。《神异经·东南荒经》中所记的朴父，其"夫妇并高千里，腹围自辅"，当"导开百川"因"懒"被"谪"时，"并立东南，男露其势，女露其牝"，待黄河清时他们才能继续"导川"事业。这则神话，当为防风神话原型内容之一。此类现象还有许多。

《十洲记》又名《海内十洲记》《十洲三岛记》《海内十洲三岛记》。其卷首称：

> 汉武帝既闻王母说八方巨海之中有祖洲、瀛洲、玄洲、炎洲、长洲、元洲、流洲、生洲、凤麟洲、聚窟洲，有此十洲，乃人迹所稀绝处。又始知东方朔非世常人，是以延至曲室而亲问十洲所在、所有之物名，故书记之。
>
> 朔云：臣学仙者耳，非得道之人，以国家之盛美，将招名儒于文教之内，抑绝俗之道于虚诡之迹。臣故韬隐逸而赴王庭，藏养生而待朱阙矣。亦由尊上好道，且复欲抑绝其威仪也。曾随师主履行，比至朱陵扶桑蜃海，冥夜之丘，纯阳之陵，始青之下，月宫之间。内游七丘，中旋十洲，践赤县而遨五岳，行陂泽而息名山。臣自少及今，周

流六天，广陔天光，极于是矣。未若凌虚之子，飞真之官，上下九天，洞视百万，北极句陈而并华盖，南翔太丹而栖大夏，东之通阳之霞，西薄寒穴之野。日月所不逮，星汉所不与，其上无复物，其下无复底。臣所识乃及于是，愧不足以酬广访矣。

它所描述的神仙境地与《山海经》相比，更加细腻、华丽。其中所记西王母、东王父、三天君、鬼谷先生、九源丈人、上元夫人和返魂树、不死草、夜光杯、割玉刀、火烷布、火光兽，以及昆仑仙宫、太玄仙宫、灵官宫第、太帝宫、紫府宫、九老仙都、金墉城等，不但在《山海经》中能看到一些端倪，而且可以在后世民间仙话中找到相应的内容。这部典籍借西月支国人解说异香、猛兽，指斥汉武帝"非有道之君"，使其"忿然不平"，则明显是魏晋南北朝文士所加内容。

《十洲记》记述了丰富的神话传说，有一些作品在后世流传甚广。如其所记"禹经诸五岳，使工刻石，识其里数高下。其字科斗书""不但刻剧五岳，诸名山亦然，刻山之独高处尔"。最著名的传说是徐福至祖洲寻不死草：

> 鬼谷先生云：此草是东海祖洲上有不死之草，生琼田中，或名为养神芝。其叶似菰苗丛生，一株可活一人。始皇于是慨然言曰："可采得否？"乃使使者徐福发童男女五百人，率摄楼船等入海寻祖洲，遂不返。

《神异经》和《十洲记》包含了魏晋南北朝时期的神仙思想，但这并不影响它对神话传说的保存。

张华所著《博物志》，十卷，前三卷记地理和动物、植物，卷四和卷五记戏术和方家，卷六为杂考，卷七为异闻。明代都穆在《跋博物志》中说张华"尝采历代四方奇物异事，著《博物志》四百，晋武帝以其太繁，俾删为十卷"，又说他"读书三十车。其辨龙鲊，识剑气"。张华在《博物志序》（宋连江叶氏《博物志》本存）中说：

> 余视《山海经》及《禹贡》《尔雅》《说文》、地志，虽曰悉备，各有所不载者，作略说。出所不见，粗言远方，陈山川位象，吉凶有征。诸国境界，犬牙相入。春秋之后，并相侵伐，其土地不可具详，

其山川地泽，略而言之，正国十二。博物之士，览而鉴焉。

张华并没有明确的保存民间文学的意识，而是在地理博物志的写作中，仿照《山海经》，记述了丰富的民间传说。这些传说被后世不断传诵，如其卷十所载"浮槎"：

旧说云，天河与海通。近世有人居海渚者，年年八月有浮槎去来，不失期。人有奇志，立飞阁于槎上，多赍粮，乘槎而去。十余日中犹观星月日辰，自后茫茫忽忽，亦不觉昼夜。去十余日，奄至一处，有城郭状，屋舍甚严。遥望宫中多织妇，见一丈夫牵牛渚次饮之。牵牛人乃惊问曰："何由至此？"此人具说来意，并问此是何处。答曰："君还至蜀郡，访严君平乃知之。"竟不上岸，因还如期。后至蜀，问君平，曰："某年月日，有客星犯牛宿。"计年月，正是此人到天河时也。

这是与《牛郎织女》传说相关的重要异文。后人不断演绎成不同体裁的文学作品，如杂剧《张骞泛浮槎》《支机石》等。

又如其卷十所载《天门山》传说：

天门郡有幽山峻谷，而其上人有从下经过者，忽然踊出林表，状如飞仙，遂绝迹。年中如此甚数，遂名此处为仙谷。有乐道好事者，入此谷中洗沐，以求飞仙，往往得去。有智能者，疑必以妖怪，乃以大石自坠，牵一犬入谷中，犬复飞去。其人还告乡里，募数十人，执杖，搞山草，伐木，至山顶观之，遥见一物长数十丈，其高隐人，耳如簸箕。格射刺杀之，所吞人骨积此左右如阜。蟒开口广丈余，前后失人，皆此蟒气所吸上。于是此地遂安稳无患。

此则传说在民间迄今仍有流传。《太平广记》卷四五八所引《玉堂闲话》中，记述了"峭崖之下，其绝顶有洞穴，相传为神仙之窟宅"的选仙场，"每年中元日，拔一人上升"，后一和尚用计用雄黄毒死大蟒的故事；另有《狗仙山》中"迎猎犬而升洞""好道者呼为狗仙山"，后一猎手射杀大蟒的故事。这两则传说与此相似，可以看作民间传说异文。宋人洪迈在《夷坚志》中也记述了类似传说。《搜神记》中的《李寄斩蛇》，也有与此相似的内容。结合明话本《白娘子永镇雷峰塔》、清玉山主人的《雷峰塔传奇》等作品，我们不难发现这则传说所具有的原型意义。

《博物志》卷三记述的"猴玃"，也是至今仍在民间流传的故事，各地有许多异文：

> 蜀山南高山上，有物如猕猴，长七尺，能人行，健走，名曰猴玃，一名马化，或曰猳玃。伺行道妇人有好者，辄盗之以去，人不得知。行者或每遇其旁，皆以长绳相引，然故不免。此得男子气自死，故取女不取男也。取去为室家，其年少者终身不得还。十年之后，形皆类之，意亦迷惑，不复思归。有子者辄俱送还其家，产子皆如人；有不食养者，其母辄死，故无不敢养也。及长，与人无异，皆以杨为姓，故今蜀中西界多谓杨，率皆猳玃、马化之子孙，时时相有玃爪者也。

它很自然地使我们联想到《补江总白猿传》和《陈巡检梅岭失妻记》等话本小说。在《博物志》中，民间传说有情节生动者，也有只言片语者，如"妊娠者不可啖兔肉"，其"令儿唇缺""山居之民多瘿肿疾，由于饮泉之不流者""蚕三化三孕而后交"等。其中亦包含着一些民间传说，并形成这些现象的阐释系统。如俗语中所说的"玄石饮酒，一醉千日"，《博物志》中的"杂说下"阐释道：

> 昔刘玄石于中山酒家酤酒，酒家与千日酒。忘言其节度，归至家当醉，而家人不知，以为死也，权葬之。酒家计千日满，乃忆玄石前来酤酒，醉当醒耳。往视之，云玄石亡来三年，已葬。于是开棺，醉始醒。俗云：玄石饮酒，一醉千日。

这则传说在《搜神记》中也有详细的记述。

《列异传》初录于《隋书·经籍志》，称"魏文帝又作《列异》，又序鬼物奇怪之事"。原书已佚，鲁迅《古小说钩沉》中有辑录，在《中国小说史略》中论及。不论作者是否为曹丕，这部典籍"后魏人郦道元的《水经注》皆有征引"①，表明是这个时代的作品无疑。《列异传》的基本内容，据鲁迅所辑录者可知，也是神仙、精怪故事，包括一些世俗的鬼故事，与《山海经》有着一定联系。在《列异传》的辑录材料中，鬼故事占据了较大比重，此书原貌已无可考，郦道元征引它，应该有更多的民间传说，因为《水经注》的基本内容就是以传说（风物为主）来阐释经籍。

《列异传》中记述了许多著名的民间风物传说，如"望夫石""三王冢"（即干将莫邪故事）等：

> 武昌新县北山上有望夫石，状若人立者。相传云，昔有贞妇，其夫从役，远赴国难，妇携幼子，饯送此山，立望而形化为石。

> 干将莫邪为楚王作剑，三年而成。剑有雌雄，天下名器也。乃以雌剑献君，藏其雄者。谓其妻曰："吾藏剑在南山之阴，北山之阳，松生石上，剑在其中矣。君若觉，杀我。尔生男，以告之。"及至君觉，杀干将。妻后生男，名赤鼻，告之。赤鼻斫南山之松，不得剑，忽于屋柱中得之。楚王梦一人，眉广三寸，辞欲报仇。购求甚急，乃逃朱兴山中。遇客，欲为之报，乃刎首，将以奉楚王。客令镬煮之，头三日三夜跳，不烂。王往观之，客以雄剑倚拟王，王头堕镬中。客又自刎。三头悉烂，不可分别，分葬之，名曰三王冢。

这两则传说，前者至今还在各地伴以"望夫石""真迹"（即传说遗址）流传着，后者通过鲁迅的《铸剑》再创作，也广为流传。干宝在《搜神记》中以"三王墓"为题，同样记述了它，所不同者在于记得更为详细，而且指名"三王墓""今在汝南北宜春县界"。

《列异传》的"异"字在众神仙和精怪传说中表现得也很生动，如"汝南有妖，常作太守服，诣府门椎鼓，郡患之。及费长房知是魅，乃呵之，即解衣冠叩头，乞自改变为老鳖""费长房能使神。后东海君见葛陂君，淫其夫人，于是，长房敕系三年，而东海大旱。长房至东海，见其请雨，乃敕葛陂君出之，即大雨"。这里的费长房颇为正直，难怪后世尊他为仙人。

---

① 鲁迅：《中国小说史略》，《鲁迅全集》第9卷，人民文学出版社1981年版，第43页。

在《列异传》中，鬼神是有善恶之分的，它们是人间生活的写照。《列异传》中的鬼神包括精怪不但有善恶之分，而且表现出人间的爱情。如著名的"鲤鱼妻"：

> 彭城有男子娶妇，不悦之，在外宿。月余日，妇曰："何故不复入？"男曰："汝夜辄出，我故不入。"妇曰："我初不出。"婿惊。妇云："君自有异志，当为他所惑耳。后有至者，君便抱留之，索火照视之为何物。"后所愿还至。故作其妇，前却未入，有一人从后推令前。既上床，婿捉之曰："夜夜出何为？"妇曰："君与东舍女往来，而惊欲托鬼魅以前约相掩耳。"婿放之，与共卧。夜半心悟，乃计曰："魅迷人，非是我妇也。"乃向前揽捉，大呼求火。稍稍缩小，发而视之，得一鲤鱼，长二尺。

若我们从精神分析学说来透视这则民间故事，不难发现它包含着偷情的成分，这也正是此类故事在民间广为流传的重要原因。在流传中，人们得到了心理上的快慰、满足。至今在一些民间戏曲和舞蹈中，还有以此种题材为内容的故事，如"戏鱼""追鱼"等。明代戏曲《观世音鱼篮记》，当与此有联系。

《列异传》中的鬼故事甚多。如流传甚广的"宋定伯背鬼"，鬼化为羊，南阳少年"恐其变化，唾之。得钱千五百乃去"，故"时人有言：定伯卖鬼，得钱千五"。又如《何文》：

> 魏郡张奋者，家巨富。后暴衰，遂卖宅与黎阳程应。应入居，死病相继，转卖与邺人何文。文日暮乃持刀上北堂中梁上坐。至二更竟，忽有一人，长丈余，高冠黄衣，升堂呼问："细腰！舍中何以有生人气也？"答曰："无之。"须臾，复有一人，高冠青衣。次又有高冠白衣者，问答并如前。及将曙，文下堂，如向法呼细腰。问曰："黄衣者谁也？"曰："金也。在堂西壁下。""青衣者谁也？"曰："钱也。在堂前井边五步。""白衣者谁也？"曰："银也。在墙东北角柱下。""汝谁也？"曰："我杵也，在灶下。"及晓，文按次掘之，得金银各五百斤，钱千余万。仍取杵焚之，宅遂清安。

鬼宅故事在民间流传甚广，这里又与民间识宝传说相联系，表现出魏晋时期特殊的精怪观念。在后世民间故事中，尤其是《聊斋志异》等作品中，我们常能发现此类内容。

《山海经》影响了魏晋南北朝时期的民间文学，在葛洪的《神仙传》《抱朴子》、刘敬叔的《异苑》、任昉的《述异记》、晋西戎主簿戴祚的《甄异传》、祖台之的《志怪》、东阳无疑的《齐谐记》、吴均的《续齐谐记》、王嘉的《拾遗记》等典籍中，这种影响也屡屡可见。如葛洪的《神仙传》记述了百位神仙的传说故事①。他在《神仙传自序》中说："予著内篇，论神仙之事，凡二十卷。""然神仙幽隐，与世异流，世之所闻者，犹千不得一者也。"他所举的"宁子入火而陵烟，马皇见迎于护龙，方回变化于云母，赤将茹葩以随风，涓子饵术以著经，啸父别火于无穷，务光游渊以哺蒱，仇生却老以食松，邛疏煮石以炼形，琴高乘鲤于碣中，桂父改色以龟脑，女丸七十以增容，陵阳吞五脂以登高，商丘咀菖蒲以无终，雨师炼五色以属天，子先骞两虬于元涂，周晋跨素鹤于缑氏，轩辕控飞龙于鼎湖，葛由策木羊于绥山，陆通匿遐托于橐庐，萧史乘凤而轻举，东方飘帻于京师，犊子鬻桃以瀹神，主柱飞行以饵砂，阮邱长存于雎岭，英氏乘鱼以登遐，修羊陷石于西岳，马丹回风以上徂，鹿翁陟险而流泉，园客蝉蜕于五华"，每一句都是一段传说。《述异记》有祖冲之著本和任昉著本②，祖冲之本已佚，鲁迅《古小说钩沉》辑录有九十条。今存任昉所著本。有人指出今存本已非原本，如《郡斋读书志》所论："梁任昉撰。昉家藏书三万卷。采前世异闻成书。"《四库全书》收入《述异记》时说，其"开卷盘古氏一条即采徐整《三五历纪》，其余精卫诸条则采《山海经》，园客诸条则采《列仙传》，龟历诸条则采《拾遗记》，老桑诸条则采《异苑》，以及防风氏、蚩尤、夜郎王之类，皆非僻事"。其实不尽然，《述异记》流传到清代，已是历史上多家编录的典籍，其中所录入的神话传说，应该是既有见诸经典的，又有采自民间的。从《述异记》所保存的具体作品，我们可以看到这些内容。如"盘古氏"条，它既录入了徐整在《三五历纪》《五运历年纪》中所述神话传说，而且举到"今南海有盘古氏墓，亘三百里。俗云后人追葬盘古之魂也。桂林有盘古氏庙，今人祝

---

①原书记百九十人，见《隋书·经籍志》《旧唐书·经籍志》等，明代以来散失大半，《增订汉魏丛书》等存九十二人，《四库全书》等所存仅八十四人。

②《隋书·经籍志》杂传类载有祖冲之本十卷，《宋史·艺文志》小说家类载任昉本二卷。

祀。南海有盘古国，今人皆以盘古为姓"等材料。"防风氏"条是《述异记》较早提出的。"蚩尤"条中，任昉举到"秦汉间说"的例子，又讲"蚩尤耳鬓如剑戟，头有角，与轩辕斗，以角觝人，人不能向。今冀州有乐名蚩尤戏，其民两两三三戴牛角而相觝。汉造角觝戏，盖其遗制也"。那么，"今冀州有乐"即"蚩尤戏"不就是魏晋南北朝时期民间文学的活形态吗？又如"帝女雀"，在讲述精卫填海时，《述异记》载：

> 昔炎帝女溺死东海中，化为精卫，其名自呼。每衔西山木石填东海，偶海燕而生子，生雌状如精卫，生雄如海燕。今东海精卫誓水处，曾溺于此川，誓不饮其水，一名鸟誓，名冤禽，又名志鸟，俗呼帝女雀。

又如著名的《牛郎织女》，《述异记》（《琅琊代醉篇》卷一"织女"条所引）载：

> 天河之东有美丽女人，乃天帝之子，机杼女工，年年劳役，织成云雾绡缣之衣，辛苦无欢悦，容貌不暇整理。天帝怜其独处，嫁与河西牵牛之夫婿。自后竟废织纴之功，贪欢不归。帝怒，责归河东，但使一年一度相会。

在古本《淮南子》中曾有"乌鹊填河成桥渡织女"（《六帖》"鹊"部引）的记载，陆机、曹丕、曹植等人的诗中，也都记述了这一传说故事。但在情节的描述上，无疑《述异记》是最完整的。它展示出牛郎织女传说在魏晋南北朝时的流传形态。这是典型的当世传说记载，明显超出了在此之前的相关典籍。祖冲之本《述异记》与任昉所记在内容上相差不是太多，而在叙述语言上更为详细。如其所记"南康雩都县沿江西出，去县三里"的"梦口穴"传说，是一篇记述生动而完整的识宝传说：

> 南康雩都县沿江西出，去县三里，名梦口，有穴，状如石室，名梦口穴。旧传：尝有神鸡，色如好金，出此穴中。奋翼回翔长鸣，响见之，辄飞入穴中，因号此石为金鸡石。昔有人耕此山侧，望见鸡出游戏，有一人操弹弹之，鸡遥见便飞入穴。弹丸正着穴上，丸径六尺许，下垂蔽穴，犹有间隙，不复容人。又有人乘船从下流还县，未至

此崖数里，有一人通身黄衣，担两笼黄瓜，求寄载，因载之。黄衣人乞食，船主与之盘酒。食讫，船适至崖下，船主乞瓜，此人不与，乃唾盘上，径上崖，直入石中。船主初甚怨之，见其入石，始知神异，取向食器视之，见盘上唾，悉是黄金。

金鸡传说、识宝传说在这里融为一体。这类传说后来还被演绎成盗宝传说，至今在许多地方仍在流传，形成脍炙人口的风物传说。祖冲之《述异记》中还有一些生活故事，如"清河崔基"中的"朱氏女"等，也颇有价值。祖冲之本与任昉本在流传中可能相混合，它们之间的差异应该引起我们的思索。

王嘉的《拾遗记》是值得我们重视的一部神话传说集成，今存十卷，题晋陇西王嘉撰、梁萧绮录。它从所谓的"春皇庖牺""炎帝神农"开始，叙述三皇、五帝到夏禹、商汤、周公三代的传说，一直到东晋的历史故事；最后一卷记述了关于昆仑、蓬莱、方丈、瀛洲、员峤、岱舆、昆吾、洞庭等神山的诸种传说。如果说我们在《山海经》中所见到的神话传说还有一些零碎，那么，《拾遗记》则完成了对它的修补；其中的神话传说是生动而完整的，意味着《山海经》时代的原始神话，在《拾遗记》中已经转向仙话化的神话传说。《拾遗记》所记述的既有原始神话的成分，又有仙话化的神话传说，而且包含着更多的历史传说和风物传说。如在"昆吾山"部分叙述了黄帝神话传说和越王勾践传说之后，又记述了著名的"干将莫邪"故事，以昆吾山"其山有兽，大如兔，毛色如金，食土下之丹石，深穴地以为窟，亦食铜铁，胆肾皆如铁"为背景，叙述吴王知道"一白一黄"双兔食尽吴国武库中的兵器，即召剑工"令铸其胆肾以为剑，一雌一雄，号干将者雄，号镆铘者雌""其剑可以切玉断犀""及晋之中兴，夜有紫气冲斗牛"，此剑再现，两剑发生另一番传奇故事，有"双龙缠屈于潭下，目光如电，遂不敢前取矣"的记述，改变了其他典籍中所加入的复仇故事。此书收录神话传说类型之全、范围之广、历史时期之长久，是魏晋南北朝同类典籍中所少见的。

《拾遗记》对魏晋南北朝时期流传的神话和传说的记述，其贡献相当突出，这是和作者所持的见解密切相关的。他在卷二"夏禹"篇中提到"鲧之灵化"时说，"其事互说，神变犹一，而色状不同；玄鱼黄熊，四音相乱，传写流文，鲧字或鱼边玄也"。他"群疑众说，并略记焉"，这种胸怀是很宽阔的。所以，萧绮在《拾遗记·序》中说王嘉"搜撰异同，而殊怪必举,纪事存朴,爱广尚奇,宪章稽古之文,绮综编杂之部,《山海经》所不载,夏鼎未之或存,乃集而记矣""多涉祯祥之书,博采神仙之事,妙万物而为言,盖绝世而弘博矣"。他说《拾遗记》"详其朽蠹之余,采捃传闻之说""详之正典,爰访杂说",这正是其意义所在。后世许多学者对此或毁或誉,但都承认其"昔太史公尝病百家言黄帝不雅驯,而嘉乃凿空著书,专说伏羲以来异事"的勇气。《拾遗记》中神话传说记述的完整性,常被后世学者所忽视。若我们走进民间文化,会发现至今还保存在民间口头上的一些神话传说,竟与它完全一致,所不同者,只是王嘉在一些段落中的议论以及内文中所出现的"真人"等魏晋时的内容。该书的第一卷记述"轩辕出自有熊之国",描述其"考定历纪,始造书契,服冕垂衣,故有衮龙之颂。变乘桴以造舟楫,水物为之祥踊,沧海为之恬波。泛河沉璧,有泽马群鸣,山车满野,吹玉律,正璇衡。置四史以主图籍,使九行之士以统万国"。其中的"薰风至,真人集,乃厌世于昆台之上,留其冠剑佩舄焉",明显是魏晋道教文化的产物。"帝以神金铸器,皆铭题。及升遐后,群臣观其铭,皆上古之字,多磨灭缺落""帝使风后负书,常伯荷剑,旦游洹流,夕归阴浦,行万里而一息。洹流如沙尘,足践则陷,其深难测。大风吹沙如雾,中多神龙鱼鳖,皆能飞翔。有石蕖青色,坚而甚轻,从风靡靡,覆其波上,一茎百叶,千年一花。其地一名沙澜,言沙涌起而成波澜也。仙人宁封食飞鱼而死,二百年更生",这些内容至今还有流传,有一些还与地名相联系,形成独具特色的风物传说群。如河南省的西部山区,分布着"风后岭""铸鼎塬"等,伴随着此类传说的流传。又如颛顼、帝喾和少昊等传说,以往史籍记载较少,这里记述道:

> 帝喾之妃,邹屠氏之女也……女行不践地,常履风云,游于伊洛。帝乃期焉,纳以为妃。妃常梦吞日,则生一子;凡经八梦,则生八子。世谓为八神,亦谓八翌。翌,明也。亦谓八英,亦谓八力。言其神力英明。翌成万象,亿兆流其神睿焉。有丹丘之国,献玛瑙瓮,以盛甘露。帝德所洽,被于殊方,以露充于厨也。

卷十记昆仑等九仙山,景象以昆仑山最为壮观:"昆仑山有昆陵之地,其高出日月之上。山有九层,每层相去万里""群仙常驾龙乘鹤游戏其间""有芝田蕙圃,皆数百顷,群仙种耨焉""南有赤陂红波,千劫一竭,千劫水乃更生也"。又如记洞庭山"浮于水上,其下有金堂数百间,玉女居之,四时闻金石丝竹之声，彻于山顶""屈原以忠见斥，隐于沅湘，披蓁茹草，混同禽兽，不交世务，采柏实以和桂膏，用养心神，被王逼逐，乃赴清泠之水，楚人思慕，谓之水仙。其神游于天河，精灵时降湘浦，楚人为之立祠，汉末犹在"。

由此可以看出，《拾遗记》对神话传说的保存，虽受到《山海经》等神话典籍的影响，但它更注重于当世民间传说的录入。《晋书·王嘉传》载，"其所造《牵三歌谶》，事过皆验，累世犹传之"，可见这位"苻坚累征不起"的隐士，"其事多诡怪"，还受到当时神仙思想的影响。这也是魏晋南北朝时期神话传说得以大量保存与文士们的崇仙态度相联系的一个典型。《齐谐记》《续齐谐记》《志怪》《异苑》等典籍中，都有类似现象。

在魏晋南北朝时期的民间文学保存上，干宝的《搜神记》和刘义庆的《世说新语》是一对双璧，分别代表着两类文化风格的民间文学集成。当然，我们并不是说这两部典籍就是民间文学集，只是说其中的作品包含着民间文学的成分，尤其是神话传说、民间故事，也包含着一些歌谣和谚语。《搜神记》和《世说新语》是魏晋南北朝时期中下层文人在民间文学保存和运用成就上的高峰。

在民间文学各种形态中，民间传说是相对独立发展的，它的生成与流传机制中虽然有历史真实的存在，而更重要的是体现出人们对某种真实存在的理解与形象化的表达。对于民间文学史的写作来讲，详细的记述固然是重要的，而只言片语同样是重要的。当然，相对于史籍文献中经过文人化处理的传说材料而言，那些记述当世民俗生活和民间文学的文献，其价值和意义显得更可贵、更重要。直到今天我们还一再强调田野作业，强调掌握第一手民间文学资料。同时，我们也应看到，古代学者在对待民间文学的理解上，虽然许多人存在着唯理性的偏颇，忽视了民间文学的独特规律，但他们的态度是真诚的，即追求真实。

## 第二节　魏晋南北朝时期的民间歌谣和谚语

魏晋南北朝时期的民间歌谣和谚语在保存上有两个渠道，一是当时人的直接记述，一是后世人的追述。由于多种原因，保存最为丰富、最为集中的属于后者，主要保存于宋人郭茂倩所编的《乐府诗集》中。六朝民歌与汉魏时期旧乐府歌曲形式不同，称为"新乐府"，郭茂倩的《乐府诗集》把它归入"清商曲辞"，即不作配乐的徒歌。《宋书·乐志》说："吴歌杂曲，并出江东。晋宋以来，稍有增广。"《晋书·乐志》中说它"其始皆徒歌，既而被之管弦"。清商歌曲中除了吴声歌曲之外，还有属于"荆楚西声"的西曲歌以及淫祀之曲"神弦歌"。吴声歌曲和西曲歌是南朝民歌的两大代表，与北朝民歌相对峙，共同构成魏晋南北朝民歌的主体内容。北朝民歌与南朝民歌中的吴声歌曲、西曲歌一样，都被保存于《乐府诗集》，即《乐府诗集》中的"梁鼓角横吹曲"。《晋书·乐志》称："横吹有鼓角，又有胡角，即胡乐也。""梁鼓角横吹曲"中包含着许多少数民族民间歌谣。罗根泽说："南朝乐歌以委婉胜，北朝乐歌以真率胜。"[1] 这一论断是很贴切的。从其分布上来看，南朝乐府民歌中的"吴歌"集中分布在太湖流域，其"西曲"集中分布在长江中上游地区，北朝民歌则主要分布在黄河中上游地区，在整体上构成一个三足鼎立的形势。这是否和汉末所形成的魏、蜀、吴三国对峙形势相关联，是值得我们思索的。同时，我们也看到，南北朝乐府民歌并不是这个时代的全部内容，还有许多民间歌谣以另外的形式被保存。如《搜神记》《拾遗记》《齐谐记》《异苑》《博物志》《述异记》《水经注》《世说新语》《幽明录》《洛阳伽蓝记》等当世之作中，都保存有一些民间歌谣，后人的《古今风谣》引有与王粲、曹爽、孙皓、梁武帝相关的歌谣。其他像曹丕的《典论》、颜之推的《颜氏家语》和贾思勰的《齐民要术》中，也保存了一些歌谣和谚语，在《文选》和《玉台新咏》中保存的民间歌谣也相当丰富；更不用说在《三国志》《后汉书》《续汉书》，以及后人撰的《晋书》《宋书》《南齐书》《北齐书》

---

[1] 罗根泽：《乐府文学史》第四章"概说"，北京文化学社1931年版。

《梁书》《魏书》《周书》和《南史》《北史》《旧唐书》等史册典籍中，保存的歌谣更丰富。魏晋南北朝的民间歌谣正是这样以零散的形式保存的。当然，最能代表这个时代民间歌谣特色的，还是《乐府诗集》中"梁鼓角横吹曲"和"清商曲辞"这两大部分中所收录的民歌。

### 一、魏晋歌谣的时政意识

一个时代的民歌，尤其是爱情民歌，无论曲调有多么美丽，意味有多么深长，都不能说是这个时代的镜子。表现这个时代最直接、最深刻的作品，一般都数时政歌谣。魏晋南北朝时期也是这样。时政歌谣成为这个时代最忠实的记录。

首先是三国时代，在政治上，三个国家虽然呈三足鼎立之势，而在其体制及社会矛盾上，则是一致的。《三国志》的"魏""蜀""吴"各书，保存了一些反映这种内容的歌谣。如《三国志·魏书·典韦传》中所载"帐下壮士有典君，提一双戟八十斤"，喻典韦容貌魁伟，勇冠三军。《魏书·陈思王植传》记有"相门有相，将门有将"，《魏书·裴潜传》注引《魏略》记"大鸿胪，小鸿胪，前后治行曷相如"等，体现出魏国社会之一斑。《三国志·蜀书·马良传》中记马良"字季常，襄阳宜城人也。兄弟五人，并有才名"，时人用歌谣唱道："马氏五常，白眉最良。"白眉即马良。《三国志·吴书·周瑜传》中载："瑜少精意于音乐，虽三爵之后，其有阙误，瑜必知之，知之必顾。"所以，"'时人谣之曰：曲有误，周郎顾。'"又如《吴书·陆凯传》载：

（孙皓立，迁左丞相。皓时徙都武昌，扬土百姓溯流供给，以为患苦，又政事多谬，黎元穷匮。）凯上疏曰："愿陛下息大功，损百役，务宽荡，勿苛政。又武昌土地，实危险而堵塉，非王都安国养民之处，船泊则沉漂，陵居则峻危，且童谣言：宁饮建业水，不食武昌鱼；宁还建业死，不止武昌居。臣闻翼星为变，荧惑作妖，童谣之言，生于天心，乃以安居而比死，足明天意，知民所苦也。"（节选）

由此我们可以看到魏、蜀、吴三国社会共同的矛盾表现。这类状况在《晋书》等史籍中也不乏其例。如《晋书·五行志》中所记"司马越还洛"时童谣"洛中大鼠长尺二，若不早去大狗至"，建兴中江南谣歌"訇如白坑破，合集持作甒。扬州破换败，吴兴覆瓿瓶"，太和末童谣描述"海西公被废，百姓耕其门以种小麦"为"犁牛耕御路，白门种小麦"，孝武帝太元末京口童谣"黄雌鸡,莫作雄父啼。一旦去毛衣,衣被拉飒栖""昔年食白饭,今年食麦麸。天公诛谴汝,教汝捻咙喉。咙喉喝复喝,京口败忽败",苻坚时歌谣"阿坚连牵三十年,后若欲败时,当在江湖边""河水清复清,苻坚死新城"。又如《晋书·束皙传》中所记述"太康中,郡界大旱,皙为邑人请雨,三日而雨注",即有歌谣"束先生,通神明,请天三日甘雨零。我黍以育,我稷以生。何以畴之?报束长生"。《晋书·祖逖传》载"豫州耆老为祖逖歌"更典型地反映出类似"报束长生"的真切心情:

帝乃以逖为奋威将军、豫州刺史。逖爱人下士,虽疏交贱隶,皆恩礼遇之,由是黄河以南尽为晋土。躬自俭约,劝督农桑,克己务施,不畜资产,子弟耕耘,负担樵薪,又收葬枯骨,为之祭醊,百姓感悦。尝置酒大会,耆老中坐流涕曰:"吾等老矣,更得父母,死将何恨!"乃歌曰:"幸哉遗黎免俘虏,三辰既朗遇慈父。玄酒忘劳甘瓠脯,何以咏恩歌且舞。"其得人心如此。

《晋书·张轨传》中记有歌谣:"凉州大马,横行天下。凉州鸲苕寇贼消,鸲苕翩翩怖人。"《晋书·苻坚载记》中记有歌谣:"幽州觖,生当灭;若不灭,百姓绝。""阿得脂,阿得脂,博劳旧父是仇绥,尾长翼短不能飞,远徙种人留鲜卑,一旦缓急语阿谁!"在这些歌谣中,对当世者的评判成为诵唱的主题,或得人心而为人称赞,或失人心而为人诅咒、诟骂。又如《魏书·岛夷刘义隆传》所载时人为"刘劭刘骏"所唱歌谣,集中体现出魏晋南北朝这个大动荡、大混乱时代相互残杀的黑暗、冷酷、残忍。歌谣愤怒地唱道:"遥望建康城,江水逆流萦;前见子杀父,后见弟杀兄。"这就是整个时代最为真实的写照,也是对这个时代最全面的总结。

魏晋南北朝时期的时局几乎每日都处在风雨飘摇中,人民痛不欲生,稍遇到像祖逖这样有作为的人,竟"歌且舞"以"咏恩",而他们遇到更多的是像苻坚、刘义隆父子之类的残暴之徒。黄巾起义被镇压之后,东汉王朝也崩溃了,武装割据的结果是形成魏、蜀、吴三国鼎立,后曹魏政权灭蜀汉,司马氏又篡夺曹魏政权灭孙吴,建立了历史上的西晋王朝。西晋王朝的统治以世族门阀为主体,终于出现八王之乱,冲荡世族门阀制度的主体地位。随后而来的是西北地区少数民族入主中原,世族门阀被迫南迁,史称东晋;北方则建立了以少数民族为政治主体的统治。接着,在南方相继出现了以宋、齐、梁、陈为代表的南朝；在北方出现大混乱，西北少数民族建立了十几个国家，争战不休，后由鲜卑拓跋氏统一，建立起史称北魏的魏王朝，后来魏王朝又分为东魏、西魏，进而变为北齐和北周，直到杨坚统一北方建立起隋帝国，这段历史称为北朝。在这个时代漫长的岁月中，我国科学技术文化在艰难中发展，曾出现曹魏时代数学家刘徽对《九章算术》的注解，南朝祖冲之对圆周率的研究和对大明历的创制，北朝贾思勰《齐民要术》对农学的研究也取得重大成果，其他还有王叔和的医学脉学著作《脉经》、皇甫谧的针灸著作《甲乙经》、葛洪的《肘后卒救方》、陶弘景的《本草经集注》等科学成果。但它们远不及魏晋玄学的社会影响深广，整个社会还是以谶纬符瑞、淫祀、佛教、道教相混合的有神论思潮作为文化发展的主流话语。袁绍、刘备、曹丕、刘裕等人以谶纬符瑞愚弄人民；佛教出现了以道安、支遁、支愍度、竺法温等为代表的般若学"六家七宗"，尤其是梁武帝萧衍以佛化治国，北朝则大肆兴建云冈石窟、龙门石窟；道教徒葛洪、寇谦之改革民间道教，魏太武帝亲受符箓"崇奉天师""显扬新法"，陆修静"祖述三张，弘衍二葛"①，撰就《三洞经书目录》，"山中宰相"陶弘景著成《登真隐诀》《真灵位业图》，整个社会一派乌烟瘴气。民间故事和民间传说的形成和记述，必然沾染上这种妖氛，而民间歌谣就更不用说了。因为民间故事和民间传说的形成与统治者的思想导向联系更密切，葛洪、干宝、刘义庆等作为代言人，对民间故事和民间传说传播机制的控制颇为有效；而民间歌谣尤其是前面所举时政歌谣，更多是自发地抒发情怀，表达民间百姓对时局的切身感受，因此，魏晋南北朝的时政歌谣就成为这个时代无可替代的诗史、口碑。我国史志发展中向来有当世修志、隔代修史的传统，显然，在这些"史"的修撰过程中，史学家们采用了民间口述的歌谣。与那些粉饰现实的诗歌、骈文和赋等文体相比，这些时政歌谣对时代的表现更真实、更准确，也更全面。这些歌谣与那些充满情愫的乐府民歌一起，共同构筑成这个时代的民族心灵史。应该说，以刺世、讽世为主题的时政歌谣，与以咏情、述志为主题的乐府民歌一起形成了魏晋南北朝民歌的双翼。

**二、南朝乐府民歌**

南朝乐府民歌具有鲜明的文化风格，即以对爱情的讴歌为主要内容。这除了采集民歌者所具有的以"艳曲"为主的倾向之外，还与南朝民间文

---

①"三张"指张陵、张衡、张角，"二葛"指葛玄、葛洪。

化传统与人文产生机制等因素相关。在《三国志·吴书·陆凯传》中，我们能听到"宁饮建业水，不食武昌鱼"那样的与统治者不合作的声音，但采集者却并不重视这一类歌谣，从一些史籍中，我们可以看到这种倾向性存在的社会基础。如《晋书·王恭传》所载"会稽王道子尝集朝士置酒于乐府。尚书令谢石因醉为委巷之歌"；《南史·王俭传》中载有齐高帝"幸华林宴集，使各效伎艺，褚彦回弹琵琶，王僧虔、柳世隆弹琴，沈文季歌《子夜来》，张敬儿舞"；《南齐书·王僧虔传》中，也提到"自顷家竞新哇，人尚谣俗，务在噍杀，不顾音纪，流宕无涯，未知所极，排斥正曲，崇长烦淫""故喧丑之制，日盛于廛里；风味之响，独尽于衣冠"。在这样的文化风尚中，又如何能关注"不食武昌鱼"之类的"恶声"呢？南朝乐府民歌的主要流传地点在江南、荆楚一带，魏晋南北朝时期，这一带的文化开发还没有取得很深入的成效，民间文化传统基本上还是王逸在《楚辞章句·九歌·序》中所说的"昔楚国南郢之邑，沅湘之间，其俗信鬼而好祠。其祠必作歌乐、鼓舞以乐诸神"，此"荆楚之常习"，在这种环境中传播的"俗曲俚句"，"善淫"自然成为其主题并影响到后世。还有一个更重要的因素，即南朝统治者偏安东南，蓄养歌儿舞女，骄侈淫逸，以"善淫"为主题的民歌就必然受他们格外青睐。如《南史·王琨传》中曾载："大明中，尚书仆射颜师伯豪贵，下省设女乐。琨时为度支尚书，要琨同听。传酒行炙，皆悉内妓。琨以男女无亲授，传行每至，令置床上，回面避之，然后取。毕，又如此。坐上莫不抚手嗤笑。"在这样的文化氛围之中，南朝乐府所采民歌偏重一个"情"字，也就是自然而然的了。诚如《乐府诗集》卷六十一《杂曲歌辞》所述："自晋迁江左，下逮隋唐，德泽浸微，风化不竞，去圣逾远，繁音日滋。艳曲兴于南朝，胡音生于北俗。哀淫靡曼之辞，迭作并起，流而忘反，以至陵夷。原其所由，盖不能制雅乐以相变，大抵多溺于郑卫，由是新声炽而雅言废矣。""虽言情之作，或出一时，而声辞浅近，少复近古。"

南朝乐府民歌主要保存在《乐府诗集》的"清商曲辞"以及"杂曲歌辞""杂歌谣辞"中。从其内容及流传地域来划分类别，大致可分为"吴声歌曲""西曲歌"和"神弦曲"等。三类合计，大约有近500首，其中"吴声歌曲"计326首，存曲目24种，"西曲歌"计142首，存曲目34种，"神弦曲"共18首。

"吴声歌曲"的流传地主要在太湖流域的江南地区，郭茂倩《乐府诗集》卷四十四《清商曲辞》对其进行总结道：

《晋书·乐志》曰：吴歌杂曲，并出江南。东晋以来，稍有增广。其始皆徒歌，既而被之管弦。盖自永嘉渡江之后，下及梁陈，成都建业，吴声歌曲起于此也。《古今乐录》曰：吴声歌旧器有箎、箜篌、琵琶，今有笙筝。其曲有《命啸》，吴声游曲半折、六变、八解，《命啸》十解，存者有《乌噪林》《浮云驱》《雁归湖》《马让》，余皆不传。吴声十曲：一曰《子夜》，二曰《上柱》，三曰《凤将雏》，四曰《上声》，五曰《欢闻》，六曰《欢闻变》，七曰《前溪》，八曰《阿子》，九曰《丁都护》，十曰《团扇郎》，并梁所用曲。《凤将雏》以上三曲，古有歌，自汉至梁不改，今不传。《上声》以下七曲，内入包明月制舞《前溪》一曲，余并王金珠所制也。游曲六曲《子夜四时歌》《警歌》《变歌》，并十曲中间游曲也。半折、六变、八解，汉世以来有之。八解者，古弹、上柱古弹、郑干、新蔡、大治、小治、当男、盛当，梁太清中犹有得者，今不传。又有《七日夜》《女歌》《长史变》《黄鹄》《碧玉》《渡叶》《长乐佳》《欢好》《懊恼（侬)》《读曲》，亦皆吴声歌曲也。

郭茂倩提到的《古今乐录》，是陈朝释智匠所著的一部典籍，其中也保存了不少民歌。如《团扇郎歌》《华山畿歌》《读曲歌》等，这几首民歌都被收入《乐府诗集》。应该说，在魏晋南北朝时，"今不传"之作还有许多。如《南史·循吏列传》中所言："凡百户之乡，有市之邑，歌谣舞蹈，触处成群，盖宋世之极盛也。"又如《太平御览》卷五六九引梁代裴子野《宋略》所云："及周道衰微，日失其序，乱俗先之以怨怒，国亡从之以哀思。扰杂子女，荡悦淫志。充庭广奏，则以鱼龙靡曼为瑰玮，会同享觐，则以吴趋楚舞为妖妍。""王侯将相，歌伎填室；鸿商富贾，舞女成群。竞相夸大，互有争夺，如恐不及，莫为禁令，伤风败俗，莫不在此。"由此可见，当时乐府民歌的演唱和保存，在数量上是相当可观的。这种背景也决定了吴声歌曲的演唱内容。"歌伎填室"和"舞女成群"，带来的是大量流行性的民歌。所以，许多学者不解的吴声歌曲中那么多民歌具有都市色彩的原因，也就不言而喻。

《乐府诗集》中，收入《子夜歌》42首，《子夜四时歌》75首，《读曲歌》89首等，其中，流传甚为久而广者有《子夜歌》《子夜四时歌》《丁都护歌》《团扇郎》《七日夜女歌》《碧玉歌》《桃叶歌》《懊侬歌》

《华山畿》《读曲歌》等。表现炽烈的情爱，大量运用"同声异字""同声同字"等谐声修辞法，成为"吴声歌曲"的重要特点。如《子夜歌》，《宋书·乐志》载："晋孝武太元中，琅玡王轲之家，有鬼歌《子夜》。"《唐书·乐志》载："晋有女子名子夜，造此声，声过哀苦。"其中多以"莲"示"怜"，以"丝"示"思"，以"星"示"心"，以"琴"示"情"，以"布匹"之"匹"为"匹偶"之"匹"，以"故旧"之"故"为"本来"之"故"。如：

> 高山种芙蓉，
> 复经黄檗坞。
> 果得一莲时，
> 流离婴辛苦。

> 始欲识郎时，
> 两心望如一。
> 理丝如残机，
> 何悟不成匹？

《碧玉歌》一名《千金意》，《乐府诗集》作无名氏之作，其引《乐苑》道："《碧玉歌》者，宋汝南王所作也。碧玉，汝南王妾名，以宠爱之甚，所以歌之。"有人考证宋并无汝南王，以为其属"无稽"，其实，这正是民间歌曲的重要特征。其歌唱情爱异常大胆：

> 碧玉小家女，
> 不敢攀贵德。
> 感郎千金意，
> 惭无倾城色。

> 碧玉破瓜时，
> 相为情颠倒。
> 感郎不羞难，
> 回身就郎抱。

其中的"破瓜",即女性第一次与男人交媾欢爱,而失去贞操。这种说法至今还流传。在卫道者看来,这首民歌淫秽至极,属"伤风败俗"之作,但民间歌曲就是这样直白相互爱慕之意。

《华山畿》是一首尤为感人的爱情民歌,而且相伴"神女冢"的动人传说,为人所传颂。释智匠在《古今乐录》中记述道:

> 少帝时,南徐一士子,从华山畿往云阳,见客舍有女子年十八九,悦之无因,遂感心疾。母问其故,具以启母。母为至华山寻访,见女具说;女闻感之,因脱蔽膝令母密置其席下卧之,当已。少日,果差。忽举席,见蔽膝而抱持,遂吞食而死。气欲绝,谓母曰:"葬时车载从华山度。"母从其意。比至女门,牛不肯前,打拍不动。女曰:"且待须臾。"妆点沐浴,既而出,歌曰:
> 华山畿,
> 君既为侬死,
> 独活为谁施?
> 欢若见怜时,
> 棺木为侬开。
> 棺应声开,女透入棺。家人叩打,无如之何,乃合葬,呼曰神女冢。

这首歌谣和这则传说,使我们联想起著名的民间传说《梁山伯与祝英台》,其中的"合墓"情节,应当与此相关。记述"梁祝传说"较早的材料,见于唐初梁载言的《十道四番志》(见宋代张津《乾道四明图经》),其中提到"义妇祝英台与梁山伯同冢";晚唐时,张读在《宣室志》(见张永牧等点校本,中华书局1983年版)中已经讲述得很详细,他提到"英台,上虞祝氏女,伪为男装游学,与会稽梁山伯者同肄业。山伯,字处仁。祝先归。二年,山伯访之,方知其为女子,怅然如有所失。告其父母求聘,而祝已字马氏子矣。山伯后为鄞令,病死,葬鄮城西。祝适马氏,舟过墓所,风涛不能进。问知有山伯墓,祝登号恸,地忽自裂陷,祝氏遂并埋焉。晋丞相谢安奏表其墓曰义妇冢"。至于宋人李茂诚所撰《义忠王庙记》及其后所加"化蝶"等材料,另议。这里我们可以看到"晋丞相谢安奏表其墓曰义妇冢"所透露的信息,即晋代就已经有梁山伯与祝英台的传说,那么,它取自《华山畿》民歌及其传说"神女冢"故事,当是很正常的事情，同时也说明《华山畿》的流传伴有不同寻常的民间传说。《乐府正义》说："南徐州，刘宋时淮南地也。云阳，曲阿也。华山当是丰县之小华山。《乐录》之说甚诞，未足信。"其实，"未足信"就是民间传说的重要特征。

《懊侬歌》《读曲歌》，《宋书·乐志》提到其为"晋石崇绿珠所作""民间为（谓）彭城王义康所作"。前者应是"托名之作"，而后者转"伤"为"淫"，其实也是民歌在文化传播中主题变异的普遍现象。《懊侬歌》中有"寡妇哭城倾"句，应当是关于《孟姜女》传说的记述。"吴声歌曲"突出的是一个"情"字，语言自然流畅，常富于夸张性表现，给人留下深刻印象。如《华山畿》中的"相送劳劳渚。长江不应满，是侬泪成许"，又如《读曲歌》中的"打杀长鸣鸡，弹去乌臼鸟。愿得连冥不复曙，一年都一晓"。"吴声歌曲"所用"复沓"句式，是民歌常用的手法，如《桃叶歌》中所用"桃叶复桃叶"，《古今乐录》和《玉台新咏》称其为"晋王子敬之所作"，其实民歌是学不像的。再者是《子夜歌》中的对唱形式和《子夜四时歌》中的"春夏秋冬"四季歌式，当是在魏晋南北朝时期第一次以"吴声歌曲"的形式出现，对后世相同形式的民歌具有滥觞意义。而这些，又都是我们所忽略的内容。

《乐府诗集》卷四十七引《古今乐录》道：

> 西曲歌有《石城乐》《乌夜啼》《莫愁乐》《估客乐》《襄阳乐》《三洲》《襄阳蹋铜蹄》《采桑度》《江陵乐》《青阳度》《青骢白马》《共戏乐》《安东平》《女儿子》《来罗》《那呵滩》《孟珠》《翳乐》《夜度娘》《长松标》《双行缠》《黄督》《黄缨》《平西乐》《攀杨枝》《寻阳乐》《白附鸠》《拔蒲》《寿阳乐》《作蚕丝》《杨叛儿》《西乌夜飞》《月节折杨柳歌》……按西曲歌出于荆、郢、樊、邓之间，而其声节送和与吴歌亦异，故依其方俗而谓之西曲云。

"西曲歌"所表现的也是重在一个"情"字，其抒发的"情"与"吴声歌曲"不尽相同，更多地表达出对自由、幸福的热切向往。其中虽然有对情爱世界的具体描绘，但远不及"吴声歌曲"中有些民歌那种作赤裸裸的性爱的显示，它更多的是含蓄性的流露和表述。如"西曲歌"中出现较多的场景，一是水边，如堤、湾、洲，一是与水相连的花、草、鱼、鸟、莲、杨柳，再就是以"春天"和"扬州"作为幸福生活的缩影，它们在民歌中成为一种境界和情结。作品给人带来的画面更朦胧，韵味也更悠远。

如《翳乐》：

> 人言扬州乐，
> 扬州信自乐。
> 总角诸少年，
> 歌舞自相逐。

《莫愁乐》：

> 闻欢下扬州，
> 相送楚山头。
> 探手抱腰看，
> 江水断不流。

《那呵滩》：

> 闻欢下扬州，
> 相送江津湾。
> 愿得篙橹折，
> 交郎到头还。

如《襄阳乐》：

> 人言襄阳乐，
> 乐作非侬处。
> 乘星冒风流，
> 还侬扬州去。
> 扬州蒲锻环，
> 百钱两三丛。
> 不能买将还，
> 空手揽抱侬。

在这里，我们能看到"荆郢樊邓"之地民间百姓的扬州情结——扬州紧系着他们的希望和憧憬。后人"烟花三月下扬州"的诗句，又何尝不是这种情结的延续呢？一代又一代人做着缤纷的扬州梦，而扬州的发达直接源起于南北方的共同开发，扬州是以商贸的繁荣吸引着天下的。商贾阶层在民间文学中的特殊地位，在这里典型地体现出来。这意味着魏晋南北朝民歌以"西曲歌"为代表，在文化结构与文化性格上已经发生了明显的转变，从往日以农耕生活为背景的动乱、灾荒、情爱等社会文化主题，转向了以都市为背景的更新的生活主题。

《月节折杨柳歌》在"西曲歌"中的出现，具有更为特殊的意义。连同"闰月"，共 13 首，这是后世世俗小调"十三月望花"的最早起源。就其内容来看，它改变了传统的农事歌谣如《诗经·豳风·七月》的描述方式，同时也改变了表现主题，以个人情感变化的细腻表达，代替了农事歌谣逐事叙述的基本结构。这同样意味着商贸崛起后与商贾阶层联系尤为紧密的"伎"对民间文学的参与，及其所带来的重要变化。在每一首歌谣中，都出现了独立的"折杨柳"字样，它作为歌唱时的节奏处理，标志着一种新的民歌体的产生。如其中的《七月歌》：

> 织女游河边，
> 牵牛顾自叹。
> 一会复周年。
> 折杨柳，
> 揽结长命草，
> 同心不相负。

这里的"牛郎织女"传说，表现出各自身份的明朗化，"一会复周年"包含着鹊桥相会的传说，也包含着世间男女相爱、相互思念的感情变化。

"西曲歌"中的《西洲曲》，是南朝乐府民歌中最能体现五字句民歌艺术特点的典型，是"南风"的代表。《西洲曲》是一首恋歌：

> 忆梅下西洲，
> 折梅寄江北。
> 单衫杏子红，
> 双鬓鸦雏色。
> 西洲在何处？
> 两桨桥头渡。
> 日暮伯劳飞，
> 风吹乌白树。
> 树下即门前，

门中露翠钿。
开门郎不至,
出门采红莲。
采莲南塘秋,
莲花过人头。
低头弄莲子,
莲子清如水。
置莲怀袖中,
莲心彻底红。
忆郎郎不至,
仰首望飞鸿。
鸿飞满西洲,
望郎上青楼。
楼高望不见,
尽日栏杆头。
栏杆十二曲,
垂手明如玉。
卷帘天自高,
海水摇空绿。
海水梦悠悠,
君愁我亦愁。
南风知我意,
吹梦到西洲。

这首民歌在艺术表现上"摇曳轻飏",既有普通"西曲歌"的含蓄,又有"吴声歌曲"的谐声。从其形制来看,它与《月节折扬柳歌》颇为相似,语句口气也更多地近于"西曲歌"中的缠绵。如《三洲歌》中所唱的"送欢板桥湾,相待三山头。遥见千幅帆,知是逐风流。风流不暂停,三山隐行舟。愿作比目鱼,随欢千里游",其意境与《西洲曲》更近。关于《三洲歌》,《古今乐录》中说:"商客数游巴陵、三江口,往还因共作此歌。"商业繁盛与商人逸豫促使这类歌谣出现,那么,《西洲曲》也当如此。其中咏唱的"海水摇空绿""海水梦悠悠",当与"人言扬州乐,扬州信自乐"意同,是情深处的借指,体现出歌女的向往。同时我们也可以看到，既然与商旅相联系，商旅客人看惯了《懊侬歌》中的"江陵去扬州，三千三百里"，在"吴声歌曲"和"西曲歌"中间也必然存在文化交流，这首民间歌曲就应当是以"交流"为背景的"西曲歌"。当然，在此歌的流传过程中，梁武帝应感到其特有的妩媚，那"吹梦到西洲"的韵致，明显不同于"吴声歌曲"中的动辄言"碧玉破瓜时"，他借用或有所改动也就是很正常的事情。民间歌谣在具体流传中，由于多种原因被融进宫廷燕乐或军中鼓曲，这并不影响它的存在，反而增强了它的传播途径和保存时效。

南朝民歌在"吴声歌曲"和"西曲歌"之外，还有一种"神弦歌"，《乐府诗集》把它归入"清商曲辞"，存18首。《古今乐录》中载其11曲、其词17章，其名见之于《宋书·乐志》中："何承天曰：'或云今之《神弦》，孙氏以为《宗庙登歌》也。'史臣案陆机《孙权诔》'肆夏在庙，云翘承机'，不容虚设此言。又韦昭、孙休世上《鼓吹铙歌》十二曲表曰：'当付乐官善歌者习歌。'然则，吴朝非无乐官，善歌者乃能以歌辞被丝管，宁容止以《神弦》为庙乐而已乎？"应该说，三国时期江南一带就已经有此类祠神之曲，如朱熹在《楚辞集注·楚辞辨证》中所说"比其类则宜为《三颂》之属，而论其词则反为《国风》再变之郑、卫"。

"神弦歌"不同于"吴声""西曲"者，是其虽有情爱的描写，而内容在于祭祀神灵，属于淫祀之曲。如其中著名的《青溪小姑曲》：

> 开门白水，
> 侧近桥梁。
> 小姑所居，
> 独处无郎。

此中的小姑即刘敬叔在《异苑》中所提的"青溪小姑，蒋侯第三妹也"。"蒋侯"即钟山之神蒋子文。干宝在《搜神记》中曾提到他，说他"尝为秣陵尉，因击贼，伤而死。吴孙权时封中都侯，立庙钟山，转号钟山为蒋山"。黄芝岗在《中国的水神》中，对此有过详细考证。

"神弦歌"还有《湖就姑曲》《姑恩曲》等咏及"青溪小姑"的民间歌曲，《圣郎曲》和《娇女诗》也隐约提及。为何有这种现象呢？《续齐谐记》中所述"会稽赵文韶"一段传说，可见一斑：

会稽赵文韶，宋元嘉中为东扶侍，廨在青溪中桥，秋夜步月，怅然思归，乃倚门唱《乌飞曲》。忽有青衣，年可十五六许，诣门曰："女郎闻歌声，有悦人者，逐月游戏，故遣相问。"文韶都不之疑，遂邀暂过。须臾，女郎至，年可十八九许，容色绝妙。谓文韶曰："闻君善歌，能为作一曲否？"文韶即为歌"草生磐石下"，声甚清美。女郎顾青衣，取箜篌鼓之，泠泠似楚曲。又令侍婢歌《繁霜》，自脱金簪，扣箜篌和之，婢乃歌曰："歌繁霜，繁霜侵晓幕。何意空相守，坐待繁霜落？"留连宴寝。将旦，别去，以金簪遗文韶，文韶亦赠以银碗及琉璃匕。明日，于青溪庙中得之，乃知所见青溪神女也。

抛开是否有赵文韶与青溪小姑的风情万种，在相关的"神弦歌"中，我们可以看到淫祀歌的存在形式，即歌女（伎）、巫女的出现，使媚神的主题不断神秘化、丰富化。关于这一点，从《晋书·夏统传》中也可以看到。其中述及"其从父敬宁祠先人，迎女巫章丹、陈珠，二人并有国色，庄服甚丽，善歌舞，又能隐形匿影"，后章丹、陈珠"轻步㢠舞，灵谈鬼笑"，敬宁便责诸人"奈何诸君迎此妖物，夜与游戏，放傲逸之情，纵奢淫之行"。其中女巫"善歌舞"，能"吞刀吐火"，即女伎。这是祭祀歌舞的习俗表现。沈约在《赛蒋山庙文》中曾提到"仰惟大王，年逾二百，世兼四代"。淫祀中的取媚淫神，选择美丽而善歌善舞的伎与巫，使"神弦歌"具有更独特的意义，这是南朝乐府民歌中的又一枝奇葩，它的价值和意义应引起我们的重视。

### 三、北朝乐府民歌

　　北朝民歌今所见者，主要保存于《乐府诗集》的"梁鼓角横吹曲"中，其他如《杂曲》《杂歌谣辞》中也有零散保存。崇尚自然风光，崇尚勇猛刚武，是北朝民歌鲜明的文化主题。鼓角横吹曲冠之以"梁"，并非因为它出于江南"宋齐梁陈"之"梁"。据《古今乐录》的著者释智匠所记，是由于北朝的鼓角横吹曲曾经输入齐、梁[①]，并为梁乐府所保存（事见《南齐书·东昏侯纪》），后人袭用，便有了"梁鼓角横吹曲"的名称。郭茂倩在《乐府诗集》卷二十一中对此解释道："横吹曲，其始亦谓之鼓吹。马上奏之，盖军中之乐也。"他在卷二十五引《古今乐录》总结其数

---

[①]《横吹曲》本为胡乐，自汉武帝时即传入中原，李延年曾因《摩诃兜勒》更造新声。

## 第六章 魏晋风度

目时说：

> 《古今乐录》曰：梁鼓角横吹曲有《企喻》《琅琊王》《钜鹿公主》《紫骝马》《黄淡思》《地驱乐》《雀劳利》《慕容垂》《陇头流水》等歌三十六曲。二十五曲有歌有声，十一曲有歌。是时，乐府胡吹旧曲有《大白净皇太子》《小白净皇太子》《雍台》《搚台》《胡遵》《利妦女》《淳于王》《捉溺》《东平刘生》《单迪历》《鲁爽》《半和企喻》《比敦》《胡度来》十四曲。三曲有歌，十一曲亡。又有《隔谷》《地驱乐》《紫骝马》《折扬柳》《幽州马客吟》《慕容家自鲁企由谷》《陇头》《魏高阳王乐人》等歌二十七曲，合前三曲，凡三十曲。总六十六曲。

北朝民间文学发展中，民歌的地位尤其突出，而且其中的少数民族民歌占据了重要位置。这是当时的社会政治格局所决定的。当时大批文人南渡，相对于南朝而言，北朝文坛一片荒凉，即使有所谓三才之称的魏收、邢劭、温子升，也并无多大贡献。这种局面直到庾信北上才有所改变。至于王褒、郦道元、杨衒之、颜之推等北朝作家，虽然付出了艰辛努力，但终究没有形成集团阵容。在这样的文化背景下，更显得北朝民歌的价值珍贵。《旧唐书·音乐志》中说：

> 北狄乐其可知者，鲜卑、吐谷浑、部落稽三国，皆马上乐也……后魏乐府始有北歌，即《魏史》所谓《真人代歌》是也。代都时，命掖庭宫女晨夕歌之……今存者五十三章，其名目可解者六章：《慕容可汗》《吐谷浑》《部落稽》《钜鹿公主》《白净王太子》《企喻》也。其不可解者，咸多可汗之辞。按今大角，此即后魏世所谓《簸逻回》者是也，其曲亦多可汗之辞。北虏之俗，呼主为可汗。吐谷浑又慕容别种，知此歌是燕、魏之际鲜卑歌，歌辞虏音，竟不可晓。

这里提出了一个尤为重要的文化识别问题，即如何对待少数民族的原始语言与民间文学的联系。由此我们也更容易理解为何在《折扬柳》中会有"我是虏家儿，不解汉儿歌"之辞。

北朝民歌中，征战是一个重要主题，如《企喻歌》《慕容垂歌》《紫骝马歌》《陇上歌》《李波小妹歌》等，莫不如此。如《陇上歌》：

陇上壮士有陈安，
躯干虽小腹中宽，
爱养将士同心肝。
骢骢父马铁锻鞍，
七尺大刀奋如湍，
丈八蛇矛左右盘，
十荡十决无当前。
百骑俱出如云浮，
追者千万骑悠悠。
战始三交失蛇矛，
弃我骢骢窜岩幽，
为我外援而悬头。
西流之水东流河，
一去不还奈子何！

在战争中，敢于搏杀的英雄受到人们敬仰，陈安就是这样的英雄。《晋书·刘曜载记》中记述道："刘曜围陈安于陇城，安败走，曜使将军平先追之，斩安于涧曲。安善于抚下，吉凶夷险与众共之。及死，陇上为之歌。曜闻而嘉伤，命乐府歌之。"事实上，从歌谣的内容可以看出，陈安"并非败走"，而是在敌众我寡的情况下"为我外援而悬头"。最能表现这种不怕牺牲精神的歌谣，还有《李波小妹歌》。这首歌谣并未被《乐府诗集》所收，存之于《北史·李安世传》：

广平人李波，宗族强盛，残掠不已，公私为患。百姓为之语：
李波小妹字雍容，
褰裙逐马如卷蓬，
左射右射必叠双。
妇女尚如此，
男子安可逢！

这和《晋书·刘曜载记》所记一样存在着史学家的偏颇，问题并不在"残掠不已，公私为患"，民间歌谣赞赏的是她的"褰裙逐马如卷蓬"，其主调与《慕容垂歌》中的"枉杀墙外汉"、《紫骝马歌》中的"一去数千里，何当还故处"的慷慨是一致的。慷慨即无畏，虽然北方人民饱受战火折磨，但他们毫不畏惧战争。崇尚豪侠，这也是其民歌的重要主题。《折杨柳》中曾唱"遥看孟津河，杨柳郁婆娑。我是虏家儿，不解汉儿歌"，流露出对汉族统治者懦弱性格的轻蔑，而高唱"健儿须快马，快马须健儿。跸跋黄尘下，然后别雄雌"。这就是北朝人民的爽朗。其中所表现的是对刚强与豁达的崇尚，毫无小肚鸡肠、奸诈卑劣的宵小之风。所以，他们唱着"放马大泽中，草好马著膘"（《企喻歌辞》），驰骋万里，势不可当。这更衬托出南朝统治者沉湎于酒色、陶醉于荒淫的腐朽无能。

在北朝民歌中，大自然的景色给人以清新的感觉，显示出北方人民博大、宽阔的胸怀。如《陇头歌》中的"陇头流水，流离四下。念吾一身，飘然旷野"；又如著名的《敕勒歌》，《乐府广题》说它"本鲜卑语，易为齐言，故其句长短不齐""北齐神武（高欢）攻周玉壁，士卒死者十四五。神武恚愤，疾发。周王下令曰：'高欢鼠子，敢犯玉壁，剑弩一发，元凶自毙。'神武闻之，勉坐以安士众，悉引诸贵，使斛律金唱《敕勒》，神武自和之"。从其流传背景和歌谣的内容来看，它当是北方人民集体创作的歌曲，这里"使斛律金唱"，只不过是借这首流传甚广的歌曲来"安士众"，鼓舞士气：

> 敕勒川，
> 阴山下，
> 天似穹庐，
> 笼盖四野。
> 天苍苍，
> 野茫茫，
> 风吹草低见牛羊。

多少年后，我们一听到这样的歌声，就如同望见了歌中所描写的无比辽阔的大草原，胸中顿时开朗起来。宋人王灼在《碧鸡漫志》中说："金（即斛律金）不知书，同于刘项，能发自然之妙如此，当时徐（陵）、庾（信）辈不能也。"此论正是看到了其中的口头传唱背景。这种歌调自然反映了北方人民特殊的性情。

北朝民歌中也有不少表现爱情的作品，体现出北方人民对待爱情的态度以及表达爱情的特殊方式。在这些民歌中,也不乏细腻、缠绵、含蓄的倾吐衷肠,如《淳于王歌》中的"肃肃河中育,育熟须含黄。独坐空房中,思我百媚郎",《黄淡思》中的"心中不能言,腹作车轮旋。与郎相知时,但恐旁人闻",《幽州马客吟歌》中的"荧荧帐中烛,烛灭不久停。盛时不作乐,春草不重生"等。但它更多的是热烈和直率,如《地驱歌乐辞》:

青青黄黄,
雀石颓唐。
槌杀野牛,
押杀野羊。

驱羊入谷,
白羊在前。
老女不嫁,
蹋地呼天!①

《折杨柳枝歌》中歌唱道:

门前一株枣,
岁岁不知老。
阿婆不嫁女,
那(哪)得孙儿抱?

敕敕何力力,
女子临窗织。
不闻机杼声,
只闻女叹息。

问女何所思?

---

① 其后两句"侧侧力力""摩捋郎须",可以看出与前两句明显不同,可能是梁代文人所加。

> 问女何所忆？
> 阿婆许嫁女，
> 今年无消息！

这是北方中原地区的一首民歌，第一节至今还在河南民间流传；后两节在《木兰辞》中能见到，不知《折杨柳枝歌》与《木兰辞》谁借用了谁。

在《紫骝马歌》中，所描述的不是爱情的倾诉，而是一种婚俗：

> 烧火烧野田，
> 野鸭飞上天。
> 童男娶寡妇，
> 壮女笑杀人。

其实这应当是汉人眼中的胡俗，即少数民族中的婚姻习俗。在北方一些少数民族中，曾有过兄死其嫂嫁于其弟的婚俗，而汉族尤其是饱受儒家思想熏陶的中原汉族，则视之为荒诞不经，所以才有"壮女笑杀人"。从另一种意义上讲，如果其中有对爱情的表现，则可能是寡妇与童男偷情被人发觉后，人们故意对其开玩笑使其尴尬。当然，历史上有许多事情是我们不曾想象到的，对历史上民歌主题的辨识，同样需要走进民间去搜索论据。

最后应该提到的是关于北朝民歌《木兰诗》（《木兰辞》）的产生时间及属性问题。这是我国民间流传的一首家喻户晓的叙事诗，从其具体内容上看，诗歌指明"可汗大点兵"等时令，无疑是与少数民族统治中原的背景有联系，而其开头又有"唧唧复唧唧，木兰当户织"，显然是对中原地区农耕生活的描述。这表明其产生时间应是少数民族入主中原的北朝时代，但其出现于文献却相当晚。明确记述木兰代父从征故事者，见于唐代李冗的《独异志》。《独异志》卷上载"古有女木兰者，代其父从征，身备戎装，凡十三年，同穴之卒，不知其是女儿"；元稹《元氏长庆集》卷二十三《乐府古题序》中，提及"由诗而下十七名，尽编为《乐录》"，"乐府等题"中"除《铙吹》《横吹》《郊祀》《清商》等词在《乐志》者""其余《木兰》《仲卿》《四愁》《七哀》之辈，亦未必尽播于管弦明矣"[1]。应该说，在唐代已经有了这首民歌和木兰故事的流传；而在北朝乐

---

[1] 彭定求等编《全唐诗》（增订本），中华书局1999年版，第4616页。

府民歌中，我们也在多处感受到与之相同的民歌句式与氛围。这不能说是《木兰诗》对它们的影响，而应该是后人整理这首民间叙事诗时对它所作的具有钩沉意义的整理和复原，即在魏晋南北朝时期，民间确实存在着一部以木兰故事为内容的长篇叙事诗，但由于未能及时记述，全部文本没有得到保存。此叙事民歌与《木兰诗》不是一回事，《木兰诗》明显是后人多重加工过的文本。当然，它毕竟保存了木兰故事，我们对此只能作为文人诗歌处理。关于这一点，宋人刘克庄在《后村诗话》中，也指出"《焦仲卿妻》诗，六朝人所作也""《木兰诗》，唐人所作也"。宋人魏泰在《临汉隐居诗话》中述及"盖世传《木兰诗》为曹子建作，似矣"，这和托名某影响较大的人物这一文化传播方式是一致的。宋代有许多文献记述当时有木兰神庙，如王象之的《舆地纪胜》卷四十九"黄州"条所记。宋人吴可在《藏海诗话》中注释《木兰诗》"磨刀霍霍向猪羊"句，"向"字被解释为"能回护屠杀之意，而又轻清"[1]。据考，其诗作内容与北朝民歌中零散的诗句雷同，此诗应当是唐代所整理，但在这种整理中，文人加工的痕迹非常明显。其实，"磨刀霍霍向猪羊"应是民间的语言，而"朔气传金柝"则是文人的语言。民间歌谣从来都是以生活气息为胜的。

**四、魏晋南北朝时期民间谚语的保存**

在民间文学史上，谚语是更为独特的部分。谚语的句式一般短小、精悍，人们用极其简练、准确而形象的语言，完整地表达某种经验。这种艺术形式，通常是非常零散地保存在典籍中。也有一些是先保存在某种典籍中，后来因为人们使用得多了，就成了谚语，这种情况在先秦诸子的著作中较为常见。我们所注意的是从民间搜集整理的谚语。在魏晋南北朝时期，谚语比较集中地保存在贾思勰的《齐民要术》和颜之推的《颜氏家训》两部著作中。其他如《水经注》和《晋书》等典籍，也保存了这个时期的一些谚语。

《齐民要术》的成书，与贾思勰的人生态度及个人经历密切相关。如他在这本书的"序"中所述，他"采捃经传，爰及歌谣，询之老成，验之行事"，查阅了160多种文献，遍访河北、山东、山西民间百姓，以十年之力才完成这部我国最早的农学著作。其中所记述的谚语，除了引述《氾胜之书》《四民月令》和《管子》《左传》《淮南子》等典籍之外，主要是农谚，而且从文中可以看出，这些农谚的记述，几乎全是亲身调查获取资

---

[1] 丁福保辑《历代诗话续编》，上海医学书局，1916年。

料。在《齐民要术》的"自序"中，贾思勰着重论述了"力耕"中"种谷树木"两种生产活动的意义，引用了"智如禹汤，不如常耕""一年之计莫如种谷，十年之计莫如树木"等谚语。在引用的过程中，他所作的阐释（即对谚语内容的详细解说）显示出他对社会发展、农耕生产、人生追求等问题的卓识，同时，这些见解也可以看作他具有实用色彩的民间文化思想。在"耕田篇""种谷篇""黍穄篇""小豆篇""种麻篇""种瓜篇""大小麦篇""种韭篇""种葵篇""种蒜篇""种姜篇""栽树篇""种榆白杨篇""养牛马驴骡篇"和"作酱法篇"等卷中，都表现了这种观念，给人以生动、翔实的感觉。如他在"杂说"中对"锄头三寸泽"民间谚语的记述：

> 凡种麻地，须耕五六遍，倍盖之，以夏至前十日下子，亦锄两遍，仍须用心细意。抽拔细弱，不堪留者即去却。一切但依此法。除虫灾外，小小旱不至全损。何者？缘盖磨数多故也。又锄耨以时，谚曰"锄头三寸泽"，此之谓也。尧、汤旱涝之年则不敢保，虽然，此乃常式。古人云："耕锄不以水旱息功，必获丰年之收。"

有些阐释文字很简单，如卷六"养牛马驴骡篇"：

> 谚曰：羸牛劣马寒食下。务在充饱调适而已。

谚语在《齐民要术》中有的标明为"谚曰"，有的则标为"古人云"，还有一些谚语直接化成一般用语。这种"化用"的例子尤其多，如卷一"种谷篇"中有"禾生于枣或杨，九十日秀""小豆忌卯，稻麻忌辰，禾忌丙，黍忌丑，秫忌寅未，小麦忌戌，大麦忌子，大豆忌申卯"；卷二"黍穄篇"中有"刈穄欲早，刈黍欲晚"；卷六"养牛马驴骡篇"中有"饮食之节，食有三刍，饮有三时"；卷十所引"杨桃无蘖，一岁三熟"等。这些谚语有的包含着千百年间劳动人民的总结，具有科学性，至今仍在流传，成为人们生活中的常识；而有一些则不免包含着古老的信仰，如某些民间禁忌即是。贾思勰较早注意到对农谚的整理与保存，为古代科学技术的发展做出了突出贡献。他所整理的谚语，是我国民间文学史上珍贵的一页。与贾思勰的《齐民要术》不同的是，颜之推在《颜氏家训》中所保存的谚语，主要用来进行社会生活教育，诸如教子、识文、读书、治家等方面，重在提高人的素质和修养。这也与他的经历有关，如他在《观我生赋》所说的"一生而三化，备荼苦而蓼辛"。《颜氏家训》主要是以儒家思想教育、训导子弟，同时，也夹杂着作者对历史、文化和人生的理解以及他对时局的态度等，还穿插一些见闻，这就使得其中的谚语不仅仅成为一种修辞手段。和《齐民要术》中阐释谚语的方式相似，《颜氏家训》也总是做一些必要的引证、说明，使谚语的意义更为明确。

如《颜氏家训》"教子篇"中对"习惯成自然"和"教妇初来，教儿婴孩"两条谚语的运用和保存：

> 当及婴稚，识人颜色，知人喜怒，便加教诲，使为则为，使止则止。比及数岁，可省笞罚。父母威严而有慈，则子女畏慎而生孝矣。吾见世间无教而有爱，每不能然。饮食运为，恣其所欲，宜诫翻奖，应诃反笑，至有识知，谓法当尔。骄慢已习，方复制之，捶挞至死而无威，忿怒日隆而增怨，逮于成长，终为败德。孔子云："少成若天性，习惯如自然。"是也！俗谚曰："教妇初来，教儿婴孩。"诚哉斯语！

他非常重视读书对人的教育，在"勉学篇"中运用谚语"积财千万，不如薄伎在身"，强调"伎之易习而可贵者，无过读书"：

> 夫明《六经》之指，涉百家之书，纵不能增益德行，敦厉风俗，犹为一艺，得以自资。父兄不可常依，乡国不可常保，一旦流离，无人庇荫，当自求诸身耳。谚曰："积财千万，不如薄伎在身。"伎之易习而可贵者，无过读书也。

当然，他也非常重视读书学习的方法，如他在"勉学篇"中对"博士买驴，书券三纸，未有驴字"的批评：

> 学之兴废，随世轻重。汉时贤俊，皆以一经弘圣人之道，上明天时，下该人事，用此致卿相者多矣。末俗以来不复尔，空守章句，但诵师言，施之世务，殆无一可……率多田野间人，音辞鄙陋，风操蚩拙，相与专固，无所堪能，问一言辄酬数百，责其指归，或无要会。邺下谚云："博士买驴，书券三纸，未有驴字。"

他不但重视读书、学习，而且重视治家，如他在"治家篇"中对谚语"落索阿姑餐"的运用：

> 妇人之性，率宠子婿而虐儿妇。宠婿则兄弟之怨生焉，虐妇则姊妹之逸行焉。然则女之行留，皆得罪于其家者，母实为之。至有谚云"落索阿姑餐"，此其相报也。家之常弊，可不戒哉！

颜之推的《颜氏家训》体现出他的教育方法与教育思想，他所保存的这些谚语，至今还具有良好的教育意义，有许多还被民间所传诵。

其他保存谚语的文献也相当多。如曹丕在《典论·论文》中引"家有敝帚，享之千金"和"文人相轻，自古而然"，在《典论·太子》中引"汝无自誉，观汝作家书"。郦道元在《水经注》中引用的谚语更多，如"湿水"中的"高梁无上源，清泉无下尾"，"漾水"中的"南岈北岈，万有余家"，"沔水"中的"冬涝夏净，断官使命"，"湘水"中的"昭潭无底橘洲浮"等，这些谚语或伴随着美丽的传说，或成为一种地理常识。在《晋书》《宋书》《梁书》《魏书》《北齐书》等记述魏晋南北朝历史的史籍中，谚语的保存也相当可观。如《晋书·鲁褒传》中的"钱无耳，可使鬼"，《晋书·苻洪载记》中的"雨若不止，洪水必起"，《晋书·慕容超载记》中的"妍皮不裹痴骨"，《宋书·颜延之传》中的"富则盛，贫则病"等，反映出社会生活以谚语形式所表现的各个方面的知识。

一部谚语史，是一部民间文化哲学史，也是一部科学技术思想史。在我们的民间文学发展史上，谚语的保存给我们提供了理解、认识一个时代文化精神的最直接、最方便的钥匙。在谚语世界中，我们可以看到各民族人民天才智慧的凝聚。魏晋南北朝是这样，其他时代也是这样。

魏晋南北朝的民间文学发展，在我国民间文学史上是一个重要的转折时期。在作家文学创作上，许多学者称这个时代出现了自觉的意识，在民间文学方面，也是这样。民间故事的形成、民间歌谣的演唱，都明显相异于汉代和汉代之前，从而真正地走向了艺术品格的成熟发展。这个时代的南北差别，在民间文学的发展中也表现得相当明显，它使我们想起此后争说不休的南北文化问题，从后来的"宋人不用南相"到近世的"京派""海派"之争，魏晋南北朝时期民间文化上的纠纷是否具有滥觞意义呢？地域上自然景物的不同，会不会影响到人文生成变化的差别呢？这种差别是否会加剧、促使或者阻碍文化的交流与发展呢？世人又该如何正视这种差别并积极参与或控制这种局面的发展呢？凡此种种，都应该引起我们的思索。史迹表明，民间文学是可以引导的。

再者就是民间戏曲生活在魏晋南北朝时期的表现及记述问题。在《三国志·魏书·齐王纪》裴松之注引司马师"废帝奏"中，我们看到"日延小优郭怀、袁信等于建始芙蓉殿前裸袒游戏""怀、信等于观下作辽东妖妇，嬉亵过度，道路行人掩目"，这种黄色表演是否就是当时的戏曲存在形式呢？在唐代崔令钦的《教坊记》和《旧唐书·音乐志》中，我们看到"北齐兰陵王（高）长恭"，其"性胆勇而貌妇人""刻木为假面"或"常著假面而对敌"，成为戏曲发展中"大面""代面"起源，这意味着"兰陵王破阵曲"的形成。同是《魏书》，在《王粲传》裴松之注引"吴质别传"中，提到吴质因上将军曹真"性肥"，而中领军朱铄"性瘦"，即"召优使说肥瘦"，使"真负贵，耻见戏"，这里的戏是否就是即兴表演的小品艺术呢？《颜氏家训·书证篇》中提到的"傀儡子"，以及"郭秃"善演"滑稽戏调"，《三国志·魏书·杜夔传》裴松之注引傅玄文所提到的"水转百戏""使木人跳丸"而"出入自在""变巧百端"，这些内容都是魏晋南北朝民间戏曲生活的绚烂斑点。

历史如云烟，好像整个魏晋南北朝时期的民间文学一直在等待着后世民间文学的又一次大繁荣。我们分明听见了那个时代民间文学浪尖上的风。在这风中，夹着鼓角横吹，夹着木鱼声声，令人心旌难以平静。

# 第七章 隋唐新声

## 第一节 隋代民间文学的创新

隋唐时代文化的发展，离不开对魏晋南北朝时期文化的继承。但是，历史的进步并不是仅仅靠继承，更重要的是创造；只有创造，才能有发展，才能有文化的飞跃与辉煌。当然，这种创造离不开宽阔的胸怀与视野，民族的交融、异域文化的吸收、创新气象的积极营造与引导是一个民族大创造、大发展的基础。隋王朝的建立，在我国历史文化发展中具有十分重要的意义。在隋王朝建立之前，魏太武帝消灭了十六国割据残余势力，使整个黄河流域得到统一。虽然曾有以鲜卑旧俗立国的齐王朝出现，魏末大乱，历史曾出现曲折，但这种大一统的趋势是谁也改变不了的。杨坚消灭了周政权，结束了数百年来连绵不断的战乱，他所建立的隋王朝，使历史翻开了全新的一页。民间文学在这个时代也出现了新的声音，启发了大唐帝国民间文学的繁荣发展。杨坚建立隋王朝，不是对北周政权的篡夺，而是对历史潮流的顺应。政权建立后，他加强中央集权，厘定官制和兵制，实行均田、轻税和减役，厉行节俭，与民生息。如《隋书·高祖纪》载：

（隋文帝）劬劳日昃，经营四方。楼船南迈则金陵失险，骠骑北指则单于款塞。《职方》所载，并入疆理；《禹贡》所图，咸受正朔。虽晋武之克平吴会，汉宣之推亡固存，比义论功，不能尚也……于是，躬节俭，平徭赋，仓廪实，法令行，君子咸乐其生，小人各安其业，强无陵弱，众不暴寡，人物殷阜，朝野欢娱。二十年间，天下无事，区宇之内晏如也。

当然，这里是借"史臣之言"有意褒文帝而贬炀帝，但它透露出隋政权求新顺时的改革和发展措施。隋朝的历史表明，整个隋代虽然只有两位皇帝，历经三十八年，但其贡献是巨大的。其中最典型的例子就是南北统一之后，皇家不失时机地将南北朝所存文献典籍进行整理，分类编目，《隋书·经籍志》能载录那么多的书目，绝不是偶然的。如《隋书·经籍志》在"序"中所载："隋开皇三年，秘书监牛弘，表请分遣使人，搜访异本。每书一卷，赏绢一匹，校写既定，本即归主。于是，民间异书往往间出。及平陈已后，经籍渐备。检其所得，多太建时书，纸墨不精，书亦拙恶。于是总集编次，存为古本，召天下工书之士京兆韦霈、南阳杜颛等，于秘书内补续残缺，为正副二本，藏于宫中，其余以实秘书内外之阁，凡三万余卷。"

隋开皇初，制定七部伎，其后又制定九部伎，废置清商署，积极吸收西域乐伎艺术，不但影响到当世，而且影响到后世。唐代西域胡乐盛行，应该是与此相关的。当然，这种求新的文化态度，与隋王朝杨氏、唐王朝李氏其先世都出于武川这样一个匈奴人、鲜卑人杂居的地域有关。杨氏原姓普六茹，李氏原姓大野，都具有鲜卑血统，这必然影响到他们的爱好和文化风尚的具体形成。《隋书·音乐志》载："高祖受命惟新，八州同贯，制氏全出于胡人，迎神犹带于边曲。""开皇二年，齐黄门侍郎颜之推上言：'礼崩乐坏，其来自久。今太常雅乐，并用胡声，请冯梁国旧事，考寻古典。'高祖不从，曰：'梁乐，亡国之音，奈何遗我用邪！'"朝廷是这样，当然影响到世俗。如崔令钦《教坊记》所记王令言："其子在家弹琵琶，令言惊问：'此曲何名？'其子曰：'内里新翻曲子，名安公子。'"《教坊记》中记有300多首曲，以"子"为名者近70种，可知"曲子"最早在隋代出现，明显不同于六朝乐府民歌。"曲子"是这样，"戏场"也是这样，如《隋书·音乐志》所载：

每岁正月，万国来朝，留至十五日，于端门外、建国门内，绵亘八里，列为戏场。百官起棚夹路，从昏达旦，以纵观之。

由此可知，隋代盛行"戏场"。这与"至六年，帝乃大括魏、齐、周、陈乐人子弟，悉配太常，并于关中为坊置之""猖优獶杂，咸来萃志"（《隋书·音乐志》）的记载应该是相关联的。曲子经过教坊、歌伎等传播，融入民间文化，这是很自然的事情。后世戏曲的发展，离不开民间戏曲在漫长岁月中以多种形式所形成的文化积淀，而隋代泛起的"曲子"和"戏场"又何尝不是这种积淀中的重要内容！隋代"教坊"的设置，应该与宋代戏曲中的勾栏、瓦肆有着一定的联系。有学者考证，隋代传杂言曲子辞调有"纪辽东""夜饮朝眠曲""一点春"，可见，民间歌唱对戏曲文学、诗歌等艺术发展的重要影响。在这种意义上，我们可以把隋代民间文学看作唐宋民间戏曲的准备，它是直接将民间歌唱和魏晋南北朝文学相糅合，并掺杂胡乐胡歌所进行的文化大操练。

管窥隋代民间文学的发展，我们不能避开对隋炀帝杨广生前身后的评价问题。隋炀帝在隋代经济、文化的发展上是有重要贡献的历史人物。如杜佑《通典》卷十"漕运"所记：

> 炀帝大业元年，发河南诸郡男女百余万，开通济渠。自西苑引谷、洛水达于河，又引河通于淮海，自是天下利于转输。四年，又发河北诸郡百余万众，开永济渠，引沁水南达于河，北通涿郡。自是丁男不供，始以妇人从役。

这在事实上是利于经济发展的。隋炀帝不但懂得开凿河流利于交通和防治旱涝的作用，而且好读书，如《资治通鉴》"隋纪"之六所载："（炀）帝好读书著述，自为扬州总管，置王府学士至百人，常令修撰……自经术、文章、兵、农、地理、医、卜、释、道，乃至蒲博、鹰狗，皆为新书，无不精洽，共成三十一部，万七千余卷。"而在《隋书·炀帝纪》中，这些作为都被一句所谓"史臣曰"贬为"傲狠明德""淫荒无度""海内骚然，无聊生矣"，对于其"爰在弱龄，早有令闻，南平吴会，北却匈奴，昆弟之中，独著声绩"，则一笔带过。后世民间文学所渲染的隋炀帝使裸女拉游船以取乐、征伐高丽而为天下带来祸端，这些都表明民间文学常受作为主流话语的史官文化的影响，更是我国史官文化与毁庙制度相联系的结果。隋炀帝失败的原因不在于以上这些事例，而是因为他触动了富商大贾的利益，在政治改革上不够彻底而导致的。如《隋书·炀帝纪》中所载"徙天下富商大贾数万家于东京""右屯卫将军宇文化及"等人"以骁果作乱"。可见他触怒了世族豪强这些传统政治力量，才形成"崩于温室"的结局。民间传说包含着千百万人民的智慧，而愚民政治作为一种文化传统，又常常使民间传说更远地游弋于历史真实之外。我们应该清醒地看到这种较为普遍的历史现象。

　　隋代历史太短，民间文学被记述得不是太多，除了《乐府诗集》等典籍有一些保存外，《隋书》《北史》等史籍中也有零星保存。《乐府诗集》"近代曲辞"中所录"丁六娘《十索》四首""无名氏《十索》二首"，从语言风格上看，当属于隋代民歌，与隋炀帝《春江花月夜》及杨素、薛道衡、虞世基他们相和的诗等作品有着明显区别。如"丁六娘《十索》四首"：

　　　　裙裁孔雀罗，
　　　　红绿相参对。
　　　　映以蛟龙锦，
　　　　分明奇可爱。
　　　　粗细君自知，
　　　　从郎索衣带。
　　　　为性爱风光，
　　　　偏憎良夜促。
　　　　曼眼腕中娇，
　　　　相看无厌足。
　　　　欢情不耐眠，
　　　　从郎索花烛。
　　　　君言花胜人，
　　　　人今去花近。
　　　　寄语落花风，
　　　　莫吹花落尽。
　　　　欲作胜花妆，
　　　　从郎索红粉。
　　　　二八好容颜，
　　　　非意得相关。
　　　　逢桑欲采折，
　　　　寻枝倒懒攀。

> 欲呈纤纤手，
> 从郎索指环。

此中《十索》，《乐苑》释为"羽调曲"，实为隋代曲子词。有人考证"丁六娘"或为民间善歌乐伎姓名，或并无实有此人。这说明"近代曲辞"所录的匿名性特征，也表明其流传之广。另外两首，也有人一定要考证出到底谁是它真正的作者，其实没有必要。其歌曰：

> 含娇不自转，
> 送眼劳相望。
> 无那关情伴，
> 共入同心帐。
> 欲防人眼多，
> 从郎索锦障。
> 兰房下翠帷，
> 莲帐舒鸳锦。
> 欢情宜早畅，
> 密态须同寝。
> 欲共作缠绵，
> 从郎索花枕。

唐代《迷楼记》① 中，曾记述隋代宫人歌唱事，保存当时一首民间传唱的歌谣：

> 河南杨柳谢，
> 河北李花荣。
> 杨花飞去去何处，
> 李花结果自然成。

---

① 作者佚名，鲁迅校录的《唐宋传奇本》中存，文学古籍刊行社 1956 年排印。有人以为此歌伪，其实不然。陕西博物馆所存隋代宫人碑，就曾载掖庭宫妓习歌舞的内容。

这首歌谣的句式是"五五七七",与同书所载《看梅二首》相同,表现出隋代民歌的演唱风格。其他还有李月素《赠情人》、罗爱爱《闺思》、秦玉鸾《赠情人》、苏蝉翼《因古人归作》、张碧兰《寄阮郎》,《诗纪》载为隋代乐府,罗根泽说它们"不见古书,唯兼见明刻《续玉台新咏》,未可为据"①。

当时还颇为流行"民间戏弄"之《踏摇娘》,《旧唐书》卷二九载:

> 踏摇娘,生于隋末。隋末,河内有人貌恶而嗜酒,常自号郎中,醉归必殴其妻。其妻美色,善歌,为怨苦之辞。河朔演其曲,而被之弦管。

由此可知《踏摇娘》在隋末的流行。这种"民间戏弄"是北方民歌,"演"与"弦管"的加入,则分明具有了戏曲综合艺术的内容。

《隋书》保存了一些隋代流传的民间歌谣,与前所举例不同处,在于这些歌谣多为"徒歌",而且带有谶语色彩。如《隋书·五行志》载:

> 帝因幸江都……遂无还心。帝复梦二竖子歌曰:
> 　住亦死,
> 　去亦死,
> 　未若乘船渡江水。
> 由是筑宫丹阳,将居焉。功未就而帝被弑。

> 大业中,童谣曰:
> 　桃李子,
> 　鸿鹄绕阳山,
> 　宛转花林里。
> 　莫浪语,
> 　谁道许。
> 其后李密坐杨玄感之逆,为吏所拘,在路逃叛。潜结群盗,自阳城山而来,袭破洛口仓,后复屯兵苑内。莫浪语,密也。宇文化及自号许国,寻亦破灭。谁道许者,盖惊疑之辞也。

---

① 罗根泽:《五言诗起源说评录》,《河南中山大学文科季刊》1930年第1期。

此类歌谣在《南史·陈本纪》中也有：

> 始梁末童谣云：
> 　　可怜巴马子，
> 　　一日行千里。
> 　　不见马上郎，
> 　　但见黄尘起。
> 　　黄尘污人衣，
> 　　皂荚相料理。
> 及僧辩灭，群臣以谣言奏闻，曰："僧辩本乘巴马以击侯景。马上郎，王字也。尘谓陈也，而不解皂荚之谓。"既而陈灭于隋，说者以为江东谓杀羊角为皂荚，隋氏姓杨，杨，羊也，言终灭于隋。然则兴亡之兆，盖有数云。

《北史·隋书·庶人谅传》载：

> 开皇元年，立为汉王。……十七年，出为并州总管。……以太子逸废，居常怏怏，阴有异图。……及蜀王以罪废，谅愈不自安。会文帝崩……遂发兵反……从乱者十九州。……炀帝遣杨素进击之……谅乃降。……除名，绝其属籍，竟以幽死。先是，并州谣言：
> 　　一张纸，
> 　　两张纸，
> 　　客量小儿作天子。
> 时伪署官告身皆一纸，别授则二纸。谅闻谣，喜曰："我幼字阿客，量与谅同音，吾于皇家最小。"以为应之。

谶语作为歌谣存在，具有多种意义，但有一点是无疑的，即不同的人从中得到不同的启发。之所以形成谶谣，更多的是时人有意所造。前几首都太玄，不能为人所理解，而"隋庶人谅"这位"小阿客"妄加理解惹下灾祸才是真的。

在《旧唐书·屈突通传》中，记述了两位执法严整的兄弟：

149

开皇中……（文帝）擢为右武候车骑将军，奉公正直，虽亲戚犯法，无所纵舍。时通弟盖（屈突盖）为长安令，亦以严整知名。时人为之语曰：
宁食三斗艾，
不见屈突盖。
宁服三斗葱，
不逢屈突通。
为人所忌惮如此。

这首歌谣在隋代歌谣中，是一首难得的时政歌谣。屈突通、屈突盖兄弟执法严整，为何又"为人所忌惮如此"呢？可见《旧唐书》作者是非观念的局限。这种局限是史官文化中普遍存在的现象，表现出对隋代社会历史的曲解或误解。历史在民间文学中常得到最真实的表现，但有时也会被扭曲。隋代社会生活的真实在历史上比其他时代被扭曲被误解者更多。但不可否认的是，民间传说作为特殊的史料，是对时代较为真实的记录。虽然我们承认隋炀帝父子曾有所作为，但作为封建专制统治者，其骄奢淫逸、飞扬跋扈的残忍本性与其他统治者是一样的。明杨慎所辑《古今风谣》中，保存了一首《隋大业长白山谣》，就是记述农民起义军反抗隋统治者残酷统治的：

长白山前知世郎，
纯著红罗锦背裆。
长槊侵天半，
轮刀耀日光。
上山吃獐鹿，
下山吃牛羊。
忽闻官军至，
提刀向前荡。
譬如辽东死，

斩头何所伤。①

在《炀帝海山记》中，曾记述"大业十年……东幸维扬……御龙舟，中道，夜半，闻歌者甚悲"的民间歌谣：

> 我兄征辽东，
> 饿死青山下。
> 今我挽龙舟，
> 又困隋堤道。
> 方今天下饥，
> 路粮无些少。
> 前去三十程，
> 此身安可保？
> 寒骨惋荒沙，
> 幽魂泣烟草。
> 悲损闺内妻，
> 望断吾家老。
> 安得义男儿，
> 悯此无主尸。
> 引其孤魂回，
> 负其白骨归。

在记述此歌谣时，又记述"帝闻其歌，遂遣人求其歌者，至晓不得其人。帝颇徊徨，通夕不寝"。控诉统治者的罪恶，讴歌劳动者的心声，是民间文学史上民间歌谣的重要主题。隋代也是这样。这些歌谣没有丝毫的奴颜和媚骨，是隋代，也是整个专制时代最珍贵的民间文学。

---

①《隋书·来护儿传》中记来护儿"封荣国公"，"（子）整，武贲郎将、右光禄大夫。整尤骁勇，善抚士众，讨击群盗，所向皆捷，诸贼甚惮之，为作歌曰：长白山头百战场，十十五五把长枪，不畏官军十万众，只畏荣公第六郎"。这是隋代民间歌谣，记述了"荣公第六郎"对起义军的威胁。

## 第二节 唐代民间文学的发展

唐代文化的辉煌，代表着中华民族文化发展的一个高峰。在这个非凡的时代里，与隋王朝杨氏一样具有鲜卑血统的唐代统治者，同样注重创新，积极吸收中原之外的异质文化，开阔视野，不断拓展文化艺术的表现领域。这个时代的民间文学，因此具有新的气象，令当世和后世都为之瞩目。《大唐西域记》《酉阳杂俎》《敦煌变文集》、民间说话和传奇、民间竹枝词等民间歌谣、谚语、戏曲，尤其是灿若群星的民间诗歌，都成为我们为之骄傲的民族文化遗产。著名的藏族史诗《格萨尔王传》也在这个时代产生、形成。唐代民间文学的深厚基础在于民间文化，而民间文化的发展又与统治者的文化政策，以及佛教、道教和民俗生活的具体变化密切联系在一起。

唐帝国的统治者继承隋代政治，在土地赋税制度、城市经济制度、科举制度、军事制度、对外政策和包括宗教在内的文化政策等方面，都做了相应的改进，这些都具体影响到唐代民间文学的发生、发展和变化。有些学者追求所谓纯粹的民间文学，反对将民间文学与时代政治等因素联系在一起，事实上这是又一种偏颇。唐代民间文学的发展，说到底是唐代民间文化生活的具体表现；如果看不到唐代政治、经济、文化等因素所构成的大背景，就不可能真正认识唐代民间文学这个小世界。当然，和历史上的其他时期一样，唐代民间文学并不是时代的简单翻版。

唐代统治者的文化政策，在文化发展中成功地控制了社会文化发展的主流意识。除了它所实行的租庸调制、均田制刺激了经济的发展，庶族阶层和商贾阶层迅速崛起，它实行的科举制及由此派生的省卷行卷风，刺激了诗歌的繁荣、传奇文学的兴盛，相应地催生了变文俗讲等民俗文化生活的活跃。世袭的士族势力被打击、限制后，整个社会呈现出文化的新气象、新风尚，这必然影响到民间文学品格的变化。唐代统治者重视文治，儒释道三教并举，更深刻地影响了这种品格的变化。历数唐代科学文化的发展，我们不难看到唐代科学家僧一行等人对《周髀》的修正、"大衍历"的制订和浑天铜仪的发明创造（隋代已有庾质、卢太翼和耿询发明的水力转动浑天仪）；在数学方面有王孝通的《缉古算经》及李淳风等为"算经十书"所做的注解；在医学方面有孙思邈的《千金要方》《千金翼方》，王焘的《外台秘要》、苏敬等人的《唐本草》等。这是唐代社会对整个人类进步所做出的巨大贡献。然而，弥漫在科学文化圣坛周围的，却是更浓的佛风道烟。民间文学就在这种文明与愚昧相搏杀的世界中产生。诗歌的繁荣发展，有时也被这种氛围所笼罩。在李白、杜甫、白居易、韩愈、柳宗元、刘禹锡、王维、高适、岑参等人的作品中，我们也不难看到这种氛围的反映。在唐代文化的发展过程中，曾经涌现出傅奕、吕才、刘知几、卢藏用、李华、柳宗元、刘禹锡、李藩、牛僧孺、李德裕、皮日休和沈颜等无神论者，但他们的声音在帝国以佛道作为愚民政治的文化声浪中，是那样微弱。唐帝国的统治者宣扬君权神授，制造符瑞和谶告，崇佛、崇道，利用民间占卜、相面、巫术和风水信仰，构筑了这个时代的精神支柱。唐代民间文学不可避免地刻下了这种烙印。

天命神授历来是封建统治者的法宝，唐代统治者也是这种法宝的使用者。如《旧唐书·本纪第一》所载："有史世良者，善相人，谓高祖曰：'公骨法非常，必为人主，愿自爱，勿忘鄙言。'"又称李世民"生于武功之别馆""时有二龙戏于馆门之外，三日而去"；"太宗时年四岁。有书生自言善相，谒高祖曰：'公贵人也，且有贵子。'见太宗，曰：'龙凤之姿，天日之表，年将二十，必能济世安民矣。'"《通志》卷四三《礼略》载："唐乾封元年，追号老君为太上玄元皇帝。""开元二年三月，亲祠玄元皇帝庙，追尊玄元皇帝父。""二十九年，两京及诸州各置庙一所，并置崇玄馆。"他们把春秋时代道家学说的创始人李耳不断神化，以此来装扮鲜卑旧族出身的李姓王朝。

道教文化在唐代有着特殊的地位，是与李姓王朝的倡导密切相关的。这种倡导具有两种意义，一是在胡乐即外来文化渗入时，唐王朝统治者要保持自己的文化之根，即传统文化，尽管他们具有鲜卑血统。道教文化在更大的范围内是以原始信仰为思想基础的，更易于为民间百姓所接受，而李姓王朝要实现对民间文化思想的有效控制，道教无疑是最好的选择。尤其是魏晋南北朝时期葛洪等人为道教建立了一套相对完整的理论体系和通往神仙境界的人生指南之类的应用学说，这种理论和学说不断被规范，隋唐时代更进一步发展，也就有了不寻常的文化意义。唐政权建立不久，曾有道士称在羊角山遇骑马老翁李耳，李耳自称为唐李皇帝的祖先，其子孙将享国千年。不论这个道士是否在说谎，这种说法被唐王朝所接受则是事实。唐王朝立国后即坚持道先佛后的文化政策，唐太祖、太宗、睿宗、玄宗、武宗和僖宗都曾经亲受符箓或亲服丹药，甚至出现皇帝称道士皇帝（如玄宗、武宗），子女称道士女冠的现象。《道藏》中有杜光庭的《历代崇道记》，记述"从国初已来，所造宫观约一千九百余所，度道士计一万五千余人。其亲王贵主及公卿士庶，或舍宅舍庄为观，并不在其数"。唐末，杜光庭撰成《墉城集仙录》《洞天福地岳渎名山记》《道教灵验记》《历代崇道记》《神仙感遇传》等著述，神仙理论更加系统化、规范化，又有清虚子《铅汞甲庚至宝集成》、张果《玉洞大神丹砂真要诀》和施肩吾《西山群仙会真记》等，具体记述炼丹方法。这些现象必然影响到民间文化中仙话的产生，如八仙故事等都应该与此有密切联系。另一种意义在于佛教文化与外域文化传入中原之后，道教文化成为与之相抗衡的文化选择，这更符合传统文化中的"万物负阴而抱阳，以冲中和"，即佛与道在文化控制中的双重运用，使民众的信仰得到更为有效的管理。愚民政治与自欺欺人的天命神授相结合，导致道教文化成为唐帝国主流文化中的重要内容。

唐代佛教文化的发展，也深刻影响着这一时期的民间文化和民间文学，《大唐西域记》和《敦煌变文》都与之有联系。佛教自魏晋南北朝发展之后，在唐代出现了天台宗、法相宗、华严宗、禅宗、密宗、净土宗等派别，不同程度地影响到民间文化的表里。如天台宗以《法华经》为经典，以为一切都是虚幻，宣扬对人生暂时苦痛的忍受可以达到彼岸的报偿，而人间充满了痛苦，需要佛、菩萨和观世音来拯救，只要颂佛、供佛，便可达到幸福的彼岸。法相宗又称唯识宗，以玄奘、窥基为奠基者，以《解深密经》《瑜伽师地论》和《唯识二十论》等佛教经典为理论依据，以为心外无法（物），万法唯识；观一切法生于真如，即可走出"我"而得涅槃，摆脱一切苦难和烦恼。华严宗以为真如即万法。禅宗即梵语中的"禅那"，意为安静地思索，以达摩的"禅定"为理论基础，提倡甘心受苦受难，苦乐随缘，高唱"菩提本无树，明镜亦非台，佛性常清净，何处有尘埃"（《坛经》），认为"前念迷即凡，后念悟即佛"，讲究"菩提只向心觅"，只要诚心信佛，佛即在眼前。密宗以《金刚顶经》和《大日经》为经典，倡导"真言"，主张诚心供养佛。净土宗又称白莲宗，以《无量寿经》和《阿弥陀经》为理论依据，鼓吹"念佛""一心称念"，宣扬"黄金为地"的"西方净土"，鼓吹其中"昼夜六时，天雨宝花"。由此可知，佛教文化在唐代的发展，除了从印度传入之外，更多的是结合中国社会实际而自成新说，尤其是其强调轮回报应等观念，对于民间文学的发展变化有很重要的影响。

综上所述，唐代民间文学的构成中，道教文化、佛教文化、西域文化与世俗文化相结合，形成了其思想文化的四根支柱。其中，道教文化和佛教文化的影响偏重在上层社会和文人阶层，以及崛起的商贾阶层中，而西域文化和世俗传统文化则偏重流传于社会中下层之中。这四种文化相互作用，互相渗透，共同促进了唐代民间文化和民间文学的发展和繁荣。

一、《大唐西域记》与民间传说

唐代文化表现出开阔的胸襟，一方面是广为吸收域外文化及中原地区之外的少数民族文化，另一方面则把自己的文化播向五湖四海。《大唐西域记》就是这种文化背景下的产物，相传它是唐代高僧玄奘自贞观元年（627年）至贞观十九年从长安到印度寻求佛经，一路历经西域各国，各种见闻由他口述，由其弟子笔录而成的。这部典籍用大量笔墨记述了西域各国的自然和人文概况，保存了丰富的民间传说和民间故事，对唐代民间文学的发展变化有着直接的影响。

《大唐西域记》采录民间传说和民间故事时，由于玄奘意在宣扬佛法，这种采录自然会受到佛法意识的影响，因而其中保存了大量关于佛本生的故事，也就在情理之中了。这些佛本生故事以民间百姓熟悉的动物为述说对象，讲述它们如何在孝敬父母、舍己为人等行事方面表现出高尚的品格，从而形象地阐释人生涅槃与佛义相合的道理。如《大唐西域记》卷三"迦湿弥罗国"中的《佛牙伽蓝及传说》：

> 新城东南十余里，故城北大山阳，有僧伽蓝，僧徒三百余人。其窣堵波中有佛牙，长可寸半，其色黄白，或至斋日，时放光明。昔讫利多种之灭佛法也，僧徒解散，各随利居。
>
> 有一沙门，游诸印度，观礼圣迹，申其至诚。后闻本国平定，即事归途，遇诸群象横行草泽，奔驰震吼。
>
> 沙门已见，升树以避。是时群象相趋奔赴，竞吸池水，浸渍树根，互共排掘，树遂蹎仆。
>
> 既得沙门，负载而行，至大林中，有病象疮痛而卧，引此僧手，至所苦处，乃枯竹所刺也。沙门于是拔竹敷药，裂其裳，裹其足。别有大象持金函授予病象，象既得已，转授沙门。沙门开函，乃佛牙也。诸象环绕，僧出无由。明日斋时，各持异果，以为中馔。食已，载僧出林，数百里外，方乃下之，各跪拜而去。

沙门至国西界，渡一驶河，济乎中流，船将覆没。

同舟之人互相谓曰："今此船覆，祸是沙门。沙门必有如来舍利，诸龙利之。"

船主检验，果得佛牙。

时沙门举佛牙，俯谓龙曰："吾今寄汝，不久来取。"

遂不渡河，回船而去，顾河叹曰："吾无禁术，龙畜所欺。"

重往印度，学禁龙法。三岁之后，复还本国，至河之滨，方设坛场，其龙于是捧佛牙函以授沙门。

沙门持归，于此伽蓝而修供养。

这是一篇报恩故事，让人联想到魏晋南北朝时期南朝宋人刘敬叔《异苑》中的《大客》："始兴郡阳山县有人行田，忽遇一象，以鼻卷之，遥入深山，见一象脚有巨刺。此人牵挽得出，病者即起，相与蹋陆，状若欢喜。前象复载人就一污湿地，以鼻掘出数条长牙，送还本处。彼境田稼常为象所困，其象俗呼为大客。因语云：'我田稼在此，恒为大客所犯。若念我者，勿复见侵。'便见蹄躅，如有驯解。于是，一家业田，绝无其患。"还有刘义庆《幽明录》中的《蟪蛄报恩》，以及东阳无疑《齐谐记》中的《董昭之》等，都是以报恩为主题的民间故事。那么，这些故事是否同出于一源呢？显然不是。《佛牙伽蓝及传说》记述的是"迦湿弥罗国"的故事，寺院中三百多位僧侣供奉佛牙，这则故事就是述说其具体来历的，目前尚无充足的证据证明《佛牙伽蓝及传说》就是魏晋南北朝时期这些报恩故事的延续，更不能说后者是前者的来源；但我们可以说，由于《佛牙伽蓝及传说》的流传，加剧了这些佛本生类民间故事在唐代及后世的传播。在后世以至今日的民间报恩故事中，几乎所有的主题都沾染上了佛法的意义，同时与汉民族关于"积善成德"的传统美德教育有具体联系。唐代民间故事中也有同类主题的故事，如张鷟《朝野佥载》中的《华容庄象》、戴孚《广异记》中的《阆州莫徭》，所不同者就是地区和人物。报恩故事还与后世许多文人传说相融合，它告诉人们"好人必有好报"的朴素的生活道理，民间谚语把这种道理归结为"恶有恶报，善有善报；不是不报，时辰不到；时辰一到，必有所报"。同时，这也提出了一个民间文化中生命哲学的问题，即我们应该如何思索"终成正果"之类的社会道德修养，如何对待唯利是图和忘恩负义的丑恶现象。这种问题的解答，成为民间报恩故事的主要阐释内容。

又如《大唐西域记》卷六《雉王本生故事》：

> 精舍侧不远，有窣堵波，是如来修菩萨行时，为群雉王救火之处。
> 昔于此地，有大茂林，毛群羽族，巢居穴处。惊风四起，猛焰飙急。时有一雉，有怀伤愍，鼓濯清流，飞空奋洒。
> 时天帝释俯而告曰："汝何守愚，虚劳羽翮？大火方起，焚燎林野。岂汝微躯，所能扑灭？"
> 雉曰："说者为谁？"
> 曰："我，天帝释耳。"
> 雉曰："今天帝释有大福力，无欲不遂。救灾拯难，若指诸掌，反诘无功，其咎安在？猛火方炽，无得多言。"
> 寻复奋飞，往趣流水。
> 天帝遂以掬水泛洒其林，火灭烟消，生类全命，故今谓之救火窣堵波也。

这本是一篇佛本生故事，它使人想起了《山海经》中的《精卫填海》和《列子》中的《愚公移山》。精卫填海意在报父冤屈之仇，愚公移山则是全家挖山不止，感动天帝使神移走了太行、王屋二山。他们都有不自量力之处，但又都表现出大无畏的勇敢精神，这正是人类发展的最宝贵的因素，因而受到不同国家和民族的共同礼赞。在《大唐西域记》中，这类佛本生故事固然很有价值，但更为重要的是玄奘在讲述中，自觉地融入了他所熟知的中国文化知识的背景。在这些故事中，可以看到刘向《列女传》和我国古代守孝故事所表现的类似主题。玄奘从长安出发去印度寻取佛经之前，应该是受过良好的古典文化教育的，他应该熟悉《列女传》这类典籍，尤其是范晔《后汉书》中的"列女传"。孝子故事和烈女故事作为中国文化特有的情结，自然会融注进玄奘的知识背景、审美思维和价值判断等思想文化因素之中。在这之前，佛经故事总集《经律异相》在梁武帝时代修撰而成，其中的佛本生故事必然会影响到玄奘，而真正使玄奘形成具体的判断、选择的，还是其古典文化的知识背景。玄奘走过那么多的路，经历了无数艰险，聆听过许多民间传说和民间故事，真正让他刻骨铭心而难以忘怀的，应该是能引起他情感共鸣的内容。也就是说，他所记述的关于佛本生的传说故事，首先是被中国文化过滤之后的印度故事——没有这种前提，此类故事就难以在中国民间文化生活中生根发芽。这种现象，我们应该很清醒地看到，而不应该动辄奢谈我们的某某民间文学作品来源于什么大梵天神话。当然，我国民间文学所受域外文化的具体影响，我们同样应该清醒地看到，尤其应看到其潜移默化的作用。

在《大唐西域记》中，有许多关于龙的神话传说故事。在我国古代典籍中，龙是神秘的天使、神使，如谶纬文化认为许多帝王便是龙种。在佛教文化中，龙同样具有神秘的意义，如古代印度文化称龙为"那伽"，它身如蛇形，能在水中兴起风雨，曾是佛所使用的神器。观音菩萨的右胁侍是二十诸天之一娑竭罗龙王的女儿，即龙女，年方八岁，她听文殊菩萨在龙宫说法，遂觉悟，至灵鹫山礼佛，以龙身成佛道，后辅助观世音普度众生。龙女故事在唐代颇为流行，岑参曾写《龙女祠》。李朝威所写的传奇《柳毅传》，也是龙女故事。佛教经典中有天龙八部，又叫龙神八部，《华严经》中曾载有毗楼博叉龙王、娑竭罗龙王等无量大龙王，它们兴云布雨，能使人间消除烦恼。按《唐才子传校笺》，岑参生年为开元五年（717年），为玄奘圆寂五十三年后。李朝威为贞元元和年间人，亦晚于玄奘。他们所描写的龙女故事，应该受到了《大唐西域记》的影响。《大唐西域记》中的龙女等龙族故事，对唐代和唐代之后的文学作品，包括民间文学中的龙族故事有着重要影响。其卷一所记述的"迦毕试国"，即《大雪山龙池及其传说》，是一则以龙王歧视沙弥即小和尚而兴起战事的复仇故事，最后所显示的是迦腻色迦王在斗法中获胜。由此可以看到"龙战于野，其血玄黄"，这里的沙弥起恶愿而化身为大龙王，报了龙王"以天甘露饭阿罗汉，以人间味而馔沙弥"的仇，败给了迦腻色迦王，其中当有更复杂的争斗背景。更重要的是，自《大唐西域记》广为流行之后，龙王故事使这之前的"好龙""豢龙""屠龙"之类简单的情节丰富化、生动化，因而才有诸如李朝威《柳毅传》那样的传奇崛起。在后世流传的隋唐故事，如《说唐》和《西游记》之类作品中，我们都可以看到"大雪山龙池"中龙王的踪影。

应该说，与佛教相关联的龙族故事，拓展了唐代民间文学的审美表现空间。在这种意义上，《大唐西域记》起到了相当重要的作用。除了这里列举的龙族故事之外，《大唐西域记》中还有许多关于龙的民间传说故事，如其卷三中"揭罗曷国"中的"瞿波罗龙"、"乌那国"中的"阿波逻罗龙"和"龙女"、"迦湿弥罗国"中的"龙王"等，为唐代和唐之后的民间文学提供了新颖的素材。在唐代民间文化的世界里，佛教中的龙王故事和中国仙话中的龙神传说相结合,同时,又糅合了具有原始信仰意义的龙图腾等民俗生活,形成了具有鲜明时代特色的中国龙族传说系统。《大唐西域记》对这个系统的形成,起到了催化剂的作用。

《大唐西域记》卷十一记述了"僧伽罗国"(今斯里兰卡)两则与这个国家始祖相关的传说。第一则传说讲述的是山中狮子抢走了南印度国的公主,生有一子。其子成人,"形貌同人"而"性种畜也"。他知晓自己出身背景的实情后,携带母亲和妹妹逃回其母原来所生活的南印度,过着平民生活。狮子失去了妻子和儿女,四处寻找,并疯狂地伤害人类。国王悬赏天下,募人除去狮子。其子欲应募,遭到母亲反对。狮子见到儿子后,"尚怀慈爱,犹无忿毒",被儿子所杀。其子成为英雄,但他的身世也不能掩盖下去,国人愤怒斥责他的弑父行为,他被驱逐出这个国家。国王"重赏以酬其功,远放以诛其逆",并留下他的母亲。他和他的妹妹各乘一船,漂至"宝渚",建立"狮子国"即"僧伽罗国",其妹建立西大女国。明永乐年间流传的《大唐西域记》又有僧伽罗斩除罗刹女的故事,"附记"中称昔释迦牟尼化身为"僧伽罗"①。故事讲述僧伽罗代父经商,路遇一岛,知悉岛上有罗刹女与众商人结合生育孩子,同时又要将这些商人吃掉。僧伽罗逃回家,罗刹女先行赶至僧伽罗的家中,并迷惑住僧伽罗的父亲,与他结婚。僧伽罗非常痛苦,因为他父亲拒不听从他的劝告。最后,罗刹女杀掉了僧伽罗的家人,僧伽罗带领众人战胜了罗刹女,拯救出未被吃掉的商人,在岛上建立了僧伽罗国。两则传说传入中国,使国人视野得到扩展。更重要的是,唐代民间文学融入了浓郁的外域文化,其自身也随之发生重要变化。其中一个最显著的变化,就是拓宽了民间文学的审美表现领域,形成了《山海经》神话时代的复兴。在《山海经》神话中,我们看到东西南北四方大海大荒的广阔无垠,但笼罩《山海经》这种文化内涵的却是巫,呈现的是被巫化的神话世界;在《大唐西域记》中,主要是西域这片广大的土地——我们的祖先曾经情有独钟而颇为向往的这个陌生的世界,经过玄奘这位僧人的口头描述,以丰富而神奇的传说,带给我们另一种感觉。

唐帝国时代的"西域"是一个笼统的文化地理概念,它不但包括我们国土之外的"异域",也包括玉门关以西我国新疆在内的大片疆域,中国文化通常以神秘的笔调来描绘它。从使者张骞和"丝绸之路",到玄奘去

---

① 参见季羡林:《〈大唐西域记〉校注》,中华书局1985年版,第881页。

"西域"寻找佛经真谛，都使这个文化地理概念蒙上一层神秘的面纱，进而影响到后世民间文学有关"西域"的文化传说。尤其是后世流传甚广的《西游记》及其传说故事，使"西天"成为一个说不尽的文化地理概念。我们可以看到，在《大唐西域记》中记述的我国西部地区的民间传说和民间故事，有着更为特殊的价值和意义。如其卷十二"瞿萨旦那国"所记我国古代新疆的民族故事。有一则是"鼠王"帮助国王战胜匈奴数十万侵边敌兵的传说，记述鼠众在敌兵出骑时，咬断马鞍、弓弦、甲链等骑座上的关键器物，使"瞿萨旦那王"获得胜利。为了表示谢意，其在当地设祠祭祀。故事涉及的"鼠壤坟遗迹"及有关版画，至今还有流传、保存。还有一则是"龙鼓"的传说。玄奘记述的目的是讲述西域的国情、世情和民情，但他在无意间为我们保留下一则关于新疆和田"玉龙哈什河"的风物传说。这类在我国西部地区少数民族中流传的民间传说，还有"盘陀国"所记述的塔吉克族起源的故事。其故事背景是波利斯国（即今波斯）国王与中国联姻，迎娶中国公主做波利斯皇后，行至塔什库尔干时，因前方发生战争停留下来。时过三个月，战争结束，使臣们发现公主怀孕。调查原因，原来是一位英俊的小伙子每天中午都从太阳上骑神驹降至公主居住的山顶上与公主相会。众人非常惧怕回到波利斯后国王会杀掉他们，于是就商定在塔什库尔干这个地区停留下来，不再回国。大家推举公主做首领，建起宫殿和城堡。公主生下一个男孩，男孩长大后成为出色的首领，建立了"盘陀国"。这些故事的记述，诚如玄奘在《进〈西域记〉表》中所说："今所述，有异前闻，虽未极大千之疆，颇穷葱外之境，皆存实录，匪敢雕华。"其中"葱外之境"即葱岭之外的广大地区，具体涉及我国唐代的版图，在我国文化发展中具有特殊意义。文化的交流促进了文化的发展和繁荣，对于"边塞"这个政治障碍的突破，域外民间故事的介绍起到了将士们用金戈铁马所不能起到的作用。玄奘对于印度民间故事的介绍，让大唐帝国的人们感到以佛教文化为移入契机的更系统、更全面、更生动的簇新的文明。他继张骞之后，使连接中原文化与异域文化的丝绸之路铺展得更宽广、更遥远。继《大唐西域记》之后，还有陈劭的《通幽记》、薛用弱的《集异记》、段成式的《酉阳杂俎》、牛僧孺的《玄怪录》、薛渔思的《河东记》和裴铏的《传奇》等著述，都曾记述印度故事、阿拉伯故事等"新声"。

季羡林先生指出，《大唐西域记》这部书，"早已经成了研究印度历史、哲学史、宗教史、文学史等的瑰宝""我们几乎找不到一本讲印度古代问题而不引用玄奘《大唐西域记》的书"[1]。的确是这样，自从梁武帝时代僧旻和宝唱等撰集《经律异相》，介绍大量印度佛本生故事之后，我国民间文学的题材与表现方式都发生了重要变化；但是，由于多种原因，《经律异相》为世人所知者并不是很多，而《大唐西域记》则几乎家喻户晓。《大唐西域记》不仅影响了唐代的民间文学，而且对唐代之后的民间文学和作家创作都产生影响，个中原因值得我们深思。敝帚自珍、坐井观天、孤芳自赏或者视异域文化如洪水猛兽，是不可能产生《大唐西域记》这样的作品的。文化的开放并不是对文学的民族审美表现个性的扼杀，而是在其中注入了旺盛的生机。唐代社会大开放带来文化大繁荣，玄奘和尚西行求法产生了《大唐西域记》，使唐帝国的民间文学进入了一个新阶段。这种情况的出现不是偶然的，而是与唐帝国的文化政策和文化风尚密切相联的。如中唐宰相贾耽、杜佑等上层人士，就非常关注异域文化，在著作中给以记述。贾耽以三十年之力撰成《海内华夷图》和《古今郡国县道四夷述》，对"九州之夷险，百蛮之土俗，区分指画，备究源流"。杜佑的《通典》汇聚了他半生的心血，其中的"州郡典"按九州分布，分述不同地区的民间传说等内容。这种形式直接影响到我国民俗志意义的方志文体与文化传统。其"边防典"之类，详细记述了域外以及我国古代少数民族间流传的民间传说和民间故事等内容，在民间文学史上有独特的价值。在一些少数民族的历史传说中，有些内容表现出图腾色彩，像《通典》卷一九七"边防典"所记"北狄"，内中就有狼种故事，记述传说中人与狼相交而生育后代，其实是狼图腾文化遗迹的表现，而杜佑却以为就是真实的历史，以"其人好引声长歌，有似狼嗥""其俗蹲踞媟嫟，无所忌避"为"不洁净"之表现。当然，唐代对外域文化的吸收也是有选择的，如源于波斯的"泼寒胡戏"，在唐开元元年（713年）之前传入中国后，曾风行一时，至寒冬季节，演出者"裸露形体，浇灌衢路，鼓舞跳跃而索寒""裸体跣足""挥水授泥"[2]。这种民俗生活虽然深受人们欢迎，连皇室都亲临观看，但因为它有悖于教化，所以虽"渐浸成俗，因循已久"，也被"禁断"[3]。这正是大国从容的文化选择！

---

[1] 季羡林：《〈大唐西域记〉校注》，中华书局1985年版，第135页。
[2]《唐会要》卷三十四"杂录"。
[3]《唐会要》卷三十四"杂录"。

## 二、《酉阳杂俎》和唐代民间传说故事的保存

唐代民间文学在文献典籍中的保存尤为丰富，特别是敦煌石窟藏经洞的发现，使我们看到一个更为广阔的世界。唐代民间传说和民间故事的记述，也出现了空前的繁荣景观。其中给人印象最突出者，当数段成式的《酉阳杂俎》，它集中体现了唐代民间传说和民间故事的记述手段与文化风格。在同时代的众多典籍中，《酉阳杂俎》记述范围的广阔、记述的可靠性与准确性之高，是同时代许多书籍所不能比的。也就是说，《酉阳杂俎》的记述效果，标志着唐代民间文学记录技术的最高成就，对于我们研究唐代民间文学嬗变形态的历史表现，有着很重要的价值。

《酉阳杂俎》得名于"梁湘东王"的"赋"中所述"访酉阳之逸典"[1]。段成式是唐朝宰相段文昌之子，幼年曾在四川生活，后来又至长安、成都、荆州、扬州等地生活，并在吉州、江州、处州等地任地方官吏。他小时候受过良好的古典文化教育，博览群书，颇有政绩，终为太常卿，所以陈振孙在《直斋书录解题》中说《酉阳杂俎》为"唐太常少卿临淄段成式撰"。《新唐书·艺文志》小说家类载《酉阳杂俎》"三十卷"，《宋史·艺文志》作"二十卷"（又有《续酉阳杂俎》十卷）。段成式在《酉阳杂俎自序》中讲到自己撰写这部书的感受：

> 夫《易》象一车之言，近于怪也；诗人南箕之奥，近乎戏也。固服缝掖者，肆笔之余，及怪及戏，无侵于儒。无若诗书之味太羹，史为折俎，子为醯醢也，炙鸮羞鳖，岂容下箸乎！固役而不耻者，抑志怪小说之书也。成式学落词蔓，未尝覃思，无崔骃真龙之叹，有孔璋画虎之讥。饱食之暇，偶录记忆，号《酉阳杂俎》，凡三十篇，为二十卷，不以此间录味也。

《酉阳杂俎》中，志怪、传奇、杂录、琐闻、考证等融会一体，所记述民间传说和民间故事，多见于前集卷十四、十五的"诺皋记"，续集卷一、二、三中的"支诺皋"等处。其所记述故事多采自"传说"，既有酉阳地方传说，又有其他地方流传的故事，还有海外诸如古龟兹国和印度等"异域"故事。它记述了多种世界上最早的民间故事类型，如《旁㐌》是最早的狗耕田型故事，《叶限》是最早的灰姑娘型故事。"灰姑娘"在国外

---

[1] 周登：《酉阳杂俎后序》，上海涵芬楼影印明赵氏脉望馆刊本。

的记述者是法国作家沙·佩罗，他在 1697 年写的《鹅妈妈的故事或寓有道德教训的往日的故事》中，记述了此类主题的内容，而《酉阳杂俎》成书于 9 世纪，比它至少早了 800 年。19 世纪初德国出版了《格林童话》，其中也有《灰姑娘》，这比《酉阳杂俎》更晚。

《叶限》存于《酉阳杂俎》"续集"卷一"支诺皋"的"上篇"。它不但记述了故事全文，而且记述了故事讲述者的情况：

> 南人相传，秦汉前有洞主吴氏，土人呼为吴洞。娶两妻，一妻卒，有女名叶限。少慧，善陶金，父爱之。末岁父卒，为后母所苦，常令樵险汲深。时尝得一鳞，二寸余，赪鬐金目，遂潜养于盆水中。日日长，易数器，大不能受，乃投于后池中。女所得余食，辄沉以食之。女至池，鱼必露首枕岸。他人至，不复出。其母知之，每伺之，鱼未尝见也。因诈女曰："尔无劳乎？吾为尔新其襦。"乃易其弊衣。后令汲于他泉，计里数百也。母徐衣其女衣，袖利刃，行向池呼鱼，鱼即出首，因斫杀之。鱼已长丈余，膳其肉，味倍常鱼，藏其骨于郁栖之下。逾日，女至向池，不复见鱼矣，乃哭于野。忽有人被发粗衣，自天而降，慰女曰："尔无哭，尔母杀尔鱼矣！骨在粪下。尔归，可取鱼骨藏于室，所须第祈之，当随尔也。"女用其言，金玑衣食，随欲而具。及洞节，母往，令女守庭果。女伺母行远，亦往，衣翠纺上衣，蹑金履。母所生女认之，谓母曰："此甚似姊也。"母亦疑之。女觉遽反，遂遗一只履，为洞人所得。母归，但见女抱庭树眠，亦不之虑。其洞邻海岛，岛中有国名陀汗，兵强，王数十岛，水界数千里。洞人遂货其履于陀汗国，国主得之，命其左右履之，足小者履减一寸。乃令一国妇人履之，竟无一称者。其轻如毛，履石无声。陀汗王意其洞人以非道得之，遂禁锢而拷掠之，竟不知所从来。乃以是履弃之于道旁，即遍历人家捕之，若有女履者，捕之以告。陀汗王怪之，乃搜其室，得叶限，令履之而信。叶限因衣翠纺衣，蹑履而进，色若天人也。始具事于王，载鱼骨与叶限俱还国。其母及女即为飞石击死。洞人哀之，埋于石坑，命曰懊女冢。洞人以为禖祀，求女必应。陀汗王至国，以叶限为上妇。一年，王贪求，祈于鱼骨，宝玉无限，逾年，不复应。王乃葬鱼骨于海岸，用珠百斛藏之，以金为际。至征卒叛时，将发以赡军。一夕，为海潮所沦。
>
> 成式旧家人李士元所说。士元本邕州洞中人，多记得南中怪事。

"陀汗",《旧唐书》等史籍有载,确有其国,贞观年间,曾向唐朝进贡。"邕州"吴洞,为今广西扶绥。"陀汗"位于"吴洞"之"邻海岛"之中,应为今北部湾北海市涠洲岛,或其他相邻岛屿。那么,这则故事应流传于唐代广西。有学者以为是唐代流行的壮族民间故事①,也有道理。不论此故事是否就发生于广西一带,由此向中原一带流传,或者由中原向广西流传,它所保留的故事文本都具有非凡的意义,已引起国内外民间文学研究者的广泛注意②。这是段成式对世界民间文学史的贡献。

《旁㐌》见于续集《支诺皋》。这是一则"新罗国"故事,"新罗"即今朝鲜,表明它是朝鲜族民间流传的兄弟分家型故事:

>  新罗国有第一贵族金哥,其远祖名旁㐌。有弟一人,甚有家财。其兄旁㐌因分居,乞衣食。国人有与其隙地一亩,乃求蚕谷种于弟,弟蒸而与之,㐌不知也。至蚕时,有一蚕生焉。日长寸余,居旬大如牛,食数树叶不足。其弟知之,伺间杀其蚕。经日,四方百里内蚕飞集其家,国人谓之巨蚕,意其蚕之王也。四邻共缲之,不供。谷唯一茎植焉,其穗长尺余,旁㐌常守之。忽为鸟所折,衔去,旁㐌逐之。上山五六里,鸟入一石罅。日没径黑,旁㐌因止石侧。至夜半月明,见群小儿赤衣共戏。一小儿云:"尔要何物?"一曰:"要酒。"小儿露一金锥子,击石,酒及樽悉具。一曰:"要食。"又击之,饼饵羹炙罗于石上。良久,饮食而散,以金锥插于石罅。旁㐌大喜,取其锥而还,所欲随击而办,因是富侔国力,常以珠玑赡其弟。弟方始悔其前所欺蚕谷事,仍谓旁㐌:"试以蚕谷欺我,我或如兄得金锥也。"旁㐌知其愚,谕之不及,乃如其言。弟蚕之,止得一蚕如常蚕;谷种之,复一茎植焉。将熟,亦为鸟所衔。其弟大悦,随之入山。至鸟入处,遇群鬼怒曰:"是窃予金锥者!"乃执之,谓曰:"尔欲为我筑塘三版乎?欲尔鼻长一丈乎?"其弟请筑塘三版。三日,饥困,不成,求哀于鬼,乃拔其鼻,鼻如象而归。国人怪而聚观之,惭恚而卒。

---

① 蓝鸿恩:《西南民间文学散论》中的《〈灰姑娘〉与〈达架〉》,广西人民出版社1981年版。

② [美] R.D. 詹姆森:《中国的灰姑娘故事》,见《民间文艺学探索》,北京师范大学出版社1987年版。

# 第七章 隋唐新声

其后，子孙戏击锥求狼粪，因雷震，锥失所在。

类似情节在后世民间故事中不断出现，成为兄弟分家型故事的主要内容，还被融入舜传说故事中，即令舜用炒过的麻籽种地，舜反而得到宝物，或得到神仙帮助。我国11世纪开始流传《尸语故事》①，其中也收入这篇故事，并以"长鼻子哥哥"为名，在藏族和蒙古族地区流传。这里面所包含的文化成分相当复杂，既有兄弟分家型故事情节，又有报应故事情节，同时还有域外内容及精怪内容。《酉阳杂俎》中此类故事颇多，如"屏妇踏歌""头陀与道士""石枕""长须国""登娘""野叉妻""巨木白耳""真官""村正射怪""乌郎与黄郎"等，都不同程度地表现出这些内容。可以说，《酉阳杂俎》是我国唐代一部颇为难得的民间故事集。

《酉阳杂俎》记述了许多精怪故事，有一些精怪故事成为道教或佛教传说的内容。如关于许真君的传说，记述东晋道士许逊受人尊敬，因他在四川旌阳任县令时政绩颇佳，人称他"许旌阳"。在我国南方四川一带，流传着他斩蛟除水患的故事，《酉阳杂俎》前集卷二中记述道：

晋许旌阳，吴猛弟子也。当时江东多蛇祸，猛将除之，选徒百余人。至高安，令具炭百斤，乃度尺而断之，置诸坛上。一夕，悉化为玉女，惑其徒。至晓，吴猛悉命弟子，无不涅（湿）其衣者，唯许君独无，乃与许至辽江。及遇巨蛇，吴年衰，力不能制，许遂禹步敕剑，登其首斩之。

这种传说在《朝野佥载》中也曾记述，后人因此题材创作通俗小说《晋代许旌阳得道擒蛟铁树记》、杂剧《许真人拔宅飞升》等，流传甚广。同时，我们从李公佐《古岳渎经》所记大禹治水传说中也可以看到类似情节。近人黄芝冈在《中国的水神》②中对这类传说进行认真考察，发现许

---

① 阿底峡尊者（982—1054）《子书》所记，《尸戏寓言》约于此时开始流传。《尸语故事》原为印度民间故事，11世纪传入西藏，其原来情节为健日旺遇到一位出家人，出家人要他背尸体，尸体会讲故事。他们要求健日旺遵守禁忌，不准说话，否则，尸体就会飞，健日旺还要重新背尸体。尸体即僵尸鬼告知健日旺，出家人要杀害他，他便杀了出家人，僵尸鬼成为他的好朋友。参见金克木《梵语文学史》，人民文学出版社1964年版。

② 黄芝冈：《中国的水神》，生活书店1934年版。

真人与李冰、二郎神、杨泗将军等传说人物有许多相似处，可见《酉阳杂俎》在后世民间文学中的深远影响。此类传说载于《酉阳杂俎》前集卷十四"诺皋记"。在张天翁传说中也有记述，是玉皇故事的原型：

> 天翁姓张名坚，字刺渴，渔阳人。少不羁，无所拘忌。尝张罗，得一白雀，爱而养之。梦天刘翁责怒，每欲杀之，白雀辄以报坚，坚设诸方待之，终莫能害。天翁遂下观之，坚盛设宾主，乃窃骑天翁车，乘白龙，振策登天。天翁乘余龙追之，不及。坚既到玄宫，易百官，杜塞北门，封白雀为上卿侯，改白雀之胤不产于下土。刘翁失治，徘徊五岳作灾。坚患之，以刘翁为泰山太守，主生死之籍。

《酉阳杂俎》中，"天翁"和"天师"都是以法术制胜，而这种法术并不仅仅是一种技能，更多的是智慧和勇气。在前集卷五"怪术"篇"翟天师召龙"中，"峡中人"以法术召龙治峡滩，其内容与此相同，显现出唐代民间文学的文化叙事特征：

> 云安井自大江溯别派，凡三十里。近井十五里，澄清如镜，舟楫无虞。近江十五里，皆滩石险恶，难于沿溯。天师翟乾祐念商旅之劳，于汉城山上结坛考召，追命群龙。凡一十四处，皆化为老人，应召而至。乾祐谕以滩波之险，害物劳人，使皆平之。一夕之间，风雷震击，一十四里尽为平潭矣。唯一滩仍旧，龙亦不至。乾祐复严敕神吏追之。又三日，有一女子至焉，因责其不伏应召之意。女子曰："某所以不来者，欲助天师广济物之功耳。且富商大贾，力皆有余；而佣力负运者，力皆不足。云安之贫民，自江口负财货至近井潭，以给衣食者众矣。今若轻舟利涉，平江无虞，即邑之贫民无佣负之所，绝衣食之路，所困者多矣。余宁险滩波以赡佣负，不可利舟楫以安富商。所以不至者，理在此也。"乾祐善其言，因使诸龙皆复其故；风雷顷刻，而长滩如旧。

段成式还在《酉阳杂俎》中记述了一些佛教故事。如其"续集"卷四"贬误"中对吴均《续齐谐记》中的鹅笼书生故事进行了较早的民间故事比较研究。他说："释氏《譬喻经》云：昔梵志作术，吐出一壶，中有女与屏处作家室。梵志少息，女复作术，吐出一壶，中有男子，复与共卧。

梵志觉，次第互吞之，拄杖而去。余以吴均尝览此事，讶其说，以为至怪也。"他还在这里对中岳道士顾玄绩的传说故事与《大唐西域记》卷七中的"婆罗疣斯国"所记"烈士池"进行比较，指出"盖传此之误，遂为中岳道士"的嬗变形态。在前集卷十"物异"中，他记述了"衡阳湘乡县有石鱼山"的传说，能"照人五脏"的"秦镜"的传说，"食一枚，心中一孔明；食至七，心七窍洞彻，可以夜书"的萤火神芝的传说等。同时，他还记述了一些故事的异文，如"物异"中所记："井鱼脑有穴，每噏水，辄于脑穴蹙出，如飞泉散落海中，舟人竞以空器贮之。海水咸苦，经鱼脑穴出，反淡如泉水焉。成式见梵僧普提胜说。""奔𩹁一名㺹，非鱼非蛟，大如船，长二三丈，色如鲇，有两乳在腹下，雄雌阴阳类人，取其子著岸上，声如婴儿啼。顶上有孔通头，气出嚇嚇作声，必大风，行者以为候。相传懒妇所化。杀一头得膏三四斛，取之烧灯，照读书纺织辄暗，照欢乐之处则明。"这两种鱼都是"脑有穴"类，其传说相异，段成式特意注明，可见其忠实记录的原则。

《酉阳杂俎》中还记述了一些少数民族的民间传说，如其前集卷四"境异"所记古突厥人"以人祭纛"仪式的起源故事：

> 突厥之先曰射摩舍利海神，神在阿史德窟西。射摩有神异，又海神女每日暮以白鹿迎射摩入海，至明送出。经数十年。后部落将大猎，至夜中，海神谓射摩曰："明日猎时，尔上代所生之窟，当有金角白鹿出。尔若射中此鹿，毕形与吾来往；或射不中，即缘绝矣。"至明入围，果所生窟中有金角白鹿起，射摩遣其左右固其围。将跳出围，遂杀之。射摩怒，遂手斩呵咇首领，乃誓之曰："自杀此之后，须人祭天。"即取呵咇部落子孙斩之以祭也。至今，突厥以人祭纛，常取呵咇部落用之。射摩既斩呵咇，至暮还。海神女报射摩曰："尔手斩人，血气腥秽，因缘绝矣。"

突厥族是我国古代历史上一个历经艰辛而不屈不挠的民族，《周书·突厥传》中曾记载这个民族乃"狼所生"的历史传说。至11世纪，出现了著名的《突厥语大辞典》，其中保存不少民间传说。在《酉阳杂俎》中，我们可以看到这些突厥族历史传说间的复杂联系。

《酉阳杂俎》中的"鲁般传说"也颇有意义，其续集卷四"贬误"中载：

>今人每睹栋宇巧丽，必强谓鲁般奇工也。至两都寺中，亦往往托为鲁般所造，其不稽古如此。据《朝野佥载》云：鲁般者，肃州敦煌人，莫详年代，巧侔造化。于凉州造浮图，作木鸢，每击楔三下，乘之以归。无何，其妻有妊，父母诘之，妻具说其故。父后伺得鸢，击楔十余下，乘之，遂至吴会。吴人以为妖，遂杀之。般又为木鸢，乘之，遂获父尸。怨吴人杀其父，于肃州城南作一木仙人，举手指东南，吴地大旱三年。卜曰：般所为也。赍物具千数谢之，般为断一手，其日吴中大雨。国初，土人尚祈祷其木仙。
>
>六国时，公输般亦为木鸢以窥宋城。

鲁般即鲁班，又称公输般，是我国民间传说中能工巧匠的典型。其造木鸢的传说，《墨子·鲁问》中曾记述为"削竹木以为鹊，成而飞之，三日不下"；至魏晋南北朝时期，任昉《述异记》中则记述为"刻木为鹤"："天姥山南峰，昔鲁班刻木为鹤，一飞七百里，后放于北山西峰上。汉武帝往取之，遂飞上南峰。往往天将雨，则翼翅摇动，若将奋飞。"在段成式笔下，鲁班传说的情节与肃州敦煌的民俗生活联系起来，增加了仇视东南的内容。今传《朝野佥载》无此传说，也可能散佚了。但这则传说的转述，确实具有唐代西北地区历史文化的地方特色和时代特色。

《酉阳杂俎》不仅记述了各种类型的民间传说和民间故事，而且记述了许多生动的歌谣和谚语。在其前集中，卷十"物异"记有与"异"相关的谚语；卷十六至卷二十总题为"广动植"，分"羽""毛""鳞介""虫""木""草"等篇，保存的谚语即为对自然界各种奇异现象的总结。如卷十六中的"小麦忌戌，大麦忌子"，我们在《四民月令》中就已见到；"木再花，夏有雹；李再花，秋大霜"的记述，源于对物候的总结；"买鱼得鲂，不如食茹。宁去累世宅，不去制鱼额。洛鲤伊鲂，贵于牛羊"，则是对社会生活经验的总结，既可看作歌谣，又可看作谚语。其他如卷十七中对"蜘蛛"观察时，引"颠当颠当牢守门，蠮螉寇汝无处奔"，也属此类。《酉阳杂俎》还记述了一些历史上的歌谣和谚语，如卷十四所记"欲求好妇，立在津口。妇立水旁，好丑自彰"，卷十六所记"不服辟寒金，那得君王心。不服辟寒钿，那得君王怜"，"续集"卷四所记"朝亦饮酒醉，暮亦饮酒醉。日日饮酒醉，国计无取次"，"续集"卷八所记"金驴一鸣，天下太平"，以及"续集"卷十所记"王母甘桃，食之解劳"等。这些歌谣并不是单独地记述,而是有着一定的历史背景,如"续集"卷四中所记的歌谣,是以"北齐高祖常宴群臣,酒酣,各令歌"为其背景的;武卫斛律丰乐所歌"饮酒醉",其意集中在"日日饮酒醉,国计无取次"上。

《酉阳杂俎》对唐代民间文学的保存,在类型上具有典型性,既有古代的,又有当代的;既有中原的,又有边疆的,还有国外的;既有汉族的,又有少数民族的。同时,它还保存了一些重要的异文,为我们研究唐代民间文学提供了珍贵材料。尤其是其卷十四在人梦境中描述唐代"踏歌",这种民俗生活所表现的氛围,令我们沉醉。在我们的耳边,仿佛正回响着这千年前发自段成式笔端的"春阳"声声:

> 长安女儿踏春阳,
> 无处春阳不断肠。
> 舞袖弓腰浑忘却,
> 蛾眉空带九秋霜。

这歌声把我们带到大唐帝国的长安街头,带到胜日寻芳的水滨,带到风云翻卷的山间,让我们去忘情地抚摸那彩霞般绚丽的民间文学。

戴孚的《广异记》洋洋二十卷,十余万字。这是唐代规模很大的一部文献,但唐宋以来的史志都没有录入它。在《文苑英华》卷七三七中载有顾况的《戴氏广异记序》,略述戴氏生平。从中我们可以知晓,戴孚是唐至德二年(757年)进士,与顾况同年登科,这本书曾有抄本六卷,后主要以条文形式存于《太平广记》。其所述传说,多为唐玄宗执政期间江浙等东南一带的故事。顾况在"序"中评介说:

> 大钧播气,不滞一方。梼杌为黄熊,彭生为大豕;苌弘为碧,舒女为泉;牛哀为虎,黄母为鼋;君子为猿鹤,小人为虫沙。武都妇人化为男,成都男子化为女。周娥殉墓,十载却活;嬴姬暴市,六日而苏;蜀帝之魂曰杜鹃,炎帝之女曰精卫。洪荒窈窕,莫可纪极。古者青乌之相冢墓,白泽之穷神奸;舜之命夔以和神,汤之问革以语怪。音闻鲁壁,形镂夏鼎,玉牒石记,五图九籥,说者纷然。故汉文帝召贾谊问鬼神之事,夜半前席。志怪之士刘子政之《列仙》,葛稚川之《神仙》,王子年之《拾遗》,东方朔之《神异》,张茂先之《博物》,郭子潢之《洞冥》,颜黄门之《稽圣》,侯君素之《精异》,其中神

奥、顾君《真诰》，周氏之《冥通》；而《异苑》《搜神》《山海》之经，《幽冥》之录，襄阳之《耆旧》，楚国之《先贤》，《风俗》所通，《岁时》所记，吴兴《阳羡》，南越《西京》，注引古今，辞标淮海。裴松之、盛弘之、陆道瞻等诸家之说，蔓延无穷。国朝燕《梁四公传》，唐临《冥报记》，王度《古镜记》，孔慎言《神怪志》，赵自勤《定命录》，至如李庚成、张孝举之徒，互相传说。谯郡戴君孚，幽赜最深，安道之胤，若思之后，邈为晋仆射，逵为吴隐士，世济文雅，不陨其名。

《广异记》所存民间传说，最具特色者，首先是几则胡人识宝传说，如《破山剑》《成弼》《清泥珠》《宝珠》等篇。程蔷等在《唐帝国的精神文明》中论述道："识宝传说在中国古已有之，唐代则由于中西交通发达、中外贸易频繁、西域僧商来华人数众多，此类传说遂获得与胡人相结合的时代色彩。"如《破山剑》言道：

> 近世有士人耕地得剑，磨洗诣市。有胡人求买，初还一千，累上至百贯，士人不可。胡随至其家，爱玩不舍，遂至百万。已克，明日持直取剑。会夜佳月，士人与其妻持剑共视，笑云："此亦何堪，至是贵价！"庭中有捣帛石，以剑指之，石即中断。及明，胡载钱至，取剑视之，叹曰："剑光已尽，何得如此？"不复买。士人诘之，胡曰："此是破山剑，唯可一用。吾欲持之，以破宝山。今光芒顿尽，疑有所触。"士人夫妻悔恨，向胡说其事。胡以十千买之而去。

这是识宝传说中"悔恨"型故事。在《宝珠》中，这种结局得到了改变。故事先述说"咸阳岳寺后，有周武帝冠，其上缀冠珠，大如瑞梅，历代不以为宝"，有人无意间把这颗"冠珠"拿到，却又忘在寺中，当他听人讲到此类宝珠时，才知道此宝珠的非凡。他找回宝珠，交给了胡人，胡人给了他很多钱财。他又与胡人一起到海上，亲眼看到胡人"以银铛煎醍醐""以金瓶盛珠"并"于醍醐中重煎"，后制成神奇的药膏。胡人将这种药膏涂在脚上，就能在水上行走如飞，来往非常自由。在《青泥珠》中，胡人寻到曾经流入中华的西国之宝，"胡得珠，纳腿肉中，还西国"。此事甚至惊动武则天，她召胡人问"贵价市此，焉所用之"，才知道"西国有青泥泊，多珠珍宝，但苦泥深不可得。若以此珠投泊中，泥悉成水，其宝可得""则天因宝持之,至玄宗时犹在"。这是追回宝珠的传说类型。识宝传说流传至今不绝,在每一个时代,其流传的意义又明显不同。在近代列强入侵中国时,产生了洋人盗宝的传说;而在新中国成立后,识宝传说又明显具有人民翻身做主人的新气象,同时,也存在着"胡人识宝"与"洋人盗宝"两类传说的复杂主题。

在《阆州莫徭》中,戴孚记述了与胡人识宝传说相关的另一类故事,并加入了报恩故事的内容:

> 阆州莫徭以樵采为业,常于江边刈芦,有大象奄至,卷之上背。行百余里,深入泽中,泽中有老象,卧而喘息,痛声甚苦。至其所,下于地,老象举足,足中有竹丁。莫徭晓其意,以腰绳系竹丁,为拔出,脓血五六升许。小象复鼻卷青艾,欲令塞疮。莫徭摘艾熟按,以次塞之,尽艾方满。久之,病象能起,东西行立。已而复卧,回顾小象,以鼻指山,呦呦有声,小象乃去。须臾,得一牙至,病象见牙大吼,意若嫌之,小象持牙去。顷之,又将大牙。莫徭呼象为将军,言未食,患饥。象往,折山栗数枝食之,乃饱。然后,送人及牙还。行五十里,忽而却转,人初不了其意,乃还取其遗刀。人得刀毕,送至本处,以头抵人,左右摇耳,久之乃去。其牙酷大,载至洪州,有商胡求买,累自加直,至四十万。寻至他人肆,胡遽以苇席覆牙。他胡问:"是何宝而辄见避?"主人除席,云:"止一大牙耳。"他胡见牙,色动,私白主人,许酬百万,又以一万为主人绍介,伴各罢去。顷间,荷钱而至,本胡复争之,云:"本买牙者,我也。长者参市,违公法。主人若求千百之贯,我岂无耶!"往复交争,遂相殴击。所由白县,县以白府。府诘其由,胡初不肯以牙为宝。府君曰:"此牙会献天子,汝辈不言,亦终无益。"固靳,胡方白云:"牙中有二龙,相蠖而立,可绝为简。本国重此者,以为货,当直数十万万,得之为大商贾矣!"洪州乃以牙及牙主、二胡并进之。天后令剖牙,果得龙简,谓牙主曰:"汝貌贫贱,不可多受钱物。"赐敕阆州每年给五十千,尽而复取,以终其身。

这则传说中的大象报恩,在《大唐西域记》卷三"迦湿弥罗国"中也有记述,所增加的是胡商相争,具有报恩故事和识宝传说的双重意义。同时,我们也可以看到,大象报恩,其中也具有精怪传说的意义。在《广异记》

中，人与自然（包括以精怪为外表的动物和植物）的关系及对它的解说、阐释，成为民间传说故事的一个重要主题，这也是其书名所以标"异"的基本原因。在这些被称为"异"的传说中，我们所能感受到的更多的是狐精故事和虎精故事，其中有"千年之狐，姓赵姓张"之类的民间谚语和民间信仰，以及老僧指点人得到"狐口中媚珠"等内容。这里的狐精和虎精同样具有类似于人的情感，表现出狐精对人间情爱的向往和虎精"涕泣辞母"的"人性"。在某种意义上讲，这些精怪传说是对魏晋南北朝时期精怪（神怪）故事的总结和整理，又是对后世神怪传奇文学的启发。在《聊斋志异》中，我们可以看到这种精怪故事的回响。

唐代民间文学中的精怪主题，在薛用弱的《集异记》和谷神子的《博异志》等著述中也有不少表现。如《集异记》中《崔韬》所述蒲州崔韬夜宿滁州"取虎为妻"并与虎生子的故事，最后虎妻得虎皮"乃化为虎""食子及韬而去"。《集异记》中的"陈蔡游侠之士"朱覬在"汝南"斩蛇，是一则颇为特殊的精怪传说故事：

  朱覬者，陈蔡游侠之士也。旅游于汝南，栖逆旅。时主人邓全宾家有女，姿容端丽，常为鬼魅之幻惑，凡所医疗，莫能愈之。覬时过友人饮，夜艾方归，乃憩歇于庭。至二更，见一人着白衣，衣甚鲜洁，而入全宾女房中。逡巡，闻房内语笑甚欢，不成寝，执弓矢于黑处，以伺其出。候至鸡鸣，见女送一少年而出，覬射之，既中而走；覬复射之，而失其迹。晓乃闻之全宾，遂与覬寻血迹，出宅可五里已来，其迹入一大枯树孔中。令人伐之，果见一蛇，雪色，长丈余，身带二箭而死。女子自此如故，全宾遂以女妻覬。

在《博异志》中，富家子李黄故事也属于此类传说，所不同者是李黄贪色，与"白衣女"极尽欢爱，身化为水，唯有头存。同篇故事还附有"李琯"，述说某公子与白蛇所化少女相触，"脑裂而卒"。这里的蛇与狐、虎一样，都成为"恶"的化身，体现出与动物崇拜相联系的民间信仰。究其形成原因，如张鷟在《朝野佥载》中所述："唐初以来，百姓多事狐神，房中祭祀以乞恩，食饮与人同之，事者非一主。当时有谚曰：无狐魅，不成村。"可见这种民间信仰存在的广泛性，它必然影响到唐代民间文学的主题生成及其表现。唐五代时蜀中道士杜光庭曾撰《录异记》和《神仙感遇传》等，也记述了一些神怪故事。如《神仙感遇传》中信州人叶迁韶救雷神，得雷神相送神符而获神奇的法术，"行符致雨，咸有殊效""多在江浙间周游，好啖荤腥，不修道行，后不知所之"。李隐曾撰《大唐奇事》，原书已佚，散见于《太平广记》，其中有鲁人"廉广"采药泰山，雨中于树下遇隐士赠五彩神笔的故事，因所画能通神灵，遭到县令迫害，后用神笔画鸟而逃，将神笔奉还。这当是后世流传甚广的"神笔马良"传说的原型。在唐末《潇湘记》（《太平广记》卷二八七引）中，有襄阳"鼓刀之徒"并华，游春时"醉卧汉水滨"，遇老叟赠神斧，"造飞物即飞，造行物即行"，造木鹤与他相爱的人飞返安陆与襄阳之间，却被富人告发，惹来杀身之祸，"所乘鹤也不能自飞"。神笔与神斧故事已经明显超出了精怪、神怪故事的范围，它从另一个方面表现出唐人济世无门的无奈情怀。

还应提到的是托名隋代侯白的《启颜录》，这是继《笑林》之后我国又一部民间笑话故事集。原书已散佚，后人从《太平广记》和《类说》及敦煌残卷中，辑录成新本《启颜录》①。隋代确有侯白其人，但早卒，隋初即已病故，《启颜录》保存了许多唐代民间故事，显然是唐人所撰。今辑注本《启颜录》保存了许多生动的民间笑话，从故事类型上可分为"机智人物故事""呆女婿故事"或"呆子故事"。其中有些作品，今天仍然流传着。它启发了民间曲艺如相声艺术的发展。如《多忘》记述鄠县人多忘，丢斧又见斧，"踏着大便处"，便说"只应是有人因大便遗却此斧"；其妻揭开谜底时，他又说"娘子何姓？不知何处记识此娘子"。《倾麦饭》中，有人在冰窟中"倾饭于孔中""倾之总尽，随倾即散""不知所以"，待"水清，照见其影"，这人就把水中自己的影子当作贼。另如《瓮帽》《买帽》《书生卖羊》《驴鞍桥》《食石榴》《犯人出走》等，都以笑形成特殊的审美效果，有一些还可看作民间寓言故事。类似于此笑话故事者，唐代还有朱揆《谐噱录》、无名氏《笑言》、赵璘《因话录》，以及张鷟《朝野佥载》中的部分篇章。《酉阳杂俎》中也有一些类似笑话。唐代笑话故事以《启颜录》为代表，表现出唐代社会独特的幽默。

唐代民间传说中，风物传说相当丰富。在一定程度上讲，《酉阳杂俎》也可看作一部关于酉阳一带的风物传说故事集。"杂俎"这种形式，影响着岁时风俗及风物传说典籍的发展，如韩鄂的《岁华纪丽》《四时纂要》、无名氏的《輦下岁时记》、李淖的《秦中岁时记》和孙思邈的《千金月令》等。它们和《酉阳杂俎》一样，深受唐之前《风俗通义》《荆楚岁时

---

① 见曹林娣、李泉辑注本：《启颜录》，上海古籍出版社1990年版。

记》《四民月令》等典籍的影响，而在对"岁时"的记述上，都体现出"杂俎"的意义，即包罗万象。每一个节日、每一种民俗生活事项，其实都意味着一则传说。因为作为民俗生活，其传承意义决定了它以传说作为存在背景，并具有对其存在功能进行阐释的内容，只是记述时或详或略而已。

被保存在《敦煌变文集》卷八中的句道兴本《搜神记》一卷以"伯（希和）2621"为原卷整理的《孝子传》，既可看作民间传说和民间故事的保存文献，又可看作民间讲唱的底本①，尤其是《孝子传》的讲唱句式最为明显。一段故事讲述完之后，常有"诗曰""又诗云"等内容，当是唱词。在《孝子传》中的孝子传说，总计有舜子、姜涛、蔡顺、老莱子、王循、吴猛、孟宗、丘吴子、曾参、子路、闵子骞、董永、董孝理、萨包、郭巨、江革、鲍出、鲍永、王祥、王元伟、王褒、赵孝、季札、孟轲、伯夷、叔齐、卖孩与王将军者、文让、向生、王武子、丁兰、闪子等三十二人的故事。虽然其结尾处有"出《史记》""出《孝子传》"等引诸典籍字样，但其中的传说故事与原著差别甚明显，可知其采自民间。句道兴《搜神记》一卷，其中前题为"行孝第一"，或者是出于对"孝"的推崇，或者还有其他内容未被保存下来。此本《搜神记》中句式颇为特别，一般在开题处冠以"昔有××"字样，然后再述说具体的传说故事，结尾处一般也标明"事出××（文献典籍）"，作为传说故事的来源。其所记传说故事也是以人物为主，总计有樊寮、张嵩、焦华、榆附、扁鹊、管辂、秦瑗、刘安、辛道度、侯霍、侯光侯周兄弟、王景伯、赵子元、梁元皓与段子京、段孝真、王道凭、刘寄、杜伯、刘义狄、李纯、李信、王子珍、田昆仑、孙元觉、郭巨、丁兰、董永、郑袖、孔嵩、断缨之人、孔子、齐人与鲁人、惠王、隋侯、羊角哀等三十五则，其中郭巨、丁兰、董永故事与《孝子传》相重复。这些传说故事有特色者，当数"昔有田昆仑者"条。

句道兴将自己的著述亦取名《搜神记》，有比之于干宝《搜神记》的成分。在干宝《搜神记》卷十四中载有《毛衣女》："豫章新喻县男子，见田中有六七女皆衣毛衣，不知是鸟。匍匐往，得其一女所解毛衣，取藏之，即往就诸鸟。诸鸟各飞去，一鸟独不得去，男子取以为妇，生三女。其母后使女问父，知衣在积稻下，得之衣而飞去。后复以迎三女，女亦得

---

① 唐代寺院俗讲不是唐代唯一的说唱形式，如李商隐《骄儿》中有"或谑张飞胡，或笑邓艾吃"。应该说当时在其他地方也有说唱存在。

飞去。"这是一篇著名的天鹅处女型故事。到了唐代,此故事发生重要变化,从故事主题到讲述方式都明显不同于干宝《搜神记》。特别是句道兴的记述语言是有内在韵致的民间话语形式,描述非常生动、细致。也可能是因为这种缘故,才有学者将它归之于"变文"吧。

> 昔有田昆仑者,其家甚贫,未娶妻室。当家地内,有一水池,极深清妙。至禾熟之时,昆仑向田行,乃见有三个美女洗浴。其昆仑欲就看之,遥见去百步,即变为三个白鹤,两个飞向池边树头而坐,一个在池洗垢中间。遂入谷荾底,匍匐而前往来看之。其美女者乃是天女,其两个大者抱得天衣乘空而去。小女遂于池内不敢出池,其天女遂吐实情,向昆仑道:"天女当共三个姊妹,出来暂于池中游戏,被池主见之,两个阿姊当时收得天衣而去。小女一身邂逅中间,天衣乃被池主收将,不得露形出池。幸愿池主宽恩,还其天衣,用盖形体出池,共池主为夫妻。"昆仑进退思量,若与此天衣,恐即飞去。昆仑报天女曰:"娘子若索天衣者,终不可得矣。若非吾脱衫,与且盖形,得不?"其天女初时不肯出池,口称至暗而去。其女延引,索天衣不得,形势不似,始语昆仑:"亦听君脱衫,将来盖我著出池,共君为夫妻。"其昆仑心中喜悦,急卷天衣,即深藏之。遂脱衫与天女,被之出池。语昆仑曰:"君畏去时,你急捉我着,还我天衣,共君相随。"昆仑生死不肯与天女,即共天女相携归家见母。母实喜欢,即造设席,聚诸亲情眷属之言,日呼新妇。虽则是天女,在于世情,色欲交合,一种同居。日往月来,遂产一子,形容端正,名曰田章……

后来,田章三岁时,田昆仑"点著西行,一去不还",天女就对阿婆讲了自己的来历,欲骗阿婆把天衣拿出来。阿婆因田昆仑曾嘱她"勿令新妇见之",就先拒绝了天女,后经不住"频被新妇咬啮,不违其意",天女得见天衣,便"腾空从屋窗而出"。阿婆"痛切心肠,终朝不食"。待田章五岁,"唤歌歌娘娘,乃于野田悲哭不休",受董仲指点,见到其母。三个天女"共乘此小儿上天而去"。田章在天庭受到很好的教育,来到人世,被天子"召为宰相",因"后殿内犯事,遂以配流西荒之地"。后因"官家游猎"得奇物而不识,唯田章识之,"遂拜田章为仆射"。其中,关于天下有无"大人""小人","大声""小声","大鸟""小鸟"的问答,具有十分浓郁的民俗生活意蕴,给人印象尤为深刻。其实,这段问答是依

《晏子春秋》"外篇"卷八所记晏子与齐景公的"问对"和《神异经》中所载陈章与齐桓公"相论"两则故事演绎而成。容肇祖在《西陲木简中所记〈田章〉》①和《田章故事考补》②中，对其具体演变做了详细考证，指出"田章故事乃汉魏六朝间民间最通行的传说"，是《毛衣女》故事与其他故事混合的结果。钟敬文在《中国的天鹅处女型故事》③中，也指出"田章的召对等重要情节，都是出于后来的增益"。句道兴在这里保存的这篇唐代天鹅处女型故事，成为我们研究此民间传说和民间故事发展史的重要材料，从中我们也可以管窥唐代民间说唱的基本形态。

唐代的民间传说和民间故事，除了以上典籍有保存之外，还见诸野史、杂文和笔记中，如张鷟的《朝野佥载》、刘𫗧的《隋唐嘉话》、刘肃的《大唐新语》、李肇的《唐国史补》、赵璘的《因话录》、封演的《封氏闻见记》、王仁裕的《开元天宝遗事》、段安节的《乐府杂录》、刘恂的《岭表录异》、莫休符的《桂林风土记》等。在《旧唐书》《新唐书》中，有些传说被当作史料记载。在后世的《太平广记》和后人辑录的各种文集，以及一些庙碑、方志等文献中，都有或多或少的记述，给我们留下了唐代民间传说的线索。这些文献中的民间传说和民间故事一般较为零碎，而且存在着甄别、辨识问题，但它们同样是很珍贵的，为我们提供了难得的民间文学资料。诸如关于皇帝、帝后、皇妃的传说，在唐代民间传说中形成一个亮点。《旧唐书·太宗本纪》中曾记述"有二龙戏于馆门之外，三日而去"，以表现李世民出身之不凡。这与刘邦之母感龙而孕如出一辙。在《明皇杂录》中，曾记述"明皇自为上皇，尝玩一紫玉笛。一日吹笛，有双鹤下。顾左右曰：'上帝召我为孔升真人。'未几，果崩"。唐明皇的传说在野史、笔记中尤其多。陈鸿在《长恨歌传》中，还特地提到有一本《玄宗内传》，并说其"所据，王质夫之说尔"。郑棨《开天传信记》中，记述有唐玄宗自述"昨夜梦游月宫，诸仙娱予以上清之乐，寥亮清越，殆非人间所闻也。酣醉久之，合奏诸乐以送吾归"，并提到"以玉笛寻之"，其所得曲即《紫云回》，有"太常刻石在焉"。在王仁裕《开元天宝遗事》中，记述"明皇正宠妃子，不视朝政。安禄山初承圣眷，因进助情花香百

---

①容肇祖：《西陲木简中所记〈田章〉》，《岭南学报》卷二第3期，1932年6月。
②容肇祖：《田章故事考补》，《民俗》第113期，1933年4月。
③钟敬文：《中国的天鹅处女型故事》，《民众教育季刊》卷三第1号，1933年1月。

粒，大小如粳米而色红。每当寝处之际，则含香一粒，助情发兴，筋力不倦"。表面看来，这些传说是指斥唐玄宗的淫靡，而实际上是民间传说中猎奇心理、性心理的综合反映。民间百姓包括民间文人，按照自己理解的朝廷生活来塑造他们心目中的唐明皇。唐明皇被后世的民间戏曲团体崇拜为他们的祖师"老郎神"，应该是与唐代传说对唐明皇的集中审视密切联系在一起的。唐代社会本身就充满令人神往的奇异，再加上唐代统治者有意造神弄鬼，其举世无双的大国地位又形成强烈的民族自豪感、优越感，所以，后世民间文学中以唐代风云变幻为题材者，也就尤其多。

### 三、敦煌变文与曲子词

1899 年初夏，敦煌千佛洞的藏经洞被人发现，两万多卷石室藏书得见天日，伴随着列强的掠夺，在国际上兴起了一门"敦煌学"。人们在这些经卷中发现了大量的抄本和一部分刻本，有佛教经典，也有道教、景教、摩尼教的经典。当然，还有一些经史子集和各种账表。其既有汉文，又有回纥文、龟兹文、梵文、藏文等多种古文字。其中，说唱体文献颇有特色，引起有识之士的关注。王重民等一批学者不辞辛苦，从欧洲等地辑录了大量敦煌经卷文献，编成《敦煌变文集》。此外，还有刘半农的《敦煌掇琐》、罗振玉的《敦煌零拾》、任半塘的《敦煌歌辞（词）总编》等，为我们研究唐代民间文学提供了极大的方便。

敦煌经卷中的民间文学主要有两大类，一是变文，一是曲子词。以传说故事为主要内容的典籍文献，也保存了丰富的民间文学。那些壁画，其实也应看作是与三者相联的一个部分。

在敦煌文献中，还保存着丰富的少数民族文学。如英人 F. W. 托马斯《东北藏古代民间文学》中转述的《金波聂吉新娘的故事》，在这则故事中，讲述了机廷国一个男人和他的两个妻子，以及两个妻子所生的几个孩子之间的矛盾冲突。故事的主角叫金波聂吉，是小妻子所生的孩子。有一次，他和大妻子生的六个孩子一起在雪中捕鸟，他捕住了一只孔雀，这只孔雀后来成了他的妻子。这则故事的情节，与句道兴本《搜神记》中的"昔有田昆仑者"一章相似，反映出吐蕃人的信仰观念。在这部书的第五部分，还保存了"伟大的松巴谚语"即藏族民间文学中的《松巴谚语》。同时，敦煌文献中还保存着一些吐蕃歌谣，如《训世格言》唱道"无父不生女和男，无母不育不生产；母亲育儿多辛苦，最初怀胎步履艰""念此应以孝为先"等。又如一首保存在手抄敦煌吐蕃文献中的卜辞形式的歌谣：

啊，小鸟呢飞枝低，
难上呢高天际。
小人呢没本领，
不能呢报恩情。

吐蕃人与唐帝国缔结了不一般的关系，贞观时期有文成公主入藏嫁给松赞干布，至今流传着许多相关的传说。吐蕃王朝在公元9世纪崩溃了。在它与唐帝国的交往中，其文化得到迅速发展。有学者据现存藏文文献和《格萨尔王传》中的具体内容，认为这部闻名于世界的巨型英雄史诗"早在唐代即基本形成"[1]，其根据在于史诗中的天王之子、藏族英雄格萨尔，受白梵天王所派，来到人间救苦救难。他所领导的岭国，战胜了魔国和姜国等外部敌对力量。格萨尔的生母为龙王之女，格萨尔的妻子是赛马大会获胜后娶来的珠牡；格萨尔因为无子，传位于其侄儿，后返回天国。这些内容正应合于吐蕃王朝公元9世纪之前的历史，而且史诗中出现了"嘉察"，即汉妃之子。据考唐朝公主嫁到吐蕃的时间，如贞观十五年（641年）、景龙四年（710年），正是公元7至8世纪，由此可以推定《格萨尔王传》产生于唐代时期的吐蕃王朝。

其他还有南诏王朝，虽不见于敦煌文献，但其民间文学也保存于同一历史时期。如樊绰《蛮书》[2]中所记述的"河赕贾客"谣：

高黎贡山在永昌西，下临怒江。左右平川，谓之穹赕、汤浪，加萌所居也。草木不枯，有瘴气。自永昌之越赕，途经此山，一驿在山之半，一驿在山之巅。朝济怒江登山，暮方到山顶，冬中山上积雪苦寒，秋夏又苦穹赕、汤浪毒暑酷热。河赕贾客在寻传羁离未还者，为之谣曰：

冬时欲归来，
高黎贡上雪。
秋夏欲归来，

---

[1] 见蔡源莉、吴文科：《中国曲艺史》，文化艺术出版社1998年版，第29页。
[2] 樊绰：《蛮书》，其又名《云南志》《云南记》《云南史记》《南夷志》《南蛮志》《南蛮记》。

无那穹赕热。
春时欲归来,
平中络赂绝。

有学者考证,"穹赕"即怒江西、高黎贡山东南一带,"寻传"即云龙至腾冲一带;"络赂"即白族语言中的"整贿"(金钱、路费)①,可见这是被翻译、整理过的一首民间歌谣。《蛮书》中还记述了白族少年演唱民歌的文化生活:"少年子弟暮夜游行闾巷,吹壶卢笙,或吹树叶。声韵之中,皆寄情言,用相呼召。"应该说,这是关于少数民族歌舞中"壶卢笙"(即"葫芦笙")的较早记述的文献。《蛮书》还记述了"上请天、地、水三官,五岳四渎及管川谷诸神灵",显然,有神灵就应有传说。唐代民间文学中的少数民族文化异常珍贵。

敦煌石室的发现,消除了学术研究中许多人为的樊篱。变文也好,曲子词也好,让我们看到了一片崭新的天地。然而,因为学术传统自汉代末年开始形成时,已日益背离先秦诸子那种大胆开拓进取的探索精神、求真精神,学术成为经学的附庸和专制政治的奴婢,它只能离真知越来越远。人们推崇的是"板凳坐得十年冷",并不重视"行万里路"这种更艰辛也更有意义的学术方法。尤其在敦煌文献的研究中,存在着对义理、辞章、考据这种传统学术方法的回归,这并不是学术发展的福音。敦煌石室发现已经一百年,学术建设并没有出现令人惊异的结果;敦煌文物被纳入学术视野之后,经学传统的复归,使我们的时代错过了一个新的学术方法形成的良机。

**四、唐传奇与民间文学**

传奇是唐代文人小说,指"传述奇事奇遇",如陈翰《异闻录》载元稹《莺莺传》,就题其名为"传奇"。胡应麟《少室山房笔丛》卷四一《庄岳委谈》中称,"传奇之名,不知起自何代""唐所谓传奇,自是小说书名,裴铏所撰"。

唐传奇的产生,在鲁迅看来,是与当时的"行卷"之风分不开的。他说:"唐朝考试的时候,甚重所谓行卷""到开元、天宝以后,渐渐对于诗有些厌气了,于是就有人把小说也放到行卷里去,而且竟也可以得名"

---

① 张文勋:《白族文学史》(修订版),云南人民出版社 1983 年版,第 75—76 页。

"因之传奇小说,就盛极一时了"①。郑振铎则通过对古文运动的考察,指出在"元稹、陈鸿、白行简、李公佐诸人"的文学活动中,"皆是与古文运动有直接间接的关系"②。他们都看到了唐代文士阶层对传奇小说的影响。我们还应该看到,唐传奇的兴起,应该与当时的民俗文化生活密切联系在一起。在唐传奇的具体内容中,有大量的民间文学原型,这应该与唐代说话、俗讲、变文及民间信仰中崇尚佛道(巫)等文化风尚有着直接联系。唐代"有意识地作小说",固然是传奇繁荣的原因,而没有广泛的社会文化需求和必要的社会支持,也就不可能有传奇的大发展。从某种意义上讲,传奇是民间文化养护成长起来的,它不仅仅是"至唐人乃作意好奇,假小说以寄笔端",而且在广为汲取民间文学,保存丰富的民间文学的同时,也影响到民间文学更深广的传播。没有唐代民间文化生活的背景,传奇就无从产生。许多传奇作品的传播,让人想起手抄本小说的出现,它在某个时代屡禁不止,是因为民间文化对它的需求及它对民间文化的满足与融入。甚至我们可以把某些传奇看作民间说唱的底本,与"变文"有某种相同的意义。在唐传奇中,大量适于讲唱的民间传说和民间故事,既有对魏晋南北朝时期志怪小说等内容的吸收,又有对当世民间文学的采用,这种文化表现方式构成了唐代民间文学发展的某种特色。

唐代传奇分前后两个时期,前期主要是单篇传奇,以王度的《古镜记》、张说的《梁四公记》、张鷟的《游仙窟》三部中篇,何延之的《兰亭记》、郭湜的《高力士外传》、萧时和的《杜鹏举传》、无名氏的《补江总白猿传》、陈玄祐的《离魂记》等短篇,和牛肃的《纪闻》、张荐的《灵怪集》等传奇小说集为典型,是唐传奇的试验和探索阶段。其后期,即唐德宗之后,出现了单篇传奇如沈既济的《任氏传》《枕中记》、李景亮的《李章武传》、李朝威的《柳毅传(洞庭灵姻传)》、陈鸿的《长恨歌传》《东城老父传》、元稹的《莺莺传》、蒋防的《霍小玉传》、白行简的《李娃传(一枝花)》《三梦记》、薛调的《无双传》、李公佐的《谢小娥传》、杜光庭的《虬髯客传》、无名氏的《聂隐娘传》、郑权的《御史姚生》、柳理的《刘幽求传》《上清传》、无名氏的《樱桃青衣》《南柯太守传》《冥音录》《东阳夜怪录》、柳宗元的《河间传》《李赤传》《设渔者对

---

① 鲁迅:《中国小说的历史变迁》,《鲁迅全集》第9卷,人民文学出版社1981年版,第14页。
② 郑振铎:《插图本中国文学史》,人民文学出版社1957年版,第379页。

智伯》、沈亚之的《异梦录》《湘中怨解》《秦梦记》《冯燕传》《李绅传》、韩愈的《石鼎联句诗序》等篇，以及一些传奇小说的作品集，如牛僧孺的《玄怪录》、李玫的《纂异记》、袁郊的《甘泽谣》、陈昭的《通幽记》、李复言的《续玄怪录》、裴铏的《传奇》、康骈的《剧谈录》、皇甫枚的《三水小牍》、薛涣思的《河东记》、卢肇的《逸史》、皇甫氏的《原化记》、高彦休的《阙史》、沈汾的《续仙传》、刘崇远的《耳目记》等，无名氏的《灯下闲谈》、杜光庭的《神仙传记》等也可看作传奇作品集。这些传奇大多存于《太平广记》，有一小部分存于《道藏》。从其作者来看，除了有一些作者为"无名氏"（或撰者不详）之外，许多作者是颇有学识、修养的作家和史学家，其政治地位还相当高，如柳宗元、韩愈是著名作家，王度、卢肇等人是史学家。这种作者结构必然影响到传奇作品的文化品格，与敦煌写本作者即那些僧人或下层文人的作品相比，表现出鲜明的不同。他们的大雅与敦煌写本的大俗并不是截然对立的，而是让我们看到了一种审美机制的转换形态，从而启发我们深入理解雅与俗两种审美表现之间的复杂联系。诚如陈汝衡在《说书史话》中所讲："寺院里和尚们的俗讲既演进为唱说民间故事，这对于当时士大夫阶层的文学创作是有很大影响的。他们选择当时流行的民间故事，写成若干不朽的传奇小说，而这些小说的题材，主要的是妓女、侠士之类。一方面它们暴露了唐代社会具有现实主义精神，另一方面也扩大了六朝以来志怪小说传统的范围，产生了新兴文艺，带来了新的创作力，更影响了宋以后的市民文学。"①

唐代传奇是唐代作家文学向民间文学的自觉靠拢，或者改写民间文学，或者直接保存民间文学，不同程度上表现出民间文学的原型内容，最典型的表现就是以民间信仰为底蕴的大量神怪鬼魅狐仙传说故事。其中，有一些是颇为难得的神话传说，如李公佐所撰《李汤》存于《太平广记》卷四六七"水族"类中，鲁迅辑录《唐宋传奇集》中题为"古岳渎经"。这是在传说中包含的民间神话，讲述大禹治水时遇淮涡水神无支祁作怪而诸神不能治服，由大禹使庚辰将其治服后锁于龟山之下。这是大禹神话传说在唐代的流传中所表现的时新形态，所引《古岳渎经》则明显是假托之言，是为了增强表述的真实效果。其他传奇所记的诸神故事是民间神话的重要内容，它所具有的原始信仰意蕴，已经明显超出了一般的传说。如《灵怪集》中的《郭翰》讲述织女奉帝命来与人间的郭翰相会，后来离别，

---

①陈汝衡：《说书史话》，作家出版社1958年版，第32页。

相互以诗诉说衷情。这是节外生枝的织女传说。织女在传说中的表现尤为超脱,她竟称自己与人相会和牛郎并不相干,即使被牛郎知晓,也没有什么可怕。《姚氏三子》即《御史姚生》,存于《太平广记》卷六五"女仙"类,讲述姚某被罢去御史之后居于蒲州左邑,其子夜读,遇一小猪卧其裘襟,遂赶其走。后来才知道这只小猪是某天神之子,御史之子非常害怕。天神为了安慰他们,以其女相配。这中间所加的内容有:天上神女嫁给御史之子及甥三人时,有人观察到织女星、婺女星、须女星三星无光。这就使故事的主题得到特殊的处理,可以看作织女传说的又一流传变异形态。《华岳灵姻传》以人间故事为外表,述说了华岳诸神之劣迹。《纂异记》中的《嵩岳嫁女》和《浮梁张令》,所述皆为人神之间的交往,其中有西王母主持嵩岳神女儿的婚礼,并且集合了周穆王、汉武帝、唐玄宗等人,以及仙官请天曹增寿等内容,既可看作仙话,又可看作西王母神话的世俗性表现。《耳目记》中的《李甲》记述常山人李甲夜至大明山下,听到大明山神、黄泽神、漳河河伯等在一起议论将有大劫的故事,也具有神话的色彩。杜光庭的《仙传拾遗》等神仙故事著述,其中也有不少作品可看作民间神话的嬗变形态。这些民间神话既不同于古典神话,又不同于后世仙话,更不同于一般民间传说故事,但是它们之间有着密切联系。民间神话是原始思维与后世世俗信仰的聚合物,是古典神话世俗性嬗变的特殊形态。

  龙神信仰及其传说故事,也是唐代传奇中民间文学的重要内容,它们中有许多被后世民间文学所演绎,成为民间传说、民间戏曲的原型性题材。一般人以为,龙为神使。甲骨文中,龙字形如蛇,如蜥蜴,如马。在后世民间文化生活中,龙被称为"蚨龙""蛟龙""虹龙""螭龙""飞龙""蟠龙"等,这些具有原始信仰意义的图腾物不断增加新的内容,逐渐变成"鹿角、牛耳、驼首、兔目、蛇颈、蜃腹、鱼鳞、虎掌、鹰爪"(李时珍《本草纲目》所引王符言)之状。抛开其演变过程,我们可以看到它所集中体现的内容,就是作为神使的文化符号所显示的丰富的象征意义。在唐传奇中,龙的形象与它在民间传说中的形象是吻合的。如《太平广记》卷三一一所引的《萧旷》中,说龙"好睡,大即千年,小不下数百岁。偃仰于洞穴,鳞甲间聚其沙尘。或有鸟衔木实,遗弃其上,乃甲拆生树,至于合抱"。龙作为神性家族与人间所发生的纠葛,显示出龙的神性色彩。这里面所包含的意义也更为复杂,既有佛教文化的龙女痕迹,又有道教文化的仙化痕迹,而其融会于民间文化生活,则生成一系列丰富多彩的龙神传说。

在唐代传奇中，龙女是一个尤为生动的艺术典型。如《梁四公记》记述杰公周游六合，知道海外有六个女儿国等奇事，曾派人至龙洞中与龙女周旋，取到两枚硕大的龙珠。《灵应传》中记述龙女九娘子与湫龙交战，得到郑承符帮助，战胜了欲强迫守寡的九娘子嫁给朝那龙的湫龙，九娘子拜郑承符为平难大将军。在《续玄怪录》中，《李靖》篇记李靖曾在霍山游猎，夜宿"朱门大第墙宇甚峻"人家，餐有鲜鱼，所用"衾被香洁，皆极铺陈"，遇"大郎子"报当行雨，始知此处为"龙宫"，李靖得到雨器，多洒下天雨，连累龙神及其子遭罚；《苏州客》中的龙夫人，见人就要一口吞下吃掉。《传奇》是唐代传奇的典型之作，"传奇"一词即与此作品集相关。其中的《张无颇》有袁大娘送暖金合、玉龙膏的情节；《崔炜》记述崔炜在枯井中为龙王白蛇治好唇上的疣，于是白蛇"吐径寸珠"相酬；《周邯》记金龙潜于八角井守护宝珠，保证地方风调雨顺，若有人贪财攫取宝珠，金龙一怒便会"百里为江湖，万人为鱼鳖"；《萧旷》记述萧旷与织绡娘子的谈话，提到了有无"柳毅灵姻""龙畏铁""雷氏子佩丰城剑至延平津跃入水化为龙""梭化为龙""龙之变化如神"而"求马师皇疗之"、龙"嗜燕血"等传说。集中体现各种龙神传说且对后世影响深远者，是《洞庭灵姻传》即《柳毅传》，存于《太平广记》卷四一九。柳毅在泾水之滨路遇牧羊女，牧羊女请柳毅为其传书到洞庭龙宫。洞庭龙君得知嫁给泾水龙王次子的女儿为泾水龙王全家虐待，被逼出龙庭而化为牧羊女，十分悲恸。于是，洞庭龙君之弟钱塘龙君将泾水龙王全家杀掉，还在筵席上胁迫柳毅娶龙女为妻。柳毅不从，他得到龙宫大量馈赠后辞归，成为巨富。最后柳毅娶一卢氏女子，生一子后始知卢氏即龙女，二人幸福终生。这则传说在唐代就产生了重要影响，如前面举到的《萧旷》中就提到萧旷询问"近日人世或传柳毅灵姻之事，有之乎"。龙族传说与世俗生活相结合，无论怎样变化，我们都可以看到神话思维所产生的审美表现机制及其作用的存在，而这种存在，正是民间文化中普遍性的"集体无意识"表现。

与龙神传说相似的民间传说和民间故事，还有许多神仙和灵怪的内容大量存于唐传奇中。如《古镜记》在王度、王绩兄弟二人的故事中串联着诸多与古镜相关的小故事，其中的灵异、妖魔，都表现出民间信仰的特有意蕴。尤其是古镜的传说，据称此镜为黄帝所造的十五只宝镜中的第八只宝镜，正应合了唐帝国为三代之后的第八个王朝，具有谶纬之意。而且宝镜曾以"龙头蛇身"之形存于河汾间，应合唐王朝李氏起家之地。传说古镜在隋炀帝决定迁都扬州时咆哮而去。这些情节包含着作者对政治的理解，而大大小小的民间传说故事，则成为其表现意图的隐喻体。《游仙窟》中，作者自述路经金州积石山，与崔十娘、五嫂相遇，性爱的内容自此展开，并且有歌谣传唱，又有"相知不在枣""不忍即分梨"中的"枣""梨"来借喻"早""离"，这正是民间文学中常用的修辞手法。《补江总白猿传》见于《太平广记》卷四四四，是一篇无名氏之作。它所讲述的是人与猿相恋的故事，记述南朝将领欧阳纥之妻被千岁白猿所掠，当欧阳纥救出妻子时，其妻已经怀有白猿之子，出生之后"厥状肖焉"。这篇作品被后世学者以为"假小说以施诬蔑"①，但在其中我们可以看到精怪传说的原型。如张华《博物志》卷三中曾记述"蜀山南高山上，有物如猕猴，长七尺，能人行，健走，名曰猴玃，一名马化，或曰猳玃。伺行道妇人有好者，辄盗之以去，人不得知。……其年少者终身不得还。十年之后，形皆类之，意亦迷惑，不复思归"。此后，宋元间的《陈巡检梅岭失妻》与此相似，至今民间还能听到类似传说。在《离魂记》中，我们看到张镒女倩娘与王宙相恋的故事，因为倩娘许嫁他人，王宙郁郁而亡，倩娘也与之同去，后来他们竟在阴间生有二子。这则故事在《幽明录》等典籍中已有记述。陈玄祐在《离魂记》中自述道："玄祐少常闻此说，而多异同，或谓其虚。大历末，遇莱芜县令张仲规，因备述其本末。镒则仲规堂叔，而说极备悉，故记之。"（《太平广记》卷三五八）由此可见，此传说的记述背景。元代杂剧《倩女离魂》，即以此为题材进行了再创作。沈既济的《任氏传》和《枕中记》是两篇寓意颇为复杂的传奇。《任氏传》记述穷困潦倒的郑六遇到自称秦人的狐女任二十娘，他们结合后，任氏指点郑六卖马，使生活富足。韦崟是郑六的亲戚，也曾接济过郑六，见到任二十娘貌美，便"爱之发狂，乃拥而凌之"。任氏说服了韦崟，两家继续来往。后郑六调他乡为宦，携带任氏同往，至马嵬坡任氏被猎犬追杀。任二十娘是一个美丽、善良、刚强的狐仙，这则故事在后世作品如《聊斋志异》中能见其遗响。《枕中记》即人们熟知的黄粱一梦，其情节类于《幽明录》中的"焦湖庙祝"，李公佐在《南柯太守传》中复述了这一故事，所记更为详细。吴楚游侠淳于棼醉中梦见被二紫衣人扶至"大槐安国"，与金枝公主婚配。婚后，淳于棼受命为南柯郡太守，在那里大展抱负。不久，金枝

---

① 鲁迅：《中国小说史略》，人民文学出版社 1981 年版，第 71 页。

公主去世，淳于棼罢郡还京，在京都受人拥戴，遭到国王猜忌，被送出国。淳于棼梦醒之后追寻梦中所遇，果然发现槐枝间有蚁穴，知道紫衣人等即蚁精。从诸多文献反复描述同一故事来看，这则故事在当时应该流传颇广。汤显祖根据此故事创作了《南柯记》，《聊斋志异》中也曾表现此题材。陈鸿的《长恨歌传》是对白居易《长恨歌》的阐发，见《太平广记》卷四八六。其前一部分内容与《长恨歌》相似，即唐玄宗失国，无限思念死于马嵬驿的杨贵妃；后一部分则写在东海找到杨贵妃，而她"冠金莲，披紫绡，珮红玉，曳凤舃，左右侍者七八人"，已成为女仙。她忆及"昔天宝十载，侍辇避暑骊山宫。秋七月，牵牛织女相见之夕""上凭肩而立，因仰天感牛女事，密相誓心，愿世世为夫妇"。这是以传说套传说的记述方式。此传说不仅在唐代广为流传，而且成为后世文学作品不断运用的题材。如元代诸宫调《天宝遗事》、杂剧《唐明皇秋夜梧桐雨》，清代洪昇的《长生殿传奇》都据此而作，更不用说在民间传说中至今盛传不衰。《后土夫人传》见于《太平广记》卷二九九，题为《韦安道》，是无名氏之作。故事也是记人神相恋，讲述韦安道与后土女神结为夫妇，生活幸福安康，而武后却以其为"妖魅"，使人治服不成，最后由韦氏父母出面才使夫妇重返"王城"，有四方神灵朝见后土。其中写武则天以大罗天女身份也来朝见，而且遵后土之命，任韦安道为五品官。在这则传说中，后土女神与韦安道本应为三百年夫妇，却因武则天的嫉妒而不成，明显具有谴责之意。《纂异记》中的《蒋琛》和《许生》两篇传奇，是借传说批评时政的代表。《蒋琛》记述了湘江神、屈原、范蠡、伍子胥诸神在雪溪神、太湖神和松江神举行的宴会上聚会，各自抒发情怀，唱出了"夜来渡口拥千艘，中载万姓之脂膏"和"载舟覆舟皆我曹"的昂扬诗句，抨击社会黑暗。《许生》则写许生至寿安甘玉泉遇群鬼喊冤叫屈的故事，其中有"罪标青简竟何名""天爵竟为人爵误"之类的愤怒控诉。有学者考证，两篇传奇分别影射唐代政治斗争中的"牛李党争"与"甘露之变"。这两篇传奇作为文人间流传的民间传说，其传播意义更为重要，应引起我们的重视。文人间流传的民间传说——民间文学可以是不识字的人创造的，更可以是那些识字者而且是身居社会底层的正直刚强的文人所创造的。《续玄怪录》中的《定婚店》记述了韦固夜遇月下老人，知其妻为卖菜老妪的三岁女孩，就使人害之，结果后来还是娶了这个女孩。这是月老传说的典型，至今仍有流传。《传奇》中的《裴航》记述了著名的"蓝桥遇仙"故事，语句优美，是传奇中的佳品：

经蓝桥驿侧近，因渴甚，遂下道求浆而饮。见茅屋三四间，低而复隘。有老妪缉麻苎。航揖之，求浆。妪咄曰："云英，擎一瓯浆来，郎君要饮。"航讶之，忆樊夫人诗有"云英"之句，深不自会。俄于苇箔之下，出双玉手，捧瓷。航接饮之，真玉液也。但觉异香氤郁，透于户外。因还瓯，遽揭箔，睹一女子，露裛琼英，春融雪彩，脸欺腻玉，鬓若浓云，娇而掩面蔽身，虽红兰之隐幽谷，不足比其芳丽也。

《河东记》中保存了许多神奇变幻的民间传说故事，如其中的《板桥三娘子》记述会施邪术的三娘子开黑店，用木人木牛耕床前地，能收麦七八升，制成烧饼，让客人食之，将客人化为驴，然后杀掉食其肉。后来遇到道术更高者，反将她变为驴，并使她作为脚力受尽折磨惩罚。《申屠澄》讲述了申屠澄夜宿吐山村，遇虎女，娶以为妻。后来虎女重游故地，得虎皮，化虎而去。《胡媚儿》中的胡媚儿有奇术，能将数十辆车货吸入一小瓶内，其自身也跳入瓶中。人将瓶击碎时，却什么也见不到。《逸史》中的《李林甫》记述李林甫遇仙人对他说，若为相二十年而不嗜杀，三百年后可以成仙。但李林甫为恶多端，后有仙人带他到水族世界，说水下将是其归宿。这是带有诟骂李林甫性质的传说，也是后世政治笑话常使用的传统模式。《续仙传》见于《道藏》，记述了许多唐五代时期的神仙传说如《蓝采和》等，流传甚广。其中文人学者传说居多，他们修仙学道，济世救人，行为怪异，是后世流传的"八仙故事"的雏形。如李白、张志和、蓝采和、卖药翁、谭峭、司马承祯、殷七七、马自然等各色人物，性格尤为夸张而鲜明突出。其中一些诗句，如"线作长江扇作天""笑看沧海欲成尘，王母花前别众真。千岁却归天上去，一心珍重世间人"等，使这些传说更多了一些意蕴。其他还有《灯下闲谈》中的《鲤鱼变女》《湘妃神会》《神仙雪冤》等篇，也记述了一些神仙灵怪传说故事。这些与人间烟火若即若离的故事情节，不论是在流传中还是在传奇的保存或运用之中，都从不同方面体现出唐代社会最为真实的内容，具有非凡的意义。

唐代传奇所记述的侠义传说和妇女传说也颇有特色，成为后世同类传说的原型。

侠义传说在唐代的出现不是偶然的，它代表着对正义力量的渴望，同时也体现出社会的黑暗即言路闭塞、邪恶横行等现象存在的普遍性。《虬髯客传》《谢小娥传》《聂隐娘传》和《红线》等篇，侠的形象栩栩如生。《虬髯客传》存于《太平广记》卷一九三，是侠义传说最具典型性的作品。故事从隋炀帝下扬州、杨素在京擅权、李靖献救国之策开始记述，讲李靖夜遇红拂妓。不久，二人同去太原，在灵石旅社遇见"赤髯而虬，乘蹇驴而来"者，此即"虬髯客"。他与红拂结为兄妹，还在酒间"取出一人头并心肝""以匕首切心肝，共食之"，称所食心肝为"天下负心者"，流露出侠客的个性。李靖、红拂、虬髯客三人查访李世民。虬髯客将资产赠李靖。后李世民称帝，虬髯客在海外称王。虬髯客的无私、勇敢、慷慨，构成侠义传说的核心。《谢小娥传》记述谢小娥父亲和丈夫在浔阳经商时为大盗申春、申兰兄弟所杀，杀人后的弟兄俩逃往他乡。后谢小娥潜访杀父凶手，至浔阳郡发现申氏兄弟就是自己的仇人，寻找机会将二人杀死，之后出家为尼。谢小娥为父婿报仇，不苟且偷生的性格，是侠义传说的又一类典型。《聂隐娘传》中的聂隐娘是大将聂锋之女，年少时被一僧尼夺去，学五年剑术后归，与磨镜人结为夫妇，心遂隐忍，不思仇杀。魏帅与人不和，使聂隐娘刺杀该人，聂隐娘感于该人光明正直，转而保护这位被刺者，战胜刺客空空儿。这是弃暗投明、崇尚大义的侠义典型。袁郊《甘泽谣》中的《红线》是与前几类侠义传说不同的又一类典型。红线为了维护国家安定，夜盗魏博节度使金盒，迫使其听从朝廷之命，使"两地保其城池，万人全其性命"，其主题已超出了一般侠义传说的复仇情节，而更多了一层伸张正义的内容。

妇女传说在唐代传奇中表现出不同于其他时代的风格，以《莺莺传》《霍小玉传》和《李娃传》三篇为典型，由此可以看到唐代社会妇女生活及妇女地位等情况。这三部传奇在《太平广记》中都归入杂传记类，可见编者所持的态度。元稹的《莺莺传》在后世题为《会真记》，记述游学蒲州的张生遇崔氏于普救寺西厢，并在乱中保护了崔氏及其家人。崔氏设筵席答谢张生，令小女莺莺致谢，而张生与莺莺一见钟情，托红娘以诗相赠。后张生赴长安应试，与莺莺相别后便再不见面。莺莺是一位美丽、聪慧、坚贞的女子，早就预料到张生会"始乱之，终弃之"，但她热爱生活，虽面临被抛弃的命运，仍"因命拂琴，鼓《霓裳羽衣序》，不数声，哀音怨乱""左右皆唏嘘""投琴，泣下流连，趋归郑所，遂不复至"，并无悔恨、轻生之举。这是著名杂剧《西厢记》的前奏和原型。蒋防的《霍小玉传》记述李益进士及第，在长安与霍小玉定情。新婚之夜，霍小玉以为自己出身娼妓，不配李益，而李益发下相守终身的誓言。后李益授官，李益之母为其定卢氏为妻，李益躲避霍小玉，霍小玉因此抑郁而病。李益被挟至霍小玉处，遭霍小玉痛斥。其后李益因心疾又与卢氏分离。霍小玉虽然出身倡优，但她美丽、刚强，对李益的负心严词指斥，表示死后也要复仇，毫无奴颜媚骨。后世文学作品中，《紫钗记》即以此为题材，可见其影响。白行简的《李娃传》原题《一枝花》，记述常州刺史之子郑生赴长安应试，与娼妓李娃相识并同居，资财尽散逸。李娃母女设计将郑生赶出家门，郑生羞愧交加，病卧凶肆，后流落为挽郎。郑生父亲赴京，发现郑生所为，怒欲将其鞭挞至死。凶肆的人救下郑生，郑生沦为乞丐。一下雪日，郑生乞食至李家，李娃悔恨自己的过错，拒绝鸨母弃逐郑生的要求，留下郑生，并决心倾其资使郑生恢复身体，生死相依。郑生重修学业，高中科第，授成都府参军，与其父相逢，又迎娶李娃，合家欢喜。这里李娃的思想变化是真实而典型的，显示出女性形象的复杂性和丰富性。重要的是这篇传奇的篇末记述了传说的来源，即作者听其伯祖父所讲。白行简是白居易之弟，其作当受雅好民间文学的白居易影响；白居易也确实非常欣赏这篇传奇。由此可知，《一枝花》之名当是民间说书艺人根据传奇所改。这篇传奇在创作完成后不久即在社会上广为传播。

在唐代传奇中还有一些作品记述了世俗性故事，如《东城老父传》，今存《太平广记》卷四八五，记述玄宗时流行斗鸡，形成恶俗。少年贾昌因善戏弄鸡而成皇家护鸡坊的"五百小儿长"，所以当时有歌谣传唱"生儿不用识文字，斗鸡走马胜读书。贾家小儿年十三，富贵荣华代不如。能令金距期胜负，白罗绣衫随软舆。父死长安千里外，差夫持道挽丧车"。这是当时社会政治、文化全面腐败的真实记述，预示着安史之乱的必然来临。腐败祸国的钟声在唐传奇中借用民间传说又一次敲响，而令人遗憾的是玄宗充耳不闻。当然，只喜歌舞升平，不知与人民共甘苦者，又岂止玄宗一人！唐传奇集中反映了唐代民间文学在文人雅士心目中的影响和地位，当然，这并不是唐代民间文学的全部内容。

**五、诗妖：民间歌谣与谚语**

在《旧唐书·五行志》和《新唐书·五行志》中，都有"诗妖"一目，这是对民间歌谣文化个性的形象的概括和总结。综观唐代民间歌谣和谚语的保存，可以看到有这样几种情况：一是笔记小说和敦煌写本之类文献中的系统性保存；二是《旧唐书》《新唐书》《旧五代史》《新五代史》《资治通鉴》《朝野佥载》《唐国史补》《大唐新语》《唐摭言》《杜阳杂编》以及《续神仙传》《法苑珠林》等史传类文献中的散存；三是《韩昌黎集》《柳柳州集》《白香山集》和《全唐诗》《全唐文》等文学作品集中的保存，其中刘禹锡的《竹枝词》《杨柳枝》等诗作，具有更特殊的意义。

在笔记小说如《酉阳杂俎》和敦煌写本中的民间歌谣，已经做过描述。这里述及的唐代民间歌谣和谚语，主要保存在史传文献和文学作品集两类之中。史传文献中所保存的民间歌谣和谚语，体现出唐代社会现实生活的丰富多彩，诸如时局的昌盛与动荡，吏治的廉洁与腐败，战争、农耕、农民起义，人民的欢乐、忧愁。中下层文人的精神生活及妓女、行旅、市井等方面的内容，都在歌谣和谚语中得到表现。

许多人强调民间文学与社会统治者的对立关系，其实并不尽然。唐代执政者在政治建设上吸取历史上成败得失的经验教训，注意与民休养生息、发展生产、稳定社会，曾出现贞观之治那样的盛世。一些有作为的官吏，因政绩突出而受到人民的尊重，在民谣中得到反映。如《旧唐书·食货志》载：

> 永徽元年，薛大鼎为沧州刺史，界内有无棣河，隋末填废。大鼎奏开之，引鱼盐于海。百姓歌之曰：
> 新河得通舟楫利，
> 直达沧海鱼盐至。
> 昔日徒行今骋驷，
> 美哉薛公德滂被。

此类歌谣还有《新唐书·崔仁师传》中所记的"杀人刖足，亦皆有礼"，记述崔仁师在审讯犯人时"去囚械，为具食，饮汤沐，以情讯之"，废去了严刑逼供，"诸囚咸叩头曰：崔公仁恕，必无枉者"。《旧唐书·李岘传》中称李岘"少有吏干""政术知名"，天宝十三年"连雨六十余日"，宰臣杨国忠恨李岘不附庸于他，把这种灾异归于时任京兆府尹的李岘，排挤他出京城。"时京师米麦踊贵"，民间百姓即传唱"欲得米粟贱，无过追李岘"，表示对李岘的怀念。这说明，人民大众从来不是与政府无条件地对立的，对于为人民做过好事的人，百姓们就感激不尽，赞不绝口。但历史上的好官毕竟寥寥，千百年来，千百万生活在社会底层的人民大众，他们所受的压迫何等惨重。历史是无情的，口传的历史更是无情的，不论达官贵人地位多么显赫，在民间文学中都有公断。那些卑鄙无耻者、飞扬跋扈者、颐指气使者、鱼肉人民草菅人命者，无论他们多么狠毒、残忍，都会被牢牢地钉在历史的耻辱柱上，遗臭万年。在史传文献中，我们不但可以看到卑鄙者罪恶的行径，而且可以看到人民对历史的评说。如《旧唐书·江王元祥传》载，元祥是高祖第二十子，曾封江王，后历金、鄘、郑三州刺史，其"性贪鄙，多聚金宝，营求无厌，为人吏所患，时滕王元婴、蒋王恽、虢王凤亦称贪暴，有授得其府官者，以比岭南恶处"，所以歌谣中称"宁向儋、崖、振、白，不事江、滕、蒋、虢"。《旧唐书·柳亨传》记述姚元之、宋璟知政事，"奏请停中宗朝斜封官数千员"，而太平公主"特为之言""有敕总令复旧职"，人称"太平公主令胡僧慧范曲引此辈，将有误于陛下"，歌谣就传唱道："姚、宋为相，邪不如正；太平用事，正不如邪。"《旧唐书·杜景俭传》中载，天授年间，杜景俭与徐有功、来俊臣、侯思止"专理制狱"，人们在歌谣中唱道："遇徐、杜者必生，遇来、侯者必死"。《旧唐书·武懿宗传》记述河内郡王武懿宗滥杀无辜，"生剖取其胆，后行刑，流血盈前，言笑自若"，当时有何阿小在冀州"多屠害士女"，"时人号懿宗与阿小为两何"，于是，歌谣中传唱"唯此两何，杀人最多"。

民间歌谣富有批判社会黑暗的文化传统。在刘轲《牛羊日历》中，记述了太牢牛僧孺、少牢杨虞卿等"驱驾轻薄""又恶裴度之功，曾进《曹马传》以谋陷害""虞卿又结李宗闵之门人，尽驱之牛门，此外有不附者，潜被疮痏，遭之者谓之阴毒伤寒"，所以歌谣中唱道"太牢笔，少牢口，东西南北何处走"，揭露了杨虞卿、牛僧孺这些奸佞祸国殃民的罪恶本质，可见唐代社会走向衰微时的黑暗与腐朽。民间歌谣对这些权奸的诅咒与控诉，与前所举对那些良吏的赞扬，形成鲜明对比。在张鷟《朝野佥载》"逸文"（录自《太平广记》）中，记述了唐代社会全面腐败的具体表现。如唐中书令李敬玄为元帅讨伐吐蕃时，"闻刘尚书没蕃，着靴不得，狼狈而走"，其他将领王杲、曹怀舜也"惊退""遗却麦饭，首尾千里，地上尺余"。歌谣中唱道："洮河李阿婆，鄯州王伯母，见贼不敢斗，总由曹新妇。"长安人邹骆驼，原是贫民，"尝以小车推蒸饼卖之"，一个偶然的机会得金数斗而成巨富，其子邹昉与驸马萧佺结交成友，民间歌谣对此事唱道："萧佺驸马子，邹昉骆驼儿。非关道德合，只为钱相知。"吏部侍郎崔湜"赃污狼藉"，与同僚狼狈为奸，败坏无度，歌谣称他们"岑憎獠子后，崔湜令公孙，三人相比校，莫贺咄骨浑"。最使民间百姓叫苦连天的是沧州刺史姜师度，他"造枪车运粮，开河筑堰，州县鼎沸"，而且"于鲁城界内种稻置屯，穗蟹食尽，又差夫打蟹"，民间百姓用歌谣唱道："鲁地一种稻，一概被水沫。年年索蟹夫，百姓不可活。"其他如《唐国史补》卷下所记"遗补相惜，御史相憎，郎官相轻"对官场中相互倾轧的揭露，《大唐新语》卷十三所记"活剥王昌龄，生吞郭正一"对"枣强尉张怀庆好偷名士文章"的讽刺，《唐摭言》卷一中对"三十老明经，五十少进士"之类"老死于文场"者的嘲讽，以及卷七中"未见王窦，徒劳漫走"对考试制度的批判等，都从不同角度记录了唐帝国的腐败，可见歌谣与国家民族的命运息息相关。社会的全面腐败带给人民大众的是不尽的痛苦，其结果是李唐王朝的动荡与衰弱，唐之后又出现了五代十国的分裂割据。统治者视这类揭露黑暗政治、反映民生疾苦的民间歌谣为不祥的"诗妖"，不敢正视现实，终于被时代的浪潮所吞没。

值得注意的是，在史传文献中还保存有记述农民起义与各种灾异的歌谣。这些歌谣被蒙上神秘的面纱，即被赋予了谶纬的意义。如关于黄巢起义，在《旧唐书·黄巢传》中，虽然史传作者也承认当时"仍岁凶荒，人饥为盗"，但却以"先有谣言"（即"金色蛤蟆争努眼，翻却曹州天下反"）来说明此乃天意；当起义失败，黄巢逃入泰山，至狼虎谷为其部将林言所杀时，《新唐书·五行志》以"中和初童谣"之"黄巢走，泰山东，死在翁家翁"来说明其亦在天意。同时，《新唐书·黄巢传》还记述了"军中歌谣"所谓"逢儒则肉，师必覆"，来验证"巢入闽，俘民给称儒者，皆释"。在史传作者看来，黄巢起义是社会的动荡，安禄山谋反也是社会的动荡，甚至唐中宗的安乐公主因其母韦后一并被杀，都是天意所示的灾异。《新唐书·五行志》以"禄山未反时"的童谣"燕燕飞上天，天上女儿铺白毡，毡上有千钱"，来解释安禄山建国号为"燕"的缘由。安乐公主被杀，《新唐书·五行志》同样用安乐公主"于洛州造安乐寺"时的童谣"可怜安乐寺，了了树头悬"，来解释其被杀原因。甚至"永淳九（元）年七月东都大雨，人多殍殕"，在《新唐书·五行志》中也是有先兆的，即此前的童谣中所唱"新禾不入箱，新麦不入场，迨及八九月，狗吠空垣墙"。总之，一切动荡的根源都是天意昭示，这些形形色色的"诗妖"决定了社会必然发生动荡而又必然被平息。具体解释都是次要的，重要的是这类歌谣因此而构成了一系列神秘的图像，让我们看到唐代民间文学的另一番景观。如《古今风谣》中所存的"唐永徽末里谣""唐天宝中玄都观诗妖""梁志公谣谶"和"唐德宗时诗妖"等歌谣，其意义的解释与之相同。其他还有《旧唐书·马周传》中的"贫不学俭，富不学奢"之类的谚语，《旧唐书·郝处俊传》中的"贵如许、郝，富若田、彭"，以及《旧唐书·薛仁贵传》中的"将军三箭定天山,战士长歌入汉关"等,这些歌谣和谚语都从不同方面展示出唐代民间文学的气象与特色。

唐代作家作品集,保存了数量不一的民间文学,如《全唐诗》《全唐文》中,因为编者对民间文学存在一定的成见,所收民间作品远不及《朝野佥载》《唐摭言》和《唐国史补》等文献丰富。在《李太白集》《元次山集》《韩昌黎集》《柳柳州集》《刘宾客集》《白香山集》等作品中集中且不同程度地保存了一些民间歌谣。如《李太白集》卷二十六《与韩荆州书》中载,"白闻天下谈士相聚而言曰:生不用封万户侯,但愿一识韩荆州",同卷《上安州裴长史书》记宾客为裴长史歌:"宾客何喧喧,日夜裴公门。愿得裴公之一言,不须驱马埒华轩。"《太平广记》卷二〇四存袁郊《甘泽谣》之"许云封"篇,记李白曾以歌谣制谜,言"树下彼何人,不语真吾好。语若及日中,烟霏谢成宝",谜底为"李谟外孙许云封",成为传说中的佳话。《元次山集》中,元结虽然有"直率近拙,古朴嫌枯,奇字涩句偏多"的现象,但他同情民生疾苦,曾"为民营舍给田,免徭役,流亡归者万余""身谕蛮豪,绥定八州""民乐其教,至立石颂德"(《新唐书·元结传》)。他在诗文中也运用了不少民间歌谣。如其《左黄州表》中所记"我欲逃乡里,我欲去坟墓。左公今既来,谁忍弃之去。""吾乡有鬼巫,惑人人不知。天子正尊信,左公能杀之",此正是对时代的真实记述。《韩昌黎集》中,韩愈曾经为汴州刺史董晋的善政使"三军缘道欢声,庶人壮者呼,老者泣,妇人啼"而赞叹,汴州人怀念董晋,所唱歌谣被录入《董公行状》:"浊流洋洋,有辟其郛。阗道欢呼,公来之初。今公之归,公在丧车。""公既来止,东人以完。今公殁矣,人谁与安?"柳宗元是一位政治家、思想家出身的文学家,他积极推进改革。因为受到豪强贵族的阻挠,改革失败,他也被"贬邵州刺史""贬永州司马"而"自放山泽间"。在被贬期间,他自然接触到民间文学。《柳柳州集》中的《连山郡复乳穴记》《道州毁鼻亭神记》所记"州民既谕,相与歌曰""邦人悦是祥也,杂然谣曰",就是在其他文献中少见的民间歌谣,但从中可以看到这些歌谣明显具有文人整理的痕迹。如《道州毁鼻亭神记》中的"州民既谕,相与歌曰:我有耇老,公燠其肌。我有病癃,公起其羸。髧童之嚚,公实智之。鳏孤孔艰,公实遂之。孰尊恶德,远矣自古。孰羡淫昏,俾我斯瞽。千岁之冥,公辟其户。我子泪孙,延世有慕",它失去了民间语言那种鲜活的生动性。白居易和元稹是新乐府运动的文学领袖,他们强调"饥者歌其食,劳者歌其事",其作品"感于哀乐,缘事而发",具有"补察时政""泄导人情"的重要功能。他们自觉地在诗歌中化用民间歌谣，如元稹《田家词》中的"牛吒吒，田确确，旱块敲牛蹄趵趵"，《连昌宫词》中的"小年进食曾因入""杨氏诸姨车斗风"等诗句，具有显著的民歌特点。其《代谕淮西书》中，更为直接地引入"天不可违""时不可失"两则谚语。白居易是一位正直的学者型诗人，但他并不追求在诗文中显示才学，而是追求民间歌谣的通俗性和生动传神的典型性。其《长庆集》卷七十五，"诗笔大小凡三千八百四十首"，有不少作品具有民间歌谣的语言特点。如其《卖炭翁》《杜陵叟》《西凉伎》《采地黄者》《新丰折臂翁》等诗，有许多语句很明显是采自民间，更不用说其《长恨歌》在采录民间传说入诗的同时又制新词，其中的"在天愿作比翼鸟，在地愿为连理枝"至今还被民歌用作表达真挚爱情的感人名句。其《赋得古原草送别》中的"离离原上草，一岁一枯荣。野火烧不尽，春风吹又生。远芳侵古道，晴翠接荒城。又送王孙去，萋萋满别情"等名句，则早已融入民间歌谣中被化用。至刘禹锡，学习和采录民间歌谣，尤其是对民间流传的竹枝词的改造，就更为突出了。

而唐代民间文学的具体表现——歌谣、传说、故事、俗讲，以及民间戏曲等艺术形式，又是相互联结在一起的，特别是在保存至今的敦煌壁画、唐代文人画等绘画作品中，我们常可见到这种现象。王维的诗歌美学思想，讲究诗中有画、画中有诗，即讲究艺术表现的多层次性，唐代民间文学也正是这样以多种层次表现其文化生活内容的。唐代民间戏曲也是这样，体现出民间文化的综合性。如唐代参军戏（也称弄参军），得名于优人戏弄历史传说中的贪污罪犯周延，因为周延是后汉石勒的参军，所以这种戏就被称为弄参军，后人称参军戏；也有人说它源于唐玄宗为了嘉奖优人李仙鹤，授其"韶州同正参军"，因而人称此类戏为参军戏。参军是不是传说中的周延无关紧要，重要的是在参军戏中出现了被嘲弄的参军和嘲弄参军的苍鹘，这是戏曲艺术向戏剧转化过渡的多重行当角色的证明。范摅的《云溪友议》中也记述了民间演出的内容，如刘采春"善弄陆参军，歌声彻云"，元稹作诗相赠，并记述其"言辞雅措风流足，举止低徊秀媚多。更有恼人肠断处，选词能唱望夫歌"。由此可见，参军戏在民间也有演出，甚至还相当广泛，在演出中有"数僮"作为妻妾，有角色分工，而且表演者不但有歌唱，还有念白。这些内容基本具备了戏剧艺术的结构。同时我们也可以从中看到，唐代参军戏的演出，其中既有雅的成分，如文人所作词曲，又有更多俗的成分，诸如所演唱的滑稽故事可看作笑话。我们甚至能从中看到变文俗讲的内容，看到"水转百戏""檐橦胡伎"以及"角觝""杀马""剁驴""上云乐""代面舞""踏摇娘""刀杖相屈"之类表演内容，其丰富多彩，正体现出民间戏曲的综合性特征。我们也可以想象，那些生动的民间传说和民间故事，自然会成为各种演出的重要题材，唐传奇中的故事也会被摄取作为表现对象。我们更可以想象到，宋代戏曲艺术、杂剧艺术等文艺形式的繁荣，应该是与唐代的民间文艺一脉相承的。在这里，我们可以听到许多后世民间文艺的先声。

# 第八章　清明上河图：宋代民间文学的大繁荣

民间文学穿越过大唐的风烟，走进宋代，呈现出一派繁荣景象。随着城市经济和城市文化的迅速发展，戏曲艺术异军突起，整个宋代的民间文学，在艺术形式上几乎具备了所有的类型。宋王朝时代（包括西夏、辽、金等不同民族政权的历史阶段在内）民间文学的发展，犹如一幅《清明上河图》，融汇了中华民族在这个特殊时代各种各样的生活。

与唐代社会不同的是，宋王朝的疆域相对狭小，它失去了大唐帝国那样宽阔的胸襟和视野，在它的周围，西有吐蕃，南有交趾，东有高丽，北方则有其政治和军事上的劲敌西夏王朝和辽王朝，以及后来崛起的金。赵宋王朝曾统一中原以及南部和北部的割据政权，但扬文抑武的政策，严重限制了自身的发展，以至于后来出现徽钦二帝被掳，政治和文化重心全面移向东南这样惨痛的局面。理学的崛起，在对民族思想文化进行规范的同时，也严重限制了民族文化的创造力。这种种现象的出现，影响到宋代民间文学的文化风尚。宋王朝曾有过熙宁年间的改革，出现了像王安石那样伟大的改革家，甚至在偏居东南时还曾一度中兴，但它到底还是灭亡了。它的灭亡是否是我国传统文化的悲哀呢？特别是它腐败的治理全面无效，个中原因应该引起我们深思。宋代的法制和吏选制度是相当完备的。在科学技术和文化建设上，也取得了令人瞩目的成就。印刷术的发达，民间书院的繁盛，都促进了科学文化的发展。沈括的《梦溪笔谈》、秦九韶的《数学九章》、李诫的《营造法式》、苏颂的《新仪象法要》、宋慈的《洗冤录》，以及傅肱的《蟹谱》、韩彦直的《橘录》、吕大临的《考古图》等，都代表着当时世界科学技术的最高成就。《文苑英华》《太平御览》《太平广记》《册府元龟》《太平寰宇记》《乐府诗集》《夷坚志》《资治通鉴》《通志》等文史典册，洋洋数万卷，举世无双。宋代，文学大家辈出，如群星闪耀。但是，制度也好，文化也好，都挡不住金兵的铁蹄。作为中国古典文化集大成时代的宋王朝，其灭亡是必然的——使其灭亡的正是宋王朝自身，是自身思想、文化和体制上的严重缺陷。单纯地发展文化，企图以文化治国、强国，犹如在沙滩上建造大厦，薄弱的根基无论如何是经不起八方会聚的狂飙的。历史不允许假设，宋代民间文学用最真实而形象的话语，向我们讲述着这个充满耻辱的年代。这个时代的长卷，在审美表现上有着数不清的巧夺天工之举，徽宗等人喜的是天上人间的《大晟乐》，爱的是源自笔端的花鸟，心里唯独没有千百万劳苦大众。应该说，大宋王朝的统治者们错过了让中华民族最早步入现代化的大好时机。从这种意义上讲，民间文学是这个时代最忠实的记录，一面是风花雪月，一面是啼天哭地。民间口述的真实性，是一般史传典籍所不及的。

　　宋代民间文学对唐代有许多继承和发展，而且这种继承不局限于唐代，对唐之前的时代，宋代民间文学也有所继承。如宋人较早提出了"笔记"这一概念（宋祁《笔记》），在《四库全书总目》中，收宋人笔记113种，其中子部小说家类43种，子部杂家类56种，史部类14种。在所谓"杂家"笔记中包含着一些唐及魏晋时代的传说，"史部"笔记中包含的更多。在《太平广记》中这种现象更为明显，几乎保存了唐及唐之前重要民间故事的所有内容。这固然与宋皇室编修《太平广记》的目的有关，而更重要的是宋代的文化风尚形成了这种保存状况。宋代的民间传说和民间故事，其原型、母题有许多都能够在唐代之前的民间文学中找到。民间歌谣和变文，如竹枝词在宋代继续存在，并成为文学创作中常见的形式。许多民间词曲在宋代进一步完善，出现了宋词的繁荣。变文在宋代初叶真宗时期被禁止，但它却转变成了其他形式，弥漫在其他民间文艺之中。宋代的民间戏曲离不开对唐代民间戏曲的继承。如《宋史·乐志》所载："凡祭祀、大朝会，则用太常雅乐；岁时宴享，则用教坊诸部乐。前代有宴乐、清乐、散乐，本隶太常，后稍归教坊，有立、坐二部。宋初循旧制，置教坊，凡四部。其后平荆南，得乐工三十二人；平西川，得一百三十九人；平江南，得十六人；平太原，得十九人；余藩臣所贡者八十三人；又太宗藩邸有七十一人。由是，四方执艺之精者皆在籍中。"在太平兴国三年（976年），"诏籍军中之善乐者，命曰引龙置"，至淳化四年（993年）又改名为"钧容直"，大中祥符五年（1012年），"增龟兹部如教坊"。由此可见，宋代宫廷和军队中的音乐机构，对唐代教坊有直接继承，民间文学也应当是这样。教坊是唐代音乐艺术的重要教育和演出场所，崔令钦在《教坊记》中曾记述"阿叔子""谈容娘"等女优、调弄之类的内容。南宋绍兴三十一年（1161年）教坊被遣散罢去，宴享中的演唱由勾栏乐工、百戏杂剧艺人来充当，教坊始让位于新兴的民间文艺。教坊演出对宋代杂剧的形成和发展有着十分重要的意义。同时我们也可以看到，宋代民间文学，尤其是戏曲艺术，存在着官民共享的现象。据《东京梦华录》记载，许多民间歌舞杂技的演出活动，都是由皇家与民间百姓共同观看的。宋代民间文学的时代特色非常明显，诸如说唱、诸宫调、杂剧、大曲、歌舞等民间艺术，尤其是"或云宣和间已滥觞，其盛则自南渡"的"永嘉杂剧"（徐渭《南词叙录》）即南戏，都有鲜明的个性。同时代的少数民族文学，如维吾尔族的《突厥语大词典》和《福乐智慧》，其中保存着丰富的民间文学作品；《蒙古秘史》记述了大量蒙古族历史传说。宋代民间文学是我国民间文学史上具有重要意义的一部分，它记录了宋王朝三百余年间的风风雨雨及其盛衰景象。

## 第一节　宋代民间歌谣和谚语

宋代民间歌谣主要保存在《宋史》《宋季三朝政要》《宣和遗事》《宋名臣言行录》《东都史略》等史籍和一些笔记之中，其中时政歌谣占据了相当大的比重。

时政歌谣最鲜明的主题集中在两个方面，一是对丑恶现象的辛辣讽刺与深刻批判，二是对正义力量的维护和赞颂。

对邪恶现象的指斥表现出民间百姓清醒的认识，包含着他们对黑暗势力的憎恨、轻蔑。如《宋史·李稷传》中记李稷"擢盐铁判官"，"遂为陕西转运使，制置解盐。秦民作舍道旁者，创使纳侵街钱，一路扰怨，与李察皆以苛暴著称。时人语曰：宁逢黑杀，莫逢稷察"。《宋史·崔鹗传》中载："徽宗初立，以日食求言，鹗上书曰：'……至如惇狙诈凶险，天下士大夫呼曰惇贼。贵极宰相，人所具瞻，以名呼之，又指为贼，岂非以其孤负主恩，玩窃国柄，忠臣痛愤，义士不服，故贼而名之，指其实而号之以贼邪！京师语曰：大惇小惇，殃及子孙。谓惇与御史中丞安惇也。"《宋史·苏绅传》载："绅与梁适同在两禁，人以为险诐。故语曰：草头木脚，陷人倒卓。"《宋史·秦桧传》记述秦桧阴险残忍，报复忠正之臣，贬至"地恶瘴深"的安远县，谚语称"龙南安远，一去不转"，言被贬者必死。《宋季三朝政要》卷一载："理宗绍定三年，上饮宴过度，史弥远卧病中书，时人讥之曰：'阴阳眠燮理，天地醉经纶。'"王象之《舆地纪胜》卷三〇二"江南西路"载，"宣和末，金敌入寇"，赣州李大有"守虔州"，他"召募，不旬日得五千人，鼓行而前"，于是"淮甸歌曰：'天下奸臣皆守室，虔州太守独勤王。'"卖官鬻爵，横征暴敛，是社会黑暗的集中表现。朱弁《曲洧旧闻》卷十载："王将明当国时，公然受贿赂，卖官鬻爵，至有定价。故当时为之语曰：'三千索，直秘阁；五百贯，擢通判。'"陆游《老学庵笔记》卷一载："方腊破钱塘时，朔日，太守客次有服金带者数十人，皆朱勔家奴也。"朱勔是著名奸臣，败坏朝政。所以"时谚"曰："金腰带，银腰带，赵家世界朱家坏。"《老学庵笔记》卷二载："崇宁间，初兴学校，州郡建学聚学粮，日不暇给。士人入辟雍，皆给券，一日不可缓，缓则谓之害学政，议罚不少贷。已而置居养院、安济坊、漏泽园，所费尤大。朝廷课以为殿最，往往竭州郡之力，仅得枝梧。谚曰：'不养健儿，却养乞儿；不管活人，只管死尸。'"《老学庵笔记》卷六载："及大驾幸临安，丧乱之后，士大夫亡失告身批书者多。又军赏百倍平时，贿赂公行，冒滥相乘，饷军日滋，赋敛愈繁，而刑狱亦众，故吏、户、刑三曹吏胥，人人富饶，他曹寂寞弥甚。吏辈又为之语曰：'吏勋封考，三婆两嫂；户度金仓，细酒肥羊；礼祠主膳，啖齑吃面；兵职驾库，咬姜呷醋；刑都比门，人肉馄饨；工屯虞水，生身饿鬼。'"庄绰《鸡肋编》中"建炎后俚语，有见当时之事者"，载有"仕途捷径无过贼，上将奇谋是受招""欲得官，杀人放火受招安；欲得富，赶着行在卖酒醋"等歌谣。社会黑暗腐朽之至，宋代出现的这种状况，在历史上是不多见的，故《四朝闻见录》"戊集"所载歌谣大声疾呼："满潮（朝）都是贼！"

民间时政歌谣对社会黑暗力量的鞭挞，常常集中在对一些祸国殃民的奸佞的诅咒上，以此表达胸中的愤懑。如《独醒杂志》卷九载：

何执中居相位时，京师童谣曰：
　　杀了穜（童）蒿割了菜（蔡），
　　吃了羔（高）儿荷（何）叶在。
说者谓指童贯、蔡京、高俅三人及（何）执中也。

《清波别志》卷上载有同样内容:"蔡京、童贯,朋奸误国,时有谣语:'打破筒,泼了菜,便是人间好世界。'"《续通鉴纲目》卷十三中记述了"大蔡小蔡,破坏天下;大惇小惇,殃及子孙",对蔡京、蔡卞、章惇、安惇等"误国欺君"之流进行了无情的鞭挞(《夷坚志》《宋史》亦载此歌谣)。《宣和遗事》记述的歌谣中对这些奸臣的诅咒更加严厉:

(徽宗)建中靖国元年……用丞相章惇言,举蔡京为翰林学士。满朝上下皆喜诙佞,阿附权势,无人敢言其非。……

殿中侍御史龚夬亦上表奏言:"臣闻蔡卞落职,太平州居住,天下之士共仰圣断。然臣窃见卞、京表里相济,天下知其恶。民谣有云:

二蔡一惇,
必定沙门;
籍没家财,
禁锢子孙。

又童谣云:

大惇小惇,
入地无门;
大蔡小蔡,
还他命债。

百姓受苦,出这般怨言,但朝廷不知之耳。蔡京、蔡卞为人反复变诈,欺陷忠良,天下不安,皆由京、卞二人簸弄。"

是时,章惇罢相……贬雷州居住。

历史上的蔡京具有杰出的才华、过人的胆识,但他自私、狭隘,成为宋代民间文学中一个狡诈、阴险、残忍、狠毒的典型,一切罪恶都集中在他的身上。民间文学正是通过这个典型来概括全社会的黑暗。姑且不论历史上真正的蔡京是一个什么样的人物,从这里我们可以看到全社会复杂矛盾的交织,在蔡京身上,汇聚着数不尽的仇恨。不独这些史籍,在笔记如石茂良《避戎夜话》中，记述了"不管肃王，却管舒王；不管燕山，却管聂山；不管山东，却管陈东；不管东京，却管蔡京；不管河北界，却管秀才解。"在这里，我们没有必要为蔡京辩护，证明他在历史上其实是一个很有学识、很有能力的干臣，证明他曾经蒙冤，是民间歌谣如何对他不公平。我们可以理解的是，民间百姓恨透了黑暗，而蔡京、童贯、朱勔、高俅、何执中、章惇之流，在历史上确曾制造了数不胜数的黑暗，他们是一层遮天蔽日的乌云，所以，他们成为民间文学诅咒的对象。这里面固然有"只反贪官，不反皇帝"的倾向，但更重要的是民间文学表达了人民的情感，我们在理解它的真实时不必拘泥于历史，更何况历史在文献中表现的内容有许多并不真实！

社会的黑暗与腐朽，必然激发民间社会的愤怒与反抗。《京本通俗小说·冯玉梅团圆》中记述了"风高放火，月黑杀人；无粮同饿，得肉均分"的歌谣。《宣和遗事》中记述了"来时三十六，去后十八双。若还少一个，定是不还乡"，反映了水浒英雄与朝廷官军的殊死斗争，歌颂了人民对黑暗势力的抗争。

正义的力量总会得到民众的颂扬。民间歌谣对寇准、包拯、范仲淹、岳飞等历史上的英雄，给予了深情的讴歌与赞颂，其中包含着民间百姓的向往和呼唤，是他们渴望光明、期待社会安定和国家富强的心声。在这些英雄身上，汇聚着民族的爱戴和希望，他们的无私、刚正、为人民谋利等光辉品格被尽情地宣扬，在民间文学中被塑造成济世救人、光明磊落的典型。如《宋史·岳飞传》中所记："师每休舍，课将士注坡跳壕，皆重铠习之。""善以少击众，欲有所举，尽召诸统制与谋，谋定而后战，故有胜无败，猝遇敌不动。故敌为之语曰：'撼山易，撼岳家军难。'"范仲淹，字希文，是一位先天下之忧而忧的志士，"明敏通照，决事如神"，王称《东都事略·范仲淹传》中记述"京师谣"："朝廷无忧有范君，京师无事有希文。"他知延州时，"训练齐整"，"与韩琦俱有威名"，《东都事略·范仲淹传》载军中歌谣："军中有一韩，西贼闻之心骨寒；军中有一范，西贼闻之惊破胆。"寇准是一位受人尊重的宰相，丁谓曾陷害他，《东都事略·寇准传》中载民间歌谣："欲得天下宁，当拔眼中钉；欲得天下好，莫如召寇老。"朱熹《宋名臣言行录》中称他"性忠朴，喜直言，无顾避"，载有"寇准上殿，百僚股栗"的歌谣。包拯是民间百姓崇敬的"清官"，《宋史·包拯传》载，他"立朝刚毅，贵戚宦官为之敛手，闻者皆惮之。人以包拯笑比黄河清，童稚妇女亦知其名，呼曰包待制"，"旧制，凡讼诉不得径造庭下。拯开正门，使得至前陈曲直，吏不敢欺"，所以，民间歌谣中称赞他的威严："关节不到，有阎罗老包。"其他还有王象之《舆地纪胜》卷九八所载的"君不见恩平陈守贤，优游治郡如烹鲜"，这是对"守南恩州"的陈丰"田野无秋毫之扰"的赞颂；卷一八七载："日出而耕，日入而归。吏不到门，夜不掩扉。有孩有童，愿以名垂。何以字之，薛孙薛儿"，是对巴州刺史薛逢的赞颂；卷一八一中载"我有父母，前吕后王。抚爱我民，千里安康"的歌谣，是对蓬州官吏吕锡山、王大辩"相继为守"政绩的赞颂。范公偁《过庭录》中记述范纯仁"门下多食客"，他"以己俸作布衾数十幅待寒士"，民间歌谣称"孟尝有三千珠履客，范公有三千布被客"。这固然有讥讽之意，但我们也可以从另一方面看到范纯仁之"仁"。这些歌谣表明，正是因为范仲淹、包拯、寇准、岳飞等贤臣名将的尽职尽责，才缓和了社会矛盾，他们才是真正的国家栋梁，体现出民族的浩然正气。正因为如此，宋王朝才持续了三百多年而没有很快灭亡。

　　但是，民间文学有时也会出现为传统的主流话语所支配的现象。宋代时政歌谣中对于王安石变法的态度，就表现出宋代民间文学的严重缺憾。王安石变法是宋代社会发展中具有重要意义的大事。王安石是一位伟大的改革家，他有着远大的政治抱负，希望以改革实现富国强兵的宏伟理想。但是，他面对的不仅是富弼、司马光、文彦博这些德高望重的具有保守意识的老一代政治家，而且是千百年来积累而成的传统的腐朽力量，同时还有吕惠卿之流的险恶之徒。特别是他触动了皇室曹太后、高太后等人的利益，以及为富不仁的巨商大贾这些传统政治中既得利益者，所以，他势单力薄，终于失败了。王安石无私无畏地推行变法，他应该被视作中华民族历史上的英雄，可是却没有得到应有的尊重。北宋末年的邵伯温之流，极力攻击、中伤王安石，这与宋代民间文学中王安石形象被扭曲有着直接联系。元代学者就有人想把他归入奸臣之列，但是找不出他利己的一丝蛛迹，连他的敌人也不得不承认他的无私。他没有家产，没有墓碑，只有一腔热血。

　　宋代的民间谚语大多保存在笔记中，诸如《农书》《孔氏谈苑》《后山谈丛》《鸡肋编》《老学庵笔记》《鹤林玉露》等都有记载。如陈旉《农书》所记"凡从事于务者，皆当量力而为之，不可苟且贪多务得，以致终无成遂也"，引谚语"少则得，多则惑""多虚不如少实，广种不如狭收"；在论及"耕耨之先后迟速，各有所宜"时，引谚语"春浊不如冬清"；

在论及"民居去田近,则色色利便,易以集事"时,引谚语"近家无瘦地,遥田不富人"等。孔平仲的《孔氏谈苑》详细论述了南方农谚,如"正旦晴,万物皆不成",作者以"元丰四年正旦,九江郡天无片云,风日明快,是年果旱"来验证。其他还有"芒种雨,百姓苦""一日雨,百泉枯。二日雨,傍山居。三日雨,骑木驴。四日雨,余有余""春雨甲子,赤地千里""夏雨甲子,乘船入市""云向南,雨罩罩;云向北,老鹳寻河哭;云向西,雨没犁;云向东,尘埃没老翁""上元一夕晴,麻小熟;两夕晴,麻中熟;三夕晴,麻大熟""朝霞不出门,暮霞行千里""月如悬弓,少雨多风;月如仰瓦,不求自下"等。陈师道的《后山谈丛》中,记述了浙西谚语"夏旱修仓,秋旱离乡"和"黄鹂口噤,荞麦斗金",以及"杏熟当年麦,枣熟当年禾""行得春风有夏雨""田怕秋早,人怕老贫"等。陆游在《老学庵笔记》中记述了淮南谚"鸡寒上树,鸭寒下水"和"鸡寒上距,鸭寒下嘴"。庄绰即庄季裕的《鸡肋编》中,记述了"苏杭两浙,春寒秋热""地无三尺土,人无十日饮""麦过口,不入口""甘刀刃之蜜,望截舌之患""病从口入,祸从口出""巧媳妇做不得无面怀饦""远水不救近渴""瓦罐终须井上破""人作千年调,鬼见拍手笑""将勤补拙"等谚语。罗大经的《鹤林玉露》中,记述了"吃拳何似打拳时""但存方寸地,留与子孙耕""成人不自在,自在不成人"等生活谚语。

  记述宋代民间歌谣、谚语的典籍,还有陈元靓的《岁时广记》、高承的《事物纪原》、无名氏的《分门古今类事》、周密的《乾淳岁时记》和《武林旧事》、吴自牧的《梦粱录》、孟元老的《东京梦华录》、耐得翁的《都城纪胜》、西湖老人的《繁胜录》、范成大的《桂海虞衡志》、朱辅的《溪蛮丛笑》等。在元代陶宗仪的《说郛》中,存有叶隆礼撰写的《辽志》、宇文懋撰写的《金国志》等,记述了辽和金的民俗生活与民间文学。更值得一提的是郭茂倩的《乐府诗集》,这部典籍在某种程度上可以看作是宋人所编的歌谣集成,其分类方法,应看作最早的歌谣分类法。郭茂倩呕心沥血,采录唐代及唐代之前各个时期的民间歌谣,为我们研究民间歌谣的发展提供了珍贵的资料。范成大所撰的《桂海虞衡志》和朱辅所撰的《溪蛮丛笑》,是两部包含丰富的民间文学的少数民族风俗志。《桂海虞衡志》记述了瑶族和黎族等民族的民俗文化生活,《溪蛮丛笑》记述了瑶族和仡佬族等民族的民俗文化生活,二者都记述了宋代少数民族中的民间歌谣。在我国南方,大理国的存在时代与宋王朝相当。《续资治通鉴长编》中引有杨佐《云南买马记》,记述宋曾封大理首领为"云南八国都王"。大理国时代上承南诏时代，产生了许多本主故事和相关的民间歌谣。白族与汉族之间的文化交流频繁，如人所言，"像《孟姜女哭夫》《姜太公钓鱼》《诸葛亮》《梁山伯与祝英台》等古老的汉族民间传说故事，就不可能不传入白族人民聚居的地区。这些作品一经传入，白族人民就欣赏它，接受了它，并在口头流传的过程中，根据自己的生活理想，不断地加工和丰富，把它们创作成诗（歌谣），使它们具有独特的民族风格及浓厚的地方色彩，使它们成为白族文学的一个组成部分"①。其中，立于宋代的碑刻《兴宝寺德化铭》《嵇肃灵峰明帝记》和《渊公塔之碑铭》等，可做佐证。

宋代少数民族民间文学异常繁荣，如这一时期所流传的彝族仪式歌谣《指路经》《送魂曲》《六祖分支》等经典，以及纳西族《东巴经》（以《创世纪》《黑白战争》《鲁般鲁饶》为典型）等，如串串珍珠，闪烁着异彩。

在《辽史》和《金史》中，保存了与宋帝国同时代的一些民间歌谣和谚语，反映出辽和金的社会发展变化，这也是我们应该重视的。如《辽史·杨佶传》中记述"重熙十五年，（杨佶）出为武定军节度使。境内亢旱，苗稼将槁。视事之夕，雨泽沾足"，百姓为之唱道：

> 何以苏我？
> 上天降雨。
> 谁其抚我？
> 杨公为主。

《辽史·皇子表》中记述"太祖淳钦皇后生三子"，"倍第一，太宗第二，李胡第三"。李胡立为皇太弟，兼天下兵马大元帅，世宗"即位于镇阳"，太后怒，"遣李胡将兵出击"，引起朝中争议，太后在论述"我与太祖爱汝（指李胡）异于诸子"的道理时，引用谚语"偏怜之子不保业，难得之妇不主家"。《辽史·萧岩寿传》引用谚语"以狼牧羊，何能久长"，来说明"岩寿虽窜逐，恒以社稷为忧"的道理。在《金史》中，《五行志》引用"易水流，汴水流，百年易过又休休。两家都好住，前后总成留""团圞冬，劈半年。寒食节，没人烟""青山转，转山青。耽误尽，少年人"等童谣，以此作为时谶。《金史》诸传记中也引用了许多歌谣和谚

---

① 张文勋主编：《白族文学史》（修订版），云南人民出版社1983年版，第151页。

语，借以表现人物性格。如《金史·杨伯雄传》记述"先是张浩治平阳有惠政，及伯雄为尹"受到百姓称赞，所以有歌谣"前有张，后有杨"作为赞语。《金史·赵秉文传》记述"有司论秉文上书狂妄，法当追解，上不欲以言罪人，遂特免焉"，当时歌谣中描述道："古有朱云，今有秉文；朱云攀槛，秉文攀人。"因此，"士大夫莫不耻之"。在《金史·撒合辇传》中，引谚语"水深见长人"；在《金史·王竞传》中，引谚语"西山至河岸，县官两人半"；在《金史·佞幸胥持国传》中，引谚语"经童作相，监婢为妃"等。这些歌谣和谚语从不同方面表现出金代社会的各种历史状况。有一些歌谣的流传，还伴随着一定的传说，如《辽史·太祖淳钦皇后述律氏传》中，称皇后"简重果断，有雄略"，以童谣"青牛妪，曾避路"，来证明"有女子乘青牛车，仓猝避路，忽不见"的谶言。

## 第二节  《突厥语大词典》与《福乐智慧》

中国少数民族民间文学是中国民间文学史的重要组成部分。公元11世纪，在维吾尔族中出现了两部巨著，一部是马赫穆德·喀什噶尔的《突厥语大词典》，一部是玉素甫·哈斯·哈吉甫的《福乐智慧》。这两部巨著都保存了丰富的民间文学。因为这两部巨著所完成的时间相当于宋代的北宋（960—1127）阶段，在此，我们也把它列入这个时代。维吾尔族人民对于中国民间文学的发展和繁荣，做出了重要贡献。《突厥语大词典》和《福乐智慧》，是中华民族宝贵的文化财富，是辉煌的文化经典。我们从中可以看到维吾尔族民间文学的特色。

《突厥语大词典》是一部用阿拉伯语诠释突厥语词的典籍，完成于1072年至1074年间。它最早以手抄的形式流传，包括"序论""正文"两部分。在"正文"部分援引大量的民间传说、故事、民间歌谣、谚语、谜语，借以说明一些词语的含义，从而保存了丰富的民间文学。这部著作的作者马赫穆德·喀什噶里，全名为马赫穆德·本·侯赛因·本·穆罕默德·喀什噶里，其出生地在今新疆喀什噶尔疏附县乌帕勒，其父曾是黑汗王朝的贵族。马赫穆德·喀什噶里因为宫廷政变而逃亡至中亚一带，考察了中亚地区突厥部落民间文化，为编写这部著作奠定了基础。突厥是我国古代西北地区的重要民族，《周书·突厥传》中曾详细记述了关于民族起源的神话传说，讲述一个十岁少年被侵灭阿史那部落的敌兵"刖其足，弃草泽中，有牝狼以肉饲之"，"及长，与狼合，遂有孕焉"，"遂生十男"，"子孙蕃育，渐至数百家"；"阿谤步兄弟十七人"，"其一曰伊质泥师都，狼所生也"，"泥师都既别感异气，能征占风雨，取二妻，云是夏神、冬神之女也"，"一孕而生四男"，其大儿被供奉为主，"号为突厥，即讷都六设也"。讷都六死后，其子阿史那与众兄弟"相率于大树下共为约曰：'向树跳跃，能最高者，即推立之'"，因其"年幼而跳最高"，被奉为主，"号阿贤设"。据传，"讷都六有十妻，所生子皆以母族为姓，阿史那是其小妻之子也"。这些传说表明了突厥民族祖先神话生成的社会背景。

《突厥语大词典》记述了大量的突厥神话传说，还记述了丰富的天文、地理、历史等知识，以及宗教、哲学、艺术等内容，具有百科全书的意义，堪称古代突厥族人民的文化宝库。其中的民间歌谣异常优美，内容包括对自然风光的赞颂、对节日习俗和狩猎生活的详细描述等，表现出古代突厥族人民的情怀。如在表现节日习俗的歌谣中，记述了"让小伙子们摇下树上的果子，让他们猎取野马黄羊，让我们欢度节日"，以及"壶头如鹅颈，斟满的酒杯如眼睛"，"吆喝着各饮三十大杯""如狮子一样吼叫"等生活场景；在表现狩猎生活的歌谣中，记述了"架上猎鹰，跨上骏马，追赶羱羊，鹰捕黄羊，放出猎犬抓狐狸""用石头打狐狸和野猪"等内容。这些记述具有很高的史志价值，是我们研究突厥民族生活史的珍贵资料。特别是歌谣中对自然风光的描绘，表现出非凡的情致，体现出古代突厥人民的审美方式和他们对大自然的热爱：

> 百花盛开，
> 像织锦的地毯铺开；
> 像天堂的住所，
> 今后将不再有严寒。
>
> 万花簇拥，
> 结满花蕾；
> 含苞欲放，
> 竞相吐蕊。

亦的勒河水奔流，
击打着崖壁，
有许多鱼儿和青蛙
河水溢出了岸。

野马奔驰，
野山羊和麂子成群
它们奔向夏季牧场
列队成行。

鸟和野畜都苏醒，
雌雄群集，
它们结群散开，
它们不再回到窟中。①

在今天的维吾尔族等少数民族的民间歌曲中，我们可以看到相似的内容，由此可见维吾尔族悠久的文化传统。

《福乐智慧》是玉素甫·哈斯·哈吉甫用回鹘语（"哈卡尼亚语"）写成的诗集，它成功地运用了阿拉伯文学中"阿鲁孜"格律、"马斯纳维""木塔卡里甫"等歌体。其前十一章为颂词，第十二章之后有生动的故事，讲述了国王、大臣、大臣之子及修道士觉醒四人之间的对话。诗中既有优美的故事，又有生动的歌谣和谚语。这部长诗的写作用了十八个月，于1069年完成②，其作者玉素甫·哈斯·哈吉甫出身于虎思斡耳朵名门，生平未见于史籍。这部长诗完成于喀什噶尔，喀什噶尔是喀拉汗王朝的中心，其文化联结着中原文化和阿拉伯文明，在这一时期出现了高度繁荣。玉素甫·哈斯·哈吉甫就是这一时期文化繁荣中涌现出的杰出诗人。

《福乐智慧》讲述了一个大故事。国王日出很想有所作为，求贤若渴，

---

① 《突厥语大词典》所存抄本，以今存于土耳其的1266年抄本为最早，1917年之后由土耳其刊印，后有苏联出版的乌孜别克语译本和我国的维吾尔语译本。此歌谣转自马学良等主编《中国少数民族文学史》等著述，中央民族学院出版社1992年版。
② 见《福乐智慧》"译者序"，郝关中等译，民族出版社1986年版。此书原意为"赋予幸福的知识"，冯家升、耿世民等人译作此名。

遇到贤士月圆自荐。月圆任大臣,兢兢业业,颇有政绩。月圆辞世时,向国王托付幼子贤明。贤明有一位宗亲觉醒,国王想让贤明和觉醒一起辅佐他,但觉醒潜心修行,贤明也生出遁世的念头。后来觉醒死去,国王日出和贤明团结一致,共同治理国家。在这个大故事中,又包含着诸多小故事,如第五章"论七曜和黄道十二宫"中,真主"按照自己的意愿创造了乾坤,让太阳和月亮照亮了宇宙","创造了冥冥蓝天和灿烂星斗,创造了沉沉黑夜和光辉的白昼",创造了土星、木星、火星、太阳、金星、水星、月亮以及黄道十二宫,它们分属春夏秋冬,众星辰被"万能的真主"安排得"井然有序,各按正道行走";在第九章"对善行的赞颂并略论它的益处"中,记述了"试问狂悖的查哈克何以受人咒骂,幸福的法里东何以受人赞誉","让我们看看突厥人的伯克,人世的君王中,数他优异。突厥诸王中唯他最为著名,他是幸福的同俄·阿里普·艾尔";在第二十六章"贤明供职于日出宫廷"中,记述了"请听三帐伯克怎么教导,他说话在理,智慧甚高","样磨伯克说得真好,他足智多谋,办事周全";在第二十八章"贤明论国君应具备的条件"中,记述了"请听乌德犍伯克之言,他的言语符合于理性";在第二十九章"贤明论大臣应具备的条件"中,记述了"真主在创造宇宙之前,即已创造了记载善恶的木板";在第四十七章"贤明对觉醒论如何为国君供职"中,记述了"阔克·阿尤克、亦难赤、恰格里、特勤、乔黎、叶护、尤格鲁西、艾尔·乌基"等人的传说故事;在第五十八章"论如何对待商人"中,记述了"倘若契丹商队的路上绝了尘埃,无数的绫罗绸缎又从何而来";在第六十四章"论如何管理手下的仆役"中,记述了"莫要和洪水与伯克为邻";在第六十七章"觉醒对贤明论遁世和知足"与附篇之一即"哀叹青春的消逝和老年的到来"中,记述了当时大量流传的传说故事。如:

> 那位索福求乐于今生的人啊,
> 为自己构筑的铁堡和宫殿何在?
>
> 那位骑跨黑鹰之背飞升苍穹,
> 追求今世之乐的狂犬何在?
>
> 那位以真神自居的狂悖之徒,
> 终被真主击沉海底的恶魔何在?

那位聚敛了现世的财富，
与财富一起被大地吞没的妄人何在？

那位从东方到西方杀伐，
占有千邦万郡的世界之主何在？

那位抛杖至地变为巨蟒，
海水为之分路的伟人何在？

那位主宰禽兽、人类和万物精灵，
伟大而公正的圣贤何在？

那位身具起死回生之力，
而自己却为死亡所掳的圣人何在？

那位堪称人类精英，
失去他世界便荒芜缺损的先知何在？

"冥冥的死神带走了这一切"，告诫人们"切莫因尊贵而忘乎所以"，欢乐、幸福与灾祸、痛苦是紧密联系在一起的。第一段诗句所记述的是关于阿代之子谢达德的英雄传说。相传，他们建造了人间天堂"伊兰牟"。谢达德反抗真主，企图进入天国乐园，被死神夺走了生命。第二段诗句所记述的是亚伯拉罕时代昏王乃木鲁德的传说。他曾乘黑鹰上天，被蚊蝇毁掉。第三段诗句所记述的是摩西时代的埃及法老。他骄横跋扈，不可一世，被真主投入大海。第四段诗句所记述的是富豪可拉。他为富不仁，欺压族人，在地陷中身亡。第五段诗句所记述的是亚历山大·马其顿。他征服世界，有"双角王"之称，是强大帝王的典型。第六段诗句所记述的是摩西。传说他感化法老，使手中的木杖化成巨大的蟒蛇。他还使用木杖将海水分开，带领众人逃脱法老的捕杀。第七段诗句所记述的是所罗门先知。在传说中，所罗门主宰世间人、兽、鸟、虫和各种精灵，处理事情非常公正。第八段诗句所记述的是先知耶稣。传说他可以起死回生，但他自己却被死亡之神所掳走。第九段诗句所记述的是先知穆罕默德。在民间传说中，他是一位圣灵，若失去他，"世界便荒芜缺损"。这些传说中的英雄和先知都是了不起的，但他们谁都无存于世，这就是"今生的法则"。在附篇之一"哀叹青春的消逝和老年的到来"中，作者流露出对曾经的过失的忏悔，在"即使"句中一次次运用民间传说来说明"最终的去处仍是一抔黄土，只能将两块白布带入坟茔"。诗人慨叹道："赤条条而来，赤条条而去，我却为何对今世寄予了热情！"在其所举的传说中，有威风无比的凯斯拉和凯撒，有建造了人间仙境的谢达德和阿代，有征服世界的斯堪德尔，有"活到千岁高龄"的人类第二始祖"努哈"（即诺亚），有"挥刀如电"的雄狮阿里，有"世间传遍威名"的英雄鲁斯台模，有能飞上天空的尔撒（耶稣），以及公正的伊朗诺希尔旺大帝、摩西族人豪富葛伦（可拉）、虽铸造铁城也免不了为真主毁灭的古代阿拉伯滥斯人等。这些传说在诗句中具有特殊的意蕴，使诗歌因此而获得非凡的魅力。

《福乐智慧》中的传说资料，有许多可以在古代典籍或至今仍流传的故事中找到相应的内容。如第七十一章"觉醒对国王的忠诚"中，有"无论是白鹄、黄鹄、大雁、水鸭，还是大鸨、鹌鹑、天鹅、锦鸡，抑或是天穹中成群翱翔的黑鹰、苍狼啊，它们也都难以逃逸"，还有"莫忘却死亡，坟墓是你乡土；莫忘乎所以，珍惜你的声誉。你萌于精液，别以我而自负，你躯体若说我，坟墓便是归宿"。前一句中记述了"苍狼"的传说，在《周书·突厥传》等文献中我们可以看到，在记述突厥族的起源时，有"狼所生也""及长，与狼合，遂有孕焉"等内容，都是狼图腾的体现。后一句中记述了关于"精液"的传说，与维吾尔族祖先起源神话《库马尔斯》有着密切联系。在《库马尔斯》中，记述库马尔斯的精囊中滴下两滴精液，掉在地上，长成植物，植物中生出摩西和摩西娜一对男女，摩西和摩西娜婚媾之后，繁衍人类，于是，库马尔斯被尊为维吾尔族的始祖神[①]。这些资料绝不是一般意义上的巧合，而是文化传承中民间传说的具体嬗变形态。

民间谚语在《福乐智慧》中随处可见。在某种程度上讲，这部长诗可以称为一部民间谚语集。如第六章"论人类的价值在于知识和智慧"中，有"知识极为高尚，理智极为珍贵""无知识的人，个个都是病人""智慧好比缰绳，谁若抓住了它，心愿都能实现，万事顺遂""人若有了知识，才会显得高贵""办理任何事情，都要依靠智慧；须用知识驾驭时间，莫

---

[①] 参见马学良等主编：《中国少数民族文学史》（下册），中央民族学院出版社1992年版，第82页。

让它荒废"等内容。许多章节对谚语的运用不但准确，而且非常生动。如第九章"对善行的赞颂并略论它的益处"中，有"青春易逝，生命匆匆流失""无知识的人和盲人没有两样""统治世界，必须多才多能；制服野驴，必须依靠雄狮"等内容；第十二章"故事开始——关于日出王的叙述"中，有"为使卑劣之徒远离你身边，男儿应当宽厚大度，果断谨严。为人需要果敢与宽厚，人的价值由此二者体现""人人都赞美冷静与清醒，多少人由于昏聩而丧生""明君治国，国人由穷变富；绵羊和野狼，一池清水同饮"等内容；第十六章"月圆向国王阐述幸运的实质"中，有"世间三物：流水、舌头和幸运，总是反复无常，流转不停""幸运于人，好比羚羊般无羁；如果它来了，要捆住它的四蹄。你若会驾驭幸运，它不会逃走；它若逃走了，再无得到的时机"等内容。对知识、正义的尊崇，是全书的主调。处理人与人之间的关系，是谚语所表现的重要内容。在《福乐智慧》中，自第四十八章至第六十四章，集中论述了如何与宫廷人员、黎民、圣裔、哲人和学者、医生、巫师、圆梦者、星占士、诗人、农民、商人、牧人、工匠、贫者、妻子、子女、仆役等各种人物交往的具体原则。其中所表现的价值观念、审美观念、道德判断方式等内容，明显反映出维吾尔族人民的特色。如对待商人，中原汉族人更多的是轻蔑，以为无商不奸，在道德上进行简单而粗暴的否定。而《福乐智慧》第五十八章"论如何对待商人"中则热情歌颂商人，称"世界上无数的珍宝和绸缎，全都来自他们的身旁""对待他们应该慷慨大方，你的名声由此而四处传扬""他们对利害计算得十分精细，与之交往，要特别注意""倘若你想使自己名扬四海，就应将异乡人好好地对待。倘若你想在世上扬名，对商人的回赠千万莫轻"。在第六十三章"论如何教育子女"中，强调"要教授给子女知识和礼仪，今生和来世他们都会获益"。诗人也讲述了"女大当嫁，男大当娶"，以及"女大待嫁时切莫让她久居家里，否则，无病无灾，你也会悔恨而死""莫放陌生人进宅，莫让女人出去，街巷的陌生目光，会诱惑她迷失道路"和"多少名流、豪杰和勇士，只因了女人而白白葬送了自己"等。此外，诗人还一再强调诚实劳动，种瓜得瓜、种豆得豆，举止要端正，秉性要和善，见贤思齐，尊重知识，珍惜时光，不要贪得无厌等。在全书中，诗人还突出表现了维吾尔族人民的生命观念，使这些谚语的意义不断得到升华。《福乐智慧》看起来是讲给国王的，事实上是说与每一个人的，所以它深受维吾尔等少数民族的喜爱，在此后的盲诗人阿狄普艾合买提《真理的入门》等作品中，都能看到其影响。

## 第三节　笔记小说与民间传说故事

　　宋代笔记小说的繁盛，是与宋代的文化风尚密切联系在一起的。如胡应麟《少室山房笔丛·九流绪论》中所言，笔记小说的内容，"率俚儒野老之谈故也"。当然，这里的"俚儒野老"反映了笔记小说的民间故事色彩及其与民间文化之间的复杂联系。宋代笔记小说的作者，不仅有一般中下层文人，而且有欧阳修、司马光、苏轼这样的达官贵人，他们都对民间文学产生了浓厚的兴趣，在笔记小说中保存了丰富的民间传说与民间故事。《夷坚志》和《路史》这些民间故事集成，标志着宋代民间故事在中国民间文学史上所形成的又一座高峰。

　　对于笔记的概念，不同时期的学者有不同的解释。宋人史绳祖在《学斋占毕》卷二《蔆菱二物》中讲，"前辈笔记小说固有字误或刊本之误，因而后生末学不稽考本出处，承袭谬误甚多"。郑樵在《通志·校雠略·编次之讹论》中说，"古今编书所不能分者五，一曰传记，二曰杂家，三曰小说，四曰杂史，五曰故事。凡此五类之书，足相紊乱"。史绳祖与郑樵所举，正是笔记小说的特点，它自由、随便，比一般文体要灵活得多。明代胡应麟在《少室山房笔丛·九流绪论》中举小说数种，如《搜神》《述异》《宣室》《酉阳》之类"志怪"，《飞燕》《太真》《崔莺》《霍玉》之类"传奇"，《世说》《语林》《琐言》《因话》之类"杂录"，《容斋》《梦溪》《东谷》《道山》之类"丛谈"，《鼠璞》《鸡肋》《资暇》《辨疑》之类"辨订"，《家训》《世范》《劝善》《省心》之类"箴规"等。胡应麟的分类虽然显得过于宽泛，却显示出了笔记小说内容广泛这一重要特点。《四库全书总目》中"小说家类一"中，把笔记小说分为三大类："其一叙述杂事，其一记录异闻，其一缀辑琐语。"此与后人所分小说故事、历史琐闻、考据辨证三大类基本相同。一句话，"杂"就是笔记小说的文体特点，也是其内容特点。这与民间故事的文化个性有着直接联系。宋代民间文学成为笔记的重要题材，如吴淑的《江淮异人录》、黄休复的《茅亭客话》、张师正的《括异志》《倦游杂录》、章炳文的《搜神秘览》、刘斧的《青琐高议》、洪迈的《夷坚志》、罗泌和罗萍的《路史》及"后纪"、郭彖的《睽车志》、王明清的《挥麈后录》《摭青杂说》《投辖录》、无名氏的《鬼董》、李石的《续博物志》、郑文宝的《南唐旧事》、李献民的《云斋广录》、何薳的《春渚纪闻》、张洎的《贾氏谈录》、钱易的《南部新书》、张齐贤的《洛阳搢绅旧闻记》、欧阳修的《归田录》、徐铉的《稽神录》、司马光的《涑水纪闻》、王辟之的《渑水燕谈录》、魏泰的《东轩笔录》、黄鉴与宋庠的《杨文公谈苑》、沈括的《梦溪笔谈》、陆游的《老学庵笔记》、岳珂的《桯史》、蔡絛的《铁围山丛谈》、周密的《齐东野语》《癸辛杂识》、孔平仲的《续世说》《释稗》《孔氏杂说》《孔氏说苑》、王谠的《唐语林》、李垕的《南北史续世说》、叶绍翁的《四朝闻见录》、苏轼的《艾子杂说》《调谑编》、陈晔的《谈谐》、沈俶的《谐史》、周文玘的《开颜录》、朱晖的《绝倒录》、高怿的《群居解颐》、徐慥的《漫笑录》、无名氏的《籍川笑林》、天和子的《善谑集》、释文莹的《玉壶清话》、释惠洪的《冷斋夜话》等，都表现出民间传说故事"趣"和"杂"的特征。民国初叶，上海进步书店曾刊行《笔记小说大观》，录笔记小说二百余种，可谓中国笔记小说之集大成。宋代笔记小说独树一帜。这些笔记小说无闻不录、无异不取，与《新唐书》《新五代史》《两朝国史》《三朝国史》《四朝国史》《五朝国史》《资治通鉴》《续资治通鉴长编》《建炎以来系年要录》《三朝北盟会编》《通鉴纪事本末》等官修或私修的史册，在文化性格上表现出鲜明的差异。民间传说和民间故事成为这些笔记小说的重要内容，其中既有对前代各时期民间文学的继承，又有着鲜明的时代特色。正如古代的文人画之于民间的木版年画一样，笔记小说毕竟是文人创作，与民间故事虽然有着一定的联系，但二者的区别是非常明显的。宋代"讲史"和"小说"两类市人小说以及传奇小说，在宋代民间传说和民间故事的保存上占有重要地位。它们和笔记小说一起，使宋代民间文学得到较为完整的保存。由此可见，宋代笔记小说只是宋代小说的一种重要形式，只是从一个方面记述了宋代民间传说故事。

笔记小说中保存的民间传说故事颇有特色者甚多。如北宋时期刘斧的志怪小说《青琐高议》，记述了许多报应故事，宣扬善有善报，恶有恶报。《龚球记》记龚球夜遇一婢女，骗其金珠。婢女被主人捕获，致死，以冤相报，使龚球遍身生恶疮。《异鱼记》记广州夜渔者得一奇异的"重百斤"的大鱼，"舟载以归"。此鱼"人面龟身，腹有数十足，颈下有两手如人手"，"询诸渔人，亦无识者"，因"众谓杀之不祥"，渔人"复荷而归"，"置于庭下，以败席覆之"，夜听其"切切有声"。"蒋庆知而求之于渔者",得其鱼后,也听到此鱼夜语。鱼言"渴杀我也""放我者生,留我者死"。后来,蒋庆"以小舟载入海,深水而放之"。"后半年",蒋庆于市中见"有执美珠货者",廉价得之,原来是"龙之幼妻"使人以报"不杀之恩"。在这段故事的结尾,还有刘斧"此事人多传闻者,余见庆子,得其实而书之也"一段补记。与此报应故事相似者在《青琐高议》中颇多,如《朱蛇记》中的李百善因救蛇而登第;《梦龙传》中的曹钧梦见白龙求救,以弓箭相助,后获报恩;在《小莲记》中,某狐女同某郎中相爱,但狐女终遇猎人鹰犬而丧生,原来是她前世曾经陷害人,受阴司报应而有此下场;在《大姆记》中,因某人食龙子之肉,全城下陷为湖,"大姆庙今存于湖边,迄今渔者不敢钓于湖,箫鼓不敢作于船","天气晴朗,尚闻水下歌呼人物之声","秋高水落,潦静湖清,则屋宇阶砌,尚隐见焉"。《卜起传》等篇,在《西游记》"陈光蕊赴任救灾,江流僧复仇报本"中可见其原型。《吕先生记》《何仙姑续补》《韩湘子》《施先生》诸篇,可见汉钟离、吕洞宾、何仙姑、韩湘子等著名的神仙传说故事原型。《青琐高议》中强调"至孝,当有善报",将世俗生活故事与精怪故事相糅合,其中的民间故事以幻想故事为典型,在宋代笔记小说中表现出自己独有的风格。作者在许多故事结尾处所作的议论,表现出他的民间文学观,在民间文学观念发展史上具有重要意义。《青琐高议》还记述了一些名臣传说,如《直笔》中记范仲淹不畏一切,秉笔直书,"公之刚直足可见也"。

徐铉的《稽神录》广泛采录民间传说,记述了大量精怪故事。如其中的《宋氏》讲述"江西军吏宋氏,尝市木,至星子江",见人渔得大鼋,"以钱一千赎之,放于江中",后来宋氏因这一善举在"疾风雨"中免遭身死之灾。《蜂余》与《建安村人》记述了蜜蜂成精、金子成精等情节,是尤为典型的民间幻想故事,前者可见梦幻主题的原型,后者可见识宝传说的原型。《婺源建威军人妻》讲述已死的前妻回到阳间教训后妻,是典型的幽冥还魂故事。作者在故事结尾还记述了"建威军使汪延昌言如是",作为记录真实的说明。《霍丘令周洁》《广陵法云寺僧珉楚》以鬼神故事写人间黑暗。《刘璠》记述刘璠被海陵郡守褚仁规诬陷处死,他让家中在棺椁中多放纸钱,决心在阴间与海陵郡守斗争到底,一定要打赢官司,后来果有应验。这些故事纳入小说,使小说主题得到深化。

吴淑的《江淮异人录》记述了大量世俗故事,如能隐身的润州处士、会缩地的书生李胜、能日行千里的司马效、善驱鬼的歙州江处士、善治病济人的聂师道、能在白昼升天的杭州野翁、通道术而能于怀中炼金银的明慧等。《洪州书生》记述洪州录事参军成幼文在窗下见恶少欺侮卖鞋小儿，有一书生"悯之，为偿其值"，恶少"因辱骂之"。成幼文"嘉其义，召之与语"，"夜共话"，书生显示出穿户奇术，又将恶少头颅掷地，并"出少药敷于头上，捽其发摩之，皆化为水"。这个生动的故事，对后世侠义传说有重要影响。

张师正的《括异志》也记述了许多善恶报应故事。《黄遵》记述黄遵死后，思念母亲孤苦，请求判官放其回阳间奉孝，判官为其增阳寿，如其愿。《莱州人王廷评俊民》记述了女厉鬼报冤的故事："或闻王未第时，家有井灶，婢蠢戾不顺，使令积怒，乘间排坠井中。""又云，王向在乡闱，与一娼妓切密，私约俟登第娶焉。既登第为状元，遂就媾他族。妓闻之，忿恚自杀。"有人考证此为著名的"王魁负桂英"故事原型。《云斋广录》《类说》《醉翁谈录》等文献以及宋元杂剧《王魁三乡题》《海神庙王魁负桂英》等文学作品，都以此为题材进行再创作。《括异志》中还有《蒿店巡检》篇，记述渭州巡检张殿直之妻为人掳为奴，有家犬相随，后家犬引张妻逃回。作者借此故事慨叹家犬"既陷夷狄之域，尚犹思汉，又能导俘虏之妇间关而归，可谓兽貌而人心也"，抨击那些"有被衣冠而叛父母之国者，斯（如）犬之罪人也"，这在当时是有新意的。

章炳文的《搜神秘览》卷上有《王旻》篇，记述某商人向费孝先问卦，费孝先对商人讲了"教住莫住，教洗莫洗；一石谷捣得三斗米；遇明即活，遇暗即死"三句话，引发出商人之妻与人私通欲谋害商人和杀人者"糠七"，即"康七"，清明之官使商人得清白的故事。李献民的《云斋广录》所记故事亦颇为清新，其中的《甘陵异事》记述某人与灯檠成精所化美妇共眠，为人发觉，使其现形。《钱塘异梦》记述司马槱在梦中遇见"翠冠珠耳、玉佩罗裙""颜色艳丽"的苏小小，引发出青年书生与女鬼相恋，在阴间结为夫妻的故事。后人对《钱塘异梦》格外青睐，作为小说、戏曲的题材，颂扬纯洁而炽烈的爱情。这些笔记小说所记述的民间故事各有特色，体现出北宋社会的思想文化风貌。

南渡之后，宋代笔记小说曾出现低潮，待到中后期，即孝宗之后，才出现新的转机，而且出现了洪迈的《夷坚志》、罗泌和罗萍父子的《路史》那样的巨制。何薳的《春渚纪闻》中所记"嗜酒佯狂，时言人祸福"的金陵僧人"风和尚"；马纯的《陶朱新录》中所记为鬼诱去，"每馁即出取食"的林家妇，以及生前被马伯释放，死后化为鬼魂为马伯透题，使马伯高中，其后又助其捕贼的营卒盗；王明清《投辖录》中所记自为媒的女鬼、助人成眷属的"猪嘴道人"、为京城庙灵迷惑的贾生、"易形外避"而适于太庙斋郎的剑仙夫人；郭彖《睽车志》中所记"引（饮）水不饥"，以"供母"的沧州妇人、"首荐于龙舒"的刘观、借尸还魂的丹阳牙校靳瑶之妻；无名氏《鬼董》中所记吃人成癖，先吃家中僮仆，又贿赂吏卒捕邻境之人，案发后却只轻判充军的林千之，以及其中被鬼魅以女色相诱的樊生等，这些传说以鬼魅写人间，影射了是非颠倒的黑暗现实。

宋代另一类记述朝野人物轶事的笔记小说，从又一个方面保存了在当时流传的民间故事。

欧阳修的《归田录》是宋代笔记小说中具有鲜明特色的著作，书中所记各类传说和故事，与其身遭奸佞小人攻击、陷害的处境相关。同时，我们也可以看到欧阳修深厚的史学修养和文学修养在其中的体现。他记述了关于宋太祖、宋仁宗等君王的传说，也记述了普通人的故事，《卖油翁》成为家喻户晓的民间寓言。

司马光的《涑水纪闻》所记人物传说，在后世也流传甚广，其笔下的赵普敢于坦言直谏，王嗣宗指责宋太宗不能任用贤俊，吕蒙正不计小怨而以仁爱为怀，曹彬攻下金陵后不滥杀无辜，向敏中、钱若水治狱清明，以及宋太祖知过而改等，成为后世小说和戏曲常用的题材。一些民间故事在传说人物的形象塑造上颇见功力，如《涑水纪闻》卷七写向敏中断案，记述某僧人惧怕受盗贼牵连，夜堕眢井，而有"妇人已为人所杀，先在其中"，待"主人搜访亡僧"时，向敏中以"赃不获，疑之"，"密使吏访其贼"，得知"妇人者，乃此村少年某甲所杀也"，"案问，具服，并得其赃"，使僧人未蒙冤屈，"一府咸以为神"。

陆游的《老学庵笔记》共十卷，存576则，记录宋徽宗之后的各种传说和民间故事尤其丰富。陆游是一位卓越的爱国主义诗人，曾亲临大散关前线，在仕途中几起几落，始终不渝坚持抗敌，以收复中原为己任。这种思想自然融入其笔记，书中对爱国志士热情赞颂。在卷二中讴歌善画马"几能乱真"的赵广。他在"建炎中陷贼"，敌人让他作画，"胁以白刃"，仍"不从"，被敌人"断右手拇指遣去"。而对"杀岳飞于临安狱中"，致使"都人皆涕泣"的罪人秦桧，陆游表示了极大愤慨。在卷二记述"有殿前司军人施全者，伺其入朝，持斩马刀，邀于望仙桥下斫之"，讴歌敢行大义、为国除害的英雄施全。《老学庵笔记》在表现作者爱国情怀的同时，也记述了许多关于王安石等人的传说，如其卷五所记"张文昌《纱帽诗》云：'唯恐被人偷剪样，不曾闲戴出书堂。'皮袭美亦云：'借样裁巾怕索将.'王荆公于富贵声色，略不动心，得耿天骘（宪）竹根冠，爱咏不已。予雅有道冠、拄杖二癖，每自笑叹，然亦赖古多此贤也"。在癖好中最易于显示人的真性情，此种传说显然是在文人间传播的，于不经意间塑造出王安石等栩栩如生的形象。

　　苏轼、苏辙兄弟的笔记中，也保存了不少民间传说故事。如《东坡杂著五种》中有苏轼所著《艾子杂说》和《调谑编》等笔记，有人曾怀疑并不是苏轼所作，如《直斋书录解题》中陈振孙就说"相传为东坡作，未必然也"，但他们并没有太多的证据否定其出自苏轼。在《艾子杂说》中，我们可以看到艾子这样一个虚拟的历史人物的经历，其中保存了一些民间故事，有一些是典型的笑话。如其所记述"居于稷下"的田巴，"是三王而非五帝"，"一日屈千人，其辩无能穷之者"。但这样一个高才，却不能回答"嫛媷"所提"马鬣生向上而短，马尾生向下而长""人之发上抢，逆也，何以长？须下垂，顺也，何以短"等问题，只好"乃以行呼滑厘曰：禽大禽大，幸自无事也，省可出入"而闭门。艾子所经历的事情，有古代帝王、神仙世界、水族、幽冥等生活场景，其中更多的是借古讽今，运用古代传说故事来讽喻当代社会的种种丑陋和黑暗。苏辙的《龙川别志》中记述了宋真宗、宋仁宗时代的宫廷传说故事，如著名的狸猫换太子故事即源于此。仁宗本为李妃所生，刘后"欲取入宫养之"，后引发了一次宫廷未遂政变。仁宗处乱不惊，在"有方仲弓者，上书乞依武氏故事，立刘氏庙"时，章献"不做此负祖宗事"，他随机应变，曰"此亦出于忠孝，宜有以旌之"。这则传说被后世不断演绎，赋予其新意。

　　欧阳修、司马光、苏轼、苏辙、陆游等都是文坛巨子，自觉进行笔记这一文体的写作，在其中保存、记述民间传说故事，这从一个方面体现出宋代作家与民间文学的联系。它告诉我们，无论什么时候，包括民间文学在内的现实生活，都是文学创作的重要源泉。文学的前途，从来都在于同人民大众的密切结合，在于对生活的热爱，对时代的热情参与。文学拒绝冷漠和麻木。

　　宋代笔记小说还记述了相当丰富的历史传说故事，在一些笔记中，甚至有人自觉地摒弃正史的记述传统，刻意追求与历史典籍相悖的民间传闻。张洎的《贾氏谈录》记述了李德裕"厄在白马"的传说，具有谣谶色彩。钱易的《南部新书》记述了安西节度使哥舒翰刚正无畏的传说，以及"西鄙人"所歌"北斗七星高，哥舒夜带刀。吐蕃总杀尽，更筑两重壕"的歌谣，同时也记述了奸佞之徒杨国忠、张擢的罪恶等传说；另外，还有

第八章 清明上河图：宋代民间文学的大繁荣

淮西将李祐之妇姜氏"为乱卒所劫，以刀划其腹"而"气绝踣地"，"敷以神药"后，"满十月，生一男"等传说。张齐贤的《洛阳搢绅旧闻记》被《四库全书总目》称为"殆出传闻之讹，殊不可信"，其实是更典型的地方传说故事汇编。张齐贤在"自序"中描述道："余未应举前十数年中，多与洛城搢绅旧老善，为余说及唐梁已还五代间事，往往褒贬陈迹，理甚明白，使人终日听之忘倦，退而记之。旋失其本，数十年来无暇著述。今眼昏足重，率多忘失。迩来营丘事有条贯，足病累月，终朝宴坐，无所用心。追思曩昔搢绅所说及余亲所见闻，得二十余事，因编次之，分为五卷。"此搢绅与司马迁在《史记》中所举"百家言黄帝，其文不雅驯，搢绅先生难言之"并无区别，都是民间传说讲述群体。在《洛阳搢绅旧闻记》中，历史传说和民间故事被撰写成文言小品，如《梁太祖优待文士》《白万州遇剑客》《田太尉候神仙夜降》等篇，都加上了文人小说的雕琢痕迹。其中最生动者为人物传说，如《张相夫人始否终泰》篇讲述张从恩继室漂亮、聪明、多伎艺，曾失身于某军校，因患重病被遗弃，为人所救，又嫁一书生，后逢战乱，书生又遭乱兵所杀，张从恩部下掠得之，献与为妻室，"终享富贵大国之封"。又如《齐王张全义》记张全义为民祈祭，言"今少雨，恐伤苗稼，和尚慈悲，告佛降雨"，"如是未尝不澍雨"。所以民间百姓为他唱道："王祷雨，买雨具，无畏之神耶？齐王之洁诚耶？"文莹的《湘山野录》《续湘山野录》《玉壶清话》等笔记，是从一个僧人的视角描述世事，记述民间传说故事的。《续湘山野录》中写宋太祖、宋太宗兄弟"烛影斧声"的传说。《湘山野录》中记述钱镠（即吴越王）还乡省亲，乡人九十老媪称其"小字"，并自唱《还乡歌》，又"觉其欢意不甚浃洽，再酌酒，高揭吴喉唱山歌以见意"。其山歌中有"你辈见侬底欢喜，别是一般滋味子，永在我侬心子里"等句，是原汁原味的民间乡音。所以"今山民尚有能歌者"。在《玉壶清话》中也记述有钱氏传说，但此钱俶已远不比钱镠的潇洒，而是"拜讫恸绝"。魏泰的《东轩笔录》记述了宋皇室及大臣的轶事，如"少贫悴"而后为一代名臣的范仲淹不取非分之财，对朋友讲忠义。在记述"江南有国日，有县令钟离君与县令许君结姻"故事时，特意在故事前加上"余为儿童时，尝闻祖母集庆郡太守陈夫人言"，点明此传说的记述背景。魏泰是曾布妇弟，《桐江诗话》中曾记述他在试院中殴打蛮横的考官而不应举一事，可见其个性颇突出。魏泰不阿附权贵，在《东轩笔录》中对王安石怀着崇敬心情，记述了他正直、刚强、嫉恶如仇的传说，这与南宋后期一些腐朽文人无端谩骂王安石形成鲜明对比，在宋代民间文学史上写下了很可贵的一页。与魏泰对王安石传说的如实记述不同，曾慥在《高斋漫录》中极言苏轼的诙谐、幽默，而对王安石则大肆讥讽。如其记述"东坡闻荆公《字说》新成，戏曰：'以竹鞭马为笃，以竹鞭犬，有何可笑？'又曰：'鸠字从九从鸟，亦有证据。《诗》曰：鸤鸠在桑，其子七兮；和爷和娘，恰是九个。'"这就明显具有诋毁性质了。庄季裕的《鸡肋编》除了记述王公大臣的传说之外，还记述了一些平民百姓的传说故事。赵令畤《侯鲭录》中所记"淮阴节妇"，讲述某人为夺商人之妇，"因同江行，会旁无人，即排其夫水中"，某人待其夫"既溺"而"大呼求救"，并"号恸为之制服如兄弟，厚为棺敛，送终之礼甚备"，迷惑了商人之妇，"嫁之"，而且婚后"夫妇尤欢睦"，"后有儿女数人"。但事情终于还是败露，商人之妇"伺里人之出，即诉于官"，"鞫实其罪而行法焉"。后商人之妇以为因自己的颜色使"杀二夫"，遂"赴淮而死"。后人对此故事颇感兴趣，在小说、戏曲中进行改编，如《欢喜冤家》中的《陈之美巧计骗多娇》等，至今此故事还有流传。其他如费衮的《梁溪漫志》、王灼的《碧鸡漫志》、罗大经的《鹤林玉露》、范公偁的《过庭录》、王铚的《补侍儿小名录》、王明清的《摭青杂说》、朱弁的《曲洧旧闻》等笔记小说，在记述世俗民间故事上都有突出表现。

最后，还应该提到的是岳珂的《桯史》、蔡絛的《铁围山丛谈》，以及周密的《齐东野语》等笔记小说。

《桯史》作者岳珂为抗金名将岳飞之孙，其爱国热忱在《桯史》中得到继承。岳珂记述了关于秦桧这个民族罪人的传说故事，突出了秦桧残忍、奸诈、无耻的本性。最生动的是在秦桧与他人交往中对其个性的展示，如在"秦桧以绍兴十五年四月丙子朔，赐第望仙桥"一节中，借优伶之口，利用"此何环""二胜环"（即"二圣还"），抨击秦桧的卖国行径，"桧怒，明日下伶于狱，有死者。于是语禁始益繁"。在"秦桧在相位，颐指所欲为，上下奔走，无敢议者"一节中，记述"院官不敢违"，"夜呼工鞴液"，而"富家闻之大窘"，可见"其机阱根于心，虽嵬琐，弗自觉"的无耻小人形象。《桯史》也记述了一些世俗性民间故事。如记述九江戍校王成将病马养成健壮的骏马，而且只有他自己才能骑坐；后来王成战死，他人骑乘，此马使骑乘者陷入敌阵，以致敌军将此人杀死。《桯史》对秦桧形象的塑造，在后世流传甚广。叶绍翁《四朝闻见录》也有类似记述，如记"秦桧权倾天下，然颇谨小嫌"，不许家人着"黄葛"，责备夫人露富，以糟鲜鱼掩饰家财等。这些传说资料与《桯史》中的秦桧传说相映，使宋代奸佞秦桧作为典型的民族败类在口头传播中遗臭万年。《铁围山丛谈》多记述宋代朝野传说，如关于王安石的传说故事颇有个性。它也记述了一些方术传说。如嗜酒韩生"夜不睡，自抱一篮，持匏杓出就庭下"，"以杓酌取月光，作倾泻入篮状"，"适会天大风，俄日暮，风益急，灯烛不得张，坐上墨黑，不辨眉目"，韩生"从舟中取篮杓而一挥，则月光燎焉"，"如是连数十挥，一坐遂尽如秋天夜晴，月光潋滟，则秋毫皆得睹"，当其"又杓取而收之篮，夜乃黑如故"。《铁围山丛谈》与《桯史》都是宋代笔记，前者因作者与蔡京的联系在后世流传中命运不佳，后者因是岳飞之后而形成另一种命运。笔记与作者出身背景的联系，值得我们深思。

周密的《齐东野语》在我国民间故事史上有着特殊的意义。《齐东野语》取名于孟子"齐东野人之语"，其书虽然成于宋亡之后，但记述的传说故事皆取材于宋代，是宋元之际民间传说故事文化转型的典型。在《齐东野语》中，抗金的岳飞、多情的陆游、阴险的朱熹，以及千古罪人秦桧、贾似道等，他们的传说故事都异常生动。周密还撰有《癸辛杂识》，其所记述的传说故事中，如杨昊客死，因为眷恋妻子儿女而化身彩蝶飞至妻儿身边，从中我们可以看到著名的民间传说《梁山伯与祝英台》中"化蝶"情节的借用。又如其所记"宋江三十六人赞"，从中我们也可以看到《水浒传》成书的民间文学背景。书中还有一些民间识宝故事，如《癸辛杂识续集》中的《海井》篇，记述华亭小常卖铺中有一种"如小桶而无底，非竹非木，非金非石，既不知其名，亦不知何用"的宝物，却无人认识。有一"海舶老商"发现此宝物后，称"此至宝"即"海井"，能产生无尽的甘泉，帮助人们在"寻常航海"中解决淡水不足的困难。

《桯史》《铁围山丛谈》和《齐东野语》代表着宋代记述世俗性民间故事的三种基本类型，其影响已超过文本自身所具有的实际价值和意义。

## 第四节　宋代的"说话"与民间文学

宋代民间文学的发展，离不开对前代的继承。有许多民间文艺作为一种艺术生活的模式，常常是几代人共同造就，在某一个历史时期得到成熟发展，并呈现出繁荣的。"说话"就是这样。在段成式的《酉阳杂俎》中，我们曾见到关于"说话"即"市人小说"的描述:"予太和末,因弟生日观杂戏,有市人小说,呼扁鹊为褊鹊,字上声。予令座客任道升字正之。市人言:二十年前,尝于上都斋会设此,有一秀才甚赏某呼扁字与褊字同声,云世人皆误。"可知"说话"这种艺术形式属于"杂戏",而且与"斋会"有一定的联系。唐代"说话"即说唱,且发展为讲经、俗讲等形式,至宋代由于政治干预、文化自身发展等原因,走向"杂戏"的其他形式。高承在《事物纪原》中曾记述"市人有能谈三国事者",可见,关于三国历史的传说故事,在宋代"说话"中已经发展成为相当通俗的表现内容。"说话"作为民间大众娱乐的重要形式,体现出通俗性、平民性、商品性的时代特征。

事实上,"说话"作为一种民间文艺生活,早在汉代就已经出现,刘向《列女传》卷一中所提到的"夜则令瞽诵诗,道正事",以及汉代出土文物中的"说书俑",都表明汉代已经有这种职业艺术行为。三国时期,裴松之在注《三国志》引《魏略》中,也记述有"诵俳优小说数千言"等资料。到宋代,当城市经济高度发展以后,市民这一特殊阶层在社会生活中起到越来越重要的作用,尤其是寺院俗讲被宋真宗所禁止,民间百姓对审美艺术的要求越来越高,勾栏瓦肆林立,"说话"就成为社会的主流文化之一,并日益繁荣。在文学史研究中,有一些学者对于"说话"表现出许多误识,或者把它作为寺院俗讲的变体,或者把它仅仅作为一种文人生活。毋庸赘述,汉代社会就有了"说话"的雏形,甚至荀子的《成相篇》也可看作这种艺术的萌芽。宋代僧人出于讲经的宗教宣传需要,借用了这种形式。"说话"或者有文字底本,即话本,或者在传唱中仅仅是师徒间的口头传授,从根本上就是一种口头创作,是典型的民间文艺生活,包含着民间文学的具体内容。我国文人素有学习和借用民间文学的文化传统,借用"说话"艺术创作话本小说,绝不是"说话"的源头;相反,话本应是民间"说话"的衍生。为什么只有到了宋代才出现"说话"的繁荣呢?其中一个非常重要的原因是,宋代城市商贸管理的飞速发展和整个宋代社会思想文化的相对宽松,在客观上促成了这种民间文艺形式的规模性发展与繁荣。唐代都城长安虽然号称当时世界上最大的都会,但在城市管理上却异常拘谨,坊市分区制严重限制了居民和工商业者的各种活动。当时市场的拓展受到很大限制,坊区内有人把守,早晚开闭有严格规定,出入极为不便,它又如何能使大众得到充分的娱乐呢?而宋代城市管理能力有了很大提高,人们的闲暇时间较多,并且言路较为自由,虽然有"乌台

## 第八章 清明上河图：宋代民间文学的大繁荣

诗案"那样的文字狱，但终未形成气候。在这样的氛围中，"说话"有了广大的听众，且获得了广泛的社会支持。"说话"人在规模和技能上不断扩大和提高，并且融入商业贸易活动，即听众付钱给"说话"人，使勾栏瓦肆的硬件建设得到迅速发展。在这种情况下，全社会的民间文艺日益繁荣，就是必然的了。孟元老《东京梦华录》卷二"东角楼街巷"条载："街南桑家瓦子，近北则中瓦，次里瓦。其中大小勾栏五十余座。内中瓦子莲花棚、牡丹棚，里瓦子夜叉棚、象棚最大，可容数千人。自丁先现、王团子、张七圣辈，后来可有人于此作场。瓦中多有货药、卖卦、喝故衣、探搏、饮食、剃剪、纸画、令曲之类。终日居此，不觉抵暮。"卷六中的"元宵"、卷七中的"驾登宝津楼，诸军百戏"、卷八中的"六月六崔府君生日、二十四日神保观神生日"、卷九中的"宰执亲王宗室百官入内上寿"等处所记述的情景，对于我们研究古代民间文艺史具有异常重要的意义。其他如耐得翁的《都城纪胜》中有"瓦舍众伎"条，记述南渡之后的民间说话等艺术生活。吴自牧《梦粱录》卷二十中，列有"百戏伎艺""小说讲经史"等。"说话"的分类即职业化特征越来越明显，如《西湖老人繁胜录》中提到"瓦市"有"南瓦、中瓦、大瓦、北瓦、蒲桥瓦。唯北瓦大，有勾栏一十三座，常是两座勾栏，专说史书"，"小张四郎一世只在北瓦占一座勾栏说话，不曾去别瓦作场，人叫作小张四郎勾栏"。而且，"说话"艺人还有了自己的行会组织。周密的《武林旧事》"社会"条载："二月八日为桐川张王生辰，震山行宫，朝拜极盛，百戏竞集，如绯绿社、齐云社、遏云社、同文社、角觝社、清音社、锦标社、锦体社、英略社、雄辩社、翠锦社、绘革社、净发社、律华社、云机社"等，五光十色，包罗万象。其中"雄辩社"是专业的"小说"即"说话"行会。这些行会已形成了一定的行规，称先生、名公等。他们或创作，或表演，使"说话"这种民间文艺形式专业化，有效地提高了其艺术水平。如罗烨《醉翁谈录》中"小说开辟"所述，其内容"论才词有欧、苏、黄、陈佳句，说古诗是李、杜、韩、柳篇章。举断模按师表规模，靠敷演令看官清耳。只凭三寸舌，褒贬是非；略咽万余言，讲论古今。说收拾寻常有百万套，谈话头动辄是数千回"，"说国贼怀奸从佞，遣愚夫等辈生嗔；说忠臣负屈衔冤，铁心肠也须下泪；讲鬼怪令羽士心寒胆战，论闺怨遣佳人绿惨红愁"，"讲论处不滞搭不絮烦，敷演处有规模有收拾；冷淡处提掇得有家数，热闹处敷衍得越久长"。从《三朝北盟会编》等史册中可知，宋仁宗曾要臣下"日进一奇怪之事"，宋高宗有"王六大夫"等人，"元系御前供话",金人也曾"来索御前祗候",有"杂剧、说话、弄影戏、小说"等艺人。《东京梦华录》卷二"酒楼"中记载"大抵酒楼瓦市,不以风雨寒暑,白昼通夜,骈阗如此","说话"艺人的演出通宵达旦,其影响自朝廷至民间都广泛存在。《都城纪胜》和《梦粱录》还提到"说话"有"四家",可见"说话"在宋代不论是规模上还是艺术成就上都达到了相当高的水平;其内容有"小说""说铁骑儿""说经""说参请""讲史书"等,所讲"烟粉、灵怪、传奇、公案、朴刀、杆棒""宝庵、管庵、喜然和尚""讲说《通鉴》、汉唐历代书史文传、兴废争战之事"等,"大抵多虚少实""真假相半"。所有这些资料都表明宋代"说话"的繁荣景象及成熟的艺术发展形态。

综观宋代民间"说话",其存留至今的"话本"即"说话"的底本,在内容上可分为三大类:一类是"讲史"①,即以历史题材为讲说对象,对历史传说故事进行讲述;一类是"说经",即对宗教文化中的世俗性传说故事进行讲述;一类是世俗性民间传说和民间故事,即"小说"②,这是"说话"的核心部分,主要有时事类、剑侠类、言情类、神怪类和公案类等。我们对民间"说话"的理解,现在只能依据文献典籍,而由于历史上一次次文化浩劫,如保存宋代"说话"底本较丰富的《永乐大典》等典籍的残损,我们只能窥其一斑。

"说话"中的"讲史",也有称为"评话"或者"平话"的。今天我们所见的一些"平话",如《武王伐纣平话》《七国春秋平话后集》《秦并六国平话》《前汉书平话续集》《三国志平话》《五代史平话》和《宣和遗事》等文献,都初刻于元。这是否说明它们都是在元代才成书呢?显然,在此之前,就应该有相当多的"说话"底本存在了。我们所能看到的,只是在典籍中不断提及的与历史传说故事相关的材料,如《东京梦华录》卷五"京华伎艺"中提到的"说《三分》""《五代史》";《梦粱录》卷二十"小说讲经史"中提到的"讲说《通鉴》、汉唐历代书史文传、兴废争

---

① "讲史"类话本主要有《武王伐纣平话》《七国春秋平话后集》《秦并六国平话》《前汉书平话续集》《三国志平话》《薛仁贵征辽事略》《五代史平话》《宣和遗事》等,其中除《薛仁贵征辽事略》刊于明代外,其他几种最初皆刊于元代。

② 关于"小说",散佚亦较多,目前我们所能见到的,主要保存在明代洪楩所编的《六十家小说》和近人江东老谭缪荃孙所刊《烟画东堂小品》中。前一种因洪楩的"清平山堂"堂号,人称"清平山堂话本";后者摘取丛书,命名为"京本通俗小说"。此外,"小说"还存于明代的"三言""二拍"之中。

战之事";《事物纪原》卷九中记"仁宗时,市人有能谈三国事者";《东坡志林》中记"涂巷中小儿薄劣,其家所厌苦,辄与钱,令聚坐听说古话。说至《三国》事,闻刘玄德败,频蹙有出涕者;闻曹操败,即喜唱快";《夷坚志》中记"吕德卿偕具友","出嘉会门外"。"茶肆中坐","见幅纸用绯帖尾云:今晚讲说《汉书》";《宋事实类苑》中记"优者曰:说韩信",《后村先生大全集》卷十《田舍即事》中记刘克庄观市优所见"纵谈楚汉割鸿沟""听到虞姬直是愁"。《醉翁谈录》"小说开辟"中所记更为系统而完整:

> 也说黄巢拨乱天下,也说赵正激恼京师。说争战有刘项争雄,论机谋有孙庞斗智。新话说张、韩、刘、岳,史书讲晋、宋、齐、梁。《三国志》诸葛亮雄才,《收西夏》说狄青大略。说国贼怀奸从佞,遣愚夫等辈生嗔;说忠臣负屈衔冤,铁心肠也须下泪。

"讲史"不仅在一般"说话"中存在,而且在其他艺术形式中也有,这就是我们所讲的广义性的"说话"。如鼓子词,"多叙述历史上英雄和侠义故事,其题材往往采取长篇的讲史小说",而"北宋说书已有鼓子词的存在",如赵德麟《元微之崔莺莺商调蝶恋花鼓子词》,"在北宋勾栏瓦肆里久经作为题材在讲唱"①。赵德麟在《侯鲭录》卷五中保存了这篇鼓子词。与一般"讲史"不同的是,他所采用的题材不是那些叱咤风云的历史英雄,而是历史上的爱情传说故事。如陈汝衡所言,赵德麟的鼓子词在"体制"上有着重要意义,它"上承唐代变文形式","下开民间鼓子词话本的先河"②。

"说话"中的"说经"即"演说佛书",是民间文艺的又一种形态。它对唐代"俗讲"有所继承,而更多的是与宋代的"说话"相融。那些被演说的佛教经义类传说故事,因为社会需要而被演绎成具有鲜明的世俗意义的传说故事。在"演说佛书"中,还形成了蔚为壮观的"说经"队伍,如《武林旧事》中所记长啸、彭道安、陆妙慧、陆妙静、余信庵、周太辩、达理、啸庵、隐秀、混俗、许安然、有缘、借庵、保庵、戴悦庵、息庵、戴忻庵等;又如《梦粱录》中所记宝庵、管庵、喜然和尚等。宋代民

---

① 陈汝衡:《说书史话》,作家出版社1958年版,第37页。
② 陈汝衡:《说书史话》,作家出版社1958年版,第39页。

间"说话"中，关于"说经"所存文献，一般学者多举《大唐三藏取经诗话》《花灯轿莲女成佛记》《五戒禅师私红莲记》《陈可常端阳仙话》等。其中，以《大唐三藏取经诗话》影响最为显著。

关于《大唐三藏取经诗话》的刊刻时代，王国维在《大唐三藏取经诗话》"跋"中谈到，因"卷末有中瓦子张家印款一行"，与《梦粱录》卷十三"铺席"门中所记"保佑坊前"，有"张官人诸史子文籍铺"，"其次即为中瓦子前诸铺"相粠合，故认为"南宋临安书肆，若太庙前尹家、太学前陆家、鞔鼓桥陈家所刊书籍，世多知之；中瓦子张家，惟此一见而已"，当为"南宋人所撰话本"，为"人间希有之秘笈"①。罗振玉也持此见，他认为"宋人平话，传世最少"，此书与《宣和遗事》《五代评话》《京本小说》为"宋人平话之传人间者，遂得四种"②。

三藏法师即玄奘，他本人曾撰《大唐西域记》，《旧唐书·方伎传》录其事迹。唐代有慧立、彦悰《大唐大慈恩寺三藏法师传》，记述玄奘取经途中所遇种种困难。《大唐三藏取经诗话》在内容上借用了《大唐大慈恩寺三藏法师传》，叙述唐僧玄奘和猴行者去往西天取经，历尽艰难险阻，最后胜利返回。其十七段故事，有"行程遇猴行者处第二""经过女人国处第十""入沉香国处第十二""入波罗国处第十三"等"××处第×"之类标题模式。在此话本中，唐僧取经路上，在某国遇到颇有神通的猴行者，入大梵天王宫，被赐以隐形帽、金环锡杖和钵盂三件宝物。唐僧一路经香山寺、狮子国、树人国、大蛇岭、火类坳、鬼子母国、女人国、王母池、沉香国、波罗国、优钵罗国等，后抵达天竺国，得到五千卷经文，最后回长安，受到皇帝欢迎，于七月十五日师徒乘天降莲舡而去。其中，第十一段《入王母池之处第十一》记述在王母池，三藏使猴行者偷桃，后世演绎为孙悟空偷吃王母娘娘的仙桃的故事。第六段《过长坑大蛇岭处第六》记述猴行者智斗白虎精，白虎精化白衣妇人被猴行者识破，以及猴行者钻入白虎精腹中等情节，后世演绎为孙悟空三打白骨精的故事。《大唐三藏取经诗话》当是宋代及之前相关传说故事的集大成，基本上奠定了后来家喻户晓的《西游记》这一文学经典的情节框架。当然，《大唐三藏取经诗话》中的许多故事并不是孤立存在的，而是以宋代社会广泛的民间文学基础作为其存在背景。如刘克庄《释老六言十首》中已经有"取经烦猴行者，

---

① 《大唐三藏取经诗话》"跋"，古典文学出版社1954年版。
② 《大唐三藏取经诗话》，古典文学出版社1954年版。

吟诗输鹤阿师"之句,记述玄奘得到猴行者帮助的内容;张世南在《游宦纪闻》中也有相关的诗句:"无上雄文贝叶鲜,几生三藏往西天。行行字字为珍宝,句句言言是福田。苦海波中猴行复,况毛江上马驰前。"《大唐三藏取经诗话》既吸收了同时代的传说故事,也吸收了前代诸如《大唐西域记》中的传说故事,同时,它也吸收了《博物志》《汉武故事》《舜子变》等典籍中的传说故事。经过无数人的努力,在元代形成了吴昌龄的杂剧《唐三藏西天取经》和《朴通事谚解》(朝鲜)等作品,并成为明代吴承恩创作《西游记》的重要范本。

世俗性民间传说和民间故事,是宋代民间"说话"最重要的内容。但是,与"讲史"类"说话"一样,许多文本散佚,我们只好依靠钩沉等方式去管窥、探微。世俗的意义在"说话"中体现为以浓郁的生活气息形成别具一格的文化特色,产生了人们所称的"小说"。宋代典籍中,出现了"说话"等民间传说的分类,吴自牧、耐得翁、罗烨等人所分类目大致相同。如耐得翁在《都城纪胜》中释"小说"谓"银字儿",分为"烟粉、灵怪、传奇、说公案,皆是朴刀、杆棒及发迹变泰之事";吴自牧在《梦粱录》中分为"烟粉、灵怪、传奇、公案、朴刀、杆棒"等类;罗烨在《醉翁谈录》中分为"灵怪、烟粉、传奇、公案兼朴刀、杆棒、妖术、神仙"等类。其中,《醉翁谈录》所录"小说"名目计有107种,是宋代民间"说话"中"小说"类集大成者。"灵怪"类存《杨元子》《汀州记》《崔智韬》《李达道》《红蜘蛛》《铁瓮儿》《水月仙》《大槐王》《妮子记》《铁车记》《葫芦儿》《人虎传》《太平钱》《芭蕉扇》《八怪国》《无鬼论》;"烟粉"类存《推车鬼》《灰骨匣》《呼猿洞》《闹宝录》《燕子楼》《贺小师》《杨舜俞》《青脚狼》《错还魂》《侧金盏》《刁六十》《斗车兵》《钱塘佳梦》《锦庄春游》《柳参军》《牛渚亭》;"传奇"类存《莺莺传》《爱爱词》《张康题壁》《钱榆骂海》《鸳鸯灯》《夜游湖》《紫香囊》《徐都尉》《惠娘魄偶》《王魁负心》《桃叶渡》《牡丹记》《花萼楼》《章台柳》《卓文君》《李亚仙》《崔护觅水》《唐辅采莲》;"公案"类存《石头孙立》《姜女寻夫》《忧小十》《驴垛儿》《大烧灯》《商氏儿》《三现身》《火杴笼》《八角井》《药巴子》《独行虎》《铁秤槌》《河沙院》《戴嗣宗》《大朝(相)国寺》《圣手二郎》;"朴刀"类存《大虎头》《李从吉》《杨令公》《十条龙》《青面兽》《季铁铃》《陶铁僧》《赖五郎》《圣人虎》《王沙马海》《燕四马八》;"杆棒"类存《花和尚》《武行者》《飞龙记》《梅大郎》《斗刀楼》《拦路虎》《高拔钉》《徐京落章(草)》《五郎为僧》《王温上边》《狄昭认父》;"神仙"类存《种叟神记》《月井女》《金光洞》《竹叶舟》《黄粮梦》《粉盒儿》《马谏议》《许岩》《四仙斗圣》《谢塘落梅》;"妖术"类存《西山聂隐娘》《村邻亲》《严师道》《千圣姑》《皮箧袋》《骊山老母》《贝州王则》《红线盗印》《丑女报恩》。其中存录最多者是"水浒"故事,如"公案"类中的《石头孙立》、"朴刀"类中的《青面兽》、"杆棒"类中的《花和尚》《武行者》(还有《独行虎》可能也是)等作品;其次是"杨家将"故事和"西游记"故事,如"朴刀"类中的《杨令公》和"杆棒"类中的《五郎为僧》,"灵怪"类中的《芭蕉扇》和"妖术"类中的《骊山老母》等。其他如存于"传奇"类的《莺莺传》《爱爱词》《牡丹记》《王魁负心》《卓文君》,存于"公案"类中的《姜女寻夫》,存于"神仙"类中的《黄粮梦》和"妖术"类中的《西山聂隐娘》《贝州王则》《红线盗印》等故事,显然是以前代小说和民间传说故事为题材的,由此也可以看到元杂剧和明清小说的源头或原型在宋代民间文学中的具体体现。其中,宋代就已流行的"水浒"故事、"杨家将"故事和"包拯"故事(即"公案"类中的《三现身》,在后世演绎为《三现身包龙头断案》),在宋代民间文学史上具有尤为独特的价值和意义。《京本通俗小说》① 中存有《错斩崔宁》《碾玉观音》《西山一窟鬼》,被冯梦龙录入《醒世恒言》和《警世通言》,分别题作《十五贯戏言成巧祸》(注为"宋本作《错斩崔宁》")《崔待诏生死冤家》(注为"宋人小说题作《碾玉观音》")《一窟鬼癞道人除鬼》(注为"宋人小说旧名《西山一窟鬼》")。洪楩《清平山堂话本》中二十九种"小说"名目和晁瑮《宝文堂书目》所存二十八种,也都存有不少宋代"小说"②。钱曾的《也是园书目》录入"宋人词话十二种"——《灯花婆婆》《风吹轿儿》《冯玉梅团圆》《种瓜张老》《错斩崔宁》《简帖和尚》《紫罗盖头》《山亭儿》《李焕生五阵雨》《女报冤》《西湖三塔》《小金钱》,是尤为难得的资料。正如明代绿天馆主人在《古今小说叙》中所述:"史统散而小说兴,始乎周季,盛于唐,而浸淫于宋……迨开元以降,而文人之

---

①《京本通俗小说》编者不详,1915年江东老谭刊印时,收《碾玉观音》《菩萨蛮》《西山一窟鬼》《志诚张主管》《拗相公》《错斩崔宁》《冯玉梅团圆》等篇,后上海亚东图书馆在原七篇基础上加入《金主亮荒淫》,刊印《宋人话本八种》。
②其中如《简帖和尚》《西湖三塔记》等,系宋人作品。参见陈汝衡《说书史话》,作家出版社1958年版,第59页。

第八章　清明上河图：宋代民间文学的大繁荣

笔横矣。若通俗演义，不知何昉？按南宋供奉局，有说话人，如今说书之流。其文必通俗，其作者莫可考。泥马倦勤，以太上享天下之养，仁寿清暇，喜阅话本，命内珰日进一帙，当意，则以金钱厚酬。于是，内珰辈广求先代奇迹及闾里新闻，倩人敷演进御，以怡天颜。然一览辄置，卒多浮沉内庭，其传布民间者，什不一二耳。"在某种程度上讲，宋代民间"说话"中的"小说"对社会现实的反映是相当及时的，与汉乐府民歌颇为相似，朝廷和民间都喜爱这种艺术，一方面用以娱乐，另一方面则借以"观民风"。因此它获得了广泛的社会支持，出现繁荣景象也是自然。

宋代"小说"对后世的影响相当深远，有许多作品甚至借助明清时期的戏曲、小说而家喻户晓。《警世通言》中的《碾玉观音》记述郡王韩世忠府内的养娘璩秀秀与碾玉待诏崔宁被指配婚姻后相爱，他们私奔他乡后被排军郭立发现。璩秀秀被抓回郡王府打死，崔宁被遣往建康，而璩秀秀的鬼魂与崔宁相结合，一起在建康生活。此事又为郭立发现。最后璩秀秀与崔宁在阴间做了夫妻。故事中的璩秀秀泼辣、勇敢、坚贞，崔宁则忠厚、朴实、聪明、善良，二人的结合是由于崔宁将玉碾成观音像，受到郡王重视而将璩秀秀许配给他，后来碾玉又成为他们的生计，因而作品取名《碾玉观音》。《小金钱》即《警世通言》中的《小夫人金钱赠年少》，又名《志诚张主管》，记述小夫人身为人妾，被弃后嫁给比她大三四十岁的线铺张员外，她爱上了店铺中的年轻主管张胜。但张胜生性懦弱，恪守"忠""孝"，不敢接受小夫人的爱，便离开了店铺。后来小夫人自缢而死，化成鬼魂后仍惦记着张胜，希望张胜能接受她。《警世通言》中的《金明池吴清逢爱爱》即《爱爱词》，记述酒家女爱爱与小员外吴清相遇，因受父母责骂而死。后来吴清再访，爱爱鬼魂与其相会并结合。吴清因而身体消瘦，引起父母警觉，请来道士驱邪，道士送吴清宝剑用以镇爱爱鬼魂。爱爱怒惩吴清，又因爱吴清而为其撮合亲事。《醒世恒言》中的《闹樊楼多情周胜仙》记述商人之女周胜仙与范二郎相遇并相爱，周父拒绝此亲事。周胜仙气绝而亡，葬于坟中，遇朱真盗墓并奸尸，死而复生，成为朱真之妻。后来周胜仙与范二郎结为夫妇，朱真被斩。这几篇故事有两个共同的内容值得我们注意：一是都有店铺出现，碾玉铺、线铺、酒铺、商铺，表明是市井故事；一是鬼魂与人相爱，璩秀秀、小夫人、爱爱、周胜仙四位女性都是死后仍挚爱着自己的情人，表现出宋人特有的人鬼观念和婚姻观念。《京本通俗小说》中的《西山一窟鬼》记述杭州秀才吴某娶李乐娘为妻，而李乐娘却是鬼魅；后秀才与人过西山，得癞道人帮助，将鬼魅除去，吴某则因此出家。存于《宝文堂书目》中的《西湖三塔记》记述杭州有水獭、白蛇、乌鸡三怪迷惑他人，被奚真人所收，造成三塔，镇此三怪于湖中。此中有"白蛇"作为精怪，可以看出民间传说《白蛇传》生成的端倪。《古今小说》中的《张古老种瓜得文女》即《醉翁谈录》"神仙"类中的《种叟神记》，《也是园书目》题作《种瓜张老》，记述文女（即天上玉女）下凡，张古老扮成种瓜人，娶文女为妻。文女之兄因杀心太重，只能做扬州城隍而不能成仙。这个故事中有八十岁老翁与十八岁妙龄少女成婚、雪中生瓜等神奇情节，引人入胜。这几篇精怪、神仙类小说，更具体地体现出宋代民间信仰中的神怪观念。《醒世恒言》中的《十五贯戏言成巧祸》即《也是园书目》中的《错斩崔宁》，记述商人刘贵借得十五贯钱，回家与妾陈二姐开玩笑，戏称已将其典卖。陈二姐为此离家，路上遇见崔宁，二人结伴同行。适逢某盗贼入室行窃，抢走十五贯钱，杀死刘贵。崔宁因身边亦有十五贯钱，被诬告成凶手、奸夫，屈打成招而被错斩。后刘贵之妻王氏知悉实情，告至官府，盗贼被抓获，陈二姐与崔宁之冤情始得昭雪。《警世通言》中的《三现身包龙图断案》即《醉翁谈录》"公案"类中的《三现身》，记述包拯"日间断人，夜间断鬼"，其中有孙押司被某算命先生算定某日必死，果然应验，而罪犯竟是孙押司之妻及与之有奸情的小押司。孙押司的冤魂三次现身显灵，给包拯托梦。包拯运用智慧，通过对冤魂所留字句和梦中所得"要知三更事，拨开火下水"的解析，最后使冤案大白。这两篇"公案"类小说在体现宋人因果报应观念的同时，也表现出宋代民间传说中的法制观念。其中的包拯传说对后世产生了深远的影响，为后世的清官传说模式奠定了基础。《警世通言》中的《万秀娘仇报山亭儿》即《也是园书目》中的《山亭儿》，是《醉翁谈录》中"朴刀"类的《十条龙》和《陶铁僧》两篇故事的融合。作品记述万秀娘被陶铁僧等人所劫，义盗尹宗相救，并将万秀娘送至家中，却被十条龙苗忠所杀。后来邻人报告官府，苗忠等人被斩，尹宗则得以立庙受奉祀。这里所突出的是义盗尹宗的"义"字，作品写他以孝事母，遇人之危而舍身相救，并拒绝万秀娘以身相许，以避乘人之危的嫌疑，其光明磊落的形象跃然而出。这些内容体现出宋代民间文化中的侠义观念，从另一个方面表现出宋代社会的世俗生活。

宋代文献在各朝代中特别丰富，而其残损也尤为严重。我们理解宋代民间的"说话"艺术，只好从其他文献的字里行间去寻找蛛丝马迹，判断哪些是属于宋代的民间文学。随着更多史料文献的发现，这种局面必然会打破。在"说话"中，我们可以看到后世小说和戏曲等艺术的滥觞，也可以看到民间文学的继承和发展情况。

## 第五节 宋代民间戏曲

宋代民间戏曲在《东京梦华录》和《梦粱录》等典籍中以不同形式被记述，其发展与繁荣，标志着我国戏曲艺术的第一个高潮。宋代民间戏曲不仅仅在市井里巷和村野演出，而且为宫廷和王侯将相府第所青睐[①]，这种现象在我国古代文化史上是相当普遍的。直到今天，在河南、山西、陕西等地，还分散着宋代神庙及供演出神戏所修筑的露台等文物，从一个方面表现出往昔民间戏曲的繁荣景象。中原地区的民间文化中，至今还保存着与宋代文献记载相合的各种戏曲形式，如傀儡戏、杂技、歌舞、鼓子词等，堪称民间戏曲的"活化石"。这也是我国民间文学史上一个特殊的现象。《东京梦华录》等文献记述了北方地区的民间文艺生活，即以东京为中心的戏曲演出的具体场景，这是十分珍贵的内容。如《东京梦华录》卷五中对"京华伎艺"的描述。卷六对"元宵"的记述更加周详："奇术异能，歌舞百戏，鳞鳞相切，乐声嘈杂十余里"，"李外宁，药法傀儡"，"榾柮儿，杂剧"，"温大头、小曹，嵇琴"，"党千，箫管"，"王十二，作剧术。邹遇、田地广，杂扮"，"尹常卖，《五代史》"，"杨文秀，鼓笛"，"更有猴呈百戏，鱼跳刀门，使唤蜂蝶，追呼蝼蚁"；"内设乐棚，差衙前乐人作乐杂戏，并左右军百戏，在其中驾坐一时呈拽"；"教坊钧容直，露台弟子，更互杂剧"，"万姓皆在露台下观看，乐人时引万姓山呼"。卷七"驾幸临水殿观争标赐宴"中记述"近殿水中，横列四彩舟，上有诸军百戏，如大旗、狮豹、棹刀、蛮牌、神鬼、杂剧之类。又列两船，皆乐部。又有一小船，上结小彩楼，下有三小门，如傀儡棚，正对水中。乐船上，参军色进致语，乐作，彩棚中门开，出小木偶人。小船子上有一白衣垂钓，后有小童举棹划船，辽绕数回，作语，乐作，钓出活小鱼一枚。又作乐，小船入棚。继有木偶筑球舞旋之类，亦各念致语，唱和，乐作而已，

---

[①] 如《东京梦华录》卷六"元宵"中载"上有大牌，曰宣和与民同乐"。

谓之水傀儡。又有两画船，上立秋千，船尾百戏人上竿，左右军院虞候监教鼓笛相和"，待"水戏呈毕"，"百戏乐船并各鸣锣鼓，动乐舞旗，与水傀儡船分两壁退去"。其后又有"引马""开道旗""拖绣球""褚柳枝""旋风旗""鬧马""跳马""拖马""飞仙膊马""绰尘""黄院子""妙法院""小打""大打"等百戏动作。这里我们看到的是杂剧演出及其演出之前的民间文艺即"百戏"作为准备、热身的情景。杂剧演出被掺杂以百戏并与之相糅合，这是宋代民间戏曲的普遍现象。杂剧及百戏的演出服饰、面具、动作，在此处也得到完整的表现。应该说，这段记述对杂剧、百戏及傀儡戏等文艺形式的描绘，是整个宋代民间文艺生活，尤其是民间戏曲生活的一个缩影。这样，我们就不难理解宋代杂剧为何会有不断的源泉，且一直保持着旺盛的生机了。杂剧本身就是民间文艺的一种形式，与之相伴而生的傀儡戏以及各种民间艺术，诸如舞蹈、杂技、大曲等内容，也是民间文艺生活的一部分，它们之间互相影响，共同发展。在杂剧演出的过程中，那些露台弟子，如"萧住儿、丁都赛、薛子大、薛子小、杨总惜、崔上寿之辈"，以及"不足数"的"后来者"，应当是当时的名角，这表明杂剧演出对专业演出人才的培养及他们艺术水平的提高，具有十分重要的作用。

耐得翁的《都城纪胜》、西湖老人的《繁胜录》、吴自牧的《梦粱录》和周密的《武林旧事》，所记民俗生活都是以杭州为中心的南方地区的内容，其中有许多关于民间戏曲演出的详细记述，如《都城纪胜》中"瓦舍众伎"条所记"杂剧"与"诸宫调"，以及其他民间"杂扮"（即"杂剧之散段"）、傀儡、影戏等艺术形式。耐得翁解释"瓦"为"野合易散之意"，在京师"甚为士庶放荡不羁之所，亦为子弟流连破坏之地"。在这样的环境中，杂剧演出的氛围与此相融合。如其记述"散乐传学教坊十三部，唯以杂剧为正色"。旧教坊中，有"筚篥部、大鼓部、杖鼓部、拍板色、笛色、琵琶色、筝色、方响色、笙色、舞旋色、歌板色、杂剧色、参军色"等，"杂剧部又戴诨裹，其余只是帽子幞头"。其他还有"小儿队""女童采莲队""钩容班"等，"乘马动乐者，是其故事也"。《都城纪胜》对"杂剧"的创作、作曲、扮演角色等，所记尤为详细。如"有孟角球，曾撰杂剧本子"，"又有葛守成撰四十大曲词"，"又有丁仙现捷才知音"；"杂剧中，末泥为长，每四人或五人为一场，先作寻常熟事一段，名曰艳段，次作正杂剧，通名为两段。末泥色主张，引戏色分付，副净色发乔，副末色打诨，又或添一人装孤"，这是现有文献中较早的关于杂剧演出内

## 第八章 清明上河图：宋代民间文学的大繁荣

容的记述。诸宫调是宋代民间曲艺中的重要形式，此中记述了"京师孔三传编撰"，具体内容有"传奇、灵怪、八曲、说唱"，所配乐器有"箫管、笙、稽琴、方响"，又有"拍番鼓子、敲水盏锣板、和鼓儿"。在诸宫调的演唱中，有"小唱""浅斟低唱""嘌唱""下影带""散叫""打拍""唱赚""缠令""缠达""覆赚"等，"凡赚最难，以其兼慢曲、曲破、大曲、嘌唱、耍令、番曲、叫声诸家腔谱也"。"杂扮"又名"杂旺""纽元子""拔和"，"乃杂剧之散段"，"村人罕得入城"，于是"多借装为山东、河北村人，以资笑"。"傀儡戏"有"弄悬丝傀儡、杖头傀儡、水傀儡、肉傀儡"，"凡傀儡，敷演烟粉、灵怪故事、铁骑、公案之类，其话本或如杂剧，或如崖词，大抵多虚少实，如巨灵神朱姬大仙之类是也"。关于"影戏"，其中记述道："凡影戏乃京师人初以素纸雕镞，后用彩色装皮为之。其话本与讲史书者颇同，大抵真假相半，公忠者雕以正貌，奸邪者与之丑貌，盖亦寓褒贬于市俗之眼戏也"。

在《西湖老人繁胜录》中，记有"国忌日，分有无乐社会（日）"（此为"初八日""十二日"和"十三日"），如"恃田乐、乔谢神、乔做亲、乔迎酒、乔教学、乔捉蛇、乔焦槌、乔卖药、乔像生、乔教象、习待诏、青果社、乔宅眷、穿心国进奉、波斯国进奉"等。待重大节庆活动时，民间文艺活动更为繁盛，如"全场傀儡、阴山七骑、小儿竹马、蛮牌狮豹、胡女番婆、踏跷竹马、交衮鲍老、快活三郎、神鬼听刀"等。其他还有"清乐社"中的"鞑靼舞、老番人、耍和尚"，"斗鼓社"中的"大敦儿、瞎判官、神杖儿、扑蝴蝶、耍师姨、池仙子、女杵歌、旱龙船"，以及"福建鲍老一社，有三百余人"，"川鲍老亦有一百余人"，"喝涯词，只引子弟；听淘真，尽是村人"。"御街扑卖摩侯罗"者以"牛郎织女，扑卖盈市"，"卖荷叶伞儿，家家少女乞巧饮酒"等记载。"瓦市"条所记民间戏曲等民间文艺活动亦相当详细，如其中的"北瓦"记有"勾栏一十三座"，"背做蓬花棚，常是御前杂剧，赵泰、王英喜、宋邦宁河宴、清锄头、段子贵"；"弟子散乐，作场相扑，王侥大、撞倒山、刘子路、铁板踏、宋金刚、倒提山、赛板踏、金重旺、曹铁凛、人人好汉"；"女流史惠英、小张四郎，一世只在北瓦，占一座勾栏说话，不曾去别瓦作场"；"勾栏合生，双秀才"；"杖头傀儡，陈中喜；悬丝傀儡，卢金线"；"杂班，铁刷汤、江鱼头、兔儿头、菖蒲头"；"舞番乐，张遇喜"；"水傀儡，刘小仆射"；"影戏，尚保义、贾雄"；"卖嘌唱，樊华"；"唱赚，濮三郎、扇李二郎、郭四郎。说唱诸宫调，高郎妇、黄淑卿"；"乔相扑，鼋鱼头、鹤儿头、鸳鸯头、一条黑、斗门桥、白条儿";"谈诨话,蛮张四郎";"散耍,杨宝兴、陆行、小关西";"装秀才,陈斋郎";"学乡谈,方斋郎"等,其中"分数甚多,十三座勾栏不闲,终日团圆"。

《梦粱录》卷一"元宵"条中载有"清音、遏云、掉(棹)刀、鲍老、胡女、刘衮、乔三教、乔迎酒、乔亲事、焦鎚架儿、仕女、杵歌、诸国朝、竹马儿、村田乐、神鬼、十斋郎各社,不下数十",以及"乔宅眷、旱龙船、踢灯、鲍老、驼象社"和"官巷口、苏家巷二十四家傀儡"。卷三"宰执亲王南班百官入内上寿赐宴"条中载有"教乐所伶人以龙笛腰鼓发诨子,参军色执竹竿拂子,奏俳语口号,祝君寿","杂剧色打和毕"而"参军色再作语,勾合大曲舞","百官酒,乐部起三台舞,参军色执竿奏数语,勾杂剧入场,一场两段","是时,教乐所杂剧色何雁喜、王见喜、金宝、赵道明、王吉等,俱御前人员,谓之无过虫"。卷二十"妓乐"条载有"散乐传学教坊十三部"等内容,与《都城纪胜》中"瓦舍众伎"所记大致相同,当是吴自牧对此所做摘录,本卷"百戏伎艺"条所记民间文艺则非常详细而有颇为珍贵的价值,如"百戏踢弄家","承应上竿抢金鸡","能打筋斗、踢拳、踏跷、上索、打交棍、脱索、索上担水、索上走装神鬼、舞判官、斫刀蛮牌、过刀门、过圈子"等"百戏"活动。"踢弄人"即民间艺术家,举数 27 人。这里还记述了"又有村落百戏之人拖儿带女,就街坊桥巷呈百戏使艺,求觅铺席宅舍钱酒之赉",这种村落间民间艺人的生活,在宋代文献中也是很少见的。关于傀儡戏,这里集中记述道:"凡傀儡,敷演烟粉、灵怪、铁骑、公案、史书历代君臣将相故事话本,或讲史,或作杂剧,或如崖词。如悬线傀儡者,起于陈平六奇计解围故事也。今有金线卢大夫、陈中喜等,弄得如真无二,兼之走线者尤佳。更有杖头傀儡,最是刘小仆射家数果奇,大抵弄此多虚少实,如巨灵神姬大仙等也。其水傀儡者,有姚遇仙、赛宝哥、王吉、金时好等,弄得百伶百悼。"

周密的《武林旧事》卷一"圣节"条列举了"天基圣节排当乐次"中各种乐曲的演奏与"杂剧""傀儡""百戏"的演出名目。在"杂剧色"中记述有"吴师贤、赵恩、王太一、朱旺(猪儿头)、时和、金宝、俞庆、何晏喜、沈定、吴国贤、王寿、赵宁、胡宁、郑喜、陆寿"。其他还记述有"歌板色""拍板色""箫色""筝色""琵琶色""嵇琴色""笙色""觱篥色""笛色""方响色""杖鼓色""大鼓色""舞旋色""弄傀儡""杂手艺""女厮扑""筑球军""百戏""百禽鸣"等,总计 273 人,有姓名者158人。卷三"迎新"条记述有"杂剧百戏诸艺之外,又为渔父习闲、竹马出猎、八仙故事"等"台阁"演出活动。卷六"瓦子勾栏"条、"诸色伎艺人"条记述了"书会""演史""说经诨经""小说""影戏""唱赚""小唱""丁未年拨入勾栏弟子嘌唱赚色""鼓板""杂剧""杂扮""弹唱因缘""唱京词","诸宫调""唱耍令""唱拨不断""说诨话""商谜""学乡谈""舞绾百戏""神鬼""撮弄杂艺""傀儡""踢弄""清乐""角抵""乔相扑""女飐""散耍""装秀才""吟叫""合笙""沙书""说药"等民间文艺演出中的角色及其姓名。最有价值者是其第十卷中所记"官本杂剧段数",总计280段,其中有《简帖薄媚》《郑生遇龙女薄媚》《柳毅大圣乐》《二郎熙州》《李勉负心》《相如文君》《崔智韬艾虎儿》《裴航相遇乐》《木兰花爨》《钟馗爨》《王魁三乡题》《眼药酸》和《二郎神变二郎神》等,都是以我们熟悉的民间传说故事为题材的杂剧。由此,我们可以管窥宋代杂剧与民间文学之间的密切联系。

在民间文艺生活中,民间戏曲的存在和发展从来都是以丰富多彩的民间文化等内容为背景的。同时,有许多民间戏曲因社会的广泛需要,日益成为当世的名篇(剧),从演出中涌现出一批有影响的民间文艺名角,且带动了民间文艺更大的繁荣。从《东京梦华录》《都城纪胜》《西湖老人繁胜录》《梦粱录》《武林旧事》等典籍中,可以清晰地看到不同形式民间文艺之间的相互影响和作用,以及民间艺人与民间文学之间的具体联系。从这里也可以看到,历史上任何一种民间文艺形式的脱颖而出,首先都取决于社会的需要、时代的选择,以及民众的广泛支持。其中,中下层文人的积极参与,也是一个很重要的因素,如"书会"① 对团结民间艺人、提高创作和演出水平,发挥着重要作用。官方的参与,即通过召集民间文艺团体进入官方文艺活动,并不影响民间文艺本色的保留。在一定程度上讲,这是民间文艺发展和提高社会知名度的重要机会,也是民间文艺、民间文学在社会文化中更为广泛传播的契机。以往,我们在划分文学类型时,总是强调民间文学同作家文学相对立的一面,自觉或不自觉地忽视了它们之间的相互影响。它们共处于同一个民族文化的空间之中,共同构成了我们这个民族在不同时代的精神食粮,都是我们应该珍惜的文化资源。

宋代民间戏曲与作家文学的联系,我们从宋祁、王珪、元绛、苏轼等

---

①《武林旧事》卷六"诸色伎艺人"条载"书会",列"李霜涯、李大官人、叶庚、周竹窗、平江周二郎、贾二十二郎"等人。

人所撰"教坊致语"与"勾杂剧词"等作品中可以看到其表现。苏轼在《集英殿秋宴勾杂剧》中,提到"朱弦玉管,屡进清音。华翟文竿,少停逸缀。宜进诙谐之技,少资色笑之欢。上悦天颜,杂剧来欤"。黄庭坚在《傀儡诗》中说:"万般尽被鬼神戏,看取人间傀儡棚。烦恼自无安脚处,从他鼓笛弄浮生。"陆游在《春社》诗中记述"太平处处是优场,社日儿童喜欲狂。且看参军唤苍鹘,京都新禁舞斋郎";又在《赛神曲》中记述"击鼓坎坎,吹笙呜呜。绿袍槐简立老巫,红衫绣裙舞小姑。乌臼烛明蜡不如,鲤鱼糁美出神厨。老巫前致词,小姑抱酒壶。愿神来享常欢娱,使我嘉谷收连车";此外在诗中还有"斜阳古柳赵家庄,负鼓盲翁正作场。死后是非谁管得,满村听说蔡中郎"的记述。柳永的《鹤冲天》中,满眼是"烟花巷陌,依约丹青屏障",叹的是"忍把浮名,换了浅斟低唱"。宋翔风在《乐府余论》中说柳永"失意无俚,流连坊曲,遂尽收俚俗语言,编入词中,以便伎人传习。一时动听,散播四方。其后东坡、少游、山谷辈相继有作,慢词遂盛"。他的词深深影响了民间曲词的发展,叶梦得在《避暑录话》中记述"凡有井水饮处,即能歌柳词"。周邦彦的《兰陵王》是借用著名的民间曲式《高长恭破阵曲》而写成的,毛开在《樵隐笔录》中记述道:"绍兴初,都下盛行周清真咏柳《兰陵王慢》,西楼南瓦皆歌之,谓渭城三叠。以周词凡三换头,至末段,声尤激越,唯教坊老笛师能倚之以节歌者。"宋代民间戏曲的繁荣,离不开广大作家的文学创作对民风与文风的潜移默化,同样,它也对宋代作家文学产生了深刻的影响和作用。宋代作家文学与民间戏曲相联系的例子举不胜举。宋代作家在诗词中自觉学习民间文学,以俚言俗语和民间歌谣、神话传说融入作品,这是一个普遍存在的现象。尤其值得一提的是,南宋形成的温州杂剧作为民间戏曲,直接影响到元杂剧的发展和繁荣,这在很大程度上是众多作家和民间艺人共同努力的结果。

  宋代民间戏曲的发展,在我国民间文学史上具有承前启后的意义。一方面,它作为一种综合艺术,吸收了宋代和宋代之前的许多民间传说故事,继承了前代民间歌曲、舞蹈等民间文艺形式,如唐代参军戏、傀儡戏和各种大曲等;另一方面,它对元代民间戏曲文化根基的铸造、启蒙和艺术上的普遍繁荣,做了必要的准备。若没有唐代民间戏曲和民间传说等民间文艺的全面发展,就不会出现宋代民间戏曲的繁荣;同样,若没有宋代民间戏曲如杂剧、傀儡戏、影戏的全面充分的积聚,也就没有元代杂剧的黄金时代。王国维在《宋元戏曲史》中,把宋金时代的戏曲分为五个部分，即"宋之滑稽戏""宋之小说杂戏""宋之乐曲""宋官本杂剧段数"和"金院本名目"。他在"宋之滑稽戏"中，先后举刘攽《中山诗话》、范镇《东斋记事》、张师正《倦游杂录》、宋无名氏《续墨客挥犀》、朱彧《萍洲可谈》、陈师道《后山谈丛》、王辟之《渑水燕谈录》、李廌《师友谈记》、曾敏行《独醒杂志》、洪迈《夷坚志》、周密《齐东野语》、镏绩《霏雪录》、张知甫《可书》、岳珂《桯史》、田汝成《西湖游览志余》、张端义《贵耳集》、张仲文《白獭髓》、仇远《稗史》、罗大经《鹤林玉露》等文献中的资料38条，并附"辽金伪齐"部分4条。他把杂剧当作"杂戏"，是颇有见地的。因为杂剧在宋代民间戏曲中，"全用故事，务在滑稽"，并非像元代那样表现重大社会主题，而着意于调整庆典中的严肃氛围，以荒诞类故事，衬托、营造喜庆效果。他指出："宋人杂剧，固纯以诙谐为主，与唐之滑稽剧无异。但其中脚色较为著明（名），而布置亦稍复杂；然不能被以歌舞，其去真正戏剧尚远。"①然则何谓"真正戏剧"？其实，宋之杂剧正是民间戏曲的一种表现形式，所以才形成"去真正戏剧尚远"的结果。王国维还说，"宋之滑稽戏虽托故事以讽时事，然不以演事实为主，而以所含之意义为主"，他把"演事实之戏剧"归为宋代傀儡戏、影戏等民间艺术，并把"宋代之滑稽戏及小说杂戏"作为"后世戏剧之渊源"。在"宋之乐曲"中，他考察了词大曲、歌舞与故事之间的联系，指出"盖南北曲之形式及材料，在南宋已全具矣"。对于《武林旧事》卷十所载官本杂剧，王国维考察了《梦粱录》所载"向者汴京教坊大使孟角球曾撰杂剧本子，葛守诚撰四十大曲"等史迹，将"大曲一百有三本"等与《宋史·乐志》和《文献通考·教坊部》中的史料相对比，指出"此二百八十本（杂剧），不皆纯正之戏剧"，"可知宋代戏剧，实综合种种之杂戏"，"而其戏曲，亦综合种种之乐曲"，"此二百八十本（杂剧），与其视为南宋之作，不若视为两宋之作妥也"。他还考察了"金院本名目"，指出其"为金人所作，殆无可疑者也"，其中的《金明池》等"上皇院本"为"皆明示宋徽宗时事"，这些认识都很有见地。

联结北宋与南宋民间戏曲的纽带，是民间文艺自身。以往，我们常把南北两宋人为地割裂成两个阶段，而事实上，这是很不确切的。南渡之前，宋代就有杂剧，如《东京梦华录》中所记《目连救母》。那些傀儡戏其实也应看作民间杂剧，文献中已提到它具有与杂剧相同的内容。宋杂剧

---

①王国维：《宋元戏曲史》，上海古籍出版社1998年版，第37页。

的特点，在《梦粱录》中被总结为"大抵全以故事，务在滑稽，唱、念、应对通遍"，"凡有谏诤，或谏官陈事，上不从，则此辈妆做故事，隐其情而谏之"。其实，这里所说的是"官本杂剧"，而杂剧更多的是民间杂剧，其意义就在于"滑稽"。杂剧的称呼在宋代和元代是不同的，如明代何元朗《四友斋丛说》中就提到"金元人呼北戏为杂剧，南戏为戏文"。明代徐渭《南词叙录》中说："南戏始于宋光宗朝，永嘉人所作《赵贞女》《王魁》二种实首之。故刘后村有'死后是非谁管得，满村听说蔡中郎'之句。或云宣和间已滥觞，其盛行则自南渡，号曰永嘉杂剧，又曰鹘伶声嗽。其曲则宋人词而益以里巷歌谣，不叶宫调，故士大夫罕有留意者。"王国维对于南戏与杂剧的关系并没有考察清楚，他在《宋元戏曲史》中说"南戏当出于南宋之戏文，与宋杂剧无涉"。现在我们没能见到宋代原始刊刻的杂剧文本，只有金代董解元的《西厢记》与之相近。徐渭在《南词叙录》中还提到"南曲固无宫调，然曲之次第，须用声相邻以为一套。其间亦自有类辈，不可乱也"。他举到《黄莺儿》相邻《簇御林》，《画眉序》相邻《滴溜子》。应该说，南宋杂剧作为民间戏曲，以温州杂剧为代表，与北宋杂剧有了一些差别，但这种差别并不是根本性的。明代祝允明《猥谈》中说，"南戏出于宣和之后、南渡之际，谓之温州杂剧。予见旧牒，其时有赵闳夫榜禁，颇述名目，如《赵贞女蔡二郎》等亦不甚多"，与此是一样的道理。南宋杂剧的变化，更多地表现在内容方面，如周密《齐东野语》中所记"宣和中，童贯用兵燕、蓟，败而窜"，民间艺人以"蔡太师家人""郑太宰家人"和"童大王家人"扮演故事，讽刺"大王方用兵，此三十六髻（计）也"。岳珂《桯史》中记述了高宗时，民间艺人先是"有参军者前，褒桧功德，一伶以荷叶交椅从之，诙语杂至，宾欢既洽"，后以"二胜环"讽刺其"但坐太师交椅"，"此环掉脑后"，"桧怒，明日，下伶于狱，有死者"。这是时代性内容的体现。当然，没有变化，作为民间戏曲的杂剧就不会发展进步；但艺术的创新，从来都是以继承为基础的。

宋代民间戏曲中的杂剧是综合性的艺术，需要多方面的文化作为其生长发育的基础，步入元代之后，它成为另一种意义上的杂剧。这是时代的发展在戏剧艺术中的体现。同时我们也可以看到，宋代民间戏曲至今还保存在我们的民俗文化生活中，既有神庙、露台、庙碑、壁画等实物的具体保存，又有丰富的传说故事和民间曲艺等活在人们的口头语言即"口碑"中作为记述的证据。在中原地区民间木偶戏的演出中，宋代文献《东京梦华录》等典籍中所载木偶形式、木偶剧名，至今基本上都有保存，其中以土、木、布、皮和纸偶即傀儡戏为主要类型，在乡村庙会以及开封清明上河园等文化主题公园中不断演出，有时成为民间百姓自演自乐的文娱节目。"摩合罗"又名"魔猴罗"，《东京梦华录》卷八"七夕"中载："潘楼街东宋门外瓦子、州西梁门外瓦子、北门外、南朱雀门外街及马行街内，皆卖磨喝乐（摩合罗），乃小塑土偶耳。"其唱段因卖者走村串巷而形成固定格式，在宋代已经有磨喝乐唱曲，至元代则融入杂剧，演变成"耍孩儿"，至今演变为豫西南一带流行的"罗戏"中的主要唱腔，豫剧演唱中也有此类唱腔，其韵、句段和字数都形成固定模式。此种模式至今仍称为"耍孩儿"。其他还有以宋代民间传说为题材的民间戏曲，诸如杨家将、岳家将、狄青将军、包公等各种曲艺唱段，在中原地区民间文艺中琳琅满目。这种现象的存在不是偶然的，其中一个重要原因是北宋的都城东京就是今天的古城开封。传说学上常以某种历史遗迹作为一定的民间传说产生的依据物，并作为文化辐射的中心，中原地区的开封和洛阳两座古代都城，就自然成为民间传说传播中心区域的两个亮点。

宋代民间文学理论的发展，是中国民间文学史上非常特殊的一页。宋代思想文化形成表面上的繁荣，与宋初孙复等学者的糅合儒释道不同文化为一体的努力分不开。范仲淹、欧阳修、王安石、司马光、苏轼等人论及社会风俗生活时，讲到了民间文学与社会发展的联系。欧阳修的《集古录》既有对神话传说的记述，又有对民间文学的论述。苏轼身世坎坷，促使他坚定人生信念，其"入境问俗"的文化主张，在事实上形成对民间文学的尊重；同时，他借用佛教文化，表达人生信仰，形成别具一格的民间文学思想理论。在大变革的时代，他们都强调民俗、民间文学与社会风尚等问题的密切联系，强调辨正风俗，强调新美风俗。至南宋，出现罗泌、罗萍父子的《路史》，对民间文学进行重新整理与述说，体现出鲜明的神话理论等民间文学思想观念。到了朱熹，更系统地论述了历史上的神话传说，在对《楚辞》《诗经》的神话传说进行甄别、辨析时，形成了系统的民间文学思想理论。

# 第九章 "石人一只眼"：元代民间文学

元代是中国历史上一个特殊的阶段。

《元史·河渠志三》中一首歌谣记述"石人一只眼，挑动黄河天下反"，记述至正年夏"黄河暴溢"，贾鲁治河，在黄陵冈得一眼石人。轰轰烈烈的刘福通农民起义遂"乘时而起"，点燃了推翻元帝国统治的大火。这歌谣声和这大火的光芒，一起照亮了黑暗帝国的夜空，是元代民间文学的最强音。在中国民间文学史上，元代民间文学是尤为独特的一页。由于强烈的民族歧视和民族压迫，中国传统文化在元朝统治的90年间，由宋代的极盛跌入低谷，以杂剧为代表的文学，呼喊出愤怒的控诉与声讨。唐宋话本高举民间文学直面现实的文化旗帜，追求公平、正义，抨击社会现实，在元杂剧中得到发扬光大。蒙古民族先后灭西夏和金，于1271年建立元帝国，1276年灭南宋。它曾经征服广袤的欧亚大陆，盛极一时，是世界上最为强大的帝国。但是，它鄙视文明，糟蹋中国古典文化，肆意欺凌占中华民族大多数的汉民族，激发了不可调和的民族矛盾，最后还是走向灭亡，为明王朝所替代。这里，我们姑且不去讨论元统治者如何把中国人分为四等，将蒙古人、色目人之外的汉人、南人列为三四等，又如何蔑视文化，中断科举考试，毁坏大片良田①，从元代民间文学中，我们可以深切地感受到专制政治的罪恶、粗暴与脆弱。

戏曲的形式以歌与舞等为重要内容，出现很早，而戏曲的概念，在元代始出现。刘埙《水云村稿》卷四《词人吴用章传》，使用"永嘉戏曲"的概念。同时代的夏庭芝、陶宗仪等人，也使用了这一概念。

---

① 元朝入主中原，曾有大臣提出"汉人无补于国，可悉空其人以为牧地"，直到耶律楚材提出反对意见，才有所改变，然而时间已过去了半个世纪，危害极大。参见《明史·耶律楚材传》。

元代的民间文学，最突出的内容是呈现在具有浓郁民间文化色彩的元杂剧中的民间曲调与民间传说故事，其次是元代刊刻的民间"说话"中的"小说"话本和笔记小说中的传说故事，它们不同程度地保存着元代作家对民间文学的整理与运用。

# 第一节　元杂剧与民间文学

元代杂剧的文化基础是民间文学，其形成的直接背景，除了元代社会各种外部条件之外，还有就是宋金杂剧院本，表现了艺术的自身嬗变。如王国维在《宋元戏曲史》"元杂剧之渊源"中所说："宋金之所谓杂剧院本者，其中有滑稽戏，有正杂剧，有艳段，有杂班，又有种种技艺游戏。其所用之曲，有大曲，有法曲，有诸宫调，有词，其名虽同，而其实颇异。至成一定之体段，用一定之曲调，而百余年间无敢逾越者，则元杂剧是也。"在他看来，"元杂剧之视前代戏曲之进步"有两个方面，一是元杂剧"每剧皆用四折，每折易一宫调，每调中之曲，必在十曲以上"；二是它"视大曲为自由，而较诸宫调为雄肆"，"于科白中叙事，而曲文全为代言"。正因为这两方面的"进步"及其"兼备"，"而后我中国之真戏曲出焉"[①]。元杂剧中所用曲，有人统计共有"三百三十五章"，有出于"大曲者"，有出于"唐宋词者"，有出于"诸宫调中各曲者"，还有一些"不见于古词曲"，又"可确知其非创造者"，这就是民间文艺中的一些曲调。王国维对这些民间曲调做了详细的考察，指出其为"宋代旧曲"，即宋代民间曲调。如《六国朝》，见于曾敏行的《独醒杂志》卷五中所载"先君尝言：宣和末客京师，街巷鄙人多歌番曲，名曰《异国朝》《四国朝》《六国朝》《蛮牌序》《蓬蓬花》"，"其言至俚，一时士大夫亦皆歌之"。《憨郭郎》则见于《乐府杂录》。其中"傀儡子"条载"其引歌舞有郭郎者，发正秃，善优笑，闾里呼为郭郎，凡戏场必在俳儿之首也"；杨大年《傀儡诗》也有"鲍老当筵笑郭郎"。《叫声》见于高承《事物纪原》卷九"吟叫"条，"嘉祐末，仁宗上仙"时，"市井初有叫果子之戏"，"京师凡

---

[①] 王国维：《宋元戏曲史》，上海古籍出版社1998年版，第62—63页。

卖一物，必有声韵，其吟哦俱不同，故市人采其声调，间以词章，以为戏乐也"；《梦粱录》卷二十亦载"以市井诸色歌叫卖合之声，采合宫商，成其词也"。《快活三》见于《东京梦华录》卷七中所记"任大头、快活三郎之类"，又见于《武林旧事》卷二中所载"快活三郎""快活三娘"。《乔捉蛇》见于《武林旧事》卷二中，又见于金人院本名目《乔捉蛇》。《拔不断》见于《武林旧事》卷六中"唱《拔不断》"。《太平令》见于《梦粱录》卷二十，其中载"绍兴年间，有张五牛大夫，因听动鼓板中有《太平令》，或赚鼓板"。王国维说，这些曲调"虽不见于现存宋词中，然可证其为宋代旧曲，或为宋时习用之语"，"由此推之，则其他二百十余章，其为宋金旧曲者，当复不鲜"。① 此"宋金旧曲"，其实就是宋金时代的民间曲调。由此可见，元杂剧在曲调上受民间文学的普遍影响。再者是元杂剧采用大量的俗语俚谚，朱居易著《元（杂）剧俗语方言例释》② 对此做了深入而详细的考证，其中收集俗语方言"共一千零数十则"，在解释时"以曲证曲，间及话本小说及宋元人笔记，以资旁证"，探讨相当完备。其他还有徐嘉瑞《金元戏曲方言考》③、张相《诗词曲语辞汇释》④ 等。

元杂剧的保存，在历史上也曾经历尽沧桑，不断佚失。李开先在《张小山乐府》"序"中说，"洪武初年"，有"亲王之国，必以词曲千七百本赐之"。《太和正音谱》卷首录元人杂剧"五百三十五本"。钟嗣成《录鬼簿序》中载"四百五十八本"。明长兴臧懋循所刻《元曲选》录"二百五十种"，其中"亦非尽元人作矣"。同时代的刊本，还有无名氏的《元人杂剧选》和陈与郊的《古名家杂剧》等，所收"存佚已不可知"。王国维在《宋元戏曲史》中详加考证，说"今日确存之元剧，而为吾辈所能见者，实得一百十六种"⑤。在所见刊本中，以钟嗣成《录鬼簿》的影响最为突出，其他如《元曲选》《元人杂剧选》《太和正音谱》《雍熙乐府》《也是园书目》等，都保存了丰富的元杂剧剧本或剧本的一部分和名目。从中我们可以看到，元杂剧中以历史传说和民间传说、民间故事为题材的，占据

---

① 王国维：《宋元戏曲史》，上海古籍出版社1998年版，第85页。
② 朱居易：《元（杂）剧俗语方言例释》，商务印书馆1956年版。
③ 徐嘉瑞：《金元戏曲方言考》，商务印书馆1949年版。
④ 张相：《诗词曲语辞汇释》，中华书局1953年版。
⑤ 王国维：《宋元戏曲史》，上海古籍出版社1998年版，第102页。

了相当大的比重。选取历史传说者，如三国故事类，有关汉卿的《关张双赴西蜀梦》《关大王单刀会》、无名氏的《诸葛亮博望烧屯》和《两军师隔江斗智》等，我们姑且称为"三国戏"。包拯传说故事是元杂剧中十分突出的题材，可称为"包公戏"，诸如关汉卿的《包待制三勘蝴蝶梦》《包待制智斩鲁斋郎》、郑廷玉的《包待制智勘后庭花》、武汉臣的《包待制智赚生金阁》、李行道的《包待制智勘灰阑记》，无名氏的《陈州粜米》等。梁山泊水浒英雄传说故事可称为"水浒戏"，如高文秀的《黑旋风双献功》、李文蔚的《同乐院燕青博鱼》和康进之的《梁山泊李逵负荆》等。历史上的作家，在传说中以风流面目出现者颇多，可称为"文人传说戏"，如马致远的《江州司马青衫泪》、吴昌龄的《花间四友东坡梦》、石君宝的《李亚仙花酒曲江池》、王伯成的《李太白贬夜郎》、乔吉甫的《杜牧之诗酒扬州梦》《李太白匹配金钱记》、费唐臣《苏子瞻风雪贬黄州》、鲍天佑的《王妙妙死哭秦少游》、郑光祖的《醉思乡王粲登楼》等。历史上的英雄、圣贤、忠臣、良将，留下了许多生动的传说，成为元杂剧的重要题材，此可称为"英雄戏"，如李寿卿的《说专诸伍员吹箫》、尚仲贤的《尉迟恭三夺槊》、赵明道的《陶朱公范蠡归湖》、周文质的《持汉节苏武还乡》、纪君祥的《赵氏孤儿冤报冤》、张国宾的《薛仁贵衣锦还乡》、狄君厚的《晋文公火烧介子推》、金仁杰的《萧何追韩信》、朱凯的《昊天塔孟良盗骨殖》、无名氏的《冻苏秦衣锦还乡》《庞涓夜走马陵道》《随何赚风魔蒯通》等。历史上的一些帝王或叱咤风云，或风流多情，他们的传说也是元杂剧的题材，此类作品可称作"帝王戏"，如高文秀的《好酒赵元遇上皇》、郑廷玉的《楚昭王疏者下船》、白朴的《唐明皇秋夜梧桐雨》、李直夫的《便宜行事虎头牌》、尚仲贤的《汉高祖濯足气英布》、郑光祖的《周公辅成王摄政》等。历史上还留下一些神仙传说，这些神仙或者有真实的历史人物作为背景，或者纯属乌有，但是他们都与一定的风物相联系，他们的传说故事与其他一些宗教传说一起构成元杂剧的内容，此可称为"神仙戏"。诸如郑廷玉的《布袋和尚忍字记》、马致远的《吕洞宾三醉岳阳楼》《太华山陈抟高卧》《马丹阳三度任风子》、吴昌龄的《张天师断风花雪月》、岳伯川的《岳孔目借铁拐李还魂》、李时中的《邯郸道省悟黄粱梦》、范康的《陈季卿悟道竹叶舟》、李寿卿的《月明和尚度柳翠》、王晔的《破阴阳八卦桃花女》、杨景贤的《马丹阳度脱刘行首》、无名氏的《严子陵垂钓七里滩》《庞居士误放来生债》《萨真人夜断碧桃花》等。此外，元杂剧中还有一些公案传说，可称为"公案戏"，如孟汉卿的《张鼎智勘魔合罗》、孔文卿的《秦太师东窗事发》、孙仲章的《河南府张鼎勘头巾》和无名氏的《张子替杀妻》等。关汉卿的《感天动地窦娥冤》，是"公案戏"中难得的悲剧，千百年来备受世人钟爱。除历史传说之外，还有一些表现情爱纠葛的民间生活故事，或者实有其事，或者纯粹是民间百姓的幻想，在其流传中体现出下层民众的情爱观念和具体的人生观、审美观、道德观。这类故事以言情为主要内容，被人喻之为"风月"，在元杂剧中最为感人，我们可称为"风月戏"。这些情爱故事以"风月"的面目出现，表现出不同类型的情爱生活，是整个元杂剧中最能体现时代气息的内容，如关汉卿的《闺怨佳人拜月亭》《赵盼儿风月救风尘》《诈妮子调风月》、白朴的《裴少俊墙头马上》、王实甫的《崔莺莺待月西厢记》、武汉臣的《李素兰风月玉壶春》、尚仲贤的《洞庭湖柳毅传书》、石君宝的《鲁大夫秋胡戏妻》《诸宫调风月紫云庭》、李好古的《沙门岛张生煮海》、张寿卿的《谢金莲诗酒红梨花》、郑光祖的《㑇梅香骗翰林风月》《迷青琐倩女离魂》、曾瑞的《王月英元夜留鞋记》、乔吉甫的《玉箫女两世姻缘》、无名氏的《孟德耀举案齐眉》《逞风流王焕百花亭》等。这些扑朔迷离的爱情世界，或是有情人终成眷属，或是棒打鸳鸯散、劳燕两分飞而令人扼腕叹息不已，都以真情感染人。

在这些形形色色的"戏"中，我们也可以看到民间文艺独特的审美力量，恰应和于"理论是灰色的，生活之树常青"的道理。有许多"戏"与"曲"内容是相近的；有时候，一出戏中间同时存在着几个主题。同时，我们发现在元杂剧所包含的传说中，历史传说与情爱故事成为两个亮点。究其原因，一是在民族歧视和民族压迫下汉族对自己历史的咀嚼，意味着对心灵伤痛的抚慰，对人格尊严的寻找，借以增强民族自信心；二是对黑暗、野蛮的专制制度发自内心的仇视与反抗，借情爱世界的众生相，唤起人们的道德感、责任感，从而鞭挞邪恶。在元杂剧中，"汉代戏"有着特殊的意义，一些剧作剧本已失传，单从其名目上即可见元代作家对汉代历史的特殊感情。如钟嗣成的《汉高祖诈游云梦》、李寿卿的《吕太后使计斩韩信》、郑廷玉的《汉高祖哭韩信》、王仲文的《汉张良辞朝归山》、王廷秀的《周亚夫屯细柳营》等，尤其是"吕后戏"相当多，吕太后成为恶的代表。作为历史传说一部分的包拯传说故事和水浒故事，在元杂剧中被多处运用，意味着对元代统治者践踏法制、草菅人命、滥杀无辜等种种野蛮黑暗现象的反抗，是对社会良知的热切呼唤。我们应该承认，元杂剧对民间传说故事的大量运用，饱含着广大作家强烈的民族自尊心。元杂剧在潜移默化中熏陶着民间百姓的情操，积聚着他们的反抗力量，从这个意义上讲，元代民间文学通过元杂剧，孕育、酝酿着铺天盖地的与邪恶和黑暗势力殊死搏斗的愤怒的雷霆。王国维称，元代杂剧的形制"以一宫调之曲一套为一折"，"普通杂剧大抵四折，或加楔子"，"合动作、言语、歌唱三者而成"，"每折唱者止限一人，若末，若旦；他色则有白无唱，若唱，则限于楔子中；至四折中之唱者，则非末若旦不可"，"脚色中，除末旦主唱，为当场正色外，则有净有丑"。王国维说，"元杂剧最佳之处，不在其思想结构，而在其文章"[1]，即"意境"。而正是民间语言、民间传说和故事，具体构成了这种"意境"。元杂剧再一次显示出民间文学的力量和意义，它告诉我们，真正有出息的作家，从来都密切关注着人民大众的命运，关注着千百万人民所创造的口头文学。尤其是元杂剧的作家，因为朝廷废除了科举制度，断绝了他们仕进的道路，汉人和南人只能在社会底层喘息，他们与人民共命运，才创作出一篇篇优秀的剧作。他们与唐宋时期的作家有相当大的不同，最突出的就是他们所保持的民间视野与民间立场。唐宋作家更多地把自己当作拯救世界的主人，一再高唱"致君尧舜上，再使风俗淳"，"仰天大笑出门去，吾辈岂是蓬蒿人"，将自己与百姓大众割裂开来。元杂剧作家虽然也有这种意识存在，但他们更多的是把自己作为民间百姓的代言人。最典型的就是"水浒戏"，元杂剧作家把李逵、鲁智深这些民间英雄塑造成真正的救世者，而在蔡衙内、刘衙内等人身上则集中体现了社会政治的黑暗及种种罪恶，其结局也多是惩恶扬善。如无名氏的《黄花峪》写民间书生刘庆甫与妻李幼奴自泰安烧香回家中，路遇蔡衙内。蔡衙内抢去李幼奴，吊打刘庆甫。梁山好汉病关索杨雄得知此事，猛拳教训蔡衙内，将刘庆甫救下，并告诉刘庆甫，若再受欺侮，可去梁山告状。后来李幼奴再遭蔡衙内欺凌，李逵巧扮货郎，从水南寨救出李幼奴。蔡衙内逃至黄花峪，在云岩寺被鲁智深活捉。梁山英雄刀斩蔡衙内，刘庆甫夫妇团圆。李逵疾恶如仇，连呼"打这厮无道理、无见识，羊披着虎皮，打这厮狐假虎威"。鲁智深借宿云岩寺，与蔡衙内为争僧房而厮打，先骂"打你个软的欺，硬的怕，镶枪头"，后又骂"打你个强夺人家良人妇，你是个吃剑头"。在文学史上，作家的贵族意识和平民意识在审美表现上是明显不同的，或者高高在上，动辄指斥群氓愚昧不堪，或者走进民间，与人民同呼吸共命运。元代杂剧作家们的命运是时代造成的，

---

[1] 王国维：《宋元戏曲史》，上海古籍出版社1998年版，第114页。

他们的道路和创作实践及其突出的成就，值得我们深思。

## 第二节 "说话"与笔记中的民间传说和民间故事

　　元代小说以"说话"中的"讲史"和文人笔记为典型，保存了许多民间传说和民间故事。"说话"中的"讲史"，即今天我们所能见到的《三国志平话》《五代史平话》《前汉书平话续集》《秦并六国平话》《武王伐纣书平话》《乐毅图齐七国春秋平话后集》和《宣和遗事》等文献，其初刻都在元代。

　　元人在宋代毕昇所发明的泥活字印刷基础上，发明了木活字和铜活字印刷，这为文化典籍的传播提供了极大方便。这也是元代刻印的"讲史"话本得到大量保存的一个非常重要的原因。如《三国志平话》今存版本，是元英宗至治时建安虞氏所刊，三卷，各卷均题"至治新刊全相平话三国志"；《五代史平话》十卷，传说为常熟张敦伯家藏，光绪二十七年（1901）曹元忠在杭州访得，董氏诵芬楼刊本类于元刊，书中杂有元人语，当为元人所增益刊刻成书；《前汉书平话续集》三卷，为元至治时建安虞氏所刊；《秦并六国平话》三卷，为元至治间建安虞氏刊本；《武王伐纣书平话》三卷，为元至治时建安虞氏刻本，其卷首诗中有"隋唐五代宋金收"诗句，可知为元人所编；《乐毅图齐七国春秋平话后集》三卷，为元至治时建安虞氏刊本；《宣和遗事》二卷，"宋人旧编"，书中有元人语多处，为元人增益后所刊。元代刊刻此类"讲史"，是在"建安"（今福建建瓯）刻印，远离大都（今北京），应是江南民间书坊业对宋代刊刻传统的继承。当然，这与宋代流传这些历史传说并不矛盾。如《东京梦华录》中就曾记述"霍四究，说《三分》；尹常卖，《五代史》"。《三国志平话》在开场诗中记述道："江东吴土蜀地川，曹操英勇占中原。不是三人分天下，来报高祖斩首冤。"其中叙述司马仲相看亡秦之书，"毁骂始皇，有怨天公之心"，而被迎入"报冤殿"做审问冤鬼的阴司之君，遇韩信、彭越、英布三个冤鬼状告刘邦，由天公敕准，使他们三个分别托生成曹操、刘备、孙权，使刘邦托生成汉献帝。然后叙述司马仲相"生在于阳间，复姓司马，字仲达，三国并收，独霸天下"。《三国志平话》多写平民，刘备织草鞋，诸葛亮"出身低微，元是庄农""牧牛村夫"，都是一群民间英雄。其中也充满了民间信仰中的神鬼报应，完全是民间百姓的生活观念。这则平话当是宋元时代三国传说故事的汇集"大纲"，上卷写黄巾起义和刘、关、张结义起事，到曹操斩吕布；中卷写汉献帝宣召刘、关、张，欲诛杀曹操，到刘备任豫州牧，诸葛亮指挥赤壁之战，大显神通，以及刘备在东吴娶亲后回到荆州；下卷写周瑜气死，刘备在诸葛亮的帮助下袭西川，最后三家归晋。平话中张飞杀太守、鞭督邮，到太行山落草，战吕布，王允设计献貂蝉，诸葛亮于黄婆店遇神女等，这些传说至今还在中原地区存在，可见《三国志平话》自成体系，是一部"民间《三国》""口述《三国》"。《五代史平话》凡十卷，记述梁、唐、晋、汉、周五代故事，有人以为是"宋巾箱本"，而其中"平话"一词是元代才出现的，所以当见之于元，"书中往往直称赵匡胤、赵玄郎的名字"，当是宋以后人所为。书中有许多处开场诗，显然是民间说唱艺人的口气，如《周史平话》中的"汉之国祚遂为周太祖郭威取了也，复有人咏道：忆昔澶州推戴时，欺人寡妇与痴儿。周朝才得九年后，寡妇孤儿又被欺"。《五代史平话》中的帝王将相与草莽英雄，都是民间化的角色，与正史有很大出入，这也正是民间文学的特征，即传奇性与神秘意蕴的融合。如其中写黄巢题反诗：

  黄巢因下第了，点检行囊，没十日都使尽，又不会做甚经纪，所谓"床头黄金尽，壮士无颜色"。那时分又是秋来天气，黄巢愁闷中未免题了一首诗，道是：
    柄柄芰荷枯，
    叶叶梧桐坠。
    细雨洒霏微，
    催促寒天气。
    蛩吟败草根，
    雁落平沙地。
    不是路途人，
    怎知这滋味！
  题了这诗后，则见一阵价起的是秋风，一阵价下的是秋雨。望家乡又在数千里之外，身下没些个盘缠。名既不成，利又不遂，也只是收拾起些个盘费，离了长安……

在《五代史平话》中，那些仁君明主都被夸张出鲜明的个性，附之以神秘意蕴，体现出民间百姓渴盼社会安宁、生活安康的愿望。如《唐史平话》中记述明宗"于宫中每夜焚香"，"告天密祷，曰：臣本胡人，不能做中国之主，至今甲兵未息，生灵愁苦，愿得上天早生圣人，为中国万民之主"。所以，明宗继帝位后，便"大赦天下"，"凡诸司使务，有名无实，废之"，其"初政清明，有可称者"。周世宗柴荣在此平话中也备受称赞，"讲史"人以诗话论说道："五代都来十二君，世宗英特更仁明。出师命将谁能敌？立法均田非徇名。木刻农夫崇本业，铜销佛像便苍生。皇天倘假数年寿，坐使中原见太平。"在《五代史平话》中，放过猪的朱温，放过羊、做过小厮的石敬瑭，喂过马的刘知远等，一个个历史"名角"都是卑贱出身，在民间传说故事中展示出个性独特而又栩栩如生的形象。《前汉书平话续集》取材于《汉书》，记述了刘邦、项羽、韩信、陈豨、英布、彭越、萧何、张良、陈平、周勃和吕后等历史人物的传说故事，尤其是对项羽，平话作者运用一首民间艺人常用的诗来衬托其不凡的功绩："刀剑垓心夜不停，楚歌散尽八千兵。溃围破敌三更出，失路都无百骑行。单剑指呼犹斩将，万人辟易尚何惊。不言决死天亡楚，四海干戈卒未宁。"其中赞项羽有"八德"，即"英雄之至""断之明""勇略之深""仁之大""言之厚""知其命""有耻之不爱其生""知死有分定"而"有终有始"。平话中的刘邦和吕后则卑劣无耻，与睢景臣《高祖还乡》中的无赖形象是一致的。如平话中蒯通痛陈韩信十大罪过，其实是借用反语述说韩信的十大功劳，借以指斥刘邦过河拆桥、背信弃义。平话中记述韩信六将军与蒯通起兵反汉，为韩信报仇，要刘邦交出吕后，而刘邦只好以某酷似吕后的妇人头颅相送的故事。吕后阴险之至，诬陷忠臣良将，滥杀无辜，曾与沈孛私通，计杀戚夫人和赵王如意。最令人发指的是她令张石庆"于民间买十数个怀孕妇人"，将其中某屠夫之妻所生子充作惠帝之子而立为太子，其余孕妇皆被活活淹死井中。这样一个冷酷无情的女人，违背了刘邦的遗嘱，强逼他人娶吕氏诸女，又滥封吕氏为王，是腐朽专制政治种种罪恶的集大成者。平话中极力渲染两类品格与性情相异的历史传说人物，展示出鲜明而独特的历史观。《秦并六国平话》记述秦始皇统一六国的历史传说，其中引王翰诗"秦皇筑城何太愚，天实亡秦非北胡。一朝祸起萧墙内，渭水咸阳不复都"，又引诗"世代茫茫几聚尘，闲将《史记》细铺陈"等，颇有后世"列国志"小说的文风。其中所记述的吕不韦传说、楚襄王领六国伐秦传说、徐福率五百童男童女入海求仙遭秦始皇焚烧湘山而"尽丧其身"等故事，以及对刘邦"宽仁爱人"的赞誉，都给人以新鲜生动的感觉。《武王伐纣平话》所突出的是纣王的"十过"，即"囚吾（武王）父，醢吾（武王）弟身为肉酱，共妲己取乐"；"虿盆、酒池、肉林、炮烙之刑，苦害宫妃"；"揎下姜皇后攧死"；"信妲己之言，远窜太子"；"杀害忠臣，贬剥忠良"；"杀吾（姜子牙）母"；"醢黄飞虎之妻"；"信妲己之言，剖孕妇，辨阳阴"；"信妲己之言，斫胫看髓"；"信妲己之言，修造台阁，劳废民力，费仲谗言，自乱天下"。每一种罪过，实际上都是一种传说故事。在平话中增添了许多神秘氛围，如比干在纣王宴上见到一只九尾金毛野狐，以箭射中，并除掉狐妖百数，即与妖狐所化妲己结下仇怨，后来比干被剖腹掏心；纣王好色，对女娲神像想入非非，索天下美女，九尾金狐换妲己灵魂而入宫成祸；其他还有雷震子出世、文素赠纣王镇妖宝剑、姜尚与周文王相遇等具有神奇意蕴的故事。这些都是民间文学中的普遍现象。《乐毅图齐七国春秋平话后集》记述齐使孙膑伐燕，齐愍王无道，燕拜乐毅为帅而伐齐，孙膑和田单打败燕，乐毅与孙膑斗阵，中间穿插鬼谷子等传说中的人物。其"前集"今不见，有学者以为应是孙膑与庞涓"斗智"的故事。"后集"中有诗"七雄战斗乱春秋，兵革相持不肯休；专务霸强为上国，从兹安肯更尊周"，以及"燕邦乐毅齐孙膑，谋略纵横七国中""纵横斗智乐孙辈，青史昭垂万世名"等。最后写"封神"，"加封黄伯杨回风仙人，次加封乐毅奉圣仙人，又加封张晃出世仙人"，"加封鬼谷先生普惠仙人"，"把众仙官都加官位"，"孙子等亦加封了"。

最能体现历史传说兴亡教训意义的平话，是在元初出现的《宣和遗事》。《宣和遗事》亦名《大宋宣和遗事》，《也是园书目》列为"宋人词话"，但其中却有许多宋之后的内容，如"南儒""省元"和"一汴二杭三闽四广"等称谓，还引用了宋末刘克庄的诗，可知应是元人之作。当然，其传说故事在宋代形成并流传，这也是正常的，与元人的整理刊刻并不矛盾。因为"南儒"是元人称呼；"省元"是吕中的字，他因遭忌而被徙于汀州，曾著《宣和讲篇》，时已在宋灭亡前后。所谓"一汴二杭三闽四广"，是指宋代先以汴梁为都，后以杭州为都，蒙古人兵陷杭州后陆秀夫等人在福州即"闽"拥立益王，最后文天祥、陆秀夫等人又在南海即"广"立卫王等事，而后者已是宋人所不熟悉的历史。刘克庄卒年距杭州陷落的时间很近，其诗被引用应该也在元代。有学者还考证出《宣和遗事》与元代脱脱所撰《宋史》在史实上相同①。在《宣和遗事》中记述了宋徽宗赵佶时代的历史传说，如其沉湎女色，私幸妓女，崇道士，重佞臣，大兴土木，以花石纲扰乱天下而引发宋江、方腊起义；同时还记述了金人南下，汴京陷落，徽钦二帝被掳走，高宗在临安称帝立都等故事。其内容重点在于前者，突出事件有宋徽宗私幸李师师、重用道士林灵素和花石纲引起宋江水浒英雄起义等。这些传说在后世都产生了重要影响，被演绎成戏曲、小说。宋徽宗私幸李师师成了一个著名的帝王传说，有许多学者下决心要考证出李师师是何等人物，这其实有悖于民间传说的发生规律。宋徽宗嫖娼在正史中确有记载，如《宋史》卷二二《徽宗本纪》中，载"帝数微行，正字曹辅上书极论之"；《续资治通鉴长编拾补》卷四十"徽宗宣和元年"中，载徽宗受蔡絛怂恿而"纳其言，遂微行都市，妓馆、酒肆，亦皆游幸"；宋人笔记《鸡肋编》卷下中，也记述"宣和中""上皇多微行，而司谏曹辅言之"。在《宣和遗事》中还记述了曹辅的谏疏，称"臣近睹邪傅臣某有谢表，谓陛下轻车小辇，七临私第，臣以为陛下之眷臣京，为不薄矣"，"近闻有贼臣高俅、杨戬，乃市井无籍小人，一旦遭遇圣恩，巧进佞谀，簧蛊圣听，轻屑万乘之尊严，下游民间之坊市，宿于娼馆，事迹显然，虽欲掩人之耳目，不可得也"，"且倡优下贱，缙绅之士，稍知礼义者，尚不过其门"，"陛下贵为天子"，"听信匹夫之谗佞，宠幸下贱之泼妓，使天下闻之，史官书之，皆曰易服微行，宿于某娼之家，自陛下始，贻笑万代"，劝"陛下不可不自谨"。宋徽宗大怒，将曹辅贬于郴州。张端义在《贵耳集》中曾记述"道君幸李师师家，偶周邦彦先在焉，知道君至，遂匿于床下"。其他如《墨庄漫录》《浩然斋杂谈》《汴都平康记》等笔记小说中，也都有记述。那么，《宣和遗事》记述此类民间传说，应当是正常的事情。《宣和遗事》记宋徽宗与李师师多在"樊楼"即"丰乐楼"上"宴饮"，"士民皆不敢登楼"。这里，我们不必考据宋徽宗如何与李师师交往，即令不是李师师，也还有其他娼妓，只要宋徽宗嫖妓属实，就可以作为民间传说的依据。《宣和遗事》中的宋江等三十六人聚义，是《水浒传》形成的重要基础。其中有"杨志等押花石纲违限配卫州""孙立等夺杨志往太行山落草""宋江因杀阎婆惜往寻晁盖""宋江得天书三十六将名"以及"张叔夜招宋江三十六将降"等名目，形成《水浒传》的基本框架结构。这些传说分载于元、亨、利、贞四集，将梁山好汉

---

①萧相恺：《宋元小说史》，浙江古籍出版社1997年版，第80—87页。

事迹置于上自尧舜传说下至高宗定都临安这样一个大背景中。杨志和孙立、李进义等十二人奉命押送花石纲，结拜成兄弟。后杨志因"旅途贫困"，缺乏旅费而卖刀，遇恶少而杀人获罪，被发配充军，路遇孙立、李进义等十兄弟在黄河岸边救下杨志，同往太行山落草。杨志十二个兄弟在太行山安营扎寨，劫富济贫，后与晁盖等八人同往梁山。此为第一部分。宋江杀阎婆惜，受官兵捉拿，在九天玄女庙中得天书，上有三十六人名录，后其与雷横等人同上梁山，投奔晁盖，被推为首领。此为第二部分。最后一部分是宋江受朝廷招安，收方腊得胜，被封为节度使。整个水浒中的三十六人传说，可称全书最动人处，展示出官逼民反、改邪归正的社会政治现象。官逼民反的背景在此平话中体现为皇帝的昏庸无能，以及蔡京、章惇、童贯、朱勔、梁师成等奸佞的为非作歹。正是他们欺上瞒下，使天下人民一贫如洗，怨声沸腾，才导致起义军"略州劫县，放火杀人，攻夺淮阳、京西、河北三路二十四州八十余县"。起义军"誓有灾厄，多相救援"，使朝廷命将屡战屡败；如呼延绰、受降海贼李横等人原为镇压起义军而来，后来也反叛朝廷，加入梁山起义军。起义军汇聚了天下英雄豪杰，如火如荼，最后却被招安，成为朝廷的鹰犬。《宣和遗事》是对宋代有关宋徽宗传说、梁山英雄传说的系统性总结，为《水浒传》的成书奠定了思想文化基础。从另一种意义上讲，《宣和遗事》对梁山英雄传说和宋徽宗故事的记述，除了对深刻的历史教训进行总结之外，与元代盛行的"水浒戏"一样，还包含着"挑动黄河天下反"的鼓动意义。元代"说话"中的历史传说在启迪元代人民反抗民族压迫的同时，对后世各种文学形态的发展，也起到了十分重要的作用。

元代民间"说话"中的"讲史"作为历史传说的典型，体现出元代民间文学对宋代的继承和发展。"说话"中的"小说"如《白娘子永镇雷峰塔》等作品，也具有这种意义。《白娘子永镇雷峰塔》存于冯梦龙所编《警世通言》中，其篇首有"话说宋高宗南渡，绍兴年间，杭州临安府"字样，篇中有"原来宋高宗策立孝宗，降赦通行天下"的情节。有学者考证认为"非宋人口气"，应是"去宋未远的元人所作"[①]。应该说，此种传说当在南宋时形成，元代人整理而成这篇"说话"。明人田汝成《西湖游览志余》卷三中曾载"吴越王妃于此建塔"，"俗称王妃塔"。"俗传湖中有白蛇青鱼两怪，镇压塔下"，其卷二十中载明嘉靖时有盲艺人说唱《雷

---

[①] 萧相恺：《宋元小说史》，浙江古籍出版社1997年版，第126—127页。

峰塔》，明万历时有陈六龙编《雷峰塔》传奇剧作①。在明代之前的宋元时期出现此传说，并形成"说话"底本，这应当是正常的。《西湖三塔记》与《洛阳三怪记》中，都提到白蛇精、赤斑蛇精这类蛇怪，但作为《白蛇传》故事的基本结构，此时还未完全形成。《白娘子永镇雷峰塔》的问世，标志着此传说已完全形成。这个故事记述绍兴年间，许宣在某药店谋生，清明回家扫墓时遇雨，于舟中逢白蛇与青蛇所化妙龄妇人。后白娘子主动提婚并赠银，许宣请姐夫为媒，不料白蛇所赠银正是官府所失库银。于是许宣被"发配苏州"，后重逢白娘子，并在苏州成婚，开药店谋生。茅山道士告知许宣其妻为蛇妖，被白蛇吊打。许宣因持白蛇所盗扇去游庙会，为人捕入牢狱，发配镇江。许宣在镇江再遇白娘子，李员外以白娘子貌美，欲戏弄而为其惊吓。金山寺僧人法海劝许宣回杭州。许宣与白娘子争执，白蛇威胁许宣。许宣又遇法海，得其所赠金钵，收服白娘子于金钵之中而镇于雷峰塔下。法海亦收服青蛇。在后世流传中，人妖之恋的文化主题被日益美化，成为家喻户晓的美丽传说。后世小说、戏曲、弹词、民歌等表现的审美内容更多地替代了神怪类民俗文化生活的氛围。

　　元代民间故事，有许多源自宋代文献。如无名氏《纂图增新群书类事林广记》保存了许多笑话，此书刊于元至元年间（郑氏积诚堂刊行），明显根据宋人陈元靓本增扩而成。其《风月笑林》等集所载《兄弟相拗》《嘲客久住》《通判贪污》等故事，对后世颇有影响。

　　宋代笔记小说《夷坚志》在我国民间文学史上有重要影响，金代元好问曾作《续夷坚志》四卷208则，记述泰和、贞祐年间的民间传说故事，每条传说故事的结尾都注明出处，所记内容多为因果报应类。元代有无名氏撰《新刊湖海异闻夷坚志续编》，分为前后两集，计17个门类，收入各种传说故事500余篇，所收故事多采自《太平广记》《酉阳杂俎》《青琐高议》等文献。另外，还有一些自己采录的"新闻"即民间传说和民间故事。其所收神仙与精怪传说故事集中于"后集"，计9个门类，288条，占了全书相当大的比重，特色尤为明显。所记张天师、八仙以及民间道士等传说人物故事，或与历史上的著名人物相联系，或与一定的风物相融合，是传说与民间世俗生活融为一体的典型。如著名的《赵州石桥》：

---

①参见罗永璘：《论白蛇传》，《民间文艺集刊》第一集，上海文艺出版社1981年版。

赵州城南有石桥一座，乃鲁班所造，极坚固，意谓今古无第二手矣。忽其州有神姓张，骑驴而过桥。张神笑曰："人言此桥石坚而柱壮，如我过，能无震动乎？"于是登桥，而桥摇动若倾状。鲁班在下以两手托定，而坚壮如故。至今桥上则有张神所乘驴之头尾及四足痕，桥下则有鲁班两手痕。

这则传说广为流传，在河北民歌《小放牛》中就有"赵州石桥什么人修"的歌句。还有一些传说演绎成各种故事，如《马王爷三只眼》《八仙试桥》等，均为同类作品。《赵州石桥》是我国古代第一篇关于"鲁班造桥"传说完整而详细的记述文本。与鲁班传说的其他文献相比，其记述技巧更加可贵。

这些故事集中得道成仙的内容尤为丰富，如《邛州杨女食茯苓成仙》，为早期人参传说类故事的原型记述，其结尾处记"吾观神仙者甚多，皆不载此，因录之，以示来者"。此故事中还有大量动物报恩故事，貌似传说，实为民间故事中的幻想类故事。如《衢州江山县柴郎中医猴》记述柴郎中为老猴母治愈喉疾，得群猴所送"所有金银"并"纸绢"，而"至今盛富"。《温州吴妪》中记述吴姓老娘夜间为"一女子坐蓐""收生"，有"二虎咆哮于门"，"次日开门，见篱上有猪肉一边，牛肉一脚"，原来是虎以此谢产婆。虎报恩故事在民间流传甚广，这是元代的一篇典型文本。

元末陶宗仪所著《南村辍耕录》，是元代少见的笔记著作。其"叙"中记述陶宗仪利用树叶随时撰写，"作劳之暇，每以笔墨自随，时时辍耕，休于树阴，抱膝而叹，鼓腹而歌"，"遇事肯綮，摘叶书之，贮一破盎，去则埋于树根，人莫测焉。如是者十载，遂累盎至十数"，"一日，尽发其藏，俾门人小子萃而录之，得凡若干条，合三十卷，题曰《南村辍耕录》"。此书"上兼六经百氏之旨，下极稗官小史之谈，昔之所未考，今之所未闻"。《四库提要》称"多杂以俚俗戏谑之语，闾里鄙秽之事"，这正是民间文学保存的重要特征所在。尤其是其中所载"院本名目"和"杂剧曲名"，是我们研究宋、金、元时代民间戏曲的重要资料。民间传说、民间故事、民间歌谣和谚语等民间作品，散见于各卷中，记述颇有特色。如卷一中所记《江南谣》，"江南若破，百雁来过"，并述"当时莫喻其意"，"及宋亡，盖知指丞相伯颜也"。又如卷十九《阑驾上书》中记歌谣"九重丹诏颁恩至，万两黄金奉使回"，"奉使来时惊天动地，奉使去时乌天黑地，官吏都欢天喜地，百姓却啼天哭地"，"官吏黑漆皮灯笼，奉使来

251

时添一重"。作者着重指出："如此怨谣，未能枚举，皆万姓不平之气，郁结于怀，而发诸声者然也。"和其他民间歌谣、谚语一样，每一则都有一个民间传说故事。陶宗仪年轻时甚不得意，晚年致力学问，对民间传说和民间故事情有独钟。他所记传说故事中，神鬼精怪和世俗生活类是尤为典型的民间文学作品。如卷六中的"沙魇"记"湖南益阳州，夜中同寝之人无故忽自相打"的故事；"鬼赃"中记"陕西某县一老妪"以"所佩铁简投酒灶火内"，"击死猕猴数十"，即道流所预言"二十年后汝家当有难"的除妖故事。卷七中的"黄巢地藏"，是一则识宝传说与惩戒故事相融合的作品，记述某夫妻见蛇而得宝，因贪得无厌地索求，后来传说为唐代黄巢留下的财宝也消失了。卷十中的"南池蛙"记"三十八代天师张广微"将符箓"投池中"，蛙声便消失。卷十一中"猪妖"记"江阴永宁乡陆氏家，一猪产十四儿，内一儿人之首、面、手、足而猪身"。这些传说故事有长有短，从不同方面展示出元代社会的民俗生活等内容。

《南村辍耕录》中还有一些优美的民间寓言故事，在宋元时代的笔记中尤为引人注目。如卷十五中所记述的"寒号虫"：

> 五台山有鸟，名寒号虫。四足，有肉翅，不能飞，其粪即五灵脂。当盛暑时，文采绚烂，乃自鸣曰："凤凰不如我！"比至深冬严寒之际，毛羽脱落，索然如鷇雏，遂自鸣曰："得过且过！"

作者针对现实，对"求尺寸名"而"志满意得"，"以为天下无复我加"，"稍遇贬抑，遽若丧家之狗"，"唯恐人不我恤"之辈，提出了"视寒号虫何异哉"的责问并发出"可哀已"的感叹，其寓意朴素而深邃。

陶宗仪在《南村辍耕录》中保存了大量与宋代历史有关的传说故事，表现出他对宋代社会的独特理解。如其卷五中的"雕刻精绝"所记"宋高宗朝匠人，雕刻精妙无比"；"朱张"中所记"宋季年，群亡赖于相聚，乘舟抄掠海上，朱清、张瑄最为雄长"，而后来"二人者既满盈，父子同时夷戮殆尽"的报应故事。卷二十五"院本名目"中记述了"唐有传奇，宋有戏曲、唱诨、词话，金有院本、杂剧、诸宫调"，以及"国朝院本、杂剧始厘而二之"，并记述了"或曰，宋徽宗见爨国人来朝"，"使优人效之以为戏"的传说。同时，它也记述了大量当世民间传说故事，每每冠之以具体年号，或加以"国朝故事"字样，有时还以自己亲眼所见作为记述，增强了传说故事讲述效果的真实性。如卷二二中"禽戏"以"余在杭州日，尝见一弄百禽者"开端，记述"乌龟叠塔""虾蟆说法"，并在故事中阐明己见。又如卷二四中"黄道婆"记述"国初时，有一妪名黄道婆者自崖州来，乃教以做造捍弹、纺织之具，至于错纱、配色、综线、挈花，各有其法"的故事。黄道婆死后，松江府人"莫不感恩洒泣而共葬之，又为立祠，岁时享之"。这是文献中最早记述黄道婆传说故事的内容，体现出元代纺织技术的发展。其他如"数谶"中所记"阿合马拜中书平章"的故事，述"神验如是"等。由此，我们可窥见元代当代传说故事之一斑。

《南村辍耕录》所记民间传说和民间故事，除了传统故事和时事传说之外，还有一些少数民族故事和域外故事，如卷二六"高昌世家"转述"畏吾儿之地"民间传说故事。陶宗仪还记述了文献中少见的元代农民起义传说，如卷二七中的"旗联"载"中原红军初起时"，义旗上有"虎贲三千直抵幽燕之地，龙飞九五重开大宋之天"的字样。陶宗仪仇视农民起义，称之为"贼"，可见其狭隘。《南村辍耕录》还记述了一些民间称谓，对一些物名做民俗文化的诠释，这也是研究元代民间文学的重要资料。

与《南村辍耕录》相似的熊梦祥所撰《析津志》，也可以看作笔记。这是一部专门记述元大都（今北京）民俗生活的著述，内分"古迹""人物""风俗""岁时"等十八个科目，也保存了一些民间传说故事。周密进入元代之后，有些著述当视为元代文化的一部分。元代无名氏所著《居家必用事类全集》《易牙遗意》和费著的《岁华纪丽谱》，都保存了一些与民俗生活相关的传说故事。周达观的《真腊风土记》是元代记述柬埔寨民俗生活的笔记著述。意大利旅行家马可·波罗在《马可·波罗游记》中，也有元代民俗生活的记述。这些民俗笔记是我国文化史上珍贵的文献，从中我们可以真正懂得民间文学能够存在（即创作与传播）的生活环境。

元代的笔记著述，还有郭霄凤的《江湖纪闻》和吴元复的《续夷坚志》，高儒在《百川书志》中称此二书记"千有余事，皆奇见新闻、鬼神怪异之事，颇骇人观听，未必皆实也"。另有无名氏的《异闻总录》，所述亦有出自《夷坚志》中传说故事者，并载有宋徽宗、宋钦宗被掳等历史传说。

因为元代历史时期较短，不足百年，加以元朝统治者不注重文治，甚至压抑、排斥以汉民族文化为主体的传统文化，所以在文化的发展与建设上没有太多建树。元代民间文学中的传说故事，基本为上述文献所记载。其中的民间歌谣，在《元史》"五行志"和人物传中有一些零星保存。

《元史·五行志》所记至正年间的歌谣，这些歌谣多具有谶纬性质，如"（至正）十六年六月，彰德路苇叶顺次倚叠而生，自编成若旗帜，上尖叶聚粘如枪"，民间歌谣唱道："苇生成旗，民皆流离。苇生成枪，杀伐遭殃"，表现了人民的痛苦。"至正二十八年六月壬寅"，"彰德路天宁寺塔忽变红色"，河北民间歌谣唱道："塔儿黑，北人作主南人客。塔儿红，朱衣人作主人公。"前一句意为北方异族入主中原，后一句则指刘福通红巾军起义。"至正十六年七月，彰德李树结实如小黄瓜"，民谣则唱"李生黄瓜，民皆无家"，同样是描述人民生活痛苦。至正五年，有"淮楚间童谣"为"富汉莫起楼，穷汉莫起屋，但看羊儿年，便是吴（无）家国"，这和"至正十五年京师童谣"所唱"一阵黄风一阵沙，千里万里无人家，回头雪消不堪看，三眼和尚弄瞎马"在传播意义上是一样的。"元统二年六月，彰德雨白毛，俗呼云老君髯"，民间歌谣唱道："天雨氅，事不齐。""至元三年三月，彰德雨毛，如线而绿，俗呼云菩萨线"，民间歌谣唱道："天雨线，民起怨。中原地，事必变。"在《元史·五行志》中，民间歌谣总是因某种怪异的自然景观而发出与主流文化相异的声音，借以述说人民的痛苦和怨恨、反抗。这种现象在我国民间文学史上并不少见，《元史·洪君祥传》中引歌谣"杀人一万，自损三千"，和这种现象所表述的意义是一致的，都在吟唱千百万人民在动荡中所遭受的各种痛苦。所以，广大人民忍无可忍，奋臂高呼"石人一只眼，挑动黄河天下反"，正是在这愤怒的声浪中，元帝国的腐朽统治化作了尘烟。

  应该提到的还有元朝蒙古族的民间文学问题。蒙古族民间文学是我国民间文学的重要组成部分，如《孤儿传》《成吉思汗的两匹骏马》《征服三百泰亦赤兀惕人的故事》《箭筒士阿尔戈聪的传说》《成吉思汗的箴言》和《智慧的钥匙》等，都热烈地歌颂了蒙古族人民的英雄成吉思汗统一蒙古族的伟大业绩。蒙古族人民有着追求真理和正义，反抗邪恶的光荣传统，他们的史诗《江格尔》和《格斯尔可汗》，是我们中华民族的文化瑰宝，也是古代蒙古民族优秀文化的集中体现。

# 第十章　天机自动：明代民间文学

　　元帝国的崩溃是历史规律的体现，但这个朝代对中国文化的影响，却是相当久远的。"政权机构的杂乱（其中使用了无数互相矛盾的法规）、蒙古和穆斯林官吏们混杂在一起并贪得无厌、纸币的极端迅速的膨胀、控制了整个中国僧侣界并干涉政治事务的吐蕃喇嘛教僧侣们的腐化、汉族居民每天都受到的压迫和农民阶级日益增长的苦难"①，这就是当时社会的真实写照。1368年，曾出家为僧以求生存，后来参加农民起义并在战争中脱颖而出的朱元璋，在南京创建了明王朝，自此，历史又翻开新的一页。朱元璋在政治、经济、文化、法律等方面，实行了一些新的措施，如废除中书省和丞相，主要政务分别由布政使、按察使、都指挥使管理，设置监察机构，弹劾不法官吏，至各地巡察民情等，有效地控制了政权。同时，朱元璋还创设卫所，制定《大明律》，完善政治制度，集中打击曾影响元末政治形势的地方豪强，实行大规模移民，注重发展农业生产和城镇经济，保证了明初政治、经济秩序的良性运行和发展。这些都具体影响到明代民间文学的形成及其基本格局。其他诸如"靖难之役"、"一条鞭法"、科学技术的发展、自然灾害、非农产业的发展与市镇规模扩大、对外开放及商贸往来的增多、宗教力量的形成与发展，以及李自成农民起义的兴起、各种社会矛盾的加剧等，都融入了明代的民间文学，并呈现出与其他历史时期民间文学迥异的局面。民间歌谣、民间戏曲、民间传说和民间故事等，都具有鲜明的时代特点。以民间歌谣为典型的民间文学引起了社会的广泛注意，并深刻影响到明代作家文学的发展变化。如李梦阳、李开先、王叔武等人，强调"真诗只在民间"。又如徐渭所感叹："乐府盖取民俗之谣，正

---

①［法］谢和耐：《中国社会史》，耿昇译，江苏人民出版社1997年版，第336页。

与古国风一类。今之南北东西虽殊方，而妇女儿童，耕夫舟子，塞曲征吟，市歌巷引，若所谓竹枝词，无不皆然。此真天机自动，触物发声。"①特别是明代出现的长篇小说《西游记》《水浒传》《三国演义》等巨著，标志着俗文学出现了空前繁荣，有力地推动着民间文学的发展，冯梦龙、李开先等民间作品搜集整理者为此做出了卓越贡献。同时期的少数民族民间文学，在文献记述与整理上也取得了可喜的成就。明代民间文学的全面发展与繁荣，标志着中国民间文学史上又一个黄金时期的到来。当然，民间文学的繁荣与政治、经济的发展并不是同步的，从某种意义上讲，作为"怨声"的民间文学出现得越多，越说明社会矛盾复杂、众多。真正的民间文学多植根在美刺之中。

尤其值得注意的是，这一时期的世界发生重要变化，如1492年意大利人哥伦布发现美洲，拉开世界大航海时代的序幕。而中国，没有得到这个机遇。

## 第一节　民歌和民间叙事诗

广义上的民间歌谣，包括民间时政歌谣，也包括市井传唱的民间歌曲，还包括一些民间小调和篇幅较短的民间叙事诗、抒情诗。明代民歌主要保存在明代辑印的民歌集中，《明史》《明季北略》等史籍文献与一些笔记等私人著述和《明诗综》之类的文学作品集中也有保存。一些民间叙事诗至今还被传唱，从内容上可以断定其为明代作品。民歌集中保存在明代刊印的民歌集中，如成化年间金台鲁氏所刊的《四季五更驻云飞》《题西厢记咏十二月赛驻云飞》《太平时赛赛驻云飞》《新编寡妇烈女时曲》，正德年间刊印的《盛时新声》，嘉靖年间刊印的《词林摘艳》和《雍熙乐府》，万历年间刊印的《玉谷调簧》和《词林一枝》，天启、崇祯年间刊印、冯梦龙编的《挂枝儿》《山歌》，以及陈所闻编的《南宫词纪》，杨慎编的《古今风谣拾遗》，凌濛初编的《南音三籁》，醉月子编的《新镌雅俗词同观桂枝儿》和《新锓千家诗吴歌》等。其中，《桂枝儿》《山歌》

---

① 见《徐文长集》卷十六《奉师季先生书》，万历四十二年钟人杰刻本。《四库全书存目》卷一七八存。

所保存的民歌，更富有时代特色。

明代民歌流传较广、保存较为丰富者，首推爱情歌谣。如《汴省时曲》中的一篇《锁南枝》唱道：

> 傻俊角，
> 我的哥，
> 和块黄泥儿捏咱两个。
> 捏一个儿你，
> 捏一个儿我，
> 捏的来一似活托，
> 捏的来同床上歇卧。
> 将泥人儿摔碎，
> 着水儿重和过，
> 再捏一个你，
> 再捏一个我。
> 哥哥身上也有妹妹，
> 妹妹身上也有哥哥。

《词林一枝》中的《罗江怨》《劈破玉》《时尚闹五更哭皇天》等，都满含深情。尤其是《时尚闹五更哭皇天》，成为后世民间流行的《五更调》的"范本"，其第一句都以"×更里，××月，正照××"开题，如"一更里，靠新月，正照纱窗"，然后抒发思念情郎和自身寂寞的情感，在歌句中穿插"唔唔唔"类的衬腔，形成一种浓重的情思氛围，表达爱情生活。这类民歌情思缠绵，多运用夸张、重复等修辞方式，体现出情歌的审美特征及格式特征。在这些歌谣中，明显具有商女的气息。以往我们总是排斥妓女、僧人和道士作为民间文学的创作主体，而在民间文学的实际形成与发展过程中，他们常起到重要作用；民间文学也往往借助这类社会底层人物，诉说民间百姓的衷肠。

综观明代民歌，可见其内容主要有两大类，一是《锁南枝》《罗江怨》这样的情歌，二是《富阳谣》之类的怨恨之歌，很少有直接反映商业经济活动的歌谣。色欲成为明代情歌的重要内容，如《山歌》中的《熬》，高唱"二十姐儿困弗着在踏床上登，一身白肉冷如冰，便是牢里罪人也只是个样苦，生炭上熏金熬坏子银"。

冯梦龙是明代在民间文学搜集整理和编选等方面取得成就最突出的一位。他所编的《挂枝儿》分"私""欢""想""别""隙""怨""感""咏""谑""杂"等十部,即十卷,计收 435 首民歌,大部分属爱情类。他编的《山歌》十卷,其中卷一至卷四为"私情四句山歌",卷五为"杂歌四句山歌",卷六为"咏物四句山歌",卷七为"私情杂体山歌",卷八为"私情长歌",卷九为"杂咏长歌",卷十为"桐城时兴歌",句式多为七言。两种民歌集中,爱情民歌占据了相当大的成分。如《挂枝儿》中"欢"部的《分离》:

要分离,
除非是天做了地;
要分离,
除非是东做了西;
要分离,
除非是官做了吏!
你要分时分不得我,
我要离时离不得你,
就死在黄泉,也做不得分离鬼!

冯梦龙在此首歌的结尾处注其搜集情况:

琵琶妇阿圆,能为新声,兼善清讴,余所极赏。闻余广《挂枝儿》刻,诣余请之,亦出此篇赠余。云传自娄江。

琵琶妇阿圆当是一位歌女,"能为新声,兼善清讴",与冯梦龙有着深厚的友情,她将此篇"传自娄江"的情歌赠予他,从另一个方面也说明冯梦龙搜集整理民歌的范围广泛。

在《山歌》中,冯梦龙搜集的民间歌谣还涉及一个非常复杂的社会问题,这就是非婚姻生活背景下的"私生子"问题。如:

眼泪汪汪哭向郎,
我吃腹中有孕耍人当。
娑婆树底下乘凉奴踏月,

水涨船高难隐藏。

姐儿肚痛呷姜汤,
半夜里私房养了个小孩郎。
玉指尖尖抱在红灯下看,
半像奴奴半像郎。

非婚生子女问题在明代史册、文献中几乎找不到,冯梦龙的记述是对这种缺憾的补充,具有一定的史学价值。

冯梦龙搜集整理的民间歌谣,既有纯情吟唱,又有偷情等内容。如《山歌》中的《怕老公》,其中有"丢落子私情咦弗通,弗丢落个私情咦介怕老公。宁可拨来老公打子顿,那舍得从小私情一旦空"。更有价值的是,他所搜集整理的长篇《吴歌》,其中的《灯笼》《老鼠》《困弗着》等,应是难得的民间抒情长诗。冯梦龙搜集时以"情真"为编选标准,强调其"真境""妙境",不但范围广,而且类型全备。再如《山歌》卷五所收《月子弯弯》这首所谓的"杂歌",就是曾被《京本通俗小说》中《冯玉梅团圆》记述的"月子弯弯照九州,几家欢乐几家愁。几家夫妇同罗帐,几家漂泊在外头"。这首特殊的情歌,到今天我们还能听到它在传唱。又如《山歌》卷一中所收的《模拟》唱道:"弗见子情人心里酸,用心模拟一般般。闭了眼睛望空亲个嘴,接连叫句俏心肝。"冯梦龙在注中称它"是真境,亦是妙境"。而这种"望空亲个嘴"之类直接描述情爱的歌谣,正是封建卫道士所嫉恨的,也是一般文人所不能够"模拟"即仿作得了的。冯梦龙的民歌搜集与编选标准,体现出他独到的民间文学观,正如他在《叙山歌》中所说:

> 书契以来,代有歌谣。太史所陈,并称风雅,尚矣。自楚骚唐律,争妍竞畅,而民间性情之响,遂不得列于诗坛,于是别之曰山歌,言田夫野竖矢口寄兴之所为,荐绅学士家不道也。惟诗坛不列,荐绅学士不道,而歌之权愈轻,歌者之心亦愈浅。今所盛行者,皆私情谱耳。虽然,桑间濮上,国风刺之,尼父录焉,以是为情真而不可废也。山歌虽俚甚矣,独非郑、卫之遗欤?且今虽季世,而但有假诗文,无假山歌,则以山歌不与诗文争名,故不屑假。苟其不屑假,而吾藉以存真,不亦可乎!抑今人想见上古之陈于太史者如彼,而近代

之留于民间者如此，倘亦论世之林云尔。若夫借男女之真情，发名教之伪药，其功于《挂枝儿》等，故录《挂枝词》而次及《山歌》。

冯梦龙所倡导的和他所实践的保持一致，即对人性情之真这一境界的追求和向往。与那些口头上骂民间爱情歌谣如何下流，而生活中或纳妾或嫖娼的文士们相比，更显出冯梦龙的磊落、正大。冯梦龙的民间文学观及其搜集整理的民歌，在中国民间文学史上具有非常重要的价值。

明代民歌对明代社会现实的直接记述，主要保存在《明史》《明诗综》《明季北略》及谈迁的《枣林杂俎》、沈德符的《野获编》、朱国祯的《涌幢小品》等文献中。这些文献从不同角度表现出明代社会的历史风云。如《明史·五行志》中记述"张士诚弟伪丞相士信及黄敬夫、叶德新、蔡彦文用事"，时有歌谣"丞相做事业，专靠黄、蔡、叶，一朝西风起，干鳖"；魏忠贤、罗汝才、严嵩严世藩父子等败坏朝政、祸国殃民时，《明史·五行志》以歌谣"委鬼当头坐，茄花遍地生""邺台复邺台，曹操再出来"记述；《明史·杨继盛传》以歌谣"大丞相，小丞相"记述；李蕃、李鲁生、李恒茂"卑污奸险"，《明史·阉党霍维华传》中记述歌谣"官要起，问三李"；"朝政浊乱，贿赂公行，四方警报狎至"，马士英"身掌中枢"，"日以锄正人、引凶党为务"，"诸白丁、隶役输重贿，立跻大帅"，《明史·奸臣马士英传》中记述歌谣"职方贱如狗，都督满街走"；社会政治腐败，人民倾家荡产，苦不堪言，《枣林杂俎·智集》中记述《富阳江谣》："富阳江之鱼，富阳江之茶，鱼肥卖我子，茶香破我家。采茶妇，捕鱼夫，官府拷掠无完肤。昊天何不仁，此地亦何辜？鱼胡不生别县，茶胡不生别都？富阳山，何日摧？富阳江，何日枯？山摧茶亦死，江枯鱼始无。呜呼！山难摧，江难枯，我民不可苏！"此类歌谣还有《古今风谣拾遗》中的"有山无木，有水无鱼，有人无义。地无三尺土，人无十日欢。水走孟家湾，黎民逃上山"等。《豆棚闲话》第十一则中记述的歌谣，代表了千百万劳苦大众最真切的心声：

老天爷，
你年纪大，
耳又聋来眼又花；
你看不见人，
也听不见话。

吃斋念佛的活活饿死，
杀人放火的享着荣华。
老天爷，
你不会做天，
你塌了吧！

在《明季北略》卷十中，"京师童谣"借"温体仁（为）相"，指斥"用人不当，流寇猖獗"，用"崇皇帝，温阁老"和"崇祯皇帝遭温了"来述说时事，以"温"言"瘟"，可见当时民间百姓对统治者的强烈愤恨。李自成起义，《明史》卷三〇九《流贼李自成传》记述了李岩所造"迎闯王，不纳粮"的歌谣。《明季北略》卷十九中记了"穿他娘，吃他娘，开了大门迎闯王，闯王来时不纳粮"；卷二三中记述了"朝求升，暮求合，近来贫汉难存活。早早开门迎闯王，管教大小都欢悦"等歌颂起义的歌谣。万历年间发生了两广瑶民起义，杨慎《古今风谣拾遗》卷四记述了与之相关的《瑶人谣》："撞石鼓，万家为我房；吹石角，我兵齐宰剥。官有万兵，我有万山。兵来我去，兵去我还。"张献忠、蓝廷瑞等人发动农民起义，《蜀碧》《蜀难叙略》《痛余杂录》和《二申野录》等文献分别记述了相关的歌谣。如孙之騄《二申野录》卷三中所记"强贼放火，官军抢火。贼来梳我，军来篦我"。《二申野录》卷四中记嘉靖时歌谣："前头好个镜，后头好个秤。镜也不曾磨，秤也不曾定""嘉靖二年半，秋黍磨成面。东街咽瞪眼，西街吃磨扇。姐夫若要吃白面，只待明年七月半""石产房州，胡明善祸从地出；星临井宿，张孚敬灾自天来"。崇祯辛巳年（1641），"杭城旱饥，即富家亦半食粥，或兼煮蚕豆以充饥，贫者采榆屑木以为食"。《二申野录》卷八中记述歌谣："湖船底漏，司厨刀锈，梨园饿瘦，上瓦下瓦，抱裯远走。"靖难之役，燕王扫北，给人民带来极大痛苦，《明史·五行志》载歌谣"莫逐燕"记述之。沈德符的《野获编》记述的两首歌谣很典型，一是"选科不用选文章，只要生来胡胖长"，一是"可恨严介溪（嵩），作事忒心欺。常将冷眼观螃蟹，看你横行得几时"。这是愤怒的声音。民间百姓爱憎分明，善恶分明，如"成、弘间，黄州知府卢濬""守己爱民，得罪上司，去职"，而"曹濂继之"，"贪暴自恣"，褚人获《坚瓠集》"广集"卷二中记述道："卢濬不来天没眼，曹濂重到地无皮。"朱彝尊辑录《明诗综》卷一百中所记"府香炉，县铁索。一为善，一为恶"，与此记述性质相同。由此可见，民间歌谣并不是永远在诅咒、谩骂政府，若是有统治者对百姓有一点宽容，能为民着想，百姓们就感激不尽。如《况太守集》卷一载"况太守，民父母，众怀思，因去后，愿复来，养田叟"。又如《明诗综》卷一百中记载"清苑王哲为湖广布政使，廉政彦明，人不敢干以私"，民间歌谣就为他唱道："王捕虎，最执古。囊无钱，衣有补。"又记"会稽商为正，万历初巡按福建，与巡抚都御使庞尚鹏协心共事，百废具兴"，福建百姓就在歌谣中唱"恤我甘苦，庞父商母"。这也说明明代社会尽管有种种黑暗，但也有一些正直之士在兢兢业业地为社会进步、为民富国强尽自己的职责，如海瑞就是这类人物的典型。只有这些人，才能使人民看到希望；也只有这些人，才是国家和民族的真正栋梁。民间百姓用雪亮的眼睛去识别他们，也用最真实的歌声区分忠与奸，记录下这个时代真正的历史。吕坤《呻吟语》中也记述了一些民间歌谣，主要是童谣，其中一些歌谣表现出对黑暗世界的批判，借儿童熟悉的生活场景，对儿童进行直面现实的人生教育。晚明时代《林石逸兴》中所录《题钱》一则，愤怒地控诉了金钱带来的各种罪恶：

> 人为你跋山渡海，
> 人为你觅虎寻豹，
> 人为你把命倾，
> 人为你将身卖，
> 细思量多少伤怀！
> 铜臭明知是祸胎，
> 吃紧处极难布摆。
>
> 人为你亏行损德，
> 人为你断义辜恩，
> 人为你失孝廉，
> 人为你忘忠信，
> 细思量多少不仁！
> 铜臭明知是祸根，
> 一个个将他务本。
>
> 人为你东奔西走，
> 人为你跨马行舟，

人为你一世忙，
人为你双眉皱，
细思量多少闲愁！
铜臭明知是祸由，
每日价蝇营狗苟。
……

明代社会由高度专制带来的全面腐败，在民间歌谣中得到了真实体现，许多民歌本身就是社会罪恶的实录。

明代曾出现民俗志的修撰热潮。在一些民俗志中，详细地记述了一些民间歌谣。如刘侗等所著《帝京景物略》卷二中记：

凡岁时不雨，家贴龙王神马于门，磁瓶插柳枝，树门之傍；小儿塑泥龙，张纸旗，击鼓金，焚香各龙王庙。群歌曰：
青龙头，
白龙尾，
小孩求雨天欢喜。
麦子麦子焦黄，
起动起动龙王；
大下，小下，
初一下到十八。
摩诃萨！
初雨，小儿群喜而歌曰：
风来了，
雨来了，
禾场背着谷来了。
雨久，以白纸作妇人首，剪红绿纸衣之，以笤帚苗缚小帚，令携之，竿悬檐际，曰扫晴娘。日月蚀，寺观击鼓钟、家击盆盎铜镜，救日月，声嘈嘈屯屯满城中。蚀之刻，不饮不食，曰生喧食病。幼儿见新月，曰月芽儿，即拜笃笃，祝，乃歌曰：
月，月，月，
拜三拜，
休教儿生疥。

> 小儿遗溺者，夜向参星叩首，曰：
> 　　参儿，
> 　　辰儿，
> 　　可怜溺床人儿。
> 见流火，则啐之，曰贼星。夜不以小儿女衣置星月下，曰：
> 　　女怕花星照，
> 　　儿怕贼星照。
> 亦不置洗濯余水，为夜游神饮马也，曰不当价（如吴语云罪过）。初闻雷，则抖衣，曰蚤虱不生。见霓曰杠，戒莫指，谓生指顶疮，曰恶指也。初雪，戒不入口，曰毒；再雪，则以炖茶；积雪，以塑于庭。燕旧有风鸢戏（俗曰毫儿），今已禁。风，则剖秋秸二寸，错互贴方纸，其两端各红绿，中孔，以细竹横安秋竿上，迎风张而疾趋，则转如轮，红绿浑浑如晕，曰风车。

这里的民间歌谣是以记述民俗生活的形式出现的。从"叙"中，我们可以看到刘侗、于奕正和周损三人的辛苦合作，书中"所采古今诗歌，以雅，以南，以颂，舍是无取焉"，"三人挥汗属草，研冰而成书"，十分艰辛。"略例"中称，"闾里习俗，风气关之，语俚事琐，必备必详。盖今昔殊异，日渐淳浇，采风者深思焉。春场附以岁时，弘仁桥附以酬香，高梁桥附以熙游，胡家村附以虫嬉"。以上所记，正是"春场附以岁时"中的内容，分别记述了"民间剪彩为春幡簪首"，记述了从"正月元旦""二月二日""三月清明日""四月一日至十八日"等一年间各月习俗，这些习俗是我们认识民间歌谣的基本生活场景。

明代民间叙事诗以历史上少数民族中的作品为典型，反映出明代社会民间文学所取得的重要成就。如哈萨克族中《少年阔孜和少女巴颜》《少女吉别克》《英丽克和杰别克》《少女玛克帕勒》《阿娜尔与赛吾米别克》等爱情题材的民间叙事诗，表现了哈萨克民族的爱情观念与爱情生活，其中包含有萨满教观念与"安明格尔"制即弟妻嫂婚姻习俗。其他还有《四十大臣》《达斯塔尔汉》《巴克蒂亚尔》《克孜尔和木萨的旅行》和《鲍兹吉格特》等社会生活题材的民间叙事诗。其中的《巴克蒂亚尔》有四十部长诗，以"引子"为开题，又以"引子"为结尾，记述阿扎提可汗与宰相之女出走，途中生一子，弃于井旁，为某强盗所收养，即巴克蒂亚尔。后来，强盗与阿扎提可汗发生战事，巴克蒂亚尔被俘进宫，成为财务大臣，却遭到其他大臣的嫉妒陷害，被送上绞刑架。巴克蒂亚尔在绞刑架上接连唱了四十天，唱了四十部动人的叙事诗。宝衣让可汗与王后认出巴克蒂亚尔，使其继承阿扎提可汗之位，成为新可汗，万民敬仰。巴克蒂亚尔唱的每个故事在叙事诗中环环相连，在传唱过程中没有人能全部演唱完。此叙事诗成为我国民间文学史上一部不可多得的优秀之作。明代的维吾尔民族中，出现了《古丽与诺鲁兹》《伊斯坎德尔的城堡》《世事记》《艾里甫——赛乃姆》《塔依尔与祖赫拉》《优素甫——阿合麦特》《帕尔哈德与西琳》等一批民间叙事诗[1]。《艾里甫——赛乃姆》有1500多行诗句，讲述国王之女赛乃姆与宰臣之子艾里甫相爱，因国王毁约，二人历尽苦难，殉于爱情。这部长诗和传说故事在维吾尔人民中广为流传。蒙古族在明代刊印了具有蒙语教科书功能的《蒙古秘史》，《格斯尔可汗》也当在此时流传并有手抄本流行（1716年在北京以蒙文形式首次刊印）。此外，罗卜桑丹津的《黄金史》具体记述了《征服三百泰亦赤兀惕人的故事》《箭筒士阿尔戈聪的传说》《孤儿舌战成吉思汗九卿》等在元代就已流传的民间叙事诗。《成吉思汗的两匹骏马》也在此时流传，应有手抄本出现。在柯尔克孜人民中间，这一时期流传着《库尔曼别克》和《扛额里，木尔扎》等民间叙事诗。东乡族的《米拉尕黑》、乌孜别克族的《阿依苏曼》等民间叙事诗，也在这一时期得到广泛流传[2]。在这一时期的傣族人民中，民间叙事诗高度繁荣，著名的《召树屯》即在此时出现并流传。《论傣族诗歌》[3]的作者祜巴勐说，此时的长诗"确切达到整整五百部"，他亲眼所见者有"三百六十五部"。傣族"五大诗王"及《兰嘎西贺》《巴塔麻戛捧尚罗》《乌沙麻罗》《粘巴西顿》《粘响》《松帕敏与嘎西娜》《窝拉翁与召烘罕》《宛纳帕丽》《南波冠》等一批民间叙事诗，都在这一时期出现[4]。彝族的《阿诗玛》、苗族的《仰阿莎》、纳西族的《鲁班鲁饶》、壮族的《唱离乱》和《唱文秀》等民间叙事诗也都在明代出现[5]。这些民间叙事诗集中出现在明王朝时期有多方面的原因，其中明代文化的发展及其与少数民族文化的相互影响尤为重要。各民族的民间叙事诗都是我国民族

---

[1] 参见刘发俊等：《维吾尔族民间叙事长诗》，新疆人民出版社1980年版。
[2] 参见吴肃民等：《中国少数民族文学古籍举要》，天津古籍出版社1990年版。
[3] 祜巴勐：《论傣族诗歌》，中国民间文艺出版社1981年版。
[4] 岩峰等：《傣族文学史》，云南民族出版社1995年版。
[5] 参见马学良等主编：《中国少数民族文学史》，中央民族学院出版社1992年版。

文化的重要遗产,它们犹如一串串珍珠玛瑙,镶嵌在我们伟大祖国的文化史上,成为中华民族的骄傲。

## 第二节　别具特色的明代民间谚语

民间谚语的编录选辑,在明代出现高潮,如杨慎的《古今谚》《丹铅总录》《谭苑醍醐》《古今风谣》《俗言》,大量记述了民间谚语及其发展历史;李时珍的《本草纲目》和张介宾的《景岳全书》,大量记述了医疗和生活知识方面的民间谚语;徐光启的《农政全书》、邝璠的《便民图纂》和娄元礼的《田家五行》等,记述了丰富的农业谚语;王象晋的《群芳谱》(原名《二如亭群芳谱》)、王路的《花史左编》等,记述了花卉栽培谚语。在《明诗综》和李梦阳的《空同集》、郭子章的《六语》、郎瑛的《七修类稿》、张居正的《张太岳文集》等诗文集中,也记述了明代社会生活中的各类民间谚语。这些谚语不但具有重要的史学意义,而且具有丰富的科学文化价值,使我们从更细微的方面管窥到明代社会的发展变化,以及明代民间文学在整个中国民间文学史上的特殊位置。

在明代之前的民间文学史上,谚语的记述不断出现,但它更多的是散存于各种典籍中,像明代这样集中并且大量出现专门性记述的现象并不多见。应该说,这和明代社会的经济、文化政策有关。从某种意义上讲,明代确实出现了中华民族历史上古典文化复兴(以复古为主)的又一高峰,民间谚语的大量记述,就是这种现象的具体体现。同时,大量民间谚语被系而广泛地搜集整理,也与明代出现方志修撰热潮的文化风尚有关。仅记述北京都城地区民俗的,就有刘侗、于奕正的《帝京景物略》、沈榜的《宛署杂记》、刘若愚的《明宫史》、陆启浤的《北京岁华记》和蒋一葵的《长安客话》等民俗志著述。在吕坤的《四礼翼》、冯应京的《月令广义》、刘基的《多能鄙事》、沈德符的《万历野获编》和黄省曾的《吴风录》等民俗志著述中,也不同程度地保存了明代社会各地区的民俗。众多的民俗志,同样记述了一些民间谚语。这对我们认识民间谚语的存在背景及其在生活中所体现的具体意义,都是非常重要的。还有一些文学作品中也运用了一些民间谚语,记述了这些谚语在世俗生活中的具体运用,如吴承恩《西游记》卷三十八回中所记佛家"慈悲为本，方便为门"，沈璟《双鱼记》第十五出所记"张果老倒骑驴，永不见畜生面"，高明《琵琶记》第十九出所记"书中自有黄金屋""书中自有千钟粟"等。冯梦龙、凌濛初编著的"三言二拍"中，民间谚语的运用与保存更为丰富。著名的科学家、音乐家、文学家朱载堉，其诗篇和散曲等作品中也保存了不少民间谚语。伟大的思想家、诗人李贽，在其著述中保存了许多具有哲理意义的谚语，如"圣人不曾高，众人不曾低""日入商贾之肆，时充贪墨之囊""男子之见尽长，女子之见尽短"等，是我国文化思想史上尤为珍贵的材料。敢于直面人生、敢于走进人民中间的人，其文化品格是非凡的。

在明代民间文学史上，我们应该重视杨慎的特殊贡献。这位才华卓著的作家、学者著述甚多，有《升庵全集》（81卷）、《升庵外集》（100卷）、《升庵遗集》（26卷）、《升庵长短句》（3卷）、《陶情乐府》（4卷）、《二十一史弹词》（12卷），以及《广夷坚志》《诗话补遗》《词林万选》《滇程记》《滇载记》等多卷，另外，还有杂剧《宴清都洞天元记》《兰亭会》等，"著作之富，推慎为第一"（《明史·杨慎传》）。他既聪慧，又勤奋，勇于探索，对民间文学情有独钟，其《古今谚》《古今风谣》《风雅逸篇》《丹铅总录》《俗言》等著作，在我国民间文学史上有着独特的价值和意义。《古今谚》存录古今谚语总计260多条；《古今风谣》存录秦代至明代嘉靖时期的民间歌谣近300首；《风雅逸篇》共10卷，记述、存录歌谣和谚语等共计400多首，其中民间谚语有200多则。正如他在"序"中所述，"楚凤鲁麟，风之逸也；尧衢舜薰，雅之逸也，载在方册矣。曷以名之逸，外三百篇皆逸也"。杨慎博览群书，在被谪云南的艰辛岁月中，仍不忘搜集整理民间文学。他的《丹铅总录》搜集整理民间谚语之广，在同时代是很少见的。如卷一"天文类"所记"日出雨落，公姥相扑""夹雨夹雪，无休无歇"；卷四"花木类"所记"深山出俊鹘，十字街头出饿莩"；卷八"物用类"所记"打出个令儿来"；卷九"人事类"所记"乱王年年改号，穷士日日更名"和"慈不掌兵，义不掌财"；卷十六"官爵类"所记"房上好走马，只怕屣破瓦；东瓜做碓嘴，只怕捣出水"；卷十九"诗话类"所记"船里不漏针"；卷二一"诗话类"所记"日晕长江水，月晕草头空"；卷二十六"琐语类"所记"枇杷黄，医者忙。橘子黄，医者藏。萝卜上场，医者还乡"等。甚至可以说，杨慎所记述的民间谚语，是明代之前中国民间谚语的集成，也是一部缩写的中国民间谚语史。

农耕生活是我国千百年来民间百姓的基本生活方式。明代民间谚语被集中收录，是以明代社会的基本格局以农耕为主的现实条件为背景的。如徐光启的《农政全书》就是一部农耕生活的实用典册，其所记述的"无雨莫种麦""麦怕胎里旱""要吃面，泥里缠""麦收三月雨""麦秀风摇，稻秀雨浇""无灰不种麦""白露前是雨，白露后是鬼"等，是对农时安排的准确概括和总结，至今还在流传。保存明代农谚更为集中的，当数娄元礼的《田家五行志》，其中所存录的民间谚语以日月星辰、风雨雷电云雾和草木鱼虫鸟兽等自然界的变化及其与社会生活的具体联系，来"占卜"各种事物对人们是否有利。"占"天气变化即风雨阴晴的谚语非常丰富，如"月晕主风，日晕主雨""朝天暮地""南耳晴，北耳雨。日生双耳，断风截雨""日头碰云障，晒杀老和尚""乌云接日，明朝不如今日""日落云没，不雨定寒""日落云里走，雨在半夜后""月偃偃，水漾漾。月子侧，水无滴""大二，小三""一个星，夜保晴""西南转西北，搓绳来绊屋""半夜五更西，天明拔树枝""日晚风和""恶风尽日没""日出三竿，不急便宽，风急雨落，人急客作""东风急，备蓑笠""东北风，雨太公""行得春风有夏雨""西风头，南风脚""朝西暮东，正旱天公""暴风不终日""一场春风对一场秋雨""冬南夏北，有风便雨""时里一日西南风，准过黄梅三日雨"等。传统的农耕生产与日常生活在大自然的变化面前，其抵御能力十分低下，天气的变化直接影响人们生产劳动和生活的具体安排，所以，以物候占风雨的民间谚语，便成为农耕谚语的主要成分。风雨的变化不但影响人们的生产和生活，而且还影响人们的心理，如《田家五行志》中的"春雨人无食，夏雨牛无食，秋雨鱼无食，冬雨鸟无食""春雨壬子，秧烂蚕死""夏末秋初一剂雨，赛过唐朝一斛珠""九日雨，禾成脯；重九湿漉漉，穰草千钱束""夏至端午前，坐了种田年；夏至在月中，耽阁巣米翁""此日（五月二十六）阴沉沉，谷子压田塍"等。在这些谚语中，包含着浓厚的民间信仰观念。与此类似的，还有对某些动物出现和环境变化的占卜，如"荒年无六亲，旱年无鹤神"。其中最能体现这种古老信仰的是"六畜卜"条：

  凡六畜自来，可占吉凶，谚云："猪来贫，狗来富；猫儿来，开质库。"犬生一子，其家兴旺，谚云："犬生独，家富足。"灯花不可剔去，至一更不谢，明日有吉事；半夜不谢，主有连绵喜庆之事，或有远亲信物至，谚云："灯花今夜开，明朝喜事来。"

其他还有"新月落北，主米贵荒，谚云：月照后壁，人食狗食"等。著名学者竺可桢曾在20世纪60年代讲过，迄今为止的天气预报水平还没有超过民间谚语。这说明千百年来，我们的祖先对气候变化与各种自然变化之间的联系早有准确总结。这个结论对于自然性谚语来说是很恰当的，至于社会性谚语，我们所看到的只是民间信仰在民间文学中的残存，而多少年来，我们的祖先正是这样来预测未来世界的吉凶祸福，并形成了自己独特的审美思维方式。

王象晋的《二如亭群芳谱》（即《群芳谱》）记述了大量与种植、养殖业有关的民间谚语，全书共28卷，包括天、岁、谷、蔬、果、茶、竹、桑、麻、葛、棉、药、木、花、卉、鹤、鱼等"谱"。从其"天谱"与"岁谱"中可以看到各种自然变化。如"天谱"中的"（四月十六）月上早，低田好收稻。月上迟，高田剩者稀""梅里一声雷，时中三日雨；迎梅雨，送时雷，送了去，并弗回""梅里一声雷，低田拆舍归""八月一声雷，遍地都是贼""腊雪是被，春雪是鬼"。又如"岁谱"中的"六月无蝇，新旧相登""三伏不热，五谷不接"。在"谷谱"中，我们可以看到"懒汉种荞麦，懒妇种绿豆""种绿豆，地宜瘦，不宜肥""收麦如救火""谷三千""稀谷大穗，来年好麦"等传统农耕生产谚语。其他如"果谱"中的"枣树三年不算死"，"竹谱"中的"（伐竹）公孙不相见，母子不相离"，"桑谱"中的"斧头自有一倍叶"，"麻谱"中的"头苎见秧，二苎见糠，三苎见霜"，"棉谱"中的"锄花要趁黄梅信，锄头落地长三寸"，"木谱"中的"插柳莫教春知"，"花谱"中的"春分分芍药，到老不开花"等，从中可以看到作为农耕生活一部分的种植、养殖经验在谚语中的表现，其科学文化意义尤为显著。

明代医学有很大发展，民间谚语对此也有许多系统性的总结，保存在李时珍的《本草纲目》、张介宾的《景岳全书》等典籍中。《本草纲目》是祖国医学的重要文化遗产，是李时珍经过十六年的艰苦探索修撰而成，其中详细记述了可以作为药物使用的1000多种植物与1000多种动物，"我们于其中发现了对一种种痘或接种术的首次记载，其基本原理与后来在西方产生了免疫学的那种方法没有多少差异"[1]。在李时珍的这部不朽著作中，可以看到他对民间医药谚语的系统总结与记述。如卷十六"草部"中所记述的"穿山甲，王不留，妇人服了乳长流"，卷十七"草部"中所记

---

[1]〔法〕谢和耐：《中国社会史》，耿昇译，江苏人民出版社1997年版，第381页。

"七叶一枝花,深山是我家;痈疽如遇者,一似手拈拿",卷三〇、三一"果部"记有"十榛九空""槟榔为命赖扶留",卷三四、三五"木部"记有"黄芩无假,阿魏无真""白杨叶,有风掣,无风掣",卷四四"鳞部"记有"鲟鳇鱼吃自来食""(河豚)油麻子胀眼睛花"和"舍命吃河豚"等。这些谚语的记述伴随着药性、治疗原理等内容,弥足珍贵。张介宾的《景岳全书》也保存了不少医疗谚语,如卷十六"小孔不补,大孔叫冤苦"对"虚损"的记述,卷十四"莫饮卯时酒,莫食申时饭"对"岭外谚语"的记述等。但是,我们从中也可看到传统医学上的严重缺陷,如卷三八对妇女病难以医治的记述:"宁治十男子,莫治一妇人;宁治十妇人,莫治一小儿。"虽然作者是在强调"妇人之情""与男子异",但它实际上起到一种误导作用,形成医疗上的偏见。应该说,这也正是我国传统医学长期在经验即感性知识上徘徊不前的原因之一。明哲保身的人生经验表现了一种自私的品格,极大地限制了我国传统医学深入全面的发展。《空同集》中李梦阳所记的"卢医不自医",也应当是医疗方面的民间谚语。

在《明诗综》《空同集》《张太岳文集》等文献中,我们还可以看到关于社会生活经验类谚语的记述。如《明诗综》卷一百中记有"官粮办,便无饭""南道如虎,升官半府""有利无利,但看二月十二""三月沟底白,莎草变成麦""六月不热,五谷不结""除夜犬不吠,新年无疫疠",以及武夷民谚"一曲一湾,一湾一滩",广州民谚"饥食荔枝,饱食黄皮""秋冬食獐,春夏食羊",琼州(海南)民谚"海水热,谷不结;海水凉,禾登场""东路槟榔,西路米粮",贵州民谚"黄平铁,兴隆雪""四月八,冻杀鸭""九月重阳,移火进房"等内容。其卷一百中所记"翰林九年,就热去寒"也应当看作文人间流传的民间谚语。《空同集》中,李梦阳记有"讼事无天"(卷三七)、"入田观稼,从小看大"(卷三七)、"一年二年,与佛齐肩;三年四年,佛在一边"(卷六二)、"胡荾不结瓜,菽根不产麻"(卷四六)、"循智保身,审时致位"(卷四八)等。《张太岳文集》中,张居正记有"美服人指,美珠人估"(卷八)、"若将容易得,便作等闲看"(卷三三)等。这些谚语的记述,反映了上层文人视野中的民间哲理。明代社会的民间谚语还有很多散存于各类文集及各种文体之中。

## 第三节　明代民间传说与民间故事

明代的民间传说与民间故事，主要保存在一些传奇小说和笔记著作之中。诸如冯梦龙与凌濛初所编的"三言二拍"、瞿佑的《剪灯新话》、李祯的《剪灯余话》、赵弼的《效颦集》、陶辅的《花影集》、雷燮的《奇见异闻笔坡丛脞》、钓鸳湖客的《鸳渚志余雪窗谈异》、碧山卧樵的《幽怪诗谭》、徐震的《女才子》、陆粲的《庚巳编》、陆采的《冶城客论》、周复俊的《泾林杂记》、侯甸的《西樵野纪》、杨仪的《高坡异纂》、钱希言的《狯园》、邵景詹的《觅灯因话》《艳异编》和《燕居笔记》，以及《绣谷春容》《国色天香》《风流十传》《明文海》《九籥别集》《眉公秘笈》《榕阴新检》《文苑楂橘》《说郛续》等文集中，都保存了以传奇小说为代表的各类民间传说和民间故事。

明代出现了大量关于历史事件与历史人物演义的历史传奇小说，如周游的《开辟衍绎》，钟惺伯敬父编辑的《有夏志传》《混唐后传》、余邵鱼的《列国志传》、冯梦龙新编的《玉鼎列国志》、甄伟的《西汉通俗演义》、谢诏的《东汉演义传》、罗贯中的《三国演义》、无名氏的《续编三国志后传》、杨尔曾编的《东西两晋演义志传》、题"贯中罗本编辑"的《隋唐两朝志传》《残唐史五代演义传》、齐东野人编次的《隋炀帝艳史》、袁韫玉的《隋史遗文》、熊大木的《唐书志传通俗演义》《南北宋传》《大宋演义中兴英烈传》、施耐庵的《水浒传》、兰陵笑笑生的《金瓶梅》、吴承恩的《西游记》、秦淮墨客校阅的《杨家通俗演义》、徐渭编的《云合奇踪》（《英烈传》）、空谷老人编次的《续英烈传》、罗懋登的《三宝太监西洋记通俗演义》、孙高亮的《于少保萃忠全传》、吴越草莽臣撰的《魏忠贤小说斥奸书》、西湖野臣著的《皇明中兴圣烈传》、陆人龙的《辽海丹忠录》、吟啸主人撰的《平虏传》、西吴懒道人口授的《剿闯通俗小说》等。这些作品保存了许多历史传说，其中有一些为无名氏之作，或题为某某编次、口授的作品，从其形制上看，当是明代说书艺人的"底本"，即"话本"。这种现象是明代之前从未有过的。

托名王世贞撰的《列仙全传》、吴元泰的《八仙出处东游记》、徐霞客的《徐霞客游记》、杨慎的《南诏野史》等著作，记述了丰富的当世流传的神仙传说、风物传说，尤其是《南诏野史》所记述的少数民族民间传说和民间故事，相当珍贵。在冯梦龙的《笑府》《广笑府》《古今谭概》等著述中，保存了许多明代民间的笑话故事和寓言故事。其他还有浮白斋主人的《笑林》、赵南星的《笑赞》、屠本畯的《憨子杂俎》、都穆的《都公谭纂》、江盈科的《雪涛谐史》等，也都保存了丰富的民间笑话故事等民间文学作品。

应该说，没有明代的民间文学，我们就无从认识到一个真正的明代中国。当然，从丰富的文献典籍中辨识民间传说与史实的真伪，是很艰难的。从总体上看，明代文人著述中日益体现出自由、独立风尚的民间故事，包括民间幻想故事和笑话，占据了明代民间文学史的主要内容；真实的民间传说，则居于次要位置。这是民间文学发展的必然结果。幻想是民间故事的生命，民间文学从来都对自由充满了热爱和向往，没有半点奴颜和媚骨。

明代社会的思想文化对自由思潮的融入，造就了明代民间文学的基本特色，这在民间传说和民间故事中体现得最为典型。我们不必详数李贽、汤显祖、袁宗道、袁宏道、袁中道等人以及明末文社的诗人们如何为自由而战，推动了明代中后期自由思潮的发展，仅从"《剪灯新话》案"就可以看到明代作家与民间文学的密切联系，及其中以"邪妄"面目出现的民间文学对时代政治、文化、思想所形成的冲击。瞿佑在《剪灯新话序》中说："余既编辑古今怪奇之事。以为《剪灯录》，凡四十卷矣。好事者每以近事相闻，远不出百年，近止在数载，襞积于中，日新月盛，习气所溺，欲罢不能，乃援笔为文以纪之。其事皆可喜可悲，可惊可怪者。所惜笔路荒芜，词源浅狭，无鬼目鸿耳之论以发扬之耳。既成，又自以为涉于语怪，近于诲淫，藏之书笥，不欲传出。……今余此编，虽于世教民彝，莫之或补，而劝善惩恶，哀穷悼屈，其亦庶乎言者无罪，闻者足以戒之一义云尔。"其"校后识语"中还提到"盖是集为好事者传之四方"。集中收入的故事，大体为史传类与言情类两大部分，如《太虚司法传》记述鬼怪盛行，《令狐生冥梦录》记述阎罗王昏聩无能，《三山福地志》记述"多杀鬼王"和"无厌鬼王"横行无忌，《翠翠传》记述离乱所造成的棒打鸳鸯散，《绿衣人传》记述奸臣贾似道对青年情侣的迫害，《爱卿传》记述罗爱爱所遭受的种种不幸等。这些故事从《剪灯新话》的成书情况上看，应该都是有历史传说和时事传说作为根据的。特别是《令狐生冥梦录》记述秦桧在阴司中受到惩罚，充满了民间传说的神秘意蕴。整部《剪灯新话》

无论是在当世还是在今天，都受到人们的普遍喜爱。究其原因，这是与作品中大量采用民间故事，形成生动的审美效果分不开的。同时，《令狐生冥梦录》中所引用的民间歌谣"一陌金钱便返魂，公私随处可通门。鬼神有德开生路，日月无光照覆盆"等，使作品具有更为深刻的思想性，启发人们去思索社会与人生。《剪灯新话》问世后很快受到社会欢迎，不久便有李昌祺所撰的《剪灯余话》作为响应。《剪灯余话》模仿《剪灯新话》，"豁怀抱，宣郁闷"，亦记述了丰富的民间传说故事。如《长安夜行录》《何思明游丰都录》借用历史传说以讽今，《连理树记》《鸾鸾传》《贾云华还魂记》《武平灵怪录》记述了许多爱情悲剧故事。这两部以"剪灯"命名的故事集，让无数人从中找到知音，甚至皇家宗室安塞王也把《剪灯新话》中的名篇，作为自己作品的前言（《明文海》卷四二七载）。但是，卫道士却以反对异端邪说为幌子，对此大加挞伐。《明实录·正统七年》记述李时勉上言朝廷，称"近有俗儒，假托怪异之事，饰以无根之言"，并以《剪灯新话》为例，言其"不唯市井轻浮之徒争相诵习，至于经生儒士，多舍正学不讲，日夜记忆，以资谈论"，"若不严禁，恐邪说异端日新月盛，惑乱人心"，他请求各部门合作，"凡遇此等书籍，即令焚毁；有印卖及藏习者，问罪如律。庶俾人知正道，不为邪妄所惑"。其中所言"争相诵习"，正说明此书感人之至。明英宗在李时勉的上书建议中看到了《剪灯新话》问题严重，即令禁毁，但这部书因此在后世放射出更强烈的光芒。和宋代的"乌台诗案"一样，"《剪灯新话》案"并不是由最高统治者首先发难的，而是出于披着文士外衣的无耻之徒的陷害。这是中国文化史上肮脏的一页。但是，民间文学的魅力是无限的，任凭什么样的毒手都休想禁得了它的传播！

### 一、传奇小说与笔记中的民间传说和民间故事

将民间传说和民间故事写入文学作品，《剪灯新话》为后世开辟了一条更宽广的道路。如赵弼在《效颦集》的"后序"中就提到自己是效"瞿宗吉"（即瞿佑）而"编述"，书中内容"皆闻先辈硕儒所谈，与己目之所击者"，"初但以为暇中之戏，不意好事者录传于士林中"，"业已流传，收无及矣"。其中的《续东窗事犯传》借胡迪游历冥国，见到祸国殃民的蔡京、秦桧、贾似道之流备受严惩，作奸佞传以记。《国色天香》和《喻世明言》都曾记述此传说。《钟离叟妪传》记述了王安石微服私访，闻世人皆咒骂新法而自责，以致"一夜间须发皆白"，后呕血而亡。这则传说的意义是相当复杂的。陶辅的《花影集》模仿《剪灯新话》《剪灯余

话》和《效颦集》，在作品中记述了一些历史传说，如《云溪樵子记》中的陈桥驿兵变传说、《潦倒子》中的王安石推行新法传说、《邮亭午梦》中的岳飞和秦桧传说等。雷燮的《奇见异闻笔坡丛脞》也保存了许多民间流传的历史传说和民间故事，如《竹亭听笛记》记述了唐玄宗因宠爱杨贵妃，重用安禄山，引来安史之乱的传说；《毛娇娘》记述了人与狐妖相爱，狐妖痴心待人而为人所害的故事；《陶泽遇仙传》记述了书生陶泽与仙女柳氏相爱，柳氏挚爱陶泽的故事。钓鸳湖客的《鸳渚志余雪窗谈异》也记述了关于历史人物的民间传说，如《东坡三过记》中苏东坡三访本觉寺，还有其他篇中关于张浚、朱买臣、范蠡、西施等人的传说，都很有特色。明代民间故事中的爱情故事和文人传说，在明代民间文学史上尤为显眼，其内容与唐宋民间故事中的同类主题相似，但更多地体现了明代社会的思想文化。最明显的就是对唐宋历史和文化的思索，有许多故事是从唐宋时期的文学作品中转述而来。对那些历史上的著名奸佞和忠贤，明代社会给予了密切关注，并在故事中融入了自己的思考，如前面所举到的唐玄宗、王安石、苏东坡等，是明代民间传说中的热门话题，他们每一个人事实上都代表着一个历史时期，或体现出某一种独特的历史现象。尤其是对于王安石，明代民间传说与宋代相比，其评价更显公允。宋代社会由于多种原因，把王安石与蔡京之流并提，列为误国的罪人。然而，明代社会由于时过境迁，所保持的理性态度更多，所以在传说中不同程度地强调了"吾以新法为利民，焉知民怨恨若此"（《钟离叟妪传》）。对于苏东坡这位传说中的一代风流，明代民间传说多强调其哲人性格。如《鸳渚志余雪窗谈异》中的《东坡三过记》记述苏东坡三次过访本觉寺的文长老，第三次所见者其实是文长老的灵魂。待入本觉寺之后，苏东坡才发现这个情况，题下了"初惊鹤瘦不可识，旋觉云归无处寻。三过门间老病死，一弹指顷去来今。存亡惯见浑无泪，乡曲难忘尚有心。欲向钱塘访圆泽，葛洪川畔待秋深"的诗句，化用了"三生石"和"葛洪川"两则民间传说。

情爱主题的表述，在明代民间文学中尤为突出。唐宋时代的同类故事主要写鬼妖精怪，更多的是以"奇"来显示世间百态，而明代社会则突出了"俗"的一面，借以描述世间的恩怨，显示两情相悦。如钓鸳湖客《鸳渚志余雪窗谈异》所录《招提琴精记》，记述琴精与人的姻缘情话，述说"音音音，你负心"。陆粲在《庚巳编》之《洞箫记》记述仙女三访徐鏊，徐鏊善吹洞箫，博得仙女真情相爱，但徐母却将他们分开，最后仙女将徐鏊杖责八十，以惩罚其负心。陆采《冶城客论》中的《鸳鸯记》，记述郑卿求学，与施家娘子相恋，二人以鸳鸯饼相赠的故事。这是一篇偷情故事，郑卿与施家娘子一见钟情，称可以用符使妻"立致其来"，"指女郎云：汝即其人也"，颇见世俗真性情。其中记述郑卿岳父谢秀才厚颜无耻，也想调戏施家娘子，施家娘子痛斥并加拒绝，可见其虽有艳情，却非滥交。杨仪《高坡异纂》中的《唐文》，是一篇《牛郎织女》的异文，记述山西书生唐文娶继妻张氏，夫妻二人买童仆寿安即牛郎，买妾玉英即织女，唐文不以玉英为妾，使玉英与寿安重聚（即牛郎与织女团圆）。这是牛郎织女爱情神话传说在明代演绎为世俗性传说故事的典型。明代牛郎织女的小说题材，以华玉淏所撰《牛郎织女传》最为典型。武陵书生夜梦玉帝宣诏其为牛宿，其妻为女宿，皆为"朕之佳婿佳儿"。后多次梦上天，见天帝及日月之神。邵景詹《觅灯因话》中的《翠娥语录》，记述淮扬名妓李翠娥喜读古代典籍，看透了世间情爱的虚伪，以为有些人家的婚姻比妓院中还要肮脏，她不愿为娼，也不愿从良，最后出家脱俗；《卧法师入定录》记述铁、胡二人相交为友，胡勾引铁妻狄氏，狄氏向卧法师求助，卧法师以"福善祸淫"相慰。徐渤《榕阴新检》中的《张红桥传》，记述闽县良家才女张红桥与林鸿一见钟情，张红桥因与林鸿离别，思念而亡。王世贞《双鸳冢志》记述侯官林澄与才女戴伯麟相爱，二人约会时，林澄为盗贼所杀，戴伯麟因而自尽。冯梦龙编撰的《燕居笔记》中，有记述著名民间故事杜丽娘还魂的《杜丽娘》；有记述杭州富家少女刘秀英与苏州书生文士高相爱，文士高猝死后，刘秀英自缢，后二人墓中复活，重结良缘的《刘秀英还魂记》；有记述秀才徐成丧妻，三向有夫之妇的表姊求爱，后来结为连理的《天致续缘记》。其中的杜丽娘故事，被汤显祖演绎为《牡丹亭》戏曲名著。《绣谷春容》中的《娇红记》记述申纯、王娇表兄妹之间的爱情，他们相互爱慕，却屡遭他人陷害，后两人殉情，合葬后，其灵魂化为在墓冢上比翼而飞的鸳鸯鸟。《国色天香》中的《双卿笔记》记述苏州书生华国文娶张端为妻，后至岳父家读书，又爱上小姨张从，最后经同窗帮助，华国文与张端、张从两姐妹共结良缘。所有这些情爱、婚姻类民间故事，都应该是明代社会婚姻状况与情感世界的真实写照。

最为特殊的是，在明代传奇小说和笔记中，有一些性爱内容的表现，这当是民间荤故事的转相记述。如《风流十传》中的《天缘奇遇》，记述风流才子祁羽狄知忠识奸，曾辅佐朝廷建功，能够急流勇退，与五十多个女子相爱，得娇妻美妾一百多人，后俱升仙得道，其中祁羽狄所爱的龚道芳是织女下凡。《万锦情林》中的《传奇雅集》，记述江右世家子某人，也是与一百多个女子有性爱关系。《如意君传》记述武则天与薛敖曹淫乱的传说故事,同类传说故事还出有《控鹤监秘记》。《痴婆子传》记述少女上官阿娜出嫁之前就与人淫乱,嫁给栾家后继续淫乱,与其淫乱者既有其小叔,又有其公公,堪称明代荤故事大全。《国色天香》中的《金兰四友传》记述了事实上为同性恋的传说故事。《榕阴新检》中的《金凤外传》记述王室中关于乱伦和淫荡的传说故事。此类故事在明代常常假托某个历史人物,借以演说在卫道士看来不堪入目的内容,这是明代市民力量崛起后日益增强的文化、精神需要的直接产物,也是对宋明理学的强烈反抗。这类民间荤故事有许多在今天还有流传,它表明了民间文学对社会现实的真实反映,与明代民歌中的肉欲描绘在实质上是一致的。这样,我们就可以更全面地理解《金瓶梅》在明代产生的思想文化背景,其中很重要的因素是高度专制与相对发达的商业活动二者的结合。作为思想文化的畸形产物,荤故事和荤歌谣在明代大量出现是一种绝对的精神怪胎。明统治者以理学扼杀思想自由,甚至在服饰上对民间百姓都有诸多限制,以维护皇家权威,如《阅世编》卷八记叶梦珠忆及明初"庶民莫敢效","隶人不敢拟","其市井富民"亦"不敢从新艳也",民间男女不得用金绣、锦绮,只能用绸、绢、素纱,连大红、鸦青和黄色都不许用,更不用说朱元璋"飞诬立构,摘竿牍片字,株连至十数人"(《明史·刑法志》)的文字狱了。直到明中后期,这种局面才有所改观,但它所形成的僵化的思维贻害无穷。思想行为上的不自由,造成了社会上狎亵风行,沉湎酒色,沉浸于历史的局面,这样,明代民间文学中就较多出现以宋元时人物为背景述说故事的风尚。明中后期,"靡然向奢"的大潮汹涌澎湃,如谢肇淛在《五杂俎》中所说,"今时娼妓布满天下,其大都会之地动以千百计,其它穷州僻邑,在在有之",人"良贱不及计,配偶不及择","女家许聘,辄索财礼","富贵相高"。社会上"礼崩乐坏",诚如《客座赘语》卷一中人所吟诗歌:"嵯峨大船夹双橹,大妇能歌小妇舞,旗亭美酒日日沽,不识人间离别苦。长江两岸娼楼多,千门万户恣经过,人生何如贾客乐,除却风波奈若何。"荤故事荤歌谣在这样的氛围中若不产生,才是怪事。明代社会不仅产生了《金瓶梅》,还有《肉蒲团》《玉娇女》《绣榻野史》等荤小说作为荤人荤事的集大成。民间文学史不应该回避这种现象,因为在民间荤故事中,包含着大量社会性和非社会性的因素,其形成背景是相当复杂的。明代社会的市民意识是其形成的重要因素,而不是唯一的因素。早在唐代张鷟的《游仙窟》中就已经包含着这类内容,而在明代忽然涌现出那么多，其描述又那么露骨，除了社会心理的历史原因与现实原因之外，有很多因素是值得我们深入思索的。

再者是神仙传说问题。鬼神信仰是中国民间文学的核心，神仙文化与民间文学的联系极其密切。明代神怪文学异常繁盛，出现了著名的神魔小说《四游记》《封神演义》《西游记》等作品以及大量的神仙戏。这与一些文献的流行有关，如唐代杜光庭的《神仙感遇传》《仙传拾遗》《录异记》和《墉城集仙录》，沈汾的《续仙传》，宋代张君房的《云笈七签》，元代赵道一的《历世真仙体道通鉴》等典籍。再往前数，甚至可推至汉代刘向的《列仙传》和东晋葛洪的《神仙传》等典籍。明代出现托名王世贞的《列仙全传》、朱星祚编撰的《二十四尊得道罗汉全传》、吴元泰的《东游记》、邓志谟的《唐代吕纯阳得道飞剑记》和杨尔曾的《韩湘子全传》等作品（据宁稼雨《中国文言小说总目提要》所计，明代文言神怪小说有80多种）。在这些典籍的共同作用下，形成了明代神仙传说的繁盛及其在更广范围内的流传。《列仙全传》有明万历二十八年（1600）刊本，卷一中记东王公"道性凝寂，湛体无为"，"育化万物"，"凡上天下地，男子登仙得道者，悉所掌焉"。其中把"学道得仙之品"列为九等："一曰九天真皇，二曰三天真皇，三曰太上真人，四曰飞天真人，五曰灵仙，六曰真人，七曰灵人，八曰飞仙，九曰仙人。"由此可见明代神仙体系之一斑。明代神仙体系之庞大，神灵名目之众多，是与靖难之役后统治者有意利用造神来愚弄民众分不开的。

**二、历史传奇与历史传说**

所谓历史传奇，在明代民间文学中，专指那些以历史题材为讲述对象的著述，其中民间艺人的加工，使那些原来较为零散的民间传说和民间故事更为系统化，也更具有生动性。它集中了明代社会的民间历史传说。若我们从这些历史传奇所记述的对象来看，会发现又一部从先秦至明代的历史长卷。这在我国文化史上是一道奇观，也是我国民间文学对古代历史的深情言说所形成的"口碑"长卷。它明显不同于各朝代正史的写作，也不同于《资治通鉴》那类教科书式的对历史事件的阐释，而是将几千年历史风云的文化碎片重新"还原"成活生生的历史。更重要的是，这"还原"的历史有许多是瞽叟们靠一代代人口口相传，是由作为社会历史前进动力的千百万人民靠自己的理解所写就的，是真正的民间的"历史"。

神话传说具有历史巫术化的特征，作为神权文化的思想文化资源，是明代民间文学的重要特点。明代社会的神话主义思潮并不是无端出现的。

神话传说的叙事方式也与之前大不相同，历史事件纳入神话叙事，将创世神话与后世社会历史视为一个整体。明代历史传奇典型当数周游的《开辟衍绎通俗志传》，简称《开辟衍绎》，也称《开辟演义》，今存有明代崇祯间麟瑞堂版本，共6卷80回。它主要记述了从盘古开辟世界到"武王克纣伐罪吊民"这一段历史传说，主要内容是神话传说。明代王黉在《开辟衍绎叙》中详细记述了当时"历史开辟"类作品的流传，举到《列国志》《西东汉传》《三国志》《两晋传》《南北史》《隋唐传》《南北宋传》《水浒传》《岳王传》和"一统华夏"的《英烈传》。王黉称："《开辟衍绎》者，古未有是书"，又称"如盘古氏者，首开辟也；天、地、人三皇，次开辟也；伏羲、神农、黄帝、尧、舜，又开辟也；夏禹继五帝而王，又一开辟也；商汤放桀灭夏，又一开辟也。"显然，他和周游一样，是把夏之前的神话传说也当作真实的历史看待。周游把盘古开创世界作为中国历史的第一个时代。司马迁在《史记》中从黄帝记述起，其中一个重要原因是盘古神话被详细记述的时间较晚。周游对当世的神话传说进行了认真的整理，他把盘古神话放在伏羲、神农、黄帝、尧、舜众神之前，是很有见地的。周游还相当完整地记述了不同神话时代的神话系统，如"伏羲之有仓颉，黄帝之有风后，尧有舜佐，舜有臣五人而天下治，禹、弃、契、皋陶、伯益，又有八元八恺，禹有治水之功而兴夏"等内容。这是我国文化史上对史前神话时代第一次较为清醒的记述与整理，在我国神话史上有着独特的地位。

其次是吴承恩的《禹鼎志》。这虽然是一部传奇小说集，其书已亡佚，但它对大禹时代的神话传说做了系统整理，其记述方式具有明确的目的性。从保存下来的吴承恩的《禹鼎志序》，我们可以看到民间文学的神话复述意义。如其中有"昔禹受贡金，写形魑魅，欲使民违弗若"的记述，当为该书的基本内容。关于禹铸九鼎的传说，《左传·宣公三年》有记述，称"昔夏之有德也，远方图物，贡金九牧，铸鼎象物，百物而为之备，使民知神、奸"。吴承恩在"序"中说"余幼年即好奇闻，在童子社学时，每偷市野言稗史"，"比长，好益甚，闻益奇"，"迨于既壮，旁求曲致，几贮满胸中矣"。这当是吴承恩神话主义创作精神的宣言。

"钟惺伯敬父编辑""冯梦龙犹龙父鉴定"的《有夏志传》和《有商志传》各有四卷，人合刻为《夏商合传》。其中夏代历史记述大禹治理天下，收服水怪，"传十七世四百五十八载"，而至桀时耽于酒色，终于亡国。商代历史记述商汤"祷雨救民"，"传二十八世六百四十四年"，而至纣王时因妲己而使"千载天下，一旦亡乎哉"。继之出现的历史传奇是余邵鱼的《列国志传》，记述自姜子牙助周灭商到秦始皇统一六国间的历史，明代陈继儒《叙列国传》称其为"此世宙间一大账簿也"。作者虽称意在"维持世道，激扬民俗"，"莫不谨按五经并《左传》《十七史纲目》《通鉴》《战国策》《吴越春秋》等书"，但其"演义"中还是明显保存了不少民间历史传说，至少是转述了一些传说。如秦哀公临潼斗宝事，后人就指出"久已为闾阎恒谭"，伍员为明辅"尤属鄙俚"。冯梦龙根据余邵鱼等人著述，撰成《玉鼎列国志》即《新列国志》，保存了丰富的历史传说，如屠岸贾、秦野人、庆忌、甘罗、勾践、西门豹、信陵君、屈原、介子推、鲁仲连、杞梁妻等著名传说故事，语言尤为通俗、生动、流畅，给人以深刻印象。

记述汉代历史传说的传奇著述，有"钟山居士建业甄伟"所撰的《西汉通俗演义》、谢诏的《东汉十二帝通俗演义》，以及两本合刻而成的《东西汉通俗演义》。如袁宏道《东西汉通俗演义序》所讲："今天下自衣冠以至村哥里妇，自七十老翁以至三尺童子，谈及刘季起丰沛，项羽不渡乌江，王莽篡位，光武中兴等事，无不能悉数颠末，详其姓氏里居。自朝至暮，自昏彻旦，几忘食忘寝，聚讼言之不倦。""则《两汉演义》之所以继《水浒》而刻也，文不能通，而俗可通。""汉家四百余年天下，其间主之圣愚，臣之贤奸，载在正史及杂见于稗官小说者详矣。"甄伟本记述楚汉相争与汉初灭诸王，至汉高祖死。谢诏本记述自王莽建新朝，光武帝中兴，到汉桓帝党锢之祸为止。合刻本夹评夹议，有明显的说书人加工色彩。至罗贯中的《三国演义》出现，汉代末年即三国时代的历史传说得到异常系统而完整的整理。若将之与陈寿《三国志》相比较，可见"演义"中历史传说和民间故事比比皆是。学者公认其取材于《三国志》和裴松之的注，以及当世所流传的民间传说。如明代庸愚子在嘉靖本《三国志通俗演义序》中提到"历代之事，愈久愈失其传。前代尝以野史作为评话，令瞽者演说，其间言辞鄙谬，又失之于野"，而罗贯中本"文不甚深，言不甚俗，事纪其实，亦庶几乎史"，"若《诗》所谓里巷歌谣之义也"。他强调"结义桃园，三顾草庐"诸事与诸葛亮的忠诚智勇，"关、张之义"等写得生动传神；而这些内容，正是民间传说所体现的。《三国演义》在明清时期有许多版本问世，也有许多批评家对其评论不已，其中有明代"秃子"在明建阳吴观明刊本《序批评三国志通俗演义》中极称其"俗"；李渔在《声山别集》本中提到《三国演义》为四大奇书之一，并提到其受到前"三分之说"故事讲述模式的影响。也有人指出罗贯中本与元代"讲史"中《全相三国志平话》的联系。明代关于三国历史的演义小说存有多种，如"晋平阳侯陈寿史余杂记""西蜀酉阳野史编次"的《续编三国志后传》等。杨尔曾编的《东西两晋演义志传》存有明万历四十年（1612）周氏大业堂本，为《西晋志传》《东晋志传》的合编，其中记述了晋武帝、晋元帝等历史人物的传说故事。明代雉衡山人在《东西两晋演义序》中，还提到罗贯中因为"作俑"于"以通俗谕人"，其"子孙三世皆哑"，并以此作为"口业之报"的传说。

隋唐时代英雄辈出，民间传说层出不穷。对于这一段历史传说的记述，明代民间文学给予了特别关注，在历史传奇中屡有表现，形成英雄传说群。如题"东原贯中罗本编辑""西蜀升庵杨慎批评"的《隋唐两朝志传》存12卷122回，有明万历四十七年（1619）龚绍山刊本，其中记述自杨坚到唐僖宗时历史传说多种。又如题"齐东野人编次"的《隋炀帝艳史》存8卷40回，有明崇祯时人瑞堂本。该书记述隋炀帝风流事迹，诸如三幸辽东、避暑汾阳、下江南等，同时还记述了与隋炀帝同代的许善心、独孤盛、独孤开远、王义、朱贵儿、封德彝、萧后、苏威、宇文化及等人物的传说故事。袁韫玉撰的《隋史遗文》共12卷60回，存有明崇祯六年（1633）原刊本，记述了隋朝末年瓦岗寨英雄聚义到玄武门之变后唐太宗即位这一段历史传说。其中秦琼的传说故事甚多，还有尉迟敬德、程咬金、罗成、单雄信等传奇人物的传说故事，充满宿命色彩。熊大木所撰的《唐书志传通俗演义》又名《秦王演义》，共8卷，存有明嘉靖三十二年（1553）杨氏清江堂刊本，记述李渊晋阳起兵到秦王征高丽这一时期的历史传说故事。题"竟陵钟惺敬伯编次"的《混唐后传》又名《薛家将平西演传》，共8卷32回，存有清芥子园刻本，记述了民间传说中的薛仁贵、薛鼎山的神奇故事。同时期还有《薛仁贵征辽事略》，二者在一些历史传说的记述上有相似处。题"贯中罗本编辑"的《残唐五代史演义传》共6卷60则，主要记述黄巢起义至唐亡国、宋赵匡胤陈桥兵变这一段历史的传说故事，李存孝、王彦章、李克用等历史人物的传说，记述颇为详细。

两宋是明代人百感交集的时代。在相关的历史传奇中，我们可以看到他们对宋初兴时辉煌的向往，也可以深切感受到他们对宋代英雄所受冤屈的不平，其中包含着明代社会特有的民族感情。熊大木的《南北两宋志传》（即《南北宋传》，共10卷50回，存清浙绍敬艺堂刊本，明代有玉茗堂批点本）就是体现这种感情的典型。《南北宋传》分别记述了自后唐石敬瑭起家，割燕云十六州，到宋太祖平定南方和宋真宗、宋仁宗时代的历史。其中《北宋志传》以杨家将故事为中心，记述了大量生动的民间传说，如杨业父子故事、杨宗保传说和萧太后等人的故事。明代玉茗主人在《北宋志传序》中称，"志有所寄，言有所托"。熊大木的《大宋中兴通俗演义》（别题《大宋演义中兴英烈传》）中，这种情绪更为明显。此书存8卷80则，有明万历间三台馆本、万历书林万卷楼本和清代映秀堂刊本等，在三台馆本中被易名为《大宋中兴岳王传》。其中主要记述岳飞抗金故事，以及李纲、宗泽、韩世忠等人的传说，最后以秦桧在冥间受到报应为结尾。同时流行的岳飞传说故事还有明代邹元标根据熊大木此本删节而成的《岳武穆精忠传》，存6卷68回，有清代大文堂刊本。邹元标在《岳武穆精忠传序》中称"从来忠孝名贤、贞烈义士，每不愿存形骸于世宙，留躯壳于人间，则死固奇节也"，而岳飞"真有诸葛孔明之风"，并引檀道济诗"自坏万里长城"，斥"高宗忍自弃其中原，故忍杀飞也"。正是此类故事的流传，铸成了我们中华民族威武不屈的高贵品格的核心。有人感慨："山河至于今，流峙也；日月至于今，照临也"，"正气之在于天地者如此"，而"若夫贼桧之邪，至今视之，一狗彘耳，一虮虱耳，一粪壤耳。纪异者传桧变为牛，而雷碎之"，见"邪气之不容于天地也"[①]。宋代传说故事中，岳家将与杨家将是一双璧玉，无论在明代还是其他时代，人们对这种传说都充满深情。明代社会此类历史传说因民间艺人的加工而广为传播，当是有识者有感于社会道德的腐朽败坏而大力呼吁正气的产物。如题"秦淮墨客校阅"的《杨家通俗演义》（别题《杨家府世代忠勇通俗演义》）存8卷58则，有明万历三十四年（1606）卧松阁刊本，记述杨业父子辈英雄传说，以及"自令公以忠勇传家，嗣是而子继子，孙继孙，如六郎之两下三擒，文广之东除西荡，即妇人女子之流，无不摧强锋劲敌以敌忾沙漠，怀赤心白意以报效天子"等杨家满门忠烈的故事。诚如秦淮墨客在其"序"中所慨叹，"贤才出处，关国运盛衰"，不佞之徒与草木同朽，只有"忠勇如杨令公者"，才使华夏"树威"。这些英雄传说盛行，说明当时社会道德大厦正潜伏着危机。民间传说对于铸造民族精神有着非常重要的作用，它常起到自救和自我调节的作用，使社会道德不断得到更新与完善。

《三遂平妖传》题"东原罗贯中编次"，存明墨憨斋批点金阊嘉会堂刊

---

[①] 李春芳：《岳鄂武穆王精忠传叙》，清雍正元年映秀堂刊本载。

本，记述了宋代王则起义被剿平的传说，与施耐庵的《水浒传》一样，都是对官逼民反主题的演绎。所不同的是，《三遂平妖传》中大量的民间神魔鬼怪传说，冲淡了这种主题。如其中的胡媚儿系白狐精圣姑姑之女，托生后嫁给河北王则，后同蛋子和尚、左黜儿及圣姑姑等一起与王则谋反，文彦博率兵征讨，王则被剿平。书名称为"三遂"，是故事中有马遂、李遂和蛋子和尚（叛离王则后自称诸葛遂），他们同破圣姑姑的法术，对平王则起到关键作用。王则故事在宋末罗烨《醉翁谈录》辛集"妖术"类，以《贝州王则》出现，至明代又一次被记述。

　　在与宋朝有关的历史传说之后，明代对元代历史传说几乎不提，即使有，也只是作为明王朝兴起的背景即明代开国的内容而涉及。关于当代历史性传说的整理，在明代出现了"徐渭文长甫编"的《云合奇踪》即《英烈传》，存明万历刊本，共20卷80则，记述的主要是元末朱元璋和他的战友们拼杀疆场，建立明朝的一系列历史故事，包括徐寿辉、陈友谅等人的传说。此外，又有题"空谷老人编次"的《续英烈传》5卷34回，有清集古斋刊本，主要记述明成祖靖难之役的传说故事，也有建文、永乐时的传说故事，与《英烈传》在历史时空上相承接，描述了明代社会初期的风云变幻。明代曾有三宝太监下西洋的历史传说，在明传奇小说中也有记述，如罗懋登的《西洋记》，即《三宝太监西洋记通俗演义》，存20卷100回，有清光绪四年（1878）上海申报馆仿聚珍版刊本。该书记述郑和使南洋故事，出现许多神仙魔怪之类的民间传说，完全按照作者个人对南洋的想象而撰，有些传说取自《山海经》中，有些"锄强扶弱，海道一清"的故事则与《大唐三藏取经诗话》相似。作品写郑和历经三十九国，沿途凭借着金碧峰长老和张天师的法力战胜重重困难，可看作假借郑和下西洋史实之名而作的又一部《西游记》。两者相同的在于融入了明代社会的民间信仰，出现了元始天尊、玉皇、观音、托塔天王、骊山老母、八仙等神佛人物，许多情节也明显地照搬《西游记》，诸如羊角真君的吸魂瓶被金碧峰钻成小孔，以及女儿国奇遇等，甚至郑和下西洋的起因也刻意模仿《西游记》，形成特有的神话传说氛围。如张天师对永乐皇帝称传国玉玺流失西番，应当寻回，但他心中想的却是借此灭佛；金碧峰是由燃灯古佛转生，他想拯救佛教，在金殿与张天师斗法获胜，这在《西游记》中也有类似情节。《西洋记》同《西游记》一样集中体现了明代社会民间宗教等内容的传说，应该为我们所重视。明代社会阉党横行，引起民众的极大愤慨，崇祯即位后清除阉党，以声讨魏忠贤为内容的传奇小说应运而生，出现了题"吴越草莽臣撰"的《峥霄馆评定新镌出像通俗演义魏忠贤小说斥奸书》，简称《魏忠贤小说斥奸书》。有人考证，"吴越草莽臣"即冯梦龙，将此书收入《冯梦龙诗文》中。作品记述了魏忠贤的一生，"自忠贤生长之时，而终于忠贤结案之日"。题"西湖野臣著"的《皇明中兴圣烈传》和题"长安道人国清编次"的《警世阴阳梦》，也都记述了魏忠贤作恶多端的民间传说。题"平原孤愤生戏笔"的《辽海丹忠录》和题"吟啸主人撰"的《平虏传》，记述了明代后期边疆动荡的传说。由"西吴懒道人口授"的《剿闯通俗小说》，又名《剿闯小史》《忠孝传》，是明代第一部完整记述李自成农民起义传说故事的传奇小说，所记从魏忠贤擅权到吴三桂降清，与《明季北略》所载史实有符合的地方，也有不符的地方。郭沫若在《〈剿闯小史〉跋》中称，"今观其前五卷专叙北方事，确出传闻"，"与《明史·流贼传》则大有出入"，"《流贼传》绳伎红娘子救李信出狱事，最宜于做小说材料，而本书则无之"，其成书当在"甲申、乙酉之间"①。这部作品在我国民间文学史上是很有价值的，可作为农民起义传说记述的典型。不论作者的立场和态度如何，他保存了明代李自成这一农民起义历史人物的传说，具有重要的口述史学意义。

明代历史传奇与历史传说之间的联系十分密切，也十分复杂。其中的神话复活，出现"神话"概念，是民间文学再生的典型体现。

**三、民间笑话和寓言故事**

明代民间故事中，笑话和寓言别具特色。其中一些民间笑话与机智人物型、呆子型民间故事相糅合，或指斥社会黑暗腐朽，或讽刺世间不良行为。如明代广为流传的解缙、唐伯虎、祝枝山、阿丑等历史人物，他们在民间故事中完全被传奇化，已失去民间传说的纪实意义。这些作品以谐谑形成特殊的风格，应看作是民间笑话。如冯梦龙所编的《古今谭概》，就保存了不少此类故事。当然，更典型的民间笑话，还应以《笑赞》《笑府》《广笑府》和《雪涛谐史》等笑话专集中的作品为主。冯梦龙所编的《广笑府》和《笑府》，在保存民间笑话的原始性方面最具代表性。如《广笑府》中的《属牛》《有钱者生》《衣食父母》《死后不赊》《指石为金》《新官赴任》《愿踢脚》《不请客》《须寻生计》《是何言行》《合做酒》《下公文》《豆腐》《性刚》《不识人》《错死人》《有天无日》等，语言通俗而简洁，有不少作品至今还在民间流传，甚至成为常用的俗语。这些作

---

①郭沫若：《〈剿闯小史〉跋》，重庆说文出版社1944年版。

品寓意深邃,在明代民间文学中独树一帜。《笑府》与《广笑府》同为中国民间文学史上的双璧,其中保存的笑话故事如《打半死》《厨子》《恍惚》《不留客》《解僧卒》《合种田》等,都给人以嬉笑这一特殊的审美愉悦。在这些笑话故事中,有两类人物性格最为突出,一类是昏官,一类是世间众生的呆憨相。如《广笑府》中的《新官赴任》,新官问如何"做官事体",吏答道"一年要清,二年半清,三年便浑",新官为急于"浑"而自叹,令人发笑。《笑府》中的《恍惚》记"三人同卧",都将别人当自己,第一人将第二人腿抓出血,第二人以为第三人"遗溺","促之起",第三人"起溺",听邻家榨酒声而以为溺未完,"竟站至天明"。这是对整个国民性格的深刻描绘,堪称民间文学史上的经典。其次是赵南星的《笑赞》,其中的《做屁文章》《昏官》《放生》《行孝》《说大话》《买靴》《岂有此理》《甘蔗渣》《我却何处去了》《和地皮卷来》等于诙谐中刻画人物性格,入木三分。浮白斋主人的《笑林》,保存了民间笑话如《拿屁》《借牛》《问令尊》《虾》《许日子》《不留客》等故事,有浓郁的生活气息和深刻的哲理意识,给人以丰富的启迪。江盈科的《雪涛谐史》和《雪涛小史》保存了《假银》《原来就是我》《悭师》《惧内》《心在哪里》《说谎者》《骗下楼》《拿团鱼》《脚痛》《北人啖菱》《补则生》等故事,记述了明代社会世人精神空虚无聊的一面。《假银》记述"有官人性贪",连城隍庙中的假银锭也不放过,明知是假的还"要取个进财吉兆",可见其贪婪到何种程度。无名氏的《时尚笑谈》明确记述当世笑话,如《学官贪赃》《厚脸皮》《看相》等,在平常事件中揭示出严肃的社会主题。另外,还有明代郭子章所编《郭子六语》中的《谐语》,也保存了丰富的笑话(其《六语》包括《谐语》7卷、《讥语》1卷、《谶语》6卷、《隐语》2卷、《谚语》7卷和《谣语》7卷)。我们透过一串串笑声,可以看到明代作家对民间众生相的一丝忧虑。从一些"跋"和"序"中可以看到,许多人并不是单纯为了记述供人娱乐的笑料,而是有所寓意。如"三台山人"在为李贽所撰《山中一夕话》作序时,即指出其"不为无补于世"。又如冯梦龙在《古今笑自叙》中所述,"一笑而富贵假,而骄吝忮求之路绝;一笑而功名假,而贪妒毁誉之路绝;一笑而道德亦假,而标榜猖狂之路绝;推之,一笑而子孙眷属皆假,而经营顾虑之路绝;一笑而山河大地皆假,而背叛侵凌之路绝"。

有一些民间笑话故事,意义丰富,可以作为民间寓言看待。如《笑府》中的《蝙蝠》,《笑赞》中的《搬坏了》,《广笑府》中的《技术争高下》,《笑林》中的《猫吃素》,《雪涛谐史》中的《以猫饲雏》,以及马中锡《东田文集》所存《中山狼传》等。刘元卿的《贤弈编》所存民间寓言也甚多。这些作品多通过某种故事讲述或揭示一定的道理,启发人们对社会、人生诸问题进行深入思索,故事的倾向性甚为明显。《笑府》中的《蝙蝠》记述"凤凰寿,百鸟朝贺,唯蝙蝠不至",蝙蝠对凤凰说自己是兽,对麒麟说自己是鸟,当凤凰与麒麟相遇谈及蝙蝠的两面性时,慨叹"如今世上恶薄,偏生此等不禽不兽之徒。真个无奈他何"。《贤弈编》中的《猱搔虎痒》《猩猩》《猫号》《万字》《争雁》等篇以动物寓言故事为主,揭示某种道理。《猫号》记述为猫取名,或称"虎猫",或称"龙猫",或称云、风、墙等号,最后归之于"鼠猫","东里文人嗤之曰:'噫嘻,捕鼠者故猫也;猫即猫耳,胡为自失本真哉'"!《中山狼传》曾被许多人用作寓言题材,作品借民间流传的寓言故事,以"杖藜老人"的话结尾,述说不能滥于信任,要辨识忠奸的道理。此篇的特点集中在"三问"上,即问树、问牛、问杖藜老人,这种结构符合民间故事的基本模式,包含着"事不过三"的朴素信仰观念。

刘基在《郁离子》中所保存的寓言,如《蟾蜍与蚵蚾》《蒙人叱虎》《割瘿》等,包含一些民间故事。杨慎的《艺林伐山》、方孝孺的《逊志斋集》和《正学文集》、庄元臣的《叔苴子》等文集中,也包含着一些具有民间故事色彩的寓言。其他还有无名氏所撰的《华筵趣乐谈笑酒令》等,不同程度地保存着一些民间寓言故事。在15世纪即明代的中后期,藏族民间文学出现央金噶卫洛卓编著的《甘丹格言注释》和洛卓白巴编著的《益世格言注释》等少数民族典籍,其中保存有许多民间寓言故事,不少作品都富有特色。

明代民间传说和民间故事等民间作品的保存,不独体现在以上诸种文献中,还保存在一些传统形式的文学作品中,如明代的诗、词、小说、散曲和戏剧。戏剧在明代称为"传奇",有许多题材都是从民间传说和民间故事中选摘出来的。明初杨景言的杂剧《西游记》采用了《大唐三藏取经诗话》中的民间故事。贾仲名的《铁拐李度金童玉女》采用了神仙传说。明代剧坛上大量出现类似于元杂剧的表现历史题材的"三国戏""水浒戏""神仙戏"和"风月戏"等,都以民间传说和民间故事为表现对象。李开先的《宝剑记》取材于林冲弹劾童贯、高俅等奸臣,遭到陷害后被逼上梁山的民间传说故事;梁辰鱼的《浣纱记》取材于西施和范蠡的历史传说;徐渭的《四声猿》(包括《渔阳弄》《雌木兰》《女状元》《翠乡梦》)分别借用了"三国传说"中的《击鼓骂曹》、民间传说中的《木兰从军》、神仙传说中的《度柳翠》等故事情节；汤显祖的《邯郸记》《南柯记》《牡丹亭》《紫钗记》（即"临川四梦"）同样是采用古老的民间传说故事。但是，我们也看到一种情况，即明代剧作大都远离社会现实，这是与明代的专制政治有着直接联系的。如《大明律·禁止搬做杂剧律令》对戏剧有许多限制，这是扼杀明代戏剧现实性的真正罪魁。而正是在这种背景下，民间文学表现出独特的魅力，如明代剧作家借古骂今，痛斥当世如李林甫辈者"嫉贤妒能，坏了朝纲"（王九思《杜甫游春》）。民间文学给明代文学注入了新鲜的血液，也为之提供了广阔的审美表现空间。

  当然，明代民间文学并不是孤立地存在的，它伴随着残酷的封建专制，度过了大明帝国的风风雨雨。在明代社会的文化世界中，它犹如冲天的大潮，一次次冲垮封建神学、封建理学的堤岸。但是，明代民间文学也存在着自身的严重局限，不论是否还有许多作品没有被文献所记述，就现存者来看，许多作品限于表层叙述，缺乏深刻而全面的社会批判。明代民间文学和明代作家文学告诉我们，专制，尤其是以封建理学武装起来的专制制度及其思想文化，是严重摧残和蹂躏民族精神健康发展的大敌！明代社会继宋代之后，又一次使我们的民族错过了进入现代化的机会。

# 第十一章 最后一声叹息：清代民间文学

明帝国伴随着明末农民起义的烈火，终于寿终正寝了，但历史并没有因此进入一个全新的时代。清朝入主中原，仍然将封建专制的枷锁套在中华民族的头上。他们吸取了历史的教训，有效地改造了儒教、佛教、道教、基督教以及民间宗教，一定程度上调和了社会矛盾。封建理学日益败落，启蒙思潮在黄宗羲、王夫之等人的努力呐喊下渐渐响彻文坛，无论清朝的统治者如何抱残守缺，极力挽救颓败局势，新思想的大潮还是汹涌澎湃，从太平天国起义、捻军起义、鸦片战争到辛亥革命，中国从沉睡中觉醒，封建专制政治的大厦支撑了几千年，终于坍塌了！

清代的民间文学，成为整个封建专制时代的挽歌。封建专制的幽灵虽然还曾猖獗一时，但它最后只有一声叹息！

宋明理学曾经长期充当封建专制的思想文化的基础理论，在其创构时，就已经融合了佛教和道教的一些思想内容，将儒学与宗教思想、世俗思想结合在一起。清代统治者同样选择了它，将它渗透进社会思想文化的各个方面。清朝实行文字狱，对思想文化进行残酷扼杀，曾出现著名的乾嘉学派，以义理、辞章、考据来回避现实；而另一方面，清朝统治者又实行封建神学与理学的结合，倡导佛教，愚弄人民。他们组织大批人力物力，整理和刊行佛教文献，如对《龙藏》的整理，对《造像量度经》的翻译。据《大清令典》卷十五《礼部方伎》统计，康熙时全国曾经有79000多处寺庙，有118900多名僧尼。《清世祖实录》鼓吹顺治皇帝应天命而成"统一天下之主"，称其母"孝庄文皇后梦神抱一子授之"。顺治是第一个入关的皇帝，自然被他们用神学包装打扮，涂脂抹粉。从《清史稿》中，我们可以看到清廷大肆封神建坛，广设庙宇，在府、州、县各级政权辖治处，都配有神庙。《天文大成管窥辑要》《地理大成》之类鼓吹神学的世俗性典籍也广为流行。社会上到处乌烟瘴气，牛鬼蛇神为统治者作伥作祟，这些都必然影响到民间文学的内容。虽然清代曾出现张履祥的《补农书》、梅文鼎的《历算全书》、叶天士的《伤寒论》《瘟热论》、王清任的《医林改错》和方以智的《物理小识》等科学著作，也出现了一批进步思想家，但他们势单力薄，并不能从根本上改变这种局势。当然，社会的进步与发展是任何力量都抵挡不住的，启蒙思潮与进步思想一起酿就的新思想、新潮流，最终还是激扬新风，迎来了新的时代。

清代民间文学除了传统的民间文学形式外，还出现了弹词、鼓词、道情等新的民间文艺，民间叙事诗更加旺盛，少数民族中的民间文学被记述于文献者也更多。尤其是清代的文人笔记，如纪昀的《阅微草堂笔记》等著作中，保存了大量的民间传说和民间故事。这一时期还出现了蒲松龄的小说《聊斋志异》，记述了许多作家视野中的民间故事。其他还有李调元的《粤风》对民间歌谣的搜集整理，以及大量的方志、风俗志，尤其是县志的修撰，保存了大量的民间歌谣与民间谚语。这些都是清代民间文学的新气象。从这些民间作品的具体内容中，我们可以看到清代民间文学对旧时代的告别和它对新时代的召唤。

## 第一节　民间歌谣和谚语

清代的民间歌谣和谚语是对清代社会时代风云的记录，也是从古典向现代转型时期心路历程的记录。如乾隆时期北京永魁斋编印的《时尚南北雅调万花小曲》，颜自德编、王廷绍订的《霓裳续谱》，华广生编的《白雪遗音》，李调元的《粤风》和《粤东笔记》，招子庸的《粤讴》，范寅的《越谚》，杜文澜的《古谣谚》，以及《天籁集》《广天籁集》和《北京儿歌》等，有关典籍比比皆是。在各种笔记、史籍与方志中，所记民间歌谣与谚语很多。这种单纯而系统地搜集整理民间歌谣的现象，以往的各个历史时期是无可比拟的。杜文澜的《古谣谚》广泛钩沉、整理清代之前各种文献中保存的歌谣和谚语，十分详细，是一部难得的歌谣、谚语史料集成。它为我们研究古代歌谣和谚语的发展，起到了勾勒线索的重要作用。作者对中国古代民间歌谣谚语的见解，在中国民间文学史上有非常重要的意义。
### 一、民间情歌

清代最早的民间歌谣集，当数乾隆九年（1744）由北京永魁斋梓行的《时尚南北雅调万花小曲》，其中存《小曲》36 首，《劈破玉》53 首，《鼓儿天·五更》1 套，《吴歌·五更》1 套，另有《银纽丝·五更十二月》《玉娥郎·四季十二月》《金纽丝·四大景》《十和谐》等 30 首，《醉太平·大风流》《黄莺儿·风花雪月》《两头忙·恨媒人》等。这些作品中，爱情民歌占据着主要位置，表现出清代社会的民间情爱观念。如《小曲》中的民歌：

> 小亲人儿心上爱，
> 爱只爱情性乖。
> 因此上恹恹病儿牵缠害，
> 一见你魂灵儿飞在云霄外。
> 一刻儿不见你放不下怀，
> 要不想，
> 除非你在俺不在。
> 我为你招人怨，
> 我为你病恹恹，
> 我为你清减了桃花面，
> 我为你茶饭上不得周全，
> 我为你盼望佳期把眼望穿。
> 亲人若团圆，净手焚香答谢天，
> 怎能勾手挽手儿同还愿。

在这部民歌集中，情爱与性爱成为咏唱的主题，尤其是其中的《十和谐》，纯粹是性爱的具体描述，妓的成分充斥其中，相当于后世的《十八摸》。这类民歌的记述还具有商业炒作的色彩，如永魁斋所题"此集小曲数种，尽皆合时，出自各家规式，本坊不惜重金，镌梓以供消闲清赏"。清代社会承袭了明代的民间歌唱艺术，这类民间歌曲被"镌梓"，而且坊间还"不惜重金"，正因为它迎合了社会发展中市民求俗求淫的文化心态。其他曲调如《鼓儿天》《银纽丝》《金纽丝》，《两头忙》中的《恨媒人》，都有此类内容。《恨媒人》原题为《闺女思嫁》，其中有"艳阳天，桃花似锦柳如烟。见画梁双燕，女孩儿泪涟。奴家十八正青年，恨爹娘不与奴家成姻眷"等语，结尾又唱"女爱男来男爱女，男女当厮配。女爱男俊俏，男爱女标致，他二人风情真个美"，中间把媒婆说嫁、沐浴、梳头、饮交杯酒，即婚俗的全部过程都展现出来，与情爱内容相融合。民间流行的《出嫁歌》《骂媒人》等民歌，在内容与曲调上都与之类似。

颜自德编、王廷绍订的《霓裳续谱》刊于乾隆末年，存 547 首民间歌谣，其中杂曲有 333 首，保存的曲式如《剪靛花》《岔曲》《马头调》《秧歌》《莲花落》《隶津调》《北河调》等，至今还在民间传唱。如《剪靛花》记述道：

  二月春光实可夸，
  满园里开放碧桃花，
  鸟儿叫喳喳，
  鸟儿叫喳喳。
  ……

这种曲调在民国初年的豫西地区还流行，有学者曾在《歌谣周刊》上作过介绍。再如《岔曲》中有"正"有"白"，以及"正白""小白""小唱""正下"和"唱"等句式，与河南、陕西一带民间庙会上流行的《打岔（钗）》极相似。《秧歌》在民间娱乐中更为常用，主要分布在北方，这种曲调具有综合性，常融入其他民间歌曲，如《小放牛》和《十二月花调》等，相互间有唱有答，内容多为情爱题材。《霓裳续谱》所选《正月里梅花香》与今天所流行的《秧歌调》相同。此篇先唱"西厢记"，后唱"蔡伯喈"（"琵琶记"），接着唱"梁山伯与祝英台"，以及"陈妙常""梁鸿传""王昭君""李三娘""翠眉娘""杨贵妃""浣纱记""王祥卧冰"等，堪称民间传说故事的大荟萃。这首民歌在我国民间文学史上属经典之作，如其所唱：

  正月里，梅花香，
  张生斟酒跪红娘。
  央烦姐姐传书信，
  快请莺莺会西厢。
  二月里，杏花开，

## 第十一章 最后一声叹息:清代民间文学

五娘煎药为谁来,
剪发又把公婆葬,
身背琵琶找伯喈。
三月里,桃花开,
山伯去访祝英台。
杭州读书整三载,
不知他是个女裙钗。
四月里,芍药香,
必正偷诗陈妙常。
你贪我爱恩情好,
二人哭别在秋江。
五月里,石榴红,
孟光贤德配梁鸿,
夫妻相敬人间少,
举案齐眉礼貌恭。
六月里,赏荷花,
昭君马上弹琵琶。
心中恼恨毛延寿,
出塞和番离了家。
七月里,秋海棠,
李氏三娘在磨房。
狠心哥嫂无仁义,
刘郎一去不还乡。
八月里,桂花香,
玉郎追赶翠眉娘。
难割难舍多恩爱,
几时才得会鸳鸯。
九月里,菊花黄,
杨妃醉酒在牙床。
眠思梦想风流事,
只为情人安禄山。
十月里,款冬花,
越国西施去浣纱。

花容月貌人间少，
送与吴王享荣华。
十一月，水仙香，
为母卧冰是王祥。
好心感动天和地，
得尾活鱼奉亲娘。
十二月，蜡梅多，
月红割股孝公婆。
葵花井下将身葬，
书房托梦与夫郎。
月月开花朵朵鲜，
多少古人在里边。
一年四季十二个月，
五谷丰登太平年。

同集所录《秧歌》中的《凤阳》，以"凤阳鼓，凤阳锣，凤阳姐儿们唱秧歌"开头，是中原地区流传的《凤阳花鼓调》的原型。

《霓裳续谱》中所存《西调》计214首，语气为江南民歌，内容也多是表达思念之情的。

华广生所编《白雪遗音》刊印于道光八年（1828），内存4卷，收有《马头调》《岭头调》《银纽丝》《岔曲》《湖广调》《九连环》《剪靛花》《八角鼓》《起字呀呀哟》《小郎儿》《七香车》《南词》等曲调。其中所保存民歌在地域上以济南民歌为主，华广生本人居于济南，但也"兼收南北诸调"。这些民歌以市井生活为主要内容，有表现男女思念之情的，如《马头调》中的《露水珠》《鱼儿跳》等，有表现各种知识教育和训导的，如《岔曲》中的《两亲家顶嘴》等。这些民歌的原始意义很突出，如《起字呀呀哟》，是四川民歌《一枝梅》的原型。由于华广生等人多居于商业都市，耳濡目染的多是市井之声，这种背景也影响了民歌搜集的全面性、广泛性。如《白雪遗音》中所载《为何闰月不闰夜》唱道："喜只喜的今宵夜，怕只怕的明日离别。离别后，相逢不知哪一夜。听了听，鼓打三更交半夜，月照纱窗影儿西斜，恨不能双手托住天边月。怨老天，为何闰月不闰夜？"这首歌谣表现的仍是市井中歌妓爱唱的内容，其词句虽然生动，但只限于市井生活。

在民歌的曲调、内容及其分布地域上最有典型性的民歌集，当数李调元所辑的《粤风》。《粤风》共4卷，其形成当受在此之前吴淇等人所编《粤风续九》①的影响。这是我国民间文学史上第一部具有明确的地域意识、类型齐备的地区性民族民间歌谣集。第一卷主要是广东地区包括客家人汉族间流传的民间歌谣，计53首；第二卷主要是瑶族民间歌谣，计23首；第三卷是伢（苗）族民间歌谣，计29首；第四卷是壮族民间歌谣，计8首。在吴淇等人所辑《粤风续九》中，还能见到"邓娘同行江边路，却滴江水上娘身。滴水一身娘未怪，表凭江水作媒人"。李调元保存了《粤风续九》中的一些民歌，如《粤风》卷一中所记《离身》：

> 远处唱歌没有离，
> 近处唱歌高一身。
> 愿兄为水妹为土，
> 和来捏作一个人。

多少年后，《西南采风录》的编者刘兆吉等人重又采集到与此基本相同的一首歌谣。《粤风》卷一中基本上都是情歌，如《妹相思》：

> 妹相思，
> 妹有真心弟也知。
> 蜘蛛结网三江口，
> 水推不断是真丝。

这里的"真丝"即"真思"，与民间竹枝词中常用的谐音、双关等表现方法相同。类似者还有"中间日头四边雨，记得有情人在心""一树石榴全着雨，谁怜粒粒泪珠红""天旱蜘蛛结夜网，想晴只在暗中丝""竹篱烧火长长炭，炭到明天半作回"等。尤为重要的是其后三卷所记述的少数民族民间歌谣，这是我国少数民族民间文学史上的珍贵材料。如卷二《瑶歌》中有记述清代广东刘三妹（刘三姐）传说的歌谣：

---

① 此书由吴淇、赵龙文、吴代、黄道四人合编，后失传，仅在王士禛《池北偶谈》和陆次云《峒溪纤志志余》等文献中有零星保存。李调元所编《粤风》，清乾隆四十九年《函海》本存。

> 读书便是刘三妹，
> 唱价本是娘本身。
> 立价便立价雪世，
> 思着细衫思着价。

其注道：

> "价"是歌，"立价"是造歌，刘三妹是造歌之人。"雪世"是传世。"细衫"指唱歌之人，义同红裙。

其歌其注，在我国民间文学史上都是典范。

李调元是一位杰出的民间文艺家，除编辑了《粤风》之外，还在其撰写的《蜀雅》和《罗江县志》中保存了丰富的民间文学资料，如著名的晋代民歌《豆子山》等。另外，在他所编的《尾蔗丛谈》和《新搜神记》中，还保存了许多直接采录于民间的传说和故事，其中也有一些在少数民族中间流传的作品，如《产翁》《断肠草》等。李调元还曾删节屈大均的《广东新语》，编成《南越笔记》①一书，记述了大量民间文学作品，如《伏波神》《五羊石》《罗旁瑶谣》等。在他编的《函海》丛书中，收录了历史上许多保存有民间文学内容的典籍文献。杨慎的《山海经补注》《风雅逸篇》《古今谣》《古今风谣》等，都保存在此丛书中。杨慎的《风雅逸篇》记述了许多古代歌谣，若不是李调元在《函海》中保存了它，恐怕早就佚失了。

李调元的《粤东笔记》记述了"粤俗好歌"的具体内容，是我们理解《粤风》的重要参考材料。如其所记，"凡有吉庆，必唱歌以为欢乐"，"以不露其题中一字，语多双关，而中有挂折者为佳"。"其歌也，辞不必全雅，平仄不必全叶，以俚言土语衬之"，"唱一句或延半刻，慢节长声，自回自复，不肯一往而尽"，"辞必极其艳，情必极其至"。其中还记述了"歌伯""坐堂歌""歌仔""汤水歌""山歌""輋（畲）歌""秧歌"

---

① 有学者解释，此为李调元保护屈大均的著作，屈大均因反清，其书被禁毁。见陈子艾《李调元及其民间文艺》，《民间文艺学文丛》，北京师范大学出版社1982年版。

"踏月歌""月歌"等民歌演唱之类的民间文艺生活。尤为珍贵者是他所记"瑶俗最尚歌,男女杂逻(沓),一唱百和","其歌与民歌皆七言而不用韵,或三句或十余句,专以比兴为重"等内容,以及瑶族"以布刀写歌","壮歌与俍颇相类","其歌亦有竹枝歌,舞则以被覆首,为桃叶舞"。这些材料使我们清晰地看到少数民族民歌的具体存在环境。若仅仅从文献保存的文本内容来理解民间文学作品,常常会在许多方面束手无策。

清代民间情歌还散见于光绪间刻版的《四川山歌》《时兴呀呀呦》和《京都小曲钞》等文献中。诸如《四川山歌》中的"高高山上一树槐,手攀槐枝望郎来。娘问女儿望什么,我望槐花几时开"和"十八女儿九岁郎,晚上抱郎上牙床。不是公婆双双在,你做儿来我做娘"等,两首情歌一喜一忧。《时兴呀呀呦》中则是另一番情致:"思想着才郎,恼恨着爹娘。脚蹦着花盆,手扶着墙,两眼不住的泪汪汪。因为才郎挨了一趟打,打的奴浑身上下茄样。郎嗳!能舍这皮肉不舍亲郎。"《京都小曲钞》中记述了类似于"能舍这皮肉不舍亲郎"的情感:"冤家要去难留下,满满斟上一杯茶。这杯茶,留下冤家说句话:既要去,就该留下知心话,偷偷瞒瞒不是个常法。倒不如瞒着爹妈,逃走了罢!瞒着爹妈,逃走了罢!"清代民间情歌的流传与明代有着相似的意义,即通过情爱的诉说倾吐衷肠,宣泄胸中的积郁,在爱的热烈中表达对生活的热爱,在怨恨的愤懑中表达对以封建礼教为代表的种种腐朽顽固的社会力量的强烈不满、抨击、嘲讽与反抗。但清代民间情歌又颇不同于明代,它遭到了封建专制政治的残酷扼杀。如《大清律例按语》卷二六《刑律杂犯》中,就明确把"鄙俚亵慢之词刊刻传播者"归为"照律科断"之类。但民间文学从来不畏惧邪恶,在邪恶势力面前常常勇敢地以"恶声"相反击,如《白雪遗音》等典籍照唱不误,照印不误。这也使我们想起了一首近世流传的民间情歌:"铁打练子九十九,哥拴脖子妹拴手。不怕官家王法大,出了衙门手扯手。"有人考证,此民歌即流行于清代的江南地区。类似于此"恶声"者,还有《清稗类钞》中的"和珅跌倒,嘉庆吃饱","毕不管,福死要,陈到包"(讽刺两广总督毕沅、巡抚福宁和布政司陈淮"朋比为奸","广纳苞苴")等歌谣,更不用提那些表现太平军、义和团、捻军、小刀会、三合会等民间反抗力量的战斗歌谣,这些歌谣直指腐朽黑暗的清朝统治者,为清朝统治者唱响了挽歌。诚如冯梦龙在《叙山歌》中所说,"但有假诗文,无假山歌"。民间文学从来不掩饰自己的情感,敢爱敢恨,是清代社会最真实、最可贵的文学之一。

## 二、民间儿童歌谣

清代民间儿童歌谣主要保存在郑旭旦编的《天籁集》、悟痴生编的《广天籁集》、清代抄本《北京儿歌》等民歌专辑中。此外，一些方志和民俗志等文献中也保存了一些民间儿童歌谣。

当然，民间儿童歌谣是儿童所唱，其歌式与内容都必须与儿童的审美心理相适应。民间文化正是通过这种传唱，使儿童形成预习社会生活的重要效果。如《天籁集》中的《月亮光光》：

月亮光光，
女儿来望娘。
娘道心头肉，
爷道百花香。
哥哥道赔钱货，
嫂嫂道扰家王。
我又不吃哥哥饭，
我又不穿嫂嫂嫁时衣。
开娘箱，
着娘衣。
开米柜，
吃爷的！

民间歌谣不仅具有审美功能，而且具有丰富的社会教育功能。这首歌谣在进行一种宗族伦理教育，表面看来是对哥嫂的冷漠表示不满，而事实上是对男女老少在家中的地位进行叙说，也即当今所称的社会角色认定。又如《天籁集》中的《一株草》：

墙头上，
一株草，
风吹两边倒。
今日有客来，
啥子好？
鲫鱼好。
鲫鱼肚里紧愀愀。

为啥子不杀牛？
牛说道，
耕田犁地都是我。
为啥子不杀马？
马说道，
接官送官都是我。
为啥子不杀羊？
羊说道，
角儿弯弯朝北斗。
为啥子不杀狗？
狗说道，
看家守舍都是我。
为啥子不杀猪？
猪说道，
没得说，
没得说，
一把尖刀戳出血。

这里从鲫鱼待客，引出牛、马、羊、狗、猪诸种家畜的角色与职能，归之于"猪就是让人吃肉的"这种朴素的生活知识。

而在《天籁集》中的《大雪纷纷下》里，社会生活教育就更多了一些理性色彩，让儿童去感受和理解生活的艰辛：

大雪纷纷下，
柴米都涨价。
乌鸦满地飞，
板凳当柴烧，
吓得床儿怕。

如果说《月亮光光》还只是生活的启蒙，那么《大雪纷纷下》就是直面人生的教诲了。在这些儿歌中，"月亮"和"大雪"都是一种比兴，寓意中包含着民间百姓朴素的生活美学的熏陶。

《广天籁集》中保存了与《天籁集》相似的内容。如其中的《虫儿斗》：

> 虫儿斗，
> 雀儿飞，
> 飞到高山吃白米。
> 高山哪有白米吃，
> 虫儿钻窠雀儿急。

记述民间儿童歌谣最为丰富且最为明确者，在清代当数《北京儿歌》[①]，它对民间儿童歌谣中的启蒙方式做了系统的总结。如其中的《鼠歌》：

> 小耗子，
> 上灯台，
> 偷油吃，
> 下不来。
> 叫奶奶，
> 奶奶不来，
> 唧溜骨辘滚下来。

民间流传的《鼠歌》相当丰富而普遍，在内容上大致相同，形象地说明了老鼠怕猫的物与物相克的生活道理。物物相生相克是我国文化发展中古老的物质变化联系观念，民间文化选择老鼠爬上高高的灯台去偷吃灯盏中的油，既包含着鼠崇拜观念，又给人以生动传神的审美环境设置，给儿童以深刻的印象。这使人想起民间广为流传的《鼠咬天开》《老鼠嫁女》等传说故事，鼠崇拜观念在我国民间文化史上有着十分特殊的意义。在许多《鼠歌》中还加上一个"叫奶奶"的情节，给人以亲切、温馨的感觉；奶奶成为我国儿童的第一位老师，这正是民族文化的一个重要内容和鲜明特色。尊老观念作为一种道德教育，在历史文化生活中不断被强化，从而形成人伦美学的陶冶，这是我国民间文学史上应该重视的内容。

---

[①] 清代抄本《北京儿歌》有多种，百本堂、别梦堂等抄本最为有名。1896年，意大利驻华使馆翻译威达雷搜集整理的《北京儿歌》出版。此为百本堂刻本。

儿童教育作为民间文化中不自觉的素质教育沿袭了无数的岁月，从而也形成了我国民族素质教育传统的基本内容。"从小看大"，这是最形象且典型的注释。在民间儿童歌谣的启蒙和教诲中，我们可以看到婚姻生活的内容在其中不断出现，具有更为特殊的意义。如《北京儿歌》中的《小女婿》：

> 有个大姐整十七，
> 过了四年二十一。
> 寻个丈夫才十岁，
> 她比丈夫大十一。
> 一天井台去打水，
> 一头高来一头低。
> 不看公婆待我好，
> 把你推到井里去。

这是一首对不平等婚姻制度表示不满的歌谣，通过大媳妇与小女婿年岁上的差别，真实地记述了女性在婚姻生活中无法自主的角色与地位，这正是我国妇女生活史上的典型内容。

又如《北京儿歌》中的《花喜鹊》：

> 花喜鹊，
> 尾巴长，
> 娶了媳妇不要娘。
> 妈妈要吃窝儿薄脆，
> 没有闲钱补笊篱。
> 媳妇儿要吃梨，
> 备上驴，
> 去赶集。
> 买了梨，
> 打了皮，
> 媳妇儿媳妇儿你吃梨！

这是一首劝诫歌谣，意在让儿童从小就明白不要只顾媳妇而忘记娘，这是很典型的道德传承教育。以"花喜鹊"为代表的被述主角要面临两种生活选择，或为娘亲而不再以"没有闲钱补笊篱"来开脱生活的责任，或者只顾疼爱媳妇而丢弃应具有的道德即暗含的报恩。在民间文化中，哺乳类动物更多地受到美化，出现了许多此类动物的报恩型传说故事，而飞禽类动物则较多地受到排斥或贬抑。如人们盛赞羊羔跪吮母乳，而斥飞禽为"扁毛"即无义。亲情接触与回报作为一种社会关怀和历史文化主题，在这首歌谣中的表现是非常典型的。

其他还有《北京儿歌》中所记述的《大脚大》，述说"大脚大，阴天下雨不害怕"，"大脚好，阴天下雨摔不倒"，其意在于对缠脚习俗的批判。这是清代民间儿童歌谣中特别有价值的内容，包含着对传统的封建礼教的指斥。这种意义上的熏陶，无疑是积极、进步的。

清代民间儿童歌谣在一些民俗志和方志材料中也有记述与保存。光绪年间，随着各种域外思潮的涌入，有许多人注意到对民间歌谣和谚语的记述，并选入方志等材料中。一些民间儿童歌谣的录入，使我们看到这类民歌在清代社会的流传状况。如清代光绪三年（1877）刻本《黄岩县志》中，保存了一些具有鲜明地方色彩的儿歌并有注释，使我们管窥到浙江黄岩地区清末社会民间文化之一斑。如其记录了"讴韶车，十八进士共一家""洋山青，出海精""灵龟落水，状元抹嘴"等童谣，并运用"旧志"（即明代万历年间刻本《黄岩县志》）和《临海水土记》等文献及当地的民间传说来进行阐释。这些歌谣有的在明代就已流传并记入文献，有的则至今还在流传，并被当代小说作家、影视艺术家所运用。如其所记"点点斑斑，斑过南山。南山北斗，鲇鲥张口。四十弓箭，羊毛被线，半边鼓，马蹄脚，驴蹄马蹄，斫只狗脚蹄"，即与《明诗综》卷一百中所录明代民间儿童歌谣相似，只是个别词句略有出入，《明诗综》中记为"狸狸斑斑，跳过南山。南山北斗，猎回界口。界口北面，二十弓箭"。

这种歌谣的传唱，使儿童得到对农耕生活的感性认识。

清代是我国方志修撰的繁盛时代，方志中对民间儿童歌谣的记述与保存还有许多。这里仅以光绪三年（1877）刻本《黄岩县志》作为一个典型。这些民间儿童歌谣被记述与保存，除了受传入国内的域外新史学等观念的影响，关注民间儿童歌谣，也是清代学者对我国史志修撰传统的发扬。我国先秦时代就有民歌采集行为，秦汉时代还设置了乐府。在《汉书》等史籍中列有《五行志》，许多史学家把历史上的童谣或作为真实而典型的史料，或作为谶纬之谣载入史册。这种行为无论其目的如何，事实上为我们保存了极有价值的民间文学史料。其他还有一些歌谣,如"道光二十三,黄河飞上天,冲走太阳渡,捎上云锦滩",至今还在人们口头上流传着。这些歌谣的价值更为特殊。另外还有很多农民起义的歌谣。透过这几首歌谣,尤其是这些童谣,我们能具体而深切地感受到历史风云的急切变幻。若把我们的历史文化比作一条长河,这些歌谣当是其中绚丽的浪花。

清代民间歌谣和谚语除了方志中保存的,在一些民俗笔记等文献中也有许多记述。如潘荣陛的《帝京岁时纪胜》、戴璐的《藤阴杂记》、富察敦崇的《燕京岁时记》、震钧的《天咫偶闻》、李光庭的《乡言解颐》、顾禄的《清嘉录》、李斗的《扬州画舫录》、徐珂的《清稗类钞》、翟灏的《通俗编》、景日昣的《说嵩》等,都不同程度地记述了清代流传的民间歌谣和谚语等民间文学内容,它们也是不可忽视的重要材料。李光庭在《乡言解颐》"前言"中充满深情地说道:"追忆七十年间故乡之谣谚歌诵,耳熟能详者,此心甚惬然也。"① 其卷一中"雨"条记述了"春雨贵如油""夏忌甲子雨"和"五月连阴六月旱,七月八月吃饱饭"等民间谚语;还记述了"下雨了,冒泡儿,老翁戴着草帽儿。下雨了,乱搭搭,小孩醒了吃妈妈"等儿童歌谣。他说道:"京师谓乳为咂咂,乡人直谓之妈妈,天籁可听也。"② 此类记述既有具体的民间文学作品的流传背景,又有某些语句、字词的详细说明,使我们看到了一个活生生的民间文学典型。这同样是民间文学史不可缺少的一部分,具有特殊的文化生活史的价值。

## 第二节 清代民间长诗与少数民族歌谣集

在清代,我国民间文学的整体发展进入了一个新阶段,具有综合意义的民间长诗及少数民族歌谣集,在这个时期纷纷形成并出现,我国民间文学史进入了又一个繁盛时期。

### 一、民间长诗

民间长诗包括民间叙事诗和民间抒情诗两大类,在内容上集中表现出

---

①李光庭:《乡言解颐》"序"。《乡言解颐》五卷,道光三十年(1850)刊,中华书局2005年版。

②李光庭:《乡言解颐》卷一"天部",中华书局2005年版。

对社会现实生活的描述、对情感的咏叹，以及对民族起源与发展的回顾等。民间长诗在我国秦汉时代就已经形成，如《孔雀东南飞》等经典之作，还有后来屡被改编的《木兰辞》（《木兰辞》不能称为民间叙事诗，其中文人改编的成分太浓，而在魏晋南北朝时期或隋唐时期，民间还存在着另一种形式的《木兰歌》），都对后世民间长诗的发展起到重要的影响作用。明代已经出现了具有一定数量和一定规模的民间长诗，被冯梦龙等人记述并保存，《挂枝儿》中的《五更天》，《山歌》中的《灯笼》《老鼠》《睏勿着》《门神》《破骔帽歌》和《山人》等，以及《词林一枝》中的《罗江怨》，《玉谷调簧》中的《琵琶记》，还有《时尚闹五更哭皇天》等，繁花似锦，直接影响了清代民间长诗的形成和发展。清代的民间长诗迄今为止还没有得到很充分的整理，但已经发掘和整理出来的就相当可观了。如汉民族的《郭丁香》[1] 和《双合莲》[2]，以及长篇吴歌"江南十大民间叙事诗"[3] 等；在少数民族中，民间长诗出现群体现象，如傣族的"三大悲剧长诗"《线秀》[4]《叶罕佐与冒弄养》[5]《娥并与桑洛》[6]，壮族的"苦情三部曲"《达稳之歌》《达备之歌》《特化之歌》[7]，傈僳族的"悲剧三部曲"《生产调》《逃婚调》《重逢调》[8]，其他影响较大的民间长诗还有许多，如纳西族的《鲁般鲁饶》和《游悲》（即《殉情调》）[9]，彝族的《我的幺表妹》[10]，侗族的《珠郎娘美》[11]，哈萨克族的《萨里哈与萨曼》[12]，维吾尔族的《帕塔姆汗》[13]，回族的《尕豆妹与马五哥》[14] 等。这些民间长诗以不同的方式，表现出各族人民的智慧。

---

[1]《郭丁香》，曹家振等搜集整理，《民间文学》1981年第10期。
[2]《双合莲》，宋祖立等搜集整理，湖北人民出版社1954年版。
[3] 姜彬编：《江南十大民间叙事诗》，上海文艺出版社1989年版。
[4] 李广田：《线秀》，云南人民出版社1964年版。
[5] 芒弄央：《叶罕佐与冒弄养（央）》，《山茶》1983年第1期。
[6] 云南省民族民间文学德宏调查队：《娥并与桑洛》，云南人民出版社1978年版。
[7]《壮族民间歌谣资料》，1959年内部资料、《民间文学》1964年第4期。
[8] 徐琳等搜集整理《逃婚调·重逢调·生产调》，云南人民出版社1980年版。
[9] 见钟华等：《纳西族文学史》，四川民族出版社1992年版。
[10] 见毛星：《中国少数民族文学》，湖南人民出版社1983年版。
[11] 杨权：《侗族民间文学史》，中央民族学院出版社1992年版。
[12] 见毛星：《中国少数民族文学》，湖南人民出版社1983年版。
[13]《维吾尔民间叙事长诗选》，新疆人民出版社1983年版。
[14]《中国民间长诗选》，上海文艺出版社1980年版。

汉族民间叙事诗《郭丁香》原为河南、安徽等地木匠中流传的灶书，讲述灶王张大郎与郭丁香的传说故事。张大郎娶妻郭丁香，见异思迁，坐吃山空，成为流浪汉；郭丁香历经磨难，生活幸福。这首民间叙事诗20世纪30年代在林兰《民间故事》中出现过。《双合莲》原为打铁歌，也是保存在民俗生活中的。这是一首记述郑秀英与胡三保爱情悲剧的优秀长诗，可与《郭丁香》共称为清代汉族民间叙事诗的双璧。江南地区发现的《白杨村山歌》《五姑娘》《薛六郎》《魏二郎》《孟姜女》等"十大民间叙事诗"，保存了清代民间文学的重要内容，使我们看到清代社会汉民族中间流传的民间长诗的群体存在状况。这些民间长诗的内容，主要记述普通百姓的爱情悲剧，是我国民间文学史上的又一类典型。

傣族的"三大悲剧长诗"《线秀》《叶罕佐与冒弄养》和《娥并与桑洛》，都以男女主人公殉情为主要内容，傣族人民视之为转世"三世婚"，与汉族把《牛郎织女》《董永与七仙女》和《梁山伯与祝英台》称为转世婚的观念颇为相似。其中《娥并与桑洛》影响最大。桑洛抗婚，离家出走，路遇娥并，二人真诚相爱，却遭到桑洛母亲的反对。娥并寻夫，为桑洛母亲所伤害，后来二人皆殉情而亡。这是对社会现实生活中扼杀美好爱情现象的血泪控诉，其中保存了清代傣族历史与文化的丰富内容。壮族的"苦情三部曲"《达稳之歌》《达备之歌》《特化之歌》，同样是记述爱情悲剧的。达稳拒绝接受与穷表兄的婚姻，逃回家中，又被拒之门外，后与人逃走，被抓回后受到更惨重的迫害。达备夫妇也是惨遭社会腐朽势力的迫害，"从此像孤雁各自失散分离"。特化"小小年纪就死了爹妈"，"没有土地也没有家产"，"穷得比鸡蛋还要光滑"，他与"可怜的小妹妹"相爱，"写呵写呵又写了一张"。作品运用"勒脚歌"的反复、回唱等形式痛说自己的遭遇与对恋人的思念。傈僳族的"悲剧三部曲"《逃婚调》《重逢调》《生产调》通过男女对唱等形式诉说青年人的爱情，在《生产调》中充满理想，而在《逃婚调》和《重逢调》中则记述了有情人难成眷属的悲伤。尤其《重逢调》充满凄凉，他们唱着"江边的砂粒永远数不清，贫苦人的灾难永世说不完"，传颂民族英雄"恒乍绷"[①] 的传说。哈萨克族的《萨里哈与萨曼》是一部爱情叙事诗，讲述哈萨克民族在蒙古贵族压迫下，"黑骨头"即贫穷的牧民萨曼，与"白骨头"即可汗女儿萨里哈相爱，

---

[①] 恒乍绷是清代嘉庆时傈僳族起义领袖，在云南维西等地起义。这里至今仍然流传着其传说故事，"傈僳人永远不忘恒乍绷"，表达了对自由的向往。

因为贵贱之分酿成爱情悲剧。萨里哈纯洁、美丽、善良，为了真挚的爱情敢于冲破一切，当她与萨曼私奔被追回，不能与心爱的人结合时，毅然拔刀自刎。维吾尔族的爱情长诗《帕塔姆汗》记述库尔班与奴尔曼相爱，却被国王拆散，库尔班加入了帕塔姆汗的起义军，并在战斗中与帕塔姆汗结下深厚的感情。因为奴尔曼的出现，三人陷入感情的激烈冲突中。帕塔姆汗忍痛割舍自己的爱情，真诚祝贺库尔班与奴尔曼重逢。这首长诗的内容奇特而感人，语句优美而热烈。西北回族民众中流传的《尕豆妹与马五哥》记述了一对青年男女相爱，最后同被斩杀的故事。这是一首长篇"花儿"，歌唱时语句自由明快、形象生动。故事从"烧茶做饭是巧手"的尕豆妹同"样样农活是能手"的马五哥相遇，"眉对眉来眼对眼"写起，两人"换记手"即定情之后，却遭到社会邪恶势力的迫害，被强行拆散，后两人冲破阻挠，杀死"尕西木"，为此惹下官司，官府"金银早吃上"而"活罪判到死罪上"，"尕豆妹和马五哥实可怜，一同斩在了华林山"。这首长诗运用了多种民歌表现手法，如"人家女婿十七八，我配的女婿拳头大"，与清代《北京儿歌》《四川山歌》等民歌集中的《小女婿》相似。

此外，清代民间长诗还有苗族长篇民间叙事诗《张秀眉之歌》，以及壮族民间历史叙事诗《中法战争史歌》等，反映了清代以少数民族起义为原型的反压迫斗争。《张秀眉之歌》中的"二世再转来，转来杀官家"，表达了苗族人民誓死抗争的决心。

**二、少数民族歌谣集《盘王歌》**

清代少数民族中的民间文学继承传统的内容与形式，表现新的历史生活，出现了《盘王歌》抄本等现象。《盘王歌》集中保存了丰富的民间歌谣，记述了清代少数民族的社会文化历史。抄本的出现时间可能在清代咸丰九年（1859），也可能更早，我们依据文献的记载，将它纳入清代民间文学史。有人统计，现存的《盘王歌》手抄本颇多，有"二十四段、三十二段和三十六段三种"，其"歌词均在三千行以上"①。这是我国古代少数民族歌谣集的典型。

《盘王歌》是祭祀瑶族人民敬奉的远古大神盘瓠的仪式歌，主要流传在我国南部广东、广西、云南、湖南等地信奉盘王的瑶族群众中，东南亚

---

① 见刘保元《瑶族古典歌谣集成〈盘王歌〉管探》，《中央民族学院学报》1983年第3期。

国家瑶族聚居地也有流传。盘瓠神在我国古代典籍中早就出现，如汉代应劭在《风俗通义》中就曾提及，后来梁代任昉在《述异记》中也提及。在《盘王歌》中，集中保存了瑶族人民古老的歌谣形式。在这些歌谣中，保存了瑶族人民中间流传的各种神话传说、民间故事、民间情歌和劳动歌谣等民间文学内容。表现神话传说内容的歌谣，有《盘王图歌》《伏羲小娘歌》《鲁班歌》《请三娘出来游乐歌》等；表现生产劳动与爱情生活的歌谣，有《放猎狗》《雷公歌》《何物歌》《日落岗》《歌春》《歌花》《歌果》《歌茶》《歌酒》等；表现宗教和民俗生活等内容的歌谣，有《大碗酒歌》《付灵圣》《梅花曲》《请修山修路》《彭祖歌》等。在这些歌谣中，瑶族人民的起源、发展和民间信仰等历史生活，得到了具体表现。其中，《彭祖歌》等表现民间信仰的作品，有很强的仪式感。《盘王歌》的性质在最原始的意义上是属于仪式歌，即"还盘王愿"的祭祀歌，民间称之为《盘王书》《盘王大歌》，是民间唱本。演唱目的在于娱神，让盘瓠这位瑶族传说中的大神高兴。人们在盘王面前设祭，跳盘王舞，唱娱神歌，这些娱神的歌谣被集中起来，形成这部意义独特的古典歌谣集。其歌唱"好衣留给圣人着""煎盏清茶圣人饮""好双也报圣人连"的《付灵圣》，歌唱"愿得圣王来舍施"，使"儿孙代代使银杯"的《梅花曲》，和歌唱"安葬地龙深七尺，儿孙世代出官人"的《彭祖歌》，都表达出瑶族人民敬谢盘王的虔诚和隆重。

神话即历史。在《盘王歌》中，那些古老的神话、传说、民间故事，在瑶族人民的信仰中，就是真实发生在他们生活中的历史。如《盘王图歌》唱道："大岭原是盘古骨，小岭原是盘古身。两眼变成日和月，牙齿变作金和银，头发化作草和木，才有鸟兽出山林。气化为风汗成雨，血成江河万年青。"这和徐整《五运历年纪》中记述"首生盘古，垂死化身"是一致的，与任昉《述异记》中记"昔盘古氏之死也，头为四岳，目为日月，脂膏为江海，毛发为草木"亦相同。在顾炎武《天下郡国利病书》和张相文《粤西琐谈》等文献中，也都记述了不同地区人民祭祀盘古的民俗生活。瑶族民间流传的盘古和盘瓠神话传说，是《盘王歌》形成的重要基础。这是神话传说意味着历史的真实存在这种民间信仰观念的又一典型。又如《盘王歌》中的《伏羲小娘歌》记述伏羲兄妹造人和遭遇洪水的神话，并把这种民族起源的神话传说也作为历史的真实存在。这里所记述的伏羲神话与古代文献有所不同，称"七日七夜洪水退，葫芦跌落昆仑山"，伏羲"兄妹二人出葫（芦）心"后遇到乌龟，乌龟告诉他们由于洪水而世人皆死,"你俩兄妹结为婚","兄妹闻得如此语,刀砍乌龟烂成泥"。这与汉族民间流传的滚石(磨)成亲、验占成婚等内容形成鲜明对比。从李冗《独异志》等文献中,也可以看到伏羲神话在瑶族民间流传后所出现的这些差异。瑶族人民曾经有过艰辛而漫长的迁徙历史,《魏书·蛮獠传》《隋书·地理志》《宋史·蛮夷列传》等文献中记述了这些内容。他们在迁徙过程中与中原地区的古典文化发生联系,这在《盘王歌》中也有表现。如《鲁班传说》《梁山伯与祝英台》等被瑶族人民接受和改造,形成具有瑶族文化特色的《鲁班歌》和《请三娘出来游乐歌》。在《鲁班歌》中,鲁班这位民间传说中的匠人祖师是"静江府"人,"教得广西个个精",他是"铁匠""木匠""银匠""裁缝""泥水(匠)"的祖师神,"千般都是鲁班教,若无鲁班都不成"。在《请三娘出来游乐歌》中,记述"山伯无计吞药死,葬在大州大路边","英台出嫁大路上,山伯摄入里头眠"。《梁山伯与祝英台》的基本情节在这里得到保存,增添了"生时同坐死共枕,死人阴州共欢言"的结局,最后变成"一对鸳鸯飞上天",融入了瑶族人民的信仰观念及生活内容。

《盘王歌》中表现瑶族人民生产劳动及爱情生活的歌谣,更富有地方特色和民族特色。如《放猎狗》中对"湖南江口立横枪""打到皮穿正放娘"的狩猎生活作了描述;《雷公歌》则记述了一年每个月的劳动情况,从"正月雷公唤"到"耙田撒谷子""芒种插禾秧""泼田水""十月收禾谷满仓""十二月担伞送公粮",全部生产过程都被生动地描述了出来。这类歌谣和汉民族中流传的农谚一样,成为人们安排耕作、调整农时活计的自然依据。在《对歌》《歌春》《歌花》《歌果》《歌茶》《歌酒》以及《何物歌》《日落歌》《天上星》等歌谣中,我们看到了瑶族民间情歌,其歌唱内容运用了典型的比兴手法,即以花和果的香来比爱情的芬芳,以酒的甘醇来形容爱情的纯洁与幸福,寄寓对美好生活的憧憬和向往。如《歌酒》中的"斟落怀中花样香""好双连个当干娘"。这些情歌形成了"三七七"的歌式,如《歌春》:

春到了,
百般春鸟叫洋洋,
百般春花样样开,
早禾谷种在人乡。

民间情歌并不都是述说爱情的甜蜜,有些情歌充分表现了对爱情的不满,如《二娘歌》就表现出作为"苦媳妇"的种种痛苦感受。当然,生活中并不是仅仅有爱情,还有更多的内容,如《见怪歌》中对各种奇异现象的有趣描述,《桃源峒歌》中对未来世界的设计,《何物歌》中通过对唱描述"镰刀""田螺""五雷""日头"等事物,借以介绍生活知识。

在瑶族等少数民族中,还存在《过山榜》之类的石碑铭文,具有"法"的意义。有一些内容明显是传唱的歌谣,应是为了便于记忆才采取了这样的形式。在这些碑文中多种歌谣并存,也可看作歌谣集。

清代民间长诗和少数民族歌谣集是我国民间文学史上的重要内容,从中可以看到民间文学经过千百年的积淀,在审美表现和思想智慧上都有历史性的继承与发展;同时我们也可以看到,在多种文化成分的共同影响下,清代民间文学表现出了自己的时代特色。

## 第三节　清代民间弹词与鼓词

弹词和鼓词是清代南方和北方分别流行的民间曲艺形式。一般学者以为弹词主要是吴侬软语,多讲唱才子佳人类的民间情爱传说故事,而鼓词则显得慷慨激昂,多讲唱金戈铁马类的民间英雄传说和公案故事。两者都属于讲唱艺术,是民间文学中尤为中下层民众所喜爱的形式,而且都具有综合性意义,在不同地区还因为民间艺人的不同风格,形成各具特色的民间文艺流派。在这些曲艺演唱及其流派中,我们看到一定地域内民间文学与民俗文化生活的典型体现,其中包含着民间文化所显示的个性。当然,清代弹词和鼓词作为民间文艺的重要内容,其发展无论如何离不开对前代民间文艺的继承,我们可以从唐宋至元明各代的各种说唱文学中,看到这种文化嬗变。

弹词在明代就已经出现,如田汝成的《西湖游览志余》卷二八中记有"优人百戏,击球,关扑,鱼鼓,弹词,声音鼎沸",臧懋循《负苞堂文集》卷三《弹词小记》中也称"若有弹词,多瞽者以小鼓、拍板,说唱于九衢三市,亦有妇人以被弦索",《野获编》《蓉塘诗话》《南园漫录》等都记有"弹词"。"弹词"概念的出现,郑振铎以为在万历时臧晋叔所刻元代作家杨维桢的《四游记弹词》中，可见在元代就已经出现这一概念。但真正有完整的文本保存下来，当在明代正德至嘉靖时期杨慎的《二十一史弹词》（有人以为杨慎的《二十一史弹词》是词话，并非弹词），其开题有引述的曲或诗，已经近于后世发展成熟的弹词艺术。这种文艺形式的兴起，如郑振铎所言，是与妇女分不开的，他指出，"弹词为妇女们所最喜爱的东西，故一般长日无事的妇女们，便每以读弹词或所唱弹词为消遣永昼或长夜的方法。一部弹词的讲唱往往是需要一月半年的，故正投合了这个被幽闭在闺门里的中产以上的妇女们的需要"[1]。妇女阶层的参与，固然是弹词兴盛的原因之一，但从现在所存的作品来看，它的兴盛更多地出于广大市民的喜爱与中下层文人的努力。妇女写，妇女听，写妇女，只是弹词的一个方面。弹词在清代出现了繁荣景象，有其对宋元时期讲唱文学（如陶真、词话）的继承，而更多的是由于它对清代民间文艺的吸收与融合。没有多种民间文艺形式的相互支持、促进，这种艺术就不可能出现繁荣。现存的弹词在表现形式上，可分为两大类，一类是以国音（相当于普通话）记述、整理的作品，如《安邦志》《定国志》《凤凰山》《天雨花》《笔生花》《凤双飞》等；一类是以吴音记述、整理的作品，包括用粤语记述、整理的《木鱼书》，用闽语记述、整理的《评话》，用浙江方言记述、整理的《南词》，如《珍珠塔》《玉蜻蜓》《义妖传》《三笑姻缘》等。弹词的具体内容即题材，主要取自历史传说（或文学名著故事）、时事（即当代传说、故事）、民间故事等。在演唱方式上，主要由说（即说白）、噱（即穿插，带有打诨性质）、弹（即三弦、琵琶等丝弦类伴奏）、唱等部分组成。弹词以唱为主，间以说与噱，在演唱中伴以乐器。其唱词一般有固定的格式，以七言为主，或加上三言、四言，形成语气语句上的变化。其开题一般为唱，长者十几韵，短者两韵（四句）。演唱所用的曲式多为地方流行的民间歌曲、词曲。在表演上，应该还有舞的成分。弹词的篇幅一般较长，如记述赵宋王朝历史传说的《安邦志》（20册）、《定国志》（20册）、《凤凰山》（32册），总计达674回，郑振铎在《中国俗文学史》中称这"三部曲"是"中国文学里篇幅最浩瀚的一部书"。一般的弹词作品也有几十回。郑振铎在清代弹词的搜集整理上做出了卓越贡献，他曾考证"今日所见国音的弹词，其时代很少在乾隆以前"，编写出《弹词目录》[2]，

---

[1] 郑振铎：《中国俗文学史》下册，作家出版社1954年版，第353页。
[2] 郑振铎：《弹词目录》，《小说月报》1927年6月"号外"。

发掘出不少珍品，为我们研究清代弹词这种民间曲艺形式提供了方便。

弹词记述内容以历史传说为主，表现出清代社会的文化时尚。因为弹词主要流行在江浙一带，宋代曾在杭州建都，所以其所记历史传说也就多选择宋代。如前面所提到的《安邦志》《定国志》和《凤凰山》被称为"赵宋王朝三部曲"，记述唐五代之后赵匡胤家世兴衰故事，包括神化赵氏兄弟及夹马营传说、千里送京娘等内容。又如《绣香囊》（乾隆三十九年钞本）开题所唱：

> 大宋中宗永和年，
> 孝宣皇帝坐金銮。
> 九省华夷归一统，
> 八方宁静四海安。
> 六龙有庆千家乐，
> 五谷丰登万姓欢。
> 七旬老叟不负戴，
> 三尺孩童知逊谦。
> 二气阴阳同舜日，
> 十分清泰比尧年。
> 天下奇闻难尽数，
> 单表个英才出四川。

其实这篇弹词所记述的只是托名于宋代的民间传说故事。何质与于月素夫妻恩爱，受到强盗出身的"言午官"许豹所害，后来夫妻团圆，斩杀许豹。弹词编撰者用了那么大的篇幅去述说宋中宗时代的繁盛安宁，而宋代并无中宗和永和年号，显然具有浓重的"怀宋情结"。这里包含着民族压迫下的仇恨情绪，若我们联想起江南人民坚持数年的反清复明斗争，对此种"怀宋情结"就不难理解了。其他像《西汉遗文》《东汉遗文》和《北史遗文》等弹词，都是对历史传说的演绎。尤其是《北史遗文》的结尾处引用了诗歌"堪叹人生在世间，争名争利不如闲。古来多少英雄辈，尽丧幽魂竟不还。不信但看《高王传》，到今哪有一人存？图王霸业今何在，多做南柯梦里人"，表面上是对名利的超越，在弹词的字里行间，我们看到的分明是"万里江山成帝业，华夏贤士尽为臣""国姓改元为汉主，百官尽改汉朝人。南迁国在河南府，重修礼乐化夷民"等内容。这种感情与"怀宋情结"是一致的,都表达了对异族统治下社会黑暗的愤懑。在这些弹词中,我们看到历史传说故事被深情而细腻地传唱,这绝不仅仅是为了消闲,也就难怪后来的革命党人借弹词来做反对清王朝的战斗檄文了。

土音弹词的内容多为民间爱情故事。如《玉蜻蜓》记述了申贵升和女尼相爱而死在其庵中,后其子状元及第,迎养其母(即女尼)的故事(在中原地区此故事被改编成豫剧《桃花庵》广为传播)。《珍珠塔》记述书生方卿因家贫求助于姑母,遭到姑母羞辱,却得到表姐陈翠娥的帮助。陈翠娥以珍珠塔相赠。后来方卿刻苦读书,高中状元,扮成乞丐,来到姑母家演唱道情,借以报复。这是江南民间广为流传的一个故事。最为典型的是《义妖传》,作品相当完善地记述了白蛇与许仙的民间传说。白蛇(即白素贞)以"义"先行,敢于牺牲,为了维护自己与许仙的爱情,同破坏其婚姻的老法海坚决斗争。小青泼辣、热烈、刚正,许仙善良、诚实,但却懦弱,老法海则残忍、奸诈。这些人物个性,在弹词中淋漓尽致地体现出来。应该说,通过这篇弹词,《白蛇传》的故事得到最后定型。

在弹词的写作中出现了几位爱好民间文艺的女性作家,如陶贞怀和她的《天雨花》,陈端生和她参加创作的《再生缘》,邱心如和她的《笔生花》等。她们都选择民间传说故事作为题材,使这些传说故事得到进一步传播,同时,她们借此抒发自己的感受,使弹词艺术的文化结构发生了重要变化。她们将女性特有的细腻感情融入弹词创作,使这一民间曲艺形式在艺术上也更为精细。如邱心如生活清苦,"多病慵妆闲宝镜",她将这种感受融入作品,自然得到了更广大的民间妇女的共鸣。其他像福州《评话》中的《榴花梦》,广东《木鱼书》中的《花笺记》和《二荷花史》等,在民间也广为流传。

在清代弹词的讲唱中,出现了一批颇有影响的民间艺术家。在往昔,如在明代,弹词艺人多为瞽人,这种情况在清代仍有存在。如解弢在《小说话》中所记"幼年,每当先祖母寿辰,辄见六七老瞽人弹词祝嘏,所歌诸曲,典雅绵丽"[1]。清代所不同于明代者,在于出现了弹词艺人群体性结社等现象,这直接促成了流派的形成和一批民间艺术家的成长。如陈汝衡所总结的苏州"马、姚、赵、王"[2],即善说《珍珠塔》的马如飞,善说《水浒传》的姚士璋,善说《玉夔龙》的赵湘舟,善说《南楼传》的王石

---

[1] 解弢:《解弢集》,两淮盐政采进本。
[2] 陈汝衡:《说书史话》,作家出版社1958年版,第179页。

泉。在《清稗类钞》"音乐"中，记有"晚近彼业中之善琵琶者，首推（张）步瀛"，"步瀛坐场子，逢三六九日，例必于小发回时，奏大套琵琶一折，侪辈咸效颦焉，然终不能越步瀛而上之"。在《扬州画舫录》卷十一中，记有天麻子王炳文"兼工弦词"，"人参客王建明謦后工弦词，成名师。顾翰章次之"，还有高晋公、房山年等弹词名艺人。此外，从范祖述的《杭俗遗风》中，还可以看到有"倪老开、张老福、陈金姑、沈小六"和"戴鼎、孟隆、许焕、莫培"等一大批"风流蕴藉""滑稽诙谐"的弹词艺术家，以及弹词民间团体"文书老会"，"凡省中唱书者"，于"五月十九仓桥元帅庙"表演。此会上"不取工钱，挨唱一回，以家伙到庙先后为序"，"不大出名者以此为荣也"。"文书"即"四明文书"。可见弹词艺术的人气之旺，不但与一批艺术家的竞赛有关，而且与培养人、发现人的书会有关。以苏州为中心的弹词艺术，已经出现了诸如"扬州派""浙江派"等实际存在的民间流派。苏州弹词在同治、光绪年间出现了杰出的艺术家马如飞，标志着弹词艺术所达到的鼎盛局面。马如飞写作开篇，改编弹词唱本，对促进苏州弹词艺术的迅速发展和提高，起到了相当重要的作用。他经常奔走在常熟、无锡、江阴一带，是苏州光裕书社的领袖人物。他以弹唱《珍珠塔》而闻名，出现"马调《珍珠塔》"。同时期能与马如飞并称的，还有一位杰出的弹词艺术家俞秀山。徐珂在《清稗类钞》中记说：

> 弹词为吴郡所有，而越有平调，粤有盲妹，京津有鼓词，其声调有足与弹词相颉颃者。然弹词亦有派别，今即俞调马调比较言之。俞调音节宛转，善歌之者如春莺百啭，竭抑扬顿挫之妙，其调便于少女。如飞出，一变凡响。以科举时代之八股例之，俞调犹管韫山，而马调则周犊山，亦弹词家之革命功臣也。

清代的弹词演唱中，出现了一批女性艺术家。如赵翼在《瓯北诗钞》中所撰《重遇盲女王三姑赋赠》，以"绝句"记述"十年前听拨琵琶，曾惜明眸翳月华""无目从何识字成，偏能演曲写风情"。王弢《瀛壖杂志》

卷五①和惜花主人《海上冶游备览》"女说书"条，都记述了一批女弹词艺术家自道光、咸丰以来"肆业说书"，"业此者常熟人为多"，"所说之书为《三笑》《白蛇》《玉蜻蜓》《倭袍传》等类"。袁翔甫著《沪北竹枝词》中，记述"一曲琵琶四座倾，佳人也自号先生。就中谁是超群者，吴素卿同黄爱卿"，并在"注"中记到"说书女流，声价颇高"。这些材料从不同的方面显示出清代弹词艺术的繁盛，使我们了解到清代民间文学中的弹词在社会生活中的实际地位、价值与意义。

与南方流行的弹词相比，北方的鼓词表现出清代北方民间文学的文化个性。

鼓词也称鼓子词，南宋文献诸如《武林旧事》卷七中就已经出现，并记述"此是张抡所撰鼓子词"。有人以为，由于历史年代久远等原因，鼓子词的底本作为文献，只能从明末清初贾凫西所撰《木皮散人鼓词》中见一端倪。在贾凫西的"鼓词"出现之前，应该有大量民间鼓词存在。陆游诗中"负鼓盲翁正作场"，就应该是这一现象的历史描述。郑振铎认为最早的鼓词是《大唐秦王词话》（一名《秦王演义》），他说"此书始名《词话》，实即鼓词"②。对待民间文学作品的形式问题，我们应从具体的历史情况出发，不应当从某某人的概念出发。任何一种民间文学都不会凭空发生，都有一个必然存在的酝酿、孕育、继承和发扬的过程。民间曲艺形式的鼓词也是这样，它有讲有唱，所配乐器以鼓为主，这主要与北方地区战争频繁，民间百姓久而形成尚武崇猛的文化个性有着直接联系，同时，它也必然融入北方地区的各种民间文艺中。而且，鼓词既然以鼓为主要伴奏乐器，其演唱又以抒怀为基本目的，可以是一段直发胸臆的抒情（如贾凫西所撰鼓词），也可以是叙事内容尤为明显的长篇讲唱（如《大唐秦王词话》）。鼓词以金戈铁马类传说故事为主，应是主要针对大段讲唱类鼓书而言。

所谓小段鼓书，多取民间小调和情节较简短的民间传说故事。清代文献所载北方地区流传的那些《颠倒歌》之类，是小段鼓书常唱的内容。还

---

①此中记述："徐月娥、汪雪卿皆以艳名噪一时。兵燹以后，皆在城外。推为此中翘楚者，则如袁云仙、吴素卿、朱幼香、俞翠娥、吴丽卿，并皆佳妙。今时继起者，则又有朱丽卿、陆琴仙、陈芝香、金玉珍、张翠霞，吐属雅隽，颉颃前秀。每一登场，满座倾倒……此又于裙钗中别开生面者矣。"

②郑振铎：《中国俗文学史》下册，作家出版社1954年版，第385页。

有一些民间长诗，也是小段鼓书所唱的内容。如著名民间长诗《郭丁香》和《孟姜女》在小段鼓书中被唱诵，是很正常的事情。民间小调和民间叙事诗若用丝弦伴奏，就成为弹词；若用鼓来伴奏，那它就是鼓词，就是鼓书。如《珍珠塔》《雷峰塔》既是南方弹词中的名篇，又是北方鼓词中有影响的作品。当然，在讲唱中有民间艺人根据自己的理解做一些加工，因此出现南北方同一故事而演唱风格不同的现象。除了语言上的具体差别外，在塑造人物、抒发情怀上，都具有鲜明的地方性。小段鼓书与大段讲唱的基本区别，就是小段鼓书一唱到底，中间不作停歇；而大段讲唱则较为复杂，有开题诗，有常用的套式即曲段，讲唱相间。这都是因其内容的长短不同而决定的。

大段讲唱类鼓书的内容未必尽以金戈铁马为主，公案类、神仙类、言情类作品，只要内容生动，都可以成为讲唱对象。如《大明兴隆传》《乱柴沟》《北唐传》《呼家将》《杨家将》《平妖传》《三国志》《忠义水浒传》《西唐传》《反五关》等历史传说类鼓词，"这些都是每部在五十册以上的"[1]，演唱时间相当长，成为清代北方人民的重要娱乐内容。其中，《大明兴隆传》"这部鼓词凡一百零二册"[2]。我们可以设想，若三天讲唱一册，仅《大明兴隆传》就得一年才能讲完，而且这一年只能听鼓书，什么活儿都得停下来。正因为这些历史传说类鼓词太长，所以，在清代中叶之后，又出现了"摘唱"。"摘唱"是从一部完整的鼓词中摘出情节生动、内容集中的片段，如《刘快嘴诓哄宋江》这个片段共4卷，其内容取自于《水浒传》，可独立成为一部完整的鼓词。久而久之，"摘唱"成为有自己特色的独立的民间曲艺形式。另一类鼓词是"讲唱风月的故事的"[3]，夹杂着其他内容，偏重于世俗社会生活，如《蝴蝶杯》《巧连珠》《凤凰钗》《满汉关》《红灯记》《三元传》《紫金镯》《二贤传》《珍珠塔》《千金全德》《双灯记》等，一般在4册、10册左右，规模较小于前类。此外还有《馒头巷》《施公案》《方玉娘产子滴血》《宝莲灯》《孽姻缘》《雍正八义》《白良关父子相会》《红拂传》《迷魂阵》《唐宫闹妖记》《郑元和莲花落》《迷人馆》《铁公鸡》《侠风奇缘》《骚翁贤媳》《霸王娶虞姬》《雷峰塔》《侠女伶》《封神榜》《双合桃》《张松献地图》等出现较晚的鼓词刊

---

[1] 郑振铎：《中国俗文学史》下册，作家出版社1954年版，第391页。
[2] 郑振铎：《中国俗文学史》下册，作家出版社1954年版，第386页。
[3] 郑振铎：《中国俗文学史》下册，作家出版社1954年版，第396页。

本，广泛取材于民间传说、民间故事，而且其种类之多，内容之丰富，丝毫不亚于南方的弹词。郑振铎感慨，这些鼓词"有如江潮的汹涌，雨后春笋的怒茁，几有举之不尽之概，差不多每一个著名些的故事，都已有了鼓词"，"这可见北方民众是如何的爱读这类的东西。不一定听人讲唱，即自己拿来念念，也可以过瘾了"①。鼓词作为一种民间曲艺，深受北方人民的喜爱，具有明显的地域性文化特征，其形式多种多样，与一定地区的民间文艺相结合之后，形成了鼓书演唱的民间曲艺流派。如在中原地区有豫东调大鼓（以开封为中心）和豫西调大鼓（以洛阳为中心），在山东有梨花大鼓，在天津有西河调即西河大鼓，其他还有东北大鼓、京韵大鼓、乐亭大鼓等，体现出清代社会北方地区民间文艺繁荣的又一番景象。由于各地鼓词的演唱和伴奏不同，形成了千姿百态的鼓子曲。20 世纪三四十年代，张长弓先生搜集民间流传的鼓子曲，钩沉典籍文献，进行多方努力，编撰出《鼓子曲谱》《鼓子曲言》《鼓子曲存》等著述，其中有不少内容是在清代刊印、流传的。

　　鼓词在淮河以北地区的流传，形成了广大北方地区的鼓词文化群，与在淮河以南地区（主要是江浙一带）流传的弹词阵容相对峙，颇有分庭抗礼之势。它们各自代表了南北双方民间曲艺的特点。由于清代的历史文化在南北两地区分布的密集程度不同，传授形式、控制管理的效果不同等原因，弹词艺术集中在南方城镇，有专业书会和专业艺人群，而且弹词需要多人合作，所以出现了更令人注目的民间曲艺流派；鼓词在北方的流传，更多的是属于个体行为，既能在城镇演唱，又能在广大乡村演唱，分布较为分散，所以缺乏专业性的流派，只是在不同地域出现了不同的民间曲艺群体。这两种民间曲艺形式在清代民间文学的发展中发挥了重要的集散作用，成为古今南北我国民间文学的中转站，一方面使丰富的民间文学得到汇聚和交流，另一方面使民间传说等内容得到更大范围的传播。同时，鼓词和弹词作为民间曲艺，是与其他讲唱文学诸如北方的相声、南方的滑稽，以及坠子、琴书、牌曲、杂曲、二人转、莲花落、子弟书、快板、快书等曲艺形式联系在一起的，它们共同丰富了历史上民间百姓的精神文化生活。

　　民间曲艺的繁荣及其成熟发展，还极大地推动了民间戏曲的进步。清代前期的高腔、昆腔、梆子、皮簧等地方戏曲和后期的京剧，都融入了丰

---

① 郑振铎：《中国俗文学史》下册，作家出版社 1954 年版，第 397 页。

富的民间曲艺等内容；更不用说清代剧作家李玉、洪昇、孔尚任、李渔等人，都自觉采用历史传说和民间故事进行戏剧创作，使清代戏剧得到发展。李玉的"一人永占"（《一捧雪》《人兽关》《永团圆》《占花魁》）、洪昇的《长生殿》、孔尚任的《桃花扇》等，大多取材于民间传说。李渔既写戏，又编排戏，还带领戏班去各处演出，"二十年间，游秦、游楚、游闽、游豫，游江之东西，游山之左右"（李渔《一家言·复柯岸初掌科》），亲身感受世态炎凉，在其剧作和剧作理论中，我们可以看到这样一位东方莎士比亚式的优秀剧作家与民间文学的密切联系。其《闲情偶寄》中，有"词曲""演习""声容"等部，如他所述，"传奇不比文章"，"戏文做与读书人与不读书人同看，又与不读书之妇人、小儿同看，故贵浅不贵深"，应"本之街谈巷议"，这是我国民间文学理论史上的重要思想。清代戏剧文学的发展，是清代历史文化上的一座高峰，而在其山麓上处处都可看到民间曲艺之光。在清代地方戏即民间戏曲的发展中，如民间曲艺中的弹词、鼓词、俗曲等内容融入其中的现象更为普遍。李斗《扬州画舫录·新城北录下》中，曾记述"两淮盐务，例蓄花雅两部以备大戏。雅部即昆山腔，花部为京腔、秦腔、弋阳腔、梆子腔、罗罗腔、二簧调，统谓之乱弹"。这些"乱弹"有许多即出自民间曲艺，包括民间歌曲。李调元在《剧话》中也提到"俗呼梆子腔，蜀谓之乱弹"，还记述了吹腔"与秦腔相等"，"但不用梆而和以笛为异耳"。清代民间戏曲有弦索腔、梆子腔、吹拨腔、乱弹腔、皮簧腔五大系统，而这五种"腔"全都离不开民间曲艺，其本身实际上就是民间曲艺的一种。这种现象不但在清代存在，在今天仍然存在着，显示出民间文学不衰的生命力。

## 第四节　清代民间传说与民间故事的多元构成

民间传说和民间故事在清代社会的流传，呈现出多元构成形态。这是与清代社会的文化发展紧密联系在一起的，即一方面是传统的民间文学在这一时期得到继承，一方面是新的传说和故事随着社会政治形势的急剧动荡而不断产生，涌现出新的类型。同时，中外文化的空前汇聚，打破了传统的文化格局。古典时代的终结与现代文化的萌动，都充分体现在这一大转折时期的民间文学之中，民间传说和民间故事成为这种态势的典型。

**一、新旧传说的交织与并存**

在这一时期的民间传说中，我们可以看到新与旧两种内容的并存。所谓"新"，是指时事传说，清代文化作为中国封建文化的最后一页，旧的封建神学与理学的结合，让位于新兴的以启蒙为主要内容的民主文化思潮。"洋人盗宝传说""太平天国传说""义和团传说""捻军起义及其他民间反清反洋斗争传说"风起云涌；在民间文学思想理论上，出现了改良派与革命派的民间文学观。传统意义上的民间传说在这一时期进一步完善、丰富，如历史人物传说及各种历史事件传说、风物传说等。当然，"新"与"旧"两种传说的区别并不是泾渭分明，在具体的流传中，它们常常混杂在一起。其中传统传说故事的流传远多于新的传说故事，而且新的传说要被认可，即被社会确认，还存在一个时间问题。这些新的传说故事在文献上的记载并不是很多，它主要以鲜活的口承形式存在于当世民间百姓之中，对于它的理解和总结，我们更多地依据于距之很近的近现代社会所提供的材料，这些材料需要我们去做大量的钩沉，尤其是通过深入而广泛的田野作业，获得相关的民间传说。20世纪80年代开始的中国民间文学"三套集成"（即民间故事集成、民间歌谣集成、民间谚语集成）工作，为我们提供了大量宝贵的口述材料及相关的线索，有助于我们对清代民间传说进行整理和研究。在这些材料中，我们看到的是与赵尔巽等人编撰的《清史稿》不同的又一种口述的"历史"。其形成过程非常复杂，而更重要的是它包含着民间百姓的理想愿望，即他们对清代社会历史发展的具体理解。就现有的口述史料来看，清代民间传说主要集中在历史人物方面，既有帝王将相、文人雅士，又有无数的民间百姓，他们的传说构成了一部浩瀚的清代社会的口述长卷。如其中的帝王传说，我们首先看到民间传说对第一个入关的清朝皇帝顺治的美化即神圣化表现；其次是对康熙、雍正、乾隆等盛世帝王的美化，特别是关于乾隆皇帝三下江南的传说，包含着民间百姓对安宁富庶的社会生活的强烈向往；再次是关于慈禧和光绪皇帝的传说，在慈禧身上，几乎集中了所有的罪恶，融入了历史上所有祸国殃民的"女祸"故事。在这些传说中，民间百姓对那些给国家带来强盛，使民族得到发展，为人民的生活安宁带来幸福的统治者，不论是什么样的出身背景，都给予高度的评价；而对于那些刚愎自用、飞扬跋扈，完全不顾百姓生死的腐朽、无耻之辈，则给予无情的批判与辛辣的嘲讽。在民间传说中，乾隆三下江南是传统的才子佳人风流故事的展现，更是历史上清官传说的变相描述，在两种传说故事的结合中，体现出民间百姓的审美理想与生活愿望。这里的乾隆皇帝其实已经与历史生活中实际存在的清朝最高统治者相分离，完全成为百姓意志的形象体现。而对于慈禧心胸狭隘，冷酷残忍，自私自利，骄奢淫逸，特别是关于她与太监厮混、不顾国家和民族的安危而为自己大办寿诞庆典的传说，则充分集中了民间百姓对所有的腐败者的愤恨和谴责。我们不必追究这些传说是否完全符合历史的真实存在，而应该看到情感倾向在述说历史发展中的合理性。其他像以和珅为典型的贪官，以李莲英和安德海为典型的势利小人，以林则徐、郑成功、关天培等为典型的维护民族利益的民族英雄，以刘墉、郑板桥为典型的敢于为民请命、立身正直、廉洁的清官，以王五等民间英雄为典型的侠义者，都个性鲜明。张之洞、曾国藩、李鸿章、左宗棠、袁世凯等被褒贬不一的权臣，以及太平天国、捻军、义和团等农民起义斗争中的各色人物和各地流传的机智人物，这些形形色色人物的传说故事，都是民间百姓对自己理想愿望的具体表达。当然，这些传说总有一个真实的历史事件为依托，绝不是空穴来风。在某种意义上讲，这些传说是对社会历史发展所做的最为真实的记录，其深刻意蕴是一般史籍所不能达到的。由于种种原因，特别是强大的文化专制政治对文化宣传的控制，尤其是文字狱的流行，使这些民间传说只限于人们的口头传播，而为文献所不容，即使有所记述，也多限于手抄本等灰色文本，流行于民间。这样，我们就只能依靠田野作业与典籍钩沉等方式来整理这些以"逆声""恶声"面目出现的民间传说。布罗代尔的口述史学理论告诉我们，口述史料的真实性往往更高，反映的社会生活也更全面、更准确。

清代历史有近三百年的时间，出现了无数风云人物，在清代就流传着他们的许多传说故事。这些传说的流传，具体体现出民间百姓对他们的认识与评价。要全面整理这些传说，无疑是相当困难的，但又是尤为必要的。

文献的记录与保存，对于民间文学发展史的研究有着无可替代的价值与意义。相对于以上内容而言，清代民间传说在文献中的记述与保存，以边疆地区即偏远地带较为丰富。尤其是少数民族中的许多民间传说，在文献中得到了较为完整的记述与保存。清代中期大理诗人杨履宽在《星回节再吊邓赕夫人慈善》《妇负石歌》中对大理地区民间传说作了记述。白族女作家周馥著有《绣余吟草》，其中的《汉阿南夫人》《唐阁逻凤女》《梁阿禠郡主》《段羌娜闺秀》等作品记述了大理地区白族民间传说。赵载彤是周馥的儿子，著有《懈谷诗草》6卷，记述了许多地方传说，如在《星回节咏阿南夫人》中详细记述了白族女英雄阿南的传说，其中的"曼阿娜""阿南"和"娘子军"等形象，个性鲜明，是清代白族民间传说中异常珍贵的内容。广西壮族曲艺《唱吴亚终》记述了天地会领袖壮族英雄吴亚终领导黑旗军抗法的传说。康熙时期流传在贵州毕节一带的彝文典籍《西南彝志》共26卷，包括《创世志》《谱牒志》《地理志》《天文志》《人文志》和《经济志》，是清代彝族民间文学的重要文献。其中记述彝族神话和民间传说故事，如《创世志》中的《津梁断》关于氏族间婚姻生活的传说，《天文志》中关于风雨雷电和年月日的传说，《谱牒志》中关于彝族六祖起源、迁徙及其兴衰历史的传说等。另外，在偏远省份的地方志材料中，也保存了一些少数民族的民间传说，如康熙时的《顺宁府志》卷一所记镇压少数民族起义，将起义者"沉于江"等残忍行径的传说。

能够代表清代民间传说的时代特色，体现清代民间文学的时代性的典型作品，当推清代乾隆年间檀萃在《粤囊》卷上"越城"中所说的一则洋人盗宝传说：

> 其称五羊城、穗城者，五仙人骑五羊持穗而至，衣及所骑各如方色，羊化为石。为周为秦，传时各异。五仙祠在坡山之阳，肖仙像而祀之。仆游祠，见仙前各置一石，常石耳。云羊石为贾胡所窃，道士以常石补之。祠前高阙上悬大钟，纽之以藤，亦为贾胡潜而易，钟遂哑。甚哉！贾胡之狡也。

"贾胡"即"胡贾"，意为洋商人。乾隆时代仍是闭关锁国，此书撰于乾隆时，此传说故事应当在此之前即已存在，显示出闭关锁国背景下民间与外界的沟通。同书卷下"南海神庙"中记述了另一则与洋商人有关联的传说："达奚司空"为"外番波罗人"，"随贾舶来，泊黄木湾，携菠萝子植于庙"，"立化于此"，广州人为感激他传"菠萝"而为他塑像立庙，原来的南海神庙和扶胥江也都因之改为波罗神庙和波罗江。至今那里仍有波罗神和庙会，并有祭祀工艺品"波罗鸡"，影响广而久远。这和前面所记洋人盗宝的传说一样，都透露出洋人来华的信息，是后世发生列强利用洋枪洋炮打开中国大门的前兆。

清代社会具有时代特色的民间传说还散见于一些地方志中。但方志的记述仍沿袭前人"圣贤传""列女传"的体例，并无太多新意。这些方志所记的民间传说以具有浓郁地方色彩的风物传说为多。如光绪三年（1877）刻本《黄岩县志》中记"正月十四日，以肉菜和粉作羹，谓之绺糟羹"，"相传自唐筑城时天寒，以是犒军，遂成故事"；又如其在释"讴韶车，十八进士共一家"时，称此源自"宋咸淳元年，阮登炳榜黄岩登进士者十八人，车若春与焉。若春为玉峰、双峰从兄弟，诸同年皆谒于其家"；在释"灵龟落水，状元抹嘴"时，记述"县北唐门山在澄江之浒，山形如龟。相传朱子云，江水环绕此山，则邑中必出状元"；在释歌谣"肚颇到西王"时，记述"乾隆初，里人王鸣旦好施，常饭饥民"等。这些传说发生的具体时代，有"唐""宋咸淳元年"和"乾隆初"，都是民间风物传说系统的体现，并不具备社会发展中时代变化的典型性。当然，有一些方志所记传说包含着更为复杂的社会意义。如光绪十一年（1885）黄树蕃刻本《定海厅志》记述"三月十九日，各寺庙设醮诵经，相传为前明国难日，讳之曰太阳生日"，并引述《玉芝堂谈荟》曰："十一月十九日，日光天子生时。宪书亦同。俗易于三月十九日，为忠义之士所更，今沿其旧。"又如其记述"九月二日，阖县鸣钲鼓逐厉，延僧设焰口施食"，"相传为前明城难之日，设野祭以祀游魂"。他在"按"中说"顺治八年九月二日破定海，阖城被难，俗呼为难日"，接着又记"旧志所载之事，今多不举，惟被难诸家于是日设祭，谓之屠城羹饭"。这两则传说的记述，隐藏着定海人民反清斗争的历史记忆，包含着他们对明王朝的特殊感情和反抗异族压迫的坚强意志。编撰者敢于这样直接记述，是需要勇气的。这种情况集中表现在江浙地区的方志中，是江南人民敢于反抗、敢于斗争的典型体现。在其他地区的方志中，更多的是大量风物传说的详略不同的记述。如道光十七年（1837）刻本《德阳县新志》在记述赛会（即祭神庙会）时称"四月初八日""俗传为城隍夫人生辰""五月十三日为磨刀会，俗谓关圣磨刀之辰，前后数日必有雨"等。此虽简单，也应属于风物传说。又如光绪二十五年（1899）刻本《蓬溪县续志》记述"正月十三日称禹王生日""二月二日为土地生日""六月、九月之十九日皆称大士生日""五月十三日祀关圣大帝曰磨刀会""六月六日称王爷生日。王爷者，秦蜀守李冰，载在祀典之通祐王，然不知其谁何也，曰王爷而已"等。这些神灵生日的述说，本身就是民间传说的一种记述方式，它也使我们从整体上看到一个地区民间传说的群体存在形式。应该说，每一部方志中的此类记述，都是某个地区的一部民间传说史，同时也反映出这个地区的文化结构、物产结构等方面的民俗生活内容。这是我们从更细微处去理解国情、民情、世情和乡情的一个重要入口处。令人遗憾的是，有许多学者在进行古代历史文化的研究时，总是只依据那些充满"瞒"和"骗"的"正史"，而完全不顾这些直接记述社会最底层人民生活的文献材料。研究中国历史文化的发展，应该从研究社会最底层的历史文化变迁做起，对这类风物传说尤应关注。

　　清代民间传说对于前代传统民间传说的继承，可以以中国四大民间传说《牛郎织女》《孟姜女》《梁山伯与祝英台》和《白蛇传》为代表，在这一时期这些作品都得到充分发展。同时，在各种文献中，尤其是在各种讲史类话本中所记述的前代历史传说，到了清代都在继承的基础上有了发展变化，汇聚成中国历史传说故事的集成。其数量之多，前所未有。如杨景淐的《孙庞演义七国志全传》，黄淦的《锋剑春秋》，题"吴门啸客"撰的《前七国演义》，徐震的《后七国演义》，题"珊城清远道人重编"的《东汉演义评》，题"雪樵主人"撰的《昭君传》，题"梅溪遇安氏著"的《三国后传石珠演义》，吴沃尧的《两晋演义》，杜纲的《南北史演义》，题"天花藏主人新编"的《梁武帝西来演义》，褚人获的《隋唐演义》，无名氏的《说唐演义全传》，题"姑苏如莲居士编次"的《别本说唐后传》（又名《说唐小英雄传》《说唐薛家府传》）和《反唐演义传》（即《武则天改唐演义》），题"竹西山人撰"的《粉妆楼》，题"东隅逸士编"的《飞龙全传》，题"好古主人撰"的《宋太祖三下南唐》，钱彩的《说岳全传》，无名氏的《杨家将续集》，无名氏的《说呼全传》，李雨堂的《万花楼杨包狄演义》（又名《后续大宋杨家将文武曲星包公狄青初传》），无名氏的《五虎平西前传》（又名《五虎平西珍珠旗演义狄青前传》），吴沃尧的《痛史》，吕熊的《女仙外史》，题"武荣翁山柱石氏编"的《前明正德白牡丹传》，无名氏的《海公大红袍全传》，无名氏的《海公小红袍全传》，蓬蒿子编的《定鼎奇闻》，题"松滋山人编"的《铁冠图忠烈全传》，题"江左樵子编辑"的《樵史通俗演义》，题"七峰樵道人撰"的《海角遗编》，江日昇的《台湾外记》（又名《郑成功全传》），张小山的《平金川全传》（又名《年大将军平西传》），"观我斋主人著"的《罂粟花》，无名氏的《胡雪岩外传》，黄世仲的《洪秀全演义》，无名氏的《扫荡粤逆演义》，无名氏的《辽天鹤唳记》，洪兴全的《中东大战演义》，无名氏的《苦社会》，吕抚的《纲鉴通俗演义》，沈惟贤等编的《万国演义》等。

　　我们可以把历史传说类作品分为前后两个阶段，即包括明代在内，之前的属于古典形态的历史传说，之后的则属于具有现代意义的近代形态的历史传说。古典形态的历史传说表现出浓郁的英雄主义色彩，它们集中表现了我国历史上著名的"十大家族"，即民间传说中重墨书写的唐王朝"李氏家族"和宋王朝"赵氏家族"两个皇族，包拯和海瑞两个民间传说中的公案类英雄群体，最典型的当然还是唐代的"罗家将""薛家将"，宋代的"杨家将""岳家将""狄家将"和"呼家将"。这"十大家族"在民间传说中被反复演绎，包含着尤为深厚的民族感情。近代形态的历史传说包括明代末年的李自成起义和清代的太平天国洪秀全起义，这些作品标志着我们的民族在历史传说的大潮中对于这些被统治者诬之为"反贼"的历史人物和历史事件的重新思索；此外还有郑成功收复台湾和林则徐禁烟的传说，包含着强烈的民族自尊心；第三类近代形态的历史传说是对日俄战争在辽东发生和华人劳工遭受苦难等民族耻辱事件的传说记述，既表现了强烈的民族自尊心，又有民间百姓对于清王朝腐朽无能的极大愤恨等情绪的宣泄。古典形态与近代形态两大类民间传说主题的展示与诉说，正是清代民间文学与其他时代最鲜明的不同之处。这也是清代民间文学的时代性的重要表现。

　　古典形态的民间传说以"十大家族"为典型，体现出清代社会对于往昔历史的审视态度。虽然民间传说并不仅仅是对这"十大家族"着意渲染，但我们可以看到，民间传说对这种内容倾注着特殊的情感。这种现象的形成，首先出于民间百姓对盛世帝国景象的梦幻般的向往，及由此激发出来的民族自豪感和民族英雄主义精神；其次是民族自强、自立意识在作品中不自觉地流露，对社会腐朽、腐败的没落气象表达了强烈的不满。"十大家族"中的李氏家族是盛世的典型，如褚人获的《隋唐演义》，表面上叙述的是单雄信、秦琼、尉迟敬德、罗成这些草泽英雄的传说与唐玄宗、杨贵妃的爱情故事，以及安禄山对唐帝国的反叛，但终究是天下太平，群雄对帝国社会秩序的赞美，对唐太宗时代的讴歌，成为这个民间传说的主题。《说唐演义全传》起于隋文帝平定陈朝统一中国，归于唐太宗对天下的统一，其主题是一致的。其他像《别本说唐后传》和《反唐演义传》的主题也是这样。"十大家族"中的赵氏王朝虽然不及唐帝国的兴盛，但其统一中原，平定南方诸王，尤其是其文治所形成的灿烂文化，在我国历史上也是一个高峰，所以民间传说也对之倾注了特别深厚的情感。如

《飞龙全传》记述宋太祖"自夹马营降生，以至代周御极"①；《宋太祖三下南唐》记述宋太祖平定南唐时三次被困所历艰险，所表达的是"太祖正大位之日，首尊儒重士，大开文明之教，其为知致治之本，是政之当首务，亦不在汉高、太宗之下"②。唐宋时代是中华民族文化异常灿烂的非凡时代，经历了元代和明代两个黑暗时代的清代民间百姓，饱受专制之祸害，在民间传说中用梦幻般的情愫去描述他们对这一非凡时代的向往，是情理中的事。而且，唐宋时代的帝王传说以唐太宗和宋太祖为典型，事实上已将他们奉为理想政治的化身，体现出清代民间文学中所蕴藏的民间百姓的良好愿望。在社会发展中，王权常成为联结民族感情的纽带。民间传说，尤其是民间讲唱中，常把某位帝王称为"某某爷"，表现出亲切的感情，就是这种内容的具体体现。像"杨""岳""狄""呼"和"罗""薛"诸家英雄传说，以及"包公""海公"这类刚正大臣传说，它们的流传在传播意义上与以上唐宋两家王朝的帝王传说是相同的。所不同的是，这些英雄将领的传说体现出民间文化中悠久的尚武、尚勇意识，而这些刚正大臣执法谨严，敢于为民间百姓伸张正义，则体现出民间百姓朴素的法制理想，是对肆无忌惮、草菅人命的黑暗现实的控诉。在英雄将领传说中，唐代的罗成、罗艺、罗灿、罗焜即罗氏家族，和薛仁贵、薛鼎山、薛刚、薛强即薛氏家族，都是英雄世家，惩恶扬善，除暴安良，是社会秩序的稳定者、维护者。宋代的杨氏家族是影响尤为深远广阔的英雄家族，是一个人数最多的英雄豪杰群体，他们以"世代忠良"而卓立于民间传说，如杨令公、佘太君、杨五郎、杨六郎、杨宗保、穆桂英、杨文广、杨排风以及焦赞、孟良等仆从，都"忠肝义胆，争光日月而震动乾坤"③，是中国民间文学史上突出的现象。其次是岳氏父子所组成的岳氏家族，以及岳飞的伙伴、战友牛皋、王贵等，是仅次于杨氏家族的又一影响深远的英雄群体④，明清两代都广为流传。狄青五虎将（即狄青、张忠、李义、刘庆、石五）在民间传说中征西辽、平侬智高等内容，显示出狄氏英雄群体

---

① 杭世骏：《飞龙全传序》，存清嘉庆二年芥子园刊本。
② 无名氏：《宋太祖三下南唐序》，清咸丰八年紫贵堂刊本。
③ 秦淮墨客：《杨家通俗演义序》，明万历三十四年卧松阁刊本。杨家将故事见《杨家将续集》《后续大宋杨家将文武曲星包公狄青初传》《五虎平南后传》等，存清嘉庆经纶堂刊本等。
④ 如《说岳全传》，存清康熙金氏余应堂刊本。

无私无畏的突出个性，是民族尊严和王权的维护者①。呼延赞及家人呼守勇、呼守信、呼延庆形成呼氏家族，他们"涉险寻亲，改装祭墓，终复不共戴天之仇"，"救储君于四虎之口，诉沉冤于八王之庭，愿求削佞除奸之敕"②，颇具悲壮色彩，是又一类型的民间英雄传说群。民间百姓在这些英雄群体传说中，找到了民族精神中实际存在着的"忠"与"孝"两大主题，寻求到符合自己理想愿望和审美情趣的内容，激起无数的共鸣，因而如同民间文化中的雪球现象一样，衍生出更丰富的传说；再加上数千年的封建宗法制度及其影响下形成的家族宗亲同盛衰、共荣辱的世俗生活观念与这些英雄群体传说相结合，就融汇成一个独具特色的"十大家族"民间传说群，在我国民间文学史上产生广泛的影响，到今天还闪现着绚丽的光辉。这也表明我们中华民族对和平、幸福、安康、坚强这些生活理想的自觉选择。

清代社会对于林则徐、郑成功、洪秀全、胡雪岩等当代人物传说，对于日俄战争和华人劳工的当代历史事件传说，以及明代李自成起义传说的记述，是清代民间传说最具时代性意义的体现。

林则徐与郑成功是维护国家尊严的民族英雄。他们在民间传说中的形象，主要集中在民族大义的伸张上。如《罂粟花》别题《通商原委演义》，这应当是我国第一部直面鸦片战争，讴歌林则徐的优秀作品。这部作品未必全是民间传说，但它确实通过采用民间当代传说来描述鸦片战争，揭露清政府腐朽无能的丑恶行径，具有典型的民间传说色彩。作品刊印于光绪三十三年（1907），距离林则徐禁烟并不久远，而且是自行刊印，当属手抄本小说的典型。作者"观我斋主人"在《罂粟花弁言》中记述："木棉花种产于印度，元代流入中国。其时，彼国中有奇人，能知未来事，曰，此物入中国，衣被苍生，大利支那。后数百年更将有一物输入，以祸支那人，可以亡种，可以灭国。"这种语气其实就是民间传说中的惯用方式。作品在"烟之为祸，虽由天劫，实由人谋之不臧"的背景上，显示林则徐禁烟的特殊意义，最后作者感叹道："乐毅去而骑劫代将，廉颇废而赵括覆军，千古丧师辱国，如出一辙也。"③ 作者这种"庶中国尚有万一之可救"的写作"苦衷"，表现了强烈的社会责任感，是尤为可贵的。郑成功

---

① 如《五虎平西前传》和《五虎平南后传》，存清嘉庆经伦堂刊本。
② 滋林老人：《说呼全传序》，清乾隆四十四年金阊宝仁堂刊本。
③ 观我斋主人：《罂粟花弁言》，光绪三十三年元和观我斋主人自印本。

收复台湾，是维护中华民族国家主权的壮举。《郑成功全传》（即《台湾外记》）记述明代郑成功父辈郑芝龙起于海上到后来归顺清王朝的历史传说，中间还包括了"闯贼之流祸""马相之擅权""三藩之反"等传说故事。正如清人陈祈永在《台湾外记序》中所说，"是书以闽人说闽事，详始末，广搜辑，迥异于稗官小说"①。江日昇在《台湾外志自叙》中也说："成功髫年儒生，能痛哭知君而舍父，克守臣节，事未可泯"，"况有故明之裔宁靖王从容就义，五姬亦从之死，是台湾成功之踞，亦蜀汉之北地王然"，"故就其始末，广搜辑成"，"诚闽人说闽事，以应纂修国史者采择焉"②。从民间传说中寻找史料并详加考证，最后又影响到某种历史事件作为民间传说而广泛传播，这是我国史传文学中的普遍现象，也是民间传说生成及传播规律的体现。林则徐与郑成功两位民族英雄的传说就表现出这种规律，也体现出清代社会民间百姓渴望国家统一、独立、富强的心愿。

李自成与洪秀全作为农民起义的领袖，在清代民间传说中有两种现象，一种是正史即统治者与腐朽文人所蔑称的"反贼""闯贼""闯寇""长毛"，一种是民间百姓所尊称的"闯王""洪王"。两种形象无疑体现出两种心态。蓬蒿子《定鼎奇闻》中记述了李自成起义与清兵入关的传说，目的是为了述说"国家治乱，气数兴衰，运总由天，复因人召"③。《铁冠图忠烈全传》记述"今之闯、献，又为大清圣主之獭鹯"，其中许多"传说"属于恶意中伤之言。黄世仲《洪秀全演义》是一部未完稿，其纪年不用光绪年号，而用"黄帝纪元四千六百零六年"（时为光绪三十四年，1908 年），明显具有对清王朝的反抗意识，其中大量采用了历史传说。它详细记述了太平天国的起义和建国过程，记述了洪秀全、林凤翔、冯云山、钱东平、李秀成、石达开、陈玉成、萧朝贵等人的传说故事。作者明确批判了"四十年来，书腐亡国，肆口雌黄，发逆、洪匪之称，犹不绝耳"的现象，以及种种"取媚当王，遂亡种族"，"窜改而为之黑白"的卑劣行为。作者在《洪秀全演义自序》中记道："吾蓄虑积愤，亦即有年。童时与高曾祖父老谈论洪朝，每有所闻，辄笔记之。""爰搜旧闻，并师诸说及流风余韵之犹存者，悉记之。经三年是书乃成。"这部著作把洪秀全

---

① 陈祈永：《台湾外记序》，清乾隆三十八年求无不获斋刊本。
② 江日昇：《台湾外志自叙》，《台湾外志》五十卷一百回本，存清嘉庆抄本（存大连图书馆）。
③ 蓬蒿子：《定鼎奇闻序》，《绣像定鼎奇闻》，清顺治八年庆云楼刻本。

作为英雄来塑造的目的，一是有感于"中国无史"，"后儒矫揉，只能为媚上之文章，而不得为史笔之传记"，一是受民间传说的影响和《太平天国战史》等著述的启发，"即以传汉族之光荣"。作者还记述到"洎夫乙未之秋，识口山上人于羊垣某寺中，适是年广州光复，党人起义，相与谈论时局，遂述及洪朝往事，如数家珍，并嘱予为之书"，"余诺焉而叩之，则上人固洪朝侍王幕府也，积是所闻既夥"①。从其著述时间来看，当在辛亥革命的前三年，这类传说代表着摧枯拉朽的革命大潮的先声，是清代民间文学史上最为珍贵的内容之一。

其他像关于胡雪岩这位红顶商人的传说，关于日俄战争和海上华人劳工的传说，在清代文献中都有记述。这些传说和以上所记诸类民间传说一起构筑了"口述清史"，是我国民间文学史上很不寻常的一页。它们直接表现了在新旧交替时代我们的国家和民族所发生的深刻变化，其中有许多内容应该为我们所重视，更应该为我们所思索。特别是民间文学史的研究中是否需要社会责任感与使命感的问题，以及如何开拓学术研究空间等问题，都是我们所回避不了的。民间传说是依据一定的社会生活和自然世界的真实来表现人们的思想情感和审美情趣的口头艺术，其真实性的魅力是其他文学形式所不及的。

**二、清代民间故事**

清代民间故事包括民间幻想故事、民间生活故事、民间笑话和民间寓言四大类，除至今还活跃在民间百姓口头、作为活性形态继续流传，还集中保存在清代的一些笔记著述中。清代笔记汗牛充栋，有许多笔记保存了丰富的民间传说和民间故事，如袁枚的《子不语》和《续子不语》、慵讷居士的《咫闻录》、沈起凤的《谐铎》、吴炽昌的《客窗闲话》、寄泉（高继珩）的《蝶阶外史》、徐珂的《清稗类钞》、许奉恩的《兰苕馆外史》和《里乘》、邹弢的《三借庐笔谈》和《浇愁集》等。纪昀的《阅微草堂笔记》和蒲松龄的《聊斋志异》是此类笔记中最典型的作品，其他还有屈大均的《广东新语》、王士禛的《池北偶谈》《华皇纪闻》《香祖笔记》、褚人获的《坚瓠集》、佟世思的《耳书》、钮琇的《觚賸》、东轩主人的《述异记》、徐岳的《见闻录》、清凉道人的《听雨轩笔记》、乐钧的《耳食录》、青城子的《志异续编》、钱泳的《履园丛话》、余金的《熙朝新语》、姚元之的《竹叶亭杂记》、张培仁的《妙香室丛话》、梁恭辰的《北

---

① 黄世仲：《洪秀全演义自序》，《洪秀全演义》，人民文学出版社1956年版。

东园笔录》、许秋垞的《闻见异辞》、冯起凤的《昔柳摭谈》、管世灏的《影谈》、毛祥麟的《墨余录》、陈其元的《庸闲斋笔记》、陆长春的《香饮楼宾谈》、采蘅子的《虫鸣漫录》、宣鼎的《夜雨秋灯录》、薛福成的《庸庵笔记》、俞樾的《左台仙馆笔记》和《俞楼杂纂》、程趾祥的《此中人语》、李庆辰的《醉茶志怪》、夏芝庭的《雪窗新语》、杨凤辉的《南皋笔记》、吴沃尧的《研尘笔记》《研尘剩墨》《新笑史》《礼记小说》《中国侦探案》、退一步居散人的《只可自怡》、张潮的《虞初新志》、丁治堂的《仕隐斋涉笔》、梁章钜的《浪迹丛谈》、赵恬养的《解人颐新集》、李光庭的《乡言解颐》、梁绍壬的《两般秋雨庵随笔》、小横香室主人的《清朝野史大观》、赵翼的《檐曝杂记》、黄图珌的《看山阁闲笔》、朱克敬的《瞑庵杂识》等。少数民族民间故事中出现了和邦额的《夜谭随录》、长白浩歌子的《萤窗异草》、申在孝的《春香传》等。笑话故事集有游戏主人的《笑林广记》、独逸窝退士的《笑笑录》、石成金的《笑得好》、小石道人的《嘻谈录》、陈皋谟的《笑倒》《半庵笑政》等。这些典籍从另一个方面细致地表现了清代社会的世俗生活，也映现出民族的心灵在这个非凡时代的变迁。

　　清代文人笔记作为记述和保存民间故事的文献，以蒲松龄和纪昀的著述最具有特色。石成金的《笑得好》等清代文人所记述的笑话故事，其记述的丰富性、完整性，以及记述目的的明确性都很突出。在大量的笔记中，民间故事只是零散的记述。

　　蒲松龄的《聊斋志异》是传统的志怪体文人笔记，相当系统地保存了当世所流传的民间故事，其中以幻想故事和生活故事为主要内容。这部笔记小说在民间故事的记述上有颇强的原始性，搜集整理的自觉性也很鲜明。如作者在《聊斋自志》中所述："披萝带荔，三闾氏感而为骚。牛鬼蛇神，长爪郎吟而成癖。自鸣天籁，不择好音，有由然矣。""才非干宝，雅爱搜神；情类黄州，喜人谈鬼。闻则命笔，遂以成编。久之，四方同人又以邮筒相寄，因而物以好聚，所积益夥。""集腋为裘，妄续幽冥之录；浮白载笔，仅成孤愤之书。寄托如此，亦足悲矣！"其孙蒲立悳在《聊斋志异跋》中说，蒲松龄"幼有轶才，学识渊颖，而简潜落穆，超然远俗"，"然数奇，终身不遇，以穷诸生授举子业，潦倒于荒山僻隘之乡。间为诗赋歌行，不愧于古作者；撰古文辞，亦往往标新领异，不剿袭先民，皆各数百篇藏于家。而于耳目所睹之，里巷所流传，同人之籍录，又随笔撰次而为此书"；又记此书"初亦藏于家，无力梓行，近乃人竞传写，远迩借求矣"。同时代的邹弢、石庵、徐珂等人,也都记述蒲松龄直接向人采录此类故事,"如是二十余寒暑,此书方告蒇"①。

《聊斋志异》中保存的民间故事,显然是经过了蒲松龄的加工。如鲁迅所说:"明末志怪群书,大抵简略,又多荒怪,诞而不情,《聊斋志异》独于详尽之外,示以平常,使花妖狐魅,多具人情,和易可亲,忘为异类,而又偶见鹘突,知复非人。""描写委曲,叙次井然,用传奇法,而以志怪,变幻之状,如在目前。"② 其中保存的民间故事原型,与今天所流传的故事相同,可见蒲松龄的苦心。在《聊斋志异》中,民间故事保存最多的是狐精故事,属民间故事分类中的幻想故事,表现出北方民间文学的重要特点,即平常人所说的"北狐南仙"。北方的狐仙崇拜在民间故事中是突出的主题。蒲松龄所记述此类故事,有单纯的狐仙崇拜,而更多的则与生活故事糅合在一起。如其所记《狐女》中的狐精是一位善良的女子,深爱伊生,当伊生遇难时,立即赶去给予帮助。《小翠》中的狐精遭受雷击,为王氏所救,后王氏登第,并生有一子,但此子性痴呆,狐精遂使痴呆之子开窍并恢复理智。某给谏与王氏有过节,欲使王氏遭祸,告给朝廷,却反被以诬告罪充军受罚,此亦为狐精之助。此类故事还见于《婴宁》《青凤》《莲香》《娇娜》等篇中。精怪故事除狐仙外,还有《阿纤》中的鼠女精,《花姑子》中的獐女精,《白秋练》中的鱼女精,《象》中的象精,《赵城虎》中的虎精,《葛巾》中的牡丹花精,《黄英》中的菊花精等。《泥书生》中还记述了泥人成精。这些故事中既有动物故事,又包含着报恩故事等类型,是精怪故事与报恩故事等多重母题与原型的综合。其次是鬼怪故事的记述,在《聊斋志异》中亦相当丰富。如《王六郎》中的许姓渔人因溺鬼所化少年之助而获鱼甚丰,《布商》中的红裳女子救布商脱难而惩罚不义僧人等。蒲松龄借民间故事描述世间百态,不但给人以愉悦,而且给人以启发。如《香玉》中的黄生真心爱花,感动花神,讴歌人间真情;《连城》中的乔生与连城相爱,却因家贫而遭阻碍,后二人在冥间相会并还魂再生,对封建婚姻制度进行了抨击;《叶生》中的叶生才高却屡试不中,化鬼借以助人,抨击了旧科举制度对青年才俊的埋没与扼杀;《促织》中的成名之子魂化蟋蟀,改变家庭因皇家好斗蟋蟀而造成的苦难

---

① 见《三借庐笔谈》《忏观室随笔》《清稗类钞》等。
② 鲁迅:《中国小说史略》,《鲁迅全集》第9卷,人民文学出版社1981年版,第209页。

命运，借以指斥封建专制政治的腐朽；《席方平》中的席方平在冥间连连上访，不屈服于邪恶势力，既是对黑暗现实的影射，又是民间百姓敢于反抗、敢于斗争的颂歌。这些故事在记述中被如此处理，丝毫不影响故事原型的保存，反而使民间故事具有更加感人的魅力，从而得到更广泛的传播。至今在蒲氏故里还流传着许多"聊斋汉子"①。

纪昀，字晓岚，自号观弈道人，他的《阅微草堂笔记》与《聊斋志异》一样，保存了丰富多彩的民间故事。纪昀属于上层文人，曾任著名的《四库全书》总纂官，官至协办大学士，对故事的记述和采录方式当然会与蒲松龄有所不同。《阅微草堂笔记》原分为《滦阳消夏录》《如是我闻》《槐西杂志》《姑妄听之》和《滦阳续录》五种，嘉庆五年（1800），由其门人盛时彦合刻为《阅微草堂笔记》。鲁迅在《中国小说史略》中对之评价颇高，称其"凡测鬼神之情状，发人间之幽微，托狐鬼以抒己见者，隽思妙语，时足解颐；间杂考辨，亦有灼见"，"与《聊斋》之取法传奇者途径自殊"，其语言"雍容淡雅，天趣盎然"，"后来无人能夺其席，固非仅借位高望重以传者"②。纪昀在《滦阳消夏录自序》中记述自己"昼长无事，追录见闻，忆及即书，都无体例"，"街谈巷议，或有益于劝惩"③；在《槐西杂志自序》中又记"缘是友朋聚集，多以异闻相告，因置一册于是地，遇轮直则忆而杂书之，非轮直之日则已，其不能尽忆则亦已"④；在《姑妄听之自序》中亦称其中作品"多得诸传闻"⑤。可见他所采录的民间故事多来自知识阶层，其目的也仅在于"使人知所劝惩"。蔡元培把这部著述与《石头记》和《聊斋志异》同看作"清代小说最流行者"，称其"颇有老妪都解之概"⑥。

《阅微草堂笔记》中所记述民间故事，也是以幻想故事和生活故事为主，其中精怪神鬼类的幻想故事给人以深刻印象。如《翁仲凶淫》中记翁仲精污辱了无数新葬的女鬼，最后遭受惩罚被焚毁；《李秀》中记李秀路遇"少年约十五六，娟丽如好女"，"邀之同车"，"间以调谑"，后却发现

---

① 参见董均伦、江源：《聊斋汉子续集》，中国民间文艺出版社1987年版。
② 鲁迅：《中国小说史略》，《鲁迅全集》第9卷，人民文学出版社1981年版，第213页。
③ 纪昀：《滦阳消夏录自序》，《阅微草堂笔记》，清嘉庆二十一年北平盛氏重刊本。
④ 纪昀：《槐西杂志自序》，《阅微草堂笔记》，清嘉庆二十一年北平盛氏重刊本。
⑤ 纪昀：《姑妄听之自序》，《阅微草堂笔记》，清嘉庆二十一年北平盛氏重刊本。
⑥ 蔡元培：《评注阅微草堂笔记序》，上海1918年会文堂书局石印本。

此人渐渐变色，初"貌似稍苍"，最后"乃须鬓皓白，成一老翁"，"一笑而去"，"竟不知为何怪也"；《遇罗刹》记某狂生为鬼，滥迫少女，最后被捉弄；《仆与鬼斗》是一则流传于蒙古族中的故事，记述"科尔沁达尔汗王一仆"路遇二毡囊，其中分别满贮人牙和人指爪，又遇寻囊女鬼即"老妪"，"仆徒手与搏"，女鬼不胜，诅咒仆人来日"必褫汝魄"，而三年过后仍"不能为祟"，"知特大言相恐而已"；其他还有《南皮许南金》《举担灭鬼》《鬼魂报恩》等篇，记述了各种各样的民间鬼故事。在《假鬼》《郭六》《假狐女》《破寺僧徒行骗》和《唐打猎打虎》等篇中，记述了一些生活故事。这些故事与《聊斋志异》中所记相比，在总体内容上缺少蒲氏笔端的"诡异"，更多的是平常气息；其结局也仅仅是善恶各自有报，缺乏《聊斋志异》中的"孤愤"。这表明由于民间故事的记述者的知识背景与出身身份不同，对故事的取舍以及记述态度和记述效果也明显不同。

在清代民间故事的记述中，袁枚的《子不语》和《续子不语》也非常有特色。袁枚有着很高的文学修养，他在文学创作上主张"性灵"说，不满于当时在学术思想上居于主流的汉宋学派，反对考据，以为六经"多可疑"，提倡"赤子之心"，直抒"性情"，所以，他所记述的民间故事也多求于自然。其所标"子不语"，如其在《新齐谐序》中所述，即取"怪力乱神，子所不语"之意。他"生平寡嗜好"，"文史外无以自娱"，"乃广采游心骇耳之事，妄言妄听，记而存之"[1]。

袁枚所采录民间故事，如《子不语》中的《蠡贝精》记述蠡贝精痴爱某书生，虽遭磨难，终不改痴情；《陈圣涛遇狐》中的狐精挚爱贫士，使其得到生活上的温暖；《狐读时文》中的狐翁之女与贫士相爱，婚后鼓励贫士发愤努力，进取学业；《猎户除狐》中的狐精蔑视道士，使其法术不灵，呈现狼狈相，甚至天师府派来的法官，也遭其捉弄；《罗刹鸟》中的罗刹鸟幻化为假新娘，最后经过多种曲折事件，真正的夫妻才得团聚；《不倒翁》中的不倒翁精扰乱民间，被驱赶；《鬼差贪酒》记述袁观澜"年四十"而"未婚"，与邻家女子相爱，其父嫌袁观澜贫穷而不允，以致女儿"思慕成瘵"而卒，后来他月夜饮酒，发现鬼差用绳缚其女，便以酒"浇入其口"，使鬼差"身面俱小"，又"画八卦镇压之"，最后袁观澜得

---

[1]《新齐谐》为袁枚见"元人说部有雷同者"所改名，但后人仍名之《子不语》，清乾隆五十三年随园刊本。

与邻家女子团圆；《鬼买儿》记述鬼附在人身上，负主妇之责；《水仙殿》记述水鬼迷惑行人，妄图寻找替身；《鬼冒名索祭》记述野鬼为了享受祭祀，冒用某老翁姓名；《山西王二》记述鬼魂为了惩罚凶手，附于女巫之身，并通过其诉冤而使凶手得到应有的报应；《蔡书生》记述有宅闹鬼，蔡书生毫不畏惧，与女鬼较量，最后"怪遂绝"而"蔡亦登第"；《白虹精》记述热心篙工渡人获善报，得"麻布一方"与黄金所化黄豆，初疑而后信，最后登麻布而升天，与白虹之精结为良缘；其他还有《归安鱼怪》《鬼借力制凶人》《无门国》《借棺为车》《妖道乞鱼》《驴雪奇冤》等。这些幻想故事多师法自然，具有自然主义色彩。他所记述的生活故事也是这样，如《徐四葬女子》中嫂子与小叔徐四俱谦让，徐兄误杀他人；《官癖》中的赃官恬不知耻；《卖蒜叟》中的杨二相公通过较量，乃知卖蒜叟武艺非凡等。这些故事的记述语言平中见奇，简洁而生动。

《续子不语》中的故事类型与《子不语》大致相同。如《石人赌钱》记述郡署前的石人成精，盗库银赌博；《韩铁棍》记述韩舍龙路遇道士，为之养病，获赠"如拳"小羊，食后力气大长，"铸精铁为棍，长丈有二，重八百斤"而"无能御者"，"盗贼莫敢犯其锋"，最后神羊自其体内出，遂"手无捉鸡之力"，"九十寿终"。《沙弥思虎》是清代民间故事中尤为典型的一篇：

> 五台山某禅师收一沙弥，年甫三岁。五台山最高，师徒在山顶修行，从不一下山。后十余年，禅师同弟子下山，沙弥见牛马鸡犬，皆不识也。师因指而告之曰："此牛也，可以耕田。此马也，可以骑。此鸡、犬也，可以报晓，可以守门。"沙弥唯唯。少顷，一少年女子走过。沙弥惊问："此又是何物？"师虑其动心，正色告之曰："此名老虎，人近之者，必遭咬死，尸骨无存。"沙弥唯唯。晚间上山，师问："汝今日在山下所见之物，可有心上思想他的否？"曰："一切物都不想，只想那吃人的老虎，心上总觉舍他不得。"

这篇故事的记述，同袁枚所倡的性灵之说有着密切联系。这里的沙弥是"赤子之心"的体现者，而禅师则意味着禁欲主义，与追求考据的汉宋学派等守旧势力相合。这篇故事的内容，事实上已经远超过它在清代中叶这个具体的时代所表现出的意义，直到今天，还能启发我们去思索如何对待理想与人生等问题。

其他像《履园丛话》中的《蛇妻》《老段》《黄相公》《男女二怪》《什么东西》《无常鬼》《女鬼报冤》,《北东园笔录》中的《狐报恩》《安念辱身》《鬼妻索命》《黑额人》《白卷获隽》《麂报》《江都某令》《逆妇变妒》《黟县误杀案》《鬼妻伸冤》《丁生》《侠客》,《咫闻录》中的《巧骗》《人参》《泥皂隶破案》《郭介》《罗诚》《木匠厌咒》《葛青天》《阴阳太守》《徐兄李弟》《屠板生珠》《向福来》《义犬》,《醉茶志怪》中的《青蛙精》《白郎》《黄鼠》《泥女》《疟鬼》《山左布商》《冷香堂》《瓜异》《武清艺》《焦某》《鬼戏》《申某》《绿标》《点金石》《折狱》《信都翁》,《觚賸》中的《啖石丐》《神僧》《屈曼》《雁翎刀》《僧虎》《红衣土偶》,《香饮楼宾谈》中的《螺精》《徐稳婆》《沙七》《铁肚皮》,《虫鸣漫录》中的《书生复仇》《麻风女》《直隶谋夫案》《村氓女》《肩木人》,《仕隐斋涉笔》中的《贼救妇》《异僧》《安士敏故事》等,这些故事犹如清代社会民间文化生活中的文明碎片,折射着这个时代的万千气象。

### 三、民间笑话和民间寓言

清代的民间笑话故事和民间寓言故事,在我国民间文学史上是发展成熟的一页,也是内容相当丰富的一页。它们的意义并不仅仅在于使民间百姓获得审美上的愉悦、轻松,更重要的是它们常常在激烈的社会矛盾冲突中充当战斗檄文。

这一时期的笑话集非常丰富,如石成金的《笑得好》、陈皋谟的《笑倒》、小石道人的《嘻谈录》和《嘻谈续录》、题"吴下独逸窝退士辑"的《笑笑录》、俞樾的《一笑》、赵恬养的《解人颐》、李渔的《古今笑史》、游戏主人辑的《笑林广记》和程世爵的《笑林广记》等,另外还有大量的笑话散见于一些笔记中。与此同时,我国最早的笑话故事集魏邯郸淳的《笑林》、以及宋代的《东坡问答录》《耕禄稿》、元代的《拊掌录》、明代的《艾子后语》《山中一夕话》《谐语》《笑赞》《广笑府》《智囊》《古今谭概》和《雪涛谐史》等笑话故事集,在这一时期都有刊刻本印行。应该说,这是一个笑话故事的集大成时代。综观这一时期的笑话,有对往昔笑话故事的继承,而更多的是"笑谈"现实生活的新作,并不是像有些学者所说的那样是演绎明代之前的笑话。其中最典型的就是时政笑话的涌现,如《笑得好》中的《折钱买饼》《臭得更狠》《画行乐》《秀才断事》《疮痛》《驱鬼符》《答令尊》《不吃素》《独脚裤子》《灭火性》《有天没日》《吃人不吐骨头》《摆海干》《拳头好得很》《夫人属牛》《代绑》《判棺材》《胜似强盗》《剥地皮》《乡人看靴形》等篇。《夫人属牛》记述某官属相为鼠,有人为了巴结他,送给他一只金铸鼠,而他还想着让人送一只金铸大牛。《剥地皮》记述某官任满归家,其任上所属地的"土地爷"也随之而走,因为那地方上的地皮都被这个县官刮去。时政笑话包含着大量的政治笑话,集中在对统治者的贪婪、无耻、残忍与狠毒的具体记述上。《笑得好》中的《胜似强盗》指斥"如今抬在四人轿上的,十个倒有九个胜似强盗"。《吃人不吐骨头》借猫捉老鼠时"闭着眼睛念经","行出来的事竟是个吃人不吐骨头的",来述说人间官与民之间的关系。又如《嘻谈录》中,《堂属问答》《富家傻子》《糊涂虫》《五大天地》《武弁看戏》《不改父业》《弟兄两谎》《酒誓》《喜写字》《穷鬼借债》《刮地皮》《死要钱》等时政笑话,也是将矛头指向为富不仁、为官不正等种种愚昧、无耻的现象。如《武弁看戏》中的武弁把"孟获"说成孟子的后代,文官把"孔明"说成孔子的后代,是一对不学无术的官僚;《糊涂虫》中的某官"断事不明,百姓怨恨",名之为"糊涂虫",并将讽刺他"糊涂"的诗贴满墙上,而此官竟不自知,反让仆役去捉那"糊涂虫",故事将他的愚昧、愚蠢刻画得入木三分;《堂属问答》记述"一捐班不懂官话",把"风土""春花""绅粮""百姓""黎黍""小民"分别当作"大风和尘土""春棉花""身量""白杏""梨树""小名",令人啼笑皆非。这些时政笑话的指斥意义具有普遍性,其讽刺、嘲笑的对象,一般为官吏的贪婪、愚昧、残忍、无耻,也有腐朽文人的无聊、无知,僧人、道士的虚伪,世俗百姓的懒惰,以及富家子弟的愚蠢、呆笨等。其他如《一笑》中的《不识一字》《冬瓜》《敬客》《淡而无味》《性缓与性急》《戴高帽》,《笑倒》中的《书低》《死方儿》《清客》《祛盗》《脚像观音》,程世爵本《笑林广记》中的《讲解》《问猴》《魂作闹》《懒妇》,游戏主人本《笑林广记》中的《有理》《取金》《收骨头》《媒人》《请神》《母猪肉》,《笑笑录》中的《借与之钱》,《解人颐》中的《嘲太守》《让王位》等,都在引人发笑的同时,宣泄了对社会上种种不平等现象的愤恨,也让世人看到了自身的弱点。

　　清代民间笑话在一些少数民族民间文学中也有许多表现,流传较广的有布依族的《三女婿拜寿》、壮族的《傻女婿》和《做狗灌肠》、傣族的《傻女婿波岩养的故事》,蒙古族的《巴拉根仓故事》中也有一些笑话,鄂伦春族的《急性子的猎人》有自己的特色,维吾尔族中的阿凡提、赛莱恰坎、毛拉·再依丁和肉孜·喀尔、塔特里克·卡萨等机智人物故事中的笑话相当丰富，藏族的《阿古顿巴的故事》中的笑话具有哲理意义。各民族的笑话故事，集中体现了不同民族的幽默特点及其审美观、价值观、道德观等内容，同样是民间文学史不可忽视的一部分。

清代民间笑话发展中，出现了陈皋谟的《半庵笑政》这篇笑话理论的总结提纲。作者把笑话归为"笑品""笑候""笑资""笑友"和"笑忌"等几个部分，这是我国民间文学思想史上一份可贵的文献。

清代流传的民间寓言故事被记述于文献的较为零散，有许多民间笑话故事其实也就是民间寓言故事。民间寓言故事的审美个性与思想内容是相当显著的，如《聊斋志异》中的《藏虱》《骂鸭》《禽侠》《大鼠》，《庸庵笔记》中的《蚓食蜈蚣》《蜘蛛与蛇》《壁虎与蝎》《鬼笑可畏》，《耳食录》中的《妻弟》《邻虎》等民间寓言故事，是清代社会民间文化哲学思想的典型体现，其寓意之深刻，语言之简洁，形象之生动，是其他民间文学形式所不能相比的。这一时期最典型而生动的民间寓言，主要体现在少数民族的民间故事中。如藏族的《咕咚》《夸口的青蛙》《兔子报仇》和《猫喇叭念经》等故事，白族的《狼、狐狸和猴子》，佤族的《一只好胜的老虎》，普米族的《狮子和小兔》，羌族的《小鸡报仇》和《兔子弟弟》，纳西族的《乌鸦笑猪黑》，哈尼族的《铁鳞甲和乌鸦》，布朗族的《鹭鸶告状》，景颇族的《蝙蝠》，阿昌族的《大象走路为什么轻轻的》，维吾尔族的《聪明的青蛙》《狮子和老鼠》《狐狸和大雁请客》，哈萨克族的《乌龟、蚂蚁和狐狸》《自作聪明的猴子》，柯尔克孜族的《黄羊乌鸦老鼠青蛙四个朋友》，锡伯族的《山羊和灰狼》，乌孜别克族的《自作聪明的毛驴》，塔吉克族的《黑熊和狐狸》，裕固族的《牧人、兔子和狐狸》，回族的《野鸡借粮》和《永远后悔的青蛙》，傣族的《抛弃国王的狗》和《鳄鱼的死》，侗族的《老虎和螃蟹》，壮族的《公鸡接受了教训》和《猫教老虎爬树》，高山族的《松、柏、杉和桧树比赛》《猴子和穿山甲》，瑶族的《蚂虫另告状》等，这些民间寓言故事大部分以动物形象出现，通过拟人化等民间故事惯用手法，显示深刻的寓意。

清代民间文学的发展，表现出新旧转折时代的文化特色，具有强烈的民族主义色彩，是我国传统文化的重要组成部分。

# 中国民间文学史

下册

高 有鹏
—— 著

山西出版传媒集团 山西教育出版社

图书在版编目（CIP）数据

中国民间文学史／高有鹏著． — 太原：山西教育出版社，2024.3
（中国分类文学史／张炯，郎樱，仲呈祥主编）
ISBN 978-7-5703-1865-0

Ⅰ．①中… Ⅱ．①高… Ⅲ．①民间文学—文学史—中国 Ⅳ．①I207.709

中国版本图书馆 CIP 数据核字（2021）第 175653 号

## 中国民间文学史
ZHONGGUO MINJIAN WENXUE SHI

| **责任编辑** | 赵　娇　康　健 |
| --- | --- |
| **复　　审** | 彭琼梅 |
| **终　　审** | 杨　文 |
| **装帧设计** | 王春声　薛　菲 |
| **印装监制** | 蔡　洁 |

| 出版发行 | 山西出版传媒集团・山西教育出版社 |
| --- | --- |
|  | （地址：太原市水西门街馒头巷7号　电话：0351-4729801　邮编：030002） |
| 印　　装 | 山西人民印刷有限责任公司 |
| 开　　本 | 720×1020　1/16 |
| 印　　张 | 41.5 |
| 字　　数 | 701 千字 |
| 版　　次 | 2024 年 3 月第 1 版　2024 年 3 月山西第 1 次印刷 |
| 书　　号 | ISBN 978-7-5703-1865-0 |
| 定　　价 | 170.00 元（上、下册） |

如发现印装质量问题，影响阅读，请与印刷厂联系调换。电话：0358-7641044。

# 目 录

（下册）

## 第十二章 中国近代民间文学产生的历史文化背景 ......... 335
  第一节 中国近代民间文学是社会现实生活的晴雨表 ... 336
  第二节 中国太平天国等农民起义与近代民间文学 ...... 353
  第三节 关于义和团与民间文学问题 ........................ 362

## 第十三章 近代社会民间文学的记述 ................................ 375
  第一节 神话传说 .................................................. 375
  第二节 民间叙事诗 ............................................... 388
  第三节 民间戏曲唱本 ............................................ 391
  第四节 西方传教士与中国社会风俗生活 .................. 397

## 第十四章 中国近代民间文学思想理论 ............................. 405
  第一节 关于神话传说与民族文化问题 ..................... 406
  第二节 关于近代民间歌谣理论研究问题 .................. 420
  第三节 陈季同：走向世界的中国人 ......................... 425

## 第十五章　中国现代民间文学的历史发展与民间文学思想理论体系建立 …… 440

  第一节　中国现代民间文学的历史发展 …… 440

  第二节　中国现代民间文学思想理论体系的建立 …… 443

## 第十六章　五四歌谣学运动 …… 461

  第一节　五四歌谣学运动的缘起与方向 …… 463

  第二节　歌谣学范式的建立 …… 467

  第三节　歌谣与人文 …… 472

  第四节　拓展与转向 …… 477

## 第十七章　现代民间文学运动 …… 483

  第一节　北平的余音 …… 485

  第二节　东南的风浪：从广州到杭州 …… 488

  第三节　文化复兴：中西部民间文学研究 …… 513

  第四节　红色歌谣 …… 530

## 第十八章　鲁迅的民间文学观 …… 539

  第一节　尊重民间与正视现实的文化立场和价值观念 …… 539

  第二节　关于民间文学的起源及其与作家文学的关系 …… 549

  第三节　对民间文学嬗变历史及价值的文化透视 …… 559

## 第十九章　胡适的民间文学观 …… 565

  第一节　比较歌谣学的创制及其歌谣学思想 …… 565

  第二节　关于民间传说故事的研究 …… 575

  第三节　民间文学与作家文学 …… 586

  第四节　《白话文学史》对现代民间文学理论发展的贡献 …… 591

# 第二十章　延安民间文艺运动 ………………………… 599
# 第二十一章　中华人民共和国成立以来的民间文学 ………… 613
## 第一节　中国民间文学的当代性 ……………………… 613
## 第二节　中国民间文学回归文化 ……………………… 623

# 参考书目 ……………………………………………………… 636
# 后记 …………………………………………………………… 649

# 第十二章　中国近代民间文学产生的历史文化背景

中国近代民间文学承前启后，是中国古代历史文化的终结，也是中国社会现代文明的重要开启。近代是中国社会融入大工业时代的开端。

中国近代民间文学与历史上的民间文学一样，包含丰富的神话传说故事、民间歌谣、民间谚语，出现大量的民间戏曲，也出现许多发人深省的民间文学思想理论。由于特殊的社会政治变化等因素，中国与世界的联系更为紧密，也更为复杂。大工业造就的现代文明，深刻影响着世界的变化，也影响着中国社会。清代初年形成的闭关锁国等局面被打破。中国外交官、留学生等新的文化力量走进西方世界，西方传教士和一些汉学家、冒险家等群体走进中国，有力地改变了中国传统思想文化的格局，自然也影响到这个阶段民间文学的发展变化。

1840年以来，帝国主义列强以极其野蛮的手段逼迫中国向他们开放口岸、割地赔款，丧尽国家与民族尊严。从当年的白莲教起义，到太平天国起义、捻军起义和义和团运动，以及许多地方的少数民族起义，民间社会极力反抗清朝黑暗政治与帝国主义列强的残酷镇压，这些内容以民间文学的口头形式及时表现出来，以此构成了中国民间文学史上独特的一页。

中国近代社会被迫融入世界，西方文化思想不断传入中国，深刻影响着中国文化发展。特别值得注意的是西方传教士与西方学者对中国文化的影响，诸如上海创办的《万国公报》等媒体，将马克思主义与中国传统思想的大同理论相结合，形成新的文化思潮，影响中国现代民间文学思想的产生和发展。

## 第一节　中国近代民间文学是社会现实生活的晴雨表

在中国近代社会，民间文学从来不是，也不可能是孤立存在的，它总是与各种社会变革等具体的社会文化生活联系在一起。近代中国社会发生了许多次形形色色的运动，如19世纪80年代的自强运动，设立了同文馆，并且按照西方科学研究与生产实践相结合的方式，设立了大量造船厂与兵工厂。但是，对于中国社会发展而言，这只是学习了西方社会的表面，是一种皮毛。改变中国社会积贫积弱局面的根本，还应该是接受现代文明，废除腐朽的封建专制，用现代科学技术与现代民主政治改造社会。自强运动也好，此后的洋务运动也好，都是基于这种文化思想而形成的社会文化变革。1905年废科举而兴新学，中国几千年的封建科举影响社会风俗生活的重要格局被彻底改变。1911年，辛亥革命爆发，清朝皇帝不得不退位，新的中华民国催生了新的社会文化，历史进入一个新的阶段。从此，袁世凯为首的北洋军阀与孙中山为代表的南方革命党之间的矛盾，成为中国近代社会最突出的思想文化冲突。概括地讲，1840年起，中国社会的基本矛盾从封建社会性质冲突，渐渐转变为中国社会各个阶层与帝国主义列强的矛盾；至1895年，甲午中日战争的失败，使得中国人的民族自信心完全挫败，所以，社会文化思潮形成又一种共识，即清朝专制政治再也无力承担起领导中国走向希望之乡的重任，必须推翻清朝，中国才具有翻身的希望。革命在社会政治与文化两个重要方面形成越来越强大的势力。正如一位学者所说："尽管中国告别了过去的政治体制，往昔的阴影却继续沉重地支配着社会习俗和思想生活。政府改头换面了，但它的精神实质还与过去一样；贪污腐败、军阀割据、恢复帝制的妄想和混乱失控的情况比比皆是。民国的创立并未给人们带来期望的和平与秩序，于是，中国的知识分子逐渐相信，如果不进行一场彻底的思想变革，就不可能有良好的政府和社会。"[1]

因此所发生的各种民间文学现象，构成中国近代社会风俗生活与民间

---

[1]〔美〕徐中约：《中国近代史：1600—2000 中国的奋斗》，计秋枫等译，世界图书出版公司北京公司2008年版，第7页。

文学的重要内容。

近代中国社会的民间文学同样浩如烟海，各种各样的述说有自己独特的背景与独特的表达方式。历史转折关头，总有恋恋不舍的怀旧和对新政权的观望。对于明朝灭亡与清朝社会肇始的民间述说，有两个重要典型，一个是多尔衮与顺治等人的历史传说，一个是郑成功反清复明与收复台湾的历史传说。

一定社会的历史生活作为民间传说的流行，总是需要用传说解释传说，近代社会也是如此。有多尔衮作为摄政王，如何保持了清朝的政治稳定的传说；也有他本来可以将清朝皇帝取而代之，但是忠心耿耿的传说。民间传说中的顺治生出满脸天花，面对社会时局一筹莫展，最后无奈出家五台山，其中许多内容都扑朔迷离，充满神秘意蕴。人们总结清朝的几个皇帝姓名，用谜语的形式作成民间歌谣，称康熙为"一斗谷子九升米"（意为糠稀，与康熙相谐音），称顺治为"看病只要一剂药"（意为治病顺手、顺利），称道光为"腰里盘缠掉个净"（意为把财富全部倒出来，道光即倒光），称乾隆为"一把擒住老龙角"（方言中乾隆的"乾"与"擒"相通，"隆"与"龙"相通）。这四句连在一起，念作"一斗谷子九升米，看病只要一剂药，腰里盘缠掉个净，一把擒住老龙角"，刚好形成一首韵律优美的民间歌谣。许多民间传说还绘声绘色地描述什么乾隆皇帝是汉人陈阁老的后代，讲述他多次到江南微服私访，是在寻找自己的生父生母。同时，诸如《三侠五义》《红袍传》《说岳》等话本小说，此时广泛流传民间社会，成为新的民间说唱。北方的鼓书和南方的弹词等民间艺术，不断催生新的民间文学，形成通俗文学、民间传说与民间说唱之间的故事形制转换。民间传说故事常常是在捕风捉影中表达真实的社会情绪，宣泄情感，未必每一个传说故事都有自己明确或直接的表达目的。近代社会流行的民间文学包含着浓郁的民族情绪，是对清朝强化八旗集团社会政治利益的反抗。

清末至民国年间，北平传唱所谓"西山十戾"。这是典型的妖魔化箭垛现象。如：多尔衮——熊，吴三桂——鸮（夜猫子），年羹尧——豪猪，曾国藩——蟒，和珅——狼，海兰察——驴，慈禧——狐狸，洪承畴——獾，张之洞——猴，袁世凯——癞蛤蟆。传说中的多尔衮虎背熊腰，高大威猛，像凶狠的狗熊一样；吴三桂出卖民族，阴沉善变，投降清朝，后来又反清，是一个不吉祥的东西；年羹尧非常凶猛，像一头豪猪；曾国藩曾经为清朝卖命，镇压太平天国，是常常蜕皮的蟒蛇，或传说其有帝王之命，像蟒蛇一样能够摧毁世界，或传说他有皮肤病，经常脱去皮屑，像蟒蛇蜕皮一样；和珅凶狠狡诈，是一个大贪官，像饿狼一样贪婪；传说海兰察为驴托生来到人间，为清朝拉套，任劳任怨；传说西太后是狐狸转生，与历史上的武则天一样淫荡成性，曾经靠色相迷惑皇帝和一些大臣，恶贯满盈，祸乱天下；传说洪承畴像狗獾一样，只为有钱人奔走；张之洞足智多谋，其勤读书而少睡眠，经常处于高度警觉状态，像猴子一样机智灵活；传说中的袁世凯五短身材，常常走八字步，大腹便便，像一只癞蛤蟆。一则民间小调唱道：

> 西山呀真正怪，
> 十个妖怪它呀么投了胎。
> 熊瞎子变成了多尔衮，
> 獾子变成洪承畴，
> 唉嗨嗨吴三桂他是那猫头鹰变得来。
> 和珅呀本是漫野的狼变成，
> 普天下第一个大贪官要多坏就有多坏。
> 海兰察是一头驴子摇摆摆！
> 年羹尧他是一头拱地的猪，
> 蟒蛇他变成了曾大帅。
> 猴子成精变成了张之洞，
> 玉面狐狸变成了慈禧老呀么老妖怪！
> 看只看癞蛤蟆成精吞下了日和月，
> 变成了洪宪皇帝袁世凯。
> 一个个妖怪成了呀精啊，
> 天地都变了旧模样，
> 播下了罪孽种成千上了百嗨嗨呀嗨嗨！

至于这些传说的真实性，我们未必一定要严格考证。所有的民间传说都是从民间社会那些故事讲述者自己的感情、愿望和对历史人物的具体理解出发，取其一点极其相似处，作生动描绘与大力夸张，引起人注意，或增强社会对这些历史人物的深刻印象。所有被传说的人物，都是在社会历史上具有特殊地位的角色，这些传说故事在事实上成为民间社会对他们的功过是非或各种生活性情的形象述说与评价。

郑成功在民间文学中被刻画成一个反清复明的民族英雄，民间社会称其"国姓爷"，这是近代民间文学的又一个典型。

清朝建立后，仍然还有许多地方并没有归顺他们。在长江流域以南的广大地区，明朝遗民仍然怀念旧国，不断拥立新的皇帝。南京拥立福王为明朝的皇帝，后来在绍兴又拥立鲁王，在福州拥立唐王，在广州拥立新的唐王。在福州，唐王被拥立为明朝皇帝时，郑芝龙将军曾经极力支持，后来却又背叛了唐王。郑芝龙的儿子郑成功英勇善战，受到唐王的赏识，被任命为"招讨大将军"，并被赐予"朱"姓，所以郑成功被地方百姓称为"国姓爷"。郑成功不满意其父亲的行为，在厦门、金门等地据守，集结了二十万人的大军，坚持抗清斗争，而且一度攻打内陆，进攻到浙江和江苏，希望重新建都南京，但是，他们终因寡不敌众而失败。在胡朴安《中华全国风俗志》等文献中，我们可以看到南京城下关的金色鲤鱼是当年郑成功率领的士兵的战魂，每当夜半还能够听到水下这些不屈的灵魂在愤怒喊杀等传说故事。如果我们以此联系清兵入关之后的种种暴行，便不难理解郑成功传说作为民间文学中风物传说构成历史记忆的特殊意义。郑成功退守台湾，打败荷兰人，收复台湾，是民族大义之举，他英年早逝，被称为民族英雄。郑成功抗清与收复台湾，形成许多民间传说故事，是民族大义的颂歌。郑成功维护国家与民族主权的传说故事是我国台湾地区民间文学的一个典型，在中国民间文学史上具有非常特殊的价值与意义。

近代民间文学一方面继续歌唱"头九二九，相唤勿出手。三九廿七，笆头吹觱栗。四九三十六，夜眠如露宿。五九四十五，床头把唔唔。六九五十四，笆头出嫩刺。七九六十三，破絮担头摊。八九七十二，黄狗向阴地。九九八十一，犁耙一齐出。十九，蛤蟆闹嚯嚯"①，歌唱"春打六九头，七九河开，八九雁来。九九加一九，黄牛遍地走，穷汉子就翻手"②，歌唱"小娃娃，你别馋，过了腊八就是年。二十三，灶爷上天。二十四，写对子。二十五，做豆腐。二十六，化猪肉。二十七，宰年鸡。二十八，把面发。二十九，糊香斗。三十，祭神。初一，叩头"③，歌唱这些流传千载的传统歌谣；另一方面，它继续传唱《梁山伯与祝英台》《孟姜女》

---

① 范寅：《越谚》卷上，清光绪八年谷应山房刊。
② 《奉天歌谣》，辽天一鹤搜集，《北京大学日刊》第 322 号，1919 年 3 月 3 日。
③ 《奉天歌谣》，辽天一鹤搜集，《北京大学日刊》第 323 号，1919 年 3 月 4 日。

《白蛇传》等传统民间文学。

　　民间文学是时代的强音，及时记录了社会政治发展中的重大事件。当年白莲教兴起，可以视作中国近代民间文学的先声。18世纪末19世纪初，王聪儿等人在川楚地区发动白莲教农民起义，清朝征集十六个省的兵力进行镇压。白莲教起义失败了，但是，其歌声还回响在历史的天空。诸如"白莲教，好大胆，襄阳府里造了反，一心要反半边天。白莲教，得了胜，惊动清朝老朝廷，赶忙派将又加兵""白莲教，扯大旗，大兵杀入城中去，要替万民除妖气""白莲教，扯大旗，襄阳城中扎根基，誓与清妖拼到底""病汉子怕的鬼缠身，烂草房怕的暴雨淋。哪有白莲教怕官兵？哪有孙悟空怕妖精？"① 此类民间歌谣在近代社会被传唱。有一首歌谣歌唱道："南京到北京，都是杨家兵。掇钩咸丰爷，杨家坐朝廷。"歌谣搜集整理者记述称："杨泰是冠县城东七里韩村人，本来一个编卖箩（拾粪用的篮）的农村手工业者，白莲教抗粮起义时，群众推他为领袖。杨泰曾经扎起大席棚来当金銮殿，宣布做皇帝，表示了要'搬倒咸丰爷'另建政权。"② 又如捻军起义中的民间歌谣"光山一笼鸡，罗山一堆灰，莫向黄安走，不破麻城誓不归"，搜集整理者介绍道："这是捻军中传唱的歌谣。捻军后期，曾经几次往湖北、河南、安徽交界地区，进行运动战。他们从经验中知道，光山、罗山（都在河南省东南部）可一攻而下；黄安（在湖北省东南部）地主团练较强，不宜硬攻；麻城（在湖北省东北部）则非攻下不可。这首歌谣反映了捻军作战，既有判断，又有决心。歌谣在军中传唱，就成了统一认识和统一行动的作战口号。"③ 捻军起义打败清朝军队，杀死僧格林沁亲王，出现记述这一战斗场景的大鼓书："僧王领旨出北京，吹得牛皮冒火星。人马带了几十万，盔缨照得满天红。前边走着洋枪队，后边跟着大刀兵。先平河北白莲池，后平河南张乐行。才说回京把功报，小梁王拦路刀枪明。小梁王本是庄稼汉，十八般武艺样样精。拜认天王为师傅，呼风唤雨有神通。小梁王，拦住路，大喝一声震江洪。震得山摇地又动，震得僧王耳朵聋。僧王走马把阵上，心口窝里先扑通。没杀三合和两阵，

---

　　①湖北武当山吕家河地区流传民歌。此民歌见于手抄本，当为地方民间文艺工作者记录。
　　②《都是杨家兵》，程英编：《中国近代反帝反封建历史歌谣选》，中华书局1962年版。
　　③《不破麻城誓不归》，程英编：《中国近代反帝反封建历史歌谣选》，中华书局1962年版。

咳！他万马营里丧了命。"搜集整理者解释称，"拜认天王为师傅"是指"张宗禹拜天王为师傅"，即"接受洪秀全的封号，接受太平天国的领导这件事"；"小梁王张宗禹"是"张乐行的侄子"，"是后一辈的捻军领袖，所以群众有时称呼他加上个小字"；僧格林沁"万马营里丧了命"是"回京报功，被张宗禹拦截杀死"；"编歌的人有意渲染，和实际情况有出入"，"据说，僧格林沁在山东曹州府（菏泽）陷入捻军包围，被捻军青年将领张皮绠（又作绠绠）杀死在麦田里"①。20世纪80年代以来，安徽、河南一带流传着捻军起义和张乐行等农民起义领袖的传说故事。有人讲述其英勇无畏，称赞其劫富济贫，武艺高强；也有人讲述捻军与土匪一样，既打击官府，又危害民间。河南商丘有一首表现捻军起义的民间歌谣，歌唱"乱他乱来反他反，捻子来了不杀咱，杀了陈宋两大院"，歌唱"日出东方一点红，捻子打旗在正中，东西南北刀砍头，苏天福是个大英雄"，讲述当年商丘捻军主要力量永城回民苏天福，在归德府（即河南商丘）专门攻打地方豪族。商丘豪族有"陈宋侯叶余和刘，高杨两家在后头"的歌谣，号称"八大户"。其中"陈宋两大院"中的陈家，与商丘侯家有姻亲，是侯方域的姐夫，江苏宜兴人，在商丘有很多田产。捻军攻打的主要对象，就是这"八大户"。20世纪50年代，民间文艺工作者搜集整理的《唱捻军》流行最广："正月里来正月正，日子过得叮当叮，穷人跟着老乐干，专打楼主和清兵。二月里来龙抬头，咸丰皇帝发了愁，派来花妖千千万，鳌营扎在南宿州。三月里来三月三，老乐发牒把兵搬，官古寺来了龚大哥，刘家兄弟随后边。四月里来麦子黄，老乐定计斩饿狼，饿狼本是忠良将，将星落在西北方。五月里来五端阳，五色彩旗空中扬，老乐领兵阵头上，花长千军齐投降。六月里来六月六，天爵兵败发了忧，千军万马丢个净，一品的兵部他命归休。七月里来七月七，阴雨连天整十七，涡河龙王吐蛟水，大水冲倒俺屋脊。八月里来是中秋，老乐领俺闯九州，鄢陵、扶沟都溜过，青江、曹州又登州。九月里来九重阳，各旗兄弟盼家乡，纷纷散伙归故里，哪知苗沛霖变成黑心狼。十月里来入了冬，苗贼勾来花妖兵，妻儿老小都杀净，年青的媳妇驮进京。十一月里来雪花飘，老乐闻风心中焦，拨马转回蒙亳地，八百红孩把苗贼抄。十二月里来整一年，老乐

---

①见《僧王领旨出北京》，程英编：《中国近代反帝反封建历史歌谣选》，中华书局1962年版。

见了洪秀全，封了老乐为天王弟，老乐领俺下淮南。"① 山东黑旗军宋景诗农民起义歌谣中有"打开柳林团，吃喝得两年，寻个媳妇不作难。先杀杨九、十，后杀二红砖，五营四哨齐杀尽，当中留着乔庙的步老先"。搜集整理者解释为"这是1863年春宋景诗从陕西返回到故乡堂邑，攻打柳林地主民团时传唱的一首歌谣"，其称"柳林，在堂邑镇西北四十五里，距宋景诗黑旗军总部岗屯只十五里。地主民团是当时和宋景诗起义军作对的第一号死敌，也是这一带的封建堡垒。因此宋景诗重返鲁西后，便着重进攻柳林。当时农民在封建统治的残酷剥削下生活极端贫困，没有钱结婚，这句说打开柳林团，分到胜利果实，结婚也就不困难了。柳林团的总团长杨鸣谦排行第十，人称'杨十爷'，'杨十'就是指他。其兄弟杨鸣皋，人称'杨九'，是副团长。他们是杀人成性的恶霸地主，后被黑旗军计诱出圩亲手杀死。二红砖，即许老韶，与步老先是一正一副，率领柳林团的右营，并兼领恶名远扬专给团长保驾的'黑虎队'。步老先，名超然，人称'步老超'或'步老先'。他是乔庙人，有九顷地，没有儿子，时常放赈，农民对他颇有好感"②。天地会兴起时，民间歌谣有"三点暗藏革命宗，入我洪门莫通风。养成锐势复仇日，誓灭清朝一扫空""红巾一条在手中，包在头上访英雄。招集五湖并四海，杀灭清朝一扫光"。马尾海战失败后，福建地区流传童谣"福州真无福，法人原无法；两何没奈何，两张没主张"，其中"两何"指何璟和何汝璋，"两张"指张佩纶、张兆栋，都是无能之辈。李鸿章兴办的北洋舰队出现时，民间歌谣传唱"大轮船，冒青烟，船上两根大桅杆。机器炮，半空悬，鬼子见了吓破胆"，这未必不是对国家强盛起来的期待。

甲午战争失败，清政府与日本签订《马关条约》，把台湾割让给日本，激起台湾人民的反抗，发生由詹阿瑞领导的台中、嘉义起义。民间歌谣唱出"此次动兵，奉旨而行；事有纪律，约束严明。义师伐罪，真安台澎。救民脱苦，惟倭是征。定集人民，雪恨复清！降者便安，协力原情。论尔大众，万勿心惊。各宜共志，早救生灵"③。帝国主义列强在中国的土地上

---

①《唱捻军》，《民间文学》1959年9月号。
②见《打开柳林团》，程英编：《中国近代反帝反封建历史歌谣选》，中华书局1962年版。
③以上所引民间歌谣均出自程英编：《中国近代反帝反封建历史歌谣选》，中华书局1962年版。

肆意妄为，以传道为名，事实上是在施行文化扩张。光绪五年（1879）十月，美国人薛承恩以到中国内地游历为名来到福建延平，在当地一家书店门上挂起福音堂的匾额，发出通知，在福音堂做礼拜讲经布道，延平人群情激奋，及时阻止。第二天，这个美国人仍然我行我素，聚集教民继续在店内做礼拜。附近有地方儿童前往观看，却遭到薛承恩斥骂，薛承恩公然向人群开枪，击伤路人。这种野蛮行径激起地方百姓的愤恨，他们在民间歌谣中喊出："真不平！真不平！天朝官竟帮了洋人。前月初二日闹的事，实是洋人太无情。书店忽然把经念，难怪小孩往前听。虽嬉笑，亦无心，何把洋枪放来临？过路客，该倒运，手受铅子莫可怜！洋人晓得是无理，故意装伤往省城。假圈套，青眼睛，向他领事捏虚情。省中各宪被他骗，竟派委员到延平。……最可恨，通商局，枪伤之人竟不问，反代鬼子俸事情。现在委员既来到，看他办事平不平。要他捉拿闹事者，个个都是为首人。我们议定有一法，每户各自出一丁。南平四万八千户，共集四万八千人。备盘费，即起程，一概齐到福州城。求各宪，把冤伸，先要拿打放枪人。他伤路人是有据，我打洋人是无凭。各宪若凡不肯理，拆洋楼，杀鬼子，并杀教民！一言既出，决不留停。那时候，不受洋人荼毒，亦不受官长欺凌。皇上也出气，百姓也欢心。若非如此斩尽，地方何能安宁！"[1] 西方传教士与中国民众的冲突比比皆是。又如广西民间歌谣"狗屎官，何臻祥，欺百姓，助外洋，终归没有好下场"[2]，其背景是1897年，苏司铎等法国传教士到广西永安州传教，收罗地方流氓无赖，为所欲为，引起地方民众不满。地方民众相约"一家有一人入教者，将家逐出村外"，并将此约张贴。苏司铎他们见一烧酒店墙上贴有禁约，捣毁酒店，强行带走店主。地方民众前去拦截，苏司铎开枪射击，遭到地方民众反击。事件发生之后，永安知州何臻祥不分是非，缉拿"凶手"。后来，他被清政府撤了职，地方民众用歌谣记述了这个事件。1900年，有西方传教士深入到湖南辰州地区（怀化市沅陵）以传教为名，调查地方社会。当时，汉口英国领事馆曾经派教士到辰州传教，但是，入教人数很少。英国人胡绍祖、罗国俊来到这里之后，勾结地方无赖，包揽词讼，与地方寡妇萧张氏偷鸡摸狗。1902年夏秋之交，辰州地方瘟疫流行，有人发现萧张氏向井里投东

---

[1]《真不平》，程英编：《中国近代反帝反封建历史歌谣选》，中华书局1962年版。
[2]《终归没有好下场》，程英编：《中国近代反帝反封建历史歌谣选》，中华书局1962年版。

西，将其逮走问讯，其招供两个传教士所指使。地方民众打死两个传教士，英国公使强迫地方政府逮捕地方民众三百多人，惨杀十多人，赔款八万多两银子，并且强迫地方民众在辰州府衙门前为英国传教士立起巨大的纪念碑。地方民众对此事件气愤难平，在拉运这个纪念碑巨石的时候唱出下面这首劳动号子："岩头哥呵，上府坡呵，——嗨嗨呵，红毛鬼子害人多呵！岩头王啦，上府堂啦，——嗨嗨啦，皇帝老子狠心肠啦！岩头神呀，上府坪呀，——嗨嗨呀，有仇不报枉为人呀！"①

最为典型的是1870年发生的天津教案，当时民间有许多外国教堂迷惑拐卖中国小孩的传说，而且也确实曾捕获一个拐匪安三。但是，因为安三是教民，外国教堂以不正当的理由出面庇护。特别是法国领事丰大业，极端蔑视中国人，竟然开枪行凶。天津人民对此忍无可忍，群起殴打丰大业致死，并且烧毁了望海楼外国教堂。清政府诚惶诚恐，派直隶总督曾国藩释放了安三，并逮捕"凶手"，向教会赔款、道歉。曾国藩这种无耻行为，很快引起了全国越来越多人的义愤。李鸿章接替曾国藩，更为变本加厉，杀了十六名天津市民。教案中还有一些被无辜杀害的人。许多人虽然痛恨教士的罪恶行为，但并没有火烧教堂，被硬捕来凑数。这些人坚强不屈，用戏台上英雄好汉的服装装扮自己，走向刑场。之后，天津流传《火烧河楼》，歌唱道：

> 同治九年五月二十三日起祸头，
> 洋鬼子楼来九丈九，
> 小孩砍砖头，
> 一砍砍在鬼子楼。
> 法国领事丰大业一见发了愁，
> 手拿洋枪往外走，
> 直到院衙找崇厚。
> 两人讲话不妨头，
> 丰大业洋枪一响，
> 崇厚急忙往外溜。
> 老百姓听说是洋鬼子开炮打崇厚，

---

① 《红毛鬼子害人多》，程英编：《中国近代反帝反封建历史歌谣选》，中华书局1962年版。

个个摩拳擦掌，
怒气满心头。
人们越聚越多，
挤满了衙门口，
县太爷刘杰也赶来打听根由。
丰大业一见有了气，
又一枪打伤了县台的差官，他还不干休。
众英雄一见气往上浮，
拧眉瞪眼向前凑，
你一拳，我一脚，
就这样打死了丰大业在衙门口。
天津卫的英雄们一声呐喊，说：
"打死了万恶的洋鬼子还不算，
我们还要烧了那万恶的鬼子楼！"
一路上受过害的百姓们都拿了火油柴草，
一齐跟着英雄们走，
七手八脚烧了河楼，
烟气冲斗牛。
城厢内外的众家好汉，
一看是天津卫的哥们要报仇，
手拿刀枪剑戟、斧钺叉钩，
拐子流星带斧头，
一齐奔到望海楼。
杀声震天真像是狮子吼，
遇见了鬼子就揪住不放手。
一个也不把他留！
一个也不把他留！
报冤仇！报冤仇！
从此惹下大祸头。
法国兵船到大沽口，
强迫中国官民赔命才甘休。
同治爷下谕旨，
说是什么教堂拐小孩，

摘心挖眼，都是妄控妄奏没根由，
赶快把天津卫的混星子搜。
英雄们不怕死，有的去自投，
情愿坐牢也不怕砍头。
九月二十五夜里要把英雄们去斩首，
英雄们说："有交情别上前儿，
有什么事白天来接头。"
一个个横眉怒目怎肯低头。
那些刽子手们吓得直往外溜，
不敢绑人，也不敢动手。
这才惊动了全城官长来央求，
花言巧语把英雄们哄得点了头，
绑出监牢街上游。
崔秃子、马宏亮年长在前走，
瘸子姓冯在后头，
十几位英雄一对一对往前走。
抓地虎的靴子，
身穿花洋绉，
箭袖靠身蜈蚣纽，
杏黄板带飘悠悠，
身穿灯笼裤，
头带英雄帽，
颤颤巍巍花绒球，
好一似绿林英雄汉，
相貌堂堂雄赳赳。
远远看见招子好似高粱地，
过了鼓楼来到镇台衙门口。
英雄们破口大骂：
"赃官见了洋人好像避猫鼠，
硬要天津卫哥们儿给鬼子抵命也不问根由，
不该把哥儿爷们搜。
这就是赃官办的好事真不害羞！"
大家说："等到天亮再往前走。"

小货铺送来了八条凳,
两人一条吃茶把烟抽。
一直等到大天亮,
朋友们探望围了个风不透来雨不透。
上梯子,爬墙头,
地上也有,房上也有,
有的说:"你们怎舍得亲爱同伴好朋友!"
有的说:"你们怎舍得把娇妻幼子丢!"
有的说:"你们怎舍得八十老爹无人收留!"
有的说:"你们怎舍得高堂老母恩情厚!"
这才惊动马宏亮站起身来详细说根由:
"我们一不是响马,
二不是贼寇,
三不是图财害命、明火路劫才把命丢。
我们是替那屈死的小孩来报仇;
给天津卫除大害,
打死丰大业,
烧了鬼子楼,
活劈了大姑二姑
举着她们的脚腿把街游。
不怕死来拼命雪冤仇。
好汉作事好汉当,
一命抵一命死也甘休!"
崔秃子说:"洋人催命催得紧,
狗官硬把我抓来填馅,
顶凶当凶手,
他好交差算是给爷家,
做了一件好事由。
我死后一定要变恶鬼掐他咽喉!
十六个人里像我这样的有好些个,
虽然是屈死,
也算是替天津卫的哥们顶事的好朋友。"
众人听罢个个热泪往下流,

异口同声说是:"弟兄们……
为了中国人把命丢,
你们的美名万古留!"①

中国民众与洋教徒的冲突,不仅是民间信仰与思想文化的冲突,更重要的是社会政治的冲突。清政府对内张牙舞爪,对外则极度软弱,任西方列强在中国社会到处横行霸道,激起民众阶层的强烈不满。中国近代社会,民间文学既排满,又排外,而且常常非常盲目。反对洋人,连同清朝政府设立的同文馆也在排斥之列,声称"胡闹,胡闹!教人都信了天主教"。其实,如搜集整理者所解释:"1862年清政府在北京设立'同文馆',招收学员学习外国语,培养'洋务'人才。这是清朝封建政权开始买办化的一个重要措施,在当时引起了人们的普遍反对。这首民谣就是当时在北京产生的,并且还有人写下来贴在前门(北京市中心的城门)上。其实入同文馆学洋文,并不是信洋教,但那时人们都把它们看成是一回事。从这首民谣中可以看出,当时人民普遍存在着反侵略情绪,凡沾'洋'气的事物就立即被认为是有侵略性的,并且和天主教联系起来。因为天主教是人民在宗教生活中一般能够具体接触到的侵略势力,所以它在人民心目中就成了侵略势力的主要代表。"② 如英法联军侵占北京时《顺天时调》所唱"可叹大清一统,丧尽祖宗英名。咸丰爷,年纪轻,信宗室,误国政。王公将相无才能,就知贪财惜命。武职克扣军饷,文官受贿不公。卖官鬻爵享有,因此国家受病""国中无主众人惊,夷兵直要攻城。怎怨恒祺庆惠,商量定日开城。可恨兵多帅少将无能,枉害多少生灵。贼鬼进了安定,唬坏城上防兵。祖宗爷娘喊叫,可叹大清旗兵,摘了帽子跑下城,脱了号衣就搬营。可叹上班席窝棚,就有爬城逃命。兵丁失散队伍,元帅先跑出城。饭袋酒囊众公卿,无一忠则尽命,鬼子进城之后,任他调动听从。张贴告示'大法、大英',明是欺辱大清。仕宦摘去门封,官员不戴顶翎。车马俱改小鞍笼,怕是因官丧命。平时装模作样,骑马坐轿逞威风!此时逃命改名姓,不提诰命王公。城内富户逃避,沿路被劫吃

---

① 《火烧河楼》,程英编:《中国近代反帝反封建历史歌谣选》,中华书局1962年版。
② 《反同文馆谣》,程英编:《中国近代反帝反封建历史歌谣选》,中华书局1962年版。

惊。穷家铺户陷城中,只可凭天由命。安定内如贼城,府尹两县听令。城里关外任纵横,如入无人之境。城内受害尚好,城外异事迭生。奸淫老妇幼女童,放火烧抢一空,携男抱女逃命,流离颠沛西东。朝中因为无主公,军民受害深重"。最后"贼兵离了京城,我兵又逞英雄。茶馆酒铺抖威风,手中架鸟提笼。自此闲散无烦恼,明目张胆寄卖洋药带开灯。窝娼聚赌常符,贪官漏网得命,妻子险遭贼锋,探听贼走溜进城,又该摆酒压惊"①。摹形绘状,入木三分。

民间文学合为事而作,爱憎鲜明,从无避讳。当现代工厂兴起来的时候,他们歌唱《十杯茶》,唱"一杯子茶唱的大生厂,大生厂里好兴旺,里头开花庄。陈头儿站在大门口,毛竹板子拿在手,不准闲人走。二杯子茶茶叶黄,大生厂里砌楼房,两面是花仓。方头儿站在桥门口,黑漆棍子拿在手,好像一只闹狮狗。三杯子茶茶叶红,大生厂里支烟囱,寒天加火烘。本地房子砌的外国楼,外国楼上机器灯,点起灯来不用人"②。辛亥革命的炮声就要响起时,他们唱"彗星见,四川乱;彗星没,刀兵出""血溅天河,尸积满车;杀人如麻,欲归无家"③。袁世凯镇压革命党人时,他们唱"五色旗,没有边。袁世凯,没几天""大总统,洪宪年,正月十五卖汤圆"④。张勋复辟,他们唱"不剃辫子没法混,剃了辫子怕张顺"⑤。民间歌谣更多的是在唱"一出南津关,两眼泪不干。买个破砂罐,吃吃喝喝上四川"⑥之类的生活酸辛。

如何对待中外文化交流与反抗帝国主义侵略压迫,以及近代中国社会勃兴的各种民族主义思潮与行为等内容,这同样是中国民间文学史回避不了的话题。

---

①此歌调有多种,或作《顺天时调》,或作《夷氛私叹》,参见程英编:《中国近代反帝反封建历史歌谣选》,中华书局1962年版。

②见南通市文联编:《南通纺织工人歌谣选》,江苏人民出版社1982年版。

③杨凤辉《南皋笔记》卷二载"辛亥,夏五月,有彗星见于西南,入井鬼之野,越二月而没,有青衣童子,长谣于市云","未几而川中有路事之战,七月,天赤如血,复谣于市云。众闻而恶之,竟操刀逐之,忽化为青蝇而去","星象显于天,童谣应于市,其事岂偶然哉!谓之为警世也亦可"。杨凤辉《南皋笔记》,江苏古籍出版社1984年版。

④程英编:《中国近代反帝反封建历史歌谣选》,中华书局1962年版。

⑤北京大学图书馆主任李守常(李大钊)搜集,《北京大学日刊》第220期,1918年10月5日。

⑥《船夫歌》,沈次刚搜集整理,《北京大学日刊》第141期,1918年5月20日。

一切民族主义的发生，都是在民族命运受到威胁时被逼迫而形成的。中国近代社会的重要标志就是世界逼迫中国睁开眼睛看世界，打破自我文化中心等思想观念。中华民族是文明礼仪之邦，热爱家乡，重视乡情友情亲情，有许多热情好客的习俗与相关的传说故事。我国历史上早就有丝绸（玉帛）之路，与远方的民族广泛交往，形成人类文明历史上的佳话。在我们的社会生活中有礼尚往来的文化生活传统，推崇坦诚相见，讲究温良恭俭让，讲究来而不往非礼也，反对各种飞扬跋扈、颐指气使，更反对那些烧杀抢掠、草菅人命的强盗行为。近代民间文学发生的具体条件有所改变，即中国社会政治腐败不堪，遍地黑暗，英国帝国主义等强盗发起鸦片战争，尤其是八国联军占领北京，严重毁坏中国文化，其罪恶罄竹难书，这又如何不激起中华民族保卫家乡、反对外来侵略的怒火呢？鸦片与鸦片战争给中国人带来巨大的伤痛和灾难，民间歌谣"月亮亮，家家小小儿出来宰相相。拾着钉，打把枪，戳杀佾人无肚肠。肚肠环在枪头上，老鸦衔去做道场"①的惨状。

鸦片战争使近代中国蒙受羞辱，从强大帝国转向被鄙视、被欺侮、被奴役。民间文学表现出中华民族对洋人的仇恨，强烈的民族主义成为这一历史时期的重要主题。

中华民族素有爱好和平的光荣传统，也讲究有仇必报，有着反抗压迫的传统，敢于斗争，从不屈服于任何邪恶势力。当林则徐火焚鸦片，三元里抗英的战斗打响的时候，他们歌唱："一声炮响，二律埋城。三元里顶住，四方炮台打烂。伍紫垣顶上，六百万讲和。七七礼拜，八千斤未烧。九九打吓，十足输晒！"搜集整理者称："林则徐在广州禁鸦片，同时加强海防。1840年6月，英国侵略者派遣舰队进攻广州，未能得逞，于是沿海北上，到达天津。道光害怕，撤换林则徐，改派卖国贼琦善同英军到广州讲和。英国侵略者态度强硬，要求赔款、割让香港。道光一怒，又撤换了琦善，改派奕山为'靖逆将军'，到广州指挥作战。奕山同样没有作战勇气，侵略军毫不费力地占领了广州城北的重要军事据点四方炮台。奕山大为恐慌，急忙派人讲和，交出六百万元的赎城费，才换得英军不进入广州城。这首歌谣是三元里人民编唱出来的，对奕山等人的卖国投降，表示了极大愤怒。"②他们恨透了软弱无能的清政府，在民间歌谣中称"百姓怕

---

① 胡祖德编：《沪谚》卷下，东亚书局1914年版。
② 《三元里抗英》，程英编：《中国近代反帝反封建历史歌谣选》，中华书局1962年版。

官,官怕洋鬼。官怕洋鬼,洋鬼怕百姓""贼到兵先走,兵来贼已空。可怜兵与贼,何日得相逢"①。当租界林立于中国土地,洋人横行的时候,他们粘贴揭帖,喊出愤怒的声音:"西方蛮子,本不文明。禽兽同形,蛇蝎为心。番邦猿猴,是其祖宗。来到中华,如狼逞凶。不论何物,不分地区,随意侵吞,随意夺取。存心险恶,爪牙四出。善良百姓,受其荼毒。蛮子禽兽,不近人情。损人利己,丧尽天良。大清皇帝,国事繁忙。无暇调兵,阻其猖狂。鬼子乘机,占据上风。十足骄横,越来越凶。挖掘坟墓,拆除民房。死者魂魄,亦不安康。儿童妇女,流离道途。痛哭流涕,惨不忍睹。白骨累累,沉冤不伸。触目惊心,切齿痛恨。吾等壮士,多如树木。如何忍受,奇耻大辱!敬告全县,各界人士:灭此鬼夷,河山为誓!揭橥义旗,迅速立功。烧尽房屋,杀尽诸凶。百千猴子,消灭干净。人心始安,公愤始平。"②

  当然,各种极端的民族主义总会有这样那样的问题,甚至会形成相当偏激的行为,诸如暗杀、自杀、火并等现象。文化是有生命的,需要思想启蒙和引导,需要发展和建设;民间文学尤其需要引导。在中国近代社会思想文化的建设和斗争中,孙中山领导的同盟会等革命组织,主张"平均地权,建立民国",高呼"驱逐鞑虏,恢复中华",系统提出"民族、民权、民生"三大主义。这是在特殊历史背景下所提出的民族复兴的文化主张。这些内容深刻影响到中国近代社会的民间文学,成为其时代精神。但是,这些问题背后却并不是那么简单,一方面是中国社会广大民众受到长期的封建专制思想熏陶,更多的人向往王权、神权,把一切不平等的遭遇归之于命运的安排。人们习惯于忍气吞声,在谚语中常常表述"屈死不告状,饿死不做贼"的做人法则,这些社会政治主张未必能为大多数人理解;另一方面,晚清政府愈发腐朽,军阀混战,建立新的民主国家这一政治理想,不能够为大多数人所顺利接受。一直到民国时期,还有许多地方的报纸或唱本之类民间出版物在辱骂孙中山这些革命党人。中国文化素有宣传革命和变革的传统,如"汤武革命,其命维新""穷则变,变则通,通则久也",但更多的是追求平安,民间社会常常把推翻反动阶级黑暗统治的行为视作犯上作乱,国民精神因此形成许多弊病。鲁迅曾经在《药》等文学作品中揭示这些内容。中国近代民间文学出现排满等民族主义情绪

---

  ①琦善向英军妥协投降时的广东民谣。见程英编:《中国近代反帝反封建历史歌谣选》,中华书局1962年版。
  ②见程英编:《中国近代反帝反封建历史歌谣选》,中华书局1962年版。

的同时，也自然出现一些抵制、排斥革命的情绪。在这种意义上讲，革命党人使用民间文学形式所做的各种宣传，确实具有民众思想解放的现实意义。而且，中国民主革命事业还非常年轻，在许多方面显得非常幼稚，甚至表现出许多妥协动摇的不彻底性；在这样的背景下出现了陈季同、黄遵宪和梁启超、夏曾佑、蒋观云、章太炎、王国维等一批杰出的思想家，包括在日本追求新知的鲁迅兄弟，他们具有浓郁的民族主义思想，以别样的姿态认识中国社会，论述民间文学，形成其思想理论，表现出清新的风尚。

中国近代民间文学思想理论是中国民间文学史的一部分，应该注意到曾国藩和李鸿章等人的相关著述。曾国藩等人也关注民生，关注对于社会风俗生活的引导，把"厚风俗"视作社会发展的重要目标。他们的风俗思想继承了历史上的安邦定国等思想文化，涉及民间文学的价值意义等内容，是中国近代民间文学思想理论的重要组成部分。而相当长的历史时期，我们更多把他们看作反动地主阶级的代表，认为他们阻碍了社会历史发展。尤其是曾国藩平定了太平天国洪杨之乱，被视作镇压革命的历史罪人。其实，就社会发展而言，他们中的许多人，既有社会历史文化知识的积累与修养，又有长期做地方社会治理与文化管理工作的实际经验，其思想理论具有一定的实践价值与现实意义。在科学研究中，意识形态是存在的，但是，过于追求意识形态的普遍性意义，就有可能影响科学研究的质量。一切都应该从实际出发，历史文化研究应该充分重视史料的特殊价值。对曾国藩等人的民间文学思想理论，既不能够忽视其价值意义，也不能作无原则的拔高。如曾国藩《原才》中论"倡而为风，效而成俗"曰："风俗之厚薄奚自乎？自乎一二人之心所向而已。民之生，庸弱者戢戢皆是也。有一二贤且智者，则众人君之而受命焉；尤智者，所君尤众焉。此一二人者之心向义，则众人与之赴义；一二人者之心向利，则众人与之赴利。众人所趋，势之所归，虽有大力，莫之敢逆。故曰：'挠万物者莫疾乎风。'风俗之于人之心，始乎微，而终乎不可御者也。先王之治天下，使贤者皆当路在势，其风民也皆以义，故道一而俗同。世教既衰，所谓一二人者不尽在位，彼其心之所向，势不能不腾为口说而播为声气。而众人者，势不能不听命，而蒸为习尚。于是乎徒党蔚起，而一时之人才出焉。有以仁义倡者，其徒党亦死仁义而不顾；有以功利倡者，其徒党亦死功利而不返。水流湿，火就燥，无感不雠，所从久矣。今之君子之在势者，辄曰：'天下无才。'彼自尸于高明之地，不克以己之所向，转移习俗，而陶铸一世之人；而翻谢曰：'无才。'谓之不诬可乎？否也！十室之邑，有好义之士，其智足以移十人者，必能拔十人中之尤者而材之；其智足以移百人者，必能拔百人中之尤者而材之。然则转移习俗而陶铸一世之人，非特处高明之地者然也，凡一命以上，皆与有责焉者也。有国家者得吾说而存之，则将慎择与共天位之人；士大夫得吾说而存之，则将惴惴乎谨其心之所向，恐一不当，而坏风俗而贼人才。循是为之，数十年之后，万有一收其效者乎！非所逆睹已。"① 其中的道理与价值，不言而喻。

这一时期的民间文学思想理论，更值得我们重视的，当数陈季同、单士厘、曾纪泽等为代表的一批外交家、社会文化活动家和翻译家。他们是远行的传经布道者，向异国他乡传送出中华民族与世界各民族和睦相处的思想文化，也是勇敢的盗火者，从那些发达的国家和民族学习他们成功的经验、良好的生活习惯，和他们丰富多彩的民间文学。陈季同尤为特殊，他积极向欧洲社会介绍中国民间文学与中国社会风俗生活，让人看到一个完整的中国，形成其非常可贵而独特的民间文学思想理论。

与此同时，中国睁开眼睛看世界，世界也在不断打量中国。这一时期，有许多西方学者关注着中国社会文化的发展变化。探险家与传教士在文化交流中所充当的角色不尽相同，他们的目的与方式也千差万别，不同程度地涉及中国民间文学的内容，这也是中国近代民间文学史的一部分。与历史上的反对帝国主义等文化本位立场相比，须正视西方人对中国民间文学的态度，包括他们对中国民间文学的搜集整理与理论研究。其中，俄罗斯与日本学者对中国传统木板年画的搜集整理，在中国民间文学史上具有更特殊的意义。

## 第二节　中国太平天国等农民起义与近代民间文学

如何看待农民起义与民间文学，这不仅是中国近代民间文学研究中的重要问题，而且是整个中国民间文学史上一个非常重要的问题。应该说，随着社会历史文化的发展，尤其是学术研究多元化深入展开，越来越多的人打破一元化单向思维，更注重把一些影响社会历史发展的重大事件置之于更广阔的背景与条件下思索其价值意义。

---

① 曾国藩：《原才》，《曾国藩全集》"诗文"卷，岳麓书社1987年版，第181页。

在中国近代民间文学历史上，关于农民起义的记述与表达有两种基本形式，一方面是官方充满仇恨的咒骂，将农民起义者称为"流贼""长毛""捻匪""拳匪""乱匪"，后世一些以天下为己任自命不凡的文人，也跟着鹦鹉学舌。另一方面是后世文化工作者整理出来的农民起义传说故事和民间歌谣，以文化读物形式出版传播，大力歌颂他们的革命性，甚至无限制地美化他们、神化他们，将他们的种种行为进行革命化叙说。那么，这也形成一系列问题，既然农民起义那样富有革命性与先进性，为什么总是严重失败呢？难道都是由于统治阶层过于强大吗？而在此语境中，统治阶级不都是非常腐朽无能吗？其中的自相矛盾之处太多，所以令人生疑。或曰，农民起义富有鼓动性的宣传深刻影响到广大下层民众，诸如均贫富、等贵贱这些主张，迄今为止，都具有一定的合理性。而农民起义的组织者动机与素质参差不齐，难免出现一些打着为天下穷苦人谋福利的幌子，而肆意妄为的野心家。他们中既有壮怀激烈、英勇顽强的农民英雄，也不乏投机钻营者。他们的实际行为总是与其主张不相符合，这就难免出现历史的悲剧。同时，中国历史文化传统坚持成者王侯败者贼的评价标准，而且，在广大民众中，聪明智慧与愚昧并存，一切复杂的民间文学现象都会发生。民间文学的历史真实及其辨析、甄别等问题，将是民间文学研究长期的难题，直接影响到民间文学研究的科学性与深入程度。

从社会历史发展而言，农民起义就是对黑暗的社会现实与邪恶势力的抗争，就是破坏旧秩序。起义之"义"，以均贫富、等贵贱为代表的战斗口号，就是他们最鲜明的思想主张，也是他们能够赢得天下许多人积极响应的文化认同的重心。他们在抗争与破坏中表达农民阶层自己的诉求，这些诉求就是民间文学产生的极其重要的思想文化基础。所以，农民起义在民间文学历史上的表现，可能是神通广大的英雄传奇，也可能被极端妖魔化。明末李自成领导的农民起义在民间文学中的表现体现出的双重性最为典型，一方面是"吃他娘，穿他娘，闯王来了不纳粮"，一方面是关于"瞎了一只眼睛的李自成"杀人如麻、无恶不作等传说故事。哪一个才是真实的呢？应该说，都具有真实性。对于前者而言，失去社会生活最基本的物质保障，无法生存，不得不反；对于后者而言，农民军打击的对象就是为富不仁的富裕阶层，又如何能够得到他们的赞同呢？许多地方的古墓，都是由农民起义军所盗，因为他们需要筹集军费，不得不如此"借用"。在农民起义军看来，这些死后仍然享受无尽财富的富贵者，他们所拥有的金银财宝，又如何不是千百万劳动者的血汗呢？所以，我们一再强调民间文学研究的价值立场问题。李自成是这样,洪秀全也是这样,几乎所有的农民起义都免不了这样。民间文学的口头述说农民起义,首先是穷苦人的心声。他们并不是绝对的仇富,在千家万户张贴的《刘海戏金蟾》和《聚宝盆》等传统年画中可以看到,穷苦人最向往的其实就是财富与公平,他们所恨的是以不平等为底色的各种为富不仁、飞扬跋扈、恃强凌弱,是对人格平等、物质充裕等美好生活的期待。农民起义军造反,冒着巨大的生命危险,不是万不得已,绝对不会走上如此艰难的道路。有许多看起来非常复杂的问题,其实道理极其简单。

太平天国农民起义运动的兴起是民间社会对清朝腐朽政治与黑暗现实极其不满,长期酝酿形成的结果。

之前,在浙江曾经流传"三十刀兵动八方,天呼地号没处藏。安排白马接'红羊',十二英雄势莫当"的歌谣,搜集整理者介绍道:"这是道光二十八年(1848)在浙江流传的一首民谣。'三十'指道光三十年(1850),'红羊'指洪秀全、杨秀清领导的太平天国革命。这是说,在道光二十八年便已'预见'到道光三十年要到处起义,'刀兵动八方',迎接太平天国革命'接红羊'了。事实上当然不可能'预见'得这样具体,这样准确。民间原有宗教性的秘密组织叫作'红羊教',又有所谓'红羊劫'的说法,所以这里的'红羊'二字和'洪杨'二字同音,只是偶然的巧合。从前,当人民有了革命要求的时候,常常用一种预言式的谣谶表示出来。这首歌谣就属于这种情况。它表明了在太平天国起义前,浙江人民已因阶级矛盾的尖锐化而预感到大规模的起义即将爆发。"[1] 的确,民间歌谣具有谶言的意义,其传播过程中常常形成一种心理暗示,激发社会兴起某种热情。

太平天国历时十四年之久,纵横十八个省,曾经是一场如火如荼的反抗清朝黑暗政治的群众性运动。它与以往的白莲教,以及历史上的诸多农民起义最大的不同,是反对封建专制的思想基础为拜上帝会。而上帝名义上并不是中国文化传统,是洪秀全、冯云山他们利用西方人的宗教文化改造中国社会文化的舶来品。洪秀全创立拜上帝会,著述《原道救世歌》《原道醒世训》《原道觉世训》等,利用民间文学形式宣传太平天国的各种思想主张,得到许多民众的热烈响应。当然,他们利用所谓的拜上帝会宣传,在事实上结合了中国传统文化。或曰,历史上的洪秀全、杨秀清他们

---

[1] 程英编:《中国近代反帝反封建历史歌谣选》,中华书局1962年版。

可能是农民阶层反抗黑暗统治的典型代表，却未必是真正的民族英雄；他们作为历史传说人物，代表了民众的意志与愿望，却未必就能够代表社会历史发展的前途与方向。但是，其追求平等、公正的道义，永远是中华民族神圣的思想文化财富。因而，有许多政治家、革命家以他们为榜样，也有许多优秀作家热情歌颂农民起义对黑暗势力的反抗与斗争。如孙中山就自称是"洪杨之后"。此时，清王朝腐败不堪，色厉内荏，对外软弱无能，对内残酷无情，激起民众的强烈反对。西方帝国主义列强觊觎中国，如同饕餮，暴殄天物，掠夺无度，更加剧了中华民族的灾难，中华民族危在旦夕。在这种意义上讲，太平天国与义和团这些农民起义是民众的必然反抗和对民族权益、民众权利的正常维护。所以，孙中山十分钦佩他们敢于造反、敢于斗争，在《咏志》中歌唱道："万象阴霾扫不开，红羊劫运日相催。顶天立地奇男子，要把乾坤扭转来。"这里，孙中山使用了"红羊劫运"的典故。这是一个传说中的概念，借指遭遇国难。古人以为丙午、丁未是国家多发生灾祸的年份。民间信仰中，丙丁为火，色红；未属羊，故称红羊。如唐代殷尧藩在《李节度平虏诗》中歌唱道："太平从此销兵甲，记取红羊换劫年。"南宋时期的作家柴望，曾以词《摸鱼儿》"问长江、几分秋色，三分浑在烟雨。何人折尽丝丝柳，此日送君南浦。帆且驻。试说著、羊裘钓雪今何许。鱼虾自舞。但一舸芦花，数声霜笛，鸥鹭自来去"闻名于世。其著有《丙丁龟鉴》一书，他在该书中总结了从战国到五代之间各个历史时期发生的各种社会动乱，发现它们在时间阶段上一般多发生在丙午年和丁未年。他发现，此一千多年间，这两个年份的动乱次数有二十多次，六十年一循环，其规律性与繁密性非常显著。近如宋徽宗、宋钦宗被掳走的"靖康之耻"也发生在丙午年（1126）。他因此告诫人们每逢丙午年和丁未年时，做事情一定要注意谨慎。民间信仰与民间文学密切关联，把丙午、丁未视作易动荡的年份，为劫难的代表与象征。如清龚自珍《百字令·投袁大琴南词》就有诗句："无奈苍狗看云，红羊数劫，惘惘休提起。"历史上恰巧六十年就出现一次"丙午丁未之厄"，"红羊劫运"所以被人信以为真。广东是太平天国英雄的故乡，是洪秀全的家乡，也是孙中山的家乡。孙中山以洪秀全为红，以广州羊城为羊，以为红、洪就是伟大，以为五羊便是吉祥；红羊不是革命者的劫运，而是福音，是大吉祥。同时，孙中山以为红色象征流血的革命，羊城为广州的预示，即五羊城注定他们将要成功。所以，他宣称革命就要在广东大地兴起，失去人心的清朝劫运就要到来了。孙中山与许多岭南人一样笃信风水，此反其意而用之,以"红羊"谐音与太平天国领袖"洪秀全""杨秀清"姓相同,鼓呼革命,对太平天国起义极为赞同。他曾说:"洪秀全是反清第一英雄,我是第二。"他决心做一个像洪秀全那样的"顶天立地奇男子",推翻清朝,"要把乾坤扭转来"。在广东省中山、花县等地,流传着孙中山是洪秀全转世以及许多风水信仰的民间传说。除了公开出版的民间文学读物,还有许多散存在民间社会的民间文学,这更值得重视。

民间文学与作家文学相互影响,共同发展。晚清时期有许多表现太平天国农民起义的文学作品,采用民间传说故事,也影响民间社会关于太平天国历史的传说不断再生。在天津杨柳青年画、苏州桃花坞年画等民间艺术中,也出现了许多表现太平天国农民起义的传说故事。有许多地方戏,歌唱洪秀全、冯云山、石达开这些起义的英雄,至今还有一些唱本保存。其他如黄小佩的小说《洪秀全演义》,章炳麟为其写作序言,说"演事者,则小说家之能事。根据旧史,观其会通,察其情伪,推己意以明古人之用心,而附之以街谈巷议,亦使田家孺子,知有秦汉至今帝王师相之业;不然,则中夏齐民之不知故国,将与印度同列。然则演事者虽多稗传,而存古之功亦大矣",称之"近时始有搜集故事为太平天国战史者,文辞骏骤"①。20世纪30年代,出现陈白尘与阳翰笙创作的话剧《洪秀全》。许多作家将这一历史题材与抗日战争宣传相结合。1949年之后,此类文学作品出现更多,如张笑天以太平天国为题材的电影文学、顾氏兄弟的长篇小说《天国恨》,著名作家姚雪垠也曾表示要写《天京悲剧》,更不用说广东省、广西壮族自治区、湖北省、安徽省、江苏省、浙江省、上海市等地,许多学者搜集整理相关民间文学,进行不同形式的理论研究。在地方戏等文化艺术中出现大量对太平天国农民起义内容的表现。

太平天国是中国近代民间文学历史上最深刻的民族记忆。20世纪五六十年代,广西学者农乐、谢求等人曾经搜集整理许多表现太平天国农民起义的民间文学,出版《太平天国故事歌谣选》(广西人民出版社1961年版);此后还有江苏省社会科学院文学研究所搜集整理并编选的《太平天国歌谣传说集》,上海文艺出版社出版的《太平天国的歌谣和传说》《太平天国歌谣》等,浙江、江苏等地编印出的《太平天国浙江歌谣选》《太平天国江苏省传说故事辑录》等内部资料。20世纪80年代,随着中国民间

---

①章炳麟:《洪秀全演义序》,《中国历代小说论著选》(下),江西人民出版社1985年版,第194页。

文学的故事、歌谣、谚语三大集成工作展开，太平天国等农民起义内容的民间文学搜集整理活动更为密集。广东省与广州市有关部门曾经成立"太平天国民间文学编纂委员会"，制定《全面征集编纂出版太平天国民间文学系列集成工作计划》，列出《洪秀全传说》《东南西北五王传说》《李秀成传说》《陈玉成传说》《洪宣娇传说》《天兵天将传说》等编写计划；陈棣生主编《虎啸龙吟——太平天国故事选集》（花城出版社1991年版）；广州花县建立洪秀全纪念馆，举办太平天国民间故事歌谣研讨会、太平天国历史国际学术研讨会与相关内容的诗书画展览等文化活动。

太平天国曾经被神化，被歌颂为顶天立地、敢作敢为、救万民于水火的英雄；曾几何时，又被妖孽化，成为十恶不赦的魔鬼，糟蹋妇女，践踏人性，丧尽天良。应该说，历史上的太平天国能够号令天下，影响大半个中国，并不是那样充满邪恶，但他们毕竟失败了，他们有巨大的局限性，在胜利面前骄傲自大，逐渐背叛了民众。这才是历史的真面目。

太平天国民间文学主要集中在东南地区，其记述洪秀全、冯云山等农民起义领袖，如《题诗点六乌神》，讲述他们反对信奉神佛与孔教等社会风俗传说故事，鼓励人们信奉上帝。这些内容不但在民间社会流传，而且在太平天国历史文献《太平天日》中也有所保存。李滨《中兴别记》中记述冯云山"迷惑乡民，结盟聚会"，"要从西藩"而"不从清朝法律"，"胆敢将左右两水社稷神明践踏"，"香炉破碎"①；镇压起义军的官兵"一千不敌七贼"，"实出情理之外"②。又如王定安《求阙斋弟子记》记述"李殿元、倪涛闻变，皆逃走。惟（张）镛未能行，匿轿中。天晌明，众见官军退，惟舆在，以矛刺舆窗，伤镛。镛因加六品衔。既死，众视帽缀六品顶戴，知其官也，益日夜图谋不轨"③云云；此文献从另一方面记述了太平天国广西金田起义的历史事实。王定安曾经追随曾国藩，是其幕僚，著有《求阙斋弟子记》，共16册，32卷，分《学行》《恩遇》《忠谠》《平寇》《剿捻》《抚降》《驭练》《绥柔》《志操》《文学》《军谟》《家训》《吏治》《哀荣》等，其记述"初，庐、凤、颍、泗之间，有贼曰捻匪"等，涉及近代社会农民起义与民间文学等内容。他还著有《湘军记》

---

①李滨：《中兴别记》卷一，《太平天国资料汇编》第二册，中华书局1979年版。
②参见《乌兰泰函牍》，存《太平天国文献史料集》，中国社会科学出版社1982年版。
③王定安：《求阙斋弟子记》卷四，清光绪二年龙文斋版。

共 20 卷，包括粤湘战守篇、湖南防御篇、规复湖北篇、援守江西上篇、援守江西下篇、规复安徽篇、绥辑淮甸篇、围攻金陵上篇、围攻金陵下篇、谋苏篇、谋浙篇、援广闽篇、援川篇、平黔篇、平滇篇、平捻篇、平回上篇、平回下篇、勘定西域篇、水陆营制篇等，其中就有许多关于清代捻军起义、太平天国起义等民间文学历史的具体保存。与此同时，太平天国农民起义还有许多题写在民间墙壁上的歌谣，为后世研究太平天国农民起义民间文学提供了直接的史料。如南京太平天国历史博物馆学者所整理出的《太平天国粤闽题壁诗》，其中所辑录民间歌谣"南阳（洋）地界扎雄兵，主帅开兵灭妖精。若是我王洪福大，六师下剿复天京""卖国求荣大不该，背主无义黄金爱；昔日不闻杨松事，谁知天父眼恢恢""苦衷孤寡最凄凉，无衣无食无人养；父母未前做过事，万难之中一人当""上帝排定不可强，金爱害死李忠王；灭洋扶清乱天国，谁知被诛在南阳（洋）"等，充满豪情与斗志。民间歌谣也有"可叹兄弟真惨伤，不论风雨把路行，康王传令扎营处，日夜不停要搬粮。若是粮草搬少了，恐怕日久饿难当。饥饿两字犹小可，无奈头子把刀伤。还是当兵一样苦，你看惨伤不惨伤""天军到此方，百姓真惨伤。老小皆躲避，众兵来搬粮。回家无食饭，大小哭一场。莫怨兵扰乱，该回天降殃""可恨兄弟心不良，捉来老幼要搬粮。路多担重担不起，还要刀棒把他伤。劝尔回头早行善，免得天父降灾殃"[1]，表述对起义军祸害百姓行为的严重不满。当然，更多的题壁诗表达了穷苦人的心声，诸如"身在南穴把弓拉，命亡人字不在家；淮汉二字双去水，桥去天木进去佳"（字谜，谜底为"穷人难过"）[2]，体现出典型的社会情绪。这些得到民心与失去民心的不同内容，以题壁诗等民间歌谣形式表现出来，才是太平天国农民起义在民间文学世界中更真实的诉说。

太平天国农民起义领袖利用拜上帝会号令天下，提出了新的社会政治主张。广西金田村起义时，将战斗口号与民间歌谣相结合，群声高唱："租种两亩田，要交十年捐；衣衫不遮身，烟囱不冒烟。清鬼，清鬼，要命，要钱！穷汉，穷汉，硬拼，死拼！"[3] 太平军第三次撤出扬州时，民间

---

[1] 郭存孝：《从闽粤壁诗看后期太平天国的衰亡》，《太平天国民间故事歌谣论文集》，广东高等教育出版社 1992 年版。

[2] 郭存孝：《从闽粤壁诗看后期太平天国的衰亡》，《太平天国民间故事歌谣论文集》，广东高等教育出版社 1992 年版。

[3] 广东省民间文艺家协会：《太平天国民间文学集成工作概述》，《太平天国民间故事歌谣论文集》，广东高等教育出版社 1992 年版。

歌谣唱道:"前门开,后门开,等着太平军进门来。砌条夹墙把他躲,不让清兵来杀害。"太平天国英王陈玉成为了解安庆之围,从安徽西征湖北,打算直捣清兵的后方。龚得树率捻军也参加了这次西征,1861年3月14日在湖北罗田县松子关作战,不幸中炮牺牲。民间歌谣唱道:"龚旗主,阳寿短,可怜送命在松子关。大小三军齐下泪,哭了三天泪不干。"① 写《十救诏诗》采用民间歌谣的语言与调式道:"妈别崽,崽别妈,别上天,无别邪;天爷爹爹去斩邪,崽大九岁学洗身,睡不同床言别些,生身妈众妈一也。"②《天父诗》有五百首之多,多采用民间歌谣形式,吸收民间歌谣的同时,也极有可能化作民间歌谣。

太平天国建都天京,刻印规范太平天国农民起义纪律行为的《天条书》,同样是采用民间歌谣歌唱形式:"皇天上帝是真神,朝朝夕拜自超升;天条十款当深记,切勿痴呆昧性真。邪魔最易惑人灵,错信终为地狱身。"《天条书》是太平天国重要的历史文献,《金陵癸甲纪事略》中曾有记述,详细材料汇入《太平天国》,有英国伦敦大不列颠博物馆、剑桥大学图书馆等处收藏保存。多少年之后,有学者进行太平天国农民起义民间故事与歌谣的调查,发现在广东梅县等地区仍然流传着这些内容的民间歌谣,与当地流传的《天条歌谣》相对比,其"形式相同","内容也相同",只不过后者"更加口语化,显示客家山歌的本色"③。在太平天国民间文学中,也有表现他们内部争夺权力的歌谣,如"北王北王心不正,夜奔天京恶计生。杀死东王杨秀清,残害天兵无数人"。对此,搜集整理者言道:"东王杨秀清是太平天国前期的杰出领导人,但是,胜利冲昏了他的头脑,在1856年军事胜利达到最高峰的时候,他竟要挟洪秀全也封他为万岁,从而激化了他与洪秀全争夺最高领导权的矛盾。这时,西王萧朝贵和南王冯云山早在1852年进军湖南时作战牺牲了,高级领导人只剩下北王韦昌辉和翼王石达开,但他二人常受到杨秀清的欺压。所以,在这年9月,洪秀全便密令韦昌辉从前方赶回天京,袭杀了杨秀清。韦昌辉趁机大肆屠杀杨秀清部下两万多人。石达开从前线赶回天京,责备他不该滥杀,也差点儿被他杀掉。洪秀全阻止他滥杀,也被他拒绝,并且还进攻天王。韦昌

---

① 程英编:《中国近代反帝反封建历史歌谣选》,中华书局1962年版。
② 洪秀全:《十救诗诏》,《太平天国文书汇编》,中华书局1979年版。
③ 陈摩人:《天国传闻三题》,《太平天国民间故事歌谣论文集》,广东高等教育出版社1992年版。

辉本来是地主出身,到这时便完全暴露了他阴谋扩大事变,夺取最高权位的目的。最后洪秀全团结群众,又把韦昌辉杀死。这一首歌谣的口述者说,他家的老祖父原在韦昌辉部下当天兵,看到韦昌辉杀了东王,又滥杀了好多人,暴露了他的'心不正',便和一些同伴编唱了这首歌谣,并且离开了韦昌辉,转到别的天兵兵营里去了。"① 这是关于太平天国民间文学研究非常难得的重要史料。

太平天国农民起义早期纵横驰骋大半个中国,受到千百万穷苦人的热烈拥戴,其社会政治主张深入人心,利用民间文学形式的宣传是其得天独厚的条件。后来,因为种种原因,尤其是其内讧,引起组织涣散,军事力量严重削弱,太平天国农民起义终于失败。他们受到清朝极其残酷的镇压,起义军战士或壮烈牺牲,或远渡重洋,用他们的生命和鲜血谱写了中国民间文学史上的壮美篇章。

曾国藩《讨粤匪檄》记述道:"逆贼洪秀全、杨秀清称乱以来,于今五年矣。荼毒生灵数百余万,蹂躏州县五千余里。所过之境,船只无论大小,人民无论贫富,一概抢掠罄尽,寸草不留。其掳入贼中者,剥取衣服,搜括银钱,银满五两而不献贼者即行斩首。男子日给米一合,驱之临阵向前,驱之筑城浚濠。妇人日给米一合,驱之登陴守夜,驱之运米挑煤。妇女而不肯解脚者,则立斩其足以示众妇。船户而阴谋逃归者,则倒抬其尸以示众船。粤匪自处于安富尊荣,而视我两湖三江被胁之人曾犬豕牛马之不若。此其残忍残酷,凡有血气者未有闻之而不痛憾者也。"② 这未免过于夸张。其论"自唐虞三代以来,历世圣人扶持名教,敦叙人伦,君臣、父子、上下、尊卑,秩然如冠履之不可倒置。粤匪窃外夷之绪,崇天主之教。自其伪君伪相,下逮兵卒贱役,皆以兄弟称之,谓惟天可称父,此外凡民之父皆兄弟也,凡民之母皆姊妹也。农不能自耕以纳赋,而谓田皆天王之田;商不能自买以取息,而谓货皆天王之货;士不能诵孔子之经,而别有所谓耶稣之说、《新约》之书。举中国数千年礼义人伦诗书典则,一旦扫地荡尽。此岂独我大清之变?乃开辟以来名教之奇变!我孔子孟子之所痛哭于九原。凡读书识字者,又乌可袖手安坐,不思一为之所也"③,自然是其冠冕堂皇的理论根据。其所述"自古生有功德,没则为

---

① 程英编:《中国近代反帝反封建历史歌谣选》,中华书局1962年版。
② 曾国藩:《讨粤匪檄》,《曾国藩全集》,岳麓书社1986年版,第232页。
③ 曾国藩:《讨粤匪檄》,《曾国藩全集》,岳麓书社1986年版,第232页。

神，王道治明，神道治幽，虽乱臣贼子穷凶极丑，亦往往敬畏神祇。李自成至曲阜不犯圣庙，张献忠至梓潼亦祭文昌。粤匪焚郴州之学官，毁宣圣之木主，十哲两庑，狼藉满地。嗣是所过郡县，先毁庙宇，即忠臣义士如关帝岳王之凛凛，亦皆污其宫室，残其身首。以至佛寺、道院、城隍、社坛，无朝不焚，无像不灭。斯又鬼神所共愤怒，欲一雪此憾于冥冥之中者也"①，则应有其实。曾国藩关于社会风俗生活的具体论述，他论述风俗在社会文化发展中重要作用的理论思想，都是中国近代民间文学思想理论的组成部分。欲加之罪何患无辞！无论农民起义有多少思想文化观念上的缺陷，只要它代表着千百万人民大众的意志和信念，都是可以理解的。

表面上看起来，太平天国农民起义出现了"佛寺、道院、城隍、社坛，无朝不焚，无像不灭"，毁灭中国传统文化，无论其根据在于什么，都不是可取的态度。但是，曾国藩的湘军、李鸿章的淮军，就真正是纪律严明、秋毫无犯吗？历史文献的记述极其有限，而同时，我们一味神化或丑化太平天国农民起义，包括有意或无意的编撰所谓的民间故事、民间歌谣，借以证明某种言论，这也不是严肃认真的历史文化研究。关于太平天国农民起义中的民间文学问题，口述史料研究还有很长的道路要走。尊重历史事实，是科学研究的重要前提，任何形式的杜撰都会损伤民间文学理论研究的科学性。太平天国农民起义是这样，义和团与捻军起义也是这样。

## 第三节　关于义和团与民间文学问题

与太平天国农民起义运动不同的是，义和团主要发生在我国北方，而且，其思想文化主要是反对洋教，排斥外来文化，在事实上是守护民族传统。其兴起的方式，受时代限制，免不了借助鬼神信仰，影响和鼓动广大民众，所以被一些精英人士视作愚昧的化身，成为邪恶的典型，而完全忽视其反抗外来侵略和斗争的合理性。

义和团是在近代社会形成的群众组织，团结广大民众，宣传习武健身，最早曾经提出"反清灭洋"的战斗口号，后来变成"扶清灭洋"，一

---

① 曾国藩：《讨粤匪檄》，《曾国藩全集》，岳麓书社1986年版，第233页。

字之差，形成思想文化的巨大转变。这是影响中国近代社会重要变化的历史事件，被称为"庚子事变"。义和团运动和与之相关的民间文学，成为中国民众非常深刻的历史记忆。

义和团运动发生之后，很快就产生了相关内容的民间故事、民间歌谣与民间说唱等民间文学形式，也包括一些模仿民间文学形式的文学创作。1949年之后，义和团被热烈歌颂，此类文学作品就更多。1902年，义和团运动硝烟未散尽时，出现李希圣的《庚子国变记》，是最早全面记录义和团运动的历史文献，继而出现罗惇曧的《拳变馀闻》，"搜集记载及连年旅京津所闻较确者"①。20世纪20年代前后，文坛上出现《武陵春传奇》《蜀鹃啼传奇》《春坡梦传奇》和《庚子国变弹词》。1949年之后，关于义和团运动的历史文化研究逐渐形成热潮，相关的民间文学搜集整理逐渐增多，以张士杰搜集整理的"义和团故事"最具代表性。中国民间文艺研究会召开义和团民间文学座谈会，《民间文学》1958年至1959年两年间发表了28篇义和团故事，并发表《义和团故事笔谈》等理论研究文章，这些都是义和团民间文学理论研究的重要成就。1959年之后，《人民文学》转发了6篇义和团故事，《北京文学》等文学杂志也发表许多义和团民间文学。历史学研究积极关注义和团运动，翦伯赞搜集整理诸多历史资料，"从已见的三百多种关于义和团的史料中"编成《中国近代史资料丛刊·义和团》。吴晗非常重视当时在搜集整理基础上编纂出版《义和团的故事》的历史文化价值，说："这本书收集了四十三个故事，都是人民当中的口头传说，其中有些讲述者还是当年曾经参加过这一伟大战争的老战士。他们根据自己的目见耳闻提供了生动鲜明的史料，这是第一手史料，没有经过歪曲篡改的真实的史料，是来自人民中间的最可靠的史料。"② 20世纪60年代，义和团运动成为文学创作的重要题材，如高介云、王莳君、张迅编写的大型歌剧《义和团》，段承滨的《黑宝塔传奇》（《黑塔归团》《双塔闹衙》《烈火炼塔》《二丑夺塔》）和老舍四幕六场话剧《神拳》等。这是民间文学与作家创作之间形成互动关系的典型，但是，也由此形成义和团民间文学的神圣化，被"革命"性话语极端述说。

20世纪80年代前后，义和团再度形成文学创作与学术研究的热点，出现了冯骥才和李定兴的《义和拳》、鲍昌的《庚子风云》等长篇小说。

---

① 罗惇曧：《拳变馀闻》，神州国光社1946年版，第1页。
② 吴晗、顾颉刚等：《义和团故事笔谈》，《民间文学》1959年11月号。

令人遗憾的是，近年来关于义和团民间文学的研究形成情感性的另外一种极端性述说，有许多学者大肆污蔑义和团盲目排外表现出中华民族所谓的封闭、愚昧。民间文学理论研究对于义和团表现出相对滞后与冷淡。相对而言，20世纪60年代曾经以"程英"为笔名搜集整理并编选出版《中国近代反帝反封建历史歌谣选》的张守常等人，从历史文化科学视角研究义和团民间文学，取得了非常可喜的成就。同时，随着国家清史工程的展开，一批历史文献重见天日，一批国外学者的义和团研究著述的重新出版，如日本学者佐藤公彦的《义和团的起源及其运动》①、牧田英二等人《义和团民话集》② 等。这些都为义和团民间文学研究提供了重要材料。

义和团运动具有极其浓郁的民间信仰色彩，堪称一个独具特色的民间文化运动。

关于义和团运动的起源，学者们众说纷纭。当年，直隶省吴桥知县劳乃宣曾经印行《义和拳教门源流考》（1899年），称其为"邪教"，极力主张镇压，称"近日江南之颍州府、亳州府、徐州府，河南之归德府，山东之曹州府、沂州府、兖州府一代地方，多有无赖棍徒，拽刀聚众，设立顺刀会、虎尾鞭、义和拳、八卦教名目，横行乡曲，欺压良善。其滋事之由，先由赌博而起，遇会场市集，公然搭设长棚，押宝聚赌，沟通胥吏为之耳目"；其所列邪教之邪，其实正是民间信仰在民间文化生活中的具体表现，诸如神灵附体、念诵神咒等具有巫术色彩的神秘性行为，既与各种民间宗教有联系，也与古代道教文化有联系，是当世社会各种民间文化的集大成。我国武术文化博大精深，源远流长，各种武术与巫术相结合，形成五花八门的武术宗派。同时代的道教文化与武术文化，共同构成义和团的思想文化基础。一般说来，农民起义义理不足而充满情感至上的盲目性，常常采用机动灵活的方式，见机行事，博采众长，未必是某一种具体的民间文化生活影响到它的发生和发展。正如一位学者所论述："关于义和团的源流，关于义和团和白莲教的关系的研究，不能穿凿。义和团运动高潮时期，可以说各地——特别是北方各种名号的会道门，或说是民间秘密宗教组织，都参加到运动中来了。各种民间秘密教门的名号，见于故宫清代档案的就有150种。白莲教是已在民间流传了六七百年的秘密宗教组

---

①〔日〕佐藤公彦：《义和团的起源及其运动》，宋军等译，中国社会科学出版社2007年版。

②〔日〕牧田英二等：《义和团民话集》，东洋文库，平凡社1973年版。

织，就在18世纪末到19世纪初，也就是在义和团运动前一百年，还爆发过一次由白莲教组织起来的农民起义，战斗在河南、湖北、四川各省，坚持了9年（1796—1804年），是清代在太平天国以前规模最大的一次农民起义。所以，对于白莲教，清政府有严厉的禁令。白莲教遗存下来的力量，为了便于活动，便改个名号。中国是多神信仰的社会，什么名号的教门都能有人信奉。自然经济造成中国社会——特别是农村的严重的封闭性，也造成民间秘密宗教的分散性。各种名号的教门，它所信奉的神仙、坛场的仪式、传习的咒语等，在其流传过程中，也会产生差异。有的掌教者，自知是白莲教，但其一般徒众则不一定知道。有的门徒另立一个名号活动去了，那么他这个教门和白莲教的关系便说不上来了。即令保持白莲教名号的，在长期秘密流传过程中，也会产生差异，前几代和后几代不一样，此地和彼地的也不一样。也有的教门是某地某人自发创立的，只要设坛奉神（连神仙名字都可以创造），就有来烧香上供的，若再加上降妖看病之类，就更能招徕群众了。这些民间秘密宗教有很大的不稳定性，所以名号也特别多，而要搞清楚它们的源流实际上是不可能的。上面谈到的在静海、青县、东光各县的红门，自知是白莲教，提出'非白莲'来，表明自己不是邪教，不干禁令，这是策略；那些和白莲教没关系或不知其有关系的教门，说'非白莲'，则视为当然。不论是前者或后者，都是为了解除清政府进行镇压的借口，便于开展自己的反帝爱国斗争。"①《大清世宗宪皇帝圣训》与《军机处录副奏折》等重要历史文献，其中多处记述与义和团运动起源有关的各种武术文化。《大清世宗宪皇帝圣训》"雍正五年十一月"记"向来常有演戏棍棒之人，自号教师，召诱徒众，蛊惑愚民。此等多系游手好闲、不务本业之流，而强悍少年从之学习，废弛营生之道，群居终日，尚气角胜"。《大清世宗宪皇帝圣训》"雍正六年九月"记"闻卦子匪类隶籍于江南之庐、凤，及河南、山东、直隶、山陕地方，其男妇皆习棍棒技艺，携带马骡，遨游各省"。《军机处录副奏折》曾记述乾隆年间有"武成王转世""姜子牙转世"，显示出民间宗教与《封神演义》等宗教文化典籍的联系。"嘉庆十八年十一月"记"霍应璧十七年四月贩布来至故城货卖"，"俱系老天门教"，"每日三次朝拜太阳，闭着口眼，念真空家乡、无生父母八字，每逢朔望，即烧香磕头"。《军机处录副奏折》"道光元年"记述河南中牟农民刘顺义与红阳教、朱红桃，其"跳舞迎神，

---

①张守常：《〈神助拳，义和团〉揭帖》，《历史研究》1997年第3期。

充作马巫","造作神言",称"五大魔王出世"。这里的江南、河南等地"男妇皆习棍棒技艺",正是义和团运动产生的重要社会基础。同时,这也表明至少在20世纪20年代之前,义和拳等民间秘密组织都已经普遍存在。这些民间宗教并不是从开始就与官府作对,如清代《馆陶县志》曾记述"县城东南二里人民多习枪棒,太平军北犯时,曾调充护城勇","该里东招村有红拳会,技术更精。数数击贼,贼不敢近"①。义和团并不是平地陡然升起,遭遇西方帝国主义列强侵略中国的历史时刻,他们挺身而出,高举起"灭洋"的大旗。这是顺应人民意志与情感的典型体现与表达。

义和团运动的话语述说方式,历来褒贬不一。清朝官员常常称之为"惑众",而义和团自称"举义"。如人所言,义和团运动的发生是由洋教横行引发的,其号令传达方式多与揭帖联系在一起,其行为多与法术相联系,一方面是为了顺势利导,吸引民众,形成声势浩大的起义,增强凝聚力与战斗力,一方面是当世的思想文化实际所决定的,农民起义不得不借助这种方式进行宣传鼓动。其中,义和团等农民起义力量使用许多具有谶语色彩的民间歌谣广为宣传造反有理,如《拳祸记》所记"二四加一五,这苦不算苦;天下红灯照,那苦才算苦"等,民间流行李开花和李罡风、刘伯温等神奇人物的传说,正表现出中国传统思想文化失效、失控的局面。应该说,异端邪说与民间传说故事相伴而生,正是思想混乱、精神衰退的表现,是国家行将灭亡的前兆。《刀匪变名》曰:

> 徐州府属各地的大刀会,在单县、砀山教案后潜伏隐匿,更名大红拳;由于不太进行反教斗争,并像以前那样与强盗作战,官方也因为其防卫乡里的功用而不再予以弹压。要加入这称为"武场""大红拳"组织的人,首先谒见老师,出钱二千文,领用在黄纸上写的符,将其焚烧和水饮之。每日在"祖师老爷敕令万法教主仁成大帝关荡天尊神位""掌旗将周公祖神位""桃花仙金刚将神位"前烧香三次,并在坟上及十字路口供香一炷,并头触地面叩头。此即接神。②

又如《平原剿匪纪事》记载:

---

① 转引自:《中国近代史料丛刊〈捻军〉(三)》,上海人民出版社1960年版,第522页。
② 见《益闻报》光绪二十三年(1897)六月一日第一六八六号。

## 第十二章 中国近代民间文学产生的历史文化背景

厂前横大刀一,大刀会所有名也。亦有枪有炮有戈矛之属。其神以杨戬为主,谓之"大老师",其次则孙膑、马武、张飞、孙悟空等。神之所附,谓之马子,马子之年率二十上下。其术有符有咒。符加于顶,或佩身畔,则若疯若癫,力大寻常数倍。其说,则谓明年为劫年,玉皇大帝命诸神下降。其党相呼以师兄,呼其渠为大师兄。渠姓名为朱红灯,或曰茌平人,或曰长清之李家庄人。其号谓之天龙。①

以杨戬、孙膑、马武、张飞、孙悟空等民间传说故事中的英雄人物为"马子",这是近代社会相当普遍的民间信仰。许多地方志非常明确而详细地记述了这些内容。一直到现在,还相当流行。在河南西部山区宜阳等地花果山,金碧辉煌的孙悟空神庙与无生老母、观音菩萨、玉皇大帝神像并存;在当地还有南天门村庄,家家户户把孙悟空作为家中保护平安的大神,立有神位。"神拳在练习时念定神法",义和团民间歌谣曰"头顶天灵,脚踏地灵,身披黄灵,我有十万神兵、十万鬼兵,遇山山倒,遇地地崩,遇树两截,无奈太上老君,急急如律令""稽首北方洞门开,洞中请出铁佛来。铁神铁庙铁莲台,铁人铁眼铁脸腮。天地漩涡日月照,止住枪炮不能来"②。在义和团揭帖中,历数"天主耶稣教徒"如何"不尊佛法""欺神灭圣""败坏世道"而引起"上天大怒,收去风雨,降下八百万神兵,专传义和神拳会,借人力扶保中华,合逐外洋,扫除别邦鬼像之贼"。其伪造碑文中宣称释迦牟尼佛将要离世,而代之以"天年",有民间歌谣"暗有九宫门,明有八卦团。悬起红灯照,化生小煤烟"③。1900年春夏之交,北京大街小巷贴满揭帖,引起社会各界的关注。其中有歌谣歌唱"洋人扰乱四十年,欺佛灭道侮圣贤。霸占土地征税务,奸臣舞弊卖江山。日本诱从索罚款,康党结盟朋比奸。不意败露逃四散,留下奉教匿祸端"④,

---

① 见蒋楷:《平原拳匪纪事》,《中国近代史料丛刊〈义和团〉》,上海人民出版社1960年版。

② 董玉瑶讲述,见于《山东义和团调查资料选编》,齐鲁书社1980年版,第200页。

③ 程歗、陈振江:《义和团文献辑注与研究》,天津人民出版社1985年版,第89页。

④ 见《总理各国衙门清档》"四月二十七日法国公使函"附件。

义和团运动不为推翻清王朝，而是极力抵制洋人，甚至发生抢掠外国妇女的现象。《义和团廊坊大捷》中保存有此类揭帖。或曰，如果没有西方帝国主义列强欺压中华民族在前，又哪里有这些现象！民族独立、自由、解放事业的形成与发展，包含着极端的民族情绪，完全将之归为义和团的不义，甚至故意渲染这些内容，这同样是违背历史事实的。这里，许多人严重忽略了帝国主义瓜分中国、欺压中国民众的背景！历史上的侵略者从来没有一个是慈善的，那么，民族反抗也无从选择。义和团的排外是极端性的社会报复。

中国近代民间文学历史上，揭帖是一种十分独特的民间文学现象。它常常使用民间歌谣的形式，传达战斗号令，有许多揭帖本身在流传中就已经形成被众人传唱的民间歌谣。如光绪二十六年（1900）清苑事件风波中出现许多揭帖，宣称"我中华帝国以圣教著称于天下，诠释天理，教化人伦，文教所及，光照山河"，"洋鬼携来邪说，以基督、天主、耶稣诸教相诱，从者芸芸"，然后列出东间"关圣帝君降坛"，其称：

> 万里香烟扑面来，
> 义和团中得道仙。
> 庚子年上刀兵起，
> 十方大难死七分。

> 传一张，免一身之灾；传十张，免全家之灾；见者不传，若说谎言，必要重加灾。看七八月，人死无数，鸡鸣丑时，善人可免，恶人难逃。
> 天有十怒者：一怒者，天下不太平；二怒者，山东一扫平；三怒者，湖广水连天；四怒者，四川起狼烟；五怒者，江南大慌乱；六怒者，有衣无人穿；七怒者，遍地死人多一半。那三怒，恐无南天门上走一遭，去成于后，就是阳间了。
> 于七月十九日面向东南供香烟，六月二十六日面向东南供香烟，可免大灾大难也。①

1897年10月，《国闻报》在天津创刊，严复他们宣传维新变法。第二

---

① 储仁逊《闻见录》卷四载，天津社会科学院图书馆传抄本。

年，因为戊戌变法失败，这家报纸被封禁。此后，由日本人出面复刊，大肆攻击和诬蔑义和团运动。义和团以此揭帖对其反击。他们在揭帖歌谣中喊出："我皇即日复大柄，义和团民是忠臣。只因四十余年内，中国洋人到处行。三月之中都杀尽，中原不准有洋人。其余驱逐回国去，免被割据逞奇能。《国闻报》上多谬妄，乱语胡言任意登。该报因有日本保，大胆造言毁我们。兹特示尔《国闻报》，此后下笔要留神。倘敢再有诽谤语，烧毁馆屋不容情。众家弟兄休害怕，北京尚有十万兵。等待杀尽洋人后，即当回转旧山林。"① 义和团是一个农民起义运动，在不同时期、不同地区、不同人群间，民间文学的表现形式不尽相同。除了庚子年即1900年形成的高潮，此后仍然存在。如东北地区流传着"一入庚子年，起了义和团，杀了洋教士，扒了电线杆。拦拦拦拦拦拦，赶走了外国船"②；在河北安次等地流传着"义和团，得了胜，毛子死了干干净。义和团，得了安，毛子打死万万千"；在北京流传着"铁蚕豆，炒了个熟，先杀鬼子后烧楼"；在慈禧狼狈逃窜后归来京师的路上，义和团继续张贴民间歌谣形式的揭帖，唱出"一心逐洋人，养成神拳神。洋人不能逐，赔钱反折兵。自翠华西幸，一年求和成。洋兵入境后，屋产劫火焚。今年赔款大，剥削我黎民。富者封物产，贫者罪其身。父哭与儿啼，凄声不忍闻。今时皇差大，官吏馋狼奔。敢近跸路行，罚银三千金。邻跸路左近，拆屋且毁坟。嗟我民何罪，为此中国民！怕官吏如虎，民自视如鼠。慈哀思我后，后来吾其苏"③。

景廷宾是著名的义和团英雄，光绪二十八年（1902）正月，袁世凯派兵进攻景廷宾的家乡，其被迫撤退，很快举起"龙团大元帅"旗号，继续进行"扫清灭洋"的斗争，得到直隶附近二十四县人民响应，义和团战士有十六万人。这年的六月，起义最终失败了，景廷宾被杀害。地方民众仍然传唱着景廷宾：

  头一家英雄景廷宾，
  家住广宗东召村，

---

① 程英编：《中国近代反帝反封建历史歌谣选》，中华书局1962年版。
② 见中国民间文艺研究会、中国社科院文学研究所民族民间文学组编《中国歌谣选》第一集，上海文艺出版社1978年版。
③ 程英编：《中国近代反帝反封建历史歌谣选》，中华书局1962年版。

二十四岁中了举，
又会武来又会文，
兵法武艺真超群，
他好比大将马玉昆。
要和知县把命拼，
越思越想不顾身，
大刀杀的真惊人。
举人学会金灯照，
用火攻，闭火门，
洋枪洋炮不上身，
他好比三国名赵云。
心中可恼马大人（指大名联军参将马振武），
他要给东召把命拼，
大兵发了三千六，
赵二铲子随后跟（赵二铲子，广宗知县赵锷），
一心要袭东召村。
那一天本是正月二十四，
杀了个地暗天又昏。

第二家英雄景廷贞，
身入黉门是文生。
一见县官进了寨，
急的英雄把眼红。
骑烈马，拉硬弓，
手托长枪拧又拧，
他好比唐朝小罗成。

第三家英雄景世清（景世清是景廷宾侄孙），
得中一步武前程，
景老墨大街以上跑开马（景老墨是景廷宾族侄），
景廷贵真威风（景廷宾堂弟），
他好比唐朝谢应登（瓦岗寨农民起义英雄）。

## 第十二章 中国近代民间文学产生的历史文化背景

第四家英雄本姓刘,
刘老四他好比前朝定洋侯(刘老四即刘永清)。
心中恼恨纵眉头,
手使一对虎头钩,
他杀的血水混街流,
打了东召把兵收。
柳林团,把兵求(柳林是义和团和大刀会据点),
一不甘来又不休,
要给狗官结怨仇。①

中国民间文学的口头传播以及与媒介的联系问题,值得关注。现代文明强调每一个人都是媒介,所以,既有众志成城,也有众口铄金。

在义和团运动中,广泛流传的一首民间歌谣形式的揭帖是《祖助拳,义和团》,有学者进行长期调查,做各种版本的比较研究。或曰,在这里每一句歌谣都是一个传说故事,需要解释,才能清楚其来龙去脉。此揭帖云:

祖助拳,义和团,
只因鬼子闹中原。
劝奉教,自信天,
不敬神佛忘祖先。
男无伦,女行奸,
鬼子不是人所添。
如不信,仔细观,
鬼子眼珠都发蓝。
天无雨,地焦干,
全是教堂遮住天。
神也怒,仙也烦,
一同下山把道传。
非是邪,非白莲,

---

①《英雄景廷宾》,程英编:《中国近代反帝反封建历史歌谣选》,中华书局1962年版。

独念咒语说真言。
升黄表，敬香烟，
请来各洞众神仙。
神出洞，仙下山，
附着人体把拳玩。
兵法艺，都学全，
要平鬼子不费难。
拆铁道，拔线杆，
紧接毁坏火轮船。
大法国，心胆寒，
英美俄德尽萧然。
洋鬼子，全平完，
大清一统锦江山。①

  这首民间歌谣的搜集整理者称自己"见到有7种版本，其中3种流播于天津地区，是根据当时人们的传诵记录下来的，两种是京津之间农村口头流传的采访记录，一种是当时传至山西的记录，一种是在直鲁边界地区口头流传的调查记录"，有"日人佐原笃介、浙西沤隐同辑《拳匪纪事》卷二《匪乱纪闻》本""粤东侨析生、白缙云（均为杨凤藻之化名）《拳匪纪略》卷三保存《租界守御》本""《近代史资料》1957年第1期保存《庚子蜂录》之《义和团乩语》本""廊坊文化馆1959年春调查《义和团调查记录》，张守常过录本""《民间文学》1959年3月号刘崇丰搜集《义和团歌谣》本""乔志强编《义和团在山西地区史料》存《义和团揭帖一则》""山东大学历史系中国近代史教研室编《山东义和团调查资料选编》收录山东孔庙传抄阎书勤白纸揭帖本"② 等，分别为甲、乙、丙、丁、戊、己、庚七个版本。搜集整理者非常认真地介绍道："'劝奉教，自信天，不敬神佛忘祖先。'丙本、丁本、己本均作'自信天'，盖天主教劝人奉教，只信天主，不信其他神佛，连祖先牌位也不许供奉，故云'不敬神佛忘祖先'。甲本、乙本作'乃霸天''真欺天'，与'自信天'意思正相

---

①张守常：《〈神助拳，义和团〉揭帖》，《历史研究》1997年第3期。此揭帖流传有多种版本。
②张守常：《〈神助拳，义和团〉揭帖》，《历史研究》1997年第3期。

反，和上下文似不相连属，虽然也讲得通，但恐非原意；丙本、己本皆当时抄传原件，丁本来自老人传述，亦作'自信天'，当非偶然。甲本、乙本或系抄入书稿时所改。下句丁本作'不信神圣忘主天'，由农村老人口头传述，字句有讹误，已不通。丙本作三三句'不信神，忘祖先'，和全篇句法格式（即上句为三三字句，下句为七字句）不合"；"'男无伦，女行奸，鬼子不是人所添。'丙本、己本作'男无伦，女行奸'，比较自然。甲本作'女鲜节'，不叶韵。乙本作'女无节义男不贤'，叶韵了，但又太文了，显然是文人或印《拳匪纪略》的编者改的。下句丙本、己本作'鬼孩俱是子母产'，此皆当时传写件，当是原始面貌，唯'子母产'不知怎样讲。乙本作'鬼子不是人所添'，则流畅自然。甲本改'添'作'生'，不叶韵，盖不知北方人把生孩子叫作添孩子"；"'天无雨，地焦干，全是教堂遮住天。'丙本、己本、庚本作'地焦干'，前两者系当时传写件，接近原貌。'焦干'者，如烤焦了一般的干，北方有此口语；'地发干'虽也顺口，但不如'焦干'之更能形容当时干旱之严重。甲本、丙本、庚本作'止住天'，丁本作'遮住天'，从字义上看比'止住天'更妥切。'遮''止'音近，诸本作'止'者，当是口传笔录时的讹误，因'止'易写，'遮'字对文化水平低的人来说，可能不会写，甚至认不得。庚本又讹作'支住天'，字义相去更远"；"'神也怒，仙也烦，一同下山把道传。'这两句各本出入最大，这里以乙本为准。乙本为当时传写件，字句也通俗流畅。上句甲本作'神爷怒，仙爷烦'，庚本作'天爷恼，仙爷烦'，神仙二字拆开连用。但'神爷''仙爷'口语间少此叫法，'爷'当是'也'之讹。'天爷'常见于口语间，可能有人就是由此而改的。但天仙并提不若神仙之自然，且'天'字前面已连用，重见不好"；"'神出洞，仙下山，附着人体把拳玩。'下句盖谓'神仙附体'，传习拳术。'附体'是当时拳场的术语，某神仙附在某人身上，便可以练拳了。甲本作'扶助人间把拳玩'，乙本作'扶助大清来练拳'，大约是《拳匪纪事》和《拳匪纪略》的编者所见的揭帖'附'字作'扶'（己本即作'扶着身体把拳玩'），而又不懂得'附体'一词，遂予改窜。惟甲本和己本、庚本，均作'把拳玩'，民间谓练习拳术为'玩（加儿字尾音，轻读）拳'，这样说更符合群众的口头习惯"；"'兵法艺'，是从'兵法武艺'这一说书唱戏常用的词，因而也是从群众所熟习（悉）的词来的；但这里是三字句，便省去一个'武'字。不过人们读起来，这个'武'字会作为无声的字在这里的字缝间出现的。'兵法'指用兵作战的韬略即军事理论而言，'武艺'指临阵交锋的武打技艺而言，两者俱精，才是文武全才。戊本作'兵法书'，只指前者而言，不全面；且广大义和团员多不识字，万无只谈书本不提武艺之理。己本作'兵法术'，'术'或系'书'之讹，否则，'法术'虽可成词，但在这里，'兵法'一词是不能拆开的，若再缀一'术'字，便不通。甲本、丙本作'兵法易'，把'艺'讹为'易'亦不通"①。这是一篇民间文学比较研究的著述，也是一篇非常重要的民间文学文献研究著述，堪称民间文学文献学的开端之作。特别是作者所考证义和团运动及其民间文学历史演变，所论述"光绪二十四年秋，包括曹倜在内的五个地方官来到梨园屯处理教案，将庙基判还村民之后，拳众暂时解散。四乡村民立即集资动手，不到两个月便在原址又修起了玉皇庙，并且唱戏庆贺。教会却极端仇视，洋神甫到省城向张汝梅施加压力，张又令曹倜将玉皇庙拆毁。曹倜伴同洋神甫带领清兵亲赴梨园屯拆庙，并图搜捕'十八魁'。赵三多等被迫于这年八月又聚众起事，打出'助清灭洋'旗号，进攻教堂，不久被直鲁两省调来会攻的官兵打败。赵三多遂北走直隶，联络和发动反洋人的力量。在正定大佛寺举行的会议上，他提出'神助义和拳'。从此不拜神佛的义和拳和拜神佛的民间秘密宗教力量结合起来，使义和团运动进入了迅速'神化'的过程，从而也就进入了迅速发展的阶段""《神助拳，义和团》揭帖中关于神佛的话，不是赵三多的，而是赵三多与之'联成一气'的那些会道门的话""如果赵三多不提出'神助义和拳'，不和有上述神力的各地民间秘密会道门联为一气，那么义和团是不可能那样快地大规模发展起来的"②等，都是建立在历史事实之上的结论。民间文学思想理论固然是人文科学的研究方式，如果能够与历史文化研究方式相结合，其价值意义会发生非常重要的飞跃。

义和团与太平天国有一些相同处，如都是借助神权，鼓动民众，表现出对国家命运的关切。他们也有许多不同，一个是借助西方人的宗教文化，一个将中国传统文化中的民间信仰放大。他们都失败了，都成为民间文学述说的对象。

---

① 张守常：《〈神助拳，义和团〉揭帖》，《历史研究》1997年第3期。
② 张守常：《〈神助拳，义和团〉揭帖》，《历史研究》1997年第3期。

# 第十三章　近代社会民间文学的记述

## 第一节　神话传说

中国古典神话真的一直是碎片化吗？

中国古典神话的流传过程，也是其被建构的过程。中国传统文化的基础是从古老的神话传说建立起来的，这是中华民族对自身文化起源的拷问，也是对自己思想文化历史的反思。

近代中国社会，民族命运发生重要转折。中国知识分子或义愤填膺，或麻木不仁，或从容不迫，以不同的方式表达自己的思想。其中，有许多人在笔记中涉及古老的神话传说故事。

中国神话传说故事在近代社会历史文献中的保存，显示出当世流传的神话形态。俞樾的《茶香室丛钞》（29卷）序称："遇罕见罕闻之事，亦以小纸录出之，积岁余得千有余事，不忍焚弃，编纂成书。"① 其《茶香室三钞》卷一目录中列有"七元""盘古生日""女娲补天""外国岁首不同""蒙古以佛涅槃纪念""闰正月""元旦立春""正月四日为宋开基节""正月六日送穷""正月晦送穷故事""上元张灯缘起""正月晦日""竹谜日""上祀、重阳改日""七夕卖谷版""乞巧用七月六日"等。这些篇章中，有许多关于民间文学的记述与议论，如《盘古生日》记述曰："国朝孙星衍《京畿金石考》：保定府完县，有盘古村。石刻云：邑人刘招，掘

---

①俞樾：《茶香室丛钞序》，《茶香室丛钞》，中华书局1995年版。

得断碣，有'盘古氏十月十六日生'九字，余书剥蚀。"《女娲补天》记述曰："国朝章有谟《景船斋杂录》云：'陆俨山深云：平度州东浮山，即女娲补天处，其炼石灶尚存。所产五色石可烧。每岁上元夜，置一炉当户，高五六尺许。实以杂石，附以石灰，炼之达旦，火焰烛天。天为之赤，至于今不废。'国朝褚人获《坚瓠集》云：'宋以前，以正月二十三日为天穿节。相传女娲氏以是日补天。俗以煎饼置屋上，名曰补天。'葛鲁卿有《蓦山溪》一阕，咏天穿节郊射也。有云：'天穿过了，此日名穿地。'按此补天不以上元夜，而以正月二十三。葛词云云，则又有穿地之说，岂二十四日为地穿耶？"

在中国近代民间文学史上，值得注意的还有薛福成《庸庵笔记》，其记述民间文学甚为丰富，亦最为典型。薛福成一生勤勉，著述有《庸庵文编》《庸庵海外文编》《筹洋刍议》《出使四国日记》《庸庵笔记》《出使奏疏》《出使公牍》等，其中许多地方涉及民间文学。《庸庵笔记》"序"称"是书于平生见闻随笔记载，自乙丑至辛卯，先后阅二十七年"，其"所记渐多，始自删存，其有精蕴及有关系者，复各以类相从，不能尽依先后为次。诸篇于近世巨公名人，或称其谥，或称其字与官，盖所述之人，生死不同，而所称之官，又有前后不同者，则以纂述非一时故也。若必追改为一律，转失核实之意，所以各仍其旧"，"是书所记，务求戛戛独造，不拾前人牙慧。固有当时得之耳闻，而其后复见于他书者，则随手删去。亦有一二偶未见及，致未尽删者，然各记所闻，其用笔亦稍不同矣"，"笔记据平日见闻，随意抒写，亦间有阅新闻纸，取其新奇可喜，而又近情核实者录之，以资谈助。今于新闻纸得轶闻二条、述异四条、幽怪二条，为删其芜冗，存其简要"[①]。其记述民间传说，既有古代神话传说，又有当世民间传说故事。

薛记述神话传说，是对时事的关心，具有田野作业的色彩。如其记述"《沪报》云：永平府城内三山不显，四门不对。有黑水井，一石柱巍然竖于井旁边，柱上有铁链一条入井。乡老称神禹治水时，捉一水怪锁于井底，人如掣链向上，水即上涌，故无敢掣者，且有人看管。又有铜壶滴漏，每日按时滴水，如自行钟表，自古至今，并不添水，而壶中之水，常滴不竭。即藏壶之楼，日久亦不塌坏。"[②] 又如其记述"凡人寿不及百年，

---

[①]薛福成：《庸庵笔记序》，清光绪二十三年遗经楼刊本。
[②]薛福成：《庸庵笔记》卷四《永平古迹》，清光绪二十三年遗经楼刊本。

第十三章　近代社会民间文学的记述

羽毛鳞介之族寿不过数年至数十年而止，此就寻常人物言之也。若其炼神服气，遁迹深山，年寿既永，而偶显其迹者，今华山有毛女洞，相传毛女是秦始皇时宫人，避乱入山，遍体生毛。罗浮山中有黄道人，相传东晋时葛洪炼丹仙去，道人捞其鼎中余丹吞之，遂为地仙，时时披发敞衣出行山中。又世所传神仙如钟离祖师、吕纯阳，常着灵异，然皆生三代以下，寿不过千岁以外耳。若舍人而论物，今洪泽湖滨之龟山，有井名曰巫支祈井，相传神禹锁巫支祈于此，有大铁链系于井栏，垂入井中，其下深黑，莫窥其底。明季及国初，尝有人拖铁链出而观之，盖一老猴也。此物不知生于何代，然自洪水时至今，厥寿已四千余年矣。犹有前乎此者，甘肃有崆峒山，黄帝访道之地，广成子所居也。广成子既升仙，所养元鹤一双留此不去。每逢朔望，天气晴明，于日出时，自山巅遥望云际，有两鹤张翼如车轮，徘徊翔舞，良久乃去。今出使美国大臣陈荔秋副宪（兰彬）语余云，昔游崆峒，尝亲见之，且曰：'今两鹤外又多一小鹤，道士谓近百年来所添也。'夫两元鹤生于黄帝之世，其寿当在四千五百年以外矣"，"'今宇宙间动物'此殆其最古者也。副宪壮年好奇，尝匹马游青海，踏冰至龙驹岛，居喇嘛寺数日云"①。这是黄帝神话的流传形态。其记述大禹之妻涂山氏传说曰："浙江上虞县之西门外，居民多遵海而处。海之石塘西自夏盖山而止，山巅有夏盖夫人庙，俗传为夏禹王妃涂山氏也。海中向有一白龙，每年于中秋前后，例必朝山一次，居民于此数日内，见云脚鳞生即指为龙，然其形，卒不得而见也。光绪四年八月十四日下午，凉雨新霁，海波如镜，忽西北方云叠鱼鳞，极其整密。俄有白光一道上冲霄汉，至半空夭矫腾拿，变化不测，四爪毕现，全身尽露，鳞甲万点尤觉分明，但其首则模糊不辨。顷之，龙尾亦随波而上，盘旋空际，陡见其掉尾一扫，霎时间黑风卷地，海水壁立，狂雨猛至，雷电交作，震山撼谷。迨雨过天霁，则已月出东山。县中父老皆谓四五十年来未见此瑞，见则岁必大熟。道光二年曾见一次，是岁禾稼倍登，棉花丰稔。今兹岁必大穰矣，已而果然。"② 这是大禹神话流行状态的记述。

其记述的天后妈祖神话传说，具有浓郁的神话传说色彩："天后威灵显赫，佑庇生民，其神力着于南北海面者二三万里，盖近千年矣。福建莆田之湄洲，为天后故里，有天后宫，素称闳丽。每岁三月二十三日，为天

---

① 薛福成：《庸庵笔记》卷三《四千五百余年元鹤》，清光绪二十三年遗经楼刊本。
② 薛福成：《庸庵笔记》卷四《白龙朝山》，清光绪二十三年遗经楼刊本。

377

后圣诞。先期数日，辄有大鱼暴鬐濒海之沙滩，声如牛吼，闻十余里，湄洲之人皆曰：'大鱼来献灯油矣。'庙祝率数十人，担筒挈缶而往。大鱼长十余丈，或数十丈，开口，驯伏不动，若有待者。人皆携寻丈巨木撑柱其上下腭，恐其一磬而杀人也。遂各负担秉烛而入，两足皆穿草鞋，恐其被滑倾跌也。诸人皆历鱼喉，抵鱼腹，观其脏腑间，积油甚多，无不任意把取，满器而出，或既出复入者数次。大约取油至数十石，可敷神前数年点灯之用，即不复入。去其口中挂木，鱼即扬鬐鼓鬣而逝。观其意，若甚自适者。或曰：'鱼腹中滞油过多，其气不能舒畅，去其有余，则鱼意自乐也。'或曰：'鱼以得献悃于神为快也。若人谋捕而杀之，必有殃咎，故相戒不敢萌此意。即偶有此意，而鱼亦似知之，必飘然而去也。'据闽人述之如此"①。这是妈祖传说与妈祖信仰的当世流行状态。这表明，神话传说故事的流行从来不是单纯的语言传承与传播，而是与民间信仰密切联系在一起。

与神话传说故事相关的是许多风物故事。薛福成在《庸庵笔记》中记述许多神鬼显灵故事，往往古今相糅，进行文化空间等意义的比较。如其所记无锡乡间风水故事："世俗笃信地理家言，谓葬亲得吉壤，则子孙富贵蕃祉，否则贫贱衰绝。故凡稍有力之家，咸汲汲焉寻觅吉壤为务。而地理家稍有学识者，亦往往诵'阴地好不如心地好'之说。谓凡人之获吉壤，必其德足以居之。否则，或失之目前，或虽幸获葬，而鬼神不容也。地理家有所谓《钤记》者，大抵集古地师之言，谓得非常吉壤而默识之，其说似出于唐宋以前。攻此业者，转相钞习，流传至今不替。《钤记》所登，无锡、金匮两县境内，非常吉壤有二十余处，或出王侯将相，或葬王侯将相，而以鸿山泰伯墓居第一。大约十之七八皆已为前人所用，其十之二三未用者，则今人亦莫能确指其地也。吴塘山滨临太湖，两峰夹峙，为无锡形胜之地，谓之吴塘门。《钤记》有云：'吴塘东，吴塘西，玉兔对金鸡，代代出紫衣。'乡先辈尤文简公（袤）之封翁，实葬得其穴。文简以清德硕学为南宋名臣，当时既钦其丰采矣。相传封翁葬时，文简庐于墓侧。一夕，隐隐望见神灯无数，有金甲神拥一贵人，从空中过，贵神忽问曰：'近有何人葬此？'金甲神对曰：'无锡人尤时亨也。'贵神诧曰：'此土地将发福三百年，谁敢葬此？速告雷部，明日发之。'文简大戚，涕泣望空遥拜，且祝曰：'父既葬此，诚不忍见雷击之惨，愿身受其罚，以保

---

① 薛福成：《庸庵笔记》卷四《湄洲大鱼献灯油》，清光绪二十三年遗经楼刊本。

父墓。'金甲神为请曰:'尤氏累世积德,且其子真孝子也。彼既愿膺其罚,盍许之?'贵神曰:'尤氏之德,尚不足当此地,念其子之纯孝,姑许葬之。然彼既关受罚之愿,俟三百年后再议可也。'俄而寂然,神灯亦冉冉而没。文简既卒,卜葬于无锡孔山湾。尤氏子孙自元迄明入国朝,掇科第入宦途者,蝉联不绝。迨道光年间,尤氏忽控张氏盗买文简公墓余地,有司履勘,连年不能决。盖张氏既葬此数世,年代稍远,并不知尤氏子孙何人所卖。然府县以先贤坟墓,例不能不保护。张氏声势本微,而尤氏以旧绅合全族之力攻之。适有他郡尤姓人为常州府署刑幕,遽与互联宗谱,遂押迁张氏诸墓。数日前,即闻每夜鬼哭声,日稍昃,鬼声啾啾,数月不辍。张氏子孙以黄袱负骨,号泣而去者三十九家。有一家迁至四十九冢,中间一墓稍高者,墓门既启,忽见朱漆巨棺随风而化,随有一白须方面古朝服朝冠者,蹶然坐起,亦随风而化。读其志铭,则宋尚书尤公墓也。是时,距文简没时近七百年矣。或者神鉴文简之德,又展缓四百年。虽前言必践,而年代既遥,尸早腐化,所以遇风即散也。尤氏子孙因既涉讼,不量重轻,必欲求胜,实则并文简公之主穴,且不能知。后虽懊丧无地,将奈之何?自是之后,尤氏日以式微。盖吴塘墓之旺气,既发泄将尽,而孔山墓又忽被迁,宜其衰也。"① 风水信仰是中国民间文学的重要特色,此传说故事的范式在许多地方都存在,更多的是警告世人不要忘记积累功德。

刘三姐是传说中的歌仙,在广西等地广为流传,各有特色,薛福成在《庸庵笔记》中详细记述。如其所记:"出广西省垣文昌门三里,有刘仙岩,幽石玲珑,螭连蜃结,枕清漪,茁芳芷,至此耳目一开。相传:仙,元时人也,名仲远,以屠豕为业。家于岩下,上有小庵,仙每旦闻钟声则起,磨刀霍霍,屠豕趁墟,有年矣。忽一夕,僧梦缟衣老妇跪而泣曰:'我母子八口之命,悬于上人手。'僧骇问故,曰:'勿击晓钟,即生全之德也。'僧起,忆梦中语,因暂缓撞钟,以观其异。日向晨,闻岩下疾呼而至者,刘仙也。问:'晨钟何为失鸣?汝贪高卧,致余废趁墟之业。'僧以梦告,仙斥其妄。归家,则母彘生七子矣。仙恍然有悟,掷屠刀于溪,向僧谢罪,即隐于庵旁岩穴中,炼神服气。久之,为人决休咎,多奇中。京师长春馆道士邱处机,闻其名,致札邀往。岁余而还,后不知所终。村人疑其羽化,改庵为道院,肖像祀之。岩中高旷如大厦,其右有小岩,即刘仙当日坐卧处也。山故多虎,而岩无门垣,仅蔽风雨,虎狼之患终不及

---

① 薛福成:《庸庵笔记》卷三《鬼神默护吉坏》,清光绪二十三年遗经楼刊本。

云。乾隆中，山阴人俞蛟游此，记其事颇详。"①

乡间世界流传更多的是各种奇闻轶事，薛福成在《庸庵笔记》中详细记录了这些传说故事。《庸庵笔记》是一部富有时代特色的民间故事集成，也是一部别具特色的风俗志、民族志。如其所记："祥符孙雨农孝廉（育均）尝为余言，昔汴人有得中消病者，日食米一二斗，腹日以彭亨，面日以黄瘦，而身日以饥惫，人无能救药者。闻某县有名医，往就之诊。医开一方，仅砒霜四两，别无他物。且戒之曰：'汝忍饥不食两日，然后食之。食必尽，否则不救。'众无不骇且怪者，又以其名医也，姑减半食之，则瞰然大壳，吐出白虫数十枚，其长六七寸不等，皆死矣。于是腹稍小，饥稍瘳，而尚未霍然也。复诣名医请诊，医唶曰：'汝必食药未尽也。凡汝之一食即消者，皆此虫为之。今仅杀其半耳，余不能救矣。'问再食之可乎？医曰：'不可。夫虫既食人之食，亦有知识。吾之开砒霜四两者，乃酌量虫数而投之。虫惯食人之食，故于久饥之后，一见即食。彼已见前虫之死，肯再食乎？虫既不食，则砒毒汝自当之口，今汝食之，则以砒而死，不食则以虫而死，均之死也。复何言！'病者不听，食之果死。"②"蜀汉后主降晋，封安乐公，殁而葬焉，墓在今山东乐陵城南之五里村。村方圆一亩，近有耕氓拾得钢枪头，长二尺许，宽约二寸半；钢刀头长三尺余，宽约五寸；又有杯盘等物，皆古磁，极华美，夏时存肉不臭。入都售之，因得小康。又有惠王冢，在乐陵城南四十余里，相传冢内有金人男女十二，骡马鸡犬及一切器皿皆系黄金。有人得金鸽一只，售之亦小康；每年立冬后，五更报晓。又有夜明珠，深宵出现，行路疑为皓月落地，趋至其处，浑黑无所见，远观之仍如明月焉。"③"寒山寺在姑苏城外，唐人诗已累累见之，千余年来，为吴下一大禅院。道光年间，寺僧之老者、弱者，住持者、过客者，共一百四十余人，忽一日尽死寺中。既已无人，乡保为之报县。县令前来相验，适一灶下养死而复苏，县令问：'诸僧今日食何物？'对曰：'食面。'县令复详询煮面之人与浇面之汤，灶下养对曰：'今日值方丈和尚生日，特设素面以供诸僧。我适见后园中有蕈二枚，紫色鲜艳，其大径尺，因撷以调羹浇面。但觉其香味鲜美异常，未及亲尝，忽然头晕倒地，不省人事。今甫醒而始知诸僧食面死矣，不知是何故也。'

---

①薛福成：《庸庵笔记》卷三《桂林刘仙岩》，清光绪二十三年遗经楼刊本。
②薛福成：《庸庵笔记》卷三《名医治中消病》，清光绪二十三年遗经楼刊本。
③薛福成：《庸庵笔记》卷三《古冢现宝》，清光绪二十三年遗经楼刊本。

县令使导至后园采蕈处，则复见有蕈二枚，其大如扇，鲜艳无匹。命役摘蕈，蕈下有两大穴。县令复集夫役，持锹镢，循其穴而发掘之。丈余以下，见有赤练蛇大小数百尾，有长至数丈者，有头大如巨碗者。盖两穴口为众蛇出入之所，蕈乃蛇之毒气所嘘，以自蔽其穴者。诸僧既皆食之，故无一生。灶下养仅嗅其香味，故幸而复苏。县令乃命储火种，发鸟枪，一举焚之，蛇之种类尽灭，而寒山寺由此亦废。"① 这些形形色色的风物传说价值更为特殊，与历史上众多风物传说一样，记述了民间文学独特的地方性知识及其标志性意义，不仅具有民间文学理论研究价值，而且有一些传说还具有非常重要的生活实用价值。

人物传说是历史文化的重要内容。薛福成记述了历史上和珅之流受到惩罚的政治事件，也记述了近代社会政治许多当世事件，一切都以具体的人物为中心。"嘉庆四年正月初八日，江南道监察御史广兴、兵科给事中广泰、吏科给事中王念孙等，参奏和珅弄权舞弊，僭妄不法。本日奉旨，将和珅、福长安拿交刑部严讯，并查钞家产。本日奉旨派八王爷、七额驸、刘中堂、董中堂讯问，随上刑具监禁刑部，派十一王爷、庆桂、盛住同钞和珅住宅，派绵二爷钞和珅花园。十一日奉上谕：'昨将和珅家产查钞，所盖楠木房僭侈逾制。其多宝阁及隔段式样，皆仿照宁寿宫制度。其园寓点缀，竟与圆明园蓬岛瑶台无异，不知是何居心。又所藏珍宝内，珍珠手串二百余串，较之大内多至数倍。并有大珠，较御用冠顶珠尤大。又有真宝石顶数十颗，并非伊应戴之物。而整块大宝石不计其数，且有内府所无者。所藏金银玉石古玩等类尚未钞毕。似此贪黩营私，从来罕见罕闻。'"对此，薛氏议论曰："乾隆中叶最为天下全盛之时，不幸和珅入相，倚势弄权，贪婪罔忌。自督抚以至道府，往往布置私人。或畏其势焰，竞营献纳，以固其位。浸至败坏吏治，刻剥民生，酿成川楚教匪之变，元气一腔，至今未复。和珅卒伏其辜，一朝藉没，多藏厚亡，岂不信哉！亦书之以为黩货无餍者戒也。"② 这应该是近代民间文学中流传的和珅故事典型。

薛福成记述了许多社会动荡中各色历史人物的传说，如林则徐、曾国

---

① 薛福成：《庸庵笔记》卷四《蕈毒一日杀百四十令人》，清光绪二十三年遗经楼刊本。
② 薛福成：《庸庵笔记》卷三《查钞和珅住宅花园清单》，清光绪二十三年遗经楼刊本。

藩、李鸿章等人物，这些传说故事具有相当重要的历史文化价值。如其所记："道光中，林文忠公（则徐）以钦差大臣驰赴广东查禁鸦片烟，与英吉利兵船相持海上，宣庙倚任甚至。既而中变，命大学士直隶总督琦善驰往查办，严劾林公，革职遣戍新疆，尽撤守备，与英吉利讲和。于是舆论哗然，皆骂琦善之误国及宰相穆彰阿之妒贤，而惜林公之不用也。""世俗皆言自蒲城薨后，宣庙常闻空中呼林公姓名，故不久赐还。"这是珍贵的林则徐传说。薛氏叹曰："此说虽未尽然，然亦足见人心所归仰云。"① 其所记曾国藩、李鸿章传说，如："曾文正公之生也，以嘉庆辛未年十月十一日亥时。曾祖竞希封翁，年已七十，方寝，忽梦有神虬蜿蜒自空而下，憩于中庭，首属于梁，尾蟠于柱，鳞甲森然，黄色灿烂，不敢逼视，惊怖而寤，则家人来报添曾孙矣。封翁喜召公父竹亭封翁，告以所梦，且曰：'是子必大吾门，当善视之。'是月，有苍藤生于宅内，其形夭矫屈蟠，绝似竞希封翁梦中所见。厥后家人每观藤之枯荣，卜公之境遇。其岁枝叶繁茂，则登科第转官阶，剿贼迭获大胜。如在丁忧期内，或迫寇致败屡濒于危，则藤亦兀兀然作欲槁之状。如是者历年不爽，公之乡人，类能言之。饶州知府张澧翰，善相人，相公为龙之癞者，谓其端坐注视，张爪刮须，似癞龙也。公终身患癣，余在公幕八年，每晨起，必邀余围棋。公目注楸枰，而两手自搔其肤不少息，顷之，案上肌屑每为之满。同治壬申二月初二日申刻，公偶游署中花园，世子劼刚侍，公忽连声称脚麻脚麻，一笑而逝。世子亟与家人扶公入室，盖已薨矣。是时，城中官吏来奔视者，望见西面火光烛天，咸以为水西门外失火。江宁、上元两县令，亟发隶役赴救，至则居民寂然，遍问远近，无失火者。黄军门（翼升）祭文有曰：'宝光烛天，微雨清尘。'盖纪实也。自后，庞观察（际云）来自清江浦，成游戎（天麟）来自泰州，皆云初二日傍晚见大星西陨，光芒如月，适公骑箕之夕云。"② "曾文正公尝告幕客曰：余向不信扶鸾等术，然亦有奇验者，李忠武公（续宾）之克九江也，余方衔恤家居。一日，偶至余弟沅甫宅中，塾师方与人为扶鸾之戏，问科场事。余默念此等狡狯，何足为凭？乩盘中忽写赋得偃武修文得闲字。余言：'此系旧时灯虎，作败字解，所问科场事，其义云何？'乩盘中又写为九江言之也，不可喜也。余诧曰：'九江新报大捷，杀贼无遗类，何为言败？'又自忖九江去此二千里，且我

---

①薛福成：《庸庵笔记》卷一《蒲城王文恪公尸祲》，清光绪二十三年遗经楼刊本。
②薛福成：《庸庵笔记》卷四《曾文正公始生》，清光绪二十三年遗经楼刊本。

现不主兵事,忽提及此,亦大奇事。因问:'所云不可喜者,为天卜言之乎?抑为曾氏言之乎?'乩判为天下大局言之,即为曾氏言之。时戊午四月初九日也,余始悚然异之,而不解所谓。至十月,而果有三河之败,全军尽没,忠武及余弟温甫咸殉焉。乩仙自言彭姓,河南固始县人,新死于兵,将赴云南某城隍之任,道经湖南云。噫!一军之胜负,关系甚巨,此时文正虽奉讳里居,而东南全局,隐倚以为轻重,忠武固文正旧部,而文正之弟又在军中,半年之前,败征未见,而鬼神早有以告之,凡事莫非前定,岂不信哉。"① "昔曾文正公尝教后学云:人自六经以外,有不可不熟读者凡七部书,曰《史记》《汉书》《庄子》《说文》《文选》《通鉴》《韩文》也。余尝思之,《史记》《汉书》,史学之权舆也;《庄子》,诸子之英华也;《说文》,小学之津梁也;《文选》,辞章之渊薮也;《史》《汉》,时代所限,恐史事尚未全,故以《通鉴》广之;《文选》骈偶较多,恐真气或渐漓,故以《韩文》振之。曾公之意,盖注于文章者为重。此七部书:即以文章而论,皆古今之绝作也。人诚能于六经而外,熟此七部书,或再由此而扩充之,为文人可,为通儒可,为名臣亦可也。"② "兵燹之劫,皆有定数。余既屡着于笔记矣。咸丰癸丑二月金陵之陷,粤贼募得黔人之善挖煤者,由仪风门穴地火攻而入。至同治甲子六月,威毅伯中丞曾公仍募得其人,由太平门外穴地火攻而入,斯事固已奇矣。尤奇者,常州府城以咸丰庚申四月初六日午时为粤贼所陷。今傅相合肥李公之巡抚江苏,也以同治甲子四月初六日午时攻克常州。相距匝四年,而一失一复,月日时皆不爽,谓非有定数而能如是乎。至如上海,以道光壬寅陷于英吉利,咸丰癸丑复为群匪所踞,迨粤寇之难,四乡虽为战场,而城独不陷。宁波亦以道光辛丑陷于英吉利,同治壬戌复为粤贼所陷,迨光绪乙酉法兰西以铁舰来攻,竟不能入。大抵兵燹之劫,重于前则轻于后,冥其中若有为之主宰者焉。"③ 在其记述中,曾国藩、李鸿章总是得到神助,如其记曰:"鬼神为造化之迹,而迹之最显者莫如水神。黄河工次,每至水长之时,大王、将军往往纷集河干,吏卒居民皆能识之,曰某大王、某将军,历历不爽。同治七年,捻贼张宗禹窜入直隶、山东交界,今傅相合肥李公扼守黄、运

---

①薛福成:《庸庵笔记》卷六《扶乩奇验》,清光绪二十三年遗经楼刊本。
②薛福成:《庸庵笔记》卷三《曾文正公劝人读七部书》,清光绪二十三年遗经楼刊本。
③薛福成:《庸庵笔记》卷一《劫数前定》,清光绪二十三年遗经楼刊本。

两河,设大围以困之。当是时,各营兵勇不满十万,而汛地绵广数千里,人数不敷甚。巨贼以全力并冲一处,一处失防,则全局皆废,固非确有把握也。然竟以灭贼者,是时大雨时行,河水泛溢,平地积潦,往往盈丈,贼四面奔突,皆为水所阻,官军因得以合力痛剿,盖若有神助焉。"① 这是民间文学中民间信仰等观念的普遍体现。

历史上的农民起义,留下许多传说故事。薛福成记述了其中的张献忠传说:"四川成都府署中有杀字碑,连书七个杀字,别无他字,相传张献忠手笔。每知府到任,必祭碑一次,否则必受奇祸。平时,终日关闭,不敢开视,否则必有刀兵之灾。余谓献忠固天地间之珍气所钟,当时全蜀被其荼毒,今其遗碑尚能为祟,是不可解。或者人心畏之过甚,至数百年而不衰,足以感召斯异欤?是当毅然决然投之水火,虽能为祸,亦不过一次,而其祟则从此销灭矣。"②

农民起义是中国近代社会的重要事件,如太平天国、捻军起义等政治事件,对清朝统治造成重大打击。薛福成记述了这些内容,保存了珍贵的历史资料。如其记述少数民族起义,曰:"占验家谓五星同在一次曰合,同在一宿曰聚。咸丰十一年八月丁巳朔,有日月合璧,五星联珠之瑞,从填星也。考是日卯正,日月同在张八度,岁星荧惑在张五度,太白在轸三度,填星在张九度,辰星在张七度。盖日月与木火土水四星同聚一宿,惟太白在轸。然与日月及水土二星相距不满三十度,则犹可谓之合也。尤难遇者,五星皆顺行而无迟留退逆之愆,且皆晨见而不伏匿,斯所以为盛瑞也。是岁,官军即以八月朔日卯刻克复安庆,由此各路大帅相继奏捷。甫逾一纪,而粤、捻、苗、回诸巨寇以次荡平。中兴之功,何其伟也!占验家又谓自张至轸为楚分野。是时辅翊中兴者,如曾文正公、胡文忠公、江忠烈公、罗忠节公、李忠武公、李勇毅公,以及今相国恪靖侯左公、巡抚威毅伯曾公、前陕甘总督杨公、兵部侍郎彭公,皆系楚材,可云极盛。惟今相国肃毅伯李公所属淮部诸将,皆系皖人。然春秋时,皖北安、庐、凤、颍六郡,本皆楚地,则分野占验之说,似不诬矣!沈约《宋志》谓周将伐殷,五星聚房;齐桓将霸,五星聚箕;汉高入关,五星聚东井。大抵

---

① 薛福成:《庸庵笔记》卷四《水神显灵》,清光绪二十三年遗经楼刊本。
② 薛福成:《庸庵笔记》卷三《杀字碑》,清光绪二十三年遗经楼刊本。

皆隆盛治平之象。然则中兴景运尚未艾也。"① 其记述太平天国历史传说："金陵之拔也,伪忠王李秀成偕一僮遁走方山,突遇樵者八人,有识之者,嗐曰:'若非伪忠王乎?'秀成长跪泣曰:'若能导我至湖州,愿以三万金为寿。'樵夫相与聚谋,以为不如执献大营,金其焉往,且可获重赏。遂縻之以归,其村名曰涧西。是时秀成与其僮两臂金条脱皆满,又以一骑负箱篋,皆黄金珠玉宝贵之物,约值白金数十万两。村民尽拘之一室,其珍宝尚未敢分也。村民陶姓者,八人之一也,时有族人在太平门外李臣典营中,将往告之。道过钟山,腹中饥渴。时提督萧孚泗驻营钟山,营中有伙夫素与陶姓相识,遂入少憩,语及献俘事。伙夫以语亲兵,亲兵以告统领,乃使一人留陶姓与之酒食,雅意縶维,不使得行。孚泗自率亲兵百余,驰抵涧西村,以秀成归,尽收其珍宝,将并杀陶姓以灭口。伙夫阴告之,分以宝珠五枚、良马一匹,俾乘夜逸去。孚泗竟以擒获秀成膺一等男爵之封。其后威毅伯曾公微闻其事,赏村民八人白金八百两,复为营中亲兵分去,仅以五十两畀八人者共分之。"② 其记述捻军起义曰:"张洛行为捻寇渠魁,跳梁十年,官军无如之何。同治癸亥,洛行为僧邸所败,以五千人保于尹家沟。鲁僧邸率大军围之,洛行自知势不敌,以数百人突围出。僧邸召骑将恒龄率数千骑追之,擒斩贼党略尽。洛行以二十人奔西洋集。圩主陈天保,故贼党也,甫于是日降官军。而洛行夕至,天保纳之,阴遣人驰报宿州署中。时西林宫保(英翰)署宿州知州,率壮丁二百人赴之,直至洛行卧所。洛行方吸洋烟,英公呵之起曰:'汝非张洛行乎?'曰:'然!'曰:'从我走。'乃并其甥侄数人皆擒以归,解送僧邸军前,凌迟处死。僧邸保奖英公,俟补直隶州,后以知府用。朝廷颇嫌其赏薄,未数月,擢知颖州府,旋迁凤、颖、六、泗道,两年间遂至安徽巡抚。"③ "同治五六年间,捻寇窜突苏、皖、鄂、豫、山东等省,黠猾以赖汶光为最,而栗悍善战莫如任柱,所统马队颇多。方诸军划运河而守。捻众马步约近十万,盘旋济、青、沂、海之间,行踪欻忽。官军追逐,往往落后,实尚未能制胜。"④ 其记述太平天国石达开传说曰:"余往尝游湖南,闻楚

---

①薛福成:《庸庵笔记》卷二《日月合璧五星联珠之瑞》,清光绪二十三年遗经楼刊本。

②薛福成:《庸庵笔记》卷二《李秀成被擒》,清光绪二十三年遗经楼刊本。

③薛福成:《庸庵笔记》卷二《张洛行被擒》,清光绪二十三年遗经楼刊本。

④薛福成:《庸庵笔记》卷二《任柱、赖汶光伏诛》,清光绪二十三年遗经楼刊本。

人皆曰：'骆公治吾楚十年，而吏民安堵，群寇远遁，此吾楚福星也。'厥后督师入蜀，蜀中值蓝朝鼎、李短搭搭等群寇蜂起，揭竿乌合之徒，所在屯聚，全省被蹂躏者四十余州县。骆公仅募楚勇万人以行。是时黄子春观察（醇熙）为统将，刘霞轩中丞（蓉）实以同知佐戎幕，旋超授四川藩司，赞画军事者二年。楚军入蜀，一战大捷，放行而西，驱殄群孽，连解定远、绵州之围。而黄观察亦遇伏战没，骆公选裨将代领其众，会合蜀军，分途追剿。蓝、李等巨酋十余人，以次擒戮。未一年，而全蜀肃清。盖蓝、李各寇皆起于草窃，声势虽盛，并无远略，实不耐战。骆公以楚中节制之师，进与之角，鲜不克捷。既捷之后，群贼望风瓦解，白就夷灭，故其摧陷廓清之功为甚捷也。蜀民见骆公用兵如此之神速，以为诸葛复生，且出水火而衽席之，皆曰：'骆公活我。'石达开率其悍党窥犯蜀疆，自入绝地，诸土司扼守险隘，会合官兵擒灭之。天下闻之，谓石达开著名剧寇，不过稍亚于洪秀全，而骆公擒之，易于反掌，莫不仰其威名。蜀民亦谓骆公用兵果不可测，于是感之如父母，而望之如神明矣。蜀中地大物博，骆公既削平群丑，省中司道建议整理财赋，因而筹饷筹兵，南援滇黔，北援秦陇。当是时，曾文正公督两江，凡湖广两粤闽浙等省大吏之黜陟，及一切大政，朝廷必以谘之。骆公督四川，凡滇黔陕甘等省大吏之黜陟，及一切大政，朝廷必以谘之。二公东西相望，天下倚之为重。而骆公所陈大计，亦多能统筹全局，不愧老成典型。先是蜀中童谣曰：'若要川民乐，除非马生角。'盖俗称骆字为马各骆，而南方又各角同音也。然则骆公当立勋名于蜀，其数早已前定矣。骆公既薨，成都为之罢市，居民皆野哭巷祭，每家各悬白布于门前，或书挽联以志哀思。适文勤公崇实，以将军署总督，谓为不祥，遣使禁之。蜀民答曰：'将军脱有不讳，我辈决不敢若此。'闻者为之粲然。迄今蜀民敬慕骆公，与诸葛武侯相等。骆公专祠，蜀民亦呼之为丞相祠堂，虽三尺童子入其祠，无不以头抢地者。或谓骆公生平不以经济自命，其接人神气浑穆，人视之固粥粥无能，而所至功成，所居民爱，在楚在蜀，自有诸贤拥护而效其长，岂其大智若愚耶？抑骆公之旗常俎豆，早有定数，大功之成不在才猷而在福命耶？余谓骆公之当享勋名，固由前定，然其德器浑厚，神明廉静，推诚以待贤俊，亮直以事朝廷，斯其载福之大端也。同时张石卿制军，其初名位与骆公相埒，而才调发越，则十倍骆公。然有为不能有守，好用权术，多谋少断。又所居皆贫瘠之地，所与共事多庸妄人，其遭逢不如骆公远甚，崎岖二十年，不能以功名终。盖其德不足以运其才,器不足以载其福,适若与骆公相反云。"①

薛福成还记述了许多民间流传的鬼故事,如:"梅伯官郎中有友某君,素以胆力自负。郎中与之戏,请必以实事为证。是时,金陵城内有一池在旷野中,素号多鬼。"②"嘉庆中,先祖芗圃府君,设帐无锡北门外。有施生者,年逾二十,荒废学业,为狎邪游,屡诫不悛。先祖摈之门墙外,施生益流连酒色。一夕,在妓室酣饮,四更后肩舆归家,适经一桥,忽见一人身长丈余,白衣高冠,肩挂纸钱,如世所称无常鬼者,直立轿前,对之嬉笑。轿夫皆惊骇狂窜,委肩舆于桥上。顷之,有击柝行夜者,见轿中人已半死,复为呼集轿夫,舁至家中,灌以姜汤,呕绿水一盂而卒,益其胆已破矣。"③"无锡北乡有村曰胡家渡者,一塾师训蒙于其间。每日暮,有一挑杂货担者至村,如糖果蜜饯之类皆有焉。训蒙师与其徒各稍买食物以为消遣,每日入至三更而返,日以为常。一夕忽不至,盼之两月,而杂货担始来。塾师问其故,挑担人曰:'此次一病几死,幸而痊愈,余从此往来此道不免有戒心也。'盖挑担人之家,距村约十里,是夕三更后,由村回家,月明如昼,道经一桥,忽见两人凭栏玩月,身长不及三尺,而须眉皓白,相对啁啾,其语了不可辨。挑担人心知为鬼,然四顾旷野,欲退无路,只得放胆,挑担上桥经过,且曰:'请先生稍让!'闻一人曰:'是人可恶,速击之!'挑担人由此晕倒,人与担直坠至桥下。五更以后,有行夜者见而呼醒之,送之回家,一病两月。夫须眉皓白,而长不满三尺。《春秋左氏传》所谓新鬼大故鬼小者,岂不信欤?"④ 这些具有风物色彩的故事,以具体的地名或真实的人物作真实性的表达,形成自己的叙述风格。这些传说中的鬼,就是各色各样的人,此与历史上的鬼故事异曲同工,时间换成了当世,地点也做了改换。

近代中国社会对民间传说的记录,有许多历史文献,薛福成的《庸庵笔记》是一个典型。中国文化传统重视对民间文学的搜集整理,强调礼失求诸野,重视观察风俗与入境问俗,《庸庵笔记》是这种文化传统的时代体现。

---

① 薛福成:《庸庵笔记》卷二《骆文忠公遗爱》,清光绪二十三年遗经楼刊本。
② 薛福成:《庸庵笔记》卷六《鬼笑可畏》,清光绪二十三年遗经楼刊本。
③ 薛福成:《庸庵笔记》卷六《狎游客遇无常鬼》,清光绪二十三年遗经楼刊本。
④ 薛福成:《庸庵笔记》卷六《旧鬼玩月》,清光绪二十三年遗经楼刊本。

除了薛福成的笔记记述近代社会民间文学外，地方志文献出现记录社会风俗生活的体例，述说地方风物和劳动生产等文化现象，保存了许多民间传说故事、民间歌谣、民间谚语。还有《中国诉讼师》等文献，集中体现了近代中国社会各种各样的财产争端、情感纠纷等传说故事。

近代中国社会，农耕文明的自给自足，不仅体现在物质生产方式上，而且体现在自娱自乐的精神生活上。令人遗憾的是，民间戏曲等鲜活的民间文艺文本，很少得到完整记录；除了北京打磨厂的刻本，民间戏曲文本长期受到主流社会的排斥。此外，近代中国社会民间文学的记录出现西方汉学家、传教士、冒险家、外交家等不同身份人士的参与，形成中外民间文学的交流、比较，形成新的文化视野。日本、俄罗斯、英国、美国、法国等国学者对中国民间文艺的关注，对中国少数民族地区的调查，成为中国民间文学史的新篇章。

## 第二节　民间叙事诗

民间叙事诗是我国民间文学史上特别重要的艺术体裁，如汉代《孔雀东南飞》等民歌，成为中国文学史上瑰丽的篇章。但是，由于种种原因，汉魏之后一直到近代社会，民间叙事诗的文献一直缺少整理。在1949年之后，尤其是20世纪80年代以来的田野作业中，许多人可以感受到这样一种事实，如《钟九闹漕》《崇阳双合莲》和《郭丁香》以及江南地区的《五姑娘》等民间叙事诗，这些作品应该是在近代社会形成和不断完善起来的。《钟九闹漕》的搜集整理者指出："（《钟九闹漕》）又名《钱粮案》，是一部在湖北南部广泛流传的民间叙事诗。它真实地记录了清末崇阳人民在钟人杰、金太和等领导下由自发抗粮到组织武装起义的全部发展过程。抗粮斗争从清道光十六年（1836）开始，一直进行到道光二十二年（1842），历时近六年之久。这部长诗究竟首先出于何人之口，目前尚未考查清。据老人说，最早出现的手抄本是在辛亥革命前后，那时是暗地传抄，公开流唱。在国民党统治时期，崇阳县政府曾进行搜查、焚毁《钟九闹漕》抄本的活动，但并未禁绝，新的抄本又大批地出现，至今崇阳县群众还珍藏着最老的手抄本。"①《崇阳双合莲》也是如此。搜集整理者称:"《双合莲》是流传于鄂南山区崇阳县一部优秀民间叙事诗。故事发生在清代道光年间,主人公胡三保、郑秀英,反对封建制度和家规族法,强烈地追求婚姻自由,终于被封建礼教残害。人民对胡、郑深表同情,把他们的故事编歌传唱,借以批判罪恶的封建礼教和家族制度。传说此诗最初的作者,是郑秀英的一个族人郑四爹,青少年时读过几年私塾,爱唱山歌,爱听民间故事,尤其是'梁山好汉'一类故事,并深受故事中人物行为影响,爱打抱不平。他目睹胡三保、郑秀英衷心相爱而惨遭杀害的经过,愤愤不平,每日打铁,采用山歌和民间小调形式,将胡、郑不幸身世,编成歌本,随编随唱随抄。久而久之,就编出了《双合莲》这部长诗。为了扩大诗的影响,他把抄本封进竹筒,丢进隽水河里,顺流而下,抄本便传到了蒲圻、嘉鱼、武昌等地。后来一抄十,十抄百,以口传或手抄本方式在广大群众中流传。不仅在鄂南各县,甚至在邻近的湖南、江西两省边界县里,也有传诵。传诵方式大致有二:或是群众上山砍柴时,作为山歌对唱;或是已婚妇女在家纺织时,作为小调哼唱。至今,凡四十岁以上的崇阳人民,均能诵唱其中重要章节,或是背诵全诗。"② 河南、湖北、安徽、江苏、山东等地流传的民间叙事诗《郭丁香》更是如此。《郭丁香》作为传统灶书的民间文学形式,曾经在 20 世纪 80 年代被整理出一部分发表(《民间文学》1981 年第 10 期),近年来,河南学者整理出这部民间叙事诗的文学本。20 世纪 20 年代林兰编《民间传说》中保存其整理本,而且故事语言就是典型的韵文形式。可以断定,其流传时间绝对不晚于晚清时期。

《五姑娘》是我国浙江、上海、江苏等地流传的民间叙事诗,在近代社会流传。这是中国近代社会民间文学的又一典型。民间叙事诗《孟姜女》的发现,在中国近代民间文学史上的意义更为特殊。历史上有文献记述"春歌"之"岁首先传俚唱新,喜闻吉语趁良辰;轻锣小鼓歌声缓,送遍家家龙凤春",以弹词等民间艺术形式的演唱情景,曰"入春,常有两人沿门唱歌,随时编曲,皆新春吉语,名曰'唱春'。唱时轻锣小鼓,击

---

① 中国民间文艺研究会湖北分会、湖北省群众艺术馆:《〈钟九闹漕〉各种版本汇编》"前言",1980 年 11 月编印。
② 中国民间文艺研究会湖北分会、湖北省群众艺术馆:《〈双合莲〉各版本汇编》,1980 年 11 月编印。

之以板，板绘五彩龙凤，中书四字曰'龙凤官春'。"① 光绪十六年（1890）湖州新镇刻本《孟姜女寻夫》记"《孟姜女过关》十二月唱花名"。另外，还有浙江绍兴和江苏苏州等地刻本，应当能够证明其在近代社会历史时期的流传。20世纪20年代五四歌谣学运动中，顾颉刚等学者对全国各地的《孟姜女》进行广泛搜集整理，成为我国民间文学史上一个"《孟姜女》学术事件"。

如前代学者整理的"宋春荣本"《孟姜女春调》：

## 一　喜锣一敲十七响

今朝来到贵村上，
春锣一敲就喉咙痒。
一勿唱刘备招亲甘露寺，
二勿唱武松打虎景阳岗，
三勿唱许仙巧遇白娘娘，
四勿唱孔明搭仔刘关张，
五勿唱梁山伯与祝英台，
六勿唱织女鹊桥会牛郎，
七勿唱西天取经唐三藏，
八勿唱八仙过海神通广，
九勿唱姜太公钓鱼渭河旁，
十勿唱阎婆惜活捉张三郎。
东勿唱东海龙王水晶宫，
西勿唱西厢莺莺遇张郎，
南勿唱南海观音救苦难，
北勿唱北宋皇帝送京娘。
左勿唱花果山上孙猴王，
右勿唱猪八戒招亲高老庄，
上勿唱王母娘娘蟠桃会，
下勿唱阎王勒浪坐公堂。
唱歌郎你究竟要唱啥堂？

---

① 金武祥：《陶庐杂忆续咏》，清光绪二十四年金氏粟香室刊。

我只唱孟姜女和范喜良。
诸位官人心肚急,
我看歌勿唱要烧肚肠。
(颂"趣头")
念书人知道孔夫子,
江湖人知道关夫子。
哪个不知孟姜女,
除非此人是痴子。
……
读书状元上插金花,
身骑白马铜铃响。
我唱春状元两只脚,
一面金锣走四方。[①]

民间文学历史文本的获取是一件十分艰辛的事情。中国近代社会是现代历史的昨天,时过境迁,虽然民间文学具有口耳相传的传承性,但也有变异性。一切都具有相对的稳定性,从许多民间演唱记录文本看,其情节大致固定在几个方面,基本上没有什么变化。以此,我们可以看到这首家喻户晓的民间叙事诗在近代社会的流传与保存。

## 第三节 民间戏曲唱本

民间文学是口头语言的艺术,其根本属性是大众群体的语言艺术形式,而语言形式充满可以转换的媒介因素。在漫长的农耕文明时代,民间戏曲是广大民众非常重要的文化生活。民间戏曲成为民间文学的重要形式,也是民间文学转化、生成、传承的重要方式。

民间戏曲是民间文学的重要形态。在我国历史上,有轩辕黄帝以夔为鼓的传说,有周庄王击鼓化民的传说;《山海经》中的韵文体现出戏曲形

---

①《春调孟姜女》,引自钟敬文主编《中国近代文学大系》"民间文学卷",上海书店 1995 年版。

态的痕迹；汉代画像石中的百戏是戏曲艺术生活的典型体现。近代各种民间戏曲出现繁荣景象，地方民众常常称之为"戏窝"，他们解释"戏窝"形成的原因，总是用"穷"来概括。民间艺人是民间文学的主体，穷苦人投身如此艰辛而痛苦的营生，一方面走南闯北，背井离乡，没有基本的生活保障，穷困潦倒，一方面备受社会的歧视，所以能够更深切地体会和理解世态炎凉。民间艺人传唱的民间戏曲更多是在倾诉他们自己的心声，其感人至深，包含着深切的酸甜苦辣。

近世以来，民间戏曲的唱本成为一种产业。这是值得注意的现象。北京打磨厂是清末民初最为集中的民间唱本生产基地，那里有著名的印书机构，多为规模不等的作坊。有名的作坊如宝文堂、致文堂、老二酉等，将那些民间流传的大鼓书等戏曲脚本刻印出来，成为中国民间文学史上非常重要的一页。这些民间戏曲唱本成为民间戏曲的重要教科书，为民间艺人的演出提供文本，同时，作为社会通俗读物，得到更广泛的传播。但是，受所谓社会正统文化观念的影响，我们的学术研究更多关注士大夫阶层的文化生活，而对民间社会风俗生活中的这些民间文艺现象缺少关注。有许多民间唱本被日本人搜集整理。

北京打磨厂生产的民间戏曲唱本，从清代到民国初年，经过几代人的经营，形成巨大的规模，有上万种之多，或许更多。其印制水平较低，纸张粗糙，刻板技术更差，充满错字、白字。有些学者把这些唱本称为"俗文学"，其中不少属于民间说唱的记录。有聪明智慧的学徒，随意发挥，展现出奇特的说唱本领，赢得很好的声誉。

清朝光绪时期，北京打磨厂分布着宝文堂、致文堂、同文堂、双红堂、老二酉堂等刻写民间戏曲唱本的作坊。刻写本大致分为这样几类：一类是《目连救母》《二郎担山》《白蛇传》与八仙传说等神仙戏，多渲染世道黑暗与虚幻情绪。一类是历史传说故事说唱，可称为英雄戏。其多是大鼓书、四弦书，突出历史上英雄人物的鲜明个性，如三国时期的刘关张结义、诸葛亮妙算，隋唐与两宋时期的罗成家族故事、薛家将故事、呼家将故事、杨家将故事以及抨击严嵩、贾似道等奸佞权臣误国的片段。一类是《丁香割肉》《郭巨埋儿》之类的劝善歌唱，取材于二十四孝等传统故事。一类是《王小赶脚》《王大娘钉缸》《王二姐摔镜架》《王会川还家》《王定保借当》《吴永年搬家》等生活故事。这一类故事的价值最特殊，可以看作中国近代社会的风俗画，是口头故事叙述出的民间社会生活史。一类是民间趣唱，如以滑稽取笑的《颠倒歌》，罗列民间虫草知识的《百虫歌》，展示民间文化与社会生活知识的《百家姓》等，以诙谐为主，没有多少情节。再一类就是比较少见的各种夯歌，这是劳动者的歌声，刻印者未必是有意为这种劳动号子作记录保留，而是无意间保存了这些可贵的民间文艺历史文献。这些民间戏曲语言粗糙，但毕竟是来自民间社会，天然去雕饰，在事实上保存了近代社会的语言特点，具有意想不到的文化价值。民间戏曲传播民间故事，衍生出许多新的民间艺术形态，如民间木板年画和各种雕塑、雕刻、刺绣，用民间艺术的叙事语言传播民间文学，形成中国民间文学史上经久不息的艺术形式。

关于民间戏曲的挖掘整理，郑振铎、赵景深、阿英、关德栋、叶德均等学者做出了积极而重要的贡献。后来杜颖陶等人贡献尤其突出，他们深入民间社会进行调查，发现了许多民间戏曲①。

近代民间戏曲的文本保存钩沉、甄别和辨析，是一个相当艰难的工作。此前，有许多文献多多少少体现出相关内容。如子弟书这种民间文学体裁，光绪四年（1878）廖东林在《陪都杂述》中曾记述"说书人有四等，最上者为子弟书"，最次者为"大鼓梅花调"，其"既荒唐，词句又多"；光绪二十九年（1903）曼殊镇钧《天咫偶闻》记述"旧日鼓词，有所谓子弟书者"以及"东城调""西城调"，有多家，而"今已顿绝"。直到1920年代五四歌谣学运动中，刘半农等人对此作了集中系统的整理，编纂出《车王府俗曲提要》等民间戏曲文献集成。当年，从北平地摊上发现1400多种手抄曲本，孔德学校成为一个发现车王府俗曲的符号，顾颉刚等人的整理②，不经间开始形成民间戏曲研究的新高潮，其中民间戏曲的历史文化价值备受瞩目。正如一位学者所讲："车王府曲本的发现仿佛打开了一个尘封已久的民间通俗文艺宝库，是20世纪中国戏曲文献的重要收获，具有十分珍贵的研究价值。仅就戏曲史研究而言，它的出现填补了中国戏曲发展史上的一个关键环节。中国戏曲发展至乾嘉年间，昆曲逐渐式微，民间花部卓然兴起，成为剧坛的主流，直至后来京剧形成和繁盛。其

---

①杜颖陶热心搜集整理民间戏曲，获得大量民间戏曲文本。1949年初，杜颖陶等人赴西北地区调查民间戏曲。在新疆喀什发现维吾尔族老音乐家哈西木先生与穆卡木十二套古曲。哈西木老人被接到迪化录音，保存了隋唐时代燕乐中的疏勒之部、北宋以来已渐失传的维吾尔族传统古典乐。

②参见《写本戏曲鼓儿词的收藏》，《北京大学研究所国学门周刊》第6期，1925年11月18日。又见顾颉刚：《蒙古车王府曲本分类目录》，《孔德月刊》1926年12月第3期、1927年1月第4期。

间的嬗变演进轨迹以及演员、剧目、演出体制等方面的情况,因资料的缺乏而难以弄清。乾隆年间的流行戏剧本尚有《缀白裘》数种,嘉庆以后的剧本则没有专门结集刊印,因此,当时的剧本难得一见。车王府曲本中有大量京剧及各地方戏剧本产生于这一时期,正好为这类研究提供了珍贵的第一手资料。中国近代戏曲的演进过程因这些丰富的文献资料可以得到很清楚的说明,而这也正是戏曲史研究的一个薄弱环节,比如有的剧本记录了戏曲演出时的角色安排,据此可以知道近代民间戏曲的实际演出情况;同时,这些剧本本身也有着较高的艺术价值,具有浓郁的乡土气息、新巧别致的构思,在中国戏曲史上自有其一席之地。"① 这是近代民间文学戏曲文献发现的重要契机。20世纪20年代、30年代及40年代,近代民间文学戏曲文献不断发现,与田野作业一起,有力地影响了中国民间文学理论研究的深入开展。1940年代初,傅惜华著述《清代传奇与子弟书》,编纂《子弟书总目》,做了更系统的整理工作。近代社会历史时期子弟书流传中,从俗到雅的转变,标志着这种民间文学类型的重要变化。正如有学者所论:"'花部'中的吹腔、梆子、皮黄腔迅速崛起,'雅部'的昆腔、高腔由盛而衰。这不仅使京剧艺术形成并几至席卷全国,也使明代后出现的各地方小戏在此时获得快速发展。道情、秧歌、滩簧、采茶、花鼓等新兴民间戏曲也脱颖而出。"② 形成这种现象的因素有很多,而近代社会历史时期政治黑暗中形成的文化空间相对松散,为民间戏曲的繁荣提供了特殊的机遇。

有如此众多的学术发现与学术准备,近代民间戏曲的钩沉自然能够取得重要成就。以梁山伯与祝英台传说故事为例。有学者整理出"洪洞戏"《梁山杯全本》地方戏文本,整理者称"从前在浙东一带,有一种农民临时组织的戏班,总在阴历正月农闲的时候,在各村出演。全班不过三四人,仅一副鼓板,也不用戏台,正与宋周密《武林旧事》卷六的所谓'打野呵'相似。有一特点,没有主角,以丑、旦为主角。《梁山杯全本》是洪洞一带的地方戏,它的性质恐怕和上述的浙东小戏相类似。以丑扮梁山杯,倒不是看不起他,大概也是有旦无生的关系;再看曲文中,提到'绽

---

① 苗怀明:《北京车王府戏曲文献的发现、整理与研究》,《北京社会科学》2002年第2期。
② 刘云燕、王芳:《中国戏曲音乐发展概述——近代民间小戏的繁盛》,《沈阳音乐学院学报》2011年第1期。

犁'，提到做'纺花车''织布机'，处处反映劳动人民的生活，写作和演出很明显是属于农民的"，其"'上学台'至'走一河'八段，丑即把旦曲复唱一遍，惟辞句也稍有出入，我们现在可以利用它来互校。有许多字，如'山伯'作'山杯'，'头戴'作'头代'，'你可'作'你刻'，'去罢'作'去把'，'拦路'作'搅路'，'但愿'作'台原'等等，都是音近假借。'懈不开'的'懈'，当作'解'，下文丑曲作'解'可证；'惚栾着'的'栾'，疑是'恋'字的形误；'黄蚕牛'的'蚕'，当是'茧'字，不知是否'牲茧栗'之意；'伐打瓜''迷灯'，未详"①。20世纪20年代、20世纪30年代，冯沅君做过河南地区梁山伯与祝英台传说故事的调查研究，其整理的文本情节与此有相似之处。

《梁山杯全本》其实就是《梁山伯全本》：

（丑上唱）日头出来挂红牌，师父见我从南来。我见师父作个揖，师父说我不成才。有朝一日成材料，不做高官做秀才。不做秀才捉犁拐，不捉犁拐顶锅盖。（白）头代四棱子，身穿蓝衫衣。到去城隍庙，捉拿按察司。我乃梁山杯是也。只因祝伯父寿诞日，我与贤弟前去走走。贤弟走来，一同前去。（旦上白）走。（唱）日头出来雾霭霭，对对夫妻下学来。（丑白）对对学生下学来。（旦唱）上学台来下学台，师父门前两株槐。一株槐，两株槐，青枝绿叶长上来。一株照着梁山杯，一株照着祝莺台。撇的一株没吓照，照着奴家红绣鞋。红绣鞋，花绣鞋，恨爹爹吃了马家酒，恨母亲受了马家财。爹吃酒，娘受财，把一朵鲜花卖出门外。梁哥吓，大睁两眼懈不开。（丑白）你懈开。走。（唱）上学台，下学台，师父门前两株槐。一株槐，两株槐，青枝绿叶长上来。一株照着梁山杯，一株照着祝莺台。撇的一株没吓照，照的奴家红绣鞋。红绣鞋，花绣鞋，恨爹爹吃了马家酒，恨母亲受了马家财。爹吃酒，娘受财，把一朵鲜花卖门外。贤弟哟，大睁两眼你解不开。（旦唱）上学庭，下学庭，师父门前两盏灯，一盏昏来一盏明。明灯好比老师父，昏灯好比二学生。老师父好比拨灯棒，拨一拨，明一明。梁哥哟，你大睁两眼冈待兴。（丑白）你道冈待兴。（唱）上学庭，下学庭，师父门前两盏灯，一盏昏来一盏明。明灯好

---

① 《梁山杯全本》，钟敬文主编《中国近代文学大系》"民间文学卷"，上海书店1995年版，第650、651页。

比老师父，昏灯好比二学生。老师父好比拨灯棒，拨一拨，明一明。梁哥哟，你大睁两眼冈待兴。（旦白）走。（唱）走一凹来又一凹，凹凹里头有庄稼。高里是菽黍，低里是棉花，不低不高是芝麻。芝麻地，打打瓜，梁哥哟，我有心与你摘个吃，吃着甜头连根拔。（丑白）你道连根拔。（唱）走一凹来又一凹，凹凹里头有庄稼。高里是菽黍，低里是棉花，不低不高是芝麻。芝麻地，打打瓜，贤弟哟，有心与你摘个吃，吃着甜头连根拔。（旦白）走。（唱）走一沟来又一沟，沟沟里头有石榴。有心与你摘个吃，吃着甜头还来偷。（丑白）你道还来偷。（唱）走一沟来又一沟，沟沟里头有石榴。贤弟哟，有心与你摘个吃，吃着甜头还来偷。（旦白）走。（唱）走一坟来又一坟，坟坟里头有死人。人人都说死人死，梁哥哟，你比死人死十分。（丑白）你比死人死十分。（唱）走一坟来又一坟，坟坟里头有死人。人人都说死人死，贤弟哟，你比死人死十分。（旦白）前边那是甚么庙？（丑）那是一个广生奶奶庙。（旦）梁哥，你就不要花媳妇？（丑）我不敢要。我娘说来，花媳妇老是厉害。（旦）这不是那，这是十七八大闺女。（丑）贤弟，我要。（旦）去到广生庙内求神，叫他与你个花媳妇。你刻不敢睁眼。（丑）广生奶奶在上，与弟子一个花媳妇罢。（旦）要大的？要小的？（丑）要大的。（旦）庙外有个六七十老太婆，她跟你去罢。（丑）那我不要。我要那十七八大闺女。（旦）梁哥，我跟你去吧。（丑）贤弟，你还不拿广生奶奶衣裳送回。（旦）我就送回。（丑）走。（旦）梁哥哟，你看庙外那是甚么草？（丑）那是星星草。（旦指草云）（诗）星星草，草星星，你大倒是俺公公。（丑）你大倒是俺公公。星星草，草星星，你大倒是俺公公。（旦唱）走一坡，又一坡，上坡下坡一般多。叫梁哥扭项回头看，你看那相公背个花老婆。（白）梁哥，你背背我吧。（丑）（白）我不背你。（唱）走一坡，又一坡，上坡下坡一般多。叫贤弟扭项回头看，你看那相公背个花老婆。（白）贤弟，你背背我吧。（旦）（白）我背不动。走。（唱）走一庄，又一庄，庄庄里头有木匠。张木匠、王木匠、庞木匠，三八廿四个巧木匠，他与奴家做嫁妆。先做一口柜，后做两个箱，然后再做床一张。再做一把纺花车，再做织布机一张。一把斧，四两钢，去到南园柳树行。砍柳树，做车辆。黄犍牛，忙套上。把奴家娶到你家乡，欢欢乐乐过时光。再迟三五载，与你个小儿郎。你怀内转到我怀内，我怀内转到你身上，叫你叫声爹，叫我叫声娘。（丑白）

叫你叫声爹,叫我叫声娘。不迷澄把(吧)。(旦唱)正是迈步往前走,只见小河拦路径。(白)梁哥哟,那把我背过吧。(丑)我不背你。(旦)你不背我,我就回去。(丑)我将你背过。(旦)梁哥背我,不像个花媳妇?(丑)再说。那你搬河过来了。(旦)走。(唱)走一河来又一河,河河里头有水鹅。公鹅只在前头走,母鹅随后紧跟着。夜晚宿到草窠内,公鹅母鹅惚栾着。(丑白)各顾各。(唱)走一河来又一河,河河里头有水鹅。公鹅只在前头走,母鹅随后紧跟着。夜晚宿到草窠内,公鹅母鹅各顾各。(旦白)惚栾着。(丑)各顾各。(唱)弟兄两人往前走,台愿来到伯父家。(并下)①

这是中原地区的梁山伯、祝英台"十八里相送"一段故事的演绎。其中的方言与习俗,生动体现出地方民众心目中的这个爱情故事。这个民间戏曲的清光绪二年(1876)刻本,其戏曲语言与今天的地方方言几乎没有任何差异!

这是中国近代民间文学史上一部非常难得的民间戏曲整理文本。其叙事方式显示出极其浓郁的地方性,真实表现出梁山伯、祝英台这一流传千年而不衰的民间传说故事如何以鲜活的生活语言在民间社会生存。林林总总的民间传说以民间戏曲的形式流传,在民间戏曲的语言方式中,民间文学的语域特征得到突出显示,同时,也表现出民间戏曲在社会生活中顽强的生命力与不可替代的影响力。

## 第四节 西方传教士与中国社会风俗生活

中国近代社会的文化发展,传教士带来的中外文化交流具有非常重要的价值。其中,一些西方传教士为了更好地向中国民众介绍基督教等教义,寻找中外文化的契合点,特别重视对中国社会风俗生活包括民间文学的调查和理解。这些调查在事实上形成又一种形式的近代中国社会的民族志,既有这些传教士对中国近代社会风俗生活和民间文学的具体记录,又

---

① 《梁山杯全本》,清光绪二年山西洪洞同义堂刻本。

有他们对中国社会风俗生活和民间文学的理解认识，形成别具一格的民间文学思想理论。

1840年之前，就已经有不少西方传教士来到中国，他们不遗余力地宣传他们的文化教义，希望改造中国社会，使中国民众成为他们的信徒。明朝万历十年（1582）意大利耶稣会士利玛窦入华传教，西方传教士开始进入中国，中国开始接受世界现代文明。1807年9月，英国传教士马礼逊来到中国广州，以新教传教士为主角的西学东渐成为中国社会的重要内容。此后，传教士蜂拥向中国，他们不仅走进中国的沿海，而且走进中国的内地，走进中国的城市和乡村。他们在自己的著述中记录了这些活动。如英国传教士米怜（William Milne）1819年出版《新教在华传教早期十年史》，记述了1819年之前伦敦会传教士（马礼逊、米怜和麦都思）在广州等地的传教活动。之后，英国传教士麦都思（W. H. Medhurst）1838年出版《中国：现状与未来》，记述伦敦会等传教士在广州、澳门的传教活动。他们无一例外地述及他们的传教活动在中国受到抵触。其中，文化传统的差异，成为最大的障碍。在他们看来，中国人对苍天和鬼神的信仰充满荒诞和愚昧，只有他们才能够使中国人变成文明人。

1840年之后，来到中国的传教士和汉学家越来越多，日益形成规模。其中，上海等新兴的都市成为他们重要的聚居地。这些传教士中，许多人对中国社会风俗生活和民间文学产生浓郁的兴趣，并以此作为中国文化的窗口。他们编写中国社会风俗生活与民间文学的书籍，记录他们的所见所闻。如法国的戴遂良（Leon Wieger）曾经编写出《中国近代民间传说》（直隶河间府1909年版），保存了222则中国民间传说故事，成为中国民间文学的重要记述。同时，在世界范围内，一些汉学家纷纷把目光投向中国民间文学，他们自觉开展关于中国民间文学的研究，如卫礼贤（R. Wilhelm）编写的《中国神话故事集》（1914），威达雷（B. Vitale di Pontaggio）编写的《中国民间传说》（1896），丹尼斯（N. B. Dennys）编写的《中国民间传说及其与雅利安和闪米特人民间传说的亲和性》（1876），儒莲（S. Julien）编写的三卷本《中印寓言、神话、诗歌、小说合译》（1859），都涉及中国近代社会的民间文学。这些著述也应该视作中国近代民间文学的一部分。

上海开风气之先，徐家汇成为这些西方传教士研究中国文化的中心，来自法国的禄是遒（Henri Dore）是他们当中有意识地认识中国、研究中国、记录中国社会风俗生活的一个典型。1884年，禄是遒来到中国，开始在中国的上海、江苏、安徽等地考察社会风俗生活和民间文学，整个过程达 30 多年。他阅读了许多中国古代的历史文献，和一些地方志，结合他的个人采访等田野作业，同时也参考了一些传教士的相关著作，如黄伯禄的《训真辨妄》等，编写成卷帙浩繁的《中国迷信研究》，即《中国民间崇拜》系列著述。《中国迷信研究》后来被爱尔兰传教士甘沛澍（Kennelly, Martin）等人翻译成英文，得到更为广泛的传播。如其所言，《中国迷信研究》主要是为了方便他的同行了解中国。

禄是遒 1859 年生于法国，曾经在神学院读书，在苏格兰加入耶稣会，辗转来到中国，深入乡村、城镇传教，采访中国下层民众，得到许多第一手的社会风俗生活和民间文学的资料。如甘沛澍所言："他作为传教士在江苏、安徽两省传教了二十多年，还从事左右中国人社会和家庭生活的宗教和其他无穷无尽的迷信的研究。为此，他访问了市镇、庙宇和寺观，向人们征询神公神母、地方神祇和神仙人物，为他未来的巨著收集了珍贵的材料。他告诉我们的，都是他亲眼见证的，或者是从那些他日常接触的人们的嘴边听来的。"[1] 在西方人看来，真正的中国不在通商口岸城市，而是在"遥远的地区"，"一些离奇的老镇，一些边远省份的隐蔽村庄"[2]。西方传教士形成一种固执的见解，即中国和中华民族愚昧不堪，是停留在原始文明阶段不开化的典型。

禄是遒的《中国民间崇拜》以中国近代乡村社会为主要观察对象，记录流行的各种社会风俗生活现象，把民间信仰作为贯穿全书的一条主线，具体记录社会风俗生活的各个事项，并进行详细解说、阐释。这在事实上形成上海、江苏和安徽等地的民族志考察，是一种别开生面的田野作业。他在解说和阐释中，处处表现出作为一个局外人对中国社会风俗生活的判断，处处显示出"异教徒"的定位，表现出一种毫不掩饰的鄙视和嘲讽。他认为中国人的信仰与生活习惯充满荒谬、怪异，与所谓的现代文明格格不入，是愚昧的。禄是遒是一个来自中国之外的基督教传教士，自认为是上帝的代言人，他不是中国人的朋友，当然，也未必是中国人的敌人。

---

[1]甘沛澍著，李天纲译：《中国民间崇拜》"英译版序"，上海科学技术文献出版社 2014 年版，第 1 页。

[2]甘沛澍著，李天纲译：《中国民间崇拜》"英译版序"，上海科学技术文献出版社 2014 年版，第 1 页。

民间信仰是社会风俗生活与民间文学的主体，具体体现在日常生活中各种仪式和符号等形式的运用与表达上。禄是遒的方法是早期人类学的理论运用。他眼中的中国，是一个西方基督教徒视野中的他者，也是西方文化视野中的他者。他寻求的不是先生，而是学生，是需要用基督教文明提高和改变生活方式与思想观念的受教育者，自然就有了居高临下的傲慢与偏见。中国的幅员辽阔和五千年历史的悠久文明对他来说并不重要，重要的是中国民众的"愚昧"，信奉命运和鬼神，作为落后、保守、迷信的体现，成为社会风俗生活的思想观念基础。在禄是遒看来，一切非基督教的文明，都是落后的；所以，中国社会风俗生活与民间文学充满荒诞、怪异。这也正体现出整个欧洲社会对中国的理解和判断。其无意中为西方人类学、比较宗教学等人文学科提供了现实的证明。

生老病死伴随人生礼仪而成为社会伦理秩序，既是生活，也是文化，因为其中的每一种行为都贯穿了信仰的内容。禄是遒《中国民间崇拜》的《婚丧习俗》分为"诞生和幼时""红事""白事""死者之符"和"为死者服务的种种迷信"等，常常在议论中表现出他对这些社会风俗、生活事项包括民间传说的具体观念。

民间传说总是与社会风俗生活融为一体。禄是遒介绍"诞生和幼时"，将其分为"出生前"和"出生后"、"孩童时期的迷信习惯"，罗列出许多风俗事项。记述"出生前"风俗称："多子多孙不说是最大的，至少也是所有中国人莫大的愿望。由此就会有许多与祈求得子有关的神灵。"然后解释"为祈求子嗣而特别受到崇拜的神"，以"女神观音菩萨"为例描述道："所有庙中都有观音像，同时几乎在所有地方都可看到在观音像的脚下放了一只或几只小小的鞋子。这是祈求神灵送子给她的妇女做的供物。作为一种信物，鞋子就被供放在那儿"，"与供放这信物相联系的风俗多种多样"，"一些地方，放在观音像脚下的一双鞋中的一只会被借（偷）走，当祈求的小孩出生后，这只鞋子就被归还，作为还愿，信徒加上另外一双新鞋"，"在上述活动中，往往伴随举办一场庄重的宴席，以示对得到神的恩惠感谢"，"此时还要请一位和尚诵经谢恩"。[1] 他接着介绍"有些人的住宅中供奉着天仙送子图"，称："天仙是道教统系的女神，她是东岳大帝的女儿，名叫泰山娘娘，在山东和邻近几省尤其受到崇拜。其他神作为助

---

[1]（法）禄是遒原著，（英）甘沛澍英译本，高洪兴译《中国民间崇拜》《婚丧习俗》，上海科学技术文献出版社2014年4月版，第1页。

手为她服务，执行她的指令"，如"催生娘娘、送生娘娘、子孙娘娘、注生娘娘"①。中国是多神教社会，民间信仰中的神灵崇拜具有不同身份、不同地域神灵选择与认同的差异性。禄是遒述说"并非只向女神祈求"："一些男神同样也被安排来和蔼地聆听求子者的求愿"，"官员和文人家庭常常祈求掌握文运之神魁星，祈求他送来有才气的子孙，能在科举考试中金榜题名"，"有时我们看到吕洞宾和关公怀抱一个男孩。这是一种护佑，保佑新家庭多子多孙，在他们中出知名文人和显赫官员"，"坐在一头驴上的张果老，也能为新婚夫妇送子嗣。他的图像经常被挂或贴在洞房中"，"人们使用吉祥图案来求取上述目的"②。

在民间仪式的背后，包含民间传说的阐释性意义。"出生后"的风俗被禄是遒描述为十几种事项，如"洗澡""七星灯""桃剑""桃符""狗毛符""钱龙""铃铛""点朱砂""杀鸡"等。他特别详细介绍"偷生鬼"道："偷生鬼屡屡不请自来要夺走小孩的性命，令做父母的最惶恐不安。当面临与小孩性命攸关的问题时，随之而来的就是有关的迷信活动。"③他说"偷生鬼首先是以邻家的一只黄狗的样子出现，将要强夺一个正在生病的小孩的灵魂"，"一只讨厌的猫在门口叫唤"，然后描述祛除偷生鬼的巫术行为。同时，他还详细介绍了"畜名或丫头（用动物名起名或用女孩名字）"，他解释这种风俗的意义在于"可以成功蒙骗专找男孩加害的鬼"，"人们希望防止那个鬼的令人烦恼的追逐"④。他把育儿风俗概括为"孩童时期的迷信习惯"，介绍了"戴锁""戴圈""戴耳坠子""戴钱""戴八卦"等佩戴习俗，以及"认干亲"，和"成功逃脱守关魔鬼的烦扰"的"过关"等风俗。

婚礼是中国民众最重要的生活礼仪，是乡村社会的狂欢节，包含着民众的喜悦，体现出不同地域的风尚和习俗。禄是遒始终以一个外来者的眼光看待一个地区一方民众社会风俗生活中的感情，带有鄙视的目光。这

---

① （法）禄是遒原著，（英）甘沛澍英译本，高洪兴译《中国民间崇拜》《婚丧习俗》，上海科学技术文献出版社 2014 年 4 月版，第 2 页。
② （法）禄是遒原著，（英）甘沛澍英译本，高洪兴译《中国民间崇拜》《婚丧习俗》，上海科学技术文献出版社 2014 年 4 月版，第 2、3 页。
③ （法）禄是遒原著，（英）甘沛澍英译本，高洪兴译《中国民间崇拜》《婚丧习俗》，上海科学技术文献出版社 2014 年 4 月版，第 8 页。
④ （法）禄是遒原著，（英）甘沛澍英译本，高洪兴译《中国民间崇拜》《婚丧习俗》，上海科学技术文献出版社 2014 年 4 月版，第 10 页。

里，他描述了中国婚姻礼俗的构成，细分为"订婚""婚礼""新娘启程"和"新娘进新郎家"，从"传庚帖"到"定日子"，到"新娘的花轿"如何辟邪，到"新娘从花轿里出来"，他非常详细地记述了每一个过程。最后，他描述"闹洞房"的风俗，明显具有西方人的偏见，其称："现在一个名叫闹新房的恶俗开始了，可谓下流，粗俗不堪。三天三夜里，所有人都可进去看新娘，随意品头论足。在此场合允许头发花白的老人说年少风流的话。异教恐怖如此，甚至连最基本的廉耻观念都已经被摈弃了。"①他丝毫不理解中国民众的感情表达方式。

风俗包含传说。对于中国社会风俗生活中的婚丧习俗，禄是遒把更多的笔墨放在丧俗上。他详细描述了"死前""死后""入棺""下葬"和"葬后"的各个环节及其礼俗，特别介绍了"葬礼上焚化的迷信纸"和"买路钱"。在记述这些社会风俗生活内容的时候，他使用一些民间传说作为自己的证据。如他在解释"买路钱"的起源时，就把孔子弟子高柴埋葬妻子时损伤农作物，遭到人索赔，作为传说根据。他还将中国人的丧俗与日本人"沿路撒铜钱"作比较："无论道路通过的地区是公众的或私人的，所有人都有免费使用路的权利。这是完全正确的，但是，信徒们相信孤魂恶鬼在丧葬日聚在周围取得施舍，如果被拒绝，就怕他们给丧葬挡道"，"先前下葬时一路不撒纸钱，送葬队伍没有遇到任何意外。事实上从未听说送葬队伍中途受阻或被迫返回的事情"，"孔夫子的追随者，就像他们说的那样，是因为高柴的事才为送葬付买路钱。然而这一做法既欺骗了单纯的民众，也欺骗了他们自己。这习惯在整个江南地区普遍存在"②。

民间信仰的观察和记录，不仅仅是一个在场者的述说，而且包含着在场者的情感表达和价值判断、价值立场。灵魂崇拜是中国传统文化的重要内容，与祖先崇拜、英雄崇拜、自然崇拜等信仰传统共同构成中国社会风俗生活主体，其中，对于亡灵的守护和祭奠成为人生礼仪的重要事项。禄是遒对中国民众所表达的对于逝者的祭奠和追思，存在着严重的隔膜。佛教文化的渗透，形成中国社会风俗生活中的"祭荐亡人"，禄是遒并不真正懂得其中的含义。他常常从简单的事物发展道理出发，解释这些现象。

---

①（法）禄是遒原著，（英）甘沛澍英译本，高洪兴译《中国民间崇拜》《婚丧习俗》，上海科学技术文献出版社 2014 年 4 月版，第 25 页。

②（法）禄是遒原著，（英）甘沛澍英译本，高洪兴译《中国民间崇拜》《婚丧习俗》，上海科学技术文献出版社 2014 年 4 月版，第 45 页。

如他论述"无论穷富,都要给死去的双亲提供肉食",称"这一习惯追溯到遥远的古代","准备酒、肉食、水果和蔬菜,放在一只桌子上,请死者来享用,这是一个严明的职责"①。他把这一问题的根源归结于佛教文化:"只有活着的具有肉体生命才会吃,死后,灵魂离开行将腐烂化为尘埃的躯体。自此以后脱离肉体的灵魂既不会饿,也不会渴,那么它怎么会需要食物?即便无知也懂得这一点。不幸,佛教学说侵入人心,藉口灵魂在阴间仍然需要吃喝,因此其后代应该提供食物,定期提供肉食,免得他们成为饿鬼。"②他还注意到"在一些地方习惯准备一支鸦片烟枪和一只小小的装鸦片的容器。两者和祭品一起放在桌上,以便死者饭后可以吸鸦片,因为他生前惯于吸鸦片",称"这是颇为时髦的创新",他说:"如果我们仔细思考异教的中国人的内心想法,我们就会发现潜伏在他们心底的、或多或少他们也承认的一个更紧迫的动机。他们抱有这样的希望,他们的父母将会保护他们,保佑他们,经常供祭的目的就在于此。"对此,他接着说:"从历史观点上说,此习惯起源于中华民族的上古时代。事实上历史告诉我们,舜把丹这个地方授予尧的儿子朱做世袭领地,条件是他每年一次祭祀其父亲。"③

禄是遒记述民间传说,大量采取历史上的故事,而且注意到许多当世传说。他记述"招亡"即招魂,称:"招亡是异教地区实行的一个普遍的习俗","无论何时一个家里的成员死了,亲属就去请教在当地作为阴阳两界媒介的术士或巫婆,他们常常用魔法招魂,询问它在阴间的情况。"他借此批评"所有佛教教条的错误在短短的几分钟内展示出来"④。他声称,"这些仪式只是一个精心布置的骗局","灵媒以此来欺骗单纯的民众",他举例说:"几年前,一个名叫许世英的富人死于运漕。他的妻子渴望知道他在阴间的生活,便来到安徽芜湖,请教一个在乡邻很有名气的老巫婆。为了取得她所获得丰厚遗产的回报,至少是说一些好话。当她求助巫婆

---

① (法) 禄是遒原著,(英) 甘沛澍英译本,高洪兴译《中国民间崇拜》《婚丧习俗》,上海科学技术文献出版社 2014 年 4 月版,第 88 页。
② (法) 禄是遒原著,(英) 甘沛澍英译本,高洪兴译《中国民间崇拜》《婚丧习俗》,上海科学技术文献出版社 2014 年 4 月版,第 89 页。
③ (法) 禄是遒原著,(英) 甘沛澍英译本,高洪兴译《中国民间崇拜》《婚丧习俗》,上海科学技术文献出版社 2014 年 4 月版,第 91 页。
④ (法) 禄是遒原著,(英) 甘沛澍英译本,高洪兴译《中国民间崇拜》《婚丧习俗》,上海科学技术文献出版社 2014 年 4 月版。第 110 页。

时，这位闷闷不乐的寡妇被明确告知她丈夫在阴间得到一个官方职位，她因此为他的幸福而高兴。"① 在他看来，招亡就是装神弄鬼，就是欺骗单纯的民众。

---

① （法）禄是遒原著，（英）甘沛澍英译本，高洪兴译《中国民间崇拜》《婚丧习俗》，上海科学技术文献出版社2014年4月版，第111页。

# 第十四章　中国近代民间文学思想理论

　　中国近代民间文学思想理论继承了中国民间文学思想传统，在新的历史条件下不断融入社会大潮，具有承前启后的重要意义。它开启了思想文化启蒙的新阶段，涌现出一批不同出身的民间文学思想家。在对中国近代民间文学史的研究中，当年钟敬文等学者有开创之功。钟敬文所著《晚清时期民间文艺学史试探》《晚清革命派著作家的民间文艺学》《晚清改良派学者的民间文学见解》《晚清革命派作家对民间文学的运用》，张振犁所著《晚清顽固派的民间文艺观》以及近年来关于黄遵宪、梁启超、蒋观云、夏曾佑等人民间文学思想理论的总结和探讨，这些著述从不同方面揭示中国近代民间文学历史发展的轮廓、轨迹与特征以及近代作家与民间文学之间的联系，具有非常重要的理论意义。

　　中国近代民间文学在思想内容上主要体现为反抗清朝腐朽而黑暗的社会政治，其思想理论则表现出对社会文化除旧布新的向往。尤其是那些视死如归的革命家，他们高唱"我以我血荐轩辕"的诗句，积极探究民族历史文化与民族前途、民族命运。如钟敬文所述："从历史的发展过程看，晚清民间文艺学的气象繁荣，内容新颖，正表明我国这门科学在历史上跨进了一个新时期。革命派著作家在这方面的努力和成就，是形成这个新时期的主要力量。他们勇敢地提出或触到许多新问题，像神话的性质、神话产生的客观条件、恶魔派诗歌与民间创作、外国民间史诗的价值等，也重新提起一些旧问题，像古帝王的感生神话、文学体裁的起源、神话中的动物形的或半动物形的英雄人物等。对于这些问题，他们都用自己新的理解给予回答。在这些回答中，有一部分意见是相当正确的，甚至于是很有建设性的，像鲁迅对于神话中的抗神者、神话的性质及其与历史的关系、《荷马史诗》等的看法，章炳麟等对于感生神话的看法，柳亚子对于民间戏剧及黄节、刘光汉对于乐舞的看法……一般说来，他们对于民间文学的这些见解，是跟过去封建学者的民间文学的看法很不同的。它是这个历史时期新兴资产阶级意识形态上的新花朵。我们如果把它跟革命派作者著述民间文学化的倾向等联系起来，就更加可以看出它的时代意义和性质。尽管这些著作家的意见是零碎的、散存的，但是，只要就一定的问题把同样的意见汇集在一起，尤其是把他们对各问题的意见都汇集在一起，就可以看出他们的某些共同倾向、共同见解。它不是个别学者的个别意见，是在新的历史条件下，具有共同社会意识的成员一种学术上的表现。"[1] 近代中国社会风云突变，直接影响到民间文学的内容变化与民间文学思想理论的构成。就整体而言，中国近代民间文学史最突出的贡献集中在神话传说与民间歌谣等方面的研究。其实，这种格局也是对社会现实文化发展的应答，即神话研究应答民族历史文化的叩问，要探讨民族的起源，具有文化复兴的意义；民间歌谣的研究则应答关于社会现实政治中鞭挞黑暗、腐朽、冷酷等国民性格中的种种缺陷，具有社会批判的意义。而且，当革命成为时代思想文化的重要主题时，一切都随之发生变化。

## 第一节　关于神话传说与民族文化问题

　　神话的概念在中国近代民间文学史上有着非常特殊的意义。到底是谁最早使用了这个概念？中国古代没有神话这个词汇吗？最早使用或提出这个概念的是梁启超或蒋观云吗？

　　中国古代社会是有"神话"这个概念的，至少在明代汤显祖等人点评《虞初志》，就已经使用了这个概念[2]；而且，在1890年之前，也有中国人在海外使用这个概念，如陈季同的著述中多次出现神话，并且有专门论述所谓"史前（史传）时代"的篇章。陈季同论述"神话总是包含一些迷

---

[1] 钟敬文：《晚清革命派著作家的民间文艺学》，《民间文艺学及其历史》，山东教育出版社1998年版，第306、307页。
[2] 参见拙作《中国近代神话传说研究与民族文化问题》，《中国人民大学学报》2012年第1期。

信的东西，但也很懂得在里面掺进一些智慧"①；其《中国人自画像》（1884年）专门论及"史前时代"，论述"在民间想象中，此第一人力大无穷，双手各执太阳和月亮"②，以及伏羲、神农、黄帝等神话人物。应该看到，中国近代社会的开放门户是在西方帝国主义列强的逼迫下发生的，在学术思想与学术方式上，以社会进化思想为重要理论基础的人类学理论占据非常重要的位置。无疑，人类学强调的注重历史文化遗留物的理论方法，极大地启发了我国近代社会学者们对神话传说这一特殊话题的关注。中国近代民间文学思想理论体系的建立与古史重建有非常密切的联系，而神话传说是传统历史构成观的起源，如三皇五帝的阐释，形成中国古代神话传说文化体系的主体。而在论及神话这一概念的时候，许多学者都一再强调我国古代没有"神话"这个概念。如果搜索中国古代历史文献，其实是可以找到"神话"这个概念的，而且其体现的内容就是民族古老的历史这一特定含义，与今天的意义基本相同。

关于"虞初体"《虞初志》以"虞初"人名为文体问题，历史上曾经有过多次讨论。一般认为，虞初这个人是西汉时期的洛阳人，武帝时以方士侍郎号"黄车使者"。他将《周书》改写成《周说》，人称《虞初周说》。此《周书》并非唐代令狐德棻所编《周书》，而是《逸周书》；曾有人说《逸周书》是因为孔子删定《尚书》之后所剩材料，为"周书"的逸篇，所以称为此名。原名《周书》《周史记》，许慎著《说文解字》时，才称之为《逸周书》。主要内容是周代历史文献汇编，分别记述了周文王、周武王、周公、周成王、周康王、周穆王、周厉王和周景王时期的历史，并且保存许多上古时期的历史传说内容。可能是原文不容易懂，所以虞初把这些内容作了故事性较强的改写，此即《虞初周说》。班固《汉书·艺文志》录小说十五家中有《虞初周说》九百四十三篇，张衡《西京赋》称"小说九百，本自虞初"。但是，这九百篇《虞初周说》早已亡佚，清代学者朱右曾考证，《山海经》《文选》《太平御览》等文献曾经引述《周书》内容，实际上是《虞初周说》一书的逸文，如"天狗所止地尽倾，余光烛天为流星，长十数丈，其疾如风，其声如雷，其光如电""穆王田，

---

①陈季同：《中国人的快乐》（1890年），韩一宇译，广西师范大学出版社2006年版，第30页。
②陈季同：《中国人自画像》（1884年），段映虹译，广西师范大学出版社2006年版，第80页。

有黑鸟若鸠,翩飞而跱于衡,御者毙之以策,马佚,不克止之,蹶于乘,伤帝左股""芥山,神蓐收居之。是山也,西望日之所入,其气圆,神经光之所司也"等神话传说故事,当为"稗官"所讲述的故事①。由汉代的《虞初周说》到明代的《虞初志》,再到清代的《虞初新志》,经过许多历史变迁。明代汤显祖《虞初志》和《续虞初志》、张潮《虞初新志》、黄承增《广虞初新志》用"虞初"之名,就是讲述传说故事的意思。也有学者考证,汤显祖点校本《虞初志》与今通行本《虞初志》(诸家汇评本)以及汤氏的《续虞初志》不是一回事②。但无论如何,"神话"见之于《任氏传》末尾,这是一个事实;《虞初志》存《任氏传》《蒋琛传》《东阳夜怪录》《白猿传》诸篇,各篇内容相同,所以此"神话"作为神奇、奇异的故事的概括,内容上表现出对社会生活与自然世界的超越,与今天的神话含义相同,在这一点上是没有什么疑问的。汤显祖等人论述甚多,如"奇诞之极"(《裴沆传》评),"恍忽幽奇,自是神侠"(《贾人妻传》评),"以奇僻荒诞,若灭若没,可喜可愕之事,读之使人心开神释,骨飞眉舞"(《点校〈虞初志〉序言》),"奇物足拓人胸臆,起人精神"(《月支使者传》评),"虎媒事奇,便觉青鸾彩凤语不堪染指"(《裴越客传》评),"此等传幽异可玩,小说家不易得者"(《刘景复传》评),"神僧巧算,思味幽玄"(《一行传》评),"咄咄怪事,使人读之闷叹"(《崔汾传》评),"真所谓弥天造谎,死中求活"(《松滋县士人传》评),"亦复可喜可愕"(《吕生传》评)。"神话"这个词在汤显祖笔下出现,是很正常、很自然的事情。"神话"的概念并不是我们古代典籍中没有出现过。

从现代学术发端上讲,神话的旧题新说与神话学的出现属于梁启超的"新史学"。梁启超较早使用了现代学术意义上的"神话"这一概念。他创办《新民丛报》,在报刊上连载其《新史学》系列,其中有《历史与人种之关系》,论及"当希腊人文发达之始,其政治学术宗教卓然笼罩一世之概者,厥惟亚西里亚(或译作亚述)、巴比伦、腓尼西亚诸国。沁密忒人(今译闪族人——引者),实世界宗教之源泉也,犹太教起于是,基督教起于是,回回教起于是。希腊古代之神话,其神名及其祭礼,无一不自亚西

---

① 朱右曾:《逸周书集训校释》,卷十一存,清光绪三年湖北崇文书局刻本;另见《逸周书集训校释》,长沙商务印书馆1940年版。
② 秦川:《明清虞初体小说总集的历史变迁》,《明清小说研究》2002年第2期。

里亚、腓尼西亚而来"①。梁启超尤为重视洪水神话问题，其《太古及三代载记》以"伏羲神农间，所谓女娲氏积芦灰以止淫水"与"鲧禹所治"等神话传说，论述"洪水曾有三度，相距各数百年，每度祸皆甚烈"，称"初民蒙昧，不能明斯理，则以其原因归诸神秘，固所当然。惟就其神话剖析比较之，亦可见彼我民族思想之渊源，从古即有差别。彼中类皆言末俗堕落，婴帝之怒，降罚以剿绝人类，我先民亦知畏天，然谓天威自有分际，一怒而尽歼含生之族，我国古来教宗，无此理想也，故不言干天怒而水发，乃言得天佑而水平。（《尚书·洪范》言帝震怒，不畀鲧洪范九畴。禹嗣兴，天乃锡之，盖以禹治水为得天助也。）彼中纯视此等巨劫为出于一种不可抗力，绝非人事所能挽救，获全者惟归诸天幸。我则反是，其在邃古，所谓炼石补天积灰止水，言诚夸诞，然隐然示人类万能之理想焉。唐虞之朝，君臣孳孳，以治水为业，共工鲧禹，相继从事，前蹶后起，务底厥成，盖不甘屈服于自然，而常欲以人力抗制自然。我先民之特性，盖如是也"②。他更强调"研究一切神话"的方法，称："语言文字之后，发表思想的工具，最重要的是神话，由民间无意识中渐渐发生。某神话到某时代断绝了，到某时代，新的神话又发生。和神话相连的是礼俗。神话和礼俗合起来讲，系统的思想可以看得出来。欧洲方面，研究神话的很多，中国人对于神话有两种态度。一种把神话与历史合在一起，以致历史很不正确。另一种因为神话扰乱历史真相，便加以排斥。前者不足责，后者若从历史着眼是对的，但不能完全排斥。应另换一方面，专门研究。最近北京大学研究所研究孟姜女的故事，成绩很好，但范围很狭窄，应该大规模的去研究一切神话。其在古代，可以年代分；在近代，可以地方分或以性质分。有种神话竟变成一种地方风俗，我们可以看出此时此地的社会心理③。"梁启超的神话理论是其新民思想的一部分，如他的《论小说与群治之关系》所述，"欲新一国之民，不可不先新一国之小说"，"欲新风俗，必新小说"，其言"中国群治腐败之总根源""中国人妖巫狐鬼之思想"等问题的根源都在于小说。他说："今我国民惑堪舆、惑相命、惑卜筮、

---

①梁启超：《历史与人种之关系》，《饮冰室文集》第34卷，（上海）中华书局1936年版。

②梁启超：《太古三代载记·洪水》，《饮冰室文集》第43卷，（上海）中华书局1936年版。

③梁启超：《中国历史研究法》，上海古籍出版社1998年版，第280—282页。

惑祈禳，因风水而阻止铁路，阻止开矿；争坟墓而阖族械斗，杀人如草；因迎神赛会而岁耗百万金钱；废时生事，消耗国力者，曰惟小说之故。"①他所说诸种"惑"，就是社会风俗生活中的民间信仰，自然也包括那些蕴含其中的神话传说。他在《论国民与民族之差别及其关系》中，论及"民族者，民俗沿革所生之结果"与"同其风俗"等民族"特质"，称"民族者，有同一言语风俗"②，其中涉及"化俗"与民族主义等问题。其所论重点归结到底还是通过包括神话传说在内的风俗建设，新一国之民，通过文化思想教育使国民精神素质不断提高。其新民学说融入其神话学思想理论，深刻影响到中国现代民间文学思想理论体系的建立与发展。

在中国近代民间文学史上最值得注意的还有著名诗人夏曾佑。光绪三十年（1904），他出版了《最新中学教科书·中国历史》，集中体现出他的神话思想理论。他从一个特殊的角度理解中国古代神话传说，如其对盘古神话的考证，称"今案盘古之名，古籍不见，疑非汉族旧有之说。或盘古、盘瓠音近，盘瓠为南蛮之祖（《后汉书·南蛮传》）。此为南蛮自说其天地开辟之文，吾人误以为己有也。故南海独有盘古墓，桂林又有盘古祠（任昉《述异记》）。不然，吾族古皇并在北方，何盘古独居南荒哉"。他提出"由开辟至周初，为传疑之期"，从社会历史进化角度论述伏羲、女娲、神农等神话时代作为"传疑"以及"言古代则详于神话"的意义，如其所论"包牺之义，正为出渔猎社会，而进游牧社会之期。此为万国各族所必历，但为时有迟速，而我国之出渔猎社会为较早也。故制嫁娶，则离去知有母而不知有父之陋习，而变为家族，亦为进化必历之阶级，而其中至大之一端，则为作八卦""抟黄土作人，与巴比伦神话合，（《创世记》亦出于巴比伦），其故未详。共工之役，为古人兵争之始。其战也殆有决水灌城之举，补天杀龙，均指此耳""一为医药，一为耕稼。而耕稼一端，尤为社会中至大之因缘。盖民生而有饮食，饮食不能无所取，取之之道，渔猎而已。然其得之也，无一定之时，亦无一定之数。民日冒风雨，薶溪山，以从事于饮食，饥饱生死，不可预决。若是之群，其文化必不足开发，故凡今日文明之国，其初必由渔猎社会，以进入游牧社会。自渔猎社

---

① 梁启超：《论小说与群治之关系》，《饮冰室文集》第 10 卷，（上海）中华书局 1936 年版。
② 梁启超：《论国民与民族之差别及其关系》，《政治学大家伯伦知理之学说》，《饮冰室文集》第 13 卷，（上海）中华书局 1936 年版。

会，改为游牧社会，而社会一大进"。他总结道："综观伏羲、女娲、神农，三世之纪载，则有一理可明。大凡人类初生，由野番以成部落，养生之事，次第而备，而其造文字，必在生事略备之后。其初，族之古事，但凭口舌之传，其后乃绘以为画，再后则画变为字。字者，画之精者也。故一群之中，既有文字，其第一种书，必为纪载其族之古事，必言天地如何开辟，古人如何创制，往往年代杳邈神人杂糅，不可以理求也。然既为其族至古之书，则其族之性情、风俗、法律、政治，莫不出乎其间。而此等书，当为其俗之所尊信，胥文明野蛮之种族，莫不然也。中国自黄帝以上，包牺、女娲、神农、诸帝，其人之形貌，事业，年寿，皆在半人半神之间，皆神话也。故言中国信史者，必自炎黄之际始"，其特别强调"今日中国所有之文化，尚皆黄帝所发明也"[1] 云云。

学者蒋观云（智由）发表于1903年《新民丛报·丛谈》第36号的《神话·历史养成之人物》，被视作"中国现代民间文艺学最早的论文"[2]，正是基于"神话"这一现代学术概念的"出现"。蒋观云的这篇文章最早名为《风俗篇》，存于其《海上观云集初编》[3]；1902年，梁启超逃往日本时，在横滨创办《新民丛报》（半月刊），于1903年在这份报纸的"丛谈"上发表了这篇文章。

蒋观云曾经对中国民族种类进行历史文化的求证，其立足点在于"神话历史者，能造成一国之人才"。他对中外神话传说故事中的洪水问题作比较，着意说"上古神话之时代，其言多想象附会，荒诞盖不足怪"的道理，他说："基督教中洪水之说，曾有人谓在纪元前二千三百四十九年，而与中国尧时之洪水，为同一时期之事，其前后相差，仅不过五十余年。西方洪水，以泛滥潴蓄之余，越巴米尔高原，超阿尔泰山，汇合于戈壁沙漠，而从甘肃之低地，进于陕西山西之低地，以出于河南直隶之平原，余势横溢以及南方，其间或费五十余年之岁月，而后西方之洪水，东方始见其影响。顾是说也，以为太古不知何年代之事，则戈壁一带曾有人认为太古时一大海，故西藏今日尚存有咸水之湖，与有人认阿菲利亚加撒哈拉之大沙漠，为太古时一大海者，其说相同。如是，则由戈壁之水，以淹中国之大陆者，于地势为顺。若当尧之时代，则地壳之皱纹亦以大定，山海凸

---

[1] 夏曾佑：《中国古代史》，商务印书馆1905年版。
[2] 刘锡诚：《世纪回顾：中国民俗学面临的选择》，《民俗研究》1995年第3期。
[3] 蒋观云：《海上观云集初编》，（上海）广益书局光绪二十八年版。

凹之形势，与今日或小有变迁，而必无大相异同之事。然则，据地势而论，中亚洲一带山脉，地脊隆起，必无西方洪水，超越高地，而以东方为尾闾之事。即据一说，谓巴喀什湖，昔时曾与里海相通，此亦非荒远时代之事，然此正可验中亚洲山脉以西，水皆西流，而黄河长江经中国地面以归海之水，其源皆发于昆仑山脉以东，且当曰西方之洪水，既在小亚细亚一隅，则西必归于黑海、地中海，而东南可由幼发拉底、底格里士两河之下流，以出波斯海湾，必下至逆流而反越高岭者，势也。且尧时洪水，或不过中国一部分之事，未必当其时，而谓全地球俱浸没于浩浩滔天之中，即征之各国古书，载洪水之事，亦见不一见；然多系一方之小洪水，而不足以当挪亚之大洪水。若必欲据中国之事以实之乎？古史中有云：'共工氏以水乘木，头触不周山崩，天柱折，地维缺，女娲氏乃炼五色石以补天，断鳌足以立四极，聚芦灰以止滔水。'似明言上古有一大洪水之事，其云天柱折者，犹后世之言天漏，地维缺者，犹言大地陆沉，雨息而得再见日月云霞，则以为炼五色石而补之矣；水退而地体奠定，则以为立鳌足以扶之矣。上古神话之时代，其言多想象附会，荒诞盖不足怪。要之，惟此洪水，其时期为最古，以吾人始祖亦从幼发拉底、底格里士两河间而来，或者与巴比伦犹太希腊同载其相传之古说欤？未可知也，而其年代则固未能确定也。①"同时，他从"一国之神话与一国之历史，皆于上有莫大之影响"论起，对神话问题做更进一步论述道："一国之神话与一国之历史，皆于上有莫大之影响。印度之神话深玄，故印度多深玄之思。希腊之神话优美，故希腊有尚美之风。摩奇弁理曰：'凡人若皆追躅前人之迹者也。'鹏尔曰：'欲为伟大之人物者，不能不有模范，而后其精力有所向而不至于衰退。'尼几爱曰：'历史者造就人才之目的物也。'诸贤之言如是。夫社会万事之显现，若活板之印刷文字然，撮其种种之植字，排列而成。而古往今来，英雄豪杰，其一言一行，一举一动，即铸成之植字，而留以为后世排列文字之用者也。植字清明，其印成之书亦清明，植字漫漶，其印成之书亦漫漶，而荟萃此植字者，于古为神话，于今为历史。"由此，他得出结论，称："神话历史者，能造成一国之人才，然神话，历史之所由成，即其一国人天才所发显之处。其神话历史，不足以增长人之兴味，鼓动人之志气，则其国人天才之短可知也。神话之事，世界文明，多以为

---

①蒋观云：《神话·历史养成之人物》，《新民丛报》光绪二十九年（1903）第36号。

荒诞而不足道，然近世欧洲之文学之思潮，多受影响于北欧神话与歌谣之复活。而风靡于保尔亨利马来氏之著等书，盖人心者，不能无一物以鼓荡之。鼓荡之有力者，恃乎文学，而历史与神话（以近世言之，可易为小说）其重要之首端矣！中国神话，如'盘古开天辟地，头为山丘，肉为原野，血为江河，毛发为草木，目为日月，声为雷霆，呼吸为风云'等类，最简洁而乏崇大高秀壮言灵异之致。至历史，又呆举事实，为泥塑木雕之历史，非龙跳虎掷之历史。故人才之生，其规模志趣，代降而愈趋于狭小（如汉不及周，唐不及汉，宋不及唐，明不及宋，清不及明，是其征），盖无历史以引其趣向也（如近世曾文正之所造止，其眼光全为中国历史上之人物所囿）。且以其无兴象，无趣味也。不能普及与全社会，由是起而代历史者，则有《三国演义》《水浒传》；起而代神话者，则有《封神传》《西游记》。而后世用兵，多仿《三国》《水浒》，盖《三国》《水浒》产出人物也；若近时之义和团，则《封神传》《西游记》产出之人物也。故欲改进其一国之人心者，必先改进其能教导一国人心之书始①。"这种研究方法是历史递进的视角，与西方文化人类学理论相似。

把神话传说视作特殊的历史文化者，还有刘师培。其论述道："昔郭璞之序《山海经》也，谓世之览《山海经》者，皆讶其闳诞夸迂，多奇怪傲傥之言。呜呼！此岂知《山海经》者哉！考西人地质学谓：动植庶品，递有变迁。观《山海经》一书，有言人面兽身者，有言兽面人身者，而所举邦国草木，又有非后人所及见者，谓之不知可也，谓之妄诞不可也。夫地球之初，为草木禽兽之世界。观汉代武梁祠所画，其绘上古帝王，亦人首蛇身及人面龙躯者，足证《山海经》所言皆有确据，即西人动物演为人类之说也。观西国古书，多禁人兽相交。而中国古书，亦多言人禽之界。董子亦曰：'人当知自贵于万物。'则上古之时，人类去物未远，亦漳漳明矣。《山海经》成书之时，人类及动物之争，仍未尽泯。此书中所由多记奇禽怪兽也。又《孟子》言：'帝尧之时，兽蹄鸟迹之道，交于中国。'《左传》言：'禹铸九鼎，使民知神奸。故民入川泽山林，不逢不若。'则当时兽患仍未尽除也。故益焚山泽而禽兽逃匿，周公驱虎豹犀象而远之，皆人物竞争之关键也。安得以《山海经》所言为可疑乎！"②

章太炎是一位典型的文化民族主义者，其神话理论以比较研究为主，

---

① 蒋观云：《神话·历史养成之人物》，《新民丛报》光绪二十九年第36号。
② 刘光汉：《〈山海经〉不可疑》，《国粹学报》光绪三十一年（1905）第十号。

论及神话与图腾等问题，集中表现在《訄书》等论著中。他说："然自皇世，民未知父，独有母系丛部，数姓集合，自本所出，率动植而为女神者，相与葆祠之，英名曰托德模……野人天性阔诞，其语言简寡，见虚墓间穴宅动物，则眩以死者所化。故埃及人信蝙蝠，亚拉伯人称海麻。海麻者，枭一种也。皆因其翔舞其地，以为祖父神灵所托。其有称号名溢，各从其性行者，若加伦民族，常举鹭、虎、狼、羚自名……植物亦然。加伦民族，常以絮名其妇人；亚拉画科民族，常以淡巴苽名，久亦为祖。剖哀柏落人，有淡巴苽、芦苇二族，谓其自二卉生也。其近而邻夏者，蒙古、满洲，推本其祖，一自以为狼、鹿，一自以为朱果，借其宠神久矣。中国虽文明，古者母系未废，契之子虯名，禹之姒姓自薏苡名，知其母吞食而不为祖，亦就草昧之循风也。夏后兴，母系始绝。"[1] 他运用语言文字学研究方法解剖神话的历史文化内蕴，论述道："六书初造，形、事、意、声，皆以组成本义，惟言语笔札之用，则假借为多。小徐系《说文》，始有引申一例。然祁君以令长为假借，令者发号，长者久远，而以为司命令位复尚者之称。是则假借即引伸，与夫意义绝异，而徒以同声通用者，其趣殊矣。夫号物之数曰万，动植、金石、械器之属，已不能尽为其名。至于人事之端，心理之微，本无体象，则不得不假用他名以表之。若动静形容之字，诸有形者已不能物为其号，而多以一言概括；诸无形者则益不得不假错以为表象，是亦势也。尝有人言：表象主义，亦一病质。凡有生者，其所以生之机能，即病态所从起。故人世之有精神现象、社会现象也，必与病质偕存。马格斯牟拉以神话言语之瘿疣，是则然矣。抑言语者本不能与外物泯合，则表象固不得已。若言雨降，风吹，皆略以人事表象。繇是进而为抽象思想之言，则其特征愈著。若言思想之深远，度量之宽宏，深者所以度水，远者所以记里，宽宏者所以形状中空之器，莫非有形者也，而精神见象以此为表矣。若言宇宙为理性，此以人之材性表象宇宙也。若言真理，则主观客初无二致，此以主观之忍许，客观之存在，而表象真理也。要之，生人思想，必不能腾跃于表象外，有表象，即有病质凭之。其推假借引伸之原，精矣。然最为多病者，如以'瑞麦来牟'为'天所来'而训'行来'；以'乙至得子'为'嘉美之'，而造'孔'字。斯则真不免为瘿疣哉！惟夫庶事繁兴，文字亦日孳乳，则渐离表象之义而为正文占

---

[1] 章太炎：《訄书》重订本《序种姓》（上），《章太炎全集》，上海人民出版社1984年版。

如能，如豪，如群，如朋，其始表以猛兽羊雀。此犹埃及古文，以雄蜂表至尊，以牡牛表有力，以驼鸟之表性行恺直者。久之，能则有态，豪则有势，群则有窘，朋则有俩，皆特制正文矣。而施于文辞者，犹用旧文而怠更新体。由是表象主义日益浸淫。然赋颂之文，声对之体，或反以代表为工，质言为拙，是则以病质为美疢也。杨泉《物理论》有云：'在金石曰坚，在草木曰紧，在人曰贤。'此谓本縣一语，甲乇而为数文者。然特就简毕常言，以为条别，已不尽得其本义。斯文益衰，则治小学，与为文辞者，所由忿争互诟，而文学之事，弥以纷纭矣。其称言语不能无病。然则文辞愈工者，病亦愈剧。是其分际，则在文言质言而已。文辞虽以存质为本干，然业曰'文'矣，其不能一从质言，可知也；文益离质，则表象益多，而病亦益笃。斯非直魏、晋以后然也，虽上自周、孔，下逮嬴、刘，其病已淹久矣"，"是则表象之病，自古为昭。去昏就明，亦尚训说求是而已"①。这种方式其实是一种神话传说的文献考证，在语言文字的历史演变中寻求神话传说的蛛丝马迹，或者可以看作后来《古史辨》神话学派的先声。

除章太炎如此考据，还有梁绍壬与李慈铭等学者，这是乾嘉学派的遗风。如梁绍壬所述："金桧门宗伯奉命祭古帝陵，归奏：'女娲圣皇，乃陵殿塑女像，村妇咸往祈祀，殊骇见闻，请有司更正。'奉旨照所请行。后数年，中州人至京，好事者问之，曰：'像虽议改，尚未举行。缘彼处香火旺盛，皆由女像，故可耸动妇女，庙祝以为奇货，即地方官吏亦有裨焉。若更易男像，恐香火顿衰。'于冰璜云：'何不另立男像，而以原像为帝后，其香税不更盛耶！'事见阮吾山《茶余客话》。调停之论，实足解颐。然考女娲氏，《三坟》以为伏羲后。卢仝《与马异结交诗》，以为伏羲妇。《风俗通》以为伏羲妹。而《路史》，称为皇母，《易系疏》引《世纪》称为女皇，《外纪》称曰女帝，《淮南·览冥》注称曰阴帝，《须弥四域经》称为宝吉祥菩萨。《列子》注云：'女娲古天子。'《山海经》注云：'女娲，古神女而帝者。'而唐人贡媚武氏，遂有吉祥御宇之语。又《论衡·顺鼓》云：'董仲舒言久雨不霁，则攻社祭女娲，俗图女娲之像作妇人形。'审是则以女娲为女，自汉已然，不自近世始也。积重难返，更之

---

① 章太炎：《检论》（五），《章太炎全集》（三），上海人民出版社1984年版。

匡易矣。"① 李慈铭则力图辨正盘古神话，称"《爻山笔话》十四卷，粤西藤人苏时学教元所著。辨之讹，谓此说起于三国时徐整《历纪》，其言怪诞。至梁任昉《述异记》，乃曰'南海有盘古氏墓，直三百余里。桂林有盘古墓，今人祝祀'云云。周秦古书，未有言及盘古者，而任氏言其墓，乃皆在桂林、南海。盖瑶人之先所谓盘瓠者致讹而然。今西粤土音读瓠字音与古阁。瑶峒中往往有盘古庙，瑶人族类尤多姓盘者。以此征之可信"。他又称"盘古之说，汉唐诸儒所不道，宋邵康节作《皇极经世》，始凿凿言之。马宛斯《绎史》历引《五运历年纪》《述异记》《三五历纪》，诸书言盘古事者，而断之曰：盘古氏名，起自杂书，恍惚之论；荒唐之说耳。作史者曰为主才首君，何异说梦。苏君证其为盘瓠之讹，尤是破千古之惑"②。与章太炎神话理论相近者，还有严复，其论述神话传说与图腾的联系问题，称："图腾者，蛮夷之徽帜，用以自别其众于余众者也。此美之赤狄澳洲之土人，常画刻鸟兽虫鱼或草木之形，揭之为桓表，而台湾生番，亦有牡丹、槟榔诸社名，皆图腾也。由此推之，古书称闽为蛇种，盘瓠犬种，诸此类说，皆以宗法之意，推言图腾，而蛮夷之俗，实亦有笃信图腾为其先者。十口相传，不自知其怪诞也。"③

对于章太炎与夏曾佑等人的神话学理论，后来顾颉刚在《〈中国古代神话研究〉序》中评说道："我们从小读书，读的都是儒家的经典，只看见古代有很多的圣帝明王、贤人隐士，却看不见人民群众，更看不见人民群众所创造的神话传说。因此，一般人都不觉得中国古代有过一段神话时期。"他举例说："1913 年，章炳麟先生说中国素无国教矣。盖自伏羲、炎、黄，事多隐怪，而偏为后世称颂者无过田、渔、衣裳诸业。国民常性，所察在政事、日用，所务在工、商、耕稼，志尽于有生，语绝于无验，人思自尊而不欲守死事神，以为真宰，此华夏之民所以为达；视彼佞谀上帝，拜谒法皇，举全国而宗事一尊且著之典常者，其智愚相去远矣。（《驳建立孔教议》，《太炎文录》卷二）他以为中国没有宗教是中国的国民性；中国的国民性同别国的国民性不一样，所以别国有宗教而我们古代

---

① 梁绍壬：《两般秋雨庵随笔》卷七，《笔记小说大观》第二十二册，江苏广陵古籍刻印社 1983 年版。
② 李慈铭：《越缦堂日记·孟学斋月记》乙集，（上海）商务印书馆 1920 年版。
③〔英〕甄克思著，严复译：《社会通诠》"按语"，1904 年初刊存，上海商务印书馆 1931 年版。

没有，因为我国的国民性只注意日常生活的技术，凡是没法实践的神怪空谈都是不相信的。这种思想不但章炳麟先生有，凡是熟读儒家经典的人都可以有，正和以前因为考古工作者只注意铜器和碑刻，使得一般人连资本主义国家的学者在内都认为中国古代一向用的是铜器，中国没有经过一个石器时代，和别国的历史不一样，有极相类似的见解。"对此，他论述道："然而这种想法毕竟是要破产的。自从地质工作者在勘探矿藏的偶然机缘里发现了仰韶文化的遗址之后，直到现在，接接连连在每一省里都发现了大量的石器，经各个博物馆陈列了出来，如果谁再说中国没有经过石器时代，就可判定他是一个没有常识的人。神话固然不像石器一般，可以在土里把原物发掘出来，然而外国的神话既传入中国，读古书的人只要稍微转移一点角度，就必然会在比较资料里得到启发，再从古代记载里搜索出若干在二三千年前普遍流行的神话。"他特别指出"第一个做这工作的人是夏曾佑先生"，称"他在清末先读了《旧约》的《创世纪》等等，知道希伯来诸族有洪水神话，又看到我国西南少数民族中也有洪水神话，于是联想起儒家经典里的洪水记载，仿佛是一件事情"。在这里，他引述夏曾佑论点，称"洪水之祸实起于尧以前，特至尧时人事进化，始治之耳。考天下各族述其古事，莫不有洪水。巴比伦古书言洪水乃一神西苏诗罗斯所造；洪水前有十王，凡四十三万年，洪水后乃今世。希伯来《创世纪》言耶和华鉴世人罪恶贯盈，以洪水灭之；历百五十日，不死者惟挪亚一家。最近发现云南猓猓古书，亦言洪水，言古有宇宙干燥时代，其后即洪水时代；有兄弟四人，三男一女，各思避水，长男乘铁箱，次男乘铜箱，三男与季女同乘木箱，其后惟木箱不没而人类遂存。观此则知洪水为上古之事实，而此诸族者亦必有相连之故矣（《中国古代史》，传疑时代，禹之政教）"，说"他似乎主张文化一元说，以为这个神话是由某一族传播到各个民族的，而中国亦其一支。他又从这种资料里看出各个古国都有关于远古时代的神话，当时掌握这些神话的是宗教家，所以说：'人类之生决不能谓其无所始，然言其所始，说各不同，大约分为两派：古言人类之始者为宗教学家，今言人类之始者为生物学家。宗教学者，随其教而异，各以其最古之书为凭。世界各古国如埃及、印度、希伯来等各自有书，详天地剖判之形，元祖降生之事……而我神州亦其一也。顾各国所说无一同者；昔之学人笃于宗教，每多出主入奴之意。……至于生物学家，创于此百年以内……其说本于考察当世之生物与地层之化石，条分缕析，观其会通，而得物与物相嬗之故。由古之说则人之生为神造，由今之说则人之生为天演，其学如水火之不相容'"。顾颉刚作出评价道："他说明了对于远古情状的观察，古人和今人的意图是绝对相反的。他的《中国古代史》大约出版于1907年，这些话从现在看来固然很平常，但在当时的思想界上则无异于霹雳一声的革命爆发，使人们陡然认识了我国的古代史是具有宗教性的，其中有不少神话的成分，而中国的神话和别国的神话也有其共同性，所以春秋以前的传统历史只能当作'传疑时代'看，不能因为它载在儒家的经典里而无条件地接受。"当年，他曾经痛斥夏曾佑他们不懂得历史文化的真相，而此时，他颇为感慨地说，关于"搜集我国古代的神话资料，要从儒家的粉饰和曲解里解放出来，恢复它的本来面目"，"夏曾佑先生开始发现了这个问题"，"夏先生的《中国古代史》永远为人民所记忆"。

总的看来，近代中国社会的神话研究还是六经皆史意义上的历史文化研究，而作为文学研究的神话学理论，直到1910年代孙毓修编辑中国民间童话寓言故事并进行理论研究，才形成真正民间文学意义上的神话研究。神话传说故事是一个相对宽泛的概念，在中国近代民间文学思想理论中能够成为一个亮点，主要是受社会现实生活中体现出非常强烈的民族主义思潮所影响。中国近代社会思想家们以神话管窥历史文化的发展与国民精神建设等问题，梁启超、章太炎是这样，鲁迅、周作人兄弟也是这样。这是时代所表现的学术特色与思想文化特色。除了这些内容，还涉及与神话传说相近的寓言故事等民间文学思想理论，如孙毓修在《中国寓言初编》的"序言"中所论："《易》云：'称名也小，取类也大，喻言之谓矣。'是以风人六义，比兴为多。金锡以喻明德，珪璋以譬秀民，螟蛉以类教诲，蜩螗以写号呼，浣衣以拟心忧，席卷以方志固。麻衣则云如雪，如舞则云两骖。或以比义，或以比类，举一可以反三，告往可以知来。楚骚既沿其波，汉赋复宗其例。姬周之末，诸子肇兴。蒙庄造学鸠之论，寓言乃启淳于设大鸟之喻，隐语以盛。孟子言性，取象于湍水。公孙论名，借观于白马。遂使写物附言，析理者，畅其悬谈，义归意正，谲谏者，陈其事势。视彼风诗之婉约，不翅滥觞于江河，冰释泉涌，金相玉振，岂徒有益于文章，抑亦畅发乎名理？记曰：君子知至学之难易，而知其美恶，然后能博喻，能博喻，然后能为师。故夫立言者，必喻而后其言至。知言者必喻，喻而后其理澈。魏文听古乐而思卧，庄语之难入也；宋玉赋大言而回听，谐语之易感也。意生于权谲，则片言可以折狱；辞出于机智，则一字可以为师。往牒所载，此类实多，眷录成书，未之前闻。明万历间，宣城徐太元录《喻林》百二十卷，繁辞未剪，琐语必收。博而寡要，劳而少功。盖

第十四章　中国近代民间文学思想理论

足备摛翰者，临文之助，未能供读书者研几之用也。译学既兴，浅见者流，謷伊索为独步，奉诘支为导师。贫子忘己之珠，东施效人之颦，亦文林之憾事，诚艺苑之缺典。用是发愤抄纳成编，题曰《中国寓言》。道兼九流，辞综四代，见仁见智，应有应无，譬如凝眸多宝，有回黄转绿之观；杖策登山，涌横岭侧峰之势。其为用也，岂不大哉！若夫还社求拯于楚喻，赣井而称麦曲；叔仪乞粮于鲁，歌佩玉而呼庚癸；臧文谬书于羊裘，庄姬托辞于龙尾。此为谜语，无关喻言，义例有别，用是缺焉！"① 孙毓修对中国神话传说的研究有许多重要发现，特别是他对《路史》等历史文化典籍的理解，具有非常重要的学理价值。20世纪初，他曾经出版《欧美小说丛谈》，论及"神怪小说之著者及其杰作"问题，其论述"神话者，未有文学以前之历史，各国皆有之，我国一部《路史》，大足为此类之代表。后人觉其荒唐斥为不典，当时视之，则固金匮石室之秘史，即今日曰若稽古，亦不能尽废其书。神怪小说起于晚近，尽知其寓言八九而已。神话史谓之有小说滋味则可，竟隶之于小说则不可也"，称"披萝带荔，三闾见之为骚；牛鬼蛇神，长吉感之作赋。其后搜神有记，诺皋成书。语怪之书，在中国发达最早。英语此名为神怪小说，其风始于希腊。益以间巷谣俗，代有流传，虽无益于事实而有裨于词章，遂于小说界中，独树一帜。古时真理未明，处处以神道设教，狐鬼之谈，感人尤易，故恒以语小儿，为蒙养之基。小儿亦乐其诞而爱听之"②。此为中国神话传说影响中国文学发展的概述。其又言"神怪小说者，其小说之始祖乎。生民之初，智识愚昧，见禽兽亦有知觉，而不能与人接音词、通款曲也，遂疑此中有大秘密存，而牛鬼蛇神之说起焉。山川险阻，风云雷雨，并足限制人之活动，心疑冥漠之中，必有一种杰出之人类，足以挥斥八极、宰制万物者，而神仙妖怪之说起焉。后世科学发达，先民臆度之见，既已辞而辟之，宜乎神怪小说，可以不作，借曰有之，亦只宜于豆棚架侧，见悦于里巷之人，与无知之小儿而已。不知小说本于文学，而神怪小说，又文学之原素也。天下之事，因易而创难。神怪小说，则皆创而非因，且此创之一字，仅上古无名之人，足以当之。而今日文学史上赫赫之巨子，惟掇拾人之唾余，附于述而不作之列，尚无术以自创也。由此言之，神怪小说，岂易言

---

① 沈德鸿、孙毓修：《中国寓言初编》"前言"，（上海）商务印书馆1917年版。
② 孙毓修：《神怪小说之著者及其杰作》，《欧美小说丛谈》，商务印书馆1916年版。

哉,岂易言哉",在比较中显示神话传说故事文学特性的论述。或曰,孙毓修不但是我国童话学理论的重要开拓者,也是我国神话学的重要拓展者。其视野开阔,较早从文学研究的角度进行神话研究,标志着近代民间文学理论研究的重要成就。

## 第二节　关于近代民间歌谣理论研究问题

中华民族是一个热爱歌唱的民族,其歌声或慷慨激昂,或情意绵绵,或如黄钟大吕,或如潺潺流水,跌宕起伏,气象万千。近代中国社会内忧外患,民间歌唱中包含着社会大众的喜怒哀乐,显示出他们对社会、历史、人生等命题的思索。

黄遵宪以民间歌谣研究为主体形成其民间文学理论。他的《人境庐诗草》有许多诗歌论及民间文学与社会风俗内容,如卷一《送女弟》中歌唱"中原有旧族,迁徙名客人。过江入八闽,辗转来海滨",与"就中妇女劳,犹见风俗纯";卷一《杂感》中歌唱"黄土同抟人,今古何愚贤"与"我手写我口";卷三《都踊歌》记"西京旧俗,七月十五至晦日,每夜亘索街上,悬灯数百。儿女靓妆艳服为队,舞蹈达旦,名曰都踊。所唱皆男女猥亵之词,有歌之为之节者,谓之音头。译而录之,其风俗犹之唐人《合生歌》,其音节则汉人《董桃行》也",其所唱即"三千三百三十二座大神兮听我歌"。在《人境庐诗草》"自序"中,他说"其述事也,举今日官书会典方言俗谚",其中有《山歌》九首,题曰"土俗好为歌,男女赠答,颇有《子夜读曲》遗意。采其能笔于书者,得数首",分别录"自煮莲羹切藕丝,待郎归来慰郎饥。为贪别处双双箸,只怕心中忘却匙""人人要结后生缘,侬只今生结目前。一十二时不离别,郎行郎坐总随肩""买梨莫买蜂咬梨,心中有病没人知。因为分梨故亲切,谁知亲切转伤离""催人出门鸡乱啼,送人离别水东西。挽水西流想无法,从今不养五更鸡""一家女儿做新娘,十家女儿看镜光。街头铜鼓声声打,打着中心只说郎""嫁郎已嫁十三年,今日梳头依自怜。记得初来同食乳,同在阿婆怀里眠""自剪青丝打作条,亲手送郎将纸包。如果郎心止不住,看侬结发不开交"

"第一香橼第二莲,第三槟榔个个圆,第四夫容五枣子,送郎都要得郎怜"① 等,当为民间歌谣搜集整理。其"光绪辛卯"《山歌题记》记述曰:

  十五国风,妙绝古今,正以妇人女子矢口而成,使学士大夫操笔为之,反不能尔,以人籁易为,天籁难学也。余离家日久,乡音渐忘,辑录此歌谣,往往搜索枯肠,半日不成一字。因念彼冈头溪尾,肩挑一担,竟日往复,歌声不歇者,何其才之大也?

  钱塘梁应来(梁绍壬)孝廉作《秋雨庵随笔》,录粤歌十数篇,如"月子弯弯照九州"等篇,皆哀感顽艳,绝妙好词,中有"四更鸡啼郎过广"一语,可知即为吾乡山歌。然山歌每以方言设喻,或以作韵,苟不谙土俗,即不知其妙。笔之于书,殊不易耳。

  往在京师,钟遇宾师见语,有土娼名满绒遮,与千总谢某昵好。中秋节至其家,则既有密约,意不在客。因戏谓汝能为歌,吾辈即去,不复嬲。遂应声曰:"八月十五看月华,月华照见侬两家;满绒遮,谢副爷。"乃大笑而去。此歌虽阳春二三月不及也。又有乞儿歌,沿门拍板,为兴宁人所独擅长。伛记一歌曰:"一天只有十二时,一时只走两三间,一间只讨一文钱,苍天苍天真可怜!"悲壮苍凉,伛破费青蚨百文,并欣慰之,故能记也。

  伛今创为此体,他日当约陈雁皋、钟子华、陈再芗、温慕柳、梁诗五分司辑录。胡晓岑最工此体,当奉为总裁。汇选成篇,当远在《粤讴》上也。②

有注者指出:此手写本《山歌》及题记,乃黄遵宪于光绪十七年寄胡晓岑者,其与胡晓岑手札有云:"《山歌》十余首,如兄意谓可,即乞兄抄一通,改正评点而掷还之。"③ 这是其民间歌谣思想理论的重要体现。

《人境庐诗草》六百余首,有许多风俗诗,如卷五《寒食》、卷八《立秋日》、卷十《庚子元旦》与《七月十五夜暑甚看月达晓》《中秋夜

---

①黄遵宪:《山歌》(九首),钱仲联:《人境庐诗草笺注》,上海古籍出版社1981年版。
②吴振清等整理:《黄遵宪集》(下),天津人民出版社2003年版,第384、385页。
③此为钱仲联考证所作"案",见钱仲联《人境庐诗草笺注》,上海古籍出版社1981年版。

月》等，感叹"自歌太乙迎神曲""未知王母行筹乐"；卷十《五禽言》中歌唱"不如归去""姑恶姑恶""阿婆饼焦""行不得也哥哥"，更是直接采用民间歌谣与民间故事中的俗语，与其《日本杂事诗》二百首相映成趣，共同构成时代的风俗画卷。《日本杂事诗》与《日本国志》都有许多关于日本风俗与日本民间文学的记述，是中国人关于日本民间文学历史研究的重要开端。如《日本杂事诗》卷一有"泰初一柱立天琼"句，记述"纪神武以前事为《神代史》，曰：开辟之初，有国常立尊，为独化之神。七传至伊奘诺尊、伊奘册尊，为耦生之神。二尊以天琼矛下探沧溟，锋镝凝结成滪驭卢岛，名为国柱，因下居成夫妇"，以及"乃生八大洲"等神话传说，黄遵宪称与西方人《创世纪》中的"耶和华手造天地万物，七日而成"故事为"同一奇谭"①；又如卷一"避秦男女读三千"② 记述徐福传说故事，"羲和有国在空桑"③ 记述《山海经》《羲和浴日》神话在日本的流传；卷二"三千神社尽巫风"记述日本"俗最敬神"④ "银子儿兼铁骑儿"，记述"演述古今事，谓之演史家，又曰落语家"⑤ 等等，都具有比较神话学的色彩。

　　黄遵宪不仅仅从理论上述说社会风俗生活，而且身体力行，在社会政治生活中改良风俗，如《湖南署枲司黄劝谕幼女不缠足示》所提倡缠足之"败风俗"，论"世有地狱，正为斯人，风俗之败，无以逾于此矣"，禁止此风俗，"以厚风俗"⑥；《日本国志》有《国统志》记述"天地未辟，有神立于高天原"等神话传说；《礼俗志》专门记述日本风俗，包括民间文学。他引"百里不同风，千里不同俗"开题，以"治国化民"为论述主题道："嗟夫！风俗之端始于至微，搏之而无物，察之而无形，听之而无声。然一二人倡之，千百人和之，人与人相接，人与人相续，又踵而行之。及其既成，虽其极陋甚弊者，举国之人习以为然，上智所不能察，大力所不能挽，严刑峻法所不能变。夫事有是有非，有美有恶，旁观者或一览而知之，而彼国称之为礼，沿之为俗，乃至举国之人辗转沈锢于其中，而莫能

---

① 吴振清等整理：《黄遵宪集》（上），天津人民出版社2003年版，第8页。
② 吴振清等整理：《黄遵宪集》（上），天津人民出版社2003年版，第9、10页。
③ 吴振清等整理：《黄遵宪集》（上），天津人民出版社2003年版，第12、13页。
④ 吴振清等整理：《黄遵宪集》（上），天津人民出版社2003年版，第39页。
⑤ 吴振清等整理：《黄遵宪集》（上），天津人民出版社2003年版，第50页。
⑥ 吴振清等整理：《黄遵宪集》（下），天津人民出版社2003年版，第605、606页。

稍越，则习之囿人也大矣！"① 其所列类别主要有"朝会""祭祀""婚娶""丧葬""服饰""饮食""居处""岁时""乐舞""游宴""神道""佛教""氏族""社会"等，"岁时"与"乐舞"等篇，记述民间文学最为详细。其《日本国志》既是一部社会风俗生活史志，又是一部系统而富有特色的具有民间文学思想理论意义的著述。

中国近代民间文学史上的民间歌谣研究，在总体上讲，主要是历史文化的研究。其研究方法仍然局限在传统的义理述说与文献考据层面，只是多了一些民间歌谣的搜集整理。一个值得注意的现象是，已经有学者注意到比较研究，如梁绍壬所关注的"苗人跳月之歌"，感慨"惜无人译之者"②。在一定程度上讲，这是五四歌谣学运动形成的前奏。民间歌谣比较研究的方法，使得人们的视野不断开阔。

黄遵宪、刘师培、梁绍壬、杜文澜等人，从自己的知识、学理经验出发，做了不同形式与内容的论述。如刘师培说："上古之时，先有语言，后有文字。有声音然后有点画；有谣谚然后有诗歌。谣谚二体皆为韵语。谣训徒歌；歌者，永言之谓也。谚训传言，言者，直言之谓也。盖古人作诗，循天籁之自然，有音无字，故起源亦甚古。观《列子》所载，有尧时谣，孟子之告齐王首引夏谚，而《韩非子·六反篇》或引古谚，或引先圣谚之作，先于诗歌。厥后诗歌继兴，始著文字于竹帛；然当此之时，歌谣而外复有史篇，大抵皆为韵语。言志者为诗，记事者为史篇。史篇起源，始于仓圣。周官之制，太史之职，掌谕书名。而宣王之世复有史籀作《史篇》；书虽失传，然以李斯《仓颉篇》、史游《急就篇》例之，大抵韵语偶文，便于记诵，举民生日用之字，悉列其中。盖史篇即古代之字典也。又孔子之论学诗也，亦曰：'多识于鸟兽草木之名。'是诗歌亦不管古人之文典也。盖古代之时，教曰声教，故记诵之学大行，中国词章之体，亦从此而生。③"刘师培还在《原戏》中论及民间戏曲、民间歌舞与民间故事对后世民间庙会的影响，涉及民间歌谣问题。

许之叙为郑旭旦所编《天籁集》所作"序"中论述道："苗硕两言，孔圣取之。沧桑数语，孟氏述之。古谚童谣，纯乎天籁。而细绎其义，徐

---

① 黄遵宪：《日本国志》（下），天津人民出版社2005年版，第819、820页。
② 梁绍壬：《两般秋雨庵随笔》，《笔记小说大观》第二十二册，江苏广陵古籍刻印社1983年版。
③ 刘师培：《论文杂记》，《国粹学报》光绪三十一年（1905）第二号。

味其言，自有至理存焉，不能假也。郑君名旭旦者，吾乡名士。苦志十五年，郁郁无所遇。乃著是集共四十八章缺二，不知何意。观其《自序》暨《跋语》，确有明人代笔意。噫！此所以触造物之忌欤！然其体验人情，详细物理，虑正言、庄论之不能动听，而独假村言俚语，以宜之暮鼓晨钟，足使庸愚醒悟，诚不得谓无功于天地也。集中所采歌谣，半皆童时时诵之词。吾愿世之抚婴孩者，家置一编，于襁褓中即可教之。则为之长者，口传耳熟，自警警人，良知良能，借以触发，庶几为师箴瞍赋之一助云尔。郑君家世无可考，或别有著述，予未及睹。将归而询之父老，再当为之作传也。"① 崀山老人在悟痴生编《广天籁集》评说中，也说"天籁者，声之最先者也""儿童歌笑，任天而动"，阐释民间歌谣与"人心风俗"的联系。他们都把民间歌谣称为"天籁"，视作社会风俗的表现。

众家评说民间歌谣，梁绍壬论述最为详细，曰："粤俗好歌，凡歌以不露题中一字，语多双关，而中有挂折者为善。挂折者，挂一人名于中，字相连而意不相连者也。歌辞不必全雅，平仄不必全叶，以俚言土音衬之，唱一句或延半刻，曼节长声，自回自复，词必极艳，情必极至，使人喜悦悲酸而不能自己，乃为极善。长者名'摸鱼歌'，三弦合之，盖太簇调也。其短调踏歌者，不用弦索，往往引物连类，委曲譬喻，多如子夜竹枝，如曰：'中间日出四边雨，记得有情人在心。'曰：'一树石榴全著雨，谁怜粒粒泪珠红。'曰：'灯心点着两头火，为娘操尽几多心。'曰：'妹相思，不作风流到几时，只见风吹花落地，那见风吹花上枝。'《蜘蛛曲》曰：'天旱蜘蛛结夜网，想晴只在暗中丝。'……又曰：'蜘蛛结网三江口，水"推"不断是真丝。'又曰：'妹相思，蜘蛛结网恨无丝，花不年年在树上，娘不年年伴女儿。'……《素馨曲》曰：'素馨棚下梳横髻，只为贪花不上头，十月大禾未入米，问娘花浪几时收。'……梳横髻者，未笄也。宣笄不笄，是犹不肯在花棚上也。十月熟者名大禾，岁宴而米不入，花浪不收，是过时而无实也。此刺淫女，亦以喻士之不及时修德，流荡而至老也。有曰：'官人骑马到林池，斩杆筋竹织笱箕，笱箕载绿豆，绿豆喂相思，相思有翼飞开去，只剩空笼挂树枝。'有曰：'一更鸡啼鸡拍翼，二更鸡啼鸡拍胸，三更鸡啼郎去广，鸡冠沾得泪花红。'有曰：'岁晚天寒郎未回，厨中烟冷雪成堆，竹篙烧火长长炭，炭到天明半作灰。'有曰：'柚子批皮瓤有心，小心则剧到如今，头发条条梳到尾，鸳鸯怎得不相寻。'有

---

① 许之叙：《天籁集》"序"，郑旭旦《天籁集》，清同治八年（1869）浙江书局版。

曰：'大头竹笋作三丫，敢好后生无置家，敢好早禾无入米，敢好攀枝无晾花。'敢好者，言如此好也。诸如此类，情深词艳，深得风人之遗。又粤西峒女，亦喜踏歌，其歌皆七言，或二三句，或十余句不等。如云：'黑蜂细小螫人痛，油麻细小炒仁香。'又云：'行路思娘留半路，睡也思娘留半床。'又云：'与娘同行江边路，却滴江水上娘身，滴水一身娘未怪，要凭江水作媒人。'布格命意，另是一种，以此推之，则苗人跳月之歌，当亦有可观，惜无人译之者。"① 显然，梁绍壬注意到了少数民族民间歌谣的民族志意义。

杜文澜编的《古谣谚》，是中国古代民间歌谣和民间谚语的集大成，收录先秦至明代民间歌谣谚语3000余则。其分类十分详细，如地域分类、时代分类与内容分类等，"统谚（普通谚语）""时谚（时代谚语）""风土谚语""占卜谚语"等。其中"风土谚语"与"占卜谚语"内容最丰富。他所说的"谣谚二字之本义，各有专属主名"。"谣训徒歌；歌者，咏言之谓"，"谚训传言；言者，直言之谓"等，仍然属于表层次的解释。另外，还有郑旭旦《广天籁集》等民间歌谣刊行，其中也保存了一些学者的论述。这些论述见仁见智，对民间歌谣所进行的理论研究，不断丰富和完善着中国近代民间文学思想理论。

## 第三节　陈季同：走向世界的中国人

中国近代民间文学的历史发展及其学理研究，作家与民间文学的关系是我们不能回避的一个问题。在我国近代社会文学发展中，一批出使异域、外交官身份的作家，其文学创作（包括翻译活动）具有更为特殊的意义。他们更直接感受到的西方现代文明的实际，与自己的民族文化形成强烈的对比。以陈季同、黄遵宪、郭嵩焘等人为典型，在他们的作品中，一方面表现出对现代文明的热烈拥抱，体现出浓郁的时代感与责任感；另一方面则表现出对以下层民众为主体的民族传统与民间文化的特别关注，体现出对社会变革的呼号与庄严的使命感。这是我国近代民间文学史上相当

---

① 梁绍壬：《两般秋雨庵随笔》，《笔记小说大观》第二十二册，江苏广陵古籍刻印社1983年版。

典型的一个现象。

陈季同（1852—1907），字敬如，号三乘槎客，福建侯官（今福州）人。清同治六年（1867），陈季同入福州船政局附设的求是堂艺局前学堂读书，学习法语与舰船制造，毕业后入清政府派驻欧洲的公使团，被任命为公使馆参赞、副将加总兵衔等职。在公使馆期间，陈季同勤奋刻苦，除精通法语，还熟练掌握了英语、德语、拉丁语等语言，与法国作家罗曼·罗兰等人成为好友。他以特殊的身份参与了中法战争等重大历史事件，积极向欧洲社会介绍中国文化，并运用法语创作宣传中国文化的长篇小说和戏剧，有力地影响了西方人对中国社会的看法。1891年，陈季同被解职回国。他曾游历西南少数民族地区，更深刻地感受民族民间文化，继而奔走于上海，宣传维新，兴办女学。他不平凡的人生阅历在其文学作品中得到直接表现。

以1891年为界，陈季同的民间文学思想理论与文学创作分为前后两个阶段。前一个阶段以翻译介绍中国文化包括民间文学等内容为主，后一个阶段则以诗歌创作为主，其中许多地方涉及民间文学内容。前一个阶段，陈季同表现出对民族文化的自豪与热爱，字里行间洋溢着从容、得意；后一个阶段，更多的是在抒发对世事的愤懑，对众生的悲悯、敬重等复杂的人生情怀。其民间文学思想理论未必像梁启超、章太炎、刘师培他们那样旗帜鲜明地论说周详，而是从许多材料中钩沉、辨析，自然也不同于陈天华、邹容他们利用民间文学形式宣传革命排满主张。

光绪元年（1875），陈季同与刘步蟾、林泰曾等人"随同日益格前往游历英吉利、法兰西等处，俟机船铁胁新机采购既便"[1]，第一次走出国门，两年后与李凤苞、马建忠、严复等人第二次来到法国。在此期间，陈季同拜访郭嵩焘，入法国政治学堂读书，同时，任留学肄业局文案、中国驻法使馆翻译，开始其外交生涯。1884年4月，陈季同升任驻法使馆参赞职。法国巴黎《两个世界》杂志连载其《中国与中国人》，于是，他"每天都被邀请，从一个沙龙飞到另一个沙龙"，声誉鹊起。这些文章以《中国人自画像》为名在法国出版，受到法国社会广泛关注。接着，他出版了《中国故事》《中国戏剧》《中国娱乐》《中国社会组织》《中国益虫》《我国邦》《一个中国人对巴黎的描绘》等，以及长篇小说《浪漫传奇》和剧本《英雄爱情》。这些作品在总体上贯穿着一条文化主线，就是作者对民

---

[1] 左宗棠等：《船政奏议汇编》卷十二"光绪元年三月十三日沈葆桢等奏"。

族文化的厚爱，对民间文学的钟情。

19世纪晚期的欧洲，欧洲中心主义有着十分强大的势力。如卢梭、孟德斯鸠这些18世纪的启蒙思想家就曾极力否定中国文明与中国社会，其思想在19世纪的殖民主义思潮中愈演愈烈。如陈季同所述，"他们普遍认为中华民族是一个堕落的、不道德的民族"，"认为中国人非常邪恶、残酷，在各方面都很下流"[①]，更不用说一些人类学家十分粗暴地把中国人当作未开化的野蛮民族。事实上，这里包含着西方殖民主义蔑视、敌视，进而丑化中国人，摧毁中国人民族自信心的文化战略。陈季同借用娴熟的法语，把自己对祖国的思念在作品中淋漓尽致地描绘成如诗如画的风景。

陈季同的童年是十分不幸的，父母双亡，但中国传统文化的哺育、家乡亲友给予的爱成为他永远的财富。如他在《中国故事》的卷首"致逸如弟"所言："我们童年就失去了双亲，既没有鹅妈妈给我们讲中国的民间故事，也没有好心的贝洛为我们描绘仙女的国度，这些本会为童年增色。然而，孩子都需要美好的幻想作为补偿，我们得到了聊斋故事。"[②]《聊斋志异》包含了丰富的民间故事，具有浓郁的民间文化气息。陈季同选择了其中的《聂小倩》《婴宁》《香玉》《侠女》《阿宝》等名篇，并分别取名为"神奇的盒子""巧笑女郎""鹦鹉"，与其说是翻译，不如说是画龙点睛般的再创作，既保留了原著的神奇幻想，又顾及西方读者的口味。陈季同创作的长篇小说《浪漫传奇》，取材于一篇中国古代小说《霍小玉传》，他以黄衫客、李益、霍小玉三人之间的故事为线索，情节跌宕起伏。原著不足五千字，而这里洋洋洒洒数十万言，无论是结构还是人物描写，都是具有现代意义的小说。语言的清新，大量的心理描写，精致的情感表现，都明显表现出对西方艺术的借鉴，在某种意义上可看作中国新文学的先声。在《中国戏剧》和《中国娱乐》中，我们看到的同样是缠绵的情思。戏剧与节日是民间文化的重要内容，陈季同借民间文化之魂在讴歌民族精神，展示东方古国的厚重与豁达、大度，赞颂东方民族的高贵品格与聪明智慧。像《铁拐李》这样家喻户晓的民间传说，春节和端午、中秋这样充满喜庆的传统节日，特别是各种宴席上的温馨场面，都成为作者讴歌的对象，处处是令人神往的如画仙境。如他在《中国娱乐》中对杭州西湖的赞美，称西湖是"大自然对中国人最大的水上馈赠"，在美妙的图画中"更

---

[①] 陈季同：《中国人的自画像》，黄兴涛译，贵州人民出版社1998年版，第185页。
[②] Tcheng-Ki-Tong（陈季同）：*Les Contes Chinois*，Paris：Calmnn Lévy 版。

有艳妆的妇女和快乐的男子点缀其间","路边垂柳依依,枝条婀娜浸足湖水"①。他所有的作品都可看作一幅淳美的风俗画。旁人看来,似乎是他在掩饰贫穷、黑暗、丑恶,把祖国的一切都描绘得完美无缺,其实,这是一种记忆作为特殊的情感的表白,一切都源于热爱,是对西方蔑视、鄙视、敌视中国的强烈反抗。同时,他在事实上也形成了一种比较研究的方法,如他自己在《中国戏剧》中所倡言,是一种"比较风俗研究",其意在赞扬中国人的热情与互助,鞭挞西方人的冷漠与自私。他说,"西方戏剧风俗对一切手段、甚至最激烈的手段都持欢迎的态度,以至于迫使最具反叛精神的观众内心也产生此类幻觉"②,而中国戏剧,主要是民间戏剧,"没有永久性的剧场,所以也没有预定的年票"③。他说,"在18世纪的法国,《赵氏孤儿》代表着中国的戏剧","它们传递出了中国语言和风俗的特征"④,"中国戏和欧洲戏本没有太大的分别,至少在戏剧习俗方面是这样"⑤。他在《中国人的戏剧》中专门探讨"角色和风俗"问题,论及"大多数中国戏剧都辛辣地讽刺习俗,甚至只在这方面猎奇。它们会使欧洲人惊奇,因为这与他们的杰作体裁相同"⑥。他通过中国戏剧与法国戏剧"感情的激发"的不同,进而延伸向中国民间传说中的女英雄花木兰与法国圣女贞德,对二人的性格进行比较,他说:"贞德和木兰有许多相似之处,但也有明显的区别。两人都是农村姑娘,生活简朴,承担艰苦的乡村劳动。两人都热爱她们的祖国,并成功地赶走了外国侵略者。人们因此可以说这对姐妹如同一家人般相似,但这仅仅是一般意义而言","实际上,木兰是一个中国农家妇女,没有狂热,没有神秘色彩","她的职责显得更为谦逊,更具人性中自然的一面。她甚至并不自以为被召唤来解放祖国。她也从来没有梦想扮演光辉的角色"。他的结论是:"贞德象征着法国中世纪狂热的神秘主义,木兰则体现了中国的家庭观念和家长制的社会结构。"⑦陈季同笔下的故国是理想的家园,是情思的热土,他用充满深情的笔触尽力呵护,绝不许人去玷污。这也是他倡言"天下一家"的文化渊

---

①陈季同:《中国人的快乐》,韩一宇译,广西师范大学出版社2006年版,第9页。
②陈季同:《中国人的戏剧》,李华川等译,广西师范大学出版社2006年版,第15页。
③陈季同:《中国人的戏剧》,李华川等译,广西师范大学出版社2006年版,第17页。
④陈季同:《中国人的戏剧》,李华川等译,广西师范大学出版社2006年版,第69页。
⑤陈季同:《中国人的戏剧》,李华川等译,广西师范大学出版社2006年版,第72页。
⑥陈季同:《中国人的戏剧》,李华川等译,广西师范大学出版社2006年版,第123页。
⑦陈季同:《吾国》,李华川译,广西师范大学出版社2006年版,第78页。

源。亦如罗曼·罗兰在自己的日记中所记述他对陈季同演讲时的感受："在微笑和客气的外表下，我感到他内心的轻蔑，他自知高我们一等，把法国公众视作小孩。"① 这表现出陈季同维护民族自尊心的复杂心态。

陈季同笔下的民间文学与社会生活习俗的介绍，在事实上成为其独具特色的民间文学志。这里汇聚着他对祖国的思念，也融会着他对民间文学的理解，体现出他别具一格的民间文学思想理论。

《中国人的快乐》有"宗教节日和民众节日""乡野之乐""公共娱乐"等内容的专题介绍。在"宗教节日和民众节日"一章中，他分别记述了"龙舟竞渡""中秋节""灯节""七夕""花朝""元旦"和"过年""迎神""一个佛教的盛典"等具体内容。在其描述中，自然掺杂着社会生活习俗与民间传说故事，如在对"中秋节"的描述中，十分详细地述说"这个节日在一年中的第八个月。它持续五天，从十日开始，到十五日满月时结束。人们相信，在这一天，月亮比一年中任何时候圆满"，"节日带来各种各样的娱乐，尤其是引发了赠送各种做成月饼形状礼物的活动；而同时到来的，还有'珍玩展览会'"，"人们购买许多小的塑像，各自代表着天使、神仙和众佛陀"。他不厌其烦地记述道：

> 每到八月十五那天，夜半时分，所有人都坐在院子里，共进丰盛的晚餐，它也标志着节日的结束。这个宴席的特殊目的是等待月神的降临。依据神话，那个夜晚，她将降至尘世，满足凡俗人们的心愿。不用说，没有谁曾见到过我们卫星上的这位仁慈的居民；然而，从人们的精神中驱除几千年来父子相传的传统观念是十分困难的。
>
> 不过，人们说，有一个可怜的老太太，在一个夜里，曾得到这位中国狄安娜过访的恩惠。月神询问她想要满足的愿望，而且许诺将答应她所希望得到的一切。造访者华美的服装和惊人的美貌使可怜的老妇人神魂颠倒，她哑口无言，不知应该回答什么。最后在月亮女神的善意坚持下，老妇人鼓足勇气，找回力量，终于抬起手放在嘴边。
>
> 她用这个手势，本来是想说，她并没有别的愿望，她所希望的非常简单，就是每天都有足够可吃的东西。
>
> 现身的女神做了允诺的表示，便重新升上了天界。

---

① Le cloître de la Rue d'Ulm, Journal de Romain Rolland à L'Ecole Normale, Paris：Albin Michel, 1952, P276—P277。

可是，第二天早晨，人们发现，那善良的老妇人拥有了一部工兵式的大胡子：女神原来并没有懂得那手势的意思！①

值得注意的是陈季同在这里所讲述的月亮传说是一个经典文献记述之外的传说故事，具有非常重要的故事学价值。与此同时，陈季同还记述了著名的后羿射日与嫦娥奔月传说以及唐明皇"在梦中旅行到了月界"与杨贵妃相会"她的歌声如天界的仙乐"等传说故事。但是，他可能是无意间将后羿出现的时代错误写成了"汉王朝"。或曰，错误的记述也是一种特色。

与月亮有关的传奇数不胜数，根本不可能将它们一一复述。有一些人说，这女神住在月宫，仍然待字闺中。另一些则坚持，她是伤心的孀居者。而这些神话中一个最与众不同的故事却说，她是汉王朝一个叫后羿的著名射手的妻子。后羿已经用他的神箭射下了九个太阳，正要射第十个"那给我们留下唯一一个"的时候，太阳神对他说："把它作为恩惠赐予我吧，我需要它照亮下界。作为回报，我会给您神水，它将给您神力使您住到太阳上去。"太阳神还指点给射手具体的日期和时刻，到那时他就可以服用这令人兴奋的魔药。

后羿不够谨慎，把秘密告诉了他的妻子，而她，不愿相信丈夫的故事，尝了那药：霎时间，她感觉自己飘飘而起，像鸟一样，飞到了月中。②

民间文学的文化土壤是社会生活习俗，二者常常密不可分。有许多时候，民间文学就是具体的社会生活习俗，而社会生活习俗的口头讲述与阐释，在事实上构成一定的民间传说故事。陈季同记述的民间节日起源及其所包含的民间传说故事，就是具体的民间文学。

在"七夕"这一社会生活习俗的解释中，陈季同记述道：

---

①陈季同：《中国人的快乐》，韩一宇译，广西师范大学出版社2006年版，第13、14页。

②陈季同：《中国人的快乐》，韩一宇译，广西师范大学出版社2006年版，第16、17页。

这两个星星,叫做牛郎(牵牛星)和织女(织女星)。牛郎星位于银河(或天河,意思是天上的银河)的东岸,而另一个则是在西岸。根据古老的星相学,两颗星一年只有一次碰面,而这次相会一定是发生在七月第七天的夜晚。

根据传说,牛郎早已和织女结婚,但是,为了惩罚他们在下界犯下的过错——与亚当夏娃相似的过错——天庭的至高权威将她们永远地分开了。一年仅有一次,才允许他们越过河水短暂相聚,而一年里的其他时间,河水对他们的爱情则是无法逾越的阻隔。于是在这一天,众多喜鹊衔来麦秸搭起一座桥,跨越天河,以使两个失去自由的爱人能够顺利地通过。我还要补充说,就是从这天起,喜鹊开始脱毛。在这个传说的基础上,理所当然地又移花接木产生了许多其他的故事。因此人们说,七夕的前一天下雨是天使在清洗车子;如果节日当天下雨,那是两个有情人喜悦的眼泪,而要是在第二天下雨,那就是他们为第二次分别而倾洒的泪水。

与这个节日相关的习俗活动,随地域的不同而有一些变化。一些人在此时向织女祈求灵巧的手艺,另一些人则利用天上两颗星星团聚的温情时刻,祈求上天对自己的怜悯。

通常,在这个日子,人们在阳台里的一支高桌上,摆上水果、鲜花、酒、红烛和燃香。人们默默祈祷。祈求者一般是年轻的女子,她们的丈夫出门在外。至于那些想要乞巧的女孩子则会把一只蜘蛛关在一个盒子里,等到第二天,以观察蛛丝的规则程度,来了解织女神愿意允诺给祈求者技巧的多少。①

这样既有描述,又有论述的现象有很多。"灯节"中所记述的"走过剪纸的形象,有数不清的故事"②。"花朝"即"中和节"中所记述的"有一个传奇说,曾有一个皇帝的爱妃爱上了一位年轻的书生"③。"元旦"中所记述的"压岁钱"和"供奉财神和福神的日子",在"美丽的故事"中

---

①陈季同:《中国人的快乐》,韩一宇译,广西师范大学出版社2006年版,第22、23页。
②陈季同:《中国人的快乐》,韩一宇译,广西师范大学出版社2006年版,第19页。
③陈季同:《中国人的快乐》,韩一宇译,广西师范大学出版社2006年版,第26页。

"不乏各种迷信的因素"①,"很多人在自家大门上施展一点魔法:或者在那儿画一只公鸡,或是两个门神——人们相信它们能够生吞一切敢于显现的恶魔","汉朝的天象学著作说,在新年的清晨,风的走向可以向您预告新一年的气象形势和许多其他情况"②,"神话总是包含一些迷信的东西,但也很懂得在里面掺进一些智慧"③,"在每一个城市,都会组织一个真正的迎春盛典"④。"过年"中"给灶神的送别仪式"与"这差不多就像是我们的圣诞节"等习俗,称"所有这一切都在提供娱乐的机会"⑤。在"迎神"中,他举"有关泰山山神、城隍、瘟神和生育与儿童的女保护神的仪式"为例,以证明"在中国,只有道教信徒进行宗教性的影身队列意识"⑥。在"一个佛教的盛典"中,他以自己参加佛教文化活动仪式的亲身感受,述说"佛是一个快乐的神灵"⑦"耶稣基督是殉道者的形象,在他面前不容许纵情于快乐,而佛要求的只有一件事,这就是每个人应该有他自己的快乐"⑧。

在《中国人自画像》中,陈季同特别看重"习俗"一词。其"弁言"中特别强调风俗的"千变万化"与"谬误往往由成见引起",称"风俗乃是过去所有回忆共同作用之结果,它缓慢形成于你想留意的成千上万年时光中。假如你想了解它,就必须了解这一源远流长的传统,否则你就像管风琴师一样冒险,而你的讲述则不具任何权威性"⑨,其意在纠正西方人别有用心的论断。他说"一本书得以畅销"之"有赖于奇闻异事、凶杀丑闻,甚至最令人作呕的风俗习惯"⑩等,建议"举凡文明国家皆应设立一学院以专司检查游记之职,并负责检查一切与一国风俗、政府原则及法律相关的出版物","建立起一条抵制毁谤的封锁线"⑪。他特意声明"在本

---

①陈季同:《中国人的快乐》,韩一宇译,广西师范大学出版社2006年版,第29页。
②陈季同:《中国人的快乐》,韩一宇译,广西师范大学出版社2006年版,第29页。
③陈季同:《中国人的快乐》,韩一宇译,广西师范大学出版社2006年版,第30页。
④陈季同:《中国人的快乐》,韩一宇译,广西师范大学出版社2006年版,第32页。
⑤陈季同:《中国人的快乐》,韩一宇译,广西师范大学出版社2006年版,第36页。
⑥陈季同:《中国人的快乐》,韩一宇译,广西师范大学出版社2006年版,第36页。
⑦陈季同:《中国人的快乐》,韩一宇译,广西师范大学出版社2006年版,第44页。
⑧陈季同:《中国人的快乐》,韩一宇译,广西师范大学出版社2006年版,第45页。
⑨陈季同:《中国人自画像》,段映虹译,广西师范大学出版社2006年版,第2页。
⑩陈季同:《中国人自画像》,段映虹译,广西师范大学出版社2006年版,第3页。
⑪陈季同:《中国人自画像》,段映虹译,广西师范大学出版社2006年版,第4页。

书中,本人以如实地介绍中国和描述中国人的习俗为宗旨","依据的乃是本人的知识见闻,然而却是以欧洲人的趣味为出发点"①,"向他打开我们的书籍,教给他我们的语言,向他展示我们的习俗"②,包括他"对西方习俗的批评"③。

他热烈赞美自己的祖国,把各种各样的风俗习惯与民间文学当作魅力无穷的风景画展示给西方人。他在《家庭》一节中强调孝道与兄弟情义,称其"超越了金钱",而且,"忠于友情的例子不胜枚举",以此对比于"西方社会人心之冷漠",感慨"在基督教国家里,万众敬仰的那些风俗特点原本是极稀松平常的",其称颂朋友之间相互帮助"属于同一阶层的人之间的一种习俗","帮助落难的朋友是一种习俗,而非一种德性"④。进而,他在《宗教与哲学》一节中,感慨"这个世界已经变成种种信仰的大杂烩",称"在宗教信仰方面,尽管我们观点不同,西方并无令人羡艳之处",即"我们有文人的宗教,它体现了我国最明智的群体的文化状态:那就是孔子的宗教,或者不如说是他的哲学",而且"孔子坚持要遵循古老的传统,这些传统中显示出的自然神论毫无教条约束,极其朴素"⑤。他指出,"在中国不存在宗教的统一","除了孔子的宗教,还有老子的宗教,但只盛行于下层社会,它接受灵魂转世说。还有佛教,它属于玄学,其中也包含着一些令人赞叹的观点"⑥。在《婚姻》一节中,他介绍了中国种种婚俗,得意于其中的欢天喜地,"意识非常简朴","既无宗教色彩,也不具世俗意味",包括早婚在各地"风俗到处都一样",称"求爱闻所未闻,何况我们的风俗也不允许这样的事情发生"⑦。他以此批评欧洲"在上流社会见过的婚礼,却是世界上最不快乐的事情",他指出习俗的变化"并非意味着进步","所有的地方习俗都维护着对乡土的眷恋,而服饰则维持着秩序"⑧。同时,他在《离婚》一节中介绍了"离婚为习俗所不容,

---

① 陈季同:《中国人自画像》,段映虹译,广西师范大学出版社2006年版,第4页。
② 陈季同:《中国人自画像》,段映虹译,广西师范大学出版社2006年版,第4页。
③ 陈季同:《中国人自画像》,段映虹译,广西师范大学出版社2006年版,第5页。
④ 陈季同:《中国人自画像》,段映虹译,广西师范大学出版社2006年版,第13页。
⑤ 陈季同:《中国人自画像》,段映虹译,广西师范大学出版社2006年版,第18页。
⑥ 陈季同:《中国人自画像》,段映虹译,广西师范大学出版社2006年版,第20页。
⑦ 陈季同:《中国人自画像》,段映虹译,广西师范大学出版社2006年版,第23页。
⑧ 陈季同:《中国人自画像》,段映虹译,广西师范大学出版社2006年版,第27页。

尤其是在贵族阶层，离婚更令人轻蔑"①，包括中国人处置"通奸"等社会生活习俗。他非常重视社会生活习俗中的妇女问题，在《妇女》一节中，针对"在人们的想象中，中国女人往往是不起眼的"等西方人偏见，他说，"人们关于这些风俗所说的一切，就好比一部著名的词典为河虾所下的定义：一种倒着走的小红鱼。显然，要改变人们的成见殊非易事"，而"我们的传统令女人感到幸福，因为在中国太阳象征着男性，而月亮则象征着女性"，"在中国，这条规律具有自然法的力量，风俗和义务皆以此为基础"②。其他章节中，他还有关于文化与社会风俗联系等内容，尤其是关于祖先崇拜与民间节日的论说，声称"全体中国人皆为教化之民"，"我们有很多谚语谈到了教育的重要"③。他说，"中国人十分重视节日，而且兴高采烈地加以庆祝"，"我们也有重要的节日，比如普天同庆的新年。灯节、龙舟节、风筝节，与其说是消遣，不如说是民间节日，它们还是全家见面聚会的时机，热闹非凡"④，这些论述都不同程度涉及民间文学等问题。

最能体现陈季同民间文学思想理论的是其《中国人自画像》中《史前时代》与《谚语和格言》等章节。

在《史前时代》中，他首先述说"西方各民族无久远之历史"，并与中国古老的文明作对比，针对"眼下关于中国和中国人的偏见大行其道"，他提出种种问题，如"艺术和风俗是如何产生的""社会生活诸要素是如何形成的""社会是何时构成的"等，"都未能加以澄清"⑤。他具体论说"中国历史包括两个大的时期"，即历史以来的"正式纪年"和"史前时期"，尤其是"史前时期"，"盖此乃我国文明之发端时期，社会生活亦肇始于此"，"史书没有讲述人是如何来到世上的，但承认确曾有过第一人"，"在民间想象中，此第一人乃力大无穷，双手各执太阳和月亮"⑥。他说，"值得注意的是，民间传统将太阳和月亮分别置之于此人双手"，并以此与《圣经》中的神话相比较，称其"与苹果在人间天堂的遭遇也不无联

---

① 陈季同：《中国人自画像》，段映虹译，广西师范大学出版社2006年版，第33页。
② 陈季同：《中国人自画像》，段映虹译，广西师范大学出版社2006年版，第38页。
③ 陈季同：《中国人自画像》，段映虹译，广西师范大学出版社2006年版，第99页。
④ 陈季同：《中国人自画像》，段映虹译，广西师范大学出版社2006年版，第126页。
⑤ 陈季同：《中国人自画像》，段映虹译，广西师范大学出版社2006年版，第79页。
⑥ 陈季同：《中国人自画像》，段映虹译，广西师范大学出版社2006年版，第80页。

系"①。他分别介绍了"天皇"("规定时序,十天干和十二地支构成一个周期")、"地皇"("将一个月划分为三十天")和"人皇"("在其治下出现了社会生活最早的雏形"),其中天皇和地皇都"活了一万八千年",人皇"其统治持续了四万五千五百年","在此三位皇帝长达八万一千年的统治期间,人类既无住房,亦无衣着可言","既不惧怕动物,亦无羞耻之心"②。接着,他把"有巢氏"列为"第四位皇帝",称"为生活而进行的斗争真正开始了"③。他把"燧人氏"称为"第五位皇帝",描述为"他通过观察自然现象发现了火,并且指点人类取火的方法,他还教给人类家庭生活。人们认为是他发明了交易以及结绳记事,原始生活彻底消失了"④。

然后,他描述了一个又一个时代,即"伏羲教人类捕鱼、狩猎和饲养家畜","他发明了八卦,其中包含一切文明进程的基本原则,哲学也由此产生","在这位皇帝治下,私有财产出现了"⑤。对此,他非常详细地记述道:

> 我国史书认为,这位伟大的帝王是受天意的委派来为人类谋福利的,他所制定的大部分规章制度在我国一直沿用至今。他划分四季并制定了历法。在其体系中,每一年的第一天也是春季的第一天,这一天大致相当于西方通行的历法中冬季的中间。婚姻制度及其全部仪式也始于此时,那时,订婚的礼物就是兽皮。他通过方位基点教会人类识别方向。他还利用弦的震颤发明了音乐。
>
> 伏羲的继任者是炎帝,又称神农氏。他研究植物的特性,并传授治愈疾病的方法。他组织开挖渠道的大型工程;他让人凿深河道,阻挡大海的侵袭。龙的标志始于这一时期,时至今日,它还出现在中国皇帝的纹章上。史书上提到的龙的出现是一个神秘的事件,就像往往出现在大多数古代传说中的奇迹一样。
>
> 神农氏的继任者是黄帝,他继续诸位前任开拓的事业。他建立了天象台,发明了风车、服装、家具、弓箭、车辆、船舰和钱币;他还

---

① 陈季同:《中国人自画像》,段映虹译,广西师范大学出版社2006年版,第81页。
② 陈季同:《中国人自画像》,段映虹译,广西师范大学出版社2006年版,第81页。
③ 陈季同:《中国人自画像》,段映虹译,广西师范大学出版社2006年版,第82页。
④ 陈季同:《中国人自画像》,段映虹译,广西师范大学出版社2006年版,第82页。
⑤ 陈季同:《中国人自画像》,段映虹译,广西师范大学出版社2006年版,第82页。

写了一部医书，书上第一次出现了"号脉"的说法；他还调整了物品的价值，据说"珍珠比黄金更为贵重"；这位皇帝的妻子开始养蚕；这一时期还制定了帝国的行政区划……黄帝还发掘了最早的铜矿。①

之后的历史时期被描述为"有了确切的记载"，开始了"正式纪年"的阶段。他把大禹治水的神话传说故事描述为"最后一位被尊为圣人的皇帝"，并称之为"这是有可能与大洪水有关的唯一事件"②。这明明就是神话传说，而陈季同却只将其称之为"神秘历史"，并述说其"不如神话传说那般引人入胜"，他对史前时期做总结道："中国人非常重视古代的一切，在我们久经考验的民间传统中，传授文明史被当作一件符合天意的头等大事。我们喜欢将自己的习俗制度与一个高于人类的起源联系起来，正如摩西向他的百姓讲述的是他在上帝的口述下记录的戒律。基督教世界不会认为我们的唯灵论过于奇特，因为它是我们信仰的基础。"③

在中国近代民间文学史上，民间谚语的研究，尤其是中外民间谚语的比较研究，陈季同有重要的开拓。他的民间谚语研究标志着中国近代民间文学思想理论的水平。其中一些理论见解在今天仍然是非常有价值的。

在《谚语和格言》一节中，陈季同系统论述了民间谚语的内涵、特征及其价值意义，"谚语体现了各民族的智慧"，"谚语是不会改动的，永远不变，既古老又年轻：它们全都是不朽的。"④

他特意记述了自己所进行的民间谚语比较研究：

> 我曾满怀好奇了解西方谚语，还想看看其中是否有一些与我们的谚语相似。我知道，从这样的研究中会获益良多，因为谚语是用一种简洁而准确的语言写成的，而且我还可以用这一方法深入了解事物，认识当地习俗。经过多方观察，我欣喜地发现这些与我们相距遥远的国家，在描写人这个奇怪的生灵之种种奇怪的行状时，竟然如此一致。尽管人与人之间千差万别，但却表现出一些共同的弱点。
>
> 谚语的特点就是合乎常理。这种常理并非故意为之，而是事实原

---

① 陈季同：《中国人自画像》，段映虹译，广西师范大学出版社2006年版，第82—85页。
② 陈季同：《中国人自画像》，段映虹译，广西师范大学出版社2006年版，第85页。
③ 陈季同：《中国人自画像》，段映虹译，广西师范大学出版社2006年版，第87页。
④ 陈季同：《中国人自画像》，段映虹译，广西师范大学出版社2006年版，第88页。

本如此。据我看，法国谚语不像风雅之士，倒像胖乎乎的资产者。他们用词简练得体，不事修饰，往往语调敦厚和气，就像老祖母的想法。他们心情愉快，不多愁善感。

相反，在中国，我们往往给谚语穿上华丽的衣裳，它们更接近于令人不安的哲理，在这方面，我们确乎是东方人，我们喜欢运用比喻，并在大自然这本好书里寻找幸福。

欧洲人不甚在意大自然，从他们的谚语里就能得到证实。[1]

他还举例将西方谚语与中国谚语进行具体比较，包括那些"具有神秘色彩的谚语"。他在中国谚语与西方谚语的对比中，常常用不同的谚语做例证，具体论述"荣誉原则"与"口耳相传""没有作者""是记忆中最珍贵的内容""经常以自然现象作比喻"等特征性内容，用民间谚语的事实证明"中国人对于人性的洞察"[2]。这里，他所列举的大量"格言"，其实也是民间谚语。

陈季同对中国近代民间文学思想理论的重要贡献主要是比较研究的方法。他关于神话概念的运用，及其对中国神话时代的划分与描述，先于夏曾佑等人对中国古代历史"传疑时代"的理解；关于民间歌谣与民间谚语的研究，早于五四歌谣学运动刘半农与胡适等人的比较研究法，他运用社会生活习俗与民间文学等传统文化进行互证的研究，走进大西南少数民族地区对"跳月"习俗、"盘瓠"神话进行观察与记述，做田野作业意义的历史文化考察，这在事实上是社会人类学的研究方法。

总之，陈季同的民间文学研究是中国近代民间文学史上一座丰碑，而由于多种原因，他蒙受了过多的历史阴霾，很少有人关注其非凡的历史贡献。他对中国民间文学的宣传、辨诬和各种正名，不仅仅形成对民间文学的思想理论贡献，而且具有维护民族文化神圣尊严的特殊价值意义。

除了陈季同，还有单士厘等外交家身份的人，在出使外国时，记述了许多与民间文学相关的内容，从不同方面表现出他们的民间文学思想。

与陈季同等人同时代的汉学家关于中国民间文学的搜集整理、理论研究与翻译等，也是中国近代民间文学的一部分。格奥尔吉耶夫斯基

---

[1]陈季同《中国人自画像》，段映虹译，广西师范大学出版社2006年版，第88—89页。

[2]陈季同：《中国人自画像》，段映虹译，广西师范大学出版社2006年版，第92页。

(1851—1893)是俄国圣彼得堡大学教授,他的《中国人的神话观与神话》通常被认为是第一部研究中国神话的著作。20世纪初,一批西方汉学家曾经来到中国的西北地区、西南地区、中原地区和东南地区,他们对敦煌的发现以及他们对敦煌文献中民间文学内容的研究,日本与俄罗斯学者对河南开封朱仙镇木板年画的搜集整理与研究,也涉及中国民间文学的内容。甘肃敦煌是中国古代丝绸之路的重要驿站,在此有唐《李克让重修莫高窟佛龛碑》等文献记述及前秦建元二年(366)僧人乐僔开始在此修建佛教洞窟的历史。1907年,英国考古学家马尔克·奥莱尔·斯坦因来到这里,从一个道士那里获取许多珍贵的敦煌文献与文物。1908年,法国考古学家伯希和得知莫高窟发现古代写本,也来到敦煌,获取了一万多件敦煌文献,自此拉开敦煌研究的帷幕。有学者记述敦煌道士王圆箓藏匿起来的写本,除了卖给斯坦因一部分,在1911年和1912年曾卖给了日本人吉川小一郎和橘瑞超等人。1914年,俄罗斯佛学家奥尔登堡在藏经洞又获得了一万多件文物碎片。敦煌文物遭到巨大的洗劫。当时的中国政府对敦煌的发现表现出十分尴尬的态度,1900年发现的五万多件藏经洞文献,最终只剩下了8757件。中国学者罗振玉、王国维、刘半农等人曾经进行了相关的研究,涉及其中的民间文学。1907年开始,德国学者阿尔伯特·格伦威德尔考察"中国突厥斯坦的古代佛教遗迹"①,他们的探险队大肆盗取中国文物,其著述中同样涉及民间文学的研究。俄罗斯学者李福清曾详细介绍俄罗斯人搜集整理与研究中国木板年画的活动,如1823年《西伯利亚通讯》关于《圣彼得堡中国画简介》的报道;1830年列昂季耶夫斯基对中国社会风俗生活的考察;1883年波塔宁对北京、天津和西藏、甘肃、四川等地的考察,特别是阿里克(即著名的阿列克谢耶夫)、沙畹等汉学家对杨柳青、朱仙镇等木板年画产地的考察以及他们对木板年画中民间传说故事的"解释"②。这也应该视作中国近代民间文学思想理论的一部分。19世纪的意大利,出版了汉学家晁德莅编辑的《中国文学选集》,英国汉学家理雅各出版七卷本的《中国经典》,法国汉学代表人物儒莲曾经介绍中国民间文学,并提出自己的理论见解说:"若要彻底了解我们今后将与之共同生活

---

① 〔德〕格伦威德尔:赵崇民、巫新华译,《新疆古佛寺——1905—1907年考察成果》,中国人民大学出版社2007年版。

② 〔俄〕李福清:阎国栋译,《中国木板年画在俄罗斯》,见冯骥才主编《中国木版年画集成·俄罗斯藏品》,中华书局2009年版。

和互相往来的民族风俗习惯和性格特征,研究这些作品是十分有益的。"①这种论点深刻影响到整个欧洲的汉学对中国民间文学的关注。其他如日本学者白河次郎等人所著《支那文明史》②与高山林次郎的《世界文明史》③,北京汇文书院的美国学者何德兰《中国的儿歌》等著述,也都涉及中国古代神话传说等民间文学的内容。

中国近代民间文学处在历史转折时期,随着时代风云变化,其文化精神与思想品格都发生重要变化。当然,民间文学从来不会孤立存在,也不会仅仅停留在自娱自乐的文化层面上。它作为传统文化生活,从来都与社会时局变化保持密切联系,成为社会现实的晴雨表。近代中国社会是中国传统社会的延续,保持着中国传统文化的重要内容,传统的民间文学形式依然存在,而另一方面,帝国主义列强侵略中国,瓜分中国,使中国人民蒙受巨大的屈辱,一切都在发生变化。中国知识阶层的文化主体是忧国忧民、担当天下的读书人,他们是中华民族精神和意志的代表,面对民族危亡,奋起呐喊,用民间文学鼓舞民众,唤醒民众,使中国近代民间文学具有强烈的抗争精神和批判精神,民族主义显示出空前的高涨。中国社会在风雨交加中前行,孕育着新的文化思想。1840年的炮声,使中华民族越来越清醒。因此,中国民间文学不仅仅属于中国个体。总之,民间文学用口头形式及时记述这些变化,思想家们形成各种见解与主张,作为中国近代民间文学思想理论的一部分,成为中国民间文学史上极其独特的一页。

---

① 〔法〕斯坦尼思拉斯·儒莲:《平山冷燕》"序",巴黎,迪迪埃出版社1860年版。
② 〔日〕白河次郎、国府种德:《支那文明史》,竞化书局光绪二十九年(1903)版。
③ 〔日〕高山林次郎:《世界文明史》,作新社光绪二十九年(1903)版。

# 第十五章　中国现代民间文学的历史发展与民间文学思想理论体系建立

在中国民间文学史上，中国现代民间文学具有非常重要的价值。现代的标志是新思想、新文化和新的民族精神。中国现代民间文学成为以"科学"和"民主"为核心的新文化事业的一部分；尤其是在反抗外敌入侵的民族危亡时刻，中国民间文学成为唤醒民众民族意识、鼓舞民族斗志的文化利器，成为中华民族追求独立、自由与解放事业的非常重要的思想文化资源。

这是由中国的社会现实所决定的，也是中国现代知识分子所表现的文化自觉，是对中国优秀传统文化的继承与发扬，更是对社会发展中人民大众思想文化诉求的应答。

## 第一节　中国现代民间文学的历史发展

中国现代民间文学是中国现代社会文化发展的重要体现。

中国现代民间文学的历史包括三个重要组成部分：第一个是民间文学自身的发展，既有对传统民间文学类型的接着讲与照着讲，又有对社会现实生活的及时表现，这是其主体；第二个是民间文学的搜集整理与翻译，包括各种形式的介绍、改编；第三个是民间文学思想文化的繁荣，及其理论体系的建立与发展，见仁见智，各抒己见，百家争鸣，在中国现代学术史上出现"新诸子"现象。三者相互影响，相互作用，前两个部分常常形成共处于一个民间文化生活整体之中互为补充的现象，搜集整理的民间文

## 第十五章　中国现代民间文学的历史发展与民间文学思想理论体系建立

学内容中，有许多就是对当世社会生活习俗的直接体现。

"现代"是一个历史学的时间概念，意在表明距离我们现实最近的一个特殊时间阶段，或者说就是当前社会形态的一个重要开端，以区别于社会形态的以往历史阶段。按照传统的划分方式，对于中国社会历史分期，我们常常把五四新文化运动时期至中华人民共和国成立这一阶段称为"现代"；1949 年之后的历史被称为"当代"，即当下发生的社会历史。其实，民间文学是一条波涛汹涌的大河，在不同的阶段，溅起不同的浪花。

对于今天流传和被记录的现代民间文学，我们看到其历史记忆的内容在许多时候被概括为中国共产党领导全国人民建立新中国这一文化主体。我们从现代历史文献中可以深切感受到新的民族与国家政权的建立过程的极其不寻常；这是近代历史以来，中国人民浴血奋战，争得民族自由、独立与解放，第一次取得完全而伟大的胜利。中国人民从此站起来了！所以，千百万人民衷心感谢中国共产党的领导。但是，历史的过程是极其曲折和复杂的，这种艰难曲折才更显示出共产党与各种正义力量的坚强不屈。中国共产党建立于 20 世纪 20 年代初期，当时还十分弱小，只有人数不多的党员，中国社会并没有在一开始就完全接受中国共产党的政治主张。中国共产党的宗旨是全心全意为人民服务，这就决定了共产党与人民大众血肉相连。共产党领导中国人民建立了新中国，获得了最广大人民群众的支持。民间文学代表了历史的良心，接受了这种历史事实，及时表现了这些内容。所以，我们可以看到从土地革命、上海工人武装起义、广州起义、秋收起义、南昌起义、井冈山革命根据地、中国工农红军长征、八路军和新四军、延安革命根据地，一直到解放战争时期的辽沈、平津、淮海三大战役，人民解放军跨过长江，彻底打败国民党及其率领的百万大军。这些内容无一遗漏被民间文学所讲述，与历史上流传的政权建立传说故事一样，民间文学并不是像教科书那样照本宣科，逐条解说，而是常常选取其中的具有传奇色彩的"英雄"，将其"神话化""箭垛化"。与此类似的是时政歌谣，如对秋收起义毛泽东的歌颂，表现穷苦人翻身求解放，打土豪分田地，充满喜悦。人们未必明白多少高深的道理，而是感激他们熟悉的"毛委员"。中央苏区流行《八月桂花遍地开》等红色歌谣，人们未必懂得什么叫"左"倾右倾，他们面对的是"鲜红的旗帜飘起来"，是"红军干部好作风"，表现出对红军的热爱和对革命的无限热情。抗日战争时期流行的歌谣更是这样，人们痛心东北各省被日本侵略者占领，痛恨东北军的不抵抗，到处传唱着不当亡国奴的歌谣，传唱着救国家、救民族的抗日歌谣，歌唱抗日英雄，在中国每一片土地上掀起反抗日本侵略者的民族革命浪潮。与此相反的是在"知书达礼"的一群人中间流行着他们无耻的"汉奸文学"，他们极力散布不抵抗主义。这更显示出"不识字"的民间文学主体所具有的良心与使命。历史的记忆与认同是一个文化选择与建构的过程，其实就是不断忘却淡化或强化那些事件，以此在重复中形成民间文学世界自己的秩序与情感。多少年之后，人们仍然在讲述这些传说故事和歌谣，甚至不同程度忘记或淡化了某种重大社会政治事件。这是民间文学历史发展的重要规律。

中国现代民间文学史不可回避的一个重要内容是中国社会现实生活中的党派之争，主要是共产党与国民党两大阵营之间的较量。许多文学史回避这个问题。应该看到，世界上从来没有无缘无故的爱与恨，爱和恨是可以转化的，民间文学的不确定性也正体现在这里。如当年军阀混战时期，北伐代表着时代的意志，有许多北伐英雄如叶挺被神话化；抗日战争初期，全社会仍然把蒋介石视作全民抗战的领袖，在民间歌谣、民间歌曲中不乏对他的颂扬。但是，社会风云变幻无常，历史发展充满许多复杂的因素，蒋介石和他领导的军队，虽然在抗日战争的正面战场上有台儿庄战役、忻口战役、南京保卫战、武汉会战和长沙保卫战等被全民族热烈歌颂的壮举，但是，他们最终走向人民大众的对立面，完全失去社会公信力，最终失去人民大众的信任。民间文学以民间歌谣的形式歌唱"想中央（军），盼中央，中央来了更遭殃"，把蒋介石骂作"蒋该死"，这与当年张宗昌祸害山东时，人们歌唱"也有葱，也有蒜，锅里煮着张督办（张宗昌）；也有葱，也有姜，锅里煮着张宗昌"的歌谣，是一样的道理。凡是独裁专制、祸国殃民之徒，无论其如何权势熏天，耀武扬威，都逃脱不了人民的痛骂和历史的唾弃。民国时期的土匪，有许多人也曾经是受到饥寒压迫的穷苦人，也曾经劫富济贫，甚至在民族危亡关头，不怕牺牲，敢于抗日。但是，在人生遇到艰难险阻时，又经受不住物质与精神的诱惑，最后反过来欺压民众，丧尽天良。一个人未必生下来就恶贯满盈，所有的罪恶都会付出代价。民间文学以种种形式鞭挞这些残害人民、危害社会的行为，以时政歌谣、政治笑话等形式讽刺、诅咒他们，这是民众思想情感最真实而热烈的表达和倾诉。同样，民间文学更多表现出对正义力量的颂扬。民间文学体现民心所向，在中国古代历史上有"振木铎以求歌谣"，观政治得失，形成问政于民的文化传统，现代社会同样如此。以毛泽东为代表的共产党人在解放区文艺运动中，提倡搜集整理民间歌谣，出现陕北民歌的大流行。陕北民间歌曲《东方红》歌唱"中国出了个毛泽东"，与痛骂蒋介石的《五大天地》等歌谣形成天壤之别。中国现代民间文学的历史具有特殊的社会政治价值，它用最直接最简朴的语言给世人重复讲述着得民心者得天下的道理与事实，也用同样的语言告诫世人要尊重民众，以历史上那些民贼为戒，以那些臭名昭著的失政者、亡国者为鉴。重说历史，体现民情，这就是民间文学最重要的历史价值。

## 第二节　中国现代民间文学思想理论体系的建立

　　中国现代民间文学史虽然在时间上只有数十年，但它处于现代社会的重要开端，是中国古代社会政治彻底结束之后，以科学和民主为主要内容的新文化发展的特殊时期。这一时期，西学自近代社会融入中国文化，为中国文化的发展充注思想生机，涌现出一大批杰出的民间文学思想家、理论家、翻译家，形成搜集整理民间文学的热潮，出现以民间文学为主要内容的文化运动。但是，这并不是中国现代民间文学历史的全部内容。民间文学具有历史传承性，虽然它会因为新的社会历史阶段而体现出社会现实性内容，而在总体上仍然具有传统的内容与特征。

　　中国现代民间文学理论体系的建立有三个十分重要的学术背景。其一是最直接的背景，即域外文化的影响，主要是西方现代文明的冲击，迫使传统文化格局发生变化；其二是近代文化思潮，即明代中后期就已经形成的求新求变、具有启蒙意义的思想潮流，特别是以洋务运动为代表的西学东渐，有力促进了学术发展中的现代意识；其三是中国文化自身的自觉寻求，即"礼失求诸野"的文化规律的作用。这三方面的基本内容相融合，形成中国现代民间文学理论体系的学术思想与学术方式的基础。

　　在这三个背景中，域外文化的影响是最为直接的因素。没有世界各民族间的文化交流，人类文明的进程就会停滞，甚至会发生倒退。我们中华民族壮大和发展的历史就是最好的证明。司马迁曾说过，三代之居皆在河洛之间。三代，指传说中的帝王时代，尧、舜、禹其实也都是不同时代或民族的首领，通过文化较量，当然也有各种斗争，分别在河洛地望取得统治权力。所以古人也就有"得中原者得天下"之说。我们从中华民族的始祖神黄帝的图腾构成上也可看到，正是民族或部落间的融合，形成民族或部落的迅速发展，其中发展的重要因素便是文化交融所形成的向心力、凝聚力。世界各民族的标志，其主要内容便是文化。自然，文化间的交流，在世界各民族的历史发展中，从来都是具体到不同民族的各种利益追求与选择的内容，不平等的因素常常占据大多数。中国近代化的构成，包括近代文化思潮的发展，就是鸦片战争的结果。民族内部极其严重的政治腐败，无官不贪，个个色厉内荏、懦弱无能而又鲜廉寡耻，形成社会文化良心普遍极度缺失，社会正义荡然无存，人们对统治阶层完全失去信心，才转而向异域文化求取生存和发展的经验与道理。在某种意义上讲，中国近代文化就是罂粟之花，充满悲壮的美丽。我们检索历史，可以深切感受到林则徐、龚自珍的愤恨中包含着深广的民族精神，也包含着非常突出的对异域文明的强烈排斥，因为异域文明固然有现代成分，而更多的是罪恶。但是，不管怎么样，我们还是选择了接受异域的文明和文化，虽然这和历史上对西域的寻求在感情上有着巨大差别。中国现代民间文学理论体系的重要精神，如面向民间的启蒙、融入民众的文化追寻以及对民主、科学的宣传与实践，都离不开对西方文明的接受。中国社会政治文化和经济的格局，充满了不情愿的因素，正如孙中山所言，"世界潮流，浩浩荡荡，顺之者昌，逆之者亡"，我们更多的是无可奈何。回首中国现代民间文学理论体系的建立过程，如果没有蒋观云、周作人等人对西方民间文学理论概念的译入，我们的这个体系很可能没有那些丰富多彩的思想文化理论，不能迅速融入现代思想文化之中。当然，过分夸大域外文明的主导作用，也是不符合实际的，食洋不化与食古不化都属于机械主义。

在中国现代民间文学理论体系的建立过程之中，我们可以看到，西方民间文学理论的传入，基本上分为三个阶段。第一个阶段是梁启超时代，主要从日本移入新思想、新文化。以梁启超为代表的一代人，从日本明治维新的历史中得到深刻启发，他们强调"新民"，鲁迅等人寻求与传统不合拍的"恶声"，是不自觉的文化选择。第二个阶段便是胡愈之时代，还有江绍原和郑振铎等人有了较为自觉的意识，认识到西方民间文学理论包括相关的民俗学、文化人类学理论对研究中国社会具有重要意义。这个时期的成就尤为突出，如黄石、谢六逸等人，对于西方神话学的译介，使得中国现代民间文学理论体系获得成熟的内容。第三个阶段是抗日战争前后，更年轻的一批学者，如岑家梧、芮逸夫、凌纯声和闻一多等人，译入了与民间文学理论相关的图腾理论、民族学和语言学理论，使现代民间文学理论有了更充分的发展。在这三个阶段中，第二个阶段即20世纪的二三十年代，在中国现代民间文学史上至关重要。正是集中在这一阶段的理论翻译，构成中国现代民间文学理论研究的基本方式，形成基本框架。这三个阶段的翻译对象也各有侧重，第一个阶段重在从日本译入，第二个阶段重在从法国、英国即欧洲译入，第三个阶段则重在从美国译入。这三个阶段的三个地区，在文化构成与发展上有着明显的不同。按一般的道理讲，日本文化更多的是作为中西文化的驿站；而欧洲学者更多的是理性批判，是历史研究，诸如爱德尔·泰勒的"遗留物说"、马克斯·缪勒的"比较神话学"、安德鲁·朗的"人类学派神话学"和杰·弗雷泽的"巫术理论"等，关注较多的是历史与现实之间的文化传承与变异；美国文化更多的是经验主义，更多追求所谓的实证。

总之，不同的文化风格直接影响到各国的学术方式和学术风度，从而也影响到译入区域的学术发展。

第二个背景即近代文化思潮，若追溯其源头，应该是明代中后期就蕴含或孕育着这种具有批判和启蒙意义的文化思想了。这就是从冯梦龙到戴东原，再到龚自珍、黄遵宪、梁启超，构成一条思想文化的大河。他们的学术思想最突出的品格就是对传统的批判与叛逆，敢于冲破已经腐朽到极点却越来越顽固的文化传统和思想传统。中国近代社会，到处洋溢着民族主义的思想文化，民族独立自由和解放事业渐渐深入人心。

中国现代民间文学与近代中国的文化选择有着非常密切的联系。许多人只看到白话文运动与搜集整理民间文学的联系，却忽视了中华民国建立时期以国家名义兴起的通俗教育研究会，正是一批接受了新文化、新思想的留学归来者所倡导的国语建设，才引发了对民间歌谣、民间谚语等民间文学语言的重视。

建设新的国家，成为中国近代社会的向往。鲁迅等人早期对尼采的推崇，章太炎的《訄书》等文献，尤其是小说、诗歌、戏剧的改良，和教科书重制等文化现象，都体现出浓郁的民族主义。中国神话学在中国近代社会建立，对民族历史文化的思索所表现的面向世界的胸襟与目光，特别是近代社会哲学思潮的兴起，直接影响到中国现代民间文学思想文化理论的格局。

第三个背景其实就是古典文化的优秀传统被选择与认同。中国文化发展存在着自觉的民本意识、自新意识。"礼失求诸野"，是中国传统文化的一条重要规律。所谓"礼"，其实就是主流文化；所谓"野"，其实就是民间文化，自然包含民间文学。我们常常把儒家文化作为文化主体，讲究修身齐家治国平天下，讲究个人责任和使命。但仅仅是这样还远远不够。郑振铎说民间文学就是大众文学，是中国文学史的中心。① 这固然有他的偏颇，但无视民间文学为全民所拥有的历史存在事实，这是更大的偏颇。应该看到，民间文学作为民间文化的重要组成部分，它不仅是语言的艺术形式，而且是一个民族相当重要的精神生活和文化生活。离开了生活的实质意义，就难以看到中国文化的真正面目。正因如此，作为主流文化的"礼"就能从作为民间文化的"野"中汲取到源源不断的汁液。如孟子所强调的"君为轻，社稷次之，民为贵"，在事实上构成了整个中国文化的重要理念。加上更为古老的"天行健，君子以自强不息"等文化精神，中国文化的自觉性就有了更特殊的价值和意义。综观中国文化发展的历史，文学的每一次革新几乎都与民间这个特殊的群体有着极其密切的联系。现代民间文学理论的体系构成中，传统的文化精神得到充分的张扬，这就是文化规律的体现。若没有这种思想内容及文化精神的贯彻，中国现代民间文学理论体系将是空中楼阁，或沦为一种殖民话语。也正因为有了数千年的中国传统文化及文化精神的巨大支持，这个体系才能扎根于中国社会，并在现代历史发展中成为民族精神的火花，照亮中国社会前进和发展的前程。中国现代民间文学理论体系的建立与古典文化的优秀传统有着割不断的联系，这对于今天民间文学的发展仍然具有启发意义。

"民间"概念和"文学"概念，在我国古代文献中都早已存在。但是，"民间文学"这个概念的出现其实并不是很早，20世纪20年代之前，似乎没有出现于报端。胡适回忆与朋友的来往经历时说："1916年3月间，我曾写信给梅觐庄，略说我的新见解，指出宋元白话文学的重要价值。觐庄究竟是研究过西洋文学的人，他回信居然很赞成我的意见。他说：来书论宋元文学，甚启聋聩。文学革命自当从'民间文学'入手，此无待言。惟非经一番大战争不可。骤言俚俗文学，必为旧派文家所讪笑攻击。但我辈

---

① 郑振铎：《中国俗文学史》第一章《何谓"俗文学"》，长沙商务印书馆1938年版。

## 第十五章　中国现代民间文学的历史发展与民间文学思想理论体系建立

正欢迎其讪笑攻击耳。这封信真叫我高兴，梅觐庄也成了'我辈'了!"①这就是后人所说的梅光迪第一个使用"民间文学"这个概念的根据。但是，这里胡适以信件述说并证明"民间文学"的概念，到底不是直接的证据。如果考察民间文学作为学科的概念出现，则应该始自胡愈之的著述中。

胡愈之是曾经被我们忽视过其重要贡献的文化巨人。

胡愈之是著名的出版家、编辑家，也是一个作家（其长篇小说《少年航空兵》可谓最早的科学幻想小说），且是杰出的文化战士。他早年受过扎实的古文训练，并有在杭州英语专科学校学习的经历。他1914年考入上海商务印书馆做练习生，自学英语、日语、世界语，开始发表著译。1915年起，他做《东方杂志》编辑，阅读到许多西方图书报纸。他积极投身于新文化建设，与茅盾、郑振铎等人一起组织成立文学研究会。其视野非常开阔，所以能够迅速感受到新文化与民间大众的特殊联系，而及时提出"民间文学"这个重要的学科概念。

《妇女杂志》创刊于1915年，具有思想解放的色彩，1931年12月停刊。办刊思路为"以提倡女学，辅助家政为宗旨，而教养儿童之法尤为注意，既足为一般贤母良妻之模范童蒙养正，又为研究教育者所必当参考之书"，提出"改良家庭即整顿社会"等主张。《妇女杂志》由上海商务印书馆出版，开始由王莼农主编，自第7卷第1期到第11卷由章锡琛主编；此后还有杜就田、叶圣陶、杨润馀等人做主编。胡愈之是这份杂志的重要撰稿人，他的《论民间文学》发表于《妇女杂志》1921年1月，即第7卷第1期。胡愈之谈论民间文学并不是心血来潮，而是有着扎实而深刻的思想、思索，而且是持之以恒的。20世纪30年代，他发表《关于大众语文》，提出"'大众语'应解释作'代表大众意识的语言'"，"大众语文一定是接近口语的"②。

胡愈之在《论民间文学》中系统论述了民间文学的各个方面内容与特征，以及价值意义。他开篇即说"民间文学的意义，与英文的'Folklore'，德文的'Volkskunde'大略相同"，"是指流行于民族中间的文学"，

---

①胡适：《逼上梁山——文学革命的开始》，《东方杂志》第31卷第1期，1934年1月1日。

②胡愈之：《关于大众语文》，《独立评论》1934年第109期。

"像那些神话、故事、传说、山歌、船歌、儿歌等等"①,都是民间文学。

在与作家文学的比较中,他强调"民间文学"所具有的"两个特质":

> 第一,创作的人乃是民族全体,不是个人。普通的文学著作,都是从个人创作出来的,每一种著作,都有一个作家。民间文学可是不然,创作的决不是甲,也不是乙,乃是民族的全体。老农所讲的故事,婴儿所唱的乳歌,真实的创作家是谁,恐怕谁也说不出的。有许多故事歌谣,最初发生的时候,也许是先有一个创意的人,但形式和字句却必经过许多的自然修正,才能流行民间;因为任凭你是个了不得的天才,个人的作品,断不能使无智识的社会永久传诵的。个人的作品,传到妇女儿童的口里,不免逐渐蜕变,到了最后,便会把作品中的作者个性完全消失,所表现的只是民族共通的思想和情感了。所以个人创意的作品,待变成了民间文学,中间必经过无数人的修改;换句话,仍旧是全民族的作品,不是个人的作品了。
>
> 第二,民间文学是口述的文学(Oral Literature),不是书本的文学(Book Literature),书本的文学是固定的,作品完成之后,便难变易。民间文学可是不然:因为故事歌谣的流行,全仗口头的传述,所以是流动的,不是固定的。经过几度的传述,往往跟着时代地点而生变易;所以同是一段故事,或一首歌谣,甲地所讲的和乙地不同,几十年前所讲的又和几十年后不同。这也是民间文学的一个特征。
>
> 所以民间文学和普通文学的不同:一个是个人创作出来的,一个却是民族全体创作出来的;一个是成文的,一个却是口述的不成文的。②

这是最早系统论述民间文学特征的文献。从其理论来源看,确实是与西方学者的民间文学论述有关,但他没有任何摘抄搬用的痕迹。应该说,胡愈之完成了关于中国民间文学概念和特征阐释这一最基本最重要的工作。

胡愈之的学术视野尤其宽广,其所论述的民间文学的艺术发生及其教育功能,注意到了民间文学中"研究民族生活、民族心理的,研究人类

---

① 胡愈之:《论民间文学》,《妇女杂志》第7卷第1号,上海商务印书馆1921年1月。
② 胡愈之:《论民间文学》,《妇女杂志》第7卷第1号,上海商务印书馆1921年1月。

## 第十五章　中国现代民间文学的历史发展与民间文学思想理论体系建立

学、社会学或比较宗教学的都不可不拿民间文学做研究的资料"。他说：

> 从艺术的本质来看，文学的发生，是由于原始人类的艺术冲动（Art-impulse）。表现这一种艺术冲动的，在野蛮人类是跳舞、神话、歌谣等等。这种故事、歌曲，虽然形式是很简陋的，思想是很单纯的，但也一样能够表现自然，抒写感情。而且民间文学更具极大的普遍性。又因为民间文学是口述的文学，是耳的文学，不是目的文学，所以在有韵的民间歌谣中，往往具有很自然的谐律（rhythm）。有许多歌谣当中的音律，决不是文学作家所能推敲出来的。再从心理上看来，民间文学是表现民族思想感情的东西，而且又是表现"人的"思想，"人的"情感的最好的东西。因为个人的文学作品，往往加入技巧的制作，和文字形式的拘束，所以不能把人的思想感情很确切很真率的表现出来。只有民间文学乃是人们思想感情的自然流露。而且流露出来的是民族共通的思想感情，不是个人的思想感情。所以研究民族生活、民族心理的，研究人类学、社会学或比较宗教学的都不可不拿民间文学做研究的资料。再从教育上看来，民间文学是原始人类的本能的产物，和儿童性情最合，所以又是最好的儿童文学。①

胡愈之更看重"中国民族在世界上占有特殊的位置"的命题，并以此论述"中国的民间风俗"与"民间文艺"，"当然是极有研究的价值"。他进而论述道："可是中国的故事歌谣，却从来没有人采集过；虽有几个外国人的著作，但是其中所收的，也不过是断片的材料罢了。"所以，他提出"现在要建立我国国民文学"。他所说的"国民文学"，应该是指现在所说的"民族文学"。"研究我国国民性，自然应该把各地的民间文学，大规模地采集下来，用科学方法，整理一番。"也正如他所担忧的"我国地大人多，交通又不便，各省的民风，各各不同，所以要下手研究，恐怕没有像别国的容易"。至此，他提出学术合作，即"我国也设起许多民情学会，民间文学研究会"，"许多人合力去做才好啊"！② 胡愈之是中国现代民间文学史上第一个倡议成立"民间文学研究会"的学者。

关于"研究民间文学应该分两个阶段"，其实是民间文学研究的理论

---

① 胡愈之：《论民间文学》，《妇女杂志》第 7 卷第 1 号，上海商务印书馆 1921 年 1 月。
② 胡愈之：《论民间文学》，《妇女杂志》第 7 卷第 1 号，上海商务印书馆 1921 年 1 月。

方法。他提出"最先把各地的民间故事、民间传说、民间歌谣采集下来，编成民间故事集、歌谣集等"，然后是"把这种资料，用归纳的分类的方法，编成总合的著作"。所谓"总合的著作"，他举例介绍，称"要算佛赖瑞博士（Dr. J. G. Frazer）的《金枝集》（Golden Bough），哈德兰（E. S. Hartland）的 Legend of Perseus 最为著名"，同时，他又指出"但现在研究我国民间文学，还没有现成的研究资料，所以应该从采集入手"。他的许多论点与歌谣研究会的学者思想理论是相同的。如他指出"采集民间文学有几桩事情应该注意"，即"下手时候应该先研究语言学（Philology）和各地的方言"，"因为不懂得语言学和方言，对于民间文学的真趣，往往不容易领会"。这与歌谣学运动中的方言调查颇为相似。他指出"用文字表现民间的作品，很不容易，因为文字是固定的、板滞的，语言却是流动的；最好是用简单的辞句，把作品老老实实地表现出来，切不可加入主观的辞句和艺术的制作"，"像丹麦安徒生（Christian Andersen）那种文体最为合适"，与歌谣学运动所提注音注释等主张相似。他指出"采集的时候，应该留心辨别，到底所采集的故事或歌谣，是不是真正的民间作品"，"因为有许多故事或民歌，也许是好事的文人造作出来的，而且造作得未久，还没有变成民族的文学，所以不应该采集进去"，他强调民间文学的选择与认同，与歌谣学运动中研究"猥亵的歌谣"在思想理论上有异曲同工之妙。他最后指出"民间作品的价值，在于永久和普遍"，"流行的年代最久而且流行的地方最广的，才是纯粹的民间文学"，所以"采集的时候最应该注意"[1]。无论是搜集整理与理论研究的方法还是境界，胡愈之远远超越了同时代的学者。

同时，胡愈之在《文学旬刊》上相继发表了《研究民间传说歌谣的必要》[2] 和《童话与神异的故事》[3] 等民间文学理论研究文章，从不同方面论述了民间歌谣与民间故事研究的意义与方法等问题。此后，他发表《关于大众语文》等文章；在法国时，他又翻译了法国人类学家倍松的重要著作《图腾主义》[4]。《图腾主义》是对中国民间文学有重要思想理论价值的著作，影响到中国民族学与人类学的发展。

---

[1] 胡愈之：《论民间文学》，《妇女杂志》第7卷第1号，上海商务印书馆1921年1月。
[2] 胡愈之：《研究民间传说歌谣的必要》，《文学旬刊》1921年6月20日。
[3] 胡愈之：《童话与神异的故事》，《文学旬刊》1921年6月30日。
[4]（法）倍松（M. Besson）：《图腾主义》，胡愈之译，上海开明书店1932年版。

## 第十五章　中国现代民间文学的历史发展与民间文学思想理论体系建立

胡怀琛的《中国民歌研究》①和《中国寓言研究》②与胡愈之的著述一样，是中国现代民间文学理论的开山之作。胡怀琛的著述曾经在1923年至1929年之间的《小说世界》上连续发表，如《中国民间文学之一斑》《民间诗人》《〈国风〉不能确切代表各个风俗辨》《〈诗经〉国风中所表现的民族精神》《辨〈国风〉中之巫诗》《民间文艺书籍的调查》等文章，这些文章从不同方面丰富和完善了关于中国现代民间文学概念的阐释。

之后，许多学者沿着他们的道路述说"民间文学"的概念，如徐蔚南著《民间文学》解释道："民间文学是民族全体所合作的，属于无产阶级的、从民间来的、口述的、经万人修正而为最大多数人民所传诵爱护的文学。"③其他还有杨荫深的《中国民间文学概说》（上海华通书局1930年版）、王显恩的《中国民间文学》（上海广益书局1932年版）、老赵的《民众文学新论》（中国出版社1933年版）等著作，与胡愈之的《论民间文学》所论大同小异。

在中国现代民间文学理论体系的建立中，表现出这样几个方面的重要特点：（1）神话学的多元并立。既有中国传统文化的考据辨析，又有西方人类学、民族学、社会学等学科知识的融入。（2）古典文学研究的重要融入。民间文学的实质其实仍然是文学，没有文学性存在，就会失去传播魅力。民间文学作为古典文学的一部分被历代学者所关注，他们的看法在事实上已经形成中国古代民间文学思想理论的重要内容，这是现代民间文学思想理论形成与发展的重要基础。（3）域外民间文学理论的运用。"别求新声于异邦"的翻译与介绍，是中国民间文学的历史传统，在现代民间文学发展及其思想理论的建构中，其意义更为特殊。（4）时代精神的高扬。这是中国现代民间文学的思想文化主体，它包含着各种形式的民间文学被搜集整理、发掘和利用的事实，也包含着不同人群以不同方式研究和述说民间文学所表现出的民间文学思想理论的"时代特色"。

这四个方面的特点使现代民间文学理论获得了可喜的生机，是我们准确把握中国现代民间文学史的重要渠道。

神话学的多元并立，是指以鲁迅为代表的强调神话与民族精神相联系的文化研究一维，以茅盾为代表的强调文化人类学研究方法的一维，以顾

---

①胡怀琛：《中国民歌研究》，上海商务印书馆1925年9月版。
②胡怀琛：《中国寓言研究》，上海商务印书馆1930年11月版。
③徐蔚南：《民间文学》，（上海）世界书局1927年版，第6页。

颉刚为代表的"《古史辨》学派"的一维。

鲁迅的神话研究,强调对神话中所蕴含的民族精神的张扬。他在早年的《破恶声论》等著述中,异常重视"破除迷信"的意义,这在事实上涉及如何理解中国传统文化与民间信仰的合理性等问题。有人对龙图腾在神话中的表现提出曲解意见时,他给予指正,借以维护和捍卫民族文化的尊严。他的《故事新编》用小说的形式表现自己对神话的理解。他更重视挖掘神话中的民族精神。他还非常重视活在民间百姓口头上的神话,在与人的通信中提到"中国人至今未脱原始思想,的确尚有新神话发生",并以自己家乡的太阳生日神话为例进行论证。① 同时,他指出西方人利用其他民族神话传说进行文化改造,揭示其用心。若追溯这种神话研究方法的源头,似乎可在梁启超强调"影响于古代人民思想及社会组织"的内容中找到痕迹。② 我们在后世学者袁珂等人的研究中看到这种方法的发展。

茅盾的神话研究,其基本方法是文化人类学,即强调现代民族中存在的原始时代的文化遗留,同时,他尤其重视在各民族的神话传说中进行比较。在某种意义上讲,茅盾称得上是西方文化人类学派神话理论在中国的典型代言人。在周作人、郑振铎、闻一多等学者的神话研究中,我们可以看到这种相似的现象。后世学者中,尤其是新的历史时期,一批青年神话学者受这种理论的影响更为明显。从闻一多等学者开始,注重神话研究与田野作业以及与其他学科相结合的方法,使神话学得到更迅速的发展。这种研究方法在今天表现出更为独特的价值。

顾颉刚的《古史辨》一派,在厘清历史与神话传说上有一些贡献,他们提出层累的构成说等学术论点,确实有益于启发人的思索,而且顾颉刚本人也曾经重视民间文学研究的田野作业,如其对吴地民歌的搜集整理与考证。但是,他始终是把神话看作历史的虚构成分,他和他的同志们坚持对神话进行严格而细致的辨析,只看到典籍文献中的神话材料。这种研究方法自有其独特的理由,但是,无视活在民间百姓口头上的神话的重要历史价值,不能不说是一种局限。这种研究方法仍表现在当代学术发展中,一些青年学者无视当年徐旭生、郑振铎对这种方法的批判,仍在步其旧辙。当然,我们也需要从史学角度研究神话。

在中国现代民间文学史上,多种神话学的研究方法既是并立的,又是

---

① 见《致梁绳祎信》,《鲁迅书信集》,人民文学出版社1959年版。
② 梁启超:《太古及三代载记》,见《饮冰室丛话》,上海中华书局1922年版。

## 第十五章　中国现代民间文学的历史发展与民间文学思想理论体系建立

互补的。

古典文学研究的重要融入，对于中国现代民间文学思想理论体系的建立和发展具有相当重要的作用。没有古典文学意义上的民间文学研究，就不会出现中国民间文学思想理论体系与相应的学科建设。民间文学研究应该充分注意到文学研究的基本方法，民间文学的最基本的属性还是文学。现代学术史上，如胡适、鲁迅、闻一多、朱自清、郑振铎等，他们都有着坚实的古典文献的基础，郭沫若、陈寅恪、徐旭生等人作为文史研究学者具有深厚的学养。正是基于对古典文献的造诣，他们才有那么多惊人的见解，在文化发展的历史进程中他们曾细致考察民间文学的形成与流传、变异等问题。如胡适曾经对《西游记》《三国演义》《水浒传》等名著中的故事原型进行考辨，郑振铎也做过相似的工作；闻一多对文字学、语言学和艺术理论加以运用，鲁迅和朱自清对文学史提出独到见解。民间文学和传统的诗文、文人戏曲确实有很大不同，但它们共处于古典文化的整体之中，我们没有必要硬将它们等量齐观，更没有必要将它们分成三六九等，随意论其长短。

在文学发展中，重视对中国传统文化特别是民间文学的价值意义，能够使其文学作品产生非凡的魅力与思想价值。这是中国传统文化的重要现象与重要规律。

中国现代作家与民间文学有着非常复杂的联系。一方面，许多作家从幼年即接受民间文学的熏陶，民间文学培养了他们的文学兴趣，一些民间文学成为他们重要的写作题材。另一方面，许多作家把民间文学视作小农经济的产物、落后的文化，他们为了表达思想文化的新，决意告别这种由民间文学引发的趣味。

在文学发展的意义上重视民间文学的母体性，胡适与鲁迅是一致的，都强调民间文学对作家群体的重要影响。但是，所谓"加工、提高、发展"，无疑是在事实上仍然把民间文学作为"不发达状态"的文学，与毛泽东把民间文学视作"萌芽状态的文学"一样，没有看到民间文学在历史文化发展中特有的存在价值。民间文学有远远早于作家文学发生的历史，孕育了作家文学，在语言文字发达之后，各自具有独立的发展规律与艺术特性。

中国现代民间文学的理论研究，阿英是一个特殊的典型。他是一个一生对民间文学都情有独钟的作家和学者。他的话剧具有鲜明的民族特色与时代特色，与他的文学思想一样，是中国现代文学的一座丰碑；而其文学创作与文化思想，与民间文学有着极其密切的联系。他对民间文学广泛、深入、细致的搜集整理及其所表现的民间文学思想理论，在同时代作家与学者中都是非常出色的。郑振铎主要搜集整理了中国古代民间文学的内容，而阿英对中国近代民间文学的搜集整理成就空前巨大。

阿英的民间文学思想理论是在其青年时代就明确形成的，很明显，与当时流行的民粹主义有密切联系。1926年5月，阿英发起并主编《苍茫》杂志。他在这一年第四期的《苍茫》杂志上发表《到民间去》，他说，无论是搞革命，还是搞文化都要到民间去：一是搞好宣传，鼓动群众造反；二是搞"到民间去"运动；第三步才是"将自己的新思想，普及到所有的人民，普及的方法，就是先去与人民为伍"。他批评那些沉浸在"无结果的议论"中的人不能毅然到民间去，因此斗争不可能坚持下去。"到民间去"最早由李大钊提出，影响了五四新文化运动"面向民间"的立场与方法。阿英接受了这种思想文化主张，他说"文艺家要到民间去"，非此，便"不能完成文学的雄图"。他高喊道："'把自己的生命为民众牺牲'，这种伟大精神的传播，竟成就了俄国革命的光荣历史，完成了文学的雄图，占领得整个的世界！"[1] 从20世纪20年代起，他出版了许多文学作品，如短篇小说集《革命的故事》《义冢》《白烟》与历史剧《李闯王》等，而且出版大量文学史著述，如《中国俗文学研究》《雷峰塔传奇叙录及其他》《弹词小说评考》《晚清小说史》等，整理出《中法战争文学集》《中日战争文学集》《杨柳青红楼梦年画集》《红楼梦版画集》《鸦片战争文学集》《西行漫画》《庚子事变文学集》《反美华工禁约文学集》《晚清文学丛钞》等包含许多民间文学内容的文学史资料。他主编《民间文学》，为时代保存了许多珍贵的民间文学作品。阿英为中国文学事业和中国民间文学事业都做出了杰出贡献，是中国民间文学史上的一位巨人。

民间文学与作家文学都是语言的艺术，所不同之处集中体现为语言形式，一个是纯粹的天然的生活语言，一个是经过不断修改的书面文字。在历史上，优秀的作家都虚心学习民间文学；作家群体对民间文学的研究，其意义更为特殊。民间文学的实质到底还是在于它是文学。我们数千年形成的古典文学中，汇聚着丰富的民族文化中优秀的精神财富，能够使我们有开阔的视野、深邃的思想与崇高的品格。

中国传统文化从来不拒绝外来文化，显现出宽阔的胸襟。在中国现代

---

[1] 阿英：《到民间去》，《苍茫》1926年第4期。

民间文学史上,以鲁迅、曹靖华、许地山等人为代表,出现了一批盗火者,他们非常重视西方弱小民族成为强国的历史,积极介绍这些国家重视民间文学唤起民族记忆的重要经验;同时,他们积极介绍具有反抗精神的西方被压迫民族的民间文学,和西方现代民间文学思想理论,充实自我,使自己不断壮大、强盛起来。

欧洲学者提出的文化人类学,在中国现代民间文学理论体系的构建中,发挥了相当积极的作用。在20世纪二三十年代,有大量的域外民间文学理论及相关的著述被翻译、介绍。周作人、黄石、谢六逸、茅盾、江绍原、郑振铎、赵景深、钟敬文、汪馥泉、杨成志、钟子岩等人,极大地推动了我国现代民间文学理论体系的构成。最为典型的是北京大学歌谣研究会的《歌谣周刊》,第一卷中有家斌翻译弗兰克·凯迪森等人的《英国搜集歌谣的运动》(第16号)、安德鲁·朗格的《民歌》(第16号、19号)、刘半农的《海外的中国民歌》(第25号)、泰勒的《〈中国的儿歌〉序》(第21号)等;第2卷中,翻译和译述之作有郭麟阁的《法兰西古代的恋歌》(第18号)、于道源的《歌谣论》(第21号、22号)和《童话型式表》(第24号、25号、26号、27号、28号、29号、39号、40号)、方纪生的《俄国之民俗文学》(第30号)、李长之的《略谈德国民歌》(第36号)等。这些译著在民间文学题材与形式上具有代表性,如古代民歌与现代民歌、民间故事类型与社会风俗等,从不同方面影响中国民间文学的发展。其他报刊也不乏此类著述,为中国民间文学的研究打开了一扇又一扇面向世界的窗户。郭沫若、徐旭生等人既尊重西方学者人类学派的理论,又重视运用社会历史分析的马克思主义,用历史唯物主义和辩证唯物主义诠释神话传说,他们的成就值得我们高度重视,他们的影响在新中国成立后一直到20世纪90年代末都不衰减。

但是,在中国民间文学史上也出现过许多食洋不化的严重现象,周作人等人就曾盲目和生硬地套用西方民间文学理论,影响了中国民间文学理论的建设和发展。车锡伦说:"(民间文学理论)应从中国文学(包括'艺术',下同)发展全过程的实际出发,不能用从国外输入的概念生搬硬套。因为,一方面,中国文学数千年不间断的发展过程中,民间文学(包括'民间艺术',下同)的形式和活动的丰富与作家文学的密切关系等,都是其他国家和民族所无法比拟的。而现代欧洲人文科学各学科的建立,基本上没有考虑中国的情况;与民间文学相关的现代民俗学更是如此。如果念错了经,贻害无穷。比如,上世纪初,周作人用从日本引进的三个概念,武断地将中国民间故事(广义)三分为'神话、传说(原称"世说")、童话'(这些概念是日本学者用汉语词根造的词),这种'三分法',加上其他一些偏见,一直限制了中国民间故事的历史和分类的深入研究,也限制了当代民间故事的搜集工作。"①

在中国现代民间文学史上,以 20 世纪 30 年代中期为界限,前半个时期的翻译及其理论运用倾向上,主要表现为人类学的理论;后半个时期,则渐渐转向社会学、民族学等学科。其中,历史唯物主义学说的运用,使中国现代民间文学理论体系有了更高更全面的发展。

在中国现代民间文学史上,作家出身的学者和思想家们富有社会政治热情,具有思想文化的敏感性,对民间文学思想理论的贡献尤其特殊。这是中国现代民间文学的重要特色。

中国现代民间文学理论体系得到了可喜的发展,与一群作家出身的思想家所具有的责任感和使命感及鲜明的时代精神有着密切的联系。从北京大学五四歌谣学运动到中山大学民俗学运动,从乡村教育运动到大众文艺运动,这些作家和学者们走进民间文学研究的文化天地之中,都怀抱着火热的理想和信念。全民族的抗日战争,从根本上改变了许多人对于民间文学的基本态度,其中最典型的便是老舍和郑振铎。老舍和郑振铎都曾经在自己的著述中提到民间文学有显著的局限性,称这种来自社会底层的文学与封建糟粕有着脱不尽的联系。这时期他们的认识更多的是在审视民间文学,带有明显的居高临下的姿态,这种态度和立场与鲁迅对国民劣根性的批判在实质上是一致的。但是,无论如何,他们都没有真正融进《歌谣周刊》和《民俗周刊》所宣传的"目光向下""面向民间""走进民间"。顾颉刚等人一再高呼要建立"全民众的历史","要把几千年埋没着的民众艺术、民众信仰、民众习惯,一层层地发掘出来","打破以圣贤为中心的历史","要站在民众的立场上来认识民众"。但是,这仅仅是一群知识者的呼号。当日本人侵入中国,野蛮屠杀手无寸铁的中国民众时,这种呼号便又重新响起,并化作"文章入伍,文章下乡"的巨浪,涌向神州大地。老舍、郑振铎等人都很快走进这抗日的文化激流。老舍不但自己学习民间文学,尝试进行通俗文学的写作,而且动员更多的人走进民间用文化抗战。郑振铎从来就是一个热心于搜集、整理、翻译、研究民间文学的人,他极有远见地提出建立"民间文学博物馆(图书馆)",借以保存完整而充分

---

① 车锡伦:《排除成见偏见建立学科体系》,《民间文化论坛》2005 年第 5 期。

的民间文学研究资料,并且提出建立中心和分中心,加强民间文学理论及相关的田野作业等研究工作①。这和我们今天提出的抢救和保护口头与非物质文化遗产,竟是一致的。搜集整理不是目的,理论研究也不是目的,运用民间文学进行"为大众"的文学发展,提高全民族的科学和文化水平,才是目的。

作家群体以自己特殊的热情与敏感书写中国现代民间文学史极其辉煌的一页。他们表现出强烈的时代意识与战斗精神,如当年蒋介石大肆屠杀共产党人,郑振铎与胡愈之等人致信国民党当局,表示强烈抗议,而险遭杀害。郑振铎逃往欧洲避难。在英法国家图书馆,郑振铎接触到敦煌变文等宝贵的历史文化文献②,开始研究希腊罗马文学和神话,包括西方人类学派神话学理论。他翻译了《民俗学概论》《民俗学浅说》③,为中国现代民间文学思想理论寻找攻玉的他山之石。阿英、赵景深、郭绍虞、叶圣陶和文学研究会、创造社的一批作家,张恨水、张资平等致力于通俗文学创作的作家以及沈从文、赵树理等一批乡土色彩非常浓郁的作家,都热切关注民间文学,参与民间文学搜集整理与理论研究的工作,或者利用民间文学的题材与形式进行民间文学创作。在抗日战争中,几乎所有作家无一例外投入文化抗战,以各种形式与姿态"到民间去"。这是值得我们注意的一个文化现象。他们中间,钟敬文既是一个散文作家、诗人,又是一个专心研究民间文学的学者,对中国现代民间文学思想理论贡献尤其突出。

当然,在中国现代作家群体中,并不是每一个人对民间文学都有深入研究,但不可否认的是,每一个作家在社会生活中实际上都与民间文学有着不同形式的联系。冰心曾经在《我的文学生活》中回忆自己的成长时说:"刮风下雨,我出不去的时候,便缠着母亲或奶娘,请她们说故事。把'老虎姨''蛇郎''牛郎织女''梁山伯与祝英台'等,都听完之后,我又不肯安分了。"④民间文学是每一个家庭都具备的生活学校。

在中国现代民间文学理论体系的建立中,作家出身的学者对于学科发展的贡献具有更为独特的意义,这是因为他们有着特殊的感受,其视野也常常因此更加开阔,能够避免自身的一些不足。回顾中国现代民间文学理

---

① 郑振铎:《民间文艺的再认识问题》,《联合日报》1946年5月16日。
② 郑振铎:《敦煌俗文学》,《小说月报》第20卷第3期,1929年3月。
③ [英]柯克士:《民俗学浅说》,郑振铎译,上海商务印书馆1934年版。
④ 冰心:《我的文学生活》,《冰心全集》第5卷第5页,海峡文艺出版社1994年版。

论体系的建立，能让人看到这个学科相当不平凡的经历；这不仅有益于文学，而且有益于整个人文学科，它教会世人无私地为全民族的发展而不断超越个人的狭小眼界。

除了作家出身的学者，还有一大批历史学家、教育学家、社会学家、民族学家、民俗学家、人类学家，他们与民间文学有着天然的亲近感。他们积极参与中国现代民间文学理论体系的构建，从不同学科视野观察民间文学，调查和研究民间文学，取得重要成就。我们可以将这种现象分为三种思想文化力量，其一是民族学家、人类学家群，其二是历史学家群，其三是教育学家、社会学家群，这三种力量形成中国现代民间文学思想理论的主体。

中国文化传统中素有"以民为本"的文化思想，强调在历史评价中重视统治者对民众的情感倾向，分成以秦始皇为代表给天下人民带来沉重苦役的"暴君"、以隋炀帝为代表不关心天下百姓生活的"昏君"和汉代文景二帝与唐太宗李世民为代表的注重休养生息、关心民间疾苦的"明君"。历史学把秉笔直书作为自己的神圣职责，在中国现代学术体系构建中，这些历史学家保持着在历史文化传统中形成的学术良心，如顾颉刚、徐旭升、杨宽、童书业，在民族危亡的历史关头，从来都走在时代的前沿，积极投入社会现实的斗争中。他们所做的田野作业，与他们所从事的历史文化研究有机结合，极大地拓展和丰富完善了中国现代民间文学思想理论。

教育学家与社会学家更注重乡村社会的文明改造与社会礼俗重建的社会文化生活事实，他们投入为民谋利、为民造福、为民脱除"愚、贫、弱、私"而不余遗力的伟大事业。这是中国现代民间文学史上关于理论与实践相结合的思想文化中最有价值的一页。他们首先注意到神鬼信仰等民间文学内容，决意对其实行文化改造，通过因势利导的形式实现社会风俗生活再造的"礼俗重建"；他们同样看重在社会风俗生活中蕴藏的聪明智慧，强调向民众学习，与民众一起探讨中国乡村社会发展的道路与方向。与那些文学家和历史学家不同的是，乡村教育运动中的教育学家与社会学家不但提出问题、发现问题，而且努力解决问题，使得其富有特色的民间文学思想理论具有可贵的实践意义。

民族学家、人类学家是中国现代社会新生的学术力量，他们将异国他乡的各种关于人类与民族的学说拿来透视中国社会现实，发现其中具有"文化遗留物"的民间文学及其所具有的特殊价值，借以更加深入细致地理解和研究中国社会的隐秘。尤其是在少数民族中发现许多具有珍贵语言学、民族学等学科意义的"第一手资料",是田野作业这种科学考察方式在内容与形式上的大突破。

三种学术力量集结于中国现代学术体系的构建与发展进程之中,与中国语言文学学科并存,相互影响,形成中国现代民间文学思想理论"四大板块"的重要学术格局。此"四大板块"不是中国现代民间文学思想理论体系的全部内容,但确实是其不可忽视的基本组成部分。

他们的经验告诉世人,礼失求诸野,只有深入人民大众之中,民间文学思想理论才能不断获得生机。中国现代民间文学史也因此显示出一种重要现象,即无论是民间文学的搜集整理者和翻译介绍者,还是不同学科与学派的思想理论家,他们都具有明确的立场。如郭沫若所说"民间艺术的立场是人民,对象是人民,态度是为人民服务。"①

总体讲,中国现代学术思想对中国民间文学的热情与敬仰,更多是济世的情怀,这是中国现代民间文学思想理论尤为宝贵的内容,也正是时代的特色。中国民间文学史的选择并非面面俱到,也并非有意回避民间社会藏污纳垢的事实,或曰,作家文学不一样有污秽吗?民间文学的主体是人民大众,体现人民大众最真切的声音,这是它最宝贵的内容。

现代民间文学理论构成中,价值立场尤其重要,在某种意义上,它决定着研究方法的成败。而今,这个问题被忽略,越来越多的学者一再强调对文本要客观、冷静地对待。回首五四歌谣学运动、乡村教育运动、大众文艺运动等历史阶段,我们深深感受到先贤们对待民间文学更多的是对民众创造艺术的推崇,感情胜过理性,甚至这也成为今天一些年轻的学者哂之不具备科学性的口实。那么,置之于更为广阔的文化背景上重新理解和认识这一问题时,究竟孰是孰非?这就是对历史的把握问题。古人常讲,欲灭其国,先毁其史。史就是一种传统,传承薪火的背景,也是一种方法或范式,更是一种尊严。我们的学术史研究的显著价值,也正在于此,让我们看到前人的得失。不可否认的是,现在民间文学研究除了外部的干扰之外,学界自身是存在着许多问题的。其中,"为民众的"立场的缺失,在学术品格上讲,绝对是一种低下的倒退。我们可以看到,鲁迅也好,顾颉刚也好,他们的观点可能会有很大的不同,甚至尖锐冲突,但在学术品格、学术立场上,则都强调对民间文学的尊重。

---

①郭沫若:《我们研究民间文艺的目的》,《民间文艺集刊》第1册,人民文学出版社1950年版。

学术创新需要突破，突破却未必完全颠覆我们自己的传统，尽管我们的传统中有很多不尽如人意的内容。我们应该具备更广阔的胸怀和视野，问题在于我们能否真正把握真实而全面的民间文本，如果我们连这一点都做不到，与盲人摸象又有何异？前辈学者不可避免地有自己的局限，但他们深入民间，密切关注民间文学的时态，不断探索和突破，其扎实、求是的学术品格，特别是"为民众的"立场，永远都是我们所应该推崇和发扬的。

　　对话是学术发展的必要平台，但它是双向的，应该有自己的声音。发出自己的声音，首先要懂得自己的家底，同样要懂得他人的图谋。并不是说一提到全球化、信息化，马上自己就融入了国际学术界。"为民众的"立场就是我们的优势和特色，它要求我们不断深入民间去尽可能全面地把握民间文学，尊重民间文学，将民间文学研究纳入"为民众的"事业之中，即礼失不但求诸野，而且要用之于野。多元互补的研究，一个必要的前提就是真正懂得民众，包括他们的情感表达方式、审美思维方式和价值确立方式。

# 第十六章　五四歌谣学运动

中国许多民间文学理论与近代社会通俗教育密切相关，是对国语运动中重视民间文学语言价值意义这一方法的继承和发展。当然，五四意味着中国文化进入一个新的时期，尊重民间、唤醒民众，成为中国现代民间文学理论的重要标志。

五四歌谣学运动得名于北京大学一批学者在五四时期发起的一场学术运动。它不单纯是一个搜集整理和研究民间歌谣的学术热潮，而是由《歌谣周刊》为重要发生背景而形成的民间文化运动，是一个思想文化启蒙运动。在中国现代民间文学史上，这是一个具有里程碑意义的学术运动。

五四歌谣学运动以"五四"为名，在于表现"科学"和"民主"的新文化。从最简单的意义上讲，"科学"在于打破传统的思想文化体系，反对神权等传统的信仰方式与信仰内容，而充实以现代文明；"民主"在于反对专制，提倡尊重民众。"科学"和"民主"是新文化运动的光辉旗帜，贯穿于中国现代民间文学的发展之中，形成独具思想文化特色的五四歌谣学运动，这正是新文化运动之新。把历史上为士大夫所鄙视的民间歌谣引入现代学术体系，表现出新文化特殊的胆识与品格。

从时间上看，《歌谣周刊》第 1 号，即创刊号是在 1922 年 12 月 17 日，但是，歌谣学运动却早在这之前就已经出现。北洋政府提倡通俗教育，提出建设国家语言，重视对民间文学语言的采集和借用，早在中华民国建立的时候，随着政府提倡白话文，上海、广州、杭州和天津等地已经出现大量"白话报"，其中有一些报纸就曾发表搜集整理民间歌谣的文章。1915年，许多白话报如雨后春笋般出世。白话文运动并不仅仅是五四时期才出现。

刘复即刘半农，是少年早成的文学天才，曾以中学肄业的身份被蔡元培邀请至北京大学任教。当年，他参与过《新青年》的编辑，痛斥"桐城谬种""选学妖孽"，与钱玄同等人一起积极投入到白话文运动之中，宣传新文化。他于1917年暑期在江阴的船上搜集了20首船歌，自己做了注释。周作人为其《江阴船歌》写序称："这20首歌谣中，虽然没有很明了的地方色彩与水上生活的表现，但我的意思却以为颇足为中国民歌的一部分代表，有搜录与研究的价值。半农这一卷的江阴船歌，分量虽少，却是中国民歌的学术的采集上第一次的成绩。我们欣喜他的成功，还要希望此后多有这种撰述发表，使我们能够知道'社会之柱'的民众的心情，这益处是普遍的，不限于研究室的一角；所以我虽然反对用赏鉴眼光批评民歌的态度，却极赞成公开这本小集，做一点同国人自己省察的资料。"[①] 刘半农搜集整理民间歌谣是在"五四"之前。刘半农敢作敢为，是五四歌谣学运动的重要先驱，在中国现代民间文学史上是一个十分独特的学者。也正是这位"江阴才子"，提倡尊重女性，为中国文化创造了"她"这个专指女性的汉字，成为历史的佳话。

当然，任何一场运动总是有内外两种基本原因，外因固然重要，如近代以来西方文明的冲击直接影响到新文化运动的形成与发展，而更重要的在于内因，明代社会以来汇聚成的求新求变的文化潮流，强调民生，反对专制，出现王夫之、戴震等杰出的思想家，他们离经叛道，推动了思想解放的文化潮流。可以毫不夸张地说，明代社会开始的民间歌谣较大规模的搜集整理及其所表现的明确目的性，其实就是现代歌谣学的先声。"五四"之前，歌谣学运动在事实上就已经具体形成，而"五四"时期由于"科学"与"民主"旗帜的高扬，使得这场文化运动有了更为特殊的意义。当《歌谣周刊》出现时，其学术目的、学术方法等具有更明确的内容，从而使这场文化运动渐渐转变成学术运动，进而又变化成为思想文化运动。

无论如何，五四歌谣学运动是现代歌谣学的一个亮点，而不是当世中国现代民间文学理论研究唯一的内容。或曰，以"科学"与"民主"为标志的新文化运动是中国现代学术体系的重要内容，绝不是其全部的内容。新文化运动具有巨大的思想文化价值，但是它不是整个现代学术思想文化的全部。其中，刘半农等人是新文化运动的急先锋，更是歌谣学运动的重要开拓者。正如一位学者所说，"歌谣运动于1918年2月在北京大学异军

---

[①]周作人：《中国民歌的价值》，《学艺杂志》第1卷第2号；《歌谣》周刊第6号转载，1923年1月21日。

突起，不是偶然的，而是时代、时势、环境、人事的共同产物。歌谣运动的兴起，与新文学运动有着不可分割的血肉联系，甚至可以说是新文学运动的一翼"，"没有酝酿已久的启蒙思想运动，没有北京大学及其校长蔡元培的思想和支持，没有鲁迅的著文呼吁，没有刘半农、沈尹默、沈兼士、钱玄同等文化先锋人物的策划与身体力行，就不会有歌谣的征集和研究运动"。①

五四歌谣学运动以及其后的各种民间文学运动，既是思想理论的发展，也是当世民间文学文本的记录。中国现代民间文学成为新文化的一部分，将搜集、整理、翻译、理论研究等各种文化活动融为一体。

## 第一节　五四歌谣学运动的缘起与方向

这场运动的基本目的在于《歌谣周刊》"发刊词"所说的"为文艺的"和"为学术的"两个重要方向。如其所称，"搜集歌谣的目的共有两种，一是学术的，一是文艺的"。"歌谣是民俗学上的一种重要的资料。我们把它辑录起来，以备专门的研究；这是第一个目的。因此我们希望投稿者不必自己先加甄别，尽量地录记，因为在学术上是无所谓卑猥或粗鄙的。从这学术的资料之中，再由文艺批评的眼光加以选择，编成一部国民心声的选集。意大利的卫太尔曾说'根据在这些歌谣之上，根据在人民的真情感之上，一种新的'民族的诗'也许能产生出来'。所以这种工作不仅是在表彰现在隐藏着的光辉，还在引起当来的民族的诗的发展；这是第二个目的"。②此后，研究范围又有扩大，如北京大学歌谣研究会致俄国人伊凤阁的信中所说："学术的研究当采用民俗学（Folk-ちlore）的方法，先就本国的范围加以考订后，再就亚洲各国的歌谣故事比较参证，找出他们的源泉与流派，次及较远的各国其文化思想与中国无甚关系者作为旁证；唯此事甚为繁重，恐非少数人所能胜任，须联合中外学者才能有成。本会事业目下虽只以歌谣为限，但因连带关系觉得民间的传说故事亦有汇集之必要，不久拟即开始工作。至于文艺的研究将来或只以本国为限，即选录

---

① 刘锡诚：《20世纪中国民间文学学术史》，河南大学出版社2006年版，第76页。
② 《歌谣·发刊词》，见《歌谣周刊》第1号，1922年12月17日。

代表的故事，一方面足以为民间文学之标本，一方面用以考见诗赋小说发达之迹。"①

关于这场学术运动的缘起，与刘半农所拟《北京大学征集全国近世歌谣简章》和以北京大学校长蔡元培的名义发布的《校长启事》两个文告有关。两个文告共同刊登在1918年2月1日第61号《北京大学日刊》上。《北京大学征集全国近世歌谣简章》后来刊载于《歌谣周刊》，宣称"本会拟刊印左列二书：中国近世歌谣汇编，中国近世歌谣选录。其材料之征集用左列（此）三法：（1）本校教职员学生，各就闻见所及，自行搜集。（2）嘱托各省官厅，转嘱各县学校或教育团体，代为搜集。（3）如有私人搜集寄示，不拘多少，均所欢迎。规定时间，以当代通行为限"。其中，他们提及"寄稿人应行注意之事项"，如："字迹宜清楚""如用洋纸，只写一面"，"方言成语，当加以解释"，"歌辞文俗，一仍其真，不可加以润饰"，"俗字俗语，亦不可改为官话"，"歌谣性质并无限制，即语涉迷信或猥亵者，亦有研究之价值，当一并录寄，不必先由寄稿者加以甄择"，"一地通行之俗字，及有其音无其字者，均当以注音字母，或罗马字母，或国际音标（International Phonetic Alphabet）注其音，并详注其义，以便考证"，"歌谣通行于某地方某社会，当注明之"，"歌谣中有关于历史地理，或地方风俗之词句，当注明其所以"，"歌谣之有音节者，当附注音谱（用中国工尺，日本简谱，或西洋五线谱均可）"。其又称，"寄稿者当书明籍贯姓氏，以便刊入书中；寄稿者当书明详细地址，将来书成之后，依所寄稿件多少，赠以《汇编》或《选录》"，"稿件寄交北京大学第一院研究所国学门歌谣研究室"，"稿件过多者，应粘订成册，挂号付寄"，"来稿之合用与否，寄稿人当予本会以自由审定之权"，"稿件如须寄还，来函中应声明之"，"如有个人搜集某处或数处歌谣，已经编辑成书者，本会亦可酌量代印"。其尤其强调"本会征集关于研究中国歌谣之书记，无论古今，不拘何国文字，已经刻印者，或赠或售，以及借阅，均可函商。未曾刊印者，须以挂号将稿寄下，阅毕仪以挂号奉还"②。《校长启事》与之大致相同，所不同者在于记录内容的要求，如"有关一地方、一社会或一时代之人情风俗政教沿革者；寓意深远有关格言者；征夫野老游女怨妇之辞，不

---

①《信》，《歌谣周刊》第26号，1923年9月30日。
②《北京大学征集全国近世歌谣简章》，《歌谣周刊》第1号第8版，1922年12月17日。

涉淫亵,而自然成趣者;童谣谶语,似解非解,而有天然之神韵者;"其中还特意提到"沈尹默主任一切,并编辑《选粹》;刘复担任来稿之初次审订,并编辑《汇编》;钱玄同、沈兼士考订方言"。所寄方式也有所不同,一为"北京东安门内北京大学法科刘复收",要求封面应写明"某省某县歌谣",一为"北京大学第一院研究所国学门歌谣研究室"。"国学门"下歌谣研究室的成立,同样是现代学术史上关于民间文学的一个重要学术事件。《北京大学征集全国近世歌谣简章》是中国现代民间文学史上一篇重要文献。《新青年》在1919年第4卷第3期上转载《北京大学征集全国近世歌谣简章》,很快收到来稿80余份,搜集整理歌谣1100余则。1919年5月20日第141号《北京大学日刊》选择发表148则歌谣;1920年12月15日《北京大学日刊》刊登《发起歌谣研究会征求会员》的启事;1920年12月19日北京大学歌谣研究会宣告成立,此后出版《歌谣周刊》。五四歌谣学运动完全拉开帷幕。

《歌谣周刊》"发刊词"成为这场运动的宣言书:

> 歌谣征集,发起于民国七年二月,由刘复、沈尹默、周作人三位教授担任编辑,钱玄同、沈兼士二位担任考订方言。从五月末起,在《(北大)日刊》上揭载刘先生所编订的《歌谣选》,共出148则。五四运动以后,进行暂时停顿,随后刘、沈二先生都出国留学去了,缺人主持,事务更不能发展。九年的冬天,组织"歌谣研究会",管理其事,由沈兼士、周作人二先生主任。但是十年春天因为经费问题,闭校数次,周先生又久病,这两年里几乎一点都没有举动,所以虽有五年的岁月,成绩却很寥寥,这是不得不望大家共力合作,兼程并进,期补救于将来的了。
>
> 本会收集歌谣的目的共有两种,一是学术的,一是文艺的。我们相信民俗学的研究在现今的中国确是很重要的一件事情,虽然还没有学者注意及此,只靠几个有志未逮的人是做不出什么来的,但是也不能不各尽一份的力,至少去供给多少材料或引起一点兴味。歌谣是民俗学上的一种重要的资料,我们把它辑录起来,以备专门的研究;这是第一个目的。因此我们希望投稿者不必自己先加甄别,尽量地录寄,因为在学术上是无所谓卑猥或粗鄙的。从这学术的资料之中,再由文艺批评的眼光加以选择,编成一部国民心声的选集。意大利的卫太尔曾说"根据在这些歌谣之上,根据在人民的真情感之上,一种新

的'民族的诗'也许能产生出来。"所以这种工作不仅是在表彰现在隐藏着的光辉，还在引起当来的民族的诗的发展；这是第二个目的。汇编与选录即是这两方面的预定的结果的名目。

但是这个事业非常繁重，没有大家的帮助是断不能成功的，所以本会决计发起这个周刊，作为机关，登载歌谣材料及论著等，借以引起一般的兴趣，欢迎歌谣及讨论的投稿，如特殊的歌谣固然最所需要，即普通大同小异的歌词，于比较研究上也极有价值，更希望注意抄示。倘若承大家热心的帮助，到了本校二十五周年纪念时能够拿出一部分有价值的成绩来，那就是本会最大的希望与喜悦了。[1]

由于种种原因，1925年6月，《歌谣周刊》停刊，代之而起的《北京大学研究所国学门周刊》于同年10月14日创刊，继续选登民间歌谣与相关的理论文章。《北京大学研究所国学门周刊》创刊词中称："国学门原有一种《歌谣周刊》，发表关于歌谣的材料。去年风俗调查会成立，也就借它的余幅来记载一点消息。后来竟至一期之中，尽载风俗，歌谣反付缺如，顾此失彼，名与实乖。兼之国学门成立以来研究生之成绩，及各学会搜集得来整理就绪之材料，日积月累，亦复不少，也苦于没有机会发表。于是同仁遂有扩张《歌谣周刊》另行改组之举。这个新周刊是包括国学门之编辑室、歌谣研究会、方言研究会、风俗调查会、考古学会、明清史料整理会所有的材料组合而成。其命意在于将这些材料编成一个略有系统的报告，以供学者之讨论，借以引起同人之兴趣及社会之注意。其组织虽于本校《国学季刊》不同，却是表里相需并行不悖的。以后尚望同志随时赐教。"1926年8月，《北京大学研究所国学门周刊》停刊。至此，从当年《北京大学日刊》上发表民间歌谣，到《歌谣周刊》之创刊停刊，到《北京大学研究所国学门周刊》短暂的闪身，一场绵延八年时光的歌谣学运动基本上告一个段落。之后，虽然有胡适的努力，在20世纪30年代使《歌谣周刊》得到复刊，毕竟是昙花一现，仅仅一年时间，而且时过境迁，风景大不相同。继之而起的是以中山大学为学术中心的现代民俗学运动，虽然同样时间短暂，但是，取得了非常重要的学术成就。

五四歌谣学运动的历史功绩不仅仅在于它引发人们对民间歌谣这种"引车卖浆之流"所传唱的思想文化内容的重视，更重要的是促使人们渐

---

[1]《发刊词》，《歌谣周刊》第1号，1922年12月17日。

渐形成对民间歌谣为代表的社会风俗生活的整体研究，直接形成新的学术话语体系与新的学术规范，奠定了中国现代民间文学思想理论体系的重要基础。

## 第二节　歌谣学范式的建立

歌谣学的形式研究，如关于歌谣分类、歌谣搜集整理方法和研究方式等问题的探讨，在事实上是关于歌谣学范式建立的讨论。这里的歌谣学范式原本应该是文艺学的研究，事实上却成为文艺学与民俗学的结合，或者就是民俗学的文艺学研究。

歌谣分类是歌谣学研究建立其理论体系的重要前提。其分类标准与分类方法形成不同见解，众说纷纭，见仁见智，都有自己的知识经验与社会感受渗透其中。在歌谣分类讨论之前，刘半农曾著有《歌谣界说》，但是，《歌谣周刊》尊重其意见而没有发表。所以有人埋怨，说"你们不把《歌谣界说》尽先发表了，恐怕研究的人，无从着手；而搜集的人，也费此无谓的审查光阴"[1]。

较早提出歌谣分类问题的是沈兼士，他在1921年12月写给顾颉刚的信中说："民谣可以分为两种：一种为自然民谣；一种为假作民谣。二者的相同点，都是流行乡里间的徒歌。二者的异点，假作民歌的命意属辞，没有自然民谣那么单纯直朴，其调子也渐变而流入弹词小曲的范围去了，例如广东的粤讴，和你所采苏州的《戏婢十劝郎》诸首皆是。我主张把这两种民谣分作两类，所以示区别，明限制，不知你以为如何。"[2] 周作人把歌谣分为情歌、生活歌、滑稽歌、叙事歌、仪式歌、儿歌六大类。他对其中的儿歌论述说："儿歌的性质与普通的民歌颇有不同，所以别立一类。也有本是大人的歌而儿童学唱者，虽然依照通行的范围可以当作儿歌，但严格的说来应归入民歌部门才对。欧洲编儿歌集的人普通分作母戏母歌和儿戏儿歌两部，以母亲或儿童自己主动为断，其次序先儿童本身，次及其

---

[1]《讨论：几首可作比较研究的歌谣》，《歌谣周刊》第4号，1923年1月7日。
[2] 顾颉刚、沈兼士：《歌谣的谈论》，原载于《晨报》，《歌谣周刊》1923年1月28日第7号转载。

关系者与熟习的事物，次及其他各事物。现在只就歌的性质上分作两项：（1）事物歌；（2）游戏歌。"①继而，歌谣分类问题在《歌谣周刊》上引起大讨论，如邵纯熙曾发表过《我对于研究歌谣发表一点意见》，提出"歌谣的性质，又有自然和假作的，不如分为民歌、民谣、儿歌、童谣四类，这四类中可依七情的分类法编次之，凡歌谣中的词句，表现欢喜状态的，则归入喜字一类，表现愤怒状态的，则归入怒字一类，表现悲哀状态的，则归入哀字一类，表现恐惧状态的，则归入惧字一类，表现欢爱状态的，则归入爱字一类，表现憎恶状态的，则归入恶字一类，表现欲望状态的，则归入欲字一类"。②

白启明是河南省省立第一师范学校的国文教师，他最早提出发动青年学生进行民间文学搜集整理歌谣的方法，《歌谣周刊》的编者曾经把他和刘静庵、李鯈、杨一峰、尹淑敏、何尤等河南学者称为"做搜集歌谣工作"之"最多"者③。他以《河南民众文艺》《河南谜语》等著述和民间歌谣、民间谜语的研究闻世，是中国现代民间文学史上一位重要的先行者。他引述了周作人的"六类说"，与邵纯熙进行"商榷"。他对"分类的研究"作为一种方向是赞成的，但对具体的分类方法，则"不敢苟同"。他对所谓"七情"与"合乐曰歌，徒歌曰谣"等理论提出质疑："若普通所说的歌谣，就是民间所口唱的很自然很真执（挚）的一类徒歌，并不曾合乐；其合乐者，则为弹词，为小曲——这些东西，我们就主张当另加搜辑，另去研究；不能与单纯直朴的歌谣——徒歌，混在一块。"④邵纯熙接受了白启明的意见，说自己"因白君的纠正，又想出一种分类法"，并"参考周仲密君及沈兼士先生的分类方法"，将民间歌谣分为"民歌"和"儿歌"两大类，其中"民歌"又分"假作"和"自然"两类，细分为"情绪类""滑稽类""生活类""叙事类""仪式类""岁事类"和"景物类"。在"情绪类"中，他仍然坚持往日的"七情分类法"。在"儿歌"中，他同样分"假作"和"自然"两类，细分为"情绪类""滑稽类""游戏类"和"物事类"，自然在"情绪类"中保持"七情分类法"的分

---

① 周作人：《歌谣》，《晨报》1922年4月13日副刊。
② 邵纯熙：《我对于研究歌谣发表一点意见》，《歌谣周刊》1923年4月8日第13号。
③ "编者的话"，《歌谣周刊》第24号，1923年6月24日。
④ 白启明：《对〈我对于研究歌谣发表一点意见〉的商榷》，《歌谣周刊》1923年4月15日第14号。

类方式。①

孙少仙讨论了同为民间歌谣的内容,所谓"山歌""民歌"和"情歌"之间有许多不同,他说:"'山歌(秧歌)'和'民歌'是大不同的,有许多人都误认了。'山歌(秧歌)'大半是有排列的,对比的,并且是有一定的调子(如前所举的四种调子),若非这四调中的调子,一定不是'山歌(秧歌)'。'山歌(秧歌)'只表情,别无他意,我可以武断说它是'情歌';'民歌'就不然,它里头也有政治、法律、社会、家庭、私人……的赞扬和攻击、劝戒、警告……并且他的句子,长短不一律的很多,全无调之可言。"② 此时,刘文林发表《再论歌谣分类问题》③,邵纯熙发表《(三论)歌谣分类问题》,常惠发表对邵纯熙的《答复》④。后来《歌谣周刊》复刊之后,仍然进行着这种分类研究,如寿生发表《我所知的山歌的分类》⑤ 等文章,讨论一直持续到乡村教育运动中。

比较研究不同地域的民间文学,在事实上形成了民间文学历史地理的研究方法,这是现代歌谣学运动中的重要理论成就。例如:对于不同地区歌谣内容的差异问题,罗家伦曾经与常惠等人谈论到北京地区流行的民间歌谣,"所以一切名词,与习惯并不相悖","及足相互发明",刘半农作应答说:"尊稿所举是通行于北京客籍社会之歌谣,常君以北京人之眼光评判之,自不能相合。亦或常君所举五种,是北京社会中原有之谣。当时旅京南人,以旗人中有不读书之子,而亦居然延师,乃为增入'先生'一种,遂成尊稿所举六事,亦未可知。总之,歌谣随时代与地方为转移,并非永远不变之一物。故吾辈今日研究歌谣,当以'比较'与'搜集'并重。所谓比较,即排列多数之歌谣,用研究科学之法,以证其起源流变。虽一音一字之微,苟可讨论,亦大足增研究之兴味也⑥。"这种比较研究的方法影响到同时代的胡适,也影响到后世,诸如"民间文学比较研究"和"比较神话学"等学科建设的深入发展以及命题的讨论,都与现代学术史上的比较研究有一定的联系。

---

① 邵纯熙:《歌谣分类问题》,《歌谣周刊》1923年4月22日第15号。
② 孙少仙:《论云南的歌谣》,《歌谣周刊》第40号,1924年1月6日。
③《歌谣周刊》1923年4月29日第16号。
④《歌谣周刊》1923年5月6日第17号。
⑤《歌谣周刊》1937年1月第2卷第32期。
⑥ "罗家伦君与刘复教授往来之函",《北京大学日刊》第258号,1918年11月25日。

民间文学是民间社会的口头语言艺术，它的语言价值极其丰富，既有作为科学研究的重要意义，又有中国语文建设的应用意义。

歌谣记录与注释追求本真，即原始文本，强调科学研究价值，是歌谣学运动非常重要的学术贡献。《北京大学向全国征集近世歌谣简章》中已经明确提到"方言成语，当加以解释"，"歌辞文俗，一仍其真，不可加以润饰"，"俗字俗语，亦不可改为官话"，"歌谣性质并无限制；即语涉迷信或猥亵者，亦有研究之价值，当一并录寄，不必先由寄稿者加以甄择"，"歌谣通行于某地方某社会，当注明之"，"歌谣中有关于历史地理，或地方风俗之词句，当注明其所以"，"歌谣之有音节者，当附注音谱（用中国工尺，日本简谱，或西洋五线谱均可）"等。刘半农《江阴船歌》说："因为'船歌'这两个字我就想起一首来：'月子弯弯照九洲。几家欢乐几家愁。几家夫妻同罗帐，几家飘散在他洲。'这首很古的了，当宋时极流行的，《京本通俗小说》也引过这首。邱宗卿的'柳梢青'的词也用'月子弯弯'句，还有《云麓漫钞》管他叫'吴中舟师歌'，可见宋时流行到现在还是很有生气的。"①

在民间文学研究中，我们常常特别强调实地观察与全方位记录，要注明搜集整理的时间地点，以及讲述人、记录人等参与者的各方面情况，而且要对讲述内容做必要说明。这是因为民间歌谣在传播中形成广泛的文化认同。但是，一切认同都是有条件的，如果没有必要的注释，其损失不仅仅在于失去科学研究的文本价值，而且直接影响到传播效果，即为人所知的认同结果。如台静农搜集整理许多淮南民歌，有上千首之多。他说："我们淮南的发音，同南方诸省比较起来，总算同普通话接近，但有些音是我们淮南特有的，有些音是淮南中一部分特有的，这都是在必注之例。在已发表的一百多首中虽然有些音注，可是极其粗忽与不精密，而且是用字注的。今后当采用国音字母注音，因以字注音是不见得正确的"，"如风俗、人情、习惯、土语、地名等等，皆在必注之例的；如不详细注明，则易于使读者误会；误会一生，自不能领得其中意趣与价值。今后当于要注的必详细注明，使读者于领略歌谣的本身而外，同时还能了然于淮南的风俗人情及其他"。如其中一首民歌唱道："想郎想得掉了魂，接个当公下个神，打柳打在奴房里，袖子口嘴笑殷殷，因为贪花你掉了魂！"对于"接个当公下个神"中的"当公"，注释曰："当公，即巫者，乡中请巫者为病

---

① 常惠：《江阴船歌》"附记"，见《歌谣周刊》第24号，1923年6月24日。

人祷告，即谓之下神。"对于"打柳打在奴房里"中的"打柳"，注释曰："打柳，即巫者所用之柳枝，裹纸图女像，谓为柳神；借此柳神为病者招魂，招魂之后即将此柳神置病人床头，因此名之为'打柳'。"① 显然，没有这样的解释，仅仅望文生义，理解就会大相径庭。

民间歌谣具有地方性的显著特征，对于语言学的研究有十分重要的价值，这一问题引起许多学者的注意。就方言问题，周作人曾经制定出"一地通行之俗字，及有其音无其字者，均当以注音字母，或罗马字母，或国际音标（International Phonetic Alphabet）注其音；并详注其义，以便考证"的规则，他发表《歌谣与方言调查》，提出"歌谣与方言"的联系问题，具体论述道："歌谣与方言的密切的关系，这里可以不必多说，因为歌谣原是方言的诗。当初我们征集歌谣的时候，原想一面调查方言，但是人力不足，而且歌谣采集的运动正在起头，还未为社会所知，没有十分把握，恐怕一时提出许多题目，反要分心，得不到什么效果，所以暂且中止了。这一二年来，承会内外诸君的尽力，采集事业略有根柢，歌谣采到的也日渐增加，方言调查的必要因此也就日益迫切地感到。"同时，他还特别注意方言调查的实行："要做研究的工夫，充分的参考资料必不可少，方言也就是其中的一种重要分子。所以为将来研究的预备起见，方言调查觉得是此时应该着手的工作，虽然歌谣搜集的事业也还正在幼稚时代；因这件工作不是一年半载所能成就的，早一点着手较为适当。好在方言调查的利益不仅是歌谣研究能够得到，其大部分还在别的文学方面，可以希望得到大家的注意与赞助，或者还不是很难成功的事业。"他注意到方言在中国语文建设中的特殊作用，声称："我觉得现在中国语体文的缺点在于语汇之太贫弱，而文法之不密还在其次，这个救济的方法当然有采用古文及外来语这两件事，但采用方言也是同样重要的事情"②。他的论述引起学界的重视。之后，《歌谣周刊》第35号发表容肇祖的《征集方言的我见》；《歌谣周刊》连续刊登了董作宾谈论方言问题的系列文章，如：《歌谣周刊》1923年11月11日第32号《歌谣与方言问题》；1924年4月6日第49号《为方言进一解》；1924年4月13日第50号《研究婴孩发音的提议》等。董作宾指出，"由分地整理之结果，可以知语言的变迁与歌谣有同样的关系。据歌谣的传布情形，绘出地图，便也是方言地图的蓝本；因为甲地和

---

① 台静农：《淮南民歌第一辑》（续）注，《歌谣周刊》第88号，1925年4月26日。
② 周作人：《歌谣与方言调查》，《歌谣周刊》第31号，1923年11月4日。

乙地的歌谣相同，就是甲乙两地语言相通的证据；歌谣不同，也可以说就是语言不通"，"这样看来，歌谣又是方言的顶可靠而且有价值的参考材料了。一山相隔，歌谣便自不同，一水相通，歌谣便可传布。努力的采辑歌谣，同时就是调查方言的根本大计"①。应该说，这是现代民间文学历史地理研究的先声，遗憾的是至今没有引起应有的重视。1923 年 12 月 17 日《歌谣周年纪念增刊》发表钱玄同的《歌谣音标私议》、林玉堂的《研究方言应有的几个语言学观察点》、魏建功的《蒐集歌谣应全注音并标语调之提议》、黎锦熙的《歌谣调查根本谈》、沈兼士的《今后研究方言之新趋势》等文章；《歌谣周刊》1924 年第 55 号发表《方言标音专号》，汇聚众多的语言学家与民俗学家就方言问题展开集中讨论，使歌谣语言学这一问题的研究逐渐推向深入系统。

## 第三节 歌谣与人文

中国文化有两个重要传统，一个是民间文化传统，一个是人文传统，两者相互影响，共同发展。

民间歌谣具有博大精深的一面，其鲜活的生活性与短小精悍的形式相统一，从不同方面表现出社会风俗生活，堪称人民生活的百科全书，同时，也是他们倾诉和宣泄胸中郁闷、表达苦痛与欢乐的狂欢广场。歌谣及相关的民间文学现象、社会思想文化内容的研究是五四歌谣学"关注民间"的集中体现。他们更看重其中所体现的婚俗等社会生活现象，其中所表达的民众情感中苦痛和哀愁的内容，他们把妇女阶层的哀怨看作民间歌谣最真实、最集中的思想价值所在。

民众的情感在民间歌谣中的表现，是调查社会、研究社会思想文化发展及其价值与意义的重要前提。如常惠说："先生不赞成'堆垛式的文学'，若仅论文艺，似是不错。但要拿'民俗学'来论'堆垛式的歌谣'，就不然了。因为俗语说得好，'文从瞎说起，诗从放屁来。'这正可以看出普通人的心理来，本没有什么高深的思想和了不得的文学。就如《夹雨夹

① 董作宾：《一首歌谣整理研究的尝试》，《歌谣周刊》第 64 号，1924 年 10 月 19 日。

雪》是极重要的一首,差不多传遍了国中,各省有各省的讲解,各地方有各地方的说法。不过他们都认为有多大的寓意或迷信在里边,而在我们看着不值得一笑。确实说起来在'民俗学'里实在有重要的关系。我以为先生与其说歌谣是'文艺之结晶',不如说它是'民族心理的表现'。"①

民间歌谣是民众发自内心的歌唱,是"文艺之结晶",也是"民族心理的表现"。总之,歌谣的基本内容在他们看来就是生活与情感。而所谓民间歌谣中的生活与情感,在这些学者的论述中,几乎无一例外都成为"民俗学"的研究。

当然,在民间文学的体裁中,歌谣只是一个类型。也有学者在这一时期提出"不必只从民俗学上去研究",即未必一切民俗学的研究都适用于民间文学的问题。如赵景深给周作人的信中说:"我近来看了《神话学和民间故事》,知道童话的渊源是原始社会的神话和传说,所以你用民俗学去解释童话,我现在更为相信,这是最确当的。自然从童话里去研究原始社会的风俗习惯,才是极正当的方法,可以说是从童话的本身,把价值研究出来了。"在他看来,"童话虽不能不用民俗学去解释,但是却不必只从民俗学上去研究","各人研究了民俗学以后,就可以分途实施到别处去的","我对于童话的志趣,便是将童话供给予儿童看","我愿用民俗学去和儿童学比较,我不愿用民俗学去研究民俗学"②。

民间歌谣中的社会风俗生活从来都是历代学者所关注的重点,在五四歌谣学运动中,这种现象更突出。他们甚至把民间歌谣等同于社会风俗生活。这种研究方式,既有挖掘歌谣社会风俗生活表现价值的意义,又具有研究方法的意义,是中国现代民间文学史上非常重要的一页。当年,董作宾等学者就《看见她》这首民间歌谣在不同地域的流传内容作比较,《歌谣周刊》做专号展开深入探讨。这是一个"母题"研究的典型。如董作宾所说:"一个母题,随各处的情形而字句必有变化,变化之处,就是地方的色彩,也就是我们采风问俗的师资。所以歌谣中一字一句的异同,甚至于别字和讹误,在研究者视之都是极贵重的东西。从歌谣中得来的各地风俗,才是真确的材料,因为它是一点点从民众的口中贡献出来的。像本题一首寥寥百余字,到一地方就染了一层深深的颜色,以前他处的颜色,同

---

① 常惠:《讨论》,《歌谣周刊》第11号,1923年3月25日。
② 赵景深:《信》,《晨报副刊》1922年3月28日。

时慢慢地退却。"① 他特别强调"考订"的意义,他说,了解一个地方的民间歌谣,必须有"考订","考订的手续,应该分做四层:一是字,二是词,三是句,四是段。这四层功夫,首先要限制具有考订的资格的人才能着手,干脆一句话就是非歌谣的同乡不可。因为不是本地方的人就不能断定某字某词是错的,某句短了某句长了。况且关于方言用字,又非有专门学识不能考定。"此时有一首"汉阳民歌"被记述为"白纸扇,手中拿,亲哥听见走人家。黄家门前跐一跐,大舅子扯,二舅子拉,拉拉扯扯吃杯茶。吃了清茶吃换茶,八把椅子是摆家,红漆桌子拭布拭,十二碟,摆下它,风吹隔眼瞧见她。漂白袜头枝子花,青丝头发糯米牙,还缓三年不接她,摇窝扁担挑娃娃"。有人对其中的"换茶"做解释,董作宾说:"'换',当作'红'。汉阳方音读 ng 为 n,舌后收声之字,多变为舌前收声。红字在北方多变音为黄,在南即可变音为 huan。'换茶'必是红茶之误,清茶,红茶,也同粗茶细茶相类。若'换茶'对清茶便无所谓了。原注曲解为'换易佳品',似不甚妥。"此时又有人指出董作宾这种解释也有误:"先生谓'换'当作'红',引了许多音韵学上及音义上的证据,其实'换(换字不知应当怎样写?)茶',本有这样东西,并不是茶,是用芝麻、豆子、炒米、胡椒、盐一类的东西混合在一块,以开水泡之,名曰'换茶',上等人家,有用橘饼与白糖和在一块的,乡间有喜事或接待非常宾客用之。如此说来,'换'字应为形容词,实非动词,而先生说'原注曲解为换易佳品',似乎搜集这首歌谣的人,也不知有所谓'换茶'似的。"董作宾对此解释说:"许先生'换茶'的解释,就令将来不能证实,也不失为方言和风俗中一个很好的材料。"② 董作宾的研究方法与他提到的内容得到胡适的赞同。胡适在给董作宾的信中,提出著名的"大胆假设"理论方法,他说:"此书的整理方法极好。凡能用精密方法来做学问的,不妨大胆地假设;此项假设,虽暂时没有证据,将来自有证据出来。此语未可为一般粗心人道,但可为少数小心排比事实小心求证的学者道。不然,流弊将无穷无极了!此书中有我征集的两首。其旌德一首是我的夫人念出而我写出的;她说明是从南京传去的,故我注出是南京。其绩溪一首是我的表弟曹胜之君写给我的。你在此书里说此首有北系的风味,疑是北

---

①董作宾:《一首歌谣整理研究的尝试》,《歌谣周刊》第 63 号,1924 年 10 月 12 日。
②《关于〈看见她〉的通讯(4)》,《歌谣周刊》第 70 号,1924 年 11 月 30 日。

京传去的。曹君今天见了此段，甚赞你的细心。他说此首是他的母亲从四川带回绩溪的；后来他家的人因久居汉口武昌，故又不知不觉地染了湖北的风味。你试把绩溪这一首（45）和成都（26）汉阳（乙，28）两首相比较，便可明白你的假设已得了证实了。"①

婚俗是社会风俗生活中最重要的民俗事项。有许多学者注意到撒帐歌、闹洞房和各种礼仪仪式的重要价值，这些民间歌谣与民间信仰内容在社会生活习俗中的具体表现，成为许多学者关注和研究的内容。如孙少仙发表《云南关于婚姻的歌谣》②，白启明发表《河南婚姻歌谣的一斑》③，探讨其中的婚俗生活。白启明还发表《一首古代歌谣〈弹歌〉的研究》④，他推定《弹歌》是"黄帝时代"之前就存在的歌谣，从古代文献的记述中探讨歌谣中的葬俗表现，探讨歌谣与社会生活的联系及被汉代人"追忆"等问题。其他如《歌谣周刊》第50号所发表顾颉刚的《东岳庙七十二司》，《歌谣周刊》第56、57、58、59、60连续编发《婚姻专号》，这些"专号"都是从"民俗学"角度研究民间歌谣中社会生活习俗内容的。

妇女问题是《歌谣周刊》最为关注的内容之一。与中国民间文学史上出现许多谴责不孝媳妇变为猪狗之类低贱动物作为惩罚相比，五四时期的歌谣学对妇女生活的不幸表现出极大的同情。

刘经庵是五四歌谣学运动中研究妇女歌谣成就最突出的一位学者。当年，常惠曾经以他搜集整理民间歌谣之辛苦为例，称"现在有一位刘经庵先生辑河南的歌谣，他说去问男子，男子以为是轻慢他，不愿意说出；去问女子，她总是羞答答地不肯开口。我自己呢，到民间去搜集，大概总是不肯说的多。不是怕上洋报，就是来私访的，或者是失了自己的体统"⑤。他说："中国的家庭问题是很大很大的，不是研究歌谣的人所能解决得了的；这也不过是供给研究家庭问题的小小的一点材料。因为现在有许多学者研究家庭问题都到处搜罗世界的名著来翻译或介绍。至于这种著作整个的拿到中国来，是否对症下药，实在是个问题。然而研究中国的家庭问题，还得由实行调查民间的家庭状况入手，我们研究歌谣的人，从歌谣中

---

① 《关于〈看见她〉的通讯（4）》，《歌谣周刊》第70号，1924年11月30日。
② 孙少仙：《云南关于婚姻的歌谣》，《歌谣周刊》第57号，1924年6月1日。
③ 白启明：《河南婚姻歌谣的一斑》，《歌谣周刊》第59号，1924年6月5日。
④ 白启明：《一首古代歌谣〈弹歌〉的研究》，见《歌谣周年纪念增刊》，1923年12月17日。
⑤ 常惠：《我们为什么要研究歌谣》，《歌谣周刊》第2号，1922年12月24日。

也略略看出一点民间的家庭问题来。"① 刘静庵是当时河南省省立第五师范学校的国文教员。1927年，刘静庵出版《歌谣与妇女》，其序中称"本书所引证的歌谣，除编者的《河北歌谣》外，多取材于《歌谣周刊》"，《歌谣与妇女》是他研究妇女歌谣的集中。应该说明的是，他所说的"河北歌谣"，并不是现在行政地理意义上的河北省，而是当时河南省对黄河以北地区的"俗称"。周作人对刘静庵的《歌谣与妇女》的内容与方法做概括总结，在为其所写的序言中说："他的办法是聚集各处关于妇女生活的歌谣，分别部类，加以解说，想从这民间诗风中间看出妇女在家庭社会中的地位，以及她们个人身上的苦乐。这是一部歌谣选集，但也是一部妇女生活诗史，可以知道过去和现在的情形与将来的妇女运动的方向。中国妇女向来不但没有经济政治上的权利，便是个人种种的自由也没有，不能得到男子所有的几分，而男子实在也还过着奴隶的生活，至于所谓爱的权利在女子自然更不必说了。但是这种不平不满，事实上虽然还少有人出来抗争，在抒情的歌谣上却是处处无心的流露，翻开书来即可明了地看出，就是末后的一种要求我觉得在歌谣唱本里也颇直率地表示着。这是很可注意的事，倘若有人专来研究这一项，我相信也可以成就一本很有趣味更是很有意思的著作。"② "一部妇女生活诗史"，应该是刘著最显著的价值。当然，《歌谣与妇女》更多是材料的罗列，是展示歌谣中的妇女生活问题，缺少的是应有的学理分析与总结。

这一时期，刘静庵在《歌谣周刊》发表搜集整理关于妇女问题的民间歌谣与此类理论研究的文章甚多。他曾经发表《歌谣与妇女》《歌谣中的舅母与继母——妇女的教育与儿童文学》等许多有影响的文章，较早注意到民间歌谣中的家庭问题，以及继母问题、童养媳问题、婆婆虐待媳妇问题、男权压迫与歧视等问题。他在《歌谣中的舅母与继母——妇女的教育与儿童文学》中说"中国家庭之腐败，真是糟到极点了"。有人说"关于中国妇女的歌谣，就是妇女们的《家庭鸣冤录》《茹痛记》"，他说"我以为这话很有道理"③。他在《歌谣与妇女》中称赞民间歌谣是"真诗"，"比一般的花呀月呀爱呀的无聊的新诗，要感人至深"。他注意到了民间歌

---

①常惠：《歌谣中的家庭问题》，《歌谣周刊》第8号，1923年3月4日。
②周作人：《刘经庵〈歌谣与妇女〉序》，（上海）商务印书馆1927年3月初版。
③刘经庵：《歌谣中的舅母与继母——妇女的教育与儿童文学》，《歌谣周刊》第46号，1924年3月9日。

谣所表现的社会苦难，特别是妇女儿童的不幸，但是他却把这些苦难仅仅归之于妇女阶层的"缺乏教育"①。

五四歌谣学运动强调发现民间的价值与意义，是一场思想文化的革新运动。其主旨在于建设新的文化。学者们从民间歌谣中理解、认识、把握中国文化的传统与社会现实生活实质，表现出对"礼失求诸野"文化规律的探索，显现出可贵的学术勇气。在某种意义上讲，这也是新民学说的发扬光大。与之相联系的还有儿童生活与儿童教育等问题，虽然也有一些学者注意到古代儿童教育的局限，提出如何对待未来儿童教育与民间歌谣的历史文化价值等问题，但更多的是与妇女问题在一起被论述。

## 第四节 拓展与转向

所谓拓展，在于超越原来所规定的"为学术"与"为文艺"目标；所谓转向，就是说基于五四歌谣学运动，有一批文学家出身的学者这样一种事实，而渐渐形成多学科的融入，出现多学科的民间文学研究。正是这种多学科的学术思想相互影响，使得现代歌谣学摆脱历史上就事论事这样相对单一的民间文学思想理论表述传统的狭隘。

学术转向的基本动因在于西学东渐的背景下，人们越来越不满意单纯的学术内部的研究，更看重在文本基础上所出现的思想文化与社会生活的更广泛的综合研究。面对轰轰烈烈的社会转型，现代学术思想更倾向于应答社会发展的时代诉求，表现出强烈的"当代"意识。由此形成以白话文为重要内容的国语运动等现代学术热潮，因为现代社会科学的繁荣而不断形成学术思想的解放。这为民间文学思想理论的发展提供了可喜的契机。

学术的拓展主要表现在不再是历史文化的"过去时"的文献研究，许多当世歌谣的记录与研究使得歌谣研究具有更鲜明的时代内容，而且并不仅仅是文体上的拓展，还有研究空间从乡村到都市的延伸，从内陆到边疆地区的拓展，许多簇新的民间歌谣形态给人们带来眼前一亮的感觉。

如孙少仙对云南民歌的搜集整理与研究：

---

① 刘经庵：《歌谣与妇女》，《歌谣周刊》第30号，1923年10月28日。

> 昆明的歌谣，自民国成立以来，实在很多，并且是极复杂。因云南近来，屡次遭旱灾匪患，所以边僻县份的居民，有钱的富翁，大半迁居在昆明，于是一齐的人情风俗也迁到昆明。所以昆明的歌谣一天一天地繁杂起来了。现在几乎各州县的歌谣，有十之七八，我们昆明都知道的。以我的眼光看来，昆明的歌谣，从民国成立以前到了现在，其中很改革变化了一些。民国成立以前，受专制官僚的驱使，老是讲究"古的好"，所以谁也不敢改革——变化——建设。到民国成立之后，驱使人民"服从"的官僚政客换了一些，人民的知识也进步，有许多都知道歌谣是歌咏我们的人情风俗。我们依着环境来产生它，是我们应有的权利。并且于行政、法律、军事……有很好的现象，我们应作歌谣赞扬他。若是暴虐专制贪污的官僚政客军阀，我们可以作歌谣永远地使人民咒骂他，因此一切血气方刚的青年就乘此"言论自由"的时代，大唱而特唱——昏歌乱歌的就产生起歌谣来。现在云南的行政、法律、军事，都是奇奇怪怪的，所以歌谣虽是经改革变化后的萌芽时代，我可以说现在的昆明歌谣是产生极盛的时代。①

他笔下的云南少数民族社会风俗生活的"风情"，是一个汉族知识分子眼中的具有与都市生活极大不同之"异端"或原始色彩的风俗生活，因为独特而具有特殊的民俗志和民间文学史志的价值意义。他描述道：

> 未婚的男女青年，每人于晚饭后，拿着乐器，提着很小的纸灯笼（可以点烛，照着行路），到那山的顶上，将灯笼挂在树上。先是一男一女分开，各人弄着乐器，口里呻着，跳着舞（他们的跳舞也是有一定的举动），好似预习一样。后来几十个集在一块儿，一男一女地排列起来，就手弹足舞口呻地热闹起来。一直到月落，他们又就照前地分开，分开后就有少数人归家（这是因为没有恋爱的），其余的就一对一对地又热闹起来，跳舞后就提着灯笼跑，跑到可以睡眠的地方，他们就一对一对睡眠了。但是他们的言语，真是比拉丁文难几十倍，只可口说，不可笔写。②

---

① 孙少仙：《论云南的歌谣》，《歌谣周刊》第40号，1924年1月6日。
② 孙少仙：《论云南的歌谣》，《歌谣周刊》第40号，1924年1月6日。

与此同时的云南青年张四维记述了少见的工人歌谣。在中国现代民间文学史上,"矿工"作为特殊的工人群体,他们的歌谣能够被记录具有更特殊的意义。

歌谣学关注社会生活习俗的内容,渐渐形成人类学和民俗学倾向,标志着五四时期这场思想文化运动的重要转向。其实,从《歌谣周刊》创办开始,就已经形成了其民俗学的方向。常惠在《我们为什么要研究歌谣》中说:"依民俗学的条件:非得亲自到民间去搜集不可;书本上的一点也靠不住;又是在民俗学中最忌讳的。每逢写在纸上,或著成书的,无论如何——至少著者也要读过一点书的。所以多少总有一点润色的地方,那便失了本来面目。而且无论怎样,文字决不能达到声调和情趣,一经写在纸上就不是它了。"[1] 当年,刘半农曾经感慨道:"研究歌谣,本有种种不同的趣旨:如顾颉刚先生研究《孟姜女》,是一类;魏建功先生研究吴歌声韵类,又是一类;此外,研究散语与韵语中的音节的异同,可以别归一类;研究各地俗曲音调及其色彩之变递,又可以另归一类;如此等等,举不胜举,只要研究的人自己去找题目就是。而我自己的注意点,可始终是偏重在文艺的欣赏方面的。"[2] 周作人也曾经论述道:"其一,是民俗学的,认定歌谣是民族心理的表现,含蓄着许多古代制度仪式的遗迹,我们可以从这里边得到考证的材料。其二,是教育的,既然知道歌吟是儿童的一种天然的需要,便顺应这个要求供给他们整理的适用的材料,能够收到更好的效果。其三,是文艺的,'晓得俗歌里有许多可以供我们取法的风格与方法',把那些特别有文学意味的'风诗'选录出来,'供大家的赏玩,供诗人的吟咏取材'。这三派的观点尽管有不同,方法也迥异,前者是全收的,后二者是选择的,但是各有用处,又都凭了清明的理性及深厚的趣味去主持评判,所以一样地可以信赖尊重的。"[3] 此中多出一个"教育的",未必是乡村教育运动的影响,确实是他们在研究过程中看到了歌谣所具有的社会教育功能。杨世清说:"现在研究歌谣的人,从他们的目的看来,大约可分以下四派:(1)注重民俗方面,(2)注重音韵训诂方面,(3)注重教育方面,(4)注重文艺方面。在这四派的里边,本难说哪派重

---

[1] 常惠:《我们为什么要研究歌谣》,《歌谣周刊》第 2 号,1922 年 12 月 24 日。
[2] 刘半农:《国外民歌译·自序》,北新书局 1927 年版。
[3] 周作人:《读〈童谣大观〉》,见《歌谣周刊》第 10 号第 1 版,1923 年 3 月 18 日。

要，哪派不重要；不过默察现在的情形，似乎注重文艺方面的人，较为多点。"① 1923年1月7日，《歌谣周刊》常惠答蔚文信写道："我们研究'民俗学'就是采集民间的材料，完全用科学的方法整理他，至于整理之后呢，不过供给学者采用罢了。"他说，"等我们将来把'歌谣研究会'改为'民俗学会'扩充起来再说吧"②。1923年10月14日第28号《歌谣周刊》发表闻寿链《福建龙岩县的风俗调查》。此后，歌谣研究会以《本会启事》名义称："歌谣本是民俗学中之一部分，我们要研究歌谣是处处离不开民俗学的；但是我们现在只管歌谣，旁的一切属于民俗学范围以内的全部都抛弃了，不但可惜而且颇感困难。所以我们先注重在民俗文艺中的两部分：一是散文的，童话、寓言、笑话、英雄故事、地方传说等；二是韵文的，歌谣、唱本、谜语、谚语、歇后语等，一律欢迎投稿。再倘有关于民俗学的论文，不拘长短都特别欢迎。"③ 这是民间文学的研究与民俗学研究的大融合。将民俗学与民间文学研究在学术方法方式上不加区别地理解与运用，正是这一时期民间文学思想理论所表现出的重要特点。

民间歌谣在北京大学国学门登堂入室，有力冲击了传统的学术格局与既定的文化秩序。歌谣学运动在一片神鸦社鼓的喧嚣中渐渐衰落，此情此景如顾颉刚的《〈国学门周刊〉1926年始刊词》所说：

> 凡是真实的学问，都是不受制于时代的古今、阶级的尊卑、价格的贵贱、应用的好坏的。研究学问的人只该问这是不是一件事实；他既不该支配事物的用途，也不该为事物的用途所支配。所以我们对于考古方面、史料方面、风俗歌谣方面，我们的眼光是一律平等的。我们绝不因为古物是值钱的古董而特别宝贵它，也决不因为史料是帝王家的遗物而特别尊敬它，也决不因为风俗物品和歌谣是小玩意儿而轻蔑它。在我们的眼光里，只见到各个的古物、史料、风俗物品和歌谣都是一件东西，这些东西都有它的来源，都有它的经历，都有它的生存的寿命；这些来源、经历和生存的寿命都是我们可以着手研究的，只要我们有研究的方法和兴致。固然，在风俗物品和歌谣中有许多是荒谬的、猥亵的、残忍的，但这些东西都从社会上搜集来，社会上有

---

① 杨世清：《怎样研究歌谣》，《歌谣周年纪念增刊》第19页，1923年12月17日。
② "常惠答蔚文信"，《歌谣周刊》第4号，1923年1月7日。
③ 《本会启事》，《歌谣周刊》第64号，1924年3月9日。

第十六章　五四歌谣学运动

着这些事实乃是我们所不能随心否认的。我们所要得到的是事实，我们自己愿意做的是研究；我们并不要把我们的机关改做社会教育的宣讲所，也不要把自己造成"劝人为善"的老道士。何况这些荒谬、秽亵、残忍的东西原不是风俗和歌谣所专有。考古室里的甲骨卜辞和明器便是荒谬思想的遗迹。史料室中更有不少残忍的榜样，如凌迟处死、剉尸枭首等案卷。但这些荒谬和残忍的遗迹却是研究的最好的材料，因为它们能够清楚地表现出历史的情状。假使我们一旦得到了汉代"素女图"，当然不嫌它的秽亵，也要放到考古室里备研究。如果风俗室里有"磨镜党"的照片，我们当然可以把它和素女图比较研究。我们研究这种东西不犯淫罪，正如我们研究青洪帮不犯强盗罪，研究谶纬的不犯造反罪一样。我们原不要把学问致用，也不要在学问里寻出道德的标准来做自己立身的信条，我们为什么要对于事实作不忠实的遮掩呢！①

五四歌谣学运动披荆斩棘，在中国现代民间文学史上具有开拓性的重要贡献。它以"民主"思想为利器，向传统的上尊下卑、上智下愚等文化信条发出最猛烈的冲击；"引车卖浆之流"的歌声，竟然在这一时期与历代圣贤们的经典并驾齐驱于研究高深学问的高等学府，堂而皇之地成为见证历史文化的宝典——这一切都不能够被传统体制下的文化阶层所容忍。所以，其退场就具有了必然的色彩。至今，民间文学作为非物质文化遗产的存在，包括其学科建设，仍然不时遭遇着来自某些方面的误解、曲解。文化传统立身于社会现实，从来都是有选择、有条件的；民间文学在昨天曾因为是"引车卖浆之流"的声音而受到腐朽文人的嘲讽与侮辱，今天，其作为特殊的文化事业，甚至曾被作为所谓的封建迷信受到限制。

从相对单纯的歌谣学研究，渐渐形成民间文学与社会生活习俗的拓展与转向。与此相应的是，在歌谣研究会的"国学门"同伴中，此时出现了风俗调查、方言调查等研究团体。尤其是顾颉刚等人在歌谣学运动中所展开的社会考察活动，如对东岳庙和妙峰山的调查以及对孟姜女传说故事的调查等民俗学田野作业实践，在事实上形成对这一时期民间文学思想理论的检验和运用。这些活动开启了学术发展的多元局面，不仅仅使得歌谣学

---

①顾颉刚：《〈国学门周刊〉1926年始刊词》，《北京大学研究所国学门周刊》1926年第1期。

运动能够持续发展，而且深刻影响到后来现代民俗学运动的深入开展。这些活动体现出学者们"面向民间""走进民间"的学术热忱，也彰显出在五四科学与民主这一思想文化光辉照耀下，民间文学思想理论所显示的实践品格与非凡的文化精神。众人拾柴火焰高，现代歌谣学在众多学科的支持下，日益发展壮大，取得许多可喜的成就。

总之，五四歌谣学运动代表着中国现代民间文学思想理论的重要成就，深刻影响着整个中国现代民间文学思想理论建设的发展。

# 第十七章　现代民间文学运动

　　现代民间文学运动是指歌谣学运动结束之后，随着一批学者南下，以广州中山大学《民俗丛书》和杭州中国民俗学会等为标志的又一次民间文学理论研究的热潮。部分在北方以北平为中心，一批民俗学、民间文学研究的学者，继续进行以民间文学为主要内容的民俗学研究，事实上是对五四歌谣学的继续和发展。在南移的学者中，从广州到杭州，民间文学的民俗学研究形成一种特殊的景象，包括此时如火如荼的乡村教育运动中的民间文学搜集整理与理论研究。抗日战争期间，西南的四川、贵州、云南等地，中原地区与西北地区的社会风俗生活调查，中国民俗学会的重新建立与各种不同规模与形式的民俗、民间文学考察，以及不同方法的民间文学研究，形成又一种学术发展方式。这是中国现代民间文学史上十分特殊的一页。由于东北沦陷，河南、山西、湖北、湖南、绥远等内陆省的一部分地区，连同陕西、甘肃、宁夏、青海、四川、云南、广西、贵州和新疆等广大中西部地区，以民间文学为主要内容的社会调查与理论研究的热潮，在抗日烽火的映照下格外醒目。中西部地区的民间文学研究在抗日战争的特殊历史时期，具有鲜明的文化复兴色彩。

　　关于民间文学理论研究中心南移的原因，有许多学者讲述为北洋政府对新文化的扼杀，导致以北京大学为代表的一批学者离开北平这一文化中心。除了社会、政治的原因，还应该有更多的因素，如歌谣学运动在全国的展开，南方特别是东南沿海地区，素有开风气之先的文化传统，自然就形成更大规模的民俗学运动。

　　正是五四歌谣学运动的影响，形成现代民俗学运动重要的思想理论准备与学术力量准备。同时，这也是学术发展自身的趋势所致，歌谣学的研究虽然取得巨大成就，但它已经远远不能够满足人们日益增长的思想文化理论与方法的需要；同时，乡村教育运动强调思想理论融入社会现实，更符合社会文化的发展。民俗学以社会风俗生活的历史与现实为重要研究对象，尤其是其理论与方法的实践性所表现的"求真务实"，更适合这一时期的学术发展需要。后来，顾颉刚回顾歌谣学运动的历史时说："当民国八九年间，北京大学初征集歌谣时，原没想到歌谣内容的复杂，数量的众多，所以只希望于短期内编成《汇编》及《选粹》两种；《汇编》是中国歌谣的全份，《选粹》是用文学眼光抉择的选本。因为那时征求歌谣的动机不过想供文艺界的参考，为白纻歌、竹枝词等多一旁证而已。不料一经工作，昔日的设想再也支持不下。五六年中虽然征集到两万首，但把地图一比勘就知道只有很寥落的几处地方供给我们材料，况且这几处地方的材料尚是很零星的，哪里说得到《汇编》。歌谣的研究只使我们感到它在民俗学中的地位比较在文学中的地位为重要，逼得我们自愧民俗学方面的知识的缺乏而激起努力寻求的志愿，文学一义简直顾不到，更哪里说得到《选粹》。于是我们把原来的计划放弃了，从事于较有条理的搜集，这便是分了地方出专集。"[1]

从20世纪30年代许多高等学校开设的课程情况可以看出，民间文学研究已经初具学科规模，"平民文学""民众文学"等，包括相应的"神话研究""童话（民间故事）研究""歌谣研究""戏剧研究（包含民间戏曲等民间文学内容的研究）"与"宗教研究（包含民间文学内容）"等课程，纷纷登堂入室，这种景象是历史上从来没有出现过的。不唯是在北平，也不唯是在南京，在中原地区、东南西南和西北地区，到处都有这样的景象。民间文学作为学科设置，进入高等学校，在事实上改变了传统学术格局，同时也奠定了现代学术思想"面向民间"这一宝贵的学术传统。当然，形成这种现象还有乡村教育运动的影响，许多高校学者直接参与了乡村教育运动。总之，可以设想，如果没有五四歌谣学运动应时而生，没有这种思想理论的训练与准备，这种景象很难出现。五四歌谣学以科学与民主的新思想点燃了时代发展中"到民间去"的思想文化热情，并以此引发了民俗学运动等更新的社会科学浪潮。

---

[1]顾颉刚：《福州歌谣甲集序》，《民俗》第49—50期，1929年3月6日。

## 第一节　北平的余音

自从大批学者南移，北平地区的民间文学研究确实风光不再，失去了当年歌谣学运动如火如荼的景象。所谓"余音"，是指五四歌谣学运动的继续。在五四歌谣学运动中，对于民间文学的民俗学研究方式日益形成规模，如对于民间歌谣所做语言学的研究、社会学的研究以及各种形式的风俗调查，人类学与民俗学的色彩越来越重，渐渐淹没了其文艺学的意义。其中，有两个事件最值得注意，一是"中央研究院"的"民间文艺组"，一是绥远采风事件。

《歌谣周刊》停刊之后，歌谣学运动并没有因为大批学者的离开而完全停滞。当时发表民间歌谣搜集整理与理论研究的报刊相当多，如前面提到的《晨报副刊》《语丝》《努力》等报刊。应该说，民俗学运动代替歌谣学运动，其实是学术转型或学术转向，是视野逐渐开阔的表现。或曰，学术体制并不能完全决定学术机制，当一种潮流形成之后，常常出现此消彼长的态势。

1925 年，经历异国他乡千辛万苦的刘半农从法国回来，重执北京大学国学门教鞭。这位歌谣学运动的重要先驱，在 1926 年出版诗集《扬鞭集》和《瓦釜集》。他视野更开阔，在把民间文学纳入历史文化范畴的同时，积极采用现代学术手段把民间文学与民间艺术纳入科学研究。他发挥自己在法国留学时的语言学专长，成立语音实验室，还制订了一个宏大的计划，即著作《四声新谱》《中国大字典》和《中国方言地图》。他是一个热烈的爱国主义者，在法国读书时，曾经抄录法国国家图书馆藏大量伯希和所获中国敦煌文献，编著《敦煌掇琐》。他对西方人在中国的土地上随意发掘文物、掠取文化宝藏的行径极为愤慨。1927 年春，他与朋友们创建中国学术团体协会，组织西北科学考察团，以多种形式保护民族文化遗产，捍卫民族文化尊严。他对绥远等地的民间文学考察亦应该属于保护民族文化遗产的内容之一。他面对社会现实中的种种尴尬与无奈，常常据理力争，身心疲惫之至。他面对现实中民间文学研究的遭遇，未必是心灰意冷，却再也没有当年的热情。但是，他并没有停止求索民间文学价值与意义的脚步，而是做出更多惊人的壮举，即对俗曲等历史文献的整理与绥远采风，还有他起草的关于"民间文艺组"的计划书。

北平"中央研究院"是民国时期国家设立的学术研究机构，其动议起自1927年，由蔡元培负责筹建；1928年4月正式成立，其主要职责在于"实行科学研究，并指导、联络、奖励全国研究事业，以谋科学之进步，人类之光明"，计划设立国文学、教育学、考古学、历史语言和社会科学等十多个研究所。蔡元培为首任院长，他继续支持民间文学研究。历史语言研究所于1927年夏设于广州的中山大学，由傅斯年受蔡元培委托负责筹建，同时，他还负责筹建中山大学语言历史学研究所与民俗学会。傅斯年是五四时期学生运动领袖，留学欧洲，学的也是语言学，比刘半农晚一年归国。他在法国与刘半农陪同蔡元培观看被盗敦煌文献，敬佩刘半农的才学与人品，了解他歌谣学运动中的作为，就邀请刘半农在北京成立中央研究院历史语言研究所的"民间文艺组"，专门进行民间文学的搜集整理与理论研究等工作。

"中央研究院"历史语言研究所对北平的"民间文艺组"给予人力、财力的有力支持，设立有研究员、民间音乐采集员和书记（秘书）等专职人员，每月有数百元的不菲经费。

刘半农写给傅斯年的信原件保存在台湾省台北市"中央研究院"历史语言研究所傅斯年图书馆。刘半农提到"关于民间文艺组的事，现在已经实行工作，打算：一、先将车王府的俗曲抄录一份，并通盘校阅一遍，每曲作一提要，各曲的唱调，有现存的，有已失的，有将失的，打算先行调查清楚了，再分别作记载工夫。二、北大所征到的歌谣，亦开始抄录。三、民间音乐方面，由郑君（郑祖荫）及舍弟（刘天华）自定了两个题目，每周规定时间找人吹奏（吹奏费另给），随即记录并加以研究。第一题，北京婚丧俗乐及江浙婚丧俗乐之记载及比较。第二题，北京的叫卖声。此两种工作，总共须一年光景方可做完，将来可另出一种单行本也。四、杂志打算每月出两册，每册32面。现正开始筹备，大约赶得快些，阳历新年可出第一期；但亦不宜过于草草，如一时所收材料不多，便从阳历三月出起"[1]。

刘半农对民间文学、民俗现象与民间艺术的兴趣越来越广泛，从当年的歌谣，到社会风俗生活历史文献的整理。他还搜集了许多北平地方戏曲史料。他对民间年画也表现出极大的兴趣，如他给人的书信中所述："弟近中有意搜集各地年画，即过年时民间所贴财神门神及故事戏情等，以木

---

[1]《刘半农致傅斯年信》，1928年10月12日。

板中国纸印（纸质粗细可以不问）彩色者为最佳，单色者次之，木板洋纸印者又次之，石印者为下，可以不取。吾兄南归，乞于便中代为留意，因为时适在阴历新年也。弟着眼点在民间木刻艺术，故只在精而不在多，能得甚好者三五十张即可矣。但好坏应合布局，色彩，古拙等而论，非印细致之谓，吾兄当能办之。价想不贵，每张或只铜元数枚，当一并奉交。"① 刘半农视野愈广阔，思想自然愈深刻，理解民间文学所表现的思想理论更系统、更全面。后来李家瑞出版《北平风俗类征》等著述中提到这些情况。李家瑞在回忆中说："一、我们平常看北平掌故的书，总觉得记建筑、古迹、名胜的部分太多了，而记人民生活习俗的部分太缺乏，要是将古今书籍里零碎记着北平风俗的材料，辑聚成一书，也可以补偿这种缺陷。二、记载民俗细故的书，在以前是不大有人注意的，所以康熙年间人还可以看见的《岁华记游览志》之类的书，在现在也不容易得到了，但这种书以后是很重要的，为保存它们起见，编一种记载风俗的文字的总集，也是应当做的。三、记述民情风俗的书，士大夫做的往往不如平民做的详细确切，例如：《京都竹枝词》《都门纪略》《京都风俗志》《朝市丛载》《燕市积弊》《一岁货声》等书，无一不是略通文理的人做的，但他们所记的风俗，往往比名人学士们翔实，这一类的书，也可以收集起来，绍介于世。我们编这部书，那这种工作就可以包括在内了。"② 在法国受到的语言学训练，给了刘半农许多得天独厚的学术优势，使他对民间文学的研究思路，与当年歌谣学运动时期所表现的热情大于理性的立场与方法相比，有了非常明显的变化。

最令人感动的是刘半农所做的绥远民歌调查。多少年后，有媒体提到这件事情，称"刘半农是个兴趣广泛的人，写小说，喜欢摄影，出过影集；喜欢写字，常临一些冷门的帖；喜欢编书，也编过时髦的副刊；喜欢谈文法，谈音乐。他弟弟是著名的音乐家刘天华，既能作曲，又能拉一手很漂亮的二胡，刘半农也懂一点音乐"，"我们现在经常可以听到的歌曲《叫我如何不想她》，就是刘半农作的词。刘半农打算编一本《四声新谱》，把中国重要方言中的声调，用曲线划出来，同时还要参照法国《语言地图》的方式，编一本中国的《方言地图》。因此他到处考察，1934 年 6 月 19 日，他从北平西直门车站出发，来到绥远一带考察方言民俗，6 月 20 日

---

①刘复致李家瑞信（1933 年 1 月 15 日），见《天地人》创刊号，1936 年 3 月。
②李家瑞：《北平风俗类征》，商务印书馆 1937 年。

到达包头，调查了包头、绥西、安北、五原、临河、固阳、萨县、托县等地方音及声调，并用录音机收录民歌7首，"在包头，刘半农还在工作之余游览了转龙藏、南海子等地。6月24日，到达归绥，调查了归绥、武川、丰镇、集宁、陶林、兴和、清水河、凉城等县方言及声调。在一个地方，他听见几个老百姓围坐低唱，声音独特，立刻记下谱子，收录歌谣多首。还在黄河边上为纤夫照相，并记录下他们的纤夫号子。6月29日，他和随行者去百灵庙游览，经蜈蚣坝、武川、召河到达百灵庙。而就是在晚上，由于没有蚊帐，刘半农被虱子咬得彻夜未眠，留下了致命的祸根！7月2日，他们回到归绥，在归绥期间，刘半农受北大旅绥毕业学生及当地党政长官的招待，到归绥中学做了一次演讲，听者有上千人"[1]。他所编的《北方民歌集》是中国现代民间文学史上的一座丰碑，全册共326页，652面，其内容分为民歌、情歌和儿歌三类，其中民歌234首，情歌1559首，儿歌85首，流传地区涉及归绥、包头、河套、河北、凉城、东胜、后套、大同、萨县、丰镇、清水河、任丘、托县、临河、阳高、察哈尔、和林、武川、因阳、兴和、灵丘、雁北、安北、应县、朔县、集宁、天县、河曲、塞北、定县、行唐等，即今内蒙古自治区、山西省和河北省的一部分[2]。《北方歌曲集》内容翔实，方式规范，直到今天，我们仍然把它作为田野作业中科学记录和整理的范本。

## 第二节　东南的风浪：从广州到杭州

广州是中国革命的重要策源地，曾经举办"中国农民运动讲习所"。这里也是北伐的重要出发地，引发影响全中国思想文化的反帝反封建大潮。当北平的反动势力越来越嚣张、猖獗的时刻，广州以它特殊的姿态接纳了顾颉刚等人与新生的民间文学学科。傅斯年支持刘半农在北平设立中央研究院历史语言研究所"民间文艺组"，也支持刚刚来到中山大学的顾颉刚等人的民俗学。而且，傅斯年是这里民俗学会实际筹备者。1927年的

---

[1] 李爱平：《刘半农曾来绥远考察方言》，《内蒙古晨报》2008年7月9日。
[2] 参见刘锡诚：《20世纪中国民间文学学术史》，河南大学出版社2006年版，第288页。笔者得到中国民间文艺家协会研究部刘晓路帮助，查阅过此《北方民歌集》原件。

冬天，北方已经是漫天狂风挟裹着冰雪，而广州依然阳光普照，有如春天，此时，中山大学民俗学会在傅斯年的支持下成立了。其章程中有"本会定名为国立中山大学语言历史学研究所民俗学会"，"本会以调查，搜集，及研究本国之各地方，各种族的民俗为宗旨"，"一切关于民间的风俗、习惯、信仰、思想、行为、艺术等均在调查、搜集、研究之列"，"凡赞同本会宗旨并愿协助本会进行者皆得为会员。本会设主席一人，处理一切会务，有审定期刊物，及丛书编印之权"，"本会搜集所得之物品，及一切材料，在风俗物品陈列室陈列之"，"举行开会及派员调查等事项，由主席商同研究所主任定之"，"对于国内外同性质之团体之联络，由主席召集会议决定之"，"本简章如有未尽事宜，得于本会会议时提出修改之"①等内容。显然，所谓"民间文学"的内容已经退居次要地位，仅仅以"一切关于民间的风俗、习惯、信仰、思想、行为、艺术"作颇为含糊的概括，甚至没有明确列出"民间文学"的名目。或曰，这可能是傅斯年已经考虑在北平设立"民间文学组"的原因。但是，在他们的会刊出版时，却以民间文学与民间艺术为名，题为《民间文艺》。《为〈民间文艺〉敬告读者》作为他们的学术宣言，表明了他们的理论思想，也表达了他们所坚持的研究方法：

> 一般学者渐渐注意到"民间文艺"，这是最近几年来中国学术界一种很好的现象。其实，在东西各国，对于民间文艺的研究都已有许多的专书；而且对于中国的民间文艺，如欧美人士之采集神话传说，日本学者之研究中国的谣谚、谜语，其都有鸿篇巨制的成绩发表。这实在使我们汗颜而且要加倍努力的！因为我们对于自己伯叔兄弟诸姑姊妹的生活、思想、文艺，反没有外人知道的详悉啊。
>
> 从历史上演成的一种势力，使社会分出贵族和平民的两个阶级，不但他们的生活迥异，而且文化悬殊。无疑义的，中国两千年来只有贵族的文化：二十四史，是他们的家乘族谱；一切文学，是他们的玩好娱乐之具；纲常伦理、政教律令，是他们的护身符和宰割平民的武器。而平民的文化，却很少有人去垂青。但是平民文化也并不因此而湮灭，他们用口耳相传来代替汉简漆书，他们把自己的思想、艺术、

---

① 《国立中山大学语言历史学研究所民俗学会简章》，《国立中山大学语言历史学研究所年报》，1929年1月16日。

礼俗、道德及一切，都尽量地储藏在他们的文化之府——"民间文艺"的宝库里，永远地保存而且继续地发展着。

民间文艺，是平民文化的结晶品，我们要了解我们中国的民众心理、生活、语言、思想、习惯等等，不能不研究民间文艺；我们要欣赏活泼泼赤裸裸有生命的文学，不能不研究民间文艺；我们要改良社会，纠正民众的谬误的观念，指导民众以行为的标准，不能不研究民间文艺。因此，我们有三个目的：

第一是学术的。我们知道民间文艺的内涵丰富，有许许多多的重要材料，可以供给社会学、人类学、历史学、语言学、民俗学、宗教学、教育学、心理学各种学者的专门研究。

第二是文艺的。民间埋没过不少具有天才的无名文学家，他们有许多艳歌妙语、闲情逸事，不住地在流传着。我们倘能于采辑之后，加以整理，选出一部《民众文学丛编》来，以供大家欣赏，未尝不是文学坛坫上一面新鲜的旗帜呢。

第三是教育的。我们所搜辑的材料，既一面贡献给各项专门家去研究，一面精选编印纯文艺的作品；而一面又须审查它的内容，定一个去留的标准。我们感到"割股救亲"的愚孝，"奔丧守寡"的苦节，这些曲本唱书的教训，是20世纪所不应有的；恐吓欺骗的母歌，刁骂丑讥的民谣，也在应当取缔之列。我们为社会和家庭教育计，对于民间文艺，不能不加以审查，定出标准，使它日益改善。

这里，我们所谓"民间"，不限于汉族；凡属于中国领域内的一切民族，如苗、瑶、畲、蛋、罗罗等皆是。我们所谓"文艺"，不限于韵文的歌谣、谜语、谚语、曲本、唱书等，凡神话、童话、传说、故事、寓言、笑话等皆是。有时，我们还要把国外的民间文艺介绍一点，让大家作比较的研究。在我们的眼眶中，歌谣、谚语的价值，不亚于宋词、唐诗；故事、传说的重要，不下于正史、通鉴；寓言、笑话，不让于庄生、东方的滑稽；小曲、唱书，不劣于昆腔、乐府的美妙。因为这是民族精神所寄托，这是平民文化的表现。我们为此而征集、发表、整理、研究中国全民族的各种文艺，这也就是本刊所负的唯一使命。

今天《民间文艺》第一次与读者相见了，我们要掬诚而恳切地要求读者给我们相当的助力，给我们充分的材料和重要的论文。这是我们所馨香祷祝、引领而望的！

最后我们要高呼我们的口号：
打破传统的腐化的贵族文艺的旧观念！
用研究学术的精神来探讨民间文艺！
用批评文艺的眼光来欣赏民间文艺！
用改良社会的手段来革新民间文艺！
热心民间文艺的同志团结起来！
提倡新颖而活泼的民间文艺！①

自然，所谓"学术的""文艺的"和"教育的"学术目的，与当年的《歌谣周刊》事实上是一脉相承的。其称所谓"民间"，"不限于汉族"，"凡属于中国领域内的一切民族，如苗、瑶、畲、蛋、罗罗"都包含在内；所谓"文艺"，"不限于韵文的歌谣、谜语、谚语、曲本、唱书"，"凡神话、童话、传说、故事、寓言、笑话"皆属于此列。无论视野，还是方法，都发生了变化。这是中国现代民间文学史上一篇难得的具有学术纲领性意义的重要文献。更重要的是《民间文艺》名实相符，确实是民间文学理论研究的集中表现，当然也包括许多作为民间文学背景的社会生活习俗内容。而且即使是后来"改名《民俗》"，也仍然有大量民间文学内容。与此同时，《国立中山大学语言历史学研究所周刊》的"发刊词"称"语言学和历史学在中国发端甚早，中国所有的学问比较成绩最丰富的也应推这两样，但为历史上各种势力所缚，经历了二千余年还不曾打好一个坚实的基础。我们生当现在，既没有功利的成见，知道一切学问，不都是致用的；又打破了崇拜偶像的陋习，不愿把自己的理性屈服于前人的权威之下，所以我们正可承受了现代研究学问的最适当的方法，来开辟这些方面的新世界"，"要实地搜罗材料，到民众中寻方言，到古文化的遗址去发掘，到各种的人间社会去采风问俗"②。应该说，虽为同仁，而二者之间存在差异。

后来，他们在《民俗学会一年来的经过》中做民俗学会工作总结时说道："本会的由来，始于（民国）十六年八月语言历史学研究所之成立，其时傅斯年教授兼任本所主任，适旧日国立北京大学之歌谣研究会，及风俗调查会的会员联翩至粤，如顾颉刚先生，董作宾先生，陈锡襄先生，容

---

①《为〈民间文艺〉敬告读者》，《民间文艺》第 1 期，1927 年 11 月 1 日。
②《国立中山大学语言历史学研究所周刊》第 1 期，1927 年 11 月。

肇祖先生，钟敬文先生等，皆旧日热心于风俗调查，而卓有成绩者；此外则教育系教授而同情于民俗调查者，有庄泽宣先生及崔载阳先生。当时本着研究民俗的精神及志愿，虽未成立为学会，而《民间文艺》周刊创刊号，乃于是年十一月一日出现。当日主持这刊的编辑事务，为董作宾、钟敬文两先生。不及一月，董作宾先生以母病乡旋，遂由钟敬文先生独任编辑之责。到十七年三月，《民间文艺》已出满十二期，以《民间文艺》名称狭小，因扩充范围，改名为《民俗》，当时同情于《民俗》的编辑的，有法科主任何思敬先生，亦愿负责帮忙。以后，因民俗的调查及研究的关系，不能不需要训练一些人材，于是年四月民俗学传习班开始设立。语言历史学研究所亦以民俗事务日渐发展，即开始设立'民俗学会'，由顾颉刚先生主持之。"[1]《〈民俗〉发刊辞》（顾颉刚作）指出："本刊原名《民间文艺》，因放宽范围，收集宗教风俗材料，嫌原名不称，故易名《民俗》而重为发刊辞。"作者充满激情地高呼："皇帝打倒了，士大夫们随着跌翻了，小民的地位却提高了；到了现在，他们自己的面目和心情都可以透露出来了！我们要站在民众的立场上来认识民众！我们自己就是民众，应该各各体验自己的生活！我们要把几千年埋没的民众艺术、民众信仰、民众习惯，一层一层地发掘出来！我们要打破以圣贤为中心的历史，建设全民众的历史！"[2] 热情洋溢的宣言并没有获得更多人的理解与认同，如钟敬文就对此表示过不同意见，称"这个发刊辞，是顾颉刚先生的手笔，顾先生是一位史学家，他看什么东西，有时都带着历史的意味。他那惊人的《孟姜女故事的研究》，据他在《古史辨》序的供词，便是为他研究古史工作的一部分。所以这个发刊辞，就是他用他历史学家的眼光写成的"，"在许多文字里，颇有些话，不很与民俗学的正统的观念相符的"[3]。从《民间文艺》到《民俗周刊》、"民俗丛书"各篇看，民俗学的文章占据了大多数，但是，民间文学的研究依旧不菲，有平分秋色的比例。而这种以"站在民众的立场上来认识民众"为研究方式，以"把几千年埋没的民众艺术、民众信仰、民众习惯一层一层地发掘出来"，和"打破以圣贤为中心的历史，建设全民众的历史"为基本任务，形成其民间文学思想理论，伴之以各种形式与各种内容的民俗、民间文学调查，很快形成歌谣学运动之后的又一

---

[1]《国立中山大学语言历史学研究所年报》第60期，1929年1月16日出版。
[2]《民俗周刊》"创刊号"，1928年3月21日。
[3] 钟敬文：《编辑余谈》，《民俗》第23、24期合刊，1928年9月5日。

个学术热潮。

然而，好景不长。傅斯年支持民俗学研究毕竟是有限的，尤其是顾颉刚等人的民间文学研究与民俗研究涉及所谓"猥亵"的内容，加上一些别有用心的人添油加醋，激起傅斯年对顾颉刚与其学术研究的不满。事情从当时的青年学者钟敬文编发《吴歌乙集》的"事件"引起，有人以为是不健康的"猥亵"内容，与大学研究高深学问的身份极不符合。这些指责在事实上已经远远超出了学术研究的界限，成为人身攻击的借口与手段。1928年8月4日，顾颉刚致胡适的信中说："我真想走，但走不了。现在讲定再留半年。到年底我必走了……我在此地被同事嫉妒甚深（凡不在民俗学会的文科同事都讨厌我，其故只因'民俗丛书'多出了几种），若不知难而退，厦门的风味又要来了。我对于办事虽有勇气，却无兴趣。三则我想研究的问题积了四五年，再也忍不住了，既在中央研究院有专门研究的机会，落得整理我旧业。到了广州，在小鸡里做凤凰，甚怕有堕落的危险。有此三因，故薪金虽多，亦不留恋了；学生虽依依，也顾不得了。"1928年8月20日，顾颉刚致胡适的信中说："民俗学是刚提倡，这一方面前无凭借，所以我主张有材料就可印"，"即使民俗学会中不应印出秽亵歌谣，其责亦在我而不在敬文。今使敬文蔽我之罪，这算什么呢！岂不是项庄舞剑，意在沛公！又岂不是太子犯法，黥其师傅！"① 但是，无论如何，中山大学民俗学与民间文学研究毕竟给东南地区带来一片绿色，其成就不仅仅在于它进行了更加气势磅礴的民间文学与民俗事项等内容的搜集整理，最重要的是它磨炼了学者们的意志，同时，也培养了一批年轻的学术力量，如钟敬文、杨成志等人，在此后都迅速成长，成为民间文学理论研究的中坚。他们在福州、杭州、潮汕等地区建立了中山大学民俗学会的分会等具有实践基地色彩的分机构，民俗丛书的出版使更多的学者得到开阔视野的机会，对后来的民间文学研究方式都有重要影响。这些刊物以"专号"等形式展开的调查研究，与民俗丛书的出版发行，在事实上保存了那个时期社会风俗生活中许多有价值的文献资料，为后人所进行的学术研究奠定了重要的基础。相比而言，我们应该在深入进行第一手资料采集的同时，更应该重视现代历史上那些珍贵的文献，如刘半农他们所做的《北方民歌集》如果能够重新整理，这将十分有益于中国民间文学理论研究的快速发展。的确，我们应该尽快建立起中国民间文学文献学，从基础研究做

---

① 顾颉刚致胡适信，见顾潮《我的父亲顾颉刚》，人民文学出版社2010年版。

起，使这一学科得到更扎实的发展。

后来，《民俗周刊》复刊时，对这一时期的民俗学运动做回顾，总结称："原我国民俗学运动，发轫于民七之北大，而成长于民十六至民十九，及民二十二之广州中大"①，把所谓"民二十二之广州中大"即1933年时期的广州中山大学看作"成长"实绩，未免言重。郑师许在《我国民俗学发达史》中说："自国立中山大学语言历史研究所开始印成《民间文艺周刊》，注意于民歌、民谣、故事的搜集，渐而进于民俗的调查，及部分的所知，以互相讨论；又另印行民俗学会丛书，以为参考。又设风俗物品陈列室，为广大的宣传，不能派人专门去调查，而仅能唤起各地方各学人肩负其乡土及居寓地方的调查、搜集以及研究的责任。"② "不能派人专门去调查"，便是其与北京大学歌谣学运动不能相比之处。

以中山大学民俗学会为核心的民俗学运动，以《民俗周刊》等理论阵地为学术发展重要平台，营造了民间文学理论研究的又一种气象。如《民俗周刊》设立的"传说专号"（1929年2月，第47期）、"故事专号"（1929年3月，第51期）、"梁山伯祝英台专号"（1930年2月，第93、94、95期）、"《山海经》神话研究专号"（1933年3月，第116期）和"王昭君传说专号"（1933年5月，第121期），从研究内容上看，都是民间文学的研究。这些具有民间文学主题研究意义的"专号"，是对民间文学理论研究某些问题的集中讨论，与当年《歌谣周刊》所列"婚俗专号""方言专号"的意义是相同的。有趣的是，当年歌谣学运动中，《歌谣周刊》极力寻找民俗学的出路，而在此民俗学运动中，《民俗周刊》却在认真寻求不以民俗学研究和不同于历史学研究的民间文学的"文学研究"。正因为民俗学理论研究的汹涌，给民间文学思想理论的发展提供了广阔的空间。这里出现"钟敬文现象""刘万章现象"和"罗香林现象"，是中山大学民俗学会尤其重要的人才培养的实绩证明。

钟敬文走上中国民间文学研究道路，是从中山大学民俗学会起步，虽然此前他已经有一些成就。他参与《民俗周刊》与《中山大学民俗丛书》的出版，负责具体事务，锻炼了他的民间文学理论研究能力与相应的组织

---

①《民俗周刊》第1卷2期《中国民俗学运动简讯》，见上海书店影印本，1983年12月版第293页。

②郑师许：《我国民俗学发达史》，《民俗周刊》第2卷第1、2期合刊，1935年4月16日。

策划能力。这一时期，他除了民间文学与民俗的搜集整理之外，还进行了神话传说与民间故事的广泛研究，如对《楚辞》和《山海经》的神话钩沉、辨析与民俗学的理论透视，他所进行的民间文学理论研究看起来是民俗学的，其实从内容上看几乎都是民间文学的文学研究方式。这也是他后来提出"民间文艺学"的学术准备。钟敬文所发表的关于"呆女婿故事"的研究文章和他关于中外民间故事类型比较的文章，都是中国现代民间文学思想理论的重要成就。而如果没有民俗学思想理论的支持，其理论价值很可能会成为另一种结局。

钟敬文在民俗学运动之前就进行民间歌谣的搜集整理与理论研究，曾编纂《歌谣论集》；中山大学的学术生活给了他光荣，也留给他耻辱，令他气愤。他充满愤慨地记述了这个以民俗学为名的"民间文学事件"，用十分朴素的语言解释自己和朋友们"所以要来创立民俗学会的动机"和"本刊所以出版的一点旨趣"："我们这个老大的中国，虽然负荷着一块'数千年文化灿烂之邦'的金字招牌，其实，它店里所陈列着的货色的价值，是很要使我们怀疑的。随便举个例，就譬如文学吧，二三千年来文人学士接踵产生，文学作物，真可说汗天下之牛，而充天下之栋，这还不能说是'懿欤休哉'吗？然而，一考其实，连'文学'两字的定义尚弄不清楚，你说'文以载道'，我说'文以匡时'，你说'必沉思翰藻，始谓之文'，我说'著之竹帛谓之文，论其法式，谓之文学'，众说纷纭，莫得要领。又如文学批评，除了刘勰的《文心雕龙》和钟嵘的《诗品》两部略具雏形的著作外，简直更找不到一册系统的书，虽然评头品足，鸡零狗碎的诗话文评是写得那么多。我们自己本国过去学术成绩是这样低薄浅陋，再看看外人的这种园地，却那样开拓得扩大，兴盛有条理，苟不是甘于长此做落伍者的人，其能再安然不思有以自奋吗？在学术的丛林中，选择了一种急待下手的，并且是自己颇感到兴味而略能致力的，不恤人言地，不顾辛苦地，努力去做一个忠实的园工，这就是我们几个浅学的人所以要来创立民俗学会的动机，也就是本刊所以出版的一点旨趣！"[①] 他以此回顾民俗学会所取得的成绩，说"为了以上的原因，本刊终于刊行了，到现在虽只及半年，却出满了 24 小册，共 20 余万字，同时，本会所印行的丛书，亦出至 20 余种，字数在数十万以上。我们很明白自己工作的浅陋，不敢夸

---

[①] 钟敬文：《〈民俗周刊〉编辑余谈》，《民俗周刊》第 23、24 期合刊，1928 年 9 月 5 日。

说，这样一来，已稳当地奠定了中国民俗学的基础，但我们可以自信而信人，这个小小的努力，最少是在我们敝国这门新苗芽的学问上，稍尽了一点宣传启发的任务。一种学术的创设成立，自然需要有极伟大的心力的合作，与相当岁月的培栽，但我们这个小小的发端，无论如何，是应有的，是颇可珍贵的"。他总结了所谓的缺点，即"我们最感到惭愧的，是每期没有比较精深有力的论著发表"，"各人对于这个学问的意见，颇有未能尽同之处"，"每期材料的分配，似乎不能很均匀，这就是说，各期中，最占多数的，大概是民间文学方面的材料或论文，关于初民生活习惯及信仰宗教等材料来得太少，这也是一个小小的缺点"，并解释道："我们这几个人中，差不多没有一个是专门研攻民俗学的，如顾先生是专治史学的，这可不用说了。何思敬先生，他是学社会学的，崔载阳先生，他是治心理学的，他们的注意民俗学，乃是因它和它们有些关系的缘故。其他如庄泽宜、陈锡襄、黄仲琴诸先生，都是因个人兴趣或与其所学略有关系而热心于民俗学的。我自己呢，说来更是惭愧，我只对于民间文学略注意过一二，其余都不是我所在行的。为此缘故，大家文字里所表露的见解，有时不能齐一，这是很可原谅的。"他强调"民间文学，比较其它材料来得有趣，并且在中国已有多年运动的历史，所以关于它的投稿要比较多点"，其原因在于"我自己是一个对它较有兴味的人，写起文章来，就不免关于它的多，又因为几位会外的朋友，兴趣及研究的对象也多半是倾注于此面的，因之，就难免有这项色彩独浓厚点的表象了"。在此，他难以平息自己因为民歌的出版所遭遇的人身攻击与侮辱之悲愤："自本刊产生以来，局外的人对它大概抱着两种不同的态度。一种是赞成的，一种是鄙视的。赞成方面的，以为我们这种努力，是一个可贵的贡献，于中国的学术坛上。他们不但用语言、文字赞美和鼓励我们，有的还十分诚意地予我们以实力上的援助，如周作人、赵景深、徐调孚、顾均正、黄诏年、清水、谢云声诸先生，都是我们所分外感激的！鄙视方面的，似可分为两种。那受支配于因袭社会的伦理和陋见的近视论者，这在我们是犯不着去计较的。稍可惊异的，是有些素号为头脑清晰的学者们，也不能予我们以同情，甚至深恶而痛恨之，几比它于洪水猛兽！我们的工作，诚然是幼稚可议，但自信总是为学术为真理而努力，至少心是纯洁可谅的！我们不恤承受社会一般盲人的诅骂，头脑混浊者的仇视，但我们却要求大度的学者们平心静气地理解、鉴别，甚而至严厉地指摘亦得，只要他是确能为真理的！为了保护学术的庄严，我们实在没有受鄙视的惧怕。公平的判断，终当有个出现的时辰，即使不是在现在！"①　由此可见，此时的钟敬文以诗人的情怀所表现的赤子之心。

其次是"刘万章现象"。刘万章编有《广州民间故事》②《广州儿歌（甲集）》③《广州谜语》④ 等地方性民间文学的结集，同时，他还发表许多记录整理的民间文学，如《羊石传说》（《民间文艺》第4期）、《一女配四男的故事》（《民俗周刊》第10期）、《洛阳桥故事》（《民俗周刊》第27、28期）、《熊人公》（《民俗周刊》第47期）与《广州儿歌乙集》（《民俗周刊》第48期）等。这些民间文学内容的记录在学术史上有着重要的标志性意义，如钟敬文在为其《广州谜语》作序时称："纯粹为学术的研究而辑集的材料，万章此本，是破天荒的第一部。"⑤ 赵景深对其《广州民间故事》评论道："读了《广州民间故事》第一篇《牛奶娘》和第二篇《疤妹和靓妹》，使我非常高兴"，"这两篇故事的任何一篇都是三篇故事的结合体，公式应该是这样的：牛奶娘＝灰娘＋蛇郎＋天鹅处女"，"使我最感兴味的是蛇郎除吸引天鹅处女故事以外，还能吸引灰娘。这简直是一个发现"⑥。

刘万章搜集整理民间歌谣，在学术发展中有自己独特的价值。如顾颉刚说："为什么在这首歌里竟称起'他'来？这歌原是董作宾先生用全力研究过的《看见她》呵！董先生研究此歌，从北京大学歌谣研究会中所藏一万余首歌谣中抄出类似的四十五首，研究出他的流传的系统，假定这首歌发源于陕西中部，传到山西、直隶、河南、山东遍及黄河流域；又从陕西传到四川而至湖北、湖南，又从江苏而至安徽、江西，差不多也传遍了长江流域。惟独珠江流域，他没有觅到一首。他在统计表中说：北大所有广东歌谣六百四十首，照北方的比例，应当找出此歌三首；现在一首也没有，足见是没有的了。哪知万章先生辑录这书，马上把这个假设推翻了——《看见她》这歌，广东是有的！"⑦

刘万章在《记述民间故事的几件事》中，对民间文学搜集整理的科学

---

① 钟敬文：《编辑余谈》，广州：《民俗》第23、24期合刊，1928年9月5日。
② 刘万章：《广州民间故事》，中山大学民俗学会1929年10月版。
③ 刘万章：《广州儿歌》，中山大学民俗学会1928年6月版。
④ 刘万章：《广州谜语》，中山大学民俗学会1928年9月版。
⑤ 钟敬文：《广州谜语》"序"，中山大学民俗学会1928年9月版。
⑥ 赵景深：《广州民间故事》"序"，中山大学民俗学会1929年10月版。
⑦ 顾颉刚：《广州儿歌》"序"，中山大学民俗学会1928年6月版。

记录提出："我们记述民间故事的，对于故事流传的空间，一定要明白地写出来，这不但那个故事的特质可以表现出来，并且可以研究各地故事的异同"，"我最不赞成不说明流传的所在"，"各地故事不同的特质，和各地的谚语、歌谣、方言以及社会民俗有莫大的关系，我们记述故事的时候，要尽情地照俗叙去，不要老自卖聪明，附会己意变成白话诗，或抹杀不理！这是我们最要留心的"。他以呆女婿故事为例说，"各地的方言，尽可以表现出各地的呆女婿，我们试用统一的方言，那么，中国正有一个呆女婿，一个死的呆女婿"，"民间故事的叙述，总要能够把故事平直地、完满地叙述得迫真，不要尚浮耀，像做小说般，描写一堆风景、心灵的话"①。刘万章是有所指的，这就是北新书局出版大量民间故事文本，其中许多作品都被"文人化"，出现许多"像做小说般，描写一堆风景、心灵的话"之类现象。与《歌谣周刊》中强调"注音""注释"等方式一样，这是对科学研究中忠实于民间文学原来面目的记录原则的论述，至今仍然值得注意。

再者是"罗香林现象"。在我国现代学术史上，广东文献与西北文献的整理有着非常重要的学术价值与意义。其中，广东客家人的民间文学更为特殊，这不仅仅因为洪秀全这些农民起义领袖人物就是客家人，更主要的是客家人特殊的历史文化性情与独特的命运。"中山大学历史语言研究所民俗学会民俗丛书"收录了《粤东之风》这部以客家民歌为主要内容的民歌集，收录民歌有500首之多，堪称客家民歌大全。

罗香林是著名的客家历史文化研究专家，他参与《民俗周刊》的编辑，以青年学生的身份成为中山大学民俗学会阵营中的一员。罗香林1926年考入清华大学历史学专业，而他在中学时代即1924年就开始收集家乡的客家歌谣。至1925年12月，已收录客家重要集聚区广东梅县、兴宁、五华、平远和蕉岭歌谣数百篇。他还以通信方式向各地征集客家歌谣。1926年秋，刚刚进入清华学习的罗香林着手编辑《广东客家歌谣集》，并以客家歌谣研究会的名义撰写《征集客家歌谣启事》，做更广泛的征集与整理。他的编纂活动与客家山歌的研究，得到顾颉刚等人的帮助，1928年《广东客家歌谣集》大致编纂完成。罗香林本身就是客家人，感于"兴宁处粤之东隅，去闽赣殊近，其素习兼具粤赣闽之长，明耻尚义，隆礼守法"，故

---

① 刘万章：《记述民间故事的几件事》，《民俗周刊》第51期，1929年3月13日；《〈广州民间故事〉附录》，中山大学民俗学会1929年10月版。

取名《粤东之风》。1930年前后，他搜集到鸦片战争中广东民众抗英的民间文献，编纂出《鸦片战争粤东义民抗英史料叙录》和《鸦片战争粤人说部与诗史》，为近现代历史文化研究做出重要贡献。《粤东之风》这部著述的出版较晚，但是，其搜集整理与其中的"讨论"，大多形成于民俗学运动时期，其所体现的民间文学思想理论，应该与中山大学民俗学会的学者们有联系。如其所论"真的好歌谣，其生命决不仅寄托在文艺里头"，他说，"歌谣是普遍的、活动的，平民所借以表现其苦乐的唱声，所以从艺术上看，固有它天然的美节；从声韵上看，更足以明示语言的递演；而其功用则能使人兴趣振作，和教育亦甚有关系"，"倘把它在民俗、语言和教育各方面的精神完全抽去，无论它不复能发生艺术的价值，即使能之，也不过差可和文人无病呻吟的作品相比拟罢了"[①]；他看重客家民歌中的民俗生活个性，希望从中探索那些"历来史家没有注意到的习俗"，"循着它所表现的风尚，去探索客族人民习俗的构成和转变，不难推知古中原民族的习俗"[②]。这些见地出自一个学术青年，可见其深思熟虑，也可见其学术锐气。《粤东之风》中的《什么是粤东之风》，即发表于朱湘主编的清华大学文学社《文艺汇刊》1927年第二卷第三、四期；他在《南行记》等著述中也曾提到他与顾颉刚等人的来往。

总体上讲，这一时期的民间文学研究，以民俗学为利器，在事实上已经走出文学的视野，如顾颉刚，基本上是在进行一种新史学意义上的理论研究，在学术水平上超过了歌谣学运动时期的民间文学研究。日本学者直江广治曾经把这一时期的中国民俗学称为成熟发展时期，是有一定道理的。当然，一切学术研究事业的开拓总会有不同程度的粗糙等不尽如人意之处。容肇祖对此做总结时说：

> 综计已往的成绩，除忠实搜集材料外，江绍原先生的《发须爪》及《血与天癸》，皆就书籍的记载及自己所知道的，及听到的材料而为分析的说明。江先生是研究宗教学及迷信的人，故于说明这种迷信的关系，甚为清楚。民俗学本来是一种解释的学问，故此江先生的贡献，开我国民俗学研究的先路。顾颉刚先生的《孟姜女故事研究集》，由书籍记录与传说故事的变异不同，而发现历史的演变，无论古典

---

[①] 罗香林：《粤东之风》，第7页，北新书局1936年版。
[②] 罗香林：《粤东之风》，第35页，北新书局1936年版。

的、正统的历史，与民间的、地方的故事，都是一样的。他用历史的眼光去照着历史的真实，由时代的迁流，而失其本来的面目，他用传说的故事的研究结果，与他的古史的研究结果，互相证明。结果，他不特于古史的研究上开一个新方法，而且于民俗研究上亦开一新路径。本来民俗学是个历史的科学，由民俗学研究的结果，可以供给文化史一部（分）的新材料。民俗的材料，可以说是古史中一部分的实绩的遗留，或者至少可以由此推证得历史中一部分少人注意的资料。由顾先生的历史与民俗的研究，于是近来研究民俗学者引起一种历史的眼光，知把民俗的研究与历史的研究打成一片，而在我国，可以使尊重历史的记录，而鄙弃民间的口传的人们予以一种大大的影响。我的《占卜的源流》和钱南扬先生的《祝英台故事集》等，便是其应声。本来古籍中不少民俗的材料的遗留，如江绍原先生的《发须爪》中，说及发须爪被认为有药物的功效时，亦说道："虽也参考了好几种方药书，然大致以明人李时珍的《本草纲目》为本。"认定一种古书而研究其中的民俗材料者，有钟敬文先生的《〈楚辞〉中的神话与传说》。由此开端，将来《山海经》《水经注》等各书，致力研究其中的民俗者，当必继起有人，亦如英国人研究莎士比亚著作中的民俗，可以预料。郑振铎先生近作《汤祷篇》（《东方杂志》30卷1号），用民俗学的眼光去看古史，发现古史中的神话和传说，不是野蛮人里的"假语村言"，是真实可靠的材料，更把现代中许多"蛮性的遗留"的痕迹，来证明古史的真实。他自号为"古史新辨"。这种扩大民俗学的利用，与顾颉刚先生把民俗学和历史学打成一片的研究，当然有同样的效果。他们二人的方法表面似是相反，而实际是相成的。考古学的方法，在民俗学上亦有时用得着的，田章的故事，我曾作《西陲木简中所记的田章》（《岭南学报》2卷3期）及《田章故事再考》（《民俗学论集》中），以找回古代有之而久经沉埋的故事。但是近来出现的古器物中，如唐宋的明器，我们更可依据以考古代沉埋的民俗。赵景深先生的《民间故事丛话》，文艺的眼光，考较我国民间故事的形式，更拿西洋的故事相比较，其性质是偏于文艺方面为多。然而现在一般作民俗的研究者，大率纵的或历史性的比较为多，而横的地理性的比较为少。顾颉刚的孟姜女研究，虽亦曾注意到各地方的传说，然而各地方的材料未易为普遍的搜集，故不免横的研究，因而更感觉困难。前中山大学《民俗》周刊，所以出种种专号的目的，本为向各地方征求材料，但结果仍只限于几个地方的投稿者。因此民俗研究，一涉及比较之点，我们每觉纵的较横的为多，而引证则称述古代为盛，盖翻书之功易为，而采访或调查的不易呵！故此我在前面说道："不完满的研究待后人的修正补充，正如忠实的材料的记录待研究者的引用，为一样的可以帮助学问的成立。"从现在研究的作品看，补偏救弊，正恨材料的质量，我们所得有限呢！①

这篇总结性的评论文章提到中山大学民俗学会及同时代学人的民间文学研究得失问题，用意在于尽力把握学术发展的轮廓，如其对顾颉刚关于孟姜女故事研究的成就、钟敬文关于《楚辞》与《山海经》神话的研究、钱南扬关于梁山伯祝英台故事的研究、郑振铎关于商代神话传说的研究、赵景深关于民间故事的研究，以及作者与江绍原对巫术现象与民间文学的研究，述说皆甚妥当。尤其是他对于顾颉刚民间传说故事研究所具有的历史学意义的总结，可谓一语中的。但是，他没有分清民间文学研究中，人文的研究与社会科学的研究其实是有许多不同的。当然，这也说明在民俗学运动中民间文学研究在主体构成等方面不断拓展开来。

民俗学的民间文学研究，应该与文学的民间文学研究有所区别，但是，在当时这是一个普遍存在的现象，就是人们把民俗学研究实际上作为一种文学研究方法看待。如许地山曾经翻译了《孟加拉民间故事》，他在"译叙"中说："凡未有文字而不甚通行的民族，他们的理智的奋勉大体有四种从嘴里说出来的。这四种便是故事、歌谣、格言（谚语）和谜语。这些都是人类对于推理、记忆、想象等最早的奋勉，所以不能把它们忽略掉。故事是从往代传说下来的。"他将民间文学分为几大类别，详细提出"要把故事分起类来，大体可分为神话、传说、野乘三种"，其中"神话（Myths）是解释的故事"，"传说（Legends）是叙述的故事"，"野乘（Marchen）包括童话（Nursery-tales）、神仙故事（Fairy-tales）及民间故事或野语（Folk-tales）三种"。这种分类方式基本上是合理的。他对此作解释说："从古代遗留下来的故事，学者分它们为真说与游戏说两大类，神话和传说属于前一类，野语是属于后一类的"，"在下级的民族中，就不这样看，他们以神话和传说为神圣，为一族生活的历史源流，有时禁止说故事的人随意叙说。所以在他们当中，凡认真说的故事都是神圣的故事，甚

---

① 容肇祖：《我最近于"民俗学"要说的话》，《民俗》第 111 期，1933 年 3 月 21 日。

至有时做在冠礼时长老为成年人述说,外人或常人是不容听见的。至于他们在打猎或耕作以后,在村中对妇孺说的故事只为娱乐,不必视为神圣,所以对神圣的故事而言,我们可以名它做庸俗的故事"。在这里,他看起来是把民间文学作为社会人类学的研究内容。他称"研究民间故事的分布和类别,在社会人类学中是一门很重要的学问",而事实上还是文学研究的形制,"庸俗的故事,即是野语,在文化的各时期都可以产生出来。它虽然是为娱乐而说,可是那率直的内容很有历史的价值存在。我们从它可以看出一个时代的风尚、思想和习惯,它是一段一段的人间社会史。研究民间故事的分布和类别,在社会人类学中是一门很重要的学问。因为那些故事的内容与体例不但是受过环境的陶冶,并且带着很浓厚的民族色彩"。许地山的视野很开阔,他在比较中指出:"在各民族中,有些专会说解释的故事,有些专会说训诫或道德的故事,有些专会说神异的故事,彼此一经接触,便很容易互相传说,互相采用,用各族的环境和情形来修改那些外来的故事,使成为己有。民族间的接触不必尽采用彼此的风俗习惯,可是彼此的野乘很容易受同化。"①

不唯如此,一直到后来抗日战争中,对于民间文学的搜集整理,还有许多人坚持文学发展以民间文学为最真实的理解。如著名的《西南采风录》,出自西南联大青年学生刘兆吉,他在民间歌谣的调查中最深刻的感受就是民歌的生动:"采集民歌的蓄意已经很久了,我记得在中学读书的时候,就特别喜欢浅显的诗歌,尤其是民间歌谣。不过当时的意思是很单纯,只是为的浅显有韵,易于了解记忆,并且念起来也顺口悦耳,如:'哭一声,叫一声,儿的声音娘惯听,为何娘不应!'听一次便能会意背诵了。不但如此,这样的诗歌,描写得很逼真动人,民间所流行的歌谣都具着这种特点,因为他们不是咬文嚼字的文人,惯作无病呻吟或'为赋新词强说愁'的勾当,故意从字汇中检些生涩的字来组成难懂的诗文。民间歌谣的作者,不必识字,只要有丰富的情感,受了外界的刺激,他的情感冲动于心,无论是喜怒哀乐都要发泄出来,这种真情的流露,有时即成为极美的民歌,惯于雕琢字句的文人也许难能。所谓'情动于中,而形于言;言之不足,故嗟叹之,嗟叹之不足,故咏歌之',所以无论村妇野老,当他们喜怒哀乐的情感奔放出来的时候,亦可成就好的诗歌,如古时两位粗野的英雄——刘邦项羽,在情感激动的时候,也可以唱出极悲壮哀婉的

---

① 许地山:《孟加拉民间故事·译叙》,商务印书馆1929年版。

《大风歌》及《垓下歌》来；所以我以前便相信好的诗歌，不必尽在唐诗宋诗及历代的诗集里去找。垄头田畔村妇野老的口中，一样的有绝妙的诗歌，由这个初步的信念，采集民歌的兴头，便因之萌芽了。"[1] 此类论述所涉及的内容确实有一些已经超出民间文学的文学研究，其研究方法具有明显的人类学意识，但是，万变不离其宗，其论述的主旨到底还是一种强调了民间文学社会生活内容与社会文化价值的文学研究。

民间文学研究的人文性特征与民俗学及人类学意义的社会科学特征是有巨大差别的。一个注重的是情感，是情绪；一个注重的是生活事实。所以，公说公有理，婆说婆有理，二者总是不能说服对方。在民间文学研究中，钟敬文等人较早提出了类型问题。之前的歌谣分类，都是建立民间文学理论体系的必要准备。这在中山大学民俗学研究中有所体现。然而，却有学者把这种现象列入形式主义。如当年清水发表《海龙王的女儿》等民间故事做比较研究，樊缜在一篇文章中就提出意见，批评"一切都拿去与欧美的成绩去比附"。那么，民间文学的民俗学研究"应该转换方向"，应该走一条什么样的道路呢？他所依据的是"站在史学、社会学的观点上"，希望看到的便是"反映到那里边的封建的社会意识，特别浓重"，他举出容肇祖"民间的故事，每每从理想上满足人们的欲望的要求"的论点，称"透视过去，我们将理会到隐藏在那内容背后的实际生活的痛苦了。对于财产制度、遗产制度而发生的欲望，便表示着在那下面挣扎者的悲哀"，而"从另一方面去看，如故事内容所说的满足，则一些民间故事，适成其为俘虏被压迫者的心意的工具了"，这就是"你如对这种社会感到不满，你却不能推翻它的，因为那是有神或佛在主宰着。神或佛是正直的，只要你们安分守己，总会有那么一天，你们将得到神或佛的赏与——金银与美女"。他举《蟾蜍的故事》《嫁蛇》等民间故事为例，说"贫苦的青年们要想脱离你们的地位，那你们须先得做'卫社稷'的工作；贫苦的少女们也不必烦恼，你们只要长得美，便会'一朝选在君王侧'去过富贵的生活。总之，无论怎样着，你们且忍耐，静候，自然会成仙，或接受怜悯的"。在他看来，民间故事的意义其实在于"封建社会的共同心理，主要的是因循惯例、爱好传统、敬神等思想"，他所关注的内容也就是以《呆女婿故事》《梁山伯祝英台》之类民间文学中的社会生活知识，"甚或于农村社会里，有许多生活上所必须的用具，是要习记的。它们的名称、属性

---

[1] 刘兆吉：《西南采风录》第2页，商务印书馆1946年版。

及用途，它们的作为随机应变的用途……同时，在那种社会里，礼节是特别地推尚。最有礼貌的，便算是最优秀的。尤其是在宗法制度之下，无论那是怎样地繁缛，礼节成为间接的一种过社会生活的手段，而不能不讲求"，所以他说"这一种从内容上去解释的企图，似乎比从形式上去比附的研究更为有意义些"①。或曰，民间文学是社会风俗生活的重要表现形式，从中可以看到不同的内容，文学的研究与非文学的研究都是合情合理的，没有必要泾渭分明。

由于传统的学术体制等原因，在学术研究与学科建设中，常常出现一个或一群特殊的学术发起者带动一个学科迅速形成繁荣或败落局面的现象。成也萧何，败也萧何，正是傅斯年对于中山大学《民间文艺》《民俗周刊》等民间文学研究事业的前后不同态度，出现顾颉刚愤而出走的结局。傅斯年刚刚从欧洲留学归来时，血气方刚，他对刘半农和顾颉刚的支持与帮助，曾经是中国民间文学理论研究的佳音、福音，而其难为顾颉刚等人所进行的民间文学研究，则成为其并不光彩的一章。这使得中山大学的民间文学研究迅速呈现势单力薄的景象。此时的中山大学继续民俗学研究，其学术研究的思路与格局及其影响，较之从前已经远远不能同日而语。回顾中山大学民俗学、民间文学研究，自《民间文艺》由董作宾、钟敬文编辑，1927 年创刊，至 1928 年 1 月，共出 12 期；《民俗周刊》，1928 年 3 月创刊，先后由钟敬文、容肇祖、刘万章任编辑，至 1933 年 3 月复刊后，由容肇祖编辑，共计 123 期②；中山大学民俗丛书出版，其成就确实不菲。1933 年之后，《民俗周刊》停刊，中山大学民俗学会解散，这里的民间文学理论研究随之消遁。五羊城也没有能够挽留住顾颉刚和钟敬文，中国民间文学研究的中心与民俗学研究核心力量渐渐远走他乡，离开了广州这片当年的热土。中国现代民间文学思想理论以民俗学研究的又一种姿态，开始出现在浙江杭州等地。广州时期的中国现代民间文学思想理论建设主要表现为民俗学的研究方式，使用民俗学的理论方法研究民间文学，也出现当年赵景深所说的现象，即"不必只从民俗学上去研究"，"愿用民

---

① 江绍原：《现代英吉利谣俗与及俗学》附录七，上海中华书局 1932 年初版，第 311 页。
② 《民俗周刊》1936 年复刊后，改为《民俗》（季刊），至 1943 年，又出版 2 卷 8 期；其先后由杨成志、钟敬文编辑，已经与中山大学没有什么联系。

俗学去和儿童学比较"，"不愿用民俗学去研究民俗学"①。这并不是各随其便的学术兴趣问题，而是提醒我们注意不要用民俗学的方法代替民间文学理论研究。这一问题在今天正变得越来越复杂；民间文学的文学性日益被淡化，或被异化。不论民俗学的理论方法对民间文学研究有多少更特殊的意义，它都代替不了民间文学的文学研究。在今天"民俗学（含中国民间文学）"的学科设置方式中，把民间文学仅仅当作一种民俗事项，无疑割舍了其作为民众情感表达所呈现的极其丰富的价值意义。

与广州相比，杭州的山水少了许多的刚烈，而具有更多的清秀。1928年，25岁的钟敬文离开广州到达杭州，意味着杭州将要成为中国民间文学理论研究的一个重镇。此时的钟敬文只是在《歌谣周刊》发表《读〈粤东笔记〉》《南洋的歌谣》《海丰人表现于歌谣中之婚姻观》等文章，还不是胡适、鲁迅、周作人、刘半农、郑振铎、顾颉刚、赵景深、董作宾他们那样已经造诣深厚，能够在社会上一呼百应的人物。他对民间文学理论研究事业及其对朋友的热心、执着与诚恳，赢得了许多人的尊重与支持。刘大白，五四诗坛上重要的新诗发起人，他以表现民间疾苦的《卖布谣》而闻名，曾经出版《旧梦》《邮吻》等诗集。刘大白时任浙江大学秘书长，他热心帮助钟敬文来到杭州的浙江商业学校、浙江大学等处工作，使其继续从事民间文学理论研究。

"吴歌乙集"事件对于钟敬文来说，是塞翁失马，焉知非福！如其离开广州时所称"公平的判断，终当有个出现的时辰"②，钟敬文与朋友们在杭州成立中国民俗学会等活动，成为中国现代民间文学事业发展的重要机遇。适逢乡村教育运动正如荼如火地展开，他们团结朋友，利用地方《民国日报》和《开展月刊》《艺风月刊》《浙江民众教育月刊》等刊物，开办《民俗周刊》《民俗学集镌》《民间月刊》等专栏、专号，创办《孟姜女月刊》等民间文学与民俗学的理论阵地，与全国各地的民俗学、民间文学研究力量连接成一体，时时赢得喝彩。这个时期的民间文学研究，无论是出版或发表的数量，还是质量，都是五四歌谣学运动时期所无法相比的；即使是后来的时期，也未必能够与之媲美。当然，这不仅仅是杭州中国民俗学会所取得的成就，而且也包括更广大的地区，如西南、西北、华北和中原地区。或曰，乡村教育运动倡导的理论与实践相结合的民间文学

---

① 赵景深信，《晨报副刊》1922年3月28日。
② 钟敬文：《编辑余谈》，（广州）《民俗周刊》第23、24期合刊，1928年9月5日。

理论研究方式，为钟敬文等人提供了更为广阔的学术发展空间。

从五四歌谣学运动到现代民俗学运动，民间文学研究至此走过了一段极其不平坦的道路。杭州中国民俗学会的同仁们，对这一段历史给予总结，他们在《开展月刊》编辑《民俗学集镌》的学术专号，发表《国立中山大学民俗学会出版丛书提要》《广东中山大学〈民俗周刊〉要目》，回顾历史。《民俗学集镌》第一辑发表了钟敬文的《中国民谭型式·小引》，当为其民间故事理论的纲领性文章。浙江《民国日报》副刊《民俗周刊》发表征集民间故事的《启事》称："本刊自出版以来，倏将四月，无时或释，对于同好应征及投送文稿，纷纷惠赐，雅意铭怀，惟以篇幅狭小，实虽多揭鸿著，歉愧迄今；故拟再在本埠添出《民间故事周刊》一种。庶几积稿可清，美意可酬，当已启事于先，兹有更以《民学》内包括博大，国内少人注意，为广普之鼓吹计，又拟假南京民报，宁波民国日报，添出《民俗》刊物两种。凡我同好，祈忆及之！"① 娄子匡是一个有雄心壮志的学者，此时，他提出搜集整理全国各地关于月亮的民间歌谣，希望编出《中国月歌全集》，其意在于"集得全国的月歌，作民俗学的探讨"和"贡献给全国各地的需求者浏览"，"我集得的月歌，差不多中国各省都有，只有比较偏僻的几省——（内）蒙古、新疆、青海"，"三五省，搜集不到，离我较近的几省，怕每一县都有一曲，因此就大着胆，边在搜集，边在编纂，付印出版公世了"②。

此时的钟敬文特别关注民间文学与社会教育、民众教育的联系，他在《民间文学和民众教育》中提出民间文学教育思想（《民众教育》季刊2卷1号，1933年）；在《前奏曲》中提出"民族束缚的解放、民众教育的提高等迫切问题"，论述"需要这一学问研究的结果，以为实际解决的资助"（《艺风》第2卷第12期，1934年10月）；在《民众教育月刊》"民间艺术专号序言"中论述"第一是关于学术的，第二是关于教育的"（《民众教育月刊》5卷4、5期，1937年）。

钟敬文离开了广州，但他的身影仍然在广州的风中飘动。他在杭州写作、发表的文章，他与人讨论民间文学的书信（如他与容肇祖通信中提到"据说郑振铎先生已翻译了一部关于民俗学的巨著，将印以奉献国人。最

---

①《启事》，《民俗周刊》第17期，1930年12月。
②娄子匡：《月光光歌谣专辑·序言》，杭州：《民间月刊》第2卷第4号，1933年1月。

近《小说月报》启事,又自有今年起,将兼讨论及民俗学与文学有关系的问题,那真略可以使人告慰了"①),被中山大学民俗学会的《民俗周刊》所刊载。《关于〈民俗〉》载于《民俗周刊》,文中称:"民俗学的研究,已有着鲜薄的一点成绩的贡献","真的研究攻伐的工作,自然还没有很正式的开始,可是这不必引为诟病,或过于心急","我们只能、愿就自己暂时能力所能够做的,去尽一点应该而乐意的职责"。他说,"广泛收集我们所需要的材料,在可能范围中,施与细心的整理及部分的尝试研究,这是我们最近的工作目标","在我们意料之中,本刊开始发行后,除了许多贤明的头脑清晰的先生们,将由衷地眉飞色舞着同情我们的工作外,必然地有一部分的人要冷酷地或恶心地恣肆着他们的嘲讽与鄙蔑,最少呢,是不免蕴着满肚子莫名其妙的心情而怀疑起来。过去的经验告诉我们是这样,在推理上也是个必然的结论。我们怎样去应付这个未来而必定到临的不幸的对手呢?谩骂吗?这徒然深增了误解而已,又何必!我们愿意诚恳地在这里先做点表白,倘使这表白在事实上能招来我们所不敢十分预期的效果,那真将不知怎样来述说我们的高兴好呢!"他举出一些人诘问、怀疑民俗学、民间文学研究的论调,如"这种触目都是凡庸贱俗的材料,也值得你们受了高等教育和在从事着高等教育工作的学人们的费心研究吗?要研究中国的国故,那材料可不是多着,周鼎汉壶,唐诗宋词,何一不可作专门的研攻,而必以这些粗野之至的东西当对象呢?是研究不来那些而只好以此为足?抑天生贱骨头,只配弄弄这些凡品呢",他应答曰:"对于这样的说着,而显出一种嘲笑的脸色的朋友,我们以为他还是未明近代的所谓科学吧!只要是一种在时间空间上曾经存在过,或者正在存在着的事物,无论它所具的价值,怎地高贵或凡贱,都可作学者研究的对象。""在这研究的范围内,只要是真实的材料就是一点一滴,都是很尊贵而有用的。"他接着举例说:"植物学者的对象,是树木花草;矿物学者的对象,是岩石金属;动物学者的对象,是鸟兽虫鱼,他们只问能否求到事物的真相,从不计及所研究的现象,在商品上价格的高下。非然者,将以研究人类及事物某部分的科学为尊荣,而贱视其它一切的研究了。这种不合理的观念,和吾国传统思想上以官吏为贵人,士子为高品等,有什么不同的分别?朋友,已经开明的20世纪时代,是不容许我们做这样非理地妄生轩轾

---

① 钟敬文:《与容肇祖的通信》,《民俗周刊》第52期,1929年3月20日。

的谬想的了!"①

　　以钟敬文为代表的一代学者,他们的学术思想普遍表现出明显的人类学色彩。如其所述"我年青时在踏上民俗学园地不久,所接触到的这门学科的理论,就是英国的人类学派,如安德留·朗的神话学,哈特兰德的民间故事学等。不仅一般的接触而已,所受影响也是比较深的。从20世纪20年代到30年代中期,我陆续写作了好些关于民间文学及民俗事象的随笔、论文。在那里,往往或明或暗地呈现着人类学派理论的影响。例如,1932年发表的论文《中国的天鹅处女型故事》中的第10节,对于变形、禁忌、动物或神仙的帮助、仙境的淹留、季子的胜利、仙女的人间居留等故事要素的指出和论证等,就是例子。此外,从那稍后所作的《中国神话之文化史的价值》《中国民谣机能试论》等文章里,也多少可以看出那种理论影响的存在"。②

　　20世纪30年代的中国民间文学思想理论主要表现为社会学与人类学的倾向,钟敬文也不例外。社会学的倾向主要受乡村教育运动改造社会的影响,钟敬文特别重视民众教育与民间文学的密切联系;人类学的倾向主要是西方文明冲击中国社会,以鲁迅、胡适、胡愈之等人对西方人类学理论的介绍有关。特别是钟敬文在日本的学习,使其学术思想发生重要变化。如一位学者所说:"20世纪到30年代中期,钟敬文开始逐渐发觉人类学派的局限性——它只解释了人类文化发展过程中比较局部、停滞的现象,而忽视了其他甚至更重要的方面,但由于受影响的程度深,摆脱的痕迹并不明显。后来在东京时期,他阅读了大量有关原始文化社会史的著作(有考古学、民族学、文化史等),'这就使我的学术兴趣和知识积累,逐渐偏向了远古文化领域。从那时起,我对于活着的民间文学与古老的原始文学(扩大一点说,对现代民俗文化中远古的原始文化)的界限的认识,始终不免有些模糊'。由于远古文化的学术兴趣和对二者疆界的模糊认识,钟敬文在对于民间文学的认识上,往往把它当成是'民族的精神遗产',是'文化史的一个构成部分',具有'历史文献价值'。""早在20世纪20年代末到30年代后期,钟敬文的民间文艺学研究就已经达到了相当成熟的程度,他在这一时期写作了大量民间文艺学论文,形成了他民间文艺学活动历程上的第一个重要时期,他的一些至今常被学界称道和征引的论文,

---

①钟敬文:《关于〈民俗〉》,《民俗周刊》第85期,1929年11月6日。
②钟敬文:《从事民俗学研究的反思与体会》,《北京师范大学学报》1998年第6期。

例如《中国民间故事型式》（1929—1931）、《中国的地方传说》《中国的水灾传说》（1931）、《蛇郎故事试探》《中国的天鹅处女型故事》（1932）、《老獭稚型传说的发生地》（1934）、《盘瓠神话的考察》（1936）等都写在这一时期，有学者甚至据此不无偏颇地认为钟敬文的'最重要的著作产生于战前时代'。在这一系列的文章中，已经体现出了钟敬文学术研究上的强烈实证精神。例如《中国民间故事型式》和《中国的地方传说》，虽然是受到国际上对于民间故事情节的类型或母题等进行归纳的学术潮流的影响，但其中对于中国若干民间故事、民间传说类型的总结，却完全是立足于本土本民族的资料基础，是从大量的文献记录、当时的口头传承上概括出来的，因此反映了中国民间故事的特色。他所概括并命名的一些故事、传说类型，例如'云中落绣鞋型''狗耕田型''百鸟衣型''老虎母亲（或外婆）型'等，都因为是建立在中国自身民间故事客观事实的基础上，所以至今仍被国际国内有关学者所接纳和引用。至于《中国的天鹅处女型故事》《老獭稚型传说的发生地》《盘瓠神话的考察》等文章，虽然对故事的分析借用了人类学派或传播学派等的理论，但全文立论的根基完全是中国记录与流传的众多相关文本，结论是从对于故事的实在分析得到的。丰富的中国资料，细密的逻辑分析，平实的风格，使这些论文不仅在当时及以后为钟敬文赢得了广泛的国际学术声誉，至今读来也依然令人感到其中严谨踏实的科学魅力。"[1]

杭州的民俗学与民间文学理论研究因为钟敬文等人的出现而表现出不凡的学术品格。其声势不减北平与广州，如人所称："钟敬文、娄子匡二先生在杭州组织中国民俗学会，其成绩之高，较之北大歌谣研究会暨中大民俗学会，可谓不相上下。这点事情，凡稍微留心斯学运动的人，是谁也不能加以否认。它过去的工作，除出版60余期的《民俗周刊》及内容丰富，为'过去'与'现在'的中国出版界所未曾有过这样宏篇巨帙的民俗研究论集的《民俗学集镌》第一、二辑，并其他一些民俗丛书。"[2] "可谓不相上下"，只是外表，还当包括学理辨析等意义上的学术思想发展。

杭州中国民俗学会的民间文学出版成绩超过了以往北京大学歌谣研究会和中山大学民俗学会，以丛书形式出版许多民间文学集与民间文学理论

---

[1] 杨利慧：《钟敬文民间文艺学思想研究》，《文学评论》1999年第5期。
[2] 袁洪铭：《民俗学界情报》之五《杭州〈民间月刊〉征求读者》，《民俗周刊》（《民国日报》副刊）第123期，1933年6月13日。

著作，如刘大白《故事的坛子》，钟敬文《中国民谭型式》与《老虎外婆故事集》，娄子匡《新年风俗志》与《巧女和呆娘的故事》《西藏恋歌》《月光光歌谣集》，钱南扬《民俗旧闻集》，张之金等《湖州歌谣》，秋子女士《人熊婆》，谢麟生《金牛洞》，江风《浙江风景线》，翁国梁《水仙花考》，张子海《急口令》，叶德均《李调元故事》和《淮安谚语集》，以及林培庐《民俗学论文集》和《民俗汇刊》《潮州七贤故事集》《民间说世》，陶茂康《文虎汇刊》，萧然《月容的诗歌》，萱宝女士《田螺女》，娄子伦《祝英台》，施方《斗牛》等。诚如娄子匡所说，杭州民俗学会是"南国没落后的各地学会对民俗学生命线的维护"①。此时，各地民俗学、民间文学理论研究的阵地日益壮大，如广东汕头、福建福州与漳州、四川重庆、安徽徽州、河南开封、山东济南等地，都出现了以乡村教育运动和民俗学运动为重要背景的民俗与民间文学搜集整理、理论研究的学术高潮，以及各地或附属于报刊或独立举办的《民俗周刊》《民俗旬刊》之类的专刊。这种局面一种持续到20世纪30年代中后期，一方面是杭州中国民俗学会在进行如火如荼的民间文学研究，一方面是北平《歌谣周刊》稍后的复刊，一方面是中山大学民俗学会《民俗周刊》的坚持，一方面是各地不同形式的民间文学搜集整理与理论研究。几乎所有的民俗学研究都以民间文学为重要研究对象，其实还是民间文学的研究。此如魏建功总结《歌谣周刊》的历史所说："十五年中间注意民俗学的人渐渐多了，这是一个可喜的现象，歌谣一部分的采辑整理研究或者因此抽减了力量。胡适之先生在2卷1期《复刊词》里说他以为歌谣的收集与保存，最大的目的是要替中国文学扩大范围，增添范本，这原是我们的最初的目的之一。我们回顾到最初宣言的两个目的，不由得不重整旗鼓担负起搜录'中国近世歌谣总档'的责任了。我们检阅全体材料需要一个有组织的收藏法，吸收未得材料需要一个有系统的出版物。前《歌谣》、今《歌谣》的发刊的意义，就是关于这珍藏和吸收工作的辅佐。我们的工作应该集中精神到这最基本的一步。"②

与此前相比，民间文学的学理性意义在这一时期体现出现实社会实践性与思想理论的批判性，他们对民俗学与民间文学研究诸多学术问题进行

---

①娄子匡：《中国民俗学运动的昨夜和今晨——应德儒爱堡哈特博士、日儒小山荣三氏而作》，《民间月刊》第2卷第5号，1933年。

②魏建功：《歌谣采辑十五年的回顾》，《歌谣周刊》第3卷第1期，1937年4月3日。

了深入思索。特别是他们对民俗学与民间文学理论对待民间歌谣的不同立场与方法等问题的探讨，有着更为突出的学理概念与界限之类的思辨意义。而这些内容，都是以往学术研究中常常忽略或缺少的。事实上，这些问题在今天我们仍然是胡子眉毛一把抓，并没有很好解决。此如乐嗣炳所述："《歌谣周刊》刊行的动机，是由于少数文学家一时高兴，不单并非接受西洋科学民俗学理论的影响，并且是偏重在文艺方面找材料"，"直到顾颉刚先生等在周刊上发表了《孟姜女研究》和《妙峰山研究》《东岳庙研究》等等之后，周刊的民俗学的色彩逐渐浓厚，不过周刊根本既不是由于民俗学而产生，虽然有胡适之先生劝顾颉刚先生读民俗学西书的一段佳话，而实际上始终没有人提过正确的民俗学理论。《歌谣周刊》改变作《国学门周刊》，那是扩大作民族学的刊物了，范围宽宏，更没有人提到民俗学的理论了"，到了中山大学民俗学会时期，"开始明显地用'民俗'，接着钟敬文先生翻译 *The Handbook of Folk-lore* 附录 C，杨成志先生翻译附录 B，陆续出版，才算是科学的民俗学真的萌芽于中国了"。他又说："然而同时广大（即中山大学）还出有一种《民间文艺》，承继《歌谣周刊》，肯定歌谣、故事是属于文艺的，否定歌谣、故事跟民俗学的关系，（不然既有《民俗周刊》何必再有这种刊物）暴露了对于民俗学认识的不彻底。就说娄子匡先生等努力在宁波、杭州、南京刊行三种叫做《民俗》的刊物，而投稿的依然偏重在含有文艺性的歌谣、故事或传说，这种现象不能不说是历史的遗毒！"他指出："过去的中国民俗学界就为了基本理论有些误解，错过了许多采集良好资料的机会，浪费了许多心血作无意的研究"，称"由于'文艺的'这个词儿先入之见，把'非文艺的'资料置之不理，这固然是最大的缺点"[1]。其念念不忘所谓"西洋科学民俗学理论"，有着明显的削足适履，与今天大力提倡什么与国际接轨的见解如出一辙。这里姑且不论乐嗣炳以民俗学与民间文学研究为对立的说法是否适当，他指出此民俗学并非是严格意义上的民俗学，其实是文艺学的民间文学理论研究，却是事实。乐嗣炳提出"为研究民俗学而采集民俗学的资料，别再牵丝攀藤，在'文艺'招牌下耍'民俗学的'把戏，在'民俗'招牌底下闹'文艺的'玩意儿，两相耽误"，"各部门研究要平均发展，既然跟民俗学以外的学问分了家，别有过于偏重歌谣、故事或神怪等等，当然不能把

---

[1] 乐嗣炳：《民俗学是什么以及今后研究的方向》，《开展月刊》第10、11期合刊，1931年7月25日。

非文艺的民俗学资料置之不理"①，这其实是讲述了民间文学理论研究与民俗学的社会生活研究的学理区别与学科差异问题。至1935年，远在东京的钟敬文经过认真思索，提出了"民间文艺学"，把民间文学的研究作为一个独立的学科进行文艺学的研究。这种创见是基于学理上多重思索得出的结论。②

钟敬文回忆自己在杭州的经历，称："在杭州的几年，不但我个人生活、思想有很大变化，在学艺上也是一个比较重要的时期。那个以西子湖著名的城市，是我终生不能忘记的，也是不该忘记的"③，他提及"这些时期，我又写作了几篇关于民间文学的研究性文章，像《中国的天鹅处女型故事》《中国的地方传说》《种族起源神话》《蛇郎故事试探》《中国的植物起源神话、传说》以及《中国民间故事型式》等"，"我前后为《民众教育》季刊和月刊编辑的《民间文学专号》《民间艺术专号》及《民间风俗文化专号》，在民间文艺理论及资料方面，也给我国学界提供了一些值得参考的东西"④。

有学者称，现代民俗学运动在抗日战争全面爆发后已经不复存在，这是只看到北平、广州、杭州三足鼎立的局面消失了，而没有看到在大西南、大西北等广大地区，民俗学运动仍然保持着不减弱的势头。而且，这一时期的民间文学研究因为民俗学运动融入全民族独立自由解放的伟大事业，其文化品格更加不平凡！

在杭州中国民俗学会进行民间文学的民俗学研究的同时，关于民俗与民间文学等内容的研究在中西部地区得到迅速发展。民俗、民间文学、民间艺术是民众传统文化生活的主体，尤其是在日本侵略中国、强占中国东北之后，民族危亡成为社会文化极其响亮的口号与广泛共识。在这一背景下的民间文学研究，因为团结抗敌、救亡图存而具有更重要的意义，民间歌谣与民间戏曲等民间文学形式成为鼓舞、激发民众抗日意志与决心最有力的文化利器。在这种意义上讲，民间文学与民族记忆和民众心声的内容相联系，从而具有民族文化复兴的特殊含义。

---

①乐嗣炳：《民俗学是什么以及今后研究的方向》，《开展月刊》第10、11期合刊，1931年7月25日。
②钟敬文：《民间文艺学的建设》，《艺风月刊》第4卷第1期，1936年1月。
③钟敬文：《民间文艺学及其历史》"自序"，第3页，山东教育出版社1998年版。
④钟敬文：《民间文艺学及其历史》"自序"，第6、7页，山东教育出版社1998年版。

## 第三节　文化复兴：中西部民间文学研究

在抗日战争中，有一首响亮的歌唱出"保卫黄河，保卫全中国"的强音。黄河与它的历史文化一起成为中华民族文化尊严的代称。

黄河，与长江一样，是中华民族重要发源地，于中华民族历史有着特殊的意义。在论及黄河流域这个概念时，我们总是十分自然地想起司马迁的一句话"昔三代之居皆在河洛之间"。"三代"其实就是上古，或称远古，是泛指。"居"，即墟，即古代神仙之墟，神圣之地。黄河流域在地理分布上，包括所流经的青海（源头）、四川、甘肃、宁夏、内蒙古、陕西、山西、河南、山东（入海口）。这一地域的民间文化所显现出的类型性特性，首先是和自然地理因素密切联系在一起的。

民国时期对于黄河流域的民间文化的社会考察，是我国文化史、学术史上的重要事件，因为保卫黄河等同于保卫中国，研究黄河也就等同于研究中国。其发生背景有二：一是乡村教育运动在这一特殊地域的影响；二是抗日战争中文化工作者搜集整理民间口头创作，宣传民族团结，拯救民族危亡。二者虽然在目的、方法上有所不同，但其意义都是非常重要的，即他们将这一地域鲜活的历史进行了有效挖掘与保存。这对于我们今天的文化史、社会史、民族史研究具有十分重要的意义。

近代以来，西北地区成为一个敏感的话题。西北主要是指黄河流域上游地区，历史上形成了一个有特殊意义的西北考察。

西北考察与民间文学运动有十分密切的联系。汉代以来，记述西北地区的历史文献主要有《三秦记》《西京杂志》《西河记》《沙州志》《凉州记》《三辅黄图》《沙州都督府图经》《沙州地境》《西州图经》《沙州地志》《瓜州伊西残志》《敦煌录》《寿昌县地境》《西凉录》《后凉录》等。明代出现所谓"十大名志"，有康海《武功县志》、吕木冉《高陵县志》、乔世宁《耀州志》、赵时春《平凉府志》、胡缵宗《秦州志》、张光孝《华州志》、王九思《鄠县志》、刘璞《重修鄠县志》、孙丕杨《富平县志》、韩邦靖《朝邑县志》等。清代出现祁韵士《藩部要略》、张穆《蒙古游牧记》、徐松《西域水道记》、何秋涛《朔方备乘》《圣武亲征录》，李文田、范寿金《西游录》、丁谦《长春真人西游记》《耀卿纪行》等等。这些著述汇聚成"边疆文化"的主体。但是，相比中原地区与东南地区而言，其文献记述还是较少。自晚清以来，西方列强加紧对我国西北地区的侵略，因此，对于西北地区的社会历史调查，就更显得不同寻常而迫在眉睫。许多学者以不同形式考察西北地区，其中包括地方风俗与民间文学内容，留下大量宝贵的文献。1931年，神州国光社曾出版《西北丛编》，收录许多文献资料；后人编辑整理《西北行纪丛萃》，收罗甚为详细，如《甘青藏边区考察记》《西北漫游记》《蒙新甘宁考察记》等。各种报刊发表相关论文，侧重民间文学和民俗搜集整理与理论研究的不同方面。[1] 1935年国民政府派员举行民族扫墓，"追崇先圣先烈，发扬民族精神"，有邵元冲嘱咐弟子高良佐"据实记录"，"周游西北，考其政俗文教"，"探先民发祥之地，促开发复兴之道，为国家民族尽最大之努力"，高良佐的《西北随轺记》，其中许多地方涉及神话传说故事。第一章"民族扫墓"，记述黄帝神话传说与"中央以黄帝为我民族之元祖，发明制作，肇启文明，拓土开疆，生息我祖，聿怀明德，允宜最致崇敬，故民族扫墓，以桥陵为主"[2]。第二章"陇东之行"，记"泾川瑶池"与西王母神话传说故事，记"崆峒见玄鹤"与黄帝访问广成子传说故事；第四章"青海之行"中记述"祭海"以及地方少数民族宗教风俗，如"土人相传为晋时吐谷浑后裔""服装习俗异于各族"[3] 等。这些行纪体考察文献，具有民俗志、民间文学史志意义。

青海是黄河的上游地段，这一地区的民间文化包含着多民族的成分。20世纪30年代的前半期，周振鹤等学者对这一地域的民间文化的考察卓有成效，出版了《最近之青海》《青海风土记》《青海》等著作，与我国古代典籍中的"吐蕃"记述相应，构成青海这一特殊地域的民俗画卷。《青海风土记》作者杨希尧，曾提出所谓"西北五省说"："所谓西北，即指陕、甘、青、宁、新五省而言也。"[4] 1937年，他曾在《新亚细亚月刊》发表《青海漫游记》，包含有民间文学与民俗生活的内容。

---

[1] 参见《边事论文索引》，《边政公论》1941年第1卷1期。
[2] 高良佐：《西北随轺记》，第7页，《建国月刊》社1936年版；甘肃人民出版社2003年版。
[3] 高良佐：《西北随轺记》，第88页，《建国月刊》社1936年版；甘肃人民出版社2003年版。
[4] 杨希尧：《西北经济概况及开发刍议》，《边事月刊》1932年第1期。

《青海风土记》①记述细腻，它从"服饰""饮食""居住""迁徙""信仰""集会""婚姻""生育""丧葬"等方面，详细记载了青海地区各民族的生存状况，是我们了解民国时期青海地区社会、经济、文化发展的重要史料。

《青海风土记》详细地记述了唱歌与青海人的密切关系。在"小儿之游手好闲"中提到"青海民族，父兄对子女没什么教训，小儿也没有什么学习。所教习的，人只有一件，就是唱歌"。在"婚礼"述及"青海民族的嫁娶婚"时，又提到"原来青海女子，自从会说话就学唱歌，到出嫁时候，也没有不会唱的"②。他们的嫁娶婚在礼制上同中原地区汉民族一样，有纳采、亲迎等程序，所不同者就是在"迎娶"时，"新娘骑着马，放声高歌；她的声音又婉转，又清脆，令人听着不厌"，其"所唱的歌词"都是"夸两姓之好，伸谢傧相，写风景，抒心愿，决不涉及淫邪"，"至于歌的体裁，和中国古诗兴比赋三体大致相同，而尤以比体为多"。同时，新娘的歌唱效果成为社会文化认同，以她所唱的歌评价她"性情的好歹、智力的强弱"。在男家的筵席上，同样是无拘无束地歌唱，"一味以唱歌取乐"，此时，"女子唱时，手持男子高帽，一面歌，一面舞，由本人的坐位起，依次历各人面前，逢着意中人，将帽置之怀中。那男子便起身答唱，仍将高帽搁在能唱的女子怀中，那女子又复起身答唱"，如此"循环往复，没有中止的时候"，"初则喜曲，继则变为酒曲，终则淫词邪调冲口而出"③。应该说，其中的"淫词邪调"就是最具地方特色的民间文学。

《青海风土记》总结"青海人性情强悍，喜饮酒，好杀人"，称"他们是游牧民族，所以把牛羊身上的东西，非常宝贵，连牛羊粪都要宝贵，决没有一点嫌恶的意思"④。所有这一切，都是第一手资料，迄今仍是我们研究民族史的珍贵资料。

在黄河上游地区的民间文化考察，尤为悲壮的一幕是刘半农的西北之行。刘半农是我国现代民间文学研究事业的重要开拓者，参与和领导了五四歌谣学运动。1934年6月，他离开北平，来到绥远、宁夏、山西等地，

---

①杨希尧：《青海风土记》，甘肃西宁区公署印局1928年印行，1933年新亚细亚月刊出版社再版。
②杨希尧：《青海风土记》，第52页，甘肃西宁区公署印局1928年版。
③杨希尧：《青海风土记》，第55、56页，甘肃西宁区公署印局1928年版。
④杨希尧：《青海风土记》，第116页，甘肃西宁区公署印局1928年版。

走进偏僻的乡野，进行民间歌谣、民间歌曲的实地考察。与其他人不同的是，刘半农特别注重对方言的科学记录，不仅用笔进行实录，而且使用了录音机进行原声录制。在听到黄河岸边的纤夫的歌唱时，他激动不已，特地随人群溯流而上，记录下异常珍贵的黄河船歌。他将自己整理的民歌编定为《北方民歌集》，保存了黄河上游地区爬山歌等民间歌曲。令人遗憾的是，刘半农在田野作业中身染疾病，因此而献出了宝贵的生命。

甘肃地区的民间文化世界中，"花儿"这种民歌艺术是耀眼的奇葩。当年歌谣学运动中曾经有过关于"花儿"的调查，张亚雄《花儿集》的出版，是黄河流域上游地区继《青海风土记》之后又一重要收获。张亚雄在《花儿集》开篇介绍道："在七七的烽火未举以前，编者尝以断断续续十年的功夫，作搜集三陇甘青宁民间歌谣的工作。在这十年辰光当中，只着手搜集民间歌谣山歌当中名字叫作'花儿'的一部分，好像研究昆虫学只研究蜜蜂那样的缩小范围。我于三千首'花儿'当中选得六百余首，做了一点注解与叙述的事情。"① 此前虽有学者在报刊上介绍过"花儿"，但只有这一次是最为全面、深入、系统的考察。

与张亚雄对花儿的搜集整理所进行的个人考察形式不同，中国民间音乐研究会于1939年3月5日在延安鲁迅艺术学院成立，继而又成立了晋察冀分会与陇东分会，他们组织人员赴各地进行民歌、道情、郿鄠戏等民间艺术的考察，受到边区文委的嘉奖。如当时的媒体所报道："中国民间音乐研究会自成立以来，仅采集陕甘宁边区各县民间歌曲即已达七百余首。此外，如（内）蒙古、绥远、山西、河北及江南各省之民歌，亦均有数十以至一二百首不等，总计共有二千余首，现正分别整理，准备付印。边区文委认为，该会提倡民间艺术，并实际从事搜集研究，卓有成绩，特拨发奖金二千元，以示奖励。兹经该理事会决定，分别奖励三年采集成绩最优秀者张鲁、安波、马可、鹤童、刘炽，及战斗剧社彦平、朋明等十余同志。"② 当时，由马可等人负责，对这些民歌材料进行整理，编辑刻印了《陕甘宁边区民歌》的第一、二集③。从另外一种意义上讲，中国民间音乐研究会的考察是中国新音乐运动的一部分，更是大众文艺运动的一部分，

---

①张亚雄：《花儿集·西北民歌花儿叙录》"引言"，（重庆）青年书店1940年版。
②"消息"，《解放日报》1943年1月21日。
③新中国成立后这些材料又由人整理为《陕甘宁老根据地民歌选》，上海音乐出版社1953年版。

更多地注重了民歌这种重要的民间文化形式，但却相对忽略了更广泛的其他民间文化的内容。后来晋冀鲁豫边区文联出版了多种民间故事与民间歌谣集，在宣传教育方面起到了积极作用，但总是显得不够全面，考察的范围受到一定的限制。当然，这已经是空前的收获。特别是鲁迅艺术学院音乐系、文学系等处师生组织大规模的民歌搜集整理，编选出《陕北民歌选》①，既有传统民歌，又有新的革命民歌。如其中的《移民歌》被公木、刘炽改编成《东方红》，传唱到今日。这是中国民间文学史上的奇迹。

山西是介之推的故乡，也是关羽的故乡，而寒食节与关帝信仰是中国民间文学历史发展中两个特别重要的典型。对于山西的民间文学调查，不仅有晋察冀和晋冀鲁豫等解放区的民间文学调查，也有日本人的调查。日本人对山西民间文学等社会风俗生活内容的调查，时间在1942年的5月、6月，名为"山西学术调查影集团"。日本人在这里搜集整理到包括民间文学在内的一批社会调查资料。

黄河中下游地区的河南，民间文化考察活动在这一时期取得的成就，呈现出另一种景象。

河南民间文学研究有着较早的历史，早在五四时期，以白启明、刘静庵为代表，形成一个民间歌谣搜集整理的学术群体。郭绍虞、罗根泽、杜衡、江绍原、高亨和邵瑞彭等一批学者在此任教，进行民间文学研究。20世纪30年代的《河南大学周刊》《河南大学学报》等学术刊物曾经发表许多与民间文学相关的论文。在他们的影响下，出现越来越多的歌谣学爱好者。如20世纪20年代中州大学青年学生白寿彝搜集的《开封歌谣》、原籍河南沈丘的北京大学青年学生熊海平搜集的《沈丘、项城歌谣》、青年诗人徐玉诺搜集整理家乡鲁山的《打铁歌》等民间歌谣。他们在《歌谣周刊》《河南民国日报》《河南教育月刊》等报刊发表文章，形成以青年人为主体的搜集整理民间歌谣的热潮。乡村教育运动在河南取得突出成绩，一是河南设立村治学院，与梁漱溟在山东邹平的乡村教育中心保持密切联系；一是广泛设立乡村教育实验区，仅开封周围就有开封杏花营教育实验区、杞县教育实验区等，在事实上形成了民间文学科学考察的田野作业。特别是一批热心乡村教育的学者积极参与各种社会调查，注重协作调查，其代表性成果主要有蔡衡溪的《淮阳风土记》②、郑合成等人的《淮阳太

---

① 何其芳、张松如：《陕北民歌选》，晋察冀新华书店1945年1月版。
② 《河南教育月刊》1932年第2卷第8期。

昊陵庙会概况》①和张履谦的《相国寺民众娱乐调查》②，以及李佛西的《黄河集》③、张邃青的《伏牛山中这蛮族》④等。张长弓的鼓子曲调查系列《鼓子曲存》《鼓子曲谱》《鼓子曲言》《鼓子曲词》等⑤，第一次详细、完整地记录了鼓子曲这种北方典型的民间曲艺。

蔡衡溪是河南大学教育系学生，还在大学读书时就写出了《淮阳风土记》这篇调查报告，同时，他还出版了《到农村去》等著作。他在《淮阳风土记》的前言中说，"十五年（1926年）夏天"即开始动手写作。他将民间文化在总体上分成"语言"和"风俗"两大部分，语言类其实就是民间文学，风俗类包括岁时节日、人生礼仪、禁忌和各种民间信仰等内容。他详细记述了自己家乡仍存在的各种传说、歌谣，批评了"昔人多把这种语言视为下等社会的产品，没有采取的价值"的错误观念，强调要"下番功夫，把乡间流行的谚语多多搜集一些，加以精细地研究"⑥。他在阐释一些民间文学现象时，强调重视"野蛮时代"的社会历史特点，如《日的传说》《麦子减收的传说》等民间传说，对于理解"由信仰而把这种灵迹一世一世地传说下去"具有十分重要的意义。

古人云："庙者，貌也。"（《说文解字》）庙宇在民众信仰中具有非常重要的位置，是民间文学的重要集结地。开封教育实验区组织人员对河南淮阳太昊伏羲陵庙会进行认真考察，由郑合成等人编写出了《淮阳太昊陵庙会概况》。这本书前面有齐真如、胡汝麟、赵质宸三人的"序"，他们都强调"杞县实验区派员偕同河南省立淮阳师范学校员生"所做的庙会调查，对于"中国固有的社会状况"要"先调查明白，然后因地制宜、因病下药"，"给研究中国农村问题者一个真切的参考"，对于"抄东抄西，削足适履，弄得中国一塌糊涂"的现象提出批评（胡汝麟"序"）。当然，他们的出发点是关于"太昊陵庙会调查与乡村教育的关系"（赵质宸"序"）问题的讨论，而在实际上为我们提供了20世纪30年代上半期中

---

①河南省立教育实验区1934年7月版。
②开封教育实验区出版部1936年8月版。
③《河南教育月刊》1930年第1卷第5期、第8期、第10期。
④《河南大学文学院学术丛刊》1940年第1卷第1期。
⑤张长弓先生《鼓子曲谱》《鼓子曲言》《鼓子曲存》《鼓子曲词》由河南大学听香室分别印于1942、1944、1946、1948年；见拙作《中国现代民间文学史上的河南学者略论》，《河南大学学报》1997年第3期。
⑥蔡衡溪：《淮阳风土记》，《河南教育月刊》1932年第2卷第8期。

国农村社会历史的一个缩影。这部著述的重要价值在于它客观记述了伏羲女娲神话传说故事的流传状况，以及与此神话传说相联系而生成的一系列民间信仰、生活。

《淮阳太昊陵庙会概况》全书分"淮阳沿革""太昊陵庙情况一般""赶会的群众及其交通""商业""游艺""庙会管理及税收""太昊陵庙会的前途""太昊陵庙会杂话"和"附录"（即《太昊陵庙会调查日记》）等部分，这是社会学的考察，也是社会史的考察，其焦点就是庙、神、人三者之间的联系，以民间信仰为中心所生发的一系列社会现象。其中的数据尤为珍贵，如"赶会的群众及其交通"中的"人数统计"，他们采取"每日乘船人数估计""北关大路行客人数""居留人数""其他路上人数"等四种统计数目，计"每日约在 10 万人之上"。另如"商业"中的"商业统计"，列"各街商业统计表""各种摊铺总表""各种商业分类表"等项，其中区域、种类、所售商品、家数、收入，各项细目一目了然。在"民间读物"中，我们看到更丰富的民间文学内容，如《二十五更》《浪子回头》《庄稼歌》等传统说唱类，《张勋打南京挂帅平贼》《黄兴孙逸仙败逃外国》等"荒谬已极"的故事。作者说："由此我们也就可以知道民间所认识的历次革命是怎样一回事了"，"这些东西，才是真正的乡村读物，是民众获得知识的真正源泉"，"由这些作品可以知道乡间民众知识真相，由这种知识，我们可以推定中国社会性质的一部分"[1]。这是民国时期黄河流域民间文化考察中很少见到的内容，而正是这些内容才是当世中国民间文学思想文化中最真实的成分。

张履谦的《相国寺民众娱乐调查》是 1936 年开封教育实验区出版部出版的"相国寺特种调查"之一。张履谦是留学苏联回国的学者，他在本书"自己的序"中介绍了调查缘起、调查方法，称其"仍是采用个案调查和实地访问与观察"，而"在未调查之前和既调查以后的间接访问，与直接观察的时间，是比民众读物调查要花的多"。全书分"相国寺戏剧概况调查""说书""大鼓书""道情""相声""竹板快书""西洋镜""卖解者""幻术""日光电影""玩鸟""民众娱乐与教育""调查归来"几个部分。其中对"梆子戏"的调查，不但追溯源流细脉，而且专列《艺员生活概况调查表》，内分"姓名""性别""年龄""籍贯""住址""所任角色""包银""开始学戏时间""登台时间及经过情形""所唱戏曲""现在

---

[1] 郑合成等：《淮阳太昊陵庙会概况》，河南省立教育实验区 1934 年 7 月版。

戏院"和"备考"（即是否科班出身）。在《剧目调查》中，作者设计的《梆子戏剧目调查表》，内设"剧目名称""剧情大意""取材""三戏园（永安剧场、永乐剧场、同乐剧场）三月排演次数"与"备考"等。这些内容概括起来是珍贵的豫剧（梆子戏）史，也是民间戏曲的传播史。"艺员访问记"，即对出身卑贱、社会地位低下的民间艺人所做的实地采访，对他们的实际生活状况进行详细介绍，弥足珍贵。

李佛西是一位中学教师，《河南教育月刊》的编者在介绍他搜集整理民间歌谣的活动时说："佛西同志现任河南嵩阳中学教职，对于理化素有研究，然课余之暇，致力征集国内歌谣，博采各地谚语。今已搜得数百余首，集成巨册。兹不惠赠本刊，用特披露，以供研究社会学者及文学专家之参考。"[1] 李佛西本人也在"开首的几句话"中介绍征集、整理过程，希望"以贡献海内想改革民间风俗的同志"。从征集的歌谣内容可以看到，他非常重视底层民众的生活，如《黄河沿岸》《抬肉票》《十二月花调》《前清宣统》《衙门》等，都真实记录了社会最底层的苦难。其中的时政歌谣所具有的社会史价值，同样值得我们重视。这些歌谣是以连载形式发表的。

张邃青的《伏牛山中之蛮族》[2] 是抗日战争中，河南大学流亡伏牛山地区，张邃青等学者深入山中继续从事教学科研，考察伏牛山地区历史文化遗迹，结合历史文献，对"蛮族"历史文化的考订。河南大学有一批文史专家进行民间文艺研究，如朱芳圃从事神话研究；丁乃通考订民间文学的历史演变与类型问题；任访秋是胡适和周作人的研究生，研究现代文学，出版第一部《中国现代文学史》，开篇就是"五四歌谣学运动与现代文学"；张长弓不但进行民间曲艺的搜集整理与研究，而且进行唐传奇与民间文学关系的研究；王广庆也有研究河洛方言与民俗的文章。这是现代学术体系建构中一个重要的现象，体现出一代学人不忘发展民族文化的责任感与使命感。

许多学者更多注意到此时的西南联大像闻一多、朱自清等人的民间文学研究，而对全国各地流亡学校在艰难时日中坚持进行民间文学研究关注

---

[1]《编者的话》，《河南教育月刊》1930年第1卷第5期。
[2] 张邃青：《伏牛山中之蛮族》，《河南大学文学院学术丛刊》1940年第1卷第1期。

不够。① 北平等地固然是重要的文化与学术中心，但这并不是唯一的；中国现代学术体系包括民间文学思想理论的构建，是众多学者共同完成的。

山东是黄河下游地区，在某种意义上讲，对这一地域的民间文化的考察，可以看作是对整个黄河流域民间文化的总结。当然，这里有黄河入海口，这里更有泰山，有蓬莱，这里是孔孟的故乡，它有着自己的文化风尚与文化特色。这片土地是儒学的重要发祥地，是东岳庙文化现象的重要发源地，也是八仙神话传说的重要发源地。泰山庙、碧霞元君庙、泰山石敢当，都是从这里走向四面八方，成为民间文学和民间信仰的重要源头。因而，这里的民间文学具有更特殊的价值意义。

这一地域对民间文化的考察，其成果集中起来有两大部分：一部分是俞异君等人所进行的对山东全境庙会的考察，归结为《山东庙会调查集》②，其实是乡村教育运动的一部分；一类主要是地方文学青年搜集整理民间歌谣、民间传说等民间文学。如作家王统照，在家乡搜集整理民间文学，编撰《山东民间故事》。王统照在"序言"中非常详细地介绍了整理过程："这几十篇民间故事从多年以来便流行于山东的胶东几县，在诸城、安邱、高密各县所传说的大同小异。本来民间故事自有类型，甚至远隔数千里的地方的社会状况，地理的环境，民间的理想与乞求，爱慕与憎恶，赞美与怨恨等，都很清楚地表现于故事中间。"故事最初提供与整理者是他做教师的侄子，其原意在于"教高级生搜集地方上的故事、俗语、歌谣、谜语，详记出来，既可以保存，又便于他们写国语"。他说："这些故事在三十年前我就听过不少，家里的老仆妇，常到我家说书的盲妇人，为了哄孩子不闹，他们讲述给我听。但谁的年光能够倒流回去！年龄稍大，得用心的事多，又离开故乡那样久了，这些故事的影子在我的记忆里愈来愈淡，渐至消失得无从记起。那天仿佛把我又索回童年！繁星闪光的夏夜，凄风冷雨的秋夕，在母亲的大屋里，在姆妈的身旁，听说那些能言能动的怪物，听说那些简单有味的人情，述事，当时何曾有什么教训与警戒的观念，与什么什么的批评，只是一团纯真的喜悦与忧念关心于故事中的人与物而已。现在三十几个年头过去了，想不到把忘尽的故事在他们的笔下温回了旧梦。"在他看来，这些故事的价值有很多，"不止是可作乡土的

---

① 见拙作：《河南现代民间文学史》，《民间文学论文选》，河南省民间文艺家协会，1986年印行。

② 俞异君：《山东庙会调查集》，山东省立民众教育馆1933年8月版。

教材，也可作民间文艺的探讨。虽然不过在几个县份中流行着，但如果每一个地方都有一样的搜集，我想对于好好研究中国民俗学、民间文艺与童话的都大有帮助"①。王统照所言体现出一个作家对民间文学的感受与理解的独特方式，其实也是一种民间文学思想理论的表达。

《山东庙会调查集》是在乡村教育运动中出现的。如俞异君在"序"中所言，"社会调查是一种新兴的事业，是应用精密准确的科学方法，来调查中国各地方的实际情形，以便由之发现中国民族特质，探索中国社会衰微的根本病源"，其所采用的调查方法则是"委托或征求地方上热心人士，对于所调查之事项予以真实而系统的叙述"，其原因在于"现在的人力财力都不允许我们做大规模的社会调查"②。尽管如此，在山东全省108个县中间，他们还是收到"散布于鲁省的四方"的"26县叙述庙会的文章"计46篇，基本上"可以以此代表其余"。这里，编者俞异君特别强调要重视在庙会的背后，"就庙会所供的主神、娱乐、买卖的状况及耗费的情形，来加以考察"，以此来"看出庙会之所以延续至今的根本的决定的原因"。他清醒地提到，"受自然界的影响最大最深的要算中国的农村"，"中国的农村虽是中国整个社会的基础，中国的农民虽占到全国人口80%的多数，然而中国政府的主持者是不会像其他国家那样爱顾到农村的"，进而提出包括"取消农村一切苛捐杂税，使农村经济得有复苏之望"的多项建议③，使这一民间文化考察活动具有更高的意义。

在山东境内，黄河流入大海，有两个入海口，两者相距不远，西望利津、齐东、济阳、聊城、历城、济南、长清、平阴、寿张、鄄城一线，是黄河流域的主要区域。也就是说，并不能把山东所有的庙会考察都纳入黄河流域民间文化考察范围之列，只有这一范围内才是。其中的聊城海华寺庙会、肥城固留寺庙会、东阿少岱山庙会等处庙会的考察，才属于此。《肥城县固留寺庙会》（作者张仁甫）分别介绍了"寺的来历及其特点""庙会的来历及财产""买卖的状况""会款的收入及盈余""庙会的情形""会场的人数和布置""赶会之公例及防守"等内容，颇为详细。"买卖的状况"与"会款的收入及盈余"两节，对"木料""牲畜"等交易物的数量统计、各项开支的介绍，既全面，又准确；对庙会组织结构的描述，成

---

① 王统照：《山东民间故事》，（上海）儿童书局1937年版。
② 俞异君：《山东庙会调查集》"序"，山东省立民众教育馆1933年8月版。
③ 俞异君：《山东庙会调查集》"序"，山东省立民众教育馆1933年8月版。

为后世研究社会生活史的重要资料。"寺的来历及其特点""庙会的来历及财产"两章,用传说故事解释风俗,是典型的风物文化中的风俗传说。《东阿县少岱山庙会》(作者咸福亭)篇幅不算太长,开篇即述"从济南沿黄河南上,经二百四五十里",颇有游记色彩。其中对于庙宇名称的介绍较为详细,对庙会的范围即会众来源等内容所作描述与分析,都给人以清晰印象。《聊城海华寺庙会》(作者孙梅田)的介绍最为简约,全篇不足400字。如其介绍"南乡阿城镇的海会寺",称"分中东西三院,以骑门楼做栅门,上做戏楼,东南接黄河,西有待疏之运河,形式颇佳","内有住僧四五十名,晨钟暮鼓照常奉经,功课倒也不差,行为未曾出现"。这也是一种地方宗教文化特色,是整个民国时期黄河流域民间文化考察中最短的一篇文章。总之,由于记录者人员众多,文笔参差不齐,保存民间文学详略不一,《山东庙会调查集》这部著述的民间文学价值只在于不同庙会中民间传说故事的被记述。这里是乡村教育运动的又一个中心,其中的民间文学研究围绕"新礼俗建设",表现出新的学术风度。梁漱溟等人对西方的价值观念与社会文化观念深恶痛绝,强调"西方功利思想进来,士不惟不以言利为耻,反以言利为尚"[1],鼓励新思想,却追求独立自主,不依附他人,更不附会西方人或迷信西方人,更多在强调民族自信心重建。其乡村教育理论以"村治"为主体,影响到民间文学思想理论。如朱佐廷说,"民众读物是构成民间文学的要素"[2];徐旭光强调,要反对民间传说故事中的"暗示诲淫诲盗,崇尚鬼怪神迷",这些内容"令人读了,不是萎靡不振,就是邪念丛生","更有封面丑恶,印刷粗陋,装订简坏,纸张糙恶,插图丑劣,均足以引人入浅薄,自私偏狭,消极的陷阱处去"[3]。这些论断都与孔子"不语怪力乱神"有相通之处,堪称民俗学运动中的"新儒"。

大西南在现代民俗学运动中表现出又一种特色。1942年冬天,中国民俗学会复会,这是民俗学运动的继续。

上海、南京、武汉相继沦陷,中国的政治、文化中心随着国民政府的

---

[1] 梁漱溟:《乡村建设理论》,第60页,1937年邹平乡村教育实验区出版。
[2] 朱廷佐:《中国民众读物之检讨》,山东民众教育馆编印《山东民众教育月刊》,1935年9月第6卷第7期。
[3] 徐旭光:《现在读物的检讨》,转引自邱治新的《怎样编辑民众读物》,山东民众教育馆编印《山东民众教育月刊》,1935年6卷7期。

"西狩"，转移向重庆。现代民俗学运动中那些学者们，也跟随着来到这里。因为是在战时，一切都具有特殊性，而无论战争有多么激烈、残酷，文化建设的步伐从来没有停止。文化下乡、文化入伍、文化抗战，文化承担着越来越重的使命和责任。这时刻的文化被赋予复兴民族和国家的重任，对民间文学与民间风俗的内容情有独钟，因为越来越多的人认识到，这是民族的传统，是文化的根基所在。民间文学是民族最古老的记忆，是认识民族历史文化的宝库，更是鼓舞人民斗志的思想宝库，其通俗易懂，清新刚健，是抗战时期民族文化复兴的重要基础。越来越多的文化人在重庆集结，他们中的许多有识之士提出民族文化传统与旧形式利用（包括民间文学），中国民俗学会复会的意义因此就更加不平常了。

杭州中国民俗学会以钟敬文为重要代表的民间文学研究阵容，在抗日战争中形成另外一种景象。钟敬文走向抗日前线，做文化宣传工作；娄子匡是杭州中国民俗学会的马前卒，为民间文学思想理论建设立下汗马功劳，抗日战争爆发后，他以浙江省办事处主任身份来到重庆。这时，他在《中央日报》主持《风物志》的副刊专栏，继续进行民俗学与民间文学研究。许多民间文学研究者，几乎不约而同来到了重庆。如罗香林、黄芝冈、白寿彝、徐芳等，加上回到本地的于飞、樊缜兄弟，当年颇为活跃的学者都聚集在这里。

重庆和成都是大西南的文化重镇，在 20 世纪 30 年代初期的乡村教育运动中，有搜集整理民间文学及其理论研究的良好业绩。如卢作孚从事乡村教育与建设事业甚早，曾经于 1924 年在成都创办通俗教育馆，1925 年成立民生实业有限公司，从 1927 年开始进行北碚乡村教育建设。他以江、巴、璧、合四县特组峡防团务局局长身份，在重庆北碚为中心的嘉陵江三峡地区开始进行乡村建设运动。他与其他人的乡村教育的不同之处，在于其"目的不只是乡村教育方面，如何去改善或推进这乡村的教育事业；也不只是在救济方面，如何去救济这乡村里的穷困或灾变"，而是"赶快将这一个乡村现代化起来"，很快使北碚从贫穷不堪的乡村变为繁华富裕的都市。1936 年春，晏阳初响应国民政府"建设抗战大后方"的号召，与四川省政府商定成立"四川省建设设计委员会"，由省主席刘湘任主任委员，他本人任副主任委员，聘请四川大学校长任鸿隽，华西协合大学校长张凌高，重庆大学校长胡庶华，中华平民教育促进会总会主要干事陈筑山、霍俪白、傅葆琛、陈志潜、陈行可、常德仁等人为委员。七七事变发生后，晏阳初的"中华平民教育促进会"先后迁长沙、成都、重庆、北碚。晏阳初出生于四川巴中县的一个四代书香家庭，他在重庆歇马场创办了四川省乡村建设育才院，后改为乡村建设学院。20世纪30年代，重庆在四川乡村建设学院的基础上设立四川省立教育学院；在抗日战争时期，他们曾在巴县等地继续进行乡村建设的研究实验工作。与此同时，成都华西协合大学文学院设立了专门的乡村教育系，后改为乡村建设系，该系曾编辑出版《华西乡建》刊物及《乡农报》等，刊载一些关于民间文学搜集整理与理论研究的文章。其中，值得重视的是1939年7月，晏阳初等人在重庆讨论通过了《乡村建设学院缘起及旨趣》，主张学术自由，办学民主，把四川乡建学院办出特色，抵制了国民党派训导主任在该院建立国民党、三青团组织的意图。他们在工作中制定"社会调查室工作简报"，涉及民间文学的搜集整理内容。此时的成都，有中国边疆学会，有齐鲁大学国学研究所主办的《责善半月刊》（顾颉刚主编），有华西大学文学院中国文学研究所、燕京大学国学研究所、金陵大学文化研究所主办的《中国文化研究汇刊》，有西康省主办、常常发表西康和西藏两地藏族民俗民间故事和民歌的《康导月刊》，有作家李劼人等人主办、曾经发表《格萨王传》的《风土什志》，有四川国立礼乐馆创办的《采风月刊》等等，显现出民间文学被广泛关注的学术盛景。

李文衡、李承祥兄弟，即20世纪20年代中山大学民俗学运动时期民间文学搜集整理与理论研究中的于飞和樊缜，他们是重庆本地人，曾经创办中国民俗学会四川分会。樊缜即李承祥曾经在河南村治学院任教，与人讨论民间文学与民俗学问题；此时回到了家乡。他们促成了关于中国民俗学会"复会"的"座谈会"。如《风物志集刊》中《记在渝同仁两次座谈》[1]所记，一次是"去年初冬，渝分会的负责同工于飞、樊缜和由东南来渝的同工娄子匡见面了，初觌的愉快，立刻引出了首次的座谈。是一个冬天的傍晚，林森路的大厦里，先后来到出席的同工有陈锡襄、罗香林、黄芝冈、娄子匡，他们很想和川籍的同工们多年通讯而未聚首的渴望里见见面，于飞、樊缜，也早为川籍同工同样的期望，约集了徐匀、王乃昌、徐鸣亚、陈季云、萧懋功、刘璧生六位同工们。本来还有同工顾颉刚、白寿彝、方豪、范任、贡沛诚想来参加，但是为了路远、事冗，不能赶来。座谈会未开始，大家就自由放谭，情绪是形容不出的兴奋和挚密"。一次是"顾颉刚同工由北碚赶了来，娄子匡、黄芝冈、罗香林、于飞、樊缜、

---

[1]《记在渝同仁两次座谈》，（重庆）《风物志集刊》第1期，1944年1月31日。

徐鸣亚、王乃昌、陈季云、萧懋功、刘璧生诸同工仍来参加，新的参加的同工有贡沛诚、王烈望、汪祖华、郭笃士、康心远，还有徐芳同工姗姗地到迟"。第二次座谈会顾颉刚发言，总结了"民俗学在中国，只有二十年的历史，当初在北大搜集歌谣、出版周刊，以后由歌而谚而故事唱本，范围扩大些"，"各地成立民俗分会的有闽、浙"，"浙江的分会，由娄子匡同工主持，他在东南把民俗学风气激荡起来了。当时影响到各地，四川也因之而成立了分会"，"抗战发生，大家分散，民俗的研究工作不能继续，直到近时娄子匡同工来渝，赓续发动这一运动，联系同工，刊出《风物志》周刊，因而引起四川同工樊缙、于飞的联合，而举行两次有意义的座谈"，"现时研究民俗，曾有人以为不合时宜。但是，如今建国建礼，当局对礼制之重视，风俗和礼乐的关系是不言而喻的"，"目今时代的推进影响风气的变动，风俗资料因此而湮没的，所以大家要赶紧搜集风俗资料，来整理研究，保存学术于万世"等情况，"同工们听取了都很兴奋，一致的感觉需要筹立中国民俗学会，当场推举七位同工——顾颉刚、罗香林、黄芝冈、娄子匡、贡沛诚、樊缙、徐鸣亚为筹备员"。两次座谈会"自由放谈"的内容是"要紧紧地联系，需要成立学术研究的集团"，"要鼓舞研究的情绪和成就，要刊出《风物志》，要刊出丛镌，发挥学术，交换意见"，以及"罗香林同工提出举办民俗学讲座"，"要多出几个《风物志》"，并提出"歌谣、谚语、唱本"或"民生问题的衣、食、住、行的习俗制度"为主题，他们达成共识，就是"快把民俗学运动推广开去"[1]。

《风物志集刊》发表顾颉刚撰写的《序辞》，与当年《民俗周刊》时期高呼"打倒封建贵族"的语气大不一样，述说了他们的学术追求在于"欢迎新风俗，研究旧风俗"，阐明"《风物志》是民俗学、民族学、文化史、社会史的理论和资料的集刊，是一本学术性的集刊，但是它的学术性能，决不和现实之间有距离，而要和现实问题密切联系着"，"《风物志》是在建国步骤中，建礼的任务里，想从搜集风俗资料，研究它的成长、展布和存在价值，因势利导地来移风易俗，创化出现时代适应于中国的新风气"，他"高呼"的不再是血气方刚的战斗号令，而是较为平和地叙说："我们一面要欢迎全国'道一风同'的新风俗的实施，一面要赶紧搜罗那已经实施了千百年而现在奄奄欲绝的旧风俗而加以整理和研究"，"学术研究趋势于现实应用，建国建礼，先定要搜罗史料，留下给后代鉴观"，甚

---

[1]《记在渝同仁两次座谈》，（重庆）《风物志集刊》第1期，1944年1月31日。

至颇为温和地说:"发问的朋友们,你们以为怎样?"①

时间塑造历史,改变人的性情与追求。没有改变的是顾颉刚他们对于民间文学所保持的学术热情。顾颉刚继续主编《文史杂志》,继续他的《古史辨》,继续进行地方民间传说故事的搜集整理。

中国民俗学会复会进展如何,或结果如何,这都不重要。《风物志集刊》表达了抗战时期中国民俗学同仁们对民间文学的热情与向往。尽管这份集刊有点孤苦伶仃的身影,却显示了它的顽强。与此同时,在重庆兴起了一个神话学研究的学术热潮,郭沫若、顾颉刚、徐旭生、卫聚贤、丁山、程憬、杨宽、黄芝岗、苏雪林、常任侠、吕思勉、郑德坤、陈志良等人,坚持学术研究,以民族文化的复兴为重要使命,将神话研究与文化研究相结合,越来越重视民间文学的多种形态存在与民间文学研究多重视角、多重方法的运用。他们之间也有争论,但从来都是以理服人,是学理与学科上的相互探讨,如常任侠对"稽考中国古史,苗瑶之民,亦华夏原住民族之一"与"伏羲与盘瓠为双声。伏戏、庖牺、盘古、盘瓠,声训可通,殆属一词,无间汉苗,俱自承为盘古之后。两者神话,盖亦同出于一源也"的述说②;徐旭生对"华夏、东夷、苗蛮三大集团"与洪水神话的述说③,苏雪林的泛巴比伦学说等等。他们的研究,他们的争论,都显示出战争状态下一代学人"为天地立心,为生民立命",秉承学术薪火的神圣使命感。

他们或身处重庆,像《风物志集刊》同仁那样朝夕相处,一起砥砺学问;或遥相呼应,以重庆为纽带,把四面八方的朋友凝结起来,共同探讨中华民族文化复兴的任务与前途。如远在昆明西南联大的朱自清、闻一多,甚至北平、上海、香港、广州等地的朋友们,在报端显示出他们的往来。这种景象使重庆成为中国民间文学以神话研究为特色的学术中心。

在重庆,关于民族形式的讨论涉及民间文学形式问题。20世纪30年代,《前锋》杂志曾经由《民族主义运动宣言》形成文化争论。④ 向林冰

---

① 顾颉刚:《序辞》,(重庆)《风物志集刊》第1期,1944年1月31日。
② 常任侠:《沙坪坝出土之石棺画像研究》,(重庆)《时事新报·学灯》第41/42期,1939年。
③ 徐旭生:《中国古史的传说时代》,(重庆)《图书季刊》第5卷第2、3期合刊,1944年6月9日。
④《先锋》第1卷第1期,1930年10月10日。

未必是旧话重提，却与民族主义运动有一定联系，他提出"民间文艺形式是民族形式的中心源泉"，"中国老百姓所喜闻乐见的中国作风与中国气派，乃是问题的核心所在"；他把文学形态分为"五四以来的新兴文艺形式"和"大众所习见常闻的民间文艺形式"，指出"畸形发展的都市的产物，所以对于畸形发展的大学教授、银行经理、舞女、政客，以及其他'小布尔'的表现是不错的，然而拿来传达人民大众的说话、心理，就出了毛病"，而"现存的民间形式，自然还不是民族形式，但它是民族形式的源泉"，所以提出"旧瓶装新酒"①。许多人批评向林冰的理论偏颇、极端，其实并没有完全理解他的原意。向林冰所在的通俗读物编刊社提出"旧瓶装新酒"是有抗战时期"文章下乡""文章入伍"特殊背景的。通俗读物编刊社的前身是燕京大学"三户书社"，以发行取材于民间文学的通俗读物为主，颇有影响，被国民政府宣布为"赤化"而取缔。顾颉刚为通俗读物编刊社负责人，在抗战时与全国文艺工作者抗敌协会合作，举办通俗文艺讲习会，由向林冰、王泽民、何容、萧伯青、老舍和老向等人向社会宣传介绍文化知识，提倡中国文化本位，他们演讲的内容被整理为《通俗文艺五讲》。1939 年前后的《抗战文艺》多次刊登顾颉刚和向林冰等人关于"旧瓶装新酒"的文章。胡风等人利用《七月》举办各种形式的座谈会，极力批评向林冰的主张，并一再述说什么民间文学是十分低级的文艺形式云云，走向另一个极端，遭到老舍、茅盾等人的批评。向林冰关于民族形式的主张在毛泽东《中国共产党在民族战争中的地位》等著述中得到肯定的回应。这个问题其实是没有结论的，问题仍然在于非此即彼的二元对立思维方式。民间文学与新文学本来是两个概念、两种形式，他们一定要比个高低，所以就像当年民间文学的民俗学研究与文学研究的争论一样。但是，无论如何，这都显示出民间文学在"通俗读物"层面上为文艺抗战所引起的关注，从不同方面表现出抗战时期对民间文学的理解认识，这同样是中国现代民间文学思想理论的重要内容。

除此之外，中国现代民俗学运动还包括沦陷区的一些学术活动。沦陷区特指被日本人占领的地区。此时的学者大多迁走了。如北京大学、清华大学、南开大学组成西南联合大学，走进大西南，就是为躲避日本人的炮火。但也有一些学者因为各种各样的原因留在日本人统治的地区，虽然有不少人能够保持民族气节，但也有人甘做亡国奴，替日本人管理中国社会

---

① 向林冰：《论"民族形式"的中心源泉》，《大公报》，1940 年 3 月 24 日。

与中国文化，周作人就是这样的文化汉奸，他不听大家的劝告，成为伪政权的教育督办。以北平为例，燕京大学等学校后来因为是美国人办的大学，在太平洋战争爆发时停办，此时的北京大学、北京师范大学、辅仁大学、中国大学等学校完全受制于日本人。燕京大学设立由周作人（属于中日合作的华北总合调查研究所）专门成立的"习俗委员会"。日本人成立了专门研究中国风俗的"民风社"，后改为"东方民俗研究会"，"以促进中华民国及东亚诸民族的语言、风俗、习惯、信仰等科学研究为目的"。他们研究中国民俗，编印出版了《北京地名考》和《白云观的道教》等出版物。这一时期，北京还成立了"辅仁大学东方人类学博物馆""北京大学中国农村经济研究所""满铁华北经济调查所"，上海成立"满铁上海事务所"，他们分别在华北、华中地区调查中国社会风俗生活。他们与日本人合作，出版了《山东省惠民县农村调查报告》（1939年）、《中国民俗志》（1940—1942年）、《华北现存诸部落的发生》（1941年）、《民俗学研究》（1942年创刊）、《中国农村习俗调查报告书》（1943年）、《中国近代民俗学研究概况》（1943年）、《山西大同县南的婚俗》（1944年）、《华北的村落社会》（1944年）等著述或辑刊。东北伪"满洲国"成立"满洲民俗同好会"，编印《满洲民族调查》和《满洲民俗图录》《满洲民俗考》《满洲娘娘考》《满洲农村民谣集》《满洲的街村信仰》。台湾也由日本人出版《民俗台湾》（1941年）。这些成果因为都是日本人主持或影响下的民俗学或民间文学的研究，在不同程度上带有殖民主义的色彩或痕迹。这表明，就民间文化的调查研究而言，在大敌当前的特别时期，很难说有超越时代和国界的纯粹的学术活动。日本人关注中国民间文学与社会风俗生活的真正意图，难道就是简单的"促进中华民国及东亚诸民族的语言、风俗、习惯、信仰等科学研究"吗？这里摆脱不了两个方面的疑问：一是入境问俗，一是知彼知己。日本人对中国民间文学与民俗的研究，在事实上沾染上了侵略者的印记。总之，在沦陷区，民间文学与民俗学的研究因时代而形成光荣与耻辱并存的局面。

## 第四节　红色歌谣

中国红色歌谣与马克思主义中国化相关，与中华民族优秀传统相关，红色歌谣的搜集整理与文化转换运用等工作，也是中国现代民俗学的一部分。红色歌谣主要包括两大部分，一是中国工农红军中央苏区的民间歌谣，一是抗日战争中宣传抗日的民间歌谣。

红色歌谣是指在中国共产党领导下的革命根据地流传的革命歌谣。自20世纪50年代起，我国江西、福建、广东、湖南、湖北、河南、陕西、山西、四川等地，以继承和发扬革命传统，挖掘革命斗争史料，宣传革命斗争光荣历史为背景，进行了大规模的搜集整理与出版。

红色歌谣体现了中国共产党领导下的人民大众对革命事业的支持和帮助，代表了亿万民众反抗压迫和剥削、向往革命的热情与愿望。同时，红色歌谣是革命事业的重要部分，其借用传统民间文学形式，深入民心，对宣传革命思想，鼓舞革命斗志，凝聚革命力量，起到了十分特殊的作用。无论是在中国文化史上，还是在中国民间文学史上，这都是极其特殊的一页，是中华民族珍贵的文化遗产。

红色歌谣流传的主要区域是中央苏区，即江西瑞金红色政权的中心所在地；同时，所有的革命根据地都有红色歌谣的流传，如闽粤赣革命根据地、湘鄂赣革命根据地、豫鄂皖革命根据地、川陕革命根据地、陕甘革命根据地等，凡是有工农红军进行革命斗争的地方，都有红色歌谣响亮的声音。在这些地区，红色歌谣与地方民歌曲调有机融合为一体，如闽粤赣地区的客家山歌、江西的兴国山歌、湖南的龙船调、河南的采茶调、陕北的信天游，其演唱者自然是千百万民众。红色歌谣激起千百万民众反抗压迫、反抗黑暗的斗志与热情，成为革命斗争的热流。

红色歌谣从来都不是孤立存在的，是中国革命事业的重要组成部分。在其构成上，一部分是民间百姓拥护中国共产党与中国革命做口头形式的自觉创作，而更广泛的内容是一批文化工作者积极参与，对传统歌谣的借用与再创作，融入宣传革命斗争的思想与道理，将口头文学形式用文字形式保存，并进行广泛传播，使之融化为新的民间歌谣，为民众所接受。中央苏区的瞿秋白等人创办了各种宣传队、农民夜校、高尔基戏剧学校和蓝衫剧团等文化团体与各种报纸、刊物，一方面搜集整理民间歌谣，进行适度改编，宣传革命道理，一方面积极培养和挖掘民间歌手，组织各种形式的民间歌谣、民间歌曲演唱活动。红色歌谣的搜集整理与改编运用于革命文化丰富多彩的宣传和教育，如火如荼，在中外民间文学史上都是极其少见的现象。这在事实上形成以中央苏区和各个革命根据地民间歌谣搜集整理为主要内容的又一次轰轰烈烈的歌谣运动。

这是继五四歌谣学运动之后，中国民间文学史上又一次有重大影响的民间文学运动。

首先是红色歌谣具有明确的目的性与实践性，红色歌谣是中央根据地即苏区文化建设的一部分。与五四歌谣学强调"文艺的"和"学术的"，即歌谣运用于新文学和现代学术研究的目的不同，红色歌谣更强调发动群众、教育群众的启蒙意义与教育意义，更注重其改旧编新的革命斗争的实践运用。强调搜集整理，同样也重视理论研究。五四歌谣学运动注重尊重"引车卖浆之流"文化财富的理论建设，红色歌谣运动则更注重具有革命化色彩的苏区文化建设，其实就是建立新的人民政权以革命文化为核心的话语体系。毛泽东曾经指出，苏区文化的方针应当在于"以共产主义的精神来教育广大的劳苦民众"，他把红色歌谣运动称为"农村俱乐部运动"[①]。中国共产党古田会议的决议中，明确提出并强调运用民间歌谣等民间文学形式编写各种教材。《红四军第九次党的代表大会决议》中称，要"设口头宣传股及文字宣传股，研究并指挥口头及文字的宣传技术"，"各政治部负责征集并编制表现各种群众情绪的革命歌谣，军政治部编制委员会负责督促及调查之责"。瞿秋白和李伯钊、张鼎丞、邓子恢、任弼时等人也都加入搜集整理与改编创作的行列。阮山担任中央苏区教育部领导职务，创作了许多山歌，被称为"山歌部长"。他们积极编写民歌，或运用传统民间歌曲填写新词。中央苏区出版了大量红色歌谣，并纳入苏维埃教育事业，成为民众识字等教育体系的核心内容。中央苏区教育部以训令的形式规定使用《平民课本》《群众课本》《革命歌谣》和《工农看图识字》等教材，不准使用国民党反动教育宣传材料，不准使用宣扬剥削阶级思想的传统教材。中央苏区教材体系并不完全排斥传统文化形式，如，许多教材使用三字经歌、竹枝词等形式，而是更加强调革命斗争实际运用于文化教育的实践之中。总之，中央苏区文化教育体系中大量使用传统民歌、客

---

[①] 毛泽东：《中华苏维埃共和国中央执行委员会与人民委员会对第二次全国苏维埃大会的报告》，1934年1月。

家山歌、采茶戏和各种民间小调，用民众的文化艺术形式教育民众，使民众自然、迅速地接受革命文化思想，这是中国文化史、教育史上的创举。

传统歌谣流传甚广，是千百万民众文化认同与自觉选择的结果。知识阶层自觉地搜集整理民间歌谣，其意在了解民意，传达民意，或以此刚健清新拯救文学，激活文化发展的生机。中央苏区重视对传统歌谣的搜集整理并不是无原则的，所强调的是向人民大众学习，强调利用民众的艺术教育民众；征集、搜集整理民间歌谣有着严格的审查、选择标准。如中国工农红军总政治部机关报《红星报》"发刊词"（1931年12月11日）中提到报纸是"全体红军的俱乐部"，"它会讲故事，会唱歌，会讲笑话"。后来，《红星报》专门发表了《〈红星报〉征求宣传白军士兵的革命歌谣小调启事》（1934年6月20日），提出"征求白军中流行的歌谣小调"，"利用白军士兵中流行的歌谱编成有内容、有煽动性并通俗的歌调"，进行宣传鼓动。又如，福建省永定县成立文化建设委员会，他们提出"各区乡所做歌谣，绝对禁止（随意）出版，必须由区文化委员会负责汇集，寄到县文委审查"，"歌谣材料，如有新的政治转变及新的通告、布告等，都可以造成浅白的歌谣，以易于传达，但须经县文委会审查出版，名仍旧《永定歌谣》"，"封建的、淫乱的山歌绝对禁止歌唱"[1]。闽西苏维埃文化部也曾多次表达同样的意见，强调"选择有革命意义的真情的山歌"。《红军日报》是中国工农红军第三军团总政治部创办的机关报，其副刊《血光》是一个文艺专版，发表了许多传统民歌民谣，而且发表一些新民谣，如运用四川调改编的《共产党十大政纲》、运用莲花落改编的《反国民党军阀混战》、运用孟姜女哭长城调改编的《工农兵》等。《红军日报》提出，自己的副刊服务于"短裤赤脚黑脸粗皮的无产阶级"，建设"新的音典"（1930年7月29日）。共产主义青年团中央苏区机关报《青年实话》专门开辟"儿童""少年先锋队"等专栏，发表传统民歌民谣和改编民歌，如《山歌三首》（升才，1933年6月25日）、《民歌：砍柴女郎》（1934年2月8日）等。《红色中华》是中华苏维埃共和国临时中央政府的机关报，创刊于1931年12月11日，后来坚持到延安解放区。这是中国现代文化史上有着独特价值意义的报纸。瑞金时期，《红色中华》由瞿秋白等人主持编辑，开办了"红色区域建设"等栏目和《赤焰》副刊，发表扩大红军、

---

[1]《〈红星报〉征求宣传白军士兵的革命歌谣小调启事》，《红星报》，1930年7月15日，第39期。

号召白军投诚、反抗国民党反动派围剿等通俗易懂的诗歌、故事和歌谣；《红色中华》发表《两支山歌煽动全国》（1934年8月第224期）的通讯，介绍列宁师范学校组织宣传队，通过唱山歌发动群众，产生了很好的效果。《青年实话》征集民间歌谣的《征集山歌小调启事》称："现在《青年实话》编辑委员会又计划出版革命山歌小调集，搜集各地流行的山歌小调，印成美丽的单行本，请各地方及红军中的同志有自作的或老的山歌小调，寄报《青年实话》委员会，一律欢迎，希望同志们帮助我们完成这项工作。"①《青年实话》还出版了包括《革命歌谣选集》在内的丛书，以编辑部的名义写道，"在这小小的本子里面，我们搜集了群众爱唱的歌谣65首。我们也知道这些歌谣，在格调上来说，是极其单纯的；甚而，它是农民作者用自己的语句作出来的歌，它道尽农民心坎里面要说的话，它为大众所理解，为大众所传诵，它是广大民众所欣赏的艺术"，把它称为"伟大的艺术"，同时，对"有一些同志，保持着文学上贵族主义的偏见，表示轻视大家爱唱的歌谣"之类现象提出批评②。《青年实话》不但发表各种民歌民谣，而且向社会介绍民歌民谣中存在的民间信仰问题，用新文化解释传统文化的局限性与合理性。如陆定一曾经发表《过年、风水、姓氏、地方》（《青年实话》1932年2月25日）、《古龙岗的迷信反革命事件》（《青年实话》1932年5月2日）等，十分有益于教育民众、宣传革命。中央苏区儿童局机关报《时刻准备着》创刊号发表胡耀邦的《时刻准备着》，提出把刊物"发展起来，散布到每个乡村"，专门开设了"民歌民谣""故事""童话""谜语"等栏目，胡耀邦等人还积极模仿传统歌谣，创作儿歌。

中央苏区专门编制并出版了大量歌谣集，许多红色歌谣迅速风行中央苏区，并传播到其他红色根据地，形成更广泛的影响。如《青年实话》以丛书的形式先后编辑出版了《革命歌集》（1933年3月）、《苏区新调》（1933年11月）、《革命歌谣集》（1934年1月）、《革命歌谣选集》（1934年1月）、《革命山歌小调集》（1934年10月）等歌谣集；苏维埃中央教育人民委员会等单位编印了《歌集》（1932年12月）、《儿童唱歌集》（1933年6月）、《四川新调》（1933年10月）等歌谣集。这些歌谣集主要分为传统民歌和时政民歌两大类，其中时政民歌既有改编利用的传统民

---

①《征集山歌小调启事》，《红色中华》1931年8月1日。
②《革命歌谣选集编选后记》，《青年实话》1934年1月，瑞金。

歌，又有大量新民歌，即红色歌谣。这些利用传统民歌改编的时政民歌，最具有时代特色和地方特色。改旧编新，以当时流行的情歌最为显著，成为中央苏区红色歌谣突出的特点。如许多歌谣集收录了《十送哥哥当红军》《十二月革命歌》《十八九正年青》《叹五更》《革命时调》《春耕歌》等。这些山歌小调几乎都是对传统民歌的巧妙借用。"十送"的歌调在许多地方都有流传，改编为表现青年男女因为红军和革命而形成坚贞情爱的诉说与表达。新中国成立后，人们在《十送红军》感人的歌声中仿佛又看到了当年《十送哥哥当红军》《十劝郎当红军》《十劝工农》等催人泪下的红色歌谣。

传统被置换为"革命"，这是中国工农红军与中央根据地革命生活的需要。《十二月花调》是我国各地广泛流传的民间歌曲，是成为民间庙会上的重要咏唱形式，主要表达妇女阶层的苦痛与郁闷，在红色歌谣中被借用来宣传妇女翻身、鼓舞穷人闹革命。同时，它与《诗经》中的"七月豳风"颇为相似，将每一个月的时令特色都用歌谣的形式表现出来，有机融合进"耕田""革命"等具体的生活内容。《苏维埃农民耕田歌》所唱"正月耕田是新年""二月耕田是花朝""三月耕田是清明""四月耕田正立夏""五月耕田端阳节""六月耕田是割禾""七月耕田正立秋""八月耕田中秋节""九月耕田是重阳""十月耕田正立冬""十一月耕田雪花飞""十二月耕田又一年"，刚好把一年之中四时八节农耕生活的基本内容完整述说出来。值得注意的是，六月、七月、十一月、十二月中的传统节日，如六月初一、六月初六、七月初七七夕、七月十五中元节、十一月十五下元节、十二月初八腊八节等具有浓郁传统色彩的节日，在这里被消解，替换为日常性的生产与生活内容。这正是红色歌谣的时代特色。

红色歌谣是中央苏区和各个根据地革命斗争的历史记录。如当年在民间广泛传唱的各种"哎呀来"客家山歌，歌唱朱德、毛泽东、彭德怀，"爹在娘在不如朱毛在，千好万好不如红军好"；表达誓死的革命决心，"不怕死来不贪生，不怕敌人踩后跟；踩掉脚跟有脚趾，为了革命还要行"，"有胆革命有胆当，不怕颈上架刀枪；杀去头颅还有颈，挖去心肝还有肠"；歌唱革命斗争胜利，"新打草鞋溜溜光，打下南昌打九江，枪支缴到几百万，子弹缴得用船装"，"打枪爱打七九枪，七九步枪声音响，同志打枪向哪人？爱向白匪大队长"，皆情真意切。《苏区干部好作风》，唱诵"苏区干部好作风，自带干粮来办公，日着草鞋分田地，夜走山路访贫农"，激起人们的无限崇敬。民间歌曲、歌谣和小调的创作、传播依靠民间百姓口口相传，就像中国共产党领导的革命事业离不开千百万人民群众一样。当时的中央苏区还涌现出一批杰出的民歌手，如著名的兴国山歌群中的长岗乡苏维埃主席谢昌宝、兴国县苏维埃委员曾子贞和中央苏区著名歌手李坚贞等。

在其他革命根据地，与中央苏区一样，到处流传着嘹亮的红色歌谣。许多红色歌谣通过报纸、书籍和各种文化交流途径，从中央苏区流传到其他革命根据地。不同的地区，因为革命而相连，如星火燎原，而且相互影响。湖南的《浏阳河转过了几道弯》，"出了个毛主席领导人民闹革命"，成为千百万穷苦百姓最真诚的心声。鄂豫皖革命根据地唱响的《八月桂花遍地开》，最早出现在河南省商城县，是著名的大别山民歌，表现秋收之后，穷苦人闹革命，纷纷参加工农红军的欢天喜地的心情，后来流传到闽粤赣地区，被传唱得更有韵味。陕北的《信天游》，歌唱刘志丹领导的工农红军所展开的革命斗争，它也歌唱"正月里是新年"，不同的是融入了"山丹丹花开红艳艳"与"陕北出了个刘志丹"的内容。

关于抗日歌谣，有几种情况：一种是老百姓自发形成的民间歌谣，多借用传统歌谣形式；一种是富有爱国热情的知识分子采用民间歌谣形式，在社会媒介上广泛传播，被民间大众所接受，很快民间化，成为广为传唱的民间歌谣；一种是社会各个阶层模仿民间歌谣进行抗日宣传，形成新的民间歌谣体。这三种情况都可以看作抗日歌谣的民间文学表现形态。其中第一种最重要，是发自社会大众肺腑的歌声，或为徒口传唱，或为民间歌曲与地方小调，表现各地民众高昂的抗日热情和保家卫国的坚强意志与决心。从尊重历史事实的原则上讲，只有第一种民间歌谣才能够称作典型的民间文学。这些抗日歌谣不仅在当世被传唱，在社会上广泛流传，全国各地抗日文艺团体风起云涌，各种书籍报刊纷纷刊载这些抗日歌谣，形成抗日歌谣蔚为壮观的局面。

东北地区最早受到日本侵略者的踩躏。日本人在当年灭亡中国的"二十一条"中，就曾经提到他们在东北的特权。20世纪30年代初，日本人发动蓄谋已久的军事攻击，逐渐占领我国东北。在抗日的歌声中，"我的家在东北松花江上"唱得最为动人。以中国共产党为主体的抗日联军，积极发动群众，与日本侵略者进行了殊死的搏斗。其中出现了像杨靖宇这样的抗日英雄，被民间歌谣传唱。同样，东北人民在恨透了日本人的同时，也恨透了那些帮助日本人危害中国人的汉奸走狗。如吴瑞扑收集、流传在长白山区的《警察进村》，记述"警察进村三不要：马粪蛋子、死狗、裹脚条";边卒收集、流传在永吉地区的《认鬼子不认亲妈》,记述"老牛,老马,记吃不记打;汉奸、警察,认鬼子不认亲妈",等等。东北人民为了抗日,全民皆兵,送子参军,送郎参军,与日本人进行长期的斗争。这些内容在抗日歌谣中都有所表现。从当年的搜集整理地区上看,主要有长白山区、兴安岭山区、安图、靖宇、抚松、临江、庆安、哈尔滨、尚志、北安、敦化、辉南、牡丹江、蛟河、通化、老道沟、马蹄沟等地。其中,还有一些少数民族的抗日歌谣,如陈杰搜集整理的鄂伦春民歌《吃口兽肉都给钱》等。

1937年10月,中国共产党领导的八路军一二九师进入太岳、太行山区,建立了晋冀豫抗日根据地;1938年5月,一二九师进入冀南,建立冀南抗日根据地;1939年2月,八路军一一五师建立冀鲁豫、鲁西、湖(微山湖)西等抗日根据地。在这里涌现出左权等民族英雄,发生了平型关大捷等重大历史事件。晋冀鲁豫抗日根据地的抗日歌谣,体现了山东、山西、河南、河北广大地区人民群众反抗日本帝国主义侵略的艰苦卓绝斗争,以及在社会生活中的种种情感与呼声。据统计,抗日战争中,晋冀鲁豫抗日根据地军民作战3万余次,毙伤日伪军19万多人,八路军等抗日武装发展到29万余人。这是中国人民抗日战争辉煌的一章。抗日歌谣形象地记述了这一历史史实。

当然,晋冀鲁豫抗日歌谣从来都不是孤立存在的。20世纪40年代初,中共冀南地委机关报《人山报》发表《杨大路展开地雷战,出扰敌伪触雷尸体横飞》《1945年的头一炮》等通讯报道,向社会高呼"一年打败希特勒,三年打败小日本"的宣传口号,其文艺专栏《大众园地》曾以整版篇幅发表抗日歌谣和大量富有地方特色的通俗文学作品,如刘树春京调新剧《虎口夺枪记》、剑波民间小调《打蚂蚱》、田辛甫秧歌剧《牛凤高别母》、翟向东快板剧《后悔不迟》及独幕话剧《王定保从军》《探伤兵歌》等,深受社会喜爱。民间歌谣与这些文化现象相得益彰,共同汇成抗战救国的洪流。

晋冀鲁豫抗日歌谣的流传区域,主要有太行山区、山西繁峙、晋中、晋西北,冀南、河北白洋淀、河北平山、河北怀来,胶东、鲁西南,河南罗山、河南确山,晋冀鲁豫边区等。搜集整理者各种人物都有。从题材上讲,歌颂八路军奋勇杀敌和军民鱼水情者居多。如《八路军为了咱》歌唱"梨子树,开鲜花,军队和咱是一家",《纺线小调》歌唱"咱们妇救会呀,会员真正强,组织起来去纺线,参加生产多荣光",另有《欢迎八路军进城》《雁翎队》《支援前线第一桩》《劳军忙》《做军鞋》等。表达送子参军、送郎参军者也很多。如《送哥哥出征》歌唱"羊皮袄,毛儿长,哥哥穿着上战场",《送郎参军打日本》歌唱"一道道水,一道道山,我送郎君汾河畔,汾河流水水不断,千言万语说不完"。《女子参军》(五更调)从"一更一更里呀,月亮未出现",一直唱到"五更五更里",从"月亮未出现"唱到"月亮在正东""月亮在正南""月亮在正西""月亮渐渐落",最后歌唱"谁来参军救国家,女中数着我"。控诉"中央军"和敌伪军胡作非为等罪行者也有很多。如《血债要用血来偿》歌唱"血债不能忘,点滴记心上"。《汉奸队下乡》记述"汉奸队,下了乡,抢粮食,扒衣裳;又杀猪,又宰羊;老百姓,气断肠"。《油饼队》记述"天昏昏,地昏昏,诸城有一队中央军,日本鬼子他不打,专门踢蹬庄稼人"。《中央军,凶似狼》痛骂"中央军,凶似狼,拿起枪来像阎王,见了百姓就开枪","穿着百姓衣,吃着百姓粮,百姓出钱他买枪,日本来了他就跑,汉奸见面不放枪,端起枪来打老乡",最后严厉地谴责他们道:"养只狗儿能看门,养活他们添灾殃。"总之,在这一历史时期的民间文学表现内容中,一方面是日本侵略者烧杀抢掠,犯下滔天罪行,一方面是八路军与人民大众一起奋勇抗战,与"中央军"丑恶的行为形成强烈对比。

抗日战争首先在北方打响,而最艰难的抗战更多发生在南方。如上海淞沪会战、武汉会战、长沙会战,国民政府退守重庆,这些重大事件都成为社会历史尤为深刻的记忆。民间文学对这些内容的诉说与表达,受到南方地域文化等传统内容的影响,与北方广大地区的民间文学有着明显不同的风格。

北方有八路军,南方有新四军,都是中共领导的军事力量,都是人民群众拥戴的人民军队。《新四军军歌》唱道,"扬子江头淮河之滨","八省健儿汇成一道抗日的铁流",是"光荣北伐武昌城下,血染着我们的姓名;孤军奋斗罗霄山上,继承了先烈的殊勋"与"为了社会幸福,为了民族生存,一贯坚持我们的斗争","抗战建国,高举独立自由的旗帜"。至今,在江苏溧阳,地方民众还保存着当年热烈赞扬新四军领导人陈毅等人的故事与歌谣。湖南、湖北、江西、安徽等地,包括湘鄂赣、鄂豫皖等革命根据地所在地,是当年红色歌谣流传的主要地区。安徽省西部大别山岳西地区,属于鄂豫皖革命根据地,曾是红二十五军和新四军战斗过的地方。抗日战争时期,这里传唱着《抵制日货》的民间歌谣:"大狗叫,小狗叫,日本鬼子真残暴。既占东三省,又到上海闹。房屋成焦土,同胞被杀掉。小朋友，大家要：不穿日本衣，不戴日本帽，使他货物卖不掉！"抗日战争中，岳西人民抗日团体宣传参加新四军，民间歌谣《当兵要当新四军》歌唱道："吃菜要吃白菜心，当兵要当新四军；新四军，为百姓，青年快当新四军。"而当时国民党四十八军、"安徽省抗日第八挺进队""安徽省抗日第十一游击队"来到这里的时候，民间百姓则唱道："养了儿子是老蒋的，养了女儿是两广的；养了鸡鸭是乡保丁的，养了稻谷是乡保长的。""'第八挺'，大饭桶；'十一游'，笨猪牛。挺而不挺，游而不游。不到前线去抗日，专抢老百姓的猪和牛。"西南地区的民间歌谣与其他地区的抗日情绪一样，出自内心，丝毫不加掩饰，如"黔贵阳"抗日歌谣中的"送郎送到门外头，郎的眼睛大如牛；问郎在恨哪一个，恨的日本贼骨头"。

刘长吉《西南采风录》写道："到过西南各省的人，都知道西南民众特别迷信，村头路旁到处可以看见一座座的庙堂或庵子，晚间或正午的时候，家家门口都燃着香，处处弥漫着香烟及焚纸箔的气息，实在可以证明他们深信鬼神。"[1] 在这样的社会风俗生活环境中，抗日歌谣借用传统民间文学形式表达抗日情绪，宣传抗日思想，只有这样才能达到鼓舞民众的效果。

四川、重庆是抗日战争的大后方。南京沦陷之后，中华民国政府和一些高等学校内迁到重庆等大西南地区，这里形成抗日的文化重镇，掀起全民抗日的文化浪潮。《抗敌歌谣》是一本由"四川省立成都实验小学"出版的小册子，1938年10月出版。其中保存了许多抗日歌谣，反映出大西南地区民众反对日本人侵略和保家卫国的意志与决心。这些抗日歌谣用传统歌谣的表现手法，唤起民众抗日。

在中国现代民间文学史上，文化战士与学者们走进民间社会，或用人民大众喜闻乐见的民间文学形式鼓舞民众，或借以研究民族复兴的前途，都成为中华民族追求独立自由解放事业的一部分。

中国现代民俗学运动既是中国民俗学的理论发展，也是中国现代民间文学搜集整理与理论研究的总结。继五四歌谣学运动之后，中国现代民俗学运动进一步完善了中国现代民间文学理论体系。更重要的是，它忠实记录了中国现代社会民间文学的历史面貌，成为民族志的成功书写，为我们更全面地理解、认识和把握中国现代社会，提供了十分难得的鲜活的民间文学文本。

---

[1] 刘长吉：《西南采风录》，第184页，商务印书馆1946年版。

# 第十八章　鲁迅的民间文学观

在中国现代民间文学史上，鲁迅是一位里程碑式的思想家。

鲁迅是新文学的旗手，也是中国现代民间文艺学的重要开拓者，在理论体系的建立和发展中做出了突出贡献。他的民间文学观不仅有集中的论述，而且散见于一些社会批评、文化批评和书信、日记中，表现出他在不同的历史时期对民间文学的具体认识，体现出与他人相异的思想特色。尤其是他在小说、散文和诗歌创作中，自觉运用民间歌谣和神话传说故事，与他的民间文学观交相辉映，显示出对民间文学及其创造者的尊重。特别是他将国民性的批判、改造与建设的主题同民间文学研究相结合，使我国现代学术体系在整体发展上产生了巨大的飞跃，直接影响到我们今天的民间文学理论研究学术品格的形成与发展。

## 第一节　尊重民间与正视现实的文化立场和价值观念

民间文学是人民大众的口头创作，是在漫长的历史传承中形成和发展的集体创作，在不同的时代和地区又体现出鲜明的文化个性。它作为人民大众的"百科全书"，融入岁时风俗与礼仪等文化生活，具有相当复杂的功能和丰富的价值。说到底，它是一种特殊的语言艺术，即口头的、集体的艺术；它由民间社会共同创造、共同传播与传承。我国专制政治有着漫长的历史并深刻影响着全民族的精神生活，在文化发展中形成了"礼不下庶人"的主流意识，即"上智下愚""官贵民轻"的基本立场，由此产生了相应的价值观念。鲁迅所生活的时代正是中国社会从传统向现代发生重要转折的关头，自晚明到清初所形成的思想启蒙，与晚清社会的思想解放、救亡图存等思潮聚汇，有力地冲击着既有的思想文化秩序；"诗界革命""小说界革命""时务文学"和"新民体"等应运而生的文学思潮自然深刻影响着鲁迅。关于这些，我们可以从鲁迅早期的著述，如《人之历史》《科学史教篇》《摩罗诗力说》和《破恶声论》等论文中，管窥他文化思想的形成。但这一时期的鲁迅，其文化思想的核心又是与尼采的"超人"即反对庸众有着十分密切的联系。如他的《摩罗诗力说》，极力赞颂撒旦的反叛精神。鲁迅在这里所强调的是以撒旦精神做"强怒善战豁达能思之士"。撒旦是古希伯来神话传说中的一只长了翅膀的蛇，因为引诱亚当和夏娃吃食禁果而成为受人诅咒的罪恶之魔。民间信仰中接受的观念，是这一传说的"禁欲"主题。17世纪英国诗人弥尔顿以此传说故事为题材，热情讴歌撒旦的叛逆和战斗精神，但他又将撒旦作为人类理性软弱的对立面给予批判，借以描述人类应坚守理性。鲁迅看到的是撒旦敢于同天帝做最坚决的斗争的无畏精神，把撒旦看作破除天帝以伊甸美名在精神上禁锢人类的"惠之及人世者"，以为若不是撒旦的诱惑，"人类将无由生"，即撒旦是对禁欲主义和愚民政治的卫道者的勇敢的宣战。同时，他看到的是"中国所谓叛道，人群共弃，艰于置身"，只有做一个"强怒善战豁达能思之士"，才能冲破旧的精神牢笼。

鲁迅在这里还论述了尼采"不恶野人，谓中有新力，言亦确凿不移"。尼采是鲁迅这一时期心目中的文化英雄。尼采曾在《权力意志》中强调世间"有上等人，也有下等人"，而"一个个人是可以使千万年的历史生色的"，他称"一个充实的、雄厚的、伟大的、完全的人"，"要胜过无数残缺不全、鸡毛蒜皮的人"，其"目标并不是人类，而是超人"。[①] 鲁迅受尼采思想影响的背景，是中国社会包括世俗在内的黑暗、专制、腐朽、庸俗、麻木和一切罪恶，充斥在这个摇摇欲坠的古老封建王国。他和许多睁开眼睛看世界的有识之士一样，要冲破这自我陶醉、自欺欺人的"伊甸"世界。所以，他向往的是"一个充实的、雄厚的、伟大的、完全的人"，他所努力争取的目标也正是这样理想基础上的"立人"。而这种思想的形成和发展，又正如鲁迅所说，"欲扬宗邦之真大，首在审己，亦必知人，比较既周，爰生自觉，每响必中于人心，精晰昭明，不同凡响"[②]，以求民

---

[①] 尼采：《权力意志》，孙周兴译，上海人民出版社2016年版，第693页。
[②] 鲁迅：《摩罗诗力说》，《河南月刊》1907年第2—3号。

族崛起。这与鲁迅所向往的"五洲同室,交贽文明,以成今日之世界"①是一致的。"摩罗"是梵语中的恶魔一词的音译,鲁迅名义上是借之考察在西方形成的这样一个浪漫诗派,论述雪莱、拜伦以及他们所影响下的俄罗斯诗人普希金、莱蒙托夫,波兰诗人密茨凯维支等人的诗歌发展,而着眼点还是在于呼唤那些"强怒善战豁达能思之士"。这与传统的士大夫蔑视人民大众,鄙视下层民众的腐朽意识是不同的。也就是说,鲁迅所希冀的是唤起民众的觉醒,包括对种种国民劣根性的解剖、反思与批判,意在"立人",使整个中华民族走出"笼禽"的"伊甸",人人都成为尼采所说的"充实的、雄厚的、伟大的、完全的人"。他的文学理想也正是建立在这种思想基础之上的批判,解剖并展示给人,让世人看到真正的现实,以引起疗救者的注意。

所以,鲁迅反对的是庸众,而不是大众,在更普遍的情况下,他更注重维护劳动者的尊严。

感受常常成为理解和认识的基础。鲁迅在对待民间社会的态度上所表现的尊重,是与他对所谓上流社会的"虚伪和腐败"有着直接的联系的。他批判的矛头在更多的时候直指这些"虚伪和腐败",其文化理想一是对"充实的、雄厚的、伟大的、完全的人"的呼唤,一是对下层民众的同情、理解与尊重。

鲁迅对劳动者的尊重,对民间社会的尊重,通常是在与他对上流社会包括知识者的面目的揭露做比较中显示出来的。如他论及"中国自有中国的圣贤和学者",以"劳心者治人,劳力者治于人;治于人者食人,治人者食于人"为例,指出"出于圣贤"的"智识"的虚假。这里,他举法国寓言诗人拉·封丹《寓言诗》中的《知了和蚂蚁》为例,赞扬"火一般的太阳的夏天,蚂蚁在地面上辛辛苦苦地作工",批判此时"知了却在枝头高吟,一面还笑蚂蚁俗",而当"秋风来了"时,"知了无衣无食,变成了小瘪三"。他是在说明"两个世界"的不同,即"窗外流着油汗,整天在挣扎过活的人们的地方",与有闲者将"连火和草药的发明应用也和民众无缘"加以对比,显现出他对有闲者"空谈"的指斥。② 在《"题未定"草》第九节中,他引用了"魏忠贤使缇骑捕周顺昌,被苏州人民击散"的历史故事,将"无耻的士大夫,早投降到魏党的旗帜底下"与之相

---

① 鲁迅:《〈月界旅行〉辩言》,《月界旅行》,中国教育普及社1903年版。
② 鲁迅:《知了世界》,《申报》1934年7月12日《自由谈》。

对比，说"老百姓虽然不读诗书，不明史法，不解在瑜中求瑕，屎里觅道"，但是他们"能从大概上看，明黑白，辨是非"，"往往有决非清高通达的士大夫所可几及之初的"。他接着举北平居民为"一二·九运动"中的学生送食物一例说，"谁说中国的老百姓是庸愚的呢，被愚弄诓骗压迫到现在，还明白如此"，从而赞叹"石在，火种是不会绝的"。① 在《在现代中国的孔夫子》中，鲁迅就日本东京汤岛孔庙落成，何健寄赠孔子像一事，指明"二十世纪的开始以来"袁世凯、孙传芳、张宗昌"都把孔夫子当砖头用"，揭示出"中国的一般的民众，尤其是所谓愚民，虽称孔子为圣人，却不觉得他是圣人"，"孔夫子曾经计划过出色的治国的方法，但那都是为了治民众者，即权势者设想的方法，为民众本身的，却一点也没有"。② 在《田军作〈八月的乡村〉序》中，鲁迅举日本史学家箭内亘著作中所记述的"宋代的人民怎样为蒙古人所淫杀，俘获，践踏和奴使"，"然而南宋的小朝廷却仍旧向残山剩水间的黎民施威，在残山剩水间行乐"，他们"逃到哪里"，"气焰和奢化就跟到哪里，颓废和贪婪也跟到哪里"，所以便有"若要官，杀人放火受招安；若要富，跟着行在卖酒醋"的歌谣。进而他又讲，"人民在欺骗和压制之下，失了力量，哑了声音，至多也不过有几句民谣"，并以此揭示对于"大事件"，"我们没有一部像样的历史的著作，更不必说文学作品了"这样一种冷漠，赞美《八月的乡村》中"作者的心血和失去的天空，土地，受难的人民，以至失去的茂草，高粱，蝈蝈，蚊子，搅成一团"，及其"鲜红的在读者眼前展开，显示着中国的一份和全部，现在和未来，死路与活路"，驳斥"要征服中国民族，必须征服中国民族的心"，高呼"一方面是庄严的工作，另一方面却是荒淫和无耻"。③ 在《随便翻翻》中，对于"消闲的看书"，鲁迅说"帮闲文士"所做的书，"譬如我们看一家的陈年账簿，每天写着'豆腐三文，青菜十文，鱼五十文，酱油一文'，就知先前这几个钱就可买一天的小菜，吃够一家"，"看一本旧历本，写着'不宜出行，不宜沐浴，不宜上梁'，就知道先前是有这么多的禁忌"，"看见了宋人笔记里的'食菜事

---

① 鲁迅：《"题未定"草》"第九"，《海燕》1936年2月第2期。
② 鲁迅：《在现代中国的孔夫子》（日文），《改造》1936年6月号；中文，《杂志》1935年7月第二号。
③ 鲁迅：《田军〈八月的乡村〉序》，《八月的乡村》，上海容光书局1935年8月版。

魔'，明人笔记里的'十彪五彪'，就知道'哦呵，原来古已有之'"。他说，"但看完一部书，都是些那时的名人轶事，某将军每餐要吃三十八碗饭，某先生体重一百七十五斤半；或是奇闻怪事，某村雷劈蜈蚣精，某妇产生人面蛇，毫无益处的也有"，"这时可得自己有主意了"，"凡帮闲，他能令人消闲消得最坏，他用的是最坏的方法"，以此批评那些专事消遣的无聊文字。① 同时，这使人联想到"近年的有些期刊，那无聊，无耻与下流"②，和"在国难当头的现在，白天讲些冠冕堂皇的话，暗夜里进行一些离间挑拨，分裂的勾当的"③ 等。在对现代中国文坛种种黑暗和弊端的揭露中，流露出鲁迅鲜明的爱憎。他对知识阶层的恶行的愤懑，与他对民间文学"刚健清新"的赞美，形成十分显著的对比，具体映现出他尊重民间和正视现实的文化立场。诚如他在《关于知识阶级》中对"知识阶级"缺点的批判，他说，俄国社会在"革命"之前对"知识阶级"是欢迎的，因为他们"确能替平民抱不平，把平民的苦痛告诉大众"，因为他们"与平民接近"，"或自身就是平民"。但随着"荣誉"的增强和"地位"的"增高"，而"同时却把平民忘记了"，"变成一种特别的阶级"，"终于与平民远远的离开了"，"不但不同情于平民或许还要压迫平民，以致变成了平民的敌人"。他又指出，"知识阶级对于别人的行动，往往以为这样也不好，那样也不好"，"问他怎么才好呢？他们也没办法"。他强调的是"为社会做一点事"。④ 同样，鲁迅对中华民族永远充满着热情，也永远充满着信心。1934 年，《大公报》在一篇社评中说"民族的自尊心与自信心"已经"荡焉无存"，整个国家早已"濒于精神幻灭之域"。⑤ 鲁迅针对这种情况，尤其是"一味求神拜佛，怀古伤今"的"事实"，指出"中国人现在是在发展着'自欺力'"。他说，"一到求神拜佛，可就玄虚之至了，有益或是有害，一时就找不出分明的结果来，它可以令人更长久的麻醉着自己"，而"我们从古以来，就有埋头苦干的人，有拼命硬干的人，有为民请命的人，有舍身求法的人"，这些人与尼采所讲的"充实的、雄厚的、伟大的、

---

① 公汗（鲁迅）：《随便翻翻》，《读书生活》1934 年 11 月第 1 卷第 2 期。
② 鲁迅：《"题未定"草》"第八"，《海燕》1936 年 2 月第 2 期。
③ 鲁迅：《答徐懋庸并关于抗日统一战线问题》，《作家》1936 年 8 月第 1 卷第 5 期。
④ 鲁迅：《关于知识阶级》，《上海劳动大学周刊》1927 年 11 月第 5 期。
⑤ 鲁迅：《孔子诞辰纪念》，《大公报》1934 年 8 月 27 日。

完全的人"相比,更具体,也更实在。所以,鲁迅称他们是"中国的脊梁"①。这与他当年讴歌撒旦的叛逆相比,显然有了大的飞跃。这些被称为"中国的脊梁"的人,与鲁迅"立人"的目的是一致的,如鲁迅所说,"他们有确信,不自欺","他们在前仆后继的战斗",尽管他们"总在被摧残,被抹杀,消灭于黑暗中"②。也就是说,鲁迅从未避讳过国民劣根性在大众中的存在,也从未对民间百姓完全失去信心,而是极力高扬民众智慧和聪明的光辉。如他在《二丑艺术》中,对"浙东的有一处的戏班中,有一种脚色叫做'二花脸'(即二丑)"性情的描述。这类人"有点上等人模样","但倚靠的是权门,凌蔑的是百姓",而他"没有义仆的愚笨,也没有恶仆的简单","他是智(知)识阶级"。这是鲁迅对中国知识分子文化性格上的软弱、卑劣又残忍的最典型的概括。鲁迅借此赞扬"小百姓"的洞察力,他说,"二丑们编出来的戏本上,当然没有这一种脚色的",但是,"这二花脸,乃是小百姓看透了这一种人,提出精华来,制定了的脚色","早已使他的类型在戏台上出现了"③。鲁迅指出,"世间只要有权门,一定有恶势力,有恶势力,就一定有二花脸,而且有二花脸艺术"④,深刻揭示出无耻、腐朽文人的思想实质。同时,鲁迅总是维护民间百姓这一弱势群体的尊严和利益。在《电影的教训》中,鲁迅引出自己"在家乡的村子里看中国旧戏的时候"的话题,忆及"爱看的是翻筋斗,跳老虎,一把烟焰,现出一个妖精来","大面和老生的争城夺地,小生和正旦的离合悲欢",他说,"捏锄头柄人家的孩,自己知道是决不会登坛拜将,或上京赶考的"。同时,他将之联系到《瑶山艳史》的"开化瑶民"⑤。这是一部侮辱少数民族的影片,甚至得到国民党中央的嘉奖。鲁迅对这种主题提出批评。他强调的不仅是对弱势群体的尊重,而且要发扬他们的精神,用他的刚健清新变革社会。当然,要认识这些人,须"要自己

---

①公汗(鲁迅):《中国人失掉自信力了吗?》,《太白》(半月刊)1934年10月20日第1卷第3期。

②公汗(鲁迅):《中国人失掉自信力了吗?》,《太白》(半月刊)1934年10月20日第1卷第3期。

③鲁迅:《二丑艺术》,《申报》1933年6月18日《自由谈》。

④鲁迅:《二丑艺术》,《申报》1933年6月18日《自由谈》。

⑤孺牛(鲁迅):《电影的教训》,《申报》1933年9月11日《自由谈》。

去看地底下"①。

鲁迅特别重视作为"大众语""大众文"的民间文学,他讲道"无名氏文学如《子夜歌》之流,会给旧文学一种新力量",称一些农闲时演出的民间文学是"毫无逊色"于"希腊的伊索、俄国的梭罗古勃的寓言"的。他说,"如果到全国的各处去收集,这一类的作品恐怕还很多"②。"收集"即深入民间进行实地考察,早在1913年,鲁迅就提出这种研究方法。如他在《拟播布美术意见书》中提到所谓"美术"有"三要素",即"天物""思理"与"美化"。这里的"美术"与现代美术是两个概念,是指艺术,当然也包括绘画、雕刻。鲁迅说,"美术为词,中国古所不道",其原义为英语"art of fine art",即艺术,"是有九神,先民所祈,以冀工巧之具足,亦犹华土工师,无不有崇祀拜祷矣"。他将艺术分为雕塑、绘画、文章、建筑和音乐等类别,又提到柏拉图所分"静态艺术"与"动态艺术",黑格尔等人所分"视觉艺术""听觉艺术"和"感觉艺术"。他强调"美术之目的""要以与人享乐为臬极",在于"发扬真美,以娱人情",及"表见文化""辅翼道德""救援经济"等。在论述"播布美术之方"时,鲁迅提到"建设事业""保存事业"和"研究事业";他将"建设事业"分为"美术展览会""美术馆""剧场""奏乐堂"和"文艺会",将"保存事业"分为"著名之建筑""碑碣""壁画及造像"和"林野(即公园)"。对于民间文学研究最重要的是他所提的"研究事业"。他将其分为"古乐"和"国民文术"——"国民文术"就相当于我们现在所讲的"民间文学"。鲁迅说:"当立国民文术研究会,以理各地歌谣,俚谚,传说,童话等;详其意谊,辨其特性,又发挥而光大之,并以辅翼教育。"③ 前半句事实上就是我们现在所讲的对民间文学包括歌谣、谚语、传说和故事等内容的搜集与整理,后半句就是理论研究和应用研究。这篇文章发表五年之后,《北京大学日刊》每天登载一首民间歌谣,即刘半农主编的《歌谣选》(栏目开始时间为1918年5月)。从1918年2月刘半农、沈尹默、周作人等人在蔡元培支持下组成北京大学歌谣征集处,发布《征集全国近世

---

①公汗(鲁迅):《中国人失掉自信力了吗?》,《太白》(半月刊)1934年10月20日第1卷第3期。
②华圉(鲁迅):《门外文谈》,《申报》1934年8月24日—9月10日《自由谈》。
③周树人(鲁迅):《拟播布美术意见书》,《教育部编纂处月刊》1913年2月第1卷第1册。

歌谣简章》，到 1920 年 12 月北京大学成立歌谣研究会，1922 年 12 月出版《歌谣周刊》，与鲁迅所述"国民文术"的研究，无论是在学术目的还是在学术方法上，都是一致的。不知是何原因，鲁迅没有在《歌谣周刊》发表过研究歌谣的文章，也没有在这里发表搜集整理的歌谣（鲁迅是曾经搜集整理过北方歌谣的①），但我们看到他在庆祝北大建校"二十五周年"时，为"（北京大学）研究所国学门歌谣研究会"所出版的"歌谣纪念增刊"设计的封面。封面上一轮上弦月与几朵闪烁的星斗相映，封面的左上角空白处写着一首"打开城门洗衣裳"的歌谣，整个画面布局中，星、云、月交织在一起，舒缓流畅的线条，给人以丰富的遐想。这里应该寄寓着鲁迅对歌谣研究的热切的希冀，即让民间文学为新文学带来亮光。

搜集整理民间文学，作为自觉的人文研究方式，这在我国现代学术体系的构建中有着很重要的意义。如当年《歌谣周刊》的编者在其《发刊词》中所说，有两种目的，一是"为文艺的"，即为新诗发展寻求语言范式，一是"为学术的"，这里既有民俗学、歌谣学的目的，又有语言学的目的②。后来，胡适在《歌谣周刊》的《复刊词》中则具体规定为"最大的目的是要替中国文学扩大范围，增添范本"③。无论从哪一种角度讲，这是把历史上以"下里巴人""引车卖浆之流"之名备受文人士大夫鄙视的人所创作的口头文学作为学术研究对象，这本身就是对"以圣贤为中心"学术格局的挑战。鲁迅是这种"挑战"的先驱。他把"国民文术"即民间文学的搜集整理与研究提到现代学术的范畴之内，并亲身进行实践。这不仅是一种学术勇气，而且是新的文化价值观念的树立。鲁迅不仅是"新文化的方向"，在某种意义上讲，他也是现代民间文艺学的方向。从他的一些信件中，我们能感受到他献身于民族振兴事业的热忱。

我国古代版画，如汉代石刻画像、明代版画等，素有立像以言意的文化传统，以图案形式保存了丰富的民间文学内容。鲁迅对此相当重视。如1923 年 1 月 8 日他给蔡元培的信中提到"汉石刻中之人首蛇身像"，及"有一人抱之左右，有朱鸟玄武""似二人在树下以尾相缭"等内容。④

---

① 周退寿（周作人）：《鲁迅与歌谣》，《民间文学》1956 年第 10 号。
② 《歌谣周刊》1922 年 12 月 17 日第 1 号。
③ 胡适：《复刊词》，《歌谣周刊》1936 年 4 月 4 日第 2 卷第 1 期。
④ 鲁迅：《致蔡元培》，《鲁迅研究资料》第 2 辑第 52—53 页，天津人民出版社1977 年 11 月版。

1934年2月给姚克的信、1934年6月给台静农的信，都提到他四处延请人帮助搜集汉代石刻画像。在1935年5月14日致台静农的信中，他还详细开列了拓片中的"骑马人画像（有树木）"和"一人及一蛇画像"等神话传说材料。

后来，鲁迅在致郑振铎、许寿裳、增田涉等人的信中，又多次提到明代版画《十竹斋笺谱》和《北平笺谱》等刻本，并使之"复活"。这与今天我们所提倡的对民间文化遗产的抢救与保护又是何其相似！

民间年画是我国普遍流行的民间文化形式，现在我们把它称为"民间文艺遗产"。它是民间文学传播的重要媒介。鲁迅曾在《论翻印木刻》中说，"古之雅人，曾谓妇人俗子，看画必问这是什么故事，大可笑。中国雅俗之分就在此。雅人往往说不出他以为好的画的内容来，俗人却非问内容不可"[1]。他在《致刘岘》中，提到"河南门神一类的东西，先前我的家乡——绍兴——也有，也贴在厨门上墙壁上，现在都变了样了，大抵是石印的，要为大众所懂得，爱看的木刻，我以为应该尽量采用其方法"，"不过旧的和此后的新作品，有一点不同，旧的是先知道故事，后看画，新的却要看了画而知道——故事，所以结构更难。"[2] 画的内容无疑多是民间传说故事，其展示过程同样是这图画具体内容即民间传说故事的传播过程。我国古代传媒发展条件决定了这样的民间文学传播规律即叙事传统，它一般由三个条件构成，其一是口头的，占据着最重要的渠道，其二是包括年画在内的各种图案，其三是戏曲演唱活动。鲁迅对民间年画非常重视，从中发掘民间传说故事的价值，这是他自觉搜集整理民间文学并进行深入研究的基础之一。同时，他还注意到这种叙事传统在文化发展中的重要意义。如他在论及王逸所说"屈原放逐，彷徨山泽，见楚有先王之庙及公卿祠堂，图画天地山川神灵琦玮谲诡及古贤圣怪物行事"，"因书其壁，何而问之"时，说"其流风至汉不绝，今在墟墓间犹见有石刻神祇怪物圣哲士女之图。晋既得汲冢书，郭璞为《穆天子传》作注，又注《山海经》，作图赞，其后江灌亦有图赞，盖神异之说，晋以后尚为人士所爱"[3]。在《连环图画琐谈》中，他论及"古人'左图右史'"现象时，说"宋元小

---

[1] 鲁迅：《论翻印木刻》，《南腔北调集》，《鲁迅全集》，人民文学出版社1981年版。
[2] 刘岘：《〈阿Q正传〉木刻后记》，未名木刻社1935年6月版。
[3] 鲁迅：《中国小说史略》第二篇《神话与传说》，北新书局1925年版。

说，有的是每页上图下说，却至今还有存留，就是所谓'出相'；明清以来，有卷头只画书中人物的，称为'绣像'。有画每回故事的，称为'全图'。那目的，大概是在诱引未读者的购读，增加阅读者的兴趣和理解"①。他在《介绍德国作家版画展》中说，"世界上版画出现得最早的是中国，或者刻在石头上，给人模拓，或者刻在木板上，分布人间。后来就推广而为书籍的绣像，单张的画纸，给爱好图画的人更容易看见"②。他分外重视民间年画和汉画像石刻等实物资料。在某种意义上讲，这相当于文物研究与民间文学的方法的开创。

对民间文学的搜集整理，不仅仅是一个学术方法问题，而且还是一个学术态度问题，这就是我们在前面所提到的文化立场与价值观念。鲁迅对民间文学所表现出的热情，即尊重民间百姓的文化选择，同时又将民间文学的实际存在与解剖国民性的文化透视紧密联系在一起。他的视野和胸襟并没有因为关注这种土著文化而狭隘，当然这和他在日本读书期间热切关注世界文学有关，而更重要的是他自身的文化选择。由此使人想起他"我以我血荐轩辕"的诗句。方法固然重要，而境界与品格更重要。鲁迅既注意民间文学的现在时态，亲自搜集民歌，又注意到文物包括石刻、木刻，既拓展了民间文学的研究，又启发了史学界对民间社会的关注。同时，我们也由此看到他关注现实，"直视血淋淋的人生"与其学术研究等文化实践活动的密切联系。鲁迅不但注意对当世流传的民间文学口头和文物材料的搜集整理，而且十分重视对古代典籍的钩沉。如他在佛经中选取《痴华鬘》即《百喻经》，1914年施银"六十块大洋"给金陵刻经处，刊印一百本以赠人。《百喻经》全名《百句譬喻经》，古印度佛教寓言集，两万余字，散存于诸种佛教经典中，包括近百个民间故事，以"喻世"而流传民间甚广。鲁迅对《百喻经》的钩沉，是他对民间文学保存这一尊重民间的文化理念的具体表现。辑录《古小说钩沉》和《唐宋传奇集》是他这种文化理念的又一种表现。唐代以前，小说多残见于各种文献，散佚错落严重，鲁迅从《太平广记》《太平御览》《艺文类聚》和《法苑珠林》等典籍中披荆斩棘，整理出大量具有神话传说内容的作品，如殷芸《小说》中的秦皇鞭石、东方朔智慧超人的故事，托名曹丕的《列异传》中的干将莫邪铸剑故事、宋定伯背鬼故事，刘义庆《幽明录》中的望夫石故事，邯郸

---

① 燕客（鲁迅）：《连环图画琐谈》，《中华日报》1934年5月11日《动向》。
② 乐贲（鲁迅）：《介绍德国作家版画展》，《文艺新闻》1931年12月7日第39号。

淳《笑林》中大量笑话故事等。这成为鲁迅和他人研究神话传说故事的重要材料。《古小说钩沉》最初发表于《越社丛刊》1912年第一集，至今仍为人所重视。《唐宋传奇集》也是鲁迅"钩沉"的结果。鲁迅从《文苑英华》《太平广记》和《青琐高议》等文献中辑录了自隋至宋的传奇作品共"八卷，四十五篇"，如王度《古镜记》、李朝威《柳毅传》、元稹《莺莺传》和杜光庭《虬髯客传》等，这对于进一步研究神话传说故事的嬗变形态有很重要的价值。此外，鲁迅还辑录过《会稽郡故书杂集》，做过《禹庙窆石考》之类的考证文章，以及校勘《岭表录异》，其中有许多内容涉及民间传说故事。

从这些材料我们也可以看到这样一种独特的现象，即鲁迅与胡适一样保持着面向世界的开阔胸襟，也一样具有深厚的古典学术素养，他们都因此超越了同时代许多学者。而鲁迅更具有强烈的批判精神，使他的学术思想具有更深邃的内涵。这也启发我们，深邃的思想来自深厚的学养，与高尚的学术品格联系更密切。没有对民间的尊重，就会失去对民间文学的准确把握，失去正视现实的勇气，自然会形成思想的僵化与肤浅。走进民间，面向民间，才能使民间文学研究这一学科保持盎然生机。

## 第二节　关于民间文学的起源及其与作家文学的关系

关于民间文学的发生即起源问题，鲁迅既看到它与劳动生产的联系，又注意到它与民间信仰的联系。1924年7月，鲁迅在西安讲学时曾谈及这一问题。他引"许多历史家说"即"人类的历史是进化的"这一论点，称"中国当然不会在例外"，这种进化"有两种很特别的现象"，"一种是新的来了好久之后而旧的又回复过来"，"一种是新的来了好久之后而旧的并不废去"，即"反复"和"羼杂"。他举例说"虽至今日，而许多作品里面，唐宋的，甚而至于原始人民的思想手段的糟粕都还在"。他在论述小说和诗歌的起源时，详细阐述了自己的民间文学发生理论。他首先区分了庄子所述"饰小说以干县令"、《汉书·艺文志》中所述"小说者，街谈巷语之说也"和现代小说概念的差别；对"小说起源于神话"，他讲道：

因为原始民族，穴居野处，见天地万物，变化不常——如风、雨、地震等——有非人力所捉摸抵抗，很为惊怪，以为必有个主宰万物者在，因之拟名为神；并想像神的生活、动作，如中国有盘古氏开天辟地之说，这便成功了"神话"。从神话演进，故事渐近于人性，出现的大抵是"半神"，如说古来建大功的英雄，其才能在凡人之上，由于天授的就是。例如简狄吞燕卵而生商，尧时"十日并出"，尧使羿射之的话，都是和凡人不同的。这些口传，今人谓之"传说"。由此再演进，则正事归为史，逸史即变为小说了。

在论述诗歌的起源时，他说：

在文艺作品发生的次序中，恐怕是诗歌在先，小说在后的。诗歌起于劳动和宗教。其一，因劳动时，一面工作，一面唱歌，可以忘却劳苦，所以从单纯的呼叫发展开去，直到发挥自己的心意和感情，并偕有自然的韵调；其二，是因为原始民族对于神明，渐因畏惧而生敬仰，于是歌颂其威灵，赞叹其功烈，也就成了诗歌的起源。①

在比较了小说和诗歌的形式特点后，鲁迅强调"诗歌是韵文，从劳动时发生的"，而"小说是散文，从休息时发生的"。其依据便是"人在劳动时，既用歌吟以自娱，借它忘却劳苦了，则到休息时，亦必要寻一种事情以消遣闲暇"。这实际上是在论述故事和歌谣两种形式的产生过程。鲁迅接着又说，无论是小说还是诗歌，"其要素总离不开神话"②。这表明鲁迅受德国神话学派的影响。

但鲁迅注重在劳动生产中人们不同的文化与精神需要，并将这种需要的具体存在与作用作为民间文学的故事与歌谣的起源。这就修正了神话学派把一切民间文学都归于"神"的信仰的不足。

1926年，鲁迅在厦门大学讲授中国文学史课程，编撰了《中国文学史略》；1927年，他在中山大学讲授同一课程，将讲义改为《古代汉文学史

---

① 鲁迅：《中国小说的历史的变迁》，《国立西北大学、陕西教育厅合办暑假学校讲演集》，西北大学出版部1925年3月印行。
② 鲁迅：《中国小说的历史的变迁》，《国立西北大学、陕西教育厅合办暑假学校讲演集》，西北大学出版部1925年3月印行。

纲要》，即我们今天所见到的《汉文学史纲要》。这里，鲁迅继续阐发自己对民间文学起源问题的理解，从中我们可以感受到文化人类学的影响。如他所说：

> 在昔原始之民，其居群中，盖惟以姿态声音，自达其情意而已。声音繁变，寖成言辞，言辞谐美，乃兆歌咏。时属草昧，庶民朴淳，心志郁于内，则任情而歌呼，天地变于外，则祇畏以颂祝，踊跃吟叹，时越侪辈，为众所赏，默识不忘，口耳相传，或逮后世。复有巫觋，职在通神，盛为歌舞，以祈灵贶，而赞颂之在人群，其用乃愈益广大。试察今之蛮民，虽状极狂猱，未有衣服宫室文字，而颂神抒情之什，降灵招鬼之人，大抵有焉。吕不韦云，"昔葛天氏之乐，三人操牛尾，投足以歌八阕。"《仲夏纪》《古乐》郑玄则谓"诗之兴也，谅不于上皇之世"。《诗谱序》虽荒古为文，并难征信，而证以今日之野人，揆之人间之心理，固当以吕氏所言，为较近于事理者矣。①

鲁迅所讲"口耳相传"的背景是"心志郁于内"和"天地变于外"，即自然变化与情感意志对民间文学产生的作用，其依据是"察今之蛮民"，"证以今日之野人"，就是茅盾当年所概括的"取今以证古"②。显然，这与他早年受到进化论的影响有着密切联系。

文化人类学以进化论为自己的理论基础，所以有些学者也因此称之为进化学派。孟德斯鸠在《法的精神》中强调习俗对民族精神的作用，他把人类历史分为蒙昧阶段（狩猎）、野蛮阶段（游牧）和文明阶段，对这一学科有着重要影响。

许多学者接受这一理论，认为人类社会是从蒙昧时代向前发展的，而现存的野蛮民族的生活状态，包括他们的民间文学和舞蹈等带有原始色彩的艺术，都相当于人类发展即进化的最初阶段。他们更注重在不同民族中的相似性、同一性和一致性，特别是英国学者泰勒，他在《原始文化》中提出了许多经典性的论断。鲁迅"察今之蛮民"，正是这种理论的具体运用。

---

①鲁迅：《汉文学史纲要》第一篇《自文字至文章》，《鲁迅全集》（九）人民文学出版社1981年版。
②玄珠（茅盾）：《人类学派神话起源的解释》，《文学周报》1928年第6卷。

鲁迅更重视从民间文化生活环境中理解民间文学的发生。如他在《门外文谈》中阐述"在不识字的大众里，是一向就有作家的"这句话时，说：

> 我久不到乡下去了，先前是，农民还有一点余闲，譬如乘凉，就有人讲故事。不过这讲手，大抵是特定的人，他比较的见识多，说话巧，能够使人听下去，懂明白，并且觉得有趣。这就是作家，抄出他的话来，也就是作品。倘有语言无味，偏爱多嘴的人，大家是不要听的，还要送给他许多冷话——讥刺。①

也就是说，鲁迅早就关注到"故事家"现象了。故事讲述程式及讲述者的文化构成，是当代故事学研究中学者们所重视的一个问题。在鲁迅的同时代学者中，更多的学者只重视故事作为文本的价值，相对忽略了故事讲述者这一民间文学发生主体的存在及其价值和意义。鲁迅把"见识多""说话巧"和"有趣"作为民间文学发生的重要条件，既是对民间文学创作与传播规律的重要理论贡献，也是对"不识字的作家"为代表的民间百姓的文化尊严的维护。应该说，这是鲁迅对民间文学的口头创作与传播规律的发现。

"不识字的大众"在士大夫的视野中通常受到鄙视，他们的口头创作既得不到应有的尊重，又时常被人利用"作新的养料"。因而，尊重民间大众就有了更特殊的意义。在探讨民间文学的起源问题时，鲁迅不是空泛地对"不识字"表示同情或不平，而是用相当长的篇幅去阐述"字是什么人造的""字是怎么来的""写字就是画画"和"古时候言文一致么"等问题。他强调的是"文字在人民间萌芽，后来却一定为特权者所收揽"。他说，"至于平民，那是不识字的，并非缺少学费，只因为限于资格，他不配。而且连书籍也看不见"，正因为士大夫们"竭力的要使文字更加难起来"以形成其"特别的尊严"，所以形成文字垄断，而民间百姓只好用口头语言来表现自己的思想情感。鲁迅借仓颉造字的神话传说阐述"上古结绳而治，后世圣人易之以书契"，着意指出"有史以前的人们，虽然劳动也唱歌，求爱也唱歌"，"他却并不起草"，"文字毫无用处"，进而论述"中国文字的基础是象形"，"在社会里，仓颉也不止一个，有的在刀柄上

---

① 鲁迅：《门外文谈》之十《不必恐慌》，上海天马书店1935年版。

刻一点图，有的在门户上画一些画，心心相印，口口相传，文字就多起来，史官一采集，便可以敷衍记事了"，于是，他臆测"中国的言文，一向就并不一致"。他从"文字在人民间萌芽"出发，论述"文学在人民间萌芽"的道理。当然，他的"文学"概念照他自己所言，"不是从'文学子游子夏'上割下来的"，而是外来词英文"literature"。他接着说：

> 文学的存在条件首先要会写字，那么，不识字的文盲群里，当然不会有文学家的了。然而作家却有的。你们不要太早的笑我，我还有话说。我想，人类是在未有文字之前，就有了创作的，可惜没有人记下，也没有法子记下。
> 
> 我们的祖先的原始人，原是连话也不会说的，为了共同劳作，必需发表意见，才渐渐的练出复杂的声音来，假如那时大家抬木头，都觉得吃力了，却想不到发表，其中有一个叫道"杭育杭育"，那么，这就是创作；大家也要佩服，应用的，这就等于出版；倘若用什么记号留存了下来，这就是文学；他当然就是作家，也是文学家，是"杭育杭育"派。①

这里的"杭育杭育"主要是对林语堂所称"方巾气"而说的。林语堂曾说，"凡非哼哼唧唧文学，或杭育杭育文学，皆在鄙视之列"，"《人间世》出版，动起杭育杭育派的方巾气，七手八脚，乱吹乱播，却丝毫没有打动了《人间世》"。②鲁迅抨击林语堂，意在推崇民间文学的价值。他在这里还称"《诗经》的《国风》里的东西，许多也是不识字的无名氏作品，因为比较的优秀，大家口口相传的"，"希腊人荷马"的"两大史诗"，"也原是口吟"，"到现在，到处还有民谣、山歌、渔歌等，这就是不识字的诗人的作品；也传述着童话和故事，这就是不识字的小说家的作品——他们，就都是不识字的作家"。③他要证明的不仅仅是民间文学起源于劳动生产，而且还有民间文学的"刚健，清新"，"目不识丁的文盲""其

---

① 鲁迅：《门外文谈》之七《不识字的作家》，上海天马书店1935年版。
② 林语堂：《方巾气研究》，《申报》1934年4月28日、5月3日《自由谈》。
③ 鲁迅：《门外文谈》之七《不识字的作家》，上海天马书店1935年版。

553

实也并不如读书人所推想的那么愚蠢"。① 这同样是尊重民间的立场。也就是说，鲁迅不再像泰勒他们那样简单地把"不识字"看作"野蛮人"的标志。

爱德华·泰勒是英国杰出的人类学家，因为他第一次在大学讲坛上系统讲解人类学及其关于原始文化研究的卓越贡献，而被称为"人类学之父"。他曾经在墨西哥和美洲热带地区考察带有原始色彩的部落社会，获取大量珍贵的第一手资料，从而影响了文化人类学和民俗学等学科的发展。他的代表作品是《原始文化》，开宗明义就提出人类学的性质是研究文化的科学，即将文化研究纳入自然科学的视野，像自然科学一样对文化进行量化分析，细致地研究其门类、来源、传承、分布和相互间的联系等。他提出关于文化是一个"复合的整体"的概念，他说："文化，就其在民族志中的广义而言，它是复合的整体，即它包含着知识、信仰、艺术、道德、法律和习俗，以及个人作为社会成员所必需的其他能力及习惯②。"他曾经引用统计学的方法，对他所搜集的350个包括原始文明在内的民俗资料进行分类、比较，计算出其中的百分比重，去总结其中的内在联系。如回避婚俗、亲子连名制、产翁制、抢婚制等内容，寻找它们依次发生的方向，提出人类文化的同一性与文化进行中的心理一致性。但是，他把各种民俗包括民间文学当作人类野蛮时期和半开化时期的产物，民俗之"民"称为远古之民，称为半开化之民，就难免被人误识为民间文学是野蛮人、半开化者的古代文化"残留物"。也就是说，民间文学的"不识字"的文盲是低智的愚人，是现代文明的对立物。这种观念至今还存在——不识字就等于不开化（包括半开化）、就等于卑贱的逻辑在事实上还存在于许多人的意识中，他们完全忽略了口头传播的便利性。鲁迅对民间之"民"表现出崇高的敬意，敬重他们"能从大概上看，明黑白，辨是非"，是"往往有决非清高通达的士大夫所可及之处的"③，针砭士大夫的虚伪和懦弱，对民间文学的价值给予很高的评价。

他这样反复论述"不识字的作家"及其作品，即民间文学的"吓得我

---

①鲁迅：《门外文谈》之十一《大众并不如读书人所想像的愚蠢》，上海天马书店1935年版。

②〔英〕爱德华·泰勒：《原始文化》（*The Origins of Culture*），Harper and Brothers Publishers New York. 1958. P1

③鲁迅：《"题未定"草》"第九"，《海燕》1936年2月第2期。

们只好磕头佩服"杰出性,都是为了一个目的,如他所说,"要这样的作品为大家所共有,首先也就是要这作家能写字,同时也还要读者们能识字以至能写字,一句话:将文学交给一切人"。① 这种目的表达,其实已经超越了民间文学与作家文学关系的话题,即他使全民族都获得文明发展的权利的理想。这种目的当然远胜过一般学者对民间之"民"的同情和怜悯。事实上,这也是鲁迅对愚民政治的批判,是对几千年间上智下愚观念的批判,更是对漫长的历史发展中教育体制、文化体制的批判。因为文字本来就是全民族共同创造的,"古人传文字给我们,原是一份重大的遗产,应该感谢的",而后来被人维护其"特别的尊严",才使得"文字难,文章难",与大众"无缘"。说到底,这还是鲁迅"立人"思想的表现,是他对"充实的、雄厚的、伟大的、完全的人"这一文化理想的表达,更是他建设新文化、新文学的目的。他从文学的民间起源论述民间文学应具有的价值,以民间文学拯救作家文学为例批判文人士大夫对文学的垄断和他们对文学肌体的严重摧残和伤害,都是为了使国民的劣根性在整体上被"刚健,清新"所替代。

在一个民族的文化发展中,民间文学是一个民族最直接的声音,也是一个民族最丰富的思想与艺术的宝库。所以,许多杰出的作家总是格外重视从这里汲取文学的题材与思想,不用说,还有一些作家直接借用民间艺术的形式,使用民间文学语言。但我们应该看到,民间文学与作家文学毕竟是两种不同的艺术形式;民间文学虽然是由"不识字的作家"创造的,而它又有着一般作家所难以企及的感染力。诚如荣格所述的"集体无意识"理论,在民间文学的世界里集中了无数人的聪明智慧。鲁迅在论述瞿秋白所提倡的大众语文问题时,称瞿秋白"本意在于造反"。

鲁迅举民间文学作品的例子,通常是采用自己熟知的,这本身便是做田野作业,即用第一手资料,是搜集整理与科学研究的成功范例。当然,鲁迅将《目连救母》《武松打虎》与伊索和梭罗古勃的名著相比,并不为了作简单的对比,以证明"我们中国也有这样优秀的作品",而是为了论述新文化的发展需要"提倡大众语,大众文",将"一向受着难文字、难文章的封锁,和现代思潮隔绝"的这类民间文学解放出来。其目的在于通过"提倡大众语,大众文",使"中国的文化一同向上"。② 他借此指出这

---

① 鲁迅:《门外文谈》之七《不识字的作家》,上海天马书店1935年版。
② 鲁迅:《门外文谈》之十《不必恐慌》,上海天马书店1935年版。

类民间文学"缺点是有的",也对"(读书人)他们不是看轻了大众,就是看轻了自己,仍旧犯着古之读书人的老毛病"提出批评。① 这里值得我们重视的是,鲁迅在论述民间文学的价值,将之与作家文学相比较时,对民间文学的"刚健,清新"予以赞扬,但他也毫不隐讳民间文学的缺陷。如他在对"迎合大众""说话作文,越俗,就越好"容易成为"新国粹""新帮闲"提出批评时,指出"也不能听大众的自然",因为民间百姓"有些见识,他们究竟还在觉悟的读书人之下","如果不给他们随时拣选,也许会误拿了无益的,甚而至于有害的东西"②。这就是敢于正视现实。有许多学者在论及民间文学与作家文学的关系时,总是尽力贬损作家文学脱离大众的一面,或者极力赞扬作家文学一旦采用民间文学的内容或形式立即就会化腐朽为神奇。鲁迅是正视现实的人,指出民间百姓即大众的缺陷,并无损于民间文学的"刚健,清新"。

鲁迅对民间文学的价值有着冷静的、理性的理解和把握。他对民间文学的赞扬,对士大夫的贬损,其目的在于调正新文化、新文学的方向。在这种意义上,鲁迅是民间文化包括民间文学的律师。

鲁迅尊重民间,注重现在(正视现实),面向民间大众的文化立场始终贯穿在他的民间文学观之中,在客观上形成了文化的多元存在的理念,即民间文学与作家文学都重要,都是民族文化生活中不可或缺的内容,各自有各自的价值。鲁迅从未盲目地空谈民间文学比作家文学有多么出色,而是在具体的比较中论述民间百姓与他们所创造的民间文学具有的价值。如他曾在《门外文谈》就语言的"专语"还是"普通话"问题所述,"方言土语里,很有些意味深长的话,我们那里叫'炼话',用起来是很有意思的,恰如文言的用古典,听者也觉得趣味津津"。他说,"各就各处的方言,将语法和词汇,更加提炼,使他发达上去的,就是专化","这于文学,是很有益处的,它可以做得比仅用泛泛的话头的文章更加有意思"。但是,他同时又提出了一个类似生态平衡的文学环境问题,相当于我们今天的可持续发展,他说,"大众,是有文学、要文学的,但决不该为文学

---

①鲁迅:《门外文谈》之十一《大众并不如读书人所想象的愚蠢》,上海天马书店1935年版。
②鲁迅:《门外文谈》之十一《大众并不如读书人所想象的愚蠢》,上海天马书店1935年版。

做牺牲",应该发展"全国的语文的大众化"①。他在《名人和名言》中,就陈望道所举章太炎"叙事欲声口毕肖,须录当地方言""非广采各地方言不可"这样的问题表达了自己的意见,他说,"名人的话并不都是名言","许多名言,倒出自田夫野老之口"②。这里鲁迅所表达的都是对大众的文化包括语言的尊重,提出既要尊重方言,又要注意"大众化"。

同样,鲁迅不仅尊重本国的大众,而且对世界被压迫民族都充满尊重,包括他们的民间文学。早在1921年,鲁迅就翻译过保加利亚作家伐佐夫的《战争中的威尔珂》,发表在同年10月的《小说月报》第12卷第10号的"被损害民族的文学"专号中。伊凡·伐佐夫(鲁迅译作"伊凡·跋佐夫")曾参加过民族独立斗争,被迫流亡国外,是一位善于使用民间口语和民间故事的作家。鲁迅翻译了他这篇作品,并在"译者附记"中对他给予高度评价,称他"使巴尔干的美丽,朴野,都涌现于读者的眼前","不但是革命的文人,也是旧文学的轨道破坏者,也是体裁家",是"鼓吹白话,又善于运用白话的人"。因为保加利亚采用"希腊教会的人造文","轻视口语","因此口语便很不完全了"。这就更显示出伐佐夫对自己民族语言恢复的重大贡献。爱罗先珂是俄国著名盲诗人、童话作家,其童话自然与民间故事的题材、语言的运用有异常密切的联系。鲁迅曾翻译过《爱罗先珂童话集》③等作品,这和他译日本作家武省小路实笃的剧作《一个青年的梦》④一样,意在"很可以医许多中国旧思想上的痼疾"⑤。

鲁迅对世界文学史上那些运用民间文学获得重要成就的作家总是充满了敬意。如他对日本作家芥川龙之介的作品的评论,他说,芥川龙之介"多用旧材料,用时近于故事的翻译","但他的复述故事并不专是好奇,还有他的更深的根据:他想从含在这些材料里的古人的生活当中,寻出与自己的心情能够贴切的触著的活物,因此那些古代的故事经他改作之后,都注进新的生命去,便与现代人生出干系来了"⑥。这之前他曾在《〈鼻子〉译者附记》中说,芥川龙之介的《鼻子》中的"内道场供奉禅智和

---

① 鲁迅:《门外文谈》之九《专化呢,普遍化呢?》,上海天马书店1935年版。
② 越丁(鲁迅):《名人和名言》,《太白》1935年7月20日第2卷第9期。
③〔俄〕爱罗先珂:《爱罗先珂童话集》,鲁迅译,商务印书馆1922年版。
④〔日〕武省小路实笃:《一个青年的梦》,商务印书馆1922年版。
⑤ 鲁迅:《〈一个青年的梦〉译者序二》,《新青年》1920年1月第7卷第2号。
⑥ 鲁迅:《现代日本小说集·附录·关于作者的说明》,商务印书馆1923年版。

尚的长鼻子的事"是"日本的旧传说","作者只是给他换上了新装",其"篇中的谐味","虽不免有才气太露的地方","但和中国的所谓的滑稽小说比较起来,也就十分雅淡了"。①

鲁迅对外国民间传说和童话故事一直怀有浓厚的兴趣,并且时常拿它们和中国文学做比较。如他曾与齐宗颐合译过荷兰作家望·葛覃的长篇童话《小约翰》②,他在翻译具体词汇时常联想起中国民间传说故事,像《鼠妇》和《臭婆娘》《地猪》的比较,"将约翰从自然中拉开"与"中国之所谓'日凿一窍而混沌死'"的比较,包括他对"英国的民间传说里,有叫作 Robin good fellow 的,是一种喜欢恶作剧的妖怪",同荷兰民间传说的推测性比较;他称赞《小约翰》是"象征写实的童话诗","无韵的诗,成人的童话"。③而他更关注的是通过这种翻译,促进中国新文学事业包括儿童文学的发展。

高尔基是苏联著名作家,在儿童文学与民间文学的研究上做出了重要贡献,他曾出版以民间传说故事为题材的《俄罗斯的童话》《孩子》等作品,并创办儿童杂志《北极光》。他曾在《北极光》的《发刊词》中提出"艺术的伟大任务"是"使人变得强大和美丽"。鲁迅翻译了高尔基的《俄罗斯的童话》,并在《后记》中引出"文言白话是有历史的"这一话题,他说,"方言土语也有历史","只不过没有人写下来","穷人以至奴隶没有家谱,却不能成为他并无祖宗的证据",借题批评"笔只拿在或一类人的手里,写出来的东西总不免于蹩脚,先前的文人哲士,在记载上就高雅得古怪"。④《俄罗斯的童话》启发了鲁迅关于儿童文学、白话文学、民间文学的一系列问题的思索。

民间文学的创作主体是以"不识字"的劳动者为主的下层民众,但是,历史上的主流文化并不因为他们人数众多而赞颂他们的文化。在文学发展中,我们看到这样一种事实,那就是不仅在古代文学史上是"文不过唐宋",即使在现代文学史上,民间文学在文学发展中的地位也向来都是"缺席判决"。鲁迅是民间文学的代言人,他让人注意民间文学的"刚健,清新",让人注意到民间文学中可以产生托尔斯泰这样的文学巨匠,他还

---

①《晨报》副刊1921年5月11日。
②〔荷〕望·葛覃:《小约翰》,北京未名社1928年版。
③鲁迅:《〈小约翰〉序》,《语丝周刊》1927年6月26第137期。
④〔苏〕高尔基:《俄罗斯的童话》,鲁迅译,上海文化生活出版社1935年版。

强调民间文学的传统形式可以为新文学的发展提供有益的内容。他在《重三感旧》中提到"旧瓶可以装新酒"时，说"'五更调''攒十字'的格调也可以放进新的内容去"。① 在《论"旧形式的采用"》中，他提到"旧形式的采取，必有所删除，既有删除，必有所增益，这结果是新形式的出现，也就是变革"，他将"真正的生产者的艺术"与"高等有闲者的艺术"作比较，阐述文学史上"民歌大抵脱不开七言的范围"，在图画上"题材多是士大夫的故事"，"然而已经加以提炼，成为明快、简捷的东西"，即"蜕变"即"俗"的意义。他因此说："为了大众，力求易懂，也正是前进的艺术家正确的努力"。②

鲁迅从来都把自己当作大众中的一员，也从来没有忘却自己建设新文化、改造国民性、使其健康发展的职责与使命，把面向大众作为新文学建设和发展的文化基础和思想基础。所以，他对民间文学这种下层民众创造的艺术给予高度赞扬，并以此作为拯救文学的良药。在论及民间文学的起源及与作家文学的文化关系时，鲁迅的立场始终是立身于大众而着眼于未来，用民间的视角审视一切的。当然，他更着眼于现实，一切从现实出发。他是这样说的，也是这样做的，这种立场和价值观念始终贯穿在他对民间文学的历史发展的研究及创作实践之中。

## 第三节　对民间文学嬗变历史及价值的文化透视

民间文学作为大众口头创作，它的内容既是历史的，又是现实的。也就是说，它因为传承的特征显示出在不同历史时期内的相对稳定性，而因为变异的特征则表现出鲜明的时代性、地域性、民族性。鲁迅是一位在古典文学研究上有深厚造诣的学问家和思想家，他在《中国小说史略》和《汉文学史纲要》等著述中，通过对典籍文献的钩沉、考证和论述，系统地体现出别具一格的民间文学观。

鲁迅对民间文学的价值从来都是深信不疑的，他的文化透视主要通过三种途径：一是在《故事新编》中运用民间传说故事表达自己的寓意，是

---

① 鲁迅：《重三感旧》，《申报》1933年10月6日《自由谈》。
② 常庚（鲁迅）：《论"旧形式的采用"》，《中华日报》1934年5月4日《动向》。

在挖掘、运用、弘扬民间文学中所蕴含的、优秀的民族文化精神；二是在行文中常自觉运用民间传说故事或民间歌谣、民间谚语作自己的理论依据，相当于一种文化评论；三是通过对古代典籍的系统钩沉和考证，探求民间文学的历史发展脉络，并从中发现其具体价值和意义。这三种途径是一个整体，共同构成了鲁迅的民间文学历史观和价值观。

《故事新编》共有八篇作品，篇篇都可以看到民间文学的题材化用。《补天》中，鲁迅借女娲神话来申明一种文化主题，即女娲发现自己的"异化"。一方面是她创制人类，补缝漏天；另一方面，她发现自己辛勤劳作所创制的人，却相互伤害。这里，鲁迅以女娲身下出现的那个"古衣冠的小丈夫"，作为"无耻的破坏者"，饱含着他对中国文化劣根性历史传统的极大愤慨。在《奔月》中，鲁迅赋予了嫦娥神话以新的意义。嫦娥奔月的背后，是后羿的烦恼，弟子的背叛，又使他痛感孤独。这里的逢蒙是否寓意着文化青年的恶劣不得而知，后羿失去了对手，也失去了朋友，从一个英雄变为一个平庸的凡人所构成的苦闷则是显而易见的。在《铸剑》中，干将莫邪故事的复仇主题被淡化，又何尝不是寓意着无奈和愤懑！最为典型的是《理水》，是借大禹治水的神话故事来评说文化世界。在大禹的奔忙中，文化山上一群开口闭口都是洋文的"小丈夫们"极其无聊。应该说，鲁迅对于神话更关注的是如何开掘伟大的民族精神，即献身精神、无畏精神和开拓创新精神。鲁迅在《理水》中对"大禹是条虫"的批评，是对漠视民族文化精神建设现象的批评。在《采薇》中，我们看到的是伯夷叔齐故事原型化用为对"先王之道"的评说。在《起死》中，我们看到的是庄周故事从化蝶故事原型到俗化为"出丑"。鲁迅在《故事新编》中赋予这些传说故事的新意，其实也正是他民间文学观的一部分。当然，最能系统完整地表现鲁迅民间文学价值观和历史观的，还是他的文学史著作。在鲁迅的《中国小说史略》初版（1923年、1924年由北京大学新潮社以此题分上、下两卷出版）之前，虽然也有英国学者H. Giles的《中国文学史》（1901年）和德国学者W. Grube的《中国文学史》（1904年），中国学者林传甲的《中国文学史》（1904年）、谢无量的《中国大文学史》等著作或多或少涉及小说，但一直无"专史"，所以，鲁迅在"序言"中称"中国之小说自来无史"。[1] 在这部著作中，他强调"小说家者流，盖

---

[1] 鲁迅：《中国小说史略》序言，北新书局1925年版。

出于稗官，街谈巷语，道听途说者之所造也"，① 即民间百姓口头创作和口头传播的文化背景，同时也指出因为"小说之志怪类中"的"杂入本非依托之史"，"史部遂不容多含传说之书"，以及"宋之平话，元明之演义，自来盛行民间"而"史志皆不录"。② 这就是说，鲁迅一方面指出了"街谈巷语""道听途说"是小说文体的发生基础，与民间文学有密切联系，另一方面，他又指出正史不录这一"自来盛行民间"的文化传统。这两方面，准确地概括了民间文学在历史上被保存和流传的基本状况。

鲁迅把"神话与传说"作为"小说"文体的"本根"。以此为出发点，鲁迅把"街谈巷语"看作考察判断小说文体的基本标准，将"《汉书》之叙小说家"其"今皆不存"的原因置于"殊不似有采自民间"的文化背景之中。③ 他说，"现存之所谓汉人小说，盖无一真出于汉人"的"伪作"，即"文人好逞狡狯，或欲夸示异书，方士则意在自神其教，故往往托古籍以衒人"。而正是这种"托古籍以衒人"的"言荒外之事"，"大旨不离乎言神仙"，④ 意外保存了大量民间传说故事。他以"称东方朔撰者有《神异经》一卷，仿《山海经》"为例，着重考察了"滑稽"与"附会之谈"在民间传说中的催生作用。⑤ 应当说，这也是我国古代民间传说发生的一条重要规律。

鲁迅考订了古代典籍中的"南阳宋定伯年少时夜行逢鬼""神仙麻姑降东阳蔡经家""武昌新县北山上有望夫石状若人立者"等民间传说故事，对《列异传》《搜神记》《搜神后记》《异苑》《齐谐记》《续齐谐记》和《灵鬼志》，以及《冥祥记》《拾遗记》等"释氏辅教之书"的民间传说故事保存状况作了详细分析，指出"晋以后人之造伪书，于记注殊方异物者每云张华，亦如言仙人神境者之好称东方朔""捃采天下遗逸，自书契之

---

① 鲁迅：《中国小说史略》第一篇《史家对于小说之著录及论述》，北新书局1925年版。
② 鲁迅：《中国小说史略》第一篇《史家对于小说之著录论述》，北新书局1925年版。
③ 鲁迅：《中国小说史略》第三篇《〈汉书·艺文志〉所载小说》，北新书局1925年版。
④ 鲁迅：《中国小说史略》第四篇《今所见汉人小说》，北新书局1925年版。
⑤ 鲁迅：《中国小说史略》第四篇《今所见汉人小说》，北新书局1925年版。

始，考验神怪，及世间闾里所说"① 这一文化传统的具体形成。

佛教的传入，深刻影响了中国文化思想的变化和发展。鲁迅非常重视这一现象，对《续齐谐记》中所述"阳羡鹅笼"故事作了认真考证，说明"世界万事万物均发源于心，心无大小，相亦无大小"的思想"盖非中国所故有"。他将唐代段成式《酉阳杂俎》（《续集》）所引"昔梵志作术，吐出一壶"故事，与《观佛三昧海经》中"白毫毛相"故事相比较，指出"魏晋以来，渐译释典，天竺故事亦流传世间，文人喜其颖异，于有意或无意中用之，遂蜕化为国有"② 的史实。魏晋南北朝时期是我国民间故事相当繁荣的阶段，鲁迅在论述佛教文化的影响时，举出许多事例即具体的民间传说故事，细究其理，从中发现"佛教既渐流播，经论日多，杂说亦日出"与"方士"们"自造伪经，多作异记，以长生久视之道，网罗天下之逃苦空者"，③ 即宗教、义理利用民间文学传播，这一世俗与宗教共融于民间文化生活的文化发展规律。

唐代传奇的形成和发展与民间传说有着更为密切的联系。这种联系的外在形式就是鲁迅所概括的"不离于搜奇记逸"④，而唐代文人与其前人相比更多了小说的自觉意识。所谓自觉也就是如胡应麟所说的"作意好奇，假小说以寄笔端"。鲁迅称"此类文字""记叙委曲，时亦近于俳谐，故论者每訾其卑下，贬之曰传奇"而"别于韩柳辈之高文"⑤。"高文"即雅，"卑下"即俗。也正是这种"卑下"的俗，对"元明人多本其事作杂剧或传奇"甚至包括"曲"都产生重要影响。⑥ 鲁迅以《补江总白猿传》为例，称"不知何人作"，"是知假小说以施诬蔑之风，其由来颇古矣"⑦，即假借民间传说表达作者的寓意。这种寓意包含着愤恨，也包含着失意，鲁迅举"文近骈俪而时杂鄙语"的《游仙窟》和"故事虽不经，尚为当

---

①鲁迅：《中国小说史略》第五篇《六朝之鬼神志怪书》（上），北新书局1925年版。

②鲁迅：《中国小说史略》第五篇《六朝之鬼神志怪书》（上），北新书局1925年版。

③鲁迅：《中国小说史略》第六篇《六朝之鬼神志怪书》（下），北新书局1925年版。

④鲁迅：《中国小说史略》第八篇《唐之传奇文》（上），北新书局1925年版。

⑤鲁迅：《中国小说史略》第八篇《唐之传奇文》（上），北新书局1925年版。

⑥鲁迅：《中国小说史略》第八篇《唐之传奇文》（上），北新书局1925年版。

⑦鲁迅：《中国小说史略》第八篇《唐之传奇文》（上），北新书局1925年版。

时推重"的《枕中记》等作品,都是"失意"的代表。也就是说,唐代作家善于化俗为雅,利用充满神奇幻想的民间传说构造成一种寄寓自己理想情趣的妙境。这里,鲁迅将其概括为"以华艳之笔,叙恍忽之情,而好言仙鬼复死"①。他因之称陈鸿之为文"辞意慷慨,长于吊古,追怀往事,如不胜情",其《长恨歌传》"追述开元中杨妃入宫以至死蜀本末"。同时,他还将这一民间传说题材与"天宝末,兄国忠盗丞相位,愚弄国柄"相联系,对比对照。鲁迅说:"杨妃故事,唐人本所乐道,然鲜有条贯秩然如此传者,又得白居易作歌,故特为世间所知,清洪昇撰《长生殿传奇》,即本此传及歌意也。"② 这是鲁迅从古典文学中透视民间文学原型的方式,纵横开阖间寻找民间文学演变轨迹,这也是鲁迅视野和胸襟异常开阔的学术风范。

在具体考证《水浒传》《西游记》《封神演义》和"三言二拍"、《聊斋志异》《红楼梦》等小说时,鲁迅总是尽力寻求两种线索,一条是这些作品发生自民间或是与民间传说故事相联系的历史轨迹,另一条是这些作品对其他作品文化个性的借鉴。鲁迅在论及《水浒传》时,首先看到的是其故事"为南宋以来流行之传说,宋江亦实有其人""自有奇闻异说,生于民间,辗转繁变,以成故事""复经好事者掇拾粉饰,而文籍以出"③。在论及《西游记》时,鲁迅广泛考察了《八仙出处东游记传》,"书中文言俗语间出,事亦往往不相属,盖杂取民间传说作之","《大唐三藏取经诗话》已有猴行者深沙神及诸异境",元杂剧《唐三藏西天取经》"其中收孙悟空,加戒箍,沙僧,猪八戒,红孩儿,铁扇公主等皆以见"等,以此证明"似取经故事,自唐末以至宋元,乃渐渐演成神异,且能有条贯,小说家因亦得取为记传也"④。

总之,《中国小说史略》系统地体现了鲁迅的民间文学发展嬗变观,他的基本方法是在历史的发展与联系中运用文化透视去管窥民间文学与其他文化现象之间的复杂关系,从而有机地把握民间文学的发展规律。他的另一部著作《中国小说的历史的变迁》与《中国小说史略》大同小异,有许多地方甚至是相重复的。从某种角度讲,《中国小说的历史的变迁》在

---

① 鲁迅:《中国小说史略》第八篇《唐之传奇文》(上),北新书局1925年版。
② 鲁迅:《中国小说史略》第八篇《唐之传奇文》(上),北新书局1925年版。
③ 鲁迅:《中国小说史略》第十五篇《元明传来之讲史》,北新书局1925年版。
④ 鲁迅:《中国小说史略》第十六篇《明之神魔小说》,北新书局1925年版。

论述语言上更简洁，这与鲁迅的"讲学的记录稿"有着直接联系。鲁迅的《汉文学史纲要》也是这样，所不同的是在论述的范围上不再仅限于小说文体，而是涉及诗歌、散文和史传文学等内容。《汉文学史纲要》在对民间文学的嬗变历史及其价值的论述上明显涉及较少。倒是在《朝花夕拾》《〈唐宋传奇集〉稗边小缀》和一些"序""跋"等处，常可见到鲁迅充满鲜明爱憎的论点。如他的《关于〈二十四孝图〉》，抨击"郭巨埋儿"对人性的摧残，抨击"曹娥投江觅父"的愚昧，抨击老莱子的"无趣味"，①都是与国民劣根性的解剖批判相联系在一起的。他在《阿金》中说自己"一向不相信昭君出塞会安汉，木兰从军就可以保隋，也不相信妲己亡殷、西施沼吴、杨妃乱唐的那些古老话（即民间传说）"，从中透视"向来的男性的作者，大抵将败亡的大罪，推在女性身上"这样"一钱不值的没有出息"②。也就是说，通过古今历史对比，鲁迅对民间文学嬗变历史及价值的文化透视，在这三种途径中得以集中实现。而我们也应该清醒地看到，鲁迅对民间文学历史的梳理，主要是希望从中发现民族文化中所蕴含的文化思想及其发展规律。

鲁迅的民间文学观是鲁迅思想的一部分，也是中国现代学术思想体系的一部分，体现出鲁迅对民间口头创作的文化立场和价值观念。尤其是他的学术思想和学术方法，通过相关的民间文学研究，形成独特的学术风度和学术品格。他和胡适不同，和周作人不同，和茅盾、郑振铎也不同，他没有他们的集中性和系统性，但是，他又有着他们所不及的批判精神。当然，他们之间又相互影响，在学术目的上又常常表现出一致的追求。

---

① 鲁迅：《〈朝花夕拾〉后记》，《鲁迅全集》，人民文学出版社，1981年版。
② 鲁迅：《阿金》，《海燕月刊》1936年2月22日第2期。

# 第十九章　胡适的民间文学观

中国民间文学的语言学研究，胡适是一个特殊的典型，尤其是他对文体的变革，具有重要意义。胡适十分推崇白话作为"活"的文学对新文学发展的重要作用。他有着鲜明而系统的民间文学观，即"一切新文学的来源都在民间"①。尽管早先已经有傅斯年提出过"中国一切文学都是从民间来的"，梅光迪提到文学革命当从民间文学入手，② 但是，具体将民间文学看作平民文学，看作白话文学，指出白话文学包括民间文学在中国文学史上所处的"中心部分"，对歌谣、神话、传说、故事和民俗进行深入细致研究，胡适是一位开拓者、集大成者。在现代民间文艺学的许多方面，胡适的方法与论点不但对同时代人产生深刻影响，而且至今仍有着重要意义。我们应该看到，对胡适的民间文学观或民间文学思想及其价值理性而全面的把握，在当前仍然存在着许多不足，有待于我们深入研究。

## 第一节　比较歌谣学的创制及其歌谣学思想

胡适是中国现代学术史上最早系统倡导比较歌谣学的学者。这就是他的《歌谣的比较研究法的一个例》③。他提出研究歌谣的"比较的研究法"，即寻求"母题"（motif）。他说：

---

① 胡适：《白话文学史》第三章"汉朝的民歌"，新月书店1928年版。
② 胡适：《逼上梁山》，《东方杂志》1934年第31期。
③ 胡适：《歌谣的比较研究法的一个例》，《努力周报》1922年12月3日第31期。

>有许多歌谣是大同小异的。大同的地方是他们的本旨，在文学的术语上叫做"母题"（motif）。小异的地方是随时随地添上的枝叶细节。往往有一个母题，从北方直传到南方，从江苏直传到四川，随地加上许多"本地风光"，变到末了，几乎句句变了，字字变了。然而我们试把这些歌谣比较着看，剥去枝叶，仍旧可以看出他们原来同出于一个"母题"。①

在这里，他以《读书杂志》所刊发的一首歌谣《看见她》为例，看到它在全国各地的普遍流传，以为其母题是"到丈人家里，看见了未婚的妻子"，"此外都是枝节"。通过"比较研究的结果"，他发现有三个方面的问题值得注意：一、"某地的作者对于母题的见解之高低"，二、"某地的特殊的风俗、服饰、语言等等——所谓本地风光"，三、"作者的文学天才与技术"。他将安徽旌德的《看见她》同北京地区的这首《看见她》相比较，考察出"当时本地的服饰"，和"在文学技术上就远不如上文引的北京的同题歌（谣）"。最后，他对歌谣搜集整理中的简单化现象，即"不耐烦搜集这种大同小异的歌谣，往往向许多类似的歌谣里挑出一首他自己认为最好的"，提出批评，指出其随意删去的"不很妥当"。他举例强调，若只孤立地看一首歌谣，"我们也许把他看作一个赶车的男子回家受气的诗"，若将许多首"互相比较"，"他们的母题就绝无可疑了"，一再论述"参考比较的重要"。②

写作此文的同一时期，胡适在日记中记述了他到平民大学关于《诗经》的讲演中所运用的比较研究法。他提出"须用歌谣（中国的，东西洋的）做比较的材料"，"须用社会学与人类学的知识来帮助解释"。他举例论述道："如向来比兴的问题，若用歌谣来比较，便毫不困难了。如'荠菜花，满地铺'；'槐树槐，槐树底下搭戏台'与古时的'孔雀东南飞，五里一徘徊'，都可做比较。这是形式与方法上的比较。"他还说："又如日本俗歌里，近时搜集的中国歌谣里，都有内容上与《国风》相同的材料。"③ 关于《诗经》中的《召南》"野有死麕"这首恋诗，他运用比较民俗学的方法论述道：

---

① 胡适：《歌谣的比较研究法的一个例》，《努力周报》1922年12月3日第31期。
② 胡适：《歌谣的比较研究法的一个例》，《努力周报》1922年12月3日第31期。
③《胡适日记全编》，第64页，安徽教育出版社2001年版。

这明是古代男子对女子求婚的一个方法。美洲土人尚有此俗，男子欲求婚于女子，必须射杀一个野兽，把死兽置在他心爱的女子的门口。在中国古时，必也有同类的风俗。古婚礼"纳采用雁，纳吉用雁，纳征用儷皮（两鹿皮），请期用雁"（《士婚礼》），都是猎品。春秋时尚有二男争一女，各逞武力于女子之前，使女子自决之法。用此俗来讲此篇，便没有困难了。①

他更详细地论述"《野有死麕》一诗最有社会学上的意味"。他说：

初民社会中，男子求婚于女子，往往猎取野兽，献于女子。女子若收其所献，即是允许的表示。此俗至今犹存于亚洲、美洲的一部分民族之中。此诗第一第二章说那用白茅包着的死鹿，正是吉士诱佳人的贽礼也。

又南欧民族中，男子爱上了女子，往往携一大提琴至女子的窗下，弹琴唱歌以挑之。吾国南方民族中亦有此风。我以为《关雎》一诗的"琴瑟友之"，"钟鼓乐之"，亦当作"琴挑"解。旧说固谬，作新昏诗解亦未为得也。"流之"，"求之"，"芼之"等话皆足助证此说。②

他因此而感叹"研究民歌者当兼读关于民俗学的书"。他以为，民俗学是一种便利的方法。在他看来，"《诗经》不是一部经典"，而"确实是一部古代歌谣的总集"，它"可以做社会史的材料，可以做政治史的材料，可以做文化史的材料"。对于"从前的人把这部《诗经》都看得非常神圣，说它是一部经典"，他说，"我们现在要打破这个观念"，否则，"《诗经》简直可以不研究了"，所以，"我们应该拿起我们的新的眼光，好的方法，多的材料，去大胆地细心地研究"。他研究《诗经》的"新的眼光，好的方法"，贯彻着他平素倡导的"大胆假设，小心求证"，即"用小心的，精

---

①胡适：《论〈野有死麕〉书》，《胡适的日记》（1922年6月9日），上海古籍出版社1988年版。
②胡适：《论〈野有死麕〉书》，《胡适的日记》（1922年6月9日），上海古籍出版社1988年版。

密的，科学的方法，来做一种新的训诂工夫，对于《诗经》的文字和方法上都重新下注解"。他要"大胆地推翻二千年来积下来的附会的见解；完全用社会学的、历史的、文学的眼光重新给每一首诗下个解释"，求得"自己有一种新的见解"。他又一次论述《野有死麕》作为初民社会"男子勾引女子的诗"，称"此种求婚献野兽的风俗，至今有许多地方的蛮族还保存着"①。他将《嘒彼小星》看作"写妓女生活的最古记载"，并将之与《老残游记》中"黄河流域的妓女送铺盖上店陪客人的情形"相比照。

他将比较民俗学成功地运用于《诗经》的研究之中，反复强调"必须多研究民俗学，社会学，文学，史学"，形成了他卓有成就的比较歌谣学理论系统和方法。这种方法在当时不但影响了以顾颉刚为代表的青年学者对新史学的投入（有人称胡适是《古史辨》学派的启发者），而且直接影响到歌谣学专题研究的深入发展。如十几年后，董作宾在《〈看见她〉之回顾》中深情地提到当年《看见她》专题研究受胡适"暗示"启发的情形，即《一首歌谣整理研究的尝试》被列为《歌谣周刊》专号，后来单印成《看见她》。他说自己"曾受了最大的暗示而从事《看见她》之整理研究"，在原文中"却忘了提及"，"这是大不该的"。他所受的暗示，即胡适《歌谣的比较的研究法的一个例》。他说："我那篇文字研究的结果，丝毫也不曾跳出胡先生所指出的轨范，所以在这里不惮烦琐地重述一遍。可是在当时我竟忘记称道这位指引路途的向导而没有一字提及，岂不该打！"② 顾颉刚关于孟姜女的研究也是如此。

比较民俗学的方法是从西方学者的著述中传入的。关键的内容在于"比较"，即通过许多材料的对比去发现"母题"。如詹姆斯《比较民俗学方法论》中所讲，有三个步骤："首先是事实的搜集，第二是事实的比较，第三是事实的解释。"他还说，民俗学的所有权不是任何一个民族的，"然而表达民俗学者的材料的方法却明显地具有民族特色"，所以，许多学者往往带有强烈的民族主义倾向，"以往爱国的民俗学者，如爱尔兰的、芬兰的、德国的学者们，开始他们的研究是企图'研究民族文化的起源'，随着他们研究的发展，他们发现他们自己需要摆脱民族主义和采用人道主

---

① 胡适：《论〈野有死麕〉书》，《胡适的日记》（1922年6月9日），上海古籍出版社1988年版。
② 董作宾：《〈看见她〉之回顾》，《歌谣》（影印书）第三卷第2期，1937年4月10日。

义是适当的"。① 詹姆斯强调人们"发生错误的主要原因"在于"完成事实搜集之前就给事实做了解释"和缺乏"比较"的认定。② 国际上著名的芬兰学派即历史地理学派以尤里乌斯·科隆（Julius Krohn，1835—1888）为代表，将许多故事按流传地区排列观察地域性和情节的变化及其引出的故事流传发展的起源。③ 芬兰学者的历史地理学派及其方法结束了民俗学、民间文学在"19 世纪晚期"之前"没有自己的方法"的历史④，但芬兰学派又确实是通过利用史诗《卡列瓦拉》鼓舞民族情绪，强化民族文化传统而具体形成的。歌谣作为民俗重要资料的搜集整理与研究，都与民族文化的发展密切相关。比较歌谣学是比较民俗学的一种，通过"比较"的方法发现其中所蕴含的民族情感的真实，及其作为新文学的"养分"，这应该是胡适的初衷，是他文学改良理想的表现，也是整个时代文学革命的要求。同时，它也暗合了我国古代"礼失求诸野"的文化发展规律。因此，胡适从"一切新文学的来源都在民间"的理念出发，创制了比较歌谣学的理论系统和方法，既解决了诸多老问题而得到许多新发现，又为新文学的发展寻求到具体的范式。更重要的是他以民俗学理论为基本方法完成了对经学传统的颠覆和对新的学术方法的构筑。由此，我们可以感受到胸襟、胆识对现代学术事业的重要性——胡适和他的同志们一改往昔士大夫鄙视民间文学的价值立场，在某种意义上讲，使整个民族的文化精神获得了新生，新文学自然与民间文学发生了密切联系。尤其是比较歌谣学的成功创制，使中国现代民间文艺学理论在发展伊始就获得了一种科学的方法，同时也奠定了开放的、多元的学术风貌。胡适通过民俗学的方法研究歌谣，还原了民间歌谣作为民间文化生活的面目。这种学术价值立场的确立，是胡适新文学新文化建设理想的具体表现，与《歌谣周刊》的《发刊词》所

---

① 〔英〕詹姆斯：《比较民俗学方法论》，田小杭译，原载《清华周刊》第 31 卷，1926 年 464 号。

② 〔英〕詹姆斯：《比较民俗学方法论》，田小杭译，原载《清华周刊》第 31 卷，1926 年 464 号。

③ 参见丁乃通：《历史地理学派及其方法》，1981 年 7 月 14 日在北京师范大学的演讲（录音稿），《民间文学理论丛刊》（一），北京师范大学中文系民间文学教研室，1982 年 3 月。

④ 参见丁乃通：《历史地理学派及其方法》，1981 年 7 月 14 日在北京师范大学的演讲（录音稿），《民间文学理论丛刊》（一），北京师范大学中文系民间文学教研室，1982 年 3 月。

标榜的"文艺的"和"学术的"两种目的是相一致的。① 特别值得提出的是，胡适对歌谣包括民间诗歌的发生主体"民众"有着更为全面的理解。如他曾强调"词起于民间，流传于娼女歌伶之口"②。这更接近于现代民俗学在"民众"范畴上所规定的"全体民众"。对于娼妓阶层的重视，胡适表现出突出的民本意识。但令人遗憾的是，多少年后我们一直忽略了这个最下层最卑贱的"娼妓"对民间文学特别是民间歌谣（民间歌曲）特殊的传播作用。很长时期有不少学者固守"劳动人民的口头创作"的概念，将这一阶层排斥出"人民大众"之外，甚至把这作为胡适的"罪名"。民间文学研究是应该正视这一文化存在的。受胡适学术思想最直接最深刻影响的是顾颉刚，顾颉刚光大了胡适的为"民众"立场，在《民俗》的《发刊辞》中更明确地指出了"人间社会大得很"，"尚有一大部分是农夫、工匠、商贩、兵卒、妇女、游侠、优伶、娼妓、仆婢、堕民、罪犯、小孩"，"他们有无穷广大的生活"，所以，"我们要站在民众的立场上来认识民众"，"探检各种民众的生活、民众的欲求，来认识整个的社会"，从而"打破以圣贤为中心的历史，建设全民众的历史"。③ 应该说，"全民众"的概念至今仍然是需要我们重新审视的内容。

胡适的歌谣研究和他的哲学研究一样，在我国现代学术体系中具有承前启后的意义。他提倡新学，但并不完全反对传统的学术方式，如他曾经提倡"整理国故"，为《国学季刊》撰写"发刊宣言"。④ 他甚至在《论国故学》中提出清代儒学的考据是"暗合科学的方法"，更不用说他在《中国哲学史大纲》的《再版自序》中提到自己最感谢的王怀祖、王伯申、俞荫甫、孙仲容、章太炎、钱玄同等人⑤，而这几位学者在校勘训诂等传统学术方面都有深厚造诣。与一般学者所不同的是，胡适并不是彻底否定或全盘肯定传统，而是清醒地看到清代学者们"只有经师而无思想家""只有校史者而无史家"和"只有校注，而无著作"。⑥ 他更看重的是在新与旧相结合基础上的改良与发展。蔡元培曾赞扬胡适的《中国哲学史大纲》

---

① 《发刊词》，《歌谣周刊》，1922 年 12 月 17 日第 1 号。
② 胡适：《〈词选〉自序》，《小说月报》1927 年 1 月第十八卷第一号。
③ 《〈民俗〉发刊辞》，《民俗周刊》，1928 年 3 月 21 日第 1 卷第 1 期。
④ 胡适：《研究国故的方法》，《东方杂志》1921 年 8 月第 18 卷第 16 期。
⑤ 《胡适学术文集·中国哲学史》，中华书局 1991 年版，第 3 页。
⑥ 《发刊宣言》，《国学季刊》，1923 年 1 月第 1 卷第 1 号。

第一大优点就是"证明的方法",即考据、辨析的功夫;① 尽管胡适也多次自谦"病虚"即汉学并无根底。由此我们也可以看到胡适"比较"的方法所显示的风度及其所具有的背景,以及在今日我们所应借鉴、思索和学习的意义。胡适对歌谣学的研究从多层次、多角度展开,既有比较民俗学的方法,又有语言学的方法(如他在《歌谣周刊》"方言标音专号"② 中对安徽绩溪方言发音记录的参与),更不用说他从文学、历史等方面所做的探索。

1936年4月,《歌谣周刊》在多方努力下终于复刊出版,重新成为中国现代民间文艺学的一片热土。

此时的胡适已是人到中年,他主编《独立评论》,到各地发表演讲,为《中国新文学大系》的"建设理论集"写导言,积极参加各种社会活动。他格外看重"有很长又很光荣的历史"③ 的白话文学包括民间文学,如他所讲,是"一千多年的白话文学种下了近年文学革命的种子"④。他在《歌谣周刊》所做的《复刊词》中表明自己鲜明的学术立场:

> 我以为歌谣的搜集与保存,最大的目的是要替中国文学扩大范围,增添范本。我当然不看轻歌谣在民俗学和方言研究上的重要,但我总觉得这个文学的用途是最大的,最根本的。《诗三百篇》的结集,最伟大最永久的影响当然是他们在中国文学上的影响,虽然我们至今还可以用他们作古代社会史料。我们的韵文史上,一切新的花样都是从民间来的。《三百篇》中的"国风""二南"和"小雅"中的一部分,是从民间来的歌唱。《楚辞》中的《九歌》也是从民间来的。汉魏六朝的乐府歌辞都是从民间来的。词与曲子也都是从民间来的。这些都是文学史上划分时代的文学范本。我们今日的新文学,特别是新诗,也需要一些新的范本。中国新诗的范本,有两个来源:一个是外国的文学,一个就是我们自己的民间歌唱。二十年来的新诗运动,似乎是太偏重了前者而太忽略了后者。其实在这个时候,能读外国诗的

---

① 蔡元培:《中国哲学史大纲》"序",中华书局1991年版。
② 《歌谣周刊》1924年5月18日第55号。又见《关于〈看见她〉的通讯》,《歌谣周刊》1924年11月30日第70号。
③ 胡适:《白话文学史》"引子",新月书店1928年版。
④ 胡适:《白话文学史》"引子",新月书店1928年版。

人实在太少了，翻译外国诗的工作只算得刚开始，大部分作新诗的人至多只可说是全凭一点天才，在黑暗中自己摸索一点道路，差不多没有什么伟大的作品可以供他们的参考取法。我们纵观这二十年的新诗，不能不感觉他们在技术上，音节上，甚至于在语言上，都显出很大的缺陷。我们深信，民间歌唱的最优美的作品往往有很灵巧的技术，很美丽的音节，很流利漂亮的语言，可以供今日新诗人的学习师法。

所以我们现在做这种整理流传歌谣的事业，为的是要给中国新文学开辟一块新的园地。这园地里，地面上到处是玲珑圆润的小宝石，地底下还蕴藏着无穷尽的宝矿。聪明的园丁可以徘徊赏玩；勤苦的园丁可以掘下去，越掘的深时，他的发现越多，他的报酬也越大。①

"替中国文学扩大范围，增添范本"，表面上看与《歌谣周刊·发刊词》所张扬的"文艺的"目的相合，胡适本人也解释自己并没有看轻"学术的"即民俗学、语言学研究中歌谣的价值，所以后世许多学者批评胡适是形式主义。这其实是误解。胡适特别强调"文学的用途"和"目的"，他在美国参加"第二次国际关系讨论会"与人论及如何改良文学的方法时说：

今日所需，乃是一种可读、可听、可歌、可讲、可记的言语。要读书不须口译，演说不须笔译；要施诸讲坛舞坛而皆可，诵之村妪孺皆可懂。不如此者，非活的言语也，决不能成为吾国之国语也，决不能产生第一流的文学也。②

关键的内容是"诵之村妪女孺皆可懂"的"活的言语"，像民间文学口头语言那样，才能使新的时代"产生第一流的文学"。胡适执着地论述采用民间口语白话建设新文学的话题，格外看重其"最伟大最根本"的价值与意义。他说："我们纵观这二十年的新诗，不能不感觉他们在技术上、音节上，甚至于在语言上，都显出很大的缺陷。"③ 其中的"缺陷"在于

---

① 胡适：《复刊词》，《歌谣周刊》第二卷第一期，1936年4月4日。
② 胡适：《逼上梁山》，《东方杂志》1934年第31期。
③ 胡适：《复刊词》，《歌谣周刊》第二卷第一期，1936年4月4日。

许多新诗人太偏重了作为新诗来源之一的外国文学,而太忽略了"我们自己的民间歌唱"这另一种新诗资源,所以形成"大部分作新诗的人至多只可说是全凭一点天才,在黑暗中自己摸索一点道路,差不多没有什么伟大的作品可以供他们的参考取法"①。其原因是"在这个时候,能读外国诗的人实在太少了,翻译外国诗的工作只算得刚开始",② 这从另一方面表明胡适的"全盘西化"是很冷静的理性主张,是对中国现代社会文化发展包括新诗发展实际的准确把握。在《复刊词》实际上是歌谣论中,胡适举例广西漓江、湖北汉川、安徽绩溪等地的几首歌谣,论述了"民歌不但在语言技术上可以给我们文人做范本,就是在感情的真实、思想的大胆两点上,也都可以叫我们低头佩服","寥寥几十个字里,语言的漂亮,意思的忠厚,风趣的诙谐,都可以叫我们自命文人的人们诚心佩服。这样的诗,才是地道的白话诗,才是刮刮叫的大众语的诗"。③ 针对有人所讲"民歌的语言技术都太简单了,只可以用来描绘那幼稚社会生活的简单儿女情绪"而"不配做这个新时代的诗歌的范本",胡适说:"诗的艺术正在能用简单纯净的语言来表现繁复深刻的思想情绪。"然后,他以《豆棚闲话》中那首诅咒苍天的"明末流寇时代民间的革命歌谣"为例,由衷地感叹道:"现在高喊大众语的新诗人若想做出这样有力的革命歌,必须投在民众歌谣的学堂里,细心静气地研究民歌作者怎样用漂亮朴素的语言来发表他们的革命情绪!"在他看来,"这种整理流传歌谣的事业,为的是要给中国新文学开辟一块新的园地","这园地里,地面上到处是玲珑圆润的小宝石,地底下还蕴藏着无穷尽的宝矿",所以,"聪明的园丁"们在这里"越掘的深时,他的发现越多,他的报酬也越大"④。如此深入细致地论述新诗与民间歌谣的关系,即歌谣对于新诗发展的重要意义,比简单地述说民间歌谣的思想以强调其"革命性"要深刻得多。受胡适的影响,梁实秋也强调新诗应该向民间歌谣学习,他以英国歌谣和英国浪漫主义运动为例,论述"歌谣的影响",即"打破了十八世纪对于'诗的文字'的迷信","使得一部分英国诗人脱下贵族气的人工的炫丽的衣裳,以平民气的朴素活泼的面目而出现"。但在中国新诗方面,这种影响"至今还不曾充分地显露出来",

---

① 胡适:《复刊词》,《歌谣周刊》第二卷第一期,1936年4月4日。
② 胡适:《复刊词》,《歌谣周刊》第二卷第一期,1936年4月4日。
③ 胡适:《复刊词》,《歌谣周刊》第二卷第一期,1936年4月4日。
④ 胡适:《复刊词》,《歌谣周刊》第二卷第一期,1936年4月4日。

因而他希望人"特别留意这一点"。同时，他提出两点建议，一是"须有一个文学的标准""俚俗不算短处，最要紧的是内容（思想与情感）是否充实，形式（节奏与结构）是否完美"；二是"我们的新诗与其模仿外国的'无韵诗''十四行诗'之类，还不如回过头来就教于民间的歌谣"，"要解决新诗的音节问题，必须在我们本国文字范围之内求解决"，而"歌谣的音节正是新诗作者所参考的一个榜样"，"必定可以产生文学的歌谣"。① 由此，我们联想起田间等人的街头诗运动，以及延安解放区文学运动中的李季对民歌的成功化用，张光年等人对陕北民歌的搜集等，不知道他们是否受到胡适的影响。可以肯定的是，延安解放区文艺运动的发展是五四歌谣学运动的延伸；胡适的《复刊词》是五四歌谣学运动之后歌谣学研究的重要总结，代表了新的历史阶段现代歌谣学的发展趋势。

不久，胡适又发表了《全国歌谣调查的建议》，提出"全国歌谣调查的目的是要知道全国的各省各县流行的是些什么样子的歌谣"，"全国共总有多少种类的歌谣"，"多少种类的歌谣分布在各省各县的情形"，然后根据这些材料"做一个初步的《全国歌谣分布区域图》"，"经过二三十年的时间"，"可以做成更大规模的，更精密的《全国歌谣分布流传区域图》"。② 他详细描述自己的歌谣蓝图道：

> 我在这里说的"调查"，不仅是零星的收集，乃是像"地质调查""生物调查""土壤调查""方言调查"那样的有计划有系统的调查。全国歌谣调查的目的是要知道全国的各省各县流行的是些什么样子的歌谣。我们要知道全国共总有多少歌谣分布在各省各县的情形，——正如同我们要知道各种植物或各种矿物如何分布在各省各县一样；正如同我们要知道"黄土区域"或"吴语区域"起于何省何地迄于何省何地一样。③

联想起20世纪80年代中期开展的全国范围内的中国民间文学三大集成工作，以及现在开始的全国范围内的民间文化遗产抢救与保护运动，我们不由得感叹胡适的远见。

---

① 梁实秋：《歌谣与新诗》，《歌谣周刊》第二卷第九期，1936年5月30日。
② 胡适：《全国歌谣调查的建议》，《歌谣周刊》第三卷第一期，1937年4月3日。
③ 胡适：《全国歌谣调查的建议》，《歌谣周刊》第三卷第一期，1937年4月3日。

检索《歌谣周刊》复刊后的各期，从一些"纪事"中，我们可以感受到胡适坚持不懈的学术热情。1936年5月23日第2卷第8期的"纪事"，记述歌谣研究会同仁发起组织风谣学会，胡适和顾颉刚、钱玄同、朱光潜、沈从文等人莅会，胡适发表热情洋溢的讲话，并与人一起修改《风谣学会组织大纲》。1937年6月5日第3卷第10期的"纪事"，记述风谣学会第一次年会举行，胡适和顾颉刚、沈从文、陶希圣、杨堃、罗常培等人参加的情形。我们还注意到胡适多次与沈从文这位以乡土小说闻名的作家共同参加民俗学、民间文艺学活动，当我们考察一位作家的民间文学观时，不仅要注意到他个人的理论表述，还要看到他的文化实践。胡适是一位杰出的新诗人，他的《尝试集》所进行的白话实验，其中也包含着他对民间歌谣的理解与运用；他是新文化的先行者，形成了自己系统的歌谣学思想，即他独具特色的民间文化诗学观念。他对中国现代歌谣学理论和方法都做出了突出的贡献，与周作人、朱自清等人一起筑成现代学术史上的一道风景线。胡适的现代歌谣学理论观念的形成，尤其是比较歌谣学方法的形成，是中国现代民间文艺学学术体系建立过程中的里程碑。

## 第二节　关于民间传说故事的研究

胡适关于民间传说故事的研究主要是置之于历史文化背景下具体展开的。他最突出的贡献在于两大方面，一是他提出的民间传说故事主人公典型形象生成的"箭垛式"原理，一是他对民间传说故事的考证与辨析。

"箭垛式"原理是胡适对于历史传说人物产生过程形象的总结。这是故事学研究中一个相当重要的问题，它的任务是准确地揭示出传说故事及其主人公性格具体生成的过程。胡适不是专门的故事研究家，他是通过"疑古"而展开对这一问题的探索的。在他看来，"屈原是谁？"这是一个引起怀疑的问题。他说，"不但要问屈原是什么人，并且要问屈原这个人究竟有没有"，其疑点在于"《史记》本来不可靠"和"《屈原传》叙事不明"，从而提出"传说的屈原，若真有其人，必不会生在秦汉以前"。他的基本理由是屈原作为"一个理想的忠臣"在战国时代不会出现，而应该是汉代学者"儒教化"对《楚辞》解释时所生成的传说人物。他嘲讽"只有那笨陋的汉朝学究能干这件笨事",是"后来汉朝的老学究把那时代的'君臣大义'读到《楚辞》里去,就把屈原用作忠臣的代表",所以"从此屈原就又成了一个伦理的箭垛了",即"屈原是一种复合物","与黄帝、周公同类,与希腊的荷马同类"的"箭垛式的人物"。他举例说,"譬如诸葛亮借箭时用的草人,可以收到无数箭"①。

胡适对屈原作为传说人物的考释正确与否并不重要,重要的是他正确地揭示了传说人物典型形象的生成规律,及其与社会历史文化背景的有机联系。同样,他所论述的"《九歌》与屈原的传说绝无关系","是当时湘江民族的宗教舞歌"② 也并不重要,通过民间传说的历史背景去分析传说人物,启发人们更全面地思索民间文学发生和发展的规律,才是其价值所在。

后来,胡适又多次阐述"箭垛式"的文化构成意义,把历史上的黄帝、周公、包龙图都称为"有福之人","就同小说上说的诸葛亮借箭时用的草人一样,本来只是一扎干草,身上刺猬也似的插着许多箭,不但不伤皮肉,反可以立大功,得大名"。他说,"包龙图——包拯——也是一个箭垛式的人物"。他把《宋史》卷三所载"人以包拯笑比黄河清","立朝刚毅","吏不敢欺","京师为之语曰关节不到有阎罗包老",而"童稚妇女皆知其名"为"包拯故事的根源"。③ 他说,因为包拯"爱民善政很多"而"深得民心","遂把他提出来代表民众理想中的清官",又因为"他大概颇有断狱的侦探手段",民间传说"注重他的刚毅峭直处","埋没了他的敦厚处","愈传愈神奇,不但把许多奇案都送给他,并且造出'日断阳事,夜断阴事'的神话",甚至"后世佛道混合的宗教遂请他做了第五殿的阎王"。他总结传说人物身上所寄寓的民众理想与选择而生成民间传说典型的规律,归纳为"传说的生长,就同滚雪球一样,越滚越大,最初只有一个简单的故事作个中心的母题(motif),你添一枝,他添一叶,便像个样子了"。包拯形象的"箭垛式"内涵,即"古来有许多精巧的折狱故事,或载在史书,或流传民间,一般人不知道他们的来历,这些故事遂容

---

① 胡适:《读〈楚辞〉》,《努力周报》1922年9月3日第18号增刊《读书杂志》第1期。
② 胡适:《读〈楚辞〉》,《努力周报》1922年9月3日第18号增刊《读书杂志》第1期。
③ 胡适:《〈三侠五义〉序》,《三侠五义》,(上海)亚东图书馆1925年版。

易堆在一两个人的身上。在这些侦探式的清官之中，民间的传说不知怎样选出了宋朝的包拯来做一个箭垛，把许多折狱的奇案都射在他身上。包龙图遂成了中国的歇洛克福尔摩斯了"①。在历史上，这是相当普遍的规律，不仅包拯是这样，"尧、舜、禹的故事，黄帝、神农、庖羲的故事，汤的故事，周公的故事"，"古史上的故事没有一件不曾经过这样的演进"②。他在总结《李宸妃的故事》时更详细地分析了民间文化心理对传说人物形象不断丰富的影响和作用，即"民间对于刘后的不满意，对于被她冤屈的人的不平"，"这种心理的反感便是李宸妃故事一类的传说所以流行而传播久远的原因"。③

胡适关注民间传说中道德评判的因素，不厌其烦地细说价值立场中的二元对立现象在民间文学传播中的具体表现。但我们还应该更清醒地看到，"箭垛式的人物"的生长与发展，除了相当普遍的审美体验中的道德情感因素之外，还有相当特殊的其他因素，如图腾因素、信仰因素。更多的学者越来越追求文化的多元生成与表现，把民间文学的传播与不断产生变异看作文化生活的整体性内容的一个有机组成部分。当然，我们应该充分理解与认识胡适关于"箭垛式"原理的开拓性贡献。在某种意义上讲，它不但超越了以芬兰学者为代表的地理历史学派对故事人物生成的解释，而且有力地影响了新的学术格局的转变。顾颉刚等人所主张的"层累地造成的中国古史观"等理论，④分明闪烁着胡适"箭垛式"原理的理论光辉。《古史辨》神话学派是新史学在中国现代学术史上的成功实践，影响这个学派的生长点是胡适。他的比较歌谣学理论和"箭垛式"原理，直接影响到董作宾关于《看见她》的研究，也影响到顾颉刚关于孟姜女故事的研究。所以，我们说，胡适不但是比较歌谣学的创制者，而且是现代故事学的开创者。

胡适的民间传说故事研究在"小心的求证"上使"大胆的假设"具有卓越的学术品格，这与他当年提倡"整理国故"有着密切联系。换句话说，他在中国现代民间文学理论体系的建立中，一方面以诗人的想象和热

---

①胡适：《〈三侠五义〉序》，《三侠五义》，亚东图书馆1925年版。
②《胡适文存》（二集）卷一，第153—157页，转引自《胡适文集》卷6《古典文学研究》（下），第213页，人民文学出版社1998年版。
③胡适：《〈三侠五义〉序》，《三侠五义》，亚东图书馆1925年版。
④顾颉刚：《与钱玄同先生论古史书》，《读书杂志》1923年5月6日第9期。

情敏锐地捕捉学术创新的精灵,一方面以哲学家的理性思索和严谨将学术的精灵置于深邃的哲思之中,同时,他把传统的考据、义理、辞章与现代学术方法融为一体,使现代学术获得深邃和严谨,避免了轻浮和松散。其中,他关于《水浒传》的考证,大胆地以一个历史学家的目光去洞察《水浒传》由故事形成、流传演变到最后成熟的大轮廓,既丰富了民间传说故事的理论,又拓展了古典文学研究的新途径。关于《水浒传》的研究,金圣叹的点评在学术史上有着相当重要的意义,尤其是他将《水浒传》与《史记》相比,与杜甫诗相比,是"古人中很不可多得"的"文学眼光",但是他又常陷入"作史笔法"。胡适称自己"最恨中国史家说的什么作史笔法","最恨人家咬文啮字的评文",同时也承认自己的"历史癖""考据癖",他要"替将来的《水浒》专门家开辟一个新方向,打开一条新道路"。这条"新道路"就是辨识出这部"在中国文学史占的地位比《左传》《史记》还要重大的多"的"奇书","不是青天白日里从半空中掉下来的",而是"从南宋初年"到"明朝中叶"间"这四百年的'梁山泊故事'的结晶"。他首先考证"元朝以前的水浒故事"的演变状况,从《宋史》中搜求史料以证明"宋江等三十六人都是历史的人物,是北宋末年的大盗",使"官军数万无敢抗者"而享有"威名"。也正是"这种威名传播远近,留传在民间,越传越神奇,遂成一种'梁山泊神话'"。他从龚圣与为宋江三十六人赞所作序中所提"宋江事见于街谈巷语不足采著",发现"南宋民间有一种'宋江故事'流行于'街谈巷语'之中","宋元之际已有高如、李嵩一班文人'传写'这种故事","那种故事一定是一种'英雄传奇'",所以,"这种故事的发生与流传久远,决非无因"。其原因在胡适看来就是:

> (1)宋江等确有可以流传民间的事迹与威名;(2)南宋偏安,中原失陷在异族手里,故当时人有想望英雄的心理;(3)南宋政治腐败,奸臣暴政使百姓怨恨,北方在异族统治之下受的痛苦更深,故南北民间都养成一种痛恨恶政治恶官吏的心理,由这种心理上生出崇拜草泽英雄的心理。

他将"这种流传民间的'宋江故事'"看作"《水浒传》的远祖",以及"《水浒》故事的发达与传播也许是汉族光复的一个重要原因",从而断定"元朝的《水浒》故事决不是现在的《水浒传》",并且"那时代(元代)

决不能产生现在的《水浒传》"。胡适将《元曲选》《录鬼簿》等文献中保存的元代戏曲与《水浒传》作对比，发现李逵、燕青、杨雄等人物形象的"不相同"，他得出"元朝的梁山泊好汉戏都有一种很通行的'梁山泊故事'作共同的底本"和"当时还没有固定的本子"的结论。他指出，在《水浒传》成书过程中，一个"大变化"就是"把'替天行道救生民'的招牌送给梁山泊"，这样，"既可表示元朝民间的心理，又暗中规定了后来的《水浒传》的性质"。他以为，"七十回的《水浒传》不但是集四百年水浒故事的大成，并且是中国白话文学完全成立的一个大纪元"。①

胡适是一个历史进化论者，他强调要"懂得"历史，更要懂得社会现实，所以，他屡屡提及民间文化心理问题，这正是他学术"假设"的独特价值，也是他超越了同时代学者皓首穷经而限于"死文字"典籍之中的卓越处。

在考证《三国演义》时，胡适也是这样格外强调民间传说故事的演进历程。他强调《三国演义》"不是一个人做的"，"是五百年的演义家的共同作品"。他从段成式《酉阳杂俎》中提及的"有市人小说呼扁鹊作褊鹊字"，和李商隐《骄儿》中提及的"或谑张飞胡，或笑邓艾吃"，证明"唐朝已有说三国故事的了"。在宋代，孟元老的《东京梦华录》和苏轼的《志林》都提到关于《三国》的"说话""古话"，胡适以此与元明杂剧中的《三国》故事相对比，"推知宋至明初的《三国》故事大概与现行的《三国演义》里的故事相差不远"。他还注意到元朝《三国》故事至少已有吕布故事、诸葛亮故事、周瑜故事、刘关张故事、关羽故事和曹植、管宁等"小故事"。尤其是"曹操在宋朝已成了一个被人痛恨的人物"，"诸葛亮在元朝已成了一个足计多谋的军师，而关羽已成了一个神人"，"散文的《三国演义》自然是从宋以来'说三分'的'话本'变化演进出来的"。他还将《三国演义》与《水浒传》的艺术成就相比较，对"风流儒雅的周郎"被写成"一个妒忌阴险的小人"提出批评，意仍在推崇民间传说"不受历史的拘束"。而他更看重的是《三国演义》是"一部绝好的通俗历史"，"在几千年的通俗教育史上，没有一部书比得上他的魔力"。他看到，"五百年来，无数的失学国民从这部书里得着了无数的常识与智慧，从这部书里学会了看书写信作文的技能，从这部书里学得了做人与应世的本领"，而这些都是"四书""五经"和二十四史、《古文辞类纂》所达不

---

① 胡适：《〈水浒传〉考证》，《水浒传》，亚东图书馆1920年版。

到的。其实，胡适所表达的真正意思是，民间传说是《三国演义》的基础，《三国演义》又因其"通俗化"即"民间性"更深入更持久地影响到民间社会的"失学国民"。这就是我们今天常讲的民间文化与人文之间的互动，而这种互动，胡适在历史的"钩沉"与"求证"中一次次揭示了这条文化发展规律，当然，这也是民间文学的发展规律。①

  《西游记》是一部家喻户晓的神怪小说。胡适指出它与玄奘的《大唐西域记》的联系。玄奘的生活故事以取经为中心，在《大唐西域记》中有所反映，被胡适称为"中国佛教史上一件极伟大的故事"。这个故事的传播与民间文学中的"神话化"发生了复杂的联系，从而形成具有宗教色彩的民间传说，胡适说，"和一切大故事的传播一样"，它"渐渐地把详细节目都丢开了""都神话化过了"。他解释这种"神话化"的原因在于玄奘作为一位"伟大的宗教家"，其游记中的"沙漠幻景及鬼火之类"，都成为人眼中的"灵异"和"神迹"，是"后来佛教徒与民间随时逐渐加添一点枝叶，用奇异动人的神话来代换平常的事实之后，不久就完全神话化了"。他将唐代僧人慧立的《慈恩寺三藏法师传》中的故事材料与宋人《太平广记》中相关内容进行对比，发现"取经故事神话化之速"。同时，他还将日本人收藏的《大唐三藏取经诗话》与之相对比，提出"在南宋时，民间已有一种《唐三藏取经》的小说，完全是神话的，完全脱离玄奘取经的真故事了"。其中的"猴行者的加入""深沙神为沙和尚的影子"和"途中的妖魔灾难"等内容，成为《西游记》的原型"祖宗"。胡适从《大唐三藏取经诗话》，"明白南宋或元朝已有了这种完全神话化了的取经故事"，"明白《西游记》小说——同《水浒》《三国》一样——也有了五六百年的演化的历史"。他更认真地从中考证"玄奘'生前两回取经，中路遭难'的神话""猴行者现白衣秀才相""花果山是后来小说有的，紫云洞后来改为水帘洞了""八万四千铜头铁额猕猴王"和唐僧"三次要行者偷桃"等故事在《西游记》中的具体运用，管窥小说与民间传说之间的"渊源"关系，让人清晰地看到故事的嬗变。②

  胡适对《西游记》中孙悟空故事原型的研究，在我国现代民间文艺学史上有着独特的意义。这里，胡适仍是把"假设"作为一个重要前提条件，不失审慎地提出"疑心这个神通广大的猴子不是国货，乃是一件从印

---

① 胡适：《〈三国演义〉序》，《三国演义》，亚东图书馆1922年版。
② 胡适：《〈西游记〉考证》，《西游记》，亚东图书馆1923年版。

度进口的",甚至"也许连无支祁的神话也是受了印度影响而仿造的"。在他看来,对孙悟空故事原型形成具有重要意义的《古岳渎经》,其"本身便不是一部可信的古书",而至于"宋元的僧伽神话"便"更不消说了"。①

在胡适之前,曾有学者提出《西游记》与民间传说的联系。如清代王韬曾讲其"所述神仙鬼怪,变幻奇诡,光怪陆离,殊出于见见闻闻之外,伯益所不能穷,《夷坚》所不能志,能于《山经》《海录》中别述一职,一若宇宙间自有此种异事。俗语不实,流为丹青,至今脍炙人口。演说者又为之推波助澜,于是人人心中皆有孙悟空在世,世俗无知至有为之立庙者"②。更多的学者提到孙悟空与无支祁有着密切联系(如胡适在《〈西游记〉考证》中就提到周豫才所指出的《纳书楹曲谱》"补遗"卷一涉及"巫枝祇""无支祁")。胡适从《太平广记》所引《古岳渎经》中的"禹理水三至桐柏山""获淮涡水神名无支祁""形若猿猴""力逾九象,搏击腾踔,疾奔轻利"等材料,以及朱熹《楚辞辨证》中《天问》篇所录"如今世俗僧伽降无支祈"为"本无稽据,而好事者遂假托撰造以实之",考证得出结论,即"宋代民间"已经有"僧伽降无支祈"传说,而僧伽"为唐代名僧","住泗州最久",因为"淮泗一带产生过许多关于他的神话",所以"降无支祈大概也是淮泗流域的僧伽神话之一,到南宋时还流行民间"。胡适提醒人注意到几点内容,一是作为龟山所锁的这个无支祁,"无论是古的今的,男性女性,始终不曾脱离淮泗流域";二是《宋高僧传》中曾提到僧伽为"观音菩萨化身"的对话,以及"慧俨侍十一面观音菩萨傍";三是"无支祁被禹锁在龟山足下,后来出来作怪,又有被僧伽(观音菩萨化身)降伏的传说",这和《大唐三藏取经诗话》与《西游记》中的猴王"都有点像"。同时,胡适又梳理出宋代之后"取经故事的演化史",将元曲中的一些折子,诸如"殷夫人把儿子抛入江中""玄奘到江州衙内认母""紧箍咒收伏心猿""女国王要嫁玄奘""火焰山借扇"和"借一个乡下胖姑娘的口气描写唐三藏在一个国里受参拜顶礼临行时的热闹状况",证明"元代已有一个很丰富的《西游记》故事","然而这个故事还不曾有相当的散文的写定"。他还提到钱曾《也是园书目》所记元明时期无名氏《二郎神锁齐天大圣》等作品,称"编戏的人可以运用想象力,敷

---

① 胡适:《〈西游记〉考证》,《西游记》,亚东图书馆1923年版。
② 王韬:《新说西游记图像序》,清光绪上海味潜斋石印本。

演民间传说，造为种种戏曲"。最后，他集中考察了吴玉搢《山阳志遗》卷四所载吴承恩史料，尤其是其中的《二郎搜山图歌》，以诠释自己"最后的大结集还须等待一百多年后的另一位姓吴的作者"的论断。①

胡适猜想"这个神通广大的猴子不是国货，乃是一件从印度进口的"，其理由主要在于印度古诗《拉摩传》中的"哈奴曼"，以此寻觅"齐天大圣的背影"。哈奴曼故事在印度广泛流传，称哈奴曼是"猴子国"的大将，"天风的儿子"，传说他"有绝大神通，能在空中飞行，他一跳就可从印度跳到锡兰（楞伽）。他能把希玛拉耶山拔起背着走。他的身体大如大山，高如高塔，脸放金光，尾长无比"，因为他保护拉摩王子有功，被赐"长生不老的幸福"而成"正果"。哈奴曼的故事在相当于我国唐末宋初的10世纪至11世纪之间以戏剧形式出现，"风行民间"。从胡适所举的这些材料来看，在许多方面哈奴曼确实同《西游记》中的孙悟空有相似的一面，在某种程度上，这也应合了国际上流行的神话传说故事起源"印度说"。关于"印度起源说"，早在19世纪的英国，就有一位叫该莱的神话学家进行过系统论述。该莱把西方神话学中关于神话在主题、形象、情节和结构上的相似问题的解释，归结为六种学说，即"偶然说、借用说、印度起源说、历史说、阿利安种子说和心理说"②。同时代的法国学者卢阿则辽尔在《印度寓言及其传入欧洲之研究》中，也提到寓言故事是从印度传入欧洲的③；坚持"借用说"的德国学者宾菲则提出"大量的童话故事和其他民间故事是从印度传到全世界的"，而且"这种传播是从十世纪开始的"，"从一世纪起就传入中国内地"。④"外借说"认为印度民间故事从不同的道路传向世界各地，这种学说引起两种结果，一派学者认为应该扩大自己的文化视野，正视和深入研究文化交流问题；另一派学者则认为这种学说贬低了一定的民族性，认为相似并不完全意味着外借而应该注意"平均心理"即"同一心理基础"问题。胡适既不是狭隘的民族主义者，也不是盲目的民族虚无主义者，而是坚持独立思索，去寻求文化发展的多元规律。

---

①胡适：《〈西游记〉考证》，《西游记》，亚东图书馆1923年版。

②该莱：《关于相同神话解释的学说》，杨成志译，中山大学《民间文艺周刊》1927年第3期。

③参见连树声：《俄国民间文艺学中的重要流派》，《民间文艺学文丛》，北京师范大学出版社1982年版。

④参见连树声：《俄国民间文艺学中的重要流派》，《民间文艺学文丛》，北京师范大学出版社1982年版。

他说:"中国同印度有了一千多年的文化上的密切交通,印度人来中国的不计其数,这样一桩伟大的哈奴曼故事是不会不传进中国来的。所以我假定哈奴曼是猴行者的根本。"同时他也看到,"这个神猴的故事,虽是从印度传来的",但"齐天大圣的传"大部分是"著者创造出来的"。而且他将此看作"世间最有价值的一篇神话文学",将"大闹天宫"看作"简直是革命的檄文"。他也指出,《西游记》"有了几百年逐渐演化的历史","这部书起于民间的传说和神话,并无'微言大义'可说"。这是一个迄今为止学术界仍在争论的问题,见仁见智,胡适总是强调"《西游记》被这三四百年来的无数道士和尚秀才弄坏了",应该是有他的道理。[①]

从这里我们可以看到,胡适与同时代人相比有着更开阔的视野,尤其是关于哈奴曼与孙悟空形象相似成分的比较分析上,与西方学者"外借说""印度起源说"颇多相似,而当时这些学说还未系统完整地介绍到我国。我国古代学者对域外历史文化和地理的关注很早就开始了,不用说二十四史中的部分,他如姚秦释法显的《佛国记》,又名《法显传》,记述了魏晋时期僧人法显自长安至印度学习梵书梵语,历时十三载,经三十余国的经历,其中所载印度文化历史内容,成为我们研究中外文化交流的重要资料。前面我们提到的《大唐西域记》,也记述了玄奘到印度等国学习佛学的经历,对于我们研究伊朗、印度、阿富汗等国家的文化有相当重要的意义。后来,南宋时赵汝适所著的《诸蕃志》,元代汪大渊所著的《岛夷志略》,明代马欢所著的《瀛涯胜览》和巩珍所著的《西洋番国志》,清代陈伦炯的《海国闻见录》等典籍,都表现出对域外世界的寻求交流的愿望。胡适曾有过相当长的留学经历,曾翻译过法国作家都德的《割地》即《最后一课》。无论他的结论是否正确,他将目光投向域外文献,这本身就是一种学术创新。

后来,他论及《魔合罗》时,也涉及印度文学的影响问题。"魔合罗"在宋元时期的民间文艺生活中是一个值得人重视的泥塑偶像,供奉于民间节日七夕乞巧时,曾引发许多风流故事。孟元老《东京梦华录》卷八《七夕》中,详细记述"磨喝乐"被叫卖和用于"谷板""花瓜""种生"等民俗生活的情景。孟元老还自注为"磨喝乐本佛经摩诃罗,今通俗而书之"。罗烨《醉翁谈录》中也记述"京师之摩罗"之"南人目为巧儿"。臧懋循《元曲选》辛集(下)保存有《魔合罗》,以泥塑魔合罗为全案的

---

① 胡适:《〈西游记〉考证》,《西游记》,亚东图书馆1923年版。

线索，说明"元朝民间小儿女于七月七日供魔合罗，为乞巧之用，其神为美女像"，"似观音像仪"。胡适说，"这当然是那旧七夕故事的'天孙''织女'的转变"，他推想"这女像的魔合罗是印度的'大黑天'演变出来的，与观音的演变成女像是同一个道理"。义净《南海归内法传》曾记述"莫诃歌罗"即"大黑神"，胡适称，大黑神"来源早于大黑天"，二者由于时代的变化从"同出于一个来源"而成为两个不同的神，在中国渐变成司福禄的大黑天，又逐渐变成女像，"替代那施与小儿技巧的天孙"。胡适"疑心"是"鬼子母"和"大黑神"所"并作"的，说"在一个时期，两个神各有原来名字，后来混合的神像变成了女相，而名字仍叫魔合罗"，因为中国民众不懂梵文原意，不知"魔合罗、大黑，就继续叫那个美人像做魔合罗"，"在元朝，这个女神是施巧之神"，"但我们可以猜想那个送子观音也是从鬼子母演变出来的"。在《元史》卷二〇二《释老传》中，记述有元朝盛行"玛哈噶拉神"；念常《佛祖历代通载》中也记述元兵得黑神相助，"民罔知故，实乃摩诃葛剌神也"。胡适说，"这可见喇嘛教带来的大黑天，在十三世纪的晚期，还是初次进入中国，民间还不知道"，"魔合罗是从那早就流行中国的食厨大黑神演变出来的"。元杂剧《魔合罗》中有因为人"不应塑魔合罗"而"打上八十"的内容，胡适说，"这也许是因为那个施巧的女魔合罗的名字，和那战斗神摩诃葛剌相同，而引起了喇嘛教的注意"，于是，"久而久之，那个女魔合罗好像就变成了送子观音，而北方的小儿女就只知道八月中秋的兔儿爷，而不知道七月七的美丽的魔合罗了"。[1] 胡适的目光盯着古代典籍，也盯向现实民俗生活，还将目光投向域外。不但进行历史、地理的纵横比较研究，而且大胆尝试文化心理分析，进行多学科的探索，努力发掘新材料，发现新问题，这种学术勇气是极其可贵的。

胡适对民间传说故事的考证与辨析，体现在他对《宋人话本八种》等典籍的研究中。他自始至终贯穿着独立思索、勇于开拓的学术方式和学术理想，更重要的是他坚持历史的和现实的社会批判，在许多方面表现出同时代人少有的深刻。如他对《宋人话本八种》中的"讲史"类作品《拗相公》的分析，指出其中"有许多毁谤王荆公的故事"，这些故事"都是南宋初年的元祐后辈捏造出来的"，包括苏洵的《辨奸论》"全是后人的伪作"，"代表元祐党人的后辈的见解"。他指出，"王荆公在几年之中施行了

---

[1] 胡适：《魔合罗》，《益世报》1935年6月6日《读书周报》第1期。

许多新法，用意也许都很好，但奉行的人未必都是好人","在一个中古时代，想用干涉主义来治理一个大帝国，其中必不免有许多小百姓受很大的苦痛","干涉的精神也许很好，但国家用的人未必都配干涉。不配干涉而偏要干涉，百姓自然吃苦了"①。他赞扬王安石敢作敢为，也不否认变法中的失误，从另一个方面揭示出民间传说人物生成的条件。他在考证《醒世姻缘传》时，也是这样，先做"我的假设"，将《醒世姻缘》和《江城》中"两个故事太相同"处列举出对照表，再"想设法证实他，或者否证他"，然后经过"第一次证实"，借用"孙楷第先生的证据"，通过"《聊斋》的白话韵文的发现"，"从《聊斋》的白话曲词里证明《醒世姻缘》的作者"，以此断定《醒世姻缘》"是蒲松龄的著作"，由此预言"将来研究十七世纪中国社会风俗史的学者，必定要研究这部书"②。尤为值得注意的是1926年7月24日他与顾颉刚关于《封神传》的一封通信。在这封信中，他提出"最好应该从'神的演变'一个观念下手"。他列举出许多传说事例，如"托塔天王本是印度的毗沙门天王，不知怎样与李药师合为一人，此书又把他派作纣王驾下的一个总兵"；"哪吒剔骨还父，割肉还母"见于宋代慧洪的《禅林僧宝传》，却不知什么时候"变为李靖的儿子"；"二郎神本是李冰之子，李氏父子治水有功，至今血食灌口"，而后来"二郎神却真成了杨戬了"，"何时又发生梅山弟兄的故事"，"此故事在《封神》里与《西游》里何以不同"，"《西游》里说他是玉帝的外甥，此说又从何来"等。他说，"若如此做去，可成一部'神话演变史'"③。胡适的考证，博古通今，以"假设"为问题的提出，在论述、求证的材料上尽力追求充足而翔实，不拘一格，为中国现代民间文艺学的发展做出了坚实的努力，自然也形成他别具特色的学术风格。胡适在考证与辨析民间传说故事的过程中，广征博引，给我们做出了榜样，也给我们以广泛而深刻的启发——要了解世界，必须弄清自己的家底。

---

①胡适：《〈宋人话本八种〉序》，《宋人话本八种》，亚东图书馆1928年版。
②胡适：《〈醒世姻缘传〉考证》，《醒世姻缘传》，亚东图书馆1932年版。
③胡适：《关于〈封神传〉的通信》，《胡适遗稿及秘藏书信》第10册，黄山书社1994年版。

## 第三节　民间文学与作家文学

关于民间文学与作家文学之间的关系,从现代学术体系的建立到现在,许多学者都在各说东西。一部分学者强调民间文学是文学的最初形式,哺育了后世文学包括以作家为主体的书面文学。胡适在《歌谣周刊》的《复刊词》中,着力强调"歌谣的搜集与保存,最大的目的是要替中国文学扩大范围,增添范本"①。胡适和鲁迅一样,看重民间文学对文学包括作家文学的整体的"激活",即充注进新鲜的血液,使作家文学获取语言和情感上的盎然生机。他首先把文学分为"模仿的,沿袭的,没有生气的古文文学"和"自然的,活泼的,表现人生的白话文学",提出"二千年的文学史上,所以能有一点生机,所以能有一点人味,全靠那无数小百姓的代表的平民文学在那里打一点底子"。② 他把民间百姓看作文学发生和发展的主体,提出"一切新文学的来源都在民间"的著名论断。他说:

一切新文学的来源都在民间。民间的小儿女,村夫农妇,痴男怨女,歌童舞妓,弹唱的,说书的,都是文学上的新形式与新风格的创造者。这是文学史的通例,古今中外都逃不出这条通例。

《国风》来自民间,《楚辞》里的《九歌》来自民间。汉魏六朝的乐府歌辞也来自民间。以后的词是起于歌妓舞女的,元曲也是起于歌妓舞女的。弹词起于街上的唱鼓词的,小说起于街上说书讲史的。——中国三千年的文学史上,哪一样新文学不是从民间来的?③

这是一种创见。他将民间文学置于几千年的文学史上进行考察,把民间文学与作家文学看作文学的两个方面,能够全面理解它们之间的互相影响,主要是民间文学对"新文学"即簇新的艺术形式的创建,并没有将二者完全对立起来,这在今天也是十分难得的公允。最典型的是他以"乐府"为例,剖析民间文学与文人创作之间的联系。他一再强调民歌是"文学的渊泉",从史籍中考察"俗乐民歌的势力之大",因为乐府制度而形成

---

① 《歌谣周刊·复刊词》,《歌谣周刊》1936年4月4日第2卷第1期。
② 胡适:《白话文学史》第二章,新月书店1928年版。
③ 胡适:《白话文学史》第三章《汉朝的民歌》,新月书店1928年版。

三种关系，即：一、"民间歌曲因此得了写定的机会"；二、"民间的文学因此有机会同文人接触，文人从此不能不受民歌的影响"；三、"文人感觉民歌的可爱，有时因为音乐的关系不能不把民歌更改添减，使他协律；有时因为文学上的冲动，文人忍不住要模仿民歌，因此他们的作品便也往往带着'平民化'的趋势，因此便添了不少的白话或近于白话的诗歌"。所以，"自汉至唐，继续存在"的这"三种关系"，形成了文学史上的两道景观，一种是收在乐府中的民间乐歌，一种是为"文人模仿民歌做的乐歌"和"后来文人模仿古乐府作的不能入乐的诗歌"。胡适把"从汉到唐的白话韵文"归为"乐府时期"，称"乐府"是"平民文学的征集所，保存馆"，"平民歌曲"的"层出不穷"的"无数新花样，新形式，新体裁"引起当世文人的"新兴趣"，使他们"不能不佩服，不能不模仿"。在他看来，"汉朝的韵文有两条来路"，一条是"死的，僵化了的，无可救药的"路，即"模仿古人的辞赋"，而另一条路，则是"自然流露的民歌"，其"魔力"是"无法抵抗的"，其"影响"是"无法躲避的"。"这无数的民歌在几百年的时期内竟规定了中古诗歌的形式体裁"，"无论是五言诗，七言诗，或长短不定的诗，都可以说是从那些民间歌辞里出来的"。[①] 他把"文人仿作民歌"概括为"两种结果"，即"一方面是文学的民众化"，"一方面是民歌的文人化"[②]。其意思还是如前所述，民间文学与作家文学相互影响，相互作用，在文化发展的长河中共同提高。在文学发展的实践中，我们可以具体地感受到胡适这些论述的中肯。另外，胡适没有把民间文学与作家文学作简单的对立，而是在历史发展中认真考察他们之间的区别。他在论述"故事诗"时，清楚地看到作家阶层即绅士阶级的文人的局限，即他们因为"受了长久的抒情诗的训练"，"终于跳不出传统的势力"，所以"只能做有断制、有剪裁的叙事诗"；"虽然也叙述故事，而主旨在于议论或抒情，并不在于敷说故事的本身"，其"注意之点不在于说故事"，到底还是"不能产生故事诗"。他认为，"故事诗的精神全在于说故事：只要怎样把故事说得津津有味，娓娓动听，不管故事的内容和教训"，而"这种条件是当日的文人阶级所不能承认的"，"所以纯粹故事诗的产生不在于文人阶级而在于爱听故事又爱说故事的民间"。[③]

---

[①] 胡适：《白话文学史》第三章《汉朝的民歌》，新月书店 1928 年版。
[②] 胡适：《白话文学史》第五章《汉末魏晋的文学》，新月书店 1928 年版。
[③] 胡适：《白话文学史》第六章《故事诗的起源》，新月书店 1928 年版。

《孔雀东南飞》是我国古代民间流传的脍炙人口的叙事诗。胡适把它称为"古代民间最伟大的故事诗"。这首诗最初保存在徐陵的《玉台新咏》中。胡适认为它大约是在"三世纪的中叶"创作形成的，他"深信这篇故事诗流传在民间，经过三百多年之久（230—550）方才收在《玉台新咏》里"，其间"经过了无数民众的减增修削，添上了不少的'本地风光'（如'青庐''龙子幡'之类），吸收了不少的无名诗人的天才与风格"，最后"终于变成一篇不朽的杰作"。但是，就是这样一篇"古代民间最伟大的故事诗"，在同时代的《典论》《文选》《诗品》和《文心雕龙》中都不曾提起，原因何在呢？胡适说，这篇"白话的长篇民歌"因为它"太质朴了"，"质朴之中，夹着不少土气"，有太多的"鄙俚字句"而"不容易得当时文人的欣赏"。同时，胡适在曹丕的"飞来双白鹄，乃从西北来""五里一返顾，六里一徘徊"等诗句中，发现了"删改民间歌辞"的内容。他指出，因为"民间歌辞靠口唱相传"，"字句的讹错是免不了的，但'母题'（motif）依旧保留不变"，所以"从乐府到郭茂倩，这歌辞虽有许多改动，而'母题'始终不变"，又因为这个母题与焦仲卿夫妇故事相合，编就这首诗的"民间诗人"也就"用这一只歌作引子"，"久而久之，这只古歌虽然还存在乐府里，而在民间却被那篇更伟大的长故事诗吞没了"。这里胡适提出了一个具有普遍意义的命题。①

　　《木兰辞》也是这样。胡适称它是"北方的平民文学的最大杰作"②。它开头的数句与《折杨柳枝歌》相重复，如《木兰辞》中的"唧唧复唧唧，木兰当户织"，在《折杨柳枝歌》中变成"敕敕何力力，女子临窗织"；另外数句"不闻机杼声，惟闻女叹息。问女何所思，问女何所忆"相同。胡适说，这两首诗创作的年代"相去不远"，其"流传在民间，经过多少演变，后来引起了文人的注意，不免有改削润色的地方"。他举例"朔气传金柝，寒光照铁衣"句，称这"便不像民间的作风，大概是文人改作的"，并推测"也许原文的中间有描写木兰的战功的一长段或几长段"，"文人嫌它拖沓"而"删去"，是"文人手痒，忍不住又夹入这一联的词藻"的结果。③

　　文人借重民间文学的现象，即在前面胡适所提到的"文学的民众化"

---

①胡适：《白话文学史》第六章《故事诗的起源》，新月书店1928年版。
②胡适：《白话文学史》第七章《南北新民族的文学》，新月书店1928年版。
③胡适：《白话文学史》第七章《南北新民族的文学》，新月书店1928年版。

和"民歌的文人化"，在文学发展中其常常会形成两种传统，一种是使文学不断获得生机，一种是使文学日益狭隘。前一种道路，胡适相当推崇鲍照，称"鲍照受乐府民歌的影响最大"，能够达到"巧似"的效果，却被当时的文人称为"险俗"，"直到三百年后，乐府民歌的影响已充分地感觉到了，才有李白、杜甫一班人出来发扬光大鲍照开辟的风气"。但是，自沈约、王融的声律论出现，便使文学"成了极端的机械化"，"在文学史上发生了不少恶影响"。胡适称之为"譬如缠小脚本是一件最丑恶又最不人道的事，然而居然有人模仿，有人提倡，到一千年之久，骈文与律诗正是同等的怪现状"。鲍照的路无疑是使文学获得生机的道路，而沈约的路则是"文学的生机被他压死了"的路。在胡适看来，"逃死之法"便是"充分地向白话民歌的路上走"。但是，这条"革命的路"是"只有极少数人敢走的"。胡适指出一种可悲的文学存在实际，即"大多数的文人只能低头下心受那时代风尚的拘禁，吞声忍气地迁就那些拘束自由的枷锁镣铐"。所以，"唐朝的文学的真价值，真生命"，不在模仿，而是在于"继续这五六百年的白话文学的趋势"，"充分承认乐府民歌的文学真价值，极力效法这五六百年的平民歌唱和这些平民歌唱所直接间接产生的活文学"[①]。在论述白居易的《长恨歌》、元稹的《连昌宫词》、韦庄的《秦妇吟》"都很接近民间的故事诗"时，胡适借白居易所述"其体顺而肆，可以播于乐章歌曲"，提出这种诗歌"最自然的来源便是当时民间风行的民歌与佛曲"。同时，他也十分冷静地看到，民间文学有着天然的美，以民间竹枝词为例，说"白居易、刘禹锡极力摹仿这种民歌，但终做不到这样的天然优美"[②]。

在论及"词"这一文学形式时，胡适一再强调"起于民间""起于乐工歌妓"。他把词的历史分为三个时期，即自晚唐到元初"为词的自然演变时期"，自元到明清之际为"曲子时期"，自清初至今日为"模仿填词的时期"。而第一个时期是词的"本身"的历史，其后分别是"投胎再世"和"鬼"的历史。最能体现词的艺术特性实质的，也正是"自然演变"这一时期的内容。胡适详细论述道："词起于民间，流传于娼女歌伶之口，后来才渐渐被文人学士采用，体裁渐渐加多，内容渐渐变丰富。但这样以来，词的文学性就渐渐和平民离远了。词到了宋末，早已死了。"但是，

---

[①] 胡适：《白话文学史》第八章《唐以前三百年中的文学趋势》，新月书店1928年版。

[②] 胡适：《词的起源》，《清华学报》1925年12月第二卷第一期。

"民间的女娼歌伶仍旧继续变化他们的歌曲"（即词）。胡适将这些"变化"细分为"小令""双调""套数""杂剧"和"明代的剧曲"，称都是因为文人的掺入，"带来的古典，搬来的书袋"，他们"传染来的酸腐气味"又使得新的文学形式"渐渐和平民离远，渐渐失去生气，渐渐死下去了"①。这就是文学在民间与文人两种文化群落中间运行的兴衰规律。胡适把这种规律概括为"文学史上有一个逃不了的公式"：

> 文学的新方式都是出于民间的。久而久之，文人学士受了民间文学的影响，采用这种新体裁来做他们的文艺作品。文人的参加自有他的好处：浅薄的内容变丰富了，幼稚的技术变高明了，平凡的意境变高超了。但文人把这种新体裁学到手之后，劣等的文人便来模仿；模仿的结果，往往学得了形式上的技术，而丢掉了创作的精神。天才堕落而为匠手，创作堕落而为机械。生气剥丧完了，只剩下一点小技巧，一堆烂书袋，一套烂调子。于是这种文学方式的命运便完结了，文学的生命又须另向民间去寻新方向发展了。②

胡适提出了一个问题的两个方面，即民间文学影响了作家文学的发生，作家文学也影响了民间文学的发展。但是，作家群体因为自身的局限，只在"模仿"的层面上做玩弄"一点小技巧"的动作，使这种文化的生机停滞。胡适强调"模仿"后的"天才堕落而为匠手"和"创作堕落而为机械"。这和鲁迅所说的民间文学"一沾着他们的手"，"就跟着他们灭亡"③ 在道理上是一致的。作家文学为什么会形成如此的伤害呢？关键在于只是"模仿"，而没有真正坚持面向生活。胡适对这种文化关系的概括，用了"活"和"死"两个字，既形象，又准确。他与许多有识之士一样，从文学的生活背景与生活意义出发，全面揭示了文学发展中民间文学与作家文学的互动规律。

---

①胡适：《〈词选〉自序》，《小说月报》1927 年 1 月第十八卷第一号。
②胡适：《〈词选〉自序》，《小说月报》1927 年 1 月第十八卷第一号。
③鲁迅：《略论梅兰芳及其他》（上），《鲁迅全集》第 6 卷，人民文学出版社 1981 年版。

## 第四节 《白话文学史》对现代民间文学理论发展的贡献

  胡适的《白话文学史》1928年由新月书店出版。从"自序"中可以看出，该书始作于1921年，缘于他为"教育部办第三届国语讲习所"讲"国语文学史"而作。如他所说，他"八星期之内编了十五篇讲义"，因为"禅宗白话文"和"宋'京本小说'"的发现等原因做了多次修改。他曾经拟定一个"大计划"，做出"《国语文学史》的新纲目"。"纲目"共分十个部分，除"引论"外，第一部分主要研究《国风》，他把《国风》称作"二千五百年前的白话文学"；其次为"春秋战国时代"和"汉魏六朝"，再次为"唐""两宋""金元""明""清"和"国语文学的运动"。其中，他又提出"春秋战国时代的文学是白话的吗"，把"汉魏六朝的民间文学"分为"古文学的死期""汉代的民间文学"和"三国六朝的平民文学"三个部分。他说，这个计划可以代表他"当时对于白话文学史的见解"，但是，这个庞大的计划并没有全部实现。从初稿到北京文化学社的排印，再到新月书店出版，"六年之中，国内国外添了不少的文学史料"，尤其是那些"俗文学的史料"。他着重提到了"敦煌石室的唐五代写本的俗文学"，在日本发现的"唐人小说《游仙窟》"、《唐三藏取经诗话》与《全相平话》，郑振铎编的《白雪遗音选》和董康翻刻的杂剧与小说。他把"《京本通俗小说》的出现"看作是"文学史上的一件大事"。他最看重的是鲁迅的《中国小说史略》，称它是"最大的成绩"，"是一部开山的创作，搜集甚勤，取材甚精，断制也甚谨严"。而直接影响到他做后来修改的，还是"近十年内，自从北京大学歌谣研究会发起搜集歌谣以来，出版的歌谣至少在一万首以上"，因为"这些歌谣的出现使我们知道真正平民文学是个什么样子"。这些新材料的发现改变了他的许多观念，所以，他把原稿"全部推翻了"。他设想着"把上卷写到唐末五代"，"留待十年后再续下去"，整个著作完成时"大概有七十万字至一百万字"[①]。令人遗憾的是，迄今为止，我们见到的还是这部著作的"上卷"。当然，即使是这样，它也已经非常完整地体现了胡适前半期的民间文学思想理论。

---

[①]胡适：《白话文学史》"自序"，新月书店1928年版。

胡适写作《白话文学史》，首先把"白话文学"的范围置于广阔的背景之中。他的"白话"概念有三种含义，一是"戏台上说白的'白'，就是说得出，听得懂的话"，一是"不加粉饰的话"，一是"明白晓畅的话"。依照这样的标准，他"认定《史记》《汉书》里有许多白话，古乐府歌辞大部分是白话的，佛书译本的文字也是当时的白话或很近于白话，唐人的诗歌——尤其是乐府绝句——也有很多的白话作品"①。他在"自序"中集中表述了许多"个人的见地"，称"虽然是辛苦得来的居多，却也难保没有错误"，诸如"一切新文学的来源都在民间""建安文学的主要事业在于制作乐府歌辞""故事诗起来的时代""佛教文学发生影响之晚与'唱导''梵呗'的方法的重要""白话诗的四种来源""王梵志与寒山的考证""李、杜的优劣论""天宝大乱后的文学特别色彩说"和"卢仝、张籍的特别注重"等。② 也正是这些"个人的见地"，构成了他对中国现代民间文学理论发展的重要贡献，与他在其他地方关于民间文学的研究共同形成自成系统的民间文学理论体系。

如胡适所言，白话文学史是"创造的文学史""活文学的历史"，而"古文传统史"是"模仿的文学史""死文学的历史"，"这一千多年中国文学史是古文文学的末路史，是白话文学的发达史"。通篇都是为了证明他关于"一切新文学的来源都在民间"的论断。事实上，他自始至终也都是在将白话文学的研究纳入"文学革命"中。他曾多次提到白话文学是"历史进化"的产物。而"历史进化"又分为两种，"一种是完全自然的进化"，"一种是顺着自然的趋势，加上人力的督促"，即前者为"演进"，后者为"革命"——"认清了这个自然的趋势，加上人工的促进，使这个自然进化的趋势赶快实现"。但是，事物的发展常常是曲折的，胡适举例，说"'元曲'出来了，又渐渐地退回去，变成贵族的昆曲"，当《水浒传》《西游记》《红楼梦》出现时，人们"仍旧做他们的骈文古文"；在漫长的文学发展中，"只有自然的演进，没有有意的革命"。胡适说，"这几年来的'文学革命'，所以当得起'革命'二字，正因为这是一种有意的主张，是一种人力的促进"，"《新青年》的贡献只在他在那缓步徐行的文学演进的历程上，猛力加上了一鞭"，"因为是有意的人力促进，故白话文学的运

---

① 胡适：《白话文学史》"自序"，新月书店1928年版。
② 胡适：《白话文学史》"自序"，新月书店1928年版。

动能在这十年之中收获一千多年收不到的成绩"①。胡适强调白话文学的"活",提倡用民间文学拓展新文学的范式,把"民间"看作"一切新文学的来源",正是与"文学革命"相一致的。当然,胡适更多的是从语言形式上强调使文学"活起来",有一些学者批评他不注重文学的内容,但我们应该看到,民间文学的实质特征还是以"口头性"为标志区别于其他文学形式的,离开了"口头性"即白话表现的口头形式,一切都是枉然。如刘半农在《初期白话诗稿》中所言,当年"提倡白话文"是"非圣无法,罪大恶极",需要莫大的勇气。② 关于这一点,茅盾曾误解过胡适,说"戴着红顶子说洋话"的胡适"从建设国语文学这个口号里发见了一个新东西:替白话文学编家谱,证明它也是旧家子而不是暴发户",称胡适"认错了祖宗","把文白之争的阵线搅浑了"。茅盾误读胡适《白话文学史》的背景是"方言文学和废汉字的主张在目前是'太高'的要求"。③但他和许多人一样,确实是忽略了民间文学的"口头性"这一实质性内容。在更广泛的意义上讲,不懂得白话文学的历史,又如何更清醒更全面地理解白话包括民间文学的发展规律呢?更何况胡适是在用历史的事实去更有力地证明"文言传统"的"死",去阐述"逃脱死路"就在于融入白话的"生"。

在相当长一个时期内,我们过于强调民间文学最直接的人民性,却不同程度地忽略了其口头性这一民间文学作为文学形式具体标志的重要内容。与此相联系的还有民间文学的范围问题,我们由"劳动人民"这一概念出发,基本上只认定那些下层社会中体力劳动者。胡适所指的民间文学创造者是用"无数小百姓"来概括的,即"民间小儿女,村夫农妇,痴男怨女,歌童舞妓,弹唱的,说书的"。他特别强调了"歌妓舞女"对词和曲的创造,他说"李延年兄妹都是歌舞伎的一流","他们的歌曲正是民间的文学";同时,他又论述道,《江南可采莲》"这种民歌只取音节和美好听,不必有什么深远的意义",和那些"很有价值的民歌"《战城南》一样,都是"真正民间文学"。④ 也就是说,"人民性"的内容极丰富,他们

---

① 胡适:《白话文学史》"引子",新月书店1928年版。
② 茅盾:《十年前的教训》,《文学》1935年4月1日第4卷第4号。
③ 茅盾:《对于所谓"文言复兴运动"的估价》,《文学》1934年8月1日第3卷第2期。
④ 胡适:《白话文学史》第三章《汉朝的民歌》,新月书店1928年版。

有与统治者相对立的一面，也有更为丰富的情感，包括他们欢乐情绪的表达。相比而言，胡适看到了普通劳动者作为民间文学的创造主体，也看到了失意文人、歌妓舞女，包括僧人阶层对民间文学口头传播所起的重要作用。

再者是民间文学的发生问题，胡适在《白话文学史》中做了精妙的论述。他以汉代民歌为例，主要从民歌的具体内容中来看待"活的问题，真的哀怨，真的情感"，管窥"这些活的文学"的产生过程。

关于民间文学的产生，许多学者都强调与劳动生产的联系。如鲁迅曾提出文艺起源于劳动，"文学在人民间萌芽"①。胡适更关注社会生活和民间文学的具体联系，尤其是情感表现的实际需要。这里他强调的是"哄"和"真率地说""真率地唱"。他强调民间文学内容上的独特性。在《陌上桑》中，罗敷采桑，其美貌吸引了"行者""少年""耕者"和"锄者"，胡适称"这种天真烂漫的写法，真是民歌的独到之处"；《陌上桑》的结尾写罗敷挚爱着自己的丈夫，"坐中数千人，皆言夫婿殊"，胡适称这种写法"决不是主持名教的道学先生们想得出的"。正是因为这些歌谣真实自然地表达了民间百姓的情爱，流露出最真诚的欢乐和怨恨，所以能够更广泛更深切地引起最广大人群的共鸣，"你改一句，他改一句，你添一个花头，他翻一个花样，越传越有趣了，越传越好听了"②。这其实就是我们常讲的民间文学的口头性和集体性特征问题。目前，学者们基本上形成了这样一个共识，即民间文学的口头创作过程，就是它的传播过程，而其口头传播过程，也就是它的创作完成过程。

在论述"故事诗"（Epic）时，胡适论及了另一个重要的理论问题，即这种民间文学形式"在中国起来的很迟"。他说"这是世界文学史上一个很少见的现象"③。Epic 被胡适称作故事诗，其实译作"史诗""叙事诗"更合适。从他在文中论述的内容来看，应是"史诗"。史诗的流传与保存，在世界许多国家都有明确的详细记述。在我国少数民族中也存在着史诗，如闻名于世的三大史诗《格萨尔》《玛纳斯》和《江格尔》，并不逊色于《伊利亚特》《奥德赛》的规模。但是，由于多种原因，胡适并不了解这些，他仅仅是对于更为狭隘的"古代中国"作考察对象。他甚至还

---

① 鲁迅：《门外文谈》，《鲁迅全集》第 6 卷，人民文学出版社 1982 年版。
② 胡适：《白话文学史》第三章《汉朝的民歌》，新月书店 1928 年版。
③ 胡适：《白话文学史》第六章《故事诗的起来》，新月书店 1928 年版。

推测说,"也许是中国古代民族的文学确是仅有风谣与祀神歌,而没有长篇的故事诗","也许是古代本有故事诗,而因为文字的困难,不曾有记录,故不得流传于后代;所流传的仅有短篇的抒情诗"①。在《诗经》中,《生民》《公刘》《绵》《玄鸟》《长发》等篇都具有史诗色彩。按照西方学者的解释,史诗是指"在大范围内描述武士和英雄们的功绩的长篇叙事诗,是多方面加以表现的英雄故事,包括神话、传说、民间故事与历史"②。史诗的重要职能之一就是"联结后代的人,由第一代传给第二代的诗歌和故事中,子孙可以认识他们祖宗的声音"③,即民族情感的传承与维系的纽带。在胡适之前,郭绍虞也曾经论及《诗经》,称"'雅'似近于史诗,'风'可以当抒情诗,而'颂'字训音,又相当于剧诗"④。但相当多的学者都没有更深入地论述"《三百篇》里竟没有神话的遗迹"问题。胡适说,之所以出现这种现象,主要是地域因素,"他们生在温带与寒带之间,天然的供给远没有南方民族的丰厚,他们须要时时对天然奋斗,不能像热带民族那样懒洋洋地睡在棕榈树下白日见鬼,白昼做梦",依此断定"古代的中国民族是一种朴实而不富于想像力的民族"。所以,"中国古代民族没有故事诗,仅有简单的祀神歌与风谣而已"⑤。他把"想像力"与一定的地域联系起来,论及南北文学的文化差别问题,"看出疆域越往南,文学越带有神话的分子与想像的能力",包括"汝汉之间的文学和湘沅之间的文学大不相同",⑥ 虽然不免有一些偏颇,却给我们以启发。后来的田野作业结果也表明,正如胡适所讲的那样,在南方的一些少数民族中,尤其是大西南地区,史诗的蕴含量明显密集于中原地区和北方。⑦ 一定的自然因素确实影响到民间文学的地域风格。如胡适在论述《南北新民族的文学》时所讲,南北朝"这个割据分裂时代的民间文学,自然是南北新民族的文学","江南新民族本有的吴语文学,到此时代,方才渐渐出现。南方民族的文学的特别色彩是恋爱,是缠绵婉转的恋爱","北方的新

---

①胡适:《白话文学史》第六章《故事诗的起来》,新月书店1928年版。
②〔英〕卡顿:《文学术语词典》"史诗",伦敦出版社1979年版,第225页。
③〔德〕格罗塞:《艺术的起源》,蔡慕晖译,商务印书馆1984年版,第210页。
④郭绍虞:《中国文学演化概述》,开封中州大学(河南大学)1925年《文艺》第1卷第2期。
⑤胡适:《白话文学史》第六章《故事诗的起来》,新月书店1928年版。
⑥胡适:《白话文学史》第六章《故事诗的起来》,新月书店1928年版。
⑦参见刘亚虎:《中华民族文学关系史》(南方卷),人民文学出版社1997年版。

民族多带着尚武好勇的性质,故北方的民间文学自然也带着这种气概","北方的平民文学的特别色彩是英雄,是慷慨洒落的英雄"①。

在《佛教的翻译文学》上、下两章中,胡适集中论述了佛教与文学发展包括民间文学问题,事实上也包含了中外文化交流中的民间文学的发展问题。这里,胡适主要是针对两晋南北朝文学的变化来谈论佛教的翻译与民间文学的联系的。他把这一时"骈俪化了的文体"看作一个相对稳定的结构,把"佛教的经典"看作"一些捣乱分子",也看作"伟大富丽的宗教"。同时,他将"伟大的翻译工作"与那些"少数滥调文人"及其"含糊不正确的骈偶文体"相对比,论述佛教的翻译文学"给中国文学史上开了无穷新意境,创了不少新文体,添了无数新材料"。接着,他考察了"翻译事业"的历史,从"汉明求法"这种"无根据的神话"一一数到二、三、四、五世纪的高僧们,看到鸠摩罗什及其译作《大品般若》《金刚》《法华》《维摩诘》诸经对"唱文""最大的故事诗"和"弹词"等文学形式的具体影响。他说,"印度文学自古以来多靠口说相传",这种"可以帮助记忆力"的"偈"传入中国之后,"发生了不少的意外影响",如"弹词里的说白与唱文夹杂并用","便是从这种印度文学形式得来的"②。同样,胡适也清醒地看到,佛教的翻译文学成为独立的文体并得以在中国文学的世界里迅速发展时,也受到中国民间文学的影响。有人曾提到《佛本行经》《佛所行赞》这类翻译文学是《孔雀东南飞》的"范本"。但胡适不以为然,他以为"从汉到南北朝,这五六百年中,中国民间自有无数民歌发生","其中有短的抒情诗和讽刺诗","也有很长的故事诗",即"因为民间先已有了《孔雀东南飞》一类的长篇故事诗,所以才有翻译这种长篇外国诗的可能"③。同时,胡适指出"中国固有的文学很少是富于幻想力的","印度人的幻想文学之输入确有绝大的解放力"。他以"中古时代的神仙文学"《列仙传》《神仙传》为例,看到其"简单"和"拘谨",并与《西游记》《封神传》做比较,看"印度的幻想文学的大影响"。他还指出,"佛教文学在中国文学上发生影响是在六世纪以后",其影响表现在三个方面,一是白话文体,使"佛寺禅门遂成为白话文与白话诗的重要发源地";一是"最富于想像力",对"最缺乏想像力的中国古文

---

① 胡适:《白话文学史》第七章《南北新民族的文学》,新月书店1928年版。
② 胡适:《白话文学史》第九章《佛教的翻译文学》(上),新月书店1928年版。
③ 胡适:《白话文学史》第十章《佛教的翻译文学》(下),新月书店1928年版。

学"有"很大的解放作用",甚至说"中国的浪漫主义的文学是印度文学影响的产儿";一是"悬空结构的文学体裁"与后世的弹词、平话、小说、戏剧的发达"有直接或间接的关系"。尤其是"五世纪以下",佛教徒宣传教旨,采用"经文的'转读'""'梵呗'的歌唱""'唱导'的制度",胡适说,"这三种宣传法门便是把佛教文学传到民间去的路子",这"便是产生民间佛教文学的来源"。"宣传法门"的目的在于"宣传教义",转读、梵呗、唱导因为"捐钱化缘"而"有通俗的必要","随机应变,出口成章",直接影响了"莲花落"等民间艺术。胡适说"今日说大鼓书的,唱'摊簧的',唱'小热昏'的,都有点像这种'落花'导师",其中"声无暂停,语无重述,结构皆合韵"的形式,"也正像后世的鼓词与摊簧"。胡适从"佛教的宣传决不是单靠译经"来看"支昙籥等输入唱呗之法"及其"分化成转读与梵呗两项",看到"转读"到"宣读"及其和"俗文"与"变文"之间的联系,看到"梵呗"到"呗赞"对"开佛教俗歌的风气"的影响,看到"唱导之法借设斋拜忏做说法布道的事"对"莲花落"式的"导文","和那通俗唱经的同走上鼓词弹词的路子"的影响。[①] 印度文学作为域外新声,它传入中国,影响到中国文学,并不仅仅是通过佛教典籍的翻译而形成的,但佛教译入确实是一条十分重要的途径。后世学者季羡林曾提到,印度文学传入中国,早在远古时代已经发生,其寓言和神话在屈原的《天问》中有迹可寻,就是"顾菟在腹"。汉代学者说"顾菟"即"兔子",恰好印度古代典籍《佛本生经》和《梨俱吠陀》中也有月中有兔子的故事。季羡林还曾提到"把阴间想像得那样具体,那样生动,那样组织严密",和"阎王爷""斗法"等内容,都是印度传入的。[②] 胡适从佛经的世俗化即融入民间文化入手,考察民间文学受佛教、受印度文学的影响。这与他考证《西游记》中的孙悟空与哈奴曼的联系一样,是自觉拓展学术视野,睁开眼睛看世界。

《白话文学史》不是民间文学史的专门著作,但它系统而完整地体现了胡适在20世纪30年代之前这一历史时期对民间文学的理解。从中我们可以感受到胡适对中国文化的殷切希望。《白话文学史》出版后的第三个月份,他发表了《治学的方法与材料》,他说,"现在一班少年人跟着我们向故纸堆去钻,这是最可悲叹的现状",他希望他们"及早回头",称"多

---

[①] 胡适:《白话文学史》第十章《佛教的翻译文学》(下),新月书店1928年版。
[②] 季羡林:《印度文学在中国》,《文学遗产》1980年第1期。

学一点自然科学的知识与技术"是"活路",而"这条故纸堆的路是条死路"。① 1940 年 3 月,胡适在给儿子胡思杜的信中还提到,"学社会科学的人,应该到内地去看看人民的生活实况"②。1942 年 2 月 17 日,他在给赵元任的一封信中所提的一件事,缘起于他在 20 年前翻译波斯诗人 Omar 的诗,使他想起了《豆棚闲话》中的一首明代"地道的民歌""地道的老百姓的革命歌",即那首"老天爷你不会做天,你塌了吧!"胡适抄给赵元任,并"盼望"他"作个曲谱"。③ 由此我们可以看到胡适对民间文学的热爱与崇敬,即尊重民间的学术理念。他是希望文学常变常新的人,他始终把"故纸堆"看作"死"路,把"看看人民的生活状况"看作研究社会科学的重要途径,其实这正与我们提倡田野作业,即深入民间的科学考察相一致。

无论是《白话文学史》,还是胡适的其他论述,都贯穿着"一切新文学的来源都在民间"的理念,也都洋溢着他尊重民间的价值立场。胡适是中国现代民间文艺学理论建设中的先驱者,作为承前启后的诗人、哲学家、文学史家,从学术思想到研究方法上都成为我们的典型,深刻地影响了我们的视野、胸襟和品格。

在中国现代学术体系的建设和发展中,胡适是一位卓越的文艺学家。他的"一切新文学的来源都在民间"和"大胆的假设,小心的求证",以及他"比较研究的方法"、"箭垛式"原理、"印度起源说"等理论贡献,是现代民间文艺学理论发展的重要的基石。

---

① 胡适:《治学的方法与材料》,《新月》1928 年 9 月第 1 卷第 9 号。
②《胡适遗稿及秘藏书信》第 21 册,黄山书社 1994 年版。
③《近代学人手迹》(3),台北文星书店 1962 年版。

# 第二十章　延安民间文艺运动

在中国现代民间文学史上，延安是一个特殊的地域名称；20世纪30年代至20世纪40年代，这里所发生的民间文艺运动，具有十分重要的历史意义。民间文艺的概念与民间文学是有区别的，它包括民间文学与民间艺术等更丰富的内容。在总体上讲，延安民间文艺运动既是延安文艺运动的一部分，也是整个解放区文艺运动的一部分，是中国现代民间文学及其思想理论体系的一部分，更是新中国民间文学史的重要流派，对新中国文学艺术发展方向具有重要影响。

延安民间文艺运动既是对五四以来中国现代民间文学理论的重要总结，又是中国现代民间文艺运动的新开端。

关于延安文艺运动，更多的学者关注其群众文化的内容，而忽视了其中民间文艺的搜集整理、理论研究与中国现代民间文学的整体联系。

延安民间文艺运动的形成具有三个非常重要的内容：一是数万青年奔赴延安，使延安成为抗日文化的重镇，形成文化热潮；二是关于文学发展民族形式大讨论，重视民众的文化诉求；三是中国文学"礼失求诸野"的文化传统，和现代民间文艺学理论思想的影响，形成延安民间文艺运动的理论特色。

研究这个问题，对于如何理解文学发展与民族文化遗产的关系、如何继承和发扬民族文化传统具有重要意义。

抗日战争改变了中国社会的形势发展，许多热血青年奔赴延安，投身抗日救亡事业，献身国家和民族。他们富于空前的热情，讴歌时代，在延安形成民间文艺运动的又一个高峰。

中国共产党非常重视知识分子的作用，中共中央在1939年12月由毛泽东起草的《大量吸收知识分子的决定》中，就明确指出："没有知识分子的参加，革命的胜利是不可能的。"1938年7月，陈云在中国共产党陕甘宁边区第二次代表大会上讲话，说："知识分子是革命的力量，并且是重要的力量"，"现在各方面都在抢知识分子，国民党在抢，我们也在抢，抢慢了就没有了"①。1943年12月底，在中共中央书记处工作会议上，任弼时称："抗战后到延安的知识分子总共4万余人，就文化程度来说，初中以上71%（其中高中以上19%，高中21%，初中31%），初中以下约30%。"② 1944年春，毛泽东在一次讲话中说延安的文学家、艺术家、文化人"成百上千"，"延安有六七千知识分子"③。

延安民间文艺运动是1936年中国工农红军长征来到延安，一直到1947年胡宗南进攻延安，在延安所发生的民间文艺搜集整理、理论研究和改造、运用活动。1936年11月，"中国文艺协会"在保安成立，毛泽东在成立大会上提出"发扬苏维埃的工农大众文艺，发扬民族革命战争的抗日文艺"④；1937年8月，"西北战地服务团"在延安成立，开展声势浩大的街头诗等群众文艺活动。之后，延安成立陕甘宁边区大众读物社，深入群众、了解群众、向群众学习的活动进一步展开。其中，研究群众创造的民间文艺，搜集整理民间文艺，成为活动的重要内容。以此为背景，延安民间文艺运动逐渐开展起来。具体标志是延安《新中华报》上发表的一份征求歌谣的启事所提出的"利用歌谣的旧形式装进新的内容，或多少采用歌谣的格调和特点来创造新诗歌"，"这对抗战和新诗歌的大众化都有很大的作用"，"因此，我们决定广泛而普遍的收集各地歌谣，加以研究与整理"，而且提出"尽量把各地的山歌、民谣小调等等抄给我们，不论新旧都需要"⑤。很快，1939年3月5日，中国民间音乐研究会在延安鲁迅艺术学院成立，明确分工专人具体负责研究、出版、采集等工作。1940年，晋察冀成立了中国民间音乐研究会分会，后又成立了中国民间音乐研究会陇东分会，搜集整理延安与相邻地区的民歌、秦腔、道情、说书等民间文学体裁，取得重要成就，渐渐形成具有较大规模的民间文艺运动。同时，编辑出版《歌曲月刊》《边区音乐》《星期音乐》《民族音乐》等刊物，刊载搜

---

① 《陈云文选》第1卷，人民出版社1995年版，第180—181页。
② 转引自朱鸿昭：《延安时期的日常生活》"序言"，陕西师范大学出版社2014年版。
③ 《胡乔木回忆毛泽东》，人民出版社1994年版，第251页。
④ 《毛泽东文艺论集》，中央文献出版社2002年版，第4页。
⑤ 《启事》，《新中华报》1938年2月10日。

集整理的民间歌曲，以及理论研究著述。

延安民间文艺运动是中国现代民间文学理论的重要总结。从国语运动强调重视民间文学的语言，到五四歌谣学运动提出搜集整理民间歌谣"为学术的""为文艺的"，到现代民俗学运动"建设民众的文艺"，包括乡村教育运动的"利用民间，服务民间"，延安民间文艺运动继承了搜集整理民间文艺、运用民间文艺、尊重民间文艺的方法和观念，而且形成自己研究民间文艺、发展民间文艺和建设新的人民文艺的思想内容与特色。

民歌成为宣传中国共产党政治主张和发动群众的重要素材，也深刻影响到延安新文学的发展。这些民歌经过马可与刘恒之等人的整理，曾经在延安油印成《陕甘宁边区民歌》第1集、第2集。这从当时延安解放区的新闻报道中可以管窥这一民间文艺运动的一斑。如《解放日报》1942年、1943年有两则相关报道，一则称："中国民间音乐研究会于20日在鲁艺举行第五届会员大会，出席会员60余人。首先由吕骥同志对三年来该会搜集研究民歌工作加以详述与检讨，来宾何其芳、严文井、李元庆等同志，相继发言，希望效法该会精神，延安文艺界能有民间文学研究会之组织。最后进行民歌欣赏，有全国各地地方戏与民歌唱片。"[1] 另一则称："中国民间音乐研究会（原名民歌研究会）自成立以来，仅采集陕甘宁边区各县民间歌曲即已达700余首。此外，如绥远、山西、河北及江南各省之民歌，亦均有数十以至一二百首不等，总计共有2000余首，现正分别整理，准备付印。边府文委认为，该会提倡民间艺术，并实际从事搜集研究，卓有成绩，特拨发奖金2000元，以示鼓励。兹经该会理事会决定分别奖励三年采集成绩最优秀者张鲁、安波、马可、鹤童、刘炽及战斗剧社彦平、朋明等十余同志云。"[2] 延安民间文艺运动中，主要是一批青年文艺工作者搜集整理民歌、民间戏曲和民间故事，取之于民，用之于民，利用民间文艺进行新的文学艺术形式的再创造。吕骥曾进行民歌搜集整理，进行民间文艺的改造和运用，他在总结延安民间文艺秧歌运动的成就时说："陕甘宁边区民间音乐研究会的研究工作与1943年以来的秧歌运动，与歌剧《白毛女》的创作是分不开的。可以说，如果没有自1938年开始并逐渐深入地对民间音乐的研究，1943年的秧歌运动就不可能在短期获得那样光辉的成绩，《白毛女》也很难顺利地产生。反过来，在秧歌运动与《白毛女》的创作

---

[1]《解放日报》1942年8月24日。
[2]《解放日报》1943年1月21日。

过程中，不断遇到新的问题，研究并且解决这些新的问题，就使原来的民间音乐研究工作得到了新的发展。这样的研究工作才是与实践密切联系的，才真正具有实际意义。"同时，他提出研究中国民间音乐，"不应该从狭隘的民族主义观点、本位文化或源泉论的观点强调中国民间音乐的优越性，因此认为只有民间音乐才是创造中国新音乐的源泉"。①

延安是中国共产党领导的解放区，以新鲜的政治气息吸引了四面八方的热血青年来到这里。其中有许多文艺青年参加了民间文艺运动。音乐家吕骥曾在上海、武汉从事左翼文艺活动，开展救亡歌咏活动，在绥远等地搜集民歌，创作《新编"九一八"小调》等抗日歌曲。1937年，吕骥来到延安，继续进行民歌的搜集整理与理论研究工作。何其芳、冼星海、周扬、周文、柯仲平等人也是一样，他们从各地奔赴延安，对民间文艺产生浓厚的兴趣，投身于延安民间文艺运动，形成对民间文艺搜集整理、理论研究和利用、学习的热潮。

首先是民间文艺的搜集整理与理论研究，形成五四歌谣学运动之后又一次系统、深入的文化活动。1941年，鲁迅文学艺术学院音乐系师生沿黄河两岸去米脂、清涧等地进行采风，搜集了大量民歌，如《移民歌》《黄河九十九道湾》等。显然，这是五四歌谣学运动理论方法的延续。与之不同的是，冼星海等人更强调民间文学记录的精确，与民间文学的发生主体在情感上更为接近，认为"音乐工作者应该深入民间，尽量搜集各省各地的民歌，与大众一起生活，同他们一块唱和；考察他们的生活，用记谱法精确地记录他们的曲调与歌词"②。鲁迅文学艺术学院还开设了关于民间文学的课程，为延安民间文艺运动培养了很多理论人才。何其芳在后来对此记述道："1945年2月，延安鲁迅文艺学院成立了一个文艺运动资料室，学校方面要我负责，先后参加工作的有张松如、程钧昌、毛星、雷汀、韩书田等同志。这个资料室的具体工作之一就是把鲁艺的同志们在陕北搜集到的民间文学材料加以整理，编为选集。由于民歌材料最多，我们就先从民歌着手。这时张松如同志和我又在鲁艺文学系共同担任民间文学一课，民歌部分由我讲，所以我一边整理陕北民歌，一边找了一些地方的民歌集子和登载民歌的刊物来同时研究。"③ 这与《陕北民歌选》一样，都是中

---

① 吕骥：《中国民间音乐研究提纲》，《民间音乐研究》创刊号，1942年11月。
② 冼星海：《民歌与中国新兴音乐》，《中国文化》1940年1月创刊号。
③ 何其芳：《陕北民歌选》"重印琐记"，新文艺出版社1952年3月版，第290页。

国现代民间文学史上重要的里程碑。

在延安民间文艺运动中,民间文学搜集整理与理论研究的目的集中在创造新的文学形式。周文是著名的大众文艺作家,20世纪30年代初,曾经改编过苏联文学《铁流》《毁灭》等作品,发表过一些论述民间文艺的文章。如1938年7月,周文曾经发表《唱本·地方文学的革新》①,提出学习民间文艺的主张。1939年,周文来到延安,负责延安大众文艺领导工作,筹备陕甘宁边区大众读物社,受到毛泽东的赞扬。他大力提倡搜集整理和运用民间文学,发表了《搜集民间故事》②,紧接着又发表了《再谈搜集民间故事》③等文章,论及民间文学搜集整理问题。1940年3月12日,他负责组织成立陕甘宁边区大众读物社,出版和发表搜集整理的民间文学作品,他为《大众习作》杂志创刊号写作发刊词,并发表了《大众化运动历史的鸟瞰》和《关于故事》等,同时在《大众习作》发表《谈谈民歌》等文章,详细论述民间文学与文学发展的密切关系以及运用民间文学的重要性。他在《唱本·地方文学的革新》中说:"单单提出'旧形式的利用'是不够的。因为这有过分看重形式的一面,而忽略内容一面的危险;也就是过分看重利用,既然是利用,就有被误解为应时的俯就的,因而也就只单纯地把它看作宣传工具,以致无选择地什么都用,而又偏颇地甚至庸俗地单单加些政治观念或口号进去就以为尽了它的任务,而忽略了最根本的思想斗争和艺术创造。"他提出自己关于文学革新的意见:"我认为要形式内容都兼顾,应该提出地方文学的革新这个口号来代替。"他更多是在强调"方言文学"的意义,称"我们的文学要真正地深入大众,必然是方言文学的确立。方言文学可以创造新形式,而且非创造新形式不可;但既成的旧形式我们也不能放弃,而且应该把握它。那么今天的'旧形式的利用'的问题,实际就是'地方文学革新'的问题",他论述"文学大众化这个口号提出多年了,但实际能够做到的实在有限得很"等现象,述说"只有方言文学,地方文学的提出,才能得到解决"的道理,称"地方文学旧有的东西固然是粗陋,恶俗,但它压根儿就是和民众密切结合着的东西,从它的流布,影响,是那么的普遍,一直至今不衰这点上,就可以证明。这里明明给我们指出大众化的道路。要真正彻底实现大众

---

①周文:《唱本·地方文学的革新》,《文艺阵地》第1卷第6号,1938年7月1日。
②周文:《搜集民间故事》,《大众文艺》第1卷第4期,1940年7月15日。
③周文:《再谈搜集民间故事》,《文艺突击》第1卷第5期,1940年8月。

化，文学工作者非和民众一起去彻底的了解他们不可，这样在进行地方文学的革新运动才有可能。很显然，这和'利用'是有了大大差别的"。①他在《搜集民间故事》中强调民间故事与文学创作的重要关系，一方面指出"搜集民间故事，是一条重要的道路"，一方面指出"走遍全中国，只要你到处拿耳朵去听，很清新很刚健的民间故事，真是随处都是"。他具体论述道："我们知道，《水浒》是民间流传的许多断片的故事，由某一个作者（就算是施耐庵吧）搜集起来，加以综合、组织而写出来的。《水浒》这作品，在综合的过程中，虽然通过了作者的观点，对于原来的东西，有着某一程度的改变，但从作品里，还是能看见当时农民对于那里边某些人物的典型的创造，还是能真正嗅得出当时民间的生活，和代表农民、并为农民所想望的影响。《水浒》能够在民间流传这么多年代，还为广大民众所爱好，而且影响民众生活如此深刻和长久，并不是偶然。因此，可以得到一个结论：一个从事文艺工作的人，要真正写出一部伟大作品，搜集民间故事，是一条重要的道路。这条道路，是许多人都曾指出过的，但是到今天真正去走的人还是少得很。"② 在《再谈搜集民间故事》中，他分别论述了四川地方流传的几则民间故事，称"这四个故事，都是独立的，也差不多是从不同的人的嘴里先后听来的。第一个故事，是讽刺那种严格的等级制度，第二个故事是讽刺上流社会的虚伪。这两个故事，都是很巧妙而且是大胆地尽了讽刺的能事。至于第三、第四两个故事，就简直表现出阶级的仇恨，进行报复了。很明显的，这四个故事，都是出自民间的，是健康的东西"。他接着总结论述道："就这上面四个故事看来，第一个虽然颇为调皮捣蛋，但却是对于看不起'下等人'的商人的一种反抗。然而第二第三两个故事，却就不免流氓气了，而第四个就简直是非常龌龊的恶作剧。这给人的印象是：张官甫已经不是那么值得可爱的反抗上流社会的张官甫，而是一个下流无耻的流氓化身的张官甫了。如果把张官甫的许多故事归纳起来，大体上可以分为两类：一类是可爱的张官甫，一类就是可厌的张官甫。前者是人民的创作，后者当是统治者或受统治阶级教养的人编造出来的，他们为了把张官甫画成一个白鼻子的小丑，以混淆他的反抗行为，使张官甫这样的人在民众的眼前破产，而达到统治者的统治目的，是

---

①周文：《唱本·地方文学的革新》，《文艺阵地》第1卷第6号，1938年7月1日。
②周文：《搜集民间故事》，《大众文艺》第1卷第4期，1940年7月15日。

有可能的。"① 周文的民间文学思想理论代表了一个时期延安民间文艺运动的理论研究水平。

由于多种原因，延安民间文艺运动真正形成系统的民间文学理论还需要一个过程，尽管参与者具有很高的政治热情与文化热情。这一时期，柯仲平发表的《论中国民歌》主要论述民间文学中的民歌问题，是一篇非常重要的理论文献。他首先指出"民歌中存在着听天由命的思想（这主要是被封建主义统治剥削压迫的结果），有帮助封建统治稳定的作用，这是不用说的"，"但也有反抗封建统治的，暴露封建黑暗的更不少"，"不过，鲜明地表现出反抗来，就会被认为是大逆不道了"，"这种作品是很难存在的"，"用哀诉的情调来表现封建痛苦，这是不能摧毁封建统治的，因此得在民间流传着"。同时，他指出"封建统治阶级中也有矛盾，它会产生一些不得志的文人，这些文人也是有助长民歌的作用，甚至常把一部分封建上层的文化成果转化到民歌（一切民间艺术）中，借民歌来发泄他们的不平"，"民歌也每每会给封建文人许多助力，当文人受到一些民歌影响时，他的诗作便会添了一些生气，如大家熟知的白居易等"，"这种文化上的交流作用虽然有，但民歌总是代表着被统治的人民大众的"。他说："民歌中不能有彻底的反抗意识，这是历史决定的。"② 对此，他主要强调了"反帝反封建的任务"与"新的大众诗歌创造中的最重要的因素和基础"的意义，他详细论述道：

> 历史上就没有出现过农民阶级的政权。农民问题的解决，是必然要到出现无产阶级，受无产阶级正确的领导后，才能解决的。中国民歌也正如中国的农民问题一样。历代都有农民暴动，但那只不过能稍稍推动社会发展，能使农民成分起多少的变化罢了。被统治的农民阶级仍旧是一个被统治的农民阶级。历代民歌，虽有多少变化，仍是以农民为主的被统治人民的民歌。在十余年以前，民歌并无大发展。直到中国无产阶级运动，在反帝反封建的任务下抬起头来以后，农民得到正确而有力的领导，因此，在不少的农村中，新的民歌产生了。这些新的民歌，虽然在形式上还没有一个大的发展，但在内容上却充满着反帝反封建，反一切压迫与剥削的思想与情绪。并且，这是进步的

---

① 周文：《再谈搜集民间故事》，《文艺突击》第1卷第5期，1940年8月。
② 柯仲平：《论中国民歌》，《中国文化》第1卷第3期，1940年5月25日。

农村大众爱唱的。在城市方面，有一部分从"五四"新文化运动当中锻炼出来的诗歌作者，是或多或少地把民歌的一部分作风吸入自己的诗歌创作中来了。在这些作品中，有一部分是往建立新的中国大众诗歌的方向努力的。当然，是否有了一些什么好成绩，这是待检讨的一个问题。总之，中国民歌是开始得到新的继承和发展了。

我们发展民歌，吸收民歌作风到新诗歌的创作中来，不只因在政治上它有功用性，而且同时因为它是中国文化中的一种优秀的、活的、大众的艺术。它有许多优点是值得我们吸收的。当然，吸收它，也如吸收中外其他诗歌的优点一样，要加以融化。它只是新的大众诗歌创造中的最重要的因素和基础。①

何其芳是一位杰出的诗人，又是一位学养深厚的文学理论家和文学批评家。他的民间文学思想理论具有非常鲜明的时代特色。在这一时期，他曾经写作《杂记三则》，其中有《旧文学和民间文学》，具体论述他对民间文学的理解。他称"产生在旧社会的民歌的确主要是农民的诗歌，而且主要是反映了他们过去的悲惨生活以及对于那种生活的反抗"，"我们不要以为这是响着悲观的绝望的音调，相反地，应该从这里看到农民对于当时的现实的清醒的认识，并且感到他们的反抗的情绪和潜在的力量"，"那些还活在民间的传说、故事、歌谣，我们也要算入我们的财产单内。它们也许比那些上了文学史的作品更粗一些吧。然而恐怕也更带着中国人民大众的特点。自从我告别了我的童年，可以说我就告别了中国的农村。然而那些流传在农村的文学现在回想起来仍然是动人的"。他在此处举一首四川家乡的民歌"洋雀叫唤李贵郎，有钱莫说（娶）后母娘。前娘杀鸡留后腿，后娘杀鸡留鸡肠"为例，对此作解释并论述道："在这后面大概还有一些叙述、描写和诉说吧，可惜我已经忘记了。然而就是这样四句也就能够直截了当地打进人的心里去。我们家乡叫杜鹃为洋雀。大家都知道那个书本上的有名的传说，蜀王杜宇亡国后化为杜鹃，每年春天叫着'不如归去'。这个歌谣却和那不同，它包含着另外一个故事，似乎是叙述一个被后母虐待而死的孩子化身为鸟以后的哀鸣。这是卑微的，平凡的，然而比那些经过了文人按照他们的思想和兴味粉饰过的传说反而动人一些。广泛地收集这类民间文学的工作需要有些学校、机关或者团体有计划地来做，但在实

---

① 柯仲平：《论中国民歌》，《中国文化》第 1 卷第 3 期，1940 年 5 月 25 日。

际工作中的爱好文学者也可以做一部分。将来材料多了，除了作旁的参考，作了解中国的社会和历史的参考而外，就是对于我们的文学创作也一样有帮助的，至少我们可以吸取其质朴地中国风地表现生活的特点"①。

何其芳特别重视民间文学的思想内容，他论述道："对于这些情歌，我们必须把它们和过去的婚姻制度，和过去的社会制度，和在那些制度下的妇女的痛苦联系起来看，然后才能充分理解它们的意义的"，"旧社会里的不合法的恋爱不仅是一种必然的产物，也不仅是一种反抗的表现，而且必须知道，这种反抗的结果必然是不幸的，并不能真正解决问题的。我们读那些情歌的时候，不要像过去的文人学士们一样只是欣赏那里面表现出来的热烈的爱情，而还应该想到随着那种短暂的热情而来的悲剧的结局"。当然，他是一个诗人，最关心的还是民间文学的艺术价值，他说，"民歌，不仅是文学，而且是音乐。音乐的语言并不像一般的语言那样确定，或者说那样含义狭窄。而一首民歌，据说又可以用不同的感情去歌唱。那么，可以在不同的情形之下唱相同的歌，也可以在相同的情形之下唱不同的歌，正是自然而且合理"，"由于民歌还和最初的诗歌一样，是和音乐密切结合着的，这就带来了又一个艺术性方面的优点，它的节奏鲜明而且自然"。他尤其强调"更重要的是要有一种尊重老百姓的态度"，称"不然，我们像这个旧中国的统治者征粮征丁一样去征民间文学，那是征不到好作品的。不要看不起老百姓，不要不耐烦。既然是去向老百姓请教，那就要有一种尊敬老师与耐心向学的精神。对于他们的作品也要尊重"②。"延安鲁艺所搜集的民歌，我觉得在这点上是似乎超过北京大学当时的成绩的。我曾经把鲁艺音乐系、文学系两系搜集的民歌全部读过一遍，觉得其中有许多内容与形式都优美的作品。这原因何在呢？我想，在于是否直接从老百姓中去搜集。北京大学当时主要是从它的学生和其他地方的知识分子去搜集，因此儿歌民谣最多。鲁艺音乐系却是直接去从脚夫、农民、农家妇女去搜集。深入到陕北各地，和老百姓的关系弄好，和他们一起玩，往往自己先唱起歌来，然后那些农夫农妇自然也就唱出他们喜欢唱的歌曲来了"，而且，他特别强调"民间文学既是在口头流传，就难免常因流传地

---

①何其芳：《杂记三则》（原写于1942年8月），《何其芳文集》第4卷，人民文学出版社1983年版。

②何其芳：《杂记三则》（原写于1942年8月），《何其芳文集》第4卷，人民文学出版社1983年版。

区不同与唱的人说的人不同而有部分改变或脱落",他反对改写民间文学,称"若系自己改写,那就不能算是道地的民间文学,而是我们根据民间文学题材写成的自己的作品了"。他具体提出忠实记录的方法,说:"我们在采录时,同一民歌或民间故事就应该多搜集几种,以资比较参照。"① 其《论民歌——〈陕北民歌选〉代序》虽然是在1949年之后发表,但是写作时间却是在延安民间文艺运动中,其中详细表达了他对民间文学的理解认识。他提出:"整理民间文学作品和利用民间文学的题材来写作是两回事情,不能混同的。整理民间文学作品应该努力保存它的本来面目,绝不可根据我们的主观臆测来妄加修改。虽然口头文学并不是很固定的,各地流传常有些改变,但那种口头修改总是仍然保持民间文学的面貌和特点,而我们根据主观臆测或甚至狭隘观点来任意改动,却一定会有损于它们的本来面目,对于后来的研究者是很不利的。"②

延安民间文艺运动受到中国共产党领导人的关注。1940年1月,边区文协举行第一次代表大会,毛泽东发表《新民主主义的政治与新民主主义的文化》演讲,提出文化"应为全民族中百分之九十以上的工农劳苦民众服务","为达到此目的,文字必须在一定条件下加以改革,言语必须接近民众,须知民众就是革命文化的无限丰富的源泉"。③ 毛泽东曾经参与民间形式等相关问题的讨论,并召开延安文艺座谈会,表达民间文学思想理论。1942年5月,毛泽东在第三次座谈会上详细论述了文学艺术为什么人服务的问题,强调了人民大众的主体地位,提出"人民生活中本来就存在着文学艺术原料的矿藏,这是自然形态的东西,是粗糙的东西,但也是最生动、最丰富、最基本的东西;在这点上说,它们使一切文学艺术相形见绌,它们是一切文学艺术的取之不尽、用之不竭的唯一的源泉"④。毛泽东着重论述民间文艺作为"萌芽状态的文艺"在文学发展中为民间百姓喜闻乐见的重要意义,有力地影响了延安民间文艺运动的发展。

延安民间文艺运动的深入开展,与"民族形式中心源泉论"的大讨论

---

① 何其芳:《从搜集到写定》,《何其芳文集》第4卷,第147页,人民文学出版社1983年版。
② 何其芳:《陕北民歌选》"重印琐记",新文艺出版社1952年版。
③ 毛泽东:《新民主主义的政治与新民主主义的文化》,《毛泽东选集》第2卷,人民出版社1991年版,第708页。
④ 毛泽东:《在延安文艺座谈会上的讲话》,《毛泽东选集》第3卷,人民出版社1991年版,第863页。

有密切联系。其实，这场讨论的源头，可以追溯至五四歌谣学运动的关注民间，从启迪民智，转向文化重建。这场讨论与文艺大众化运动有关，文艺大众化的实质在于从文化启蒙到文化服务的转变，即采用什么样的文学艺术形式面对社会大众。新文学发展的过程中，文学语言问题受到越来越多的人的关注和讨论，人们从最初的针对文言文与白话文之争，如《新青年》与《学衡》等阵营的纠葛，逐渐转移到欧化的文学语言移植还是民族传统的文学语言守护等问题的争论上来，转移到文学表现内容的选择与认同。左联曾经进行过三次"文艺大众化"的讨论，"自由人""第三种人"纷纷登场，表达自己的见解。日本侵华战争开始后，文学艺术被赋予更直接的时代使命，即如何适应文化抗战。利用旧形式的通俗文艺，成为流行的文化现象。这种现象被指责为"盲目地来采用旧形式"，是一种文化发展中的倒退，形成"被旧形式利用"。① 这在事实上涉及如何面对民族文化遗产的问题。向林冰以为，为了能让更多的人接受文学，应该"将新内容尽可能地装进或增入旧形式中"，"如果不于旧形式运用中而于旧形式之外，企图孤立地创造一种新形式，这当然是空想主义的表现"，主张接受和继承民族遗产，"应该在民间形式中发现民族形式的中心源泉"。② 向林冰又提出五四以来的新文学，"是对中国固有文化遗产的一笔抹杀的笼统反对"，表现出"以欧化东洋化的移植性形式代替中国作风与中国气派的畸形发展形式"，"新文艺要想彻底克服自己的缺点"，"不得不以民间文艺形式为其中心源泉"。③ 这其实包含着对脱离大众的文学贵族化倾向的拨乱反正，未必是简单地抵制一切文学创作的新形式，当然，其极端性话语也有失偏颇。争论的另一方将矛头指向民间文学等民族文化遗产，称民间文艺是"没落文化的垂亡时的回光返照"，"只是历史博物馆里的陈列品"④。争论持续了相当长一段时间，问题集中在新的时代如何表现中国文学艺术的风格。1938年，毛泽东对此类问题提出"国际"与"民族"的结合，提出"为中国老百姓所喜闻乐见的中国作风和中国气派"。1939年开始，

---

① 阿恊：《关于利用旧形式问题》，《新华日报》，1938年5月29日。
② 向林冰：《论"民族形式"的中心源泉》，重庆《大公报》副刊《战线》，1940年3月24日。
③ 向林冰：《在"文艺的民族形式问题座谈会"上的发言》，《文学月报》第1卷第5期，1940年5月15日。
④ 葛一虹：《民族形式的中心源泉是在所谓"民间形式"吗》，重庆《新蜀报》《蜀道》，1940年4月10日。

在延安展开了关于"民族形式"问题的讨论,既是对上述理论的一种回应,也是一种总结,萧三、艾青等人结合五四以来的文学发展实际,提出了与毛泽东论断相同的意见,强调了民间文艺在文化建设和文学发展中的重要价值意义。

"礼失求诸野"是中国文化发展的重要理念,揭示了中国历史文化发展的重要规律。延安民间文艺运动重视民间文艺的价值,强调走进民众、向民众学习、为大众服务,对这一文化发展规律的成功实践,是对这一思想文化的继承和发扬。吕骥、冼星海、柯仲平、周文、何其芳等人的民间文学思想理论,是其中的典型代表,在中国文学史,特别是中国民间文学发展史上,具有重要价值。

延安民间文艺运动影响了许多人的民间文学思想观念。对待民间文学的人民性,许多学者在学理上的认识,并不是一直保持正面评价,而是在延安民间文艺运动的实践中,他们的民间文学思想理论发生重要变化。如周扬,20世纪30年代初,他曾经这样评价民间文学:"直到现在为止,多数的劳苦大众完全浸在反动的封建的大众文艺里,我们一方面要和这些封建的毒害斗争,另一方面必须暂时利用这种大众文学的旧形式,来创造革命的大众文学。不过我们不要忘记劳苦大众是应该享受比小调、唱本、文明戏等等,更好的文艺生活的。伊里奇也说过:许多人不老老实实地相信现在的困难和危险是可以由面包和马戏去克服的,面包——当然是要的!马戏——也是不错的!但是我们不要忘记马戏不是一种伟大的、真正的艺术,而是一种低级的娱乐。"他特别强调道:"我们的工人和农人应该享受比马戏更好的东西。他们有权享受真正的、伟大的艺术。"[1] 他来到延安之后,直接感受到民间文学在文化建设和文化发展中的重要影响,明显改变了认识。20世纪40年代初,他在论述"民族的、民间的旧有艺术形式"时说:"把民族的、民间的旧有艺术形式中的优良成分吸收到新文艺中来,给新文艺以清新刚健营养,使新文艺更加民族化、大众化,更为坚实与丰富,这对于思想性艺术性较高,但还只限于知识分子读者的从来(坚持)的新文艺形式,也有很大的提高作用。"他仍然把民间文学称作"旧形式":"所谓旧形式一般地是指旧形式的民间形式,如旧白话小说、唱本、民歌、民谣以至地方戏,连环画等等,而不是指旧形式的统治阶级的形式,即早已僵化了的死文学,虽然民间形式有时到后来转化为统治阶级的

---

[1] 起应(周扬):《关于文学大众化》,《北斗》第2卷第3、4期,1932年7月20日。

形式，而且常常脱不出统治阶级的羁绊。"很明显，他更看重民间文学的"固有艺术要素"。他说："在旧小说中可以窥见老中国人和旧社会的真实面貌，从民歌、民谣、传说中可以听出民间的信仰、风俗和制度。整个旧形式，作为时代现实之完全表现的手段，虽然已经不行，但这并不妨碍我们以之为反映现实之一种借镜，以之为可以发展的民族固有艺术要素，以之为可以再加精制的一部分半制品。"他强调"要向旧形式学习"，"对旧形式的轻视态度应当完全改变"，与之前把民间文学视作的"低级的娱乐"，有了明显的改变，他说："必须把学习和研究旧形式当作认识中国、表现中国的工作之一个重要部分，把吸收旧形式中的优良成果当作新文艺上的现实主义的一个必要源泉。"这在事实上是对自己轻视民间文学态度的一种检讨。他说："旧形式正是那以文字的简单明白而能深入了广大读者的心的，过去虽有人对民间文艺作过一些整理、搜集与研究的工作，但这工作还没有得到普遍的重视，民间艺术的宝藏还没有深入地去发掘。对这工作也还没有完全正确的态度，还没有把吸收民间文艺养料看作新文艺生存的问题。"[①]

毛泽东在延安文艺座谈会发表讲话之后，整个延安的文艺运动方向发生了重要变化。周扬的民间文学观也与之前有了更明显的转变，他对民间文学的价值有了更高的评价。秧歌演出是延安民间文学运动的重要现象，他论述道："秧歌本来是农民固有的一种艺术，农村条件之下的产物。新的秧歌从形式上看是旧的秧歌的继续和发展，但在实际上已是和旧的秧歌完全不同的东西了。"他注意到这种民间文学艺术形式的时代特点，称："他们已不只把它当作单单的娱乐来接受，而且当作一种自己的生活和斗争的表现，一种自我教育的手段来接受了。"他从民间文学中看到"伟大与丰富"，他完全颠覆了自己"不是一种伟大的、真正的艺术"的观点，充满深情地说："恋爱是旧的秧歌最普遍的主题，调情几乎是它本质的特色。恋爱的鼓吹，色情的露骨的描写，在爱情得不到正当满足的封建社会里，往往达到对于封建秩序，封建道德的猛烈的抗议和破坏。在民间戏剧中，这方面产生了非常优美的文学，我看过一篇旧秧歌剧，叫做《杨二舍化缘》，那里面对于爱情的描写的细腻和大胆，简直可以与莎士比亚的

---

[①] 周扬：《对旧形式的利用在文学上的一个看法》，《中国文化》（创刊号），1940年2月15日。

《罗密欧与朱丽叶》媲美，使人不得不惊叹于中国民间艺术的伟大与丰富。"① 此后，他更进一步表达出这种感情："（延安）文艺座谈会以后创作活动上的主要特点，就是内容为工农兵，形式向民间学习。我们在民间形式的学习上是有很大收获的。现在已经不再是简单的利用旧形式了，而是对民间形式表示真正的尊重，认真的学习，并且开始对它加以科学的改造，从这基础上创造出新的民族形式来。"② 从轻视，到重视，到尊重民间文学，再到"向民间文学学习"，这不仅是周扬个人对待民间文学态度的转变，也是整个延安文艺运动的态度、立场和观念的重要转变。

延安民间文艺运动在中国现代文学发展中具有承上启下、继往开来的意义，它继承了五四新文学开创的面向民间、走进民间的重要传统，开启了学习民间、联系民间、尊重民间、服务大众的文化先河。

延安民间文艺运动与强调建设国家统一语言的国语运动不同，与强调重视和研究民间文艺的五四歌谣学运动不同，与强调借用民间文艺、提高民众科学文化水平的乡村教育运动不同，它是一场从理论到实践都充满热情，又充满理性判断的思想文化运动。它回答了新的文学艺术发展道路与方向的问题，既有鲜明的思想理论主张，又有具体的社会文化实践。诸如街头诗运动、秧歌剧运动、群众歌咏运动和著名的韩起祥说书、宣传识字学文化、改造二流子等，都与民间文艺运动有密切联系。如著名的民间艺人韩起祥，曾经是一个非常懒惰的吸食鸦片的流浪汉，经过边区政府的教育改造，成为一个宣传新思想、新文化的民间艺术家。与五四歌谣学运动和中国现代民俗学运动都不一样，延安民间文艺运动从理论到实践，都贯彻着为民众服务的路线。

延安民间文艺运动有力地影响了其他解放区的民间文艺搜集整理，如1945年之后，山东解放区、东北解放区等广大解放区，出版《毛泽东的故事》《半湾镰刀》和《蒋管区歌谣》等各种民间文学书籍，对教育民众，鼓舞民众，巩固和发展新生的人民政权，发挥了非常重要的作用。《王贵与李香香》《白毛女》《小二黑结婚》等文学新篇，成为中国现代文学与民间文学历史上辉煌的一页，而且成为中国当代文学的重要传统。

延安成为中国文化再出发的圣地，中国民间文学成为新中国异常嘹亮的歌声。

---

① 周扬：《表现新的群众的时代——看了春节秧歌以后》，《解放日报》1944年3月21日。

② 周扬：《谈文艺问题》，《晋察冀日报》1947年5月10日。

# 第二十一章 中华人民共和国成立以来的民间文学

中华人民共和国成立以来的民间文学事业发展走过了一条崭新而曲折的道路。总体上讲分为两个重要阶段：第一个阶段是20世纪50年代至20世纪70年代末；第二个阶段是20世纪80年代至2000年前后，包括2000年以来。两个阶段表现出不同的特色。

## 第一节 中国民间文学的当代性

当代性是一个相对现代性与历史存在的概念。当代性，与克罗齐所说的当代有许多相似处，所不同的是这里的当代性是充满变化的。中国民间文学的现代性是一个文化哲学概念，其当代性则是一个时间与文化属性的概念，在总体上讲，过于强调意识形态与话语权力的意义，使得中国民间文学的搜集整理与理论研究等工作出现许多偏颇。

第一个阶段的内容主要体现在三个方面：一是中国当代民间文学发展方向的确立。中国民间文艺研究会的建立具有划时代的意义，郭沫若的讲话是新中国民间文学事业发展方向的重要总结；1958年中国民间文学工作者第二次全国代表大会与《人民日报》社论对民间文学具有不同寻常的意义。二是中国传统民间文学，特别是中国少数民族民间文学事业空前繁荣，中国民间文学取得巨大成就。三是革命话语的民间文学叙说，近代农民起义与中国革命斗争形成的民间文学得到搜集整理，新民歌与故事会等新的民间文学现象形成新的群众文化；破除迷信的简单化解构中国传统民间文学与民族信仰，造成文化空间的单薄。

1949年6月30日至7月19日，中华全国文学艺术工作者代表大会在北平召开。钟敬文在会议上作了《请多多地注意民间文艺》的演讲报告。他详细阐述了应该重视民间文艺的价值，称民间文学"生活和心理也没有像压迫阶级所常有的那种空虚、荒唐和颓废"，"大体上它倒是比较正常，比较合理的"，"就因为这样，在文艺上反映出来的生活现象和思想感情趣味等，也往往显得真实，显得充沛和健康，不是一般文人创作能够相比"。因而，"对于民间文艺上许多重要的问题，我们还不能说大家都已经有了很深刻和正确的认识"，他提出与民间文学相关的一系列问题："好像神话、传说中所具有的那些浪漫想象，对于它的性质和价值，我们多少深深地体会过高尔基氏的卓见呢？又好像对于一般民间作品那种'单纯''简约'的艺术力量或民间笑话所特具的那种强烈的战斗性等，有多少人真正充分理解呢？再好像真正劳动人民（大多数是农民）的创作跟小资产阶级的或流氓的知识分子的创作（都市间流行的某些小调、说书、曲本和通俗小说等），在性质和意义上的差别，曾经有多少人注意到呢？"①

新时代中国民间文学事业的开端，是从中国民间文艺研究会的成立开始的。1950年3月29日，中国民间文艺研究会在北京成立。研究会不但包含民间文学工作，而且还包括民间音乐、民间舞蹈、民间戏剧、民间美术等民间艺术的搜集整理与理论研究。中国民间文艺研究会提出加强对历史上与现实中的民间文艺的研究，出版了《民间文艺集刊》，特别强调搜集整理，提出"应记明资料来源、地点、流传时期及流传情况等""如系口头传授的唱词或故事等，应记明唱者的姓名、籍贯、经历、讲唱的环境等""某一作品应尽量搜集完整，仅有片断者，应加以声明""切勿删改，要保持原样"和"资料中的方言土语及地方性的风俗习惯等，须加以注释"②等方法和原则。1950年3月，《光明日报》开设《民间文艺》专栏，发表了一系列关于民间文艺的论述③。自1950年起，中国民间文艺研究会编辑出版《民间文学丛书》和《民间音乐丛书》，从整体上展示出新中国民间文艺搜集整理的重要成就。1955年4月，中国民间文艺研究会创刊

---

① 钟敬文：《请多多地注意民间文艺》，《文艺报》第13期，1949年7月28日。
② 《征集民间文艺资料办法》，《民间文艺集刊》1950年第一集。
③ 《光明日报》的《民间文艺》专栏注重中国民间文学的文化遗产价值，对历史上的敦煌文献等古典文学中民间文学进行深入探讨，更多是文学研究的方式。

《民间文学》，拉开系统进行民间文艺搜集整理与理论研究工作的序幕。同时期，中国民间文学理论著作显露出新的气象，如赵景深的《民间文艺概论》（北新书局1950年版）、匡扶的《民间文学概论》（甘肃人民出版社1957年版）。但是，随着意识形态中破除封建迷信等思想文化的片面化、极端化，除了对苏联民间文艺学理论的翻译介绍，中国民间文学理论的建构体系渐渐被淹没在风浪中。

郭沫若被选为中国民间文艺研究会理事长，成为新中国民间文学事业的重要带头人，长期从事民间文学事业的老舍、茅盾、郑振铎和钟敬文等围绕在他的周围。从他的传记中可以了解到，他在青少年时代家乡生活中被民间文学耳濡目染，虽然没有直接见到他搜集整理民间文学"采风"之类的文化活动，但他在自己的诗歌《女神》和历史剧《屈原》等文学作品中，大量表现神话传说，讴歌神话英雄，显示出他对新时代的期待与向往。他在《中国古代社会研究》等历史文化著述中，对中国古代神话与各种传说故事的考证、甄别、辨析，表现出他对中国传统文化意义上的民间文学的熟稔。他的讲话或者可以看作他对民间文学的具体认识，是他对自己在现代文学实践中形成的民间文学思想理论的总结。

他提出"民间艺术的立场是人民，对象是人民，态度是为人民服务"，"必须借民间的镜子来照照自己"，"民间文艺才是研究历史的最真实、最可贵的第一手的材料"，"今天研究民间文艺最终目的是要将民间文艺加工、提高、发展，以创造新民族形式的新民主主义的文艺"。他在《我们研究民间文艺的目的》中具体论述道：

> 一、保存珍贵的文学遗产并加以传播。中国幅员广大，各地有各地方的色彩，收集散在各地的民间文艺再加以保存和传播，是十分必要的。我是很喜欢《国风》这个"风"字，这"风"用得真是不能再恰当了。民歌就是一阵风，不知道它的作者是谁，忽然就像一阵风地刮了起来，又忽然像一阵风地静止了，消失了。我们现在就要组织一批捕风的人，把正在刮着的风捕来保存，加以研究和传播。在中国五千年的历史上，捕风的工作是做得很不够的，像《诗经》这样的搜集就不多。因此有许多风自生自灭，没有留下一点踪迹。今天我们就不能重蹈覆辙，不能再让它自生自灭了。
>
> 二、学习民间文艺的优点。我们搜集了民间文艺，并不是纯粹为了当作艺术品来欣赏，甚至奉为偶像，而是要去寻找它的优点来学

习。在诗歌，要学习它表现人民感情的手法、语法，学习它的韵律、音节。同时，还可以借民间的东西来改造自己。民间艺术的立场是人民，对象是人民，态度是为人民服务。凡是爱人民的即爱护之，反对人民的即反对之。我们的作家应当从民间文艺中学习改正自己创作的立场和态度。

三、从民间文艺里接受民间的批评与自我批评。文艺不仅是现实生活的反映，而且是现实生活的评价与批判。民间文艺中，或明显地、或隐晦地包含着对当时社会，尤其是政治的批评。所以，我们今天研究民间文艺不单着眼在它的文艺价值，还要注意其中所包含的群众的政治意见。今天我们大家都要有自我批评，更要收集群众意见。古人也早已有此见解。据说古代统治者派遣采诗官，采集诗歌在朝廷演奏，借以明了民间疾苦。这种事是否的确有，不能确定，但至少有人有过这种想法。在音乐方面，古人也知道"审乐而知政"，从民间音乐的愉悦或抑愤中考察政治的清明或暴虐。我们不好单把民间文艺当作一种艺术来欣赏，一种文学形式来学习，还必须借民间的镜子来照照自己。

四、民间文艺给历史家提供了最正确的社会史料。过去的读书人只读一部二十四史，只读一些官家或准官家的史料。但我们知道民间文艺才是研究历史的最真实、最可贵的第一手的材料。因此要站在研究社会发展史、研究历史的立场来加以好好利用。

五、发展民间文艺。我们不仅要搜集、保存、研究和学习民间文艺，而且应给以改进和加工，使之发展成为新民主主义的文艺。在中国历史上长久流传的文学艺术，如《离骚》、元曲、小说等，都是利用民间文艺加工的。这对我们是个很好的启示。今天研究民间文艺最终目的是要将民间文艺加工、提高、发展，以创造新民族形式的新民主主义的文艺。[1]

郭沫若成为中国民间文艺学的旗手，是时代的需要。这是中国民间文学当代性的重要彰显。郭沫若是新文学的标志，也是新史学的标志，是意识形态发展方向的标志。这是一种文化发展的选择，即新的时代，需要尽

---

[1] 郭沫若：《我们研究民间文艺的目的》，《民间文艺集刊》第1册，人民文学出版社1950年版。

快建立一个完整的话语体系,表面上看起来是对民间文学的搜集整理与理论研究,实际上是对包括民间文学在内的中国传统文化的改造运用。同时期,胡适的民间文学思想理论受到批判,而鲁迅的民间文学思想理论受到高度评价。中国民间文学思想理论出现批判历史唯心主义的分水岭,许多文章呈现出缺失理性的武断结论。即使是上古神话,也强调其意识形态的一面,如袁珂等学者对中国神话传说的研究,出现对神话形态的阶级分析。在这种意义上,中国现代民间文学的多元化被限制。1956年形成的百花齐放、百家争鸣,对这种局面是不满足的。但是,1957年开始的反右扩大化,又延续了这种局面。当然,一切都在探索中。如何建立在以人民大众当家作主的基础上,表现广大劳动者翻身做主人豪情的民间文学文化体系,这是一个新的课题。

1955年4月,《民间文学》的创刊更进一步明确了中国民间文艺学的方向与任务,更典型地表现出中国民间文学的当代性。《民间文学》成为中国民间文学搜集整理与理论研究的主要阵地,在中国民间文学事业发展中,具有重要的引导意义。其《发刊词》更多强调了民间文学的文学价值,强调了民间文学的人民性,强调了中国民间文艺学的研究方式,研究范围更加狭隘。《发刊词》详细论述了民间文学与文学创作之间的联系,一方面指出民间文学"优秀的人民口头创作"具有"重要的意义与作用",具有"教育作用""认识作用",一方面又指出"过去人民所创造和传承的许多口头创作,是我们今天了解以往的社会历史,特别是人民自己的历史的最真实、最丰饶的文件"。《发刊词》把民间文学作为"古代社会的信史",认为它"记录了民族的历史性的重大事件,记录了广大人民的日常生活和斗争,记录了统治阶级的专横残酷和生活上的荒淫无耻",所以,"我们今天要比较确切地知道我国远古时代的制度、文化和人民生活,就不能不重视那些被保存在古代记录上或残留在现在口头上的神话、传说和谣谚等","现在流行在我国西南许多民族间的兄妹结婚神话,不但对于那些民族荒古的婚姻生活史投射了一道光明,同时对于全人类原始社会史的阐明,也供给了一种珍贵的史料"[1]。

这种局面的缺憾引起注意,是在1958年7月北京召开的中国民间文艺研究会第二次全国代表大会上。这次会议提出"全面搜集、重点整理、大力推广、加强研究",提出"忠实记录、慎重整理",有力扭转了搜集整理

---

[1]《民间文学》创刊号《发刊词》,1955年4月23日。

与理论研究中过于狭隘的局面。历史上一些被视作封建迷信的传统故事等民间文学受到误解的现象,得到进一步纠正。《人民日报》发表社论《加强民间文艺工作》①,可以看作这一局面扭转的信号。从此,"大跃进"民歌运动轰轰烈烈开展起来。

《人民日报》这篇社论开篇即讲:"去冬今春以来的生产大跃进,带来了文化大跃进,一个汹涌澎湃的文化革命运动开始了。大量新民歌的产生,就是这个文化革命运动的重要标志之一。不少县从今年初到现在短短几个月内,产生了几十万首民歌。民间歌手、快板诗人大显身手,党委书记带头创作。群众创作的热潮已在全国各地形成。许多省、县以至乡、社都出版了本地区的民歌选集,不少厂矿也出版了职工业余写作者的文艺刊物。这是中国文化史上空前未有的现象。"社论讲述了民歌运动的背景:"中国共产党是历来重视群众文艺创作、重视民间文学工作的。毛泽东同志《在延安文艺座谈会上的讲话》中一再强调群众文艺创作对于文艺发展的重要意义。座谈会后展开了民间文艺的搜集整理工作,取得了成果。今年春天,毛泽东同志在党的会议上,反复号召大规模地搜集各地民歌。由于党中央的倡导,各地党委的积极推动,一个全国性全民性的搜集民歌运动就声势浩大地展开了。"社论将新旧民间文学进行对比:"民歌是劳动人民的集体创作。在旧时代,劳动人民由于阶级的剥削和压迫,被剥夺了学习文化的权利,他们只有用自己的歌唱来表达对于压迫者、剥削者的切齿仇恨和对于美好生活的梦想。千百年来,许多优秀的民间文学作品,至今还在群众中流传,这是我国民族文化传统中的财富。但是,由于时代的限制,这些作品当然不可能像今天的群众创作那样表现出劳动人民当家作主、征服自然、建设新生活的舒畅心情和英雄气概。在今天的群众创作中我们可以看出作者的革命的、共产主义的世界观。这是一种崭新的文学,是以建设社会主义、共产主义为目标的体力劳动与脑力劳动结晶的产物。共产主义文学艺术是建立在体力劳动和智力劳动相结合的基础上的。当前的数以百万和千万计的工农兵所创作的新民歌,应该说就是共产主义文艺的萌芽,它们使我们看到了未来共产主义文学艺术的繁荣兴旺的无比宽广的道路。旧的民间文学的概念已经不完全适合于今天的群众文艺创作了。我们应该对新的群众创作给以最高的估价和重视。"社论也回顾了中国现代民间文艺学的历史:"我国的民间文学工作从'五四'就开始了,但是

---

① 《加强民间文艺工作》,《人民日报》1958 年 8 月 2 日社论。

各种资产阶级文艺思想的影响,阻碍了工作的发展。资产阶级文人或者对民间文学加以百般鄙视,或者贩卖西方的民俗学,把民间文学当作赏玩的古董,把民间文学工作当作消闲、猎奇的'雅事'和个人的癖好。鲁迅对民间文艺曾给予极高的评价。他说:'从唱本说书里可以产生托尔斯泰、弗罗倍尔',他有力地批驳了那些轻视民间文艺的资产阶级文学贵族的反动观点。鲁迅不但在自己著作中广泛地论述和应用了民间文艺,而且对民间文艺的许多方面,从搜集整理工作到对于民间文学的估价、民族形式的研究等,作了马克思主义的解释,奠定了中国民间文学的马克思主义理论的初步基础。毛泽东同志《在延安文艺座谈会上的讲话》更指出了民间文学工作的正确方向。同这一条民间文学工作的无产阶级的道路相对立的,是另一条资产阶级的道路。胡风、冯雪峰披着马克思主义的外衣,歪曲马克思主义对于民间文学的正确观点和态度,他们企图从根本上抹杀民间文学的存在。钟敬文是资产阶级民俗学派的一个代表,他的主张实际上是要扼杀民间文学工作。"社论肯定了这次中国民间文学工作者全国代表大会:"会议批判了在民间文学工作中所存在的各种资产阶级思想,也反对了那种把民间文学工作当作只能由少数专家来包办的态度。随着群众文艺创作的高涨,民间文学工作已经突破了原来狭隘的框框,它决不仅仅是几个学者在学院和书斋里所从事的研究工作。它不应该冷冷清清地由少数专家、文艺工作者来'少费慢差'地搜集一点,整理一点;而是应该依靠全党全民按照多快好省的工作方法来做。会议确定了全面搜集、重点整理、大力推广、加强研究的工作方针。这是正确的。"① 这种武断的论述形成对中国现代民间文艺学的阉割,其当代性形成学术的倒退,但这基本上代表了中国改革开放之前的学术导向。文化"大跃进",学术"大跃进",热情代替理性,从1958年大跃进运动到1966年开始的"文化大革命",中国民间文学的道路越走越窄。学术问题简单化、粗暴化的现象严重损害了学术发展。如北京师范大学中文系1955级学生"奋战"几十天,编写出完全否定郑振铎、钟敬文等学者民间文学思想理论的《中国民间文学史》②,叫好声一片。

值得注意的是,中国民间文学事业坚持自己的标准,具有相对清醒的认识,如社论所指出:"一方面必须以搜集当前的新创作为重点,一方面

---

① 《加强民间文艺工作》,《人民日报》1958年8月2日社论。
② 北京师范大学中文系1955级集体编写:《中国民间文学史》(上、下),人民文学出版社1958年版。

不能忽视过去时代的一切优秀的民间文艺作品。全国各地方、各民族都有蕴藏量丰富的民间文艺。近百年来，特别是近四十年来中国人民革命各个阶段的优秀作品，是有价值的文艺作品，也是珍贵的革命史料，必须赶快搜集。许多传统作品只保存在老年人的记忆中，如果不及早搜集，就很可能失传。"与历史上民间文学的搜集整理有极大不同的是，社论称："我国各个民族、各个时代的民间文艺宝藏是我国民族文化中的一宗财富，它的价值是无可估量的，它对于世界文化说来，也是极其珍贵的。当前的新的民间文艺，更是鼓舞群众进行社会主义建设的有力的宣传鼓动武器，它对于我国文学艺术的进一步群众化、民族化，必将产生巨大的深刻的影响。我们的文艺作家必须认真地向它们学习，借此更加深刻地了解民族的心理、民族的习惯，感染到广大劳动群众的共产主义思想感情和风格，来进一步提高他们的创作。只有在丰富深厚的群众文艺创作的基础上，我们的社会主义文学艺术才能得到更光辉的发展。"① 此后出现了《中国民间故事选》（作家出版社1958年版）、《中国儿歌选》（中国少年儿童出版社1959年版）、《中国歌谣选》（作家出版社1959年版）、《民间文学集》（上海文艺出版社出版1960年版）、《中国谚语资料》（上海文艺出版社1961年版）等中国传统民间文学作品的搜集整理与出版。继1960年之后，相继出版各地的民间故事集，如《中国民间文学丛书》《中国民间叙事诗丛书》《中国各地歌谣集》等，中国少数民族民间文学得到空前的重视，被及时抢救整理出版，包括各地流传的革命斗争传说故事集、太平天国与义和团等农民起义民间文学集被整理出版②。尤其值得注意的是，大量的民间文学作品被编选入中小学生教材，高等学校开设民间文学课程。社会上展开破除迷信的群众文化教育运动，人们扒毁神庙，禁演神戏，革命斗争故事和歌颂社会新风尚的新故事成为社会文化教育的重要内容。中国民间文学事业在曲折中发展。

新时代的中国民间文学事业取得的最大成就是中国少数民族民间文学的搜集整理与理论研究，特别是一批民间文艺工作者，奔赴边疆少数民族地区，搜集整理出许多有重要价值的民间文学。这也是中国民间文学当代性的体现。

---

①《加强民间文艺工作》，《人民日报》1958年8月2日社论。
②参见《安徽省阜阳地区捻军传说座谈会记录》，《民间文学参考资料》1963年第5辑。

## 第二十一章 中华人民共和国成立以来的民间文学

我国少数民族民间文学，历来受到史学家的重视，把它作为社会治理的一项成就，显示天下太平。近代中国社会，也有许多西方人关注中国少数民族民间文学，尤其是对边疆地区的少数民族，他们出于不同的目的，进行实地调查。海外学者不同程度关注中国少数民族民间文学，如英国学者薛尔登编选的《西藏故事集》①，记述了我国西藏地区藏族流传的传说故事。新中国民间文学事业非常重视少数民族民间文学，多次组织对少数民族地区民间文学进行调查。1956年，国家开展对我国少数民族社会历史文化的全面调查，启动《少数民族简史》《少数民族简志》和《民族自治地方概况》等的编写工作，涉及大量少数民族民间文学。特别是中国科学院主持我国少数民族文学史编写计划，提出为每一个少数民族编写出包括民间文学在内的文学史，民族文化指导委员会编印出《1958年少数民族文艺调查资料汇编》，中国少数民族三大史诗《格萨尔》《江格尔》《玛纳斯》受到国家高度重视，如青海等地成立搜集整理史诗的办公室，我国少数民族民间文学的搜集整理与理论研究取得举世瞩目的成就。少数民族民间文学的文化传播工作也取得可喜成就，如彝族的阿诗玛、壮族的刘三姐、蒙古族的巴拉根仓、维吾尔族的阿凡提等传说人物，在全国各地流传，家喻户晓，这都与我国少数民族民间文学的调查和宣传有关。

中华人民共和国成立不久，即出版少数民族民间文学作品集，如1949年11月内蒙古日报社出版《蒙古民歌集》，1950年上海北新书局出版《新疆民歌民谭集》，商务印书馆出版蒙古族史诗《洪古尔》，1952年上海新文艺出版社出版《内蒙东部地区民歌选》，1953年中国科学院出版《阿细民歌及其语言》，1954年内蒙古人民出版社出版《内蒙古民歌》，1954年新文艺出版社出版《藏族民歌》。继而出现少数民族民间文学出版热潮，如《十方圣主格斯尔可汗传》（内蒙古人民出版社1956年版）、《贵州兄弟民族情歌散辑》（新文艺出版社1956年版）、《青海花儿选》（新文艺出版社1958年版）、《白族民歌集》（人民文学出版社1959年版）、《白族民间故事传说集》（人民文学出版社1959年版）和《纳西族的歌》（人民文学出版社1959年版），以及《藏族民间故事》（中央民族学院1959年编印）、傣族长诗《额并与桑洛》（作家出版社1960年版）和《召树屯》（作家出版社1960年版）、藏族史诗《格萨尔·霍岭大战》（新文艺出版社1962年

---

① 〔英〕薛尔登（Dr. Shelden）：《西藏故事集》，胡仲持译，上海开明书店1930年版。

版）等少数民族民间文学作品集。《民间文学》也发表许多少数民族民间文学作品。这表明新中国对少数民族民间文学的高度重视，充分显示中国各民族政治文化平等、和睦相处的繁荣局面。

当代性是一种建构，也是一种解构，包含着新的文化选择与文化认同。在新中国民间文学发展历史上，1958年是一个不平凡的开端。1958年大跃进浪潮发展为新民歌运动不是偶然的。中华人民共和国的建立，一改一个多世纪来的中华民族被侮辱、被奴役的历史，人们得到土地改革的胜利果实，衷心歌唱新生的人民政权，歌唱"翻身不忘共产党，吃水不忘挖井人，幸福不忘毛主席"，歌唱出"天大地大，不如毛主席的恩情大，河深海深，没有共产党的恩情深"，歌唱祖国的大好河山，歌唱美好的新生活。应该说，这都是发自肺腑的心声。但是，中华人民共和国的发展道路并不是一帆风顺的，在社会发展中出现了一些矛盾冲突，这同样成为民间文学表现的内容。多少年来，我们习惯了歌唱和赞颂，常常回避这些矛盾冲突。如各地编选出版的民歌集，热烈歌颂合作化大生产的光辉成就，集中体现为郭沫若等人编选的《红旗歌谣》，被赞颂为"新国风"，其中虽然不乏一些优美的民歌，但总体上属于大话、空话。表面上看，大跃进民歌运动是为了响应毛泽东关于新诗的出路在于古典文学与民歌的意见，实际上是新的文化生产，建立新时代的文化话语。所以，有人提出"村村要出王老九，县县要出郭沫若"，表现出普遍的浮夸，形成假大空的风尚。在加强意识形态工作的同时，人们忽略了物质生产的重要性，民间文学对三年经济困难的表现，出现"大队长，你看看，碗里没有一粒饭；大队长，你想想，稀饭锅里漂月亮""小麻雀，叫喳喳，共产主义来到了；爹拉犁子娘拉耙，奶奶在后面打坷垃，小弟弟跟在后面爬；吃的馍，没法嚼，红薯梗子熬汤喝"① 等讽刺贫穷与虚假的民间歌谣，与那些歌唱大丰收的民歌创作形成鲜明对照。民以食为天，贫穷与饥饿不是真正的社会主义。民间文学坚持正义，口无遮拦，对各种错误的政策路线提出尖锐批评。农村实行生产责任制，特别是农村免除农业税，民间歌谣又出现热烈的歌颂。民心不可违，民间歌谣从来不掩饰民众的感情，常常直言不讳，真实反映出社会的本质问题，是社会发展的晴雨表。

---

①拙作《关于一九五八年大跃进民歌运动》，《民间文学研究动态》1984年第2期。

## 第二节　中国民间文学回归文化

　　历史的新时期，拨乱反正，正本清源，从解放思想到改革开放，文化事业蓬勃发展。中国民间文学事业无论是搜集整理，还是理论研究，包括民间文学的翻译，都渐渐趋于理性。一方面，人们保持着五四以来形成的科学考察方法，坚持田野作业，走进村庄和边寨，考察民间社会流行的民间文学；全国各地民间文学刊物有数十种，如云南的《山茶》、浙江的《山海经》、贵州的《南风》、上海的《故事会》等，雨后春笋般问世，发表大量的民间文学作品。另一方面，人们努力拓展研究领域，加强了对民间文学的多学科研究，尤其是现代人类学、新史学、民族学、传播学等理论的移入，开阔了学术视野。同时，人们对民间文学的"改旧编新"和"广义神话"，包括新故事创作与民间文学的联系等问题展开热烈的讨论。一批民间文学理论著作出版，许多高等学校恢复民间文学教程，增添民间文学学位点，形成中国民间文学的硕士点、博士点等完整的学科教育体系。1984年，中国民间文艺研究会与文化部、国家民委联合进行《中国民间故事集成》《中国民间歌谣集成》和《中国民间谚语集成》的编写，被称为中国民间文学的"万里长城"。这项工作从各个县开始，是抢救、整理中国民间文学的一项巨大工程，简称"三套集成"。进入21世纪，国际上流行的非物质文化遗产概念走进中国，出现抢救和保护非物质文化遗产的文化运动；中国加入国际文化遗产保护公约，许多文化遗产被列入世界文化遗产名录。中国民间文学从20世纪80年代的中国、芬兰联合考察开始，日渐形成与国际民间文学研究的交流、对话，逐渐回归文化本位，表现出从容的风度。中外民间文学的比较研究，有力地推动了学科发展。

　　总的看来，这一时期中国民间文学取得这样一些进展：

　　（一）中国少数民族民间文学的搜集整理与理论研究，尤其是中国少数民族神话传说研究、民族史诗研究取得重要成就。

　　中国少数民族民间文学的搜集整理和理论研究走过了一条不平坦的道路。中华人民共和国成立以来，特别是新时期，拨乱反正，《格萨尔》等英雄史诗被整理出版，中国民间文艺研究会选派多批次民间文学工作者深入边疆等少数民族分布密集地区，进行艰苦卓绝的采风活动，搜集整理少数民族民间文学。自此，每一个民族自己的民间文学被公开发表或出版，大多数少数民族有了自己的文学史或民间文学史。

1983年，中国民间文艺研究会举办第一届全国民间文学作品评奖，有七部作品获得一等奖，全部是少数民族民间文学：藏族史诗《格萨尔王传·霍岭大战》（青海人民出版社1981年版）、藏族民间故事《西藏民间故事》（西藏人民出版社1982年版）、蒙古族史诗《江格尔》（新疆人民出版社1981年版）、蒙古族史诗《乌赫勒贵灭魔记》（内蒙古人民出版社1980年版）、柯尔克孜族英雄史诗《玛纳斯》（新疆维吾尔自治区民间文艺研究会1982年编印）、苗族史诗《苗族古歌》（贵州人民出版社1979年版）、傣族民间叙事诗《相勐》（《山茶》1980年第2期）。1989年，中国民间文艺家协会（中国民间文艺研究会）举办第二届全国民间文学作品评奖，三部作品获得一等奖，有两部是少数民族民间文学：瑶族史诗《密洛陀》（中国民间文艺出版社1988年版）、纳西族歌谣《祭天古歌》（中国民间文艺出版社1988年版）。在后来的中国民间文艺各种奖项的评选中，有许多少数民族民间文学优秀作品或关于中国少数民族民间文学的研究著作获奖。

中国少数民族民间文学的理论研究不断取得丰硕成果，特别是少数民族神话研究与民族史诗、民间艺人研究，具有宗教文化与民间文化意义的风俗研究，都取得可喜的成绩，改变了改革开放之前中国民间文学理论研究的格局。如藏族英雄史诗《格萨尔》的研究，藏族学者降边嘉措提出，《格萨尔》代表着古代藏族文化的最高成就，是研究古代藏族社会历史的一个百科全书式的著作。他出版了《〈格萨尔〉初探》（青海人民出版社1986年版）、《〈格萨尔〉的历史命运》（四川民族出版社1989年版）、《〈格萨尔〉与藏族文化》（内蒙古大学出版社1994年版）、《〈格萨尔〉论》（内蒙古大学出版社1999年版）等著作，深入探讨《格萨尔》形成的背景和发展变化过程、《格萨尔》的各种手抄本与印刷版本、《格萨尔》与西藏历史的联系、《格萨尔》说唱艺人的文化心理与演唱风格等。他将《格萨尔》与希腊史诗《伊利亚特》和《奥德赛》、印度史诗《罗摩衍那》进行认真的比较，探讨古代印度的灵魂观念对藏族文学的影响，认为中国不仅有史诗，而且有着世界上最长的、活形态的史诗，即毫不逊色于世界最著名史诗的《格萨尔》。

（二）田野作业成为中国民间文学学科发展的重要方法，《中国民间故事集成》等"三套集成"具有非常重要的价值意义，民间故事与故事家群体研究形成独立的学术体系。

田野作业作为科学考察的重要方式，是新中国成立以来中国民间文学的重要工作。如何进行民间文学的搜集整理，20世纪60年代曾经进行过讨论，中国民间文艺研究会编选了《关于民间文学的搜集整理问题》（上海文艺出版社1962年版）。改革开放之后，民间文学改旧编新问题又形成讨论，一部分人认为，民间文学应该保持原始意义的记录，不能改，改了就失去科学价值；一部分人认为，民间文学应该适当改，不改就无法阅读。同时，随着文化市场的繁荣，一些通俗读物以民间文学的名义充斥市场，形成大量伪民间文学。中国民间文学理论研究十分重视亲临现场的调查，强调录音、摄影等忠实记录。如1981年，江苏省苏州市召开吴语地区关于吴语民歌的讨论会，启动了江南地区民间叙事长诗的协作调查，上海、江苏等地的民间文艺工作者奔赴城镇和乡村，记录、搜集整理到大量民间叙事诗。① 1982年，河南学者发现大量流传民间的古典神话，组成高等学校师生与地方文化工作者联合进行科学考察的中原神话调查组，在河南、陕西、山西等地调查古典神话的流传。② 其他如北京大学中文系师生对湖北武当山地区民歌的实地调查、中山大学中文系师生对广东沿海地区冼夫人等传说人物的实地调查、辽宁大学中文系师生对东北地区民间故事家的调查、兰州大学和西北民族学院对西北地区花儿会的实地调查等，都有重要的收获。民间文学的流传形态问题，受到越来越多的学者关注。最值得注意的是，中国民间文学田野作业形成国际间的协作，如中国和芬兰联合对广西壮族自治区三江地区的调查，中国民间文艺研究会、广西民间文艺研究会与芬兰文学协会、北欧民俗研究所、芬兰土尔库大学的学者，一同编制出详细的调查方案，运用照相机、录音机等现代器材，对三江地区的民间故事家和民歌手进行全方位的调查，录制出许多有价值的民间文学档案。

中国民间文学的田野作业得到国家政府部门的有力支持，使得这一工作更加规范。1984年5月，中华人民共和国文化部、国家民族事务委员会与中国民间文艺研究会联合发布一项通知，即《关于编辑出版〈中国民间故事集成〉、〈中国歌谣集成〉、〈中国谚语集成〉的通知》（即"故事"，

---

①参见姜彬主编：《江南十大民间叙事诗》，上海文艺出版社1989年版；钱舜娟：《江南民间叙事诗及故事》，上海文艺出版社1997年版。
②参见程健君：《中原神话调查报告》系列，《民间文学研究动态》1985年第6、7期合刊。

"歌谣"，"谚语"此三套集成)，中国民间文艺研究会拟定了《中国民间文学集成工作手册》，提出了十分具体的搜集整理方法和原则、任务。经过全国民间文学工作者多年的努力，全国几乎每一个县以上的单位，都编印出"三套集成"的资料本，获得大量的民间文学资料。[①] 这为《中国民间文学大系》的编选工程打下重要的基础。"三套集成"与《中国民族民间文艺集成志书》《中国木版年画集成》等大型书系，堪称中国文化的"万里长城"，是中国民间文学史上前无古人的伟大事业。

在民间传说故事的实地调查中，许多学者发现民间故事的独特价值。中国民间文学的突出成就以民间故事的整体研究为重要标志，不仅在于故事理论的突破，而且在于发现了一批民间故事家。如裴永镇发现朝鲜族民间故事家金德顺，编选出《金德顺故事集》（上海文艺出版社1983年版）；继而，全国各地发现许多能讲、善讲民间故事的故事家，也发现许多人都能讲述民间故事的故事村。故事学理论的构建形成多元并存，有民间故事的个案分析，有民间故事的比较研究，更有民间故事的历史考察。如中国民间故事的分类，最早有钟敬文的故事分类法和美籍华人丁乃通的分类法，经过姜彬、金荣华、谭达先、刘守华、祁连休、程蔷、李扬、万建中等学者不懈的努力，形成了中国自己的故事理论。刘守华努力建构中国故事学，出版《比较故事学》（上海文艺出版社1995年版）、《中国民间故事史》（湖北教育出版社1999年）等著作，形成完整的中国民间故事学体系。同时，学者们整理出《中华民族故事大系》（16卷，上海文艺出版社1995年版）、《中国新文艺大系·民间文学集》（五辑，中国文联出版公司1996年版）、《中国民间故事精品文库》（10卷，中国广播电视出版社1996年版）等民间文学书系，使得中国民间故事得到更广泛传播。

（三）神话研究出现新突破，形成具有中国特色的神话学。

神话是一个民族非常重要的文化源头，包含着一个民族对世界起源和万物变化等问题的理解，包含着历史、审美和信仰等丰富的内容。中国神话的记录有很久的历史，在中国文化发展中，形成不同形式的搜集整理与理论研究。新中国民间文学关注中国古典神话，袁珂、丁山、杨宽、朱芳圃、孙作云等学者继承了中国现代神话学理论研究传统，更多地看到古典神话在中国文化史上的价值意义。由于破除迷信和以阶级斗争为纲的限

---

① 参见中国民间文艺家协会：《1997—1999年工作规划要点草案》，《民间文艺家》1998年第1期。

制，虽然有 20 世纪 70 年代湖南长沙汉马王堆汉墓出土帛画的神话解释，终究没有更多的突破。改革开放之后，中国神话学受西方文化哲学、西方人类学和中国传统文化的影响，表现出浓郁的比较意识和田野意识，形成巨大的学术飞跃。

中国古典神话研究的代表人物是袁珂。20 世纪 50 年代初，他出版了《中国古代神话》，改革开放之后，他出版《古神话选释》和《山海经校注》等著述，对中国古代文献中的神话传说进行阐释、整理。他的《中国神话传说》《中国神话史》和《中国神话大词典》等著作，勾勒出中国古典神话的发展脉络，包括神话与仙话的历史关联等问题，形成完整的神话学理论。特别是他提出的"广义神话"，有力拓展了神话研究的空间。

关于中国古典神话的研究方法，改革开放以来，更多学者关注到存活在民间社会，特别是少数民族民间文学中的神话传说。中原神话学派的形成，具有非常重要的学术意义。[①] 马昌仪关于中国现代神话学的勾勒、对《山海经》图像的研究，陶阳等学者关于中国创世神话的研究，刘锡诚对学术史与原始艺术的研究，潜明兹和蔡大成等学者关于神话思想史的研究，富育光等学者对萨满神话的研究，刘尧汉、刘亚虎等学者对少数民族英雄神话和宗教文化等问题的研究，何星亮等学者对图腾神话的研究，邓启耀等学者对中国古典神话结构的研究，萧兵等学者的文化阐释理论，乌丙安、王孝廉、陈建宪等学者关于洪水神话的研究，叶舒宪对中国神话哲学的探讨，王宪昭对中国各民族神话母题的整理分析，魏庆征对世界各民族神话传说与神话理论的翻译介绍，包括笔者对神话地理学的研究等，作为中国神话学的重要成就，标志着中国神话学的系统构建。在中国民间文学的研究中，许多学者认识到中国神话的多元形态，看到各民族丰富多彩的神话世界，有学者提出神话的多重性，包括神话即历史等新的神话观。

俄罗斯学者李福清对中国民间文学有非常浓郁的热情，他对中国传统文化中民间文学与作家文学的研究，对中国木版年画的研究，包括他对世

---

[①] 中原神话的研究，主要采用文献分析与实地考察相结合的研究方法，除了张振犁《中原神话流变论考》（上海文艺出版社 1991 年版）、程健君《民间神话》（海燕出版社 1997 年版）等大量神话研究著述，还有一批集中在基层长期研究中原神话的学者，如河南淮阳的杨复俊、河南桐柏的马卉欣、河南平舆的张耀征等，形成人员众多的学者群。同时，还有山西的刘毓庆、北京的杨利慧等学者，围绕着黄河中下游地区分布的神话传说，进行实地考察。这些学者研究方法以田野作业即实地考察为主要方式，这种现象是很少见的。

界各民族研究中国神话编纂的索引,都涉及中国古典神话。他对我国台湾原住民民间文学的实地考察,挖掘出珍贵的神话传说故事,具有非常重要的价值。随着海外中国学的兴起,有越来越多的学者关注中国神话。更可喜的是中国神话学成长出一批年轻的力量,从结构主义神话学、《山海经》神话学、女娲神话研究等领域入手,对中外神话进行更深入的研究。

（四）文化比较研究与国外民间文学理论的翻译推动中国民间文学学科发展。

中国现代民间文艺学的建立,其直接背景就是近代中国社会面对世界,以世界先进国家的崛起为参照,对中华民族命运的思索。睁开眼睛看世界,自然形成文化比较研究。我国依照苏联民间文艺学的方法,建构起中国民间文艺学基本理论,翻译了大量苏联民间文学作品和苏联民间文艺学理论。改革开放以来,中国民间文学的发展,表现出更鲜明的比较意识,热烈拥抱来自世界的文化理论,诸如原型理论、精神分析、结构主义、图腾理论、民俗学主义、表演理论、口头诗学理论、全球化理论等,形成开放的视野。引领中国民间文学理论,形成文化比较方法的,首先是比较文学的一批学者,其中,以季羡林《比较文学与民间文学》（北京大学出版社1991年版）为代表。他使比较文学与民间文学的研究相得益彰、对从比较文学的观点上看寓言和童话、《五卷书》在世界的传播、三国两晋南北朝正史与印度传说、东方文学研究的范围和特点等论题进行详细的论述,有力地推进中国民间文学的比较研究。

国外相关民间文学理论的翻译不但深化了中国民间文学理论研究,而且拓展了研究领域,开阔了研究视野。从总体上看,主要是西方文艺学理论、民俗学理论、社会学理论和人类学理论,以及帕里洛德口头诗学理论等。

改革开放初期,刘魁立等学者介绍了欧洲民间文艺学理论的神话学派、流传学派等理论方法,先后发表了《世界各国民间故事类型索引述评》《欧洲民间文学研究中的第一个流派》《欧洲民间文学研究中的流传学派》《缪勒和他的比较神话学》《历史比较研究法与历史类型学》等理论文章[①],主编《原始文化名著译丛》（上海文艺出版社1992年版）等理论丛书,丰富了中国民间文学理论知识。中国民间文艺研究会主编《外国民间文学理论著作翻译丛书》和《民间文学理论译丛》等民间文学理论丛

---

[①] 参见刘魁立:《刘魁立民俗学论集》,上海文艺出版社1998年版。

书，翻译介绍了日本学者柳田国男、大林太郎、伊藤清司和英国学者马林诺夫斯基等人的著作。其他如《现代人类学经典译丛》（广西师范大学出版社2005年版）、《欧洲社会文化史译丛》（中国人民大学出版社2007年版）等一批西方文化理论著述翻译问世，他山之石，可以攻玉，为中国民间文艺学的理论建设，充注新的活力。

同时，许多学者提出了如何构建中国马克思主义民间文艺学的问题。1979年，钟敬文在《把我国民间文艺学提高到新水平》[1]中，提出建立马克思主义民间文艺学，此后，他多次提到如何构建马克思主义民间文艺学理论体系，包括相关的中国民间文学史、民间文艺学方法论和系统的神话学、故事学、歌谣学等。他的主张得到贾芝、张紫晨、乌丙安、柯扬、潜明兹等学者的积极响应。刘锡诚等学者更系统地建设中国马克思主义民间文艺学理论，中国现代民间文艺学形成于中华民族追求独立自由的解放事业中，在新中国的建设中，尤其是改革开放以来，谱写出新篇章，始终与马克思主义理论保持密切联系。

（五）非物质文化遗产的抢救与保护工作展开，中国民间文学受到国家法律保护。在文化事业与文化产业中，民间文学都日益发挥出重要作用。

民间文学是特殊的文化，也是特殊的历史，更重要的是它体现出典型的民族精神。世世代代，口口相传，在民间文学的熏陶、影响下，培养出中华民族优秀的传统。中国民间文学作为中国传统文化的一部分，作为非物质文化遗产，它曾经长期受到误读，被作为封建迷信为社会现实政治所拒绝。一方面，民间社会广大民众仍然坚持着传统的文化模式，传承和发展民间文学和民间风俗等社会文化生活，保持着文化传统的崇拜和信仰；另一方面，相当长的时期内，现实政治没有认识到以民间文学为代表的文化遗产的重要价值，而放大了其中的"迷信"等糟粕，拒绝或忽视了它在社会现实中的合理性存在。比如，民间文学中的民间信仰，与公平正义等文化精神并存的同时，也表现出鬼神崇拜、祖先崇拜，而这些内容就成为不合时宜的文化现象，受到抵制和批判。

早在19世纪中期出现民俗学的概念时，就已经涉及对民间文化的认识与保护，引起众多学者的关注。非物质文化遗产是一个新的文化概念，这个文化概念所强调的是一个民族的传统内容，所谓的传统就是既定的生活

---

[1] 钟敬文：《把我国民间文艺学提高到新水平》，《民间文学》1980年第2期。

习惯，被民族所认同和使用。从自在状态，到自为状态，到自觉状态，过去的历史生活在社会现实中仍然存在着，这就构成了传统的基本的内涵。但是，社会现实常常出现这样一种现象，人们求新求异，仍然自觉不自觉地把传统与落后相等同，把文化传统与现代文明的相悖绝对化。人们形成一种既定的判断方式，即传统就是落后，民间文学属于不开化的下层民众的口头创作，包括民间文学在内的社会风俗生活被定位于封建迷信，与民间流行的风水、占卜、信鬼神等民间信仰混为一谈。

  非物质文化遗产是文化遗产的重要组成部分，在全球化、信息化、城镇化等现代文明的构建过程中，人们日益认识到其重要价值意义。中国政府及时提出对文化遗产的保护。2005年12月，国务院发布《关于加强文化遗产保护的通知》，指出："文化遗产包括物质文化遗产和非物质文化遗产。物质文化遗产是具有历史、艺术和科学价值的文物，包括古遗址、古墓葬、古建筑、石窟寺、石刻、壁画、近代现代重要史迹及代表性建筑等不可移动文物；历史上各时代的重要实物、艺术品、文献、手稿、图书资料等可移动文物；以及在建筑式样、分布均匀或与环境景色结合方面具有突出普遍价值的历史文化名城（街区、村镇）。非物质文化遗产是指各种以非物质形态存在的与群众生活密切相关、世代相承的传统文化表现形式，包括口头传统、传统表演艺术、民俗活动和礼仪与节庆、有关自然界和宇宙的民间传统知识和实践、传统手工艺技能等以及与上述传统文化表现形式相关的文化空间。"《通知》特别论述了文化遗产保护的重要价值："我国文化遗产蕴含着中华民族特有的精神价值、思维方式、想象力，体现着中华民族的生命力和创造力，是各民族智慧的结晶，也是全人类文明的瑰宝。保护文化遗产，保持民族文化的传承，是联结民族情感纽带、增进民族团结和维护国家统一及社会稳定的重要文化基础，也是维护世界文化多样性和创造性，促进人类共同发展的前提。加强文化遗产保护，是建设社会主义先进文化，贯彻落实科学发展观和构建社会主义和谐社会的必然要求。"同时，强调指出文化遗产保护的意义在于："文化遗产是不可再生的珍贵资源。随着经济全球化趋势和现代化进程的加快，我国的文化生态正在发生巨大变化，文化遗产及其生存环境受到严重威胁。不少历史文化名城（街区、村镇）、古建筑、古遗址及风景名胜区整体风貌遭到破坏。文物非法交易、盗窃和盗掘古遗址、古墓葬以及走私文物的违法犯罪活动在一些地区还没有得到有效遏制，大量珍贵文物流失境外。由于过度开发和不合理利用，许多重要文化遗产消亡或失传。在文化遗存相对丰富的少数民族聚居地区,由于人们生活环境和条件的变迁,民族或区域文化特色消失加快。"对于非物质文化遗产,国家提出"保护为主、抢救第一、合理利用、传承发展"的策略,在全国范围内普查、建立档案、设立保护名录,尤其是"加强少数民族文化遗产和文化生态区的保护",表现出鲜明的责任感和使命感。其目的在于"继承和弘扬中华民族优秀传统文化,推动社会主义先进文化建设"。从这里可以看出,我国政府对民族文化遗产的理解和态度,正日益形成全社会的文化认同。

2006年5月,中国政府公布第一批非物质文化遗产保护名录,共有518项。国务院《关于公布第三批国家级非物质文化遗产名录的通知》指出:"我国是历史悠久的文明古国,拥有丰富多彩的文化遗产。非物质文化遗产是文化遗产的重要组成部分,是我国历史的见证和中华文化的重要载体,蕴含着中华民族特有的精神价值、思维方式、想象力和文化意识,体现着中华民族的生命力和创造力。保护和利用好非物质文化遗产,对于继承和发扬民族优秀文化传统、增进民族团结和维护国家统一、增强民族自信心和凝聚力、促进社会主义精神文明建设都具有重要而深远的意义。"

其中,民间文学有31项,作品和流传地域(保护单位)分别是:

1. 苗族古歌。贵州省台江县、黄平县。
2. 布洛陀。广西壮族自治区田阳县。
3. 遮帕麻和遮咪麻。云南省梁河县。
4. 牡帕密帕。云南省思茅市。
5. 刻道。贵州省施秉县。
6. 白蛇传传说。江苏省镇江市。
7. 梁祝传说。浙江省杭州市、宁波市、上虞市,江苏省宜兴市,山东省济宁市,河南省汝南县。
8. 孟姜女传说。山东省淄博市。
9. 董永传说。山西省万荣县、江苏省东台市、河南省武陟县、湖北省孝感市。
10. 西施传说。浙江省诸暨市。
11. 济公传说。浙江省天台县。
12. 满族说部。吉林省。
13. 河西宝卷。甘肃省武威市凉州区、酒泉市肃州区。
14. 耿村民间故事。河北省藁城市。
15. 伍家沟民间故事。湖北省丹江口市。

16. 下堡坪民间故事。湖北省宜昌市夷陵区。
17. 走马镇民间故事。重庆市九龙坡区。
18. 古渔雁民间故事。辽宁省大洼县。
19. 喀左东蒙民间故事。辽宁省喀喇沁左翼蒙古族自治县。
20. 谭振山民间故事。辽宁省新民市。
21. 河间歌诗。河北省河间市。
22. 吴歌。江苏省苏州市。
23. 刘三姐歌谣。广西壮族自治区宜州市。
24. 四季生产调。云南省红河哈尼族彝族自治州。
25. 玛纳斯。新疆维吾尔自治区克孜勒苏柯尔克孜自治州、新疆维吾尔自治区文联民间文艺家协会。
26. 江格尔。新疆维吾尔自治区和布克赛尔蒙古自治县、博尔塔拉蒙古自治州、巴音郭楞蒙古自治州、新疆维吾尔自治区文联民间文艺家协会。
27. 格萨（斯）尔。西藏自治区、青海省、甘肃省、四川省、云南省、内蒙古自治区、新疆维吾尔自治区、中国社会科学院《格萨（斯）尔》办公室。
28. 阿诗玛。云南省石林彝族自治县。
29. 拉仁布与吉门索。青海省互助土族自治县。
30. 畲族小说歌。福建省霞浦县。
31. 青林寺谜语。湖北省宜都市。

这些民间文学保护项目，基本上体现了我国民间文学的典型类型，民间故事家和民间故事集的入选具有突出意义，牛郎织女等四大传说选取了三项，传统的民间故事受到重视。少数民族民间文学占大多数，三大史诗全部选入，广西、云南、贵州、辽宁、青海、福建等地的少数民族民间文学被选入，在整体上体现出我国民间文学分布与流传的地域特色。云南省红河哈尼族彝族自治州的《四季生产调》等，是我国长期处于农耕文明阶段的历史证明。除此之外，民间音乐72项，传统戏剧92项，曲艺46项，也包含着民间文学的内容。其中的民间音乐，如内蒙古长调民歌、云南傈僳族民歌、福建畲族民歌、甘肃裕固族民歌、江西兴国山歌、陕西紫阳民歌和山西河曲民歌等，同样是典型的民间文学。

2008年6月，中国政府公布第二批非物质文化遗产保护名录，其中民间文学53项，其名称与保护单位即流传区域分别是：

1. 八达岭长城传说。北京市延庆县。
2. 永定河传说。北京市石景山区。
3. 杨家将传说。北京市房山区。(穆桂英传说、杨家将说唱。山西省)。
4. 尧的传说。山西省绛县。
5. 牛郎织女传说。山西省和顺县、山东省沂源县。
6. 西湖传说。浙江省杭州市。
7. 刘伯温传说。浙江省文成县、青田县。
8. 黄初平(黄大仙)传说。浙江省金华市。
9. 观音传说。浙江省舟山市。
10. 徐福东渡传说。浙江省象山县、慈溪市。
11. 陶朱公传说。山东省定陶县。
12. 麒麟传说。山东省巨野县、嘉祥县。
13. 鲁班传说。山东省曲阜市、滕州市。
14. 八仙传说。山东省蓬莱市。
15. 秃尾巴老李的传说。山东省即墨市、莒县、文登市、诸城市。
16. 屈原传说。湖北省秭归县。
17. 王昭君传说。湖北省兴山县。
18. 炎帝神农传说。湖北省随州市、神农架林区。
19. 木兰传说。湖北省武汉市黄陂区、河南省虞城县。
20. 巴拉根仓的故事。内蒙古自治区通辽市。
21. 北票民间故事。辽宁省北票市。
22. 满族民间故事。辽宁省文学艺术界联合会民间文艺家协会。
23. 徐文长故事。浙江省绍兴市。
24. 崂山民间故事。山东省青岛市崂山区。
25. 都镇湾故事。湖北省长阳土家族自治县。
26. 盘古神话。河南省桐柏县、泌阳县。
27. 邵原神话群。河南省济源市。
28. 嘎达梅林。内蒙古自治区科尔沁左翼中旗。
29. 科尔沁潮尔史诗。内蒙古自治区。
30. 仰阿莎。贵州省黔东南苗族侗族自治州。
31. 布依族盘歌。贵州省盘县。
32. 梅葛。云南省楚雄彝族自治州。

33. 查姆。云南省双柏县。

34. 达古达楞格莱标。云南省德宏傣族景颇族自治州。

35. 哈尼哈吧。云南省元阳县。

36. 召树屯与喃木诺娜。云南省西双版纳傣族自治州。

37. 米拉尕黑。甘肃省东乡族自治县。

38. 康巴拉伊。青海省治多县。

39. 汗青格勒。青海省海西蒙古族藏族自治州。

40. 维吾尔族达斯坦。新疆维吾尔自治区。

41. 哈萨克族达斯坦。新疆维吾尔自治区文学艺术界联合会民间文艺家协会、沙湾县、福海县。

42. 珠郎娘美。贵州省榕江县、从江县。

43. 司岗里。云南省沧源佤族自治县。

44. 彝族克智。四川省美姑县。

45. 苗族贾理。贵州省黔东南苗族侗族自治州。

46. 藏族婚宴十八说。青海省。

47. 童谣。北京市宣武区、福建省厦门市。

48. 桐城歌。安徽省桐城市。

49. 土家族梯玛歌。湖南省龙山县。

50. 雷州歌。广东省雷州市。

51. 壮族嘹歌。广西壮族自治区平果县。

52. 柯尔克孜约隆。新疆维吾尔自治区阿克陶县、新疆师范大学。

53. 笑话（万荣笑话）。山西省万荣县。

保护项目特别列出盘古神话、炎帝神农神话和尧的传说，与屈原传说、鲁班传说、木兰传说、徐文长传说和观音传说等历史人物传说，以及八达岭等风物传说，彰显出传统民间文学的内容特色。另一方面，大量少数民族民间文学被列入保护名录，彰显出我国多民族的文化特色。这里还增加了民间文学《孟姜女传说》等扩展项目5项，与之前的保护名录有重叠现象，表现出地域范围内民间文学的流传特点。其中，民间音乐67项、扩展项目17项，包括许多民歌，如内蒙古的爬山调、陕西的陕北民歌、安徽的大别山民歌、湖北吕家河民歌等，和山东、河南、浙江、湖北、湖南、上海等地的各种劳动号子，都是典型的民间文学。传统戏剧46项、扩展项目33项，曲艺50项、扩展项目15项等，也包括着一些民间文学。

这些保护项目名录显示出我国民间文学的分布状况与特色，既有中国古典神话、传统历史人物传说、传统民间歌谣等古老的民间文学内容，又有大量少数民族民间文学，而且突出了一定地域的民间文学内容，在总体上反映出我国民间文学的实际。其保护单位大致相当于民间文学的重要流传区域，与我国传统文献的记录相对应。当然，许多民间文学在全国各地都有广泛流传，名录所列只是全豹之一斑。

这些名录堪称我国民间文学的历史地图，具体展示出我国各地区、各民族中民间文学的流传。这是对历史的发掘，是对历史上民间文学流传状况的总结，也是当世的记录，更注重鲜活的民间文学生态展现。其作为非物质文化遗产保护项目，贯彻"保护为主、抢救第一、合理利用、传承发展"的精神，一方面显示出保护和抢救的意义，一方面显示出当世存在和需要传承的价值。

非物质文化遗产的概念引入民间文学，使民间文学还原于文化生态，也促进了中国民间文学的文化实践，包括民间文学纳入文化产业的有效开发，使民间文学展现出更独特更强大的魅力。近年来，国家设立华夏文明传承保护区，许多地方积极挖掘传统民间文学的当代价值，建设富有历史特色、民族特色和自然特色的文化景观，使古老的民间文学具象化、生态化，形成更广泛、更持久的传播。

但是，也应该看到，当前的民间文学研究存在着不足：一是中国作为文明古国，几千年来丰富的民间文学典籍文献没有得到应有的重视，特别是中国古代民间文学思想理论史的研究非常不足；二是中国现代民间文学思想理论研究不足，形式主义的研究大于思想文化的研究，尤其是缺少人类文明视野的研究。中国正处于实现中华民族伟大复兴的时期，以人民为中心，民间文学更为特殊。总之，中国民间文学研究任重道远。民间文学事业面向人民大众，永远在路上。

# 参考书目

## 一、中国古代典籍

《诗经》
《楚辞》
《山海经》
《左传》
《国语》
《史记》
《论衡》
《春秋繁露》
《淮南子》
《风俗通义》
《说苑》
《列女传》
《列仙传》
《齐民要术》
《水经注》
《后汉书》
《荆楚岁时记》
《拾遗记》
《搜神记》
《搜神后记》
《神异经》
《列异传》
《世说新语》

《经律异相》
《贤愚经》
《百喻经》
《大唐西域记》
《酉阳杂俎》
《广异记》
《朝野佥载》
《任氏传》
《玄怪录》
《灵应传》
《传奇》
《太平广记》
《太平寰宇记》
《事物纪原》
《归田录》
《涑水记闻》
《范文正公文集》
《王文公文集》
《乐府诗集》
《夷坚志》
《东京梦华录》
《路史》
《东轩笔录》
《稽神录》
《鹤林玉露》
《青琐高议》
《老学庵笔记》
《洛阳搢绅旧闻记》
《湘山野录》
《齐东野语》
《萍洲可谈》
《容斋随笔》
《大唐三藏取经诗话》

《录鬼簿》
《宣和遗事》
《南村辍耕录》
《五代史平话》
《三教搜神源流》
《虞初志》
《桂枝儿》
《山歌》
《豆棚闲话》
《古今风谣拾遗》
《帝京景物略》
《列仙全传》
《笑府》
《古今谭概》
《夜航船》
《录异记》
《古谣谚》
《粤风》
《粤东笔记》
《天籁集》
《霓裳续谱》
《白雪遗音》
《乡言解颐》
《通俗编》
《子不语》
《续子不语》
《咫闻录》
《庸庵笔记》
《粤谚》
《二十二子》
《二十四史》
《二十五史别史》

## 二、近现代人著述

梁启超:《神话·历史养成之人物》,《新民丛报·谈丛》1903 年第 36 号。

蒋观云:《海上观云集初编》,(上海)广益书局 1902 年。

夏曾佑:《中国历史教科书》,商务印书馆 1905 年。

刘师培:《论文杂记》,《国粹学报》1905 年第 2 号。

刘师培:《山海经不可疑》,《国粹学报》1905 年第 10 号。

李鸿章:《李文忠公全集》,金陵书局 1905 年刻印。

林传甲:《中国文学史》,武林谋新室 1910 年。

孙毓修:《欧美小说丛谈》,"文艺丛刻甲集",商务印书馆 1916 年。

沈德鸿、孙毓修:《中国寓言初编》,(上海)商务印书馆 1917 年。

谢无量:《中国大文学史》,中华书局 1918 年。

蔡元培:《评注阅微草堂笔记序》,上海会文堂书局 1918 年。

陆侃如:《乐府古辞考》,商务印书馆 1925 年。

林兰:《吕洞宾故事》,北新书局 1926 年—1946 年。[自 1920 年代中期,北新书局从北京移至上海,一直到 1940 年代,林兰编民间故事集有数十种之多,贯穿整个现代民间文学史。诸如《呆女婿故事》《换心后》《新仔婿故事》《换夫的情人》《巧舌妇故事》《金田鸡》《瓜王》《民间趣事新集》(上)、《民间趣事新集》(中)、《民间趣事新集》(下)、《鬼哥哥》《鬼的故事》《列代名人趣事》《鸟的故事》《三儿媳故事》《朱元璋故事》《吕洞宾故事》《徐文长故事》《徐文长故事外集》(上)、《徐文长故事外集》(中)、《徐文长故事外集》(下)、《民间传说》(上)、《民间传说》(中)、《民间传说》(下)等等]。

徐蔚南:《民间文学》,上海世界书局 1927 年。

赵景深:《童话评论》,新文化书社 1924 年。

赵景深:《童话概要》,北新书局 1927 年。

赵景深:《童话论集》,开明书店 1927 年。

赵景深:《民间故事研究》,复旦书店 1928 年。

赵景深:《童话学 ABC》,上海世界书局 1929 年。

胡怀琛:《中国民歌研究》,商务印书馆 1925 年。

曹元忠:《宋巾箱本五代史平话跋》,董氏诵芬楼刊本 1925 年。

顾颉刚:《孟姜女故事研究》第 1 集,中山大学语言历史研究所民俗学会 1928 年。

顾颉刚：《孟姜女故事研究》第 2 集，中山大学语言历史研究所民俗学会 1929 年。

顾颉刚：《孟姜女故事研究》第 3 集，中山大学语言历史研究所民俗学会 1929 年。

钟敬文：《歌谣论集》，北新书局 1928 年。

钟敬文：《民间文艺丛话》，中山大学语言历史研究所民俗学会 1928 年。

杨成志、钟敬文：《印欧民间故事型式表》，中山大学语言历史研究所民俗学会 1928 年。

郭绍虞：《谚语的研究》，商务印书馆 1925 年。

黄石：《神话研究》，开明书店 1927 年。

刘经庵：《歌谣与妇女》，商务印书馆 1927 年。

钱南扬：《谜史》，中山大学语言历史研究所民俗学会 1927 年。

傅彦长等：《艺术三家言》，良友图书印刷公司 1927 年。

杨希尧：《青海风土记》，甘肃西宁区公署印局 1928 年。

汪倜然：《希腊神话 ABC》，世界书局 1928 年。

谢六逸：《神话学 ABC》，世界书局 1928 年。

钱南扬：《谜史》，中山大学语言历史研究所民俗学会 1928 年。

罗香林：《粤东之风》，北新书局 1928 年。

玄珠（茅盾）：《中国神话研究 ABC》，世界书局 1929 年。

茅盾：《神话杂论》，世界书局 1929 年。

容肇祖：《迷信与传说》，中山大学语言历史研究所民俗学会 1929 年。

姚逸之：《湖南唱本提要》，中山大学语言历史研究所民俗学会 1929 年。

胡怀琛：《中国寓言研究》，上海商务印书馆 1930 年。

杨荫深：《中国民间文学概说》，上海华通书局 1930 年。

陈寅恪：《〈西游记〉玄奘弟子故事之演变》，中央研究院《历史语言研究所集刊》（2）1930 年。

梁启超：《饮冰室文集》，（上海）中华书局 1936 年。

赵景深：《民间故事丛话》，中山大学语言历史研究所民俗学会 1930 年。

赵景深：《文艺论集》，上海广益书局 1933 年。

赵景深编：《童话评论》，上海新文化出版社 1934 年。

赵景深：《大鼓研究》，商务印书馆 1937 年。

赵景深：《弹词考证》，商务印书馆 1938 年。

钟敬文：《楚辞中的神话和传说》，中山大学语言历史研究所民俗学会 1930 年。

钟敬文、娄子匡：《民俗学集镌》第 1 辑，杭州中国民俗学会 1931 年。

钟敬文、娄子匡：《民俗学集镌》第 2 辑，杭州中国民俗学会 1932 年。

胡怀琛：《中国寓言研究》，商务印书馆 1930 年。

方壁（茅盾）：《北欧神话 ABC》，世界书局 1930 年。

陈光尧：《谜语研究》，商务印书馆 1930 年。

钱畊莘：《民间文艺漫话》，浙江省立民众教育馆 1931 年。

王显恩：《中国民间文艺》，上海广益书局 1932 年

吴玉成：《粤南神话传说及其研究》，中山印务局 1932 年。

周作人：《儿童文学小论》，上海儿童书局 1932 年。

刘半农：《中国俗曲总目》，国立中央研究院历史语言研究所 1932 年。

老赵：《民众文学新论》，中国出版社 1933 年。

陈光垚：《民众文艺论集》，启明学社 1933 年。

《江苏歌谣集》，江苏省立民众教育学院实验部 1933 年。

俞异君：《山东庙会调查集》，山东省立民众教育馆 1933 年 8 月。

凌纯声：《松花江下游的赫哲族》，国立中央研究院历史语言研究所 1934 年。

聂耳：《聂尔全集》，上海音乐社 1932 年。

林惠祥：《神话论》，商务印书馆 1934 年。

杨汝泉：《谜语之研究》，天津大公报社 1934 年。

黄芝岗：《中国的水神》，生活书店 1934 年。

郑合成：《淮阳太昊陵庙会概况》，河南省立教育实验区 1934 年。

晏阳初：《定县的实验》，中华平民教育促进会 1935 年。

张履谦：《相国寺民众娱乐调查》，开封教育实验区出版部 1936 年。

卫聚贤：《古史研究》（第 2 集），上海商务印书馆 1934 年。

卫聚贤：《古史研究》（第 3 集），上海商务印书馆 1937 年。

李则刚：《始祖的诞生与图腾》，上海商务印书馆 1935 年。

赵家璧等：《中国新文学大系》，上海良友图书印制公司 1935 年。

罗香林：《粤东之歌》，北新书局 1936 年。

李寿彭：《歇后语论集》，北平农报 1936 年。
陈汝衡：《说书小史》，中华书局 1936 年。
黄翼：《神话故事与儿童心理》，商务印书馆 1936 年。
顾颉刚：《三皇考》，燕京大学哈佛燕京学社 1936 年。
梁启超：《饮冰室合集》，中华书局 1936 年。
梁漱溟：《乡村建设理论》，邹平乡村教育实验区 1937 年。
阿英：《弹词小说评考》，中华书局 1937 年。
孙作云：《中国古代的灵石崇拜》，《民族杂志》1937 年五卷一期。
芮逸夫：《苗族的洪水故事与伏羲女娲的传说》，中央研究院《人类学集刊》第 1 辑，1937 年。
李家瑞：《北平风俗类证》，商务印书馆 1937 年。
郑振铎：《中国俗文学史》，商务印书馆 1938 年。
洛蚀文：《抗战文艺论集》，文缘出版社 1939 年。
张亚雄：《花儿集·西北民歌花儿叙录》，重庆青年书店 1940 年。
杨宽：《中国上古史导论》，《古史辨》，上海开明书店 1941 年。
徐松石：《粤江流域人民史》，中华书局 1941 年。
孙作云：《中国古代神话研究》，国立北京大学文学院 1942 年。
吴泽霖、陈国钧等：《贵州苗夷社会研究》，贵阳文通书局 1942 年。
陈国钧：《贵州苗夷歌谣》，贵阳文通书局 1942 年。
徐嘉瑞：《金元戏曲方言考》，商务印书馆 1942 年。
光未然：《阿细的先鸡》，昆明北门出版社 1944 年。
顾敦：《南北两大民歌笺校》，上海世界书局 1945 年。
鲁迅文学艺术学院：《陕北民歌选》，晋察冀新华书店 1945 年。
丁英：《妇女与文学》，沪江书屋 1946 年。
杨荫深：《中国通俗文学概论》，世界书局 1946 年。
刘兆吉：《西南采风录》，商务印书馆 1946 年。
周扬、萧三等：《民间艺术和艺人》，哈尔滨东北书局 1946 年。
赵景深：《读曲随笔》，北新书局 1947 年。
凌纯声、芮逸夫：《湘西苗族调查报告》，商务印书馆 1947 年。
丁英：《怎样收集民歌》，上海沪江书屋 1947 年。
绿天馆主人：《古今小说序》，商务印书馆订正明天许斋刻本，上海涵芬楼 1947 年。
张长弓：《鼓子曲谱》《鼓子曲言》《鼓子曲存》《鼓子曲词》，开封听香室分别印于 1942 年、1944 年、1946 年、1948 年。

程英:《中国近代反帝反封建历史歌谣选》,中华书局 1962 年。

鲁迅:《鲁迅全集》,人民文学出版社 1981 年。

郭沫若:《郭沫若全集》,人民文学出版社 1982 年。

何其芳:《何其芳文集》,人民文学出版社 1983 年。

钟敬文:《中国新文学大系》"民间文艺"卷,上海文艺出版社 1987 年。

闻一多:《闻一多全集》,湖北人民出版社 1993 年。

胡愈之:《胡愈之文集》,三联书店 1995 年。

钟敬文:《中国近代文学大系》,"民间文艺"卷,上海书店 1995 年。

董作宾:《董作宾先生全集》,艺文印书馆 1997 年。

茅盾:《茅盾全集》,人民文学出版社 1997 年。

胡适:《胡适文集》,北京大学出版社 1998 年。

朱自清:《朱自清散文全集》,江苏教育出版社 1998 年。

郑振铎:《郑振铎全集》,花山文艺出版社 1998 年。

陈寅恪:《陈寅恪集》,三联书店 2001 年。

钟敬文:《钟敬文全集》,安徽教育出版社 2002 年。

阿英:《阿英全集》,安徽教育出版社 2006 年。

王国维:《王国维集》,中国社会科学出版社 2008 年。

老舍:《老舍全集》,文汇出版社 2008 年。

周作人:《周作人散文全集》,广西师范大学出版社 2009 年。

章太炎:《章太炎文集》,线装书局 2009 年。

顾颉刚:《顾颉刚全集》,中华书局 2010 年。

姚雪垠:《姚雪垠文集》,人民文学出版社 2011 年。

孟华、李华川主编:《陈季同法文著作译丛》,广西师范大学出版社 2006 年版。(陈季同法文著作还包括:1. *Les Chinois peints par eux-mêmes*, Paris:Calmann Lévy, 1884。2. *Le theatre des Chinois:étude de moeurs compares*, Paris:Calmnn Levy, 1886。3. *Les Contes Chinois*, Paris:Calmnn Lévy, 1889。4. *Les plaisirs en Chine*, Paris:Charpentier, 1890。5. *Les Parisiens par un Chinois*, Paris:Charpentier, 1891。)

### 三、外文著作

〔英〕瑞爱德：《现代英吉利谣俗与谣俗学》，江绍原译，上海中华书局1932年。

〔英〕F. W. 托马斯：《东北藏古代民间文学》，李有义、王青山译，四川民族出版社1986年。

〔英〕马林诺夫斯基：《巫术科学宗教与神话》，李安宅译，中国民间文艺出版社1986年。

〔英〕弗雷泽：《金枝》，徐育新等译，中国民间文艺出版社1987年。

〔英〕福斯特：《小说面面观》，花城出版社1994年。

〔俄〕班台莱耶夫：《表》，鲁迅译，上海生活书店1935年7月。

〔俄〕阿丝塔霍娃：《苏联人民口头创作引论》，连树声译，东方书店1954年。

〔俄〕巴琴斯卡雅：《民歌搜集者须知》，张洪模等译，音乐出版社1957年。

《苏联民间文学论文集》，中国民间文艺研究会编译，作家出版社1958年。

〔俄〕克鲁宾斯卡娅、希捷里尼可夫：《民间文学工作者必读》，马昌仪译，作家出版社1958年。

〔俄〕索柯洛娃等：《苏联民间文艺学40年》，刘锡诚、马昌仪译，科学出版社1959年。

〔俄〕梭柯洛夫：《什么是口头文学》，连树声、崔立滨译，作家出版社1959年。

〔俄〕李福清：《中国神话故事论集》，马昌仪译，中国民间文艺出版社1987年。

〔俄〕李福清：《中国的神话与传说》，马昌仪译，台湾中正书局1988年。

〔俄〕李福清：《关公传说与三国演义》，马昌仪译，台湾汉忠文化事业出版有限公司1997年。

〔俄〕李福清：《中国木板年画在俄罗斯》，阎国栋译，见冯骥才主编《中国木板年画集成·俄罗斯藏品》，中华书局2009年。

〔俄〕梅列金斯基：《神话的诗学》，魏庆征译，商务印书馆1990年。

〔俄〕谢·尤·涅克留多夫：《蒙古人民的英雄史诗》，徐诚翰、高文风、张积智译，内蒙古大学出版社1991年。

〔俄〕谢·托卡列夫等：《世界各民族神话大观》，魏庆征译，国际文化出版公司1993年。

〔俄〕乔瑟夫·坎伯：《神话的智慧》，李子宁译，台北立绪文化事业有限公司1996年。

〔德〕施密特：《比较宗教史》，萧师毅等译，辅仁书局1948年。

〔德〕恩斯特·卡西尔：《符号·神话·文化》，李小兵译，东方出版社1988年。

〔德〕恩斯特·卡西尔：《语言与神话》，于晓译，生活·读书·新知三联书店1988年。

〔德〕卢斯文：《神话》，耿幼壮译，北岳文艺出版社1989年。

〔德〕麦克斯·谬勒：《比较神话学》，金泽译，上海文艺出版社1989年。

〔德〕恩斯特·卡西尔：《神话思维》，黄龙保等译，中国社会科学出版社1992年。

〔德〕格伦威德尔：《新疆古佛寺——1905—1907年考察成果》，赵崇民、巫新华译，中国人民大学出版社2007年。

〔荷〕望·葛覃：《小约翰》，鲁迅等译，北京未名社1928年1月版。

〔蒙〕策·达木丁苏荣：《格斯尔的故事的三个特征》，白歌乐译，内蒙古人民出版社1958年。

〔法〕斯坦尼思拉斯·儒莲：《平山冷燕》"序"，巴黎迪迪埃出版社1860年。

〔法〕古索尔：《家族制度史》，黄石译，上海开明书店1931年。

〔法〕倍松：《图腾主义》，胡愈之译，上海开明书店1932年。

〔法〕格拉勒（葛兰言）：《古中国的跳舞与神秘故事》，李璜译，上海中华书局1933年。

〔法〕马伯乐：《书经中的神话》，冯沅君译，国立北平研究院史学研究会1937年。

〔法〕米涅：《法国革命史》，北京编译社译，商务印书馆1981年。

〔法〕孟德斯鸠：《论法的精神》，张偐深译，商务印书馆1987年。

〔法〕格拉耐：《中国古代的祭礼与歌谣》，张明远译，上海文艺出版社1989年。

〔法〕阿尔贝·索布尔：《法国大革命史》，马胜利等译，中国社会科学出版社1989年。

〔法〕石安泰：《格萨尔史诗和说唱艺人的研究》，耿升译，西藏人民出版社1993年。

〔法〕布罗代尔：《菲利浦二世和菲利浦二世时期的地中海时代》，商务印书馆1995年。

〔法〕谢和耐：《中国社会史》，耿昇译，江苏人民出版社1997年版。

〔法〕皮埃尔：《法国文化史》，钱林森、杨剑等译，华东师范大学出版社2006年。

〔法〕让·诺埃尔：《谣言，世界最古老的传媒》，郑若麟译，上海人民出版社2008年。

〔日〕白河次郎、国府种德：《支那文明史》，竞化书局光绪二十九年（1903年）。

〔日〕高山林次郎：《世界文明史》，作新社光绪二十九年（1903年）。

〔日〕高山林次郎：《西洋文明史》，文明书局1903年。

〔日〕武省小路实笃：《一个青年的梦》，鲁迅译，商务印书馆1922年。

〔日〕青木正儿：《中国文学研究译丛》，汪馥泉译，上海北新书局1930年。

〔日〕鸟居龙藏：《苗族调查报告》（上），（南京）国立编译馆1935年。

〔日〕藤田丰八：《中国神话考》，《古史研究》，商务印书馆1934年。

〔日〕小川琢治：《山海经篇目考》，《中国史论丛》，东京生活社1965年。

〔日〕森安太郎：《中国古代神话研究》，王孝廉译，台北地平线出版社1974年。

〔日〕关敬吾编：《日本民间故事选》（中文版），上海人民出版社1983年。

〔日〕关敬吾：《故事学新论》，张雪冬、张莉莉译，辽宁大学出版社1992年。

〔日〕白川静：《中国神话》，王孝廉译，台北长安出版社1983年。

〔日〕柳田国男：《传说论》，连湘译，中国民间文艺出版社1986年。

〔日〕樽本照雄：《陈季同、ロマン·ロテン、陆树藩》，《清末小说きまぐれ通信》，1986年8月号。

〔日〕森安太郎：《黄帝的传说——中国古代神话研究》，王孝廉译，台北时报出版公司 1988 年。

〔日〕大林太良：《神话学入门》，林相泰、贾福水译，中国民间文艺出版社 1988 年。

〔日〕直江广治：《中国民俗文化》，王建朗等译，上海古籍出版社 1991 年。

〔日〕上山安敏：《神话与理性》，孙传肇译，上海人民出版社 1992 年。

〔日〕小男一郎：《中国的神话传说与古小说》，孙昌武译，中华书局 1993 年。

〔日〕伊藤清司：《中国古代文化与日本》，张正军译，云南大学出版社 1997 年。

〔日〕佐藤公彦：《义和团的起源及其运动》，宋军等译，中国社会科学出版社 2007 年。

〔美〕何德兰：《孺子歌图》，纽约黎威勒公司 1900 年。

〔美〕何德兰：《中国的男孩与女孩》，纽约黎威勒公司 1901 年。

〔美〕何德兰：《〈中国的儿歌〉序》，《歌谣周刊》第 21 号，1923 年 6 月 3 日。

〔美〕露丝·本迪尼克特：《文化模式》，何锡章、黄欢译，华夏出版社 1981 年。

〔美〕丁乃通：《中国民间故事类型索引》，春风文艺出版社 1983 年。

〔美〕詹姆森：《中国的灰姑娘故事》，《民间文艺学探索》，北京师范大学出版社 1987 年。

〔美〕塞·诺·克雷默：《世界古代神话》，魏庆征译，华夏出版社 1989 年。

〔美〕戴维·利明等：《神话学》，李培茱等译，上海人民出版社 1990 年。

〔美〕唐纳·罗森伯格：《世界神话大全》，张明等译，北岳文艺出版社 1990 年。

〔美〕阿兰·邓迪斯：《世界民俗学》，陈建宪等译，上海文艺出版社 1990 年。

〔美〕阿兰·邓迪斯：《西方神话学论文选》，朝戈今等译，上海文艺出版社 1994 年。

〔美〕斯蒂·汤普森：《世界民间故事分类学》，郑海等译，上海文艺出版社 1991 年。

〔美〕艾瑟·和婷：《月亮神话——女性的神话》，蒙子等译，上海文艺出版社 1992 年。

〔美〕布鲁范德：《美国民俗学》，李扬译，汕头大学出版社 1993 年。

〔美〕徐中约：《中国近代史：1600—2000 中国的奋斗》，计秋枫等译，世界图书出版公司北京公司 2008 年。

# 后 记

现在是百鸟争鸣的清晨,阳光灿烂。感慨甚多:从远古,到夏商周三代,到秦汉魏晋,到唐宋,到元明清,到中华民国建立,到中华人民共和国成立,中华民族经历漫长的岁月,一次次遭遇浩劫,又一次次浴火重生,形成非凡的民族精神与民族品格。除了有文字记述,更多的是口头传唱,中国民间文学犹如一望无际的海洋,承载着历史的悲壮、伟大、豪迈,涤荡着数不尽的污秽,滋润着民族的心灵。民间文学成为历史的见证者,也成为文明的守护者。总结这一历史,重温中华民族文化的魅力,是一项光荣的事业。

中国民间文学史是中华民族共同的民间文学史,东西南北中,上下五千年,伴随着中华民族发展壮大的历史,走过了无数的风风雨雨,体现了中华民族古老的文明历史及非凡的聪明智慧与独特的审美情操。中国民间文学包含着中华民族的情感、意志、信念,包含着聪明智慧,更包含着神圣的信仰与操守,这是中华民族世世代代共同创造的文化宝典。

民族文化传统的基本标志就是不同形式的记忆与表达,而民间文学世代相传,是任何历史文献都不可比的极其鲜活的民族文化遗产。从其体现人民大众的情感与意志上说,中国民间文学史是一部民族心灵史;从其表现社会历史发展进程上说,这是一部口头形式的民族生活史,与各种文献构成的中国社会通史相对应;从其显示的社会风俗生活内容上说,这是中华民族的百科全书。所以,笔者把中国民间文学称为人民的信仰、民族的图腾、历史的良心、文化的底色、时代的强音。

千百年来,民间文学哺育了民族文化的诸多形式,从口头到文字,再发展成为各种新媒介所表现的内容,生生不息,变化万千。更重要的是它培养和锻炼了中华民族坚强不屈的性格与文化精神,其追求自强不息,厚德载物,讲究与人为善,见贤思齐,惩恶扬善,疾恶如仇,崇尚聪明、仁义、正直、勇敢、和谐、善良，造就了中华民族海纳百川般坦荡、博大的胸怀。抚今追昔，中国民间文学史的写作，充满幸福。回味几十年来，走遍千山万水，令人喜悦，每一次田野作业都得到无私的厚爱。这使我常常想起一位老人的《咏黄河》："春天势压大江雄，流贯中州疾似风，养育儿孙逾万亿，不辞辛苦不言功。"中国民间文学就是一条春天的长河，养育无数子孙，默默奉献着人类文明。它催人奋进，令人心中充满温暖，日日春暖花开。

读史，可以明智，可以鉴古，可以让人鄙视狭隘、卑鄙与歹毒。中国民间文学令人向往美好，走向聪明、善良和勇敢，成为一个胸怀坦荡、顶天立地的人。

中国民间文学浩如烟海，江河奔腾，群山逶迤，取之不尽，用之不竭，是中华民族无限珍贵的文化矿藏。

感谢长期支持和帮助我的家人、朋友以及无数的父老乡亲！

深切感谢我的同学长江学者金惠敏，感谢山西教育出版社郭志强、杨文、康健等人的约稿，谨致以崇高的敬意。

高有鹏

己亥年大雪日。远望有无际的春花，

有如潮的歌声，写于上海。